Brent Weeks
Lichtbringer

Die Licht-Saga bei Blanvalet:
1. Schwarzes Prisma
2. Die blendende Klinge
3. Sphären der Macht
4. Schattenblender
5. Düsterer Ruhm
6. Brennende Spiegel
7. Lichtbringer

Die Schatten-Saga bei Blanvalet:
1. Der Weg in die Schatten
2. Am Rande der Schatten
3. Jenseits der Schatten

Besuchen Sie uns auch auf www.facebook.com/blanvalet und www.instagram.com/blanvalet.verlag

BRENT WEEKS

LICHTBRINGER

ROMAN

Deutsch von Michaela Link

blanvalet

Die Originalausgabe erschien 2019 unter dem Titel
»The Burning White, Part 2« bei Orbit, Hachette Book Group USA, Inc., New York.

Sollte diese Publikation Links auf Webseiten Dritter enthalten, so übernehmen wir für deren Inhalte keine Haftung, da wir uns diese nicht zu eigen machen, sondern lediglich auf deren Stand zum Zeitpunkt der Erstveröffentlichung verweisen.

Penguin Random House Verlagsgruppe FSC® N001967

2. Auflage
Deutsche Erstveröffentlichung Dezember 2020
bei Blanvalet, einem Unternehmen der Penguin Random House Verlagsgruppe GmbH, München.
Copyright © der Originalausgabe 2019 by Brent Weeks
Dieses Werk wurde vermittelt durch die Literarische Agentur Thomas Schlück GmbH,
30827 Garbsen.
Copyright der deutschsprachigen Ausgabe © 2020 by Blanvalet in der
Penguin Random House Verlagsgruppe GmbH, Neumarkter Str. 28, 81673 München
Umschlaggestaltung: Isabelle Hirtz, Inkcraft unter Verwendung einer Illustration von Larry Rostant
Kartenillustration: Chad Roberts Design
Redaktion: Alexander Groß
HK · Herstellung: sam
Satz: Vornehm Mediengestaltung GmbH, München
Druck und Einband: GGP Media GmbH, Pößneck
Printed in Germany
ISBN 978-3-7341-6265-7

www.blanvalet.de

Kurze Zusammenfassung der bisherigen »Licht-Saga«-Reihe

Im Reich der Sieben Satrapien wird eine kleine Anzahl von Menschen mit der Fähigkeit geboren zu lernen, Licht in ein stofflich-materielles Produkt namens Luxin zu verwandeln. Das Luxin jeder Farbe hat jeweils spezielle physische und metaphysische Eigenschaften und dient ungezählten Verwendungszwecken, vom Gebäudebau bis zur Kriegskunst. Ausgebildet werden diese sogenannten Wandler in der Chromeria, der Hauptstadt des Reiches, wo sie ein privilegiertes Leben führen, während sowohl die Satrapien als auch die mächtigen Familien des Reiches um ihre Dienste rivalisieren. Als Gegenleistung für ihre Privilegien gehen sie eine Verpflichtung ein: Sobald sich ihre Fähigkeit, gefahrlos von Magie Gebrauch machen zu können, erschöpft hat — erkennbar daran, dass die Halos ihrer Iris von den Farben, die sie wandeln, durchbrochen werden —, lassen sie sich im Zuge einer am heiligsten Tag des Jahres, dem Sonnentag, vollzogenen Zeremonie vom Prisma, dem Herrscher des Landes, rituell töten. Die Wandler, die den Halo durchbrochen haben, sogenannte Wichte, verfallen dem Wahnsinn — schuld ist das durch ihren Körper zirkulierende Luxin. Ergreifen sie die Flucht, statt sich in ihr Schicksal zu ergeben, müssen sie gejagt und getötet werden. Nur das Prisma verfügt über eine unbegrenzte Fähigkeit zu wandeln, und nur er oder sie allein kann all die Farben in den Satrapien in ein ausbalanciertes Gleichgewicht bringen, um zu verhindern, dass das chaotisch gewordene Luxin die Länder überflutet und verwüstet. Alle sieben Jahre — es kann sich auch um ein Mehrfaches von sieben Jahren handeln — gibt das Prisma ebenfalls sein oder ihr Leben hin, und der regierende Rat ernennt ein neues Prisma. Weigert sich das Prisma zu sterben, wird er oder sie ebenfalls zur Strecke gebracht.

Das gegenwärtige Prisma ist Gavin Guile.

Buch 1: Schwarzes Prisma

Prisma Gavin Guile erfährt, dass er einen unehelichen Sohn hat, der in einer Satrapie lebt, der zum zweiten Mal innerhalb von fünfzehn Jahren ein Bürgerkrieg droht. Aber Gavin ist in Wirklichkeit Dazen Guile, der sich nur als Gavin ausgibt; nach der Schlacht, die den letzten Krieg beendet und seinen Bruder das Leben gekostet hat, hat er Gavins Identität geraubt. Jetzt muss er die Verantwortung für den Bastard seines Bruders übernehmen. Zusammen mit Karris, seiner ehemaligen Verlobten und jetzt ein Mitglied seiner elitären Schutztruppe Schwarze Garde, reist Gavin nach Tyrea. Sie finden seinen Sohn Kip gerade rechtzeitig, um ihn vor einem rebellischen Satrapen zu retten, der sich selbst König Garadul nennt. Der König lässt sie ziehen, nimmt Kip aber sein Messer ab – das Einzige, was ihm seine verstorbene Mutter hinterlassen hat. Während Gavin mit Kip in die Chromeria zurückkehrt, damit dieser seine magische Ausbildung beginnen kann, bleibt Karris in Tyrea, um sich heimlich mit einem Spion in der Armee des Königs zu treffen.

Karris wird von den Soldaten des Königs gefangen genommen, und sie findet heraus, dass König Garaduls rechte Hand, ein Wicht, der sich selbst der Farbprinz nennt, die eigentliche treibende Kraft hinter der Rebellion ist. Und er ist ihr seit Langem tot geglaubter Bruder.

Kip besteht den Aufnahmetest für die Wandlerschule in der Chromeria und trifft eine Freundin aus seiner Heimatstadt, Liv Danavis, die Tochter eines von Dazens bedeutendsten Generälen.

Derweil ist Gavin damit beschäftigt, Wichte zu töten und eine politische Lösung für den Krieg zu finden. Aber darüber hinaus muss er sich auch um den Mann kümmern, den er im Geheimen tief unter der Chromeria eingekerkert hat: seinen Bruder. Andross, Gavins Vater, beauftragt ihn, nach Tyrea zurückzukehren, um zu verhindern, dass aus der Rebellion ein Krieg wird, der das ganze Reich erschüttert. Außerdem soll er ebenjenes Messer zurückholen, das Gavin bei der Rettung Kips dem König überlassen hat.

Als Gavin, Kip und Liv in Garriston ankommen, Tyreas Hauptstadt, begegnen sie Livs Vater, dem ehemaligen General Corvan Danavis. Sie erkennen, dass die Stadt so nicht zu verteidigen ist, daher beginnt Gavin eine ganze Mauer um die Stadt zu wandeln. Gavin hat die Mauer fast vollendet, als eine Kanonenkugel das Tor zerstört, das er gerade gewandelt hat. Gavins Streitkräfte schützen den Rückzug von Garristons Bürgern, die nun versuchen, mithilfe von Barkassen zu entkommen. Kip erfährt, wo sich Karris befindet, und beschließt, sie zu retten. Liv folgt ihm, aber sie werden getrennt, als die Truppen des Farbprinzen Kip gefangen nehmen.

Kip wird zusammen mit Karris eingekerkert, aber im Durcheinander der Schlacht gelingt es ihnen, sich der Armee anzuschließen, die auf die Stadt zumarschiert. Kip tötet König Garadul, und Liv rettet sowohl Kip als auch Karris, indem sie sich bereit erklärt, sich dem Farbprinzen anzuschließen, wenn er im Gegenzug seine besondere Begabung als Scharfschütze dazu einsetzt, den Tod der beiden in der Schlacht zu verhindern.

Kip eilt inzwischen einer weiteren Bedrohung entgegen: Er weiß, dass Zymun, ein junger Polychromat, den Auftrag bekommen hat, Gavin zu ermorden. Das Attentat selbst kann er nicht verhindern, aber dank Kips Eingreifen überlebt Gavin. Kip nimmt den Dolch an sich, mit dem Zymun den Mordversuch begangen hat, und stellt fest, dass es sich um ebenjene Klinge handelt, die seine Mutter ihm zuvor gegeben hat. Gavin, Kip und Karris entkommen zusammen mit einem großen Teil der Zivilbevölkerung auf Barkassen aus der Stadt. In diesem Moment ahnt Gavin nicht, dass sein Bruder daheim in der Chromeria aus der ersten seiner vielen Gefängniskammern entkommen ist.

Buch 2: Die blendende Klinge

Gavin verhandelt mit dem Dritten Auge, einer mächtigen Seherin, um den Flüchtlingen aus Garriston auf der Insel der Seherin ein neues Zuhause zu verschaffen. Karris und Gavin legen einen Hafen für die Flüchtlingsflotte an, und Gavin jagt den blauen Gottesbann, ein Gräuel, das sich in der Azurblauen See bildet. Wenn es ihm nicht gelingt, den Gottesbann zu zerstören, wird ein vorzeitlicher Gott wiedergeboren.

Kip kehrt in die Chromeria zurück, um die Aufnahmeprüfung in die Schwarze Garde abzulegen. Er freundet sich mit einigen seiner Mitkandidaten für die Schwarze Garde an, darunter Teia, eine farbenblinde Paryl-Wandlerin. Sie ist eine Sklavin, und ihre Besitzerin zwingt sie, wertvolle Gegenstände zu stehlen und Kip auszuspionieren. So hart die Schwarzgardistenausbildung auch ist – das neue Interesse, das sein Großvater inzwischen an Kip entwickelt hat, ist schlimmer. Andross verlangt von Kip, mit ihm ein Kartenspiel um hohe Einsätze zu spielen: Neun Könige.

Rea Siluz, eine Bibliothekarin, macht Kip mit Janus Borig bekannt, einer Künstlerin, die »echte« Neun-Könige-Karten erschafft; Karten, die es Wandlern erlauben, die Geschichte so, wie sie wirklich geschehen ist, hautnah zu erleben. Aber es dauert nicht lange, bis Kip Janus sterbend vorfindet, tödlich verletzt von zwei Meuchelmördern. Es gelingt Kip, beide umzubringen, ihre magischen Schimmermäntel an sich zu nehmen und Janus' Deck von echten Neun-Könige-Karten zu retten. Kip bedient sich eines weiteren neuen Decks, das Janus angefertigt hat, um Andross beim

Spiel zu besiegen und dadurch Teias Besitzvertrag zu gewinnen. Kip händigt das Messer seiner Mutter, die Schimmermäntel und die Karten seinem Vater aus, der soeben mit Karris zurückgekehrt ist. Gavin hat den blauen Gottesbann zerstört und die Flüchtlinge umgesiedelt, und so ist er jetzt bereit, das Spektrum (den regierenden Rat der Chromeria) durch geschickte Manipulation dazu zu bringen, die Seherinsel zu einer neuen Satrapie zu erklären und Corvan Danavis zu ihrem neuen Satrapen zu ernennen.

Karris bekommt einen Brief überreicht, der von Gavins verstorbener Mutter stammt, und erfährt, dass Gavin sie die ganze Zeit über geliebt hat. Er hat einst ihr Verlöbnis gelöst, damit Karris keinen Mann zu heiraten brauchte, den sie womöglich nicht liebte. Noch am gleichen Abend begibt sich Karris zu Gavin, aber er liegt bereits mit einer anderen Frau im Bett – einem Mädchen, das er gar nicht zu sich eingeladen hat. Erzürnt darüber, Karris abermals zu verlieren, wirft Gavin die Frau auf seinen Balkon hinaus. Sie fällt über das Geländer und stürzt in den Tod.

Davon überzeugt, dass man ihn wegen Mordes verhaften wird, beschließt Gavin, dass er seinen Bruder befreien muss, damit der seinen Platz als Prisma einnehmen kann. Aber Gavin begreift, dass sein so lange eingekerkerter Bruder wahnsinnig geworden ist, daher tötet er ihn. Gavin kehrt aus dem Gefängnis zurück, um festzustellen, dass das Spektrum den Krieg erklärt hat und seine beiden Schwarzgardisten, die einzigen Zeugen des tödlichen Sturzes, geschworen haben, Gavin habe in Notwehr gehandelt, sodass er weiterhin in Freiheit das Prisma bleiben kann.

Während die auszubildenden zukünftigen Schwarzgardisten ihre Ausscheidungskämpfe fortsetzen, gelingt es Kip beinahe, in die Reihen der Schwarzen Garde aufzurücken – er fällt jedoch im letzten Augenblick durch, weil einige seiner Mitstreiter schummeln. Aber sein Freund Kruxer nutzt ein Schlupfloch, um Kip dennoch das Bestehen der Prüfung zu ermöglichen.

Gavin und Karris versöhnen sich und heiraten, um direkt

danach in den Krieg gegen den Farbprinzen zu ziehen. Zusammen mit den neuen Rekruten der Schwarzen Garde und den Truppen der Chromeria müssen sie einen grünen Gottesbann zerstören, der eine neue Gottheit gebiert, Atirat. Liv befindet sich noch immer bei der Armee des Farbprinzen und benutzt ihre Ultraviolett-Fähigkeiten, um bei der Erschaffung Atirats zu helfen.

Kip, Gavin und Karris töten den Gott, verlieren jedoch die Stadt Ru und die dazugehörige Satrapie an die Armee des Farbprinzen.

Nach der Schlacht wird Kip bewusst, dass Andross in Wirklichkeit ein Rotwicht ist. Während er Andross zur Rede stellt, zieht Kip das Messer, das er von seiner Mutter erhalten hat, und rammt es Andross in die Schulter. Gavin versucht, die beiden aufzuhalten, kann Kips Messer aber nur in seinen eigenen Körper umleiten. Er geht über Bord, und Kip springt ihm nach. Das Schiff segelt weiter, und nur Andross weiß, was wirklich passiert ist. Gavin wird von einem Mann namens Kanonier aufgelesen, der auf einem Schiff, das Gavin und seine Kämpfer einige Zeit zuvor zerstört haben, als Kanonier wahre Meisterleistungen vollbracht hat. Kip wird von Zymun gerettet, der ihm mitteilt, dass er, Zymun, in Wirklichkeit Gavins und Karris' lange verschollener unehelicher Sohn ist. Als Gavin erwacht, stellt er fest, dass er vollkommen farbenblind ist ... und Rudersklave auf einem Schiff.

Bücher 3 und 4:
Sphären der Macht/Schattenblender

Kip gelingt es, aus Zymuns Gefangenschaft zu fliehen. Wochen später erreicht er die Chromeria, nachdem er den Dschungel, nagenden Hunger und Schlimmeres überlebt hat.

Weil sie das Prisma geheiratet hat, wird Karris gleich nach ihrer

Rückkehr in die Chromeria ihr Rang in der Schwarzen Garde entzogen; stattdessen erhält sie den Auftrag, das Spionagenetzwerk der Weißen (des Oberhaupts der Chromeria) zu übernehmen. In der Zwischenzeit wird offenbar, dass Andross Guile auf wundersame Weise geheilt wurde und kein Rotwicht mehr ist. Da Gavin Guile nicht wieder zurückgekehrt und der Krieg in vollem Gange ist, wählt das Spektrum ihn eilig zum Promachos – dem obersten Kriegsherrn der Chromeria.

Teia wird von Mörder Spitz angeworben, einem talentierten Paryl-Meuchelmörder vom Orden des Gebrochenen Auges. Als der Orden ihr zuerst ihre Sklavenpapiere stiehlt und ihr dann noch einen Mord in die Schuhe schiebt, sieht sich Teia außerstande, sich Spitz' Komplott zu erwehren, und ergibt sich in ihre Situation. Sie bemüht sich, ihre Ausbildung als Rekrutin der Schwarzen Garde mit den Aufträgen des Ordens unter einen Hut zu bringen, aber irgendwann beichtet sie alles Eisenfaust, dem Hauptmann der Schwarzen Garde, und der Weißen. Die beiden beauftragen sie, den Orden im Auftrag der Chromeria auszuspionieren, und Karris wird zu ihrer Kontaktfrau bestimmt. Während Teia den Prozess ihrer Aufnahme in den Orden fortsetzt, entdeckt sie, dass sie eine Lichtspalterin ist, ein seltener Wandlertypus, der Schimmermäntel (wie jene, die Kip sichergestellt hat) dazu verwenden kann, sich selbst weitestgehend unsichtbar zu machen.

Bei seiner Heimkehr informiert Kip das Spektrum und Karris darüber, dass Gavin noch lebt, aber er vermeidet es, Andross mit Gavins Unfall in Verbindung zu bringen, was Kip einen mächtigen, aber keineswegs vertrauenswürdigen Verbündeten beschert. Karris erteilt ihm Unterricht im Wandeln, und er wird wieder mit seiner alten Schwarzgardistengruppe vereint, den sogenannten Mächtigen: Kruxer, Ben-hadad, dem großen Leo, Teia, Ferkudi, Winsen, Goss und Daelos. Andross gewährt der Gruppe Zutritt zu den nicht öffentlich zugänglichen Bibliotheken, damit sie Nachforschungen zu den ketzerischen Neun-Könige-Karten und zur Gestalt des Lichtbringers anstellen können, jenes in den alten Prophezeiungen angekündigten Retters der Satrapien. Dabei hoffen sie auch, Informationen zu finden, mit deren Hilfe sich der Krieg gewinnen ließe. Im Zuge seiner Bibliotheksbesuche freundet sich Kip mit dem schüchternen Quentin Naheed an, einem Luxiaten mit einer außerordentlichen Begabung als Gelehrter.

Gavin, der nun außerstande ist, überhaupt irgendeine Farbe zu wandeln, verbringt Monate als Galeerensklave auf dem Piratenschiff von Kanonier, wo er neben einem wahnsinnigen Propheten rudert, der den respektlosen Spitznamen Orholam trägt – den Namen der Gottheit, der Gavin dient. Im Tumult einer Seeschlacht mit einem Schiff, das sie zu entern versuchen, springt Antonius Malargos, ein junger ruthgarischer Edelmann, an Bord ihres Schiffes und erbietet sich, die versklavten Ruderer zu befreien, wenn sie ihm ihrerseits helfen, sein Schiff zu befreien. Sie haben Erfolg, nehmen Kanonier gefangen und gelangen in den Besitz der Blendenden Klinge. Aber Antonius bringt Gavin nach Ruthgar, wo Antonius' Cousine Eirene Malargos ihn einkerkert. Dort trifft ihre Verbündete, die Nuqaba von Paria, die nötigen Vorkehrungen, um Gavin öffentlich blenden zu lassen.

Die Mächtigen entdecken, dass alles über die ketzerischen Karten und vieles über den Lichtbringer aus den Aufzeichnungen der Chromeria getilgt worden ist. Kip begreift außerdem, dass die Waffe, mit der jemand zum Prisma gemacht wird – oder durch die man dieses Amt verliert –, genau jenes Messer ist, mit dem Gavin verletzt wurde. Als Kip Karris aufsucht, zerstreiten sie sich wegen eines zur Unzeit gemachten Scherzes. Kurz darauf tritt Tisis Malargos an Kip heran, Eirenes Schwester, die ihm eine Heirat mit ihr vorschlägt, um ihre Familien fest aneinander zu binden. Später findet Kip die echten Neun-Könige-Karten wieder, die sein Vater versteckt hat. Als er versehentlich in ihrer Nähe wandelt, verliert er das Bewusstsein und betritt die Große Bibliothek, wo er dem Unsterblichen Abaddon begegnet. Kip nimmt jede einzelne der Karten in sich auf – mit Ausnahme der Karte des Lichtbringers. Es gelingt ihm, Abaddons Schimmermantel an sich zu bringen; nachdem er so viele Karten gewandelt hat, stirbt er, doch Teia schafft es, ihn wiederzubeleben. Dann gibt Kip Teia den Mantel, den er Abaddon gestohlen hat. Sie begreift später, dass es sich dabei um den Mustermantel der anderen Mäntel handelt und dass er mächtiger ist als alle anderen Schimmermäntel.

Andross bringt Kip dazu zuzugeben, sowohl Andross' verlorenes Deck als auch Janus Borigs echte Karten gefunden zu haben, aber Kip lügt und behauptet, diese Karten seien alle leer gewesen. Andross trägt ihm auf, Tisis zu heiraten und als sein Spion nach Ruthgar zu gehen, während nun Zymun (der gerade in die Chromeria gekommen ist und bekanntgegeben hat, dass er Karris' und Gavins lange verschollener Sohn ist) sieben Jahre lang als Prisma dienen soll.

Karris erfährt gerade rechtzeitig, wo sich Gavin befindet, um eine kleine Truppe um sich zu versammeln und ihn zu retten – wenn auch nicht rechtzeitig genug, um ihn davor bewahren zu können, auf einem Auge geblendet zu werden. Nach ihrer gemeinsamen Rückkehr auf die Jasperinseln, wo sich die Chromeria befindet, übergibt Karris Gavin zur Genesung in ärztliche Behandlung und findet sich selbst plötzlich bei der Zeremonie zur Wahl der oder des neuen Weißen wieder – da die bisherige Weiße soeben gestorben ist. Überraschenderweise ist sie selbst einer der Kandidaten.

Kip und Tisis kommen überein, zu heiraten und aus der Chromeria zu fliehen, und die Mächtigen bestehen darauf, sie zu begleiten. Als Zymun der neu ins Leben gerufenen Lichtgarde befiehlt, sie zu töten, kämpfen sie sich den Weg frei. Auch wenn Goss umgebracht und Daelos verwundet wird, gelingt es den übrigen Mächtigen zu entkommen, und sie treffen sich mit Tisis am Hafen. Zitterfaust, Eisenfausts Bruder, sichert ihre Flucht, und wird bei der Explosion getötet, die er auslöst, um zu verhindern, dass die Lichtgardisten Kip und seine Gruppe verfolgen. Kip und Tisis heiraten, bevor sie an Bord des Schiffes gehen, und Teia beschließt, in der Chromeria zu bleiben. Sie glaubt, den Kriegsanstrengungen besser dienen zu können, indem sie gegen den Orden kämpft, als wenn sie an Kips Seite ist.

Obwohl bei der Wahl der Weißen der Zufall regieren soll, merkt Karris, dass der Prozess manipuliert werden soll, und es gelingt ihr, den Schwindel zu verhindern. Sie tötet in Notwehr zwei der anderen Kandidaten und wird zur neuen Weißen erklärt.

Bevor Eisenfaust seinen sterbenden Bruder findet, trifft er sich heimlich mit seinem Onkel: dem hinterhältigen Grinwoody, der, sozusagen vor aller Augen versteckt, als der Sklave von Andross Guile außerdem der Alte Mann aus der Wüste ist, das Oberhaupt des Gebrochenen Auges. Auch Eisenfaust ist seit Jahren Mitglied des Ordens. Er übergibt Grinwoody den schwarzen Saatkristall, zu dem nur die Weiße und der Hauptmann der Schwarzen Garde Zutritt haben.

Unterdessen hat Liv Danavis auf Befehl des Farbprinzen Jagd auf den ultravioletten Saatkristall gemacht. Aber obwohl der Farbprinz sie dazu zu zwingen versucht, ein Halsband aus schwarzem Luxin zu tragen, um sie auf diese Weise unter seiner Kontrolle zu halten, durchkreuzt sie sein Vorhaben und bemächtigt sich des Saatkristalls, um ihn für sich allein zu nutzen.

Gavin wird aus der Fürsorge seiner Ärzte auf Großjasper entführt und erwacht in einer Gefängniszelle.

Buch 5: Düsterer Ruhm

Teia und Mörder Spitz entführen Marissia und rauben ihr Dokumente, die von entscheidender Bedeutung für Karris' Regierungsarbeit als die neue Weiße sind. Gavin erwacht und findet Marissia bei sich in der blauen Gefängniszelle, mit dem Auftrag, sich um seine Verletzungen zu kümmern. Sie gesteht ihm, dass sie nicht nur Orea Pullawrs oberste Spionin gewesen ist, sondern auch deren Enkeltochter. Sobald Gavin auf dem Weg der Besserung ist, taucht Andross auf und nimmt Marissia mit sich, führt sie vermutlich in den Tod.

Karris übersteht ihr erstes Treffen mit Andross als die Weiße. Karris hat während des Auswahlverfahrens zur Weißen zwei Männer getötet, und Andross erklärt sich bereit, die Sache in Ordnung zu bringen. Anschließend trifft Karris ihren Sohn Zymun, der für sie immer noch wie ein fremder Mensch ist. Er erzählt ihr von seiner traumatischen Kindheit, und sie schwört, ihn nie wieder im Stich zu lassen.

Teia hat ihre erste Zusammenkunft mit dem Alten Mann aus der Wüste, der ihr den Auftrag erteilt, in Karris' Nähe vorzudringen. Zudem trägt er ihr auf, jemanden für ihn zu markieren, den er dann ermorden wird – als ein »Geschenk« dafür, dass sie ihm bisher so treue Dienste geleistet hat. Auf dieses Treffen folgt ein weiteres mit Fisk, nun neuer Hauptmann der Schwarzen Garde. Sie spürt sein Unbehagen, nachdem die Mächtigen herausgefunden haben, dass er sich kompromittiert hat. Fisk teilt ihr mit, dass er glaube, sie sei um Kips willen zurückgeblieben, und versichert ihr, dass die Schwarze Garde für die Mächtigen da sein werde, wenn sie sie bräuchten. Er informiert Teia außerdem darüber, dass sie am nächsten Tag ihre Abschlussgelübde als voll ausgebildete Schwarzgardistin ablegen werde; in dieser Nacht habe sie Wache zu halten. Teia begibt sich danach hinunter zu den Gefängniszellen, um die Gefangenen aufzusuchen, die am Sonnentag hingerichtet werden sollen. Unter ihnen findet sie Quentin, der für seinen Mord an Lucia während ihrer Schwarzgardistenausbildung verhaftet worden ist. Teia markiert ihn mit Paryl und wählt ihn damit als Opfer des Meuchelmordes aus, entfernt diese Markierung vor der Hinrichtungszeremonie jedoch wieder.

Während des Sonnentags verurteilt Karris den Hohen Luxiaten Tawleb zum Tod auf Orholams Blendblick, weil er Quentin mit dem Meuchelmord an Kip beauftragt hat. Auf seine Hinrichtung folgt die von Pheronike, einem Spion des Farbprinzen; während er verbrennt, gibt Pheronike Nabiros frei, einen dreiköpfigen Dschinn, der von ihm Besitz ergriffen hatte. Karris verschont Quentins Leben und entscheidet, ihn als ein Beispiel für die Gier und die Verderbtheit des Magisteriums zu einem Sklaven zu machen.

In der Zwischenzeit haben Kip und Tisis erfolglos versucht, ihre Ehe zu vollziehen – ein Punkt, der immer dringlicher wird, weil ansonsten ihre Ehe annulliert werden muss. Tisis möchte die Mächtigen begleiten, wenn sie im Blutwald in den Krieg ziehen. Auf dem Weg dorthin gerät ihr Schiff ins Zentrum eines gewaltigen Luxin-Sturms, und Kip rettet sie, indem er ineinander verdrehte Ströme von Chi und Paryl auseinanderzieht, bis das Schiff passieren kann. Die Anstrengung lässt ihn für drei Tage erblinden, aber Rea Siluz heilt seine Augen. Als Kip wieder erwacht ist, machen sich die Mächtigen auf einem von Ben-hadad neu konstruierten Gleiter auf den Weg, und Tisis beginnt, der Gruppe ihren Wert unter Beweis zu stellen.

Gavin hat mit dem toten Mann in der blauen Gefängniszelle gesprochen, der ihm mitteilt, dass Gavin die toten Männer in den Gefängniszellen mittels Willensübertragung geschaffen habe, um seinen Bruder zu foltern. Der tote Mann enthüllt ihm auch, dass Gavin das Schwarze Prisma ist – ein Schwarzwandler, der durch die Ermordung anderer Wandler das Vermögen, Schwarz zu wandeln, in sich absorbiert hat. Gavin versucht, aus den Zellen zu entfliehen, und schafft es durch die grüne hindurch und in ein kleines Gelass hinein, wo er auf niemand anderen als auf seinen Vater Andross stößt, der dort auf ihn wartet. Andross versucht, mit Gavin eine Abmachung zu treffen, aber statt darauf einzugehen, findet sich Gavin in der gelben Zelle wieder, wo er nach Ermordung seines Bruders einst dessen Leiche zurückgelassen hat.

Die Mächtigen treffen sich mit den Geistern von Schattenhain, einer Gruppe von Willensüberträgern unter Führung von Schulte Ruadhán Arthur; es gelingt ihnen, den Schulten dazu zu überreden, sich Kips Armee anzuschließen. Sie beginnen einen erfolgreichen Krieg aus dem Hinterhalt gegen die Blutröcke und lernen die Cwn y Wawr (die »Hunde der Morgendämmerung«) kennen, eine Gruppierung aus geübten Kriegswandlern mit sehr gut dressierten Hunden. Die Beziehung zwischen den Geistern und den Cwn y Wawr ist aufgrund von Ereignissen in der Vergangenheit schwer belastet, aber den beiden Gruppen gelingt es, ihre Meinungsverschiedenheiten beiseitezuschieben, um fortan zusammen zu kämpfen.

An einem anderen Ort der Sieben Satrapien ist Liv zur ultravioletten Göttin Ferrilux geworden, und nun trifft sie sich in Rekton mit Samila Sayeh respektive der Göttin Mot. Samila teilt Liv mit, dass der Weiße König ihren Gottesbann in seinem Besitz habe und dass Liv ihn nur dann für sich beanspruchen könne, wenn sie sich einverstanden erklärt, sich ganz an den Weißen König zu binden und dessen Halskette aus schwarzem Luxin zu tragen. Sie weigert sich jedoch.

Eirene hat Antonius, der sowohl Tisis' als auch ihr eigener Cousin ist, ausgesandt, um Tisis zurückzubringen, aber Tisis gelingt es, Antonius davon zu überzeugen, sich Kips Armee anzuschließen und stattdessen ihm die Treue zu schwören. Da seine Armee somit immer weiter wächst, setzt es sich Kip nun zum Ziel, eine belagerte Stadt zu retten.

Gavin bemerkt, dass sich der Körper seines Bruders nicht in der gelben Luxin-Zelle befindet, und nach einem weiteren Gespräch mit dem toten Mann begreift er, dass er seinen Bruder überhaupt nie gefangen gesetzt hat; er hat den echten Gavin vielmehr an den Getrennten Felsen ermordet, und sein Schwarzwandeln hat jegliche Erinnerung an dieses Ereignis ausgelöscht. Andross, Felia und Orea hatten alle die Wahrheit über Gavin gewusst und abgewartet, ob und wie er von seinem Wahnsinn beziehungsweise seinem Verlust der Erinnerung genesen würde. Gavin wird schließlich ohnmächtig, nachdem er mit einem Betäubungsmittel versetztes Brot gegessen hat, und wacht im schwarzen Luxin-Gefängnis wieder auf.

Teia wird sowohl vom Orden als auch von Karris zu einem Einsatz nach Paria entsandt – vom Orden dazu beauftragt, die Nuqaba zu ermorden, während ihr Karris den Befehl erteilt hat, Satrapa Tilleli Azmith (die oberste Spionin der Nuqaba) zu meucheln. Im Zuge der Ausführung ihrer Aufträge macht Teia die Entdeckung, dass die Nuqaba Haruru ist, Eisenfausts Schwester, und dass Eisenfaust lebt und von seiner Schwester gefangen gehalten wird. Teia erfüllt ihre Aufträge, wird dabei aber von Eisenfaust entdeckt. Daraufhin kehrt Teia zur Chromeria zurück und berichtet Karris, dass Eisenfaust noch lebt.

Corvan und seine frisch angetraute Frau, das Dritte Auge, verbringen ihre letzte Nacht zusammen, bevor das Dritte Auge von Mörder Spitz ermordet werden wird. Sie enthüllt Corvan, dass Kip nach Dúnbheo marschiert, um die Stadt zu befreien, ohne zu bemerken, dass er damit in eine Falle tappt, die ihm der Weiße König gestellt hat.

Gavin verbringt Monate in der schwarzen Zelle und findet schließlich heraus, dass der tote Mann kein Produkt von Willensübertragung ist, sondern etwas vollkommen anderes. Grinwoody erscheint irgendwann später bei ihm und lässt ihn wissen, dass er der Alte Mann aus der Wüste ist und dass er Gavin aus seinem Gefängnis freilassen wird, wenn er sich einverstanden erklärt, auf einem Schiff zum Weißnebelriff zu reisen, dort den Turm des Himmels zu erklimmen und Orholam – der nach Ansicht des Alten Mannes die Verknüpfung sämtlicher Magie in den Satrapien darstellt – mit der Blendende Klinge zu vernichten. Gavin erklärt sich dazu bereit, lässt ein Stück schwarzen Luxins über seiner Augenhöhle anbringen, das seinen Gehorsam sicherstellt, und macht sich auf den Weg zu dem Schiff. Es ist die *Goldene Mitte*, und ihr Kapitän ist niemand anderes als Kanonier.

Teia wird vom Orden ein letzter Auftrag erteilt, um sie auf die Probe zu stellen. Sie wird angewiesen, jemanden (Gavin) zu ermorden, sobald er eine Mission für den Orden erfüllt hat. Wenn sie versagt, wird der Orden ihren Vater ermorden.

Karris trifft sich mit Andross, der ihr mitteilt, dass sich Eisenfaust zum König von Paria ernannt hat. Anschließend muss sie den Schwarzgardisten Gavin Gräuling umbringen, der auf der Suche nach Karris' Mann seine Halos durchbrochen hat. Nach Gavin Gräulings Befreiung ordnet Karris an, dass die Schwarze Garde nicht mehr nach Gavin Guile suchen soll, und akzeptiert den Tod ihres Mannes als Tatsache.

Liv beschließt, sich dem Weißen König anzuschließen, um in ihre volle Macht als Göttin eingesetzt zu werden, nachdem sie erfahren hat, dass er sich darauf vorbereitet, mit dem Gottesbannheer in See zu stechen, um die Chromeria zu erobern.

Kip und seine Armee befreien erfolgreich die belagerte Stadt Dúnbheo. Dabei erleidet Schulte Arthur einen großen persönlichen Verlust, mit der Folge, dass er nach der Schlacht desertiert. Kip enthebt die in der Stadt herrschenden Adelsleute ihrer Ämter und beansprucht die Stadt für sich selbst und für seine Armee. Er und Tisis beteuern einander ihre Liebe und sind nun endlich in der Lage, ihre Ehe zu vollziehen. Kip setzt alle Luxin-Farben dazu ein, um ein uraltes Mauerbild in ihrem Schlafgemach zu reparieren, das als das *Túsaíonn Domhan* bekannt ist: »Eine Welt beginnt«.

Buch 6: Brennende Spiegel

Nach dem Sieg in der Schlacht um die Stadt Dúnbheo im Blutwald wird Kip von den Bewohnern als Befreier gefeiert. Seinen Mächtigen gelingt es, ein mysteriöses Attentat zweier Schatten auf ihn zu vereiteln. In Dúnbheo trifft Kip Vorbereitungen für den weiteren Vormarsch auf die belagerte Hauptstadt des Blutwaldes, Grünhafen. Doch seine Aktivitäten werden zunehmend durch die bürokratischen Schwierigkeiten gelähmt, die die Verwaltung der Stadt mit ihrer schwerfälligen, in alten Ritualen verharrenden Obrigkeit mit sich bringt.

Teia hat vom Alten Mann aus der Wüste den Auftrag erhalten, Gavin auf seiner Fahrt zum Weißnebelriff zu begleiten und ihn zu töten, sobald er dort seinen Auftrag erfüllt hat. Doch nach einem heimlichen Gespräch mit Gavin auf dem noch im Hafen liegenden Schiff beschließt sie, stattdessen versteckt und unsichtbar auf Großjasper zu bleiben, um sich, Karris' Befehlen entsprechend, ihrem Ziel der Vernichtung des Ordens zu widmen. Hierzu muss es ihr gelingen, die wahre Identität des geheimnisvollen Alten Mannes zu entlarven, um den Orden an der Wurzel auszumerzen.

Im Blutwald begnadigt Kip den fahnenflüchtigen Schulten Arthur und macht ihn erneut zum Befehlshaber, er empfängt Bram Rotblatt, den Gesandten der belagerten Stadt Grünhafen, dem er die Zusage abringt, dass Kip im Gegenzug für seine Hilfe bei der Befreiung der Stadt zum Satrapen des Blutwaldes ernannt wird, und er trifft sich mit dem skrupellosen Räuberhauptmann Daragh dem Feigling, dessen Kämpfer er dazu bewegen kann, zu ihm überzulaufen. Trotz all seiner Erfolge erfüllt ihn wachsendes Unbehagen, womöglich etwas Entscheidendes zu übersehen.

Gavin begibt sich unterdessen zur Erfüllung seiner ihm von Grinwoody auferlegten Mission, die Orholam den Tod bringen und Karris das Leben retten soll, als Gefangener auf die Fahrt zum Weißnebelriff. Kapitän ist niemand anderer als Kanonier, unter dem Gavin einst als Rudersklave dienen musste. Zusätzlich taucht nun auch ein blinder Passagier auf: Gavins mysteriöser alter Ruderkamerad von damals, der Prophet mit Namen Orholam. Bei Erreichen des Riffs kommt es zu einem Kampf mit Meeresdämonen, bei dem das Schiff zerstört und Gavin in eine See voller Haie geschleudert wird.

Karris erfährt von Andross Guile, dass der ehemalige Hauptmann der Schwarzen Garde, Eisenfaust, nun König von Paria, mit einer Flotte im Anzug ist, um mit der Chromeria über deren Kapitulation zu verhandeln. Andross sieht den einzigen Ausweg aus diesem Dilemma darin, dass sich Karris mit Eisenfaust verheiratet und ihn dadurch zum Verbündeten macht. Nachdem sich die Eiserne Weiße nun endlich dazu durchgerungen hat, Gavins Tod als Tatsache zu akzeptieren, erklärt sie sich widerstrebend zu einer solchen Heirat zur Rettung ihres Reiches bereit. Kurz darauf erfährt sie von Teia, dass ihr Mann in Wirklichkeit noch lebt – was Karris' Zwangslage weiter verschlimmert.

Auf dem Dach des Palastes der Heiligen in Dúnbheo hat Kip eine Begegnung mit einer rätselhaften Priesterin, der Hüterin der Flamme, die ihr Leben der verbotenen und tödlichen Kunst des Chi-Wandelns gewidmet hat. Er findet heraus, dass der große Spiegel in Dúnbheo offenbar mit anderen Spiegeln im Blutwald und in den übrigen Satrapien in Verbindung steht und dass dieses uralte Netzwerk von Spiegeln einst einem heute vergessenen Zweck gedient hat. Kann er sich dieser Spiegel womöglich im Kampf gegen den Weißen König bedienen?

Als Teia auf Großjasper nach einem Unterschlupf vor etwaigen Verfolgern sucht, kommt ihr unverhofft Mörder Spitz auf die Schliche, der sie gefangen nimmt und misshandelt. Spitz bringt in Erfahrung, dass Teia im Auftrag der Weißen operiert – so wie auch er selbst einst als Doppelagent für ein lange verstorbenes Prisma tätig war –, und stellt sie vor die Wahl, entweder dem Orden mit Leib und Seele beizutreten oder einen Kampf auf Leben und Tod mit ihm zu beginnen. Er setzt ihr eine Frist von einem Tag. Teia entscheidet sich gegen den Orden und muss fortan auch vor Spitz auf der Hut sein. Bevor sie sich trennen, händigt ihr Spitz noch die entwendeten Papiere der verstorbenen Weißen Orea Pullawr aus, Beweise für die abgrundtiefe Verderbtheit der Chromeria, die Teia sodann der neuen Weißen Karris zukommen lässt.

Gavin schafft es als Einziger ans Ufer und rettet dann auch Orholam aus den haiverseuchten Fluten. Gemeinsam erkunden sie die geheimnisvolle Insel hinter dem Riff und stoßen auf die Ruinen einer vorzeitlichen Pilgerstadt. Vom Propheten Orholam geleitet und die Blendende Klinge in Händen, steigt Gavin den himmelhohen Weißnebelturm empor, an dessen Spitze die Gottheit Orholam thronen soll; ein Aufstieg, der für Gavin auch zu einem Gang der Buße wird. Gavin begreift Schritt für Schritt die Größe der Schuld, die er als Mensch und als Prisma auf sich geladen hat.

Im Weg über mehrere Rückblenden mittels magischer Karten wird enthüllt, dass Andross Guile schon vor Jahrzehnten zu der Überzeugung gelangt ist, selbst der Lichtbringer zu sein. Hierauf hat er sein ganzes Leben ausgerichtet, sodass er auch vor den schrecklichsten Verbrechen nicht zurückschreckt, wenn sie ihm zum Erreichen seines Ziels als nötig erscheinen.

Kip begreift nun endlich, dass er vom Weißen König Koios hinters Licht geführt wurde. Dessen Plan sah vor, Kip tief im Blutwald festzuhalten – unter anderem mithilfe des Verräters Rotblatt –, während Koios selbst nicht allzu weit entfernt am Meeresufer seine Flotte und seine Gottesbanne zusammenzieht, um danach zum entscheidenden Angriff auf die Chromeria aufzubrechen. Kip reagiert sofort und teilt sein Heer: Schulte Arthur zieht mit dem größten Teil der Truppen zur Belagerung von Grünhafen weiter, während Kip mit seinen Mächtigen und einer kleineren Schar von Elitekämpfern dem Weißen König entgegeneilt. Sie stoßen auf einen verspäteten Boten von Kips Jugendfreundin aus Rekton, Aliviana Danavis, kurz Liv, inzwischen allerdings die Göttin Ferrilux. Liv hat die Partei des Weißen Königs ergriffen, schlägt Kip nun jedoch eine Kooperation in gewissem Rahmen vor und bietet ihm die Aussicht auf den Sieg, sollte er an einem bestimmten Tag im Örtchen Apfelhain an der Küste sein. Doch der Termin ist bereits verstrichen, und sie erreichen Apfelhain zu spät: Koios und seine Armada befinden sich schon auf hoher See. In Apfelhain stoßen sie auf die Spuren eines grausamen Gemetzels durch Kips Halbbruder Zymun und entdecken einen weiteren vorzeitlichen Spiegel, den Liv eigens für Kip wieder instand gesetzt hat. Aber zu welchem Zweck?

Quentin wird Teia durch Karris als Mittelsmann zugewiesen, und die beiden freunden sich an. Teia meuchelt den zum Orden übergelaufenen Schwarzgardisten Kleinschwanz, ihre ehemalige Besitzerin Aglaia Crassos und deren Bankier Ravi Satish und heftet sich dem Weinhändler und heimlichen Ordenspriester Atevia Zelorn an die Fersen: In der Nacht vor dem Sonnentag soll eine Kultfeier des Ordens stattfinden, bei der Teia zuschlagen will.

Karris unternimmt derweil alle Anstrengungen, die Chromeria und die Jasperinseln auf die drohende Schlacht mit dem Weißen König vorzubereiten, wozu sie, mit Quentins Unterstützung, auch einen Kreis junger Luxiaten um sich schart. Die Ankündigung, dass Corvan Danavis mit einer Hilfsflotte auf dem Weg zur Chromeria ist, kommt ihr dabei sehr zupass; trotzdem bleibt die Übermacht des Weißen Königs erdrückend.

Gavin gelingt der Sprung über einen gähnenden Abgrund an der Turmspitze und steigt ganz allein die letzten Meter hinauf. Wartet dort oben nun wirklich die Gottheit und mit ihr womöglich die Lösung aller Fragen auf ihn? Oder ist alles immer schon nur fauler Priesterzauber gewesen?

Kip folgt der Kriegsflotte des Weißen Königs über die Azurblaue See. Als sich die Flotte der Chromeria eine Seeschlacht mit dem Wichtkönig liefert, greifen Kip und seine Mächtigen ein. Doch die feindlichen Gottesbanne beginnen, sich aus dem Meer zu erheben, um alle Wandler kampfunfähig zu machen, woraufhin die Mächtigen den Rückzug antreten und die Schiffe der Chromeria ihrem Verderben überlassen müssen. Auf ihren Gleitern erreichen sie die Chromeria einige Tage vor der feindlichen Armada. Vor versammelter Führung der Chromeria verkündet Kip, dass er über die Möglichkeiten verfüge, den Weißen König aufzuhalten.

I

~ *Andross der Rote* ~
Achtzehn Jahre zuvor (im Alter von achtundvierzig)

»Das hier«, erklärt Felia, »kann grammatisch auf eine ganze Reihe unterschiedlicher Arten analysiert werden, wie es bei den Prophezeiungen des Skriptologen ja die Regel ist, und da sind die zensierten Passagen noch nicht einmal mit einbezogen. Erschwerend kommt hinzu, dass ich bereits Übersetzungen davon gesehen habe. ›Die schwarzen Feuer der Hölle, einen großen Felsen zerbrechend, entfesselten auf Erden erneut das …‹ Oder heißt es: ›Entfesseln? Haben entfesselt? Werden entfesseln?‹«

»Hilft uns das weiter?«

»Ich hätte diese Frage verneint, wenn ich gewusst hätte, was es uns kosten würde, dir das hier von diesem Mädchen zu besorgen …« Und plötzlich sehe ich, wie sie mit den Tränen kämpft. Sie beißt die Zähne zusammen und wendet den Blick ab. Aber dann ist sie plötzlich voller kämpferischer Leidenschaft. »Sag es mir. Du hast mir noch kein Wort davon erzählt. Du bist auf deinem Weg nach Hause drei Wochen auf einem Schiff gewesen, und mir steigt immer noch dein Geruch in die Nase, als hinge nach wie vor ihr Duft an dir.«

Was soll das jetzt? »Du hast mir die Erlaubnis dazu gegeben. Ausdrücklich.«

»Ich habe nicht gewusst, dass das Gefühl so schlimm sein würde!«

Felia ist eigentlich besser, als eine solche Nummer abzuziehen.

Jetzt wird sie gleich nach Informationen fragen, die sie lieber gar nicht wissen will.

Sie schlägt mir mit dem Handrücken auf die Brust, ein Hieb, der ihr mehr wehtun muss als mir. »Verdreh nicht die Augen, wenn du mich ansiehst, Andy! Wage es nicht!«

Ich nehme mich ganz zurück, begegne ihrem Sturm mit sanfter Ruhe. Dann werfe ich das Papier auf den Tisch. Ich gebe den Sklaven, die uns in der offenen Gartenanlage aufwarten, ein Zeichen zu verschwinden, und werfe Grinwoody einen Blick zu, der ihn anweist, sie wissen zu lassen, dass sie Schläge bekommen und an die Galeeren oder die Bergwerke verkauft werden, falls sie lauschen. Dann richte ich meine Aufmerksamkeit wieder auf meine Liebste.

»Frag, was immer du willst«, sage ich. »Aber frag nur Dinge, auf die du auch Antworten hören willst.«

»Hast du mit ihr geschlafen?«

»Ja«, bestätige ich sofort. Ich hatte gedacht, das verstünde sich von selbst.

Sie schluckt. »Hol dich der Teufel.« Sie atmet einige Male tief durch, aber ich kann nicht recht erkennen, ob sie sich wieder gefangen hat. Das hat sie alles selbst zu verantworten. Sie soll von mir nur die Wahrheit zu hören bekommen, wie ich es geschworen habe.

»Hätte sich das denn nicht umgehen lassen?«

»Das war unsere Abmachung«, unterstreiche ich.

»Ich weiß, was unsere Abmachung war. Ich will, dass du meine Frage beantwortest.«

»Ich hielt es für die beste Vorgehensweise.«

»Und wie schwer war es, dich davon zu überzeugen, Andy? Ich weiß, dass du vor unserer Heirat viele Geliebte gehabt hast. Langweile ich dich? Ich weiß, dass ich seit Sevastians Tod nicht mehr die leidenschaftliche Geliebte bin, die ich früher einmal …«

»Halt! Das hatte nicht das Geringste mit dir zu tun, genauso wenig wie diese andere Geschichte.« Ich hole tief Luft. Hier gibt es tiefere Brunnen des Leidens, als ich mir bewusst gewesen bin. Aber ihr Zorn löst etwas in meinem Inneren aus, und es ist brennend und wild.

Ich ersticke die Flammen. Wie so oft.

»Mit ihr nur zu flirten hat nicht ausgereicht«, fahre ich fort. »Ich habe es andeutungsweise mit Bestechung versucht, aber ihre Familie ist wohlhabend, und sie hat ihre Tätigkeit in der Bibliothek geliebt. Es gab nichts, was ich ihr hätte geben können. Und sie war so jung und unschuldig, dass da nichts war, womit ich sie hätte erpressen können. Ich hatte keine Zeit, Leute anzuheuern, um ihre Lieben unter Druck zu setzen, also habe ich sie verführt.«

»Hast du es genossen?« Sie spuckt den Satz förmlich aus.

Ich werde ganz kalt. »Es war mehr als einen Monat her, seit ich das letzte Mal das Bett mit dir geteilt hatte, und das war ein sehr routinehaftes Lebewohl gewesen, nicht die verzweifelte liebende Hingabe einer Frau, von der man erwartet hätte, dass sie bald vor Eifersucht in den Wahnsinn getrieben würde, meine Beste. Ja, ich habe diesen Akt der Erleichterung genossen.«

»*Erleichterung*«, wiederholt sie. Ich habe dieses Wort verwendet, um anzudeuten, dass der Sex etwas rein Körperliches gewesen sei, doch irgendwie verwandelt sie es in eine Anklage gegen mich und unsere ganze Ehe. Als sei sie, als sei unser Ehegelöbnis eine Last, von der ich mich erleichtern wolle.

Aber ich habe bereits mehr gesagt, als ich es getan hätte, hätte ich mich völlig unter Kontrolle gehabt. »Sonst noch was?«, knurre ich.

»Hat sie es genossen? Wie war es? Für sie. Für dich.« Felia hat eine Fassade vor sich hochgezogen, ist jetzt ganz das eiskalte Miststück.

Ich atme tief durch und dann gleich noch einmal, bis das Rot zurückweicht, bis ich sie wieder mit Mitgefühl betrachten kann. Meine Felia. Sie ist so allein gewesen, und alles, was sie liebt, ist bedroht worden. Zuerst Sevastians Tod. Dann Gavins wachsende Distanziertheit. Jetzt diese Sache, die wir mit Dazen machen müssen. Und nun auch noch ich.

Felia hat Angst, auch mich zu verlieren.

»Habe ich sie mit den ersten Orgasmen ihres Lebens beglückt? Habe ich sie in eine geile Schlampe verwandelt, die es nach meinem Schwanz gedürstet hat, wie es einen in der Wüste Verschmachtenden nach Wasser dürstet? Hat sie mich morgens mit ihrem heißen Mund auf mir geweckt? Hat sie mich um Praktiken angebettelt, die du schon bald nach unserer Vermählung zu verschmähen begonnen hast? Hat sie mich angehimmelt und umworben, wie du es seit Jahren nicht mehr getan hast? Sind das die Fragen, die du stellen möchtest? Warum fragst du stattdessen nicht – und fragst es dich auch selbst: Bin ich in der Befolgung meiner Ziele denn je ein Mann gewesen, der halbe Sachen macht?«

»Nie«, haucht sie, ohne auch nur zu blinzeln, doch ihre Hände sind zu ihrem Magen gewandert, wie bei einem Soldaten, der sich im Krieg eine tiefe Bauchwunde zugezogen hat und der nun wissen will, wie schlimm es ist – der es wissen muss, aber nicht wagt, es auch tatsächlich herauszufinden.

»Warum fragst du nicht, was du wirklich wissen willst? Ob ich sie anschließend in den Armen gehalten habe? Ob ich ihr erlaubt habe, zum Schlafen den Kopf auf meine Schulter zu legen, wie sonst du es tust?« All die Fragen entschlüpfen mir aus dem Griff wie jagdgierige Hunde, die sich von der Leine losreißen. Ich kann es nicht ertragen, in dieser Angelegenheit unehrlich zu ihr zu sein. Um ihretwillen. Felia schert sich nicht um das Mechanische der Sache, wo wir unsere Unzucht getrieben haben oder wie viele Male ich das Mädchen in die wildesten Verzückungen der Ekstase versetzt habe. Sie will wissen, ob sie *ersetzt* werden kann.

Die Liebe meines Lebens ist eine äußerst leidenschaftliche Frau, und jetzt blutet sie innerlich, und das ist ebenso meine Schuld wie die von Orholam und Orea und Ulbear.

»Fe«, sage ich sanft. »Lass keine Dunkelheit zwischen uns treten. Nachdem ich zu dem Schluss gekommen war, dass das Bett das einzige Schlachtfeld war, auf dem ich unserer erstrebten Beute habhaft werden konnte, kannst du verdammt noch mal davon ausgehen, dass ich jene Ehegelübde, von denen du mich entbunden hast, nicht gerade auf Zehenspitzen überschritten habe. Willst du hören, wie ich abwechselnd den meisterhaften, aufmerksamen Liebhaber gespielt habe, wie sie in ihrem ganzen Leben nie wieder einen finden wird, und den von Schuldgefühlen gequälten Ehemann, der wieder zu seiner Frau und seinen Kindern würde zurückkehren müssen – nur damit sie stets voller verzweifelter Sehnsucht nach mir gewesen ist und immer Angst gehabt hat, mich zu verlieren? Willst du jeden einzelnen Schritt wissen, wie ich sie von ihrer Familie und ihren Freunden isoliert habe, damit sie, als es an der Zeit war, diese Menschen zusammen mit ihren eigenen Pflichten zu verraten, das mit Freuden tat, wenn es nur bedeutete, dass ich noch einige Wochen bleiben würde? Und soll ich dir erzählen, wie ich noch am selben Abend, an dem sie mir die Schriftrollen ausgehändigt hat, von ihr fortgegangen bin, ohne jedwede Erklärung, was sie zweifellos zerstört haben muss? Glaubst du denn, dass eine einzelne unbeholfene Jungfrau ohne Rhythmus dich ersetzen könnte? Glaubst du denn, sie könne dir im Schlafgemach irgendwie das Wasser reichen oder ...«

»Sie ist halb so alt wie ich und hat keine drei Kinder geboren, und wie du gesagt hast, bin ich zuletzt nicht gerade ...«

»Hältst du mich für einen Mann, der sich in eine Frau verlieben könnte, die er nicht achtet?«, blaffe ich.

»Ein Mann fängt an, fast alles zu glauben, wenn eine Frau nur auf die richtige Weise anspricht, was unterhalb seiner Hüfte ist.«

»Du meinst, in gerade einmal vier Wochen ...«

»Die kurze Zeit macht es nur noch schlimmer, Andross! Ich habe keine Angst, diesem armen Mädchen nicht ebenbürtig zu sein; ich habe Angst, den Ansprüchen deiner Fantasie nicht gewachsen zu sein. Ein Mann kann sich gar nicht auf den ersten Blick in eine Frau verlieben; er verliebt sich in das Bild, das er von ihr hat. Sie ist die Leinwand, auf die er seine Hoffnungen und Träume projiziert. Und wenn die Berichte stimmen, ist dieses Mädchen eine besonders anpassungsfähige und anziehende Leinwand gewesen.«

»Wie alt bin ich, siebzehn?!«

»Wieso fragst du? Weil Männer, die alt genug sind, um es besser zu wissen, noch nie ihre in die Jahre gekommenen Ehefrauen gegen eine jüngere und dümmere eingetauscht haben?!«

»Du kennst mich zu gut, um mir mit so etwas zu kommen. Deine Worte sind als Angst verkleideter Irrsinn. Ich habe meine eheliche Treue tausend Mal unter Beweis gestellt. Du weißt alles über die Frauen, die mich seit unserer Heirat zu verführen versucht haben. Du weißt von den alten Geliebten, die versucht haben, mein Interesse an ihnen erneut zu entfachen, seit ich der Rote geworden bin. Doch mein Blick gilt nur dir, Firuzeh Eszter Laleh Dariush. Meine Felia, meine Felia Guile, wie könnte ich dich gegen irgendjemand anderen tauschen? Was für eine wundertätige Möse müsste eine Frau haben, um mich auch nur für einen Moment in Versuchung zu führen? Dass ich von dir ablasse? Von *dir*! Einer Frau, die Kaiserin sein könnte, würde sie es sich in den Kopf setzen? Meinst du denn, ich würde die Leichtgläubigkeit und Schwäche dieses Mädchens deiner Stärke vorziehen?«

Aber ich sehe noch immer Angst in ihren Augen.

»Wenn du das glaubst«, füge ich hinzu, »hast du nicht mich verloren, sondern dich selbst.«

Sie blickt mir prüfend in die Augen, sucht nach Anzeichen von Falschheit, nehme ich an. Wenn ich so vielen anderen derart geschickt und grausam etwas vormachen kann, könnte ich dann nicht auch mit ihr meine Spielchen treiben? Ich versuche, sie ganz offen anzublicken, wie wir es getan haben, als wir jung waren, aber ich kann nur Rot sehen.

Es dauert lediglich einen kurzen Moment, dann sehe ich, wie sie den Blick nach innen wendet. »Ich fühle mich nicht stark. Nicht mehr.«

»Du bist stark genug.«

»Das glaube ich nicht«, widerspricht sie.

Ich strecke die Hand aus und hebe die Stimme. »Dort ist die Tür.«

Es ist für sie ein Schlag ins Gesicht. Ihr bleibt buchstäblich die Luft weg. »Du würdest mich gehen lassen? Einfach so? Nach allem, was wir miteinander durchgemacht haben? Nach allem, was wir getan haben?«

»Dich gehen zu lassen wäre das Schwerste, was ich je getan habe. Aber wir sind im Krieg, auch wenn das bisher nur du und ich begreifen. Wenn du zum Feigling werden willst, muss ich das wissen, bevor ich dir meine Zukunft und die der ganzen Welt anvertraue.«

»Ich bin nicht stark genug ...«

»Stärke ist eine Sache der Entscheidung. Mut eine der Gewohnheit. Leider gilt das Gleiche auch für die Feigheit.«

Sie sieht mir sehr lange in die Augen. »Wir haben noch nicht miteinander geschlafen, seit du wieder zurück bist.«

Ich hebe die Hände, die Innenflächen nach oben gedreht. An wem von uns beiden hat das wohl gelegen?

Doch dann verstehe ich. Selbst nach so vielen Jahren der Ehe verlangen die neuen Umstände neue Antworten: Im Wissen, wie sehr es sie verletzt hat, habe ich nur vage Annäherungsversuche gemacht, während ich sie stattdessen entschlossen hätte umwerben sollen. Aber ich war mir sicher gewesen, dass ich mir mit einem solchen entschlossenen Drängen nur mächtige Ausbrüche von Zorn und Ärger eingehandelt hätte.

Was dann wohl auch so gewesen wäre. Das begreife ich jetzt.

Aber vielleicht haben wir dieses eiternde Geschwür eben einfach aufstechen müssen. *Ich* hatte diese Auseinandersetzung nicht gebraucht, hatte den Ärger und all die unschönen Nachwirkungen eines großen Streits nicht gewollt, also bin ich davon ausgegangen, dass wir dessen beide nicht bedurften. Da habe ich falschgelegen.

Sie lässt es dabei bewenden. Senkt den Blick. Dreht sich wieder zum Tisch um.

Sie sagt: »Das Schlimmste ist, dass ich schon früher Abschriften dieser Schriftrolle zu sehen bekommen habe. Also habe ich zuerst gedacht, es sei alles ... umsonst gewesen.«

Nachdem sie diesen Satz zu Ende gesprochen hat, trete ich hinter sie. Ich atme ihr Haar ein, beuge mich über sie, stütze die Hände links und rechts neben ihr auf den Tisch, berühre sie jedoch nicht.

Sie legt mir die Hand auf den Ärmel, um den Käfig meiner Arme aufzudrücken, aber ich rühre mich nicht von der Stelle, und sie drückt nicht sehr fest.

»Ich brauche dich voll und ganz, Fe«, versichere ich ihr. »Ohne dich bin ich mutterseelenallein auf dieser Welt. Ohne dich bin ich eine Kerze auf einem Wall, wenn der Sturm naht. Ein Ochse, der durch das Gewicht des leeren Jochs dort, wo eigentlich sein Gespannpartner hingehört, vom Pfad abkommt. Ich kann die Arbeit, die vor uns liegt, ohne dich nicht vollbringen, Herz meines Herzens. Ich brauche deine Weisheit. Ich brauche deine Güte. Deinen Scharfblick. Deine Hand am Ruder. Ich brauche jene Kraft in dir, die du immer unterschätzt hast. Deine verborgene Wildheit.« Ich küsse sanft ihren Hals und werde mit einer Welle der Gänsehaut belohnt. »Du bist mein Kompass, meine Ankerwinde und mein Rückenwind. Ich brauche dich, wie ein Sänger eine Stimme braucht, wie eine Melodie ein Tempo braucht, der Refrain seine Tonlage. Ich brauche dich, wie der Speerträger seinen Schild braucht, das Streitross sein Geschirr, der Bogenschütze seinen Bogen. Ich brauche dich, wie das Getreide die Sonne braucht, die Färberin ihre Farben, ein Wandler das Licht. Ich brauche dich, wie die Sterne die Nacht brauchen. Ich brauche dich, wie ein Dichter Worte braucht ...«

Sie schweigt noch immer.

»Und ich will dich. Ich will dich so wie in jener Nacht draußen im Weinberg bei Steinbach. Ich will dich wie damals an jenem Sonntagsabend, als wir in unserem Zelt direkt neben dem deiner

Eltern lagen und trotzdem ziemlich lautstark zur Sache gegangen sind. Ich will dich wie an jenem Morgen auf dem roten Turm, als die Luxiaten an die Tür gehämmert und sich gefragt haben, wie es möglich war, dass sie von außen zugesperrt war.« Meine Stimme wird leiser, bis sie nur noch ein raunender warmer Atem in ihrem Ohr ist. »Oh Gott, wie sehr ich dich will ...«

Der Augenblick dehnt sich in die Länge, ein Moment der Entbehrung und der Strafe, während ich ihren süßen Duft einatme. Ich sehne mich danach, sie zu packen und einfach zu nehmen, die Entscheidung für sie zu treffen, von der ich spüre, dass sie selbst sie nicht treffen will. Aber ich tue es nicht.

Nie ist unsere Ehe eine Verbindung gewesen, in der sich ein schwächerer Partner den Launen des Stärkeren unterworfen hätte. Und das kann sie auch nicht sein. Auf der ganzen Welt ist Felia die eine Blume, die ich nicht unter den Rädern der großen Belagerungsmaschine meines Willens zermalmen werde.

Sie bewegt sich nicht.

Der Moment dehnt sich in die Länge, bis es unerträglich wird.

Ich werde nicht ewig warten. Ich werde es nicht zulassen, dass mein Verlangen zu Schwäche wird, mein Hunger zu einem Verhungern. Ich lasse von ihr ab.

Aber sie hält mich am Ärmel fest, und so wie ein Reiter die ganze tobende Masse eines angreifenden Streitrosses mit ein paar schmalen Lederriemen kontrolliert, werde ich zum Innehalten gezwungen.

Kann man unsere Verbindung überhaupt eine Partnerschaft nennen?

Manchmal frage ich mich, ob Felia nicht die bei Weitem Stärkere von uns ist.

Sie lässt mich nicht lange genug warten, als dass ich diesem Gedanken nachgehen könnte. Sie will wissen, dass sie meine volle Aufmerksamkeit hat. Sie neigt ein wenig den Kopf, um ihr Haar von der Stelle weggleiten zu lassen, die ich zuvor geküsst habe.

Ich weiß, dass sie das braucht. Ich weiß, dass sie mich ein wenig bestrafen will. Ich weiß, dass sie mein Begehren und Werben spüren muss, doch es ärgert mich auch, nach ihrer Pfeife tanzen zu müssen wie ein Hund. Ich bin Andross Guile.

Ich entreiße ihr meinen Ärmel und weiche ein Stück zurück, aber bevor sie sich umdrehen kann, bevor sie auch nur ein Wort sagen kann, packe ich sie am Haar und küsse sie grob auf die andere Seite ihres Halses. Dann drehe ich sie um, hebe sie auf den Tisch und finde ihre Lippen.

Wenn in den Geschichten wahre Liebende zusammenkommen, geschieht es jedes Mal mit solcher Inbrunst und müheloser Fertigkeit, dass Himmel und Erde erschüttert werden und nichts je wieder so sein kann wie zuvor. Das ist natürlich eine Lüge, aber es ist ein weiterer Ausdruck des zentralen Makels jenes Spiegels, den das Drama der Realität vorhält: Alles, was in jenem Spiegel abgebildet wird, *zählt*.

In der Wirklichkeit verändert körperliche Liebe selten irgendetwas. Meistens ist die Sache nicht einmal sonderlich denkwürdig. In den meisten Menschenleben werden Himmel und Erde selten, vielleicht nie durch körperliche Liebe erschüttert.

Aber bisweilen geschieht es eben doch.

Selbst in Anbetracht meiner ererbten Gabe des guileschen Gedächtnisses versinken die nächsten Minuten völlig im wilden Ungestüm der Gefühle, die sich von allen Gedanken befreit haben und im tiefen Wasser der Leidenschaft versunken sind.

»Verzeih bitte«, murmele ich einige Zeit später.

»Du kannst es gerne wiedergutmachen ...«

»Kann ich, ja?«

»... aber hier gibt es gar nichts zu verzeihen.«

»Was?« Und dann begreife ich. »Du hast mich verhext – mit einem Zauber belegt?«

»Du kannst es mir nicht zum Vorwurf machen, wo ich es dir doch gestanden habe, nicht wahr?«

»Felia!« Ich weiß nicht, ob ich verärgert oder ein klein wenig stolz auf sie sein soll. Früher hat sie sich immer in jeder Form sklavisch an die Regeln der Chromeria gehalten.

»Ich wollte, dass es härter und wilder wird«, unterstreicht sie in nüchtern-sachlichem Tonfall.

»Du hättest fragen können.«

»Ich wollte, dass du dich anschließend entschuldigst. Und dass du es wiedergutmachen musst. Was du im Übrigen immer noch tun musst.«

»Es wiedergutmachen?«

»Und zwar jetzt auf der Stelle. Trag mich in unser Bett. Ich bin mir nicht sicher, ob ich gehen kann.«

»Es hat da ein paar Wörter gegeben, deren Bedeutung in unserer Sprache sich seit jenen frühen Übersetzungen verändert hat, aber alles in allem ist es eine solide Leistung der Gelehrsamkeit. Und dann habe ich das hier entdeckt.« Sie zeigt auf einen bestimmten Punkt auf der gegerbten Lammhaut, genau dort, wo die geschwärzte Stelle beginnt.

»Was ist das?«, frage ich.

»Ein Fehler im Leder? Ein verirrter Klecks, der von der Schreibfeder herrührt? Irgendeine Art von Fleck aus den seither vergangenen Jahrhunderten?« Sie zuckt die Achseln. »Eine gute Übersetzerin oder Kopistin würde keine Spekulationen anstellen, sondern nur weitergeben, was sie weiß. Aber wenn ich mir die ganze Schriftrolle anschaue und sehe, was fehlt und auf welche Weise es fehlt, scheint mir, dass, wer immer diese Stelle geschwärzt hat, hier in Eile gewesen ist. Es gibt noch zahlreiche weitere Stellen, an denen er oder sie schlampig gewesen ist. Diese drei Punkte hier am Ende der Zeile – wenn ich rate, wie hier der Text verlaufen sein dürfte, so könnte das alles sein, was von den drei Spitzen des Buchstabens *Shin* übrig geblieben ist. Und das hier könnte der Fuß eines *Khaf sofit* sein. Genauso gut könnte es jedoch auch ein *Resh*, ein *Nun sofit*, ein *Tsadi sofit*, ein *Zayin* oder ein *Dalet* sein, aber wenn ich die Stelle mit seiner Handschrift weiter vorn vergleiche, sind seine *Shins* groß und elegant, und seine *Khaf sofits* reichen ein wenig tiefer herunter als die anderen Buchstaben.«

Sie verzettelt sich in Einzelheiten. Aber sie bemerkt meine Ungeduld.

»Wenn ich recht habe«, fährt sie fort, »dann ist dieser Punkt« – sie legt ein Stück Pergament über die Stelle und zeichnet eine zarte Kurve darunter – »Teil eines Hauchlauts, eines Atemzeichens, so wie in der alten Schreibweise ›Or'holam‹. Das Dokument stammt aus einem dafür passenden Zeitraum. Erst achtzig Jahre später, mit den *Diktionen* des Polyphrastes, sind bei den Gelehrten Atemzeichen in der Zeichensetzung allmählich aus dem Gebrauch gekommen.«

»Aber dieses Zeichen steht offensichtlich nicht für ›Orholam‹. Du hast etwas anderes entdeckt«, bohre ich nach.

»›Entdeckt‹ ist zu viel gesagt. Ich habe ›Spekulationen angestellt‹.«

»Nur raus mit der Sprache.«

»Ich werde es dir stattdessen zeigen.« Sie schiebt den Rand des Pergaments über die alte Schriftrolle, sodass das Pergament das Atemzeichen gerade eben berührt, während weiter unten die fehlende Zeile Text, die drei Punkte des verschwundenen *Khaf sofit*, hervorschauen. »Du verstehst, was ich hier mache, ist keineswegs eine ›Übersetzung‹. Es ist Rätselraterei, keine wissenschaftliche Gelehrsamkeit.«

Ich antworte nicht, und sie greift nach einer Schreibfeder, die akkurat gespitzt ist, so wie die Parianer alter Zeiten ihre Federn angespitzt haben, um den Bogen und Kanten ihrer Schrift die geziemende kalligrafische Qualität zu geben. Ihre Handschrift ist nicht nur wunderschön, sie weiß auch die Handschrift des Skriptologen so geschickt nachzuahmen, dass es einem Fälscher zur Ehre gereichen würde. Die Abstände und Größe der Buchstaben entsprechen genau dem Original.

Sie beginnt bei dem Atemzeichen und bewegt sich in aller Ruhe nach links. »Es gibt nichts in dieser oder in den anderen Schriften des Skriptologen, was das hier bestätigen würde«, betont sie, während sie das *Khaf sofit* zeichnet, dessen drei Spitzen über den Rand ihres Pergaments hinwegragen, sodass sie die drei Punkte auf der Schriftrolle berühren. Sie schreibt den Satz zu Ende und tritt dann zurück. »›*Auf einem zerbrochenen Stein werden die schwarzen Feuer der Hölle auf Erden erneut die zweihundert fallenden Herrlichkeiten des Himmels entfesseln.*‹ Im eigentlichen Wortsinn ›die fallenden Sterne‹. Aber wenn es ›zweihundert‹ heißt, ist es niemals wörtlich gemeint. Die ›zweihundert fallenden Sterne‹ oder ›gefallenen Sterne‹ – das ist ein Euphemismus, der manchmal zu ›die zweihundert‹ abgekürzt wird.«

»Die Himmlischen«, sage ich. »Die Elohim, die alten Götter.«

»Die gegen Orholam rebelliert haben und aus seinem Gefolge verstoßen wurden.«

»Oder die, dem Tyrannen trotzend, aus seinen Palästen ausgezogen sind, für den Fall, dass die Ketzer vielleicht doch recht haben«, gebe ich zu bedenken.

»Die Braxianer?«, hakt Felia nach. »Die Bewohner des Geborstenen Landes glauben an alles, was ihren Durst nach Macht zu rechtfertigen verspricht.« Sie hält kurz inne. »So wie womöglich wir alle.«

»Du meinst dich und mich?«, frage ich.

Für einen Moment sind ihre Augen eine offene Tür zu der dahinter blutenden Seele.

Ich vergesse manchmal, dass ihre größere Empfindsamkeit bedeutet, dass sie mehr leidet, als ich es je könnte.

»Ich will das nicht«, betone ich. »Willst du es etwa? Entstellst du diese Übersetzung, damit wir unseren Söhnen das antun können? Das ist nicht die Felia, die ich kenne.« Bevor sich die Tränen erneut in ihren Augen sammeln können, füge ich hinzu: »Also, wirf uns nicht in einen Topf mit diesen Meuchlern aus der Wüste.«

Sie gibt sich geschlagen. »Mein lieber Herr Gemahl, sieh dir mal Gavins letzten Brief an dich an.« Sie reicht mir ein Stück Pergament, nicht Gavins Brief, der verschlüsselt gewesen ist, sondern die entschlüsselte Fassung.

»Woher hast du den?«, erkundige ich mich.

»Lies.«

Sie hat einen Absatz am Rand angestrichen: »Vater, ich habe ihn jetzt in die Flucht geschlagen. Dazen hofft zweifellos, sich in die Berge rund um Kelfing zurückziehen zu können, aber wir verfolgen den Plan, seine Armee an einer Flussbiegung in der Nähe einer Stadt namens Rekton gefangen zu setzen.«

Ich schaue auf die Karte, die Felia auf dem Tisch ausgebreitet hat. Sie deutet mit der Hand auf Tyrea und weist auf einen kleinen Punkt: Rekton am Fluss Umber. In orangefarbenem Luxin tauchen Namen auf – doch es sind alte Namen. »In der Blütezeit des tyranischen Reiches gab es hier eine Stadt, deren Name die Zeiten nicht überdauert hat«, erklärt sie. »Es war eine heilige Stadt, Anat Infrarot geweiht, bis Karris Atiriel oder ihre Anhänger sie in Schutt und Asche legten. Dort befindet sich ein großes Felsengewölbe. Von den Menschen Anats Kuppel oder Anats Schmelzofen genannt oder auch als die milchgeschwollene Brust oder der schwangere Bauch der Dame aus der Wüste bezeichnet. Dort oben haben die Tyreaner alter Zeiten ihre Söhne geopfert und den Sand mit deren Blut getränkt, um die Göttin anzuflehen, ihre Wüste blühen zu lassen.« Ihre Stimme nimmt einen abwesenden Tonfall an. »Wie leichtfertig ich sie doch als Ungeheuer verdammt habe, Andross. Welche Mutter, die dieser Bezeichnung würdig ist, könnte schließlich ihre Söhne ermorden und glauben, dass aus einer solchen Ungeheuerlichkeit irgendetwas Gutes hervorgehen könnte? Ich habe mir damals nicht vorstellen können ... Wie konnten wir das nur geschehen lassen?«

»Felia«, sage ich, »wie kannst du so etwas auch nur fragen? Während du das hier übersetzt? Wenn es keinen Lichtbringer gibt, sind wir verloren. Alles. Jeder. Ich ...«

Sie tut meine Worte mit einer Handbewegung ab. »Karris Atiriel oder ihre Anhänger haben den Tempel und die Stadt zerstört und jene, die nicht geflohen sind, dem Schwert überantwortet. Die verwüstete Stadt wurde von Flüchtlingen aus anderen Orten besiedelt, und die haben ihr dann schließlich den Namen Rekton gegeben. Andross, wenn Janus in Bezug auf Dazen recht gehabt hat, und wenn all die Gedankensprünge meiner Eingebung irgendwie korrekt sind … Was, wenn ›schwarze Feuer der Hölle‹ vielmehr ›brennender Höllenstein‹ bedeutet? ›Lebendiger Höllenstein‹? ›Ein großer Felsen‹ könnte ›der Große Felsen‹ sein … Andi, es könnte heißen: ›Den Großen Felsen zerbrechend, wird schwarzes Luxin die zweihundert erneut auf Erden entfesseln.‹« Sie holt tief Luft. »Gavin versucht, Dazen bei Anats Großem Felsen in die Falle zu locken.«

»Und«, sage ich, und plötzlich gebiert mein Herz ein Grauen, ausgewachsen und übergroß, »Dazen kann schwarzes Luxin wandeln.«

Sie schaut aus dem Bullauge des Schiffes. »Was wir geopfert haben – und was wir dieser armen Bibliothekarin geraubt haben –, hat uns alles Wissen verschafft, das wir brauchen, um die Katastrophe abzuwenden. Nur zu spät. Gavin hat diesen Brief vor einer Woche abgeschickt. Wir können Rekton unmöglich rechtzeitig erreichen, um sie noch aufzuhalten.«

2

Es gab nur zwei Möglichkeiten, wie Teia den ganzen Orden des Gebrochenen Auges an der Wurzel ausreißen konnte, und heute Abend war ihre letzte Gelegenheit, jenen Weg zu wählen, bei dem nicht Dutzende getreuer Soldaten der Chromeria sterben würden. Allem Anschein nach trafen sich heute Abend die Priester der verschiedenen Gruppierungen des Ordens mit dem Alten Mann aus der Wüste persönlich, um die Details für das Fest des Sterbenden Lichtes zu klären.

Oder, in der Sprache jener Menschen formuliert, die keine bösartigen Scheißkerle waren: für den Sonnentagsabend.

Die Braxianer feierten die Sommersonnenwende nicht als den längsten Tag des Jahres; sie feierten ihn als den Tag, nach dem die Tage wieder kürzer wurden. Für die Braxianer als Wüstenbewohner, die unter der sengenden, kräftezehrenden Hitze ihrer Wüstensommer litten, war das wohl einigermaßen sinnvoll, aber für Teia schien es trotzdem irgendwie etwas Böses zu sein. Und das umso mehr, da diese neuen Braxianer ja überhaupt keine Wüstenmenschen waren; die neuen Anhänger des Ordens hassten einfach nur Orholam.

Sie konnte sich natürlich irren. Sie war nun schon seit geraumer Weile damit beschäftigt, Atevia zu beschatten. Be-*schatten*?, überlegte sie, Schatten der sie war.

Nein, T., hör auf, über derlei nachzugrübeln. Als du das letzte Mal zu viel gedacht hast, hättest du um ein Haar einem Luxiaten erklären müssen, was nächtliche Samenabsonderungen sind.

Sie war jetzt also schon seit geraumer Weile praktisch ununterbrochen damit beschäftigt, Atevia, nun ja, zu beschatten, und dennoch war es ihr entgangen, dass ihm irgendwer heimlich etwas zugesteckt hatte. Der Weinhändler und heidnische Priester mit dem großen Brustkasten hatte in eine Tasche gegriffen und war plötzlich zusammengezuckt – ganz offensichtlich hatte er also etwas vorgefunden, was zuvor noch nicht dort gewesen war. Dann war er hastig in eine nahe Gasse abgebogen, hatte sich verstohlen umgeschaut und den Zettel mit der Nachricht auseinandergefaltet. Es konnte sich nur um wenige Worte handeln, denn er hatte das Papier schon wieder zusammengelegt, ehe sich Teia um ihn herumbeugen und die Botschaft lesen konnte.

»Ich kann es nicht ausstehen, wenn der alte Mann so was macht«, murrte Atevia. »Und wenn ich meine Taschen vor heute Abend nicht mehr überprüft hätte, was dann?«

Hatte er damit irgendeinen »alten Mann« gemeint oder *den* »Alten Mann«?

Teia folgte ihm, während er dahinschlenderte, offenkundig auf der Suche nach irgendetwas, den Zettel mit der Nachricht immer noch in der Hand.

Sie musste an diesen Zettel herankommen! »Vor heute Abend«? Das bedeutete, dass es heute Abend ein Treffen gab oder vielleicht auch noch früher, »vor heute Abend«, nicht wahr?

Nachdem es ihr bislang nicht gelungen war, das verborgene Hauptquartier des Alten Mannes und das zentrale Verzeichnis der Ordensmitglieder zu finden, blieben Teia jetzt nur zwei Möglichkeiten, den Orden des Gebrochenen Auges zu zerstören. Die erste bestand darin herauszufinden, wo das große gemeinsame Ordensritual für das Fest des sterbenden Lichtes stattfinden sollte. Unter irgendeinem Vorwand würde Karris dann im letzten Moment eine Gruppe Soldaten anfordern können, ohne ihnen oder ihren Befehlshabern den wahren Grund dafür zu verraten, und sie schnellstmöglich zum Versammlungsort eilen lassen (um auf diese Weise etwaigen Verrätern keine Zeit zu geben, einen Boten vorauszuschicken).

Dann würden Karris' Soldaten die Versammlung des Ordens direkt angreifen.

Es würde voraussichtlich keine Verhaftungen geben. Die Mitglieder des Ordens wussten, dass sie Orholams Blendblick erwartete, wenn sie gefangen genommen wurden. Sie würden ohne jede Frage lieber im Kampf sterben, als auf diese Weise zu enden. Und ein kämpfender Orden? Das war eine beängstigende Aussicht. Wie viele Schatten würden unter den Reihen der Versammelten verborgen sein?

Ein solcher Schlagabtausch würde wahrscheinlich das Ende des Ordens bedeuten, aber genauso wahrscheinlich würde es auf beiden Seiten ein Blutbad geben. Und noch immer könnte der Chromeria dabei der eine oder andere Anführer des Ordens durch die Lappen gehen. Zwar wäre Teia vor Ort, um zu helfen, aber die Anführer hatten sicher Fluchtpläne vorbereitet, und alle waren maskiert – wie könnte Teia da jeden Ausgang versperren? Sie war allein und konnte sich nicht zerteilen.

Wenn sie besagte Örtlichkeit nur früh genug ausfindig machte, könnte sie sie ja vielleicht vorab auskundschaften und alle Ausgänge entsprechend kennzeichnen? Aber der Orden würde die Lokalität sicher vorher durch seine Schatten und sonstige Mitglieder doppelt und dreifach darauf überprüfen lassen, dass alles sicher war.

Das Ganze war keine Situation, in die sie gern geraten wollte. Vielleicht würde sie keine andere Wahl haben.

Möglichkeit Nummer zwei war da viel besser: Teia würde sich von Atevia zu diesem Treffen mit dem Alten Mann führen lassen und diesem bis zu seinem Unterschlupf folgen, ihn ins Verhör nehmen und dann töten. Irgendwo, wahrscheinlich genau dort in jenem Raum, musste er Bücher mit den Schlüsseln zu den verwendeten Codes sowie eine Mitgliederliste aufbewahren; vielleicht würde sich dort sogar ein Hinweis auf den Aufenthaltsort ihres Vaters finden.

Selbst wenn etwas schiefging – und es gab eine Menge Dinge, die schiefgehen konnten –, würde es für Karris schon genügen, neben der Identität Atevias auch diejenige des Alten Mannes zu kennen, um im Anschluss den Rest austüfteln zu können.

Sobald alle wussten, dass der Alte Mann und die Priester tot waren, würden Menschen wie Aglaia, Mitglieder aus den äußeren Kreisen des Ordens, zu den Ausgängen rennen – und wenn sie gefangen genommen waren und ihnen Orholams Blendblick bevorstand, würden diese Leute anfangen, ihre Kontaktpersonen preiszugeben.

Und Teia war jetzt nah dran, sie spürte es. *Noch heute Abend.*

Teia hatte vermutet, dass heute entweder tagsüber oder am Abend eine Art Treffen der Priester zur Besprechung des Festes stattfinden würde. Wenn die eigene Verfolgungsangst jemanden davon abhielt, rangniederen Mitgliedern der eigenen Kultgemeinschaft auch nur die grundlegenden Details anzuvertrauen (wie etwa hinsichtlich der Frage, wo genau ein großes Fest veranstaltet werden sollte), bedeutete das, dass die ranghöheren Leute auch alle Routinearbeiten erledigen mussten. »Wo treffen wir uns?«, »Ist der Ort sicher?«, »Ist es dort auch sauber?«, »Wo ziehen sich die Leute um und schlüpfen in ihre Verkleidungen?«, »Wer durchsucht in diesem Jahr die Gäste nach Waffen?« und »Wer bestätigt, dass nur Menschen teilnehmen, die auch zum Orden gehören?«

Teufel auch, wenn sie sehr viel Glück hatte, würde sie vielleicht die wahre Identität des Alten Mannes *und* den Veranstaltungsort des Festes in Erfahrung bringen können. Karris konnte dann die Versammlung auf eine sicherere Weise angreifen – versuchen, so viele wie möglich gefangen zu nehmen, ohne sich größere Sorgen machen zu müssen, wenn der eine oder andere entkam –, während Teia die Organisation von oben nach unten abwickelte.

Offenbar unzufrieden und mit finsterer Miene – wodurch verursacht? Hatte er vielleicht eine Kontaktperson verpasst? – stieß Atevia einen Seufzer aus.

Er streckte die Hände in die Höhe und ließ Teia erkennen, dass er noch immer diesen verdammten Papierfetzen in den Fingern hielt. Vielleicht Blitzpapier? Es sah ganz danach aus. Dann duckte sich Atevia durch den Torbogen eines Schankhauses hindurch.

Bei Orholams brennender Pisse, Teia hatte gelernt, Türen zu hassen.

Atevia wirkte überängstlich, daher wollte Teia ihm nicht auf den Fersen in das Gasthaus folgen. Sie wusste nicht, ob sich die Tür von allein schloss oder ob man sie hinter sich zuziehen musste – mit der Folge, dass sie zwischen seiner enormen Leibesfülle und einer Tür, die er zu schließen im Begriff stand, gefangen wäre.

Wenn er sie auch nur berührte, wäre alles vergebens, was sie bisher geschafft hatte.

Sie blieb zurück und verfluchte sich.

Die Tür schwang ganz von allein langsam zu, während Atevia in das Innere des Gasthauses hineinschlenderte. *Verdammt.* Sie hätte ihm ohne Weiteres direkt in den Schankraum folgen können.

Sie wartete auf den nächsten Gast.

Der aber nicht kam.

Eine Minute verstrich. War er durch eine Hintertür, einen geheimen Kellerausgang, wieder hinausgeeilt? War er bereits fort? Hatte sie ihre einzige Chance verpasst?

Mist, Mist, Mist!

Gerade als sie beschlossen hatte, dass sie die Tür nun wirklich öffnen musste, unsichtbar oder nicht, wurde sie von innen geöffnet. Atevia kam heraus und rieb sich die Hände. Rieb sich Asche von den Fingern.

Scheiße! Er hatte nach einem Feuer für den Zettel mit der Nachricht gesucht, das war alles. Und er hatte draußen keine leuchtende Laterne vorgefunden, weil es so kurz vor dem Sonnentag war, dass es sowohl immer noch hell als auch ziemlich warm war. Daher der Abstecher in das Schankhaus.

Und jetzt war der Zettel zerstört. Verdammt! Teia hatte schon wieder versagt.

Inständig bemüht, ihn nun ja nicht zu verlieren, heftete sie sich Atevia an die Fersen – als sie aus dem Augenwinkel etwas bemerkte. Aus irgendeinem Grund schien es ihr fehl am Platz zu sein.

Sie blieb stehen. Wandte ihren Blick in die Richtung, wo sie etwas bemerkt hatte.

Da war nur die geöffnete Tür des Gasthauses. Die jetzt wieder zuschwang.

Nichts.

Sie drehte sich erneut zu Atevia hin, blieb dann aber wieder stehen. Nichts?

Wer war da aus dem Schankhaus gekommen?

Sie ließ den Blick über die belebte Straße wandern, doch es war niemand in der Nähe der Tür.

Ein kalter Schauer schoss ihr über den Rücken. Während sie sich Stück für Stück immer weiter zurückschob, weitete sie die Augen auf Paryl-Sicht.

Und dann sah sie es: die leise Andeutung der Außenhülle einer die Farben filternden Paryl-Blase. Der Schatten im Inneren war unsichtbar, und wenn sie nicht genau an die richtige Stelle geschaut hätte, hätte sie ihn nicht bemerkt.

Der Schatten – war es Mörder Spitz persönlich? – drehte sich um und entfernte sich in entgegengesetzter Richtung die Straße hinunter.

Teia stand wie angewurzelt zwischen Atevia und dem Schatten. Vielleicht war es gar nicht Spitz. Es gab noch andere Schatten. Wenn sie diesem Menschen folgte und es nicht Spitz war ...

Aber dann sah sie, wie die Gestalt eine Seitengasse ansteuerte, dort stehen blieb und einen Moment später das Paryl fallen ließ. Mörder Spitz erschien. Er richtete sich seine Kapuze um die Schultern herum, als sei er einfach nur irgendein Fußgänger, der aus der Gasse gekommen war. Dann setzte er seinen Weg fort, weg von Teia und Atevia.

Er musste den Auftrag gehabt haben, die Zettel mit der Aufforderung an die Priester, zu dem Treffen zu kommen, zu überbringen und dann sicherzustellen, dass sie die Nachricht anschließend vernichteten. Nur Mörder Spitz würde der Orden die wahre Identität der jeweiligen Priester anvertrauen.

Teias Herz hämmerte. Das war ihre Gelegenheit!

Doch Atevia verschwand bereits um eine Ecke herum, fünfzig Schritt entfernt. Spitz mochte auf dem Weg zum nächsten Priester sein oder vielleicht auch unterwegs zu dem geheimen Hauptquartier des Alten Mannes. Er könnte aber auch nach Hause wollen, um dort ein Nickerchen zu halten, oder sogar einfach eine Taverne ansteuern. Teia wusste es nicht. Wenn sie jetzt die Beine in die

Hand nahm, konnte sie ihn töten, bevor er bemerkte, dass sie da war, und dann ... vielleicht würde Atevia dann immer noch leicht zu finden sein. Vielleicht war er ja im Moment noch gar nicht auf dem Weg zu dem Treffen.

Oder war das Ganze möglicherweise eine Falle? Wie nah musste Teia Mörder Spitz gekommen sein, als er Atevia den Zettel heimlich zugesteckt hatte? Sie hatten sich vielleicht gar an den Schultern berührt, und Teia hatte nur die Tatsache gerettet, dass sich gerade keiner von ihnen aktiv mit neuem Paryl gefüllt gehabt hatte und dass sie beide den Blick die meiste Zeit hatten gesenkt halten müssen und sie sich nur verstohlen hatten umsehen können, weil ihre Augen ansonsten frei in der Luft schwebend sichtbar geworden wären.

Wenn sie in das Schankhaus gegangen wäre, wäre sie ihm bestimmt direkt in die Arme gelaufen. Und das ganz buchstäblich.

Heilige Scheiße.

Doch das spielte jetzt keine Rolle mehr. Konzentrier dich, Teia!

Mörder Spitz war bei Weitem die größte Gefahr für sie ... aber Atevia war der Schlüssel zur Erfüllung ihres Auftrags. Er mochte in diesem Moment noch nicht auf dem Weg zu dem Treffen sein, aber wenn er es doch war und sie ihn jetzt laufen ließ, würde sie nicht nur Karris verraten, sie würde auch jeden Sklaven verraten, den Teia ermordet hatte, um überhaupt erst so weit zu kommen, und sie würde zudem all die Menschen im Stich lassen, deren zukünftige Ermordung die heidnischen Priester heute Abend anordnen würden.

Aber wenn sie Spitz gehen ließ, war das, als würde sie eine geladene Waffe, die auf ihren Kopf zielte, schlicht unbeachtet lassen.

Bin ich ein Schutzschild, oder bin ich eine Meuchelmörderin?

Teia ballte die Fäuste so heftig, dass ihre Knöchel knackten – dann lief sie Atevia nach.

3

»Lasst den Saal räumen«, befahl Andross mit lauter Stimme, bevor irgendjemand sonst reagieren konnte. »Das ist keine Angelegenheit für eine öffentliche Sitzung.«

»Ruft das Spektrum zusammen«, wandte sich Karris an Ausbilder Fisk – nur dass er eben kein Ausbilder mehr war; der Mann, der einst Betrügern in ihren Bemühungen geholfen hatte, Kip die Aufnahme in die Schwarze Garde zu verwehren, trug auf seiner Schwarzgardistenuniform inzwischen das Abzeichen eines Hauptmanns.

Hauptmann Fisk? Die Chromeria steckte wirklich in Schwierigkeiten.

Schneller, als Kip hätte reagieren können, hatte Fisk den Schwarzgardisten an der Tür bereits entsprechende Zeichen gegeben. Dann fragte er: »Die gleichen Befehle wie zuvor, was den ...« Er sah Kip an. »Ähm ... den anderen jungen Lord Guile betrifft?«

»Ja!«, bestätigte Andross, obwohl sich Hauptmann Fisk eigentlich an Karris gewandt hatte. »Um Gottes willen, lasst ihn nicht hier herein, ganz gleich, aus welchem Grund.«

Hauptmann Fisk warf Karris einen Blick zu, gehorchte jedoch. Offensichtlich bevorzugte er es, seine Befehle von ihr entgegenzunehmen, auch wenn er eigentlich sowohl dem Promachos als auch der Weißen unterstellt war.

Kip erkannte zwei der Schwarzgardisten als Mitglieder seines eigenen Jahrgangs: Tana und einen hellhäutigen Aborneaner namens Rivvyn Shmuel, der genauso breit war wie sein Lächeln.

Sie sahen so unglaublich jung aus. Die beiden anderen waren wiederum so alt, dass man sie offensichtlich aus dem Ruhestand zurückgeholt hatte. Sowohl Tana als auch Rivvyn hatten so getan, als würden sie ihn nicht erkennen, entweder aus dem hier unangebrachten Verständnis heraus, dass Schwarzgardisten niemanden besonders würdigen sollten – manchmal waren die Jungen übereifrig –, oder weil sie glaubten, er und die Mächtigen hätten die Schwarze Garde im Stich gelassen.

Tana und einer der alten Schwarzgardisten verließen den Raum. Damit blieb noch immer Grinwoody vor Ort, was Kip verdross. Er hatte den verhutzelten alten Paragrafenreiter von ihrer ersten Begegnung an nicht gemocht. Und wenn Andross gesünder wirkte denn je, dann war Grinwoody noch weiter in sich zusammengesunken, hatte sich im Alter eingerollt wie eine tote Spinne.

»Berichte mir alles«, befahl Andross.

»»Uns««, korrigierte Karris.

Andross verdrehte die Augen. »Nun ja, niemand hat Euch rausgeworfen, Tochter, daher ist es Euch selbstredend gestattet zuzuhören.«

Sie lächelte freundlich, während ihre Fingerknöchel auf der Armlehne ihres Stuhls weiß hervortraten. »Wie ist es dir ergangen, Kip?«, erkundigte sie sich. »Du siehst gut aus. Das Eheleben scheint dir zu bekommen.«

»Mehr als nur das. Tisis ist in jeder Hinsicht ein Segen. Das Beste, was mir in meinem Leben passieren konnte.«

»Oh, ich freue mich wirklich sehr, das zu hören!«, sagte Karris. Und auch wenn sie das Gespräch einfach nur begonnen hatte, um Andross zu ärgern, schien sie jetzt wirklich daran interessiert. »Es ist so schwer, den richtigen Partner in diesem Leben zu finden, und dass es dir gelungen ist, macht mich glücklicher, als du dir vorstellen kannst.«

»Seid ihr bald fertig?«, drängte Andross.

»Allerdings!«, sagte Kip, als antworte er Andross, um dann aber hinzuzufügen: »… Hohe Dame Weiße. Und ich habe jetzt schon seit einiger Zeit den Eindruck, Großvater, dass ich Euch persönlich danken muss.«

»Wie bitte?«, kam es von Andross.

»Wenn Ihr nicht gewesen wärt, hätte ich Tisis nicht geheiratet. Ihr habt bewiesen, dass Eure Weisheit und Euer Weitblick mein Verständnis übersteigen. Ich bin Tisis gegenüber zuerst ziemlich … desinteressiert gewesen und hätte ihr von mir aus niemals den Hof gemacht. Ich wäre nie auf den Gedanken gekommen, was für eine ideale Partnerin und mächtige Verbündete sie für mich sein würde. Ihr habt Eure überlegene Einsicht und Weisheit unter Beweis gestellt und mich wahrhaft gesegnet, indem Ihr diese Ehe eingefädelt habt.«

Andross runzelte finster die Stirn, als wisse er nicht recht, ob Kip seinen Spott mit ihm trieb oder ihm ein echtes Kompliment machte – was hier tatsächlich der Fall war. Wenn man Andross Guile ein Kompliment machen wollte, so vermutete Kip, sollte man es am besten gleich zu Beginn eines Gespräches tun, bevor er irgendetwas tat, was einen zur Weißglut trieb – denn das würde mit Sicherheit passieren. »Warum sprichst du das jetzt an? Ist sie etwa schon schwanger?«

»Nein«, antwortete Kip. Und da war es auch schon so weit. Jetzt war er sauer.

»Dann lass die Finger von den Nutten im Feldlager und sieh zu, dass du dein eigenes Feld beackerst, Junge. Brauchst du Unterricht? Ein langes, väterliches Gespräch?«

Auch wenn er eigentlich geglaubt hatte, dass ihn seine Zeit im Blutwald von aller Schüchternheit kuriert hatte, spürte Kip, wie er glühend rot wurde.

Grinwoody richtete das Wort an Andross, und das nicht allzu leise. »Vielleicht leidet der junge Herr an einer Krankheit der intimen Art? Verschüttet seinen Samen, bevor er die Felder erreicht? Weichheit statt Stahl in seinem Pflug? Ich wüsste einen Wundarzt, der vielleicht helfen kann.«

»Ich bin überzeugt, dass du ein echter Experte in Krankheiten der intimen Art bist, *Calun*«, wandte sich Kip an Grinwoody. »Aber ich bin in diesem Bereich recht zufrieden, genau wie auch meine Frau, besten Dank.«

»Sie täuscht es bestimmt nur vor, aber es ist gut, dass sie dir das Gefühl geben will, etwas zu taugen«, meinte Andross.

»Es ist Eure Schuld, wisst Ihr«, schaltete sich Karris ein.

»Wie bitte?«, fragte Andross.

»Gavin hat mir alles über Eure genealogischen Bücher berichtet. Er hat mir auch erzählt, dass Eure Familie die Sache mit den Ehen ganz aus der Perspektive der Pferdezüchter betrachtet, die ihr einst alle gewesen seid. Er hat gemeint, das sei der Nachteil gewesen, den Eure Familie für ihre gewaltigen Wandlerfähigkeiten und zahlreiche andere Vorteile habe in Kauf nehmen müssen – dass Eure Linie niemals sonderlich mit Kindern gesegnet war. Und Felia hatte, wie war das, nur eine einzige Schwester? Bei sehr glücklich verheirateten und außerordentlich *aktiven* Eltern, wie Gavin gemeint hat.«

Andross antwortete: »Oh, ich kenne den Mangel an Fruchtbarkeit der Familie Guile sehr gut, vielen Dank. Er ist ebender Grund gewesen, warum ich bereit war, in Sachen Talent, Intelligenz, Kraft und Charisma so große Zugeständnisse zu machen, als ich beschlossen habe, einen meiner Söhne mit einer Weißeiche zu verheiraten. Eure Familie zeichnete sich nämlich nicht nur durch ihre halsstarrige Torheit aus, sie stand auch im Ruf, sich zu vermehren wie die Karnickel. Leider scheint es, dass letztere Eigenschaft bei Euch gegenüber all den anderen den Kürzeren gezogen hat, da Ihr Eure fruchtbaren Jahre mit Eurer Uneinsichtigkeit vergeudet habt.«

Karris hatte es die Sprache verschlagen, und ihr stand der Mund offen.

Grinwoody feixte triumphierend, dieser elende Speichellecker.

»Doch genug davon«, entschied Andross. »Ein kluger Mann rüstet sich mit einem Köcher voller Pfeile aus, aber der Krieger, der feststellen muss, dass er nur noch zwei Mängelexemplare zur Hand hat, gibt deshalb dennoch nicht einfach den Kampf auf, nicht wahr?«

»›Zwei Mängelexemplare‹?«, hakte Kip nach und erhob aus Versehen laut seine Stimme. Andross schien sich zu freuen, dass sein Schlag offenbar gesessen hatte, aber Kip fuhr fort: »Zwei? Also hat Zymun nun endlich sein wahres Gesicht gezeigt, was? Hat er eine Dienerin vergewaltigt?«

Er sah den gequälten, schuldbewussten Ausdruck in Karris' Zügen und die Zornesröte auf dem Gesicht von Andross.

»Also nicht nur eine Dienerin?«, bohrte Kip weiter. Als hätte Kip sie nicht alle davor gewarnt, dass Zymun eine Schlange war.

Mist! Er hätte das mit Zymun nicht fragen sollen. Es genügte, wenn er wusste, dass auch sie Bescheid wussten, dass mit seinem Halbbruder etwas ganz und gar nicht stimmte. Er hatte noch keine Anhaltspunkte dafür gesammelt, dass sich Zymun während der Zeit des Massakers von Apfelhain nicht in der Chromeria befunden hatte. Sobald er etwas dazu in der Hand hatte, wollte er diesen Mann da vor ihnen damit konfrontieren. Und diese Zeit würde kommen. Schon bald.

»Zurück zum Thema«, schlug Andross vor.

Ausnahmsweise waren alle seiner Meinung.

»Was ist das für eine Waffe, über die du zu verfügen behauptest?«, wollte Andross wissen.

»Ihr seid also noch nicht dahintergekommen, Großvater?«, erwiderte Kip, als sei die Sache ganz einfach. »Ihr wisst nicht, wie man es mit den Gottesbannen aufnimmt?«

»Ich habe da eine ganze Reihe von Ideen. Die Frage ist, worin dein Vorschlag besteht. Und ob er tauglich ist.«

»Unsere Vorfahren wussten über die Banne Bescheid, und sie haben viel mehr darüber gewusst als wir«, begann Kip. »Wieder einmal etwas, das die Chromeria geheim gehalten hat, was uns nun alle in Gefahr bringt.«

»Sie haben sich die neun Königreiche der alten Zeiten noch nicht geeint vorstellen können«, gab Karris zu bedenken. »Und mit Sicherheit haben sie sich nicht vorgestellt, gleichzeitig gegen mehrere Gottesbanne kämpfen zu müssen.«

»Dennoch haben uns die Alten nicht ohne Verteidigungsmöglichkeiten zurückgelassen«, erklärte Kip. »Die Verteidigungsanlagen befinden sich rings um uns herum.«

»Ich bin nicht in Stimmung für irgendwelche Spielchen«, entgegnete Andross.

»Die Tausend Sterne und die Turmspiegel«, fuhr Kip fort. »Sie sind ursprünglich nicht dazu bestimmt gewesen, teure Mittel zur Unterhaltung zu sein oder Symbole für Orholams Güte oder auch nur komplizierte Hinrichtungsinstrumente, auch wenn sie das alles ganz genauso sind. Sie sind Waffen. Sie wurden dazu geschaffen, gegen die alten Götter zu kämpfen.«

Karris glaubte sofort, was er sagte. Kip konnte das Vertrauen, das sie in ihn setzte, von ihrem Gesicht ablesen – als füge sich nun schließlich alles zusammen, jetzt am Ende aller Dinge, genau zum richtigen Zeitpunkt. Andross wirkte, als hätte er viel mehr daran zu arbeiten, diese mögliche Enthüllung zunächst in ein komplexes Raster dessen einzufügen, was er bereits wusste, und dabei alle Bedingungen in Erwägung zu ziehen, mit denen diese Enthüllung in Einklang stehen musste, um glaubwürdig zu sein. Aber seine anfängliche Einschätzung der Sache schien vorsichtig positiv.

»Und wie?«, fragte Andross. »Wie soll das genau funktionieren?«

Kip schluckte. »Genau weiß ich es nicht. Wie wir gegen sechs oder sieben Gottesbanne zu kämpfen haben statt nur gegen jenen einzigen, auf den sich die Alten vorbereitet hatten? Ich nehme an, genau deshalb brauchen wir jemanden, der gleichzeitig mit einer größeren Zahl von Dingen fertigwerden kann als jeder andere. Jemanden, der über eine gewaltige Macht und einen unerbittlichen Willen verfügt, imstande, den Stein der Geschichte, der mit rasender Geschwindigkeit bergab rast, um dieses Reich zu zermalmen, aufzuhalten und ihn wieder hinaufzurollen.«

»Also wirklich jemand ganz Speziellen, hm?«, bemerkte Andross.

»Ihr wollt wahrscheinlich etwas über die Bedrohung wissen, mit der wir es da zu tun haben, und darüber, wie ich mir so sicher sein kann«, sagte Kip.

Andross sah aus, als wollte er Kip auf seine vorangegangene Bemerkung über diesen »Jemand« festnageln, aber er ließ die Sache erst einmal auf sich beruhen. Also gab Kip ihm eine kurze Zusammenfassung all dessen, was geschehen war, seit sie zuletzt Nachrichten voneinander erhalten hatten.

Es stellte sich heraus, dass beide Seiten zahlreiche Briefe geschickt hatten, von denen indessen nur wenige ihr Ziel erreicht hatten, daher waren einige Wiederholungen unumgänglich. Natürlich übersprang Kip Dinge, bei denen er der Ansicht war, dass Andross und Karris sie nicht zu wissen brauchten. Er war sich sicher, dass sie das Gleiche bei ihm machten. Und gewisse Fragen durften überhaupt gar nicht gestellt werden, zum Beispiel die, ob Karris irgendetwas von Teia gehört hatte. Kip hatte gehofft, sie als Schwarzgardistin im Dienst zu sehen, als er hergekommen war. Er würde auf dem Weg hinaus einmal an der Kaserne vorbeischlendern müssen.

Als er zu seinem Bericht über die Seeschlacht kam, lief Andross vor Zorn puterrot an.

Wie sich herausstellte, richtete sich seine Empörung nicht gegen Kip. Stattdessen war er wütend auf Caul Azmith. Für einen Moment hatte es den Anschein, als wollte er Karris die Schuld an der Sache geben.

Leise sagte sie: »Es ist mir gelungen, ihn zum Kapitän eines einzigen Schiffes zu degradieren. Es war die größte Herabstufung, die ich ohne Eure politische Unterstützung bewerkstelligen konnte. Und die schien ich zu der Zeit nicht zu haben. Vielleicht sollten wir nicht vergessen, wer es war, der ihn überhaupt erst zum General ernannt hat?«

Kip konnte die Antwort an Andross' verkniffenem Blick ablesen.

»Wenn es ihm gelingt, diese Schlacht zu überleben«, begann Andross, »und seinesgleichen gelingt das irgendwie immer – wird da ein Todesfall arrangiert werden müssen. Notiere es dir, Grinwoody. Und sag mir Bescheid, sobald seine Verwandten das nächste Mal irgendwo für irgendein Amt kandidieren. Diese Familie muss aufhören zu existieren.«

»Nicht dass ich für die Azmiths viel übrig hätte, aber wenn wir eine ganze Familie dafür zahlen lassen, wenn eines ihrer Mitglieder einige Tausend Tote verschuldet, stecken die Guiles ganz schön in Schwierigkeiten«, bemerkte Kip.

In Andross' Augen blitzte es auf. »Bist du nicht hergekommen, um dir eine Gunst von mir zu erbitten? Denk mal über deine Einstellung nach, Junge.«

»Jetzt hört mal zu, alter Mann!«, platzte es wie aus heiterem Himmel aus Kruxer heraus. »Kip hat einen Thron aufgegeben, um hierherzukommen und Euch zu retten. Wohlstand, hohe Stellung, Sicherheit? Er hat all das aus Treue zur Chromeria geopfert – sogar aus Treue zu *Euch*. Ihr habt uns keine Hilfe geschickt, als unsere Leute für die Sieben Satrapien gestorben sind, und doch ist er hier. Weil er hundertmal der Mann ist, der Ihr seid. Wenn also irgendjemand seine Einstellung überprüfen sollte, dann seid Ihr das.«

Benommenes Schweigen trat ein.

Kip rief sich ins Gedächtnis, dass sich Kruxer normalerweise der Macht von Autoritätspersonen unterwarf, aber zugleich war er auch der junge Mann, der Aram ohne jede Vorankündigung das Knie gebrochen hatte, als er hatte mit ansehen müssen, wie seine Vorgesetzten Ungerechtigkeit billigten.

Andross winkte die Schwarzgardisten an der Tür herbei. »Schafft diesen gescheiterten Auszubildenden der Schwarzen Garde von hier weg. Ich kann Mittelmäßigkeit nicht ertragen.«

Kruxer schaute gar nicht erst zu Kip hinüber, ob dieser den Befehl wohl widerrufen würde. Er schritt direkt in Richtung Tür davon.

»Ach ja, Grinwoody«, fügte Andross hinzu und hob seine Stimme, sodass Kruxer ihn mit Sicherheit hören konnte, »sieh mal nach, ob Inana ux Bollwerk für ihre Zeit bei der Schwarzen Garde immer noch eine Pension bezieht. Und wenn ja, lass sie streichen. Überprüfe auch, ob sie im Laufe der Jahre vielleicht überbezahlt wurde und horrende Schulden hat.«

Das war Kruxers Mutter.

Der junge Hauptmann der Mächtigen zuckte zusammen, als hätte er einen Schlag abbekommen, aber er drehte sich nicht um.

Er schritt hinaus.

Andross schaute zu Kip, um zu sehen, wie er reagieren würde.

»Ihr sprecht, als würdet Ihr auch noch nächste Woche Pensionen auszahlen lassen oder Schulden eintreiben«, stellte Kip mit eisiger Stimme fest, »von nächstem Jahr gar nicht zu reden.«

»Stell deine Forderungen«, erwiderte Andross, als sei er gelangweilt. Kip wusste, dass er nur so tat.

»Ich muss herausfinden, wie die Spiegelvorrichtung auf dem Turm des Prismas funktioniert. Also brauche ich uneingeschränkten Zugang dazu, und zwar auf der Stelle.«

»Du hast das bisher noch nicht zu enträtseln vermocht?«

Diese Frage hatte Kip bereits beantwortet. »Das werde ich schon noch tun«, sagte er.

»Du bist noch nicht dahintergekommen, ob die Spiegel zu dem in der Lage sind, was du da behauptest, ja, du weißt noch nicht einmal, wie das Ganze überhaupt funktioniert«, sagte Andross in einem Tonfall der finsteren Belustigung, »und dennoch beanspruchst du ein Vorrecht, das jahrhundertelang allein den Prismen vorbehalten gewesen ist. So viel muss ich dir zugestehen, du hast dir die guilsche Arroganz inzwischen ganz zu eigen gemacht.«

»Es ist keine Arroganz«, schaltete sich Karris ein. Ihre Augen hatten einen nachdenklichen Ausdruck angenommen. »Nicht wahr, Kip?«

»Ich behaupte nicht, davon frei zu sein«, antwortete Kip. »Aber ich glaube nicht, dass es sich in diesem Punkt bei mir um Arroganz handelt.«

»Und worum dann? Meinst du, du kannst deinem Bruder im letzten Moment Knüppel zwischen die Beine werfen?«, fragte Andross.

»Halbbruder«, berichtigte Kip. »Und, nein. Es geht hier nicht um Stolz. Es geht um Entschlossenheit.« Kip drehte die Hände nach oben, wie jemand, der sich für etwas anbietet.

Der Blick seines Großvaters wanderte für einen kurzen Moment zu Kips linkem Handgelenk, und seine Augen verengten sich. Kip sah, wie er tief in Gedanken versank. Für einen Moment konnte Kip nicht anders, als zu denken: Mann, ich habe dir gerade mitgeteilt, dass hier ein feindlicher Überfall unmittelbar bevorsteht. Solltest du vielleicht nicht besser irgendwelche Befehle erteilen?

Aber Andross hatte sich als durchaus willig erwiesen, in Aktion zu treten, sobald er erst einmal entschieden hatte, welche Richtung er dabei einschlagen würde. Die wenigen Sekunden, die er jetzt brauchte, waren Kips Einschätzung nach die Verzögerung wert.

»Schick einen Boten zu Carver Schwarz«, wies Andross Grinwoody an. »Ich will mich vor der Versammlung des Spektrums hier mit ihm treffen.«

Grinwoody verneigte sich und verließ den Raum.

Andross wandte sich wieder Kip zu. »Du würdest also im Kampf gegen die Gottesbanne *Licht bringen*. Du würdest die Jasperinseln und das Reich retten. Und es muss du sein, der das bewerkstelligt. Weil du etwas so ungeheuer Besonderes bist.«

»Etwas Besonderes insofern, als ich der einzige Vollspektrum-Polychromat bin, über den wir verfügen und der das hier tun kann.«

»Unsinn. Wir verfügen über jede Menge Vollspektrum-Polychromaten.«

»Jede Menge?«, wiederholte Karris. »Ein halbes Dutzend? Vielleicht zehn, wenn zudem auch ein paar zum Sonnentag hergekommen sind.«

»Die Zeit für die Chromeria, Dinge, die ihr nicht gefallen, einfach links liegenzulassen, ist abgelaufen«, betonte Kip. »Hoher Lord Promachos, ich verfüge über eine außerordentliche Begabung dafür, viele verschiedene Farben nicht nur nacheinander, sondern auch gleichzeitig zu wandeln. Und ich bin von einem fast genauso starken Willen erfüllt wie Ihr selbst. Ich bin ein Guile, und niemand ist für diese Aufgabe besser gerüstet als ich.«

»Bist du der Lichtbringer?«, fragte Andross leise.

Es schien, als schnappe die Geschichte selbst durch zusammengebissene Zähne nach Luft. Niemand im Raum rührte sich.

Kip wusste, was er sagen musste.

Mit fester, ruhiger Stimme: »Ja, der bin ich.«

Und alle atmeten nun plötzlich anders. Der Weg war bereitet. Sie hatten sich festgelegt. Ob Andross sie wegen Gotteslästerung einkerkern oder umbringen lassen würde, oder ob er sich ihnen anschließen würde, das lag jetzt nicht mehr in ihren Händen.

»Der wichtigste Mann in der Geschichte«, fuhr Andross fort, seine Stimme immer noch ruhig und leise. »Er steht vor mir. Mein eigener ... Enkelsohn.« Sein Tonfall ließ sich unmöglich deuten. War es Spott? Nachdenklichkeit?

Aber Kip hatte den Eindruck, eine Unterströmung von Trauer in Andross' Stimme wahrzunehmen, als spotte er nicht über Kip, sondern staune darüber, wie das Universum mit ihm selbst seinen Spott trieb.

»Wenn Ihr Euch dann besser fühlt«, sagte Kip, »die hier zur Debatte stehende Menge an Luxin, die ich zu wandeln habe, wird mein sicherer Tod sein. Selbst wenn ich für einen kurzen Augenblick wie der große Held dastehen mag, werdet schon am nächsten Tag wieder Ihr der wichtigste Mann im Raum sein.«

Kip spürte, dass die Mächtigen ihn ansahen. Über diesen Punkt hatte er noch nicht mit ihnen gesprochen.

»Glaubst du denn, mir würde es darum gehen?«, fragte Andross.

»Ja«, antwortete Kip, ohne zu zögern.

Winsen schnaubte belustigt.

Verdammt, Win.

»Wir sollten ihn zum Prisma machen«, schaltete sich Karris ein. »Das würde für uns drei Probleme gleichzeitig lösen.«

»Drei?«, hakte Andross nach. »Was wäre denn das dritte?«

»Dass Kip sonst stirbt? Dass er von dem vielen Luxin, das er wandelt, umgebracht wird?«, erwiderte Karris.

»Seltsam, das hat für mich mehr nach einer Lösung geklungen«, entgegnete Andross. Er schien sich an einen dunklen Ort zurückgezogen zu haben, an den ihm niemand folgen konnte.

Kip wusste nicht recht, von welchen Problemen Karris sprach. Dass die Vorrichtung zur Steuerung der Spiegel auf dem Turm des Prismas eigentlich einem Prisma vorbehalten war, war offensichtlich eines davon.

Karris sagte: »Zymun wird außer sich sein, wenn Ihr Kip erlaubt, in jene Rechte einzugreifen, die Zymun als Prisma-Erwählter seiner Ansicht nach allein zustehen, auch wenn er noch kein Prisma ist. Und über *dieses* Thema müssen wir ohnehin reden. Uns läuft die Zeit davon.«

Aha, das war also das zweite Problem, das gelöst werden würde, wenn Kip zuvor zum Prisma ernannt wurde. Zumindest so einigermaßen gelöst.

Zymun würde natürlich trotzdem fuchsteufelswild sein, nur wäre er nicht in der Position, deswegen irgendetwas zu unternehmen.

»Es ist unmöglich«, sagte Andross.

»Zymun zu ersetzen?«, erkundigte sich Karris.

»Kip zum Prisma zu machen.« Als sei beides aus irgendeinem Grund nicht dasselbe.

»Warum?«, fragte Karris.

»Im wahrsten *Wortsinn* unmöglich«, antwortete Andross.

»Ach, richtig. Verdammt«, murmelte Karris. Dann wurde sie blass, griff sich an den Kopf und fluchte ein weiteres Mal.

»Also ... Ihr seid dahintergekommen«, stellte Andross fest, ohne sich überhaupt zu ihr umzudrehen. »Endlich.«

Wohinter denn?, wunderte sich Kip.

»Ich hatte mich genau das schon gefragt«, fuhr Andross fort. »Was ist mit Eurem kleinen heiligen Kader getreuer junger Luxiaten? Habt Ihr es *ihnen* schon berichtet? Oder waren sie es, die Euch davon in Kenntnis gesetzt haben?«

Kip wünschte sich verzweifelt zu wissen, wovon sie sprachen, aber ihm war klar, dass er es am ehesten dadurch herausfinden würde, dass er schwieg.

Andross schien es zu belustigen, dass sie nicht antwortete. »Ihr seid eins von nur zwei Mitgliedern des Spektrums, die inzwischen Bescheid wissen.«

»Alle anderen habt Ihr ausgemerzt«, erwiderte Karris. »Warum?«

»Dann habt Ihr doch noch nicht alles begriffen. Ihr solltet vielleicht noch einen genaueren Blick in das Vermächtnis Eurer geliebten Orea Pullawr werfen. Die alte Weiße war nicht gar so schuldlos, wie Ihr gern glauben wollt, und ihr Herr Gemahl noch viel weniger.«

»Wirklich? Dann reden wir doch mal über Schuldzuweisungen«, fuhr Karris auf, plötzlich von grimmiger Leidenschaft erfüllt. »Ich glaube, es wird höchste Zeit, dass Ihr mir ein paar Fragen beantwortet. Und reden wir über meine getreuen Luxiaten. Ihr wisst, es heißt, der Lichtbringer werde den Glauben reinigen und läutern. Für mich klingt das, als würde ich meinen Beitrag zu seinem Werk leisten. Und Ihr, als Roter, ja sogar als Promachos, warum solltet *Ihr* das nicht tun?«

»Darüber können wir uns später unterhalten«, antwortete Andross und bedeutete ihr zu schweigen. »Wenn ich dazu komme. Ich habe so viel zu tun.« Herablassendes Arschloch. Dann wandte er sich Grinwoody zu, der den Zeigefinger ausgestreckt hielt, das aber ganz unauffällig, um die Aufmerksamkeit seines Herrn auf sich zu ziehen, sobald dieser dazu bereit war. »Ja?«

»Ich habe einen Botengang zu erledigen«, bemerkte Grinwoody leise. »Mit Eurer Erlaubnis?«

Andross scheuchte ihn weg, dann stach er mit einem Finger in Kips Richtung. »Was ist denn *das*?«

»Was ist was?«, fragte Kip.

»An deinem Arm. Ist das eine Tätowierung?«

Er meinte den Schildkrötenbären auf Kips linkem Handgelenk mit seinen frischen, leuchtenden Luxin-Linien in allen Farben. Kip hatte in der letzten Zeit eine Menge gewandelt. Er hatte überhaupt nicht daran gedacht, die Tätowierung zu verbergen.

»Darüber können wir uns später unterhalten«, antwortete Kip. »Wenn ich dazu komme. Ich habe so viel zu tun. Steht uns nicht gerade ein Krieg bevor? Sollten wir vielleicht nicht eher darüber reden?«

»Die Erwachsenen werden darüber reden, sobald Carver Schwarz hier eintrifft«, entgegnete Andross. »Du weißt, dass es in der Chromeria ein striktes Verbot von Tätowierungen gibt.«

»Das weiß ich. Es ist mir egal.« Es war ein altes und bemerkenswert dummes Verbot. Während einer früheren, von Streitigkeiten erfüllten Zeit, ehe farbige Linsen allgemein verfügbar geworden waren, hatten sich einige eher hellhäutige Wandler mit ihrer Farbe gefüllte Felder auf die Arme tätowiert, um sich dadurch eine stets vorhandene Farbquelle zum Wandeln zu verschaffen. Im Zuge eines Machtkampfes hatten die damals politisch dominanten Parianer, deren dunklere Haut farbige Tätowierungen für sie weniger hilfreich machte, ein Verbot aller Tätowierungen durchgesetzt, um ihre dauerhafte Kontrolle über die Schwarze Garde zu festigen. Denn was würde aus ihrer Dominanz wohl werden, sobald Krieger mit hellerer Haut die Vorteile von dunkler Haut zunichtemachen und sich zugleich stets zugängliche Farbquellen erschließen konnten, einfach indem sie sich tätowieren ließen?

»Du kannst es dir nicht leisten, dem Spektrum eine Nase zu drehen, wenn du herkommst, um dir Unterstützung zu erbitten. Wir werden uns später noch über diese Sache auf deinem Unterarm unterhalten, aber wie wäre es, wenn du jetzt erst mal etwas mit Ärmeln anziehen würdest?«

»Kein Problem«, erwiderte Kip. Und schon wenige Sekunden später war er in Ferkudis Mantel geschlüpft.

Andross beobachtete ihn die ganze Zeit und schürzte dann die Lippen vor. »Ja, in Ordnung.«

Ja? Ach so, die Spiegelsteuerung. Er gab Kip seine Erlaubnis. Orholam sei Dank.

Ein Sekretär förderte eine Schreibfeder, Pergament und Andross' Promachos-Siegel zutage. Andross verfasste eine kurze, an sich selbst gerichtete Notiz. Während der Sekretär Abschriften anfertigte, verfasste Andross ein weiteres Schriftstück, in dem er Kip Quartiere und Verpflegung für seine Streitkräfte zusicherte.

»Es sind noch weitere meiner Verteidigungsverbände hierher unterwegs«, verkündete Kip, als er die Pergamente entgegennahm. »Sie werden ebenfalls Unterbringung und Proviant brauchen. Wir sind mit der größtmöglichen Geschwindigkeit vorausgereist.«

»Wir werden uns um deine Leute kümmern«, versprach Karris. Sie begleitete ihn zur Tür, als Carver Schwarz schwitzend den Raum betrat. Er musste gerannt sein.

»Ist es wahr?«, fragte er. »Sie kommen?«

Kip nickte und reichte Schwarz den auf Basis der Informationen seiner Aufklärer erstellten Lagebericht, den er und die Mächtigen verfasst hatten, bevor sie an Land gegangen waren. »Ich lasse auch Ferkudi hier bei Euch, um alle etwaigen Fragen zu beantworten. Er hat ein gutes Auge für Details.«

Carver Schwarz machte sich sofort über den Bericht her, während er zu Andross hinüberging, aber Karris blieb zurück.

»Kip, ich habe vieles wiedergutzumachen, daher hoffe ich, dass wir bald eine Gelegenheit finden, miteinander zu sprechen. Doch zuerst eine drängende Frage im Voraus. Wenn du während der Schlacht wie auch immer die Steuerung der Spiegelvorrichtung des Prismas übernimmst, dann besteht da die Frage der Verfügung über deine Truppen. Du wirst sie nicht persönlich anführen können. Wir müssen sie in unsere Streitkräfte integrieren.«

»Stimmt«, pflichtete Kip ihr bei. »Es ist nicht gerade ein Problem, für das ich bereits eine tolle Lösung parat hätte.« Das hier war nicht die Art von Kampf, für die seine Leute ausgebildet waren, und im Zuge einer wirkungsvollen Verteidigung ging es nicht einfach nur darum, belebte Körper an den richtigen Stellen zu positionieren.

»Dann könntest du dir vielleicht überlegen, über meinen Lösungsvorschlag nachzudenken«, fuhr Karris fort. »Ein General, von dem ich gehofft hatte, dass er unseren Einfall im Blutwald anführen würde, wird in Kürze hier eintreffen. Wenn es nach mir geht, wird er unsere Verteidigung leiten.«

Verdammt, nein, ich überlasse meine Leute nicht einfach irgendjemand anderem. Kip schaffte es mit Mühe, das nicht laut auszusprechen.

»Verzeiht mir, wenn ich es offen sage«, erklärte er stattdessen. »Ich fürchte, ich habe mittlerweile genug von dem, was die Vorstellung der Chromeria von leistungsfähiger militärischer Führung betrifft.«

Sie zuckte zusammen und musste sich eingestehen, dass seine Worte berechtigt waren. Doch dann fragte sie verschmitzt: »Würde es irgendetwas ändern, wenn ich dir verriete, dass der General, den ich da im Sinn habe, niemand anders als ein gewisser Corvan Danavis ist?«

4

Mit bis zum Hals schlagendem Herzen beschattete Teia den Kaufmann und folgte ihm durch die von Pilgern verstopften Straßen.

Wenn sie mit ihrer Einschätzung nicht falschlag, würden sich die Anführer des Ordens des Gebrochenen Auges heute Abend innerhalb der nächsten Stunden treffen. Das war Teias letzte Gelegenheit, ihren Auftrag zu erfüllen.

Karris hatte Teia im Weg über Quentin eine einzige Frage gestellt: »Wenn ich dir absolut alle Unterstützung zukommen lasse, die mir zur Verfügung steht, können wir dann den Orden des Gebrochenen Auges innerhalb der nächsten beiden Tage auslöschen?« Teia sollte ein entsprechendes Zeichen hinterlassen, um der Weißen sofort ihr Ja oder Nein mitzuteilen.

Alle Jagden und Morde Teias hatten sie zu dieser Straße geführt, in die hinein sie jetzt Atevia verfolgte, und Atevia würde sie zum Alten Mann führen. Der Alte Mann würde seine Papiere entweder bei sich tragen, oder er würde nach diesem Treffen in sie Einblick nehmen müssen, daher würde er sich sicherlich sogleich auf den Weg in sein geheimes Quartier machen.

Teia würde den Alten Mann aus der Wüste womöglich noch heute töten können, und der ganze Orden würde folgen, sobald sich Karris daranmachen konnte, seine Strukturen aufzureiben.

Als seine Schritte Atevia ins Botschaftsviertel trugen, schnürte sich Teias Brust noch enger zusammen. Normalerweise würde man nicht annehmen, dass ein Ketzer den Weg zur Chromeria einschlagen würde, wo die Dichte von Luxiaten und Spionen aller

Art so viel höher war – jedenfalls nicht, wenn er zu einem wichtigen Treffen unterwegs war.

Dann bog er in das Gasthaus zur Wegkreuzung ein – die ehemalige tyreanische Botschaft, die zum feinsten Restaurant und Kopihaus der Stadt umgebaut worden war. Das in der Nähe des Lilienstiels tatsächlich an einer Kreuzung gelegene Haus war seit Langem bei Diplomaten, Adligen, reichen Kaufleuten und wohlhabenden Müßiggängern, die lediglich sehen und gesehen werden wollten, ein sehr beliebtes Lokal. Hier trafen sich auch alle, die mit irgendjemandem aus dem Kreis dieser Leute Geschäfte machen wollten. Es gab hervorragende Speisen und Getränke, ein edles und diskretes Bordell im Untergeschoss, auf Wunsch ultraviolette Blasen, die für Privatsphäre sorgten, mietbare private Konferenzräume und Dutzende von Hinterausgängen. All das machte das Haus zu einem wahren Paradies für Spione und für jene, die sich mit ihnen trafen oder welche anwerben wollten. Es gab so viele gesetzestreue Anlässe, den Aufenthalt im Gasthaus zur Wegkreuzung zu genießen, dass man dort auch den ungesetzlichen vor aller Augen nachgehen konnte, ohne dass es auffiel.

Aber alles, was das Lokal zu einem großartigen Ort machte, um sich in aller Heimlichkeit zu treffen (wie das so viele taten), machte es für Teia umgekehrt zum denkbar schlechtesten heimlichen Treffpunkt: eben genau, weil so viele ihn nutzten. Alle hielten danach Ausschau, mit wem jedermann sonst sich so traf.

Eine gewisse Art von Spionen mochte es genießen, ihren heimlichen Umtrieben unbemerkt vor aller Augen nachzugehen, aber Teia konnte nicht glauben, dass die Führung des Ordens des Gebrochenen Auges so dreist sein würde. Unverfrorenheit war nicht die Art des Ordens.

Sie beobachtete aus sicherer Entfernung, wie er seine Runde drehte, Menschen zunickte, die in ihre eigenen Zusammenkünfte vertieft zu sein schienen, und hier und da ein flüchtiges Wort mit jemandem wechselte. Dann begann er aufmerksam zuhörend ein

Gespräch mit jemandem zu führen, der aussah wie ein leitender Mitarbeiter der Wegkreuzung, nippte dabei an einer ganzen Reihe von Weingläsern, die eine hübsche junge Sklavin auf einem Tablett herbeibrachte, und schien die verschiedenen verkosteten Weine mit dem Mitarbeiter zu besprechen.

Natürlich. Atevia war Weinhändler für den Adel. Das Gasthaus zur Wegkreuzung musste ein größerer Kunde für ihn sein oder hatte zumindest das Potenzial, einer zu werden, wie Teia vermutete. Atevia war in Angelegenheiten seines eigentlichen Berufes hier. Die Pflege von Kontakten zu einer riesigen Anzahl wichtiger Leute war einfach Teil seiner Arbeit.

Als sich Atevias Besprechung mit dem Angestellten der Wegkreuzung ihrem Ende zu nähern schien, schlich Teia näher heran.

Der Mitarbeiter erhob sich vom Tisch und sagte: »Ach, im Keller liegen übrigens ein paar Fässer, von denen ich befürchte, dass sie vielleicht schlecht geworden sind. Könntet Ihr die vielleicht mal für mich überprüfen?«

Atevia grinste. »Nun gut ... wenn Ihr darauf besteht.«

»Oh ja, das tue ich.« Der Mitarbeiter der Wegkreuzung zwinkerte ihm zu. »Es gibt da auch ein neues, äh, Fass, von dem Ihr wirklich mal kosten solltet.«

Teia glaubte tatsächlich, dass sie noch immer über die Arbeit geredet hatten, bis Atevia auf der Treppe die Hand an seine Hose sinken ließ, um deren Inhalt zu richten.

Oh ihr Götter, sie war wirklich naiv. Verschwörerisches Augenzwinkern? Das neue *Fass*, das Atevia unbedingt kosten sollte ... im Keller, der zufällig ein Bordell war?

Verdammt, T., wie naiv kannst du sein?

Teia hatte ihre Gelegenheit, Mörder Spitz zu töten, aus der Hand gegeben – nicht um irgendetwas Produktives zu tun, nicht um irgendjemanden zu retten, sondern um abzuwarten, während Atevia vor dem großen Treffen heute Nacht seinen »Geldbeutel« leerte.

Plötzlich kochte ein blubbernder Kessel Galle in ihr hoch, quoll über und zischte und spuckte, als er die Flammen von Teias Frustration und Enttäuschung traf.

Sie wollte diesen Mann vernichten. Sie wollte ihn ruinieren. Sie wollte ihm zu seiner Hure folgen. Sie würde an ihm herumexperimentieren: ausprobieren, ob sie ihn erschlaffen lassen konnte, dann würde sie ihn loslassen, sodass er wieder in Erregung geriet, nur um ihn dann erneut schlaff zu machen. Vielleicht konnte sie herausfinden, wie sie ihn zum Höhepunkt kommen lassen konnte, ehe er die Frau auch nur angerührt hatte. Das könnte vielleicht nützlich sein, nicht zuletzt für Teia selbst, um sich in Zukunft schützen zu können – vorausgesetzt, sie hatte eine Zukunft. Und derlei Tests waren bei verängstigten Sklaven, welche nicht gerade dazu neigten, häufig erregt zu sein, ja nicht gut möglich.

Als sie Atevia in den Keller des Gasthauses zur Wegkreuzung folgte, wusste sie, dass ihre Aufgewühltheit völlig unverhältnismäßig war.

Sie kannte diesen Mann kaum. Warum hasste sie ihn so sehr? Warum bloß wollte sie gerade ihn unbedingt bestrafen?

Irgendetwas an ihm ging ihr gegen den Strich. Na schön, er war dumm, sexbesessen, verräterisch, klein. Mörder Spitz war schlimmer – hundertmal schlimmer –, und doch hasste sie ihn nicht, nicht direkt. Sie fürchtete Spitz. Sie hasste es, wie er ihr immer wieder das Gefühl von Verletzlichkeit vermittelte, und sie versuchte, sich einzureden, dass sie sich von ihm nicht noch einmal in diesen Gefühlszustand versetzen lassen würde – aber es waren nicht Hass und Verachtung, was sie ihm gegenüber empfand.

Eine schöne Empfangsdame in einem weißen Hängekleid aus Seide, das gerade so ihre Scham bedeckte, begrüßte Atevia am Fuß der Treppe. Sie kannte ihn offensichtlich.

Das dunkle krause Haar der Empfangsdame bildete einen perfekt geformten Ring um ihren Kopf, und als sie Atevia nun in einen Raum führte, bewegte sie sich, als ginge sie auf einem Seil, und ihre Hüften wiegten sich bei jedem ihrer sorgfältig abgemessenen Schritte.

Atevia konnte den Blick gar nicht von ihr abwenden.

Die Frau sah über ihre Schulter zurück, bemerkte seine Verzückung und lächelte wohlwollend. Sie war entweder eine sehr gute Schauspielerin, oder ihre Arbeit machte ihr tatsächlich Spaß.

Erstaunlich, wie leicht wir uns selbst täuschen und uns einreden, wir täten etwas Gutes, dachte Teia.

Und dann überfiel sie der Gedanke, dass sie selbst ja womöglich ganz genauso zu diesem »Wir« dazugehörte. Die Frau vor ihr half Männern, ihre Ehefrauen zu betrügen; Teia ermordete Menschen. Sie hatte nicht unbedingt ein Recht, sie von oben herab zu betrachten. Die Frau war höchstwahrscheinlich selbst eine Sklavin und machte das Beste aus einem schlechten Leben, um das sie nicht gebeten hatte.

Teia war eigentlich der letzte Mensch, der ein Urteil über sie fällen sollte, doch Teias Hass war im Moment wie eine Flamme, die heftig hin und her zuckte und nach Brennmaterial suchte, um sich an allem zu nähren, woran sie sich zu nähren vermochte.

Sie versuchte, dieses Feuer in Schach zu halten, es von sich wegzuschieben, an einen kargen, leeren Ort, damit sie wieder klar denken konnte.

Warum hasste sie diesen Mann, der sich offensichtlich von der niedersten aller Sünden, der Wollust, verlocken ließ? Einer bloßen Sünde des Körpers, aus Schwäche begangen. Sie war weit verbreitet, von belangloser Alltäglichkeit.

Und doch verfing man sich so leicht in ihren Netzen. Teias eigene Mutter hatte …

Es traf Teia wie ein Schlag ins Gesicht.

Atevia Zelorn war genau wie Teias Mutter. Blind vor Wollust, schenkten sie beide den Leiden jener, die sie liebten, keinerlei Beachtung. Atevia verriet seine Familie, indem er sie hinterging, und Teias Mutter hatte das getan, indem sie sie buchstäblich verkauft hatte. Teias Vater hatte sich bemüht, ihrer Mutter all die besseren Dinge im Leben zu geben, die sie unbedingt zu brauchen behauptet hatte, und um sie zu beschaffen, war er immer weiter und weiter in die Ferne gereist – was ihr nur neue Gelegenheiten gegeben hatte, ihn zu betrügen.

Teia hatte vor, Atevia Zelorn für seine Treulosigkeit zu vernichten, aber sein Verrat an der Chromeria wirkte für sie regelrecht armselig im Vergleich dazu, wie er seine Familie hinters Licht führte. Genauso wie auch Teias Mutter ihre Familie hinters Licht geführt hatte.

Und wofür? Für ein paar Orgasmen mit Fremden?

Teia hatte bisher noch keinen einzigen gehabt, doch für sie hatte es den Anschein, als sei das damit verbundene Wohlgefühl besser als das, das einem ein gutes Besäufnis verschafft, aber weniger intensiv als ein Mohnrausch. Das konnte doch nicht genügen, um sich dafür selbst zu zerstören, oder?

Aber das war nicht der einzige Grund, warum Leute Ehebruch begingen, nicht wahr? Genauso wie nach dem Liebesakt selbst hatte ihre Mutter nach all den damit verbundenen Eitelkeiten gegiert, die ihr schmeichelten.

Was war der Gewinn, den Atevia Zelorn für seinen treulosen Verrat zu erwarten hatte? Geld? Geld hatte er. Wenn er noch mehr hätte, wofür würde er es ausgeben? Für weitere Besuche in Bordellen? Um der geheuchelten Zuwendung von Huren nachzujagen, während daheim eine liebende Frau auf ihn wartete?

Teia würde ihn zugrunde richten; und wenn sie ihn umbrachte, würde sie es so tun, dass die Familie nicht gedemütigt wurde, sodass sie nicht für seine Sünden zu zahlen hatte. Aber er würde zahlen – was Teias Mutter nie hatte tun müssen.

Der Raum hatte ein Vorzimmer, und die Empfangsdame hielt die Tür auf, ging aber nicht weiter.

Teia schlüpfte hinter Atevia hinein.

Er schloss die Tür hinter sich, legte den Riegel vor und öffnete eine seitlich stehende Kommode. Ein Vorhang teilte dieses Vorzimmer vom Rest des Raums ab. Als sich Atevia zu entkleiden begann – nein danke! –, sandte Teia Paryl in Richtung des Vorhangs.

Der Vorhang war für ihren Blick undurchdringlich, es befand sich irgendein Metall darin.

Sie hörte eine Tür weit auf der anderen Seite des Vorhangs gehen, dann wurde ein Riegel vorgeschoben. Was hatte das zu bedeuten?

Sie drehte sich um und sah Atevia lange weiße Gewänder anziehen. Er legte sich einen Schleier aus Kettenpanzer über das Gesicht.

Teia blieb fast das Herz stehen. Der Schleier. Hier ging es nicht um den Besuch bei einer Hure. Das hier war das Treffen.

Alles zuvor war nur Verstellung gewesen: Die Fassweinverkostung im Keller war der Vorwand für einen Besuch bei einer Prostituierten gewesen, der wiederum nur der Vorwand für das hier war.

Leider trat Atevia, nachdem er sich fertig angekleidet hatte, durch den Vorhang, ohne ihn weit genug offen zu halten, dass Teia ebenfalls hätte hindurchschlüpfen können. Er zog ihn sorgfältig hinter sich zu und sperrte Teia aus.

Sie konnte die Stimmen der Männer deutlich vernehmen, sie begrüßten einander jedoch in einer Sprache, die Teia nicht verstand, die sie nicht einmal erkennen konnte.

Gütiger Orholam, war der Orden denn so gut darin, Geheimnisse zu hüten, dass sich seine Anführer nur auf Braxianisch unterhielten?

Aber anscheinend waren nicht alle der Männer (waren es drei oder vier?) gleichermaßen mit der Sprache vertraut. Während ein Mann mit einer hohen Tenorstimme zügig und flüssig berichtete, musste er seinen Vortrag mehrere Male unterbrechen, um einem der anderen das eine oder andere Wort zu erklären. »Ja, die Gottesbanne«, sagte der Tenor. »Und zwar sie alle, wenn man ihm Glauben schenken kann.« Dann verfiel er wieder ins Braxianische.

Als derselbe andere Mann später, erneut verwirrt, ein Hüsteln von sich gab, entfuhr es dem Tenor: »Ich bitte Euch, *bawaba*, Ihr müsst das Wort kennen. Wir verwenden es in unseren Zeremonien!«

»Ich habe Euch einfach nicht deutlich genug vernommen«, klagte der Mann. Seine Stimme kam Teia seltsam vertraut vor.

Teia fragte sich, ob Quentin das Braxianische beherrschte. Oder ob er es schnell erlernen könnte. Nun ja, natürlich konnte er sehr schnell lernen. In Quentins Welt gab es zwei Bücher: *Das Buch über alles, was Quentin weiß* und *Das Buch über alles, was Quentin bestimmt bald wissen wird*.

Aber was sollte sie tun? Ihn hierher in den Raum zaubern? Alles nach Gehör Laut für Laut aufschreiben, was sie sagten?

Viel Glück dabei, T.

Dann erstattete Atevia Bericht. Er beherrschte die Sprache fließend, zum Teufel mit dem verdammten Kerl.

Als der Begriffsstutzige ihn bat, einen bestimmten Begriff zu übersetzen, tat Atevia das, indem er einen weiteren braxianischen Ausdruck benutzte, der für den anderen offenbar hilfreich genug war – freilich nicht für Teia.

Wieder ein anderer Mann ergriff das Wort, und das Grollen des Stimmenverzerrers drang an Teias Ohr. Da sich die anderen ihm gegenüber sehr unterwürfig verhielten, vermutete Teia, dass dieser Mensch nur der Alte Mann aus der Wüste persönlich sein konnte. Er sprach am längsten, wobei er den anderen immer wieder Fragen stellte oder Fragen beantwortete, aber Teia verstand rein gar nichts, ausgenommen das Wort »Schwarzpulver« in einem Satz, der ansonsten völlig unverständlich war.

Anscheinend kannte das Altbraxianische kein Wort dafür.

Na großartig.

So bruchstückhaft das Ganze auch war, hatte sie immerhin »Schwarzpulver«, »Gottesbanne« und »Tore« gehört. Das und die Anweisung, dass die Getreuen sich vorbereiten und ihre Waffen mitbringen sollten.

Wann das sein sollte, war nicht klar. Zu dem Fest? Oder nach dem Fest? Kleinschwanz hatte gesagt, es gäbe da einen Plan, doch was war das für ein Plan?

Sie hatte angenommen, der ganze Grund für das Treffen seien die letzten Vorbereitungen für das Fest morgen Abend gewesen.

Der Mann, der das Braxianische am wenigsten fließend beherrschte, begann seinen Bericht. Er hatte einen nasalen Bariton und gab die ganze Sache schnell wieder auf. »Es tut mir leid, ich arbeite daran, aber, beim Diakoptês, wie soll man aus alten Schriftrollen enträtseln, wie man richtiges Braxianisch spricht? Und es ist ja auch nicht so, als hätte ich irgendwelche Gelegenheiten, mit jemandem zu üben. Ich kann nicht ...«

»Genug, fahrt fort«, unterbrach ihn der Alte Mann.

Doch Teia konnte sich kaum auf das konzentrieren, was der Mann sagte. Aus der nachlassenden Anspannung im Raum und der Abkehr vom Braxianischen war klar zu schließen, dass der wirklich brisante Teil des Treffens zu Ende war. Wenn die Männer den Raum verließen, könnte sie sich einem der anderen an die Fersen heften, und wenn sie herausgefunden hatte, wer sich dahinter verbarg, würde sie schließlich eine weitere Gemeinde des Ordens aufdecken können. Aber wenn sie Glück hatte, konnte sie dem Alten Mann aus der Wüste persönlich folgen.

»Es gibt ein Problem mit den, den *abad el shams*. Verdammt, das ist nicht richtig ... mit dem Mohn. Wir haben keinen.« Ach ja, jetzt hatte sie es! Die Stimme dieses Priesters war ihr gleich bekannt vorgekommen. Er war jener mit der rauen Stimme eines Nebelrauchers, der Teia befohlen hatte, sich auszuziehen, als sie in den Orden aufgenommen worden war.

Dieser Scheißkerl.

»*Ezay deh?*«, fragte der Alte Mann gebieterisch.

»Die Chromeria hat allen Mohn zur medizinischen Versorgung aufgekauft. Eine unserer regelmäßigen Quellen hat zugegeben, davon ausgegangen zu sein, dass wir ihm nicht so viel bezahlen würden wie die Chromeria, und er hatte zu große Angst, mehr von uns zu verlangen, daher hat er alles, was er hatte, an sie verkauft. Doch er ist bereit, uns Fliegenpilze zu beschaffen.«

»Die schmecken widerwärtig. Ich kann mit keinem Wein aufwarten, der stark genug wäre, um den Geschmack zu überdecken! Nicht einmal wenn er mit Weihrauch und Gewürzen versetzt ist.« Atevia kehrte dem Braxianischen nun ebenfalls den Rücken.

»Wir könnten einfach ohne auskommen«, schlug der andere Mann vor. »Wie das alte Sprichwort lautet: ›*Erdah be El sada lehad matofrago*‹, nicht? Oder aber wenn wir genug Honig ...«

Der Alte Mann seufzte. »Ich werde dafür sorgen, dass zufällig genug Mohn aus den Lagern der Chromeria herausgeschafft wird. Wer von euch will es abholen? Mörder Spitz *maak yakhod balo menak*.«

Mörder Spitz was? Was zum Teufel hatte das zu bedeuten?

»Ich kann es beschaffen«, sagte Atevia verdrossen. »Weitere Anweisungen?«

Die wurden ihm natürlich alle auf Braxianisch erteilt.

Teia fragte sich, was wohl geschehen würde, wenn sie gleich hier und jetzt versuchte, diese Männer zu töten. Gütiger Orholam, wenn sie nachgedacht hätte, hätte sie eine mit Metallkugeln gefüllte Granate mitbringen können. Doch trotz ihres Schimmermantels und bei all ihrer Begabung – wie gut standen ihre Chancen, sie alle zu töten, wenn sie jetzt in diesen Raum hineinging?

Und selbst wenn sie sie alle zu töten vermochte, so würde sie doch nicht an das Verzeichnis sämtlicher Mitglieder des Ordens herankommen – und sie brauchte diese Liste. Ohne sie könnte der Orden einfach von Neuem anfangen. Und sie würde nicht herausfinden, wo sie ihren Vater gefangen hielten.

Also musste sie dem Alten Mann folgen. Er war der Mittelpunkt von allem. Ihm folgen, seine wahre Identität enthüllen und warten, bis er sich in seinen geheimen Büroraum begab. Dann konnte Teia ihn töten und sich sicher sein, dass der Orden in sich zusammenbrechen würde.

Sie war jetzt nahe dran, stand zum ersten Mal kurz vorm Erfolg. Die Rettung ihres Vaters war in Reichweite.

Sie hatten den Raum alle aus verschiedenen Richtungen betreten, daher war davon auszugehen, dass sie ihn auch auf verschiedenen Wegen wieder verlassen würden. Und alle zweifellos eingemummt, unter Kapuzenumhängen verborgen. Sie ging davon aus, dass sie wohl nichts Weiteres von Belang mehr würde erlauschen können – sie plauderten inzwischen einfach nur noch darüber, wer jetzt die Drogen und den Alkohol zu ihrem Fest mitbringen würde, und sie taten es nicht einmal mehr auf Braxianisch. Jetzt konzentrierte sie sich darauf, die jeweilige Position eines jeden Priesters im Raum zu ermitteln, um sich die bestmögliche Chance zu verschaffen, dem richtigen zu folgen, wenn sie alle aufbrachen.

Sie würde raten müssen, wer von ihnen es war, den sie zu beschatten hatte. Der Alte Mann aus der Wüste hatte seine Paryl-Brille.

Teia würde eine wahre Meisterleistung vollbringen müssen.

Ihrer Vermutung zufolge war das Mindeste, womit zu rechnen war, dass die Männer den Raum jeweils auf dem gleichen Weg verlassen würden, auf dem sie hereingekommen waren, um dann wieder in ihre Straßenkleidung zu schlüpfen. Das bedeutete, dass es ihr nichts brachte, sich weiter in dem Raum aufzuhalten, in dem sie sich gerade befand. Sie wusste ja bereits, wo Atevia wohnte.

Es war für Teia wieder einmal Zeit, ihr Leben aufs Spiel zu setzen.

Unsichtbar drückte sie ein Ohr an die Außentür des Raums. Nichts zu hören. Das Bordell ließ sich seine Ausstattung ganz schön was kosten, das musste man ihm lassen – dicke Wände, damit man nicht hörte, was die Nachbarn so trieben. Wichtiger noch war natürlich, dass sie einen selbst nicht hörten, dachte Teia. Sie würde es riskieren müssen.

Sie zog die Tür weit genug auf, um hinausspähen zu können, und sah die Empfangsdame eine Frau über den Flur geleiten. Leise schloss Teia die Tür wieder. Sie ließ Paryl unter der Tür heraus und über den Flur strömen und wartete ab. Als sie spürte, dass jemand die dünnen Fäden zerriss, wartete sie noch einige weitere Herzschläge und schob die Tür dann behutsam auf.

Der Flur vor ihr war leer. Die Empfangsdame befand sich fünf Schritte weiter hinten und führte die Frau gerade in einen Raum.

Die Flure hier unten bildeten einen regelrechten Kaninchenbau – alles erstreckte sich viel weiter, als sie das von oben angenommen hätte. Doch binnen einer Minute hatte Teia mehrere Eingänge zu einem größeren Raum ausgekundschaftet, dem Ort, wo sich die Hohepriester des Ordens trafen, sowie einige Nischen, in denen sie sich vielleicht würde verstecken können, ohne von ihrem Paryl Gebrauch machen zu müssen.

Und das gerade rechtzeitig. Sie stand an einer Kreuzung zweier Flure, als sich plötzlich zu beiden Seiten Türen öffneten. Zwei auf identische Weise in lange Umhänge gewandete vermummte Gestalten traten gleichzeitig heraus. Sie befand sich hier auf der entgegengesetzten Seite der Stelle, an der Atevia eingetreten war, also war er keiner dieser Männer. Sie hatte nur zwei Wahlmöglichkeiten, und es war nicht sicher, dass der Alte Mann aus der Wüste überhaupt einer dieser beiden Männer war.

Geradeso gut hätte sie jetzt auch eine Münze werfen können.

Das hier geht auf deine Kappe, Orholam. Wenn du willst, dass ich …

Der Mann links von ihr neigte den Kopf, als er ihr den Rücken zukehrte, und hob einen Finger an sein Gesicht, als schiebe er eine Brille hinauf.

Eine Brille? Wie die Paryl-Brille, die der Alte Mann getragen hatte?

Jetzt stellte sich natürlich die Frage, wie gut diese Brille funktionierte. Draußen im Sonnenlicht konnte Teia Paryl ungefähr auf eine Strecke von dreißig bis vierzig Schritt sehen, im Dunkeln vielleicht doppelt so weit. War seine Brille auch so gut? Was, wenn sie sogar besser war?

Sie folgte ihm in sicherem Abstand, wiewohl sie ihn vorübergehend aus den Augen verlor, als sie übertrieben vorsichtig das Gasthaus zur Wegkreuzung verließ, aber dann erkannte sie ihn an seinem Gang wieder – sie hoffte zumindest, dass es sich um den Richtigen handelte. Der Mustermantel verlieh ihr allerdings einen riesigen Vorteil, selbst wenn sie ihn nicht dazu gebrauchte, sich unsichtbar zu machen. Sie begann mit ihm als einem abgetragenen dunkelblauen Umhang; dann legte sie ihn auf ihren Schultern zusammen, ließ ihn ein grün-schwarzes Karomuster annehmen und band sich schnell einen Schal um den Kopf, während sie die Kellertreppe nach oben stieg. Später verlieh sie ihrem Schimmermantel einen gedämpften Braunton, der zu dem breitkrempigen Petasos passte, den sie sich auf dem Weg zum Lilienstiel aus dem Verkaufsstand eines Straßenhändlers gemopst hatte.

Sie musste einen Zahn zulegen, als er die Chromeria erreichte, trotzdem verlor sie ihn in der großen Halle erneut aus den Augen. Sie erhaschte einen Blick auf einen Mann, bei dem es sich vielleicht um den Gesuchten handelte. Er trug Sklavenkleider und machte sich gerade daran, die Dienstbotentreppe hinaufzusteigen.

Teia zögerte.

Von nun an wurde die Sache sogar noch gefährlicher. Sollte er in irgendeiner Form Notiz von ihr genommen haben, würde er hier seine Falle zuschnappen lassen. Wenn sie sich unsichtbar machte, würde der Alte Mann womöglich ihr Paryl bemerken. Wenn sie sichtbar blieb, konnte jeder Sklave oder Diener der Chromeria sie aufhalten, wenn sie die Treppe hinaufstieg – sie war nicht wie eine Sklavin gekleidet, und es kam häufig vor, dass Menschen, die sich die Sehenswürdigkeiten der Chromeria ansehen oder als Bittsteller zur Weißen vordringen wollten, versuchten, sich auf diese Weise vorzudrängeln.

Was für Teia am wenigsten in Frage kam, war, als Sklavin verkleidet hineinzugehen und unter Umständen erkannt zu werden –

oder gar als Schwarzgardistin hineinzugehen und definitiv erkannt zu werden.

Würde das Personal der Chromeria wissen, dass eine bestimmte Schwarzgardistin fehlte? Was würde Teia tun, wenn jemand von der Schwarzen Garde die Treppe herunterkam? Die Schwarzgardisten benutzten die Treppe häufig aus Gründen der Bequemlichkeit oder der größeren Schnelligkeit. Schließlich waren auch sie genau genommen Sklaven.

Während sie innerlich die Absurdität all dessen verfluchte — eigentlich sollte Teia hier diejenige sein, die sicher war, und der Alte Mann sollte Angst haben, nicht umgekehrt! —, hüllte sich Teia in eine Paryl-Wolke und huschte durch die Tür. Sie war erschöpft von all dem Wandeln und der ständigen Anspannung, aber sie konnte jetzt nicht aufgeben.

Ihre Schuhe mit den Sohlen aus gehärtetem Gummisaft waren fast lautlos, als sie die Treppe hinauflief.

Türen öffneten sich und Türen schlossen sich, und sie warfen Echos die große Wendeltreppe hinab, auf der Kip und die Mächtigen im vergangenen Jahr um ein Haar im Kampf getötet worden wären. Es war zu viel von all dem Öffnen und Schließen. Die Treppe war manchmal über etliche Minuten hinweg völlig leer, und dann herrschte hier plötzlich wieder genauso viel Betrieb wie auf dem Lilienstiel. Zu ihrem Entsetzen schien im Augenblick eher Letzteres der Fall zu sein.

Teia streckte den Kopf durch die erste Tür, die sie meinte, gehen gehört zu haben. Sie wusste sehr gut, dass sie dahinter auf ein gezücktes Schwert würde treffen können.

Aber da war nichts.

Sie lief ein weiteres Stockwerk hinauf und riss dort die Tür auf. Eine junge Sklavin stellte einen sauberen Eimer Wasser neben ihren Schrubber und sah auf. Sie schien neugierig verwundert darüber, niemanden an der Tür entdecken zu können.

Nächstes Stockwerk. Nichts ... nichts ... nichts.

Und doch war er hier irgendwo. Der Alte Mann befand sich im Turm des Prismas. Er war in ihrer Nähe. Aber Teia hatte ihn nicht rechtzeitig ausfindig machen können. Sie hatte zu lange gezögert, war zu vorsichtig gewesen.

Es war ihre letzte Chance gewesen, den Orden des Gebrochenen Auges an der Wurzel auszureißen, ohne dass ihre Freunde getötet würden. Es war ihre letzte Chance gewesen, ihren Vater zu retten.

Teias letzte Hoffnung brannte herab, spuckte Funken und erlosch.

Mit hölzern-steifen Bewegungen machte sich Teia auf den Weg zu dem toten Briefkasten, um dort das vereinbarte Zeichen für Karris zu hinterlassen: Können wir den Orden ausmerzen? »*Nein.*«

Teia hatte versagt.

5

»Heute in zwei oder drei Tagen«, richtete Karris das Wort an ihre versammelten Luxiaten, »werden all unsere Anstrengungen auf die Probe gestellt werden. Der König der Wichte – der Mann, der einst mein Bruder war – kommt hierher. Er wird angreifen. Und wenn es nach ihm geht, wird er nicht eher aufhören, bis diese Insel nichts mehr ist als rußiger, blutiger Schutt.«

Inmitten all der Gefahren und der Schwerarbeit, die Karris ihnen abverlangt hatte, war die Zahl ihrer ursprünglich einhundert ausgewählten Luxiaten zuerst auf fünfundsechzig geschrumpft und dann wieder auf fast zweihundert angewachsen. Einige darunter waren mit Sicherheit Spione, aber was kümmerte sie das, solange sie Karris bei der Arbeit halfen?

Sie hatte das sogar offen so gesagt. Sie hatte gelernt, förmlich in der Macht der Wahrheit zu schwelgen.

»In unserer gemeinsamen Zeit«, fuhr sie fort, »habt ihr bessere Dienste geleistet, als ich es hätte verlangen können. Ihr habt den Bewohnern der Jasperinseln eine neue Bestimmung gegeben, und ihr habt eure Muskeln und eure Stimmen der Verteidigung unseres Reiches und von Orholams Sache gewidmet.«

Sie konnte von ihren Gesichtern ablesen, dass ihr Lob ihnen unbehaglich war, genau wie auch der Zeitpunkt, zu dem es kam. Mitternacht als die Uhrzeit einer ihrer Versammlungen? Sie waren schon bisher vorsichtig in der Wahl der Termine ihrer Treffen gewesen, aber es waren dennoch nicht gerade Geheimtreffen gewesen.

Doch das heute hatte einen anderen Anschein. Es lag eine gewisse Dringlichkeit in der Luft.

»Euch kommt es so vor, als klängen meine Worte wie ein Lebewohl«, sprach sie freiheraus weiter. »Das könnte auch sein. Allzu oft hat dieses Reich sinnlose Kriege darum geführt, wer wohl den Purpur würde tragen dürfen. Allzu oft hat es für jeden oder alles gekämpft, was seinen Säckel mit dem meisten Geld zu füllen versprochen hat. Das nun ist keiner dieser Kriege. Dieser Kampf ist ein Kampf um unser Überleben und um das Überleben aller, die wir lieben. Rückblickend können wir mit der Arbeit, die wir geleistet haben, zufrieden sein: Die Verteidigungsanlagen sind repariert, die Lager wieder aufgefüllt, die Menschen beflügelt. Vorausblickend sind meine Forderungen an euch schlicht und einfach. Dient, wo es vonnöten ist. Gebt den Durstigen Wasser. Bringt den Verletzten Hilfe. Tröstet die Sterbenden. Tragt Schießpulver bei euch und schießt. Wenn ihr euch dazu berufen fühlt, greift zu den Waffen. Aber lasst mich eins jetzt ganz deutlich klarstellen. Ich verlange von euch nicht, für dieses Volk zu leben. Ich verlange von euch, für es zu sterben. Ich verlange von euch nicht, als Märtyrer zu sterben – zeigt ein wenig Bescheidenheit und überlasst das Männern und Frauen, die besser sind als ihr.« Sie grinste, und die Luxiaten lachten über Karris' Umkehrung dessen, was sie eigentlich gelernt hatten: Konnte man denn zu bescheiden und demütig für das Märtyrertum sein? Aber dann wurde sie wieder ernst. »Ich verlange von euch, als Helden zu sterben. Ein Märtyrer gibt sein Leben aus freien Stücken hin; ein Held kämpft bis zum Ende. Kämpft bis zum Ende.« Sie machte eine kurze Pause und sah in ihren ernsten Mienen nicht Angst, sondern Entschlossenheit. »Wisst, dass ich von euch nicht verlange, dorthin zu gehen, wohin ich euch nicht zu führen bereit bin. Seit einiger Zeit wird in mir das Gefühl immer stärker, dass auch ich während dieses Kampfes sterben werde.« Ein Gefühl? Nun ja, zunächst war es nur das gewesen – bis sie Teias Zeichen gesehen hatte. Seitdem war es eine ausgewachsene Vorahnung. Der Orden konnte nicht aufgehalten werden. Die Erfüllung all ihrer großen Ziele war vereitelt.

Doch nun durchlief eine leise Welle des Protests die versammelten jungen Frauen und Männer, und in ihren Zügen stand Entsetzen.

»Ich sage euch das nicht, um euer Mitleid zu erregen oder, Orholam behüte, um Ehrfurcht bei euch zu wecken. Ich sage es euch, weil mich das Wissen um meine eigene Sterblichkeit auf eine Weise mit einer Frage konfrontiert hat, dass ich nicht umhinkann, diese Frage zu beantworten. Es ist eine Frage, die ich auch euch in aller Bescheidenheit vorlegen will. Erwägt diese Frage im Gebet, und dann handelt eurer Antwort entsprechend. Achtet darauf, ob auch ich das Gleiche tue.« Sie nahm sich einen Moment Zeit, um den Blick über ihre Gesichter schweifen zu lassen. So jung. So voller Licht und Mut, dass es ihr das Herz brach. »Ihr und ich, wir sind dazu berufen zu dienen. Wenn die nächsten Tage unsere letzten sind, wie können wir es wagen, sie in Angst zu vergeuden?«

Sie sah viele schlucken und nicken. Etliche der Versammelten waren eher der Typ gelehrter Bücherwurm, keine Männer und Frauen, die sich durch schnelles Handeln auszeichneten.

»Schlagt den Weg ein, den Orholam euch vorgibt. Ich weiß, dass ihr mich stolz machen werdet.«

Darauf folgte kein Jubel. Das Gewicht des Augenblicks hatte sich über sie alle gelegt, nicht zuletzt über Karris selbst.

Sie war so ehrlich gewesen, wie sie sein konnte, ohne dass jemand versuchen würde, sie daran zu hindern zu tun, was sie nun einmal tun musste. Sie hatte ihren Frieden damit gemacht.

Wenn Eisenfaust als Preis für seine Armeen ihre Hand forderte, war es unmöglich, ihm das abzuschlagen und diese Armeen trotzdem zu bekommen. Sie konnte nicht behaupten, dass Gavin noch am Leben war, ohne dass es Teias Tod bedeuten und damit alle Opfer, die die junge Frau gebracht hatte, null und nichtig machen würde. Der Orden war nicht rechtzeitig aufgehalten worden.

Karris' eigene Worte und Taten setzten ihr jetzt Grenzen und legten den Pfad offen, über den sie zu wandeln hatte. Ich werde nicht ohne Fehl sein, hatte sie versprochen, aber wenn ich in die Irre gehe, werde ich den Preis dafür zahlen.

Wenn sie sich der Bigamie schuldig machte, würde sie ihr Volk retten, indem sie die beiden Männer entehrte, die ihr auf der Welt am meisten bedeuteten. Indem sie bewusst ihre Gelübde brach, würde sie ihr Amt entehren und alle anderen Schwüre, die sie je abgelegt hatte, unterhöhlen. Sie würde alles untergraben, was sie im Magisterium zu erreichen versucht hatte.

Es gab aus der ihr drohenden Heirat keinen Ausweg, der nicht Leben und Ehre kosten würde. Also würde sie sich die Armeen mit ihrer eigenen Entehrung kaufen und dann mit ihrem eigenen Leben. Sie würde hinausgehen und gegen Koios kämpfen, würde den Tod suchen. Und wenn der Tod sie nicht wollte, würde sie Selbstmord begehen. Nicht aus Verzweiflung, sondern als Sühneleistung für ihre Ehrlosigkeit. Nicht: lieber Tod als Ehrlosigkeit. Sondern: Tod, um der Ehrlosigkeit ein Ende zu machen.

Es war nicht das, worauf sie gehofft hatte. Es war nicht das, was sie wollte. Doch sie war dazu bereit.

Niemand schien gehen zu wollen, aber schließlich trat ein verlegener junger Mann vor. »Hohe Dame«, begann er leise. »Die

Zeit, die ich in Eurem Dienst verbracht habe, war das Beste in meinem Leben. Genau dafür wollte ich Luxiat werden. Ich habe eine Vorahnung, dass ich in dieser Schlacht sterben werde. Wollt Ihr mich segnen?«

Er kniete vor ihr nieder.

Und so segnete sie ihn. Und dann den nächsten jungen Luxiaten. Und dann segnete sie alle nacheinander, jeden Einzelnen, mit einem ermutigenden Wort hier und da, aber manchmal nur mit einem langen, prüfenden Blick in die Augen der jungen Menschen, während sie hoffte, dass diese in ihren eigenen Augen Orholams Anerkennung widergespiegelt sahen.

Als Letztes kam Quentin in seinen seidenen Gewändern und schweren Goldketten. Er kniete nicht nieder wie zuvor die anderen; er wartete einfach nur, so wie jeder Sklave es tun würde – zumindest bis alle anderen gegangen waren.

»Ihr habt doch nicht vor, etwas Überstürztes zu tun, oder?«, fragte er.

»Nicht überstürzt, nein. Ich habe ziemlich lange darüber nachgedacht.«

»All das Gerede übers Sterben ...« Quentin schüttelte den Kopf. »Möchtet Ihr mir mehr darüber berichten?«

»Nein«, antwortete sie und versuchte, die Zurückweisung mit einem Lächeln abzumildern. Aber es hatte traurig geklungen.

Quentin neigte den Kopf zur Seite. »Ihr habt mir einmal erzählt, Ihr hättet eine Botschaft von Orholam erhalten, durch Orea die Weiße und das Dritte Auge? Dass er Euch für die Jahre belohnen würde, die die Heuschrecken gefressen haben?«

»Ja«, sagte sie. Ihre Lippen zuckten mit einem Hauch von Wehmut.

»Früher einmal habt Ihr daran geglaubt. Tut Ihr das jetzt nicht mehr?«

»Doch. Ich glaube daran«, antwortete sie. »Aber ich weiß nicht, ob ich noch die Gelegenheit haben werde, es selbst zu erleben.«

»Wie unterscheidet sich diese Art von Glauben vom Nichtglauben?«, hakte Quentin nach.

»Wir ziehen in die Schlacht, Quentin. Jeden Tag sterben bessere Menschen als ich«, sagte sie.

»Menschen, denen Orholam ja auch nichts versprochen hat.«

»Ich bin Kriegerin. Ich schrecke im Angesicht des Todes nicht zurück. Eben deshalb hat man mir dieses Amt anvertraut. Damit ich kämpfe. Wenn nötig bis zum Tod.«

»Ihr seid mehr als nur eine Kriegerin Orholams, Karris …«

»Ich bin mir meiner verschiedenen Rollen vollauf bewusst, vielen Dank. Ich bin die Weiße, ich bin eine Ausbilderin von Wandlern, eine Schwarzgardistin, eine Kriegerin, eine ziemlich schlechte Mutter …«

»Ihr seid auch eine Tochter.«

»Ich bin eine *Waise*!«, gab Karris mit einer solchen Schnelligkeit zurück, dass sie gar nicht wusste, woher das gekommen war. Nein, das stimmte nicht: Es war direkt aus ihrem Rot und ihrem Grün gekommen.

Quentin fuhr fort: »Wie kann eine Frau, die von Orholam selbst an Kindes statt angenommen wurde, sich wahrhaft eine Waise nennen?«

Wie das geht? Als ich meinen Vater gefunden habe, ist die Hälfte seines Gehirns von der Decke getropft. So geht das.

Sicher. In einem abstrakt theologischen Sinn war Orholam ihr Vater. Aber dann war er genauso auch der Vater von allen anderen.

»Und Ihr habt wieder gewandelt«, bemerkte Quentin. »Versucht denn *Ihr* eine Heldin zu sein, oder wollt Ihr eine Märtyrerin sein?«

Worauf sie nur sagte: »Vielleicht wirst du es verstehen, wenn du älter bist.«

»Das klingt ein wenig bevormundend«, erwiderte Quentin.

»›Bevormundend‹ ist es, mich von einem Kind belehren zu lassen«, entgegnete sie.

»Nicht nur ein Kind, sondern zudem auch ein Sklave«, bekannte Quentin und senkte den Blick. »Ich habe mich schlecht benommen, Hohe Dame. Ich bitte um Vergebung.«

»Natürlich.« Aber das Rot wallte noch immer heiß in ihr.

Er kniete nieder. »Hohe Dame, würdet Ihr mich segnen?«

Wenn ihr nur noch Tage blieben, wie wollte sie leben? Was für eine Scheinheilige war sie, die Luxiaten dazu anzuhalten, großzügig, gehorsam und selbstlos zu leben – und selbst knickrig zu sein? Sie holte tief Luft und zwang das Grün und das Rot zurück.

Und Orholam sei Dank, sie ließen sich bezwingen.

»Es wäre mir eine Ehre«, sagte sie.

6

»Also, das glaube ich jetzt nicht«, sagte Tisis. Sie trat von der Tür zurück, wo sie gerade die Nachricht eines Boten in Empfang genommen hatte.

Sie wohnten in einem vornehmen Haus am Nordende von Großjasper – so weit wie möglich von der Chromeria entfernt. Kip wollte vorgewarnt sein, falls Lichtgardisten kamen, um ihn zu verhaften, und Kruxer wollte es zudem Meuchelmördern des Ordens nicht allzu leicht machen, Kip aufzuspüren, daher wohnten sie in einem kleineren Schlafzimmer in einem Haus mit vielen Türen, in dem überall Infrarotwandler positioniert waren. Kruxer bestand auch darauf, dass sie jedes Mal, wenn sie auf den Jasperinseln unterwegs waren, andere Wege nahmen, und hatte außerdem noch ein Dutzend weitere Vorsichtsmaßnahmen getroffen. Kip spielte mit, auch wenn er überzeugt war, dass jemand, der ihn nur inbrünstig genug tot sehen wollte, das wahrscheinlich auch bewerkstelligen konnte.

»Was ist los?«, fragte er mit nacktem Oberkörper, die Arme in eine frische Überjacke gesteckt, die er sich gerade für den Abend anzog. Er fand, dass er sich in seinem Gespräch mit den beiden mächtigsten Menschen auf der Welt ziemlich gut geschlagen hatte, aber als Tisis ihm frisch gebügelte Kleider vorgelegt hatte, hatte ihn sein Angstschweiß vom Morgen überzeugt, dass sie recht hatte und er sich besser umziehen sollte. Die neuen Sachen waren eine Kleidung für eine andere Art von Schlacht, und auch wenn er diese Schlacht in gewisser Hinsicht allein schlagen musste, war er doch froh darüber, zumindest Tisis als seine Schildträgerin zu haben.

»Ein Schreiben von deinem Großvater.«

»Hast du es auf Gift untersucht?«, fragte Kip.

»Kip!«

»Du hast recht; das würde er wohl lieber persönlich abliefern.«

»Es ist eine Einladung«, sagte Tisis.

»An mich, Selbstmord zu begehen?«, erkundigte er sich.

Sie las laut vor: »»Der Hohe Lord Andross Guile, im Lichte Orholams Erhabener Promachos der Geeinten Sieben Satrapien, Hoher Lord Purpur, Abkömmling Ruthgars et cetera ...‹ Hier steht tatsächlich ›et cetera‹, als wolle er sich kurzfassen. Und der Rest scheint mir, äh, in seiner eigenen Handschrift verfasst, nicht wahr?« Sie hielt Kip das Schreiben hin, der sich schnell seinen Kittel über den Kopf zerrte.

Tisis kümmerte sich darum, die verschiedenen Bänder und Borten in Ordnung zu bringen, während er las. Nicht dass sie für dergleichen Dinge keine Diener hätten, aber sie kümmerte sich gern selbst um ihn. Und ihm gefiel das ebenfalls. Er fand, dass diese kleinen Augenblicke der Nähe, des Gefühls von Normalität, wahre Schätze darstellten.

Etwas durchfuhr ihn, als er das Gekritzel auf den Seiten sah. »Hoppla«, murmelte er.

»Stimmt's?«, fragte Tisis.

»Nein, keine Ahnung, ich habe es noch gar nicht gelesen. Es

war mir nur ... ich habe mich irgendwie in der Zeit zurückversetzt gefühlt, aber ich habe keine Ahnung, wohin. Als hätte mir jemand ein Saatkorn ins Gehirn gepflanzt, aber die Erde drum herum festgestampft, damit der Keim nicht zur Oberfläche durchbrechen kann. Als hätte ich diese Handschrift schon einmal gesehen ...« Auf einer Karte. Er schüttelte den Kopf, als hätten sich Spinnweben in seinem Haar verfangen. »Dieses Schreiben ist doch auf Magie untersucht worden, oder?«

»Mehr als einmal. Im gesamten Spektrum. Selbst in Chi.«

Das veranlasste Kip, den Anhänger an seinem Hals zu berühren. Er überprüfte doppelt, ob in dem Gallium-Metall des Anhängers keine Löcher waren. Und da waren auch keine.

Alles in Ordnung. Also kein Grund für das beklemmende Gefühl in seiner Brust. Es war einfach nur ein Brief.

Vom kontrollsüchtigsten und bösartigsten Menschen, den er persönlich kannte.

Er las laut vor: »›Kip, würdest du mir bitte die Ehre erweisen und mir die große Freude machen, dich für einige Spiele Neun Könige zu mir zu gesellen?‹«

Kip konnte sich ein Grinsen nicht verkneifen. Was zum Teufel sollte das?

»›Ich fürchte, es könnte unsere letzte Gelegenheit sein, miteinander zu spielen und uns offen zu unterhalten. Ich habe deine Gesellschaft vermisst, obwohl ich gut verstehe, wenn dieses Gefühl nicht auf Gegenseitigkeit beruht. Ich wäre dir überaus dankbar, wenn du mir gleich nach dem Abendessen Gesellschaft leisten könntest. Natürlich darfst du an Schutz mitbringen, was immer du benötigst, auch wenn wir allein spielen werden. Ich würde außerdem liebend gern meine Bekanntschaft mit deiner frisch gebackenen Gemahlin erneuern. Vielleicht morgen beim Frühstück?‹«

»Das müssen wir jetzt erst einmal verdauen, oder?«, kam es von Tisis. »Mir gefällt besonders die Bemerkung, dass er die Bekanntschaft mit mir ›erneuern‹ möchte.«

Als Andross und Tisis das letzte Mal im selben Raum gewesen waren, hatte Andross dafür Sorge getragen, dass Kip in ebendem Moment hereinkam, als sie den alten Mann unter der Decke gestreichelt hatte. »Diese Bitte gefällt mir eigentlich ganz gut«, sagte Kip. »Ich hätte nichts dagegen, wenn wir ... dieses *andere* vergessen würden.«

Sie verzog das Gesicht. »Ich schwanke immer noch zwischen dem Gefühl der tiefen Demütigung und dem Wunsch, ihm in sein gemeines Gesicht zu schlagen.«

»Das würde ich nur zu gern sehen«, antwortete Kip.

»Aber es würde Fragen aufwerfen, die ich wirklich nicht gern beantworten will«, gab Tisis zurück. »Du musst hingehen, nicht wahr?«

»Es ist irgendwie sehr eigenartig«, überlegte Kip. »Ich würde ja sagen, das Ganze ist eine Fälschung, weil er da so einen seltsamen, für ihn unüblichen Ton anschlägt ... aber niemand, der so etwas fälscht, würde wohl einen derart merkwürdigen Ton wählen, oder?«

»Ich glaube nicht, nein.«

»Bei jedem anderen würde ich sagen, es ist ein alter Mann, der versucht, alte Unstimmigkeiten auszuräumen und das Kriegsbeil zu begraben, bevor er stirbt oder irgend so etwas. Aber ...«

»Aber nicht Andross.«

»Nein, nicht der Meister selbst.« Und da war es wieder: Etwas summte und vibrierte in Kips Erinnerung, doch er bekam es nicht recht zu fassen. Der Meister.

»Der Bote hat sich entschuldigt und gesagt, er sei so schnell gekommen wie irgend möglich. Aber wenn du dich nach dem Abendessen mit ihm treffen sollst, musst du sofort gehen, sobald wir dich angekleidet haben. Meinst du, es ist eine Falle?«, fragte sie.

»Sie brauchen keine Falle. Wir hängen bereits im Netz«, erwiderte Kip.

»Ich darf dich nicht begleiten, oder?«, hakte sie nach.

»Wenn ich getötet werde, musst du unsere Leute von der Insel fortschaffen. Ansonsten werden sie alle bleiben und kämpfen, um mich zu rächen. Du weißt ja, wie diese Waldleute sind.«

»Du weißt, dass ich ebenfalls kämpfen würde, um dich zu rächen«, betonte sie und strich ihm übers Haar. »Ich bin ja selbst eine Waldbewohnerin.«

»Wenn es so weit kommt, kämpfe mit einem Stift in der einen Hand und einem Zepter in der anderen«, sagte Kip. »Auf diese Weise kannst du viel mehr Schaden anrichten.«

»Ich weiß. Aber deshalb muss ich es nicht mögen.« Sie schluckte, und er sah für einen Moment, wie groß ihre Angst um ihn war. Und er sah den Mut, den sie bewies, indem sie diese Angst im Zaum hielt.

Sie zupfte seine leichte Jacke zurecht – eine Notwendigkeit der Mode, auch wenn es ein warmer Abend sei, versicherte sie ihm – und schob seine Halskette beiseite. Schließlich schnürte sie seine Ärmel an den Handgelenken, um seine Tätowierung zu verdecken, den Schildkrötenbären, und bespritzte Kip mit etwas Duftwasser. »Denk daran, wie du zu gehen hast. Schultern zurück, als würde dein Körper von einem Faden gehalten, der an deinem Kopf befestigt ist«, wies sie ihn an. Aber alles, was bei ihm ankam, war: »Ich liebe dich, ich liebe dich.«

»Wie eine Marionette«, bemerkte Kip und lächelte sie im Spiegel an.

Sie atmete schwer aus. Dann räusperte sie sich und sagte, während sie ihn immer noch im Spiegel ansah: »Heb deinen linken Arm.«

»Wenn ich gehe?«, fragte er.

Sie versetzte ihm einen Klaps, lächelte jedoch.

Er tat, wie geheißen.

»Welchen Arm hat der Mann im Spiegel gehoben?«, fragte sie.

»Ähm ... seinen rechten?«, überlegte Kip. Er hatte nicht vorgehabt, es wie eine Frage klingen zu lassen. Er machte es noch einmal und kam sich sofort dumm vor. »Ja, definitiv *seinen* rechten.«

»Weißt du, warum das so ist? Nein, jetzt sieh mich bitte nicht so an.«

Er hatte sie leicht genervt angeschaut, das konnte er nicht leugnen. »Weil unsere Augen … und die Art, wie das Licht zurückgeworfen wird und solche Sachen? Ich meine, das Licht bewegt sich richtig, aber wir kehren das Bild um, wenn wir uns vorstellen, dass tatsächlich jemand drüben auf der anderen Seite des Spiegels ist. Warum runzelst du die Stirn?«

»Nein, es ist ein Hinweis.« Sie schüttelte den Kopf. »Ich habe mich schon seit langer Zeit für dich vor diesem Treffen gefürchtet.«

»Ach ja?«

»Ich habe versucht, dich dafür zu rüsten.«

»Äh …«

»Kip, es gibt zwei Arten von Spiegeln, die ein Mensch fürchten sollte, weil beide ihm ihren Willen aufzwingen, und das meist, ohne dass er auch nur bemerkt, dass sie nichts Objektives oder Passives sind. Die Gestalt im Spiegel, die den falschen Arm hebt, ist unser Hinweis darauf, dass zwischen Wirklichkeit und Wahrnehmung Verzerrungen entstehen können.«

»Ich kann mich erinnern. Jedenfalls was die erste Art von Spiegel angeht.« Sie meinte wirkliche, echte Spiegel, in denen seine eigene verzerrte Wahrnehmung Lügen über ihn selbst bestätigen konnte, während er glaubte, die objektive Wahrheit zu sehen.

»Die zweite Art von Spiegel ist die Art, wie uns andere betrachten. Wir beurteilen uns selbst danach, wie andere uns sehen, und oft genug müssen wir genau das auch tun, um Fehler in unserer Selbsteinschätzung korrigieren zu können. Aber du gehst Andross Guile besuchen.«

»Kein Mann, der große Achtung vor irgendjemandem empfindet«, sagte Kip.

»Das macht es noch zehnmal schlimmer, Kip. Dein Treffen mit deinem Großvater ist gefährlicher für dich, als wenn du dich zehntausend Feinden entgegenstellen müsstest.«

»Es ist nur ein dummes Kartenspiel«, wandte Kip ein. »Ich werde ein paar Runden verlieren, er wird sich überlegen fühlen, und das war's dann.« Aber etwas tief unten in seinem Bauch verkrampfte sich. Andross würde ihn dazu zwingen, auf die Spiele zu wetten. Kip wusste es einfach. Und es würden Wetten sein, die er bestimmt verlieren würde.

Sie seufzte leise. »Versuchst du jetzt mich oder dich selbst zu beruhigen?« Doch sie wartete nicht auf eine Antwort. »Kip, er ist gefährlich für dich, weil du ihn so sehr bewunderst. Du verabscheust, was er getan hat, sicher. Aber du vergleichst dich seit eurer ersten Begegnung mit ihm. Du wolltest immer sein, was er ist. Und bist doch eigentlich so viel mehr als er.«

»Er ist schlauer als ich.«

»Bestimmt. Na und? Ein Mann, dessen Intelligenz von Bescheidenheit durchtränkt ist, ist doppelt weise.«

»Er ist raffinierter als ich. Hat die besseren Beziehungen. Ist dominanter. Weiß viel mehr. Ist besser darin ...«

»Er ist hundert Dinge mehr als du! Und nichts davon tut irgendetwas zur Sache. Ich sorge mich um das, was du sehen wirst, wenn du ihm in die Augen schaust, Kip. Denn er ist menschlich verdorben. Menschen gehen von Treffen mit ihm weg und hassen sich selbst und die ganze Welt noch dazu. Wenn sich Menschen mit dir treffen, gehen sie mit Hoffnung im Herzen davon. Du bist tausendmal mehr Mann, als er es jemals sein wird – ganz gleich, was geschieht.«

Kip schluckte. »Ich liebe dich.«

»Das weiß ich, du fetter Scheißer«, entgegnete sie.

Seine Brauen zuckten in die Höhe, und sie lachte darüber, dass sie ihn schockiert hatte, und er erinnerte sich daran, dass sie ihn schon einmal so genannt hatte, in ihrem früheren Gespräch, als er ihr von seiner Selbstverachtung erzählt hatte.

Aber jetzt wurde ihr Gesicht ernst und dunkel. Ihre Hände lagen auf seinen Schultern, und er spürte, dass sie es genoss, wie fest und wie breit sie waren. »Vergiss nicht, dich so zu sehen, wie du in den Augen jener bist, die dich lieben. Das bedeutet es, wenn wir sagen ›Orholam behält dich in seinem Blick‹, Kip. Und ich tue das ebenfalls. Versprich mir, dass du dich gegen alles andere zur Wehr setzen wirst.«

»Liebling«, erwiderte Kip in tadelndem Tonfall, »ich bin ein Guile. Ich weiß gar nicht, wie man *nicht* kämpft.«

Sie packte ihn, als er sich zum Gehen wandte, und ihre Fingernägel gruben sich schmerzhaft in seine Arme. »Dann kämpfe. Kämpfe für uns alle. Ich liebe dich.«

7

Quentin war nicht in seinem Zimmer, aber nun war Teia schon einmal in dem blöden Turm, und so machte sie sich auf den Weg, um in ihrer alten zugangsbeschränkten Bibliothek nach ihm zu suchen. Sie musste von ihrem Versagen berichten.

Die Tür war geschlossen. Natürlich.

Sie seufzte und schob sie ganz langsam auf, als hätte der Wind dagegen gedrückt, dann spähte sie schnell in den Raum und ließ die Tür wieder zufallen.

Niemand zu sehen.

Sie spähte erneut in den Raum, dann schlüpfte sie ins Innere.

Der Klang von Gelächter ließ sie erstarren. Quentin lachte? Mit jemand anderem?

Zuerst erschien ihr das sehr eigenartig, dann kam es ihr seltsamerweise so vor, als würde er sie betrügen.

Unsichtbar schlich sie sich näher heran und zog Paryl in ihre

Fingerspitzen. Sie kannte den anderen Mann nicht, dem sie sich langsam näherte. Groß, schlaksig, mit langem dunklem Haar und einem dunklen Bart, ein Brillengestell über den Ohren. Eine ausgebeulte Matrosenhose, aber dazu eine edle dunkle Überjacke, definitiv kein Luxiat. Sie ließ Paryl in seine Richtung strömen, und das Licht durchschnitt seine Kleidung, um ihr die Waffen zu zeigen, die er bei sich trug.

Es war ein richtiges Waffenarsenal. Große Pistolen in seltsamen Halftern an seinen Hüften, dazu kleinere Haltevorrichtungen in seinen Ärmeln, die dicht mit Federn, Messern, einem Schwertbrecher sowie zwei Ersatzbrillen bepackt waren.

Das hier war kein Gelehrter, der Quentin einen Besuch abstattete.

Plötzlich spürte sie das kalte Perlen von Schweißtropfen auf ihrer Oberlippe. Hatte Quentin sie verpfiffen? Arbeitete er für den Orden?«

»Vollkommen sicher«, sagte Quentin jetzt. »Niemand kommt hierher.«

Sie sandte ihr Paryl durch den Raum und ließ kleine Paryl-Klingen in den Hals des Mannes gleiten. Das Paryl erhellte ihn zusätzlich, als sie näher auf ihn zutrat. Eine seltsame, zerbrochene und dann wieder reparierte Vorrichtung umhüllte eines seiner Knie. Es war ringsum von hässlichen Narben umgeben; vielleicht handelte es sich ja um eine offene Luxin-Verbindung?

Quentin lachte da worüber auch immer zusammen mit einem *Wicht*?

Dieser kleine frömmelnde Scheinheilige. Ich hatte geglaubt, dich zu kennen, Quentin.

Teia machte sich für einen zweiten Angriff auf den Mann bereit.

»Du darfst nicht erwarten, dass die alten Jungs all ihre Geheimnisse kampflos preisgeben werden«, sagte der Fremde und schob sich eine widerstrebende Haarsträhne hinters Ohr. Oder schob er sich etwa seine Brille zurecht? Da war etwas an dieser Stimme …

Der Mann warf sich zurück, blieb aber auf seinem Stuhl sitzen, während er umkippte. Ehe er auf dem Boden aufprallte, fing er sich mit beiden Füßen an der Unterseite des Tisches ab. Im gleichen Moment schallte ein mechanisches *Ka-tschung!* durch den Raum. Teia starrte plötzlich in zwei kleine Pistolenläufe, die aus den Ärmeln des Mannes in seine Hände gesprungen waren, während er mit dem Kopf nach unten in seinem Stuhl baumelte. Die Paryl-Dolche waren durch seine heftige Bewegung zerschlagen worden. Seine Brille glitzerte infrarot. Doch hinter all dem Unvertrauten, selbst noch hinter der unvertrauten Brille, glitzerten Augen, die sie gut kannte.

»Oh, hallo, Teia«, sagte Ben-hadad.

Er schlug fest gegen eine seiner Pistolen, brachte sie wieder in Grundstellung. Dann gegen die andere.

»Ich werd nicht mehr«, sagte er. »Es ist das erste Mal, dass ich sie tatsächlich beide dazu gebracht habe, genau dann zu funktionieren, als ich es gewollt habe. Und keine ist versehentlich losgegangen. Das wäre auch bedauerlich gewesen. Oh, die hier hat ihren Zündstein verloren. Klar, musste ja so sein. Wieder einmal. Könntest du mich vielleicht wieder hochheben? Ist ein wenig unbequem hier unten. Quentin, willst du einfach da stehen bleiben?«

Quentin sah hilflos zu Teia, während sie schimmernd sichtbar wurde. Ben-hadad war nicht sonderlich schwer, aber Quentin war in so ziemlich jeder Hinsicht das Gegenteil von muskelbepackt. Er konnte ihn nicht allein hochheben.

Teia hievte Ben wieder in eine sitzende Position zurück.

Er stand auf und grinste. »He, schau mich mal an, ja?«

»Ja, ja ... ich war ...«

»Und Donnerwetter noch mal, kleine Teia, schau dich mal an«, fügte Ben-hadad hinzu. »Ich wette, niemand nennt dich mehr ›kleine Teia‹.«

Es redet überhaupt niemand mehr mit mir.

»Nein«, bestätigte sie. »Du bist also zurück. Ihr seid zurück?«

»Wir alle, ja. Wir kommen als die Rettung.«

Machte er Witze? Das war nicht witzig. »Ich werde sogleich meine Burgfräuleinshaube aufsetzen. Wie nennt man das Ding noch gleich?«

»Ein Gebende?«, schaltete sich Quentin ein. »Entschuldige. Beachtet mich nicht. Ich bin gar nicht da.«

»Nein, nicht als *deine* Rettung, Teia. Verdammter Mist, wir hätten dich wirklich gebraucht, damit du *uns* rettest. Ich weiß gar nicht, wie viele Male wir gemeckert haben, weil du fort warst.«

»Ach ja?«, fragte sie. Da war plötzlich etwas Wundes in ihrer Kehle. Sie standen nahe beieinander, aber keiner von ihnen hatte Anstalten gemacht, den anderen zu umarmen. Plötzlich merkte sie, dass sie gleich würde weinen müssen. »›Wir alle‹, hast du gesagt?«

»Ja, Kip ist auch zurück.«

»Nein, nein, ich meine, ihr seid *alle* zurück? Jeder Einzelne? Ihr habt es ausnahmslos alle geschafft?«

»Ach so, jaja. Alles klar mit uns. Nun, Winsen vielleicht ausgenommen, aber andererseits ist der ja schon von Anfang an nicht so recht klar gewesen, im Kopf, meine ich. Wir haben sogar versucht, es so einzurichten, dass er ein paar ordentliche Schläge auf den Kopf einsteckt, um zu sehen, ob ihn das nicht vielleicht ein klein wenig klarer machen kann.«

Teia lächelte schwach.

»Nein, Quatsch«, sagte Ben. »Tatsächlich ist sogar Win kein ganz so großes Arschloch mehr wie früher. Er ist jetzt ein etwas kleineres Arschloch. Die meiste Zeit jedenfalls.«

»Hin und wieder mal?«

»Stimmt, ja, eigentlich nur manchmal«, räumte Ben-hadad an.

»Aber mit dir ist alles gut? Wirklich?«

»Ja, ich meine, ich ... ich bin am schlechtesten weggekommen, seit wir von hier weg sind.« Er zeigte auf sein mit dieser Apparatur versehenes Knie, das unter seiner ausgebeulten Hose verborgen war. »Ich glaube, du hast selbst noch gesehen, wie ich mir diese

Verletzung zugezogen habe. Aber ich kann jetzt wieder gehen. Sogar rennen, wenn es sich nicht vermeiden lässt. Das heißt, normalerweise – ich habe mir gerade irgendwie die Beinschiene gebrochen, aber das haben wir alles ganz schnell wieder.«

»Ja wirklich?«, sagte sie.

»Du hast hier ziemlich in der Scheiße gesessen, wie?«, erkundigte sich Ben-hadad und musterte sie eingehend.

»Hat dir Quentin erzählt …?«

»Nein, nein«, unterbrach Ben-hadad, und Teia merkte, dass Ben selbstsicherer und erwachsener wirkte als bei seiner Abreise.

»Du hast aber auch viel Mist durchmachen müssen«, erwiderte sie.

»Ein bisschen«, antwortete er mit einem schnellen, traurigen Lächeln. »Aber ich hatte die Mächtigen an meiner Seite. Selbst wenn einer von ihnen Winsen heißt.«

»Ha! Da wäre ich lieber allein«, rief Teia. Doch das Wort »allein« prallte von den Wänden ab und grub sich tief in ihre Brust.

Ben-hadad zog die Nase kraus. »Nein, wärst du nicht. Oder?«

»Nein«, bestätigte Teia und wandte den Blick ab. Sie konnte jetzt nicht einfach zusammenbrechen. Ben wusste nicht, was sie getan hatte. Ben konnte ihr keine Absolution erteilen. »Also, wie geht es euch allen so?«

»Kip geht es gut«, antwortete Ben-hadad.

»Das war nicht meine Frage«, stellte sie klar. »Aber da du das Gespräch schon mal auf ihn gebracht hast, okay, fangen wir mit ihm an. Wie geht es ihm?« Sie fand, dass ihre Stimme bewundernswürdig ruhig und gelassen klang. Sie ließ sich nicht anmerken, dass ihr das Herz bis zum Hals schlug.

»Er ist glücklich verheiratet.«

»Ich, ich wollte nicht …! Ich habe nicht gefragt … Komm schon, Ben! Sei nicht so.«

»Teia, ich kenne dich. Alles in Ordnung. Es ist, was du wissen wolltest, und ich erzähle es dir gern. Willst du mehr über sie hören?«

»Nein! Nein, wirklich nicht, nein.« Sie fluchte. »Vielleicht ein klein wenig?«

»Sie ist jetzt eine der Mächtigen. Ich würde sagen, sie ist es schon seit einer ganzen Weile.«

»Ach.« Tisis hat also wirklich meinen Platz in allem übernommen, was ich früher geliebt habe, ja?

»Sie kann einfach nicht kämpfen. Aber sie hat uns wahrscheinlich häufiger als sonst jemand das Leben gerettet. Genau deshalb sind wir ja auch die Mächtigen, nicht wahr? Unterschiedliche Stärken, alle für denselben Zweck eingesetzt.«

»Ja, ja, das ist großartig.« Ach, leck mich doch. Herzlichen Dank auch, dass du mich daran erinnert hast, was ich alles nicht habe, du ahnungsloser Idiot.

»Wir haben nicht gewusst, ob ... Es hieß, du seist angeblich fort oder was auch immer, doch Tisis hat gedacht, ich würde dir vielleicht im Dienst begegnen. Sie hat mir etwas für dich mitgegeben.«

»Warum ist sie dann nicht selbst gekommen?«, fragte Teia argwöhnisch.

»Der Orden hat ein paar Meuchelmörder in den Blutwald entsandt, um Kip umzubringen, also haben wir nach dieser Erfahrung und angesichts all unserer anderen Feinde beschlossen, dass sich unsere Anführer nicht alle am selben Ort aufhalten sollten. Sie befindet sich so weit von der Chromeria entfernt, wie das möglich ist, ohne Großjasper zu verlassen.«

»Der Orden hat ... was?!«

»Ja, genau, es gibt da noch eine ganze Menge zu erzählen. Könnte ich vielleicht einfach diese eine Sache zu Ende bringen, sodass Quentin danach gleich wieder zum Thema zurückkehren kann, um dir zu erzählen, wie gottverdammt schlau ich doch bin?«

Quentin zuckte zusammen. »Mäßige bitte deine Sprache«, sagte er.

Ben-hadad sah ihn fragend an.

»Er kommt mit allen Wörtern klar, außer mit Formulierungen, die Orholam beleidigen oder einem Zuhörer gegenüber respektlos sind«, erklärte Teia. »Oder etwas in der Art.«

»Es ist etwas komplexer als nur …«, setzte Quentin zu sprechen an.

»Lasst es gut sein«, fiel ihm Teia ins Wort. »Alle beide. Ben? Wovon redest du da? Welche ›Sache‹ meinst du denn?«

»Hier«, sagte er und wühlte in seinem Bündel. Er zog ein zusammengelegtes kleines Stück Tuch hervor. »Es war Tisis' Idee, aber …« Er faltete das Tuch auseinander. Es zeigte das Abzeichen der Mächtigen. »Wir alle wollten, dass du es weißt. Du bist zwar nicht mit uns gekommen, aber deshalb hat keiner von uns aufgehört, dich als eine der Mächtigen zu betrachten, Teia. Du bist eine von uns. Kruxer meint, du seist dem Dienst bei den Mächtigen schon viel zu lange unerlaubt ferngeblieben. Er sagt, er wolle dich rennen lassen, bis du Blut pisst, oder so was in der Art. Keine Ahnung, das ist irgend so ein Spruch, den er von seinem Vater hat. Und er hat natürlich ›urinieren‹ gesagt, nicht ›pissen‹.«

Sie nahm das Stückchen Stoff mit zitternden Händen entgegen, und Tränen stiegen ihr in die Augen.

»Und jetzt, Quentin, leg los und sag ihr, dass ich genial bin!«

»Niemand hat diese Behauptung bestritten«, bemerkte Quentin. »Wiewohl bisher auch noch niemand Schlange steht, um sie zu bestätigen.«

Teia kannte Quentin inzwischen gut genug, um erkennen zu können, dass er Ben-hadad aufzog. Aber die kleine humoristische Einlage half ihr, ihre Tränen zurückzudrängen.

Vielleicht kannte auch Quentin sie inzwischen ein klein wenig.

»Ist diese Sache denn wichtig?«, erkundigte sie sich knurrend.

»Ein wenig«, antwortete Quentin.

»Nur ein wenig?!«, protestierte Ben-hadad.

Quentin ergriff erneut das Wort. »Unser alter Freund Einbein hier ist, wie sich herausstellt, recht gut im Lesen von Bauplänen, und er weiß zudem deutlich mehr über die Geschichte der Ingenieurskunst als ich. Es ist richtig peinlich. Ich glaube, ich habe alle Bezugnahmen auf das hier glatt überlesen. Wie sich herausgestellt hat, waren zu jener Zeit, als die Chromeria gebaut worden ist, verschiedene Maßeinheiten im Gebrauch. Manche Berufsgruppen haben die einen bevorzugt, manche die anderen. Es hat Umrechnungstabellen gegeben, jedoch immer mit einer gewissen Fehlertoleranz.«

Teia hatte keinen blassen Schimmer, wovon er redete, aber manchmal ging es schneller, einfach zuzuhören, daher nickte sie nur, während Quentin fortfuhr. Es war für ihn auf nachgerade lächerliche Weise aufregend, jemand anderen zu treffen, der auf einem Gebiet beschlagen war, in dem er selbst kaum eine Ahnung hatte. Es hätte fast ausgereicht, dass der Funke auf Teia übergesprungen wäre. Fast.

Er fuhr fort: »Es war ein bekanntes Problem, daher wurden bei Großprojekten wie diesem hier Korrekturen vorgenommen, aber der leitende Ingenieur hat die verschiedenen Gruppen von Arbeitern Stockwerk für Stockwerk errichten und die Umrechnungsfehler bewusst nicht berichtigen lassen. Doch er hat in jedem Stockwerk seine eigenen Zimmerer- und Maurermeister ›die Dinge in Ordnung bringen‹ lassen und so die Fehler verborgen.«

»Aber«, schaltete sich nun Ben-hadad ein, um seine eigene Geschichte weiterzuerzählen, »es gibt gewisse Dinge, die sich wirklich an der Stelle befinden müssen, wo sie in den Plänen verzeichnet sind: Kamine für die Küchenfeuer, Öffnungen für die Signalkristalle und für die Lichtbrunnen in den Unterrichtszimmern und so weiter. Wenn man also überlegt, was alles so sein muss, wie auf den Plänen vermerkt, und wenn man weiß, wie groß die Gesamtsumme der Fehlerabweichungen sein muss, kommt man zu dem Ergebnis, dass die versteckten Räume hoch oben in den Türmen versammelt sein dürften, wo sich die Fehler addieren, nebst vielleicht einigen weiteren tief unten in den Fundamenten der Kellergeschosse.«

»Nicht in den Kellern«, sagte Teia. Erneut schlug ihr das Herz bis zum Hals. »Der gesuchte Raum muss hoch oben sein. Schnell zu erreichen.«

»Quentin hat schon gesagt, dass du auf der Suche danach bist. Also los, gehen wir nachsehen.«

»Wir gehen nachsehen?«, fragte Teia verwundert.

»Ja«, bekräftigte Ben-hadad und zeigte auf die Seiten voller Notizen und Gleichungen, die er niedergekritzelt hatte. »Ich habe zehn oder elf Möglichkeiten berechnet. Meinen Annahmen zufolge sind das vier bis neun Räume, je nach Größe. Ich kann entweder vier Stunden darauf verwenden, meine Gleichungen weiter zu verfeinern, um herauszufinden, welche meiner Vermutungen am wahrscheinlichsten sind ... oder wir können einfach nachsehen gehen.«

Teia kam es so vor, als sei ihr plötzlich eine gewaltige Last von den Schultern genommen worden. Die Mächtigen waren zurück. Ihre Jungs waren wieder zu Hause. Zwar hatte sie bei ihrer Suche nach dem geheimen Bürozimmer des Alten Mannes auf ganzer Linie versagt, doch nun stand Ben-hadad im Begriff, durch ein einziges Wedeln mit seinen genialen Gleichungen wie durch Zauberhand Abhilfe zu schaffen.

Zum ersten Mal seit einer so langen Zeit, dass es ihr wie das erste Mal überhaupt erschien, verspürte sie ein Flattern in der Brust, fühlte, wie sich die zarten Flügel der Hoffnung in ihr regten.

8

Kip war für einen Krieg mit sanften Mitteln gekleidet, als er sich in die Gemächer von Promachos Andross Guile begab. Unter Tisis' Anleitung war er rasiert, geschrubbt und eingeölt worden, seine Nägel waren gefeilt, das Haar geschnitten, die Muskeln durchgewalkt und seine Gelenke gedehnt worden. Man hatte bei ihm Maß genommen, Teint und Augenfarbe waren mit verschiedenen Tabellen verglichen worden, Kleidungsstücke von verschiedener Tönung und Beschaffenheit wurden Tisis präsentiert, damit sie jeweils ihre Zustimmung erteilte. Dann hatten sie ihn Liegestütze und Klimmzüge machen lassen. Er war erneut gewaschen worden und dann hatte sie ihn abermals Liegestütze machen lassen, während sie sich auf seinen Rücken setzte, um ihn anschließend ein letztes Mal kritisch zu begutachten. Sie hatte genickt, ihm die Jacke übergezogen, seine Brillentasche festgeschnallt, ein letztes Mal seine Frisur überprüft und ihn dann zur Tür hinausgeschoben.

Es kam ihm alles lächerlich vor. Er hatte Andross erst gestern gesehen, ohne all diesen Firlefanz. Aber er vertraute Tisis, auch wenn sich sein ganzer Oberkörper so geschwollen anfühlte, dass er sich seitwärts würde drehen müssen, um die Schultern durch die Tür zu bekommen.

Kruxer klopfte für ihn an, und sie wurden von Grinwoody begrüßt, der sie mit seinem typisch schmierigen Lächeln hineingeleitete.

Über Andross' Gemächern lag nicht mehr die Düsternis, die

sie bei Kips ersten Besuchen hier erfüllt hatte. Jetzt funkelten sie förmlich, und die Fensterläden waren dem Licht weit geöffnet.

»Enkelsohn, willkommen! Sehr schön von dir, dass du meine Einladung angenommen hast«, grüßte Andross, als seien sie eine ganz normale Familie.

Er kam auf ihn zu und fasste Kip an den Schultern, und ein Hauch von Überraschung darüber, wie fest sie waren, glitt über sein Gesicht.

»Ich sehe, du hast recht gehabt. Ich habe eine gute Wahl für dich getroffen«, sagte Andross.

»Mylord?«, fragte Kip.

»Deine Braut. Das ist ihr Werk, das erkenne ich. Als du von hier fortgegangen bist, da warst du noch nicht ... Sagen wir einfach, du warst noch nicht der, der du jetzt bist, ja?«

Kip fragte sich, ob sein Großvater vielleicht irgendwie etwas von seinen Liegestützen wusste oder ob er etwas völlig anderes meinte. »Großvater?«

»Sie hat dich schlanker gemacht. Und glücklich. Hat dir beigebracht, wie man sich ordentlich kleidet. Zuvor bist du ein Guile im Geiste gewesen, aber eben auch nur im Geiste. Du hast kein wahrer Guile sein können, solange du nicht auch wie einer ausgesehen hast. Wir sind eine gut aussehende Familie, und das ist wichtig. Ich hatte gehofft, dich vielleicht dazu anzuregen, etwas aus dir zu machen, indem ich dir eine schöne Frau gebe. Ich sehe, es hat funktioniert. Und nach allem, was ich höre, hättest du dich nicht annähernd so gut geschlagen, wenn sie *nur* ein hübscher Körper gewesen wäre. Ich kann dir gar nicht sagen, wie sehr mich das freut. Es erschien mir schrecklich ungerecht, dass Eirene Malargos' Schwester in dem Ruf gestanden hat, unendlich dumm zu sein. Ich hatte gehofft und darauf gesetzt, dass das nicht der Wahrheit entsprach.«

Was mache ich eigentlich wirklich hier? Wie hatte Kip vergessen können, wie es war, die volle Wucht von Andross Guiles schroffer Persönlichkeit zu spüren zu bekommen? »Wie oben, so auch unten, was?«, bemerkte Kip.

»Was meinst du damit?«, fragte Andross und streckte die Hand aus. »Bitte, setz dich, setz dich doch.«

»Wie Orholam habt Ihr meinen Weg vorgezeichnet. Ich bin lediglich jener Bahn gefolgt.« Wollten sie jetzt wirklich so tun, als hätte es Andross gut mit Kip gemeint? Dass all die Wohltaten, die seine Ehe Kip eingebracht hatte, nur die Erfüllung der Absichten darstellten, die Andross für ihn gehegt hatte? Während Kip auf einem Stuhl Platz nahm, der wahrscheinlich mehr kostete als ein ganzes Haus in Rekton, bemerkte er: »Ich bin einfach sehr froh darüber, dass die Heirat auch die Familie Malargos an uns gebunden und Ruthgar daran gehindert hat, einen Separatfrieden mit Koios zu schließen.«

»Nun ja, nicht jeder kann eine Ehe mit Liebe beginnen, und ganz bestimmt keine dicken armen Jungen aus den entlegensten Winkeln des Reiches.«

»Tatsächlich haben dicke arme Jungen aus Tyrea sogar eine ziemlich gute Chance, aus Liebe zu heiraten. Es ist vielmehr alles andere, was sie nicht bekommen.«

Andross schwieg kurz, bevor er antwortete: »Ich will mich in dieser Hinsicht deiner größeren Erfahrung beugen. Wie dem auch sei – gute Arbeit, dir das, was ich dir gegeben habe, auch zu eigen zu machen.«

Und plötzlich hätte Kip am liebsten seine Faust in das freundliche, gönnerhafte Gesicht seines Großvaters getrieben.

»Sie ist ein großes Glück für mich gewesen. Vielen Dank«, sagte Kip stattdessen und lächelte, als sei der alte Mann senil und müsse bei Laune gehalten werden.

Andross bemerkte es, und die leutselige Überlegenheit wich aus seinen Zügen. Aber dann fasste er sich wieder. Er drohte Kip spielerisch mit dem Finger und wandte sich ab. Grinwoody rollte einen Tisch zu ihnen herüber, der mit etikettierten Kartendecks bedeckt war, dazu mit Dutzenden von Karten, die aufgedeckt auf dem Tisch lagen und dazu dienten, die verschiedenen Decks entsprechend zu verändern.

»Hast du irgendwann Gelegenheit zu spielen gehabt?«, erkundigte sich Andross.

»Kein einziges Mal«, bekannte Kip. »Aber ich habe den Eindruck, hinsichtlich einiger der Karten inzwischen eine andere Perspektive zu haben. Ich bin mir nicht sicher, ob mir das im Spiel helfen wird, aber im Leben ist es für mich ziemlich wertvoll gewesen.«

»Sie sind eigentlich gar nicht so unterschiedlich«, sagte Andross, »das Leben und das Spiel.«

»Und da dachte ich, wir würden daran arbeiten, das zu verhindern«, warf Kip ein.

»Wie das?«, fragte Andross. Es bedeutete irgendwie eine kleine Erleichterung, dass er heute Kips Gedanken nicht so recht zu folgen vermochte. Der alte Mann konnte ganz schön nervenaufreibend sein.

»Vielleicht versuchen wir ja gerade zu verhindern, dass es wieder neun Könige gibt?«, erwiderte Kip.

»Ha! Gut. Das stimmt«, sagte Andross.

»Promachos Guile, wir wissen beide, dass Ihr im Neun-Könige-Spiel besser seid als ich. Ihr seid außerdem der Promachos. Ihr könnt fast alles von mir fordern oder es befehlen, und dann muss ich es Euch einfach geben. Ich würde liebend gern irgendwann mit Euch spielen – ohne dass dabei etwas anderes auf dem Spiel steht als vielleicht mein verletzter Stolz. Aber nicht heute. Vielleicht habt Ihr ja bereits alles getan, was Ihr müsst, um Euch auf die bevorstehende Schlacht vorzubereiten. Aber das gilt nicht für mich. Jedes Spiel, das ich gegen Euch spiele, bedeutet einen Einsatz, den ich mir nicht leisten kann, und mit welchem Deck auch immer ich spiele – es ist ein Spiel, bei dem ich schlechte Karten habe. Ich werde nicht spielen.«

Andross wirkte belustigt. »Das ist jetzt selbst schon ein gutes Spiel gewesen.«

»Danke.«

»Weshalb ich dir das Spiel vorsichtshalber schon mal aus der Hand genommen habe.«

»Wie bitte?«

»Kip, glaubst du denn, du wärst der erste junge Mann, der sieht, dass die Spiele Älterer ihm schlechte Karten an die Hand geben? Glaubst du, du seist der Erste, der gegen das Spiel aufbegehrt, nachdem er herausgefunden hat, dass er kein guter Spieler ist?«

»Jetzt hört mal zu, alter Mann …«

»Ja, ich bin alt, und wie alt bist du jetzt? Bist du denn überhaupt schon über zwanzig?«

Das erwischte Kip kalt. Aber er machte sich nicht die Mühe zu antworten.

»Selbst in unserer Welt, wo Wandler und die Kinder adliger Familien und vor allem jene, die beides zugleich sind, frühzeitig erwachsen werden müssen, bist du immer noch sehr, sehr jung.«

»Mein Onkel Dazen hat die Welt in Brand gesteckt, als er in meinem Alter war«, konterte Kip. »Und mein …«

»Hältst du das für eine Leistung?«, unterbrach ihn Andross, bevor Kip anfangen konnte, sich über die Großtaten seines Vaters auszulassen.

»Er hat mit seinem Willen die Welt bewegt.«

»Nein, hat er nicht. Er hat die Welt nicht einmal in Brand gesteckt. Er hat einen Funken an ein Pulverfass unter Hunderten gehalten. Er hat andere Zündler unter sein Banner gerufen, weil er verzweifelt zusätzliche Unterstützung brauchte, und sie sind gekommen, weil die alten Missstände so schlimm waren.«

»Ihr habt ihn in die Enge getrieben«, warf Kip ein. »Und Ihr habt nichts getan, um all das Pulver zu zerstreuen, obwohl Ihr die Macht dazu gehabt hättet. Es war *Euer* Scheitern.«

»Vielleicht weißt du weniger über diesen Abschnitt der Geschichte, als du glaubst. Du schreibst mir mehr Macht zu, als ich damals hatte.«

»Ist das so?«, fragte Kip.

»Ich bin selbst jemand gewesen, der von außen gekommen ist, Kip. Ich war ein Nichts, so wie du. Ich habe von ganz unten im Adel angefangen, um dorthin zu gelangen, wo ich jetzt bin. Ich musste wieder und wieder Wagnisse eingehen, bei denen sich dir die Hoden zusammenkrampfen würden. Und ich habe nicht jedes Mal gewonnen. Als der Krieg ausgebrochen ist, steckte ich noch immer tief in Schulden von all den Bestechungssummen, die es mich gekostet hatte, ins Spektrum aufgenommen zu werden, und es saßen damals meisterhafte Spieler mit am Tisch, die mich hatten kommen sehen und die meinen Ruin wollten, wenn nicht gar meinen Tod. Du siehst mich nun und glaubst, ich sei immer so gewesen wie jetzt.«

»Nein, ich hoffe vielmehr, dass Ihr nicht immer so gewesen seid«, widersprach Kip. »Ihr seid nie dazu gekommen, mir zu erzählen, wie Ihr mir die Chance genommen habt, einfach fortzugehen und nicht bei Euren Spielchen mitzuspielen.«

Andross funkelte ihn grimmig an, aber dann lächelte er plötzlich, und diesmal erreichte das Lächeln auch seine Augen. »Deshalb, genau deshalb, habe ich mich danach gesehnt, wieder mit dir zu spielen, Kip. Du verschaffst mir das unbehagliche Vergnügen, gegen einen Gegner zu spielen, der das Beste in mir zum Vorschein bringt.«

Kip konnte nicht umhin, plötzlich an jene Augenblicke zu denken, in denen er es tatsächlich vermisst hatte, sich mit dem alten Mann zu messen. Aber das war Wahnsinn; sie hatten keine Zeit für so etwas.

»Doch um deine Frage zu beantworten: Ledige junge Männer sind eine destabilisierende Gefährdung«, erklärte Andross. »Wie der Feuerverrückte, der zum Vergnügen Häuser niederbrennt und dem es nicht sonderlich viel ausmachen würde, wenn die Flammen auch ihn holten, könnte ein junger Mann ankommen und einem ins Gesicht sagen, man solle sich doch gefälligst am eigenen Arsch lecken, selbst wenn es das Schlimmstmögliche ist, was dieser junger Mann für seine eigenen Interessen tun könnte. Deshalb ziehen junge Männer in den Krieg. Deshalb setzen sie beim Glücksspiel ruinöse Summen. Deshalb springen sie von ganz hoch oben herab, um andere zu beeindrucken, und tragen dann für die nächsten fünfzig Jahre den Schmerz ihrer Verletzungen mit sich herum. Jeder, der sich womöglich selbst umbringen würde, um dir ein Leid anzutun, ist gefährlich, da schwer zu berechnen. Du hast auch zu diesen jungen Männern gehört. Jetzt tust du es nicht mehr. Warum, meinst du, habe ich dir eine Frau gegeben? Warum die Mächtigen? Warum, meinst du, habe ich dich deine eigene Armee aufstellen und damit Erfolg haben lassen? Weil jedes Band eine Fessel ist. Jede weitere Sache, die du liebst, macht dich berechenbarer.«

»Ihr habt mir all diese Dinge nicht *gegeben*«, wandte Kip ein.

»Ach nein?«

Mist, verdammter.

Der Zweifel, den er in Kips Blick sah, legte einen Schimmer über Andross' Augen. Er fuhr fort: »Ich hatte eigentlich gehofft, bei dir wäre inzwischen ein Kind unterwegs. Ich bin davon ausgegangen, dass ein junger Mann, der ohne Vater aufgewachsen ist, sein eigenes Kind nicht im Stich lassen würde. Aber immerhin hast du eine Frau, an die du denken musst, und Freunde, bei denen du nicht möchtest, dass ihnen etwas Schlimmes zustößt.«

Kip wollte nicht glauben, dass ihm das Glück, das er genossen hatte, von Andross Guile gewährt worden war, und er wusste auch, dass es mitnichten unter der Würde des Mannes war, sich Dinge als Verdienst auf die Fahnen zu schreiben, die er gar nicht getan hatte, aber er war nun einmal der Meister.

Der Ausdruck pulsierte durch Kips Kopf: »Der Meister.«

Diese Karte. Doch sie löste keine weiteren Erinnerungen oder Visionen aus.

»Ihr wisst aber, dass Ihr unerträglich seid, oder?«, erwiderte Kip.

»Eine weit verbreitete Eigenschaft der männlichen Guiles.«

Kip schüttelte den Kopf und versuchte, sich ein Lächeln zu verkneifen. Verdammt. »Wie schafft Ihr das?«, fragte er.

Andross wartete darauf, dass Kip verdeutlichte, was er damit meinte.

»Wie schafft Ihr es, dass ich Euch *mag*, selbst noch nach allem, was Ihr getan habt? Ich sollte Euch eigentlich …« Ich sollte dich verabscheuen, dachte Kip, aber es war nicht der richtige Zeitpunkt, um derlei Dinge auszusprechen.

»Wasser sucht sich stets seinen eigenen Pegel«, sagte Andross.

»Was soll das jetzt wieder heißen?«, hakte Kip nach.

»Es heißt, dass wir drei Spiele spielen werden.«

»Das beantwortet meine Frage nicht im Mindesten.«

»Bei den ersten beiden werden die Einsätze hoch genug sein, um dein Interesse zu fesseln, und wenn wir mit dem dritten fertig sind, wirst du verstehen, warum das hier nicht nur die Zeit wert ist, die du bei der Vorbereitung auf die Schlacht versäumst, sondern du wirst auch verstehen, dass das, was wir hier tun, die Schlacht sehr wahrscheinlich entscheiden wird.«

»Wir stehen auf derselben Seite«, sagte Kip ungläubig. »Wenn Ihr wollt, dass ich etwas tue, bittet einfach darum.«

»Ich will, dass du drei Spiele mit mir spielst, um über das Schicksal der Welt zu entscheiden«, antwortete Andross.

Kip war ihm in die Falle gegangen. Er dachte einen Moment lang nach. Welche Mittel hatte er, sich zu weigern?

»Bitte«, fügte Andross hinzu. Er bedachte Kip mit einem schlangenkalten Lächeln.

»Da Ihr so nett fragt«, erwiderte Kip.

»Der Einsatz für das erste Spiel ist: ein Geheimnis gegen ein anderes. Wenn ich gewinne, wirst du mir erzählen, was mit all den Karten von Janus Borig passiert ist. Alles, was du weißt. Einschließlich all dessen, was du beim letzten Mal ausgelassen hast.«

Das klang verdächtig wenig schlimm, auch wenn Kip wusste, dass die Sache irgendeinen Haken haben musste. »Verstanden. Und wenn ich gewinne?«

Andross drehte wie nebenbei einen Ring an seinem Finger. »Dann erzähle ich dir die Geschichte deiner Mutter.«

»Ihr meint, meiner richtigen Mutter.«

»Nun ja, wenn du Karris' echte Geschichte erfahren willst, musst du sie schon selbst fragen. Ich glaube, es gibt so ein paar Dinge, die du über die Frau, die sich Katalina Delauria nannte, erfahren könntest, die deine Gefühle ihr gegenüber womöglich verändern.«

»Was meint Ihr denn *damit*? Was wisst Ihr über meine Mutter?«, verlangte Kip zu wissen. Er hatte sich geschworen, dass sie ihm nicht mehr das Geringste bedeutete, aber seine Gefühle wallten auf einmal so heiß in ihm auf, dass er begriff, wie sehr er damit nur sich selbst getäuscht hatte.

»Inzwischen weiß ich eine ganze Menge mehr als noch vor einem Monat. Ich hatte Besuch von Linas Vater. Überaus erhellend.«

»Ich habe noch einen Großvater?!«

»Tragische Geschichte. Lina und Asafa haben sich sehr nahegestanden. Sie sind miteinander in Briefkontakt geblieben, bis sie zur Überzeugung gelangte, dass es für sie zu gefährlich sei, den Kontakt fortzusetzen. Das war natürlich lange nachdem sie weggelaufen war. Er würde dich liebend gern kennenlernen. Möchtest du dich vielleicht mit ihm treffen?«

Weggelaufen?

Zu gefährlich?

Kip hatte noch eine ganze andere *Familie*?

Sein Großvater hieß Asafa? Kip konnte ihn kennenlernen?

Die Fragen türmten sich übereinander, bis Kip völlig von Gefühlen überwältigt war – und dann sah er Andross' selbstgefälliges Feixen.

Genau das machte Andross am allerliebsten, nicht? Menschen

aus dem Gleichgewicht bringen, um sie dann mit seinem größeren Wissen förmlich zu erdrücken und sie anschließend damit zu manipulieren: Das war sein wahres Spiel.

»Es steht uns eine Schlacht bevor. Das alles hier ist müßig«, betonte Kip.

»Ich würde aber gern Pläne für die Zukunft schmieden, selbst wenn es so aussieht, als gäbe es gar keine. Das lässt uns nur stärker aus diesem Krieg hervorgehen.«

»Habt Ihr vor zu mogeln?«, fragte Kip.

»Nur wenn du es zulässt«, gab Andross zurück. »Bist du mit Keffels Variante vertraut?«

»Ich weiß, was das ist«, erklärte Kip. Es handelte sich um eine Reihe von Sonderregeln, die ein schnelleres Spiel ermöglichten. Er hatte diese Spielvariante allerdings noch nie ausprobiert.

»Sie liefert interessante Parallelen«, fuhr Andross fort. »Und sie gibt dir die Gelegenheit, dir vom Glück helfen zu lassen.«

»Die klassischen Decks?«, erkundigte sich Kip. Bei dieser Variante begann man das Spiel statt am Morgen eher zur Mittagszeit, wenn die mächtigsten Karten sofort ausgespielt werden konnten. Bei der Eröffnung zog man sieben Karten, musste aber drei davon sofort wieder ablegen. Wenn man mit den klassischen Decks spielte, hatte man eine gewisse Vorstellung davon, was der Gegner wohl im Schilde führte. Typische Spiele zeichneten sich durch einen schnellen Schlagabtausch aus.

»Nein, meine Decks«, sagte Andross.

Sofort machte sich Grinwoody daran, Karten vom Tisch zu fegen, als seien sie schon von Anfang an ohne jede Funktion gewesen.

Natürlich. Dieses Arschloch. Mit den vielen Karten auf dem Tisch hatte Andross Kip in die Irre geführt und glauben gemacht, Kip dürfe sich sein eigenes Deck zusammenstellen. Stattdessen brachte der alte Mann nun einfach eine weitere Methode zur Anwendung, um Kip aus dem Konzept zu bringen.

»Es ist traditionell Vorrecht des Gastes, die Paarung der Decks auszuwählen, oder?«

»Ich bin ... vertraut mit dieser Tradition«, räumte Andross ein.

»Ihr hattet aber gehofft, ich wäre es nicht, hm?« Ein kurzes Grinsen huschte über Kips Züge.

Andross holte tief Luft. »Ich freue mich unheimlich darauf, dich zu besiegen. Das wird ein Spaß. Weißt du, dass ich mich einmal sogar dazu herabgelassen habe, mit Grinwoody zu spielen? Er ist in so vielen seiner Pflichten so tüchtig und hat mich bestimmt tausendmal spielen sehen. Und trotzdem ist er ein hoffnungsloser Fall.«

»Fast so schlecht wie ich?«, hakte Kip nach.

Wieder lächelte Andross.

Grinwoody schwieg dazu, schleppte jetzt aber einen schweren Ablagekasten herbei. Alt und gebrechlich, wie er war, hatte er offenbar mit dessen Gewicht zu kämpfen. Er stellte die Ablage auf den Spieltisch und zog den Deckel weg. Darunter wurden vielleicht zwanzig Kartendecks sichtbar, jedes hübsch in einen samtenen Überzug eingelegt.

»Darf ich mir einen Moment Zeit nehmen?«, fragte Kip, während er die Decks durchsah.

»Wie du so hartnäckig betont hast, haben wir nicht den ganzen Tag Zeit«, sagte Andross, nachdem Kip, während er das zweite Deck mischte, plötzlich innegehalten hatte.

»Natürlich, Großvater«, antwortete Kip. »Es ist bei mir eben schon ein Weilchen her. Die Grüner-Apfel-Eröffnung?«, fragte er und deutete auf das Deck in seiner Hand.

»Mit vier Auswechslungen«, verfügte Andross. »So wie dieses Blatt normalerweise zusammengestellt wird, ist es ein wenig langsam. Ich bin schon immer der Ansicht gewesen, dass es dabei auch einen dritten Weg zum Sieg geben müsste, aber wenn ich es gespielt habe, habe ich noch nie davon Gebrauch gemacht.«

»Es hat sich noch nie die Notwendigkeit dazu ergeben?«, fragte Kip.

»Ich habe stets dazu geneigt, Glück zu haben«, erklärte Andross. Es war vielleicht die erste bescheidene Äußerung, die Kip je aus seinem Mund vernommen hatte.

Verdammt. Andross hatte hier die legendären Decks der Geschichte versammelt, dann aber seine eigenen Veränderungen an ihnen vorgenommen.

»Donner und Feuer. Gutes Blatt«, meinte Kip und blätterte weiter. »Aber ... viele Karten sind ausgewechselt worden.« Er runzelte die Stirn.

Er war stärker benachteiligt, als er gedacht hätte. Es spielte gar keine Rolle, wie gut sein Gedächtnis war, nicht wenn der Zeitdruck so groß war. Wie sollte er sich auf die Schnelle einen Überblick über jedes Deck verschaffen, sich ins Gedächtnis rufen, wie sehr es gegenüber den klassischen Decks abgewandelt war und seine Stärken beurteilen? Und dann das meiste von den Kommentaren, die er auswendig gelernt hatte, wieder vergessen, um abschätzen zu können, wie gut das jeweilige Deck in dieser seltsamen Spielvariante sein würde? Schwierig.

Kip sagte: »Ich würde Tage brauchen, um mich ausreichend darauf vorzubereiten und ... Ah ja, ich verstehe. Das hier stellt eine Parallele zu unserer Verteidigung gegen den Weißen König dar. Nicht genug Zeit, um zu tun, was ich gern tun würde, was soll ich also stattdessen tun?«

Andross schnippte mit den Fingern, und Grinwoody verschwand, um irgendetwas holen zu gehen. »Vielleicht interpretierst du zu viel in das Spiel hinein.«

Es war nicht fair – aber Kip hatte sich einverstanden erklärt. Alle Zeit, die er mit Jammern verbrachte, war vergeudete Zeit.

Er musste die seltsamen Regeln bereits als Teil des Spiels betrachten, nicht als die Bedingungen des Spiels. Er hatte die Decks auszuwählen, unter denen sich Andross dann für dasjenige entscheiden würde, mit dem er spielen wollte. Die meisten Menschen würden annehmen, dass man in einer solchen Situation offensichtlich am besten solche Decks wählte, die einander so ähnlich wie möglich waren. Bei gleich guten Spielern wäre das auch in der Tat die beste Vorgehensweise.

Aber warum hatte Andross diese Variante gewählt? Und warum diese Decks?

Kip wechselte seine Perspektive, rückte statt der neutralen analytischen Fragestellung das menschliche Problem in den Vordergrund, und plötzlich ging ihm ein Licht auf. »Ich verstehe: Ich kann nicht einfach auf mein Gedächtnis zurückgreifen, um die besten Decks auszuwählen und dann meine Karten auszuspielen, wie es auch andere vor uns getan haben. Weder zur Wahl der Decks noch zu den genauen Strategien, die in unserem Spiel zum Tragen kommen, steht etwas in irgendwelchen Büchern, die ich gelesen haben könnte. Also handelt es sich um eine weitere Prüfung.«

»Keine Prüfung. Ich will einfach nicht gegen deine Erinnerungen daran spielen, was irgendein Meister der Karten aus einer früheren Zeit getan hat. Ich will gegen dich spielen«, erklärte Andross.

Also musste Kip alles andersherum aufzäumen. Angesichts der Nachteile, mit denen er beginnen musste, brauchte er ein Deck, bei dem das Glück eine große Rolle spielte. Natürlich neigen die großen Meister des Spiels nicht dazu, sich auf ihr Glück zu verlassen, aber viele Decks hielten Hilfsstrategien bereit – wenn du Pech hast und nicht X, Y oder Z ziehst, kannst du immer noch gewinnen, wenn du von A und B zusammen Gebrauch machst. Viele der klassischen Decks vermieden es jedoch, diese Hilfsstrategien zuzulassen, um die ursprünglichen, eigentlichen Strategien zu stärken. Sie nahmen die Niederlage einfach hin, wenn man besonders viel Pech hatte.

Im Zuge vielfacher Wiederholungen setzte sich Können gegenüber Glück durch.

Was bedeutete, dass Könner im Spiel dazu neigten, Decks zu wählen, die geschickte Spielkunst belohnten, und kaum ein Spieler war geschickter als Andross. Und so entschied sich Kip dafür, völlig auf die klassische Paarung von Decks zu verzichten. Stattdessen hielt er Ausschau nach zwei ganz vom Glück abhängigen, wenig Erfolg versprechenden Decks, die selbst Andross wohl noch nie gegeneinander ausgespielt hatte. In einer Minute hatte er zwei geeignete gefunden.

Andross runzelte die Stirn.

Bei dieser Variante standen beide Spieler ziemlich schlecht da – außer einer von ihnen zog eine bestimmte Karte von entscheidender Bedeutung. Das erste der beiden Decks, »Neun Spiegel«, wurde im Allgemeinen für zu kompliziert gehalten, um regelmäßig im Standardspiel verwendet zu werden. Das zweite war »Aufgeschobene Zerstörung«, ein Deck, das seit Jahrhunderten nicht mehr gespielt worden war, da zwei Karten, Meeresdämon und eine weitere Karte, deren Namen nicht überliefert war, inzwischen als Schwarze Karten galten und somit aus dem erlaubten Spiel verbannt waren.

Kip wusste allerdings nicht, welche Karten Andross genommen haben könnte, um das Deck aufzubessern, deshalb sah er beide Decks durch, um sich einen Überblick über die Änderungen zu verschaffen, die der alte Mann vorgenommen hatte. »Was zum Teufel soll das?«, entfuhr es ihm. »Was hat das hier zu bedeuten?«

Meeresdämon war eine Karte des Decks. Natürlich. Aber daneben fand sich auch die namenlose Karte, die doch eigentlich im Dunkel der Vergangenheit verschwunden war. Hier war sie nicht namenlos: »Meeres*riese*?«, wunderte sich Kip.

»Du hast im vergangenen Jahr etwas über Willensübertragung gelernt, habe ich gehört«, erwiderte Andross.

»Unbedingt«, antwortete Kip. »Und das hat bei mir eine ganze Menge Fragen aufgeworfen.«

»Delphine können mittels Willensübertragung gesteuert werden, aber nur durch jemanden, den sie mögen oder der sehr stark ist. Wale sind überhaupt nicht für Willensübertragung empfänglich. Es gibt Berichte von Männern, deren Verstand beim Versuch dazu förmlich an ihnen zerschellt ist, so wie sich die Wellen an den

Felsen der Ewigdunklen Pforten brechen. Aber Meeresriesen, so gewaltig und friedvoll sie waren, sind mittels Willensübertragung lächerlich einfach gefügig zu machen gewesen. Auf diese Weise haben die Piratenkönige ursprünglich überhaupt erst ihre Herrschaft errichten können. Ein paar Dutzend durch Willensübertragung gesteuerte Meeresriesen und eine Piratenkönigin namens Ceres haben sich ihre Vormachtstellung auf einem Teil des Meeres gesichert, den sie Ceres' See genannt haben. Doch dann haben die anderen Piraten sie angegriffen, und ihren Anhängern ist es nicht gelungen, die Meeresriesen unter ihrer Kontrolle zu halten. Oder sie hat jene ihrer Untergebenen ermorden lassen, die die Meeresriesen unter ihrer Obhut hatten – vielleicht aber ist auch keine einzige dieser Geschichten wahr. Wie dem auch immer gewesen sein mag, irgendwie sind die Zügel der Meeresriesen jedenfalls den menschlichen Fingern entglitten. Die Meeresriesen waren nun völlig irrsinnig und zerstörten jedes Schiff, das ihnen in den Weg kam, wo auch immer. Der Seehandel kam zum Erliegen. Es gab einfach keinerlei Mittel, sich gegen sie zu verteidigen. Einige wenige sehr starke Willensüberträger hatten einen gewissen eingeschränkten Erfolg im Kampf gegen sie, aber dergleichen wiederholte sich nur allzu selten. Ohne den Seehandel wurde nun jedes der neun Königreiche völlig von seinen Nachbarn abhängig, und das gab ihnen allen nur neue Kriegsgründe. Als dann die Chromeria an die Macht kam, wurden die Meeresriesen gejagt, bis sie ausgerottet waren. Danach verschwanden auch die Wale aus der Azurblauen See. Kein Mensch weiß, warum.«

»Woher wisst Ihr das alles?«, fragte Kip.

Andross zuckte die Achseln, als wollte er fragen: Und das fragst du im Ernst?

»Diese beiden Karten«, fuhr Kip fort. »Sie sind einander unheimlich ähnlich.«

»Manche sagen, sie seien genau die gleichen. Da wir über keine Meeresriesen mehr verfügen, mit denen wir unsere Meeresdämonen vergleichen könnten, fehlt mir jede Möglichkeit, mir darüber ein Urteil zu bilden. Aber manche haben in vergangenen Zeiten, ehe ein solches Gerede zu gefährlich geworden ist, gemutmaßt, dass unsere heutigen Meeresdämonen die letzten jener mittels Willensübertragung gesteuerten Meeresriesen sind. Werden sie aus ihrer nahezu unsterblichen, winterschlafähnlichen Starre erweckt, durchstreifen sie wütend die Meere und sind wieder dem Alterungsprozess ausgesetzt.«

»Irgendwie erinnert mich das an jemandem.«

»Unverschämter Bengel. Ich sollte dich mit meinem Stock versohlen.«

»Ihr wisst wirklich interessante Sachen.«

»Oh, so hohes Lob! Du kleiner Scheißer. Hast du schon entschieden?«

Kip sah beide Decks noch einmal rasch durch und versuchte sich die Karten einzuprägen. Dann streckte er sie Andross hin.

Andross wählte »Aufgeschobene Zerstörung«, womit Kip »Neun Spiegel« blieb. »Hast du dieses Deck seines Namens wegen gewählt?«

»Eigentlich ni... ähm, natürlich. Aber ich habe gehofft, Ihr würdet Euch breit über die großen Spiegel auslassen, so als Gesprächsgegenstand«, antwortete Kip. »Ich muss gestehen, etwas über sie zu erfahren wäre für meine unmittelbare Zukunft wahrscheinlich sehr viel nützlicher, als etwas über irgendwelche albernen alten Meeresdämonen zu lernen.«

Es wäre in der Tat ein schlauer Plan gewesen, wenn Kip nur schnell genug daran gedacht hätte.

»Tatsächlich?«, fragte Andross.

»Nein, eigentlich nicht. Aber ich habe einen großen Spiegel im Blutwald aufgespürt. Den Auslösemechanismus betätigt. Riesiges Ding, aber immer noch in sehr gutem Zustand. Sah so aus, als hätte es sich über Jahrhunderte hinweg unter der Erde befunden. Ich nehme nicht an, dass es tatsächlich ... neun davon gibt?«

Andross gab Grinwoody ein Zeichen, ihnen etwas zu trinken einzuschenken, während er seine eigenen Karten mischte. Seine leberfleckigen Hände bewegten sich so geschickt wie die eines Falschspielers. »Die Neun-Könige-Karten sind eine wahre Fundgrube uralten Wissens. Ein Teil dieses Wissens ist bei den Zensoren jener Zeit sehr unbeliebt gewesen, ein anderer bei denen späterer Zeiten.« Er warf die Hälfte seiner Karten von der einen Hand in die andere – eine Bewegung, die allen physikalischen Gesetzen zu trotzen schien. »Aber es ist daneben auch einfach ein Spiel. Wie viele Spiegelkarten befinden sich in diesem Deck da?«

»Ähm, drei?«, antwortete Kip. Er fand es schrecklich, dass es wie eine Frage herauskam.

»Aber drei klingt nicht beunruhigend. Drei Spiegel? In einem Spiel, das Neun Könige heißt? Neun Spiegel ist da viel besser.«

»Habt Ihr uns deshalb ›Die Mächtigen‹ genannt?«, wollte Kip wissen. »Einfach des Namens wegen?«

»Wenn ich euch keinen Namen gegeben hätte, was wärt ihr denn dann gewesen? Sechs verängstigte Heranwachsende, ausgestiegen aus der Chromeria und aus der Schwarzgardistenausbildung ausgeschieden, vertrieben von einer Bande schlecht trainierter Schlägertypen von den Jasperinseln.«

»Das sind immerhin Eure Lichtgardisten gewesen. Denen Ihr auch einen ziemlich beeindruckenden Namen gegeben habt, sosehr wir Euch auch dafür hassen. Gehasst haben.« Kip räusperte sich.

»›Die Lichtgarde‹ ist ein Name, der entweder auf ironische Weise Aufmerksamkeit auf sich zieht oder, vielleicht einmal in zwanzig Fällen, jene Schlägertypen dazu ermuntert hat, etwas aus sich zu machen. Letzteres ist ein Spiel, das ich verloren habe, aber ich gewinne trotzdem. Sie wissen, dass jeder sie hasst und dass sie völlig von mir abhängig sind, und so sind sie mir bedingungslos ergeben.«

»Von jenem einen Vorfall, wo Zymun sie ausgesandt hat, um mich und die Mächtigen umzubringen, einmal abgesehen.«

»Nun gut, ja, davon einmal abgesehen. Aber sie haben ihm nur gehorcht, weil er ihnen gegenüber behauptet hat, dass sie in Wirklichkeit meinen Willen erfüllen würden, wenn sie seinen erfüllen. Auch er ist ein Guile.«

»Ich finde es unfassbar, dass Ihr ihn in Eurer Nähe belasst«, erwiderte Kip. »Er ist pures Gift.«

»Er sagt über dich genau dasselbe. Wollen wir mischen?«

Jeder mischte die Karten des anderen, und Kip hielt seinen Blick unverwandt auf Andross' Hände gerichtet. Dann hoben sie beide noch ein letztes Mal ab und reichten die Decks einander zurück.

Andross wählte als Schauplatz Großjasper und stellte den Sonnenstandsanzeiger auf Mittag. Kip fing an.

Er zog seine Karten: eine Polychromatin und zähe Kämpferin namens Katalina Galden, eine rote Brille, eine Muskete, ein gutes Schwert, eine blaue Brille, einen Grünwandler von der Schwarzen Garde, der geschickt im Umgang mit der Muskete war, und einen rotwandelnden Schwarzgardist. Es wäre ein sehr gutes Blatt für ein normales Spiel, gut zur Verteidigung und zum frühen Angriff. Bei einem normalen Spiel hätte es ihm einen frühen Vorsprung ermöglicht, den Andross vielleicht nie wieder eingeholt hätte.

Aber wenn schon Mittag war und er zweimal zu ziehen hatte? Jede Karte, die Kip in der Hand hielt, war eine Karte weniger, die er ziehen konnte, und eine Chance weniger, die mächtigen Karten zu bekommen, die er benötigte. Er legte sie alle ab.

»Bei dieser Variante werden die abgeworfenen Karten mit der Bildseite nach oben gelegt«, betonte Andross.

Daran hatte Kip nicht gedacht. Na großartig.

Der alte Mann begutachtete Kips umgedrehte Karten. »Eine schwere Entscheidung. Aber der richtige Spielzug.«

»Ein Kompliment?«, wunderte sich Kip.

»Wenn verdient, sollten Komplimente sparsam verteilt und gesammelt werden«, erklärte Andross. Er warf drei seiner Karten ab. Sie halfen Kip nicht im Geringsten. Es waren drei Karten, die man unbekümmert ablegen konnte, egal welches Ziel man verfolgte.

»Ich habe sie gekannt, weißt du.«

»Katalina Galden?«, bohrte Kip nach. »Ist sie in irgendeiner Weise mit diesem Arschloch, dem Magister Jens Galden, verwandt?«

Kip warf einen Blick auf die Karten, die er gezogen hatte. Nichts. Ein großer Haufen aus stinkendem Nichts, der an einem kalten Wintertag vor sich hin dampfte. Er hatte die meisten der Ausrüstungsgegenstände in seinem Kartendeck gezogen, aber keine direkten Angriffe und keine Person, die gut genug war, um sie mit der Ausrüstung zu versehen. Wenn er Katalina Galden behalten hätte, hätte er jetzt vielleicht eine Chance gehabt.

»Sie gehören zur selben Familie, sind aber wahrscheinlich nicht blutsverwandt. Außerdem habe ich eigentlich von Janus Borig gesprochen«, erklärte Andross und zog in aller Seelenruhe seine eigenen Karten. »Die Frau, die die neuen Karten gezeichnet hat.«

Es war wie ein Peitschenschlag für Kip. Er war gedanklich gerade in ganz anderen Gefilden unterwegs gewesen. Und dann erinnerte er sich. Genau so funktionierte Andross Guile: Überfrachte deinen Gegner mit zu vielen Dingen gleichzeitig, über die er nachdenken muss, und wirf ihm dann eine Bombe mit brennender Zündschnur in den Schoß und schau zu, wie er reagiert.

»Wie viele historische Persönlichkeiten, glaubt Ihr, sind schlauer als Ihr gewesen?«, fragte Kip.

Aber der Gegenangriff ging ins Leere.

»Sie ist eine enge Freundin deiner Großmutter gewesen«, fuhr Andross fort. »Über lange Jahre hinweg. Ich glaube, sie trägt mehr als jeder andere die Schuld an unseren Familienproblemen. Sie hat mich angelogen. Sie hat uns angelogen.« Sie? Ach so, mit »sie« meinte er Janus Borig.

Kip musste das Spiel eröffnen, also legte er fast alle seine Karten. »Inwiefern denn?«, fragte er misstrauisch.

»Ich wollte jetzt eigentlich hinzufügen: ›Also hüte dich davor, irgendetwas von dem zu glauben, was sie dir gesagt hat.‹ Aber stattdessen bist du überrascht«, erwiderte Andross. »Demnach glaubst du wohl, sie sage in allem die Wahrheit? Weil sie ein Spiegel ist? Weil ›Spiegel‹ eine gewisse Passivität nahelegt?«

Nach seinem noch keine zwei Stunden zurückliegenden Gespräch über Spiegel mit seiner Frau kam sich Kip jetzt so vor, als würde entweder die Hand der Geschichte speziell für ihn Verschiedenes verknüpfen, um ihm auf die Sprünge zu helfen, oder als sei dieser scheinbare Zufall nur ein weiterer Fall des Phänomens, dass man ein neues Wort oder Konzept lernt und es dann plötzlich überall wahrnimmt.

»So viel jedenfalls weiß ich«, antwortete Kip und gab sich alle Mühe, sich nicht anmerken zu lassen, wie beunruhigt er war. »Sie hat immerhin nicht versucht, mich umzubringen, bevor sie mich überhaupt getroffen hat.«

»Nein, sie war mehr daran interessiert, dich zu benutzen, um jemand anderen umzubringen«, entgegnete Andross. Er spielte drei Koggen aus; sie waren eher kleine Schiffe, doch jede war zu einem beträchtlichen Ausmaß an Zerstörung in der Lage. Konnte Kip die direkten Angriffe ziehen, auf denen sein ganzes Deck basierte, würde er mehrere wertvolle Runden darauf verschwenden müssen, diese Schiffe auszuschalten.

Kip war im Arsch. Das Spiel hatte kaum angefangen, und sie wussten beide bereits, dass er auf dem besten Weg war zu verlieren. Er sah auf die Karte, die er gezogen hatte: Gelbe Brille. Reiner Müll.

Jetzt hör mir gut zu, Glück. Du kannst mich mal kreuzweise.

»Ich bin überzeugt, dass absolut jeder, der eine Botschaft hat, die Ihr nicht kontrollieren könnt, unmöglich vertrauenswürdig sein kann«, sagte Kip, und der Ärger über seine Karten war größer als der Zorn auf seinen Gegner. »Von heute an werde ich all meine Informationen ganz allein von Euch beziehen, Großvater.«

Einer von Andross' Kiefermuskeln zuckte, aber er atmete langsam tief ein. »Weißt du, es ist dermaßen enttäuschend. Ich mache mit dir all dieselben Fehler, die ich schon mit Dazen gemacht habe. Ich sollte eigentlich ein besserer Spieler sein. Nun gut.« Er schien seine Worte mit Sorgfalt zu wählen, und Kip musste seine Überraschung darüber verbergen, dass er seinen Großvater zumindest einmal aus dem im Voraus festgelegten Konzept geworfen hatte.

Andross fuhr fort: »Kurz nachdem ich den Sitz des Roten im Spektrum bestiegen habe, hat sie mir gesagt, dass sie für ihre Karten mein Porträt malen wolle. Es war natürlich als ein sehr schmeichelhaftes Kompliment gedacht: Ein bekannter Spiegel eröffnet mir, dass ich einer eigenen Karte würdig sei. Wenn man die Themenkarten zu Waffen, Entdeckungen, Verfahrensweisen und Ungeheuern einmal beiseiteließ, bestätigte mich diese Tatsache allein schon als einen der vierhundertfünfundsiebzig wichtigsten Menschen in der gesamten Geschichte bis dato. Es sind sogar noch ein paar Leute mehr, aber damals hatte ich noch keinen genauen Überblick über die schwarzen Karten, und natürlich gab es viele bedeutende Menschen, die niemals für eine Karte Modell gesessen haben, aber sie sind deshalb auch umso weniger berühmt. Was die menschlichen Originale all jener Karten getan haben, ist allerdings nur sehr wenigen bekannt gewesen.«

Andross spielte Amir Bazak aus, setzte ihn auf eine der Koggen, dazu Rote Brille und stattete ihn damit aus. Amir hatte sich in eine menschliche Bombe verwandelt, war in einer Schlacht mittels List hinter die Linien des Feindes gelangt und hatte dann so viel Rot gewandelt, dass er sich schließlich in einer Explosion in die Luft jagte, die Tausende das Leben kostete und eine Bresche in die feindliche Front schlug. Es war eine schwache Karte, die sich leicht ausmerzen ließ – wenn man über etwas verfügte, um sie zu töten.

»Aber Ihr habt es gewusst«, sagte Kip. Es ließ sich nur schwer vorstellen, dass es irgendwelche Geheimnisse geben sollte, über die

Andross Guile nicht Bescheid wusste. »Ihr habt gewusst, was die Karten vermochten.«

»Ich habe mich gut verheiratet. In eine Familie, die Bescheid gewusst hat … na ja, über das meiste zumindest«, erwiderte Andross. »Aber Borig war schlau. Ich denke, sie hatte bereits mehr gesehen, als ich gedacht hätte. Sie hat mich glauben gemacht, dass eine Karte nur die Zeitspanne bis zu ihrer Entstehung abdecken könne. Scheint ja auch logisch, nicht wahr? Und ich habe geglaubt, dass es für jeden Menschen nur eine einzige Karte geben könne. Sie hat gelogen. Und jetzt verrate mir, mein so viel klügerer Enkel, warum sollte das ein Problem darstellen?«

Hier ging es nicht um die Schmeichelei, gesagt zu bekommen, dass man historisch bedeutend sei, begriff Kip. Wiewohl er sich gut vorstellen konnte, dass Schmeichelei für Andross Guile durchaus eine ganze Menge bedeutet hatte, selbst wenn er das nicht würde eingestehen wollen.

Aber Andross hätte sich sicherlich mit Schmeichelei allein nicht abspeisen lassen.

Das Andenken eines bloßen Roten wahren? Andross hatte sich seine Ziele so viel höher gesetzt, und er würde bald schon sehr viel mehr erreichen. Wenn Andross geglaubt hatte, für viel größere Höhen bestimmt zu sein, als einfach nur der jüngste Rote der Geschichte zu sein, dann …

»Ach so«, begriff Kip. »Ihr hattet Pläne. Ihr habt gewusst, dass Ihr eines Tages der Promachos sein würdet. Oder das Prisma? Der Weiße?«

»Etwas in der Art«, räumte Andross ein. »Wie auch immer, ich hätte es besser wissen müssen. Ich war damals ein junger Mann mit all den Schwächen junger Männer. Ich hielt mich für so ungeheuer gewieft, wenn ich sie meine Karte malen lassen würde, ehe ich die meisten der Dinge vollbracht hatte, die ich im Schilde führte. Verstehst du, ich machte mir Sorgen, was meine Feinde mit einer solchen Karte würden machen können, sobald sie einmal fertiggestellt war. Ich habe gewusst, dass ich eine Karte verdiente. Wenn ich sie also dazu bewegen konnte, meine Karte schon früh anzufertigen, wären die Informationen, die meine Feinde durch sie beziehen konnten, wenn sie sie in die Hände bekämen, nur von beschränktem Nutzen für sie, da sich diese Informationen ja ausschließlich auf bereits Vergangenes beziehen würden. Die Wahrheit war jedoch, dass ich bis zu diesem Zeitpunkt noch gar nichts getan hatte, um einer Karte würdig zu sein. Die Macht in meiner Familie an mich zu ziehen, mir trotz des ganzen Aufgebots von weiteren Freiern meine Braut zu sichern, und das gegen den ursprünglichen Willen ihres Vaters, der zu Anfang gegen mich eingestellt gewesen war, und dann der Rote zu werden? Das sind nicht mehr als die Grundsteine einer Legende, aber noch nicht die Legende selbst. Doch sie ist so schlau gewesen, genau zu jenem Zeitpunkt zu mir zu kommen, als ich mit allerlei anderen Angelegenheiten überfordert und für Schmeichelei empfänglich war. Ich habe mir damals nicht die Zeit nehmen können, um die Karten gebührend zu erforschen.«

»Und sie haben sich also nicht ausschließlich auf Vergangenes bezogen?«, erkundigte sich Kip. Er spielte seinen Kartenmüll aus und zog einen großen Spiegel. Zu spät.

Andross nippte an seinem Whisky. Er machte eine Bewegung, die anzeigte, dass seine beiden Schiffe mit Amir Bazak angreifen würden.

Kip konnte den Angriff nicht aufhalten. Die Schiffe piesackten ihn ein wenig, und dann flog Amir Bazak in die Luft und zerstörte dabei das eine Schiff und beschädigte das andere schwer, aber auch Kip hätte die Explosion fast völlig vernichtet.

Wieder ergriff Andross das Wort: »Es gibt Aufsätze von Gelehrten, die mit Formulierungen wie ›außerhalb der Zeit agierend‹ arbeiten, was wahrlich tiefsinnig klingt, bis man genauer darüber nachdenkt und begreift, dass das Unsinn ist. Nein, ihre Lüge war anderer Art. Sie hat mir versichert – oder ich bin jedenfalls davon ausgegangen –, dass es nur möglich sei, eine einzige Karte zu haben. Schließlich hat auch niemand sonst je mehr als eine Karte gehabt, und auch wenn ich ein stolzer Mensch bin, habe ich mich doch nicht für jemand *derart* Besonderen gehalten. Als ich später über das Ganze nachdachte, habe ich begriffen, dass ich gar nicht gewusst habe, ob andere nicht auch mehrere Karten von sich angefertigt bekommen haben, von denen aber nur eine für den späteren Gebrauch aufgehoben worden ist. Ich kannte ja lediglich die Karten, die in die Verzeichnisse eingegangen sind. Es ist gut möglich, dass Spiegel diesen Trick schon zuvor angewandt haben. Lucidonius hat keine Karte, so viel wir wissen, aber es gibt einen Bericht darüber, dass es zu seiner Zeit einen Spiegel gegeben hat, der ein frühes Ende gefunden hat. Man hat dem Orden die Schuld dafür gegeben, doch der ist ja immer ein willkommener Sündenbock, nicht wahr?«

»Ihr meint, Janus Borig habe eine zweite Karte von Euch angefertigt?«

»Das ist die Frage, die du mir, wie ich glaube, gleich beantworten wirst. Und zwar. Genau. Jetzt.« Andross spielte den Meeresdämon aus.

Kip konnte ihn nicht in einem Zug töten, und schon die Kogge allein konnte ihm in der nächsten Runde den Garaus machen, also war es nun für ihn unmöglich, noch zu gewinnen.

Er war während des Spiels vollkommen konzentriert gewesen – auf den Sieg und auf das, was Andross berichtete –, und diese geballte Konzentration hatte seine Mutter im Hintergrund zur Bedeutungslosigkeit verblassen lassen. Aber nun kehrte sie in sein Gesichtsfeld zurück – nur damit er sie wieder in der Ferne verschwinden sehen konnte. Andross würde Kip ihre Geschichte nicht von sich aus erzählen; er gab nie irgendetwas preis, schon gar nicht etwas, was für andere von großer Bedeutung war.

Kip hätte nicht gedacht, dass ihm das viel ausmachen würde, aber plötzlich war es für ihn, als würde er seine Mutter noch einmal verlieren – und jetzt war das Ganze noch viel schlimmer. Andross würde Kip auch nicht seinen zweiten Großvater finden lassen, denn Großvater Asafa würde Kip die Geschichte vermutlich selbst erzählen, und Andross hatte nicht vor, irgendeinen Preis ohne Gegenleistung wegzugeben.

Aber das Ganze war müßig. Kip würde in dieser Schlacht sterben. Es sollte ihm eigentlich nicht wehtun.

Kip hatte sowieso keine Zeit, mit irgendeinem alten Fremden ein Schwätzchen zu halten.

»Sieht ganz danach aus, als würde ein kleiner Mann auf einem kleinen Schiff die Sache für Euch gewinnen«, meinte Kip. »Ein ungewöhnlicher Held, wo doch Meeresdämonen und große Spiegel mit im Spiel sind.«

»Aber dennoch ein Held, weil ich willig war, ihn zu opfern.«

Kip schob seine Karten zusammen und gab sich geschlagen. »Dann sind also Zymun und ich Eure kleinen Schiffe?«, fragte er.

Andross nippte erneut an seinem Whisky. »Das Ganze ist ein Spiel, keine Metapher, und du hast die Decks schließlich selbst ausgesucht. Nicht dass ich etwas dagegen hätte, von bloßen Spielen oder anderen unwahrscheinlichen Dingen zu lernen. Aber wo wir schon dabei sind, da wäre die Sache mit deinem ersten Spieleinsatz. Ich glaube, du hast mir eine Geschichte zu erzählen. Darüber, was mit Janus Borigs Karten passiert ist.«

9

Noch während Gavin die Stufen zum Dach des Himmelsturms hinauflief, bemerkte er eine Veränderung in der einheitlich behauenen Gleichförmigkeit all der Stufen, die er während des gesamten Aufstiegs bisher erklommen hatte.

Die Stufen wurden unregelmäßig, nahmen eine natürlichere Form aus unbehauenem Stein an, der freilich im Laufe unzähliger Jahre von vielen tausend Füßen abgetreten worden war. Auf dem Dach des Weißnebelturms anzukommen war nicht, wie auf das Dach eines der sieben Türme der Chromeria zu treten, sondern vielmehr wie den steinernen Gipfel eines Berges zu besteigen. Die Turmspitze bestand nicht aus flachen Steinblöcken, sondern war sanft gewölbt.

Es erinnerte ihn ganz plötzlich an den Gipfelkamm der Getrennten Felsen, wie er gewesen war, bevor er und sein Bruder ihn zerstört hatten.

Jene Erinnerung, die so lange in der Dunkelheit verloren gewesen war, trat jetzt so klar und deutlich an die Oberfläche seines Bewusstseins wie der schwarze Stein unter seinen Füßen. Über die gesamte Zeit des Aufstiegs hinweg war der schwarze Stein des Turms für ihn eine merkwürdige Sache gewesen. Sollte er etwa an die schwarze Demut der Gewänder eines Luxiaten gemahnen? Diese Bildlichkeit hatte für Gavin nie recht funktioniert. Die Luxiaten zeigten dadurch, dass sie von sich aus kein Licht besaßen – aber gewiss doch sollte die Wallfahrt hier ans Licht führen. Vielleicht ja, wenn man einen Turm hätte, der am Sockel schwarz war, dann aber immer heller wurde, je weiter man hinaufstieg? Das klang schon sinnvoller.

Stattdessen war der Weißnebelturm von unerbittlichem Schwarz.

Gavin wusste, dass er sich jetzt eigentlich beeilen sollte. Er sollte sich als Allererstes die Klinge schnappen. Er hatte den Turm auf der letzten Treppe halb umkreist, sodass sich das Schwert auf der gegenüberliegenden Seite befinden musste. Aber loszurennen, bevor er wusste, was ihn hier erwartete, konnte bedeuten, dass er sich leichtsinnig in Gefahr begab. Und ein Anblick vor ihm traf ihn wie die erhobene Faust von Orholam persönlich.

Hier, endlich, auf der höchsten Höhe angelangt, streckte der Turm des Himmels sein Haupt über die Wand aus weißem Nebel, die alles Übrige von ihm seit langen Zeiten verborgen hatte. Nur hier, auf seiner Spitze, befand sich Gavin hoch genug oben, um über die Wolkenschicht hinauszuschauen, die sowohl den Turm als auch die Insel umhüllte.

Die aufgehende Sonne, deren Licht während all der Tage von Gavins Aufenthalt auf der Insel nur gedämpft durchgedrungen war, strahlte hell und erweckte den Horizont mit ihrem Feuer. Für Gavins farbenblindes Auge lediglich ein weißes Feuer, aber die Sonne war trotzdem wunderschön, selbst jetzt noch, wo ein grausamer Gott ihr ihre Farben geraubt hatte.

Der Gedanke brachte ihn zu sich selbst zurück. Zurück zu den Drohungen, dem Tod, den Morden. Er konnte das Schwert auf der anderen Seite des Turmdachs nicht sehen, da es hinter der ansteigenden Wölbung des steinernen Hügels verborgen lag, der das Zentrum des Turms bildete – aber er sah auch sonst nichts.

Der Gipfel war leer.

Die Pilgerreise endete im Nichts.

Ich habe die halbe Welt durchquert, um in Gottes eigenes Haus einzutreten, und er ist nicht daheim.

Ist es wahrscheinlich nie gewesen.

Aber vielleicht war das auch nur eine Illusion, eine weitere Willensübertragung, eine weitere Prüfung.

Gavin bedeckte sein farbenblindes Auge mit der Hand und starrte durch das schwarze Juwel hindurch. Es legte nur trostloses Nichts frei, in schroffere Kontraste getaucht, als sein natürliches Auge sie wahrnahm. Spröder Stein, ein Turm, nicht des Himmels, sondern der Lügen. Dieser Tempel war eine bloße Fassade. Männer hatten tausend Jahre lang geschuftet, um diesen Turm bis hinauf in den Himmel zu bauen, und als sie ihn erreicht hatten, mussten sie feststellen, dass sie dafür nur mit dem Tod ihrer Illusionen und mit einer Einsamkeit bestraft worden waren, die so tief war wie dieser Turm hoch.

An dem Tag, an dem sie fertig geworden waren, hatte es

bestimmt ein Fest gegeben, irgendeine Feier mit ernst gemeinten Gebeten von ernsthaften Luxiaten. Gemeinsam hatten die Versammelten bestimmt gen Himmel gerufen: »Wir haben dir ein Haus gebaut! Komm und lebe unter uns, Orholam! Erfülle das Versprechen der Zeiten!«

Was hatten sie getan, als es keine Antwort gegeben hatte?

Wie lange es wohl gedauert hatte, bis schockierte Luxiaten, die erleben mussten, wie sich mit dem Glauben anderer auch ihre eigene Macht in Luft aufzulösen begann, irgendeinen Vorwand für Orholams Abwesenheit ausgeheckt hatten?

Sie hatten damals gelogen, so wie sie auch jetzt logen, weil all ihre Macht auf ihren Lügen fußte.

Es war, was Gavin immer vermutet hatte, aber es war, wie die eigene Frau im Verdacht zu haben, dass sie dich betrügt; die Furcht wächst in deinem Herzen, je sicherer du dir wirst, doch die Beziehung stirbt erst, wenn du das Eingeständnis von den Lippen deiner Heißgeliebten, Heißverfluchten selbst hörst.

Gavin geriet ins Wanken. Er stürzte und kniete sich hin. Er presste die Augen zusammen, während sich seine Brust zusammenkrampfte und ihm den Atem raubte.

Er bedeckte die Augenklappe und öffnete nun nur sein natürliches Auge, betete zu niemandem, aber er *betete*, dass sein verletztes natürliches Auge die Dinge anders sehen würde. Vielleicht berichtete ihm der schwarze Stein trostlosere Neuigkeiten, als er das tun sollte.

Die Dunkelheit zog sich langsam aus seinem Gesichtsfeld zurück, wie ein Ölfilm, der allmählich gen Erde glitt, aber selbst hier, in der Schönheit eines Sonnenaufgangs, wie er ihn seit gefühlten Ewigkeiten nicht mehr erlebt hatte, blieb die grundlegende Wahrheit: Es war nichts hier.

Nichts hier bedeutete, dass alles, was Gavin getan hatte – alles, in seinem ganzen Leben –, ein in den Sturm gehauchter Atem war. Schlimmer noch, dass hier nichts war, bedeutete, dass es keine magische Verknüpfung gab. Und keine Verknüpfung bedeutete, dass es hier auch keine Verknüpfung gab, die er hätte zerstören können.

Was wiederum bedeutete, dass es keine Möglichkeit gab, Karris zu retten.

Was sollte Gavin Grinwoody berichten? »Ich bin dort hingegangen, aber dort ist nichts gewesen«? Wer würde das glauben? Bevor das Weißnebelriff die Insel von der Außenwelt abgeschnitten hatte, mussten desillusionierte Pilger hunderttausend Mal das Gleiche zu jenen gesagt haben, die die Reise nicht gemacht hatten, und doch hatten sich die Menschen in den Satrapien entschieden, lieber den Lügnern zu glauben, die bei ihrer Rückkehr hoch und heilig beteuert hatten, hier Orholam getroffen zu haben.

Karris würde sterben. Gavin ebenfalls, selbst wenn er es wieder zurück nach Hause schaffte. Wie könnte Grinwoody ihn am Leben lassen?

Er hatte keine Zukunft.

Aber es war schlimmer als nur eine gescheiterte Mission, schlimmer als nur die Tatsache, dass Gavin all sein Glück geraubt worden war. Es war schlimmer, als sein Leben an diesen erbärmlichen Wurm zu verlieren. Alles, was Gavin je getan hatte, hatte im Dienst von Lügen gestanden. Seinen eigenen Lügen und den Lügen anderer.

Der Tod seines Bruders und aller, die er im Rahmen der Befreiung ermordet hatte – bei alledem war es nur um Menschen gegangen, die um Macht kämpften, die sich in den Mantel der Ehrbarkeit kleideten, indem sie einen Gott beschworen, der nicht das Geringste mit alldem zu tun hatte, weil er nämlich gar nicht existierte.

Aber auch wenn er gebrochen war und kaum noch atmen konnte, kämpfte sich Gavin wieder auf die Beine.

Er hatte lange genug gekniet.

Also hatte er mit seinem Verdacht recht gehabt, und seine Intuition, an die er sich so lange geklammert hatte, war falsch gewesen. Sein erstes großes Ziel würde somit unerfüllt bleiben. Die Welt war, wie sie war. Nur eins blieb ihm noch zu tun.

Er würde sich das Schwert holen und damit auf die Turmspitze einschlagen, bis er die Blendende Klinge zerbrochen hatte. Und er würde das Wort »Lügen« mitten ins Gestein graben. Und dann würde er ein allerletztes Mal fliegen – wenn er sich vom Turm in seinen wohlverdienten Tod stürzte.

10

Kip zog es natürlich in Erwägung zu lügen. Schließlich war er nach wie vor ein Guile.

»Mein Vater hatte eine Schachtel in einem Boxsack versteckt, mit dem ich trainiert habe. Ich habe dagegengetreten, und da habe ich etwas brechen hören. Ich habe gewandelt, vielleicht alle Farben gleichzeitig, und ich habe den Beutel geöffnet, und die Karten sind herausgeflogen und haben sich auf meine Haut gelegt. Ich habe ... die Karten irgendwie in mich aufgenommen. Nicht mit Absicht. Ich habe das Bewusstsein verloren und wäre fast gestorben, aber Teia konnte mich wiederbeleben. Als sie die Karten von meiner Haut geschält hat, waren sie leer.«

»Aber du hast sie *geschaut*«, sagte Andross.

»Nicht auf eine Weise, die ich irgend verstehen konnte«, erwiderte Kip. »Ich habe sie alle gleichzeitig gesehen. Es hat mich umgebracht. Im wahrsten Wortsinn. Mein Herz hat zu schlagen aufgehört. Es ... es war, als ob ... Es hat mein Bewusstsein ausgelöscht. Ich wusste nicht mehr, wer ich war.«

»Aber sie sind nicht verloren«, beharrte Andross. »Du hast das Guile-Gedächtnis.«

»In jedem Sinn, dem sich irgendeine Bedeutung abgewinnen ließe – doch, sie sind verloren«, widersprach Kip.

»›In jedem Sinn, dem sich eine *Bedeutung* abgewinnen ließe‹? Also sind sie es in einem anderen Sinn nicht. Berichte mir, in welcher Weise sie nicht verloren gegangen sind. Berichte mir, was du erlebt hast.«

Natürlich hatte es so kommen müssen. Kip hatte versehentlich das wertvollste Wissen der Welt zerstört. Und natürlich musste sich Andross auf die Überreste stürzen.

Und so fing Kip an zu erzählen. Was spielte es jetzt schon noch für eine Rolle, da ihrer aller Untergang ohnehin bevorstand? Am Ende berichtete Kip ihm von der Großen Bibliothek und dem Unsterblichen oder Dschinn oder was auch immer Abaddon war, mit seinen gebrochenen Knöcheln und seiner Pistole und dieser Maske eines Gesichts, unter deren Rissen sein wahres Aussehen zum Vorschein gekommen war. Die Sache mit dem Mustermantel übersprang er. Das war jetzt Teias Geheimnis, nicht das von Kip.

Andross blickte Kip mit einem sonderbaren Gesichtsausdruck an, als er ihm von dem Unsterblichen erzählte, aber wenn es Ungläubigkeit war, beschloss er offensichtlich, Kip deshalb nicht sofort zur Rede zu stellen.

Das war es natürlich, was ein Gespräch mit Andross Guile so schön machte: Man wusste, dass alles, was man sagte, früher oder später gegen einen verwendet werden würde.

»Nenn mir jeden Kartennamen, an den du dich erinnerst.«

Kip tat, wie geheißen. Es dauerte nicht sonderlich lange. Am Ende fügte er hinzu: »Und es hat sogar eine Karte gegeben, die vielleicht Ihr gewesen seid. Ich habe einen Mann gesehen, möglicherweise auf einem Schiff? Der Meister. Er hat einen Brief an den Farbprinzen geschrieben, einen verräterischen Brief, in dem es darum ging, dass er Dagnu werden wolle. Er trug jedoch eine Kapuze, so wie Ihr sie früher immer getragen habt. Und seine

Hände waren dunkelrot gefleckt wie bei einem Rotwandler, der zum Wicht geworden ist.«

»Aha, deshalb also hast du nach der Schlacht von Ru versucht, mich zu ermorden«, schlussfolgerte Andross.

»Das ist ... das ist es nicht, was da passiert ist. Und wir wissen es beide«, erwiderte Kip.

»Nein. Ist es nicht«, räumte Andross ein. »Und an mehr kannst du dich hinsichtlich dieser Karte nicht erinnern?«

»Nein. Es war nur ein einziger flüchtiger Blick.«

Andross glaubte ihm, das spürte er.

»Also gut, ich habe die Erfordernisse meiner Wette erfüllt«, sagte Kip. »Sogar mehr als nur das.«

»Erzähl mir von diesen Erinnerungsbildungen, die dich manchmal unvermittelt überkommen.«

»Das ist nicht Teil unserer Abmachung«, protestierte Kip.

»Sie sind Teil der Karten, die du zerstört hast, und es könnte der Schlüssel zu unser aller Rettung sein, und wer wäre wohl besser geeignet, bei der Auflösung eines Rätsels zu helfen als ich?«, sagte Andross.

Also erzählte Kip ihm auch alles darüber.

Am Ende schüttelte Andross den Kopf. »Da machst du dich davon, um eine einzelne Satrapie zu retten, während du stattdessen die Mysterien der Tausend Welten hättest entschlüsseln können, die uns alle retten könnten.«

»Vielleicht«, räumte Kip ein, »aber ich bin kein Mensch, der untätig dasitzt, während mein Volk blutet.«

Diese Antwort hatte Andross offensichtlich nicht erwartet. Er wirkte erstaunt. »Eine ehrliche Anerkennung deiner Grenzen, aber zugleich ohne Entschuldigungen oder dummes Getue von wegen, dass diese Begrenzungen dich anderen Leuten mit anderen Begabungen irgendwie überlegen machen würden. Hm. Ich kenne Männer, die doppelt so alt sind wie du und die weniger mit sich im Reinen sind.«

»Mit mir im Reinen«? Für Kip war es wohl das erste Mal, dass irgendwer je *das* über ihn gesagt hatte. Aber er nahm an, an dieser Front in den letzten paar Jahren doch gewisse Fortschritte gemacht zu haben.

»Du hast nicht alle neuen Karten bekommen«, erklärte Andross.

»Wie bitte?«, fragte Kip.

»Gavin hat den Hauptteil der Karten dort hinterlassen, wo er gehofft hat, dass du sie finden würdest, aber einige hat er als für dich zu heikel eingestuft.«

Ein Schock fuhr durch Kip hindurch, schnürte ihm die Kehle zu und verknotete ihm den Magen. »Woher könntet Ihr es überhaupt wissen, wenn dem so wäre?«

»Ich hätte genau das Gleiche gemacht. Es gibt so ein paar Dinge, von denen ich nicht wollen würde, dass mein eigener Sohn davon erfährt.«

»Und?«, fragte Kip.

»Natürlich habe ich sie gefunden.«

»Er hat sie für Karris zurückgelassen, nicht wahr?«, riet Kip.

Andross Guile zögerte nur für einen kurzen Moment. »Seltsam«, sagte er. »Genau so hätte auch Felia reagiert. Der gleiche intuitive Sprung, und das derart schnell.«

»Weiß Karris von den Karten?«, wollte Kip wissen.

»Natürlich nicht. Man zeigt den anderen Spielern seine verdeckten Karten nicht, vor allem nicht, wenn es sich um im wahrsten Wortsinn versteckte Karten handelt.«

Kip ließ seinen Blick kurz zu Grinwoody hinüberwandern, der, wie ihm plötzlich bewusst wurde, auf jedes gesprochene Wort lauschte, als habe er von alledem noch nie etwas gehört. »Mehr Whisky, Calun«, verlangte Kip.

Natürlich waren Grinwoodys Dienste über alle Kritik erhaben, und er ging stumm, schnell und ohne jedwede Gefühlsregung zu Werke. Vielleicht hätte Kip ihn lieber beim Namen nennen sollen, um ihn zu beleidigen.

»Worauf läuft alles hier hinaus?«, fragte Kip.

Andross musterte ihn abschätzend, während Grinwoody sie beide bediente. Auch wenn er eine schnelle Spielvariante ausgewählt hatte, machte er jetzt nicht den Eindruck, dass er sich beeilen wollte, und er schien nicht im Mindesten besorgt über die ihnen allen drohende Katastrophe.

»Willst du die Wahrheit wissen?«, fragte Andross zurück.

Eine klugscheißerische Bemerkung schoss ihm durch den Kopf, aber der schnippische Kip hielt die Kiefer fest zusammengepresst. Andross zu verärgern würde ihm nicht im Geringsten helfen.

Andross winkte Grinwoody, sich zurückzuziehen. »Verschwinde jetzt mal für ein Weilchen. Es gibt so ein paar wenige Dinge, die sind selbst vor dir geheim.«

Grinwoody entfernte sich ein Stück und stellte sich mit dem Rücken zu ihnen, nahe genug, um Andross zu hören und sofort zur Stelle zu sein, sollte dieser nach ihm rufen. Andross förderte einen langen Schlüssel zutage, öffnete eine verschlossene Schublade im Tisch und holte einen Pappkarton hervor. Er reichte ihn Kip.

Scheinbar gleichgültig öffnete Kip den Karton. Und ihm stockte das Herz.

Es war genau das Deck, das er in sich aufgenommen hatte. Das neue Deck, das Janus Borig gemalt hatte – das Deck, das Kip zerstört, ausgelöscht hatte.

»Keine Originale«, sagte Andross. »Diese Karten kann man nicht schauen wie die anderen. Sie bestehen nur aus Farbe und Gold, Pergament und Lack. Sie haben keine Magie in sich.«

»Wie habt Ihr sie …?«

»Janus hatte Feinde. Sie hat dieses Deck weit weg von ihrem Haus aufbewahrt, an einem Ort, den sie für sicher gehalten hat. Sie hat gehofft, dass im Falle ihrer Ermordung irgendein zukünftiger Spiegel vielleicht in der Lage wäre, ihr Werk aufgrund dieser Karten hier neu zu erschaffen.«

»Wie seid Ihr da herangekommen?«

»Also bitte«, höhnte Andross Guile.

»Ihr habt sie umbringen lassen? Sie ist allzu gefährlich für Euch gewesen.«

»Mach dich nicht lächerlich. Ich zerstöre nichts, wofür ich eine bessere Verwendung hätte. Und ich hatte noch viele Fragen an sie. Diese Sache hat ein anderer Spieler erledigt, und das muss nicht mal unbedingt ein bedeutender gewesen sein.«

»Warum habt Ihr mich die Karten beschreiben lassen, wenn Ihr sie bereits alle besitzt?«, wollte Kip wissen.

»Vor allem aus einem Grund: Es verrät mir, ob du ehrlich bist, ob du eine Wette auch einhältst, selbst mir gegenüber. Das musste ich zuerst herausfinden. Und jetzt, wo das erledigt ist, glaube ich, ist es an der Zeit für unser zweites Spiel«, erklärte Andross. »Wenn du gewinnst, gebe ich dir Gavins Karte. Das Original.«

Kips Herz krampfte sich zusammen. Die Karte seines Vaters?! Das Original? Das bedeutete, dass er sie würde schauen können.

Und wenn sie sich wirklich nicht nur auf bereits Vergangenes bezog und er den richtigen Gebrauch davon machte, würde er herausfinden können, wo sein Vater jetzt war.

Es war alles, worauf er gehofft hatte, und sein Großvater bot es ihm jetzt einfach so an.

Aber das galt nur für den Fall, dass Kip gewann.

Wenn der Lohn für einen Sieg so ungeheuer war, was würde dann der Preis für eine Niederlage sein?

»Wartet«, sagte Kip. »Warum wollt Ihr nicht, dass ich mir einfach so anschaue, was auf der Karte zu sehen ist? Wollt Ihr ihn denn nicht zurückhaben? Was habt Ihr gesehen, als Ihr die Karte selbst geschaut habt?« Andross war zwar kein Vollspektrum-Polychromat, aber ganz bestimmt würde er doch …

»Ich habe es gar nicht versucht.«

»Ihr wollt Euch nicht mit seinen Augen sehen müssen«, schlussfolgerte Kip.

Andross warf ihm einen verärgerten Blick zu. »Meine Gründe gehen dich nichts an. Wenn du gewinnst, findest du vielleicht heraus, was das für Gründe sind. Ich weiß es nicht. Genau das macht die Sache zu einem richtig guten Köder. Ich meine, zu einem richtig guten Wetteinsatz.«

»Und was ist der Preis der Niederlage?«, erkundigte sich Kip.

Selbst eine Katze, die einem das Abendessen stibitzt hat, hätte nicht mit dieser Mischung aus Bosheit und Selbstzufriedenheit blicken können, die Kip jetzt aus Andross' Gesicht entgegengrinste. »Wenn du verlierst, zeige ich dir noch eine andere Karte. Du wirst sie für mich schauen und mir alles mitteilen, was du siehst.«

»Das ... klingt nicht allzu schlimm«, bemerkte Kip.

»Nun ja, dann gewinnst du in jedem Fall, egal, ob du gewinnst oder verlierst.« Andross' Stimme klang so vergnügt freundlich wie Honig und geschmolzene Butter zusammen.

Was für Kip Beweis genug war, dass dieser Klang einen Hauch von Arsengeschmack überdecken sollte.

Andross Guile würde nie eine Wette mit unausgewogenen Einsätzen vorschlagen, bei der sein Gegner besser wegkam als er selbst.

Kip hätte sich gern mit dem Gedanken getröstet, dass das alles so schlimm nicht werden würde.

Aber er erinnerte sich an die Karte des Schlächters von Aghbalu. Er erinnerte sich an die monatelangen Albträume, die er gehabt hatte, nachdem er hatte mit ansehen müssen, wie das Massaker seinen Lauf nahm – nein, er hatte es nicht nur mit angesehen, sondern daran teilgehabt, wieder und wieder. Was, wenn auch diese Karte eine *jener* Karten war?

Aber auf der Gewinnseite stand nun einmal sein Vater.

War das jetzt eigentlich überhaupt noch wichtig? Kip würde ihn nicht retten können. Aber Karris verdiente es, Bescheid zu wissen. Die Schwarze Garde verdiente es ebenfalls. Irgendjemand würde Gavin vielleicht helfen können, selbst wenn es nicht Kip war.

»Ach ja, noch eine weitere Bedingung«, sagte Andross. »Ganz

gleich, wie sich das Spiel entwickelt, du musst jede Karte, die du bekommst, ansehen und *schauen*, und du musst alle meine Fragen hinsichtlich dieser Karte beantworten.«

»Dann gewinnt also Ihr in jedem Fall, egal ob Ihr nun gewinnt oder verliert«, erwiderte Kip.

»Genau. Ist es nicht schön, dass wir ein Spiel spielen können, von dem wir beide so sehr profitieren?«

»Warum liegt Euch so viel daran, dass ich das mache?«, fragte Kip.

»Mein Sohn hat eine besondere Begabung, stets im letzten Moment aufzutauchen und alle möglichen Pläne zu durchkreuzen. Für gewöhnlich die des Feindes, aber nicht immer. Jede Karte, die du ansiehst, könnte uns verraten, wo sich mein Sohn befindet. Sollte er ganz plötzlich zum Beispiel morgen hier eintreffen, würde ich sehr gern sicherstellen, dass ich den richtigen Plan für diesen überaus wichtigen Sonnentag über die Bühne bringen kann.«

Jetzt endlich verstand Kip, warum Andross gesagt hatte, es gäbe nichts Wichtigeres für sie als das, was sie hier machten. Vorbereitungen für die Schlacht? Die Leute, die sie beide jeweils befehligten, konnten den größten Teil davon ohne Weiteres selbst übernehmen. Die Vergangenheit und sogar die Entwicklung der Gegenwart enthüllen? Das konnten nur sie.

Und es bedeutete, dass er seinem Vater in jedem Fall half.

»Gut, spielen wir«, sagte Kip.

Andross wählte die üblichen Regeln. Kip wählte Decks, mit denen er vertraut war. Er fügte sogar Karten aus Andross' Zusammenstellung hinzu, die Grinwoody erneut hereingebracht hatte, wobei er seine Auswahl auf Überlegungen gründete, wie die schwarzen Karten seiner Meinung ihre jeweiligen Strategien beeinflussen würden.

Das Spiel war knapp. Verdammt knapp.

Schließlich war Kip zum letzten Mal an der Reihe. Sein Deck umfasste vierzehn Spielkarten. Er konnte nur eine einzige ziehen, und jede der vier Karten, die noch im Stapel waren, konnte ihm den Sieg verschaffen.

»Vier«, sagte Andross laut. »Vier Gewinner. Von vierzehn.«

»Woher wollt Ihr wissen, dass ich den Sieg nicht schon in der Hand habe?«

»Wenn man die Siegerkarte in der Hand hält, betet man nicht, ehe man seine letzte Karte zieht.«

Natürlich wusste Andross ganz genau, worauf Kip aus war. Kip brachte es nicht fertig, die alte Spinne zu hassen, nicht dafür. Andross Guile zu hassen war, wie das Wetter zu hassen. Wenn einem die Sonne auf den Kopf brennt, schüttelt man nicht ergrimmt die Faust nach der Sonne; man gibt sich selbst die Schuld, weil man keinen Hut aufgesetzt hat.

Das Spiel war fair gewesen. Kip hatte mit Adleraugen aufgepasst, ob der alte Mann betrog.

»Du willst kneifen?«, fragte Andross amüsiert. »Die Chancen stehen aller Wahrscheinlichkeit nach gegen dich. Ein Versagen könnte dir den Mut nehmen und dich seelisch brechen … Brecher.« Er sagte es mit leichtem Spott, als probiere Kip verschiedene Namen aus, wie ein Kind die schicken Kleider und großen Hüte seiner Eltern ausprobiert.

»Nicht ›Brecher‹. Ich bevorzuge ›Diakoptês‹«, erwiderte Kip. Aus irgendeinem Grund zuckte Grinwoody beim letzten Wort zusammen. »Mein Vater hat mir einmal gesagt, dass die Wahrscheinlichkeit gegen uns stünde, dass die Wahrscheinlichkeit aber dafür da sei, dass man ihr trotzt.«

Kip zog.

Er verlor.

11

»Grinwoody«, sagte Kip. »Geh und hol mir einen Eimer. Könnte sein, dass ich brechen muss. Besorg mir außerdem noch einen Arzt. Einen, der Erfahrung damit hat, ein stillstehendes Herz wieder in Gang zu bringen. Oder besser noch, hol die Schwarzgardistin Adrasteia her.«

»Teia ist verschwunden«, erklärte Andross. »Schon seit einiger Zeit. Sie ist dem Dienst unerlaubt ferngeblieben. Soviel ich weiß, haben sie bei der Schwarzen Garde geglaubt, sie sei vielleicht fortgegangen, um sich dir und deinen Mächtigen anzuschließen. Nein?«

Kip schüttelte den Kopf.

Das war eine schlimme Neuigkeit, aber das Erste, was Kip verspürte, war Erleichterung. Er würde ihr noch nicht gegenübertreten müssen. Nicht dass das in diesem Moment tatsächlich zu den ersten zehn Punkten gehört hätte, über die er sich Sorgen machen sollte.

Dann schnürte sich seine Brust zusammen, als Andross aufstand, zu einem Tresor mit Kombinationsschloss trat und ihn öffnete. Er holte ein winziges Buch aus Pergament heraus, selbst kaum größer als eine Karte. Mit behutsamen Fingern wickelte er die Schnur von dem Druckknopf, der das Buch verschlossen hielt, und öffnete die Buchdeckel. Ohne irgendeinen Teil der Karte zu berühren, hielt er sie Kip hin.

Kip umfasste die Karte an den Rändern und passt auf, ihre Oberfläche nicht zu berühren. Er legte sie vor sich auf den Tisch.

Die Karte zeigte ein in der Sonne glänzendes goldenes Schiff, die Segel voll im Wind gebläht, wie es mühelos durch ruhige See glitt. Es war ein erstklassiges Kunstwerk, wie es alle Karten von Janus Borig gewesen waren, und offensichtlich hatte sie die Karte auch selbst angefertigt.

»Etwas Wasser, Calun«, befahl Kip. Nach all der Zeit hatte er endlich gelernt, zu einem Sklaven nicht bitte zu sagen. Nicht dass Grinwoody ein ganz normaler Sklave gewesen wäre. »Aber öffne zuerst das Fenster. Ich brauche Licht des vollen Spektrums.« Dann wandte er sich zu Andross um. Diese Karte sah nicht im Mindesten bedrohlich aus. »Die *Goldene Mitte*? Ist das der Name des Schiffes?«

»Gefertigt von zwei aborneanischen Brüdern, einem Schiffsbauer und einem Gelbwandler, beide inzwischen leider bei einem wohl vorgetäuschten Raubüberfall ums Leben gekommen. Vermutlich ein politischer Mord, um sie daran zu hindern auszupacken. Nein, nicht auf meinen Befehl hin. Wirklich, Kip, musst du mir denn jede Schlechtigkeit zutrauen?«

»Was? Nein, ich habe doch gar nicht ...«

»Ich habe den Ausdruck auf deinem Gesicht gesehen. Wie dem auch sei, das Schiff ist an einen ilytanischen Kanonenbauer aus Smussato namens Phineas verkauft worden, und danach ist es in zahlreichen Häfen gesichtet worden, auch wenn die Besitzverhältnisse unbekannt waren. Nicht zuletzt ist es auch hier gewesen. Auf den Jasperinseln. Vor nicht einmal fünf Wochen.«

»Woher wollt Ihr wissen, dass das etwas mit Gavin zu tun hat?«, erkundigte sich Kip.

»Weil ich selbst versucht habe, die Karte zu schauen.«

»Und?«

»Eine Themenkarte zu durchforschen ist für einen Menschen, der sie berührt hat, keine Frage der Willenskraft, sondern der besonderen Konzentrationsgabe. Ich glaube, du verfügst auf eine Weise darüber, wie es mir nicht gelingt. Wenn ich nach Gavin suche, ist meine Aufmerksamkeit zweigeteilt, und meine Absichten sind verworren. Ich konnte nur feststellen, dass er vor nicht allzu langer Zeit auf diesem Schiff gewesen ist. Du wirst es besser machen.«

Grinwoody stellte Kips Wasserglas ab. Der Mann verströmte eine seltsame Eindringlichkeit; ihn umgab eine Anspannung, die jene Schwarzgardisteninstinkte ansprach, die Kip zu entwickeln begonnen hatte. Da war etwas, das von Gefahr kündete. Kip fasste den älteren Mann genauer ins Auge, aber Grinwoody war ganz ruhig-gefasste Unterwürfigkeit. Bestimmt hatte er nur die Anspannung seines Herrn widergespiegelt, der sich hier mit jemandem traf, den Grinwoody ohne Frage als eine mögliche Bedrohung für Andross betrachtete. Schließlich hatte Grinwoody selbst einst eine Ausbildung in der Schwarzen Garde erhalten.

Kip schob den Gedanken zur Seite. Warum konzentrierte er sich auf einen bloßen Sklaven statt auf den schärfsten Intellekt, der ihm je begegnet war?

»Öffne die Fenster«, befahl Kip.

Aber Grinwoody sah nur seinen Herrn und Meister an.

»Die Vorhänge sind offen«, entgegnete Andross.

»Das gibt mir sieben Farben«, erklärte Kip. »Aber ich habe das Gefühl, dass ich neun benötigen werde.«

Andross gab Grinwoody ein Zeichen, und der Sklave schritt durch den Raum und öffnete die großen Fenster, sodass Kip in ungefiltertem Licht gebadet war.

Von keiner der Farben brauchte Kip besonders viel, und Andross hatte hilfreicherweise Tafeln von jeder Farbe parat, die groß genug waren, um Kip als Quelle zu dienen. Doch als Kip mit seinem Chi fertig war – er hatte seine Pupillen gewaltsam verengt, bis praktisch nichts mehr von ihnen übrig geblieben war –, verstand er zum ersten Mal Andross' Angst vor den Karten. Kips Halskette mit dem Gallium-Metall lag schwer auf seiner Brust und verbarg den Chi-Bann in ihrem Inneren, und Kip verspürte einen Anflug von Angst, als ihm zum ersten Mal der Gedanke kam: Was, wenn es von dieser Kette eine Karte gibt? Was, wenn Andross alles weiß?

Aber Kip schaute, ohne sich hetzen zu lassen, auf die Karte der *Goldenen Mitte* vor ihm auf dem Tisch, legte, einen nach dem anderen, seine Finger darauf und konzentrierte sich ausschließlich auf seinen Vater.

Kip war die vorwärtsdrängende Bugspitze, die durch himmelblaue Wellen schnitt, seine Decks glitten reibungslos durch die das Schiff tragenden Wellen. Er war die Spannung des Mastes im Wind, und sie waren wie zwei alte Freunde, die sich aneinanderlehnen, während sie beschwipst nach Hause torkeln. Seine Stückpforten öffneten sich wie Kiemen, damit er Luft bekam, sie atmeten schwarzen Rauch aus und spuckten Schüsse von sich, während die Besatzung eilig hin und her huschte und eine bekannte Stimme Befehle brüllte. Kanonier. Und nach dem Mangel an Sorge und Bedrängnis in den irgendwie fernen Stimmen seiner Mannschaft zu schließen, waren es nur Übungssalven mit den zahlreichen Kanonen des Schiffes.

Vater, wo bist du?

»Ich spüre, dass er auf dem Deck des Vorschiffes liegt«, sagte Kip mit geschlossenen Augen. Seine Sinne waren begrenzt; es war nicht so, als stünde er selbst auf dem Schiff, sondern es war eher ein Wahrnehmenkönnen von Dingen innerhalb einer gewissen Blase auf dem Schiff. »Er ist abgemagert. Trägt er eine Augenklappe? Er redet mit irgendjemandem, aber ich kann nicht hören, was sie sagen. Jetzt redet er mit Kanonier. Ich erkenne ihn irgendwie. Sie haben einen Mann über die Öffnung einer Kanone gebunden. Einer riesigen Kanone, die auf dem Vorschiff aufgestellt ist. Äh ... jetzt bin ich draußen.«

Als Gavin aufgestanden war und nicht mehr sein Körper, sondern nur noch seine Füße das Deck berührten, war es schwerer geworden, ihn festzuhalten. »Es hat eine Art Luxin-Sturm gegeben«, berichtete Kip. »Aber anscheinend hat er ihn verschlafen oder so.« Offenbar hatte Kip seine geballte Konzentration zum falschen Zeitpunkt auf seinen Vater gerichtet. Er hätte gern gewusst, wie ein Luxin-Sturm in Orange aussah – er hatte jedoch nicht vor zu versuchen, jetzt dorthin zurückzugehen. »Und inzwischen ist es ein neuer Tag. Wir umkreisen eine ganze Weile lang irgendetwas. Eine Insel und ... Grundgütiger! Jetzt tobt dort eine Schlacht. Vielleicht ... Vielleicht ist es eine Schlacht. Jede Menge Männer laufen durcheinander. Gavin ist in den Ausguck hinaufgeklettert. Er schreit etwas nach unten.« Sein Mund bewegte sich, während er rief, und Kip versuchte, von seinen Lippen abzulesen. »Ich glaube, er hat gerade ›Meeresdämon‹ gerufen. Da passiert etwas Schreckliches. Sie feuern meine Kanonen ab. Sie haben meinen Steuerbordanker ausgeworfen.« Kip stöhnte auf, als sich der Anker von seinem Deck löste, als habe ihm da jemand einen Fingernagel abgerissen. Dann donnerten die Kanonen, seine Decks ächzten, die Ruder wurden klappernd ausgefahren. »Da ist etwas ...« Und dann spürte Kip, wie der Kopf des Meeresdämons, ein knochiger Hammer, ihn auf den Amboss des Korallenriffs schmetterte. Gavin wurde weggeschleudert. Schiffsdecks wurden zerfetzt wie Papier. Männer wurden zermalmt, Takelage riss, und Teile von Kips Bewusstsein flogen ins Meer: wie die Detonation einer Schrotflinte, die Holz, Seil, Blut und Metall ausstreute. Er riss die Finger von der Karte weg und fand sich erneut in Andross' Gemächern wieder. »Er ist fort.«

»Fort? Tot?«

»Ich glaube schon. Er wurde aus dem Ausguck geschleudert. Das Schiff wurde von einem Meeresdämon gegen ein Riff geworfen und zerschmettert.«

»Geh zurück. Du musst dir ganz sicher sein!«

Kip widersprach nicht. Er würde seinen Vater nicht aufgeben, nicht solange noch die geringste Chance bestand.

Er fand die Zeit wieder, spielte die Karte ein weiteres Mal durch – auch wenn es war, als reibe er über eine offene Wunde. Er ging, so gut wie irgend möglich, über die Karte hinaus und versuchte, das Meer abzusuchen.

Er spürte noch die Anwesenheit von Haien, bevor sein Bewusstsein von jenen versprengten, toten Teilen seiner selbst dahinschwand. »Die Lagune ist voller Haie«, hörte er sich sagen. »Und davor kreisen mehrere Meeresdämonen. Aber ich kann ihn nirgendwo mehr fühlen. Da ist ... Da ist noch etwas vom Vorschiff übrig geblieben, das auf dem Korallenriff festhängt.«

Und das war erst einmal alles. Eine ganze Weile kam gar nichts. Und dann war da eine einzelne Menschenseele wahrzunehmen, die sich auf das Vorschiff schleppte.

Aber es war nicht Gavin Guile. Es war Kanonier.

Kip blieb tagelang bei ihm, doch Gavin kam nicht, und Kanonier schien immer verzweifelter zu werden.

Wieder zog er die Hand zurück und berichtete, was er gesehen hatte. »Vielleicht ... Vielleicht hat er es an Land geschafft?«

»Mehrere Meeresdämonen, hast du gesagt?«, hakte Andross nach.

Kip nickte. Er wünschte plötzlich, er hätte Andross' Gesicht sehen können, als er ihm die Neuigkeit eröffnet hatte, dass sein letzter überlebender Sohn jetzt mit an Sicherheit grenzender Wahrscheinlichkeit tot war. Vielleicht hätte sich in diesem Moment ein Anflug von Menschlichkeit in seinen Zügen gezeigt, aber jetzt sprach er mit der unbarmherzigen Konzentration eines Kapitäns, der sein Schiff direkt über eine Sandbank steuert, sodass all die Seepocken weggescheuert werden und alles in seinem Leben, was nicht festgeschraubt ist, in eine chaotische Unordnung gestürzt wird – der jedoch letztendlich immer den Sieg davonträgt, sich durch den Sand hindurch einen Weg zu Ehre, Stolz und gesellschaftlichem Rang bahnt.

»Er könnte vielleicht überlebt haben«, sagte Kip. »Ein Riff bedeutet, dass es in der Nähe auch eine Insel gibt, nicht wahr?« Falls er die Kollision mit dem Riff überlebt hatte. Falls er, statt ins offene Meer hinaus, in die Lagune geschleudert worden war. Falls ihn der Sturz nicht bewusstlos gemacht hatte. Falls er es an den Haien vorbeigeschafft hatte.

Falls, falls, falls.

»Hast du dort eine Nebelwand gesehen? Bei dem Riff?«

»Nicht ... Nicht dass ich etwas Derartiges wahrgenommen hätte«, antwortete Kip zögerlich. »Aber ... die Wahrnehmung auf Grundlage der Karten ist nicht allzu gut. Warum?«

Andross räusperte sich. »Es gibt Geschichten, nach denen die Meeresdämonen das Weißnebelriff umkreisen. Wenn du mehrere von ihnen gesehen hast, muss er dort gewesen sein. Ich frage mich, warum. Aber letztlich ist es egal. Es handelt sich um eine Insel, hast du gesagt. Selbst wenn er überlebt hat, selbst wenn er ein neues Schiff findet, treiben in der See dort zahlreiche Meeresdämonen ihr Unwesen. Nun gut. Das sagt mir alles, was ich wissen muss. Gavin ist tot – oder zumindest tot für uns. Er kommt nicht zurück. Mit Sicherheit nicht rechtzeitig, um helfen oder irgendetwas ändern zu können. Was mir sagt, dass unser letztes Spiel notwendig ist.«

Sein Vater war tot. Es würde kein Gavin Guile im letzten Moment hereingerauscht kommen, um ihn zu retten. »Ich habe genug«, verkündete Kip und machte Anstalten aufzustehen. »Ich will nicht mehr spielen.«

»Wenn du von diesem Stuhl aufstehst, quetsche ich dir mit den Daumen die Augen aus und ficke dir den Schädel, bis du dir deine schwarz angeschwollene Zunge abbeißt und in einem Eimer mit deinem eigenen Blut ertrinkst.«

Für einen kurzen Moment war Kip wieder ein verängstigter kleiner Junge, und seine Mutter schleuderte Kochtöpfe und Schürhaken nach ihm, während sie ihn ankreischte wie ein verwundetes Tier. Verwirrt ließ er sich wieder auf seinen Stuhl fallen.

»Die goldene Schachtel«, wandte sich Andross an Grinwoody, seine Stimme plötzlich wieder kühl, auch wenn er den Blick nicht von Kip abwandte. »Und die Ilytaner. Und stell die Karaffe auf den Tisch.«

Grinwoody holte eine goldene Kartenschachtel aus dem offenen Tresor. Er stellte die mit einer bernsteinfarbenen Flüssigkeit gefüllte Kristallkaraffe mitten auf den Spieltisch. Dann zog er die ilytanischen Messerpistolen heraus, die, als Kip sie das letzte Mal gesehen hatte, Gavin bei sich gehabt hatte. Andross überzeugte sich, dass sie geladen waren, und legte sie sich dann auf den Schoß, sodass sie auf Kip zeigten.

»Achtzehn Jahre alter Zackenfels«, erklärte Andross. »Die mit Abstand beste Abfüllung dieser Brennerei. Das Zeug ist ein Vermögen wert. Ich habe ihn eigens für dich aufgemacht.« Seine unbeherrschte Wildheit von eben hatte sich in Luft aufgelöst, aber Kip würde seinen Ausbruch nicht vergessen. Mit einem Wink scheuchte Andross Grinwoody weg.

»Herr …«, hob Grinwoody an. »Ich muss protestieren. Dieser Junge hier hat Euch gegenüber schon früher ein Betragen von unverantwortlicher Respektlosigkeit an den Tag gelegt. Ich sorge mich um Eure Sicherheit.«

Kip musste immer noch heftig blinzeln, während er sich alle Mühe gab, wieder zu Atem und Verstand zu kommen.

»Weißt du«, wandte sich Andross an Kip, »dass ich für diesen Whisky mehr bezahlt habe als für Grinwoody?«

Im Bemühen, seine Fassade der kühlen Distanziertheit wiederherzustellen, antwortete Kip: »Der Marktpreis für Sklaven hat im Zuge meiner Erziehung leider nur eine bedauernswert vernachlässigte Rolle gespielt.«

»›Erziehung‹?«, blaffte Grinwoody kühl.

Andross lachte. »Sein Besitzer hat seine Intelligenz bemerkt und ihn zu einem pedantischen Paragrafenreiter ausgebildet. Seine Wandlerfähigkeiten sind erst später in Erscheinung getreten, woraufhin er ihn zur Ausbildung in die Schwarze Garde gegeben hat. Er ist natürlich nicht der einzige vielfältig verwendbare Sklave gewesen, den ich gekauft habe. Die anderen hatten ein großes Interesse an Ehre und … Ansehen … wollten etwas bewirken. Grinwoody hat nur zwei Sachen zu mir gesagt. Erinnerst du dich, Grinwoody?«

Der alte Sklave neigte den Kopf, machte jedoch keinerlei Anstalten, die Geschichte seines Herrn zu Ende zu erzählen.

»Er hat gefragt: ›Werdet Ihr mich schlagen, wenn ich es nicht verdient habe?‹ Das habe ich verneint, und ich habe mein Wort gehalten. Ich habe ihn nur zweimal geschlagen. Beide Male, weil er frech und unverschämt gewesen ist. Beide Male im ersten Jahr. Nachdem er die ihm gesetzten Grenzen erst einmal verstanden hatte, haben wir zwei uns ziemlich gut verstanden. Und als ich dann gefragt habe, ob er wenn nötig für mich sterben würde, hat er gesagt ... Warte mal, wie hat er es doch gleich ausgedrückt? ›Für Euch, ja. Doch ich würde es vorziehen, nicht für einen Geringeren als Euch zu sterben.‹ Nicht für einen Geringeren, begreifst du, Kip? Dieser Sklave, dieses Nichts, er hat es gewagt, sich ein Urteil über weit über ihm stehende Menschen zu erlauben, ist aber nicht so weit gegangen, dass er seine Pflicht nicht erfüllt hätte. Er wollte eigentlich auch gar kein Mitglied der Schwarzen Garde sein, weil Schwarzgardisten ausnahmslos jeden beschützen müssen, der zufällig gerade Prisma ist oder im Spektrum vertreten oder auf dem hohen Thron des oder der Weißen sitzt. Oder, Grauen über Grauen, notfalls auch auf dem niedrigen Thron des Schwarzen. Er konnte erkennen, dass einige dieser Menschen wirklich große Persönlichkeiten waren, während einige andere lediglich das Glück ihrer Geburt auf ihrer Seite hatten. Er erfüllt seine Pflichten mit größter Gewissenhaftigkeit, aber er kennt seinen Platz und drängt nicht darüber hinaus. Verstehst du?«

»Oh, Ihr habt mir da eine sehr umsichtige und geschickte Lektion erteilt, Hoher Lord Promachos«, antwortete Kip. »Ich werde nicht vergessen, wer hier wer ist. Das verspreche ich.«

Andross hob den Boden der Schachtel an und brachte zwei Decks zum Vorschein. »Sieh sie durch, während ich dir die Einsätze bekanntgebe.«

»Die Sache wird mir nicht gefallen, wie?«, ging es Kip durch den Kopf, und versehentlich sprach er die Frage laut aus.

»Kommt darauf an«, erwiderte Andross. »Wie läuft deine Ehe denn so?«

Kips Herz wurde ganz kalt. »Was soll diese Frage?«

»Du hast mir nicht gehorcht, als du in den Blutwald gegangen bist«, antwortete Andross. »Du hast gegen meinen direkten Befehl verstoßen. Hast du geglaubt, ich würde dir so etwas einfach durchgehen lassen?«

Ein Schauder lief Kip über den Rücken, und er war sich nicht so sicher, ob vor Abscheu, Ärger oder vor Angst.

»Wenn ich nach Rath gereist wäre, hätte mich Eirene Malargos in einen Käfig gesteckt«, erwiderte Kip. »Zumindest metaphorisch, wenn nicht gar buchstäblich. Sie hätte mir nie erlaubt, den Palast wieder zu verlassen.«

»Man kann aus einem einzelnen Gebäude heraus viel erreichen, wenn es das richtige ist«, sagte Andross. »Das weiß keiner besser als ich.«

Kip führte sich vor Augen, dass der alte Mann aus dem Turm des Prismas heraus praktisch die Welt regiert hatte, daher konnte er seinen Worten nicht direkt widersprechen. »Aber nur wenn man draußen in der Welt bereits die richtigen Kontakte geknüpft hat«, gab er zurück. »Ich bin ein junger Mann, kein alter. Ich verfüge nicht über ein solches Netzwerk wie Ihr. Und was ich getan habe, ist für Euch ohnehin viel nützlicher gewesen.«

»In diesem Punkt ist weniger der Ausgang der Sache das Thema als dein Ungehorsam.«

»Ihr seid verärgert, weil ich Euch gezeigt habe, dass Ihr im Irrtum wart«, erwiderte Kip. »Ihr seid so weit entfernt von jeder menschlichen Regung, dass Ihr keine Ahnung habt, wie Pflichttreue überhaupt aussieht. Ich könnte jetzt der König des Blutwaldes sein, wenn ich nicht beschlossen hätte herzukommen, um Euch die Haut zu retten, alter Mann. Wollt Ihr, dass ich gehe? Dann werde ich verschwinden.«

»Du scheinst zu glauben, dass ich dir da freie Wahl lasse.«

»Ihr scheint zu glauben, dass ich nicht selbst wählen könnte.«

Andross seufzte. Dann hob er die Pistolen von seinem Schoß. Er spannte ihre Hähne. Die eine behielt er dicht an seinem Körper, zur Sicherheit, außer Reichweite. Die andere streckte er über den Tisch, die Klinge unter dem Lauf ausgestreckt wie ein anklagender Finger. Kip wich nicht zurück, und Andross tippte mit der Spitze dieses Dolchs gegen Kips Stirn. »Kip, du bist nicht hergekommen, um *mich* zu retten, und jene, die du retten wolltest, können nicht einfach mit dir von hier verschwinden, daher wissen wir beide, dass du nirgendwohin gehen wirst. Es ist nicht deine Art, vor einem Kampf davonzulaufen, nicht einmal vor einem, den du zu verlieren befürchtest. Deine Drohung wegzugehen, ist von Anfang an ein Bluff gewesen, und ich habe das längst durchschaut.«

Es war die Wahrheit.

»Ihr seid ein Arschloch.«

Andross kicherte, als sei das ein Kompliment. »Ein Mann, der es nie riskiert, für ein Arschloch gehalten zu werden, ist jemand, der an nichts glaubt.«

»Ihr glaubt nur an Euch selbst«, schoss Kip zurück.

»Nein«, sagte Andross. »Schon seit geraumer Zeit nicht mehr.« Er legte die Pistolen zwischen ihnen auf den Tisch. Dann drehte er eine um, sodass sie auf ihn selbst zeigte.

Kip war sich im Klaren, dass er damit eine ganze Reihe verschiedener Dinge meinen könnte, aber er hatte keine Lust zu raten. »Und woran glaubt Ihr dann?«

Andross nippte an seinem Whisky. »Ich glaube, dass ich dieses Spiel beenden werde.«

Kip warf die Hände hoch. »Immer nur das Spiel!«

Andross öffnete eine Schublade und nahm zwei *Zigarros* heraus. Er beschnitt den einen mit der Klinge der Dolchpistole, richtete den Blick zum Fenster und gab ein knurrendes Seufzen von sich wie eine Katze, die das Sonnenlicht genießt; dann berührte er mit seinem von Infrarot getränkten Daumen den Zigarro, um ihn anzuzünden, während er daran zog. Den anderen Zigarro reichte er Kip, der das Angebot annahm. Er beschnitt und entzündete seinen eigenen Zigarro. Erst dann bemerkte er, dass Andross die ganze Zeit zu seiner auf Luxin reagierenden Schildkrötenbärentätowierung hinüberschielte.

Großer Orholam! Ging es Andross bei allem, was er tat, immer nur darum, Informationen zu sammeln?

»Sieh dir uns beide an, Kip. Während andere umherwuseln wie Ameisen, nachdem jemand auf ihren Bau getreten ist, rauchen und trinken wir und spielen Karten und entscheiden über das Schicksal der Welt. Was während des nächsten Jahrhunderts mit unserer Welt geschieht, hängt von dem ab, was in den nächsten zwanzig Minuten hier in diesem Raum geschieht, und keiner der Menschen dort unten ahnt auch nur das Geringste davon. Gibt dir das nicht das Gefühl, ein Gott zu sein?«

»Ich will mich nicht wie ein Gott fühlen«, sagte Kip. Aber er war sich nicht sicher, ob das auch der Wahrheit entsprach. Er hatte Tisis anvertraut, dass er bald sterben würde, und er glaubte es auch. Aber er wollte nicht sterben.

Er nippte an dem Whisky, und selbst er konnte erkennen, dass er sehr weich und mild war. Er schmeckte nur ein ganz klein wenig so, als würde Kip auf Torf herumkauen. Er zog an dem Zigarro und konnte nicht viel dazu bemerken, abgesehen davon, dass es irgendwie in der Tat befriedigend war, Rauch auszublasen. »Wie steht es jetzt um die Einsätze?«, fragte er und gab sich geschlagen.

»Wenn du gewinnst«, sagte Andross, »mache ich dich zum Prisma. Und ich werde dich vor Zymun beschützen, der Intrigen schmiedet, um dich zu morden. Es gibt da jedoch Vorbehalte zu beachten. Nicht einmal ich kann so etwas auf der Stelle zuwege bringen. Wollte ich eine solche Entscheidung ohne jedwede Vorwarnung durchsetzen, würde das Spektrum plötzlich Rückgrat entwickeln und rebellieren, und das können wir uns im Moment nicht leisten. Aber mit Zymun werde ich fertig, den schaffe ich dir vom Hals, und du wärst für das nächste Jahr der neue Prisma-Erwählte. Du stündest während dieser Zeit unter dem vollen Schutz meiner Macht. Ich schwöre, dass du, solltest du das nächste Spiel gewinnen, das nächste Prisma sein wirst.«

Janus Borig hatte Kip prophezeit, dass er nicht das nächste Prisma werden würde. Aber sie war ein Spiegel, keine Seherin, oder?

Doch wenn Andross ihm Zymun vom Hals schaffte? Wenn Kip alle Macht haben würde, die Jasperinseln zu verteidigen, ohne Einmischung?

Vielleicht hatte Janus gemeint, dass Kip sterben würde, bevor er Prisma wurde.

»Das ist ein ... verlockender Gewinn«, stellte Kip fest. »Ich nehme an, der Spieleinsatz, den Ihr mir im Gegenzug abzuverlangen wünscht, dürfte absolut widerwärtig sein.« Seine Brust schnürte sich zusammen. Er kannte diese alte Spinne.

»So argwöhnisch, lieber Enkelsohn?« Andross paffte seinen Zigarro, und die Glut an der Spitze flammte bei jedem Zug rot auf wie ein böses Auge, das ihm zuzwinkerte.

»Und ...?«, fragte Kip. »Was verlangt Ihr als meinen Einsatz?«

»König Eisenfaust wird sehr bald hier eintreffen. Er hat eine junge Cousine, die er zur neuen Nuqaba machen wird. Womöglich hat er das auch schon getan. Sie ist achtzehn, vielleicht neunzehn Jahre alt. Eifrig ihrer Sache ergeben, auch wenn jeder weiß, dass ihr lieber älterer Cousin stets jeden Schritt bestimmen wird, den sie unternimmt.«

»König *wer*?«, unterbrach Kip.

Andross wirkte für einen Moment aufrichtig geschockt. Dann verzog sich sein Gesicht zu einem breiten Grinsen, das seine Zähne sehen ließ. Mit der wohl am wenigsten überzeugenden Stimme, zu der er in der Lage war, antwortete er: »Ach, Kip, es tut mir ja so leid. Weißt du es wirklich nicht? Hast du es denn noch nicht alle

Spatzen in der Stadt von den Dächern pfeifen hören? Dein alter Hauptmann der Schwarzen Garde ist zum Verräter geworden.«

»Ja, klar. Natürlich. Nein, ist er nicht. Also, was habt Ihr sagen wollen?«

»Die Sache hier hängt wirklich voll und ganz davon ab, dass du die Realitäten unserer Lage akzeptierst«, erklärte Andross und wurde wieder ernst.

»Ich verstehe nicht, was Euch eine derartige Lüge denn bringen sollte«, erwiderte Kip. »Ich kann die Geschichte in null Komma nichts überprüfen, und wir haben beide jede Menge wirklich Wichtiges zu tun.«

»Es ist keine Lüge«, betonte Andross.

»Eisenfaust würde die Chromeria nicht verraten. Sein Bruder ist sogar für mich *gestorben*.«

»Ja – und so wie Eisenfaust es sieht, bin ich schuld daran. Und dann ist seine wahnsinnige und von Drogen benebelte verräterische Schwester, die Nuqaba, unter mysteriösen Umständen gestorben – woran er ebenfalls der Chromeria die Schuld gibt.«

Zu Recht, vermutete Kip. Und von einer Sekunde auf die andere glaubte er es. Er selbst hatte sich verändert, seit er die Chromeria verlassen hatte, warum sollte sich nicht auch Eisenfaust verändern? Nachdem Andross ihn seiner Stellung beraubt und dann auch noch versucht hatte, ihn zu ermorden? »Er hat sich also wirklich zum König erklärt?«, hakte Kip nach.

»Es gibt Orte auf dieser Welt, an denen man entweder ganz oben ist oder tot. Vielleicht hat er auch Paria für einen dieser Orte gehalten. Wie dem auch sei, wir müssen Paria wieder in den Schoß der Chromeria zurückholen. Für diesen Krieg sowie für all die anderen Kriege, die ihm folgen werden, wenn es uns nicht gelingt.«

»Ihr habt ernsthaft Paria verloren? Wirklich geniale Führungskünste, Großvater!«

»Und du wirst mir helfen, Paria zurückzubekommen«, sagte Andross, und seine Augen funkelten.

»Was hat das mit diesem Mädchen zu tun – Eisenfausts Cousine oder was auch immer?«

»Wenn ich gewinne, heiratest du sie.«

»W…? Ich bin schon verheiratet.«

»Oh.« Andross deutete mit seinem Zigarro auf Kip, als habe er da ganz recht, auch wenn das nun wirklich schade sei.

Kip runzelte die Stirn. Was in allen neun Höllen führte er im Schilde? »Nicht einmal ein Promachos kann einfach jahrhundertealte Lehren des Magisteriums beiseitefegen, die Polygamie verbieten, und ich kann mir nicht vorstellen, dass die Parianer es hinnehmen würden, wenn ihre Nuqaba die zweite Ehefrau von irgendjemandem wäre.«

»Natürlich nicht«, sagte Andross mit ausdrucksloser Stimme.

»Ihr wollt doch nicht etwa vorschlagen…«

»Ruthgars Schicksal ist jetzt an das unsere geknüpft. Die Ruthgari können uns nicht den Rücken kehren. Deine Heirat mit Tisis hat bewirkt, was die Satrapien gebraucht haben. Jetzt wirst du sie eben verstoßen. Deine Ehe wird annulliert – du bist zur Zeit deines Ehegelöbnisses minderjährig gewesen, und ihr habt beide ohne die Zustimmung Eurer Familien geheiratet. Es wird einfach so sein, als hätte es diese Ehe nie gegeben. Um nicht ihr Gesicht zu verlieren, wird Eirene Malargos vorgeben müssen, es sei in beiderseitigem Einverständnis geschehen. Die Ehe wird aufgelöst, das Ganze als den Leidenschaften der Jugend geschuldeter Leichtsinn abgetan und so weiter. Kein Problem. Dein Unvermögen, ein Kind zu zeugen, wird uns bei alledem sogar hilfreich sein. Ein Kind hätte eine Komplikation dargestellt.«

Bei allen Qualen Orholams. Es war genau das, was Tisis vorausgesagt hatte, nur viel früher, als selbst sie es vermutet hatte.

»Warum wollt Ihr mir so etwas antun?«, fragte Kip und schnappte nach Luft.

»Die Parianer haben eine Flotte und die besten nichtwandelnden Kämpfer der Welt. Wir benötigen beides. Nach allem, was du uns über die Flotte des Weißen Königs berichtet hast, brauchen wir sie jetzt sogar noch viel mehr, als ich das noch vor einer Woche gedacht hätte. Und er und seine Flotte haben uns fast schon erreicht. Wenn wir irgendeine Hoffnung auf Sieg haben wollen, muss Eisenfaust dazu überredet werden, sich auf unsere Seite zu schlagen. Ein Mann, der sich selbst zum König ausgerufen hat. Ein Verräter, verstehst du, muss dazu überredet werden, mit uns gemeinsame Sache zu machen, sonst wird das Reich untergehen. Er wird verlangen, dass wir ihn als König anerkennen. Er wird Garantien fordern – und wir werden es uns nicht leisten können, sie ihm zu verweigern. Natürlich wäre der Verlust Parias unsere Notlösung. Aber besser, Paria zu verlieren, als das ganze Reich. Was ich zu erreichen hoffe? Unverzügliche Wiederannäherung an Paria, allerdings indem Eisenfaust selbst für den Rest seines Lebens ein Sonderstatus garantiert wird. Er wird bei deiner Hochzeit mit ganz besonderen, ausgewählten ›Geschenken‹ belohnt werden, ›kleine Symbole unserer lang andauernden Liebe zu Paria und seiner Führung‹. Eisenfaust wird zu einem sehr reichen Mann gemacht werden; ihm wird genug Macht und die Kontrolle über seine Nuqaba eingeräumt, um sicherzustellen, dass er in Zukunft weder verraten noch eingekerkert wird; und wir werden das Reich vor dieser nun unmittelbar drohenden Krise gerettet haben. Und wenn ich nicht völlig falschliege, wird dir Eisenfaust als Hochzeitsgeschenk beträchtliche Ländereien in Paria übereignen, die seit den Tagen meines Großvaters und meines Urgroßvaters nicht mehr im Besitz der Guiles gewesen sind. Du wirst deine Zeit teils auf deinen Ländereien und teils in den größeren Städten von Paria verbringen und sicherstellen, dass keine neuen Aufstände gegen das Reich geplant werden. Du wirst alles aus dir machen können, was du willst. Wenn ich sterbe, wirst du die Leitung der Familie Guile übernehmen, nachdem du all die Vorteile hast genießen können, die ich niemals hatte. Natürlich ist das nur eine Richtung, in die sich die Verhandlungen entwickeln können, aber ich muss wissen, welche Karten ich in der Hand habe, damit ich das Bestmögliche für die sieben Satrapien bewerkstelligen kann und an zweiter Stelle auch das Bestmögliche für die Familie Guile und schließlich auch das Beste, was ich für die ach so zarten Gefühle meines Enkelsohnes tun kann.«

»Das ist ekelhaft«, kommentierte Kip.

»Das ist *Überleben*, du aufgeplusterter Affe mit Spatzenhirn! Gegen welchen Bestandteil des Überlebens genau hast du Einwände? Moral ist eine warme Decke, doch sie ist es nicht wert, dafür zu sterben, und den Toten hilft sie auch nicht weiter. Bis jetzt bin *ich* es gewesen, der den Preis für unser Überleben gezahlt hat. Ich bin es gewesen, der getötet hat, damit andere leben konnten, der die sengende Sonne auf seine Schultern hat herabstrahlen lassen, damit andere in meinem Schatten spielen konnten, sicher und unwissend, unschuldig und sorglos. Jetzt bist du an der Reihe. Du willst die Macht? Dann zahl auch den Preis.«

Kip versuchte, seine Stimme ruhig zu halten, versuchte, auf eine Weise mit Andross zu sprechen, die dieser verstehen konnte. »Ihr verlangt von mir, mein Gelübde zu brechen.«

»Ich verlange von dir, mit deinem Samen und deinen Tränen eine Million Leben zu retten – und du würdest es vorziehen, dass sie stattdessen sterben?«

»Ich habe Tisis einen heiligen Eid geschworen. Ich ...«

»Wenn du schwörst zu tun, was zu tun nicht in deiner Macht liegt, macht dich das zu einem Narren, nicht zu einem Lügner.«

»Ich habe hundert Mal geschworen!«

»Du hast hundert Mal geschworen, weil du gewusst hast, dass du es nicht in der Hand haben würdest, deinem Schwur treu zu bleiben. Sie hat dich darum gebeten, weil sie es ganz genauso gewusst hat.«

Kips schmerzte das Herz schon jetzt. Er war bereit, Tisis mit seinem Tod das Herz zu brechen, aber nicht mit seinem Verrat. Nicht einmal, wenn es allein in dieser Schlacht Zehntausende von Menschenleben rettete? Am Ende gar Hunderttausende oder eine Million?

Er sagte: »Ihr habt Felia geliebt, Ihr habt sie regelrecht vergöttert, sie war das Herz Eures Herzens. Ich weiß, dass sie es war. Selbst jene Leute, die Euch hassen, stimmen darin überein, dass sie, *sie*, das Einzige auf dieser Welt gewesen ist, was Ihr je geliebt habt. Hättet Ihr sie verraten? Hättet Ihr sie um alles in der Welt verraten?«

Andross' Gesicht wurde starr, und der Blick seiner Augen, die wie schillernd-scharfe Rasiermesser glänzten, richtete sich nach innen. »Um alles in der Welt, Kip, *habe ich es getan.*«

Und Kip fühlte sich plötzlich wie ein junger Schnösel, der einen alten Veteranen über den Preis belehrte, der für einen Krieg zu zahlen war.

Dies war ein Krieg, in dem es um das Schicksal der Welt ging. Ein Krieg, den man vom Standpunkt der Politik aus betrachten musste, der einen Preis kostete, der mit Kummer und privaten Verletzungen und fürchterlichen Kompromissen und persönlichem Scheitern zu zahlen war, einem Scheitern, das das Ende ganzer Familien oder ganzer Reiche bedeuten konnte. Andross war der oberste Befehlshaber, der Einheiten opferte, um seine Ziele zu erreichen, der auf die winzigsten Erfolgschancen hin Gesandte in den Tod schickte und der seine Spiele auf der ganz großen Bühne spielte, wo er alles auf Sieg oder Niederlage setzte. Die dabei verwendeten Währungen waren unterschiedlich, aber welcher Krieger, der einen unbewaffneten fliehenden Feind niedergemetzelt hatte, konnte behaupten, dass seine Art zu kämpfen sauberer sei?

Wenn irgendjemand Andross Guile jetzt eigentlich verstehen sollte, dann Kip.

Kip selbst hatte Antonius Malargos für einen hinsichtlich seiner taktischen Fähigkeiten beschränkten General gehalten, zugleich jedoch für einen großen Strategen. Andross musste ihn jetzt auf sehr ähnliche Weise betrachten.

Wieder ergriff der alte Mann das Wort, nun mit fast sanfter Stimme. »Dass wir deine erste Ehe als dumme Jugendliebe entschuldigen müssen, ist keine Lüge, die uns bequem zupasskommen würde, mein Junge. Ich habe dir dieses eine Jahr geschenkt, um das Leben so zu genießen, wie weniger bedeutende Männer es genießen mögen. Aber das ist nun mal das Joch, das du zu tragen hast. Weniger bedeutende Männer opfern ihren Schweiß in harter Plackerei, opfern ihr Blut in der Schlacht und opfern ihre Tränen, aber ihre Liebe gehört allein ihnen selbst, wenn sie stark oder glücklich genug sind, sie für sich zu beanspruchen. Unsere Pflichten indes sind andere als die ihren. Unsere Körper sind verhätschelt, aber wir zahlen den Preis mit unseren Seelen. Wir gehören nicht uns selbst. Alle Menschen sind in dieser Angelegenheit brüderlich vereint, alle sind Gefangene, die sich auf der Folterbank winden, bis der Scharfrichter, das Leben, uns alle lebenswichtigen Flüssigkeiten ausgewrungen hat: Blut, Schweiß und Tränen von den gemeinen Leuten; Blut, Luxin, Tinte, Samen und Tränen von uns. Wir brauchen diese Schiffe und diese Männer, Enkelsohn. Wenn wir gegen Gottesbanne kämpfen müssen? Da braucht es Nichtwandler, die zugleich hervorragende Kämpfer sind. Wer sonst hätte eine Chance? Eisenfausts Flotte könnte die feindliche Armada und die Banne aufhalten, noch ehe sie hier eingetroffen sind! Und Eisenfaust mag dich. Wenn es mir gelingt, seine Familie wieder mit unserer zu verbinden, können wir die Sache überleben. Ich bin da jetzt vielleicht etwas vorschnell, aber sollten wir tatsächlich überleben, musst du natürlich sofort einen Erben zeugen, vor allem nachdem du mit deiner ersten Frau keinen gezeugt hast … Aber selbst wenn Eisenfaust die Ehe davon abhängig machen sollte, dass unseren Familien Kinder geboren werden, verschafft es uns für diese Woche immerhin eine Flotte. Deshalb solltest du nach der Schlacht für eine Weile damit aufhören, Infrarot zu wandeln. Das beeinträchtigt die Fruchtbarkeit.«

Vielleicht könnte ich anschließend ja zu Tisis zurückkehren?

Nein. Ihre Schwester Eirene wäre viel zu beleidigt, um sich darauf einzulassen. Und nicht nur Eirene. Tisis verstand etwas von Politik, aber das hier würde sie nicht verstehen. Sie würde ihm niemals verzeihen, wenn er nicht bis zum Tod um sie kämpfte. Und das völlig zu Recht.

Doch war es nicht sein Tod, bis zu dem er kämpfen würde, wenn er sich weigerte, auf Andross' Ansinnen einzugehen.

Es war der Tod von allen.

Ohne die Parianer war die Chromeria dem Untergang geweiht. Vielleicht waren sie ja auch mit ihnen dem Untergang geweiht. Aber ohne sie hatten sie nicht den Hauch einer Chance.

Aber ... Tisis!

Kip hatte das Gefühl, sich gleich übergeben zu müssen.

»Ein feuchtes Tuch für Euer Gesicht, Herr?«, fragte Grinwoody, höflich wie der Händedruck eines Pferdeknechts, der gerade den Stall ausmistet. Kip hatte gar nicht wahrgenommen, dass er wieder zu ihnen getreten war.

»Aber für den Fall, dass ich dieses Spiel gewinne«, sagte Kip, »trifft das alles doch immer noch ganz genauso zu. Ihr braucht immer noch die Flotte. Ihr wollt langfristig immer noch auch all das andere erreichen.«

»Ich habe schließlich noch einen zweiten Enkelsohn, den ich verheiraten kann. Pech für das arme Mädchen. Wenn du gewinnst, muss ich eben darauf setzen, dass sich Eisenfaust angesichts des momentanen Zeitdrucks nicht allzu genau mit Zymuns Angelegenheiten oder mit seinem Charakter wird beschäftigen können. Ich hatte gehofft, Zymun anderswo verheizen zu können. Aber eins sollst du wissen: Wenn du gewinnst – wenn du Prisma wirst –, könnten sich die Dinge für dich tatsächlich noch unangenehmer entwickeln. Eisenfaust könnte bereits über Zymuns Charakter Bescheid wissen. Dann wirst du die Schuld nicht mehr mir zuschieben können, wenn du dich von Tisis trennst.«

»Ihr lasst es so klingen, als sei alles nur eine Sache des nüchternkalten Intellekts und der ungerührten, rein rationalen Erwägungen. Doch das ist es nicht.«

»Ach ja?«, fragte Andross.

»Ihr bestraft mich.«

»Oh ja, zweifellos.«

»Warum? Ich habe eine Armee von Wandlern hierher mitgebracht! Ich habe mehr für die Familie Guile getan als irgendjemand sonst und auch mehr für die Sieben Satrapien!«

»Dein Ungehorsam hat meine Pläne zunichtegemacht«, entgegnete Andross.

»Eure Pläne waren eben Mist! Ihr habt mich unterschätzt. Ihr habt gedacht, ich sei wertlos, daher habt Ihr mir eine wertlose Stellung als Geisel am Hof von Ruthgar zugewiesen.«

»Ich halte mich nicht gern lange mit Plänen auf, die nirgendwohin geführt haben ...«

»Weil Ihr nicht zugeben könnt, dass das, was ich getan habe, besser gewesen ist. Ihr, oh mächtiger Andross Guile, Ihr habt Euch geirrt!«

Mit einer langsamen Bewegung schüttelte Andross den Kopf. Er klopfte die Asche von seinem Zigarro. Trank seinen letzten Schluck Whisky aus und lehnte ab, als Grinwoody ihm nachschenken wollte. »Ich glaube, ich nehme jetzt besser meinen Tee zu mir«, entschied er. Dann richtete er seinen Blick wieder auf Kip. »Fertig?«

»Ja«, sagte Kip.

Er verzögerte nur das Unvermeidliche.

Er würde ohnehin spielen müssen.

»Dann sage ich dir Folgendes«, begann Andross. »Wenn du mir gehorcht hättest und zu Eirene Malargos gegangen wärst, wäre die Nuqaba verpflichtet gewesen, noch eine Woche oder einen ganzen Monat zu bleiben, solange die Vorbereitungen für deine offizielle Hochzeit mit Tisis getroffen wurden. In dieser Zeit wäre mit deiner Hilfe – oder auch ohne sie, wenn du es vorgezogen hättest, nutzlos zu sein – dieses wahnsinnige Weibsstück, das Gavin das Auge ausgestochen hat, einem Attentat zum Opfer gefallen. Es war alles so eingefädelt, dass man dem Weißen König die Schuld daran gegeben hätte. Wie auch immer, die Parianer wären jedenfalls das vergangene Jahr über geeint gewesen und hätten gemeinsam Truppen für uns aufgestellt. Und die Aborneaner? Ohne diese Nuqaba vor ihrer Haustür, der sie kein Vertrauen geschenkt haben, ja, die sie gehasst und gegen die sich zu verteidigen sie Vorbereitungen getroffen haben, hätten sie uns eine weitere Flotte gestellt. Die Parianer wären sodann auf diesen aborneanischen Schiffen zum Einsatz gebracht worden und hätten hinter dem Weißen König ihren Ring um die Satrapien gezogen – erst hätten sie Garriston zurückerobert, dann Ru. Diese Flotte hätte alle Nachschublinien attackiert, die der Weiße König in der Nähe der Küste einzurichten versucht hätte. Je nachdem, wie viele Truppen der Weiße König von der Frontlinie zurückgeschickt hätte, um mit diesen Angriffen fertigzuwerden, wäre der Blutwald womöglich nicht gefallen. Aber du hast schon recht: Ich war willens, ihn zu verlieren, um den Krieg zu gewinnen. Stattdessen hat die Nuqaba weitergelebt. Und ihre Unentschlossenheit, ob sie es denn wagen sollte, offenen Hochverrat zu begehen und sich dem Weißen König anzuschließen, hat schließlich dazu geführt, dass Ruthgar, Paria und Abornea wie gelähmt waren, während der Weiße König überall nur stärker wurde. All das, Enkelsohn, geht auf dein Konto. Alles ist passiert, nur damit du ein wenig Kindersoldat spielen konntest. Dann ist Eisenfaust aufgetaucht und hat die Macht übernommen, und wieder sind alle wie gelähmt gewesen, weil niemand gewusst hat, für welche Seite er sich entscheiden würde. Und jetzt fragst du, ob ich dich bestrafe, Kip? Die Wahrheit ist deine Strafe. Wenn du mir gehorcht hättest, hätte es sehr gut der Fall sein können, dass du für ein Jahr in Rath festgesessen hättest, doch dafür wäre es jetzt nicht notwendig, deine Ehe mit Tisis annullieren zu lassen. Ich hätte es auch nicht zugelassen, dass Eirene dich wie eine Geisel behandelt, geschweige denn wie einen Gefangenen. Meinst du wirklich, ich hätte tatenlos mit angesehen, wie ein Guile vor aller Welt respektlos behandelt wird?«

»Wenn Ihr mir das alles gleich gesagt hättet, hätte ich auch nicht ...«, setzte Kip an, aber er klang ziemlich kläglich.

»Und wann hast du mir gezeigt, dass du vertrauenswürdig warst?«, fragte Andross scharf.

Während des letzten Jahres hatte sich bei Kip allmählich das Gefühl eingestellt, jemand zu sein. Dass er etwas zu alledem beizutragen hatte. Dass er klug war, sogar genial. Dass er gute Dinge bewerkstelligt hatte.

Und das hatte er ja auch. Aber es waren kleine Dinge gewesen, ohne Verständnis für das große Ganze.

Und so hatte er sein Unglück letztlich selbst verschuldet. Seine verschiedenen Persönlichkeiten fielen von seinen viel zu schmalen Schultern, und ihre Marionettenfäden verfingen sich im Herabfallen um seinen Hals und erwürgten ihn – Kip der Held, General Kip, Satrap Kip, König Kip. Alles, was er getan hatte, hatte alles nur noch schlimmer gemacht, als es gewesen wäre, wenn er überhaupt nichts gemacht hätte.

Wie schafft Großvater das? Wie bekommt es dieser Mann fertig, dass all meine Leistungen in meinen eigenen Augen wie reiner Mist aussehen?

Und wenn er mir immer noch dieses Gefühl geben kann – selbst wenn es ungerecht ist, und ich befürchte, das ist so –, beweist das dann nicht an sich schon, dass er besser ist als ich? Zehntausend Menschen mögen mir in den drohenden Tod folgen, aber Andross kann allein mit seinem Wort und seiner Willenskraft Hunderttausend umkehren lassen.

Wer ist dann der Größere? Wer der Klügere? Wer ist der würdigere Anführer?

Andross wirkte verabscheuenswert, weil er nicht Gavin Guile war. Aber wenn dieser verabscheuenswerte Mensch eine Million Menschenleben retten konnte und es auch tun würde, was machte ihn dann noch verabscheuenswert? Die Sterbenden mochten lächelnd hinter Kips Banner herschreiten, doch sie würden trotzdem direkt in ihr Grab marschieren.

In welcher Hinsicht genau machte das Kip denn besser als seinen Großvater?

Wie wir für diesen Mann doch wie Insekten erscheinen müssen. Kip war ein kluger Kerl. Das wusste er inzwischen. Ohne Arroganz, ohne ironisch spöttelnde Selbsterniedrigung. Es war eine Tatsache. Aber Andross Guile stand so hoch über ihm wie ein Mensch über Hunden.

Durch Ketten oder Prügel oder auch nur durch die menschliche Stimme gefügig gemacht, würde ihm Kip am Ende schwanzwedelnd und mit hechelnd heraushängender Zunge gehorchen.

Da konnte er genauso gut gleich den angebotenen Leckerbissen annehmen.

»Gut, ich spiele«, erklärte Kip, und es war ein Verrat, und es war unvermeidbar, das zu sagen, und es bedeutete Freiheit. »Aber nur unter einer Bedingung.«

12

~ Der Meister ~
Drei Jahre zuvor (im Alter von dreiundsechzig)

»Es ist vorbei, Liebling«, sagt sie. »Wir haben uns geirrt. Geh dieses Jahr mit mir zur Befreiung. Vielleicht können wir gemeinsam Vergebung für unsere Sünden finden.«

»Wir müssen einfach nur durchhalten«, antworte ich und rücke meine dunkle Brille zurecht, auch wenn die Sonne immer tiefer am Horizont steht. »Die Welt braucht uns.«

»Ja, das haben wir geglaubt«, sagt Felia leise.

»Die Zeit naht nun schnell. Wir haben gewusst, was uns erwartet hat. Vierzig Jahre – das sind jetzt nur noch ein paar wenige mehr!«

»Ja, das haben wir geglaubt«, wiederholt sie.

»Der Lichtbringer soll der Größte seiner Zeit sein, heißt es. Wer sonst könnte es sein? Wer ist größer als ich?«

»Du bist ein großer Mensch, Andross Guile«, sagt sie ruhig.

»Du behandelst mich von oben herab.«

»Nie und nimmer«, beteuert sie, und ich glaube ihr.

»Dann versucht du also, mich zu beschwichtigen? Warum? Hast du jetzt plötzlich Angst vor mir?«

»Es ist niemals deine Größe gewesen, die ich infrage gestellt hätte.«

»Diese Geschichte? Schon wieder? Nach all den Jahren?! Du hältst mich jetzt für ein Ungeheuer?«

Ihr Ton wird zum ersten Mal scharf: »Hältst du mich für eine Idiotin? Glaubst du, du könntest deine *Augen* vor mir verstecken? Vor deiner eigenen Frau?«

Ich wende den Blick ab. »Da lässt sich bestimmt irgendetwas tun. Ich bin noch nicht fertig damit ...«

»Nimm sie ab!«, blafft sie.

Ich nehme die dunkle Brille ab und lasse sie meine durchbrochenen Halos sehen.

Zuerst beißt sie die Zähne zusammen, aber dann zittert ihr Mund.

»Es ist nicht ... Es ist nicht so, wie es immer heißt«, erkläre ich. »Es ist kein Wahnsinn.«

»Natürlich sagst du das. Das sagen sie alle.«

»*Aber jetzt sage ich es!*«, brülle ich.

Wenn man ein Rotwicht ist, ist es genau das Falsche zu schreien. Aber sie fährt nicht zurück. Schließt die Augen nur für einen kurzen Moment. Da ist weder Angst noch Anspannung auf ihrem Gesicht zu entdecken, während sie mich betrachtet.

Gott. Sie glaubt, ich könnte sie womöglich umbringen. Dass ich wirklich wahnsinnig bin. Und trotzdem zeigt sie keine Furcht. Ich kann mir einen solchen Mut gar nicht vorstellen.

»Ich bin es«, flüstere ich. »Ich war schon immer etwas Besonderes. Ich war immer anders als die anderen. Ich war dazu bestimmt zu ... es zu tun; ich sollte der ... Aber irgendwie ist alles schiefgegangen. Das darf doch nicht wahr sein, darf nicht passieren. Ich kann mich einfach nicht ... *Wir* können uns nicht geirrt haben. Wir haben keinen auch noch so kleinen Fehler gemacht.«

»Es gibt nur einen einzigen Menschen auf der Welt, der dich hätte hinters Licht führen können, mein Liebster«, bemerkt Felia.

»Wenn es so einen Kerl gibt, so habe ich ihn jedenfalls nicht kennengelernt«, spotte ich.

»Fürwahr, ein ungespiegelter Mensch«, raunt sie leise. »Ich meinte *dich*.«

»Du glaubst, ich hätte das gewollt? Dass das alles nur Selbsttäuschung gewesen ist? Die hundert Prophezeiungen, die ... die Dinge, die wir gesehen haben? Glaubst du denn, ich hätte das tun *wollen*, was wir da getan haben?«

»Ich glaube, Vernunft ist die Hure des Teufels.«

»Ich kann diesen Spruch nicht ausstehen. Hab ihn schon immer gehasst.«

»Du hast ihn immer missverstanden«, unterstreicht Felia. »Das bedeutet nicht, dass die Vernunft selbst korrupt ist. Es bedeutet, dass wir sie benutzen, um zu bekommen, was wir wollen. Wir sind selbst der Teufel, und unsere Vernunft ist für uns nicht mehr als das Mittel, mit dessen Hilfe wir unsere Genugtuung erhalten. Es gibt immer eine Absicht hinter den Fragen, die wir stellen, und es gibt immer eine Antwort, nach der wir eigentlich suchen, auch wenn wir unsere Vorlieben sogar vor uns selbst geheim halten.«

»Also, das nenne ich mal ein wahrhaft nützliches rhetorisches Totschlagargument«, höhne ich. »Man kann mich demnach nach Gutdünken bezichtigen, ruchlos, betrügerisch oder sonst wie bösartig zu sein. Ich bin einfach so hinterhältig, dass ich das alles nicht einmal selbst weiß.«

Sie holt tief Luft. »Ich glaube nicht, dass du ... dass du irgendjemandem wehtun wolltest.«

»So schwach und empfindlich bin ich auch wieder nicht. Du kannst seinen Namen ruhig aussprechen«, blaffe ich. Das Rot wallt in mir auf.

Sie versucht es. Aber eine Welle des Kummers überläuft sie und verzerrt ihr Gesicht. Ich mag ja seinen Namen aussprechen können, sie jedoch kann es nicht. Sie hat den Namen Sevastian, seit er gestorben ist, keine drei Mal gesagt.

Seit er gestorben ist. Eigenartig, dass ich es so ausdrücke. Selbst in meinem Gedanken. Ich habe es irgendwie immer so formuliert, sogar dann, wenn ich nur an ihn *denke*, nicht?

»Ich liebe dich, Andross«, sagt sie schließlich.

»Ich habe das nie in Zweifel gezogen.«

»Hättest du aber tun sollen. Denn zuerst habe ich dich nicht geliebt.«

»Wie meinst du das? Beziehst du dich auf die Zeit, als ich dir den Hof gemacht habe? Natürlich hast du mich geliebt. Ich habe noch immer deine Briefe. Jene Nacht bei den Feuertänzen mit Ninharissi hat sich meinem Bewusstsein bis heute wie mit Flammen eingebrannt.«

Aber die Erinnerung entlockt ihr noch nicht einmal ein Lächeln, während das früher doch immer der Fall gewesen ist. »Nein«, sagt sie. »Ich bin, was dich betrifft, einem gewissen Instinkt gefolgt. Ich war noch so jung. Aber irgendwie habe ich dein Herz gespürt, deutlicher und unmittelbarer, als ich in meinem ganzen Leben je eine andere Seele verstanden habe. Vielleicht hat Orholam selbst mich mit einer speziellen Wunderkraft versehen. Vielleicht ist es aber auch eine Bürde. Denn ich habe dich nicht blind erwählt. Es war mein Fluch. Ich habe das hier gewählt. Als mein Vater dich eine ganze Woche lang hingehalten hat? Wir haben uns all dieses

Zeug wegen Ninharissi später ausgedacht, nachdem ich zu lange gebraucht hatte, um mich zu entscheiden. Einfach weil wir uns Sorgen gemacht haben, es würden unsere Eheschließung gefährden und dich die ganze Angelegenheit womöglich noch mal überdenken lassen.«

»Wie bitte?!«, frage ich.

»Hast du wirklich geglaubt, mein Vater sei der reichste Mann im Reich geworden, nur indem er den leutseligen Trottel gegeben hat, der wie irgend so ein Einfaltspinsel vom Land viel zu oft über seine eigenen Scherze gelacht hat? Oder dass meine Mutter einfach eine schamlose versoffene ältere Dame gewesen ist, die man mit ein bisschen Schmeichelei um den Finger wickeln konnte? Andross, ich bitte dich. Wir von der Familie Dariush sind alle Orangewandler. Selbst mein kleiner Bruder hat dich hinters Licht geführt.«

»Was? Er war damals erst acht Jahre alt!«

»Er hat gemeint, du schienst zu glauben, dass er von irgendeinem Schnickschnack, den du für ihn gewandelt hattest, ungeheuer beeindruckt sein sollte. Eine Fledermaus oder irgend so was? Er hat versucht, höflich zu sein, aber gedacht, du seist ein wenig beschränkt.«

»Es war ein Drache, und er hat Feuer gespien! Und ich habe diesen kleinen Scheißer schwören lassen, dass die Sache ein Geheimnis zwischen uns bleibt.« Ich bin plötzlich froh, dass er tot ist. Mieser kleiner Drecksack. Ich hoffe, er ist im Palast gewesen, als sie ihn in Brand gesteckt haben.

Natürlich darf ich nichts von alledem laut sagen. Ich darf Felia gegenüber nichts äußern, was sie für typisch wichtmäßig halten könnte.

Bei allen im Feuer fickenden Göttern, was soll ich tun, wenn sie damit droht, meinen gegenwärtigen Zustand zu melden? Ein einziger Blick auf meine Augen und ... Das Gesetz ist nun mal das Gesetz. Und dieses Gesetz gilt selbst für Menschen, die normalerweise über ihm stehen. Es ist die eine Gesetzesvorschrift, aus der man sich nicht herauskaufen kann oder die man sonst wie umgehen könnte. Freiwillig oder nicht, Wichte müssen sterben. Das ist der Grundpfeiler, auf dem die gesamte Macht der Chromeria ruht.

Sie fährt fort: »Ich habe meinen Vater gebeten, dich hinzuhalten, während ich Nachtwache gehalten habe, um Orholam zu fragen, was er für mich beabsichtigt.«

»Ich hatte gedacht, das hättest du gemacht, solange ich noch unterwegs war.«

»Ich versuche, meine kleinen Vortäuschungen in so viel Wahrheit wie möglich zu hüllen, damit ich mir keine Sorgen zu machen brauche, mich hernach in Lügen zu verstricken. Mein Gedächtnis ist schließlich nicht so gut wie deines.«

Ich entgegne: »Und ich habe gedacht, es sei einfach eine gute Ausrede gewesen, für ein Weilchen mit deinen Freunden zu feiern.«

»Ja, wenn du mit ›feiern‹ ›beten‹ meinst und mit ›Freunden‹ Janus Borig.«

Janus Borig, einer der Menschen auf dieser Welt, die ich am wenigsten ausstehen kann. »Der Spiegel. Dieses verlogene Miststück.«

»Überrascht es dich so sehr, dass ein Spiegel täuschen kann?«

»Hat sie *dich* denn ebenfalls belogen?«, frage ich. »Oder bin ich auch in dieser Hinsicht etwas Besonderes gewesen?«

»Mich? Niemals«, sagt Felia. »Sie hat bestätigt, dass ich in Bezug auf dich recht gehabt hatte.«

»Recht womit?«, frage ich schroff.

»Dass du nicht aufzuhalten bist. Dass du eines Tages der mächtigste Mensch der Welt werden würdest. Dass du jedes Hindernis zerschmettern würdest, das dich daran hindern könnte, dich als einzigartig zu erweisen. Dass du nie Prisma werden würdest, eines Tages jedoch der Promachos. Und dass du, wenn du nicht im

Rahmen der Sieben Satrapien ganz nach oben aufsteigen könntest, diesen Rahmen verlassen und trotzdem deinen Weg an die Spitze machen und dich dann an allen rächen würdest, die dir je in den Weg getreten sind. Dass du ein schlechter Mensch bist, aber einer, der doch auch etwas Gutes in sich trägt. Etwas Gutes, von dem wir beide hofften, dass es vielleicht wachsen würde.«

»Du hast mir in jener Nacht gesagt, dass du Angst vor mir hättest«, erwidere ich.

»›Angst‹ war so ziemlich das schwächste und nichtssagendste Wort, das ich für meine Gefühle dir gegenüber finden konnte«, teilt sie mir mit.

»Vielen Dank dafür, meine Liebe. Das ist eine Geschichte, von der ich womöglich bis zu meiner Grablegung nichts erfahren hätte. Wie reizend von dir, sie mir jetzt zu erzählen. Vielen Dank auch.«

»Kurz darauf habe ich mich dann in dich verliebt«, sagt sie mit trauriger Stimme. »Wirklich. Obwohl ich nie ernsthaft hätte vorschützen können, nicht gewusst zu haben, was ich da tat. Ich habe nicht gewusst, was uns erwarten würde, doch ich habe gewusst, mit wem ich mich einließ.«

»Du hast an mich geglaubt. Und du hast mich von Anfang an geliebt. Was du da sagst, ist nichts als das wirre Gerede einer alten Frau. Du verlierst langsam den Verstand. Ich kann es dir nicht übelnehmen. Ich darf es dir nicht übelnehmen. Und das tue ich auch nicht. Das Alter ist ein grausames Weib. Du sagst Dinge, die nie wahr gewesen sind.«

»Du hältst mich für senil? Mich?! *Ich* bin die Wahnsinnige von uns beiden? Nicht du, der Wicht?«

»Du hättest all die Dinge, die wir getan haben, nicht gebilligt, wenn du nicht an mich geglaubt hättest. Du hättest in alledem nicht mit mir gemeinsame Sache gemacht.«

»Andross, ich habe dich nicht so sehr geliebt, dass ich zusammen mit dir die Weltherrschaft habe übernehmen wollen. Und als du es dann getan hast, habe ich die Welt so sehr geliebt, dass ich vor Ort sein wollte, um dich daran zu hindern, sie zu zerstören.«

»Du hast an das geglaubt, was wir getan haben. Ich weiß, dass du daran geglaubt hast.«

»Vielleicht. Denn natürlich musste der Lichtbringer ein Mann sein, der nicht aufzuhalten ist. Und dann habe ich mich in dich verliebt und alles irgendwie gerechtfertigt. Ich habe meine Vernunft zu einer Hure gemacht. Wenn du der größte Mann aller Zeiten warst, machte mich das zur rechten Hand des größten Mannes aller Zeiten. Das machte auch mich zu etwas Besonderem. Das rechtfertigte meine Sünden, mein Leiden. Was auch immer gut für uns war, war ohne Zweifel auch gut für alle. Es ist die gleiche bequeme Selbsttäuschung, die den Mächtigen so häufig unterläuft. Und dafür werde ich Rede und Antwort stehen müssen, da mache ich mir nichts vor. Aber es hat keine Rolle gespielt, was ich geglaubt habe. Nicht wirklich. Der Lichtbringer mochte gar größer sein als selbst Lucidonius, daher war natürlich klar, dass du glauben würdest, dieser Mensch müsstest du sein. Lichtbringer! Ha! Du hast Lucidonus' Statue aufgesucht und dort geweint, denn als er in deinem Alter war, hatte er bereits die Welt erobert. Du hältst dich für den Lichtbringer, weil du es nicht ertragen könntest, im Schatten eines anderen Menschen zu stehen! Du hast diese Überzeugung gebraucht. Du brauchst sie immer noch. Der Text jeder Prophezeiung wurde durch dieses Bedürfnis in deinem Inneren bestimmt. Wie viele Prophezeiungen haben wir als unverständlich übersprungen, und bei wie vielen haben wir einfach entschieden, dass sie offensichtlich verderbt oder sonst wie unzuverlässig seien, nur weil du nicht in sie hineingepasst hast?«

Sie zittert vor Zorn. Es ist ein Zorn, der eigentlich meiner sein sollte.

Wenn es einen Beweis dafür gibt, dass einen das Durchbrechen des Halos nicht zwangsläufig zum Wicht macht, ist es genau das hier: Sie tobt, ich höre zu.

»Sieh dich doch an!«, schreit sie, obwohl sie durch die Mauern gehört werden könnte. »Du bist zum Wicht geworden! Du meinst, das bringt Licht? Es ist vorbei! Wir haben uns etwas vorgemacht!«

»Meinst du, das wüsste ich nicht?!«, rufe ich und schleudere eine Kristallkaraffe gegen die Wand, sodass sie zu tausend Scherben zersplittert.

Aber Felia fährt fort, ohne weiter darauf zu achten, auch wenn ihre Stimme zu versagen droht. »Wir haben unsere Söhne für unseren Ehrgeiz geopfert. Wir haben unsere Söhne *ermordet!* Unsere eigenen Söhne!«

»Felia, hör auf damit! Hör sofort auf damit!«

»Meine Söhne, Andross. Meine *Söhne*. Besser, ich hätte sie als Säuglinge in den Feuern der Heiden geopfert. Sevastian! Gott möge mich verfluchen, nach all den Jahren sehe ich, jedes Mal, wenn ich die Augen schließe, noch immer sein liebes, vertrauensvolles Gesicht!«

Darauf gibt es keine Antwort.

»Wir haben unsere Seelen für diesen erbärmlichen Traum verkauft. Wir haben unsere Söhne eigenhändig geopfert. Unsere schönen Söhne. Haben sie unserem Stolz geopfert. Nicht nur deinem, Andross. Auch meinem. Ich habe geglaubt, Teil von etwas so Wichtigem zu sein, aber wir sind nichts als intrigante Ränkeschmiede. Wir sind genau so wie alle anderen. Du magst dich weiterhin an alles klammern, was immer du brauchst, aber ich habe mit alldem abgeschlossen. Ich verdiene den Tod, und ich werde mir ihn geben lassen. Ich werde bei der diesjährigen Befreiung dabei sein.«

Sie hat das während der letzten fünf Jahren immer wieder gesagt. Aber dieses Mal ist es anders. »Ich verbiete es dir.«

»Wenn du mich aufhältst, werde ich der Welt enthüllen, was du geworden bist. Ich will meine eigenen Räume haben, Andross. Sofort. Von heute an werde ich mein Zimmer nicht mehr mit dir teilen. Dein Gesicht ist für mich so abstoßend wie ein blutiger Spiegel.«

13

Andross hatte Kip bereits zwei Kartendecks entgegengestreckt. Seine Augenbrauen waren heruntergezogen, die Lippen fest zusammengepresst. »Und die wäre?«

Kip rutschte das Herz in die Hose.

Du wirst nicht das nächste Prisma sein, hatte ihm Janus Borig prophezeit. Aber hatte sie ihm damit die Zukunft vorausgesagt – oder hatte sie ihn lenken wollen? Doch jetzt beschäftigte es Kip weniger, ob diese Prophezeiung die Zukunft weissagte oder ob sie sie selbst formen wollte; er fragte sich vielmehr, wie sie ihm helfen konnte.

Wenn ich spiele, um das nächste Prisma zu werden, werde ich definitiv verlieren, überlegte er. Aber wenn ich um andere Einsätze spiele, bei denen es nicht darum geht, das nächste Prisma zu werden, dann könnte ich ja vielleicht gewinnen? Doch wie konnte das Ergebnis des Spiels von der Wahl der Einsätze abhängen? Es war dasselbe Spiel, und Kip würde bestimmt nicht, je nachdem, was er gewinnen konnte, anders spielen; er hatte viel zu viel zu verlieren, um nicht in jedem Fall einfach alles zu geben. Es ergab keinen Sinn.

Und Andross war der kalte, durch nichts aus dem Konzept zu bringende Meister des Neun-Könige-Spiels. Auch er würde nicht anders spielen.

Es sei denn ... Es sei denn, der Einsatz, um den es ging, war hoch genug, um selbst Andross Guile konfus werden zu lassen.

»Bitte, nenn mir deine Bedingung«, sagte Andross, und seine

Stimme klang gelangweilt. Er nippte an seinem Mandeltee. Kip hatte er keinen angeboten. »Aber lass dir Zeit. Es gibt für mich schließlich keinerlei andere dringliche Angelegenheiten, um die ich mich zu kümmern hätte, während du hier in verdrießliche Gedanken versunken herumsitzt.«

Janus Borig hatte in der Nacht ihres Todes doch noch etwas anderes gesagt, nicht? Nicht nur: »Du wirst kein Prisma sein.«

»Wenn ich gewinne, will ich nicht zum Prisma ernannt werden; ich will, dass Ihr mich öffentlich als den Lichtbringer anerkennt.«

Die Teetasse schwebte auf halbem Weg zu Andross' Mund. Seine unteren Lider spannten sich an, und seine Brauen bewegten sich fast unmerklich – nur Überraschung, oder war das Angst? –, dann wurden seine Lippen schmal, und seine Augen verengten sich zu Schlitzen, und sein Gesicht nahm wieder den Ausdruck an, den er Kip schon zuvor präsentiert hatte.

»Das war jetzt aber interessant«, meldete sich der schnippische Kip zu Wort. »Warum sollte Euch das Angst machen?«

Der Zorn in Andross' Gesicht verfestigte sich. »Keine ›Angst‹. Dein Ansinnen ist ohne Frage kühn. Ich nehme an, als du in Dúnbheo verlangt hast, zum Satrapen ernannt zu werden, hast du etwas darüber gelernt, wie man seine Gegner einschüchtert. Gut gemacht. Doch diese Taktik wird hier nicht aufgehen.«

»Mein Gott«, entfuhr es Kip, und er überging Andross' Worte. »Ihr glaubt, *Ihr* wärt der Lichtbringer!«

Der bestürzte Ausdruck auf Andross' Gesicht war einfach köstlich. Und es war eine Bestätigung. Kip war so überrascht, dass er laut auflachte und in die Hände klatschte.

Andross' Gesicht wurde ganz dunkel. Er knallte seine Teetasse auf den Tisch, riss eine der Pistolen an sich und sprang aus seinem Stuhl, der mit lautem Krachen umkippte. Er spannte das Steinschloss und richtete die Pistole auf Kips nach oben gewandtes Gesicht. Seine Hand zitterte.

Kip sah ihn mit fast heiterer Ruhe an.

Andross' nahm den Finger vom Abzug. Er sicherte die Waffe wieder und räusperte sich. Dann legte er die Pistole auf den Tisch und setzte sich auf den Stuhl, den Grinwoody wieder hingestellt hatte.

Grinwoody wischte den vergossenen Tee auf.

»Ja, das stimmt«, räumte Andross ein. »Vierzig Jahre der Vorbereitung und des Sammelns von Prophezeiungen. Ich habe so viel dafür geopfert ... eigentlich alles. Und das alles, damit ich vielleicht unser Reich retten kann, unsere ganze Welt. Gut gemacht, Kip, du bist mir auf die Schliche gekommen. Ich wage zu vermuten, dass nicht einmal Grinwoody es geahnt hat. Oder, Grinwoody?«, fragte er und drehte sich zu seinem Sklaven um.

»Nein, Mylord. Es erfüllt mich mit höchster Ehrfurcht, Herr, dass jemand etwas so Bedeutsames über seine wahre Identität selbst vor jenem Menschen geheim zu halten vermochte, den er doch die ganze Zeit über eng um sich hat.« Der Sklave verbeugte sich tief und respektvoll.

»Aber ... aber Ihr seid nicht einmal ein Vollspektrum-Polychromat«, sagte Kip. Letzteres hatte er eigentlich nicht laut aussprechen wollen.

»Ach nein?«, fragte Andross.

»Grundgütiger«, hauchte Kip. »Ihr habt Euch vierzig Jahre lang verboten, die Hälfte Eurer Farben zu wandeln?!«

»Das ist noch das geringste meiner Opfer gewesen, das kann ich dir versichern. Aber ...« Er hob plötzlich den Zeigefinger, als wollte er Fragen zuvorkommen, was denn wohl die anderen Opfer gewesen waren. »Aber ich räume ein, dass es meiner Aufmerksamkeit nicht entgangen ist, dass es gewisse Möglichkeiten gibt, die Prophezeiungen dahingehend zu lesen und zu deuten, dass vielleicht tatsächlich du der Lichtbringer bist, und gewisse Eigenschaften, an denen es dir gegenwärtig mangelt, könnten ja durchaus später noch zum Vorschein kommen. Ich habe über diesen Punkt häufig genug nachgedacht. Also ... ja. Ja, solltest du gewinnen, werde ich sofort damit anfangen, dir den Weg zu ebnen. Ich werde dich unter meinen Schutz stellen, und ich werde von dem Moment an voll und ganz öffentlich für deine Sache eintreten, wenn du bereit bist, deine wahre Identität preiszugeben – für den unwahrscheinlichen Fall, dass es der ganzen Welt nicht ohnehin sofort klar wird.«

»Moment mal ...«, sagte Kip. »Einfach so?« Er hatte ein wenig mehr Widerstand erwartet. »Ich verlange hier von Euch, allen Menschen mitzuteilen, dass ich die wichtigste Person in der Geschichte bin, nicht Ihr. Und es ist für Euch in Ordnung, darum zu spielen? Ein einziges Spiel. Bei dem ich Glück haben könnte.«

»Ich glaube, Glück wird sehr wenig damit zu tun haben«, entgegnete Andross.

»Ich verlange von Euch, alles zu verwetten, worauf Ihr vierzig Jahre lang mit vollem Einsatz hingearbeitet habt«, sagte Kip, auch wenn er sich nicht sicher war, warum er da Argumente gegen sich selbst vorbrachte. »Das ist doppelt so lange, wie ich lebe.«

Die Ironie, dass Kip jetzt plötzlich für ihn Partei ergriff, entging Andross offensichtlich nicht, da er unvermittelt lächelte. »Es gibt im Moment nichts auf der Welt, was mich von diesem Spiel und diesem Wetteinsatz abhalten könnte. Denn, verstehst du, ich werde nicht gegen dich spielen, Kip. Ich werde gegen Orholam höchstpersönlich spielen. Denn die Antwort auf die Frage: ›Wer ist der Lichtbringer?‹, ist kein Name; es ist weder ein Mann noch eine Frau. Die Antwort auf diese Frage verrät uns vielmehr, wie Orholam mit der Welt in Beziehung tritt – falls er das denn überhaupt tut. Ich bitte dich, das Wichtigste in deinem Leben für eine Wette aufs Spiel zu setzen«, fuhr Andross fort. »Es ist nur gerecht, dass du das Gleiche auch von mir verlangst. Grinwoody, die Karten.«

Kip saß benommen da und schwieg. Es gab zu viele Fragen – welche Prophezeiungen kannte Andross, die Kip nicht kannte? Wenn er ein Vollspektrum-Polychromat war, warum hatte er Kip für ihn Karten schauen lassen? Was hatte das alles zu bedeuten? –, aber die Karten lagen jetzt vor ihm, und diese Fragen würden warten müssen. Erst einmal musste er gewinnen.

Er schüttelte sich, atmete tief durch, und dann machte er sich daran, die Spielkarten der beiden Decks in Augenschein zu nehmen, die Andross im Wesentlichen aus Janus Borigs neuen Karten zusammengesetzt hatte.

Er blickte auf. »Das ist nicht Euer Ernst.«

»Schien mir so passend«, erwiderte Andross.

Der alte Mann hatte Decks zusammengestellt, die thematisch den kommenden Kampf aufgriffen. Es gab nicht genug legendäre Figuren, die sich ihre eigenen Karten verdient hatten, um zwei komplette Decks zu füllen, aber Andross hatte seine Sache so gut gemacht, wie er konnte. Jede Menge Wichte auf der einen Seite, der Weiße König, jede Menge Wandler, unzählige Schiffe und sieben Gottesbanne. »Nicht vielleicht besser sechs Banne?«, schlug Kip vor.

»Deine Leute mögen nur sechs gesehen haben, aber ich glaube, dass auch der ultraviolette auftauchen wird. Die kleine Danavis hat so ihre Art, ihr eigenes Ding zu machen. Über die letzten Monate hinweg habe ich Berichte aus Aslal, Smussato, Cravos, Wiwurgh, Garriston und Ru erhalten, und in allen ist von einer Frau die Rede, auf die ihre Beschreibung passt und die allein reist, ohne offensichtliches Transportmittel. Die hinreißende Feenprinzessin in Weiß und Gold und mit Amethyst-Augen. Nicht von der Farbe der Amethyste, sondern ihre Augen selbst sind von Juwelen bedeckt. Und auch die Gelenke ihrer Finger, wie manche der späteren Berichte vermerken. Überall besichtigt sie alte Ruinen. Und die Prophezeiungen legen nahe, dass sieben Banne kommen werden.«

Kip wurde plötzlich schlecht. Er glaubte es. Egal, was sie Kip hatte mitteilen lassen, er hatte sich an die schwache Hoffnung geklammert, dass sich Liv aus dem Kampf heraushalten würde und dass sie sich selbst noch nicht völlig vergessen hatte.

»Wir hätten eine gute Mannschaft sein können, Ihr und ich«, sagte Kip, als er seine Durchsicht des Decks mit dem Weißen König beendete.

»Such dir ein Deck aus«, verlangte Andross ungeduldig. »Oh, einen Moment noch.« Er griff nach dem Deck der Chromeria, bevor Kip es an sich nehmen konnte, riss eine Karte heraus und reichte sie Grinwoody. »Die werden wir nicht brauchen.«

»Was war das?«

»Gavins Karte. Da du herausgefunden hast, dass er nicht rechtzeitig zurückkommen wird, falls er überhaupt wieder auftaucht.«

»Ich würde diese Karte gern einmal sehen«, erklärte Kip.

»Wirklich, jetzt auf der Stelle?«, hakte Andross nach. »Sie ist kein Original. Du kannst sie nicht schauen.«

»Oh. In Ordnung ... Ich ... Dann eben später.«

»Falls du gewinnst«, betonte Andross.

»Das schwächt das Deck«, wandte Kip ein. Bestimmt wäre die Karte seines Vaters eine mächtige gewesen.

»Dann nimm eben das andere Deck, Dummkopf. Beeil dich. Ich habe heute auch noch anderes zu erledigen.«

»Also, nur um das klarzustellen, unsere Einsätze sind einerseits meine Wiederverheiratung und andererseits Eure volle Unterstützung ...«

»Nein, nicht nur deine Wiederverheiratung. Dein voller Gehorsam in allen Dingen, bis ich sterbe«, unterbrach ihn Andross. »Alles, was du willst, gegen alles, was du hast. Ist das nicht genau die Wette, die das Leben uns immer anbietet?«

»Einverstanden«, hörte sich Kip sagen. »Mehr von dem Whisky, Calun.«

Als Grinwoody ihm einschenkte, drehte Kip die nächste Karte des Chromeria-Decks um und kicherte. »Also, ich muss schon sagen, guter Scherz. Nach allem, was Ihr über ihn gesagt hat, habt Ihr der Chromeria Eisenfaust gegeben?«

»Ohne Gavin braucht die Chromeria Eisenfaust, sonst wird

sie auf voller Linie verlieren.« Andross rieb sich kurz die Nase. »Betrachte das Neun-Könige-Spiel als eine Denkhilfe, so wie ein Abakus eine Rechenhilfe ist. An irgendeinem Punkt sollte man eine derartige gegenständliche Krücke nicht mehr brauchen, aber für Leute wie dich, die Schwierigkeiten damit haben, ihre Freunde als eine Liste von Stärken und Schwächen zu sehen – und die unentschlossen zaudern würden, wenn es darum geht, zwei Menschenleben zu opfern, selbst wenn ihr Tod notwendig ist, um zehntausend weitere Tode zu verhindern –, sind die Karten wirklich das Beste. Deshalb ist Neun Könige für dich wertvoller als für mich, aber ich bin besser in diesem Spiel und auch besser, was Politik betrifft.«

»Eines jedoch überseht Ihr«, erwiderte Kip, »nämlich dass meine Freunde auf eine Weise für mich kämpfen werden, wie sie für Euch niemals kämpfen würden. Wenn sie von jemandem angeführt werden, von dem sie wissen, dass er sie liebt, bringen sie bessere Leistungen, als eine bloße Zahl auf einer Karte das jemals erfassen könnte. Alles, was an diesem Spiel eigentlich am wichtigsten ist, kann von einem Spiel nicht erfasst werden.«

»Dann nimm du das Chromeria-Deck«, schlug Andross vor. »Vielleicht werden die Karten für dich ja ganz besonders hart kämpfen.«

Kip hätte ihm das nicht durchgehen lassen dürfen, hätte nicht zulassen dürfen, dass er ihm wehtat. Die Chromeria war offensichtlich das schlechtere Deck, aber sein Sieg würde umso süßer sein, wenn er Andross' Nase direkt hineinstieß, wie man die Nase eines Hundes in dessen eigene Scheiße stößt.

Es war ein Fehler, und Kip wusste es, aber er konnte einfach nicht anders. »Meinetwegen, ich nehme es.«

Andross trennte die Decks und mischte sie unter Kips wachsamem Blick.

Kip mischte sie noch einmal und ließ Andross beide Decks abheben.

Der alte Mann feixte. »Man brauchte viele Jahre, um ein tüchtiger Kartenspieler zu werden.«

»Mit Eurem Gedächtnis?«, fragte Kip.

»Es ist die Fingerfertigkeit, die immer größere Herausforderungen an einen stellt, je älter man wird, und dann ist es auch nicht leicht, die Zeit für regelmäßige Übung zu finden.«

Es war das einem Eingeständnis Nächste, was Kip je von ihm zu hören bekommen würde. »Wie viele Male habt Ihr mich schon auf diese Weise betrogen?«, erkundigte er sich.

»Glaubst du etwa, ich hätte je betrügen müssen? Vor diesem Spiel?«

»Hätte müssen?«, griff Kip seine Worte auf. »Nein. Aber Ihr seid der Typ Mann, der seinen Sieg gern sicherstellt, nicht wahr?«

»Ich bin auch ein Mann, der die Herausforderung mag.«

»Was zweifellos der einzige Grund dafür ist, dass ich noch lebe«, bemerkte Kip, während sie die Karten austeilten.

»Es gibt noch andere Gründe.«

»Oh, bitte, nennt sie mir«, erwiderte Kip leichthin.

Andross wedelte wegwerfend mit der Hand und begutachtete stattdessen seine Karten.

»Huch, schaut Euch mal das an«, rief Kip. »Es fällt mir jetzt zum ersten Mal auf, aber auf der Eisenfaustkarte ist doch tatsächlich eine freie Stelle, die wunderbar dazu passt, das Wort ›König‹ zu ergänzen. Auf den anderen Karten gibt es keine solchen frei gelassenen Stellen. Das kann kein Zufall sein.« Insgesamt enthielt Kips Blatt eine ganz ordentliche Ansammlung von Angriffssoldaten und Verteidigern für den Beginn des Tages, aber es hatte auch jemanden wie Eisenfaust gebraucht, der um die Mittagszeit zuschlagen konnte.

Andross warf ihm einen ungläubigen Blick zu. »Versuchst du etwa, Einblick in *meinen* Kopf zu bekommen?«

»Ich?«, gab Kip zurück. »Ich treibe nur Konversation mit Euch.

Ich glaube, Ihr habt die Fähigkeiten dieses Kartendecks gewaltig unterschätzt.«

Andross spielte einen heidnischen Priester aus, und Kip musste mit einem Lichtgardisten antworten – oh Mann, was ging es ihm gegen den Strich, einen dieser Scheißkerle für sein Spiel einzusetzen. »Komisch, dass Karten wie diese hier nicht mit einem Verratsautomatismus versehen sind«, meinte Kip. »Ich vermute mal, das gehört mit zu den Beschränkungen eines bloßen Spiels.«

»Ich habe gefunden, dass die Lichtgardisten eigentlich stets ziemlich treu gewesen sind, wenn sie es sein sollten.«

»Ja wirklich?«, fragte Kip. »Macht Aram immer noch den Speichellecker bei Zymun?«

»Oh ja«, antwortete Andross. »Es ist ihm viel lieber gewesen, mir heimlich über Zymuns Aktivitäten Bericht zu erstatten, als für seine kleine Indiskretion hingerichtet zu werden.«

Seine kleine Indiskretion? Die Lichtgarde auf Kip zu hetzen und Goss zu ermorden statt sie alle entkommen zu lassen war eine bloße *Indiskretion* gewesen?

»Wenn ich Euch ins Gesicht schlage, habe ich dann automatisch verloren?«, erkundigte sich Kip.

Andross musterte ihn nur mit seinen toten Haifischaugen.

»Arams Leute haben einen Freund von mir ermordet«, fuhr Kip fort. »Einer der Lichtgardisten hat verlangt, mich zu sprechen, und Goss hat ihm gesagt, er sei ich. Sie haben ihn erschossen. Es wurde kein weiteres Wort gesprochen. Ich weiß ja, dass das alles für Euch nur ein Spiel ist, aber Ihr könnt mich mal am Arsch lecken.«

»Du willst Gerechtigkeit dafür? Von mir aus. Das sind für Männer wie uns völlig unbedeutende Angelegenheiten. Ich sag dir mal was: Als Geste meines guten Willens werde ich den Mann hinrichten lassen, der abgedrückt hat, und Aram ebenfalls. Thema erledigt. Den Schützen sofort. Als ein Offizier lässt sich Aram am Vorabend einer Schlacht allerdings nicht gut ersetzen, doch wenn er sie überlebt, soll er nächste Woche hängen.«

Bei Orholams Eiern, war Andross Guile abgebrüht.

»Ich weiß nicht so recht, was mein Problem ist«, bemerkte Kip. »Ich habe inzwischen viel Zeit mit Euch verbracht. Ihr habt mich geschlagen, Ihr habt mich bestohlen, Ihr habt mich betrogen, Ihr habt mir gedroht, meine Freundin zu versklaven, Eure Leute haben mehrere Male versucht, mich zu ermorden ...«

»Was nur einmal auf meinen Befehl hin geschehen ist«, unterbrach ihn Andross. »Aber bitte, fahr fort.«

»Und doch bemühe ich mich immer noch um Euch, als hättet Ihr eine Seele. Warum? Ich bin normalerweise kein dummer Kerl. Ich habe nur kurze Zeit mit Zymun verbringen müssen und wusste sofort, dass er eine falsche Schlange ist. Er ist einer von denen, die nicht zu höheren menschlichen Gefühlen fähig sind. Er ist gestört. Schon verkrüppelt auf die Welt gekommen, wenn man so will. Seelenlos. Es ist eigentlich nicht unbedingt seine Schuld, oder? Er könnte unmöglich wesentlich besser sein, als er nun mal ist. Er braucht nur etwas zu sehen, was er haben will, und dann kann er gar nicht anders, als zu versuchen, es sich unter den Nagel zu reißen. Aber Ihr ... Ihr könnt Euch nicht auf diese Ausrede berufen. Wenn Ihr ein Ungeheuer seid, habt Ihr Euch selbst zum Ungeheuer gemacht. Ihr habt eine Wahl gehabt. Und nicht nur eine, möchte ich wetten. Und doch habt Ihr jedes Mal die Dunkelheit gewählt. Ich sollte Euch aus dem tiefsten Grund meiner Seele hassen, und doch tue ich es nicht. Ich mag Euch sogar, und jetzt sitze ich hier in der Klemme und frage mich, woran es wohl liegt, dass ich Euch trotz allem mag. Vielleicht daran, dass Ihr immer noch diesen unglaublichen Guile-Charme besitzt, den ich wirklich gern geerbt hätte? Oder daran, dass Ihr irgendwie mein blinder Fleck seid? Oder auch daran, dass ich irgendwie unwillkürlich, jenseits aller Vernunft, doch einen Funken echten Lebens tief in Eurem Inneren entdecke? Ihr hättet mehr werden sollen als nur ein großer Mensch – Ihr hättet ein *guter* Mensch werden sollen.«

»Du bist dran.«

Schweigend spielten sie die nächsten Runden.

Andross spielte langsam. Das war für ihn untypisch. Es war jedoch eine gute Strategie, wenn das eigene Deck beträchtlich besser ist ...

Ein durchdringendes Klopfen an der Wand. Grinwoody kündigte einen Besucher an.

Und dann begriff Kip, dass Andross das Spiel tatsächlich als eine Art Simulation der bevorstehenden Schlacht spielte. Der alte Mann würde nicht vor Mittag angreifen, wenn er einen Gottesbann ausspielen konnte, genau wie der Weiße König nicht vor dem Sonnentag angreifen würde.

Andross glaubte wirklich, aus dem Verlauf dieses Spiels irgendwelche Erkenntnisse hinsichtlich der kommenden Schlacht ziehen zu können.

»Hoher Herr, hier ist jemand, der Euch sprechen möchte«, verkündete Grinwoody.

Andross verzog die Lippen. »Grinwoody, ich hätte nicht gedacht, dass dir tatsächlich das Verständnis fehlen könnte zu begreifen, was dieses Spiel bedeutet. Oder was ›Ich will nicht gestört werden‹ bedeutet.«

»Es ist Satrap Corvan Danavis, Mylord.«

»Was?! Wie hat er so schnell hierherkommen können?«

»Auf Euren Befehl hin, Euch nicht zu stören, habe ich den Boten weggeschickt, der die Nachricht überbracht hat, dass seine Schiffe gesichtet worden seien, wie auch den Boten, der angekündigt hat, dass Danavis direkt hierherkommen werde. Ihr habt Euch hier schon seit einer geraumen Weile abgesondert.«

»Grinwoody.« In Andross' Stimme lag ein warnender Unterton.

»Ich bitte um Entschuldigung, Mylord«, sagte Grinwoody. »Ich werde ihn sofort hereinführen.«

Andross schob seine Karten wieder zusammen und legte sie mit den Bildseiten nach unten auf den Tisch. Er stellte seine Teetasse auf das Kartendeck und zog an seinem Zigarro. Kip folgte seinem Beispiel, und beide fassten einander genau ins Auge, um sicherzustellen, dass keiner die Störung ausnutzen würde, um zu mogeln. Dann standen sie auf und traten zur Seite, wobei sie beide in weitem Abstand um den Tisch herumgingen, beide aus dem gleichen Grund.

»Kip!«, rief Corvan, als er ihn sah.

Kip wurde sofort warm ums Herz. Er kannte viele Menschen, die sich im Laufe der letzten zwei, drei Jahre gewaltig verändert hatten, aber Corvan war fast genau derselbe wie immer – nur dass sein Schnurrbart länger geworden war und jetzt kleine goldene Perlen darin hingen, so wie er seinen Bart schon vor sehr langer Zeit einmal getragen hatte, bevor er nach Rekton gezogen war. In einer Welt, in der, wer Freund und wer Feind war, so schnell wechseln konnte, wie sich Nebel verzog, war er stets verlässlich. Er war ein Mensch, der einfach er selbst war, dessen Vorstellung von einem Verbergen seiner wahren Identität sich einst darin erschöpft hatte, wegzuziehen und sich seinen berühmten Schnurrbart abzurasieren, ohne dabei aber auch nur seinen Namen zu ändern. In seinen Augen lag die gleiche alte Mischung aus Strenge und Zufriedenheit, nun unterlegt mit einem Hauch von lastender Trauer, aber da war kein Bereuen. Er wirkte stark.

Sie umarmten sich, und für einen kurzen Moment kam sich Kip wieder ein bisschen wie ein Kind vor. Nur dass er jetzt größer war als sein ehemaliger Beschützer.

»Wie ich höre, haben die Bücher, die du ständig aus meinen Regalen geklaut hast, doch etwas Gutes bewirkt«, sagte Corvan, als er Kip losließ. »Auch wenn ich bisher noch von keinem Taktiker Bericht über die Schlacht von Dúnbheo erhalten habe. Ich höre immer nur von Riesenbären und Magie und in letzter Sekunde gestellten Fallen.«

»Ich werde Euch mit Freuden ins Bild setzen«, versprach Kip und trat zur Seite, damit sich Corvan Danavis nun dem Promachos zuwenden konnte.

»Satrap Danavis«, grüßte Andross respektvoll. »Willkommen in der Chromeria. Es tut uns sehr leid, die Kunde von Eurem schmerzlichen Verlust zu vernehmen.«

»Ich habe Eure Trauergeschenke für die Beerdigung erhalten. Sie haben geholfen, meine Lasten zu lindern, Promachos. Vielen Dank.«

Andross winkte ab, als sei das nichts.

»Jetzt komme ich mir irgendwie wie ein Drecksack vor, weil ich nichts geschickt habe«, schaltete sich Kip ein. »Bitte entschuldigt, Herr. Selbst dass Ihr noch einmal geheiratet habt, habe ich erst im gleichen Moment erfahren, als ich vom Dahinscheiden Eurer Gemahlin gehört habe – nämlich gestern. Es tut mir sehr leid.«

»Es sind die besten Tage meines Lebens gewesen«, erwiderte Corvan. »Und wir haben beide gewusst, dass sie nur kurz sein würden. Sie hat es mir von Anfang an gesagt, auch wenn sie die Einzelheiten erst kurz vorher herausgefunden hat. Ein Mörder aus dem Orden des Gebrochenen Auges, glauben wir beide.«

»Aus dem Orden?!«, empörte sich Kip.

»Für die allergefährlichsten Menschen ist eine Seherin am allergefährlichsten«, erklärte Corvan.

»Großvater, Ihr habt diesmal aber nicht den Orden dafür angeheuert, oder?«, fragte Kip.

Plötzlich lag eine kribbelnde Spannung in der Luft, als warteten sie alle darauf, dass ein Blitz einschlug und sein Donner sämtliche Fenster kaputtgehen ließ.

»Nein«, antwortete Andross kühl.

»Oh, gut«, sagte Kip. »Er muss das nämlich unweigerlich geglaubt haben, und ich habe gefunden, dass es gut für ihn wäre, Euer Gesicht zu sehen, wenn ich Euch danach frage. Ich bin davon ausgegangen, dass er womöglich zu höflich wäre, um selbst zu fragen.«

»Was meine Frau betrifft, würde ich mir von der Etikette – oder von was auch immer – niemals meine Rache nehmen lassen«, ergriff Corvan das Wort.

»Ich frage Euch nur«, sagte Kip, »weil Ihr in der Vergangenheit eine so gute Arbeitsbeziehung zum Orden gehabt habt.«

Wieder rumorte es in den Wolken, aber kein Donner wurde laut.

»Wer an der Macht ist, muss sich regelmäßig mit unappetitlichen, zwielichtigen Elementen auseinandersetzen«, bemerkte Andross, »und darunter gibt es Leute, die sogar noch schlimmer sind als irgendwelche Meuchelmörder. Und eben deshalb muss man sich manchmal die Nase zuhalten und sogar Umgang mit Verrätern pflegen. Aber das macht einen noch nicht selbst zum Verräter. Ist doch so, Corvan, oder?«

Corvan Danavis zitterte regelrecht – so viel Mühe kostete es ihn, an sich zu halten. »Ein Verräter? Ihr sprecht von König Eisenfaust, nehme ich an?«

»Er hat Euch hierhergebracht, nicht wahr?«

»Ich bin mit einer Armee hier eingetroffen, und das gerade rechtzeitig, nach allem, was ich höre. Ohne Eisenfausts Flotte wären wir erst in zwei Monaten hergekommen.«

»Ist Eure Armee also schon von Bord gegangen?«, erkundigte sich Andross.

»Nein. Ich bin vorausgefahren. Die Weiße schien Wert darauf zu legen, dass ich mir so schnell wie möglich einen Eindruck vom Zustand der Verteidigungsanlagen verschaffe, damit ...«

»Und *König* Eisenfaust hat Euch zweifellos angewiesen vorauszufahren.«

»So ist es«, antwortete Corvan.

»Ohne Eure Soldaten. Die jetzt womöglich auf ihren eigenen Schiffen ganz allein sind? Auf Schiffen ohne Waffen, angeblich damit darauf mehr Platz für Soldaten ist?«, stellte Andross in den Raum.

Corvan erstarrte, als ihm dämmerte, worauf Andross mit seinen Worten anspielte. »Das ... das würde er nicht tun.«

»Ihr habt uns keine Armee gebracht, Satrap«, stellte Andross fest. »Ihr habt Eisenfaust zehntausend Geiseln gebracht. Du hast recht gehabt, Grinwoody. So viele Jahre hat Eisenfaust auf der höchsten Ebene Dienst geleistet, und trotzdem weiß er überhaupt nicht, was Treue bedeutet.«

»Es erfüllt mich mit Sorge, recht behalten zu haben«, sagte Grinwoody. »Er ist ein Mann aus meinem eigenen Stamm, Mylord.«

»Nun gut, um all das werden wir uns gleich kümmern«, erwiderte Andross. »Immer eins nach dem anderen.«

»Er wird selbst von Bord gehen, um die Bedingungen für die Kapitulation auszuhandeln«, berichtete Corvan. »Oder ... zumindest hat er mir das gesagt.«

»Er hat es auch so gemeint. Nur dass er nicht *seine* Kapitulation gemeint hat«, gab Andross mit frostiger Stimme zurück.

Corvan fluchte leise.

»Aber er geht tatsächlich von Bord? Wann? Bald?«, fragte Kip. »Mist! Wir müssen dieses Spiel schnell zu Ende bringen, Großvater. Ich muss sicherstellen, dass mein Hauptmann nicht herausfindet, dass Eisenfaust hier ist.«

»Ich gehe nicht davon aus, dass König Eisenfaust mit irgendeinem deiner kleinen Weicheier Schwierigkeiten haben wird«, entgegnete Andross.

»Mit diesem vielleicht doch«, sagte Kip.

»Seid ihr momentan beschäftigt?«, erkundigte sich Corvan. »Es tut mir leid, dass ich mit solch schlechten Neuigkeiten gestört habe. Ihr seid gerade mitten in ... einem Spiel?« Er machte sich nicht die Mühe, einen ungläubigen Unterton zu verbergen.

»Nicht so richtig«, antwortete Kip, »aber bitte, bleibt. Das heißt, wenn es euch nichts ausmacht zuzuschauen.«

»Ich wäre entzückt, den größten Geist der Gegenwart bei der Arbeit zu sehen.«

»Danke sehr ...«, antworteten Kip und Andross gleichzeitig. Sie neigten sogar irgendwie auf dieselbe Weise den Kopf. Das war seltsam. Kip war in seiner Kindheit und frühen Jugend überhaupt nicht in der Nähe dieses Mannes gewesen.

Das Blut ist stark.

»Ich bitte um Vergebung, meine Herren, ein Versprecher«, korrigierte Corvan. »›Die größten *Geister*.‹«

»Sobald ich gewonnen habe«, bemerkte Kip, »würde ich gern einige Ideen hinsichtlich der Verteidigung der Jasperinseln mit Euch durchgehen.«

Sie setzten sich wieder an den Tisch, und Grinwoody war bereits auf seinen kleinen Kakerlakenbeinen umhergehuscht, um auch einen Stuhl für den Satrapen bereitzustellen.

Kip strich enttäuscht mit den Fingerspitzen über die kunstvollen Abbildungen auf den Karten. Er musste sich damit begnügen, einen Lichtgardisten zu legen, obwohl die Sonne inzwischen hoch genug am Himmel stand, dass er eine mächtigere Karte hätte ausspielen können, hätte er denn eine gehabt.

Andross spielte den roten Gottesbann.

Kip knallte die Kanoneninsel auf den Tisch. »Dieses Deck ist nicht gut genug. Wenn Janus Borig Zeit gehabt hätte, ihre Karten fertigzustellen ...«

»Hör auf zu jammern«, unterbrach ihn Andross. »Du hast dir als Erster dein Deck aussuchen dürfen.«

»Und dabei hätte ich König des Blutwalds sein können«, murmelte Kip.

»Ich finde, das reicht jetzt mit den Königen«, erwiderte Andross. Er warf einen weiteren Gottesbann ab und griff an.

Kip verteidigte sich nicht, sondern nahm den Schaden einfach hin, als sei er der verdammte Schildkrötenbär.

»Warum gibt es eigentlich keine Schildkrötenbärenkarte?«, fragte Kip plötzlich. Sicher musste er doch wichtig genug sein, um eine eigene Karte zu bekommen, oder?

»Eine was?«, fragte Andross nicht allzu interessiert.

»Kommt schon, Ihr habt sie Euch doch vorhin angesehen.« Kip

legte seine Karten auf den Tisch und schob seinen Stuhl zurück. Dann zeigte er seine Tätowierung. Er setzte sich in rascher Folge die Brillen verschiedener Farben auf, arbeitete sich schnell durch das Ultraviolett hindurch, das die Umrisse so schön hervorhob, und füllte sich dann mit blauem Licht. Blaue Zickzacklinien schossen durch seinen Unterarm, direkt oberhalb des Handgelenks. Ein abgerundetes Rechteck. Kip füllte sich mit Grün, und Farbe tränkte die Umrisse. Dann mit Gelb, und die Farben wurden leuchtender.

Corvan Danavis schnappte nach Luft. »Wie hast du diese Karte noch gleich genannt?«, fragte er.

Kip wartete mit einer Antwort, bis er fertig war und die Tätowierung scharf und klar auf seinem Unterarm hervorstach. »Schildkrötenbär. Ich bin der Schildkrötenbär«, erklärte Kip.

»Woher hast du das?«, fragte Andross ungerührt.

»Aus dem Kampf gegen Abaddon«, antwortete Kip, als sei es nichts Besonderes. »Wie ich es Euch erzählt habe.«

»Die Tätowierung ist im Stil von Atash gehalten, nicht wahr?«, erkundigte sich Corvan. »Ich kenne diese Kreatur, auch wenn ich nie gehört habe, dass jemand sie als Schildkrötenbär bezeichnet hätte.«

»Wie hat man sie denn Euch gegenüber genannt?«, fragte Kip. Jetzt, als er sie näher betrachtete, sah die Tätowierung irgendwie anders aus, als er sie in Erinnerung hatte. Der Schildkrötenbär, der ihm in den Arm gebrannt worden war, war ein dickes, rundes kleines Ding gewesen, überall dort pelzig, wo eigentlich kein Pelz hingehörte, und so plump und unbeholfen wie Kip selbst. Jetzt wirkte er in die Länge gestreckt, kraftvoller, nicht mehr annähernd so lächerlich, eher wie ein junger …

»Meine Großmutter mütterlicherseits war Atashi«, erzählte Corvan. »Sie hatte eine uralte Brosche, die genauso ausgesehen hat. Von ihr habe ich erfahren, dass die Atashi glauben, Menschen würden mit zwei Naturen geboren. Die eine wird für gewöhnlich durch einen Affen symbolisiert: den schnatternden Kotschmeißer des Waldes – gesellig, leidenschaftlich, aber in allen Dingen abhängig von seiner Horde; sie greifen all jene an, die ihre Gruppe nicht mag, ohne auch nur einen selbständigen Gedanken im Kopf zu haben, sind warmherzig und fürsorglich, aber immer auf die Anerkennung der Gruppe aus. Die andere Natur des Menschen wird für gewöhnlich durch die Schlange symbolisiert: Kalt, leidenschaftslos, geduldig liegt sie auf der Lauer, lässt sich von nichts und niemandem von der Wahrheit abbringen, ist aber auch gefühl- und herzlos, weist Gesellschaft rücksichtslos von sich. Die alten Atashi glaubten, dass man nur dann wahrhaft weise werden könne, wenn es einem gelinge, diese beiden Naturen zusammenzubringen – aber nicht, indem man lauwarm wird, sondern indem man immer dann, wenn es angebracht ist, kalt oder heiß ist, Fell oder Schuppenhaut zeigt. Nur indem man die widersprüchlichen animalischen Naturen zusammenbringe, könne man ganz menschlich werden, ob Affe und Schlange oder Hund und Skorpion oder Schildkröte und Bär. Und die größten dieser Menschen werden Drachen.«

»Ein Drache wäre jetzt hilfreich«, bemerkte Kip leichthin. Er sah Andross Guile an, der ihn so kalt wie eine Natter beobachtete. »Ich nehme nicht an, dass Ihr einen Drachen in Eurem Deck habt, den ich übersehen habe?«

In Andross Guiles Augen glitzerte es düster.

»Tätowierfarben, die auf Luxin reagieren. Ein netter Taschenspielertrick«, sagte Andross. »Eine Kunst, die vor langer Zeit verloren gegangen ist. Wir werden uns noch darüber unterhalten, wei im Blutwald dieses Geheimnis kennt, falls wir lange genug leben. Doch jetzt lass uns erst einmal das Spiel beenden, ja? Hier, das wird dir dein überschüssiges Luxin nehmen.«

Andross reichte Kip einen kleinen Zylinder, ganz ähnlich wie die Teststäbe, die in der Mangel Verwendung fanden. Kip drückte den Finger fest auf die schwarze Spitze und sah zu, wie seine Farben in das Innere des knochenweißen Zylinders hinabwirbelten. Anders als beim Elfenbein der Teststöcke färbten hier jedoch die Luxine den Stock zunächst in ihrer jeweiligen Farbe, um dann auszubleichen und wie Rauch davonzuwirbeln.

Sie warteten, bis sämtliche Farben verschwunden waren, und dann noch mal einige Sekunden.

Ohne aufzuschauen, fragte Andross: »Grinwoody, ist unser Spiel nach wie vor unberührt und vollständig?«

»Unbedingt, Mylord. Ich habe es stets genau im Auge behalten.«

Andross griff nach seinem Deck und bedeutete Kip, seinem Beispiel zu folgen.

Kip nahm seine Karten auf.

Er hatte noch zwei Runden, bis Andross gewonnen hatte. Keine Zeit zum Hinhalten mehr.

Andross spielte einen weiteren Gottesbann aus. Er ließ sich von der Tatsache, dass er ganz offensichtlich uneinholbar führte, nicht bremsen.

Kip nahm an, dass er sich dadurch eigentlich geschmeichelt fühlen sollte.

Er fühlte sich nicht geschmeichelt.

Andross schob alle seine in Frage kommenden Karten nach vorn, um Kips traurige Ansammlung von Verteidigern anzugreifen. Die Kanoneninsel-Karte konnte den blauen Bann ausschalten, würde jedoch dabei zerstört werden. Kips Lichtgardisten und seine Galeeren konnten den anderen Gottesbann nicht aufhalten, und alle Blitzkarten, über die Kip verfügen mochte, konnten nur einige wenige von Andross' Galeeren versenken, was sinnlos war.

Das Spiel war vorbei. Kip war tot. Er würde alles verlieren.

Kip warf seine Karten jedoch nicht hin. Er spielte zwei Blitzkarten aus und schaltete die angreifenden Galeeren aus.

»Armselig«, kommentierte Andross.

Noch immer ohne eine der Karten anzurühren, erwiderte Kip: »Ich versperre dem blauen Gottesbann mit Kanoneninsel den

Weg. Ach ja, und dem roten Gottesbann und Dagnu stelle ich Eisenfaust entgegen.«

Auf dem Tisch lag kein Eisenfaust. Alle stutzten einen Moment und sahen dann noch einmal genau hin, um sich zu vergewissern, ob nicht vielleicht irgendein Fehler vorlag.

»Ich sehe, dass er über einen interessanten Wut-Mechanismus verfügt, der in Gang kommt, wenn er sich gegen einen überlegenen Angreifer verteidigt.«

Alle im Raum richteten den Blick auf Kip, als sei er wahnsinnig.

Überzeugt euch doch selbst, hätte Kip am liebsten gesagt. Aber man sagt seiner Beute nicht, wie gut das lockende Fleisch in der Falle schmeckt. Man lässt den blutigen Duft in der Luft die nötige Überzeugungsarbeit leisten.

»Diese Karte ist ein Lichtgardist«, sagte Andross.

»Oh, aber er kämpft *ganz besonders hart* für mich«, entgegnete Kip verschmitzt und ergänzte in Gedanken: ungefähr so hart, wie Súil das immer getan hat.

Wenn es eines gab, was Andross Guile nicht ertragen konnte, dann war es Herablassung.

Der alte Rote riss zornig die Karte hoch, und die Falle machte klick und schnappte zu. Seine Finger durchbrachen die zarten Luxin-Schichten auf der Bildseite der Karte und zerstörten das spinnennetzfeine Porträt eines Lichtgardisten, das Kip mit Paryl kopiert und dann über Eisenfausts Bild gelegt hatte.

»Das ist ...« Die Augen des alten Mannes weiteten sich, als er plötzlich Eisenfaust aus der Karte starren sah. Für einen langen, langen Moment verstand er nicht das Geringste. »Das ist unmöglich«, hauchte er.

»Ich glaube, mein Eisenfaust macht sowohl Eurem Bann als auch Eurem Dagnu den Garaus«, erklärte Kip. »Gute Runde für mich. Wollen wir ...«

Andross hob den Zeigefinger. »Grinwoody?«, zischte er, ohne sich umzudrehen.

»Mylord.« Grinwoodys Stimme zitterte. »Er hat diese Karte nicht angerührt, seit er sie ausgespielt hat. Ich schwöre es. Er hat keine langen Ärmel. Die Anzahl der Karten, die in seinem Deck verblieben sind, ist korrekt. Ich ...«

Aber Andross kniff die Augen zusammen. Er schnupperte. Dann hielt er sich die Karte unter die Nase. Der Luxin-Duft, so schwach er auch war, konnte noch nicht ganz verflogen sein. »Du hast gemogelt«, stellte er fest. »Du bist disqualifiziert. Du hast verloren.«

»Ich habe nichts getan, was die Regeln verbieten würden.«

»Du hast eine Karte ausgetauscht!«, widersprach Andross.

»Nein, ich habe sie regelgemäß am Mittag ausgespielt. Und ich habe sie nicht als etwas anderes bezeichnet, als sie war«, verteidigte sich Kip. »Manche Leute schauen eben einfach nicht unter die Oberfläche, um die Dinge so zu sehen, wie sie wirklich sind, Großvater.«

»Du kleiner Scheißer!« Andross sprang auf.

»Wenn Ihr mich schlagt, dann ...«, begann Kip.

»Was? Was willst du dann machen?«, herrschte ihn Andross an.

»Die Frage ist nicht, was ich tun werde«, antwortete Kip.

Andross' Lider zuckten. Dann warf er einen raschen Blick zu Corvan hinüber.

Corvan hatte sich nicht von der Stelle gerührt, sondern saß mit der trägen Eleganz eines Mörders auf seinem Stuhl.

»Für wessen Spiel wird er wohl Partei ergreifen, Großvater? Corvan hat mich mehr oder weniger großgezogen. Zu wie viel treuer Verbundenheit habt Ihr ihm Anlass gegeben? Grinwoody war so sehr auf das Spiel konzentriert – hat er den Satrapen denn durchsucht, bevor er hereingekommen ist? Gründlich?«

Corvan beugte sich zur Seite, und eine große Tasche in seinem Umhang schien sich ein wenig zu öffnen; darin befand sich etwas Schweres.

Eine Ader in Andross' Hals pochte, und er brachte sich nur mit

Mühe wieder unter Kontrolle. »Dann lass uns das Spiel zu Ende bringen. Ich habe noch immer eine Chance.« Er legte eine Muskete auf einen seiner Wichte. Damit blieb jedem Spieler noch ein Hauch von Leben.

Kip zog einen Schwarzgardisten und warf ihn auf den Tisch. Mit einem Schwarzgardisten als Rückendeckung konnte Eisenfaust zweimal angreifen.

»Und damit ist das Spiel vorbei, verkündete Andross mit gepresster Stimme, seine Augen blicklos. »Du hast gewonnen, und damit hast du uns womöglich alle dem Untergang geweiht.«

»Ich fand es auch schön, gegen Euch zu spielen. Lasst uns das nie wieder tun«, antwortete Kip.

»Geh mir aus den Augen, bevor ich etwas Rotes tue«, zischte Andross, ohne aufzusehen.

Kip und Corvan verließen den Raum, während Kip bei jedem Schritt erwartete, eine Musketenkugel zwischen die Schulterblätter zu bekommen.

Draußen vor der Tür war Kruxer nirgendwo zu sehen. Verdammt.

Der Satrap musterte Kip anerkennend. »Einen Eisenfaust hinter die Verteidigungslinien deines Gegners zu schmuggeln.« Corvan schüttelte den Kopf. »Das ist ein raffinierterer Trick gewesen, als ihn Gavin je versucht hätte.«

»Mein Vater ist ein wahrer Koloss. In seinem Schatten bin ich ein Floh«, erwiderte Kip. Er konnte immer noch nicht glauben, was geschehen war.

»Er hat keinen größeren Befürworter als mich, aber ich erinnere mich noch gut, wie Gavin Guile in nur fünf Tagen die gigantische Leuchtwassermauer gebaut hat, und trotzdem hat er es nicht geschafft, das Schicksal einer einzigen kleinen Stadt einen anderen Weg nehmen zu lassen. Du hingegen hast womöglich die ganze Welt verändert, indem du ein Bild gewandelt hast, das ich mit meinem Daumen zudecken könnte. Das ist nicht das Werk eines Flohs, Kip. Das ist das Werk eines Drachen.«

14

»Still«, sagte Ben-hadad, als sie den Kreis von Zorn und Barmherzigkeit auf halber Höhe des Turms des Prismas verließen.

Quentin, der vor Teia herging, blieb ruckartig stehen. Sie prallte mit ihm zusammen, verlor ihr Paryl und wurde schimmernd wieder sichtbar.

Sie blickte sich schnell um, aber es war sonst niemand auf den Fluren zu sehen. »Entschuldige«, flüsterte sie.

»Was ist los?«, raunte Quentin Ben zu.

Ben-hadad sah sie beide verdutzt an. »Es ist ... still?«, antwortete er. »Ach so, ihr beide habt gedacht – nein, nein, ich meinte nicht, dass ihr still sein solltet.«

»Ach so«, murmelte Quentin und richtete sich auf. »Jaja, ich störe ungern jemanden, und so habe ich mir genau eingeprägt, wann hier die verschiedenen Vorträge und Sonderveranstaltungen stattfinden, sodass ich so wenigen Menschen wie möglich begegne.«

»Und das für alle Stockwerke?«, hakte Teia nach. »Nicht nur für dasjenige, in dem sich dein Zimmer befindet?«

»Nun ja, ich habe ja nicht gewusst, wann ich vielleicht sonst wo vorbeischauen müsste, und ich hatte schon das Veranstaltungsverzeichnis ...«

»Natürlich«, sagte Teia. »Völlig logisch.« Wenn man ein Gehirn von der Größe einer Wassermelone besitzt.

»Ich hatte mir gedacht, wir sollten den anderen vielleicht lieber ebenfalls aus dem Weg gehen«, fuhr Quentin fort. »Auch wenn wegen all der Vorbereitungen zur Verteidigung der Stadt und für den Sonnentag mehr Leute unterwegs sind als gewöhnlich.«

»Sie führen die Festprozession aber doch nicht trotzdem durch, oder?«, fragte Teia.

»Natürlich wird es die geben«, antwortete Quentin. »In der Stadt befinden sich Zehntausende von verängstigten Pilgern. Willst du ihnen etwa das Einzige nehmen, was ihnen Hoffnung zu schenken verspricht? Außerdem wissen wir nicht mit Bestimmtheit, ob es morgen überhaupt zum Angriff kommen wird. Der Ehrung Orholams den Vorzug zu geben mag in militärischer Hinsicht als die denkbar schlechteste Idee erscheinen, aber viele von uns glauben, dass es tatsächlich die beste Idee ist. Natürlich hat es in Bezug auf die Streckenführung der Prozession und die Abstellung von Wandlern einige Kompromisse gegeben. Die Sonnentagsfeier wird diesmal die am wenigsten ... sagen wir mal, prunkvolle seit vielen Jahren sein.«

»Du meinst, es wird der schlimmste Sonnentag aller Zeiten«, sagte Ben-hadad und scheuchte sie weiter. Gleichzeitig zählte er stumm seine Schritte. Sie setzten ihren Weg fort.

»Ganz im Gegenteil«, erwiderte Quentin.

»Wie das?«, erkundigte sich Ben. »Noch vierzehn Schritte, denke ich.«

»Eine heidnischer Einfall ausgerechnet am Sonnentag? Während wir kaum eine Hoffnung auf Sieg haben?«, fragte Quentin.

»Ja«, sagte Teia. »In diesem Punkt sind wir uns einig.«

»Mir scheint, ein solcher Zeitpunkt ist genau der richtige, damit uns Orholam seine Macht unter Beweis stellen kann.«

»Oder wir sind am Arsch«, bemerkte Ben-hadad.

»Ja! Also *wird* er seine Macht unter Beweis stellen.«

Teia und Ben sahen Quentin beide an, als hätte er den Verstand verloren.

Ben schüttelte den Kopf. »Noch drei Schritte.«

»Ich behauptet ja nicht, dass ich darauf brennen würde, dass ...«, begann Quentin.

Ben fiel ihm ins Wort. »Ich weiß nicht, wo du diesen Burschen aufgetrieben hast, Teia, aber ...«

»Wie meinst du das denn: Wo *ich* ihn aufgetrieben habe?!«, erwiderte Teia und brach dann abrupt ab, als eine unvertraute Stimme ertönte.

»Teia?«, wiederholte das Mädchen und blickte Teia direkt an. Vor ihnen stand eine Scholarin, mit Wischmopp und Eimer. Sie trug ihr Haar in einem Knoten, aus dem sich allenthalben einzelne Strähnen gelöst hatten, war vielleicht vierzehn Jahre alt und sah noch jünger aus.

Sie waren sich nie begegnet, dessen war sich Teia sicher.

»Teia Dunkelblick?«, fragte das Mädchen.

»Wie?«, fragte Teia. Gleißende Angst erschreckte sie wie das Aufblitzen einer Blendgranate. Sie hatte sich für ziemlich unauffällig gehalten.

»Doch, Ihr seid Teia Dunkelblick«, beharrte das Mädchen mit großen Augen.

»Du meine Güte«, stöhnte Quentin.

»Bei Orholams juckender Arschkerbe!«, entfuhr es Ben-hadad. Er machte einen Satz nach vorn. Im gleichen Moment kreischte das Mädchen auf, hob die Hände an die Wangen und ließ den Eimer fallen.

Ben-hadad schnappte sich den Putzeimer mitten aus der Luft, dann wirbelte er den Stiel des Wischmopps mit einer geschickten Handbewegung herum und fing ihn auf. Teia hatte fast vergessen, dass Ben-hadad nicht nur ein technisches Genie war, sondern auch die Ausbildung bei der Schwarzen Garde erfolgreich absolviert hatte.

»Ja, Ihr seid es!«, rief das Mädchen. Dabei schenkte sie weder Ben-hadad noch der beeindruckenden Geschicklichkeitsleistung, die er soeben vollführt hatte, irgendeine Beachtung.

Vielleicht doch noch keine vierzehn, ging es Teia durch den Kopf. Ben-hadad sah zudem auch noch entnervend gut aus.

Aber noch während sie das dachte, tat sie zugleich schon, was notwendig war. Paryl schoss aus Teias Fingerspitzen in die Brust des Mädchens. In Sekundenschnelle hatte Teia den Knoten fertig, um ihn ihr in den Leib zu rammen und jene Nerven zu durchtrennen, die ihrem Herzen den Befehl gaben zu schlagen.

Sie hatte es vermasselt. Sie hatte sich erlaubt, sich hier zu Hause zu fühlen, in dem Gebäude, das einst auch wirklich ihr Zuhause gewesen war. Und jetzt musste sie dieses Mädchen töten. Dieses blasse, dürre kleine Ding, das nur aus Knien, Ellbogen, großen Babyaugen und krummen Zähnen zu bestehen schien und das hier als Strafe für irgendeine geringfügige Verfehlung die Flure schrubbte – dieses Mädchen musste sterben. Vor einer Stunde hatte sie sich wahrscheinlich bei ihren Freundinnen über irgendeinen strengen Magister beschwert oder über eine Lektüre, die viel zu schwierig sei.

Doch das war gerecht und richtig so; es war, wie es sein sollte.

Jeder schmerzhafte Lebensabschnitt wird einem Menschen von der Natur aufgezwungen, um ihn zum ganzen Mann oder zur ganzen Frau zu machen. Aber die Fehlschläge und Irrtümer der Natur sind häufig und brutal. Dieses Mädchen würde heute einfach eine weitere Zivilistin sein, die in einem jahrhundertelangen Krieg gestorben war – einem Krieg, den nur Teia beenden konnte. Ein notwendiger Leichnam. Eine Unschuldige, die getötet werden musste, weil man den Ausgang eines ganzen Krieges nicht auf den Grad der Verschwiegenheit einer Vierzehnjährigen bauen konnte. Eine Unschuldige, ermordet, weil Teia die Sache vermurkst hatte. Teia hatte schon zuvor Unschuldige getötet, aber das waren Unschuldige gewesen, die sie zu töten gezwungen gewesen war. Dieser Mord nun wurde ihr allein durch ihren eigenen Fehltritt aufgezwungen. Sie hatte in ihrer Wachsamkeit nachgelassen.

Eine Frau wie sie durfte nie, niemals auch nur für einen kurzen Moment unachtsam sein.

Dieses Mädchen war unschuldig, aber war ihr Leben denn so viel mehr wert als das Leben eines Sklaven?

»Teia *Dunkelblick*?«, wiederholte Ben-hadad. Und Teia bemerkte, dass sie nur eine Sekunde lang wie gelähmt dagestanden hatte, die tödlichen Fäden in ihren Händen.

»Wisst Ihr das denn nicht?«, wunderte sich das Mädchen. »Sie ist die erste Paryl-Wandlerin seit Jahrhunderten!«

»Nein, ist sie nicht«, widersprach Ben-hadad verwirrt. »Es hat Dutzen…«

»Aber jeder kennt sie! Meisterin Teia, könntet Ihr mir vielleicht zeigen, wie …«

Teia erweiterte die Pupillen zu ihrem vollsten unheimlichen Schwarz und brüllte das Mädchen aus voller Kehle an. Es war der Seelenschrei einer Verdammten. Es war die Klage eines jeden alten Kriegers, das Heulen eines jeden Büßers.

Aber sie tat, was getan werden musste.

Das Mädchen kreischte auf und rannte davon.

»Sehr dezent, T.«, bemerkte Ben-hadad. »Ich bin mir sicher, dass sie jetzt keiner einzigen ihrer Freundinnen von ihrer Begegnung mit dir erzählen wird.«

Aber Teia nahm den Seitenhieb kaum wahr.

Ben-hadad hatte keine Ahnung.

Er wusste nicht, wie schlimm das alles war. Sie hatten noch nicht genug Zeit miteinander verbracht, dass sie ihm viel hätte erzählen können. Sie war nicht in die Einzelheiten gegangen. Er wusste nicht, was auf dem Spiel stand. Er glaubte, sie würden sich hier einfach nur in irgendwelchen Bereichen herumtreiben, in denen die Gefahr bestand, dass womöglich jemandem auffallen konnte, dass sie nicht hierhergehörten.

»Dezent … T.«, fuhr er fort. »Ich glaube, du hast einen neuen Spitznamen! Dezent-Te! Die Dezente!«

»Ist das da unsere Tür?«, erkundigte sie sich. Die Dezente. Es war genau die Art Name, die hängenblieb. Es klang für Außenstehende wie ein Lob, konnte aber unter Kameraden sowohl im lobenden Sinn gemeint als auch als ein leiser Spott zu verstehen sein.

Es sorgte dafür, dass sie die Mächtigen vermisste. Diese verdammten Jungs. Es ließ sie ihr altes Leben vermissen.

Ob sie deren Abzeichen nun trug oder nicht, sie konnte jetzt nie wieder ein Teil der Mächtigen sein. Es war eine Illusion zu glauben, sie könne je wieder dort weitermachen, wo sie aufgehört hatte.

Ihr fiel ein, dass sie noch nie darüber nachgedacht hatte, was wohl sein würde, nachdem sie den Orden ausgeschaltet hatte. Es war ihr als ein derartiges Ding der Unmöglichkeit erschienen, dass sie sich einfach geweigert hatte, so weit vorauszuschauen.

Da gab es auch nichts vorauszuschauen.

Aber genug davon. Teia musste geistesgegenwärtig sein, musste alle Sinne beisammenhaben. Sie hatte lange genug über dieses Mädchen nachgedacht – dieses arme, unschuldige Mädchen, das in einigen Minuten müde werden würde, weil ihrem Herz allmählich das Blut ausging, das sich dann hinlegen würde, um ein Nickerchen zu halten und nie wieder aufzustehen.

»Ja, das sollte sie sein«, sagte Ben-hadad.

Quentin starrte Teia schweigend an. Sie hatte Quentin nicht über alles in Kenntnis gesetzt, was sie jetzt tun konnte, aber Quentin wusste Bescheid.

Ben klopfte an die Tür.

»Was machst du, wenn jemand öffnet?«, erkundigte sich Teia.

»So weit hatte ich noch nicht vorausgedacht«, antwortete er. Aber er klappte seine blaue Brille herunter, und seine Hand füllte sich mit einem Klumpen aus blauem Luxin.

Das lastende Grauen in Teias Magengrube wurde immer schwerer und schwerer.

Ben-hadad zuckte die Achseln, beschloss, dass niemand kommen würde, um die Tür zu öffnen, und stopfte den Klumpen unversiegelten blauen Luxins, den er gewandelt hatte, ins Schloss, ließ das Luxin fest werden und drehte. »Ich weiß nicht so recht, warum die Chromeria sich überhaupt die Mühe macht, an den Türen Schlösser anzubringen«, brummte er.

»Warte mal«, sagte Teia. Sie fühlte sich sehr schlecht. »Ich habe gerade einen schrecklichen Fehler gemacht.«

Sie rannte hinter dem Mädchen her den Flur hinunter.

Sie hatte Glück. Das Mädchen hatte gerade die Sklaventreppe erreicht und dort bemerkt, dass sie Wischmopp und Eimer hatte stehen lassen. Wenn sie nicht beides zurückbrachte, würde sie großen Ärger bekommen. Aber das Mädchen war trotzdem ganz geschockt, als sich ihr Teia nun auf lautlosen Füßen näherte. Sie hielt sich die Hände schützend vors Gesicht, als habe sie Angst, Teia wolle ihr wehtun.

»Wie heißt du?«, fragte Teia leise. Sie machte sich sofort daran, ihre Paryl-Fäden wieder aufzutrennen. Gütiger Orholam, sie war gut darin geworden, Todesfallen auszulegen, aber weniger gut darin, sie wieder zu entfernen.

»Clara.«

»Weshalb lassen sie dich Böden schrubben?«, fragte Teia.

Clara schluckte. »Atarah hat gemeint, ich wäre eine Schlam... ähm, sie hat mich halt beschimpft. Also habe ich versucht, sie zu ohrfeigen, aber irgendwie hab ich danebengetroffen und ihr stattdessen die Nase gebrochen. Zwei Monate lang habe ich jetzt jeden Tag nach dem Unterricht Böden geschrubbt.«

»Ha«, sagte Teia. »In der Schwarzen Garde würden sie dich wegen dieser Ohrfeige nicht den Boden wischen lassen.«

»Ich weiß! Warum sind die Magister auch so...«

»Du würdest wischen, weil du nicht getroffen hast«, unterbrach Teia.

Das Mädchen runzelte die Stirn und verzog schmollend den Mund.

»Hör mal«, sagte Teia. »Es tut mir leid, dass ich dich erschreckt habe.«

»Ich habe mich gar nicht erschreckt!«

»Die Wahrheit ist, Clara, dass du *mich* erschreckt hast.«

Clara sah sie ungläubig an.

»Ich sollte eigentlich nicht hier sein«, erklärte Teia. »Nun, irgendwie schon. Die Sache ist kompliziert.«

Gütiger Orholam, ich kann sie nicht umbringen. Du bist der Gott, der die Unschuldigen verschont. Kannst du nicht irgendwie dafür sorgen, dass dieses Mädchen den Mund hält? Ich schaff das nämlich nicht mehr. Ich kann nicht weiterhin Unschuldige töten, nicht um damit hundert andere Morde zu rechtfertigen. Nicht mit der Rechtfertigung, dass dadurch eines Tages vielleicht tausend Leben gerettet werden.

»Ich arbeite für die Weiße«, sagte Teia sehr leise. »Es ist ein Geheimauftrag. Ich sollte eigentlich gar nicht hier auf den Jasperinseln sein. Wenn du irgendjemandem verrätst, dass du mich gesehen hast, werden Menschen sterben. Darunter auch ich. Kannst du ... Kannst du eine Woche lang darüber schweigen, dass du mich gesehen hast? Bis dahin bin ich wahrscheinlich sowieso tot. Wenn ich als Leiche wieder auftauche, ist die ganze Geschichte ohnehin viel sensationeller, und *dann* kannst du auch allen erzählen, was du weißt. Aber wenn du jetzt irgendjemandem etwas davon erzählst – und seien es auch nur deine Freundinnen –, Clara, kann ich dir gar nicht sagen, wie schlimm das dann ausgehen könnte. Eine Menge Menschen werden sterben. Gute Menschen.«

Clara zuckte gekränkt die Achseln. »Ich kann durchaus ein Geheimnis für mich behalten!«

Klar, und wie viele Vierzehnjährige würden wohl zugeben, dass sie das nicht können?

»Eine Woche«, wiederholte Teia. »Zwei, wenn du es schaffst. Es sei denn, du erfährst, dass ich tot bin, dann darfst du es erzählen, wem immer du willst.«

Ihre Pflicht war so geworden wie diese alte kleine Phiole Olivenöl, die sie so fest mit der Faust umklammert hatte, dass sie

Krämpfe in den Fingern bekam. Sich daran festzuhalten hatte für sie alles, einfach alles bedeutet. Jetzt löste sie gewaltsam einen ihrer Finger nach dem anderen.

Orholam, das hier ist dein Krieg. Wenn du willst, dass wir siegen, musst du die Sache mit diesem kleinen Mädchen selbst in den Griff bekommen. Ich habe damit abgeschlossen, Unschuldige zu töten.

»Ich sehe, dass Ihr es ernst meint«, sagte Clara. »Ich habe erst gedacht, Ihr wolltet einfach mit diesem Jungen schlafen und seid auf der Suche nach einem leeren Zimmer gewesen.«

»Ben?«, fragte Teia. Oh, Teufel noch mal. Jetzt hatte sie seinen Namen verraten.

»Er ist echt süß!«, schwärmte Clara.

»Süß?«, wiederholte Teia in fragendem Tonfall. »Nein! Ich meine, klar, er ist in Ordnung. Aber er ist für mich wie ein Bruder – hör mal, ich möchte jetzt nicht über so was reden!«

»Könntet Ihr mir ein paar Paryl-Tricks zeigen?«, fragte Clara. »Ich glaube, ich würde das gern studieren. Ich selbst bin eine Gelbe, aber ich liebe die Forschung, und seit Aldib Muazon hat niemand mehr verlässliche Forschungsarbeiten zu Paryl vorgelegt.«

Die Sache begann sich in alle möglichen Richtungen zu bewegen, mit denen Teia nicht gerechnet hätte. Aber vielleicht war das ihre Rettung. »Wenn …«, begann Teia und zögerte. »Wenn du mir beweist, dass du dieses eine Geheimnis für dich behalten kannst, werde ich dir weitere verraten.«

Ich versaue mir gerade die Zukunft.

Aber es ist völlig in Ordnung für mich, mir die Zukunft zu versauen. Wenn ich es noch erleben kann, wie sie mir versaut wird, dann ist das ein echter Sieg.

»Abgemacht. Kann ich … kann ich meinen Wischmopp wiederhaben?«, fragte Clara.

Und dieses Mädchen hätte ich um ein Haar gemordet, dachte Teia. »Na klar.«

Kurz darauf war das Mädchen verschwunden, glücklich vor sich hin summend.

Teia wusste nicht, ob sie vielleicht soeben hundert Todesurteile unterzeichnet hatte, aber irgendwie ging ihre diesbezügliche Sorge Hand in Hand mit dem Gespenst des Glaubens, dass sich alles schon fügen würde.

Sie hatte Angst, dieses Gespenst näher zu begutachten, weil sie befürchtete, es würde sich bei der geringsten Berührung in seine Einzelteile auflösen, doch da hockte es, in aller Ruhe, in ihrem Augenwinkel. Und als sie Luft holte, war ihre Brust eine Spur weniger zugeschnürt, als sie es seit einem ganzen Jahr gewesen war.

Wie sich herausstellte, verfügte der Raum tatsächlich über eine Geheimtür, versteckt hinter einem Klappsekretär. Die Magistra, die hier wohnte, benutzte den versteckten Raum, um ihre zusätzliche Kleidung und Bücher darin unterzubringen sowie ein paar Schläuche mit gutem Branntwein.

Natürlich mussten im Laufe der Jahrhunderte auch einige andere etwas über die Geheimnisse dieser Räumlichkeiten herausgefunden haben.

Der nächste versteckte Raum, auf den sie stießen, war zu einer privaten Drogenhöhle umgebaut worden, in der überall in der Nähe eines Zugangs zum Lichtbrunnen des Turms Pflanzen wuchsen, aus denen sich Rauschmittel gewinnen ließen. Auf den Regalen reihten sich zudem pornografische Bücher. Der nächste Raum, auf einem anderen Stockwerk, inmitten der Wohnungen für verheiratete Paare versteckt, schien irgendwann entdeckt worden zu sein, ehe man ihn seit langen Jahrzehnten wieder vergessen hatte. Eine dicke Staubschicht überzog alles, und auf dem Boden lag eine vertrocknete Ratte, neben zusammengeknüllter Männerunterwäsche, die aussah, als sei sie vor Alter spröde und brüchig geworden.

Es steckte eine Geschichte dahinter, doch Teia war sich nicht sicher, ob sie diese Geschichte auch erfahren wollte.

Je mehr Räume sie entdeckten, desto leichter schien sich Ben-hadad damit zu tun, auch den nächsten ausfindig zu machen, als würde sich ihm zunehmend nicht nur die Architektur des Turms, sondern auch die geistige Architektur des Erbauers eröffnen. »Jetzt fehlt noch der letzte«, sagte er, »er liegt auf dem Weg. Danach bringe ich dich dorthin, wo wir, wie ich glaube, auch finden werden, was wir suchen.«

Der Zugangsraum zu jenem Zimmer war von einer alten Magistra bewohnt, aber Ben-hadad ließ sich kurzerhand eine kecke Lüge einfallen, und die ältere Frau watschelte zu ihrem Mittagessen davon.

In dem versteckten Raum hinter ihrer Wohnung fanden sie einen Leichnam, fast nur noch ein Skelett, das mit eingeschlagenem Hinterkopf, das Gesicht nach unten, am Boden lag.

»Ich würde mal annehmen, dass dieser Mensch hier schon seit vielen Jahren tot ist«, sagte Ben-hadad.

»Aber als er frisch verstorben war, wie ist es möglich, dass sie ihn da nicht gerochen haben?«, fragte Teia. »Die Räume hier sind nicht luftdicht.«

»Die Krankenstation zieht sich über das gesamte Stockwerk unter uns. Ich könnte mir vorstellen, dass viele unangenehme Düfte von dort aufsteigen. Oder vielleicht war der Bewohner dieser Räume selbst der Mörder und ist so lange hier wohnen geblieben, bis der Gestank verschwunden war. Ein Rätsel.«

»Aber nicht unser Rätsel«, erwiderte Teia.

»Stimmt«, sagte Ben-hadad. »Wenn wir es schaffen, das alles hinter uns zu bringen, werden wir uns tiefer in die Materie hineinbegeben und schauen, ob wir unserem Toten hier Gerechtigkeit widerfahren lassen können.«

Sie verließen den Raum unangetastet und ließen so wenig Beweise für ihren Besuch wie möglich zurück, für den Fall, dass die gegenwärtige Bewohnerin selbst die Mörderin war, so unwahrscheinlich das auch zu sein schien. Sie wollten sie unter keinen Umständen aufscheuchen.

Doch sie gingen nicht wieder zurück zur Sklaventreppe.

»Dieser letzte Raum ...«, begann Ben-hadad. »Dieser letzte Raum ist etwas Besonderes. Wir können nicht die Treppe nehmen. Der Zugang führt über den Aufzug.«

»Über den Aufzug?«, fragte Teia. »Aber die Aufzüge dürften die am stärksten frequentierten Bereiche in den Türmen sein.«

»Nicht in den oberen Stockwerken, nein.«

Schon bei der bloßen Vorstellung, dass der Alte Mann aus der Wüste vielleicht Zugang zu den obersten Etagen der Chromeria haben könnte, überlief Teia ein kalter Schauer. Aber eigentlich war die Idee nicht neu für sie. Sie hatte bereits vermutet, dass der Alte Mann ein hochrangiger Diplomat, ein Adliger oder vielleicht sogar ein Schwarzgardist sein musste. Natürlich musste er reich sein und Zugang zu allen möglichen Arten der Tarnung haben. Doch bei dem Gedanken, dass sein Versteck förmlich in Spuckweite der Kaserne der Schwarzgardisten lag – der Herr und Meister eines Ordens von Meuchelmördern direkt vor der Nase jener, deren Hauptaufgabe es war, solche Attentäter zu stoppen? –, wurde ihr schlecht. Es machte die Bedrohung fühlbar. Eisenfaust war nicht einfach eine einmalige Ausnahme. Sie waren überall.

»Man müsste einen solchen Raum schnell aufsuchen können«, überlegte Teia laut.

»Er befindet sich zwischen zwei Stockwerken. Man erreicht ihn über die Hinterseite des Aufzugs. Eine kurze Pause, die Bremse ziehen, dann stellt man die Gewichte wieder so ein, dass sie einen leeren Aufzug anzeigen, und der Aufzug kehrt automatisch zum obersten Stockwerk zurück.«

»Also muss der Alte Mann jemand sein, der sich oft allein im Aufzug aufhält«, schlussfolgerte Teia. Es engte die Zahl der Infragekommenden etwas ein. Ein Hauptmann der Schwarzen Garde? »Nein, vergesst das. Das stimmt nicht«, fügte sie hinzu. »Ich bin davon ausgegangen, dass der Alte Mann seinen Unterschlupf häufig würde aufsuchen müssen. Aber vielleicht kommt er ja auch nur alle vierzehn Tage her oder sogar nur einmal im Monat. Jeder, der die Aufzüge hier regelmäßig benutzt, hätte reichlich Gelegenheiten, für einen kurzen Moment allein zu sein, um in einen solchen Raum hineinzugelangen.«

Sie würde nicht rechtzeitig herausfinden, wer er war. Sie würde abermals versagen.

Teia wurde unsichtbar, und sie alle stiegen in den Aufzug.

Der Raum war überraschend leicht zu finden, wenn man wusste, wo man suchen musste. Er befand sich zweieinhalb Stockwerke unter dem Dach des Turms des Prismas. Direkt unter dem Bereich, ab dem der Turm durch besondere Sicherheitsvorkehrungen geschützt war.

Sie drückten gegen die Wand, und ein schmales Wandstück gab einfach nach und schwang auf versteckten Angeln auf; die Fuge in der Wand war fast unsichtbar und nur in hellem Licht zu erkennen.

Auf der anderen Seite befand sich ein kleiner Vorraum, der mit einer Bremse versehen war, sodass ein leerer Aufzug auf dem Weg nach unten oder nach oben angehalten werden konnte.

Teia untersuchte den Vorraum gründlich auf Fallen, dann lösten sie die Aufzugsbremse und konnten zusehen, wie er davonfuhr, nachdem er von jemandem weit unter ihnen angefordert worden war.

Als sie einen Vorhang auseinanderzogen und in die Dunkelheit hinter dem Vorraum traten, stießen sie auf einen Steinblock mit dem gesamten altparianischen Alphabet darauf.

Teia rutschte das Herz in die Hose.

Als Quentin vortrat, um das steinerne Buchstabenfeld genauer in Augenschein zu nehmen, warnte sie ihn: »Vorsicht. Bestimmt gibt es da eine Falle. Es könnte gut sein, dass der falsche Code plötzlich den ganzen Raum in Flammen setzt. Vielleicht diesen hier, vielleicht auch den dahinter.«

Quentin trat vorsichtig zurück.

Mit Paryl-Blick war gut sichtbar, dass fünf der Buchstaben häufiger als alle anderen von fettigen Fingern beschmiert worden waren. Einige der Buchstaben sahen aus, als seien sie seit Jahren nicht mehr berührt worden, und einige andere waren vielleicht hin und wieder mal berührt worden.

Teia berichtete das alles Ben-hadad, der die Buchstaben aufschrieb und sie entsprechend der anzunehmenden Häufigkeit ihrer Benutzung nach Gruppen ordnete.

»Also, es gibt gute Neuigkeiten«, sagte er schließlich.

»Du hast dich im letzten Jahr intensiv mit dem Knacken von Geheimcodes beschäftigt?«, hakte sie nach.

»Nicht ganz so gut.«

Natürlich nicht. Sie hatte auch nicht erwartet, solches Glück zu haben.

»Der Code ist lang«, erklärte er, »und die Menschen sind faul, also ist es wahrscheinlich ein Wort oder ein kurzer Satz. Bedauerlicherweise bedeutet das, dass manche der Buchstaben mehrmals vorkommen, was das Entschlüsseln des Codes erschwert. Und wir wissen nicht, wie lang der Satz ist. Und ich kenne das Altparianische nicht gut genug, um die Häufigkeit der einzelnen Buchstaben genau erraten zu können. Und es ist möglich, dass etwas Schlimmes geschieht, falls uns Fehler unterlaufen.«

»Ich warte immer noch auf die gute Neuigkeit«, erklärte Teia, während Ben den Blick auf den Aufzugsschacht richtete, um eine gerade nach oben fahrende Kabine abzupassen.

Gewichte schossen an ihnen vorbei, und einen Moment später sauste eine Gruppe von eifrig miteinander plaudernden Scholaren vorüber. Niemand von ihnen bemerkte die drei Gestalten in der Dunkelheit.

»Aha«, sagte Ben-hadad, »das also bedeutet dieser Plan dort. Er zeigt die erforderliche genaue Anzahl von Gewichten an dem Aufzugseil an, die einem verrät, dass der Aufzug leer ist. Ein ansehnliches Stück Ingenieursarbeit. Ah ja, da kommt jetzt ein leerer.«

Wieder schossen Gewichte an ihren Gesichtern vorbei; anscheinend war es die gewünschte Zahl, denn Ben bediente die Bremse und stoppte den leeren Aufzug exakt vor ihnen.

»Was wolltest du denn jetzt sagen?«, wandte sich Teia an Benhadad.

»Ich wollte etwas sagen? Ach ja, ja, richtig. Nun ja, das Tolle daran, außerordentlich schlau zu sein, ist, dass andere außerordentlich schlaue Menschen gerne mit einem reden. Ich kenne da jemanden, der uns vielleicht helfen könnte.«

»Vielleicht?«

»Sie hat mich nicht besonders gemocht. Damals. Doch das ist lange her.«

»Von wem redest du da?«

»Von Magistra Kadah.«

»Kadah! Soll das ein Witz sein? Die Frau ist eine verbitterte kleine Tyrannin!« Teia hatte lebhafte Erinnerungen daran, dass Magistra Kadah für sie die schlimmste ihrer Lehrerinnen gewesen war.

»Ja, aber sie ist auch die einzige Magistra, die ich kenne, die sich für Kryptologie interessiert. Sechs Stunden.«

»Sechs Stunden?«, wiederholte Teia. »Um diesen Code zu entschlüsseln? Wie ...«

»Ehrlich gesagt habe ich keine Ahnung«, bekannte er. »Ich habe einfach irgendeine Zahl aus der Luft gegriffen. Quentin, du hast dir doch sicherlich auch gemerkt, welche Magister wo unterrichten, oder? Natürlich hast du das. Du kannst mir den Weg zeigen. Kommt jetzt, verschwinden wir von hier, bevor irgendwer merkt, wie lange dieser Aufzug jetzt schon aufgehalten worden ist.«

15

Die Welt hatte nicht aufgehört, sich weiterzubewegen, nur weil Kip Stunden damit verbracht hatte, mit seinem Großvater um deren Schicksal zu spielen. Andross hatte Kip noch ein paar Dinge mitgegeben und dann eilig seine Wohngemächer verlassen, um sich um ein Dutzend Aufgaben zu kümmern, die der Verteidigung der Jasperinseln dienten. Sobald Kip nun selbst zusammen mit Corvan Danavis die Quartiere des alten Mannes verließ, erwarteten ihn nicht weniger als fünf Boten, die ihn nicht nur hinsichtlich der getroffenen Verteidigungsmaßnahmen und der Aufstellung seiner Truppen auf den neuesten Stand brachten, sondern auch darum baten, dass er Pferde oder Ochsen beantragte sowie Wagen und verschiedene andere Dinge mehr, für die die Waldleute eine Genehmigung brauchten.

Kip verwies diese Männer und Frauen an den neuen Armeegeneral Corvan Danavis, der alles sogleich in die Hand nahm und versprach, sich darum zu kümmern.

Winsen und der große Leo waren zur Stelle, um Kip zu beschützen. Kip schickte einen der Boten aus, um ihn nach Benhadad suchen zu lassen – er musste sich als Nächstes mit mechanischen Angelegenheiten beschäftigen, daher war er auf Bens geniale Ingenieurskunst angewiesen. Dann beauftragte er Winsen, Kruxer suchen zu gehen und ihn sofort herbeizuschaffen.

»Du sagst ihm *alles*, was nötig ist, um ihn auch ja zu mir kommen zu lassen, verstanden?«, befahl Kip.

»Deine Frau hat mich angewiesen, dich aus keinem wie auch immer gearteten Grund allein zu lassen«, entgegnete Win.

»Und ich befehle dir, dich sofort in Bewegung zu setzten, um zu verhindern, dass Kruxer irgendwelche Dummheiten macht. Komm mit ihm zurück.«

Winsen, verwirrt darüber, gegen Tisis ausgespielt zu werden, sah den großen Leo hilfesuchend an, aber der zuckte nur die Achseln. »Sobald du wieder da bist, sind wir dann zu dritt beim Chef.«

»Du sagst das so, als sei Brecher der wahre Chef«, bemerkte Winsen, aber er ging.

Corvan überflog einige der Dokumente, die die zahlreichen Boten gebracht hatten, die auch auf ihn gewartet hatten – er sagte, er habe gelernt, dass es schneller ging und ihn besser informierte, wenn er sich die Unterlagen anschaute, statt sich einen vollständigen Bericht anzuhören.

An dem, was er hörte und las, schien ihn kaum etwas zu überraschen, wiewohl er einmal fragte: »Die Chromeria hat sich einen so großen Vorrat an Schwarzpulver zugelegt? Dergleichen findet sich nicht in den offiziellen Aufzeichnungen, aber sollten wir siegen, werden wir das Karris zu verdanken haben. Wunderbar. Und jetzt zum nächsten Punkt.«

Bald schon erteilte er seinen Boten neue Befehle, die sie, während er sprach, in einer knapp gehaltenen Kurzschrift auf Pergament kritzelten. Er überprüfte seine ausgehenden Nachrichten, segnete sie ab und schickte sie fort, noch bevor Kip damit fertig war, sich den Bericht seines zweiten Boten anzuhören.

Während sie den Aufzug ansteuerten, unterhielten sie sich miteinander.

»Wie viele Kriegshunde hast du noch mal mitgebracht?«, erkundigte sich Corvan. »Sind sie von den Cwn y Wawr dressiert?«

»Ich würde eher sagen, sie *sind* die Cwn y Wawr«, erklärte Kip und bediente das Feld, um den Aufzug kommen zu lassen.

»Großartig. Die Schnelligkeit und Gerissenheit von Kampfhunden macht sie zu idealen Überbringern von Botschaften. Wir haben ein echtes Problem mit der Kommunikation, bei dem sie uns helfen können. Wenn wir uns mit sieben Gottesbannen herumschlagen müssen, wird die Front, an der wir zu kämpfen haben, den gesamten Umfang der Stadtmauern umfassen.«

»Ähm ... vielleicht könnt Ihr sie in ihrem Dienst als Botenhunde abwechseln lassen?«, schlug Kip vor. »Sie werden dienen, wie man es ihnen befiehlt, aber habt Ihr jemals versucht, einen Terrier dazu zu bringen, eine Ratte unbeachtet laufen zu lassen? Glaubt mir, sobald Ihr sie in ihrer Rüstung gesehen habt, werdet Ihr wollen, dass sie direkt an der Frontlinie kämpfen. Oder als Reserve eingesetzt werden.«

Corvan nickte und erklärte seine Strategie in groben Zügen. Er kannte die Jasperinseln wie seine Westentasche und hatte sich offensichtlich bereits seit Wochen, wenn nicht gar Monaten über die Sache Gedanken gemacht. Einer der Vorteile davon, mit einer Seherin verheiratet zu sein – die ihm außerdem eingeschärft hatte, nicht jedem in der Chromeria im Einzelnen zu verraten, worauf er sich vorbereitete, aus gewissen Gründen, die näher zu erklären, sie sich geweigert hatte. Was wiederum einer der Nachteile davon war, mit einer Seherin verheiratet zu sein.

»Ach, wenn wir nur viele Stunden Zeit hätten, um uns zu unterhalten«, bemerkte Kip, als sie in den Aufzug stiegen. Er beschloss, mit Corvan nach unten zu fahren, auch wenn er eigentlich hinauf aufs Dach musste.

»Es gibt da ein paar Sachen, über die wir unbedingt reden müssen, Junge, auch wenn es uns vielleicht nicht leichtfällt«, erwiderte Corvan. »Ich muss … dir eine Menge erklären. Und dich um Vergebung bitten.«

»Da gibt es nichts zu vergeben«, erwiderte Kip. »Ihr habt besser für mich gesorgt als irgendjemand sonst. Ausgerechnet für mich, den Sohn Eures Feindes. Des Mannes, der Euch um alles gebracht hat.«

»Das ist … nicht … es ist viel komplizierter. Und es ist alles ganz und gar nicht sauber gelaufen. Ich fürchte, es wird mich allen Respekt kosten, den du für mich empfindest.«

»Nie und nimmer«, sagte Kip. »Meister Danavis … ich meine, hoher Armeegeneral Satrap Danavis, ich habe mich selbst in ganz unmöglichen Lagen befunden. Manchmal stellen Menschen in der Hitze des Augenblicks schlimme Dinge an, aber ich beurteile sie nach dem, was sie Tag für Tag leisten.«

Doch die dunkle Wolke wich nicht aus Corvans Zügen, sondern verdüsterte sich sogar noch.

»Wir müssen auch über Eure Tochter reden«, fuhr Kip fort. »Aber nicht hier. Irgendwo, wo es völlig sicher ist.«

Corvan schüttelte den Kopf, als sei das nicht notwendig. »Ich habe mich vor einiger Zeit kurz mit ihr getroffen. Ich weiß, für welchen Weg sie sich entschieden hat. Ich kann mir schon denken, wo sie morgen sein wird.« Corvan biss die Zähne zusammen, und Kummerfalten legten sich über seine Stirn.

»Es tut mir ungeheuer leid«, sagte Kip.

»Mir auch«, erwiderte Corvan mit versteinerter Miene.

Der Aufzug hatte eine halbe Ewigkeit gebraucht, doch endlich kam eine freie Kabine, und sie stiegen ein.

»Wir werden unser Gespräch fortsetzen«, sagte Kip. »Aber meint Ihr … meint Ihr, Eure Soldaten werden rechtzeitig hier eintreffen, um sich der Verteidigung anzuschließen?«

»Ja«, antwortete Corvan.

»Was bedeutet, dass Ihr mit mir einer Meinung seid, dass Eisenfaust einlenken wird. Hat Eure Frau Euch das gesagt? Ich wusste in meinem tiefsten Herzen, dass er kein Verräter sein kann. Nicht wirklich.«

»Kip, das hat sie mir nicht gesagt. Sie hat gesagt … sie hat gesagt, jemand werde sterben, bevor sich Eisenfausts Leute uns anschließen. Jemand, der es vermeiden könnte, es aber mit an Sicherheit grenzender Wahrscheinlichkeit nicht tun wird. Jemand, der den Tod nicht verdient.«

Kip blinzelte nachdenklich. »Dann könnte es ein Trainingsunfall sein. Oder jemand geht von Bord und rutscht dabei aus oder dergleichen.«

»Könnte sein«, sagte Corvan, aber der Ausdruck in seinen Augen wirkte gequält.

Der Aufzug hielt an, doch Corvan öffnete die Türen nicht.

Corvan blickte auf seine Füße hinab. »Im Krieg der Prismen habe ich ein Lebensziel, Freundschaft und gesellschaftlichen Rang gefunden, und an seinem Ende habe ich all das verloren, außerdem meinen besten Freund und meine Frau, und ich habe … ich habe gewisse Dinge getan. Ich hatte mich für lange Zeit verirrt, Kip. Ich wünschte, ich wäre besser zu dir gewesen. Viel besser. Du hättest mehr verdient.«

»Es wartet Arbeit auf uns«, erwiderte Kip. »Wir reden später weiter. Ach, und noch ein Letztes!« Er beugte sich zu Corvan vor, flüsterte ihm ins Ohr und legte sich trotzdem noch die Hand auf den Mund, damit niemand von seinen Lippen ablesen konnte, obschon sie beide doch allein im Aufzug waren. »Als Satrap habt Ihr ein Anrecht auf den Schutz der Schwarzen Garde. Lehnt es ab. Versteht Ihr?«

Der Orden hatte die Schwarze Garde unterwandert. Wenn er zuschlagen wollte, dann war kurz vor oder während der Schlacht für ihn genau der richtige Zeitpunkt dazu.

Corvan verstand. Er hielt einen Augenblick lang Kips Unterarme umfasst. »Ich weiß nicht, ob er sich um uns schert, und bin mir nicht einmal sicher, ob er überhaupt existiert, aber möge Orholam dich behüten, mein Sohn.«

»Und möge er Euch Licht in Eure lange Nacht bringen, Herr«, antwortete Kip.

Dann trennten sie sich voneinander, und Kip fragte sich, ob es wohl das letzte Mal gewesen war, dass er Corvan Danavis gesehen hatte.

16

Hauptmann Eisenfaust war eine legendäre Gestalt gewesen, bevor er die Jasperinseln verlassen hatte. Als er nun siegreich in Karris' Audienzsaal geschritten kam, alle Augen auf ihn gerichtet, war König Eisenfaust eine wahrhaft furchterregende Persönlichkeit.

In Übereinstimmung mit parianischen Gepflogenheiten, die bis auf die Zeit des Lucidonius zurückgingen, hatte sich der alte

Hauptmann Eisenfaust stets bescheiden gekleidet und langärmlige Überröcke sowie eine sorgfältig gefaltete Ghotra getragen, die sein Haar bedeckte. Diese Bescheidenheit war eine jahrhundertealte Gegenreaktion auf den noch älteren üppigen Prunk der heidnischen Parianer gewesen, die zuvor geherrscht hatten. Im Paria alter Zeiten hatten Könige und Königinnen es vorgezogen, das Auge zu entzücken und dem Betrachter den Mund vor Verwunderung offen stehen zu lassen.

König Eisenfaust hatte sich jetzt in die Tradition der alten Könige eingereiht, und ohne Zweifel waren alle, die ihn sahen, wie gebannt von seinem Anblick. Sein nun unbedecktes Haar war mit Goldstaub und Leim zu zopfartigen Strähnen verflochten worden, die wie eine große, ungebundene Krone widerspenstiger Locken um seinen Kopf herum wogten. Auf einem Augenlid – das hatte er sich von der Nuqaba abgeschaut – war die altparianische Rune für Gerechtigkeit aufgemalt. Auf dem anderen befand sich die Rune für Gnade. Er trug eine Augenklappe, die er jetzt hochgeschlagen hatte und die man schließen konnte, um je das eine oder das andere Auge zu bedecken.

Auf die Klappe war eine feurig lodernde Rundung gestickt, ein flammendes, orangefarbenes Auge. Sein Waffenrock war so eng anliegend wie der eines Schwarzgardisten. Ärmellos, wie er war, ließ er Muskeln sehen, die wirkten, als könnte Eisenfaust damit die Säulen des Himmels erschüttern. Aber statt aus bescheidenem schwarzem Tuch zu sein, zierten den Waffenrock auffällige goldene und weiße Karos, die so strahlend leuchteten wie die Sonne selbst. Er war mit einem Gürtel aus weißem Leder um Eisenfausts schlanke Taille zusammengebunden, was nur zusätzlich hervorhob, wie ungeheuer breit seine Schultern waren.

Um sein linkes Handgelenk trug er eine Handschelle, an der eine grausam schwere Kette befestigt war. Wie erzählt wurde, war es ebendie Kette, die er buchstäblich aus einer Wand aus Stein gerissen hatte, als er versucht hatte, den Meuchelmord an seiner

Schwester, der Nuqaba, zu verhindern. Er trug ein naturgemäß sehr breites goldenes Bizepsband mit einem Haken am Ellbogen, was das andere Ende der Kette festhielt, sodass sie zwischen Bizeps und Unterarm eng anlag.

Eisenfaust war ein König, der seine Ketten zerbrochen hatte. Jetzt setzte er seine Ketten dazu ein, um Krieg zu führen.

Hinter ihm folgten, schnüffelnd wie Wölfe, die gerade die Witterung eines Schafspferchs aufnehmen, zwei riesige Kriegshunde, einer von einem bedrohlichen Nachtschwarz, der andere ein kleinerer Albino.

Aber noch erschreckender als seine Königsgewänder oder die schroffen Tätowierungen oder die neuen Narben oder die untypische Protzigkeit seiner Kleidung oder selbst die Hunde, die fast so groß waren wie Pferde, war der stumpfe Ausdruck des Zorns in seinen Augen.

Karris hatte viele zornige Männer kennengelernt. Gewohnheitsmäßig jähzornige Männer waren immer gefährlich, doch ihnen fehlte die nötige Disziplin und Konzentration. Man musste sie auf die gleiche Weise im Auge behalten, wie Karris auch diese Hunde im Auge behalten würde, aber wenn solche Männer angriffen, dann geschah es im Allgemeinen eher mit heftiger Wildheit als mit kämpferischer Meisterschaft.

Während ihrer gesamten Dienstzeit in der Schwarzen Garde hatte Karris auch gefährliche Männer kennengelernt. Solche Männer setzten brutale Gewalt ein, wann immer sie es für nötig erachteten, und sie taten es kalt und leidenschaftslos und mit großem Können.

Doch wenn ein gefährlicher Mann zornig wurde, konnte man sich auf etwas völlig Unvorhersehbares gefasst machen.

Eisenfausts schweigsamer Bruder, Zitterfaust, war einmal in Schlachtrausch verfallen und hatte sich damit einen Namen verdient. Es hatte das Blut von fünfhundert Menschen erfordert, um den Zorn des Schlächters von Aghbalu zu lindern. Eisenfaust war seinem Bruder im Kampf mit der Klinge ebenbürtig und viel erfahrener, als es jener damals noch junge Mann gewesen war.

Karris hatte Eisenfaust nie wirklich zornig sehen wollen. Sie hatte gebetet, dass das niemals geschehen würde.

Heute war ihr Gebet nicht erhört worden.

»Hohe Dame!«, donnerte Eisenfaust und trat mit schnellen Schritten vor. Zwei Krieger, ein Mann und eine Frau, begleiteten ihn zu beiden Seiten, in Gewänder mit auffälligen Farben gekleidet. Der Mann hatte einen Löwenhelm aus Bocoteholz auf, der mit den Zähnen von Löwen verziert war, und die Frau, deren Gesicht von Krallennarben überzogen war, trug einen Pavianhelm. Beide waren so groß und so schlank wie die Speere mit den Spitzen aus Höllenstein, die sie bei sich trugen. Sie waren Wandler, und wenn Eisenfaust sie für geeignet erachtete, ihn zu den Leuten zu begleiten, die er ehedem selbst kommandiert hatte, waren sie ohne Frage hervorragende Krieger.

Allen zwölf Schwarzgardisten, die Karris beschützten, brach der kalte Schweiß aus.

Eisenfaust bedeutete seinen *Tafok Amagez* zurückzubleiben — genau in dem Moment, als die Schwarzgardisten sich anschickten, sie zum Stehenzubleiben aufzufordern. Er hatte das gewusst. Er wusste alles über die Art und Weise, wie die Schwarzgardisten ihre Schutzbefohlenen verteidigten, kannte jede mögliche Schwachstelle. Wenn irgendjemand die Schwarze Garde auseinandernehmen konnte, dann war es Eisenfaust.

Er fuhr fort: »Wie sehr Ihr Euch doch verändert habt, seit Ihr das erste Mal in meinen Unterricht gekommen seid, als ich ein neuer Ausbilder war und Ihr jenes dunkelhäutige Mädchen aus adligem Hause, das hoffte, in der Schwarzen Garde ihren Lebenssinn zu finden.«

Sie schwieg. Ließ ihn Rahmen und Tonfall dieses Gesprächs vorgeben. So viel war sie ihm schuldig.

Außerdem würde sie, wenn sie ihn nicht aussprechen ließ,

nicht erfahren, wo sie Druck ausüben und wo sie so schnell nachgeben musste, dass sein Gewicht ihn nach vorn umkippen lassen würde.

»›Die Eiserne Weiße‹ nennt man Euch inzwischen«, fuhr er fort und machte eine rasche Handbewegung über die versammelte Menge aus Adligen, Höflingen und Farben hinweg sowie über sämtliche Diener und Dienstmädchen, die wichtig genug waren, dass sie sich irgendwie in den Raum hatten mogeln können, um Zeugen dieser Begegnung zu werden. Er bewegte die Hand so ruckartig, dass nicht wenige von ihnen zusammenzuckten. »Und das, nachdem Ihr, nicht allzu lange zuvor, Karris Weißeiche fallengelassen hattet, um erst Karris Guile zu werden und dann Karris die Weiße. Es scheint, Ihr habt in kurzer Zeit viele wechselnde Namen durchlaufen.«

»Und Ihr viele wechselnde Herren«, entgegnete Karris. Die Replik saß wie ein Peitschenknall.

Er blinzelte, als hätte er soeben eine Ohrfeige erhalten, doch er verlangsamte nicht einmal seine Schritte. Zwei schweigende Schritte, dann noch ein dritter, ehe er stehen blieb, direkt vor der Stelle, an der die Schwarze Garde jemanden aufhalten würde – aber immer noch allzu nah für *diesen* Jemand.

Dann fügte er hinzu: »Doch jetzt habt Ihr Euren Namen ganz und gar verloren und ich meine Herren.«

»Wirklich?«, fragte sie, aber sie sagte es sanft, leise. »Habt Ihr das, mein alter Freund?«

Etwas in seinem Mienenspiel geriet in Bewegung; es war wie eine Blüte, die sich abmüht, sich an einem Tag zu öffnen, an dem Sonnenschein und Regen miteinander wetteifern.

Doch dann verschloss sich die Blüte wieder fest.

Er ließ die Hände an seine Seiten sinken und tätschelte die Köpfe der beiden großen Kriegshunde. Es war natürlich verboten, Kriegshunde mit in den Audienzsaal zu nehmen. Ein Kriegshund war entweder Ketzerei oder ein mögliches Ziel: Entweder war so ein Tier bereits Opfer von Willensübertragung geworden, oder es war ein unschuldiges Wesen, das von übelwollenden Kräften womöglich direkt vor einem mittels Willensübertragung manipuliert werden konnte.

Karris hatte sie eingelassen, ohne sich zu beschweren. Was hätte sie auch tun können? Sie hatte ja auch Kip erlaubt, seine Hunde bei sich zu behalten, wenn auch nicht direkt im Audienzsaal.

Auf Eisenfausts Tätscheln hin setzte sich der kleinere weiße Hund mit seinen rosafarbenen Augen auf den Boden. Eisenfaust hob die Hand und zog seine Augenklappe über die Tätowierung für Gnade, sodass nur Gerechtigkeit übrig blieb.

Verdammt, verdammt, verdammt.

»Vielleicht könnten wir uns etwas zurückziehen, damit wir mehr unter uns sind?«, fragte Karris. Eisenfaust war ein vernünftiger Mensch. War es zumindest immer gewesen. Vielleicht konnte sie diesen Menschen wiederfinden, wenn sie ihn nur von all den Augen fortbekam, die von ihm verlangten, dass er sich stattdessen wie ein König benahm.

Aber hier war wenig bis gar nichts von dem alten Eisenfaust zu finden. Dieser Mann wirkte in der Tat wie die Könige alter Zeiten: hart und schrecklich und irgendwie urtümlich. Er sagte: »Es sind gerade die Heimlichtuerei und die Lügen der Chromeria gewesen, die uns hierhergebracht haben. Ihr braucht meine Flotte. Ihr braucht die Armee von der Seherinsel. Die Armada des Weißen Königs wird morgen hier eintreffen und entweder sofort oder am nächsten Tag angreifen. Ihr habt keine Zeit.«

»Ihr braucht uns ebenso sehr, wie wir Euch brauchen«, rief Andross Guile vom Nebeneingang des Audienzsaals herüber. Er kam schnell und selbstbewusst hereingeschritten, wie ein Mann, der zwanzig Jahre jünger war. »Wir können auch ohne Euch siegen. Auf der anderen Seite wisst Ihr, dass, wenn der Heide uns vernichtet, er sich als Nächstes Euch vornehmen wird. Der König der Wichte ist kein Mann, der sich mit etwas Geringerem als der ganzen Welt zufriedengibt. Eure einzige Hoffnung, ihn aufzuhalten, besteht darin, Euch mit uns zusammenzutun.«

Die Menschenmenge im Audienzsaal lauschte gebannt. Für einige war das die Bestätigung der Gerüchte, dass der Weiße König unterwegs zu ihnen war. Andere hörten zum ersten Mal davon. Sie alle kannten Eisenfaust zumindest dem Namen nach, und sie alle wussten, dass er sich zum König ausgerufen hatte. Verdammt noch mal, nicht wenige unter ihnen mochten ihn wahrscheinlich lieber als Karris oder Andross.

Karris überkam mit einem Mal der paranoide Gedanke, ob er nicht womöglich alles für einen Putsch vorbereitet hatte. Was, wenn er diesen Saal mit seinen eigenen Anhängern gefüllt hatte?

Aber nein, bestimmt hätte Hauptmann Fisk etwas Derartiges zu verhindern gewusst, oder?

Dennoch schnürte sich ihr die Kehle zu. Wer wusste, wo sonst noch überall Verräter lauerten, wenn sogar Eisenfaust selbst einer sein konnte?

König Eisenfaust sah Andross Guile mit unverhohlener Verachtung an, als der alte Mann seinen Platz neben Karris einnahm. »Unfug. Ihr bietet Eure Hilfe bei rein hypothetischen Problemen an, während Ihr im Moment Eurer eigenen Vernichtung ins Auge blickt. Wir sind in dieser Sache keineswegs ebenbürtig, also lasst uns all das salbungsvolle Vorgeplänkel überspringen, alte Schlange. Ihr braucht meine Armeen. Ich bin hier, um Euch den für sie zu zahlenden Preis zu nennen.«

Raunendes Erstaunen durchlief die Menge. Niemand redete so mit Andross Guile. *Absolut niemand.*

Und dann konnte sich jeder, der sich daran erinnerte, dass Andross Eisenfaust seines Amtes als Hauptmann der Schwarzen Garde enthoben hatte, vergewissern, wie tief die Antipathie zwischen den beiden Männern war. Die Sache würde nicht schön werden. Und es war auch der Grund gewesen, warum Karris Andross nicht hatte hierhaben wollen.

Andross antwortete nicht sofort. Versuchte nicht, seinen alten Hauptmann mit einer Bemerkung zur Räson zu bringen.

Und wenn er das nicht tat, musste es daran liegen, dass er es eben nicht konnte. Das erkannten sofort alle im Raum. Daher sagte Eisenfaust die Wahrheit, wenn er von ihrer Schwäche sprach. Die Jasperinseln waren wirklich so gefährdet und verwundbar, wie er es behauptete.

Und plötzlich bekamen die Menschen Angst.

Vielleicht wäre ein Maler, der so begabt war wie Janus Borig, mit einer Farbmischung aus zinnoberrotem Ingrimm, weißglühender Wut und schwarzer Gequältheit in der Lage gewesen, den Gemütszustand von Andross Guile, nachdem er öffentlich von einem *Sklaven* gedemütigt worden war, in einem Bild einzufangen.

Aber er gewann seine Selbstbeherrschung bald zurück und machte nur eine zuckende Handbewegung wie einem Diener gegenüber: Sprich weiter.

Karris wusste, dass sie jetzt eigentlich einschreiten sollte, dass sie dem Knirschen von Stein auf Stein zwischen diesen beiden Männern seine brutale Schroffheit nehmen sollte: einerseits Eisenfaust, der all die mit Ungerechtigkeiten erfüllten Jahre gründlich satthatte, und andererseits Andross, der nicht glauben konnte, dass ein Sklave seinen ihm geziemenden Platz so weit hinter sich zurücklassen konnte.

Aber sie fand keine Worte. Ihr war das Herz in die Kniekehlen gerutscht.

König Eisenfaust neigte den Kopf, als wollte er nachdenken, doch es wirkte fast schon spöttisch.

Jetzt musste es gleich kommen. Eisenfaust würde das Bündnis vorschlagen, ein Bündnis von der Art, wie es nur durch die Heirat mit Karris besiegelt werden konnte. Noch heute Abend würde sie Eisenfaust heiraten müssen. Mit der Einstellung, die er hier an den Tag legte, würde er seine Leute nicht von ihren Schiffen lassen, bis es geschehen war. Und »geschehen« bedeutete unterzeichnet, besiegelt und vollzogen.

Obwohl sie eine erwachsene Frau war, hatte sie sich irgendwie nicht erlaubt, über Letzteres gründlicher nachzudenken. Sie würde es durchziehen. Das wusste sie. Sie würde nicht so kurz vor der Ziellinie ohnmächtig werden. Aber wie würde sie es ertragen können, all das lastende Gewicht dieses rasenden Fremden auf sich zu spüren? Würde er vielleicht irgendwie doch wieder ihr lieber Freund werden, sobald sie sich hinter verschlossenen Türen befanden?

Aber es würde keine Schonfrist geben, keine Hoffnung, dass er den Vollzug der Ehe vielleicht aufschob, kein Sich-bis-zur-Besinnungslosigkeit-Betrinken, wie sie es mit dem echten Gavin Guile gemacht hatte – vielleicht kannte Eisenfaust diese Geschichte sogar, und er würde ihr keinen Vorwurf liefern, die Ehe annullieren zu lassen. Sie würde ihn mit ins Bett nehmen, und sie würde es nüchtern tun, und sie würde ihm dabei in die Augen blicken.

Würde sie Lust vortäuschen, während sie den einzigen Mann betrog, den sie je geliebt hatte?

Gütiger Orholam, was war, wenn sie vielmehr Lust *empfand*?

Würde sie etwas für sich zurückbehalten, auf irgendein Tun verzichten, in der Hoffnung, sich ein Stück ihrer Seele zu bewahren?

Aus irgendeinem Grund hatte Karris die Entehrung ihres Amtes und die Entehrung von Eisenfaust und Gavin bis jetzt als eine äußerliche Angelegenheit betrachtet: als ein Tun, das andere, die nicht verstanden, warum Karris so etwas machte und was das Gute daran war, falsch und ungerecht beurteilen würden. Wenn sie bisher an den doppelten Verrat gedacht hatte, den sie zu begehen im Begriff stand, hatte sie sich immer nur das Davor und das Danach vorgestellt, nicht das eigentliche Geschehen, das nun einmal vollzogen werden musste.

Jetzt konnte sie nicht umhin, sich dieses *Währenddessen* vorzustellen.

Aber sie würde es tun. Um ihr Volk zu retten, würde sie es tun, selbst wenn sie sich die gesamte Zeit über vorstellen würde, dass Gavin im nächsten Moment irgendwie in den Raum platzte.

Endlich ergriff König Eisenfaust wieder das Wort und blickte dabei Andross an. »Ich habe Euch die besten Jahre meines Lebens geopfert. Mein Bruder Hanishu hat das ebenfalls getan, und dann ist er für Euch gestorben. Und als Gegenleistung habt Ihr mich rausgeworfen wie Abfall, und dann habt Ihr die Ermordung meiner Schwester angeordnet.« Jetzt starrte der neue König sie beide an, und auch Karris wurde von dem Feuer seines Blicks nicht verschont.

Sie spürte plötzlich, dass die Dinge in Schieflage gerieten, aus dem Ruder liefen. Wie ein zu schwer beladener Wagen, der eine schmale Bergstraße hinunterraste und dabei plötzlich aus der Sicherheit der Spurrillen springt, hin zum gähnenden Abgrund.

»Das hier ist keine Verhandlung. Es ist ein Ultimatum«, erklärte König Eisenfaust. »Ihr habt mir meine Familie genommen. Ihr wollt meine Hilfe? Ich will einen toten Guile. Euch, alter Mann. Oder Euch, Karris. Oder Kip. Ihr entscheidet.«

»Oder Zymun?«, fragte Andross schnell, als sammle er lediglich Informationen.

»Ha! Für was für einen Idioten haltet Ihr mich?«, blaffte Eisenfaust. »Nein. Ich bin nicht hier, um die Probleme der Guiles zu lösen. Ich bin hier, um selbst ein Problem zu sein. Ihr entscheidet. Ich komme um Mitternacht zurück, um der Hinrichtung beizuwohnen. Wenn Ihr Euch weigert, werden wir uns dem Weißen König anschließen.«

Ohne ein weiteres Wort, ohne einen Blick zurück, stapften Eisenfaust und sein Gefolge aus dem Saal, und in der Totenstille von Hunderten adligen Männern und Frauen, die einander mit angstgeweiteten Augen ansahen, hallten ihre Schritte laut wider.

Andross hatte sich für ungeheuer schlau gehalten. Andross war sich so sicher gewesen, dass Eisenfaust das Vernünftige tun würde, das, was auch Andross tun würde. Aber Eisenfaust war nicht vernünftig; er war in Trauer, er war rasend vor Zorn, und er wollte Rache, koste es, was es wolle.

Eisenfaust läutete eine Totenglocke, die nicht wieder zum Verstummen gebracht werden konnte. Die Satrapien würden untergehen – wenn nicht morgen, dann im nächsten Jahr. Und selbst wenn Paria und die Chromeria gemeinsam den Weißen König besiegten, nach dem, was soeben geschehen war, würde das Blut, das Eisenfaust verlangte, mit Blut beantwortet werden. Aber Karris konnte ihm keinen Vorwurf daraus machen. Nicht im Geringsten. Eisenfaust hasste Ungerechtigkeit; das war etwas, was sie immer an ihm bewundert hatte. Und sie und Andross hatten die seinen zuerst ermordet.

Und jetzt würde es sie alle ins Verderben führen.

17

Kip sah sich auf dem unter freiem Himmel liegenden Dach des Turms des Prismas um und versuchte, die Sonne zu genießen, versuchte, frei zu atmen. Es war ein wunderschöner Tag, und die Aussicht war unvergleichlich, aber er konnte nicht umhin, den Horizont abzusuchen, als würde dort jeden Moment die Kriegsflotte des Weißen Königs auftauchen. Er trat an den Turmrand, wo die gewaltigen Stahlkabel, die er und die Mächtigen einst hinabgerutscht waren, um sich in Sicherheit zu bringen, repariert und erneut verborgen worden waren.

Dieser Weg könnte durchaus eine gute Möglichkeit bieten, Nachrichten von der Chromeria so schnell wie möglich in alle Winkel der Jasperinseln zu bringen. Sie verfügten über Signalspiegel für alle möglichen Botschaften, aber er würde Corvan gegenüber auch diese Möglichkeit erwähnen müssen.

Kip seufzte. Er versuchte nur, sich von dem Engegefühl in seiner Brust abzulenken.

Der große Leo stand ungerührt Wache, und es erinnerte Kip an das letzte Mal, als sie beide allein gewesen waren.

Was hatte der große Leo da zu ihm gesagt? Dass er jedes Mal scheiterte, wenn er versuchte, ein anderer zu sein, und dann Erfolg hatte, wenn er einfach nur er selbst war?

Kip schaute auf seinen Arm hinunter. Ich bin nicht Gavin Guile. Ich bin nicht Andross Guile. Ich bin der Scheiß-Schildkrötenbär.

Er musste selbst herausfinden, wie die Spiegel funktionierten.

Die Sache wäre erheblich beruhigender gewesen, wenn er überhaupt schon irgendetwas herausgefunden hätte, aber auch nur den Mechanismus auf dem Dach zu entdecken, mit dessen Hilfe die Prismen die Farben ins Gleichgewicht brachten, hatte ihn beschämend viel Zeit gekostet. Da hing ein Kristall mit vielen Facetten, und man konnte ihn entweder stehend bedienen oder sich an ein erhöhtes Gestell begeben und dort festschnallen.

Was ein wenig seltsam war.

Schließlich hatte Kip ausgetüftelt, wie die Ledergürtel und die Verschlüsse funktionierten, und schnallte sich an. Er löste die Bolzen, und der große Kristall bewegte sich schwungvoll auf sein Gesicht zu. Mit einem ängstlichen Quieken warf sich Kip gegen den Riemen zurück, als der Kristall einen Fingerbreit vor seiner Stirn ruckartig zum Stillstand kam.

»Geht es dir gut dort oben?«, fragte der große Leo sarkastisch.

Kip räusperte sich. »Komm schon, hat dich das eben denn überhaupt nicht nervös gemacht?«

Der große Leo starrte ihn nur an.

»Na gut, machen wir weiter«, sagte Kip.

Vorsichtig drückte er das Gesicht an den Kristall. Er konnte durch die untersten durchsichtigen Schichten sehen, während sich der übrige Kristall gegen seine Haut presste. Er ließ seinen Willen hineinströmen.

Nichts. Nein, irgendetwas war da doch. Es war, als wäre er unter ein Joch geschlüpft, das nicht vor einen Pflug gespannt war. Die Leinen waren vorhanden, sie waren nur nicht angebunden.

»Hol mich hier raus«, wandte er sich an den großen Leo.

»Das ist jetzt aber schnell gegangen«, sagte der große Leo.

»Nun ja, ich bin eben ein Genius der Magie«, erwiderte Kip.

Der große Leo sah ihn ausdruckslos an. »Und im Ernst?«

»Wir müssen nach unten gehen«, erklärte Kip. Zumindest hoffte er, dass dort Antworten zu finden waren. »Ich mach dich für alles verantwortlich, wenn es nicht funktioniert.«

»Ah ja«, sagte der große Leo.

Klugscheißer.

Erneut passierten sie die Kontrollpunkte. Auf dem Weg nach oben hatten sie Schwarzgardisten begleitet, die Kip und dem große Leo kaum bekannt gewesen waren. Aber offenbar waren sie inzwischen andere holen gegangen.

Sie waren von diesen neuen Schwarzgardisten herzlicher willkommen geheißen, als Kip erwartet hätte. Die Lichtgardisten hatten alle Zeit der Welt gehabt, Kip und die Mächtigen als mordlustige Verräter darzustellen. Zumindest hatten die Mächtigen die Schwarze Garde zu einer Zeit verlassen, als dort dringend gute Leute gebraucht worden waren.

Doch nun wartete Gill Gräuling auf sie.

»Gill!«, rief Kip. »Haben sie dich zum Ausbilder gemacht? Die armen Grünschnäbel!«

Der Mann schenkte ihm ein breites Lächeln. »Ich komme mit den Langsamen und Unbeholfenen ganz gut zurecht.« Kip lachte, und sie umarmten sich.

»Wo ist Gav?«, erkundigte sich Kip.

Er spürte es sofort. Alle ringsum machten plötzlich lange Gesichter.

»Nein!«, stieß Kip hervor. Aber er konnte die Wahrheit von Gills Gesicht ablesen. »Wie ist es passiert?«

»Wir waren draußen auf dem Meer und haben nach deinem Vater gesucht. Gav hatte es eine Zeitlang etwas übertrieben, hatte zu viel gewandelt. Wir sind in einen Hinterhalt einiger Wichte geraten. Er hat in dem Kampf zwei seiner Brüder das Leben gerettet, aber seine Halos durchbrochen.«

»Er hat es noch hierher zurückgeschafft?«

»Ja. Die Weiße selbst hat sich seiner angenommen und die Sache zu Ende gebracht.«

Kip murmelte einen Fluch.

»Du solltest mal zu ihr gehen, Lord Guile«, sagte Gill. Er nannte ihn Lord Guile, nicht Brecher.

»Ja, ich weiß«, erwiderte Kip. Er nahm an, dass Gill davon ausging, dass Brecher eben Kips Schwarzgardistenname gewesen war, und Kip hatte die Schwarze Garde schließlich im Stich gelassen – auch wenn es unter den gegebenen Umständen verzeihlich war.

»Versprich es mir.«

Kip druckste herum. Es war eigentlich gar nicht Gills Art, auf etwas zu bestehen. »Sieh mal, was das Verhältnis zwischen ihr und mir betrifft, so sind wir damals nicht gerade im besten Einvernehmen ...«

»Sie hat einen Sohn, den sie nicht ausstehen kann, und einen, den sie liebt, den sie aber vertrieben hat. Versprich es mir.«

»Ich bin gar nicht ihr leiblicher Sohn. Das hat sie auch sehr deutlich gemacht, als ...«

»Gavin hat vor seinem Tod seine letzten Atemzüge darauf verwendet, ihr deutlich zu machen, was für eine Kakerlake Zymun ist. Jetzt hat sie es begriffen. Aber wenn du willst, dass das Opfer meines Bruders umsonst gewesen ist, kehrst du uns den Rücken zu. Oder hast du das vielleicht schon getan?«

Kip fluchte leise. »Ich bitte dich! Sei doch nicht so ... Na gut! Ich mach es ja. Ich muss mich nur zuerst um ein paar banale Dinge kümmern, bei denen es um Leben und Tod geht. Aber wir sprechen noch mal, ja? Hat Spaß gemacht.« Er zwängte sich zwischen ihnen hindurch, blieb jedoch vor dem Aufzug noch einmal stehen und drehte sich um. Wieder fluchte er. »Gill. Ausbilder. Es tut mir sehr leid. Die Sache mit ...«

»Ich weiß«, sagte Gill.

Kurze Zeit später stiegen Kip und der große Leo in dem hohen, weithin offenen Stockwerk aus dem Aufzug, das alle Spiegel des Turms beherbergte. Dutzende von Spiegelsklaven waren hier intensiv mit den Vorbereitungen für den Sonnentag beschäftigt. Es war für sie der größte Tag des Jahres. Es mussten nicht nur all die Festlichkeiten und Prozessionen vorbereitet werden, von denen viele spezielle Linsen und eine ganz genaue Abstimmung erforderten, sondern all diese Veranstaltungen zogen sich zudem auch den ganzen Tag hin – jenen Tag des Jahres, an dem die Sonneneinstrahlung am intensivsten war.

Fehler in der Feinabstimmung der Spiegel wurden nicht nur als schlechte Vorzeichen betrachtet, sie konnten auch sengend heiße Sonnenstrahlen in die versammelten Pilgerscharen lenken. Schon kleine Flecken auf den Spiegeln konnten sie in einen qualmenden Schrotthaufen verwandeln. Die harten Anstrengungen des kein Ende nehmenden Tages konnten für schlecht ausgebildetes oder krankes Personal den Tod bedeuten. Und so war der heutige Tag von einer Vielzahl unbedingt erforderlicher Vorbereitungen erfüllt. Da galt es, die Gesundheit der Sklaven hier auf dem Turm sowie auf den Tausend Sternen überall auf den Jasperinseln zu untersuchen, die Reinigungslösung der Spiegel musste überprüft und nachgefüllt werden, und dem Beaufsichtigungspersonal der Sterne musste eingeschärft werden, während der festlichen Prozessionen auch ja die richtige Reihenfolge einzuhalten.

Kip hatte einst zusammen mit den Spiegelsklaven Dienst verrichtet; das war eine beliebte Bestrafung für Grünschnäbel, und die Sklaven hatten über den Schweiß und die Tollpatschigkeit der Grünschnäbel gelacht und immer wieder betont, dass der gegenwärtige Tag im Vergleich zum Sonnentag rein gar nichts sei.

Heute waren keine Grünschnäbel hier oben. Kip vermutete, dass sie wahrscheinlich nur im Weg gestanden hätten. Er hielt nach dem Sklavenaufseher Ausschau, konnte aber nicht sofort einen entdecken. Das war seltsam. Für gewöhnlich gaben sich die Aufseher alle Mühe, um sich von den ihnen untergebenen Mitsklaven abzuheben.

»Ich verstehe ja das Wie, ich begreife nur nicht das Warum, Aufseher Amadis«, sagte ein junger Kerl.

Kip folgte ihrem Gespräch und schlängelte sich zwischen den Arbeitern hindurch hin zur Ostseite des Turms. Der Junge, der soeben gesprochen hatte, sah zu, wie ein älterer Mann einen Spiegel von einer Position in eine andere lenkte. Aber der Spiegel, den er herumschwang, war schwarz und geschmolzen.

»Weil wir keine Reservespiegel haben. Wir nehmen, was wir haben«, antwortete der alte Mann.

»Warum nehmen wir ihn nicht ganz heraus?«

Aufseher Amadis blickte zu Kip. »Mein Herr, könnt Ihr mir einen Moment Zeit geben, um mich erst einmal um diese Angelegenheit zu kümmern?«

»Natürlich.«

Er wandte sich wieder dem Jungen zu. »Weil dieser Spiegel hier das Gegengewicht zum Spiegel der Tapferkeit ist. Wir haben morgen zweihundertsiebenundzwanzig Positionswechsel auszuführen, und wenn dieser Spiegel nicht an seinem Platz ist, könnte womöglich der Bolzen im Rahmen brechen.«

»Aber warum muss ich ihn sauber machen? Er ist geschmolzen!«, begehrte der Junge auf, ließ dann jedoch den Kopf hängen. »Ich bitte um Entschuldigung, Aufseher.«

Eine Sklavin in der Nähe, die auf Händen und Knien den Boden schrubbte, schüttelte den Kopf. »Der kleine Alvaro will nicht arbeiten. Hält sich für zu gut dafür. Wer hätte das gedacht!«

»Weil er, wenn du ihn sauber hältst, vielleicht den morgigen Tag übersteht, ohne zu zerbrechen«, erklärte der Aufseher. »Er ist ohnehin schon ziemlich brüchig. Und weil alle anderen hier ihre Spiegel ebenfalls reinigen müssen. Den eigenen Spiegel schmutzig werden zu lassen ist schließlich das Schlimmste, was wir Hüter tun können, nicht wahr, Ysabel?«, sagte der Aufseher und drehte sich zu der verächtlich grinsenden Frau um, die den Boden schrubbte.

Leise vor sich hin murrend, machte sie sich wieder an ihre Arbeit.

Kip schaute von ihr zu dem geschwärzten Spiegel hinüber. Offensichtlich steckte irgendeine Geschichte hinter der Sache, doch sie hatte nichts mit ihm zu tun.

»Alvaro, mein Kind«, fuhr Amadis fort, »du bist gerade erst dabei, dich aus dem Schatten des Verdachts zu befreien, den sie über dich geworfen hat. Wenn du morgen gute Dienste leistest, wirst du als Ablösung an einen der richtigen Spiegel versetzt. Aber wenn du nur faul herumlungerst, weil dir dein Tun nicht wichtig zu sein scheint ... Du bist ein schlauer Junge. Willst du, dass sie dich so ansehen, wie du vor einem Jahr Ysabel angesehen hast?«

Der Junge schüttelte mit einem Blick den Kopf, dem es recht gut gelang, den Anschein von Demut zu erwecken, und ließ den Tadel auf sich sitzen.

»Ich bitte um Entschuldigung«, wandte sich Amadis wieder an Kip. »Diese beiden sollten eigentlich nicht zusammen sein, aber wir müssen hier miteinander auskommen, so wie alle anderen auch. Wie kann ich Euch helfen, mein Herr?«

»Ich fürchte, ich muss Euch einen Strich durch Eure Pläne machen«, eröffnete Kip dem Aufseher Amadis. »Doch es geschieht für etwas Wichtigeres als den Sonnentag, das verspreche ich Euch.«

Natürlich war der Aufseher nicht allzu begeistert von dem, was Kip da wollte. Es gab Dinge, die ein Sklave – selbst einer in einer höheren Position – nicht einfach versprechen konnte. Sämtliche Turmaufseher würden herbeigerufen werden müssen, um die Befehlsgewalt über die Spiegeltürme in den einzelnen Vierteln schriftlich abzutreten. Die Befehle würden mit den entsprechenden Behörden abgesprochen werden müssen. Die Luxiaten, die für die Prozessionen am Sonnentag zuständig waren, würden sich beraten müssen.

Kip verstand das alles sofort, wahrscheinlich besser als Amadis selbst.

Dieser Mann verfügte gar nicht über die Macht, Ja zu sagen. Er war kein arroganter Esel, der eifersüchtig seine kleine Blase der Zuständigkeit hütete, doch diente er Leuten, für die genau das galt. Niemand wollte dafür verantwortlich gemacht werden, Ja gesagt zu haben, also würde alles so langsam wie möglich verlaufen. Die mit der Durchführung der festlichen Prozessionen betrauten Luxiaten würden sich miteinander besprechen und dann zu dem Schluss kommen, dass sie selbst in einer so wichtigen Angelegenheit keine Zusagen erteilen konnten, und sie würden einen Hohen Luxiaten hinzuziehen. Man würde ihn ausführlich ins Bild setzen, und er würde sorgfältig das Für und Wider abwägen. Dann würde er die Entscheidung treffen, dass auch er selbst die Entscheidung nicht treffen konnte, und so weiter, bis noch der Sonnentag im nächsten Jahr verstrichen war.

Kip wandte sich an den großen Leo. »Zu guter Letzt«, bemerkte er, »stellt sich heraus, dass all die Zeit, in der mich die Stadtpolitiker von Dúnbheo so massiv dabei behindert haben, tätig zu werden, doch zu irgendetwas nutze war.«

Der große Leo gab ein Brummen von sich und zog an der schweren Kette, die er um den Hals gewickelt trug. Tatsächlich ließ das einige Sklaven in ihrem Tun innehalten. Er bat Kip jedoch nicht, seine Worte näher zu erklären. Manchmal war er auf seine eigene lakonische Weise mindestens genauso schwierig wie Winsen.

»Aufseher Amadis«, ergriff Kip erneut das Wort, »Ihr verfügt über Boten, die Ihr losschicken könnt, nicht wahr? Gut. Sendet an die Hohen Luxiaten und an den Hohen Luxlord Schwarz, außerdem an die für die Festprozessionen zuständigen Luxiaten und die Turmaufseher unverzüglich die dringende Nachricht, dass Lord Kip Guile … nun ja, dass ich all die Dinge verlange, die ich soeben gefordert habe. Schlüsselt die Anordnungen, bei jenen, die jeweils davon betroffen sind, entsprechend auf. Richtet ihnen aus, dass ich all diese Dinge unverzüglich benötige. Stellt all Eure Arbeiten an den Spiegeln auf der Stelle ein, bis Ihr alles erledigt habt. Vermerkt in Euren Benachrichtigungen, dass ich mir die Namen der Betreffenden eigens notiert habe und dass all jene, die nicht liefern, was die Jasperinseln für unsere gemeinsame Verteidigung benötigen, sofort den Zorn der Guiles mit voller Wucht zu spüren bekommen werden. Alle, die unserer gemeinsamen Verteidigung entgegenarbeiten, werden des Hochverrats beschuldigt. Die Strafen werden schnell und nicht übermäßig behutsam vollstreckt, und treuer ergebene Ersatzleute werden eingesetzt.«

»Gut, das sollte seinen Zweck erfüllen«, brummte der große Leo.

»Ich kann Euch versprechen, dass jedenfalls *wir* voll und ganz mit Euch kooperieren werden, Herr«, antwortete Aufseher Amadis. »Von diesem Moment an. Die Spiegel hier werden alle auf den Kristall gerichtet sein, ehe Ihr oben auf dem Dach seid.« Er schluckte.

»Fühlst du dich jetzt besser?«, fragte der große Leo, als sie auf den Ausgang zusteuerten.

»Nein.« Kip schüttelte den Kopf.

Der große Leo schwieg.

»Na ja, vielleicht ein bisschen.«

»… weißt, warum du dich für etwas Besonderes hältst, Elos, oder?«, hörte Kip im gleichen Moment einen Jungen sagen. »Weil du ein arroganter kleiner Scheißer bist.«

Kip blieb an der Tür stehen. Hatte er wirklich den Namen »Elos« gehört? So wie dieser Grünwicht, Gaspar Elos, geheißen hatte, dem er daheim in Rekton begegnet war? Er hätte schwören können …

Er warf einen Blick zurück, aber alle Sklaven waren in ihre Arbeit vertieft, schufteten nun mit doppeltem Tempo.

Nein, er musste es sich eingebildet haben.

Er machte, dass er wieder an seine Arbeit kam.

18

Es war kein Vergnügen, sich einen Weg durch die verschiedenen Schutzmauern zu bahnen, mit denen Kip sein Hauptquartier umgeben hatte. Aber wenn Teia das schaffen konnte, konnten andere Schatten das auch. Zumindest die besten unter ihnen.

Na schön, ein wenig Vergnügen lag doch darin: Zum ersten Mal konnte sie sich einen Eindruck vom Zusammenspiel ihrer magischen und ihrer körperlichen Geschicklichkeit verschaffen, ohne den eigentlichen Grund ihres Tuns fürchten zu müssen. Zuvor hatte ein heimliches Eindringen in fremde Häuser immer bedeutet, dass sie einen Mord begehen würde.

Heute würde sie einfach ... Ja, was denn genau?

Sie wollte noch einmal mit Kip reden, bevor sie beide starben. Vielleicht verfügte sie über irgendein Wissen, das ihm helfen konnte. Vielleicht konnte sie etwas *tun*, um ihm zu helfen. Verflucht noch mal, immerhin war sie eine Meuchelmörderin, nicht wahr? Sie konnte wahrscheinlich alle möglichen Probleme aus der Welt schaffen.

Und für Kip würde sie es auch tun. Ohne Fragen zu stellen.

Und was war schon eine Seele mehr auf der Liste ihrer Untaten?

In Kips Gefolge befand sich nur eine einzige Paryl-Wandlerin. Eine langsame und schwerfällige junge Frau, aus der Paryl sickerte wie durch ein Sieb, unfähig und unkoordiniert. Teia hätte an ihr vorbeikommen können, ohne auch nur unsichtbar zu sein.

Trotzdem, sie musste Vorsicht walten lassen. Jeder, der einen flüchtigen Blick auf den Schuhabsatz oder die Augen eines ansonsten unsichtbaren Eindringlings erhaschte, würde sozusagen zuerst schießen und später Fragen stellen.

Teia war inzwischen wirklich gut geworden, aber die Nerven eines Fingers am Abzug zu lähmen, bevor er auch nur zucken konnte? So gut war sie nun auch wieder nicht. Und Paryl vermochte mit Sicherheit keine fliegende Musketenkugel aufzuhalten.

Es kostete sie nur eine halbe Stunde auf der Straße, bis sie in Kips Räumlichkeiten schlüpfen konnte. Sie war sich nicht ganz sicher, ob es ihr auch wirklich gelungen war, die Türangeln von außen her völlig lautlos zu machen, auch wenn sie sie Schicht um Schicht mit Paryl umhüllt hatte.

Doch das hier waren nicht Kips Räumlichkeiten, begriff sie, als sie ins Innere trat.

Es waren vielmehr Kips *und Tisis'* Räumlichkeiten. Und Kip war nicht da. Tisis saß mit einer Schreibfeder in der Hand an einem großen Tisch und kritzelte etwas auf Pergament. Sie wirkte angespannt.

Teia trat einen Schritt vor. Der dicke Teppich unter Teias Fuß gab sehr schön nach, aber dann ...

Klick.

Ach Scheiße, Scheiße, Scheiße.

»Ich würde ganz stillhalten, wenn ich du wäre«, sagte Tisis, legte die Schreibfeder beiseite, hob den Blick und musterte die Leere in der Luft, als könnte sie durch Teias Unsichtbarkeit hindurchsehen. Sie atmete tief ein, als sie begriff, dass sie es leider nicht konnte. »Das ist das Ärgerliche, wenn man ein Schatten ist: Deine Augen müssen unverhüllt bleiben, um Licht sammeln zu können, und so schaust du lieber immer nur in kurzen, flüchtigen Blicken auf, nicht wahr? Was dich offenbar daran hindert, dir die Decke genauer anzusehen.«

Teia raffte den Stoff ihres Mustermantels zusammen, sodass er sich schützend zwischen ihre Augen und Tisis schob, und wandte den Blick zur von Tisis abgewandten Seite. Ein halbes Dutzend Musketen und Armbrüste zielte aus verschiedenen Winkeln auf sie und auf den Raum um sie herum für den Fall, dass sie von der Falle wegsprang, in die sie gerade getappt war. Sie alle befanden sich hinter Glasscheiben, die dick genug waren, um zu verhindern, dass Paryl sie zu durchdringen vermochte, aber dünn genug, dass ein Armbrustbolzen oder eine Musketenkugel das ohne Mühe tun könnte. Teia ging davon aus, dass sich auf der anderen Seite noch einmal genauso viele dieser Waffen befanden.

»Ich bin nicht gekommen, um dir etwas anzutun«, erklärte Teia.

»Teia, nehme ich an?«, fragte Tisis.

Teia wurde schimmernd sichtbar und zog ihre Kapuze herunter. »Ben-hadads Werk?«, erkundigte sie sich und deutete mit einem Daumen auf die tödliche Falle. *Herzlichen Dank auch, dass du mir so ausführlich davon berichtet hast, Ben. Dämlicher Armleuchter.*

»Er hat das Ding entworfen. Ein dienstbarer Geist hat die Arbeit ausgeführt. Deshalb ist das Ganze auch noch nicht scharf.«

»Es ist nicht scharf?«

»Ich weiß, wie es in bürokratischen Organisationen zugeht. Ich habe mir überlegt, wenn jemand einen Meuchelmord durch einen echten Schatten befiehlt, dann dauert es mindestens bis heute Abend, bis die Erlaubnis dazu erteilt und die ganze Aktion organisiert ist, während *du* ja vielleicht direkt kommen würdest. Aber das war nur so eine Vermutung. Ich bin froh, dass ich recht hatte. Schön, dich zu … ähm, sehen.«

»Auch ich bin, äh, echt froh, dich wiederzusehen«, sagte Teia. *Denn wie eine Idiotin in einer dummen Falle gefangen zu werden ist ja genau die Art und Weise, wie ich mit Kips wunderschöner und so ungeheuer fähiger Frau erneut Kontakt habe aufnehmen wollen.* »Also kann ich von dem Ding unter mir wegtreten?«

»Natürlich«, versicherte Tisis.

Teia senkte den Kopf, um auf ihre Füße hinabzuschauen, und trat von der Druckplatte herunter.

Ein Sirren und das Geräusch von berstendem Glas ließ sie den Kopf hochreißen. Scherben fielen aus ihrem Rahmen vor den Waffen auf den Boden und zersprangen zu Splittern. Eine Armbrust hatte gefeuert.

Teia hatte zu viele Geschichten über Menschen gehört, die sich tödliche Verletzungen zugezogen hatten, ohne es überhaupt zu bemerken, um sofortige Erleichterung zu verspüren. Hatte sie da nicht eben einen Luftzug im Nacken verspürt?

Sie griff sich an den Hals. Er war trocken, zum Glück. Aber irgendetwas kitzelte sie im Nacken. Sie zog es vor und schaute es sich an: ein Büschel ihres Haares, das der Bolzen der Armbrust abgeschnitten hatte.

Hätte Teia nicht den Kopf gesenkt, um den Blick auf ihre Füße zu richten …

Ihre Blicke trafen sich, und sie starrten einander an.

»Es tut mir wahnsinnig leid!«, rief Tisis, und das blanke Entsetzen stand ihr ins Gesicht geschrieben. »Ich schwöre bei Orholam, dass ich nicht etwa versucht habe …«

»Mich zu ermorden und es dann als Unfall auszugeben?«, führte Teia den Satz zu Ende.

»Bei Orholams haarigen Klöten«, fluchte Tisis, »ich habe wirklich nicht gewollt, dass so etwas passiert.«

Teia hörte, wie sich rennende Schritte näherten, die das Zerspringen des Glases herbeigerufen hatte. Sie machte einen Hechtsprung und rollte sich aus dem Weg, schimmerte kurz auf und wurde unsichtbar. Im gleichen Moment, als sie sich die Kapuze über den Kopf warf, wurde auch schon die Tür aufgestoßen.

Drei junge Männer, die sie nicht kannte, die aber die Umhänge der Mächtigen trugen, kamen in den Raum gestürmt – zusammen mit jemandem, der ihr das Herz höherschlagen ließ. Kruxer!

»Eine Fehlfunktion«, sagte Tisis mit ruhiger Stimme. »Aber eine, die womöglich tödlich hätte sein können. Hauptmann? Hast du eine Erklärung dafür?«

Wenn Kruxer verärgert war, so ließ er sich das jedenfalls nicht anmerken. Der junge Mann hatte sich in der Zeit seiner Abwesenheit von der Chromeria in eine Art schlankeren Eisenfaust verwandelt. »Ich werde dem sofort nachgehen, meine Dame.«

»Lass das jemand anderen erledigen. Ich wünsche, mit dir unter vier Augen zu sprechen.«

Kruxers Rücken versteifte sich. Er gab den anderen Mächtigen ein Handzeichen, den Raum zu verlassen, ohne auch nur die Glasscherben oder den Bolzen einzusammeln, der sich in die Wand gegraben hatte.

Als sie fort waren, sagte Tisis: »Adrasteia?«

Ein Stück weit entfernt stand Teia auf, und ganz langsam – sie kannte Kruxers Reaktionsschnelligkeit – wurde sie wieder sichtbar.

Sein Gesicht leuchtete auf, und die von seinen Zügen ablesbare Freude darüber, sie zu sehen, war so groß, dass sie beinahe angefangen hätte zu weinen. Mit seinen langen Beinen hatte er den Raum mit nur zwei Schritten durchquert und umarmte sie stürmisch.

Und dann weinte sie doch, von einem heftigen Schluchzen geschüttelt, gegen das sie nicht das Geringste zu unternehmen vermochte. Sie konnte nur das Gesicht an seiner Brust vergraben. Aus irgendeinem Grund hatte sie gedacht, dass Kruxer ihr Tun missbilligen, sie verurteilen würde, dass er sie für das, was aus ihr geworden war, verachten würde.

Sie brauchte eine Weile, bis sie sich wieder gefasst hatte.

Bei Orholams Eiern. Vor Kips Frau zu weinen. Lass mich doch gleich noch ein paarmal auf diese Druckplatte hüpfen.

Endlich, nach gefühlten Stunden, die aber in Wirklichkeit wahrscheinlich nicht einmal eine Minute gedauert hatten, löste sich Teia mit einem Räuspern von ihm.

»Gut ... Ich gehe mal davon aus, dass Kip nicht irgendwo in der Nähe ist?«, erkundigte sich Teia. »Brecher, meine ich.« Sie versuchte immer noch, sich an die Vorstellung zu gewöhnen, dass sie in den Kreis der Mächtigen aufgenommen worden war und sie daher auch das Recht hatte, sie alle bei ihren Mächtigennamen zu nennen.

»Er ist in der Chromeria«, antwortete Tisis. »Da du in aller Heimlichkeit hergekommen bist, gehe ich mal davon aus, dass du in Gefahr bist?«

»Warum bist du in Gefahr?«, schaltete sich Kruxer ein.

»Er weiß nichts davon?«, wandte sich Teia an Tisis und deutete auf Kruxer. Dass sie den Orden unterwandert hatte? Dass aus Eisenfaust nun König Eisenfaust geworden war?

»Kip hat gemeint, dein Auftrag sei dein Geheimnis und deine Bürde – er hat nur mich davon wissen lassen, weil ich informiert sein musste, um ihm beim Herrschen helfen zu können –, aber er wollte den Kreis nicht vergrößern, bis wir hier angekommen waren, wo es nun auch Kruxers Arbeit beeinflussen könnte. Hauptmann, ich hätte dir schon vor ein paar Stunden davon berichtet, aber da war so vieles, was ich ...«

Er winkte ab. »Ich habe kein Recht darauf, alle Geheimnisse zu kennen, und ich vertraue Lord Guile uneingeschränkt.« Für einen kurzen Moment runzelte er die Stirn. »Was nicht heißt, dass ich es jetzt nicht wissen will, auch wenn ich mich eigentlich gerade auf den Weg zur Chromeria machen wollte. Ich habe gehört, dass Hauptmann Eisenfaust auf dem Weg vom Hafen hierher gesehen worden ist, von einer parianischen Ehrengarde oder etwas dergleichen begleitet.«

»Eisenfaust?«, fragte Teia mit erstickter Stimme. »Er ist hier?«

»Ja, das weiß ich!«, antwortete Kruxer. »Ich hatte gehört, er hätte die Jasperinseln verlassen, und es gab verrückte Gerüchte, er wäre gefeuert worden«, sagte er. »Ich wünschte, es hätte nicht erst eines Krieges bedurft, um uns alle wieder zusammenzubringen, aber eins kann ich dir sagen: Ich weiß nicht, wie oft ich mich als Anführer der Mächtigen in einer bestimmten Situation gefragt habe, was wohl Eisenfaust jetzt getan hätte. Ich kann es gar nicht erwarten, mich bei ihm zu bedanken. Und ... na ja, ihn auch nach seiner Meinung zu ein paar Dingen zu fragen. Ich meine, ich habe ihn fast so sehr vermisst wie dich Te ... Was ist denn los, Teia?«

Irgendwie schien sie ihre Stimme nicht dazu bewegen zu können, ihr zu gehorchen. Ihr Magen war in wildem Aufruhr. »Du ... du hast noch nichts davon ... Du weißt es also wirklich nicht?« Sie schaute zu Tisis hinüber, die genauso ahnungslos wirkte. Was bedeutete, dass auch Kip nichts davon wusste.

Tisis antwortete: »Nun ja, wir wissen, dass er seine Stellung bei der Schwarzen Garde verloren hat. Kip wollte mit seinem Großvater darüber sprechen und alles dafür tun, dass er wieder in sein Amt eingesetzt wird. Er ist deswegen schrecklich wütend gewesen.«

»Dafür ist es jetzt viel zu spät«, sagte Teia. »Ihr ... ihr habt wirklich nichts von der Sache mit Paria gehört?«

»Was ist damit?«, fragte Tisis.

»Wer schert sich jetzt schon um Paria?«, schaltete Kruxer sich ein. »Er ist hier. Es geht ihm gut, nicht wahr?«

»Wir sind tief im Blutwald gewesen«, erklärte Tisis an Teia gewandt, »und der Weiße König hatte den Weg über den Fluss versperrt und keinerlei Informationen durchgelassen. Uns haben während der letzten paar Monate überhaupt keine Nachrichten von außen erreicht und auch davor nur sehr wenige.«

Teia hatte ihnen nichts darüber geschrieben, dass Eisenfaust dem Orden angehörte; sie hatte nicht wagen können, irgendeinem Boten zu vertrauen, und es hatte ohnehin keinen gemeinsamen Geheimcode gegeben. Aber sie war sich sicher gewesen, dass Kip davon gehört haben musste, dass sich Eisenfaust zum König erklärt hatte! Wenn er nichts davon mitbekommen oder zumindest keine Gelegenheit gehabt hatte, ein etwaiges Wissen weiterzugeben, dann musste Teia nun zur Überbringerin schlimmerer Neuigkeiten werden, als sie sich das je hätte ausmalen können. Die

Chromeria war so eng mit den Geschehnissen in der Welt da draußen vernetzt, dass sie vergessen hatte, wie lange es dauern konnte, bis die Kunde von Ereignissen, die anderswo stattgefunden hatten, auch bis in die entlegeneren Gebiete der Satrapien durchgedrungen war. Zudem war es im Krieg doppelt schwer, die verlässlichen Informationen von den bloßen Gerüchten zu trennen.

»Was ist los mit Eisenfaust?!«, verlangte Kruxer zu erfahren.

»Er ist im Orden des Gebrochenen Auges«, erwiderte Teia.

Tisis erstarrte vor Schreck, aber Kruxer lachte laut auf. »Ha, Teia, jetzt ist nicht der richtige Zeitpunkt, um Witze zu machen. Bei Orholams Eiern, da hast du mich aber erschreckt! Doch im Ernst, das ist nicht lustig. Jetzt sag mir bitte, was wirklich los ist, ja?«

Dann erst begann er das Entsetzen auf ihrem Gesicht zu verarbeiten.

»Was hat euch Kip eigentlich darüber erzählt, warum ich auf den Jasperinseln geblieben bin?«, fragte sie.

Kruxer sah Tisis an und dann wieder Teia. »Er hat gemeint, Karris drohe irgendeine Gefahr, bei deren Abwendung nur du helfen könntest. Du könntest mit deinem Paryl-Blick Bedrohungen sehen, die niemand sonst wahrnehmen könne. Du seist der Ansicht gewesen, Orholam habe dich dazu berufen hierzubleiben.«

Wer hätte es für möglich gehalten, dass jemand mit dem Spitznamen »der schnippische Kip« so gut den Mund zu halten vermochte? Aber so überschwänglich Teia Kip unter normalen Bedingungen auch für diese Vorsicht gedankt hätte, jetzt bedeutete es nur, dass sie noch weiter aus den Schatten hervortreten musste, um ihnen die ganze Wahrheit zu berichten. »Das ist … alles wahr. Aber es ist nicht die ganze Wahrheit. Kruxer, ich habe mich Karris zuliebe in den Orden des Gebrochenen Auges eingeschleust und versucht, an Informationen zu gelangen, die es uns erlauben, den Orden von innen zu zerstören.«

»Du?« Er grinste, aber mit einem Anflug von Verzweiflung im

Blick, als spüre er, wie seine Ungläubigkeit dahinschwand. »Jetzt komm. Wie so eine Art Spionin?«

»Und eine Meuchelmörderin.« Es war, als hätte sich in ihrem Gedärm ein stinkender Morast aufgetan, in dem nun die ganze Welt versank.

»Eine was?« Grinsend neigte er den Kopf zur Seite. Aber seine Brauen senkten sich tiefer und tiefer, und die eben noch nach oben gezogenen Mundwinkel sanken um seine gebleckten Zähne herab.

»Die Weiße hat mir befohlen, alles zu tun, was ich tun muss, um so tief in den Orden vorzudringen wie nur möglich.«

»Und?«

»Als mich dann der Orden losgeschickt hat, um die Nuqaba zu ermorden, habe ich genau das getan. Sie war Eisenfausts Schwester.«

»Teia, was zum Teufel redest du da?«

Es musste alles heraus. So katastrophal die Folgen auch sein würden, wie sie schon immer gewusst hatte.

Die Scham über das, wozu sie geworden war, wogte über sie hinweg, aber sie stach tief in dieses Eitergeschwür hinein, um es platzen zu lassen. »Eisenfaust ist auch dort gewesen, Krux. Als ich sie umgebracht habe. Dieses Miststück hatte ihn an die Wand gekettet. Sie litt unter Wahnvorstellungen, war von Drogen berauscht und vollkommen ... mordlüstern. Sie wollte ihn töten. Ihren eigenen Bruder. Aber ... aber er hat mich angefleht aufzuhören. Hat mich angefleht, sie leben zu lassen. Hat mir versichert, dass er selbst dem Orden angehöre, dass die Sache ein Irrtum sein müsse.«

»Nun, natürlich ... Er hat gelogen, um sie zu retten, nicht? Ich meine, sie ist schließlich seine Schwester gewesen, und er ... er hat sicherlich nicht gewollt, dass eine Meuchelmörderin aus dir wird, Teia. Er ist ein guter Mensch. Ehrenhaft. Er hat nur gelogen, um dich und sie zu retten, und das weißt du! Genau die Art Mensch ist er.«

»Er hat nicht gewusst, dass ich dieser Meuchelmörder war, Krux. Jedenfalls nicht zu Beginn. Er konnte mich nicht sehen, aber er hat gewusst, dass es der Orden war, der hinter ihr her war. Er hat verschiedene Namen gerufen. Namen von ... von anderen Schatten, die er persönlich gekannt hat. Er wusste viel zu viel, als dass es eine Lüge hätte sein können. Er hat gesagt, dass er sich dem Orden als Junge angeschlossen habe, um ihn um Rache für den Mord an seiner Mutter zu bitten. Er hat sich mit seinen Bitten auf eine Weise an einen Meuchler des Ordens gewandt, als ... als würden wir beide auf derselben Seite stehen. Ich konnte es auch nicht glauben. Aber es ist wahr.«

»Nein«, entfuhr es Kruxer, und seine Züge verzerrten sich.

Teia hätte Kruxer höchstpersönlich einen Dolchstoß in den Rücken versetzen können und der Ausdruck abgrundtiefen Betrogen-worden-Seins auf seinem Gesicht wäre nicht schmerzlicher gewesen.

»Kruxer«, sagte Tisis leise. Behutsam machte sie einen Schritt auf ihn zu.

»Er hat die ganze Zeit zum Orden gehört?«, hakte Kruxer nach.

Er sah in Teias Gesicht alles, was er an Bestätigung brauchte.

»Ich muss zu ihm«, erklärte Kruxer. »Das ist doch völliger Unsinn.«

»Kruxer, das darfst du nicht«, erwiderte Teia. »Wenn du auch nur ein Wort sagst, bedeutet das meinen Tod. Der Orden wird herausfinden, dass ich ein Maulwurf bin, und, und ... Kruxer, du weißt nicht, was ich alles getan habe, um diese Schweine zur Strecke zu bringen.«

»Es spielt keine Rolle.«

»Doch!« Sie schrie plötzlich. »Du sagst *mir* nicht, was keine Rolle spielt! Du hörst mir jetzt zu. Du hältst die Klappe und hörst zu.«

Er verzog die Lippen zu einem Knurren. »Zwing mich doch, Meuchelmörderin.«

Sie knickte ein. »Kruxer, wirklich, das darfst du nicht.«

»Ich werde deine schmutzigen Geheimnisse schon nicht verraten«, blaffte Kruxer. »Wofür hältst du mich?«

»Kruxer, das darfst du nicht. Er hat ... Er hat den orangen Gottesbann. Oder den Saatkristall oder was auch immer. Zumindest hatte seine Schwester dieses Ding in ihrem Besitz. Ich bin mir sicher, dass er ihn an sich genommen hat, als er König geworden ist. Ich weiß nicht, was das mit einem Menschen macht.«

Er starrte sie einen Moment lang an. »Auf Wiedersehen, Teia. Tisis.«

»Hauptmann, ich verbiete dir zu gehen«, sagte Tisis. Ihre Stimme klang widerwillig, aber bestimmt.

Er schüttelte den Kopf. »Der Orden hat schon einmal versucht, deinen Mann zu töten. Willst du mich jetzt wirklich nicht dort an seiner Seite wissen?«

»Kruxer ...«, beschwor ihn Tisis mit flehender Stimme.

Der Hauptmann sagte: »Brecher wird Eisenfaust sofort aufsuchen, sobald er erfährt, dass er in der Chromeria ist. Ich muss es ihm mitteilen.«

»Das kann jemand anders ...«

»Das hier ist eine Angelegenheit der Verteidigung, und damit fällt die Sache in meine Zuständigkeit. Ich bitte um Entschuldigung, Herrin.« Er machte eine zackige Verbeugung und war zur Tür hinaus, bevor eine der beiden Frauen noch irgendetwas dagegen hätte vorbringen können.

Der Ausdruck auf Tisis' Gesicht spiegelte das gleiche Grauen wider, das auch Teia empfand.

»Kannst du ihn einholen?«, fragte Tisis.

Teia würde zu Fuß durch die Straßen schleichen müssen, während Kruxer einfach reiten konnte. »Nein«, sagte sie und fügte hinzu: »Aber ich werde es versuchen.« Sie zog ihre Kapuze wieder über.

»Einen Moment noch«, hielt Tisis sie auf. Sie trat wieder an ihrem Schreibtisch und öffnete eine Schublade. »Ich weiß, dass wir vielleicht keine weitere Möglichkeit haben werden, uns ... nun ja, dass wir uns eben vielleicht nie wiedersehen werden, daher ... Aus Gründen, die im Moment nichts zur Sache tun, hat Kip geglaubt, er könnte dir das hier nicht persönlich überreichen. Aber er hat es für dich gemacht, und ich will, dass du es bekommst.«

Sie zog eine schwach leuchtende, feingliedrige gelbe Kette mit Speerspitzen an beiden Enden hervor. Ein Seilspeer aus gewobenem gelbem Luxin?

Teia hielt ihn verblüfft in den Händen. »Er hat ihn selbst *gemacht*?« Die Kette war so fein gewebt, dass sie so geschmeidig war wie ein Seil, aber mit gelben Gliedern. Sie musste praktisch unzerbrechlich sein.

»Er hat an einer Technik gearbeitet, um die Kette mittels Magie je nach Bedarf weniger oder stärker sichtbar zu machen – sogar leuchtend hell, wenn man es will –, aber ich weiß nicht, wie weit er damit gekommen ist. Das musst du ihn selbst fragen.«

Teia hätte die Kette am liebsten gleich genauer in Augenschein genommen, ihr Gewicht geprüft und ihre magischen Fertigkeiten ausgekundschaftet, doch stattdessen schlang sie sich die Waffe routiniert um die Hüfte, sodass sich die Schlaufe schnell wieder aufziehen ließ. »Ich ...« Was konnte sie zu dieser Frau sagen, für die sie stets nur feindselige Gedanken gehegt hatte?

»Du solltest jetzt gehen«, kam ihr Tisis zuvor. »Wir unterhalten uns dann ein andermal weiter.« Doch da war ein leises Zögern in ihrer Stimme, als müsse sie sich den Zusatz verkneifen: »Hoffe ich doch, falls wir am Leben bleiben.«

Teia wandte sich zum Gehen. Sie wusste nicht, wie sie reagieren, mit der Situation umgehen sollte. Und dabei gab es doch Dringliches zu erledigen.

Als Teia ihre Kapuze um ihr Gesicht herum schloss und schimmernd unsichtbar wurde, sagte Tisis: »Noch ein Letztes. Er hat dem Seilspeer einen Namen gegeben. Er hat ihn ›Verzeihung‹ genannt.«

Teia stutzte für einen Moment. Dann verließ sie den Raum.

19

In all ihren Jahren als junge Adlige und später dann als Schwarzgardistin und danach als die Weiße hatte Karris noch nie solche Stille im Audienzsaal erlebt. Die Höflinge verließen einer nach dem anderen schweigend den Raum. Die Schwarzgardisten folgten ihnen ebenso schweigend.

Jetzt standen sie und Andross schweigend da.

Sie stand an einem der großen Fenster und sah in den Sonnenuntergang hinaus. Ein leichtes Sommergewitter, enttäuschend schwach, zog vom Horizont her auf.

Wenn sie früher in diesem Raum gewesen war, war er immer erfüllt gewesen von einem Summen der Stimmen, von Geplapper und Gezwitscher, während dieser oder jener Adlige versuchte, mit seinen geflüsterten Bemerkungen zu beweisen, was für ein Mann von Geist er doch sei. Selbst als Schwarzgardistin, die den Saal auf mögliche Gefahren hin abgesucht hatte – oder häufiger einfach vergessene Taschen, Schals und dergleichen eingesammelt hatte –, hatte es immer das übliche mit der Arbeit verbundene Geplauder gegeben. Seit sie zur Weißen geworden war, waren Momente der Stille für sie zu wahren Schätzen geworden.

Aber nicht, wenn sie diese Momente mit Andross gemeinsam verbrachte.

Die Sonne ging unter. Da war kein Aufblitzen von Grün, nachdem der letzte Lichtschimmer der Sonne verschwunden war, kein göttliches Versprechen, dass sich alles doch noch zum Guten wenden würde.

Andross stand an einem anderen Fenster und starrte in den nutzlosen Sprühregen des späten Frühjahrs hinaus. In unregelmäßigen Abständen beleuchteten Blitze seine Gestalt, und selbst das Grollen des Donners wirkte irgendwie ohnmächtig.

Zum ersten Mal seit mindestens einem Jahr fühlte sich Karris daran erinnert, dass er in der Tat ein alter Mann war, für einen Wandler wahrlich uralt.

»Ich habe es gar nicht erst der Erwähnung wert gehalten dass er den Preis womöglich auch in Blut fordern könnte«, murmelte Andross. Karris wusste nicht, ob seine Worte überhaupt für ihre Ohren bestimmt waren, so leise sprach er. »Es hätte eigentlich gar nicht möglich sein dürfen, dass er die Macht ergreift. Satrapa Tilleli Azmith war vor Ort, bereit, das Land zu regieren. Wir hatten Boten ausgesandt. Sie wusste um die Gefahren, die Haruru entfesselte. Sie wollte Paria auf seinen alten, der Chromeria getreuen Kurs zurückführen. Wie groß war auch die Wahrscheinlichkeit, dass sie in der gleichen Nacht einem Schlaganfall erliegen könnte?«

»Die lag bei null«, erklärte Karris.

»Wie bitte?«, fragte Andross und fügte dann mit schärferer Stimme hinzu: »Was habt Ihr da eben gesagt?«

»Ich habe sie töten lassen. Sie war die oberste Spionin der Nuqaba. Ich hatte herausgefunden, dass Ihr die Ermordung der Nuqaba befohlen hattet, und ich habe Azmith als eine noch größere Bedrohung angesehen.«

Er blickte sie mit müden Augen an, und sie konnte nicht erkennen, ob das kurze Aufflammen von Leben in ihnen auf seine Überraschung darüber zurückzuführen war, dass sie von seinem eigenen Mordkomplott erfahren hatte, oder auf seine Überraschung darüber, dass sie selbst imstande war, einen Mord in Auftrag zu geben, oder auch darüber, dass sie es zugab.

Dann stieß Andross ein verächtliches Schnauben aus. »War ja klar, dass Ihr dahintersteckt. Und Ihr habt einen gottverdammten Anfänger damit beauftragt. Mein Meuchelmörder erledigt seine Aufgabe professionell – und dann kommt Eurer daher und vermasselt alles, was meiner zuwege gebracht hat. Natürlich ist Azmith die Oberspionin gewesen! Daher habe ich gewusst, dass sie pragmatisch genug veranlagt war, dass ich die Sache mit ihr hinbekommen hätte.«

Karris fühlte sich nicht bemüßigt, ihm mitzuteilen, dass sein Attentäter nicht nur kein Mann war, sondern auch dieselbe junge Frau wie ihrer.

Aber trotzdem, wie habe ich Teia da nur reinschicken können?

Doch ich bin es ja gar nicht gewesen. Sie war bereits ausgesandt worden. Ich habe nur versucht, eine schlimme Situation zu meinem Vorteil zu wenden und sie zu einer guten Gelegenheit zu machen. Ich habe versucht, jemand anders zu sein als die, die ich bin, und das Ergebnis ist nun … das hier.

Andross steckte hinter dem Mord an der Nuqaba; es war seine Schuld, dass Eisenfaust tobte. Aber Karris steckte hinter dem Mord an Azmith; es war ihre Schuld, dass Eisenfaust König geworden war.

»Es hat da vorhin, als Eisenfaust Blut verlangt hat, so einen Moment gegeben«, begann Andross, »da hätte ich schwören können, auf Eurem Gesicht Erleichterung gesehen zu haben.«

»Erleichterung?«, empörte sich Karris. »Ihr glaubt, ich würde Blut einer Hochzeit vorziehen? Und noch speziell dieser Hochzeit? Eisenfaust ist viele Jahre lang mein lieber Freund gewesen, und falls Ihr es nicht bemerkt haben solltet, er ist ein sehr gut aussehender und mächtiger Mann. Wenn ich meinen Gavin nicht haben kann, könnte ich kaum auf eine bessere Partie hoffen.«

Andross sah sie eine geraume Weile mit zusammengekniffenen Augen an, dann meinte er mürrisch: »Dürfte stimmen.«

»Ihr solltet derjenige sein«, sagte sie. »Der, der sterben muss.«

Er lachte. Wartete. Dann verfiel er in ein Kichern. »Das ist alles, was Ihr zu sagen habt? Ihr liefert nicht einmal irgendwelche Argumente? Reibt mir zum Beispiel unter die Nase, wie alt ich doch bin? Dass ich ›mein Leben bereits gelebt‹ habe? Ihr könntet doch bestimmt ein wenig in die Tiefe gehen und einen Grund hervorklauben, warum der amtierende Promachos nicht so wichtig ist wie die Weiße.«

»Ihr kennt alle Gründe, die ich ins Feld führen könnte, aber es gibt nur einen, der wirklich von Belang ist.«

»Ach ja?« Ehrliche Neugier erfüllte sein Gesicht. Er straffte die Schultern, und ein Hauch von Gavin Guile legte sich über ihn.

»Ihr solltet freiwillig in den Tod gehen, weil Ihr Kip liebt«, erklärte Karris. »Ich weiß, dass Ihr ihn liebt. Ich weiß, dass in Euch mehr steckt als nur Habgier und Machtstreben.«

Genau im gleichen Moment krachte ein Donnerschlag, gefolgt vom schwachen Knistern der *antennae* über dem Turm, den der Blitz getroffen hatte.

Andross lachte sofort. *Sofort* lachte er. »Lieben? Kip?« Und wieder lachte er.

Dieser gottverdammte Blitz. Eine Welle des Hasses auf diesen alten Mann hatte sie durchwogt, genauso schnell wie der Blitzeinschlag, aber der genau im falschen Moment einschlagende Blitz hatte auch diesen Hass hell erleuchtet: Sie hatte für einen Moment an ihren Worten gezweifelt, noch als sie sie aussprach – und er hatte es gesehen.

»Ihr und Kip seid damals nicht gerade im besten Einvernehmen auseinandergegangen, nicht wahr?«, bohrte er nach.

Sie hatte keine Antwort für ihn parat. Aber er bemerkte die Schuldgefühle in ihren Augen.

Er sagte: »Ich bin der Promachos. Das hier ist eine Angelegenheit, die den Krieg betrifft. Ich könnte einfach eine Wahl treffen. Ich könnte mir das Leben ausnahmsweise einmal leichter machen und entscheiden, dass Ihr zu sterben habt. Aber das werde ich nicht tun. Das würde die Sache für Euch viel zu einfach machen. Als Ihr jung wart, haben Eure Entscheidungen meine Familie ruiniert, und die ganze Zeit seither habt Ihr immer so getan, als wären es gar nicht Eure Entscheidungen gewesen. Jetzt steht Eure Familie auf dem Spiel, Euer Sohn und Eure Entscheidung. Ich entscheide Folgendes: Eisenfaust wird mein Blut nicht bekommen. Fertig. Ihr seid der harte Hund; Ihr seid die *Eiserne* Weiße. Ihr entscheidet, wer zu sterben hat. Das hier ist Eure Schuld, und ich erinnere mich gut, wie Ihr einmal mit großer Häme zu mir gesagt habt: ›Wer ins Bett scheißt, macht die Scheiße auch weg.‹«

Es wurde Zeit. Jetzt oder nie.

Eisenfaust hatte Räume im Turm des Prismas gefordert, die seinem hohen Status angemessen waren, und einen der stellvertretenden Turmverwalter so lange bedrängt, bis ihm die Wohnung mit dem Geheimausgang zugewiesen worden war, den er vor Jahren entdeckt hatte.

Die Hinrichtung war für Mitternacht angesetzt. Er vermutete, dass der kleine Ausflug heute Abend vielleicht eine Stunde dauern würde. Möglicherweise sogar zwei. Aber auf keinen Fall wollte er zu knapp planen, also gab er sich vier Stunden. Ein König brauchte sich niemandem gegenüber zu rechtfertigen, daher hatte er sich einfach früh in seine Gemächer zurückgezogen.

Zu seinen eigenen Wachen draußen vor der Tür hatten sich zwei Schwarzgardisten hinzugesellt, die er überhaupt noch nie gesehen hatte.

Sehr vieles hatte sich während seiner Abwesenheit verändert. Nach dem Verlust so vieler Schwarzgardisten an der Leuchtwassermauer hatte bereits er selbst die Ausbildung beschleunigt, um rasch für Ersatz zu sorgen, aber er konnte sich nicht vorstellen, dass zwei Grünschnäbel, die in nur einem Jahr zu vollen Schwarzgardisten gemacht worden waren, auch nur im Mindesten den hohen Maßstäben gerecht werden konnten, die er über so viele Jahre hinweg aufrechterhalten hatte.

Ihn ärgerte der Gedanke, dass seine geliebte Garde von schlecht ausgebildeten Männern und Frauen bevölkert wurde, aber das war eine Entrüstung, die in ein anderes Leben gehörte. Außerdem war es unter seiner Führung geschehen, dass eine einzige Kanone so viele Schwarzgardisten ausgelöscht hatte.

Eine einzige explodierende Granate, ein einziger Zufallstreffer, hatte mehrere Hundert Jahre an militärischem Training und magischer Meisterschaft im Wert von über einer Million Danar vernichtet, die für Anwerbung, Ausbildung und Verträge zu zahlen gewesen waren.

Eisenfaust konnte Schusswaffen nicht ausstehen. Fand es furchtbar, dass sie so viele tausend Stunden Ausbildung zunichtemachen konnten. Aber heute Abend überprüfte er seine eigenen Schusswaffen sehr sorgfältig. Er hatte ein kostbares parianisches Steinschlossgewehr bei sich, dessen Qualität sich mit jeder ilytanischen Arbeit messen konnte, zumindest hatte der Schmied das immer wieder versichert. Mehrfach überprüfte Eisenfaust das Schwarzpulver und die Metallplatte der Batterie. Er drehte die Schraube am Abzugshahn ein wenig in Richtung Zündstein, damit sie fester saß. Dann schob er die Pistole vorsichtig in ihr Halfter und zückte seinen Ataghan. Er prüfte die nach oben gekrümmte Klinge des Schwerts und stellte sicher, dass sie auch mühelos aus der Scheide glitt, ohne haften zu bleiben.

Er hatte seinen Tafok Amagez bereits die Anweisung gegeben, ihn nicht zu stören, bis die Zeit für die Hinrichtung gekommen war. Und sie wussten zu gehorchen. Er war in Weiß und Gold gekleidet. Er machte sich nicht die Mühe, sich zu verkleiden. Wenn er gesehen wurde, war er zu leicht zu erkennen, als dass eine Verkleidung irgendeiner Art sonderlich viel Nutzen gehabt hätte.

Der Geheimgang war zu eng, um alles mitzunehmen, was er mitnehmen wollte. Als großer Mann war er stets versucht gewesen, bei seinen Einsätzen zu viel bei sich zu tragen, einfach weil er es konnte. Die Grenze zwischen dem Wunsch, gut vorbereitet zu sein, und echter Paranoia war nur schwer zu ziehen. Vor allem wenn das Gerücht, das er vernommen hatte, von echten Unsterblichen im wahrsten Sinne des Wortes sprach.

Er atmete tief durch und steckte das kleine Stück leuchtend weißes Luxin, das er nun schon so lange mit sich herumtrug, in seine Pistolentasche. Den orangen Saatkristall hängte er sich um den Hals und verbarg ihn unter dem eng anliegenden Stoff seines Oberkleides auf der Haut. Er mochte das Ding hassen, aber er konnte nicht leugnen, dass es manchmal durchaus nützlich war.

Genug gezaudert.

Er zog am Bettpfosten, schob eine Kohlepfanne zur Seite und drückte gegen die Wand. Sie öffnete sich auf nicht ganz lautlosen Angeln. Wunderbar. Das bedeutete, dass sie im Laufe des vergangenen Jahres auch niemand geölt hatte.

Der Geheimgang war weniger ein Gang als ein Schacht. Es gab ein winziges Sims, und dann war da eine Leiter mit vielen zerbrochenen Sprossen, die nach oben und nach unten in die Dunkelheit führte. Von oben aus gezählt, war jede Sprosse, deren Nummer eine Primzahl war, mit einer Falle versehen. Entweder brach sie, oder sie löste einen Mechanismus aus, der ein Messer hervorschießen ließ oder etwas ähnlich Erquickliches. Die Fallen und die Enge des Schachts konnten das ganze Ding leicht in ein wahres Schlachthaus verwandeln, daher hatte Eisenfaust Kip und seinen Mächtigen an dem Tag, als sie hatten fliehen müssen und Hanishu gestorben war, nichts von diesem Geheimausgang erzählt.

Aufgrund von Eisenfausts Entscheidung war einer von Kips Freunden getötet und ein weiterer zum Krüppel geworden. Aber derlei gehörte nun mal zur Bürde eines Hauptmanns.

Und genauso zu der eines Königs, dachte er.

Er schloss die Einstiegsluke hinter sich und kletterte die Leiter in den Geheimgang hinunter.

Der klamme, kalte Wind leckte an seinem Gesicht, während er sich in völliger Dunkelheit nach unten bewegte. Direkt unter ihm war Sprosse siebenunddreißig bereits abgebrochen. Einst hatte es waagrecht eingezogene Türklappen gegeben, um den feuchten Wind auszusperren, aber irgendwann waren sie offen gelassen worden, und dann waren – in einer Zeit, als niemand von diesem Geheimnis gewusst oder sich niemand um die Instandhaltung des Schachts gekümmert hatte – die Angeln durchgerostet. Genau dadurch war einst ein junger Wachhauptmann Eisenfaust dem Geheimnis auf die Spur gekommen: das Geräusch des feuchtklammen Windes, der die Luft durch den gewundenen Schacht zirkulieren ließ und der in einigen wenigen Nächten regelrecht durch den Schacht hindurchpfiff. Es hatte Eisenfaust wahnsinnig gemacht, bis er schließlich einen Eingang gefunden hatte.

Noch jemand anders hatte von diesem Geheimweg gewusst, und Eisenfaust hatte nie herausgefunden, wer es war. Das Pfeifen war nur selten zu hören gewesen, und er hatte später begriffen, dass es immer dann aufgetreten war, wenn jene andere Person den Schacht an einem windigen Tag in einem der unteren Stockwerke verließ.

Nummer einundvierzig musst du wieder auslassen. Wer immer diese Leiter eingebaut hatte, hatte hilfreicherweise jede zwölfte Sprosse mit einer altparianischen Ziffer versehen, sodass es keine Rolle spielte, durch welchen Eingang man den Schacht betrat – man musste nicht auswendig wissen, welche spezielle Sprosse man jeweils gerade vor sich hatte. Das Problem beim Überspringen der gefährlichen Sprossen war jedoch, dass man sowohl mit den Füßen als auch mit den Händen mitzählen musste – und die Zahlen begannen ganz oben im Turm des Prismas, auch wenn Eisenfaust in dieser Höhe nie einen Ausgang oder auch nur Lauschvorrichtungen hatte entdecken können.

Vielleicht hatte ein früheres Prisma oder ein Weißer die entsprechenden Öffnungen verstopft. Wie auch immer, es war nicht unbedingt die Art Frage, die Eisenfaust irgendwem hätte stellen können.

Eisenfaust hatte den Weg über diese Leiter nicht oft genug benutzt, dass er ihn mit müheloser Schnelligkeit hätte hinabsteigen können. Und bisher hatte er seine Auf- und Abstiege immer tagsüber unternommen, sodass er eine Luxin-Fackel hatte anzünden können, ohne befürchten zu müssen, dass das Licht durch die Ritzen in alle Räume entlang seines Weges hinausstrahlen und ihn verraten würde.

Jetzt raunte ihm die Finsternis zu, während er mitten durch ihre Faust glitt. Kleine Männer glauben wahrscheinlich, dass es nur Vorteile habe, ein großer Mann zu sein. Die gedrängte Enge zwischen den Sprossen dreiundvierzig und siebenundvierzig sprach eine andere Sprache. Eisenfaust musste Schwertgürtel und Pistolentasche abnehmen und sich beides über den Kopf halten, und dann musste er eine Schulter zuerst in diesen Schraubstock hineinzwängen. Und plötzlich saß er fest.

Es verschlug ihm den Atem, und beinahe hätte er alles vergessen. Sein unterer Fuß berührte schon Sprosse siebenundvierzig, die nächste Falle. Die musste er auslassen.

Er klemmte fest im Schacht und atmete in flachen, kleinen Zügen.

Ich mach das nicht zum ersten Mal.

Aber noch nie war es ringsum so höllensteinfinster gewesen.

Er schloss die Augen. Sie nutzten ihm ohnehin nichts. Stattdessen stellte er sich alles, was er über den Schacht wusste, bildhaft vor. Dann stieß er sämtlichen Atem aus und rutschte weiter hinab.

Die achtundvierzigste Sprosse war der Horror, wie immer. Sein Schienbein drückte sich so fest gegen die siebenundvierzigste Sprosse, dass er schreckliche Angst ausstand, es würde die hinter ihr verborgene Falle auslösen. Auch das war wie immer.

Schon komisch, dass er sich nie rechtzeitig daran erinnerte. Nicht komisch im Sinne von »Haha, wie lustig«, sondern eher nach dem Motto: »Haha, was bin ich froh, dass ich mich nicht eingenässt habe.«

Aber er hatte es geschafft. Und von nun an arbeitete er sich ohne weitere Zwischenfälle bis ganz nach unten die Leiter hinab. Er ertastete die Angeln und bestrich sie mit Öl, das er mit seiner Wildschweinborstenbürste, so gut er konnte, auch in alle Ritzen verteilte. Das leise Knarren oben war für ihn beruhigend gewesen. Hier könnte etwas dergleichen katastrophale Folgen haben.

Dann lauschte er minutenlang an der verborgenen Tür.

Die Tür führte in den Durchgang zwischen dem Kai auf der rückwärtigen Seite von Kleinjasper und der Haupthalle der Chromeria. Große, majestätische Tore versperrten den Gang an beiden Enden. Eisenfaust hatte einen seiner Männer heimlich überprüfen lassen, ob seine Schlüssel zu den Toren immer noch funktionierten. Dem war so.

Danke, lieber Orholam, danke für faule oder unfähige Nachfolger. Natürlich bildete ein Hauptmann der Schwarzen Garde seinen Nachfolger in der Regel für ein Jahr oder noch länger selbst aus. Doch Eisenfaust war einfach abgesetzt und verbannt worden. Das schmerzte immer noch. Er hatte dieses Amt viel mehr geschätzt, als er es jetzt schätzte, König zu sein.

Nachdem er draußen nur Stille vernommen hatte, öffnete er die Tür. Die Angeln waren leise, aber nicht lautlos, und sein Herz hämmerte vor Anspannung.

Das Warten war für jeden Soldaten eine Qual, doch Eisenfaust glaubte, schlimmer darunter zu leiden als die meisten anderen. Er war ein Mann für Frontalangriffe, niemand, der durch die Schatten schlich.

Schließlich stand er in dem Durchgang, und es war niemand in Sicht. Vorsichtig schloss er die verborgene Tür hinter sich und machte sich auf den Weg zum rückwärtigen Kai.

Es war eine Erleichterung, das Tor vor sich zu sehen, einfach weil dort Licht war – selbst die natürliche Dunkelheit der Nacht war heller als dieser schreckliche Durchgang, und der Mond verströmte reichlich Licht.

In Friedenszeiten wurde nur das vordere Tor bewacht – schließlich versperrten die Tore einen Tunnel mit nur einem Ausgang und nur einem Eingang, warum also Wachen vorne *und* hinten aufstellen?

Aber jetzt waren keine Friedenszeiten. Vor dem hinteren Tor waren zwei Schwarzgardisten postiert.

Eisenfaust wusste nicht, wer diese Männer oder Frauen waren – nach ihren Umrissen in der Dunkelheit zu schließen wohl eher Männer –, aber er musste bereit sein, sie zu töten. Wenn nötig.

Doch es sollte eigentlich nicht nötig sein. Nachdem er den versteckten Fluchtweg entdeckt hatte, war Eisenfaust zu dem Schluss gekommen, dass wohl niemand einen Fluchtstollen bauen würde, der an einem verschlossenen, eisernen Tor endet. Es hatte ihn Monate gekostet, aber er hatte die Lösung gefunden: Es gab einen kleinen versteckten Raum mit einem Loch in der Wand, durch das man nach draußen kriechen konnte.

Da der Raum nach außen offen war, hatte eine Fuchsfamilie in dieser behaglichen Höhle Wohnung bezogen. Was bedeutete, dass es selbst nach Eisenfausts erster, erschreckender Begegnung mit dem Raum und seinen Bewohnern hier immer noch – Jahre später – nach Moschus und Fell stank. Er hatte Füchse gemocht, vorher.

Als der verantwortungsbewusste Hauptmann, der er damals gewesen war, hatte er den kurzen Tunnel nach draußen zum Einsturz gebracht, damit es keine geheimen Eingänge in das Herz des Turms des Prismas gab.

Aber er hatte nur etwa den letzten Meter einstürzen lassen. Wenn es sein musste, konnte er sich nach draußen graben.

Wenn die Schwarzgardisten, die hier hinten Wache hielten,

exakt auf ihren Posten blieben, bis sie abgelöst wurden, statt in den Tunnel zurückzugehen, wenn sie ihre Ablösung kommen hörten, würde er das auch wirklich müssen.

Er wollte sich den Gestank eines Fuchsbaus und die Mühsal des Grabens unter der Erde wenn irgend möglich wirklich ersparen. Es würde seinen Abend um eine Stunde verlängern. Er musste nur noch wenige Minuten warten, um herauszufinden, ob es denn nötig sein würde.

Eine Viertelstunde später war die Zeit des Wachwechsels gekommen. Auf einen Ruf aus den Tiefen des Durchgangs hin öffneten die draußen wachenden Schwarzgardisten das Tor, traten hindurch, zogen es hinter sich zu und sperrten ab – und gingen dann den Tunnelgang hinunter, um ihre Ablösung in Empfang zu nehmen. Unterwegs unterhielten sie sich in besorgtem Tonfall über die bevorstehende Hinrichtung und die drohenden Kämpfe.

Endlich mal Glück gehabt!

Eisenfaust schlüpfte hinaus, kurz nachdem die beiden Wachen seinen versteckten Raum passiert hatten, dann schlüpfte er durch das Tor und verschloss es hinter sich wieder.

Orholam sei Dank. Er hatte sich langsam schon Sorgen gemacht, dass ihm womöglich die Zeit nicht reichen könnte.

Tief gebückt setzte er seinen Weg fort, bis er im Nieselregel der kalten Nacht erst einmal außer Sicht war. Die Schwarzgardisten würden vielleicht noch einige Minuten mit ihrer Ablösung plaudern und sie aufhalten; die Ablösung könnte aber auch sofort herkommen. Er würde nichts riskieren. Nicht heute Abend.

Nur Schritte von dem Bootshaus entfernt, das sein Ziel war, ertönte eine Stimme aus dem Schatten und ließ ihn erstarren.

»Ich hätte nie gedacht, dass Ihr zu so etwas in der Lage sein könntet. Nicht Ihr.«

Kruxer!

Kruxer konnte inzwischen noch nicht älter als achtzehn sein, aber da war keine Spur von heranwachsendem Knaben mehr in seiner

Stimme oder in seinen Augen. Sein Schwert war bereits gezückt, sein Kittel vom Regen tropfnass. Er hatte hier auf der Lauer gelegen.

»Woher hast du ...«, begann Eisenfaust. Aber es war die falsche Frage. Wenn er doch nur die goldene Zunge der Guiles gehabt hätte.

»Ich habe Euer Quartier aufgesucht, um mit Euch zu sprechen. Einige Eurer Männer halten der Chromeria noch immer die Treue«, erklärte Kruxer. »Sie haben mir berichtet, dass Ihr einem von ihnen aufgetragen habt, Eure alten Schlüssel an diesen Toren auszuprobieren. Das hat mir verraten, dass hier hinten irgendetwas los ist. Vielleicht wollt Ihr eindringende Feinde hereinlassen? Meuchelmörder des Ordens vielleicht?«

»Nein«, antwortete Eisenfaust, aber bei der Erwähnung des Ordens lief es ihm kalt den Rücken hinunter.

»Ihr seid Mitglied des Ordens«, fuhr Kruxer fort.

»Ich ... bin es gewesen.« Eisenfaust hielt sich nicht gerade für einen Menschen, der für die Gefühle anderer besonders empfänglich war, aber der orangefarbene Saatkristall auf seiner Haut verstärkte seine Wahrnehmung für Gefühlsströmungen – und Kruxer fühlte sich so scharfkantig an wie zersplitterter Höllenstein. Da war nichts als dunkle, glitzernde Spitzen, bereit, sich ins Fleisch zu schneiden.

»So viele Jahre lang seid Ihr Hauptmann gewesen. Und sie waren alle eine Lüge.«

»Nein.«

»Ihr habt die Schwarze Garde für den Orden des Gebrochenen Auges unterwandert«, klagte ihn Kruxer an.

»Ich habe geglaubt, ich könnte das Ganze irgendwie zusammenhalten«, sagte Eisenfaust. »Sodass man diese Leute nicht zu bekämpfen brauchte. Dass die alten Wunden geheilt werden könnten ...«

»Also seid Ihr nicht nur ein Verräter, sondern auch ein Betrüger«, entgegnete Kruxer.

Und mit einem Mal begriff Eisenfaust, dass dieser junge Mann genauso hart und unversöhnlich und töricht war, wie er selbst es in seinem Alter gewesen war. Und genauso gefährlich.

»Kruxer, bleib stehen, du befindest dich bereits in meiner Zone.«

Die Todeszone war der Bereich, innerhalb dessen ein bewaffneter Gegner einen tödlichen Angriff durchführen konnte, ehe man selbst in der Lage war, sich zu verteidigen. Das konnte ein überraschend großer Bereich sein, vor allem wenn man es mit einem großen, schnellen Mann mit enormer Reichweite und guter Kampfausbildung wie Kruxer zu tun hatte.

Eisenfaust würde ihm nicht erlauben, einfach so in die Zone hereinzuspazieren, aber würde er jetzt nach seinem Ataghan greifen, würden sie damit einen Pfad von Elend und Kummer betreten. Wenn Klingen singen, verstummen Worte.

»Junge, ich kann dir alles erklären, aber du musst mir auch die Zeit geben, mich verständlich zu machen.«

»Zeit?«, fragte Kruxer. »Wie viel Zeit braucht der orange Gottesbann, um einen Mann zu verderben?«

Eisenfaust war tief bestürzt. Mist. Kruxer wusste von dem orangen Bann? Der Saatkristall wurde nur gerade so vom Halsausschnitt seines Überrocks verdeckt. Wenn Kruxer ihn entdeckte, was würde er tun?

»Es seid nicht Ihr selbst, der so handelt, oder?«, fuhr Kruxer fort. »Der orange Gottesbann hat Euch verändert, habe ich recht?«

»Er hat in der Tat seine Wirkung auf mich«, räumte Eisenfaust ein. »Aber ...«

»Hat er Euch auf die Idee gebracht, Euch zum König zu erklären?«

»Nun ja ... vielleicht. Ich bin mir nicht sicher, aber ...«

»Und Blut für Blut zu verlangen?«

»Ich ... Es ist nicht so, wie du denkst.«

»Hochverrat und Mord sind nicht das, was ich denke?«

»Ich werde das nicht durchziehen! Junge, du kennst mich doch!«

»Ich kenne Euch? Welchen Eisenfaust kenne ich? Ich habe zu Euch aufgeschaut. Ihr seid für mich alles gewesen. Alles, wovon ich geträumt habe, es eines Tages selbst zu sein. Ihr wart der Maßstab, dem ich nicht gerecht zu werden vermochte. Und es ist alles eine Lüge gewesen. Ihr seid jetzt hier, um dem Orden die Tore zu öffnen«, sagte Kruxer.

»Nein, nein! Das hier ist meine Rache am Orden. Der Orden ist es gewesen, der meine Schwester ermordet hat.«

»Eure Schwester war wahnsinnig. Ein wandelndes Pulverfass in einer in Brand gesetzten Welt. Sie hat versucht, Euch umzubringen. Ihr wollt mich nur glauben machen ... Und was ist mit dem Tod Eures Bruders? Gebt Ihr die Schuld daran nicht den Guiles?«

Eisenfaust zögerte. »Nein. Eigentlich ...«

»Lügner.«

»Na gut! Ja, ich bin rasend vor Zorn! Aber wo es um das übergeordnete Wohl geht, kann ich davon absehen«, antwortete Eisenfaust.

»So wie Ihr von Eurer Redlichkeit habt absehen können?«

Eisenfaust bleckte die Zähne, und seine Brust wurde noch breiter, als er heftig nach Luft schnappte.

»Habt Ihr dem übergeordneten Wohl gedient, als Ihr dem Orden beigetreten seid?«, fragte Kruxer mit rauer Stimme.

»Ich habe es geglaubt«, antwortete Eisenfaust. »Die Lage war damals anders. Der Orden war nur eine winzige Regionalmacht eine halbe Welt von hier entfernt. Und nur er vermochte meine Schwester zu retten. Ich habe geglaubt, ich könnte meine Gelübde sowohl dem Orden als auch der Schwarzen Garde gegenüber einhalten – schließlich war ich hier weit weg von ihm!«

»Unser Schwarzgardistengelöbnis schließt mit ein, dass wir uns von allen anderen geleisteten Schwüren lossagen. Und diese melden.«

»Ich bin damals noch fast ein Kind gewesen! Ich habe einen

Fehler gemacht. Willst du mir erzählen, dass du immer perfekt bist, Kruxer? Dass du nie irgendwelche Fehler gemacht hast? Ich meine, mich erinnern zu können, dass sich das etwas anders verhalten hat.«

»Ihr habt recht«, erwiderte Kruxer. Sein Gesicht wirkte plötzlich ganz eingefallen. »Ich habe Lucia geliebt, und ich bin schuld daran, dass sie getötet wurde. Aber ich habe beschlossen, meine Redlichkeit nie wieder aufs Spiel zu setzen, und ebendas ist der Unterschied zwischen uns.«

Kruxer ließ ihn keine Sekunde aus den Augen. Der junge Mann stand kurz vor der Explosion. Und wenn Eisenfaust seine Schnelligkeit richtig in Erinnerung hatte, war ihm Kruxer nahe genug, um ihn umbringen zu können. Jede falsche Bewegung Eisenfausts würde schlimmste Konsequenzen haben. »Junge, du musst mir glauben. Ich bin hier, um das Richtige zu tun.«

»Durch Hochverrat und Mord?«

»Ich weiß, dass es den Anschein hat, als wollte ich hier Böses tun. Es ist eine Strategie.«

»Die Euch der orange Bann aufgezeigt hat«, erwiderte Kruxer.

Eisenfaust kam sich vor, als habe er einen Dolch in den Leib gerammt bekommen. Er hatte Kruxer bereits einmal belogen, und der junge Mann hatte seine Lüge durchschaut. Sollte er ihn bei einer weiteren ertappen, war die Sache vorbei. »Ja«, antwortete er leise. »Es dient dem übergeordneten Wohl ...«

»Sagt nur noch ein einziges beschissenes Mal ›übergeordnetes Wohl‹!«

»Immer mit der Ruhe, immer mit der Ruhe, Kruxer, bitte ...«

»Wir sind Soldaten! Wir sind Wächter! Nichts anderes. Wir haben zu gehorchen! Männer wie Ihr und ich haben nicht darüber zu entscheiden, was dem übergeordneten Wohl dient!«

»Mein Junge, das stimmt nicht. Ein Mann darf sein Gewissen niemals in die Hände eines anderen legen. Jeder von uns muss selbst entscheiden, worin das übergeordnete Wohl besteht.«

Kruxers Züge versteinerten, und Eisenfaust wusste, dass er einen Fehler gemacht hatte. Kruxer herrschte ihn an: »Ihr kommt jetzt mit mir nach oben. Ihr lasst die Hinrichtung abblasen, und ich lasse die anderen entscheiden, was mit Euch geschehen soll.«

»Das kann ich nicht tun. Wir müssen die Sache auf meine Weise durchziehen.«

»Ach ja, müssen wir das?« Kruxer machte einen Schritt auf ihn zu.

»Ja! Verdammt, Kruxer, bleib auf Abstand!«

Wenn Kruxer angriff, würde er sich mit seinem Schwert auf Eisenfaust stürzen, aber Eisenfaust war selbst auch nicht unbewaffnet. Die Menschen sahen die schwere Kette an seinem Arm und hielten sie für bloße Kostümierung oder für eine reichlich träge Angriffswaffe, sollte er sie vom Arm wickeln. Aber auch so, vom Handgelenk über den Ellbogen bis zur Schulter eng um den Arm gelegt, stellte sie einen tauglichen Schild dar.

»Ich bin wegen Gavin Guile hier«, erklärte Eisenfaust. »Meine Kontaktleute haben mir mitgeteilt, dass er hier ist. Unter der Chromeria in einer speziellen Gefängniszelle eingesperrt. Hier draußen gibt es einen versteckten Eingang. Ich kann ihn retten. Ich bin der einzige Mensch auf Erden, der Gavin Guile retten kann.«

»Wirklich? Er ist die ganze Zeit über hier gewesen?«, schnaubte Kruxer höhnisch. »Wunderbar! Gehen wir doch nach oben und sagen es Karris.«

»Das können wir nicht. Der Alte Mann ist hier. Wenn er davon erfährt – und das wird er! –, wenn er auch nur den leisesten Verdacht schöpft, was ich vorhabe, macht er Gavin den Garaus, ehe wir auch nur das Geringste unternehmen können.«

»Ach, der Alte Mann aus der Wüste persönlich? Der auch? Das wird ja immer verworrener! Aber andererseits verhält es sich mit Lügen nun mal so, nicht wahr?«

»Der Alte Mann wird bei der Hinrichtung zugegen sein. Bis

dahin bleiben mir nur noch wenige Stunden, um Gavin Guile zu retten, und du vergeudest hier meine kostbare Zeit, Junge.«

Leiser Zweifel flackerte in Kruxers Augen auf.

»Wir brauchen Gavin Guile, sonst sind wir dem Untergang geweiht. Er ist der Lichtbringer!«, sagte Eisenfaust.

»Nein, ist er nicht«, blaffte Kruxer.

»Er hat bei der Belagerung von Garriston weißes Luxin gewandelt. Ich habe es selbst gesehen. Ich habe ein Stück davon behalten. Es ist hier in meiner Tasche. Ich kann es dir zeigen!«

»Wagt es nicht, etwas aus Eurer Tasche zu ziehen! Ihr haltet mich für einen Idioten, was?«

»Kruxer, du kennst mich. Lass es mich dir erklären.«

»Werft mir die Pistolentasche rüber.«

»Ich werfe dir meine Tasche nicht zu. Weil ... Hör mal, ich werde mich ganz, ganz langsam bewegen. Dir bleibt jeder Vorteil ...«

»Langsam. Das ist das Wichtigste an der Sache, nicht? Ich weiß inzwischen ein bisschen was über Willensübertragung, *Hauptmann*. Es dauert ein paar Minuten, um damit den Willen eines Menschen zu lenken, wenn man nicht will, dass er es bemerkt, nicht wahr? Und genau das macht ihr gerade mit mir, stimmt's? Ich wette, Ihr habt Euren orangen Saatkristall da drin bei Euch, was?«

»Nein, nein!« Willensübertragung?

»Warum versucht Ihr dann, Zeit zu schinden?«

»Weil du kurz davor bist, auszurasten und etwas Unvernünftiges zu tun, und ich nicht will, dass einer von uns grundlos stirbt!« Erst in dem Moment wurde Eisenfaust klar, dass er gerade gelogen hatte, halb jedenfalls. Aber es war wirklich nicht so, als wollte er sich des orangefarbenen Saatkristalls zur Willensübertragung bedienen.

Doch er hatte ihn tatsächlich bei sich, gerade eben so vom Halsausschnitt seines Überrocks verdeckt, und wenn Kruxer ihn dort sah, würde er glauben, Eisenfaust habe auch über alles andere gelogen.

Doch während der Schweiß zwischen Eisenfausts Brustmuskeln hinabrann, sah er, dass Kruxer sich zu beruhigen schien, wenn auch nur ein klein wenig.

»Zusammen können wir ihn retten«, beschwor ihn Eisenfaust. »Wir warten bis zu dem Zeitpunkt, für den die Hinrichtung angesetzt ist, und wir bringen ihn mit uns dorthin. Er könnte in schlechter Verfassung sein, aber du und ich könnten dafür sorgen, dass seine Sicherheit gewährleistet ist. Dem Orden zum Trotz, verstehst du? Wir dürfen niemanden sonst in seine Nähe lassen. Ich habe es niemandem gesagt, weil wir absolut niemandem vertrauen können.«

»Wie lauten die Namen der anderen Schwarzgardisten, die dem Orden die Treue halten?«, verlangte Kruxer zu erfahren.

»Gottverdammt, Junge, meinst du denn, sie würden uns das verraten?«

»Allerdings«, erwiderte Kruxer. Und es klang, als schließe sich da soeben eine Tür, als würde eine letzte Chance verstreichen. Doch selbstverständlich musste Kruxer das glauben. Eisenfaust war schließlich der Hauptmann gewesen. Er musste es wissen.

»Grinwoody«, platzte es aus Eisenfaust heraus. »Grinwoody ist der Alte Mann aus der Wüste. Das Oberhaupt des Gebrochenen Auges. Er kann seinen heimlichen Umtrieben vor aller Augen unbemerkt nachgehen. So nah am Sitz der Macht, wie man nur kommen kann, doch unsichtbar. Wenn wir zulassen, dass er auch nur für wenige Minuten vorgewarnt ist, wird er einen Notfallplan aus dem Hut ziehen. Und uns entkommen. Er ist viel schlauer, als du denkst. Aber wenn ich in der Lage bin ...«

Kruxer schnaubte verächtlich. »Ich frage nach *Schwarzgardisten*, und Ihr habt mir nichts als einen alten Sklaven zu bieten?«

Es blieb keine Zeit, Kruxer in seinen Plan einzuweihen. Er würde ihm ohnehin nicht glauben. »Mein Junge. Alles, was ich getan habe – dass ich mich zum König ausgerufen habe, einfach alles! Es hat alles nur diesem einen Zweck gedient. Nur ich kann

Gavin Guile retten. Nur ich kann den Orden aufhalten. Nur ich selbst kann für all das bezahlen, was ich getan habe.«

Aber während Eisenfaust darauf achtete, seine Stimme ruhig zu halten und ihr einen zerknirschten Tonfall zu geben, wallte auch der Zorn in ihm immer höher und höher.

Junge, ich kann nicht zulassen, dass du mich aufhältst. Diese Angelegenheit ist größer als du. Sie ist auch größer als ich. Hier geht es um Wiedergutmachung für all meinen Verrat, all mein Versagen. Hier geht es um die Zukunft der sieben Satrapien.

Durch den orangefarbenen Kristall konnte er den Krieg spüren, der in seinem jungen Schützling tobte, spürte seine Gefühle von Angst, Zorn und Schuld, seinen Wunsch zu glauben, was er doch nicht zu glauben wagte.

Eisenfaust stand vom Tor hinter ihnen abgewandt, sodass er nicht sehen konnte, ob die Schwarzgardisten bereits dort aufgetaucht waren, aber wann immer Kruxer die Stimme hob, dachte Eisenfaust: Was ist, wenn einer von der Wachablösung zu Grinwoodys Leuten gehört?

Und selbst wenn nicht, würden ihn alle Schwarzgardisten, die ihn hier bemerkten, überwältigen und ins Innere bringen. Und dann wäre alles verloren.

»Ihr lauscht, was hinter Euch vorgeht«, sagte Kruxer. »Wartet Ihr auf ein paar von Euren Verräterfreunden, um sich Euch anzuschließen?«

»Kruxer, lass es mich dir zeigen. Ich werde jetzt das weiße Luxin aus dieser Tasche holen.«

Aber seine Hand war um den Griff der Pistole geschlossen. Seine Hand hielt den Hahn bis fast an den Punkt gespannt, wo der Federmechanismus einrasten würde. Doch er konnte ihn nicht vollends spannen. Wenn Kruxer das Geräusch hörte, würde er angreifen.

Wenn Eisenfaust das Handgelenk drehte, konnte er den Abzug entriegeln, ohne die Pistole aus der Tasche zu ziehen. Damit wäre er sogar schneller als Kruxer mit seinem Schwert.

»Tut das nicht!«, rief Kruxer.

Und in der Anspannung auf Kruxers Gesicht sah Eisenfaust nicht den jungen Mann, den er jetzt vor sich hatte, sondern Kruxers Vater, Bollwerk. Bollwerk war viel älter gewesen als Eisenfaust, zu alt, als dass sie wirklich hätten Freunde sein können, aber der ältere Mann hatte sich sehr um Eisenfaust gekümmert. Und als er gestorben war, hatte er genau den gleichen Ausdruck auf dem Gesicht gehabt.

»Ich lasse es ja«, sagte Eisenfaust mit sanfter Stimme.

»Ich habe das alles von Euch gelernt.« Kruxers Züge verzerrten sich. Vielleicht war er jetzt jenseits des Punktes, an dem er noch hätte nachgeben können. »Ihr habt mir beigebracht, auf meinen Schutzbefohlenen aufzupassen, was auch immer geschieht. Ihr habt mich gelehrt, dass es besser ist, ›Neun töten!‹ zu rufen, auch wenn es sich als Fehlalarm herausstellt, als meinen Schutzbefohlenen sterben zu lassen. Ich will Euch ja glauben. Aber Ihr habt mich schon zuvor angelogen. Ich kann Euch nicht noch eine Chance geben. Ich kann Euch Kip nicht töten lassen. Er ist der Lichtbringer. Es tut mir leid. Ich habe Euch geliebt. Jetzt zieht. Bitte. Ich kann Euch nicht einfach kaltblütig umbringen. Zieht!«

Aber gegen jeden Instinkt, der in ihm laut seine schreiende Stimme erhob, löste Eisenfaust langsam seine starren Finger vom Griff seiner Pistole. Er holte tief Luft.

Kruxers Blick zuckte nach unten, und Eisenfaust begriff, dass etwas an seiner Bewegung den orangen Saatkristall aus seinem Halsausschnitt rutschen und in Sicht hatte kommen lassen, wo er nun von innen heraus loderte.

Er sah den Ausdruck in den Augen des jungen Mannes im gleichen Moment, als ihm das Orange Kruxers Gefühle vermittelte: Er war tief erschüttert, fühlte sich verraten.

Kruxer sagte: »Ich habe Euch geglaubt. Ihr hättet mich beinahe ...« Und dann sprang er ihm mit perfekter Haltung und unglaublicher Schnelligkeit entgegen.

Er war noch schneller, als es Eisenfaust in Erinnerung hatte.

In den Geschichten ist ein Duell zwischen zwei Großmeistern etwas Wunderbares. Beide befinden sich stets gerade in der Blüte ihrer Kräfte. Keiner hat dem anderen gegenüber irgendeinen unfairen Nachteil, indem er verletzt oder ohne Waffen ist. In den Geschichten ist ein Duell zwischen Großmeistern genauso ein Sich-Messen mit den Waffen von Strategie und Intellekt wie ein Aufeinandertreffen der puren Körperlichkeit.

Kruxers Schwert bohrte sich seitlich in Eisenfausts linken Arm, gerade als er sich wegdrehte. Die Klinge war mitten durch ein Glied seiner großen Kette gedrungen, während er sie anhob, um damit den Angriff abzuwehren. In der Kette gefangen, bog sich die Klinge durch – und zerbrach.

Kruxer versuchte zurückzuspringen, aber die Wucht, die mit dem unerwarteten Hängenbleiben und Bersten des Schwertes verbunden war, hatte ihn aus dem Gleichgewicht gebracht. Sein Bauch prallte mit Eisenfausts Schulter zusammen. Sie gingen gemeinsam zu Boden.

In dem Moment, da Eisenfaust auf den Beinen des Jüngeren landete, hatte er auch schon sein Messer gezogen.

Er holte aus, um Kruxers Kniesehne zu durchtrennen, doch er schnitt ihm stattdessen in die Wade. Er rollte sich zur Seite.

Es blieb keine Zeit, sich um Verletzungen zu kümmern. Eisenfaust kroch auf Händen und Knien zu seiner Tasche, die zur Seite gefallen war, während Kruxer gleichzeitig davonhechtete, um auf Abstand zu Eisenfaust zu gehen. Blaues Luxin blitzte aus Kruxer heraus und traf Eisenfaust, warf ihn um, auf seine Tasche.

Eisenfaust rollte sich ab und sah, wie sich Kruxer auf ein Knie erhob, um eine Pistole aus irgendeiner Art von Halfter an seiner Hüfte zu ziehen.

Auf dem Boden liegend, zog Eisenfaust seine eigene Pistole aus der Tasche, doch er war zu langsam.

Das Halfter verlieh Kruxer einen Vorteil. Er hatte die Waffe bereits gezogen und abgedrückt, als sich die Mündung von Eisenfausts Pistole noch auf ihr Ziel zubewegte.

Und nichts geschah. Der in sein offenes Halfter sickernde Regen hatte das Steinschloss von Kruxers Waffe feucht werden lassen, sodass die Batterie keine Funken schlug. Kruxer war gerade dabei, den Hahn zum zweiten Mal zu spannen, als Eisenfaust feuerte. Pulver brüllte auf, und ein sengend weißer Blitz hinterließ eine sich zwischen ihnen bauschende schwarze Wolke.

Doch Kruxer ließ sich davon nicht aufhalten. Eisenfausts Schuss war danebengegangen. Kruxer spannte seine Pistole und zielte sorgfältig.

Eisenfaust warf sich wieder zu Boden; im gleichen Moment feuerte Kruxer.

Die Erschütterung war ohrenbetäubend, aber auch Kruxer hatte sein Ziel verfehlt.

Zumindest soweit Eisenfaust erkennen konnte. So war es nun mal, wenn man auf Leben und Tod kämpfte. Manchmal konnte man schon zehn Sekunden lang tot sein, ehe man es bemerkte.

Eisenfaust stand auf, und Blut spritzte aus seinem Arm und seiner Seite. Er fühlte sich plötzlich ganz schwach.

Er brach vor Kruxers Füßen zusammen.

Er warf seine Pistole beiseite und tastete nach seiner Tasche. Sein Schützling sollte wissen, dass es das weiße Luxin wirklich gab. Kruxer sollte wissen, dass es alles stimmte. Vielleicht, ganz vielleicht, konnte Kruxer Gavin ja retten. Vielleicht hatten Eisenfausts Lügen sie doch nicht alle zum Untergang verdammt.

Aber Kruxer drehte Eisenfaust mit dem Fuß auf den Rücken. Er musste gedacht haben, dass Eisenfaust eine weitere Waffe hatte hervorholen wollen.

Eisenfaust schaute zu dem Gericht über ihm auf, das ihn jetzt erwartete.

Dann geriet Kruxer ins Schwanken. Und sein Gesicht verzerrte sich verärgert.

Dann brach er neben Eisenfaust zusammen.

Röchelnd gab der junge Krieger einige Male blutigen Schaum von sich; das Loch einer Pistolenkugel in der Brust saugte Luft ein, während sich seine Lunge mit Blut füllte.

Nein, Eisenfaust hatte nicht danebengeschossen.

Kruxer machte keine Handbewegungen. Sprach keine letzten Worte. Und Eisenfaust konnte den Ausdruck seiner Augen nicht deuten.

»Ich hab's versucht ... oh Gott«, stöhnte Eisenfaust. »Ich hab's versucht.«

Aber hier gab es keine Vergebung der Schuld.

Er stemmte sich auf die Knie und tastete umher, um Kruxer das weiße Luxin zu zeigen – um seinen sterbenden Augen zu beweisen, dass es wahr war, dass alles wahr war.

Aber Eisenfaust stolperte, konnte nicht aufstehen. Plötzlich sehr schwach, fiel er erneut mit dem Gesicht voran zu Boden.

Da war eine Menge Blut. Sein Blut.

Alles wurde dunkel. Er würde es nicht schaffen.

Ich sterbe, dachte er.

Er hatte Angst.

21

Karris lag auf dem Gesicht, ihr Körper der liebevollen Fürsorge von Rhodas magischen Händen ausgeliefert. Es war gut, daran erinnert zu werden, dass der menschliche Körper ein Tempel des Glücks sein konnte. Dass es Tänze und Umarmungen und angenehme Berührungen gab und dass das Leben nicht nur aus Krieg und Tod und unzumutbaren Entscheidungen bestand.

Sie wünschte, sie könnte ein letztes Mal mit Gavin im Bett liegen, um einander in den Armen zu halten und leise miteinander zu sprechen oder miteinander zu schlafen, wie auch immer, es wäre jedenfalls ihre bevorzugte Wahl, wie sie diesen Abend am liebsten verbringen würde, einen Abend, der in einer Nacht des Blutes enden würde, einem Fiasko, das seinen Weg in die Geschichtsbücher finden würde. Aber in der Welt war nichts so, wie es sein sollte. Und was zweitbeste Möglichkeiten anging, war eine Massage von Rhoda etwas Besseres, als es den allermeisten vergönnt war.

Ein Klopfen störte das Vergnügen, das es Karris bereitete, wenn ihr Rhoda das warme Öl mit einem Schabeisen von den Gliedern kratzte. »Lord Kip Guile, wenn es Euch beliebt, Hohe Dame«, kündigte der Schwarzgardist Stumpf an.

Rhoda hüllte Karris' Gliedmaßen und Rumpf in heiße Handtücher. Es gehörte mit zur Massage, eine natürliche Pause, während sich die Hitze einen Weg in Karris' Körper bahnte. Karris seufzte und entließ Rhoda mit einer Handbewegung. »Schick ihn herein«, sagte sie.

Kip trat in den Raum. Er war offensichtlich noch nie zuvor hier gewesen, denn es schien ihn zu überraschen, den Massagetisch zu sehen, und noch überraschter war er, Karris darauf liegen zu sehen, unbekleidet – auch wenn sie zugedeckt war.

Dann huschte ein leiser Ausdruck von Verstimmung über seine Züge. Wenn sie nicht bereits danach Ausschau gehalten hätte, hätte Karris es übersehen. Seine Bedeutung war: Du lässt dich jetzt massieren? Was zum Teufel soll das?

Gut. Karris wollte, dass er verärgert war. Hohe Ämter und Trennung über Zeit und Raum schaffen Barrieren zwischen den Menschen. Sie hatte jetzt keine Zeit für irgendwelches Herumgeeiere. Und sie verdiente seinen Zorn.

»Ich bin scheußlich zu dir gewesen, bevor du weggegangen bist«, sagte sie.

Es war, als hätte sie die schmerzhafte Erinnerung auf ein Stück

Pergament geschrieben, es dann zusammengerollt und ihm damit auf die Nase gehauen wie einem arglosen Hund. Aber er überspielte es rasch.

»Ach ja, Ihr meint sicher den Tag, an dem mein kleiner Scherz so grandios in die Hose gegangen ist?«, erwiderte Kip. »Ich entschuldige mich noch einmal. Ich habe damals den Ernst der Angelegenheit nicht verstanden und auf meine Verlegenheit und Unbeholfenheit ... nun ja, eben unbeholfen reagiert.«

Sie ließ ihn ausreden. »Kip, wenn sich ein Mensch mit fünfzehn oder sechzehn unreif aufführt, ist das in jeder Hinsicht verzeihlich und sogar angemessen. Wenn das aber eine Frau im vierten Jahrzehnt ihres Lebens tut, ist es weder das eine noch das andere. Kip, vor langer Zeit habe ich meinen Sohn im Stich gelassen, und meine Schuldgefühle deswegen haben mich nie wieder losgelassen. Als dann du aufgetaucht bist und so ... na ja, *du* gewesen bist, kam es mir so vor, als hätte mich Orea Pullawr geschickt in eine bestimmte Richtung gelenkt; dass sie geglaubt hat, der Verlust des einen Sohnes könnte dadurch wettgemacht werden, dass man mir einen anderen als Ersatz gibt – als hätte ich ein Paar Stiefel verlegt und sie mir eben ein besseres Paar gekauft. Ich war zornig auf mich selbst und auf andere, denen ich vertraut hatte, und überhaupt auf die ganze Welt. Aber ich war nicht zornig auf dich. In Wirklichkeit war sogar das Gegenteil der Fall. Ich war zornig, weil Oreas Plan so gut funktionierte, und ich fand es einfach unglaublich unnatürlich von mir zuzulassen, dass ein Kind, das nicht mein eigenes war, nun jenen Schmerz linderte, den ich über den Verlust jenes anderen verspürte, das ich im Stich gelassen hatte.«

Kip schwieg, aber sie sah, dass sie seine volle Aufmerksamkeit hatte.

»Seither habe ich ein paar Dinge begriffen. Zunächst einmal, dass Letzteres völliger Unfug war. Die Liebe eines Vaters oder einer Mutter ist kein Fass mit Wasser, das rationiert und unter jenen aufgeteilt werden muss, die am Verdursten sind, sodass mehr für den einen weniger für den anderen bedeutet. Elterliche Liebe ist jedes Mal ein neuer Kanal, der von einem selbst hin zum göttlichen Wesen gegraben wird, ein Fluss, der nie erschöpft oder dessen Tiefe auch nie ausgelotet werden könnte; man kann ihn nur erleben. Du weißt, dass es in Garriston früher überall Bewässerungskanäle gegeben hat?«

»Ich habe gesehen, wo sie gewesen sind«, erwiderte Kip. »Jetzt sind alle mit Sand und Gestrüpp gefüllt.«

»Als ich dich kennengelernt habe, ist mein Leben genau so ein Ödland gewesen, Kip. Einen neuen Bewässerungskanal zu öffnen bedrohte, was für mich bis dahin funktioniert hatte. Zugegeben, es hat nicht gut funktioniert. Aber da kannte ich immerhin die Regeln. Ich hatte mich an das Wüstenleben angepasst. Ich habe dich scheußlich behandelt, weil ich Angst hatte. Wenn du irgendwann seither hier gewesen wärst, hätte ich mich schon früher entschuldigen können und ... nun ja, das ist jetzt Vergangenheit. Die zweite Sache, die mir inzwischen aufgegangen ist ... Ich mag deinen Bruder nicht.«

»Halbbruder«, warf Kip ein.

Sie drehte den Kopf, sodass sie jetzt von ihm wegsah. »Und er scheint nicht einmal das zu sein«, fuhr sie fort. »Er hat nur wenige von deinen Talenten, und von deinen Tugenden hat er noch weniger. Ich weiß nicht einmal, ob ich ihn auch nur rein theoretisch lieben kann, und ich habe mich bemüht.« Ihre Kehle schnürte sich zu. Sie schluckte, konnte aber trotzdem nicht fortfahren.

»Und trotzdem habt Ihr mich zu Euch gerufen, nicht ihn«, erwiderte Kip ausdruckslos. »Ich habe von Eisenfausts Ultimatum gehört. Alle haben davon gehört. Er fordert einen toten Guile. Und hier bin ich. Ich kann nicht glauben, dass er wirklich darauf besteht.«

»Er empfängt keine Besucher. Die Tafok Amagez weigern sich, auch nur an seine Tür zu klopfen.«

»Danke, dass Ihr es zumindest versucht habt. Nehme ich mal an«, sagte Kip.

»Eisenfaust hat erklärt, dass Zymun für ihn nicht in Frage kommt, Kip.«

»Ach ja?«, sagte Kip. »Oh. Die Gerüchteküche hat diesen Teil weggelassen. Nun gut. Das ist wirklich ein Jammer.«

Karris schnaubte. Das war noch milde ausgedrückt. »Andross' erste Wahl wäre es natürlich gewesen, die Bedrohung an ihrer Quelle auszuschalten. Eisenfaust zu töten oder ihn gefangen zu nehmen und Befehle zu fälschen – etwas in der Art. Aber bevor wir dahingehende Pläne schmieden konnten, wurde uns gesagt, dass Eisenfausts Leute sofort wieder von hier in See stechen würden, sollte ihm etwas zustoßen oder er seine Befehle nicht persönlich erteilen. Seine Schiffe haben Order, auf jeden zu feuern, der sich ihnen zu nähern versucht. Eisenfaust weiß, welche Überzeugungskraft Andross entwickeln kann, daher lässt er einfach keinerlei Kommunikation zu.«

»Und was ist mit meinen Leuten?«, erkundigte sich Kip.

»Sie sind bereits hier eingetroffen. Was normalerweise bedeuten würde, dass ihr Schicksal an das unsere geknüpft ist. Aber da deine Leute über Gleiter verfügen, wissen wir, dass sie jederzeit fortkönnten. Doch das werden sie nicht tun. Du wirst es nicht zulassen.«

»Selbst wenn ich tot bin?«, entgegnete Kip.

»Ein gutes Herz macht einen Menschen bisweilen berechenbar.«

»Danke. Sag ich mal«, brummte Kip. »Schon komisch, wie schnell sich die Lage verändert, oder?«

»Inwiefern?«

»Heute Morgen wollte Andross noch, dass ich meine Ehe im Kartenspiel verwette, um die Jasperinseln zu retten. Ich habe geglaubt, ich würde mit diesem Spiel alles entscheiden. Ich dachte sogar, ich hätte gewonnen. Und jetzt ist es nicht mein Glück, das ihr mir nehmen werdet, sondern mein Leben, und mein Spiel hat nicht das Geringste bedeutet. Selbst Andross Guiles so überaus sorgfältig und raffiniert geschmiedete Pläne gehen schief. Unter anderen Umständen könnte einem das fast schon Hoffnung machen, findet Ihr nicht auch? Dass er nicht alles vorhergesehen hat. Wenn ein gemeiner Sklave wie Eisenfaust seine Pläne vereiteln kann, könnte ich das ja vielleicht ebenfalls. Nicht dass es die Art von Vereitelung ist, für die ich mich entschieden hätte.«

Sie lag stumm da, den Kopf abgewandt und kaum imstande zu atmen. Sie wollte nicht, dass er sie weinen sah.

»Schwer zu glauben, dass sich Eisenfaust in ein solches Arschloch verwandelt hat. Es passt gar nicht zu ihm.«

»Wir haben seine Schwester ermordet«, sagte Karris. Die Zeit der Lügen und Ausflüchte war abgelaufen. »Auch wenn ich niemals ein gutes Wort über sie gehört habe, hat er sie doch geliebt. Er hat immer geglaubt, all die Geschichten über sie, die durchgesickert sind, seien von ihren Feinden in Umlauf gebracht worden. Sie war seine Schwäche, die ihn blind gemacht hat. Nachdem sein Bruder gestorben ist, während er dir bei der Flucht geholfen hat, ist sie alles gewesen, was ihm noch geblieben war. Wir haben ihn zerstört, Kip. Ich habe ihm das Letzte genommen, was ihn noch aufrecht gehalten hatte.«

Sie konnte Kips Reaktion nicht sehen, aber hier stand schließlich der Enkel von Andross Guile, der Sohn von Gavin. »Ah«, sagte Kip, »ich verstehe: Unsere Familie hat ihm alles genommen. Durch Andross hat er sein Lebenswerk als Hauptmann verloren. Durch mich hat er Zitterfaust verloren und durch Euch Haruru. Ich glaube, ich kann diese Raserei verstehen. Jeder hat seine Grenzen.«

Sie warteten schweigend. Karris' Handtücher waren kalt geworden, und ihr Magen fühlte sich verkrampft und unbehaglich an. Rhoda musste jeden Moment wieder ihren Kopf hereinstrecken, falls sie das nicht heimlich längst getan hatte.

Kip räusperte sich. »Na ja, wie auch immer«, sagte er. »Wie Ihr wünscht, werden meine Leute unter dem Oberbefehl des hohen Armeegenerals Danavis kämpfen. Ich hätte gern ein paar Augenblicke Zeit, um einen letzten Brief an meine Leute zu schreiben, in dem ich sie über meine Wünsche in Kenntnis setze. Und einen Brief an meine Frau. Natürlich gehe ich davon aus, dass Ihr sie beide lesen werdet, bevor Ihr sie weiterleitet. Ihr werdet wahrscheinlich ...« Wieder räusperte er sich, fast schien ihm die Stimme zu versagen. Karris wandte ihm immer noch den Rücken zu. Tränen strömten ihr übers Gesicht. Sie krampfte sich zusammen, damit ihr Schluchzen sie nicht verriet. »Wahrscheinlich solltet Ihr Tisis gefangen setzen, bis die Sache vorüber ist, sonst tut sie womöglich etwas, was alle bereuen werden. Ich werde den Brief in zwei Ausfertigungen niederschreiben – sie könnte die erste verbrennen.« Er lachte, aber es war ein kurzer, gezwungen klingender Laut, der eher eine Art Hüsteln war. »Sie ist eine sehr leidenschaftliche Frau. Ihr hättet sie gemocht.«

»Hohe Dame?«, drang Rhodas Stimme herein, und zugleich trat auch sie selbst in den Raum. Die Masseuse machte sich daran, die Handtücher wegzuziehen, ohne sich um Kips Anwesenheit zu kümmern.

»Wann findet die Hinrichtung statt?«, fragte Kip.

»Spätestens in einer Stunde«, antwortete Karris. Sie zuckte zusammen, als sie Rhodas eiskalte Hände auf beiden Seiten ihres Halses spürte. »Wir müssen sicherstellen, dass Armeegeneral Danavis genug Zeit hat, die Truppenverbände zu vereinen und in Stellung zu bringen. Das wird jetzt schon knapp; wir dürfen nicht mehr warten.«

»Nicht mehr genug Zeit, sich um alles zu kümmern«, brummte Kip halblaut.

»Tja, wer von uns hätte schon genug Zeit?«, bemerkte Karris. Ihr Magen krampfte sich zusammen.

Sie hörte ihn einen Schritt auf die Tür zugehen. Dann blieb er stehen.

»Scheiße, verdammt«, zischte Kip plötzlich leise. »Ihr lasst Euch gar nicht massieren. Ihr lasst Euch hier für Euer Begräbnis salben. Ihr habt nicht mich gewählt. Ihr habt Euch selbst gewählt.«

Sie antwortete nicht. Konnte nicht antworten. Sie hatte sich bisher nicht dazu durchringen können, und auch jetzt ließ sie ihre Willenskraft im Stich. Sie rollte sich herum und setzte sich auf. Rhoda stellte sich vor sie und setzte geschickt zuerst ihre eigene Körperfülle und dann ein langes Überkleid ein, um die Würde ihrer Patientin zu wahren – was davon noch übrig war.

»Ihr?!«, stieß Kip hervor. »Aber Ihr werdet *gebraucht*!«

Gebraucht?! Was wusste er schon über unerfüllte Bedürfnisse? Das Wort allein brachte sie derart auf, dass sie endlich ihre Sprache wiederfand. »Kip. Willst du wissen, was eine der schrecklichsten Wahrheiten dieses Lebens ist? Keiner von uns wird gebraucht, nicht unbedingt. Es ist einfach netter für jene, die uns lieben, wenn wir da sind.«

»Ich werde das nicht zulassen. Das ist doch Schwachsinn!«, rief Kip. »Ich werde nicht zulassen, dass Ihr sterbt, nur für …«

»Für dich?«

»Für Andross! Und für Eisenfausts dummen Stolz!«

»Kip, ich mach das nicht für sie. Noch nicht einmal für dich. Nicht wenn ich mir gegenüber ganz ehrlich bin. So selbstlos bin ich nicht. Schau mal, was habe ich denn noch im Leben? Mein Mann ist fort und wird höchstwahrscheinlich nie mehr zurückkehren. Der Freund, den ich so sehr bewundert habe, der in der Schwarzen Garde wie ein Vater für mich geworden ist, will meinen Tod – und ich kann ihm keinen Vorwurf daraus machen. Mein Sohn Zymun ist ein seelenloser Intrigant, Vergewaltiger und Mörder, der zu keinerlei menschlichen Regungen imstande ist. Ich habe nur noch meine Arbeit, die Liebe meiner Schwarzgardisten und meine Hoffnungen für dich und für dein Leben. Das sind alles Punkte, die dringend dafür sprechen, dass ich diese Entscheidung treffe. Wie könnte ich denn weiterleben, wenn ich von dir verlangen würde, an meiner Stelle zu sterben? Für wie ungeheuerlich würde die Geschichte mich halten? Würden sie mich womöglich Karris mit dem eisernen Herzen nennen, wenn ich das tun würde? Wenn ich dich nicht nur zuerst verächtlich abgewiesen und weggejagt hätte – nachdem du mir zuvor ein Stück meiner Mutterschaft zurückgeben wolltest –, sondern dich dann auch noch, nachdem du zurückgekommen bist, um uns alle zu retten, damit belohnt hätte, nun deinen Tod zu verlangen? Nein. Nein. So, wie es ist, kann ich zumindest der Geschichte etwas vormachen. Ich werde jetzt zu einer weiteren heldenhaften Karris, die sich für die Chromeria aufopfert. Klar, es ist eine Lüge, aber immerhin eine, die andere womöglich dazu ermutigen wird, es besser zu machen als ich. Ich weiß schon seit einer ganzen Weile, dass ich in dieser Schlacht sterben werde. Das jetzt ist ... Es ist einfach nur so, als käme meine Befreiung eben ein wenig früher, mehr nicht.«

»Nein«, sagte Kip kläglich.

»Du hast dein Spiel gewonnen. Geh und genieße deinen Sieg und dein Leben. Beide sind vergänglicher, als du ahnst.«

»Ihr könnt doch nicht ...«

Aber ein neuer Krampf durchzog Karris' Magen, und dieser erwies sich als beharrlich. »Wenn du mich jetzt bitte entschuldigen würdest«, sagte sie. »Ich habe entschieden, dass eine Darmentleerung, während man stirbt, nicht der von der Weißen zu erwartenden Würde entspricht, daher habe ich vorhin ein Abführmittel genommen. Besser jetzt unkontrolliert zu scheißen als später, fand ich, aber es wäre mir trotzdem lieber, wenn du mir dabei nicht zusehen würdest.«

22

Hoch mit dir, Jammerlappen. Eine Runde noch.

Eisenfaust erwachte. Ihm war kalt. Eiskalt. Seine Wange lag in einer Lache aus irgendetwas Klebrigem.

Also nicht tot. Noch nicht. Er versuchte, sich zu bewegen.

Alles tat ihm weh. Zwei Stellen standen völlig in Flammen, aber sein ganzer Körper schmerzte, als hätte er ein schreckliches Fieber. Absolut alles schmerzte. Still liegen schmerzte eine Spur weniger.

Ich weiß, dass ich der Schwachkopf bin, der sich für dieses Rennen entschieden hat, aber du bist der Schwachkopf, der zugestimmt hat. Steh auf.

So hatte er seinen kleinen Bruder ermuntert, als sie vielleicht dreizehn oder vierzehn Jahre alt gewesen waren und an diesem schrecklichen Wettlauf von den Bergen hinunter in die Wüste teilgenommen hatten, der den Höhepunkt der neunjährlichen Philokteianischen Spiele bildet. Sie waren stets begeisterte Läufer gewesen, aber sie hätten niemals erwartet, am Ende unter den Besten zu sein. Doch irgendwie waren die besseren Läufer aufgrund von Verletzungen ausgefallen, und so waren die beiden jungen Prinzen plötzlich zum ganzen Stolz ihres Clans geworden.

Den Arm fest an seine Seite gepresst, setzte sich Eisenfaust auf. Er keuchte. Seine Verletzungen waren neu aufgerissen, sowohl am Arm als auch an der Brust.

Nicht weit entfernt lag Kruxer, tot, inmitten von Waffen, zerbrochenen Schwertstücken und einer Blutlache. Es war eine Menge Blut.

Aber der seelische Schmerz wurde vom körperlichen weit in den Hintergrund gedrängt.

Eisenfaust blinzelte, bis sich die schwarzen Punkte aus seinem Gesichtsfeld zurückzogen.

Die Schwarzgardisten, die zum Hintertor hätten kommen sollen, waren niemals erschienen. Selbst die Schüsse hatten niemanden herbeieilen lassen.

Hoch. Aufstehen!

Sicherlich blieb Eisenfaust kaum noch Zeit bis zur Hinrichtung. Er schaute zu den Sternen auf, aber er hatte sich nie genug mit derlei abgegeben, um zu wissen, zu welcher Stunde zur gegenwärtigen Jahreszeit dieser oder jener Stern auf- oder unterging. Er konnte nicht sagen, wie lange er bewusstlos gewesen war. Außerdem kam es darauf jetzt auch gar nicht an. Das Einzige, worauf es jetzt ankam, war die Rettung von Gavin Guile.

»Eine Runde noch«, schärfte er sich ein.

Das große Rennen endete mit zwei Runden im Hippodrom vor jubelnden Menschenmengen. Bis sie schließlich im Hippodrom selbst angekommen waren, hatten Hanishu und Harrdun keine Ahnung gehabt, dass sie bereits im Begriff gewesen waren, die Dreckskerle vom Tiru-Clan einzuholen, denen sie durch die ganze Wüste hindurch gefolgt waren. Völlig erledigt und erschöpft schleppten sich die Männer nur noch gehend vorwärts. Einer humpelte. Als sie Hanishu und Harrdun ins Hippodrom einlaufen sahen, warfen sie ihnen Blicke blanken Entsetzens zu.

Wie junge Antilopen hatten Hanishu und Harrdun plötzlich von irgendwoher neue Energie geschöpft. Sie hatten sie eingeholt. Lachend waren sie an den Männern vorbeigelaufen und in die letzte Runde eingebogen.

Sie würden siegen. *Siegen!*

Vierzigtausend Menschen hatten sich von ihren Sitzen erhoben, schrien, jubelten. Und dann passierten die beiden jungen Männer die Tribüne des Tiru-Clans. Als sie bei der ersten Runde schon einmal dort vorbeigekommen waren, waren ihre Stammesrivalen völlig entgeistert gewesen, hatten einfach nicht wahrhaben wollen, was da geschah.

Jetzt waren sie außer sich vor Wut. Sie bewarfen die beiden Jungen mit Steinen, Geschirr, Münzen, mit einfach allem, was sie zu fassen bekamen.

Für die letzte Runde hatte Eisenfaust Hanishu die Innenseite überlassen, in kameradschaftlicher Rivalität wollte er sehen, ob er ihn auf den letzten Metern noch überholen konnte. Aber das hatte Hanishu auch näher an die Tiru gebracht, sodass er die Wucht ihres Zorns am stärksten abbekam. Ein Becher hatte ihn mitten im Rennen am Knie getroffen, dann war eine Breischüssel direkt über seinem Ohr zerborsten.

Damals war Hanishu daraufhin zu Boden gestürzt und hätte beinahe das Bewusstsein verloren.

»Komm schon, Bruder«, sagte Eisenfaust, jetzt, laut und mit vernuschelter Stimme. »Alles, was wir bis heute getan haben, haben wir für diesen Moment getan. Nicht aufgeben, sonst war alles vergebens.«

Während er sich den anderen Arm fest an die Seite drückte, um den Blutverlust möglichst zu verlangsamen, stemmte sich Eisenfaust mit seiner unverletzten Hand vom Boden hoch. Er taumelte kraftlos und streckte die Hand aus. Er stützte sich an der Wand des Bootshauses ab, um nicht umzukippen, und eine plötzliche Welle des Schwindels schlug über ihm zusammen.

Als er sich wieder ein wenig gefangen hatte und das Schwindelgefühl abgeebbt war, öffnete er die Augen.

Er war noch gut zehn Schritte vom Bootshaus entfernt. Da war nichts, woran er sich festhalten konnte.

Hanishu war aufgestanden, ins Taumeln geraten und wieder hingefallen. Im gleichen Moment waren die Läufer des Tiru-Clans hinter ihnen um die Biegung geeilt und holten immer weiter auf.

Harrdun hatte seinen Bruder hochgezogen, ihn mit dem Arm

abgestützt und versucht, ihn im Weiterzulaufen hinter sich herzuziehen.

Aber das Knie seines jüngeren Bruders hatte beim ersten Schritt nachgegeben. Er war erneut gestürzt und hatte Harrdun mit sich zu Boden gezogen.

Hanishu hatte damals zu weinen begonnen. »Ich kann nicht. Ich kann nicht. Ich will ja, aber ich kann nicht.«

»Zwing mich nicht, dich zu tragen«, sagte, jetzt, Eisenfaust mit lauter Stimme.

Zwei weitere Mannschaften waren gerade ins Stadion eingelaufen. Auf den Tribünen war es fast zu einem Aufstand gekommen, da nun Anhänger der anderen Läufer die Tiru wegen ihres Steinewerfens angriffen.

Mit zitternden Armen und Beinen hatte er seinen jüngeren Bruder hochgehoben. Hanishu klammerte sich verbissen an ihn und versuchte, sein Gewicht möglichst gut zu verteilen, versuchte, so gut es ging, zu helfen, auch wenn er ihren Sieg vereitelt hatte.

Eisenfaust war einige Schritte mit ihm in den Armen weitergetrabt, konnte aber sein Lauftempo nicht aufrechterhalten, nicht nach all den Meilen, die sie schon gerannt waren. Er verlangsamte seine Geschwindigkeit, und schließlich konnte er nur noch einen langsamen Schritt nach dem anderen vorwärtswanken.

Und dann erhoben sich im Hippodrom Jubel- und Zornesschreie, als die Tiru-Mannschaft siegreich die Ziellinie überquerte und die Brüder beide in Tränen ausbrachen.

Und dann hatte sie eine weitere Mannschaft überholt. Und noch eine. Und Hanishu war nun völlig in sich zusammengebrochen, während sein großer Bruder ihn weitergetragen hatte. »Ich habe dich im Stich gelassen. Ich habe dich im Stich gelassen.«

Gott *verdamme* diese ganze Welt; Feuer über sie. Genau diese Worte hatte Hanishu im vergangenen Jahr erneut gesagt, als er sterbend in Eisenfausts Armen gelegen hatte. Als sei es sein Scheitern gewesen.

Die letzten hundert Schritte waren die pure Qual gewesen. Irgendjemand hatte seine Hilfe angeboten, aber Eisenfaust hatte nicht einmal sehen können, um wen es sich handelte. Da waren nur noch die Ziellinie und seine Gebrochenheit und sein Zorn und eine hartnäckige Liebe zu seinem Bruder gewesen, die immerzu wiederholt hatte: *Ich werde nicht aufgeben.*

»Wir geben nicht auf, Bruder. Wir geben nicht auf«, hatte er damals gesagt, und er sagte es auch jetzt.

Die letzten dreißig Meter waren nur noch ein verschwommenes Etwas aus reinstem, unterschiedslos grauem Schmerz gewesen. Nur noch das Brennen in seinen Muskeln, das Brüllen der Menge – ob unterstützend oder feindselig, er konnte es nicht unterscheiden –, immer heftiger und lauter, und dazu das Brennen der Sonne. Er weinte – und schämte sich dafür, wie sich Jungen albernerweise ihrer Tränen schämen –, und niemand verurteilte ihn deswegen. Er weinte, und jene, die hinter ihm kamen, eine Menschenmenge, die auf Hunderte, vielleicht Tausende angewachsen war, weinten mit ihm.

Sie gingen als Vierte über die Ziellinie, hinter der sie sofort zusammenbrachen, und auch diese Platzierung errangen sie nur, weil die Clansmannschaften auf dem fünften und sechsten Platz gesehen hatten, was geschehen war, das Rennen eingestellt hatten und hinter ihnen hergegangen waren, ohne irgendjemanden vorbeizulassen.

Hanishu und Haruru stürzten zu Boden – und wurden sofort auf viele Schultern hochgehoben und in einem wahren Prunkzug eine weitere Runde durch das Hippodrom getragen, die eigentlichen Sieger völlig vergessen.

Ihre Niederlage hatte ihnen mehr Anerkennung und ihrem Clan mehr Beistand eingebracht, als das jeder Sieg vermocht hätte. Sie hatten in ihrem Moment der Not Mut und Rückgrat bewiesen, was nicht nur sie berühmt gemacht, sondern auch ihrem Tlanu-Clan eine Vormachtstellung garantiert hatte.

Kurz darauf war ihre Mutter ermordet worden. Und Hanishu, der, über seine ständigen Niederlagen verbittert, einst ein Rivale seines großen Bruders gewesen war, hatte sich völlig verändert. Er hatte Harrdun plötzlich regelrecht vergöttert und seine wenigen Siege über den großen Bruder mit stiller Freude und seine eigenen Niederlagen mit Gleichmut hingenommen.

Die beiden waren beste Freunde geworden.

Und es war letztlich nur Schlimmes dabei herausgekommen.

Hätte Eisenfaust damals nicht aus einer Laune heraus beschlossen, bei jenem Rennen mitzumachen, und seinen kleinen Bruder dazu genötigt, sein Partner zu sein, und hätte Eisenfaust seinen kleinen Bruder nicht jene letzte Runde getragen, wäre Hanishu nicht in die Chromeria gekommen, um sich seinem großen Bruder anzuschließen. Er würde immer noch leben.

Eisenfaust schleppte sich zu dem rückwärtigen Kai und der versteckten Tür in dem kleinen Bootshaus, das in den geheimen Katakomben der Chromeria verschwand. Der Geheimeingang befand sich genau dort, wo sein letzter Kontaktmann des Ordens gesagt hatte, dass er ihn finden würde.

Selbst der Alte Mann brauchte Leute, um die nötigen Grabungsarbeiten auszuführen, und selbst der Alte Mann hatte Probleme, genug Menschen für dergleichen anzuwerben – wenn man seine Arbeiter einfach jedes Mal umbrachte, sobald sie einen Tunnel ausgehoben hatten, gingen einem irgendwann die Arbeiter aus.

Mit geducktem Kopf betrat Eisenfaust einen weiteren engen, widerwärtigen Ort. Bald war er gänzlich in Dunkelheit gehüllt. Erst jetzt begriff er, dass er sich hier keine Sorgen zu machen brauchte, dass jemand ein Licht sehen könnte. Es war, als würde sein Denken genauso dick werden und gerinnen wie das Blut, das sein Hemd verkrustete.

Er riss eine Luxin-Fackel auf und wurde von ihrem Licht geblendet – er war in seiner gegenwärtigen Verfassung zu dumm gewesen, rechtzeitig wegzuschauen.

Der Weg gabelte sich, und er nahm den höher gelegenen Gang. Schon bald bemerkte er einen bogenförmigen blauen Gegenstand an einer Seite des Weges. Wie eine Tangente einen Kreis berührt, so war dieser Weg genau so in den Fels gehauen worden, dass er sich nur an einem einzigen Punkt mit einer blauen Kugel berührte. Der Weg befand sich über der leuchtenden Kugel, und man sah diagonal auf ihren Inhalt hinunter.

Eisenfaust stützte sich auf dem Fels ab und blickte hinab. Es war kein Gavin Guile dort unten.

Aber irgendetwas *war* in der Kugel. Ein entfernt menschenähnliches Gebilde aus glitzernden blauen Stäubchen wirbelte in der Zelle umher. Die Zelle selbst war aufgebrochen worden, ein Loch klaffte auf einer Seite, und Scherben aus blauem Luxin übersäten den Boden des Tunnels dahinter. Aber der Tunnel schimmerte vor scharfkantigem Höllenstein und hielt das glitzernde Geschöpf in der Zelle gefangen.

Die verschiedenen Einzelteile kullerten in Eisenfausts strapaziertem Hirn umher wie einzelne bunte Steinchen eines Mosaiks, die sich einfach nicht zu einem Gesamtbild zusammenfügen wollten: Da war etwa Gavin, wie er ihn im ersten Jahr nach dem Krieg des Falschen Prismas einmal gefragt hatte: »Eisenfaust, Eure Familie ist vor langer Zeit eine Familie von Priestern gewesen, nicht? Wisst Ihr, was geschieht, wenn ein Dschinn stirbt?«

Es war eine seltsame Frage, aber Gavin war auch ein seltsamer junger Mann gewesen.

Gavin war nicht dort drin, und Eisenfausts Leben verrann. Er musste den nächsten Schritt in Angriff nehmen, bevor seine Zeit abgelaufen war.

Er stieß sich von der Wand ab und ging weiter. Bei jedem Schritt stützte er sich heftig an der Wand ab.

Eisenfaust hatte dem Prisma damals nichts Besonderes mitzuteilen gehabt, da hatte es keinerlei Familiengeheimnisse gegeben. Aber er hatte sich mehrere Monate intensiv mit dem Thema beschäftigt, bevor er schließlich wieder davon abgelassen hatte, in der Überzeugung, dass jene Frage nicht mehr als eine Laune des Prismas gewesen war.

Da war diese Frage, und da war Gavins inständiges Beharren darauf, immer allein Jagd auf Wichte zu machen – obschon er dabei nicht immer allein gewesen war. Manchmal hatte er sich am stärksten dagegen gewehrt, dass ihm die Schwarze Garde beistand, wenn der Wicht am gefährlichsten gewesen war, und dann wieder hatte er sich gerade dann von anderen helfen lassen, wenn ein Wicht weitgehend harmlos erschienen war.

Eisenfaust erreichte das Tor zu der grünen Zelle. Auch dort kein Gavin. Ein skelettartiges, baumähnliches Ding, das sich wie kletternder Efeu um sich selbst verknäulte, ließ seine verknoteten Fäuste und astartigen Krallen über die runden Wände der Kugel kratzen.

Hier drinnen ebenfalls nicht, also weiter.

Die Dschinnen waren die alten Götter. Für die Heiden waren sie unsterbliche Götter, Geister, die sich manchmal mit begünstigten Menschen zusammentaten – Hohepriestern oder Helden – und auf diese Weise das Leben eines Menschen ins Unendliche verlängern konnten. Die alten Parianer hatten geglaubt, die Dschinnen seien übelwollende, boshafte Wesen und dass sie bis zur Todesstunde eines Menschen warteten, um von seinem Körper Besitz zu ergreifen, ihn zu ihrem Wirt zu machen. Ein Wirt, der immer ein Wandler war und in dessen Körper sie dann auf der Erde umherwandern konnten. Manchmal warteten sie, bis jemand sehr alt war; bei anderen Gelegenheiten lockten sie junge Helden und Heldinnen in einen frühen Tod, indem sie sie dazu verleiteten, Heldentaten zu begehen oder sich das Leben zu nehmen. Auf diese Weise konnten die Geister mittels ihrer geraubten Wirtsleiber ein körperliches Leben erfahren – Sex haben und Speisen genießen, menschliche Beziehungen, Elternschaft oder auch nur das Gefühl des Windes auf der Haut erleben; das waren hochbegehrte, neuartige Erlebnisse für diese ansonsten körperlosen Wesen.

Der gelbe Gott in der gelben Zelle war wie eine Ahnung von ungesundem Sonnenlicht. Der Gott war flüssiges, funkelndes Gold, das wie die Wellen des Ozeans durch die Zelle brandete, während er sich abwechselnd gegen die Wände warf und dann wieder ruhig die Wogen glättete. Lichter schwappten um seine körperlose Gestalt, und seine Augen waren wie ruhelose Sterne.

Kein Gavin.

Eisenfaust ging weiter. Er wurde immer schwächer. Halluzinationen. Das hier mussten die Halluzinationen von Angst und Schock angesichts des nahenden Todes sein.

Ungeachtet all der Nachforschungen, die Eisenfaust angestellt hatte, hatte Gavin nie wieder nach den Dschinnen gefragt. Eisenfaust hatte die Sache einfach abgetan – der launenhafte, alles aufsaugende Intellekt des jungen Prismas werfe sein Licht eben in alle Richtungen, und mochte es sich um irgendwelche längst veralteten Histörchen handeln.

Was die Antwort auf Gavins Frage anbelangte, so vermuteten alle, dass die Dschinnen einfach wieder Geisterform annahmen, wenn ihr Wirt irgendwann doch starb, denn nicht einmal ihre Magie konnte einen menschlichen Körper für immer am Leben erhalten.

Und das war das letzte Mosaiksteinchen gewesen.

Das war der Grund, warum Gavin bei all jenen Anlässen allein gejagt hatte. Er jagte die zeitgenössische Entsprechung der alten Hohepriester, jene Männer und Frauen, die gut zu Wirten von Unsterblichen geworden sein könnten. Er hatte keine Jagd auf Menschen gemacht; er hatte Jagd auf *Götter* gemacht. Bei jeder erfolgreichen Jagd hatte Gavin einen Wirt samt seinem Dschinn hierhergebracht. Irgendwie hatte er herausgefunden, wie er den Geist dieser Unsterblichen in diesem Gefängnis festhalten konnte. Vielleicht hatte er das Gefängnis sogar selbst gebaut.

Aber jetzt war Gavin nicht in der orangefarbenen Zelle, und aus dieser Zelle gab es keinen erkennbaren Fluchtweg. Das orangefarbige Ding saß ruhig da, einfach nur ein kleiner orangeroter Mann, weder unheimlich noch faszinierend, einfach nur jämmerlich und kläglich. Einfach nur von der Sehnsucht erfüllt, frei zu sein.

Ein durch und durch verständlicher Wunsch, und warum sollte er auch nicht frei sein? Eisenfaust fragte sich, ob es für ihn nicht irgendeine Möglichkeit der Hilfe gab, einen Weg, wie er diesen armen ...

Es ist ein verbotener Zauber. Viele, viele Zauber zusammen, das erkannte Eisenfaust jetzt, sie schwammen unter der Oberfläche der orangen Haut dieses Dings.

Er blinzelte und schaute weg. Er wagte es nicht, wieder hinzusehen.

Aber beim nächsten Schritt sackte er zusammen, und er hätte nicht wieder aufstehen können, wenn ihm nicht irgendwer oder irgendwas dabei geholfen hätte.

Er hob die Luxin-Fackel wieder auf. »Du hast meine Wunden aber ganz schön aufgerissen«, sagte er zu ...

Zu wem? Er sah sich um.

Wer hatte ihm gerade aufgeholfen?

Und was hatte da draußen verhindert, dass er gestürzt war, als er noch zehn Schritte vom Bootshaus entfernt gewesen war?

Die meisten Sterblichen können sie nicht sehen. Du kannst es nur, weil du dem Tod so nahe bist, dass der Schleier zwischen deiner Welt und der Wirklichkeit dünn geworden ist. Was jetzt kommt, wird schlimm für dich werden.

Die Stimme kam ihm nur allzu vertraut vor, aber Eisenfaust konnte sie nicht einordnen.

Eisenfaust schleppte sich durch den Flur. Vorbei an dem roten Unsterblichen – Dagnu, wie er jetzt begriff –, der die Gestalt eines Menschen besaß und doch aussah wie tausend winzige Glutstückchen, die Feuer fingen, als Asche herabsanken, erneut Feuer fingen und wie Funken wieder aufstiegen. Der Gott drehte sich um und starrte Eisenfaust mit seinem Feuerblick böse an, als er vorbeiwankte.

Gavin war nicht dort drin.

Gavin war auch nicht in der ultravioletten Zelle, die den Augen wehtat.

Gavin war auch nicht in dem infraroten Inferno, über dem ein Gesicht aus Flammen schwebte.

Und Gavin war auch nicht in der schwarzen Zelle, in der Eisenfaust keinerlei Geschöpf sehen konnte, aber eine bösartige Präsenz spürte, die ihn ihrerseits beobachtete.

»Ich kann dich retten«, ertönte eine leise, ruhige, vernünftig klingende Stimme aus dieser Zelle. »*Er* kann es nicht. Ich kann dich heilen. Was kannst du in diesem Zustand schon ausrichten? Glaube nicht, was dir die Lügner erzählt haben. Du weißt, dass sie Lügner sind, nicht wahr? Sie schwächen die Starken, und du, du könntest wirklich sehr, sehr stark sein. Mit meiner Hilfe.«

Aber Eisenfaust war sein ganzes Leben lang mit Männern und Frauen zusammen gewesen, die überzeugender waren als er selbst. Schlichtheit war genau der Mantel, der ihm passte.

Wann immer er es mit Raffinesse und Lügen versucht hatte, hatte die Sache in einem blutigen Schlamassel geendet.

So wie heute.

Ach, Kruxer. Orholam vergib mir.

Er trat beiseite.

Berühre das dort.

Unter seinen Fingern fand er Höllenstein, und er drückte fest darauf und stellte sicher, dass er nichts wandelte, stellte sicher, dass die Magie der alten Götter nicht an ihm haften blieb.

Woher wusste er, dass er das zu tun hatte?

Aber dann, in Sichtweite des Ausgangs, fühlte er sich plötzlich der Ohnmacht nahe, als schließlich die Erkenntnis wie eine Tsunamiwelle über ihm zusammenschlug. Er war auf dem Weg hinaus. Er ging. Er hatte alle Gefängnisse durchsucht.

Gavin Guile war tatsächlich hier gewesen. Er war – so unglaublich, entsetzlich und undenkbar es auch sein mochte – zusammen mit all diesen Dingen hier eingekerkert gewesen.

Aber Gavin war nicht mehr hier. Was bedeutete …

Es bedeutete, dass Eisenfaust Kruxer umsonst ermordet hatte.

Er fiel auf die kalten Steine des Tunnelgangs. Seine Luxin-Fackel erlosch flackernd, sodass ihn Dunkelheit umhüllte.

Es war alles vergebens gewesen. Er war zu spät gekommen. Wenn Gavin nicht hier war und niemand von ihm gehört hatte, seit Eisenfaust fortgegangen war, bedeutete das, dass er tot war.

Eisenfaust hatte versagt. Er hatte versucht, in Sachen Raffiniertheit mit den Orea Pullawrs und den Andross Guiles und den Amalu Anazâr Tlanus der Welt mitzuhalten, und er war gescheitert.

Er sank zu Boden. Hinab, hinab. Er konnte nicht mehr.

Gott, schrie er auf, verdamme mich! Gib mir, was ich verdiene! Lass mich sterben. Ich bin am Ende. Nicht noch mehr. Nicht noch mehr.

Du wirst heute nicht sterben, Bruder. Ich werde es nicht zulassen. Wir werden nicht klein beigeben. Nicht heute.

Was ist das?, dachte Eisenfaust.

Irgendetwas glühte in der Dunkelheit.

»Zwing mich nicht, dich zu tragen«, sagte Zitterfaust.

Es war keine Wirklichkeit. Konnte keine Wirklichkeit sein. Das wusste Eisenfaust. Er stand im Begriff zu sterben, und seine Sinne spielten ihm Streiche. Folterten ihn oder trösteten ihn. Worauf es ankam, war, dass er alledem keinen Glauben schenken durfte.

Er legte sich hin.

»Du bist der treuste Mensch, den ich kenne«, fuhr Zitterfaust fort. »Und ich *kenne* dich, Bruder.«

Eine Halluzination. Eine schmerzliche Erinnerung. Eisenfaust legte den Kopf auf die Steine, um zu sterben.

»Glaubst du etwa, sie haben dir nur zugejubelt, weil du mich getragen hast?«, fragte jenes Trugbild von Zitterfaust. »Erinnerst du dich nicht an deine eigenen Wunden?«

Nein. Er war selbst doch gar nicht verletzt gewesen, oder?

Hanishu hatte allein die volle Wucht des Zorns der Tiru-Anhänger zu spüren bekommen.

Und dann erinnerte er sich an das Blut. Er war im Gesicht getroffen worden, hatte eine gebrochene Nase gehabt, und seine Stirn war aufgeschlitzt gewesen. Dazu noch zwei oder drei gebrochene Rippen. Das alles hatte er vergessen.

Als er die Ziellinie überquert hatte, waren sie beide nur noch ein einziges aus vielen Wunden blutendes Häufchen Elend gewesen.

»Ich habe dich angefleht aufzugeben. Ich habe gewusst, dass meine Wunden bald wieder heilen würden, aber ich hatte Angst, du würdest sterben. Du hast gesagt: ›Ich weiß gar nicht, was Aufgeben ist.‹«

»Ich habe dazugelernt«, erwiderte Eisenfaust verbittert.

Hanishu lächelte verärgert, genau wie er es zu Lebzeiten häufig getan hatte, nur dass Eisenfaust durch seine Umrisse hindurch die Wand sehen konnte. »Das hier geschieht gar nicht, verstehst du«, erklärte Zitterfaust. »Wir sind in Frieden voneinandergegangen, da kehrt unsereins nicht zurück. Und ich habe Frieden gefunden, Bruder. Aber er hat mir gesagt, dass ungewöhnliche Treue auch ungewöhnliche Belohnungen verdiene. Du hast den falschen Weg gewählt, als du dich mit dem Orden zusammengetan hast, um Mutter zu rächen und Haruru zu beschützen. Aber du bist kein Verräter, Bruder.«

Nachdem Teia Haruru getötet hatte, hatte sich Eisenfaust zum König von Paria erklären müssen, weil es für ihn die einzige Möglichkeit gewesen war, sicher nach Kleinjasper zurückzugelangen und bedeutend genug zu sein, um nicht gleich ermordet oder einfach von den Leuten des Ordens oder von Andross Guiles Untergebenen weggeschickt zu werden. König zu werden war die einzige Möglichkeit gewesen, eine Armee aufzustellen und sie hierherzubringen.

Es war seine einzige Hoffnung darauf gewesen, sich an seinem Onkel zu rächen.

Sein Plan war gewesen, im letzten Moment vor der Hinrichtung nachzugeben und zu sagen: Ich habe mich umentschieden. Statt das Blut eines Guiles zu fordern, werde ich mich mit dem Blut eines jener Männer zufriedengeben, die ihnen am nützlichsten sind. Dieser Sklave, Grinwoody. Er ist Eure rechte Hand. Ich wähle stattdessen *ihn*. Jetzt sofort.«

Andross Guile würde auf der Stelle auf den Handel eingehen, und der Alte Mann aus der Wüste hätte nie kommen sehen, was ihm drohte. Selbst wenn er Schwarzgardisten in seinen Diensten hatte und selbst wenn sie im Raum anwesend waren, wussten sie doch nicht, dass Grinwoody der Alte Mann war, daher würden sie gar nicht erst auf die Idee kommen, ihn retten zu wollen.

Das war das Problem dabei, wenn man seine wahre Identität vor den eigenen Leuten geheim hielt.

Es war ein guter Plan gewesen. Listig eingefädelt. Sehr orange. Die Sache hätte vielleicht sogar funktioniert, wenn ihm das mit Kruxer nicht dazwischengekommen wäre.

Aber jetzt war alles zu spät. War alles umsonst gewesen.

Zumindest würden sie ohne ihn die Hinrichtung wohl nicht durchziehen, oder?

Was, wenn sie es doch taten? Würde er eine noch größere Blutschuld auf sich laden?

»Ich habe versagt, Bruder«, murmelte er, und seine Tränen waren heiß und bitter.

Wir versagen alle. Das ist der Grund, warum wir nicht allein unterwegs sind.

Und zum ersten Mal seit langer Zeit fühlte sich Eisenfaust nicht allein.

Es war, als würde er von starken Armen emporgehoben.

Niemand hatte Eisenfaust hochgehoben, seit er ein kleines Kind gewesen war.

Er klammerte sich an seinen Bruder wie eine verlorene Seele und weinte. Und er weinte, wie ein Mann weint: zeigte seine Schwäche ohne Scham.

Irgendwann war dann das Licht der Sterne und des Mondes über ihnen, die Nacht umhüllte sie, und die Wellen plätscherten. Eine Gestalt näherte sich. Stimmen wurden laut, Zitterfausts Worte dröhnten in seiner Brust, während Eisenfaust irgendwo zwischen Bewusstsein und Bewusstlosigkeit umherirrte.

Und dann wurde er übergeben. Sein Bruder Hanishu umfasste Harrduns Gesicht ein letztes Mal mit seinen großen Händen, küsste ihn auf die Stirn, um ihn zu segnen, und war dann fort.

Eisenfaust musste im Fieberwahn sein, denn es kam ihm so vor, als sei der Mann, der ihn jetzt in seinen Armen hielt, auch nicht annähernd groß genug dafür, aber der kleine, rundliche Parianer schaffte es nicht nur, Eisenfaust zu tragen, sondern auch seine eigenen Taschen und Krüge, und überdies bewegte er sich sehr schnell mit ihm fort. Sie passierten allerlei Menschen, und alle schienen ihnen den Rücken zuzukehren oder plötzlich unaufmerksam zu werden; sie gähnten oder rieben sich die Augen.

Und dann stellte der Mann ihn in einem Aufzug ab, der ihn in das Stockwerk des Audienzsaals zu tragen versprach, wo viele Schwarzgardisten sein würden. Eisenfaust schwankte hin und her, und sein Blick war verschwommen. Seine Seite war verbunden worden; er erinnerte sich nicht daran, wann das geschehen war.

»Kenne ich Euch?«, fragte Eisenfaust. Der Mann roch nach ... Kopi?

Der Mann lächelte, und sein Gesicht leuchtete. »Los jetzt, sie ist schon fast da.«

»Wer?«

»Die Frau, die dir das Leben retten wird.« Der rundliche kleine Mann zwinkerte. »Wahrscheinlich.« Dann schien er zu flimmern, war kurz verschwunden, um sogleich wieder am gleichen Platz zu stehen, und seine Krüge und Becher klirrten. Eisenfaust musste kurz geblinzelt haben oder etwas dergleichen. »Hm. Nun ja, jedenfalls: Wenn überhaupt jemand dich retten kann, dann sie.«

23

Schlag ihm nicht ins Gesicht, Kip. Das entspricht nicht der Art und Weise, wie Erwachsene Probleme lösen.

»Wir müssen diese Sache durchziehen«, sagte Zymun. »Ich meine, ich will das genauso wenig wie wir alle. Aber ich glaube nicht, dass wir es uns leisten können zu warten.«

Aber wenn er ihm doch ins Gesicht schlug, so hatte Kip einen Münzstock in seiner linken Tasche, der ideal in seine von Brandnarben übersäte linke Faust passte. Es hatte keinen Sinn, sich am Vorabend einer Schlacht die Hand zu brechen.

Die wichtigsten Persönlichkeiten der Sieben Satrapien hatten sich heute Abend im Audienzsaal versammelt: das Hohe Magisterium, die Farben, die Adligen, der Prisma-Erwählte, der Promachos, die Weiße, Kip, mindestens zwanzig Schwarzgardisten, eine wahre Armee von Schreibern, die ihnen allen dienten, und ein pummeliger kleiner Botschafter aus Paria, der aussah, als würde ihm gleich das Herz versagen.

Carver Schwarz bemerkte: »Wir sind alle darin übereingekommen, dass wir um Mitternacht das Signal geben müssen, sonst fehlt den Soldaten die Zeit, noch vor Morgengrauen Stellung zu beziehen.«

»Bis Mitternacht – so lautet das vom König gesetzte Ultimatum«, sagte der Botschafter ängstlich, dann schluckte er und versank wieder in sich selbst.

»Wir wissen, was er gesagt hat, Verräter«, blaffte Caelia Grün. »Und glaubt mir, wir werden, was immer diese Abmachung an

Straffreiheit mit sich bringt, so eng wie möglich interpretieren. Es könnte gut sein, dass *Ihr* zum Beispiel da nicht mit einbezogen seid.«

»Mitternacht ist in vier Minuten«, stellte Zymun fest, als sei er einfach eine Uhr, die alle lediglich an die Zeit erinnerte, ohne sich um die Folgen zu kümmern.

Aufwärtshaken, direkt aufs Kinn. Vielleicht könnte ich ihm auf diese Weise ein paar Zähne brechen. Dann würde mir der Klang seiner unerträglichen Stimme für ein Weilchen erspart bleiben.

»Ich bin so weit«, sagte Karris. Sie trat von der Seite, wo sie noch einmal mit den Luxiaten gesprochen hatte, wieder zurück in den Raum. Sie hatte gebetet, vermutete Kip. Zuvor hatte sie sich bereits von allen Schwarzgardisten verabschiedet. »Ich habe nicht das Bedürfnis, verzweifelt noch um ein paar wenige Minuten zu betteln.«

Sie strahlte regelrecht, nicht nur vor Schönheit und Entschlossenheit wie sonst auch, sondern da war zudem ein inneres Leuchten, eine tiefere Kraft in ihr. Ihre Entschlossenheit hatte nichts Grimmiges. Sie war plötzlich zu einem Fels geworden. Der Wirbel der Ereignisse drehte sich um sie herum, ein Strom, der um den Fels seine Richtung änderte, aber der Fels selbst bewegte sich nicht.

Nur Kip warf einen verstohlenen Blick zu Zymun, um zu sehen, ob zumindest das eine Wirkung auf ihn ausübte.

Aber Zymun zwinkerte Kip stattdessen zu und tat dann so, als putze er sich die Nase. Dabei tupfte er sich mit dem Zeigefinger in beide Augen.

Was zum Teufel sollte das?

»Ich bin auch so weit«, verkündete Zymun. Er trat blinzelnd und mit verschleiertem Blick vor, einen falschen Ausdruck von Kummer auf dem Gesicht.

Dieses kleine Stück Scheiße.

»Das kann unmöglich dein Ernst sein«, blaffte Kip. »Eisenfaust ist ja noch gar nicht hier. Willst du nicht abwarten, ob er es sich vielleicht nicht doch noch anders überlegt hat?«

»Er hat uns das Ultimatum gestellt«, antwortete Zymun. Die Zeit ist dabei von größter Wichtigkeit. Wenn wir noch warten, bringen wir alle in Gefahr. Du hast gehört, was die Aufklärer gemeldet haben! Die Schiffe des Weißen Königs sind nur noch etwa drei Meilen entfernt, und sie fahren die Nacht durch. Bei Tagesanbruch werden sie die Belagerung beginnen. Wenn wir diese Soldaten nicht auf unser Seite haben ...«

»Genug jetzt!«, fiel ihm Karris ins Wort. »Ich habe gesagt, ich bin so weit. Ich will ohnehin nicht erneut diesen Hass in den Augen meines alten Freundes sehen. Sobald er sich einmal zu etwas entschlossen hat, rückt er nicht mehr davon ab. Vielleicht ist es besser so.«

Zymun grinste Kip an, und Kip sah, dass einige andere es bemerkten und darüber in Entrüstung gerieten. »Also schön, *Tochter*. Auf deinen Platz.«

»Einer ihrer geliebten Brüder von der Schwarzen Garde hat sich bereiterklärt, derjenige zu sein, der ...«, setzte Andross an.

»Ich bin das Prisma«, unterstrich Zymun entschieden. »Ich muss derjenige sein, der es tut. Das hier ist meine Pflicht, und es ist eine Bürde, die ich auf der Seele zu tragen habe. Mein ist der Schutz dieses Reiches, und ich bin der Hirte dieser Herde. Nicht wahr, Mutter? Du würdest uns diesen letzten, heiligen gemeinsamen Moment doch niemals verweigern, oder?«

Kips Knöchel knackten, so fest ballte er die Fäuste. Als er heute Abend hierhergekommen war, war er zum Sterben bereit gewesen. Denn selbst wenn man zu wissen glaubt, was geschehen wird – wenn es um Leben und Tod geht und sich zudem Andross Guile im selben Raum befindet wie man selbst ... na ja, er war eben Andross Guile.

»Natürlich nicht«, warf Karris ein. Ihr Gesicht verzerrte sich, als sie hinzufügte: »Sohn.«

Zymun grinste siegreich, wechselte seinen Gesichtsausdruck eine Sekunde später zu einer Miene von wenig überzeugender Betrübtheit und ließ sich von Fisk, dem Hauptmann der Schwarzen Garde, das Messer geben, dessen Klinge eine Speerspitze war.

In der Mitte vor dem Podium lag ein Kissen, um darauf zu knien. Zymun streckte die Hand nach Karris aus. »Komm, Tochter«, sagte er. Als sei er bereits das Prisma.

Kip sah Andross an und stellte fest, dass dieser ihn ebenfalls anstarrte, aber sein Blick war undeutbar.

Er würde es tatsächlich geschehen lassen.

Sie alle würden das.

Wenngleich Kip zum Sterben bereit hergekommen war, so hatte Zymun natürlich kein einziges Mal den Gedanken auch nur in Erwägung gezogen, *er selbst* könnte der Guile sein, der zu sterben hatte. Für ihn war das alles nur ein Spiel, eine Vorführung zu seiner Unterhaltung.

Für Kip war es ein Albtraum, aus dem er nicht erwachen konnte. Er verstand, warum sich Andross Zymuns heute nicht entledigen wollte: Er war eine Repräsentationsfigur ohne echte Macht, aber für die Moral der Bewohner der Jasperinseln wäre der Verlust eines weiteren Prismas direkt am Vorabend der Schlacht ein vernichtender Schlag gewesen. Zymun war hübsch, und er war der Sohn des geliebten Gavin Guile – und das war auch schon alles, was die meisten Menschen über ihn wussten. Andross wollte, dass Zymun durch die Ereignisse des Sonnentages paradierte, soweit sie denn stattfinden konnten. Er sollte vielleicht noch irgendeine Rede vortragen, die Andross für ihn geschrieben hatte, und direkt danach in aller Ruhe verschwinden. Und Kip wurde für die Verteidigung der Inseln benötigt.

Also musste es Karris sein.

Sie wandte sich der versammelten Menschenmenge zu und machte das Zeichen des Segens. »Meine Getreuen«, ergriff sie das Wort. »Ich bin am Ende meiner Bahn angelangt. Ich reiche meine

Fackel an euch weiter, meine Freunde. Ihr werdet kämpfen wie Löwen. Orholam sei mit euch. Und, bitte, sobald der Sieg über die Heiden errungen ist – ich sage *sobald* und nicht *falls*, denn ich habe keinerlei Zweifel daran –, lastet mein vergossenes Blut nicht Eisenfaust oder den Parianern an. Ich bin in dieser Angelegenheit selbst nicht ohne Schuld. Übt keine Rache für meinen Tod, sondern lasst Gnade und Barmherzigkeit walten, wenn ihr Paria wieder in unsere Sieben Satrapien einbindet, so wie es Orholams Wille ist.«

Im Raum war leises Schluchzen zu hören. Alle Schwarzgardisten hatten versteinerte, tieftraurige Gesichter. Karris nahm sich einige Sekunden Zeit, um ein letztes Mal Blickkontakt mit ihnen allen herzustellen. Viele in der Menge verfolgten das Geschehen mit maßlosem Entsetzen, während andere einfach den Nervenkitzel zu genießen schienen.

Das hier kann doch einfach nicht wahr sein.

Karris sah Kip an und schob bedauernd die Lippen vor. Sie nickte ihm zum Abschied zu.

Dann kniete sie sich auf das Kissen.

»Hier passiert erst einmal noch gar nichts«, sagte Andross mit lauter Stimme.

Normalerweise wäre damit alles entschieden gewesen, aber Zymun rührte sich nicht von der Stelle. Er hatte Karris eine Hand auf die Stirn gelegt, vorgeblich eine Geste des Segens, doch hatte er damit zugleich ihren Kopf zurückgedrückt, um ihre Kehle freizulegen.

»Großvater.« Zymuns Stimme troff förmlich vor Verachtung. »Dies hier ist jetzt allein eine Sache zwischen dem Prisma und seiner gläubigen Tochter. Eine hochheilige Angelegenheit. Um des Wohls der Sieben Satrapien willen, kann ich Euch leider nicht gestatten ...«

Kip war lange genug bei der Schwarzen Garde gewesen, um die kleine Rückwärtsbewegung seiner rechten Hand zu erkennen – er zog das Messer zurück, um den Raum zu haben, es ihr mit größerer Wucht in den Leib zu rammen.

Alle Anspannung in Kips Muskeln entlud sich gleichzeitig. Er schoss von links auf Zymun zu und packte die rechte Hand des jungen Mannes, gerade als das Messer vorwärtsschoss. Kip schlug das Messer zur Seite, während er mit voller Wucht in Zymun hineinkrachte und ihn von Karris wegschleuderte. Dann zuckte Kips rechter Ellbogen nach oben und rammte gegen Zymuns Schädel; zugleich stellte Kip Zymuns Ferse den eigenen Fuß in den Weg.

Zymun ging wie ein Sack zu Boden.

Der Kampf war zu Ende, ehe alle im Raum auch nur nach Luft geschnappt hatten.

Kip begriff plötzlich, dass viele der Versammelten das verräterische Zucken nicht bemerkt hatten, das einen Mord ankündigte. Für das ungeübte Auge musste seine Aktion wie ein grundloser Angriff gewirkt haben.

»Seine Bewegung hat verraten, dass er sie töten wollte«, verkündete Hauptmann Fisk mit durchdringender Stimme. »Wir trainieren unsere Leute unaufhörlich darin, Hinweise auf solche Attacken zu erkennen, und Kip ist von uns ausgebildet worden. Er hat es ebenfalls gesehen. Das hier ist die Verteidigung eines Lebens und kein Angriff gewesen. Ich weiß, was ich gesehen habe, und ich kann beschwören, dass es wahr ist.«

Zwanzig Schwarzgardisten pflichteten ihm wortlos bei. Kip hatte überhaupt nicht an die Schwarze Garde gedacht, aber ihm war klar, warum er als Erster reagiert hatte: Die Schwarzgardisten befanden sich in einem Gehorsamskonflikt – zwischen Zymun, der immerhin das nächste Prisma war, der Weißen, die sie ihrer Pflicht, sie zu schützen, allerdings entbunden hatte, und dem Promachos, der eine Art Befehl erteilt, ihn aber auch nicht deutlich ausgesprochen hatte. Ihre Treuepflichten und ihre Gehorsamsgelöbnisse waren durcheinandergeraten, und das verminderte ihre Reaktionsgeschwindigkeit.

»Du wagst es? Du wagst es, Hand an mich zu legen?«, zischte Zymun Kip vom Boden aus an und blinzelte verwundert.

»Großvater«, sagte Kip mit laut erhobener Stimme, aber ohne den Blick von der Schlange vor ihm abzuwenden. »Darf ich Euch an das Versprechen erinnern, das Ihr mir heute gegeben habt?«

Verärgert verkündete Andross: »Schwarzgardisten, Kip genießt meinen vollen Schutz. Verhaltet euch entsprechend.«

Zymun stürzte sich auf Kip und versuchte hastig, eine Pistole zu ziehen, aber die Schwarze Garde – glücklich darüber, nicht mehr sich gegenseitig widersprechenden Treuepflichten zu unterliegen – hatte ihn schnell gebändigt, und das mit mehr Nachdruck, als streng genommen notwendig gewesen wäre.

»Bringt Zymun in seine Gemächer. Unser Prisma-Erwählter hat heute Nacht vieles, wofür er beten muss«, befahl Andross.

Zymun wurde aus dem Saal gezerrt. Er spuckte um sich und versuchte wiederholt, die Schwarzgardisten zu beißen, die jedoch keinerlei Probleme hatten, mit ihm fertigzuwerden.

»Eine Minute bis Mitternacht«, verkündete Carver Schwarz.

Karris hatte sich nicht von dem Kissen auf dem Boden wegbewegt, auf dem sie kniete. »Hauptmann Fisk?«, fragte sie. »Würdet Ihr mir die Ehre erweisen?«

»Ist das Euer Wille?«, erwiderte er.

»Ja.«

Leise fügte Fisk hinzu: »Ich wünschte, wir könnten einen anderen Guile verlieren.«

»Ich weiß«, antwortete sie. »Ihr seid ein treuer Freund, Hauptmann. Ich danke Euch.«

Hauptmann Fisk sah Andross an, doch der alte Mann ließ keine Regung erkennen, die sich in die eine oder andere Richtung hätte deuten lassen. Also sah Fisk Kip an und streckte die Hand nach dem Messer aus.

Kip war gar nicht bewusst gewesen, dass er es noch immer in der Hand hatte. »Verdammt, nein«, rief Kip. »Das ist doch Wahnsinn. Ihr kennt Eisenfaust! Er würde so etwas nie tun! Das hier entspringt nicht seinem Herzen. Wir warten!«

»Mylord kann es sich leisten, Befehle zu verweigern«, sagte Hauptmann Fisk. »Ich wünschte, das Gleiche gälte auch für mich.« Er nahm das Messer eines anderen Schwarzgardisten. »Karris Guile, Bogenschützin, Schwester, Hohe Dame, unsere Eiserne Weiße auf ewig«, wandte er sich wieder an die Kniende, »es ist mir eine Ehre gewesen, mit Euch zu dienen und Euch zu dienen. Möge uns Orholam in freundlicheren Gefilden wieder vereinen.«

»Und möge er Euch mit Licht und Wärme segnen, Hauptmann. Jetzt hört auf, die Sache hinauszuzögern, mein lieber alter Ausbilder. Ich muss mich wirklich sehr zusammenreißen, nicht ein letztes Mal zu versuchen, mir mit Euch einen Kampf zu liefern, um zu sehen, ob ich nicht vielleicht jetzt gewinnen könnte, wo es mir doch vor sehr langer Zeit versagt geblieben ist.«

Er holte tief Luft und stellte sich direkt vor die Stelle, wo sie auf dem Boden kniete. Sie zog den Halsausschnitt ihrer Bluse auf, richtete den Blick himmelwärts und spannte mit den Fingern ihre Haut, sodass die Zwischenräume zwischen den Rippen sichtbar wurden.

Dann wurde draußen vor dem Audienzsaal ein Ruf laut. Kip konnte keine einzelnen Wörter verstehen, aber einen Moment später sah er Ausbilder Gill Gräuling an der offenen Tür vorbeirennen – nicht in den Audienzsaal, sondern auf die Aufzüge zu. »Halt, halt, halt!«, schrie er. In seiner Stimme lag die Dringlichkeit eines Menschen, der weiß, dass er zu spät kommt.

24

Teia hatte während des ganzen Weges hierher schreckliche Vorahnungen gehabt, aber das Letzte, was sie erwartet hätte, als sie es endlich unsichtbar bis zu den Aufzügen der Chromeria geschafft hatte, war, von sich öffnenden Aufzugstüren begrüßt zu werden, hinter denen ein blutverschmierter und schwer verwundeter Hauptmann Eisenfaust auftauchte.

»Steig ein, schnell. Der richtige Zeitpunkt bedeutet alles«, sprach sie der dunkle, schlicht gekleidete Parianer an, der bei ihm war. Ansonsten war der Aufzug leer.

Für einen kurzen Moment fragte sich Teia, ob das Ganze vielleicht nur eine Halluzination war. Erstens, sie war unsichtbar. Zweitens, Eisenfaust war das genaue Gegenteil von unsichtbar – und doch schien niemand sonst ihn gesehen zu haben.

Sie trat ein, und der Aufzug schnellte in die Höhe.

Der Parianer gab einen tiefen Seufzer der Erleichterung von sich. »So knapp ist die Sache bei mir seit Cwellar nicht mehr gewesen – oder kommt das erst noch? Ach Quatsch, das hier ist das Nächste. Genau genommen – jetzt!« Er zog die Bremse und drehte sich zu Teia um. Sie waren nur wenige Stockwerke gefahren. »Zähl bis hundertvier, und zwar ab ... jetzt. Dann renn so schnell wie möglich los. Der Schwarzgardist gleich auf der linken Seite ist ein Spion des Ordens. Hat den Befehl, Harrdun auf keinen Fall lebend bis in den Audienzsaal kommen zu lassen. Kann auch sein, dass er auf der rechten Seite steht, wenn du dich verspätest.« Er wandte sich an Eisenfaust, der in sich zusammengesackt an der

Wand lehnte. »Nun zu dir. Du wirst dich zwischen Rache und Leben entscheiden müssen.«

»Für wen?«, knurrte Eisenfaust.

»Keine Zeit.«

»Wartet«, sagte Teia. »Wer seid Ihr?«

»Keine Zeit!«

Der kleine Mann duckte sich aus dem Aufzug, und Becher und Kochgeschirr klirrten.

Teia warf die Hände hoch. Wie war er nur …

Sie streckte den Kopf in den Flur hinaus, aber der Mann war fort. Nicht um die Ecke gebogen, die nächste Ecke war viel zu weit weg. Er war einfach verschwunden.

Sie trat wieder in den Aufzug. Zu Eisenfaust. Nicht mehr *Hauptmann* Eisenfaust, wie sie sich jetzt erinnerte. Wie hatte sie das vergessen können? König Eisenfaust. Der sie das letzte Mal gesehen hatte, als sie seine Schwester ermordet und er sie angefleht hatte, es nicht zu tun.

Riesengroße Scheiße.

»Willst du nicht fragen?«, sagte er, seine Stimme tief und von Schmerz umflort. Er deutete auf das Blut, das sein Gewand mit dem einst weiß-grünen oder weiß-roten Muster durchtränkt hatte – jetzt war es jedenfalls definitiv rot.

»Der Orden?«, fragte sie hoffnungsvoll.

»Nein.«

»Orholam, erbarme dich.« Kruxer.

»Wird er wohl kaum tun, das ist nicht so seine Art. Aber ich … ich kann ihm an dem hier nicht die Schuld geben.«

Teia stand das Herz still. »Ist er …?«

»Er ist tot.«

Nein. Sie hatte nicht vor, ihm das zu glauben. Sie würde gar nicht daran denken. »Der Orden«, sagte sie und fand plötzlich ihren Mut ein Stück weit wieder. »Ihr wisst alles Mögliche über den Orden.«

»Genug, um zu wissen, dass er erst deine Seele will, um dir dann einen Dolch in den Rücken zu stoßen.« Er sah sie unter schweren Lidern an, erschöpft von Schmerz und Blutverlust und allen Qualen, die er durchgemacht hatte, aber auch hart und verbittert. »Doch das weißt du ja alles selbst.«

»Ich habe mich für Karris in den Orden eingeschleust. Sie versucht, ihm ein und für alle Mal das Handwerk zu legen.«

»Man kann ihm nicht das Handwerk legen.« Er versuchte zu lachen. Hustete stattdessen. »Sieh mich an.«

»Wie? Was meint Ihr damit?«

»Ich bin überzeugt, dass der Großteil der Unsterblichen aus der Hölle ihn beschützt. Wie sonst hat mich Kruxer genau in dem Moment ausfindig machen können?«

»Sprecht nicht von ihm – tut es nicht! Bitte! Uns läuft die Zeit davon. Ich muss dem Orden Einhalt gebieten, sonst ist alles umsonst gewesen!«

»Ha. Genau das habe ich auch gesagt. Die Hinrichtung. Bis dahin können es höchstens noch ein paar Minuten sein. Ich hoffe, sie ziehen die Sache nicht einfach ohne mich durch. Verstehst du nicht? Es ist bei alledem nur darum gegangen, ihn zu erwischen.« Er blinzelte mühsam, taumelte.

Hä? »Nein, Ihr dürft jetzt nicht sterben. Wer? Wer ist *ihn*?«

»Mein Onkel. Er ist der Alte Mann aus der Wüste. Hat seine Identität über all die Jahre geheim gehalten, aber ein Geheimnis ist eine Schwäche, verstehst du? Die einzige Möglichkeit, ihn zu erwischen, war ... das hier. Er hat dich ausgesandt, meine Schwester zu töten. Nach allem, was ich für ihn getan hatte. Seine eigene Nichte.«

Eisenfaust sackte in sich zusammen, und Teia stützte ihn und kam sich angesichts seines massigen Körpers winzig vor. »Nein, nein, nein. Ihr müsst jetzt bei mir bleiben! Ich kann das nicht ohne Euch durchziehen.«

»Du hast sie getötet. Meine Schwester. Ich habe dich angefleht, es nicht zu tun. Ich habe darum gebettelt.«

»Ja, und ich würde es wieder tun. Sie hatte vor, Euch umzubringen. Aber es tut mir leid. Es tut mir leid, dass Ihr jemanden verloren habt, den Ihr so sehr geliebt habt, aber sie musste sterben. Sie war bereits tot, als Ihr mit ihr in diesem Raum gewesen seid. Sie wollte alle töten.«

Eisenfaust stieß schwach den Atem aus, und seine Augen wurden sanfter. »Ich weiß«, flüsterte er. »Oh Gott. Kruxer. Teia, ich ...«

»Nicht. Ich kann nicht darüber reden, nicht über ... Wer ist es? Wie lautet der *Name* des Alten Mannes?«, drängte Teia.

Bei Orholams Eiern, wie viele Sekunden waren inzwischen verstrichen? Sie mussten los!

»Ich habe alles für das hier geopfert. Nur ich kann es tun. Kann niemandem trauen. Das gehört nicht zum Plan.«

Teia warf ihre Kapuze zurück. »Vertraut *mir*! Hauptmann, bitte. Lasst *mich* der Plan sein!«

Er sah sie an, und sie spürte diesen prüfenden Blick aus Augen, zu denen sie so lange aufgeschaut hatte, spürte, wie er sie nun sah, nicht nur als eine Erwachsene, sondern als jemanden, der sein Wohlwollen fand.

»Amalu Anazâr Tlanu«, sagte Eisenfaust. »Amalu Anazâr ist der Alte Mann der Wüste.« Er stieß einen tiefen Seufzer aus, als falle ein Gewicht von seinen Schultern, das jahrelang auf ihm gelastet hatte.

»Moment, Moment, es gibt niemanden mit diesem Namen, der Zugang zu den oberen Stockwerken im Turm des Prismas hat. Hat er irgendeinen Deckmantel, gibt es noch einen anderen Namen?«

Aber Eisenfausts Augen waren zugefallen. Er stützte sich noch schwerer auf Teia.

»Nein! Ihr sterbt mir nicht so einfach! Nicht auf mich gelehnt.«

Die Lider immer noch geschlossen, sagte er: »Immer mit der Ruhe, Grünschnabel. Ich ruhe nur meine Augen ein wenig aus. Hast du dich schon verzählt?«

»Was?«

»Es ist fast Zeit«, sagte er. Er öffnete die Augen, und es lag etwas von dem alten Eisenfaust-Feuer darin. »Ich muss in diesen Audienzsaal gelangen und dafür sorgen, dass nicht noch mehr zum Teufel geht.«

»Könnt Ihr mir nicht ...«

»Grinwoody«, sagte er.

Es brauste um ihre Ohren wie ein einstürzender Heidentempel. Grinwoody? *Grinwoody*, Andross Guiles rechte Hand. Alle Geheimnisse der Welt gingen durch die Finger dieses Mannes. Ein weiterer Meistermeuchler des Ordens, diesmal in den unsichtbar machenden Mantel der Sklaverei gekleidet.

Teia, selbst eine ehemalige Sklavin, hatte es nicht bemerkt. War nicht auf die Idee gekommen, dort zuerst nachzusehen.

Sie richtete sich straff auf. »Ich werde Euch an dem Attentäter oder den Attentätern an der Tür vorbeibringen, aber dann muss ich Euch in andere Hände geben. Auf mich wartet Arbeit. Bei welcher Zahl sind wir jetzt?«, fragte Teia.

»Hunderteins.«

»Ich wusste, dass Ihr es wissen würdet«, sagte sie und stellte sicher, dass sie voller Paryl war und Wolken davon aus ihren Fingern zischten. Sie löste die Bremse, und sie sausten nach oben. Sie schaute zu ihrem alten Hauptmann hinüber. »Ihr seht schrecklich aus.«

»Ich habe mich wirklich auch schon besser gefühlt«, sagte er, während die Stockwerke an ihnen vorbeischossen. Mit einer Hand zog er sich eine Kette vom Hals und stopfte sie sich in die Tasche. »Setz die Kapuze wieder auf, Mädchen.«

Oh, Scheiße! Teia streifte sich die Kapuze hastig über den Kopf, eine Prozedur, die wegen der langen Messer in ihren Händen recht beschwerlich war. »Wer war dieser Mann?«, erkundigte sie sich, als sei sie nicht ungeheuer aufgeregt.

»Karris' Kopi-Verkäufer vielleicht? Sie liebt dieses verdammte Zeug.«

»He, Vorsicht«, mahnte Teia. »Ein Schwarzgardist hält seine Zunge im Zaum.«

Darüber mussten sie beide kichern, wenngleich Eisenfaust sofort unter Schmerzen abbrach.

»Nur sechs in der Vorhalle bei einem solchen Anlass?«, fragte Teia. Sie stand links von ihm, um sich zwischen ihn und die Bedrohung zu stellen.

Er ächzte. »Ich hätte mehr Schwarzgardisten Wache stehen lassen, aber wir haben Krieg. Könnte jedoch auch noch etwas anderes bedeuten.« Als koste es ihn äußerste Anstrengung, stemmte sich Eisenfaust von der Wand weg und stand breitbeinig da. »Übrigens«, fügte er hinzu und löste die schwere Kette, die von seiner Handschelle zu einem Haken an seinem linken Bizeps führte, »du bist immer noch nur der Plan B.«

Dann öffneten sich die Türen.

Wie es ihnen im Rahmen ihrer Ausbildung eingetrichtert worden war, hielten die sechs Schwarzgardisten in der Vorhalle alle ihren Blick auf die sich öffnende Aufzugstür gerichtet, und sie rissen beim Anblick von König Eisenfaust Augen und Münder auf: Blutdurchtränkt stand er im Aufzug, selbst sein Gesicht verkrustet und seine vielfarbige Prunkkleidung über und über besudelt. Teia sah jedoch nicht in ihre Gesichter – sie schaute auf ihre Hände.

Sie alle bewegten sich vor. Sie waren dazu ausgebildet, sich auf eine Gefahr zuzubewegen, sich dem, was immer sie da erschreckte oder bedrohte, in den Weg zu stellen, um Hilfe leisten oder die Schutzlosen hinter sich schützen zu können. Für Teia war es bei so viel plötzlichem Aufruhr fast unmöglich, die Bedrohung zu entdecken. Alle kamen sie auf sie zu, bewaffnet bis an die Zähne. Linke Seite, linke Seite …

Rechte Seite!

Ein junger Schwarzgardist, den sie nicht kannte, sprang vor, die Augen vor Angst geweitet, zu schnell, um ihm mit Paryl in die Nerven zu kneifen. Eisenfaust machte Anstalten, es selbst mit der

Gefahr aufzunehmen, aber er war viel zu langsam. Als sich der junge Mann auf ihn stürzte, tauchte Teia unter Eisenfausts sich emporreckenden Arm und ließ beide Messer nach oben fahren.

Ihr erstes verfehlte die Klinge, die sie hatte abfangen wollen, schnitt aber glatt durch das Handgelenk des jungen Mannes. Hand und Klinge wirbelten davon. Ihre andere Klinge grub sich tief in die Lenden des Mannes.

Dann schlug Eisenfaust dem jungen Mann mit der offenen Hand ins Gesicht und stand für einen Moment still. Die Kette schlang sich einmal um den Kopf des verhinderten Meuchelmörders. Dann riss sie Eisenfaust in die andere Richtung zurück, brach dem jungen Mann das Genick und schleuderte den Sterbenden von sich.

Hinter den ersten Reihen der Schwarzgardisten sah Teia Gill Gräuling herbeilaufen. Er schrie seinen Männern zu, sie sollten aufhören, aufhören!

Aber das Problem dabei, Menschen dazu auszubilden, mit sofortiger Tödlichkeit auf Drohungen zu reagieren, besteht darin, dass sie genau das dann auch tatsächlich *tun*. Eine Frau, die zu den langgedienten Schwarzgardisten gehörte, griff nach dem Ärmel des jungen Mannes neben ihr, aber vier Schwarzgardisten griffen bereits an.

Eine Wand aus Paryl-Hitze barst aus Teia heraus, wie es am Kopf von Ru schon einmal geschehen war. Alle in der Nähe fuhren zurück und hatten das Gefühl, als stünde ihre Haut in Flammen.

»Null, null, eins! Null, null, eins!«, schrie Gill Gräuling. »Halt, halt, halt! Ich habe alles gesehen! Sofort aufhören!« Nur eine Sekunde später war er auch schon bei ihnen und schob sich zwischen die Schwarzgardisten und Eisenfaust.

Eisenfaust ließ sich in Gills Arme sacken. »Bring mich dort hinein«, keuchte er.

Aber Teia blickte den Flur hinunter, vorbei an all den Schwarzgardisten, die in ihre Richtung gerannt kamen – selbst Männer und Frauen, die es eigentlich besser wissen sollten, denen man beigebracht hatte, auf ihren Posten zu bleiben. Sie sah einen einzelnen Menschen in die entgegengesetzte Richtung gehen.

Kein Schwarzgardist.

Jeder Zivilist würde zum Ort des Tumults hineilen, um festzustellen, was da los war. Dieser indes verschwand gegen den Strom der Menge.

Ein Beobachtungsposten, vermutete Teia. Um den Alten Mann zu warnen.

Aber zwei Dutzend Schwarzgardisten und unzählige Zivilisten, denen der Einlass in den Audienzsaal verwehrt worden war, drängten nun in die Vorhalle.

Teia zwängte sich zwischen ihnen hindurch, wich aus und duckte sich, kümmerte sich nicht darum, ob irgendwer sie bemerkte. Sie sah Grinwoody keine zwanzig Schritt entfernt durch die Tür des Audienzsaals eilen und dann zum Aufzug auf der anderen Seite des Turms laufen.

Es dauerte viel zu lange, bis sie die Menge hinter sich gelassen hatte und ihm folgen konnte. Die Schwarzgardisten, die hier Wache gehalten hatten, hatten ihre Posten verlassen. Beim Aufzug angelangt, befühlte sie die Seile auf Vibrationen hin. Nach oben. Er war nach oben gefahren, in das Stockwerk des Prismas und der Weißen.

Sie kannte keine möglichen Fluchtwege über ihr – wollte er seine Unterlagen holen? –, nein, Moment, sie kannte keine möglichen Fluchtwege weiter oben im Turm *außer vom Dach aus!*

Aber zwei Minuten später war sie auf dem Dach. Allein. Er hatte die Fluchtkabel nicht ausgelöst. Er verfügte über einen weiteren Fluchtweg.

Sie hatte ihn verpasst. Der Alte Mann aus der Wüste war fort.

25

Teia zitterte heftig. Es war so verdammt ärgerlich.

Aber wenn der Rausch der wilden Kampfeswut nachlässt, reagiert der Körper, und ihr Kämpferblut war kaum je so sehr in Wallung geraten wie heute, als sie Eisenfaust gerettet hatte (sie hoffte jedenfalls, ihn gerettet zu haben) und fast auch noch den Alten Mann aus der Wüste hätte umbringen können.

Grinwoody. Dieser hinterhältige, schleimige kleine Drecksack. Diese Kröte, die all die Jahre direkt an Andross Guiles Seite gehockt hatte.

Bei all ihren Jagden hatte sie hundertmal über ihn hinweggesehen. Sie fand es widerwärtig, dass jeder den Sklaven keinerlei Beachtung schenkte, dass jeder der Ansicht war, sie seien es nicht wert, wahrgenommen zu werden – und sie hatte genau das selbst getan. Sie war selbst eine Sklavin gewesen. Sie war *noch immer* eine Sklavin. Und sie hatte einfach über ihn hinweggesehen.

Sie war so wütend auf sich, dass sie irgendetwas töten wollte. Nein, vergiss es. Irgend*jemanden.*

Und genau das war ja nun auch die richtige Maßnahme. Aber sie musste ihn zuerst ausfindig machen.

Nach all dem Aufruhr, den sie und Eisenfaust unten ausgelöst hatten, waren nur zwei Schwarzgardisten auf dem ganzen Stockwerk zurückgeblieben. Doch Teia hatte jetzt mehrere Stunden lang Paryl gewandelt, und sie war völlig ausgelaugt.

Ganz zu schweigen davon, dass sie heftig zitterte.

Bald würden die Schwarzgardisten auf ihre Posten zurückkehren, und sie war nicht in der Verfassung, halbwegs geschickt zu kämpfen oder ihnen auszuweichen. Sie hatte bereits regelrecht Mühe, ihre Unsichtbarkeit aufrechtzuerhalten.

Scheiße.

Sie brauchte eine Pause. Kurz überlegte sie, sich in ihr kleines Wandkämmerchen zurückzuziehen. Aber das war der Ort, an dem sie diesen Traum gehabt hatte. Den Albtraum.

Abaddon.

Er suchte nach ihr.

Sie würde nicht noch einmal dort schlafen.

Verspätet, vielleicht zu spät, bezog sie draußen vor dem geheimen Raum des Alten Mannes im Aufzugsschacht Stellung. Er war hinaufgefahren, als er geflohen war, nicht hinunter, daher wusste sie, dass er sich nicht als Erstes hierherbegeben hatte. Würde er überhaupt hier vorbeikommen?

Sie nahm an, dass er zuerst seinen geheimen Büroraum aufsuchen würde, sollte er auf Dauer fliehen wollen. Sie nahm an, dass das hier sein Büro war. Und sie nahm an, dass er hier in einer gepackten Tasche Wertgegenstände und andere Habseligkeiten aufbewahrte. Und dass er sich zumindest diese Tasche holen würde.

Es waren eine ganze Menge Annahmen, aber irgendwann musste sie ja mal Glück haben, oder?

Jedes Mal, wenn ein Aufzug an ihr vorbeifuhr, spannte sie sämtliche Muskeln an, und heute Nacht standen die Aufzüge niemals still. Zuerst waren es Menschen in Panik, dann Wachen und Schwarzgardisten und Tafok Amagez, dann Boten, dann Adlige, dann weitere Boten. Und das ging die ganze Nacht über so.

Nach einigen Stunden mahnte sie sich zu Geduld, sagte sich, dass der Alte Mann geduldig war. Er musste seine Sachen holen, aber er konnte es sich nicht leisten, Verdacht zu erregen, solange die Aufzüge so viel benutzt wurden.

Teia ging davon aus, dass Ben-hadad und Magistra Kadah jetzt irgendwann mit ihrer Arbeit an dem Code fertig sein würden, um sich dann hier mit ihr zu treffen. Die Sache dauerte nun schon viel länger als sechs Stunden, aber bestimmt würde die Frau den Code doch irgendwann geknackt haben, nicht wahr?

Doch die Nacht verging. Teia döste im Stehen und schreckte jedes Mal aus dem Schlaf hoch, wenn eine Aufzugskabine vorbeifuhr. Keine hielt jemals an, nicht einmal für einen Moment, und die Dunkelheit war eine warme Umarmung.

Es kam überhaupt nie jemand. Sie hatte ihre kostbaren Stunden zum Wetteinsatz gemacht, die Wette jedoch verloren.

Also machte sie sich kurz nach Tagesanbruch auf den Weg zu Magistra Kadahs Quartier. Vielleicht hatte die Frau herausgefunden, wie man jene Tür öffnen konnte. Wenn nicht, hätte sie für Teia zumindest einen Platz zum Schlafen.

Sie klopfte die vereinbarte Zeichenfolge auf die Tür. Nichts.

Scheiße, dachte Teia. Sie ging eigentlich nicht davon aus, dass sie die beiden verfehlt haben könnte. Vielleicht hatten sie beschlossen, ein paar Stunden zu schlafen, um sich dann von Neuem über den Code herzumachen.

Wie dem auch sei, sie musste unbedingt irgendwen davon in Kenntnis setzen, dass Grinwoody der Alte Mann war. Sie wusste nicht, ob Eisenfaust die geistige Klarheit besessen hatte zu begreifen, wie wichtig es war, diese Information weiterzugeben. Allerdings wenn möglich nur an Karris. Grinwoody hatte sicherlich noch weitere seiner Leute im Audienzsaal – sie würden ihm sofort Mitteilung machen, wenn Eisenfaust mit seinem Namen herausgeplatzt war.

Falls das geschehen war, würde Grinwoody vielleicht für immer fliehen. Vielleicht hatte er das auch schon getan. Verdammt.

Aber zuerst musste sie Ben die wahre Identität des Alten Mannes enthüllen.

Sie drückte die Türklinke herunter. Sie war nicht versperrt.

Das erschien ihr unklug.

»He, ihr zwei«, rief Teia, »bitte, sagt mir, dass ihr nicht ...«

Der Raum wurde von Übungslaternen, wie sie die Magister im Unterricht einsetzten, in ein unheimliches Orangerot getaucht.

Aber sie registrierte kaum die Welle der Gemütsregungen, die sie zusammen mit dem Licht trafen, als ihr ein vertrauter Geruch in die Nase drang. Blut.

Teia konnte einen hinter einem Arbeitstisch zu ihrer Linken zusammengesackten Frauenkörper sehen, und hinter einem Schreibtisch zu ihrer Rechten war eine Blutlache hervorgequollen und hatte sich im Raum verteilt.

Ben-hadad. Nein!

Teia machte einen Satz – zurück. Sie riss ihre Kapuze wieder hoch und zog sie vor ihrem Gesicht zu, um erneut ganz und gar unsichtbar zu werden. Sie holte einen langen Dolch unter ihrem Schimmermantel hervor, zog so viel Paryl in sich hinein, wie sie konnte, hielt den Atem an und blieb reglos stehen.

Nichts.

Hatte sie nicht eben ein Stöhnen hinter dem schweren Schreibtisch gehört? Ben-hadad?

Sie schoss eine Wolke Paryl-Rauch um die Tür herum in den Raum. Das Paryl allein würde einen Angriff darstellen – und es war sichtbar für Spitz, falls er hier war und hinschaute. Aber es folgte keine plötzliche Gewalt. Ihre Paryl-Wolken strömten nicht wellenartig um irgendeine Gestalt herum.

Wenn er sich im Raum befand, würde ihr erster Schritt alles entscheiden, und sie konnte nicht ewig in der offenen Tür stehen bleiben. Also schoss Teia kleine Paryl-Pfeile in jeden Winkel des Raums, selbst zur Decke über dem großen Schreibtisch und in die Vorhänge am Fenster – auf jedes Ziel, das groß genug war, dass sich dahinter ein Mensch verbergen könnte.

Nichts.

Nun erst drehte Teia sich um, um einen Blick auf die am Boden liegende Frau zu werfen. Magistra Kadah. Teias Paryl war ihr in die Brust gedrungen, wo das Herz der Frau stillstand, wie Teia spüren konnte.

Hinter dem Schreibtisch ließ sich ein weiteres Stöhnen vernehmen. Ben!

Das Mitleid von Rot und das Verlangen nach menschlichen Beziehungen von Orange überwältigten sie. Ben-hadad! Nein, bitte, sag mir, dass ich dich nicht in den Tod geschickt habe! Ich kann dich retten! Teia eilte zu ihrem Freund hinüber.

Als ihre Schritte durch den Raum hallten, rollte sich ein schimmerndes, funkelndes Irgendwas auseinander, das sich in den Schatten des Schreibtischs verborgen gehalten hatte.

Blut spritzte aus ihrer Nase, und sie taumelte zurück.

Als Erstes sah sie Ben-hadad. Er lag auf dem Boden, die Augen weit aufgerissen, geknebelt, an Armen und Beinen gefesselt, aber offenbar unverletzt. Über ihm hockte Mörder Spitz, der irgendwie die Kontrolle über seinen Schimmermantel verloren hatte. Größere Stücke davon waren unsichtbar, während andere immer wieder in bunten Farben aufflackerten.

Noch ehe der Strahl ihres Blutes den Boden berührt hatte, stach sie bereits blind mit dem Dolch um sich. Aber sie spürte ein Zwicken in beiden Knien.

Kraftlos und taub geworden, gaben ihre Beine unter ihr nach, und sie sackte zu Boden. Auch im Ellbogen verlor sie jede Empfindung.

Bevor sie einen klaren Gedanken fassten konnte, hatte eine Hand ihr Haar gepackt. Sie sah Mörder Spitz mit der anderen Hand einen lederbezogenen Knüppel heben. »Ach, Teia«, sagte er. »Ich habe dich so sehr vermisst.«

Seine Stimme war wie warmer Honig, aber in seinen Augen sah sie etwas, das ihr das Blut in den Adern gefrieren ließ: Paryl-Kristalle hatten wie violette Granatsplitter das Weiß seiner Augen durchdrungen. Mörder Spitz hatte seinen Halo durchbrochen.

Er umarmte sie kurz. »Du bist der einzige Mensch, der versteht«, sagte er. »Aber ich sollte dich wirklich töten.«

Dann setzte er sich auf ihren Bauch und schlug ihr ins Gesicht. Nicht sanft, aber auch nicht fest genug, um ihr eine Wunde zuzufügen.

Doch der Schlag zerschmetterte all das Paryl, das sie in sich hineingezogen hatte.

»Das lässt du mal lieber«, sagte er, und seine Stimme war ein zärtliches Schelten, als sei sie eine unartige Geliebte. Ihr Magen krampfte sich vor Angst zusammen. Er hatte anscheinend einen Teil seiner Fähigkeiten verloren, aber keine, die wirklich zählten. Er wusste ganz genau, wann und auf welche Weise sie gefährlich sein konnte. Er hatte lediglich seine Hemmungen abgelegt.

Das waren keine guten Neuigkeiten.

»Nette Falle, was?«, bemerkte er und deutete auf das orangerote Übungslicht. »Nur, dass ich vergessen habe, wie empfänglich ich selbst für dieses Licht bin. Mir scheint, es ist in letzter Zeit schlimmer geworden.« Er zeigte auf Ben-hadad, der neben ihr auf dem Boden lag. Vor ohnmächtigem Zorn rollte er mit den Augen, und Tränen der Hilflosigkeit strömten ihm über die Wangen. »Aber siehst du, wie lieb ich zu dir bin, Adrasteia? Ich habe deinen Freund am Leben gelassen. So etwas mache ich sonst nie.«

Er seufzte. Stand auf und löschte die Lichter, sodass sich vollkommene Dunkelheit über den Raum legte.

Seine Stimme nahm einen Tonfall an, der so schwarz war wie der Raum. »Ich wünschte, ich könnte auch dich am Leben lassen.«

Sein seltsames, unkontrolliertes Schimmern pulsierte durch die Dunkelheit, und sie sah ihn für einen Moment hell erleuchtet, wie er den Lederknüppel emporhob, bevor er ihn dann mit voller Wucht gegen ihre Schläfe donnerte.

26

Es war eine lange Nacht gewesen, und Karris' anfängliche Euphorie darüber, lebend die Morgendämmerung begrüßen zu können, war lange verflogen und der Angst gewichen.

König Eisenfaust hatte sich nur noch wenige Sekunden auf den Beinen gehalten, nachdem man ihn in den Audienzsaal gebracht hatte. Offensichtlich war er ohnehin allein durch heroische Willensanstrengung bei Bewusstsein gewesen. Er hatte befohlen, Karris' Hinrichtung auszusetzen und angeordnet, dass seine gesamten Truppenverbände unter den Oberbefehl von Armeegeneral Danavis gestellt wurden. Dann war sein Blick über die Menge gewandert, als suche er nach einem bestimmten Gesicht, während er Karris angefleht hatte, mit ihm zur Seite zu gehen, damit er ihr etwas Privates mitteilen könne. Sie trat sofort zu ihm, aber im nächsten Moment wurde er von der Schwere seiner Verletzungen überwältigt.

Seither hatte er keinen Mucks mehr von sich gegeben.

Natürlich waren die beste Wundärzte der Chromeria bei ihm, daneben seine eigenen Tafok Amagez sowie mehrere Schwarzgardisten. Vor dem Aufzug hatte es irgendeinen Tumult gegeben. Anscheinend hatte ausgerechnet ein *Schwarzgardist* versucht, ihn zu ermorden? Die Tafok Amagez trauten weder den Schwarzgardisten (durchaus verständlich, dachte Karris, auch wenn die Schwarzgardisten natürlich alles leugneten) noch den Wundärzten, und die Schwarzgardisten trauten sowohl den Tafok Amagez als auch den Ärzten nicht, und die Ärzte wollten, dass man sie mit ihrem Patienten in Ruhe ließ.

Karris wusste nicht, welche private Angelegenheit Eisenfaust mit ihr zu besprechen gehofft hatte, und jetzt war es unmöglich, Eisenfaust von den Tafok Amagez wegzubekommen. Nachdem ein Anschlag auf das Leben ihres Königs unternommen worden war, würden sie niemanden mehr in seine Nähe lassen, bis er wieder bei Bewusstsein und außer Gefahr war.

Es war ein Kampf, den zu kämpfen sie gern die Zeit hätte. Hatte sie aber nicht.

Als der Tag vor dem Sonnentag, der Sonnentagsabend, heraufdämmerte, kamen Tausende von Corvan Danavis' und König Eisenfausts Kriegern an Land und brachten Vorräte zu ihren jeweiligen Standorten. Armeegeneral Danavis war ganz in seinem Element und organisierte mühelos Tausende Details mit großer Effizienz. Wenn man so viele Truppen samt Waffen und Sonstigem zu verteilen hatte, konnte es zu allen möglichen Blockaden und Engpässen kommen, und da nun Danavis das Kommando führte, erhielten die Leute einfach Befehle und zogen davon, und wenn sie vor Ort ankamen, trafen all die Dinge, die sie brauchten, gleichzeitig mit ihnen ein, oder sie waren bereits da oder kamen zumindest unmittelbar nach ihnen.

Es herrschte ein solches Ausmaß an technischer Virtuosität, dass die Leute es überhaupt nicht wahrnahmen: *Natürlich* würden das Schwarzpulver, die Schusspflaster, die Zündsteine oder Zündschnüre, die Kugeln und die Ladestöcke am gleichen Ort wie tausend Musketen eintreffen, das war für sie einfach selbstverständlich. *Natürlich* war dieser Ort dann zentral gelegen, sodass jene Männer, die im Umgang mit den Musketen ausgebildet waren und sie für den Kampf benötigten, ihre Waffen auf geordnete Weise rechtzeitig bekommen konnten. Aber nach allem, was Karris und ihre Luxiaten über die letzten Monate hinweg unternommen hatten, um die Inseln auf ihre Verteidigung vorzubereiten, wusste sie inzwischen, wie schwer das alles zu leisten war, und sie stand einfach nur sprachlos vor Staunen da.

Das allerdings nicht untätig. Sie hatte ihre eigenen Details zu überwachen.

Viel davon hatte mit der Flotte zu tun, die in der Morgensonne sichtbar geworden war. Zuerst hatten alle angenommen, sie sähen da die Vorhut der Flotte des Weißen Königs vor sich, die von Westen her auf sie zukam.

Aber diese Flotte war allein und klein, keine riesige Armada folgte ihr – außerdem hatten die Schiffe die Flaggen von Ruthgar und dem Malargos-Clan gehisst.

Karris fuhr mit einem Gleiter zu den Schiffen hinüber, um die Absichten ihrer Besatzung zu erkunden: Eirene Malargos war nicht selbst gekommen (schlau, für den Fall, dass wir alle zu Tode kommen, dachte Karris), aber Karris erfuhr, dass ihre Luxiaten Eirene dazu zu bewegen vermocht hatten, alle Kämpfer loszuschicken, die die Ruthgari entbehren konnten.

Und mit »ihre Luxiaten« meinten sie *Karris'* Luxiaten, begriff Karris bald, denn drei der jungen Männer, die bei Eirene Malargos so gute Überzeugungsarbeit geleistet hatten, waren Teil von Karris' kleiner Gruppe von getreuen Scholaren gewesen.

»Alle, die sie entbehren konnten« war wohl eher eine Übertreibung, denn Malargos hatte nur ungefähr fünftausend Mann entsandt. Aber die fünftausend waren Ruthgars beste Kämpfer, und sie waren besser ausgestattet als alle übrigen Truppenkontingente. Hinzu kam, dass Eirene dringend benötigte Kriegsgüter geschickt hatte. Nicht nur Schwarzpulver (ungeheuer kostbar, seit Atash gefallen war), sondern auch gute Musketen und, das Wertvollste von allem, zehntausend Spiegelrüstungen. Zehntausend!

Karris hatte geglaubt, all ihre Bitten an Eirene Malargos seien auf taube Ohren gestoßen, doch die Frau hatte die ganze Zeit über Ausrüstungsgegenstände gehortet und anfertigen lassen, zu Preisen, die selbst sie in den Bankrott getrieben haben mussten. Und Eirene hatte das alles im Stillen bewerkstelligt, damit es vor dem Weißen König geheim blieb.

Der übrige Sonntagabend verstrich in einem Wirbel der Vorbereitungen: Kip war hektisch mit seinen Spiegelvorbereitungen beschäftigt und viel zu abgelenkt, um auch nur mit ihr zu reden, und Andross ließ sich überhaupt nicht blicken. Nur einmal war er plötzlich bei ihr aufgetaucht und hatte einige ihrer klügsten Luxiaten für sich gefordert. Zymun verlangte ständig dieses und jenes (nicht persönlich, da sie sich weigerte, ihn zu empfangen, aber seine Boten spürten sie überall auf). Letzteres konnte nicht völlig ignoriert werden: Es gab vierzig Wandler, deren Befreiung heute Nacht vollzogen werden musste, vor Anbruch der Morgendämmerung des Sonnentages. Normalerweise hätte sie die Zeremonie ganz verschoben, aber diese Wandler konnten nicht mehr kämpfen und hatten Angst vor dem, was das Eintreffen der Gottesbanne mit ihnen anstellen würde.

Und sie musste sich eingestehen, dass sie diese Angst teilte. Niemand wollte in solchen Zeiten von den altgewohnten Grundsätzen abweichen.

Das bedeutete, dass Zymun die Gelegenheit bekommen würde, sie zu töten. Dieses kranke Stück Dreck. Sie stellte sicher, dass ihm die furchterregendsten Schwarzgardisten zur Seite standen, die sie aufbieten konnte, um seine widerwärtigsten Neigungen im Zaum zu halten. Sie hatte ihnen strikte Befehle erteilt, wie sie mit ihm verfahren sollten, falls er sich bei der Erfüllung seiner ernsten Pflichten danebenbenahm. Sie hatte außerdem dafür gesorgt, dass er nicht von seinen Spießgesellen von der Lichtgarde begleitet oder bewaffnet wurde.

Wenn Karris nicht so viel anderes zu tun gehabt hätte, hätte sie vielleicht eine bessere Lösung gefunden, aber sie – und die armen gebrochenen Wandler, die sich der Befreiung zu unterziehen hatten – würden sich einfach irgendwie damit arrangieren müssen.

Am Nachmittag wurde Koios' Kriegsflotte gesichtet. Sie war tatsächlich so groß, wie Kip behauptet hatte. Die parianische Flotte, von der Karris gehofft hatte, dass sie die Chromeria würde retten können, fuhr ihr entgegen, um den Kampf mit den feindlichen Schiffen aufzunehmen. Indem er mit der Hälfte seiner Gleiter angriff, versuchte der parianische Admiral, die Kriegsflotte dazu zu verleiten, die Gottesbanne erneut aufsteigen zu lassen. Sobald sie aufgetaucht wären, würde die feindliche Armada all ihre Beweglichkeit verlieren.

Aber Koios schluckte den Köder nicht, und der Admiral war nicht bereit, alle seine Gleiter einzusetzen (und damit zu verlieren), um die Koios winkende Beute so verlockend zu machen, dass er doch wie gewünscht reagierte. Und so entwickelte sich die militärische Auseinandersetzung zu einer überwiegend mit den herkömmlichen Mitteln geführten Schlacht. Schlimmer noch war, dass Koios nicht nur über mehr Schiffe verfügte, sondern der parianische Admiral auch sämtliche Wandler aus seiner Flotte verbannt hatte, damit sie nicht von den Gottesbannen handlungsunfähig gemacht wurden. Den besseren Kanonen der Parianer setzten die Blutröcke ihre besseren magischen Fertigkeiten entgegen, was sie ihnen zunächst ebenbürtig und dann überlegen machte.

Die Seeschlacht zog sich über den ganzen Nachmittag hin, aber die Flotte des Weißen Königs war zu groß, seine Wichte zu zahlreich, und auch wenn er hinter den vorderen Reihen nur über unbeholfen-sperrige Barkassen verfügte, konnte die parianische Flotte doch nicht zu ihnen durchdringen.

Die Parianer traten den Rückzug an, nachdem sie schwere Verluste erlitten hatten. Ihrerseits hatten sie dem Feind weit weniger schaden können.

Als es Abend wurde, hatte die Flotte des Weißen Königs in einem weiten Ring am Horizont die Gesamtheit der Jasperinseln eingekreist. Sie befanden sich im Belagerungszustand.

Orholam, dachte Karris, während sie zusah, wie die Sonne unterging, das hier ist dein göttlicher Kampf. Wenn du uns hierin keinen Beistand leistest, müssen wir sterben.

Als die Sonne hinterm Horizont verschwand, hielt sie nach dem grünen Blitz Ausschau.

Aber da war keiner.

27

Teia wurde durch das Weinen eines Mannes in der Dunkelheit geweckt. »Dieses verdammte Miststück! Warum auch hat sie mich so nennen müssen? Das ist alles ihre Schuld. Da steckt irgendeine Hexerei dahinter. Das ist ... gottverdammt noch mal.«

Spitz.

Das Grauen legte sich schwer auf Teias Brust. Sie war in pechschwarzer Dunkelheit mit einem Paryl-Wicht gefangen. Ihre Arme waren vor ihrem Bauch gefesselt, sodass sie sich selbst umschlang, komplizierte Knoten unter ihren Fingern, und sie trug ... ein Kleid?

Sie wollte gar nicht erst darüber nachdenken, wie sie in das Kleid hineingekommen war.

»Es ist die Dunkelheit«, sagte sie laut. Sie fragte sich, warum sie nicht lieber erst einmal einige Minuten damit verbracht hatte, sich schlafend zu stellen, während sie die Knoten untersuchte und nach Fluchtmöglichkeiten Ausschau hielt. Vielleicht weil Spitz immer ein solcher Meister im Binden von Knoten gewesen war. Vielleicht hatte sie auch ein wenig Mitleid mit dem kranken, gebrochenen Kerl.

Oder womöglich gab sie einfach auf.

»Hä?«, blaffte Spitz. »Was plapperst du da?« Er klang zornig und verlegen.

Na toll.

»Wir sind genauso empfänglich für die Dunkelheit, wie wir für das Licht empfänglich sind. Finstere Laune ist bei uns wortwörtlich zu verstehen.« Niemand hatte Teia hiervon etwas erzählt, auch wenn sie diesen Zusammenhang eigentlich schon vor langer Zeit hätte herausfinden sollen. Spitz hatte ihr nichts darüber mitgeteilt. Genauso offensichtlich war die Tatsache, dass bei einem Paryl-Wandler, der zum Wicht geworden war, diese Wirkung noch viel stärker zutage trat.

Etwas strahlte auf, hinter Spitz' Körper verborgen, dann leuchtete eine Flamme – in einer speziellen Laterne, die nur Licht aus dem Spektrumsbereich einer einzigen Farbe verströmte. Der Raum wurde einfarbig entweder rot oder grün beleuchtet.

Wenn die Farbe Grün war, stand Teia nichts Gutes bevor. Ein Spitz, der bereits in dieser Verfassung war, nun noch zusätzlich wild gemacht?

Aber nein. Sie war sich sicher, dass das kein Grün war. Sie konnte es jetzt spüren.

Endlich, endlich, kurz vor ihrem Tod, konnte sie den Unterschied zwischen Grün und Rot spüren. Sie konnte den Unterschied nicht *sehen*, aber sie konnte ihn fühlen: Endlich konnte sie bewusst tun, was sie in jener schrecklichen Ordenszeremonie vor so langer Zeit getan hatte.

Nicht dass es ihr etwas nutzte. Es war rotes Licht. Sie konnte es nicht wandeln, konnte es in keinerlei Weise gegen Spitz einsetzen.

»Nein, nein«, sagte er an das Licht gewandt. »Es ist fast noch schlimmer. Elijah Ben-Zoheth. Verdammt sei diese Seherin.« Er trat auf Teia zu und schnappte sich einen schwarzen Sack von einem Tisch, aber er zog ihn ihr nicht über den Kopf. »Ich hätte dich nicht hierherbringen sollen. Aber seit sie mich so genannt hat ... Der Getrennte. Der Abgeschnittene. Er fuhr sich verärgert mit den Fingern durchs Haar. »Ich wollte, dass du diejenige bist, Teia. Du bist die Einzige, die mich verstehen könnte, weißt du? Du wärst meine Schülerin, verstehst du, und du würdest zu mir aufschauen, und du würdest mich alle möglichen Dinge fragen. Du würdest dich auf mich verlassen. Und während du dann immer mehr Erfahrungen sammeln würdest, würde sich unsere Beziehung verändern. Wir würden Partner werden, jeder mit einem tiefen Respekt vor dem anderen, und tausend Abenteuer erleben, und dann, eines Tages, würdest du mich ansehen, und du würdest immer noch all das sehen« – er deutete linkisch auf sein Gesicht, und Teia begriff, dass er seine Zähne meinte –, »aber es wäre dir egal. Es würde dir nichts ausmachen, dass ich älter bin, und ich würde sagen: ›Nein, nein, nein, du musst jemanden in deinem eigenen Alter finden‹, doch du hättest dir fest vorgenommen, mich herumzukriegen, und ...«

Rotes Licht. Es war ohne jeden Zweifel rotes Licht.

Moment mal. Wovon redete er da überhaupt?

»Lächerlich, was?« Er schaute ihr ins Gesicht, gerade als sich ihr erster Schock gelegt hatte und von Abscheu verdrängt worden war.

Er sah ihren Gesichtsausdruck, und seine eigene Miene verdüsterte sich sofort.

Ach Scheiße, Teia. Ein klein wenig Verstellung hätte in diesem Fall eine Menge bringen können.

»Ja, ich weiß«, murmelte er mit heiserer Stimme. »Dumm. Stattdessen müssen wir es jetzt auf diese Weise machen.«

»Wie habt Ihr mich ausfindig gemacht?«, fragte Teia rasch.

»Willst du wirklich versuchen, mich hinzuhalten?«

»Ihr habt mich ein zweites Mal entführt. Warum hättet Ihr das denn tun sollen, wenn nicht um unseren kleinen Wettstreit zu besprechen?«

»Nein, das war es nicht. Mehr die Einsamkeit. Also vielleicht dann also doch irgendwie? Aber mehr aus ... einem anderen Grund. Einem finstereren.« Er warf einen grimmigen Blick auf die Kerze. Rote waren nicht gerade für ihre Hinterhältigkeit bekannt. Er stülpte ihr rasch den Sack über den Kopf, dann hörte sie erneut das Aufflammen einer Kerze. Einer normalen Kerze offenbar, denn er seufzte. »Oh, das ist schon viel besser. Ich weiß nicht, warum es in letzter Zeit so eine schlimme Wirkung auf mich hat.«

»Wisst Ihr was, ich bin Euch an der Ecke von Farbod-Straße und Unterer Straße über den Weg gelaufen«, sagte sie. Wie spät war es jetzt wohl? Wie lange war sie bewusstlos gewesen? Befanden sie sich irgendwo unter der Erde?

»Wirklich? Warum hast du mich dort nicht umgebracht?«, fragte Spitz.

»Ich habe gedacht, ich hätte die Möglichkeit, den Alten Mann zu erwischen. Ich bin stattdessen ihm gefolgt«, antwortete sie.

»Du hast schon immer Mumm gehabt«, erwiderte er. »Aber jetzt verrate mir mal, warum du nicht nach deinem Vater gesucht hast? Ich habe ihn über Wochen nicht aus den Augen gelassen und darauf gewartet, dass du in Aktion trittst.«

»Ach ja?«, sagte sie. »Ich hatte keine Ahnung, wo er sich befunden hat.« Und sie wusste es immer noch nicht.

»Was?! Ich habe überall Hinweise hinterlassen! Ich meine, ich habe all deine alten Lieblingsorte aufgesucht und dort Dinge hinterlassen, die dich auf seine Spur setzen sollten. Schwarzgardistentavernen. Parks, die du immer gemocht hast. Dieser Laden, wo du regelmäßig Obst gekauft hast.«

»Nun, genau diese Orte habe ich gemieden, weil ich davon ausgegangen bin, dass Ihr mir dort auflauern würdet.« Er hatte gewusst, wo sie ihr Obst kaufte?

»Ah ja. Gut mitgedacht«, lobte Mörder Spitz. »Hervorragende Disziplin. Du hast dich immer durch eine hervorragende Disziplin ausgezeichnet. Nur dass du dazu geneigt hast, dich ein wenig zu übernehmen und Dinge in Angriff zu nehmen, die deine Fähigkeiten übersteigen. Es ist ein Jammer.«

»Also, wie habt Ihr mich ausfindig gemacht?«, hakte Teia nach. Es gefiel ihr nicht, wenn er in der Vergangenheit von ihr sprach.

»Als deine Freunde gekommen sind. Die Mächtigen. Ich habe mir gedacht, dass du sofort zu ihnen gehen würdest. Das Problem war, dass es einen ganzen Haufen von ihnen gibt. Aber Kip und Ben-hadad haben sich von den anderen getrennt. Ich habe wirklich geglaubt, du würdest als Erstes deinen alten Bettgenossen aufsuchen und schauen, ob er für eine schnelle Nummer zu haben wäre, während seine Frau gerade nicht hinsah. Aber dann habe ich mich Ben-hadad an die Fersen geheftet. Hat mir einen Höllenschreck eingejagt, als ich begriffen habe, dass sie daran gearbeitet haben, das geheime Büro des Alten Mannes aufzubrechen! Ich habe mich gefragt, ob ich das sofort melden oder lieber noch warten sollte. Also habe ich den Mittelweg gewählt und gewartet, bis sie die Lösung hatten – oder das zumindest glaubten. Wie auch immer, ich wusste jedenfalls, dass du kommen würdest. Und Geduld ist bei unserer Arbeit etwas so Wesentliches, nicht wahr?« Er seufzte. »Vergiss das von vorhin. Ich weiß nicht, was da in mich gefahren ist. Ich bin noch nie zuvor der gefühlsduselige Typ gewesen.«

Wusste er denn nicht, dass er zum Wicht geworden war? Wie konnte er das nicht wissen?

Weil er niemanden hatte, der es ihm sagte. Er war so lange allein gewesen, dass er jetzt zu einem Ungeheuer geworden war und nicht einmal davon wusste.

Konnte sie sich das zunutze machen?

»Du kommst hier nicht mehr raus, Teia«, erklärte Mörder Spitz. »Du bist zu einfallsreich, als dass ich dich in diesem Raum zurücklassen könnte, bis die Mauern gefallen sind. Du musst sterben. Einfach eine weitere Seele auf meinem Kerbholz, wo du doch so viel mehr hättest sein können.«

»›Bis die Mauern gefallen sind‹?«

»Der Orden hat ein Bündnis mit dem Weißen König geschlossen. Unsere Leute stürmen die Tore, ein paar unserer Schatten schalten die Geschützmannschaften aus, und dann wird uns der Weiße König auf eine Weise belohnen, wie wir es uns in unseren wildesten Träumen nicht ausmalen können.«

»Aber das ist ... das ist ... Ihr habt noch nicht einmal gesagt, wie ...«

»Das ist nicht wichtig«, antwortete er traurig. Er schien sich jetzt wieder unter Kontrolle zu haben. Schien wieder er selbst zu sein.

»Na ja, natürlich ist es wichtig ...«, widersprach Teia.

»Es ist nicht wichtig für dich. Deine Geschichte ist hier zu Ende. Es tut mir leid.«

»Bitte«, flehte Teia, und Angst zog ihr die Kehle zusammen. Sie hatte ihre Fesseln überprüft. Es gab nichts, was sie tun konnte. Sie konnte nicht einmal ihre Gliedmaßen bewegen.

Sie hatte ihre Chance verpasst. Wandeln war jetzt unmöglich.

Sie versuchte es trotzdem und riss die Augen weit auf.

»Na, na, na«, tadelte Mörder Spitz. Er riss ihr den Sack vom Kopf, packte mit einer Faust ihr Haar und zog ihr Gesicht hoch, eine fast schon sanfte Bewegung. Aber sie machte sich keine Illusionen, dass er auch sanft bleiben würde, wenn sie Widerstand leistete.

Er sah sie an, Auge in Auge, dann küsste er sie zart auf die Stirn, wie ein Vater. »Ich möchte dich um einen Gefallen bitten«, sagte er.

»Dann möchte ich Euch meinerseits aber auch um einen bitten«, erwiderte Teia schnell.

Er lachte. »Du bist eigentlich nicht in der richtigen Position dafür, oder?«

»Ich werde alles tun, was Ihr wollt, wenn Ihr mich nur anhört.«

»So funktioniert das nicht«, entgegnete Mörder Spitz.

»Mein Vater. Sie werden ihn umbringen, wenn sie herausfinden, dass ich sie verraten habe«, erklärte Teia. »Er weiß nicht das Geringste von dieser ganzen Sache. Das wisst Ihr. Er ist nur ein Kaufmann. Könnt Ihr sie dazu bringen, ihn freizulassen?«

Es überraschte sie, wie ruhig und gefasst ihre Stimme klang. Spitz schien ebenfalls überrascht zu sein.

»Ich habe keinen Anlass, dir zu helfen«, antwortete er.

»Nein ... nein, den habt Ihr nicht. Aber vielleicht, ganz vielleicht, ist ein klein wenig Wiedergutmachung besser als gar keine.

Vielleicht könnt Ihr dadurch Eure Trennung ein kleines Stückchen aufheben, Elijah ben-Zoheth.«

Er schnaubte. »Du hast echt Mumm«, sagte Spitz mit einem leisen Lächeln, das sein künstliches Alltagsgebiss zeigte: Die Zahnprothesen waren schlicht, weiß, aber nicht so perfekt geformt, dass sie Aufmerksamkeit erregt hätten. »Ich wünschte, das hier wäre nicht notwendig.«

»Ich auch«, antwortete Teia leichthin.

Er lachte. Dann schaute er auf sie herab und schüttelte den Kopf. »Irgendwie unglaublich, dass ich dir das Kleid meiner Mutter angezogen habe. Was zum Teufel habe ich mir nur dabei gedacht? Aber egal ... jetzt zu meiner Bitte.« Er räusperte sich, plötzlich verlegen.

»Was immer Ihr wollt«, sagte Teia.

Wieder räusperte er sich. »Du hast einen herrlichen unteren linken Eckzahn. Absolut perfekt. Wunderschön und makellos geformt, soweit ich erkennen kann. Sein einziger Nachteil ist, dass er ein wenig zu groß für deinen Mund ist, glaube ich – aber das macht ihn ideal für meinen. Ich hätte gern deine Erlaubnis, ihn ... äh, meinem besten Paar Zahnprothesen für die diplomatischen Anlässe hinzuzufügen. Du kennst sie. Ich finde, ein schönes Lächeln schneidet mitten durch die Abwehrhaltung der Menschen. Lässt sie innerlich schmelzen. Das ist geradezu magisch. Aber ich möchte nicht, dass mein bestes Lächeln vom Schatten der Schuld besudelt ist, dass ich dich ... geschändet hätte. Auf diese Weise könntest du Teil von etwas Perfektem sein, noch lange nach deinem Tod. Es ist Unsterblichkeit. In gewisser Weise.«

»Orholam sei mir gnädig«, flüsterte Teia.

»Nun, das wird er sicherlich nicht sein.« Mörder Spitz lachte plötzlich. »Aber ich werde gnädig sein. Ich hatte ziemliches Pech mit den Zähnen, deren Spender ich im Voraus umgebracht habe – irgendwie scheint sich die Verwesung unglaublich schnell im Zahn festzusetzen. Das ist übrigens auch der eigentliche Grund, warum du noch lebst. Ich kann es nicht riskieren, deine Perfektion auf eine solche Weise zu verlieren, also habe ich vor, dich zu betäuben, bevor ich dich um den Zahn erleichtere. Du wirst sehr wenig spüren. Aber du wirst am Leben bleiben.« Er zog zwei Phiolen aus der Tasche und legte sie auf den Tisch. Wieder räusperte er sich. »Hier habe ich zwei ganz wunderbare Tinkturen: Zuerst gebe ich dir eine ordentliche Dosis Mohn, in Branntwein aufgelöst. Schmeckt abscheulich, aber der Mohn wird dich in einen Zustand höchster Euphorie versetzen, und du wirst Visionen haben, die, so sagen manche, dem Eintritt ins Jenseits ähneln, falls es so etwas denn überhaupt gibt. Diese zweite Tinktur ist ... ein wahres Wunderwerk. Sehr seltsam. Die Braxianer haben versucht, eine Art Gegenteil von Nachtschatten zu finden – kennst du das?«

Natürlich kannte Teia Nachtschatten. In Tropfenform in die Augen geträufelt, erweiterte Nachtschatten oder Belladonna stark die Pupillen und ermöglichte es Wandlern, mehr Licht aufzunehmen – oder Frauen, hübscher auszusehen. Es machte einen außerdem blind, wenn man zu oft davon Gebrauch machte, daher war die Verwendung von Nachtschatten in der Chromeria verpönt, und man zog es dort vor, Wandlern beizubringen, ihre Pupillen nach Belieben zu erweitern oder zu verengen.

»Was könnte das Gegenteil von Belladonna bewirken?«, fragte Teia. »Würde es die Pupillen zusammenziehen? Ach so ... um Wandlern das Licht abzuschnüren, von dem sie wandeln könnten.«

»Ja, genau, ich vergesse immer, wie schnell von Begriff du bist und immer gleich alles spitzkriegst. Ha, Spitz. Wie dem auch sei, die verschiedenen Narkotika, die sie zuerst ausprobiert haben, waren zu offensichtlich bemerkbar, wenn sie in der notwendig hohen Dosierung eingesetzt wurden. Ich weiß gar nicht, ob sie überhaupt je gefunden haben, wonach sie gesucht haben, aber sie sind zufällig auf das hier gestoßen: *Lacrimae Sanguinis*. Mit dem Essen oder Trinken aufgenommen, braucht dieses Gift ein paar

Stunden, um bis in die Augen vorzudringen – ich hatte nicht genug Gelegenheiten, damit zu experimentieren, um herauszufinden, wie lange es genau dauert. Aber nach einigen Stunden zeigt es irgendwie Wirkung. Es kristallisiert sich in den Augen. Und wenn sich die Pupille dann stark zusammenzieht oder sich weitet, wird das Gift in den Körper freigesetzt. Ein Tropfen genügt angeblich, um ein Dutzend Menschen zu töten. Ich werde dir zwei geben. Dann werde ich meine Vorhänge offen lassen. Du wirst die ganze Nacht lang angenehme Mohnträume haben, und wenn das Licht in der Morgendämmerung des Sonnentages über den Horizont blitzt, wirst du auf der Stelle sterben.« Ein weiteres Mal räusperte er sich. »Es ist die absolut freundlichste Weise, wie ich mit dir tun kann, was ich eben tun muss.«

»Das ... klingt tatsächlich sehr freundlich«, räumte Teia ein.

Es gab sonst nichts zu sagen. Sie war gescheitert. Das war ihr Ende.

Ihr Herz kämpfte sich durch das Dickicht der Panik hindurch und schaffte es, ganz plötzlich, hinaus auf die kargen Ebenen der Resignation. Ihr Atem glitt ihr aus dem Mund wie ein Speisebissen, der ihr aus den Zähnen herausfiel.

Sie fühlte sich seltsamerweise besser. Der Tod war zwar nicht die Freiheit, die sie wählen würde, aber es war eine Art von Freiheit.

Es sei denn, es gab eine Hölle.

Sie würde es schon sehr bald herausfinden.

»Nur den einen Zahn?«, fragte sie. Ihre Stimme war ruhig und von jeder Angst reingescheuert.

Mit einem schlürfenden Geräusch nahm er seine beiden Gebissteile heraus und legte sie beiseite. In einem Becken wusch er sich mit Seife die Hände. Aber nach wie vor ließ er sie nicht länger als eine Sekunde aus den Augen. Unmöglich, ihn mit Paryl zu überraschen.

»Oh, ich bin stolz darauf, alles immer sauber und ordentlich zu halten. Ich werde dich nicht unnötig beschmutzen und verunstalten.« Er trocknete sich die Hände an einem hübschen, akkurat gefalteten Tuch ab, ohne jede Hast. Da lag etwas von einem Ritual in seiner Stimme, eine kaum zurückgehaltene, fast schon erotische Fixierung, als er fortfuhr: »Du sollst wissen, Teia, dass ich immer an dich denken werde, wenn ich die Prothese mit deinem Zahn trage.«

»Ihr werdet meinem Vater helfen?«, fragte sie.

Er legte ihr eine Augenbinde über den Kopf, zog sie ihr aber noch nicht über die Augen.

Er sah sie im Halbdunkel des Geheimraums lange an. Eine letzte, zuckende Anwandlung von Güte flimmerte in seinen Augen. Sie hoffte, dass es als ein Ja zu deuten war.

»Mach den Mund auf«, befahl er und füllte einen winzigen silbernen Löffel mit dunkler Flüssigkeit. Hinter ihm auf dem Tisch lag glänzendes Werkzeug: ein Kieferdehner, Zangen, weitere schreckliche Dinge. Sie würde nicht mehr sehen oder sprechen können, sobald er an ihr zu arbeiten begonnen hatte.

»Mörder?«, fragte sie.

»Ja, Adrasteia?«

»Fick dich, du Arschloch.«

Er ließ ein plötzliches Grinsen aufschimmern, das unter seinen violett glänzenden Geschosssplitteraugen seine abgebrochenen Zahnstummel sichtbar werden ließ. »Das sagen sie alle.«

Sie öffnete den Mund und ließ sich die bitteren Tropfen verabreichen.

28

Ein einziger Tag war nicht annähernd genug Zeit, um sich für die Schlacht bereitzumachen, aber durch das dreifache Wunder von guter Vorbereitung, Tüchtigkeit und der geballten Konzentration sämtlicher Menschen auf den Jasperinseln fügte sich alles doch irgendwie zusammen. Kip hielt Treffen mit Tisis und den Generälen ab. Tisis würde die Leitung der Spione und Späher von Corvan Danavis übernehmen, und die Generäle mussten einfach nur aus Kips eigenem Mund vernehmen, dass sie nach seinem Willen wirklich jeden Befehl ausführen sollten, den ihnen Corvan Danavis erteilte. Das war die halbe Stunde wert, die Kip damit zubrachte, alle genialen Leistungen und Großtaten von Danavis aufzuzählen und sein eigenes absolutes Vertrauen in den Mann unter Beweis zu stellen. Diese Generäle würden Kips Geschichten ihren Soldaten und Soldatinnen gegenüber wiederholen. Außerdem musste ihnen klargemacht werden, dass das, was Kip tat, eng mit ihrem eigenen Erfolg verknüpft war.

Mit seiner Frau verbrachte er nur ganze zwei Minuten, die nicht praktischen und taktikbezogenen Fragen gewidmet gewesen wären.

»Hast du Ben-hadad gesehen?«, erkundigte sich Kip. »Ich könnte sein Riesenhirn in dieser Angelegenheit wirklich gut gebrauchen.«

»Nein«, antwortete Tisis. »Und auch Kruxer habe ich nicht gesehen.«

Kip spürte, wie sich die kalte Hand des Grauens um sein Herz krallte. Sie wussten, dass auch der Orden hier vor Ort war. »Was?«, sagte er. »Ich hatte angenommen, er sei bei dir und sorge dafür, dass mit den neuen Mitgliedern der Mächtigen alles klargeht.«

»Ich weiß, und ich bin ebenfalls davon ausgegangen, dass er hier sein würde. Aber auch keiner der anderen hat die beiden gesehen. Bei Ben könnte ich mir vorstellen, dass er sich zurückgezogen hat, um an irgendetwas zu arbeiten, das er für wichtig hält, und vergessen hat, es jemandem mitzuteilen. Aber Kruxer? Kip, er ist wegen Eisenfausts Verrat völlig außer sich gewesen … Und dann taucht Eisenfaust halbtot auf …«

Eisenfaust war bisher nicht wieder aufgewacht. Es war unklar, ob er überhaupt je wieder aufwachen würde.

»Orholam sei uns gnädig«, murmelte Kip. Er schluckte.

»Ich gebe dir sofort Bescheid, wenn ich etwas höre«, sagte Tisis. Er sah die Qual in ihren Augen, aber auch eine sachliche Nüchternheit. Sie hatten beide wichtige Dinge zu erledigen, an verschiedenen Enden der Jasperinseln. Ganz gleich, was passierte. Und selbst wenn Kruxer tot war.

»Ich dir auch«, versicherte Kip.

Dann hielten sie einander in den Armen, Stirn an Stirn, und sie waren sich nur allzu bewusst, dass es das letzte Mal sein könnte. Ihr Abschiedskuss war zugleich zu viel und bei Weitem zu wenig. Und dann gingen sie beide wieder an die Arbeit: Er kehrte in die Chromeria zurück, und sie machte sich daran, über Späher und Signalspiegel Verbindungswege aufzubauen.

Kip musste einige Köpfe geraderücken – einen sogar buchstäblich, unter Einsatz von körperlicher Gewalt, sodass er sich die Knöchel verstauchte –, aber ungefähr um die Zeit, als die Flotte des Weißen Königs am Horizont erschienen war, war es ihm schließlich gelungen, alle Tausend Sterne unter seine Kontrolle zu bringen.

Wahrscheinlich kein Zufall, dass das auch noch die letzten sturen Esel überzeugt hatte.

Dann erreichte ihn die schriftliche Nachricht.

»Unten. Unverzüglich. Dies ist keine Bitte. – Promachos G.«

»Unten?«, fragte Kip den Boten. Zumindest hatte Andross die Botschaft nicht durch diesen selbstgefälligen Trottel Grinwoody übermittelt.

Ferkudi und Winsen begleiteten ihn, als er Andross Guiles Diener in den Aufzug nach unten folgte, dann durch die kleine Tür, die zu dem Schiffskai hinter der Chromeria führte. Schwarzgardisten mit versteinerten Mienen und zusammengepressten Lippen standen zu beiden Seiten der Tür. Sie vermieden es, Kip in die Augen zu sehen.

Oh nein.

Kips Hals schnürte sich zu. Er hatte das Gefühl, nicht mehr richtig atmen zu können.

Seine Füße schienen sich unabhängig von seinem Willen zu bewegen. Er wurde allein durch den Schwung seiner Schritte und die gesellschaftlichen Erwartungen an ihn vorwärtsgetragen.

Wenn er nichts davon erfuhr, wäre es vielleicht auch gar nicht passiert.

Aber er konnte sich nicht Einhalt gebieten, musste weiter. Die Welt verengte sich um ihn herum, und sein Gesichtsfeld wurde immer schmaler, obgleich sich der Tunnel jetzt doch nach außen öffnete.

Weitere Schwarzgardisten. Weitere versteinerte Gesichter. Nein, nein, nein.

Er ging den Weg zum Hafenkai hinunter, auf Andross zu, der leidenschaftslos dastand, über … irgendetwas gebeugt.

Es war natürlich ein menschlicher Körper, das wusste Kip. Zugedeckt.

Er sah Gill Gräuling Andross gegenüberstehen, auf der anderen Seite des Toten. Gill stand stockstreif da, das Gesicht völlig reglos, aber aus seinen Augen strömten Tränen, und er schluckte, als Kip näher kam. Er trat zur Seite, um Kip Platz zu machen.

Der Tote war von Schwarzgardistenumhängen bedeckt. Es war ein Zeichen von gewaltigem Respekt, den sie niemandem gezollt hätten, der nicht aus ihren eigenen Reihen stammte.

»Einmal abgesehen davon, dass sie ihre Umhänge auf ihn gelegt haben, ist nichts angefasst worden, falls du die Angelegenheit selbst untersuchen willst«, sagte Andross. »Sobald du bereit bist, kann ich dir berichten, was wir wissen.«

Es musste natürlich Andross sein, der jetzt hier war, nicht wahr?

Kip hockte sich neben den Toten und schlug einen der Umhänge zurück. Er spürte den gleichen Schock, den er auch schon zuvor beim Anblick von Toten empfunden hatte. Irgendwie hatte er sich an diesen Anblick nie ganz gewöhnen können. Dieses Mal war der Schock heftiger denn je. Dieses Gesicht sah aus wie eine schlechte Nachbildung von Kruxers Gesicht. Kruxer war um so viel hübscher. Sprühend vor Leben. Lustig. Freundlich. Sein Wesen hatte immer sein Fleisch durchtränkt und es stets schöner gemacht als ... dieses kalte Antlitz.

Und doch war das kalte Antlitz alles, was von ihm übrig war. Er lag auf der Seite, und diese Seite seines Gesichts war dunkelrot von der Blutlache darunter.

»Irgendwann vor Mitternacht, würde ich schätzen, nach den Leichen zu urteilen, die ich nach Schlachten gesehen habe«, drang eine Stimme zu ihm durch. Winsen.

Kip nickte.

»Ich bin ihn suchen gegangen«, fuhr Winsen fort. »Wie du es mir aufgetragen hast. Bin kreuz und quer über diese ganzen verdammten Inseln gelaufen. Er hat die Neuigkeit, dass Eisenfaust die Chromeria verraten hat, nicht gut aufgenommen. Er hat geglaubt, Eisenfaust hätte vor, dich zu töten.«

»Hier liegt auch das zerbrochene Schwert deines jungen Hauptmanns«, schaltete sich Andross ein. »Die Klinge passt zu Eisenfausts Wunde, und in Eisenfausts Kettenpanzer sind Scharten geschlagen worden, die gleichfalls zu diesem Schwert passen. Die Pistolen von beiden sind abgefeuert worden.«

Aber Kip brauchte diese Erklärungen nicht. Er hatte gewusst, was geschehen würde, lange bevor es wirklich passiert war.

»Warum ein Schwert und nicht sein Speer?«, fragte Kip. Kruxer war besser im Speerkampf.

»Leichter zu verstecken?«, spekulierte Winsen. »Die Schwarzgardisten, die gestern Nacht hier Dienst hatten, haben keinen der beiden je gesehen. Zumindest sagen sie das. Möchtest du mit ihnen reden?«

»Wenn sie dich belogen haben ...«, begann Kip. Dann werden sie auch mich belügen, wollte er hinzufügen, aber es kostete ihn zu viel Mühe, die Worte herauszuwürgen. Ein Kopfschütteln war alles, was er zustande brachte.

Hätte ein Speer denn einen Unterschied gemacht?

Ach, Kruxer.

»Was hier passiert ist?«, setzte Winsen an. Er klang, als sei er innerlich überhaupt nicht bewegt. »So zu sterben? Für deinen Herrn? Das ist nun mal unsere Aufgabe. Das ist es, wozu wir uns verpflichtet haben. Und Kruxer ist gern so gestorben. Er hat gegen den besten Krieger der Welt gekämpft und ihn ausgeschaltet. Ihn aufgehalten. Dein Leben gerettet. Das hier ist kein schlimmer Tod.«

»Jeder Tod ist ein schlimmer Tod«, widersprach Andross.

Kip wusste nicht, was er mit dieser Aussage anfangen sollte, aber er liebte seinen Großvater ein klein wenig für seine Worte. Sicher, sicher, zu sterben, um jemanden zu retten, ist edelmütig – aber am Ende ist man immer noch *tot*, verdammt noch mal. Doch er konnte das Winsen nicht zum Vorwurf machen, nicht wirklich. Er war so geboren worden, dass er kaum Gefühle empfand. Und in schwierigen Situationen reagierte er manchmal eben unpassend. Winsen hatte mit seinen Worten einfach nur den Versuch unternommen, Kip zu trösten.

Und sind wir nicht alle ein Haufen Nieten und Versager?

»Habt Ihr es den übrigen Mächtigen mitgeteilt?«

»Ich habe zur gleichen Zeit auch ihnen Boten geschickt«, antwortete Andross.

Merkwürdig, dachte Kip, Andross hat die Gelegenheit nicht genutzt, sich wie ein Arschloch aufzuführen. Aber vielleicht wartet er einfach nur auf den richtigen Augenblick.

Doch Kip konnte seine Aufmerksamkeit nicht von dem Ding wegrichten, das sein Freund gewesen war. Er rang bebend nach Atem. Er hockte sich neben den Mann, der mehr als einmal sein Leben und seine Ehre für Kip aufs Spiel gesetzt hatte. Er strich Dreck von Kruxers Wange.

Die zarte Geste war ein Fehler. Die eingepferchten Pferde seiner Emotionen durchbrachen ihre Umzäunung, er fiel aus der Hocke und auf die Knie, und bevor er sich wieder fassen konnte, war ihm ein schmerzerfülltes Schluchzen entfahren.

Plötzlicher Ärger übermannte ihn. Ich brauche dich jetzt! Du kannst mich jetzt nicht im Stich lassen! Du stehst immer noch in meinen Diensten, verdammt noch mal!

Dann atmete er ein, dachte einfach nur ganz bewusst an sein Atmen. Einatmen. Warten. Langsam ausatmen. Warten.

»Brecher. Lord Guile. *Lord Guile*«, drängte Winsen. »Es sind Boten gekommen. Es ist dringend, sagen sie. Heute ist alles dringend.«

Kip warf einen Blick auf seinen Unterarm. Der Schildkrötenbär. Was konnte der Schildkrötenbär tun? Was konnte Kip tun? Leiden. Weitermachen. Das war alles, was ihn zu etwas Besonderem machte.

Du und ich, Kumpel, dachte Kip und schaute auf die Tätowierung. Dafür sind wir hier: um zu kämpfen und zu sterben.

Ich hatte nur gehofft, der Erste von uns zu sein, der geht.

Er stand auf. Wischte sich mit ruhigen Fingern die Tränen aus den Augen. »Wen soll ich jetzt zum Hauptmann der Mächtigen machen?«, wandte er sich mit ruhiger, sachlicher Stimme an Winsen.

Winsens verzog den Mund. »Sie alle lieben Ferk, aber er ist einfach ein zu großer Trottel. Ein Hauptmann hat ständig mit Menschen zu tun, und Ferk versteht die Menschen fast genauso oft falsch wie ich. Was mich wohl ebenfalls ausscheiden lässt. Benhadad ist zu schlau, zu sehr abgelenkt, zu arrogant. Tisis könnte es tun, aber es ist eine Arbeit, die einem rund um die Uhr alles abverlangt, und sie hat zu viel anderes zu tun. Einer von den Frischlingen kann es nicht machen. Ich schätze, damit bleibt nur der große Leo übrig.«

»Das sind gute Argumente«, erwiderte Kip. »Sag ihm, dass du ihn ausgewählt hast.«

Winsen runzelte die Stirn. Wenn die Mächtigen wussten, dass er es gewesen war, der den großen Leo ausgesucht hatte, würde das es Winsen unmöglich machen, sich andauernd über ihn zu beklagen und an seinen Befehlen herumzunörgeln. Eben deshalb hatte Kip ihn den neuen Hauptmann auch aussuchen lassen. Winsens Unbotmäßigkeit würde für einen neuen Hauptmann die größte Bedrohung darstellen – gut, einmal abgesehen von der überwältigend großen Armee, die sie eingekreist hatte.

Kip richtete sich auf. Er sah zu Gill Gräuling hinüber. »Vielen Dank für das hier. Und übermittle meinen Dank auch an deine Leute. Könntet ihr euch bitte um ihn kümmern?«

Gill nickte. Er hatte verstanden.

»Ich hab 'ne Menge knifflige Drecksarbeit vor mir«, sagte Kip und ging zu den Boten hinüber.

29

Teia schwebte auf Wolken. Teia schwebte auf Wolken wie ein ... Adler? Teia war ...

Mist. Teia war ein kicherndes Mädchen.

»Mmmh, sasch is aba luschisch«, sagte sie um die Kiefersperre herum, die ihr Gesicht bewegungslos hielt, den Mund geöffnet, sodass Spitz arbeiten konnte. Sie lachte darüber, wie entstellt ihre Wörter herauskamen. »Schisch?« Spitz. »A-inna misch, dasch isch Eusch was aschen wil.«

Hört sich an wie »was arschen« statt »was sagen«. Zum Kringeln. Sie lachte wieder.

Und dann war die Zange in ihrem Mund, und sie konnte überhaupt nicht mehr reden.

Und dann, als das Blut in ihrem Mund spritzte, wollte sie es auch gar nicht mehr. Sie verdrehte den Kiefer genau in dem Moment, als der Zahn sich löste, und wimmerte in den Lumpen hinein, den ihr Spitz hastig übers Gesicht gestopft hatte. Nicht einmal Laudanum konnte es zu einer vergnüglichen Angelegenheit machen, wenn einem jemand einen Zahn herauszog.

Er lockerte die Bolzen, die die Kiefersperre sicherten. Sie drehte den Kopf und spuckte Blut.

»Spitz«, sagte sie.

Etwas Blut tropfte in einer feuchten Spur an ihrer Wange hinab und ihren Hals hinunter.

»Ja?«, fragte er und wandte sich von der Untersuchung ihres blutigen, perfekten Zahnes ab. »Ich bin der Meinung, dass letzte Worte in der Regel nicht wertvoller sind als andere Worte auch, aber wenn du dich dann wirklich besser fühlst ...«

Ihr Kopf fiel zur Seite. Opium war wirklich heftig, so viel musste sie einräumen. »Ich wollte, mmh, Euch nur wissen lassen, dass ich Euch dafür umbringen muss. Aber! Gute Neuigkeiten! Ihr werdet meinen Vater nicht zu retten brauchen. Das werde ich selbst tun. Trotzdem, danke. Für das Angebot. Ziemlich anständig von Euch. Ich habe wirklich irgendwie das Gefühl, als ... mmh ... als hätten wir Freunde sein können ...«

»Ich auch«, sagte Mörder Spitz. Er steckte sich ihren Zahn in den Mund und saugte das Blut davon weg.

»Wenn Ihr nicht so ein kranker Wichser wärt, meine ich.«

»Also, so spricht man aber nicht mit ...« Er verzog das Gesicht. »Warum schmeckt dein Zahn nach Mandeln?« Er spuckte den Zahn in seine Hand, plötzlich entsetzt.

Da war ein hübscher, scharf konturierter Riss in ihrem Zahn, als sei er dazu geschaffen worden, auf genau diese Weise zu zerbrechen. Teias kleine Drehung, als er aus ihrem Kiefer geglitten war. Ein letztes bisschen weißes Gel sickerte aus diesem Riss in seine Hand. Den Rest hatte er hinuntergeschluckt.

»Ihr habt diesen Zahn immer angestarrt wie ein geiler Vierzehnjähriger, der verstohlene Blicke in Dekolletés erhascht.« Teia lachte. Nicht dass *sie* mit einem Dekolleté hätte aufwarten können.

»Du ... Was hast du getan?«

»Eigentlich bin ich sogar froh, dass Ihr ihn Euch endlich geholt habt. Das Ding bringt mich seit sechs Monaten regelrecht um«, sagte Teia. Da gab es etwas wirklich Wichtiges, an das sie sich jetzt eigentlich erinnern sollte. Was war es noch mal gewesen? »Sechs Monate, in denen ich mir Sorgen gemacht habe, dass dieser verdammte Giftzahn aufbrechen und Tod in meinem Mund träufeln würde.«

Mörder Spitz sackte taumelnd gegen die Tür. »Das kann ich nicht ... Das hast du nicht getan.«

»Ach ja, jetzt fällt es mir wieder ein!«, rief Teia. »Wie lange wirkt dieses andere Gift denn? Das, das auf Licht reagiert, *Lacrimae Sanguinis*? Lässt es irgendwann wieder nach?«

»Du undankbare Zicke. Ich hätte dich doch ...« Mörder Spitz glitt an der Tür herab. Sein Magen verkrampfte sich, aber er übergab sich nicht. Noch nicht. Blausäure war das einzige Gift gewesen, zu dem Karris Zugang gehabt hatte, das stark genug für etwas Derartiges war, und es ließ das Opfer einen hässlichen Tod sterben.

»Wann lässt die Wirkung nach?«, hakte sie nach.

»Du hast mir Schande gemacht«, klagte er. »Ich habe dich in so viele Dinge eingeweiht. Ich habe dir vertraut. Und das hier? Es ist ... uuhhh.« Er kippte um und erbrach sich lautstark.

»Wie lange hält die Wirkung an?« Teia blieb hartnäckig. »Bitte.«

»Du bist ja so ein dämliches Miststück.« Er übergab sich erneut.

»Ich soll dämlich sein?«, fragte Teia. »Wer von uns beiden hat seinen Feind gefesselt und die Sache nicht zu Ende gebracht? Wer hat mich *zweimal* entführt?«

Ein einfältiges Lächeln glitt über sein Gesicht. »Dämlich, weil ... Ich habe dir die *Lacrimae Sanguinis* gar nicht gegeben. Nur den Mohn. Ich hätte dich nicht töten können, Teia. Ich habe es einfach nicht ...«

Und dann begannen die Krämpfe. Seine Füße trommelten gegen den Steinboden.

Es dauerte eine Ewigkeit, und von nun an war er nicht mehr der Sprache mächtig. Seine Augen warfen ihr wütende Blicke zu und rollten dann in seinem Kopf zurück. Seine Zahnprothesen waren ihm aus dem Mund geflogen und lagen in einer Lache von Erbrochenem. Er schlug seine zerbrochenen Zähne in den Boden, grub die Finger hinein.

Es war schrecklich, und es dauerte in ihrer drogenbenebelten Benommenheit lange, viel zu lange, bis ihr klar wurde, dass sie Paryl wandeln konnte, wenn sie wollte.

Es sei denn, er hatte sie in diesem Punkt belogen. Sie ausgetrickst.

Er war schließlich ein ganz Gewiefter.

Wie auch immer, sie hatte am nächsten Tag eine Menge Drecksarbeit zu erledigen, und dafür brauchte sie Paryl. Sie konnte sich genauso gut gleich jetzt vergewissern.

Sie atmete tief ein, als würde sie ihre Lunge mit all ihren Ängsten füllen, und blies die Luft dann in die Welt hinaus. Dann erweiterte sie ihre Augen und tat den nächsten Atemzug.

Und zwar ohne zu sterben.

Das war doch schon mal was.

Sie richtete ihren Blick auf ein winzig kleines Schneideinstrument auf Spitz' Tablett, und unter Einsatz von absurden Mengen an Paryl gelang es ihr, das kleine Dinge anzuheben und in ihre Hand schweben lassen. Sie schnitt ihre Fesseln los.

Dann trat sie an Spitz' Schreibtisch und zog seine Lieblingsprothesen für die diplomatischen Anlässe heraus, das blendend weiße Gebiss.

Sie schnappte sich ein Glas Wasser und spülte vorsichtig seinen Mund aus. Er hustete schwach, als er etwas von dem Wasser in die Luftröhre bekam. Aber dann setzte sie ihm zwischen seinen Zuckungen seine Prothesen in den Mund und gab ihm damit ein wenig Würde zurück. Jedenfalls so viel Würde, wie es sie für einen Mann geben kann, der in Lachen von Erbrochenem in seinen letzten Zuckungen liegt.

»Es tut mir leid«, sagte sie. »Dass ich so grausame Sachen gesagt habe. Gute Nacht, Elijah Ben-Zoheth.«

Er konnte inzwischen nicht mehr sprechen. Das Licht wich bereits aus seinen brechenden Augen. Sie wusste nicht, ob er ihre Worte überhaupt gehört hatte. Mit Paryl kniff sie ihm in die Wirbelsäule, um dem Schmerz ein Ende zu setzen, und dann setzte sie auch seinem Herzschlag ein Ende.

Es war eine Gnade, die sie bereits zu lange aufgeschoben hatte.

Sie stand auf und blickte auf ihn hinab. Da war nichts Friedliches an dem in Krämpfen erstarrten Toten.

Sie fand ihren gespaltenen Zahn und steckte ihn in seine geballte Faust.

»Ich fühle mich, als könnte mir nichts und niemand etwas anhaben«, sagte sie zu dem Toten. »Und ich glaube nicht, dass das im Augenblick gut für mich ist.«

Eine Weile sah sie sich in seinem geheimen Quartier um, und ihr wurde bewusst, dass sie immer wieder vergaß, wonach sie eigentlich suchte.

»Ach so!«, sagte sie schließlich unvermittelt und hielt das Gesuchte triumphierend in die Höhe. »Der Mustermantel. Spitz, du Dummkopf. Du hast mich kein einziges Mal danach gefragt!«

Sie schlüpfte in den Mantel und hatte sofort das Gefühl, wieder ein bisschen mehr sie selbst geworden zu sein. Dann merkte sie, dass sie noch immer das Kleid trug, in das Spitz sie gesteckt hatte. Das Kleid seiner *Mutter*? Igitt. Und er hatte sie ausgezogen, um es ihr überzustreifen? Dreimal igitt.

Nach einigem Suchen fand sie ihre eigenen Kleider und fühlte sich gleich ein wenig besser, als sie feststellte, dass sie noch ihre eigene Unterwäsche trug. Spitz war ein perverser Kranker gewesen, aber immerhin war er doch nicht *so* krank und pervers gewesen. Sie brauchte eine Weile, um sich anzuziehen. Gut möglich, dass sie zwischendrin für ein paar Minuten eingenickt war. Oder für ein paar Stunden. Sie hatte bisher noch nie Opiate genommen, daher wusste sie nicht, wie lange es dauern würde, bis sich die Wirkung legte.

Aber sie hatte keine Zeit zu warten, bis sie wieder voll bei Kräften war.

Sie sammelte ihre Sachen ein sowie alles aus Mörder Spitz' Besitztümern, was ihr vielleicht nützlich sein könnte. Bevor sie ging, schloss sie seine toten Augen. Da war nichts Zögerliches oder übertrieben Behutsames an ihren Bewegungen. Er war jetzt nur noch ein Haufen totes Fleisch.

Dass sie ihm diese letzte Freundlichkeit erwies, geschah nicht um seinetwillen, sondern allein um ihretwillen. Er war zu einem Ungeheuer geworden, aber sie trug die Saat in sich, selbst zum gleichen Ungeheuer zu werden. Und er hatte etwas in sich gehabt, das nicht *nur* Ungeheuer gewesen war, und gerade in den unwahrscheinlichsten Momenten hatte seine gute Seite immer wieder durchgeschimmert.

Aber sie war am Ende die bessere Mörderin gewesen.

Ihre nächste Station war die Feier des Ordens des Gebrochenen Auges, das Fest des kommenden Triumphes der Nacht. Oder wie zum Teufel auch immer das Ding genannt wurde.

Vielleicht würde sie bis dahin wieder klar im Kopf sein.

30

»Danke, dass ihr gekommen seid«, sagte Andross. »Ich weiß, es war ein schrecklicher Tag.«

Seine Mitteilung hatte höflich darauf hingewiesen, dass er für den Fall, dass sie nicht kamen, Kips Kampfstellungen am morgigen Tag jegliche Unterstützung entziehen würde, und so hatten sich die Mächtigen spät in der Nacht hier in Andross' Empfangszimmer versammelt. Die Bandbreite ihrer Stimmungen reichte von düster über gleichmütig gefasst bis zu hysterisch aufgekratzt. Die Gebote der zu erfüllenden Pflicht vermochten ihren Kummer nur bis zu einem bestimmten Grad zu verdrängen.

Da sie argwöhnte, es könnte sich um eine Falle handeln, war Tisis nicht mitgekommen.

»Koios wird im Morgengrauen angreifen, wenn er kann«, erklärte Andross.

»Die meisten Taktiker sind der Ansicht, dass er warten wird. Er hat gerade erst mit seiner Belagerung angefangen«, erwiderte Kip.

»Die Taktiker haben seine Taktik richtig durchschaut, irren sich aber in der gewählten Strategie«, gab Andross zurück.

»Ein solches Vorgehen wäre ein schlimmer Fehler«, bemerkte Kip.

»Nein, kein schlimmer. Es wäre einfach nur nicht gerade sein stärkster Zug. Wenn der Weiße König unsere Wandler ausschalten kann – und er glaubt, dass er das kann –, dann ist er bereits jetzt bei Weitem mächtiger als wir. Er braucht nicht auf Nummer sicher zu gehen – uns umzingeln und belagern und seine Truppen dann genau an dem richtigen Ort zusammenziehen, um einen konzentrierten Angriff zu starten. Er kann einfach angreifen.«

»Er hat sich bei anderen Gelegenheiten außerordentlich geduldig gezeigt«, gab Kip zu bedenken. »Das ist seine wichtigste Schlacht. Warum sollte er gerade jetzt überstürzt vorgehen? Und warum führt Ihr dieses Gespräch mit uns statt mit Armeegeneral Danavis?«

»Weil er am Sonnentag angreifen muss«, erklärte Andross. »Seine Seeschlacht mit dir hat sein Vorwärtskommen verlangsamt. Ich bin mir sicher, er wäre lieber früher hier angekommen, um die Sache in aller Ruhe angehen zu können. Jetzt muss er den Angriff überstürzen. Er hat gar keine andere Wahl.«

»Würde er es nicht gerade vermeiden wollen, am Sonnentag anzugreifen?«, fragte Kip. »Er ist ein Heide.«

»Normalerweise vielleicht. Nicht diesmal. Orholam eine lange Nase zu machen ist ihm ein paar Tausend weitere Tote wert«, entgegnete Andross.

»Aha«, sagte Kip. Das klang plausibel. Koios konnte nicht nur seine persönliche Feindseligkeit Orholam gegenüber ausleben – wahrscheinlich der wichtigste Grund –, er würde außerdem den Sieben Satrapien demonstrieren können, dass Orholam an seinem heiligsten Tag und mitten im Zentrum seiner Macht machtlos war. Jeglicher noch verbliebener Widerstand würde danach in sich zusammenbrechen. Die alten Götter hätten bewiesen, dass sie mächtiger waren als Orholam und seine mächtigsten Anhänger. Auch wenn es diese Schlacht schwieriger machte, würde es dem Weißen König das Regieren hinterher sehr erleichtern.

Koios dachte nach wie vor auf lange Sicht.

»Also, lasst uns gewinnen, Leute, ja?«, sagte Andross. »Genau dafür habe ich hier Geschenke für euch.«

Kip und die anderen sahen einander an. Geschenke? Von Andross Guile?

»Hauptmann Leonidas«, sagte Andross. Ein Sklave brachte eine riesige Kiste aus Rosenholz herbei, die er offensichtlich nur mit Mühe zu tragen vermochte.

»Leonidas?«, wunderte sich Kip. »Der große Leo?«

»Ich weiß, ich weiß, es klingt wie ein Mädchenname«, murmelte der große Leo verlegen.

Er öffnete die Kiste.

»Ach, das wäre doch nicht nötig gewesen.« Obenauf lag ein dicker schwarzer Ledermantel mit hohem Kragen. Quer über der Brust prangte das Abzeichen der Mächtigen in weißem Leder. Er hob den Mantel hoch, der offensichtlich sehr schwer war, denn unter dem Leder war eine Rüstung aus Ketten und Blechplatten in ihn eingewebt. »Ach, das wäre nun doch *wirklich* nicht nötig gewesen«, fügte er hinzu, als er in die Rosenholzkiste schaute. Unter dem Mantel war, auf Samt gebettet, eine schwere, gehämmerte Kupferkette zum Vorschein gekommen, deren Glieder die Größe von Fäusten hatten. Daneben lagen in der Kiste noch zwei Handschuhe. Der große Leo sah Andross an, und der nickte.

Leo zog die Handschuhe an und hob die schwere Kette hoch. Um jedes ihrer glänzenden Glieder lief am Rand ein schwarzer Streifen. Dann begutachtete er die Daumenspitzen seiner Handschuhe. »Oh, Teufel auch, ja!«, rief er und schnippte mit dem Daumen gegen die Kette.

Nichts geschah.

»Die Kette ist aus Kupfer, damit du nicht versehentlich Funken schlägst, während du sie um den Körper geschlungen trägst«, erklärte Andross. »Zeigefinger und Daumen.«

Kip hatte keinen blassen Schimmer, wovon er da redete. Aber der große Leo schaute auf seine Handschuhe hinunter. Er hielt die Kette von sich weg und schnippte mit Daumen und Zeigefinger, was einen Funken springen ließ.

Die ganze Kette begann hell zu lodern, als das Atasifusta-Holz in jedem Glied Feuer fing.

»Heilige Scheiße«, entfuhr es Ferkudi.

Der große Leo ließ die flammende Kette in zuckenden Kreisen durch den Raum peitschen, sodass sie sich um seine Arme und über seinen Rücken bewegte, ließ das Ende ausschlagen wie einen Speer und niedersausen wie einen Hammer und schlang sie sich dann um den Arm.

Dann verdarb er den furchterregenden Effekt irgendwie, indem er kicherte wie ein kleines Kind.

Was das Ganze letztlich aber nur noch furchterregender machte.

»Ich weiß, dass ich das gerade schon mal gesagt habe, aber *heilige Scheiße*«, unterstrich Ferkudi.

Doch die Kette um Leos Arm brannte weiter. Atasifusta, das ewig Brennende.

Aha, daher also das Leder. Trotzdem ...

»Wenn du das Feuer nicht mehr brauchst, mach das hier«, erklärte Andross. Er legte Leo die Hand auf den Arm. Rotes Luxin quoll aus seiner Hand und überzog die brennende Kette. Zuerst flammte sie aufgrund der Brennbarkeit des rotes Luxins höher auf, aber dann bildete sich auf dem Luxin eine schwärzlich verkohlte Schicht, was dazu führte, dass das Luxin und mit ihm die Kette darunter erloschen.

Als der große Leo den Arm bewegte, zerfiel das rote Luxin zu Staub, der den Geruch von Teeblättern und Tabak verströmte. Sein Arm und die Kette waren unversehrt geblieben. Er hatte zudem auch noch einen Helm bekommen. Passenderweise zeigte er einen Löwen mit einer Feuermähne.

Andross bedeutete dem jungen Mann zurückzutreten. »Du brauchst dich nicht zu bedanken. Bring deinen Dank zum Ausdruck, indem du dafür sorgst, dass Kip am Leben bleibt.«

»Ja, Mylord«, antwortete der große Leo.

»Ferkudi del'Angelos«, sagte Andross. Ferkudi trat vor. »Ich habe gehört, dass du ein guter Ringer bist.« Er bekam die gleiche Rüstung, wenngleich ohne Lederüberzug, was sie viel leichter machte. Aber auch sie war schwarz und mit dem Emblem der Mächtigen verziert: dem Mann mit dem geneigten Kopf und den ausgestreckten Armen, der Macht ausstrahlte. Ferkudis Waffen waren zwei gleich gebaute zweischneidige Handäxte, eine Klinge jeweils aus Stahl, während die andere aus einer einzigen gewellten Obsidianschneide bestand. Allein mit jedem dieser Obsidiansteine hätte man eine ganze Burg kaufen können. Nichts konnte besser durch Luxin schneiden. Dazu bekam auch Ferkudi Handschuhe, an den Knöcheln mit spitzem Höllenstein besetzt.

Andross sagte: »Bei deinem Anblick werden die Wichte entweder entsetzt die Flucht ergreifen oder dich ganz besonders ins Visier nehmen. Ich befehle dir, mindestens einen ihrer armseligen Götter zu töten, verstanden?«

»Mit Vergnügen, hoher Herr«, antwortete Ferkudi.

Die Handäxte waren beide mit Heften versehen, die als Schwertbrecher dienten, und dazu gehörte jeweils eine ausgeklügelte Scheide, die am Rücken getragen wurde. Ferkudi erhielt einen Bärenhelm.

Für Winsen gab es die leichteste Rüstung, was der geringen Körpergröße des Bogenschützen durchaus entgegenkam. Sein Helm zeigte eine Schlange. Und in seinem Inneren befand sich ein Kurzbogen. Er war in irgendeinem alten Kunststil wunderschön gearbeitet und mit Abbildungen von Pferden versehen, aber zuerst hatte Winsen nur ein abfälliges Grinsen für ihn übrig. Indes bewunderte er die Pfeile, zwei Köcher voll, die Hälfte mit Obsidianspitzen versehen. Er hielt sie ins Licht und begutachtete sie. »Fehlerlos, auch die beste Befiederung, die ich je gesehen habe. Was jedoch den Bogen betrifft, er ist ja wunderschön, aber ... ein Kurzbogen? Und er hat eine Visiervorrichtung? Ich glaube, da behalte ich lieber meinen ...«

»Er durchbohrt Rüstungen auf eine Entfernung von zweihundert Metern. Probier ihn aus, wenn du mir nicht glaubst. Einer meiner Männer kann dir zeigen, wie man damit umgeht.«

Winsen konnte einfach nicht anders. Er hob den Bogen, zog die Sehne zurück, und sein breiter Rücken verkrampfte sich vor Anstrengung. Der Bogen war offensichtlich schwerer zu spannen, als er erwartet hatte. Dann ging er damit davon und murmelte anerkennende Unzüchtigkeiten.

»Ben-hadad«, wandte sich Andross an den nächsten der Mächtigen.

Ben war überraschenderweise nicht allzu übel zugerichtet. Ein Diener hatte ihn gegen Mittag gefesselt vorgefunden, und seither war er mehr mit Kruxers Tod beschäftigt gewesen als mit der Tatsache, dass er selbst dem Tod nur knapp von der Schippe gesprungen war. Er hatte Kip im Flüsterton von Teias Entführung erzählt und von der Entschlüsselungsarbeit, die er geleistet hatte, dass es aber dennoch nicht der richtige Türcode gewesen sei, und als sie daraufhin eine Wand aufgebrochen hatten, um hineinzugelangen, war es der falsche Raum gewesen. Spitz musste Teia irgendwo anders versteckt halten. Vielleicht irgendwo in der Nähe, was bedeutete, dass Ben-hadad die Suche nach versteckten Räumen wieder aufnehmen musste: Er hatte irgendetwas übersehen.

Aber diese Arbeit würde ihn Stunden, wenn nicht Tage kosten. Bis dahin wäre Teia tot, wenn sie denn überhaupt noch lebte. Ben hatte Kip mitgeteilt, dass er seine Bemühungen stattdessen darauf konzentrieren müsse, ihre Verteidigungsanlagen zu überprüfen sowie all die verschiedenen Gerätschaften, die dazu eingesetzt werden sollten, der Belagerung zu trotzen.

Schweren Herzens hatte Kip eingewilligt. Die Schlacht hatte noch nicht einmal begonnen, und zwei seiner Mächtigen waren bereits tot.

Er wollte dafür sorgen, dass der Orden einen hohen Preis dafür zahlte, aber er wusste, dass ihm das wohl nicht gelingen würde. Kip würde sterben, bevor er irgendetwas gegen den Orden unternehmen konnte.

Andross reichte Ben-hadad eine Kiste mit einem Mantel, der demjenigen Ferkudis ganz ähnlich war.

Ben betastete ihn und fragte: »Was ist das für eine Schicht darunter?«

»Das sind verspiegelte Stahlschuppen, wie bei allen anderen auch«, antwortete Andross. »Das ist nicht so stabil wie ein Plattenpanzer, aber auch lange nicht so schwer. Versucht, die Leistungsfähigkeit der Panzerung nicht allzu oft auf die Probe zu stellen.«

Unter dem Mantel befand sich keine Waffe. Stattdessen lagen dort zwei Beinschienen.

»Ich, ähm, bin eigentlich mit meiner Ersatzschiene fast fertig«, erklärte Ben-hadad und machte eine Handbewegung zu seiner gegenwärtigen festen Schiene. Kip hatte die andere ja zerbrochen, als er den großen Spiegel von Apfelhain hatte aufsteigen lassen.

»Vermutlich so eine Art von gleichzeitiger Entdeckung, nicht? Aber danke. Das spart mir heute Abend definitiv ein paar Stunden Zeit.«

»Das da sind die Knieschienen von Hauptmann Finer höchstpersönlich«, erklärte Andross. »Bevor er zum Wicht wurde und versucht hat, sein Prisma zu ermorden, hat er die hier entwickelt. Statt offenes Luxin zu verwenden, hat er die Gelenke mit Meeresdämonbein verstärkt. Wenn du sie beide trägst, wirst du vermutlich feststellen, dass du auf diese Weise viel, viel mehr zustande bringst als nur mit einer einzigen.«

»Zwei? Und Meeresdämon …« Ben-hadads Augen weiteten sich. »Natürlich! Warum ist mir das nicht selbst eingefallen? Das ist … Ich danke Euch! Vielen, herzlichen Dank!«

»Wenn du schon mal dabei bist, kannst du gleich auch den *Sharana Ru* nehmen, den ich eigentlich für Kruxer bestimmt hatte«, fügte Andross hinzu.

»Nein, das kann ich nicht«, protestierte Ben, wenngleich die in seinen Augen glänzende Neugier unübersehbar war. Ein Tigerstreifer?

»Ihm wird er nun nichts mehr nutzen«, bemerkte Andross.

Ein unbehagliches Schweigen legte sich über sie alle.

»Ich kann nicht«, sagte Ben-hadad schließlich.

»Sei kein verdammter Idiot. Kruxer ist gestorben, weil er sich nicht den neuen Realitäten anpassen konnte, die sich unter seinen Füßen verändert haben. Folge in dieser Sache nicht seinem Beispiel.« Andross zog einen Tigerstreifer, der wie ein weißer Speer geformt war, aus Kruxers Kiste und warf ihn Ben-hadad regelrecht vor die Füße. »Töte einen Gott für mich.«

Ben-hadad sah die übrigen Mächtigen an, die alle zustimmend nickten, und nahm das Ding an sich. Der Speer war lang und dünn, mit einem Stahldorn am hinteren Ende und einer eleganten Stahlklinge an der Spitze, unter der scharfe Obsidianzähne in den Schaft eingearbeitet waren.

Schließlich wandte sich Andross Kip zu. »Wir werden die geziemenden Begräbnisfeiern veranstalten, wenn wir lange genug am Leben bleiben. Und nun, wo ist deine halsstarrige Braut?«

»Ich gehe mal davon aus, dass sie nicht sonderlich darauf erpicht ist, Euch wiederzusehen«, antwortete Kip. »Seltsamerweise.«

»Dann fühle ich mich seltsamerweise versucht, ihr ihr Geschenk nicht zu geben. Aber wie auch immer. Nimm es einfach.«

Kip trat vor und öffnete die kleine Truhe für Tisis. Darin befand sich ein rotes Kleid, hochgeschlossen, langärmlig und schwer. Es war ebenfalls mit dem Emblem der Mächtigen geschmückt. »Gepanzert?«, fragte Kip.

»Soweit das möglich ist, ohne dass es auffällt. Ich bin davon ausgegangen, dass ihre Pflichten zwar nicht kämpferischer Natur sein würden, dass sie aber durchaus auch in gefährliche Situationen geraten könnte. Die Frauen der Guiles scheinen es miteinander gemein zu haben, dass sie sich gern in Gefahr begeben.«

»Es ist Felias Kleid, nicht wahr?«, hakte Kip nach. Andross hatte einfach einen Schneider das Abzeichen der Mächtigen aufsticken lassen.

Andross zog einen Schmollmund. »Genau das kann ich an dir nicht ausstehen.«

»Und? Bekomme ich auch etwas?«, erkundigte sich Kip flapsig.

»Oh ja.« In Andross' Augen glitzerte es. »Ich habe lange darüber nachgedacht, ob ich dir eine Rüstung schenken sollte, die so kostbar ist, dass du sie nicht würdest ablehnen können, in der du aber aussehen würdest wie ein durchgeknallter Trottel.«

»Klingt nett«, meinte Kip. Obwohl er das irgendwie auch von allein schon ganz gut hinbekam.

»Aber ich fand, dass du das auch von allein schon ganz gut hinbekommst.«

Genau das kann ich an dir nicht ausstehen.

Andross gab ein Zeichen, und ein Sklave brachte eine weitere Kiste herbei. Darin lag eine Rüstung, die zu denen der übrigen passte, allerdings waren die Farben genau umgekehrt, die Rüstung ganz weiß, die Gestalt des Mannes in Schwarz. Er hielt den Kopf gesenkt, und seine Umrisse ähnelten denen des zum jungen Mann herangewachsenen Kip verdächtig. »Weiß, hm? Das geht aber schon ein wenig in die Richtung durchgeknallter Trottel.«

»Ich habe die Idee doch nicht ganz aufgeben können.«

»Womit ich sagen will: Danke, Großvater.«

»Halte ein. Mir ist schon ganz rührselig zumute.«

»Ist da auch eine Waffe für mich drin?«

»Ich dachte, es gefällt dir, mit deiner Geistesschärfe bewaffnet in die Schlacht zu ziehen«, entgegnete Andross.

»Aber Ihr wollt doch nicht, dass ich in die Schlacht ziehe, ohne mich verteidigen zu können.«

Andross lächelte nicht. Er streckte einfach die Hand aus. Darin befand sich eine einzelne Neun-Könige-Karte.

Blitzartig erinnerte sich Kip an die anderen Karten, aber die Erinnerungen waren bruchstückhaft: Andross der Rote und Der Meister. Dazu kam jetzt noch diese hier, eine *dritte* Karte für Andross Guile, einfach Der Guile genannt. In Janus Borigs erlesenem Stil gehalten, zeigte sie einen alten Mann, der in Dunkelheit dasaß und dessen Augen rotgolden leuchteten. Nur ein schwaches Glühen hob seinen Kopf vom dunklen Hintergrund ab. Seine Finger waren farbige Krallen in allen Farben.

Alle Farben, weil Andross ein Vollspektrum-Polychromat war. Nun ja, es wäre schön gewesen, wenn Kip sich schon zuvor an diese Karte hätte erinnern können. Aber dann wäre Kip vielleicht davon ausgegangen, dass die Farben lediglich symbolisch dafür standen, dass Andross die anderen Farben des Spektrums fest im Griff hatte.

»Ganz possierlich«, kommentierte Kip.

»Nicht ganz so possierlich wie ein Schildkrötenbär, aber es gefällt mir.«

»Ihr seid ein mieser Scheißkerl.«

»In mehrfacher Hinsicht, ja.«

»Das ist alles, was Ihr für mich habt? Höhnische Verachtung und eine Karte?«, fragte Kip. »Ihnen gebt Ihr Waffen; mir gebt Ihr Wissen. Im Normalfall würde ich eine tiefere Bedeutung darin sehen. Heute ist es einfach eine Ablenkung. Bei Euch geht es immer nur um Spiele und gemeine Tricks, nicht wahr?«

Um eine Karte zu schauen, brauchte es nur einen Moment, aber es konnte Kip für Stunden oder Tage aus der Bahn werfen. Eine weitere Andross-Guile-Karte? Wie schlimm mochte es sein, sie zu schauen? Nein, auf keinen Fall. Kip würde den Mann entweder hier an Ort und Stelle ermorden wollen, oder, schlimmer noch, er würde ihn vielleicht sogar verstehen. Wie auch immer, Kip wäre womöglich stundenlang zu nichts mehr zu gebrauchen. Stunden, die er nicht hatte.

Andross antwortete: »Außerdem bin ich bereit, dir die Geschichte deiner Familie zu erzählen. Die Geschichte deiner Mutter. Deines Vaters. Deines Onkels. Meine. Das wird für uns beide eine zutiefst unangenehme Angelegenheit, aber vielleicht ist es an der Zeit dafür.«

»Das könnt Ihr vergessen. Meine Familie sind die hier.« Kip deutete auf die Mächtigen.

»Ganz wie du willst«, erwiderte Andross mit einer Miene, die wie immer ausdrückte, dass Kip eben ein Dummkopf war.

Kip steckte die Karte achtlos ein, als sei sie nur Abfall. »Das Komische an der Sache ist, Großvater, dass ich nach all der Zeit, die ich mit Euch verbracht habe, zu einer späten, jedoch sehr wichtigen Erkenntnis gelangt bin: Ihr seid es schlicht und einfach nicht wert, dass man Euch besser kennenlernt. Danke für die Rüstung. Lebt wohl.«

Auf dem Weg hinaus riss er dem Sklaven noch seinen Helm aus der Hand. Er zeigte einen Drachenkopf. Mit *Fell* darauf. Dieser Drecksack.

31

Teia hatte nicht nur Pech, sondern auch ein bisschen Glück im Unglück. Unter den gegebenen Umständen war das eigentlich ein ziemlich gutes Gefühl.

Durch ihre Gefangennahme und nachdem sie zwischendurch »nur für einen kurzen Augenblick« eingeschlafen war, hatte sie einen Großteil des Tages verloren. Immerhin war sie nun endlich nicht mehr im Drogenrausch. Zuerst war sie nachsehen gegangen, ob Ben-hadad noch immer gefesselt war, aber er war verschwunden. Gerettet, wie sie vermutete. Oder zumindest hoffte.

Sie wollte ihre Freunde finden, um ihnen alles zu berichten. Aber es blieb keine Zeit, ihnen nachzujagen. Ihre Jagd galt heute anderen.

Atevia Zelorn befand sich in keinem seiner Lagerhäuser; er war auch in keinem seiner Lieblingsgasthäuser und Lieblingsbordelle auf Teias Weg zu finden – doch er war bei sich zu Hause. Ihr Lieblingsweinhändler, der zudem auch ein gewohnheitsmäßiger Betrüger sowie ein braxianischer Hohepriester war, hatte sich noch nicht auf den Weg gemacht.

Sie hockte sich unsichtbar vor eines der Fenster seiner Wohnung und wartete, bis er schließlich seiner wunderschönen Frau gegenüber allerlei Ausflüchte zu machen begann und sich anschickte, sich zu einem »lange geplanten Geschäftstreffen« zu begeben. Sie beschwor ihn noch: »Könntest du dich heute Abend bitte nicht betrinken? Ich habe den Kindern versprochen, dass wir uns mit ihnen das Feuerwerk vor der Morgendämmerung ansehen. Ich habe gehört, es wird trotzdem eines geben, etwas kleiner ... trotz allem.«

Wenn alles so lief, wie Teia es plante, waren das die letzten Worte gewesen, die die Frau je zu ihrem Mann sagen würde. Atevia gab ihr sein Versprechen und ging hinaus, wo er in einen Wagen kletterte, den seine Sklaven herbeigeholt hatten.

Teia richtete es so ein, dass sie zur gleichen Zeit auf die Ladefläche des Wagens kletterte, als Atevia auf dem Vordersitz Platz nahm, damit niemand die Gewichtsverlagerung bemerkte, dann zwängte sie sich vorsichtig zwischen die großen Weinfässer und breitete den Mustermantel über sich aus.

Eine halbe Stunde später hielten sie an, und einige Männer luden die Fässer ab und brachten sie in eine schäbige kleine Werkstatt. Teia war sehr gut darin geworden, sich immer genau zum richtigen Zeitpunkt zu bewegen oder flüchtige Blicke um sich zu werfen. Sie glitt von der anderen Seite des Wagens herunter, damit, falls sich im Fallen ihr Mantel aufbauschte, niemand die Möglichkeit haben würde, ihre für einen kurzen Moment sichtbaren Beine zu bemerken.

Atevia Zelorn zog sich eine andere Kapuze über, bevor er vom Wagen stieg. Die neue Kapuze war mit einem dünnen Kettenpanzer ausgekleidet.

Die Person, die die Ladung entgegennahm, trug eine ganz ähnliche Kapuze. Der Mann oder die Frau sagte kein Wort und bewegte sich sehr vorsichtig. Teia musste erst das Risiko eingehen, etwas Paryl durch die Kleidung dieses Menschen zu schicken, um sich zu vergewissern, dass es sich dabei um eine Frau handelte.

Die Frau hob ihre in einem Handschuh steckende Hand und streckte zweimal alle fünf Finger aus.

»Zehn Minuten. Gut, gut«, sagte Atevia und gab seiner Stimme ein raues Knurren. Es war nicht gerade die beste Verstellung der Welt, aber im Orden gab es mehr Männer als Frauen, also ging er vermutlich davon aus, dass das reichte. Vielleicht aber war es ihm auch einfach egal.

Er trat nach draußen, und die Diener öffneten die Fässer. Die Frau entließ sie und schritt dann von Fass zu Fass. In einer Hand hielt sie eine kleine Phiole. Sie stank. Es war der Geruch eines verbreiteten Brechmittels, wie Teia erkannte.

Was hatte das zu bedeuten?

Aber dann verstand sie. Die Frau schnupperte und kostete nacheinander alle Weine, nachdem sie den Inhalt jedes Fasses zuvor mit einer großen Kelle umgerührt hatte.

Nachdem sie sich davon überzeugt hatte, dass keiner der Weine vergiftet war, stellte sie das Brechmittel beiseite. Dann trat sie an ihren Arbeitstisch und holte allerlei Bündel mit eingewickelten Pflanzen hervor. Sie arbeitete mit der Schnelligkeit und Gründlichkeit einer Wundärztin oder Apothekerin, während sie die Blätter mehrerer Pflanzen begutachtete, die Teia nicht kannte, sowie zahlreiche Mohnkapseln. Dann zählte sie die Blätter zu Haufen ab und sortierte jene aus, die zu alt oder zu trocken waren, um dann die Mohnkapseln aufzubrechen und die braunen Samen in Bechern zu sammeln. Die Blätter von drei verschiedenen Pflanzenarten wanderten direkt in den Wein, alle genau abgezählt, und dann wurde der Mohn mit einem Stößel und im Mörser zerstoßen und anschließend in die Fässer gerührt.

Die Frau kostete einen winzigen Schluck von dem Drogengemisch. Sie legte den Kopf schief, als schmecke die Flüssigkeit abscheulich, aber als ließe sich das nun einmal nicht ändern. Sie spülte sich den Mund mit Wasser aus, das sie ausspuckte.

Sie wirkte, als sei sie jetzt fertig.

Los geht's.

Teia glitt durch den Raum und goss Mörder Spitz' Lacrimae Sanguinis in sämtliche Fässer. Sie verbrauchte den gesamten Inhalt des Fläschchens.

Sie gab keinen Laut von sich. Sie stolperte nicht. Sie schlurfte nicht über den Boden. Sie goss den flüssigen Tod nicht aus einer solcher Höhe in die Fässer, dass ein Spritzen zu vernehmen gewesen wäre. Sie atmete nicht einmal.

Aber die Apothekerin hielt inne. Schnupperte.

Plötzlich roch es Teia ebenfalls. Ein säuerlich-würziger Gestank, der unter dem Geschmack des Mohns oder auch schon des Weins untergegangen wäre, aber jetzt, wo das Gift auf der Oberfläche schwamm und nicht eingerührt worden war und sich der entkorkte Behälter noch immer in Teias Hand befand, wehte der Geruch kaum merklich durch den Raum.

Kaum merklich, jedenfalls solange man es nicht mit einer ausgebildeten Apothekerin zu tun hatte.

Die Frau trat näher heran und schnupperte abermals. »Was ist das ... Bei den alten Göttern, ist das etwa Lacrimae ...?«

Teia packte ihre Wirbelsäule mit einer Paryl-Faust, dann griff sie nach dem Kopf der Frau, ehe sie zu Boden stürzen konnte. Mit einer ruckartigen Drehung brach Teia der Apothekerin das Genick.

Sie spürte, wie der Frau ihr letzter Atem seufzend aus der Lunge entwich.

Manchmal kannst du nicht lange genug warten, um dich vergewissern zu können, ob deine Paryl-Knoten auch halten.

»Bereit?«, fragte jemand von draußen.

Keine Zeit!

Mit einer Kraft, die sie sich selbst gar nicht zugetraut hätte, wuchtete sich Teia die Frau über die Schulter und warf sie in das halb leere Wasserfass, aus dem diese zuvor getrunken hatte.

Teia riss der Frau die mit Kettenrüstung ausgekleidete Kapuze herunter und zog sie sich selbst über. Sie ließ den Mustermantel den weißen Umhang der Frau nachahmen, wurde sichtbar und hörte das Schlurfen hinter sich an der Tür. Ohne sich umzudrehen, hob Teia den Zeigefinger. Eine Minute noch, bitte.

Mit ihrem Körper versperrte sie dem Mann die Sicht auf das Wasserfass. Gütiger Orholam, es hatte keinen Deckel!

Mit ruhigen Bewegungen und in der Hoffnung, dass der Mann sich abgewandt hatte oder weggegangen war – Teias Herz hämmerte plötzlich so heftig, dass es alles übertönte und sie nicht hören konnte, ob er den Raum verlassen hatte –, schälte sie die Handschuhe von den Händen der Frau und schlüpfte hinein. Nachdem sie sich davon überzeugt hatte, dass die Kapuze genau da saß, wo sie sitzen sollte, spähte sie über ihre Schulter.

Dort standen jetzt die Diener, und Atevia Zelorn trat in den Raum.

Mit ruhigen Bewegungen griff Teia nach den Tüchern, in denen die Pflanzenblätter eingewickelt gewesen waren, und legte sie über das Wasserfass und den daraus hervorlugenden Schuh der Frau.

Dann bückte sie sich und hob das Giftfläschchen auf, das sie zuvor hatte fallen lassen. Sie verkorkte es und legte es zu den übrigen Phiolen, Gewichten und alchemistischen Utensilien auf dem Arbeitstisch.

Teia war noch nie so froh darüber gewesen, eine Kopfbedeckung zu tragen, die ihr Gesicht völlig verbarg. Sie schwitzte. Sie geriet nicht leicht ins Schwitzen, aber jetzt war sie völlig durchweicht. Sie ging zu den Weinfässern, rührte einmal kräftig in jedem einzelnen und trat dann einen Schritt zurück. Sie winkte die Männer herbei und hoffte, dass sie wussten, was zu tun war.

Die Frau, die sie gerade ermordet hatte, schien ein eher ruhiger Typ gewesen zu sein, nicht wahr?

Die Männer verschlossen die Fässer und hämmerten die Deckel fest zu. Dann rollten sie sie zu einem anderen Wagen.

Atevia Zelorn kletterte auf seinen Sitz. Teia verabschiedete sich mit einem halbherzigen angedeuteten Winken, nickte dem Weinhändler noch einmal zu und wandte sich ab.

»Was zum Teufel soll das?«, fragte er. »Ich bitte Euch. Ihr wisst, wie die Sache läuft, Muriel. Ihr seid schließlich die Kelchträgerin.«

Kelchträgerin. Er meinte Gifttesterin; diejenige, die zuerst vor aller Augen von dem Wein trinken musste, um zu bestätigen, dass er sicher war.

»Ist doch Unfug«, murrte Teia, aber ihr Magen krampfte sich vor Angst zusammen. »Warum sollte ich den Wein verderben?«

»Was wirklicher Unfug ist«, entgegnete Zelorn, »ist, dass der Alte Mann verlangt hat, dass ich für den Blutwein meinen besten Barbera aus dem Ambrosiatal hergebe. Jetzt, wo Ihr all den Dreck hineingepanscht habt, hätte ich genauso gut rote Kieljauche nehmen können.«

»Wenn ich vorgehabt hätte, den Wein zu vergiften, hätte ich dann nicht einfach im Voraus ein Gegengift für mich vorbereiten können?«, erwiderte Teia. Ein Gegengift. Ja, das wäre in der Tat eine gute Idee gewesen.

»Es ist Tradition. Es braucht keinen Sinn zu haben. Jetzt steigt auf den Wagen.«

Teia willigte grummelnd ein und kletterte auf den Sitz. Ihr Herz pochte heftig.

Wie viele verschiedene Gifte hatte Mörder Spitz wohl in seinem Versteck aufbewahrt? Warum hatte sie gerade dasjenige aussuchen müssen, für das es kein Gegengift gab?

32

Es musste einen Ausweg geben.

Ihr kleiner Wagen holperte klappernd über die Pflastersteine, während sich Dunkelheit über Großjasper legte. Teia hatte schon immer geschickte Hände gehabt. Vielleicht konnte sie … was? Wie kostet man Gift vor, ohne zu sterben?

Jede neue Ausflucht, die ihr einfiel, war dümmer als die vorangegangene: Vielleicht konnte sie Gläser austauschen? Ja klar, nur dass du nicht *etwas* von dem Wein vergiftet hast, T.; du hast *alles* vergiftet. Willst du wirklich all deine Hoffnung darauf setzen, dass irgendwer zufällig mit einem anderen Glas Wein auftauchen könnte, das du im letzten Moment vertauschen kannst?

Vielleicht konnte sie versuchen, ihren Schleier anzubehalten und den Wein an ihrem Hals hinunterzugießen? Aber ihre Gewänder waren weiß; der Wein war rot. Aber vielleicht würde es ja trotzdem funktionieren! Ihr Gewand war schließlich der Mustermantel. Vielleicht konnte sie ihm gebieten, weiß zu bleiben. Vielleicht würde es funktionieren!

Aber sie hatte keine Möglichkeit, es vorher auszuprobieren.

Und wenn sie etwas Verdächtiges bemerkten, würden sie sie umbringen. Schlimmer noch, sie würden den offensichtlich vergifteten Wein wegschütten. Alles, was sie getan hatte, um so weit zu kommen, wäre vergebens.

Ganz gleich, wie sie es drehte und wendete, es schien nur drei Möglichkeiten zu geben: Entweder ihr gelang es, sie zu täuschen und so zu tun, als tränke sie den vergifteten Wein, oder sie wurde bei ihrem Täuschungsmanöver ertappt, oder sie trank ihn tatsächlich.

Zwei dieser Möglichkeiten würden dazu führen, dass sie am Ende mausetot war.

Sie war nicht so weit gekommen, um am Ende tot auf der Strecke zu bleiben.

Sie erreichten das Gasthaus zur Wegkreuzung, und es war gerammelt voll mit Menschen. Da waren Händler, die in letzter Minute Waren für die Festlichkeiten des morgigen Tages kauften oder verkauften – falls diese Festlichkeiten denn überhaupt stattfanden – oder vor der Schlacht schnell noch sonstige Geschäfte erledigten. Lichtgardisten versuchten, einen Kontrollpunkt einzurichten – auf einer der sieben sich hier kreuzenden Straßen, aber nicht auch auf den anderen. Dummköpfe. Viele Leute feierten bereits, und sie beschäftigten alle möglichen Händler, um sie mit

Essen und Wein zu versorgen. Mehrere gelbe Pyroturgen führten in der Abendluft ihre Tricks vor, raffinierte Kunststücke, die Funken sprühend und Blitze schlagend zerstoben.

Drei Wagen und drei Reiter kamen ihnen entgegen, unauffällige Männer, die Gesichter eingehüllt, als frören sie. Einer zeigte auf ein Fass, und ohne ein Wort öffnete Atevia den Deckel. Er reichte Teia eine Kelle, und sie kletterte auf die Ladefläche des Wagens.

Mit einem Schlag richteten sich alle Augen auf sie. Drei Fässer Wein, drei Wagen. Der vergiftete Wein ging nicht nur an eine einzige braxianische Gemeinde. Jede bekam ein eigenes Fass. Wenn Teia tat, was von ihr verlangt wurde, würde sie den ganzen Orden auf einen Streich auslöschen.

Andere Schöpfkellen gab es nicht. Keine große Zeremonie, in der ihr zwei Gläser vorgesetzt wurden und sie herauszufinden versuchte, welches dasjenige war, aus dem sie gefahrlos trinken konnte. Nur ein Dutzend Augen ruhten auf ihr. Eine einzige Kelle und die Entscheidung über Leben oder Tod.

Teia tauchte die Kelle tief in das Fass, zog sie hervor und hielt sie dann jedem der Männer hin, damit sie sehen konnten, dass sie bis zum Rand gefüllt war.

Auf euch, meine toten Sklavenbrüder. Ich füge mich eurem Urteil. Ich nehme meine Strafe an.

Sie hob ihren Schleier und trank die ganze Kelle aus. Dann hielt sie ihnen die leere Kelle hin und flüsterte: »Reicht das?«, zum Zeichen, dass sie den Wein nicht noch im Mund hatte.

»Vielen Dank, Mariel«, sagte einer von ihnen, dessen Stimme offensichtlich durch eine dieser speziellen Halsketten verändert war. Aber sie wusste, wer er war.

Der Alte Mann persönlich. Grinwoody.

Teia wurde plötzlich ganz starr. Atevia hatte sie Muriel genannt. Teia warf fragend die Hände hoch, als wollte sie sagen: »Was zum Teufel soll das?«

»Ihr seid es also wirklich«, sagte der Mann. »Ich wolle nur

sichergehen. Ich habe Euch noch nie zuvor mit so großen Schlucken trinken sehen, Muriel. Nun, es ist ja auch kein normaler Abend, nicht wahr? Männer, ladet die Fässer auf.« Er drehte sich zu einem von ihnen um. »Ach, und durchsuch sie.«

Der Mann tat es, grob, aber schnell. Und auch nicht sonderlich geschickt, fand Teia.

Sie konnte nur hoffen, dass es tatsächlich irgendeine Rolle spielen würde. Eine Phiole mit einem Gegengift, in einer Körperöffnung versteckt, klang für sie im Moment nach einer glänzenden Idee.

»Sie ist sauber«, verkündete der Mann.

Der Alte Mann zog eine Geldbörse hervor.

Teia wartete. Sie hatte keine Ahnung, ob Muriel normalerweise eine Bezahlung ablehnte, also hielt sie sich zurück.

Aber sie weitete kurz die Augen und sah, dass Paryl von dem Panzer leckte, den der unauffällige Mann anhatte, der sie gerade untersucht hatte. Ein Schatten.

Offensichtlich ein ziemlich miserabler, nach dem Spektrumsbereich des Paryls zu urteilen, das sie gesehen hatte. Außerdem hatte er nicht bemerkt, dass sie selbst eine Paryl-Wandlerin war – gut, wenn sie Paryl gehortet gehabt hätte, als er sie berührt hatte, wäre die Angelegenheit sicherlich ganz anders verlaufen. Dieser Idiot von einem Schatten hatte sie lediglich hin und her gezerrt, während er sie »durchsucht« hatte, indem er Paryl durch ihre Kleidung schießen ließ. Er war zu ungeschickt, um sein Paryl-Spektrum hinreichend konzentriert zu halten, um sie aus der Distanz durchsuchen zu können.

Nun ja, Glück gehabt, dachte Teia. Während sie das Geschehen aufmerksam verfolgte, bemerkte sie das Funkeln einer hauchdünnen Rüstung, die die Beine und die Handgelenke des Alten Mannes umhüllte.

Ein unauffälliger Paryl-Angriff würde diese Rüstung wahrscheinlich nicht rechtzeitig durchdringen können. Sie würde ihr

Paryl direkt durch Grinwoodys Augen schießen müssen, um ihm ein Blutgerinnsel im Gehirn zu verpassen.

Aber sie hatte bereits den Wein vergiftet. Wenn sie ihn jetzt tötete und dadurch ihre Tarnung aufgab, wer im Orden würde es dann wagen, Wein zu trinken, den eine Meuchelmörderin für ihn gemischt hatte?

Wenn sie versuchte, Grinwoody jetzt zu töten, würde sie niemanden sonst umbringen. Geduld, T.

Die Münze, die er hervorgezogen hatte, ähnelte keiner, die sie bisher je gesehen hatte. Groß, angelaufenes Silber, dunkel, vom Relief eines gebrochenen Auges abgesehen. Die Vorderseite zeigte neun Kronen.

»Verbarrikadiert heute Nacht Euren Laden, Muriel. Der Spaß beginnt eine halbe Stunde nach Tagesanbruch. Sollte irgendjemand Euch oder die Euren angreifen, zeigt ihnen das hier.« Eine halbe Stunde nach Tagesanbruch? Zu diesem Zeitpunkt wären die Sonnentagsprozessionen bereits in vollem Gang.

Was völliger Wahnsinn war. Sie standen aller Wahrscheinlichkeit nach kurz vor einer Schlacht, und sie wollten die Prozessionen durchziehen? Sie hatte auf den Straßen ein Dutzend Mutmaßungen über die möglichen Gründe dafür gehört, und einige dieser Leute hatten deutlich zynischere Ansichten geäußert als Quentin. Etwa dass die Prozessionen verhindern sollten, dass die Pilger in Panik gerieten, und dass sie, indem sie Orholam ehrten, hofften, ihn dazu zu bringen, ihnen beizustehen. Andere vermuteten, dass auf diese Weise die Verteidiger der Chromeria genau wussten, welche Straßen frei waren und welche von den Menschenmassen verstopft. Wieder andere behaupteten, dass das neue Prisma eben darauf bestanden habe, auch wenn die Prozessionen dieses Mal viel kleiner ausfallen würden als sonst.

Irgendeine Art von Angriff des Ordens während all dessen? Perfekt. Einfach perfekt.

Aber Teia nickte. Ihr war bereits schwummerig zumute. Ihr

Magen brannte um einige Stufen wärmer als nach einem kräftigen Schluck Schnaps. Das lag am Alkohol in Verbindung mit den verschiedenen Drogen, vermutete sie, und wahrscheinlich nicht an den Lacrimae Sanguinis. Noch nicht.

Während sie den Wagen nachsah, die in verschiedene Richtungen über die Straßen davonholperten und sie inmitten einer Menschenmenge zurückließen, die in Erwartung eines Feiertages sowie einer Armee, die ihnen mit der Vernichtung drohte, zugleich fröhlich jubelte und ängstlich angespannt war, fühlte sich Teia unwillkürlich leer. In ihren Hoffnungen und Befürchtungen waren sie heute eng miteinander verbunden, wie auch mit der ganzen Stadt und ihrer Religion. Sie standen im Begriff, den größten Kampf ihres Lebens auszufechten, aber sie taten es alle zusammen.

Teias Kampf dagegen war vorüber. Sie war verlassen und allein und nicht zum ersten Mal im Laufe dieses Jahres unaussprechlich einsam.

Genau wie sie es sich geschworen hatte, würde sie ihre große Mission zu Ende bringen. Sie würde etwas bewirken, das für immer Bestand haben würde. Sie würde Erfolg haben; es war nur so, dass sie tot sein würde, wenn es so weit war.

Du gewinnst also am Ende doch, Mörder Spitz. Oder nennen wir es ein Unentschieden. Aber Sonderpunkte gehen an dich, dafür, dass du es auf die Art und Weise getan hast, wie der Orden seine beste Arbeit immer erledigt. Der Orden hat mich nicht zu einem schlechten Menschen machen können, bis ich ihm dabei geholfen habe. Und du? Du hast mich nicht umbringen können ... bis ich dir dabei geholfen habe.

33

»Brecher! Du musst aufwachen!«

Kip konnte nicht länger als eine Stunde geschlafen haben. Er richtete sich auf und fuhr erschrocken zurück, als er die gewaltige Gestalt des großen Leo über seinem Bett aufragen sah. Tisis stieß einen spitzen Schrei aus. Kip hatte vielleicht ebenfalls geschrien, aber sie war lauter.

Vielen Dank, Liebling.

»Was ist los?«, fragte Kip.

»Mylord«, sagte der große Leo. »Es geht um Teia.«

»Was?!«

»Aber sie ist ... nicht ganz bei sich.«

»Bring sie rein und ...«, setzte Kip an.

»Ich bin schon hier!«, ertönte Teias Stimme. Sie streckte die Arme in die Luft wie jemand, der sich dem Applaus der Menge stellt. Ihr Gesicht war gerötet; ihre Haut glänzte. Ihre Lippen waren trocken und ihre Augen geweitet.

»Ich konnte sie nicht dort draußen stehen lassen«, meldete sich Ferkudi und streckte entschuldigend den Kopf in den Raum. »Sie hat gebrüllt.«

»Alle Achtung«, sagte Teia, als Kip aus dem Bett stieg. Sie machte einen torkelnden Schritt und musterte ihn anerkennend – und fast schon unverschämt, angesichts der Tatsache, dass sich seine Frau direkt neben ihm im Bett befand – von den Schultern über die Bauchmuskeln bis hin zur Unterwäsche und dann wieder hinauf. »Du siehst verdammt gut aus.« Sie rieb sich die Stirn. »Bei

Orholams Eiern, ich bin im Moment dermaßen benebelt. So habe ich die Sache nicht angehen wollen.«

Er zog schnell Hemd und Hose an.

»Teia, es freut mich sehr, dich wiederzusehen«, begrüßte Tisis sie und kam auf Kips Seite des Bettes herüber. »Wie können wir dir helfen?«

»Es tut mir leid, dass ich die Ausbeulung deines Mannes angestarrt habe«, entschuldigte sich Teia. Sie zuckte zusammen. »Unglaublich, was ich da gerade gesagt habe. Du bist so lieb zu mir gewesen, und ...«

Kip wiederum starrte Tisis an, die völlig ungerührt wirkte.

»Können wir dir etwas zum Frühstück bringen?«, fragte Tisis, als sei Teia einfach eine morgendliche Besucherin, auf die Tisis schon gewartet hatte. Tisis trug Kips Lieblingsnegligé aus grüner Seide, dessen Träger mehrmals abgerissen und wieder zusammengenäht worden waren. Sie legte sich gelassen einen Umhang um die Schultern, und angesichts der nüchternen Gefasstheit seiner Frau erfüllte Kip plötzliche Bewunderung. »Oder brauchst du medizinische Versorgung?«, fügte Tisis hinzu.

Er wusste nur zu gut, wie Tisis über die vergangenen Monate hinweg zu Teia gestanden hatte, aber jetzt entschloss sie sich dazu, in Teia einfach eine junge Frau zu sehen, die in keiner guten Verfassung war, das aber womöglich nicht selbst zu verantworten hatte. Sie sah Teias Leiden, nicht ihr Betragen.

Er liebte sie dafür nur umso mehr.

Teia schlug sich die Hände vors Gesicht, und es sprach ein so starkes Gefühl der Scham und der Selbstverachtung aus ihren verzerrten Zügen, dass Kip das Herz schmerzte, so leid tat sie ihm. Sie zeigte auf Tisis. »Ich nehme an, ich brauche nicht zu fragen, was sie dir bedeutet, hm? All das, und dann ist sie auch noch lieb und freundlich? Sogar ihr *Haar* sieht gut aus. Sie hat *geschlafen*, und ihr Haar sieht trotzdem gut aus. Wie schafft sie das? Ich wette, sie ist nicht mal eine Mörderin!«

»Teia?«, fragte Kip. Das sah ihr gar nicht ähnlich. Er hatte damit gerechnet, dass sie sich in der Zeit ihrer Trennung verändern würde, aber selbst das eingerechnet, war dieses Verhalten völlig untypisch für sie.

»Die Wirkung des Mohns lässt nach«, fuhr Teia fort. »Ich wollte das ja auch, aber ...« Teia murmelte einige Sekunden lang immer wieder leise Flüche vor sich hin, dann schaute sie mit trauriger Miene auf. »Ich habe dich einfach nur noch mal sehen wollen, Kip. Es tut mir leid, dass ich in einer solchen Verfassung bin. Ich kann mich nicht einmal mehr an all das erinnern, was ich dir habe sagen wollen, aber ich wollte dich wirklich noch ein letztes Mal.«

Ein letztes Mal? »Teia? Was ist los mit dir?«

Sie blickte zu ihm auf, und ihre Augen füllten sich mit Tränen. »Kip, ich sterbe.«

34

Quentin besaß jetzt nur noch zwei Sorten von Kleidung: einmal die Kleider von der ekelhaft reichen und dann die von der obszön wohlhabenden Art. Beide hätten beim alten Quentin einen Brechreiz ausgelöst. Im Laufe des vergangenen Jahres hatte er jeden Tag im Widerstreit mit sich selbst gelegen, während er sich langsam an das Gewicht und die Last seiner neuen Gewänder gewöhnt hatte.

Als Bestandteil seiner Strafe – die darin bestand, das Beispiel eines Luxiaten abzugeben, den das Streben nach weltlichem Besitz in die Irre geführt hatte – war es ihm verboten, in der Öffentlichkeit irgendetwas zu tragen, das weniger teuer als seine zweitbeste Garnitur war. In seinen Wohngemächern hatte er monatelang buchstäblich nur ein Büßerhemd aus Sackleinen getragen. Als er dann gemerkt hatte, dass er stolz darauf war, sein Fleisch zu kasteien – oh Stolz, du heimtückische Bestie –, hatte er sich angewöhnt, auch im Privaten teure, aber schlichte Gewänder zu tragen.

Doch heute, nachdem Kip ihn lange vor Sonnenaufgang geweckt und ihm mitgeteilt hatte, worin seine dringliche Aufgabe bestand, legte Quentin seine feinsten Roben mit so etwas wie einem gesunden Stolz an: Heute würden diese Gewänder ihm helfen zu tun, was getan werden musste. Er hatte sogar einen Diener bitten müssen, ihm beim Ankleiden zu helfen: Diese Dinger bestanden aus mehreren Lagen! Perlen zu Hunderten, der Brokat von echtem Gold durchzogen, ein Nerzkragen, der mit dem Saft der Purpurschnecke gefärbt war. Stiefel aus Rehkitzleder, Seidenbänder und juwelenbesetzte Ringe für jeden Finger.

Er sah wie die Verkörperung all dessen aus, was er immer gehasst hatte, doch heute diente alles zu Orholams Ruhm. Das, was eine Geißel gewesen war, die ihm den Rücken peitschte, war jetzt die Rüstung für seinen Kampf. Ein großes und ruhmreiches Wagnis. Eine Prüfung, die ihn bis an seine Grenzen beanspruchen würde.

Er würde es womöglich nicht überleben.

Nachdem er seine Gemächer im blauen Turm verlassen hatte, schritt er über den Lilienstiel und begrüßte eine Reihe von Luxiaten, die auf dem Weg zum Morgengebet waren. Einer reichte ihm ein Geldstück, und er nahm es in aller Bescheidenheit entgegen. Wenn der Orden Verdacht schöpfte, was Quentin zu tun im Begriff stand, würde er keine Gelegenheit bekommen, die Münze in die Hände der Armen zu legen, die ihrer bedurften, aber auch das war Bestandteil seines ganz persönlichen spirituellen Weges: darauf zu vertrauen, dass Orholam Quentins Fehler und Versäumnisse gnädig verdecken und trotzdem sein göttliches Werk in dieser Welt vollbringen würde, selbst wenn Quentin nicht an Ort und Stelle war, um seine Arbeit zu verrichten, selbst wenn Quentin einen Teil des Reichtums, den ihm Orholam geschenkt hatte, missbräuchlich verwendete.

Er erreichte die westlichen Docks eine Stunde vor Sonnenaufgang. Der Hafenbereich war dicht von Gläubigen bevölkert, die immer noch auf eine feierliche Prozession hofften. Aber nicht nur die Gläubigen drängten sich hier zusammen. Noch in letzter Minute wurde an der Verstärkung der Befestigungsanlagen am Hafen und an den umliegenden Mauern gearbeitet, und Dutzende von Arbeitern brachten dafür bestimmte Materialien an Land. Mehrere Gebäude in der Nähe waren ausgeschlachtet worden, um Holz und Steine zu bekommen, und man hatte Balken aus jahrhundertealten Häusern gerissen, während ihre Besitzer heulten und jammerten.

Draußen in der Bucht auf der anderen Seite der Befestigungsmauer lauerte wie ein Panther vor der Tür die Flotte des Königs der Wichte.

Quentin mochte es gar nicht, im Mittelpunkt der Aufmerksamkeit zu stehen, und als er zu der Treppe sah, die die Mauer hinaufführte, stellte sich ein flaues Gefühl in seinem Magen ein. Mehrere Soldaten warfen ihm schiefe Blicke zu. Die gelangweilte Menge der Versammelten, einige mit ihren schlafenden Kindern im Arm zusammengekauert, während andere einfach nach irgendeiner Unterhaltung Ausschau hielten, um die nächste Stunde bis zum Sonnenaufgang auszufüllen – sie alle starrten zu ihm hin und stellten mit lauter Stimme allerlei Spekulationen darüber an, warum er jetzt wohl hier war statt in einem der reicheren Viertel.

Männer und Frauen werden heute in Scharen sterben. Orholam hat mich nicht darum gebeten, für diese Schlacht ein Schwert zu ergreifen.

Er bittet uns um nichts, wozu wir nicht imstande sind.

Er hat mich darum gebeten, *diese* Pflicht zu erfüllen.

Und daher ist diese Pflicht auch eine, die ich erfüllen kann.

Natürlich versprach Orholam niemals, dass wir uns in Erfüllung besagter Pflichten nicht mit Schmutz beladen würden.

Aus irgendeinem Grund wurde Quentin bei diesem Gedanken leichter ums Herz.

»Tu einfach so, als wärst du Gavin Guile, aber … du weißt schon, in fromm«, hatte Kip ihm noch mitgegeben.

Aus diesen Worten sprach nicht gerade eine entschiedene Gutheißung von Kips Vater, doch es war ein guter Rat.

Das wird jetzt meine erste Predigt sein, dachte Quentin. Höchstwahrscheinlich auch meine letzte, fügte eine weniger ermutigende Stimme in seinem Hinterkopf hinzu.

In puncto prophetische Predigten ist die Sache doch eigentlich ein echter Betrug, nicht?

Aber andererseits werde ich, falls sich die Prophezeiung nicht erfüllt, sofort dastehen wie irgend so ein Schwachkopf. Mit fatalen Folgen.

Oh, Mann. Sein Herz war ihm nicht mehr so schwer gewesen, seit er vor die Menge getreten war, um sich Orholams Blendblick zu stellen.

Gavin Guile. Setz einfach deinen Gavin Guile auf.

Quentin atmete noch einmal tief durch und schritt dann auf die Soldaten zu, die am Fuß der Treppe postiert waren.

35

Im ersten Licht des Tages, der sein letzter Sonnentag sein würde, bewegte sich Gavin gerade vorsichtig im Halbkreis auf die Stelle zu, wo sein Schwert und sein Tod lagen, als er einer Unmöglichkeit gewahr wurde.

Direkt gegenüber der Treppe, die Gavin auf das Dach des Turms hinaufgebracht hatte, ging, in all ihrer nur in kurzen, flüchtigen Blicken zu ertragenden Strahlkraft, die Sonne auf, aber jetzt schien sie sich immer weiter auszudehnen. Blinzelnd hielt er sich die Hand über sein Auge, während es demjenigen Orholams entgegenblickte.

Seine Schritte verlangsamten sich.

Was zum Teufel ging hier vor sich? Doch Gavin befeuchtete sich die Lippen und ging weiter.

Die Sonne am Himmel teilte sich in Zwillingskugeln. Es war, als würden Orholams eigene Gebete ihren sengenden Richtspruch über den Horizont schicken. Es war, als würde der Gott der Welt die meiste Zeit über nur die Hälfte seiner Aufmerksamkeit zukommen lassen, sie nun aber einzig und allein Gavin schenken.

Beide Augen Gottes offen, in gleißendem Weiß.

Gerade als Gavin es aufgegeben hatte, ihn zu finden, war er hier – und er zürnte.

Die Furcht legte ihre Fesseln um Gavins schwere Glieder, aber er taumelte weiter. Er würde niemand sein, der den Kopf einzog – nicht einmal, wenn er es mit Gott persönlich zu tun bekam.

Und diese wenigen zusätzlichen Schritte zurück zu seinem Schwert waren alles, was es brauchte. Das zweite Auge bewegte sich immer weiter zur Seite und war dann plötzlich halbiert, wurde von irgendetwas ausgelöscht, das Gavin nicht sehen konnte. Dann verschwand es zur Gänze.

Gavin blieb stehen, Neugier hatte seine Angst verdrängt. Er machte einen Schritt zurück, und das zweite himmlische Auge tauchte wieder auf. Dann trat er noch weiter zurück, bis an die Stelle, wo sich das zweite Auge vom ersten gelöst hatte, und nach wenigen Schritten verschmolzen beide wieder miteinander.

Er wusste, dass er sich erst einmal die Klinge holen sollte, bevor er irgendwelchen Rätseln auf den Grund ging, trotzdem bewegte er sich noch einige weitere Schritte zurück, bis an die Treppe, wo er herausgekommen war.

Jetzt war auf der Kuppe des kleinen Hügels überhaupt nichts mehr zu sehen.

Aber die Sonne musste doch dort sein.

Das Schwert, du Idiot. Beschaff dir erst eine Waffe und gehe dann den Rätseln auf den Grund.

Gavin lief erneut um den aufragenden Hügel herum, diesmal schneller, ohne nahe heranzutreten.

Orholams eines Auge teilte sich erneut, und erneut glühten beide Augen auf Gavin herab, wie um ihren Urteilsspruch zu fällen.

Gavin knirschte mit den Zähnen und machte einen Schritt – den Hügel hinauf. Und dann noch einen. Während er den Hügel emporstieg, hielt er stets den gleichen Winkel zur Sonne.

Irgendetwas stimmte mit diesen brennenden Augen ganz und gar nicht.

Dann löste sich mit einem Mal der ganze Druck, der auf seinem Herzen lastete, und er stieß erleichtert den Atem aus.

Es waren überhaupt keine zwei Augen dort oben. Da war ein Spiegel!

Gottverdammt noch mal.

Ein Spiegel, genau im richtigen Winkel auf diesem Hügel aufgestellt, sodass die Pilger, die im Morgengrauen des Sonnentages hierherkamen und dem Weg folgten, den auch Gavin genommen hatte, genau das sahen, was Gavin gesehen hatte. Es war nur ein verfluchter Spiegel! Er stand dort oben auf dem Hügel, in einem präzise gemessenen Winkel, und projizierte bei jedem Sonnenaufgang diese Illusion: Es gab, so hatte es den Anschein, sogar Wegmarkierungen, die eine Art Kalender sein mussten, damit die Priester dafür sorgen konnten, dass die Pilger jeden Tag genau an der richtigen Stelle standen.

Es war alles religiöser Hokuspokus. Ein Schwindel, nur Lug und Trug. Eine Täuschung für die Verzweifelten und die Leichtgläubigen.

Aber trotzdem ... ein unmöglich dünner, großer, makellos sauberer Spiegel? Sauber selbst noch nach Jahrhunderten und zweifellos Tausenden von Stürmen? Das allein grenzte an ein Wunder.

Nun gut, es war immer noch erheblich glaubwürdiger, als dass Gott selbst ihn ansah.

Gavin näherte sich dem Spiegel. Die Neigung des Hügels und die Tageszeit sorgten dafür, dass die »Augen« unverändert blieben. Die gleißende Helligkeit ließ ihn das Auge zusammenkneifen, als er den Betrug begutachtete.

Aber sobald er das tat, bewegten sie sich. Und zwar anders, als sie es in Anbetracht seiner eigenen Bewegung hätten tun sollen.

Sein Schritt verlangsamte sich.

Nein, bestimmt nicht. Sicherlich hatte es nur den Anschein gehabt, als hätten sie sich anders bewegt.

Aber Gavin war erstarrt, seine Muskeln straff wie eine bis zum Anschlag gespannte Bogensehne.

Mit hämmerndem Herzen und während ihm eine innere Stimme zuschrie, dass er zuerst das Schwert hätte an sich nehmen sollen, bewegte sich Gavin vorsichtig weiter.

Die Augen schienen sich zu bewegen, jetzt aber völlig unabhängig von Gavins Schritten.

Nein. Nein! Er hatte das Rätsel doch gerade gelöst. Es war alles nur ein Sonnentagsbetrug, genau wie all die anderen, an denen Gavin so viele Male selbst teilgehabt hatte.

Aber als er jetzt einen weiteren Schritt machte, war es nicht mehr zu verleugnen. Das gespiegelte Auge sollte von der anderen Seite her erlöschen, während sich Gavin um den Spiegel bewegte, sodass nur noch die Sonne allein am Himmel stand.

Stattdessen riss sich die Sonne los und stand nun in der Tat allein an dem ihr zukommenden Platz am Himmel.

Aber zwei Kugeln glitten innerhalb des Spiegels nach unten, Seite an Seite wie Augen.

Gavin machte einige Schritte rückwärts, den Hügelhang hinab auf das Schwert hinter ihm zu, aber er vermochte den Blick nicht abzuwenden.

Die Kugeln ließen sich auf dem emporragenden Hügelgipfel auf der Höhe des Gesichts eines Erwachsenen nieder – auf Gavins Augenhöhe.

Die Luft an der Hügelspitze verzerrte sich, und irgendetwas, was sich dort oben befand – vielleicht sogar wirklich ein Spiegel, wie es Gavin vermutet hatte –, schien sich wie eine Blase nach außen zu wölben, als wolle sich etwas einen Weg aus dem Spiegel heraus- und in die Welt hineinbahnen.

Was dort oben geschah, war nur schwer zu erkennen, wenn man in die unterschiedslose Helligkeit des Himmels über dem Hügel hinaufschaute. Etwas sehen konnte man nur dann, wenn die Gestalt im Spiegel Vorwärtsbewegungen machte, die den Spiegel in Abwärtsrichtung dunklen Untergrund anstele des strahlenden Himmels reflektieren ließen.

Die Spiegeloberfläche selbst war unerträglich hell. Gavin hob eine Hand, um das gleißende Licht auszusperren. Durch seine gespreizten Finger sah Gavin einen silbrigen Fuß vorwärtsgleiten. Dann einen glänzenden Arm mit aus Marmor gehauenen Muskeln, dann einen vollkommenen Körper mit Spiegelhaut.

Das gottgleiche Wesen machte drei Schritte vorwärts, bis es sich in Erinnerung zu rufen schien, dass es hier atmen musste. Gavin konnte sein Atmen selbst aus dieser Entfernung hören. Wenn das alles eine Illusion war, war sie raffinierter als alle, von denen Gavin je gehört hatte.

Die Spiegelhaut des Wesens löste sich auf, schmolz oder wandelte sich zu einer menschenähnlichen Haut. Menschenähnlich bis auf ihre absolute Vollkommenheit. Als wollte sie Gavin absichtsvoll verspotten, trug die Gestalt, ebenso wie Gavin, nur einen Lendenschurz. Ihre Augen, die nun nicht mehr ganz so grell leuchtend und sengend waren wie die Sonne selbst, waren immer noch unerträglich hell und überstrahlten und verdeckten die Gesichtszüge des Mannes. Gavin konnte dieses fremde Gesicht nicht danach absuchen, welche Täuschungen und Bösartigkeiten dahinter verborgen sein mochten.

Gavins Ungläubigkeit wurde erneut erschüttert. Aber nein, das war alles eine magische Täuschung – sicher, vielleicht eine uralte und höllisch komplizierte –, doch Gavin war kein Einfaltspinsel, der sich bereitwillig von einem raffinierten Wandler hinters Licht führen ließ.

Die Augen. Die Augen waren der Schlüssel!

Er schaute nach unten, um festzustellen, ob sich auch sein Schatten bewegte, wenn sich das leuchtende Wesen bewegte; kein Zauberwirken, keine Illusion, konnte ein solches Licht hervorbringen, dass es tatsächlich Schatten warf. Das Fehlen der Schatten würde erkennen lassen, dass es sich hierbei um bloße Willensübertragung handelte.

Das Phantom schritt seitwärts den Hügel hinunter, als weiche es Gavin aus, als sei Gavin ein scheues wildes Tier. Aber Gavin war über jeden Schritt erleichtert, den das Ding weg vom Spiegel machte – wenn es sich hierbei um Willensübertragung oder Zauberei handelte, würde sich die Magie dort konzentrieren, wo jeder hinschauen musste, direkt am Spiegel.

Aber dann bemerkte Gavin, dass sein Schatten sich zitternd teilte, im Gleichtakt mit jenen Laternenaugen, die mit jedem Schritt des Geschöpfs auf und ab hüpften.

Angst schoss Gavin den Rücken hinunter. Das Ding war echt.

Schlimmer noch – was, wenn dieses gottartige Wesen nicht deshalb zur Seite und von Gavin weg den Hügel hinabging, um Gavins Ängste zu lindern, sondern ... weil es die Blendende Klinge ansteuerte!

Gavin schoss davon wie ein abgeschossener Pfeil. Weiter oben am Hügel rannte auch der kleine Gott los. Er stürmte in einem schrägen Winkel auf dieselbe anvisierte Beute zu, als seien er und Gavin spiegelbildliche Zwillingsaugen, das Licht des Himmels und das Licht der Erde, hier zusammengerufen, im Zentrum aller Dinge.

Aber der Gott befand sich in der besseren Position. Gavin wagte es nicht, zu ihm hinüberzuschauen, aus Angst davor, dass es ihn auch nur um einen halben Schritt verlangsamen könnte. Er spürte, wie ihm die Gottheit immer näher kam.

Dann rempelte sie ihn an, stürzte sich nicht auf die Beute, sondern auf Gavin selbst, als wäre er der zu erringende Preis.

Sie gingen heftig zu Boden, krachten auf den wunderschönen und völlig gnadenlosen schwarzen Stein des Turmdachs.

Und mit diesem schmerzlich harten, donnernden Knall lösten sich auch seine letzten Zweifel in Luft auf: Man kann von einer Illusion nicht körperlich angegriffen werden.

Hustend und keuchend attackierte Gavin sofort. Wenn er in seinem Leben eines gelernt hatte, dann das: Wer als Erster zuschlägt, schlägt oft auch als Letzter zu. Aber da ihre Beine ineinander verschränkt waren, prallte sein Tritt an festen Muskeln ab.

Gavin drosch mit Knien und Ellbogen auf sein Gegenüber ein, trat um sich, um ein wenig Abstand zu gewinnen.

Was auch immer dieses Wesen ansonsten sein mochte, sein Fleisch bestand nicht aus Marmor oder Luxin oder reiner Willenskraft; es fühlte sich wie das eines Mannes an.

Und es kämpfte auch wie ein Mann, packte Gavins Knöchel, als er versuchte, sich loszureißen, um die letzten Schritte zum Schwert zu rennen. Der Gotthafte verdrehte Gavins Knöchel so fest, dass er sich zur Seite werfen musste, um nicht das Risiko einzugehen, dass sein Bein gebrochen wurde.

Gavin rollte sich ab, riss seinen Knöchel los, verlor aber allen Schwung nach vorn. Er versuchte aufzustehen und verlor den Überblick darüber, wo genau sich sein Gegner befand, als er versuchte, eine Position zwischen dem Wesen und der Klinge einzunehmen.

Das Gottwesen krachte erneut in Gavin hinein, riss ihn um und landete über ihm, zwei Schritte von der Klinge entfernt.

Diesmal war es Gavin, der Schläge auf Knie und Ellbogen abbekam. Er wehrte die Hiebe ab, wieder und wieder, schlug wenig wirksam um sich. Er war nie ein großer Ringer oder Faustkämpfer gewesen. Die Schwarzgardisten, mit denen er trainiert hatte, hatte kein besonderes Verlangen an den Tag gelegt, dem Prisma den Ellbogen in den Kopf zu rammen, und in Gavins echten Kämpfen auf Leben und Tod war er nur selten in die Reichweite eines Schwertes gekommen, geschweige denn in die von Fäusten. Zu wandeln und zu schießen hatte stets völlig ausgereicht. Wenn jemand nah genug an ihn herangekommen war, um sich mit seinen Fäusten auf ihn zu stürzen, hatte Gavin darauf zählen können, dass sich einer seiner Schwarzgardisten sofort der Bedrohung annehmen würde.

Gavin hatte die diesbezüglichen Fähigkeiten, die er sich während seiner Ausbildung angeeignet hatte, mehr und mehr einrosten lassen; nicht einmal Schwarzgardisten konnten in allen Kampfkünsten brillieren, und Gavin hatte so viel mehr sein müssen als nur ein Krieger.

Der Mann versuchte, ihn in einen Würgegriff zu nehmen, und Gavin brachte nur mit Mühe die Geistesgegenwart auf, einen Arm nach oben zu stoßen und den Griff rechtzeitig zu lösen, ehe sein Gegner ihn bis zur Bewusstlosigkeit würgen konnte.

Doch während er sich mühte, sich loszureißen, um an diese verdammte Klinge heranzukommen – sie war nur eine Handbreit von seinen ausgestreckten Fingerspitzen entfernt! –, überlief es ihn inmitten der wilden Feuerglut seines wallenden Kämpferblutes eiskalt: Gavin konnte seinen Gegner nicht im Weg über ein einfaches und offensichtliches, rasch zu erringendes Ziel bekämpfen, das all seine Aktionen zu beflügeln versprach.

Wenn er einfach nur versuchte, sofort nach dem Schwert zu greifen, würde ihn das allzu berechenbar machen. Damals, als er noch im Vollbesitz seiner Fähigkeiten gewesen war, war es immer einfach gewesen, gegen einen Wandler zu kämpfen, der lediglich über eine einzige Farbe verfügte, solange er nur zwischen dem Mann und seiner Brille stand. Wandler in solchen Situationen glaubten immer, erst dann über Erfolgsmöglichkeiten zu verfügen, nachdem sie ihre Brille in ihre Gewalt gebracht hatten und somit über ihre Kräfte verfügen konnten, und so versuchten sie immer zuerst einmal, sich ihre Brille zu schnappen, selbst wenn sie dadurch in eine offensichtliche Falle zu gehen drohten.

Gavin musste dagegen von sämtlichen seiner Möglichkeiten Gebrauch machen. Dieser Kampf würde nicht innerhalb von Sekunden zu Ende sein; er könnte sich vielmehr über Minuten hinziehen. Wie lange er dauerte, tat nichts zur Sache. Auch ob er die Blendende Klinge an sich bringen konnte, spielte keine Rolle. Es kam einzig und allen darauf an zu siegen.

Gavin stellte seinen Versuch ein, sich auf das Schwert zuzurollen, und stemmte sich mit aller Kraft dem an ihm zerrenden Gottwesen entgegen.

Die Umkehr seiner Stoßrichtung warf sie beide um – weg von der Blendenden Klinge. Gavin legte seine Beine um den Mann und versuchte angestrengt, seine Füße zusammenzupressen.

»Ich kenne dich«, sagte Gavin.

»Du kennst nicht einmal dich selbst.«

»Du bist ...«

Sein Widersacher krümmte sich ächzend und versetzte Gavin immer wieder Kniestöße, die Gavin zum größten Teil abwehrte. Es musste für seinen Gegner genauso anstrengend und ermüdend sein, sie auszuteilen, wie für Gavin, sie einzustecken. Das Feuer in den Augen des anderen war kleiner geworden, aber es brannte mit der gleichen, wenn nicht gar mit noch größerer Intensität. Gavin konnte ihn nicht lange ansehen, aus Angst, blind zu werden.

»Ich ... hatte sieben Ziele«, sagte Gavin. Keuchend brachte er nur kurze, abgerissene Bruchstücke heraus. Er hatte bisher wahrscheinlich erst zwei Minuten lang gekämpft, und es kam ihm bereits vor, als seien Jahre vergangen.

»Für alle sieben Jahre. Glaubst du etwa, ich wüsste das nicht?«, fragte der Gottgleiche. Er schien nicht annähernd so außer Atem zu sein wie Gavin.

»Ich habe sehr lange ...« Gavin wälzte sich zur Seite, als er einen weiteren Schlag in die Rippen kassierte. Er führte den Gedanken nicht zu Ende. »Hab aufgepasst, nicht einmal daran zu denken, wenn ich draußen an der Sonne war. Für den Fall des Falles.« Für den Fall nämlich, dass der Orden recht hatte und Orholam womöglich wirklich alles, was unter dem Licht getan wurde, sehen und möglicherweise sogar hören konnte.

»Hast du geglaubt, die Finsternis könnte deine Gotteslästerung verbergen?«, fragte das Gottwesen.

»Gotteslästerung? Ha! Man kann nur dann eine Gotteslästerung begehen, wenn man es auch mit einem Gott zu tun hat!«

Gavin rutschte der schweißnasse Arm seines Gegenübers durch die Finger, dann ließ er seine Hand vorschnellen, um ihn besser zu fassen zu bekommen, verfehlte ihn aber.

Ihre Körper lösten sich, und sie rollten voneinander weg. Beide sprangen auf und standen heftig keuchend da, warfen verstohlene Blicke in Richtung Schwert, ohne dass einer von ihnen Anstalten machte, sich darauf zuzubewegen, aus Angst, dadurch dem anderen eine Angriffsfläche zu bieten.

»Aber genau das hast du ja gewollt«, sagte Gavin. »Sie sollten alle denken, dass du ein Gott bist, nicht wahr?«

»Täuschung ist deine Stärke, nicht meine.« Da war etwas Vertrautes in seiner Stimme. Sie klang wie eine schlechte Nachahmung von Gavins eigener. Ein weiterer Spott.

»Nein, nein«, sagte Gavin. »Du blendest lieber und lenkst ab, als etwas zu verstecken, aber es ist trotzdem eine Irreführung. Ich bin ein Lügner, und ich erkenne einen Lügner, wenn ich einen sehe. Also habe ich von Anfang an meinen Verdacht gehabt, geahnt, was für ein Spiel du da spielst.« Sie umlauerten einander, die Hände erhoben, den Körperschwerpunkt weit unten.

»Und du bist gekommen, um deinen Verdacht auszuräumen?«

»Das ist schon kein Verdacht mehr. Ich hatte recht. Ich habe es geargwöhnt, seit ich Prisma geworden bin«, antwortete Gavin. »Meuchelmörder. Verräter. Genie. Kriegsfürst. Lügner. Wir beide haben eine Menge gemeinsam. Aber nur du hast eine Religion gegründet, die praktischerweise Ausnahmen für dein schlimmstes Verhalten festgelegt hat. Der Mensch, der allein lebt, ist entweder ein Gott oder ein Ungeheuer, und ich weiß, was du bist, und ich gebe zu, dass du nun mehr bist als ein Mensch, aber du bist nicht Orholam, der Schöpfergott, der allmächtige Herr des Lichts. Du? Du raubst uns unsere Leben und unsere Magie, um deine eigene zu nähren. Du bist nicht mehr als ein Blutegel. Du bist nicht der Schöpfergott, Orholam. Ich ...«

»Nein ...«

»Ich weiß, wer du bist, und ich bin hier, um dich um deinen Segen zu bitten, Kaiser Lucidonius«, fuhr Gavin fort. »Du hast dich zur Göttlichkeit erhoben, und ich werde das ebenfalls tun. Ich bin nicht hier, um dich zu rühmen. Ich bin hier, um dich zu ersetzen.«

36

»Höret, oh ihr geliebten Kinder Orholams!« Eine Stimme erhob sich über die Menschenmassen auf den Straßen, nur Minuten vor dem Sonnenaufgang. In einem normalen Jahr wäre der Ruf von den Explosionen der Pyroturgen übertönt worden, vom *Oh* und *Ah* der Menge und dem Lärm der Straßenverkäufer, die Imbisse feilboten, und von all den lauten Gesprächen ringsum. In diesem Jahr jedoch herrschte eine Atmosphäre stillen Grauens.

Die Menschen waren von weit her gekommen, um an den Festlichkeiten zum Sonnentag auf Großjasper teilzunehmen. Als sie vom drohenden Angriff gehört hatten, hatten einige die Flucht ergriffen, aber die meisten hatten nicht geglaubt, dass so etwas wirklich passieren würde. Vielleicht war ihre Heimat auch bereits an die Armeen des Wichtkönigs verloren gegangen, und sie konnten sonst nirgendwohin gehen, oder sie glaubten, Orholam würde sie hier doch sicher beschützen.

Kip hatte zusammen mit der Mehrzahl seiner Kämpfer am Hafendamm der Ostbucht Position bezogen. Er war nur zum Teil froh darüber, hier zu sein: Einerseits fühlte er sich am wohlsten, wenn er in diesem Kampf bei seinen Leuten sein konnte, aber anderseits fand er auch, dass er jetzt eigentlich auf dem Turm des Prismas sein sollte, bei den Spiegeln. Andross hatte ihn gestern nach Herzenslust an ihnen üben lassen, hatte jedoch auch mit Nachdruck betont, dass es heute Prophezeiungen zu erfüllen gelte. Eine, so hatte er erklärt, besage, dass der Lichtbringer »erst zuletzt zu den Höhen hinaufsteigen werde, wenn andere in ihrem Bemühen gescheitert sind«.

Einer Prophezeiung zu folgen, weil sie gute Ratschläge bereithielt, schien ja durchaus vernünftig; aber einer zu folgen, deren Anweisungen ganz offensichtlich *schlecht* erschienen?

Doch letztlich war es egal, ob Kip Andross vertraute oder ob er Kips Aussichten darauf, der Lichtbringer zu sein, bewusst zu durchkreuzen versuchte. Andross war der Promachos. Sein Wort war Gesetz. Innerhalb der Chromeria musste Kip ihm gehorchen. Und Andross hatte gesagt, Kip dürfe nicht in die Chromeria zurückkehren, bis sich die Gottesbanne aus dem Meer erhoben.

Kip war sich darüber im Unklaren, warum das noch nicht passiert war. Vielleicht planten die Blutröcke zu warten, bis die Chromeria ihre Wandler in den Kampf schickte. Vielleicht gab es auch einfach nur technische Schwierigkeiten – jetzt, da die Banne um die Inseln herum verteilt statt alle an einer Stelle zusammengezogen waren, wie es der Fall gewesen war, als Kip der feindlichen Flotte auf dem Meer begegnet war. Seine Truppen so schnell zum Einsatz zu bringen wie jetzt der Weiße König musste unweigerlich zu allen möglichen Arten von Problemen führen. Schließlich war ein Angriff vom Meer her ein unglaublich schwieriges Unterfangen, und es war nichts, was die Blutröcke in ähnlicher Form schon zuvor unternommen hatten; auch waren sie noch nie in einer solchen Zahl und solchen Geschwindigkeit auf den Feind vorgerückt.

Bitte lass sie blindlings in unvorhergesehene Probleme hineinrennen.

Bitte lass uns das dann auch ausnutzen können.

Sobald die Gottesbanne aufstiegen, würde Kip die Frontlinie schnell verlassen müssen. Es war davon auszugehen, dass das eine ganze Weile dauern würde, daher würde Kip reichlich Zeit haben, zur Chromeria zurückzukehren.

Wie auch immer, er musste zumindest eine Zeitlang hierbleiben. Zumindest bis sie herausfinden konnten, ob Teia recht gehabt hatte.

Sie gingen davon aus, dass der Bereich der Ostbucht höchstwahrscheinlich als Erstes angegriffen würde. Die Westbucht war durch die Geschützstellungen auf der Kanoneninsel abgesichert. Kleinjasper selbst war so felsig und hoch aufragend, mit steilen Wänden über steilen Felsen, dass es praktisch nicht anzugreifen war. Das eine oder andere Schiff würden vielleicht am Kai hinter der Chromeria vor Anker gehen können, aber es brauchte nur eine Handvoll Leute, um den einzigen Weg, der von dort in die Insel hineinführte, tagelang zu halten. Und natürlich war dort ein ganzer Zug von Soldaten stationiert.

Das einzig Wichtige, was immer noch zu erledigen anstand, war, dass sämtliche Wandler sich mit ein wenig Höllenstein zu schröpfen hatten. Die Befehle dazu waren bereits erteilt und nachdrücklich betont und wiederholt worden, aber einem Kriegswandler vorzuschreiben, nicht zu wandeln, ehe er in die Schlacht zieht, war, wie einem Schwimmer zu verbieten, tief Luft zu holen, bevor er taucht.

»Ich komme mit einem Wort von Orholam persönlich zu euch!«, rief Quentin. Er hatte sich mit Bestechungszahlungen seinen Weg hinauf auf das Torhaus erkauft, und alle konnten ihn nun sehen.

Kips Männer hatten Quentin still und leise überallhin begleitet, wo er an diesem Morgen hatte hingehen wollen. Sein Weg hatte ihn über vier oder fünf Stationen geführt. Das hier war nun seine letzte vor Sonnenaufgang.

Teia, bitte versprich mir, dass du heute Nacht nicht nur betrunken gewesen bist. Wenn hier jetzt nichts geschieht, hast du – zusammen mit mir – Quentins Leben zerstört.

Von dem Punkt aus, wo Kip und seine Männer Aufstellung genommen hatten, war Quentins Stimme nicht laut zu vernehmen. In den letzten paar Minuten vor Sonnenaufgang, bis Kip seine eigene große Ansprache halten sollte, war immer noch etwas Zeit.

Kips Erfahrung zufolge kämpften Männer für gewöhnlich, weil sie den Mann neben sich nicht im Stich lassen wollten, dann weil ihre Befehlshaber sie umbringen würden, wenn sie nicht kämpften, und schließlich auch noch, weil sie dadurch vielleicht die Gelegenheit bekamen, zu plündern oder Rache zu üben.

Was sollte er seinen Leuten sagen, das nicht bereits offensichtlich und selbstverständlich war? Wir sind auf einer Insel. Wir sind umzingelt. Wir können nirgendwohin fliehen, nirgendwohin fortrennen. Wir müssen gewinnen, oder wir sterben.

»Meine Freunde!«, rief Quentin, und er sah in seinen herrschaftlichen Luxiaten-Gewändern wahrhaft prächtig aus. »Seid stark und habt Mut. Ihr habt bang und zitternd die lange Nacht hindurch gewartet, aber die Morgendämmerung naht. Wir, das Magisterium, haben uns mit unseren Worten lange darum bemüht, eure Herzen umzustimmen. Heute wird Orholam offenbaren, wessen Herz nach dem Lichte strebt und wer sich im Dunkeln zu verstecken wünscht. Lasst mich ein letztes Mal zu euch sprechen, nur für drei Minuten. Ich lege meiner Ansprache einen Kommentar von Doni'el Machos über das Ende der Gnade zugrunde.« Quentin las den Text ohne jedes Pathos vor, ohne Veränderung des Tonfalls, lediglich als eine laute und klare Tatsachenfeststellung:

»»Der Zorn Orholams brennt gegen sie. Ihre Verdammnis schläft und schlummert nicht, die Grube ist bereitet, das Feuer entfacht, der Brennofen ist heiß und wartet darauf, sie zu empfangen, die Flammen brennen und toben schon. Das glitzernde Schwert ist gewetzt und wird über sie gehalten, und das gähnende Maul der Grube hat sich unter ihnen geöffnet.«« Er schloss die Schriftrolle, auch wenn Kip sich sicher war, dass das vor allem als Zeichen dafür dienen sollte, dass er das Zitat beendet hatte. Quentin hatte schon viele Male wesentlich längere Passagen aus dem Gedächtnis zitiert. Der junge Luxiat sprach weiter, ohne ein anderes leidenschaftliches Gefühl in der Stimme als Mitleid. »Meine lieben, störrischen Schafe, heute ist der Tag des Urteils. Orholams Luxiaten sind unredlich und korrupt geworden. Seine Magister kleiden sich in goldene Lumpen, als könnten Lumpen retten.« Er hielt die Vorderseite seines eigenen kostbaren Übergewandes hoch, als sei es für ihn etwas Widerwärtiges. »Orholams Wandler sind in all ihrer Kraft und Stärke hochmütig geworden, also wird Orholam unseren Wandlern an diesem Tag sein Luxin verweigern, auf dass wir lernen mögen, uns stattdessen auf seine Kraft und Stärke zu stützen. Mitten unter uns haben Männer und Frauen aller Stände andere Götter angebetet, haben sich mit Orholams Feinden verschworen und ihn und auch uns betrogen. Verräter stehen in unseren Reihen, aber Orholam weiß, was im Dunklen getan wird, und Orholam wird ihre Schande ans Licht zerren. Dies sind Worte, die ihr bereits zuvor gehört habt, Worte, die ihr als bloße Metaphern abgetan habt. Aber ich sage euch, wenn die Morgendämmerung kommt – und das ganz wortwörtlich, diese Morgendämmerung, heute, in schon wenigen Minuten –, wenn Orholams Auge über diesen Mauern hier aufsteigt, werden einige von denen, die hier mit uns stehen, sterben. Sie werden das volle Licht von Orholams Blick nicht ertragen können. Und sie werden zugrunde gehen.«

Mist. Quentin war weit über das hinausgegangen, was Kip ihm zu verkünden aufgetragen hatte. Quentin hatte hinausgehen und sagen sollen: »He, habt keine Angst, wenn ein paar Leute krank werden. Orholam führt das Kommando. Jenen, die ihm treu ergeben sind, wird nichts zustoßen.« Aber nein, Quentin war aufs Ganze gegangen, wie ein Glücksspieler, der zum ersten Mal spielt und kein Gefühl für Verantwortung kennt.

Wenn Kip und Teia ihn auf die falsche Spur gesetzt hatten, würde nicht nur Quentins Leben zerstört werden; die Menge würde ihn lynchen.

»Aber wenn es so weit ist«, fuhr Quentin fort, »habt keine Angst. Orholam sieht. Orholam hört. Orholam nimmt Anteil. Orholam rettet. Er wird diese Treulosen niederstrecken, die danach trachten, uns an den König der Wichte zu verraten. Orholam wird sie niederstrecken, nicht um eure Herzen mit Furcht zu erfüllen, sondern um euer eigenes Leben und eure Seelen zu retten. Am heutigen Tag geht es nicht um eine Schlacht von Bruder gegen Bruder. Es ist nicht einmal eine zwischen Menschen und diesen Wichten, die einst selbst Menschen gewesen sind. Heute kämpft Orholam persönlich an unserer Seite gegen die Legionen der Verdammten. Wenn ihr schwach werdet, werden seine Unsterblichen euch aufrecht halten. Wenn ihr müde werdet, werden sie euch neue Kräfte verleihen. Auch wenn ihr fallen werdet, oh ihr Geliebten Orholams, so werdet ihr wieder auferstehen. Und wenn irgendetwas von alledem nicht geschehen wird, so streckt mich als einen falschen Propheten nieder!«

Quentin machte eine Pause. Die Menge war völlig verstummt. Die Menschen schienen zwischen Hoffnung und Verzweiflung zu schwanken, und ihnen war ihre Fassungslosigkeit deutlich anzusehen. Wann hatte je ein Luxiat so offen gesprochen?

Einige kannten Quentin oder hatten von ihm gehört, und sie setzten tuschelnd ihre Nachbarn entsprechend in Kenntnis, und das Raunen der Menge wurde abwechselnd lauter und leiser.

Die Sonne, für die Menschen hier am Meeresspiegel immer noch unter dem Horizont, warf nun ihr Licht auf die höchsten

Türme der Chromeria, und dieses Licht senkte sich langsam, aber sicher immer tiefer auf sie zu.

Die Menschen drehten sich um und schauten zum Licht hinauf. Einige sahen krank aus. War das die Wirkung der Lacrimae Sanguinis, oder waren das einfach Menschen, die Todesängste litten?

Quentin fuhr fort: »Ich werde jetzt mit einigen abschließenden Worten von Doni'el Machos zum Ende kommen: ›Orholam steht bereit, sich eurer zu erbarmen; dies ist ein Tag nicht nur des Urteils, sondern auch der Gnade; ihr dürft jetzt nach ihm rufen und euch einige Hoffnung darauf machen, dass er euch sein Erbarmen gewährt. Aber sobald die Zeit der Gnade vorüber ist, werden auch eure schmerzlichsten Rufe und Schreie vergebens sein; weint jetzt in Reue, oder weint in den Todesqualen der Verdammnis.‹«

Oben auf dem Tor, vor dem Hintergrund des hellen Scheins der aufgehenden Sonne, fiel Quentin auf die Knie und hob flehend die Arme, vielleicht auch als Geste der Begrüßung.

Kip verspürte eine jähe Welle der Angst um seinen Freund.

Was, wenn das Gift zu lange brauchte, um Wirkung zu zeigen?

Die Strahlen der Sonne fluteten den Platz, ihre Macht berührte alle Menschen, die Quentin so aufmerksam gelauscht hatten – und soweit Kip erkennen konnte, musste sich die Kunde von Quentins Predigt wie ein Lauffeuer verbreitet haben, denn es schien, als halte die ganze Insel den Atem an.

Und jetzt finden wir heraus, ob Karris' Luxiaten-Trupp etwas taugt.

Kip nickte einem Bannerträger zu, der eine Signalflagge schwenkte.

Den Befehlen von Karris' Luxiaten gehorchend, reagierten die Sklaven an den Spiegeln und auf den Sternentürmen überall auf den Jasperinseln sofort, drehten die Spiegel der Türme und sandten gewaltige Strahlen von gebündeltem Sonnenlicht über die Menge. Nicht nur hier, sondern sie ließen ihr Licht auch über jede Mauer, jedes Tor und jedes Viertel der Stadt scheinen: Wenn die Lacrimae Sanguinis durch ein ruckartiges Verengen der Pupillen freigesetzt wurden, so wollte Kip sicherstellen, dass niemand die Gelegenheit hatte, seine Augen ganz allmählich an das Licht des Tages zu gewöhnen.

Aber was war, wenn nicht einmal das die Sache hinreichend beschleunigte?

Die Menschen kniffen die Augen zusammen, nachdem sie so plötzlich in blendende Lichtstrahlen getaucht worden waren, und fragten sich, ob wohl Quentin dieses Wunder gewirkt hatte. Doch dann machten viele von ihnen einen verärgerten Eindruck.

Was sollte das? Grelles Licht über die Menge strahlen zu lassen? Mit so etwas wollte man sie beeindrucken?

»Kapitänleutnant«, sagte Kip. Der Mann war General Antonius' rechte Hand, und jetzt stand er direkt neben Kip, bereit, Befehle entgegenzunehmen, seine Hand nervös auf dem Dolch, was zweifellos der unruhigen Menschenmenge geschuldet war. »Ich denke, wir haben ungefähr zwei Minuten, um Quentin zu retten, bevor die Stimmung in der Menge umschlägt und sie sich gegen ihn wenden. Führt Eure Männer unauffällig an ihre Positionen, dann ergreift ihn, bevor sie es tun.«

»Ich bleibe bei Euch, Herr. Ich werde eine Abordnung schicken.«

Kip drehte sich verärgert um. Die Menge wurde immer unruhiger. Irgendjemand rief aufgebracht: »Falscher Prophet! Tötet ihn!«

Kip knurrte: »Leutnant, war da irgendetwas an meinem Befehl unklar?«

Der Kapitänleutnant hatte seinen Dolch gezogen, doch Kip nahm es kaum zur Kenntnis. Er hatte schon viele Male an der Seite dieses Mannes gekämpft. Jetzt fiel Kip nur auf, dass sich das Weiße in den Augen des Kapitänleutnants unvermittelt mit leuchtendem Rot füllte, als sei die Iris ringsum aufgeplatzt und ein Damm gebrochen.

Dieser Mann war kein Rotwandler. Das Rot, das da das Weiße seiner Augen füllte, war kein Luxin; es war Blut.

Kip und er selbst schienen es im gleichen Moment zu begreifen. Der Kapitänleutnant war vergiftet worden. Was bedeutete ...

»Licht kann nicht in Ketten gelegt werden!«, schrie der Leutnant und stürzte sich auf Kip.

Eine schwere Kette kam aus dem Nichts gewirbelt und schlug den Angreifer so mühelos zu Boden, wie jemand eine Mücke auf seinem Arm totschlägt. Soeben hatte sich der Mann noch mit Mordabsichten über Kip hergemacht, und im nächsten Moment war sein ganzer Schwung schon so umgelenkt, dass er auf den Boden zu Kips Füßen knallte.

Kip fluchte, während sich der Mann noch einmal zusammenkrampfte und sich seine Finger und Gliedmaßen dann versteiften, als sei sofort die Totenstarre eingetreten. Kip schaute zu dem großen Leo auf. »Irgendwie ist es mir völlig entgangen, dass der Orden noch einmal versuchen könnte, *mich* zu ermorden.«

Der große Leo wickelte sich die schwere Kette wieder um die Brust. »Uns ist das nicht entgangen.«

In den wenigen Sekunden, die der Attentäter Kip abgelenkt hatte, war ringsum die Hölle ausgebrochen. In den Reihen seiner eigenen Leute waren etwa ein Dutzend Männer und Frauen tot umgefallen, und unter Tausenden hatten der Mordversuch an Kip und all der Tod direkt um sie herum heftige Tumulte ausgelöst.

Auf dem Platz stand es weitaus schlimmer. Fast hundert Menschen lagen im Sterben oder waren bereits tot, und versteckte Waffen rutschten aus Händen, die unter Mänteln und Umhängen verborgen gewesen waren, Männer und Frauen, denen das Blut aus den Augen troff, taumelten in Todeskrämpfen gegen die Unschuldigen, um dann mit eng um den Leib gekrümmten Gliedern wie Spinnen zu sterben.

Die meisten der Verräter hatten sich direkt um das Tor herum versammelt, und die Menschen um sie herum drängten jetzt von ihnen weg, als sei diese Art zu sterben ansteckend.

Kip hörte Schreie über die Insel widerhallen. Auch in den fernen Winkeln von Großjasper starben andere genauso plötzlich in Scharen.

Quentin sprang auf, während die Menschen brüllten. »Habt keine Angst!«, rief er. »Orholam kämpft an unserer Seite. Orholam kämpft an unserer Seite!«

Nur Kip kannte die Wahrheit. Großer Gott, dachte er, und er wusste nicht recht, ob es eher ein Fluch oder eine gebetshafte Anrufung des göttlichen Mysteriums war: Teia hat gerade den Orden des Gebrochenen Auges ausgelöscht.

Mit Stumpf und Stiel.

Heute würde ein großer Krieger wie Leo vielleicht zwanzig Feinde töten. Sehr, sehr vielleicht auch vierzig. Er würde für die erwiesene Tapferkeit als Held gefeiert werden.

Wenn Teias Schätzungen stimmten, so hatte sie soeben an einem einzigen Tag *vierhundert* von den verschlagensten, gefährlichsten und unversöhnlichsten Feinden des Reiches umgebracht.

Und niemand würde es je erfahren. Quentins ganzem Gerede über Orholams Gnade zum Trotz hatte Teia – wie ein starker Mann, der die Säulen eines heidnischen Tempels aushebelt und ihn über sich zum Einsturz bringt – ihre Feinde zwar zu Hunderten getötet, das aber nur um den Preis, dabei auch sich selbst umzubringen.

Kip stieg auf die Mauer empor.

Die Menge der versammelten Menschen jubelte jetzt mit neuer Hoffnung, doch Kips Blick wurde zum Horizont gelenkt, denn inmitten des misstönenden Chors aus Schreien des Schreckens und des Abscheus, aus Rufen des Lobpreises und der Erleichterung hatte er auch die Pfiffe der Aussichtsposten gehört, und er sah, wie sich der Horizont von den langen Schatten der herannahenden Kriegsflotte des Weißen Königs verdunkelte.

Sie schien viel, viel größer, als Kip sie in Erinnerung hatte.

Dann wurde sein Blick auf die Wellen gelenkt – und auf das, was, von den schrägen Strahlen der aufgehenden Sonne beleuchtet, in sich schlängelnden geordneten Reihen unter ihnen schwamm.

37

Zwischen den einzelnen Wörtern keuchend, presste Gavin hervor: »Du bist ... wirklich ... verdammt stark.«

»Ärgerlich, hm?«, erwiderte Lucidonius, die Hände auf den Knien.

Sie standen zwei Schritte voneinander entfernt und gaben nicht einmal vor, auf der Hut vor einer plötzlichen Bewegung des jeweils anderen zu sein.

Gavin hatte es mit plötzlichen Bewegungen versucht, als sie sich das letzte Mal für kurze Zeit ausgeruht hatten. Seine Bewegungen waren inzwischen alles andere als plötzlich.

Um die Wahrheit zu sagen, waren es inzwischen praktisch gar keine Bewegungen mehr.

Und es wurde noch schlimmer. Er hatte es gleich gemerkt: wie die Augen des zum Gott aufgestiegenen Mannes die Sonne widerspiegelten und dass sie allmählich immer kleiner zu werden schienen, je höher die Sonne stieg, dass ihre Intensität aber im gleichen Maße wuchs.

Lucidonius war offensichtlich nicht so müde wie Gavin. Auch war er nicht so blutverschmiert. Er hatte nur eine aufgeplatzte Lippe, während Gavins Nase wiederholt geblutet hatte. Das Blut war geronnen, dann war frisches geflossen, und dann war es wieder geronnen. Seine Wange war von einem Zusammenprall mit dem Marmorboden geschwollen, seine Ellbogen pochten, seine Knie waren aufgeschürft.

Gavin hatte bemerkt, dass auch Lucidonius' Körperkraft zu

wachsen schien, je mehr die Sonne an Kraft zunahm. Irgendwie war die Magie des Gottmenschen an das Licht der aufsteigenden Sonne geknüpft. Sobald er das begriffen hatte, hatte Gavin einige verzweifelte Versuche unternommen, den Kampf schnell zu einem Ende zu bringen.

Das waren auch die Momente gewesen, in denen er um Haaresbreite gerade so an einer Niederlage vorbeigeschrammt war. Jetzt hieß es nur die Stellung zu halten und gar nicht an Sieg zu denken.

Im Zuge ihres Kampfes waren sie nicht nur einmal, sondern sogar mehrere Male bis zum Schwert gekommen. Es lag jetzt nicht mehr weit vom großen Spiegel entfernt. Gavin wertete das als seinen einzigen Erfolg. Wenn Lucidonius klüger wäre, würde er versuchen, die Blendende Klinge vom Turm zu werfen. Solange sie dem großen Spiegel so nahe war, hatte Gavin noch eine Chance.

»Solltest du nicht ... du weißt schon, auf dem Weg nach anderswo sein?«, fragte Gavin.

»Und wo soll das sein?«

»Heute ist der Sonnentag. Besuchst du dann nicht die armen Arschlöcher, die drüben in der Chromeria ihr Leben für dich hingeben?«

»Ich würde ihnen ja gern in der Stunde ihrer Not beistehen. Aber ich werde hier gebraucht.«

»Stunde ihrer Not?«, wiederholte Gavin. So würde er die Befreiung nicht gerade nennen.

»Die Jasperinseln befinden sich im Belagerungszustand. Der Weiße König hat für seinen Angriff sieben Gottesbanne über das Meer dorthin gebracht sowie Zehntausende von Soldaten und Wandlern. Und es gibt Verräter innerhalb der Stadtmauern.«

»Und doch bist du hier. Während sie dich dort anbeten.«

»Sie beten nicht mich an.«

»Du weißt, was ich meine. Wie auch immer du dich zu nennen geruhst, Lucidonius, es ändert nichts daran, dass sie sterben, weil sie deinen Worten glauben.«

Lucidonius richtete sich auf und klopfte sich den Staub von den Kleidern. »Du scheinst deine Kraft wiedergewonnen zu haben, wenngleich nicht deinen Sinn für Ironie. Bereit?«

»Wie hast du das gemacht?«, fragte Gavin, nicht zuletzt deshalb, weil er absolut *nicht* bereit war.

»Hoffst du, mich dadurch ablenken zu können oder dass ich dir irgendwelche Anweisungen erteile?«, wollte Lucidonius wissen.

»Du überschätzt mich. Ich schinde nur etwas Zeit, um mich ein wenig auszuruhen. Aber im Ernst, du bist zu einem gottgleichen Wesen aufgestiegen. Wie hast du das geschafft?« Nicht dass Gavin nicht sofort jede Gelegenheit am Schopf ergreifen würde, wenn dieses Wesen ihm denn eine geben würde, aber davon ging er nicht aus. Lucidonius war viel zu schlau, um sich mit irgendwelchen einfachen Tricks hinters Licht führen zu lassen.

»Ach so, du hoffst, dass ich mich ein wenig verausgabe, einfach indem ich meinen Atem zum Reden brauche, während du dich ausruhst?«

Gavin leugnete nicht, dass er diesen Gedanken gehabt hatte, aber er ließ trotzdem nicht locker. »Du bist nicht annähernd so erschöpft wie ich. Was kann es schon schaden? Ich bin der einzige Mensch auf der Welt, der dich verstehen könnte. Zumindest ansatzweise.«

»Und da denken die Leute, Andross habe die ganze Schläue der Familie Guile für sich gekapert.«

»Die Leute denken falsch. Meine Mutter war viel schlauer als er«, entgegnete Gavin. Auf einmal bezog er für Felia Position, und er wusste nicht recht, warum. Vielleicht weil er ihre besondere Genialität erst nach ihrem Tod erkannt hatte. Vielleicht auch weil sie sich immer für ihn eingesetzt hatte, selbst wenn sie sich dadurch gegen seinen Vater gestellt hatte.

»Hochbegabte Leute, Andross und Felia, jeder auf seine eigene Weise. In ihren Begabungen unterschiedlich und sich gegenseitig ergänzend, aber Zwillinge in ihrer Arroganz.«

»Du kannst mich mal«, versetzte Gavin.

»Die Leute denken auch, Andross hätte das ganze Temperament in sich versammelt«, bemerkte Lucidonius trocken.

Gavin machte einen Satz auf ihn zu und versuchte den Gottmenschen mit der Faust an der Kehle zu treffen. Die meisten ziehen den Kopf ein, wenn nach ihnen geschlagen wird, daher konnte ein Hieb, wenn er tief genug angesetzt war, Kinn oder Nase treffen, und niemand kämpft gut, wenn er entweder bewusstlos ist oder ihm ungewollte Tränen den Blick nehmen.

Aber er schlug daneben. Natürlich.

Er war zu langsam, und so begannen sie ihr Gerangel aufs Neue, steckten jeder die Hiebe des anderen ein, zu erschöpft, um viel ausrichten zu können.

Vom ersten Augenblick an hatte Gavin bemerkt, dass Lucidonius' Kraft an die der Sonne gebunden war, und er hatte sich eine ganz fürchterliche Kampfstrategie ausgedacht. Diese Strategie war auch jetzt immer noch fürchterlich, aber sie wurde allmählich zu der einzigen, die ihm noch blieb.

Wenn Lucidonius immer stärker wurde, je höher die Sonne stieg, würde er dann nicht auch schwächer werden, wenn sie sank?

Gavin würde den ganzen Tag durchhalten müssen, um es herauszufinden.

Es waren immer noch zwei Stunden bis zum Mittag. Dem Mittag des Sonnentages. Gavin hatte sich dafür entschieden, gegen ein Geschöpf zu kämpfen, dessen Kraft an die Intensität des Lichts der Sonne geknüpft war ... am verdammt noch mal längsten Tag des Jahres.

38

Die Blutröcke kamen über sie wie der Wolf über das Schaf auf der Weide,
ihre Vorboten geschmückt in ganz weißem und ganz goldenem Kleide.
Doch die Söhne Orholams stemmten sich ihnen mit Peitsche und Flegel entgegen,
lieber zur Hölle sie gingen, als ihre Schwerter niederzulegen.
— Gorgias Gordi

Für einen Befehlshaber auf dem Schlachtfeld hatte es eine gewisse Schönheit, einen Angriff zu verfolgen, der zeitlich so wunderbar abgestimmt war, eine im genau richtigen Moment ausgespielte Überraschung. Zahlreiche Streitgleiter, die in großer Geschwindigkeit von Haien oder Delfinen gezogen wurden — was genau, war aus dieser Entfernung unmöglich zu erkennen —, jagten ihnen über die Wellen entgegen. Alles an diesen Streitgleitern war darauf angelegt, ein blendendes Spektakel zu bieten: Kriegsbanner, auf denen die goldenen zerbrochenen Ketten der Heiden und die Farben der neuen neun Königreiche zu sehen waren, wehten peitschend im Wind, und die Rümpfe der Gleiter waren mit Röhren versehen, die allein dazu bestimmt waren, im Vorwärtsbrausen Wasser in die Höhe zu spritzen und es am Himmel eine Art große Pfauenräder bilden zu lassen.

Sofort erhob sich das Dröhnen der Kanonen, aber die Gleiter waren klein, schnell und in größeren Abständen voneinander positioniert. Die Kanonen würden nur einige wenige von ihnen treffen.

Doch die Vorhut bildete eine viel zu kleine Streitmacht, um

irgendeine Aussicht auf Erfolg zu haben, sodass diese Streitgleiter einfach nur der Ablenkung dienen mussten.

Kip ließ seinen Blick die Wellen durchdringen, und dort unten sah er sie, wie sie bereits in die Bucht eindrangen und sich hinter dem Hafendamm sammelten, indem sie einfach unter den großen Ketten hindurchschwammen, die dazu gedacht waren, Schiffe fernzuhalten. Kip hatte im Blutwald Gerüchte über sie gehört. Bereits zu der Zeit, als Gavin seine Begabungen darangesetzt hatte, ein Fahrzeug zu entwickeln, das sich schneller über das Wasser hinwegbewegte, als es andere zuvor je vermocht hatten, hatten manche von Koios' Wichten ihre eigenen Fertigkeiten angeblich dazu verwendet haben, ihre Körper so umzuformen, dass sie schnell und leise unter Wasser dahingleiten konnten.

»Wichte!«, schrie Kip. »Unter den Wellen! Sie kommen schnell näher!«

Sie nannten sich die Töchter Caoránachs. Es hieß, dass sie jeden von seinem Boot rissen, der sich in einer mondhellen Nacht zu nahe ans Wasser heranwagte, und dass man ihr Heulen hörte, wann immer sie Blut fließen ließen. Ihre Schreie hallten in der Dunkelheit über nebligen Seen und Flüssen wider und ließen Männern und Frauen das Blut in den Adern gefrieren. Andere nannten sie Fluss- oder Seedämonen.

Doch handele es sich immer noch um menschliche Wesen, so hieß es, Wichte, die sich mit ihren Körpern, die für das Wasser geschaffen seien, an Land nur schwerfällig vorwärtsbewegten.

»Caoránaigh!«, brüllte jemand. »Es sind die Caoránaigh!«

Kip fluchte. »Nein! Es sind nur Menschen! Flusswichte. Zu den Waffen, zu den Waffen!«

Das Letzte, was seine Leute brauchten, war der seelische Schock, mit eigenen Augen zu sehen, wie ihre Kindheitsalbträume zum Leben erwachten.

Er konnte diese Phase einer Schlacht nicht ausstehen – wenn sich einem plötzlich die gesamte Strategie des Feindes enthüllte und man eigentlich sofort das Wort an alle seine Leute zugleich richten müsste. Es gab zu viele Befehle zu erteilen, da waren zu viele Menschen, die allen anderen etwas zuriefen, als dass sie Gehör finden könnten.

»Schützt die Tore und die Kanonen! Achtet auf die Fundamente der Türme und Mauern!«, rief jemand neben ihm. »Gebt mir auf der Stelle meine Signalflaggen! Kompanie Aleph, ihr bildet die Reserve! Sobald wir den ersten Angriff abgewehrt haben, bildet ihr beim zweiten Angriff die Verstärkung am Hafendamm!«

Corvan Danavis war gerade eingetroffen, und seine donnernde Stimme übertönte die Rufe aller anderen.

Kip blickte auf den Vorplatz hinunter und sah eine gewaltige Zahl von Soldaten des Armeegenerals auf den Platz strömen, um die Tore zu verstärken.

»Du!«, rief Corvan an Kip gewandt. »Jetzt bin ich hier. Das bedeutet, dass du nicht hier sein darfst.«

Sie hatten die Sache durchgesprochen. Corvan wollte das Risiko nicht zulassen, dass ein einziger Glückstreffer einen Großteil der militärischen Führung der Chromeria auslöschte. (Ganz zufällig übertrug das Corvan stets auch das Kommando, ohne dass jemand in der Nähe war, der seine Entscheidungen in Frage stellen könnte – oder »ihn bremsen« konnte, wie er selbst es formuliert hatte.)

»Ich habe die Sache durchschaut«, entgegnete Kip. »Bis die Gottesbanne aufsteigen, kann ich noch ...«

»Die Sache ist vielleicht eine ...« Der Kanonendonner übertönte Corvans letztes Wort, aber er zuckte nicht einmal zusammen. Er wiederholte: »Falle. Du begibst dich jetzt zu Turm zwölf und ...«

»Ich weiß, dass es eine Falle ist. Die Flusswichte ...«

»Nein, ich meine das Ganze! Der gesamte Angriff könnte nur ein Vorwand sein, um die Gottesbanne aufsteigen zu lassen. Du kannst Chi wandeln, und damit bist du in der Lage, deinen Willen weiter auszusenden als irgendwer sonst. Geh zu Turm zwölf und gib mir ein Signal, wenn sie die Banne aufsteigen lassen. Wir müssen wissen, wann wir unseren Wandlern sagen müssen, dass sie das Wandeln einstellen sollen.«

Verdammter Mist. Corvan hatte recht. Und Kip machte soeben genau das, was er auf keinen Fall tun sollte – er stritt sich mit dem Mann, dem er die Leitung des Ganzen übertragen hatte. »Zu Befehl!«, antwortete er. »Bitte vielmals um Entschuldigung. Ich mache mich sofort auf den Weg.«

»Präzisionsschützen vortreten!«, rief Corvan an seine Männer gerichtet. Signalflaggen wurden gehisst und Befehle in lauten Rufen wiederholt, damit sie auch die Krieger in den Reihen weiter hinten hören konnten. »Zielt besonders auf all die Flusshunde dort unten, die den Anschein erwecken, als versuchten sie, Leuchtkugeln zu werfen oder sonst wie Signale zu geben.«

Er war ganz in seinem Element; in all dem Durcheinander hatte er stets das große Ganze im Blick, ohne dabei die Details aus den Augen zu verlieren, und alles schien ihm völlig mühelos von der Hand zu gehen.

Die Caoránaigh waren aus dem Wasser geschossen und stiegen nun die Türme hinauf. Andere griffen direkt die Tore an. Sie schleuderten große Flammenzungen und Wurfgeschosse in sämtlichen Farben von sich und sprangen mit verblüffender Leichtigkeit über die mit scharfen Spitzen versehenen Befestigungsanlagen. Dabei stellte sich heraus, dass ihre für das Wasser geformte Gestalt sie an Land in Wirklichkeit nicht im Mindesten schwerfällig machte.

Das Prasseln des Musketenfeuers war ohrenbetäubend. Kip hätte am liebsten weiter zugeschaut, wie sich die Schlacht entfaltete, wollte das Spektakel der Fontänen aus Wasser sehen, die in den Himmel aufstiegen, wenn die explodierenden Granaten der Kanonen Schiffe oder Wellen trafen und ihren Tod in die Reihen der Streitgleiter schleuderten. Er wollte die geschmeidigen Körperformen dieser Flussdämonen bewundern, die ihm zugleich vor Angst das Herz zuschnürten.

Und er wollte kämpfen.

Aber er hatte seine Befehle.

»Ich weiß, wie wir auf schnellstem Weg zu diesem Turm kommen können«, sagte der große Leo. Er hielt seine Kupferkette in seinen gewaltigen Händen über seine Schultern erhoben. Auch er wollte kämpfen.

»Mein Junge«, mahnte Corvan.

Kip blickte in den Vorhof hinab. Irgendwie hatten es Corvans Leute bereits geschafft, sämtliche toten Ordensmitglieder des Gebrochenen Auges beiseitezuräumen, um Platz für ihre eigenen Reihen zu machen.

Wenn die Verräter des Ordens lange genug gelebt hätten, um einen zumindest halbwegs ernst zu nehmenden Angriff von innen auf dieses eine Tor zu starten, dann hätten die Caoránaigh unbemerkt bis an die Mauern gelangen und die Tore aufbrechen können, wenn sie ihnen nicht schon von innen geöffnet worden wären. Als Nächstes hätte sich ihr Angriff auf die Kanonen konzentriert, und selbst wenn sie nicht so weit gekommen wären, hätten die Leute des Weißen Königs in jedem Fall die Tore gestürmt und damit schon einen Brückenkopf direkt auf der Insel gehabt.

Würde es dem Weißen König an irgendeinem Punkt gelingen, die Mauer einzunehmen, so würde das für die Chromeria der Anfang vom Ende sein.

Und das wäre ihm gleich an diesem Morgen gelungen, wäre Teia nicht gewesen.

Wäre Teias Opfer nicht gewesen.

Kip fragte sich, ob sie noch lebte, in einem pechschwarzen Raum eingeschlossen, ihre Augen unter einem dicken Verband verborgen, während alle hofften, dass ihre Augen irgendwie davor bewahrt werden konnten, sich zu verengen oder zu erweitern, und dass sie das womöglich retten würde. Dass ihr Körper das Gift vielleicht ganz allmählich verarbeiten würde und sie überlebte.

Aber aus der Schlacht war sie raus. Sie konnte niemandem helfen. Einfach so, im Handumdrehen, war für Teia der Kampf zu Ende gewesen, bevor Kip auch nur eine Muskete abgefeuert hatte.

Neben Kip surrte Winsens Bogensehne, doch Winsen blickte seinem Pfeil nicht einmal nach, wie er in hohem Bogen durch die Morgenluft aufstieg. Er sah voller Entzücken seinen Bogen an, so wie ein anderer vielleicht seine Geliebte ansehen mochte, wenn sie sich zum ersten Mal vor ihm auszog.

Kip beobachtete, wie der Pfeil davonflog – was normalerweise unmöglich gewesen wäre, aber in diesem Fall konnte er ihn tatsächlich fliegen sehen, weil dieser Pfeil gelbe und blaue Magie verströmte, während er brennend und zischend seine Bahn durch die Luft zog. Etwa zweihundert Meter entfernt schoss ein Caoránaigh in die Höhe, um über einen mit spitzen Stacheln besetzten Palisadenzaun zu springen, und wurde – mitten in der Luft! – von dem glitzernden Pfeil getroffen. Seine Glieder zuckten in alle Richtungen, als der Pfeil seine Brust traf und dabei ein kleiner Blitz sichtbar wurde. Der Caoránaigh krachte zu Boden.

»Nicht schlecht«, musste Winsen anerkennen.

Er meinte nicht seinen Schuss. Er meinte den Bogen und die Pfeile, beides Geschenke von Andross.

»Erinnere mich daran, es mir besser nicht mit dir zu verscherzen«, sagte Ben-hadad.

»He, Ben, übrigens …«, begann Winsen.

»Nicht jetzt, Arschloch«, zischte Ben. Er rieb sich die Knie, als sitze die neue Beinschiene nicht richtig und als sei es ihm unbehaglich, jetzt an beiden Beinen eine solche Schiene zu tragen.

Kip fluchte. Das Spektakel vor ihm und seine bangen Erwartungen und die durch seine Adern pumpende wilde Kampfeswut hatten ihn förmlich gebannt.

»Mein Junge!«, mahnte Corvan noch einmal, nun lauter.

Kip sah zu ihm hin.

»Diese Schlacht wird allerlei Überraschungen für uns alle bereithalten«, fuhr Corvan fort. »Aber das gilt für den Feind ganz genauso. Du machst deine Sache gut. Wir sind hier auf dem besten Weg zum Sieg. Deine Freundin hat uns wahrscheinlich einige Stunden zusätzliche Zeit verschafft und uns eine Menge Selbstbewusstsein gegeben.« Er warf Kip ein wölfisches Lächeln zu. »Jetzt mach, dass du hier wegkommst. Ich habe das Gefühl, dass der Angriff der Gottesbanne kurz bevorsteht.«

39

Der ultraviolette Gottesbann war nicht sonderlich nach Alivianas Geschmack. Er war natürlich schon größtenteils fertig gewesen, als sie die Bucht von Azuria erreicht hatte. Die unbegabte Wandlerin, die Aliviana als die neue Ferrilux abgelöst hatte, hatte keine Fantasie und keinen Sinn für Ästhetik besessen, und sie hatte nicht einmal gewusst, dass der Bann, während er wuchs, bewusst geformt werden konnte.

Also war er gewachsen, wie ein sich selbst überlassener ultravioletter Gottesbann eben wuchs – Kristalle mit vielen Facetten, aus denen weitere Kristalle mit vielen Facetten hervorwuchsen. Eine schwimmende Insel aus großen Kristallen, die in Spiralen übereinanderwuchsen, wobei die größeren genau mit den kleineren korrespondierten.

Eine Granate aus einer der Kanonen explodierte neununddreißig Meter von ihr entfernt. Ein paar kleine Geschützsplitter bohrten sich durch den Bogen links an ihrem Bug.

Aliviana Ferrilux reparierte den Schaden, entdeckte eine Wandlerin, die sich verletzt hatte, und warf sie ins Wasser hinaus.

Eine Veränderung des Gottesbanns, so hatte sie entschieden, hätte sie zu viel Zeit und Mühe gekostet, daher hatte sie sich damit abgefunden. Ihr Hass auf ihren Bann war unlogisch. Sie hätte den Gottesbann auch unsichtbar machen können. Selbst angesichts der gewaltigen Wassermenge, die das Ding verdrängte, hätte sie so starke Illusionen erzeugen können, dass das Wasser des Meeres hier genauso ausgesehen hätte wie das Wasser überall sonst. Doch dieses chaotische Ungetüm aus Kristallen mit jeder erdenklichen Polung machte die schwimmende Insel tatsächlich irgendwie sichtbar, selbst wenn man die gewaltige Vertiefung in den Wellen übersah, wo einfach das Wasser fehlte.

Sie hasste in letzter Zeit vieles an Dingen, die sie nicht recht zu ergründen vermochte.

Während der beiden Stunden vor Sonnenaufgang hatte sie sich die ultravioletten Kristalle von ihrem Gesicht und ihren Händen geklaubt, von ihren Ellbogen, ihren Knien, ihrem Hals und ihren Lenden. Man sollte meinen, dass das eine einfache Sache wäre: Ultraviolettes Luxin war so zerbrechlich, dass ein kräftiges Schütteln eigentlich genügen sollte.

Aber sie hatte im Lauf des vergangenen Jahres gelernt, dass das, was die Wandler der Chromeria mit Ultraviolett anstellen konnten, nur einen Bruchteil seiner tatsächlichen Möglichkeiten nutzte. Angesichts all dessen, was Aliviana jetzt vermochte? Der Körper musste lernen, mit so viel Magie umzugehen, und dabei kam er einfach nicht mit allem klar. Ihr sterblicher Körper ließ ihren unsterblichen Willen im Stich. Sie würde später austüfteln, wie sich die Schäden reparieren ließen. Nach Notbehelfen suchen. Die Ewigkeit war eine lange Zeit.

Doch erst einmal wuchsen all die Kristalle auf ihrer Haut wie Seepocken auf dem Rumpf eines Schiffes und machten sie langsamer. Wenn sie sie abriss, rissen sie allzu oft auch ihre zarte Menschenhaut mit sich – die immer dünner zu werden schien. In Alivianas Gesicht war das besonders schlimm. Die Tränen hinterließen Narben, auf denen die Kristalle nur umso schneller wuchsen. Sie machten ihr Gesicht allmählich immer unbeweglicher, sodass Aliviana selbst die wenigen Gefühle, die sie noch bewegten, immer weniger zeigen konnte. Aber sie wollte keine ihrer Fähigkeiten verlieren, auf keinem Gebiet, nicht aufgrund einer Form von Magie, die sie nicht steuern konnte. Das roch nach Versagen.

Eine weitere Granate explodierte, diesmal noch näher. Missmutig behob sie den Schaden. Bald war es Zeit aufzusteigen.

So viel Macht, und dennoch verliere ich die Kontrolle über meinen eigenen Körper.

Vielleicht war es in etwa so wie das Altwerden für Menschen? Sie würde darüber nachdenken müssen.

Beliol hatte ihr natürlich angeboten, ihr dabei zu helfen, unterwürfig und katzbuckelnd, wie er nun mal war, der kleine Geist. Sie hatte ihn abgewiesen, wie zumeist. Und wie zumeist, wenn sie ihm eine Abfuhr erteilt hatte, war Beliol schnell wieder seiner Wege gegangen. Er behandelte seine Zeit auf dieser Welt, als sei sie kostbar. Er nutzte jede Gelegenheit, die sich ihm bot, um sich tiefer in Alivianas Gedanken zu drängen, aber wenn er zurückgewiesen wurde, führte er sich auf, als müsse er dringend anderswo sein.

Je mehr sich Aliviana auf ihn verließ, desto mächtiger wurde er. Das hatte sie schon ganz früh herausgefunden, fast sofort, auch wenn sie es sich nicht hatte anmerken lassen, wie sie hoffte. Das Spiel, das sie miteinander spielten, würde schließlich ein Spiel sein, das sich über Jahrhunderte hinzog. Er war höchstwahrscheinlich bösartig und übelwollend. Aber seine Fähigkeiten waren auch begrenzt. Sie würde sorgsam darauf achten, dass er keine Macht über sie bekam. Er könnte sein kriecherisches Gehabe womöglich im unpassendsten Moment aufgeben.

Sie sah das Signal ihres Partners, ihres Gottes der Götter, Koios. Sie konnte es sich nicht verkneifen, die Augen zu verdrehen, während sie an ihn und seine übertrieben komplizierten Schlachtpläne dachte.

Schlachten. Es war so schwer, sich auf sie zu konzentrieren.

Sag mir einfach, wer gewinnt und wer am Ende am Leben bleibt. Bitte. Ich habe Dinge zu erledigen, wenn es so weit ist.

Wenn im Moment des Sieges alle in ihrer Wachsamkeit nachlassen, ist der Zeitpunkt gekommen, an dem die Sache erst wirklich interessant wird. Aliviana konnte diesen Moment kaum erwarten.

Ach ja, richtig. Das Signal.

Die Chromeria war in diesem Punkt schon seltsam: Obwohl sie ihre gesamte Macht aus dem Licht der Sonne bezog, obwohl die Menschen dort einen Gott anbeteten, der ihrem Glauben nach im buchstäblichen Wortsinn *über* ihnen thronte, blickten diese Schwachköpfe doch nur ganz selten nach oben.

Aliviana sammelte ihre Kräfte und ließ den Gottesbann aufsteigen, aus dem Wasser und dann hoch in den Himmel empor.

40

»Setz die blaue Rundumbrille auf«, wies Kip den Boten an. »Reite, so schnell du kannst. Richte Armeegeneral Danavis aus, dass der orangefarbene Gottesbann aufsteigt. Los, beeil dich!«

Blau war die beste Farbe, um die Sinne gegen Orange zu schärfen. Er wusste jedoch nicht, wie gut die Sache funktionieren würde. Die verdammungswürdige Angst der Chromeria davor, die Künste des Zauberwirkens zu lehren, hatte ihnen auch das Wissen darüber genommen, wie sie sich am besten gegen dergleichen verteidigen konnten. »Schau nicht zu dem Zauber hin« ist schließlich während einer Schlacht kein sonderlich nützlicher Rat, wenn der Zauber womöglich mitten auf den Schilden und Helmen der Feinde prangen könnte. Wie soll man kämpfen, ohne seinen Feind anzusehen?

Kip hatte jetzt seit über einer Stunde sorgfältig mit Chi den Horizont abgesucht, wie es ihm aufgetragen worden war. Er hatte mit dem Gedanken gespielt, die silbrige Galliumkugel, die er um den Hals trug, aufzuschmelzen, um Zugang zu dem Chi-Gottesbann zu bekommen, aber er hatte keine Ahnung, was er dann damit machen sollte. Er hatte in seinem ganzen Leben nur ein paar wenige Male Chi gewandelt, und es war kein einziges Mal ein angenehmes Erlebnis gewesen. Er hatte sich seither nicht gerade freudig auf jede Gelegenheit gestürzt, mit Chi zu üben.

Es war einfach ein weiterer seiner Fehler gewesen. Er hätte den Umgang mit Chi üben sollen, um herauszufinden, was sich damit anstellen ließ, statt nur vage zu denken, dass es zum Aussenden von Signalen benutzt werden könnte und dass es in seinen eigenen Händen besser aufgehoben sei als in denen eines anderen. Nein, er hätte stattdessen die Hüterin hierher mitnehmen sollen. *Sie* hätte diese Sache übernehmen sollen.

Aber wenn er die Hüterin mitgenommen hätte, hätte das das Todesurteil für sie und ihre Glaubensgemeinschaft bedeutet und vielleicht auch für Kip. Mit Ketzern zu verkehren? Einen Gottesbann auf die Jasperinseln zu bringen, zur selben Zeit, da der Weiße König gerade das Gleiche tat? Mit ihren Masken, ihren auffälligen Schleiern über der Rüstung und ihren Tumoren war die Hüterin auch nicht gerade leicht zu verbergen.

»Brecher? Sollen wir gehen?«, erkundigte sich der große Leo.

»Noch nicht«, antwortete Kip. »Ich habe meine Befehle.« Er solle erst zurückkommen, wenn er ein Signal sehe, hatte Andross gesagt.

Welches Signal?

»Du wirst es schon wissen, wenn du es siehst«, hatte Andross gesagt.

Was Kip in den Wahnsinn trieb.

Lass das. Du denkst zu viel. Und es sind Gedanken von der falschen Art.

Kip hatte geglaubt, den alten Soldatenspruch, dass das Warten der schlimmste Teil des Krieges sei, verstanden zu haben. Er hatte auch früher schon gewartet. Er hatte darauf gewartet, seine

Fallen zuschnappen zu lassen. Er hatte darauf gewartet, seinen Leuten den Befehl zum Feuern zu geben. Er hatte auf den tobenden Kampfrausch gewartet, der sich einstellte, wenn die Schlacht begann.

Aber wenn es einmal begann, war er immer vor Ort gewesen, mitten im Gewühl. Jetzt würde die Schlacht gleich anfangen – aber nicht für ihn.

Er würde zuschauen. Sobald die Gottesbanne aufstiegen, würde er sich auf den Turm des Prismas hinaufbegeben, um zu tun, was er von dort oben leisten konnte. Was vielleicht gar nicht viel war.

Er war womöglich dazu verurteilt, den ganzen Tag zuschauen zu müssen, je nachdem, was der Wichtkönig unternahm. Musste zuschauen, während andere starben.

Da die Gottesbanne noch unter Wasser waren und angesichts der großen Anzahl von Schiffen und Streitgleitern der Blutröcke, die sich in ständiger Bewegung befanden, waren die Banne anfangs nicht leicht zu entdecken gewesen. Aber schließlich hatte Kip mit Hilfe von Chi deren Positionen ausfindig gemacht und Corvan darüber informieren lassen. Der Armeegeneral hatte seine Verteidigungslinien entsprechend umgeformt – ohne dass er dabei Kip um Hilfe gebeten hätte, wo er seine Streitkräfte postieren sollte. Er hatte eine solche Hilfe offensichtlich nicht nötig.

In regelmäßigen Abständen hatte sich Kip schützend die Hand über die Augen gelegt und in Chi-Sicht alle Teile des Belagerungsrings überblickt, den der Weiße König bogenförmig um die Jasperinseln gelegt hatte. Danach hatte er das Ganze in Paryl wiederholt und sodann nacheinander all die farbigen Brillen aufgesetzt, die er in seiner Brillentasche an der Hüfte trug, und gehofft, irgendetwas ausmachen zu können. Er setzte sein Tun auch jetzt noch fort, um nicht vom Auftauchen der anderen Gottesbanne überrascht zu werden. Es war leicht, kampfesblind zu werden und all seine Aufmerksamkeit nur auf die eine Bedrohung zu konzentrieren, die man direkt vor Augen hatte.

Aber er hatte seine Zeit damit verbracht, hin und her zu überlegen, was er tun sollte: Sollte er den Chi-Bann einsetzen? Lieber keinen Gebrauch von ihm machen? Sich Andross' Karte ansehen? Es lieber bleiben lassen?

Ja, das war genau das, was er wollte: eine magische Rettung, eine unvermittelte Lösung aus dem Nichts, um ihm all seine Problem abzunehmen, weil er ja etwas so gottverdammt Besonderes war.

Vor einer wahren Ewigkeit, einem ganzen Leben – und doch war es erst drei Jahre her –, hatte ihn, kurz bevor Koios Weißeiche (nebst Zymun, diesem Arschloch) Rekton niedergebrannt hatte, Gaspar Elos gefragt: »Weißt du, warum du dich für etwas Besonderes hältst?« Und während Kips junges Herz höhergeschlagen hatte, von der Hoffnung erfüllt, der Prophezeite zu sein, auserwählt, große Dinge zu vollbringen, hatte der Farbwicht gelacht und seine Frage selbst beantwortet: »Weil du ein arroganter kleiner Scheißer bist.«

Kip schüttelte den Kopf. Falsche Gedanken. Dafür hatte er jetzt keine Zeit.

Corvans Bücher hatten ihn vor Jahren gelehrt, dass ein militärischer Befehlshaber seine Stunden der Ruhe nutzen sollte, um sich einzig und allein mit zwei Fragen herumzuschlagen: Was weiß der Feind? Und: Was sind die Probleme des Feindes? Wenn man diese beiden Dinge wusste, konnte man vielleicht auch erraten, was er zu tun im Begriff stand. Und wenn man den Feind selbst kannte, würde man wissen, was er tun würde.

Er fühlte es mehr, als dass er es sah. Ein Beben unter den Wellen. Bewegung.

Die aufgehende Sonne in all ihrer vielfarbigen Pracht spiegelte sich auf dem Wasser, und Kip kniff die Augen zusammen.

»Warum hat der orange Bann so lange gewartet?«, fragte Tisis. »Eine schlechte Führung? Weniger Wandler?« Ihre Spione hatten ihr mitgeteilt, dass der orange »Gott« gegenüber den anderen als von deutlich minderem Rang galt und dass der orange Trupp aus

Wandlern und Wichten im Vergleich zu den übrigen kleiner und schlecht ausgebildet sei. Letzteres zumindest war endlich einmal eine positive Folge der strikten Einschränkungen, mit denen die Chromeria Orange belegt hatte – dadurch waren Orangewandler weniger nützlich geworden. Deshalb nahmen weniger Adlige und Satrapen die Kosten auf sich, die es mit sich brachte, Orangewandlern die Ausbildung zu bezahlen, was wiederum bedeutete, dass es weniger von ihnen gab, die zum Weißen König überlaufen konnten.

»Es ist für sie das erste Mal, dass sie so etwas machen«, antwortete Kip. »Wenn die Gottesbanne alle voneinander getrennt sind und sie ihre Wandler und ihre sonstigen Besatzungsmitglieder nicht miteinander teilen können, ist es viel schwerer als draußen auf dem offenen Meer, sie aufsteigen zu lassen.«

Kip dachte über die Probleme ihres Feindes nach. Allein schon die Aufteilung seiner gesamten Flotte – nicht einfach nur einer Armee! – stellte ein ungeheuer schwieriges und komplexes Unterfangen dar. Viele seiner Schiffe waren für den Weißen König hinter der aufragenden Inselmasse von Großjasper unsichtbar, und unter diesen Umständen einen Angriff zu koordinieren, ohne Möglichkeit, die kleineren Probleme zu beheben, die sich dabei ergaben, bedeutete, dass kleine Probleme schnell zu großen werden konnten. Da gab es ängstliche Untergebene, die davor zurückschreckten, Entscheidungen zu treffen, und lieber abwarteten; Befehlshaber, die an Land schnell aufzusuchen gewesen wären, waren jetzt unerreichbar – und überhaupt: ein zugleich mit magischen und nichtmagischen Waffen geführter Angriff von See her, der von einer unerfahrenen Flotte ausgeführt wurde?

Aber Koios' Hauptproblem war, dass er unbedingt heute angreifen wollte und sich dabei so sicher war, mit den Bannen über eine Waffe zu verfügen, die den entscheidenden Unterschied machen würde, dass ihm die Verluste, die er dadurch erleiden würde, herzlich egal waren.

»Da Orange ziemlich schwer ist, lässt es sich vielleicht nicht so leicht anheben«, überlegte Kip. »Und wenn sie wollen, dass Orange bei ihrem ersten Angriff mit dabei ist, müssen sie warten, bis der orange Bann dazu bereit ist. Und, weißt du, manchmal gehen Dinge eben schief. Ich würde sagen, es bedeutet einen Hoffnungsschimmer für uns, dass die Blutröcke, wiewohl sie Ungeheuer sind, dennoch nicht über eine teuflische Perfektion verfügen. Denn wenn das der Fall wäre, dann ...«

»Dann ...?«, hakte Tisis nach.

Dann hätten sie uns direkt nach Sonnenaufgang mit einem ersten Angriff in der Bucht zugesetzt, als der Orden seinen Angriff startete. Sie hätten uns mit einem Angstzauber belegt.

Das Ganze war noch immer ein guter Plan, aber nun waren all die Geschützstellungen der Chromeria das Hauptproblem der Blutröcke, besonders diejenigen oben auf den Türmen, die aufgrund ihrer Höhe Granaten und Kanonenkugeln in größere Entfernung schießen konnten, als irgendeines der Schiffe der Blutröcke zurückzufeuern vermochte.

Er stieß einen Fluch aus. »Orange wird nicht einfach nur bei dem Angriff mitmachen, es wird ihn anführen. Mit einem Angstzauber. Irgendetwas dergleichen. Sie versuchen ihn uns irgendwie heimlich aufzudrücken.« Das blendend orangefarbene Licht der im Osten aufgehenden Sonne ließ ihn die Augen zusammenkneifen.

»Die aufgehende Sonne«, sagte er. »Sie benutzen ...«

Und dann hatte es sie fast erreicht.

Geheimnisvolle dünne Wolken wie lange Finger waren über die Kronen der Wellen geglitten, versteckt von der blendenden Sonne und dem Hin und Her der Streitgleiter, die Wasser hoch in die Luft schleuderten und Fackeln abbrannten, aus denen Rauch in einem Dutzend verschiedener Farben zischte und das Auge verwirrte.

Von jedem Schiff der Blutröcke erhob sich plötzlich ein großer

Schwarm Vögel, der sich schwarz vom Hintergrund der aufgehenden Sonne abhob. Wohl im Wesentlichen ein weiteres Ablenkungsmanöver.

»Blaue Brillen, sofort!«, rief Kip. »Das sind bestimmt Rasiermesserschwingen.« Er warf eine Leuchtkugel in die Luft, um den Geschützmannschaften auf allen Türmen das Signal zu geben, die Netze bereitzumachen, die sie vorbereitet hatten. Sie sollten sie an Stangen über sich aufspannen, um das im Anzug befindliche tödliche Bombardement abzufangen.

Aber Kip hatte den Blick schon wieder nach unten gesenkt: Die nebligen Finger hatten nun den Hafendamm erreicht, der die Ostbucht umgab, glitten darüber hinweg und an den Schiffen vorbei, die in der Bucht Zuflucht gesucht hatten.

Kip drehte dem Geschehen dort unten den Rücken zu, um das Wort an seine Leute zu richten. Er wollte nicht sehen, welcher Zauber da auf sie zukam. »Vergesst niemals«, rief er ihnen zu, »ihr könnt auf das, was ihr fühlt, nicht vertrauen; darum müsst ihr auf das, was ihr als wirklich kennt, bauen. Der Gottesbann wird euch belügen, also bleibt bei der Wahrheit, die ihr wisst, und er kann euch nicht betrügen. Eure Brüder und Schwestern kämpfen für euch in der Not, kämpfen für euch bis in den Tod. Fürchtet euch nicht. Fürchtet euch nicht! Obschon die Hölle selbst gegen uns marschiert, seid unbeirrt und seht ihr furchtlos ins Gesicht!«

Was, verdammt noch mal, sollte das? Er sprach plötzlich in Reimen?

Scheiße! Liv. Irgendwo dort draußen befand sich auch der ultraviolette Gottesbann!

Kip drehte sich um und brüllte auf, ganz Schildkrötenbär.

Die Welle traf die Mauern der Stadt an allen Türmen so heftig, dass sie erbebten. Ströme von Wasser schossen herab, ein plötzlicher Regen, in dem sich alle Feuchtigkeit entlud, die die Wolken im Weg über das Meer in sich aufgenommen hatten. Aber die physische Gewalt des Angriffs war nur ein Nebeneffekt – der eigentliche Angriff war die Welle der Angst, die Kip mit der Gewalt eines Tsunami überrollte, ihn atemlos und panisch machte, ihn vor Entsetzen erstarren ließ.

Seine Kehle schnürte sich zusammen. Ihr Untergang war besiegelt. Das hier war anders als alles, worauf sie sich vorbereitet hatten.

Sie würden alle sterben. Es war allein seine Schuld. Er hatte auch nicht den blassesten Schimmer von irgendetwas. Er war nur ein Kind, ganz klein gegenüber Göttern. Wahrhaftigen Göttern.

Alles, worüber er gespottet hatte, was er verhöhnt hatte, war plötzlich hier, und es war wirklicher, als er es sich je hätte vorstellen können.

»He«, drang eine ferne Stimme zu ihm durch.

Kip hörte das Winseln der Kriegshunde.

Seinetwegen würden sie alle sterben. Jeder Einzelne. Es war jetzt schon zu spät. Sie waren bereits tot. Vor Kummer und Grauen krampfte sich Kips Herz in seiner Brust zusammen, während er von der weichen orangegetönten Wolke umschlungen wurde.

Er war gerade dabei, alle, die er liebte, zu verlieren, und er konnte nichts dagegen tun.

Er hörte das Klappern eines Schwerts, das irgendjemandem aus der Hand fiel.

»He! Was zum Teufel ist in euch alle gefahren?«, rief Winsen.

Plötzlich war da eine Hand, die über Kips Gesicht rieb und es schrubbte, als wolle sie Wasser wegwischen – oder Luxin. Winsens Gesicht tauchte vor Kip auf.

Winsen, dieser irgendwie nicht ganz normale Mensch, der nie so recht verstanden hatte, was Gefahr überhaupt war und warum man ihr ausweichen sollte. Winsen, der Mann ohne Furcht im buchstäblichen Wortsinn, stand vor Kip und sah ihn verwundert an. Er holte gerade mit der Hand aus, um Kip zu ohrfeigen.

»Mit mir ist alles in Ordnung«, sagte Kip und kam wieder zu sich. »Kümmer dich um die Übrigen. Cwn y Wawr!«

Er drehte sich zu ihnen um. Einige der Cwn y Wawr befanden

sich auf dem Turm, weitere darunter. Um die Hundeführer war es fast genauso schlimm bestellt wie um alle anderen auf den Türmen und Mauern. Sie schienen unter Schock zu stehen und waren wie gelähmt. Einige hatten sich eingenässt. Ihre Kriegshunde jaulten verängstigt, konnten das Geschehen nicht begreifen. Manche der Hunde leckten ihre menschlichen Partner, und einige wenige waren von der unerschrockenen Liebe ihrer tierischen Freunde wieder zu Bewusstsein gebracht worden.

»Die Augen!«, rief Kip den Hunden zu. »Ihre Augen!«

Die übernatürlich intelligenten Hunde verstanden sofort. Durch Knurrlaute und indem sie an ihnen zerrten oder sogar die Beine auf die Schultern ihrer Herrchen stellten und ihnen die Gesichter leckten, lenkten die Hunde die Aufmerksamkeit ihrer Führer auf sich und beseitigten die Wirkung des Zaubers. Die meisten Menschen schreckten ruckartig aus ihrer Verzauberung hoch, aber einige schien das Entsetzen, das sie gerade durchlitten hatten, regelrecht gebrochen zu haben.

»Da kommen sie. Alle mal herhören!«, rief Kip. »Ihr wisst, was ihr zu tun habt!«

Je höher die Sonne stieg und je näher die Schiffe herankamen, desto deutlicher war die Kriegsflotte des Weißen Königs auszumachen. Aber sämtliche Schiffe der Chromeria, die im Schutz des Hafendamms Zuflucht gesucht hatten, lagen leblos da, ihre Besatzungen gelähmt.

Das Ziel waren die Geschützstellungen, und der erste Angriff würde nicht von den Gottesbannen kommen, sondern von der Kriegsflotte. Die Armada würde versuchen anzulegen, und wenn die Kanonen der Chromeria nicht schon bald etwas dagegen unternahmen, würden die feindlichen Schiffe es völlig ungehindert tun können.

Das durfte nicht passieren.

Kip rief: »Winsen, geh sofort zu Armeegeneral Danavis! Weck ihn, wenn nötig, und setz ihn über unsere Situation in Kenntnis!

Kruxer, geh du … Mist!« Kruxer war tot. »Leo, lauf du mit den Cwn y Wawr zu den Schiffen hinüber. Weck sie auf, lass sie kämpfen. Wir brauchen ihre Kanonen auf der Stelle. Wir treffen uns an der Ostbucht. Meldegänger, ihr rüttelt die Geschützmannschaften auf allen übrigen Türmen wach – aber es geht niemand allein. Verängstigte Menschen können leicht gewalttätig werden. Du, du und du, nehmt eure Kämpfer und mobilisiert den Rest der Insel. Lasst sie wissen, dass wir gerade mittels Magie angegriffen worden sind und dass die Wirkung schon wieder nachlässt. Es ist alles nur eine Täuschung. Wir können dem Feind standhalten! Geschützmannschaften, beginnt eure Salven zu feuern – ich weiß, dass sie außer Reichweite sind, aber macht es trotzdem. Vielleicht weckt es ja ein paar Leute auf. Wir schaffen das. Los!«

41

Als Karris in den Ratssaal des Spektrums platzte, befand sich keine der verdammten Farben dort, mit Ausnahme von Klytos Blau, der in sich zusammengesunken auf seinem Stuhl vor einem der großen Fenster saß und verfolgte, wie sich die Schlacht zu entfalten begann.

»Verdammter Idiot!«, herrschte sie ihn an. »Was habt Ihr getan!«

Mit leiser Stimme wie unter Schock antwortete er: »Wir waren bereits alle versammelt, haben schnell noch letzte offene Fragen geklärt, Zuständigkeiten, den Tag und die Schlacht betreffend, und überlegt, was wir tun könnten, um die Pilger zu beruhigen. Wo wir sie Schutz suchen lassen könnten …«

»Wir haben vor nicht einmal zwölf Stunden vereinbart, diese Prozession abzublasen – und jetzt höre ich, dass Zymun Wandler von der Mauer und Soldaten von ihren Posten abgezogen hat, um sie trotzdem durchzuziehen. Und zwar mit der Erlaubnis des Spektrums! Was zum Teufel habt Ihr Euch dabei gedacht?«

Klytos weigerte sich, ihr in die Augen sehen, und blickte weiterhin in die Morgendämmerung hinaus, auf die herannahende Kriegsflotte und die in unheimlicher Stille schweigenden Kanonen unter ihnen. Steif erwiderte er: »Er ist von der Befreiung direkt zu uns gekommen. Er hatte sich nicht gewaschen. Er ... er war über und über von ihrem Blut besudelt. Da war ein irrer Glanz in seinen Augen. Er hat gemeint, dass es sein gutes Recht sei. Und das stimmt ja auch.«

»Ihr wisst, dass er nie zum Prisma erklärt worden ist. Andross wird außer sich sein ...«

»Es war sein zweiter Sonnentag als Prisma-Erwählter! Und ... und wenn Kip recht hat und die Spiegelanlage oben auf dem Turm als Waffe verwendet werden kann, dann kann nur ein Prisma diese Waffe für einen längeren Zeitraum bedienen! Wie lange kann irgendwer sonst überleben, wenn er mit solcher Gewalt wandelt?«, fragte Klytos. Dieser miese kleine Verräter.

Karris packte ihn an den Schultern und riss ihn herum, zwang ihn, sie anzusehen. »Aber das Spektrum kann niemanden zum Prisma machen, einfach indem es ein paar Worte aufsagt!«

Unvermittelt umspielte ein leises Lächeln Klytos Blaus Lippen, obwohl der irre, hoffnungsleere Glanz keinen Moment aus seinen Augen wich. »Oh, das weiß ich«, sagte er. »Andross ist es gelungen, die meisten derjenigen Spektrumsmitglieder auszumerzen, die gewusst haben, wie jemand zum Prisma gemacht wird, aber einige von uns sind auch so dahintergekommen. Wir können gar keine Prismen mehr *machen*, was bedeutet, dass wir alle in dieser Schlacht sterben werden. Aber ihr Guiles überlebt immer die Katastrophen, die ihr über uns andere bringt. Doch diesmal nicht.«

»Warum ihn zum Prisma erklären?«, fragte Karris mit scharfer Stimme.

Sein Lächeln war voller Gift. »Ohne durch die Blendende Klinge zum Prisma gemacht worden zu sein, wird jeder, der sich zu dieser Vorrichtung hinaufbegibt, sterben. Kip hat bereits versprochen, das zu tun, also haben wir einen toten Guile. Aber warum nur einen nehmen, wenn wir zwei kriegen können?«

Karris ohrfeigte ihn.

Er klatschte gegen die Wand, sank zu Boden und kauerte sich zusammen.

Sie rieb sich die Schläfen und überlegte, was sie als Nächstes tun sollte.

Mit irrem Blick schaute sich Klytos nach den Schwarzgardisten um. »Ihr habt es alle gesehen! Ich bin der Blaue. Sie hat mich angegriffen! Verhaftet sie. Sofort!«

Zu Karris' Linker stand Gill Gräuling. Mit gedehnter Stimme sagte er: »Entschuldigung, Hoher Lord, ich muss wohl gerade abgelenkt gewesen sein. Ich habe nichts gesehen.« Er richtete den Blick auf die sieben anderen Schwarzgardisten im Raum. »Irgendwer von euch vielleicht?«

Überall im Raum verzogen Schwarzgardisten die Lippen. Köpfe wurden geschüttelt.

»Ich habe etwas gehört«, meldete sich einer der Neulinge zu Wort. »Klang, wie wenn ein Haufen Scheiße zu Boden klatscht.«

Zwanzigjährige, dachte Karris.

Von seinem Platz auf dem Boden ließ Klytos ein Knurren ertönen, aber er war ein viel zu großer Feigling, um ein Mitglied der Schwarzen Garde körperlich anzugreifen. »Ihr solltet mir danken! Ihr wisst, was Zymun ist!«

Karris schüttelte den Kopf. Sie wusste, was sie jetzt zu tun hatte. Sie musste Zymun ausfindig machen und versuchen, ihn dazu zu bringen zu tun, was getan werden musste. Auf keinen Fall würde die Sache ein gutes Ende nehmen. Sie hatte jetzt keine Gewalt mehr über ihn und nichts, womit sie ihn bestechen konnte. »Klytos, Ihr habt Zymun fast unbegrenzte Macht gegeben, Ihr Idiot.

Was hat er je getan, was Euch glauben lassen könnte, er würde sie zum Guten verwenden?«

42

Das Dröhnen der Kanonen, die auf verschiedenen Türmen um die großen Stadtmauern herum brüllend zum Leben erwachten, kündigte Kips Ohren das Vorwärtskommen der Cwn y Wawr an. Die Geschützmannschaften eröffneten sofort das Feuer, und ihre erhöhte Position verlieh ihnen gegenüber der Kriegsflotte des Weißen Königs eine wesentlich größere Reichweite.

Die ersten Schüsse verfehlten ihr Ziel und spritzten ins Wasser, ohne irgendwelchen Schaden anzurichten. Aber schon bald fielen die Geschützmannschaften in ihre geübte Routine zurück. Sie hatten zuvor ihre Schusslinien an Bojen ausgerichtet, die in bestimmten Abständen im Wasser schwammen, und auch wenn die Blutröcke diese Bojen nun versenkt hatten, hatten die Hauptmänner der Geschützmannschaften deren Positionen im Gedächtnis behalten.

Schon seltsam, dachte Kip. Wenn man nur weit genug weg war, hatte der Anblick von in der Ferne zerberstendem Holz und von Feuer, das von einem Schiff aufsteigt, etwas Befriedigendes. Aber wenn man in der Nähe war, empfand man nur ehrfürchtige Scheu vor der Zerstörungskraft der Menschheit und Entsetzen angesichts des blutigen Gemetzels und der Schreie der mit abgerissenen Gliedern Sterbenden, die jeden erfolgreichen Beschuss begleiteten, wenn die unschuldigen Männer der jeweiligen Schiffsbesatzung in ihr feuchtes Grab hinabgezogen wurden.

Die Männer an den Rudern dieser Schiffe waren ohne Zweifel Kriegsgefangene. Verbündete. Freunde. Männer, deren Namen auf

Großjasper einst auf den Listen der Verschollenen zu lesen gewesen waren.

Dennoch konnte Kip die Männer von den Geschützbatterien nicht hassen, wenn sie nach einem erfolgreichen Schuss in Freudengeschrei ausbrachen. Der Krieg ist ein trickreicher Redner, der uns dazu bringt, Gräuel zu bejubeln.

Es hatte den Anschein, als seien die Kampfverbände der Chromeria aus ihrer Erstarrung herausgerissen worden, aber als Kip gerade zu den Truppen hinabsteigen wollte, um sich davon zu überzeugen, sagte Einin: »Mylord, nicht weiter. Hauptmann Leonidas hat mir befohlen, Euch von der Front fernzuhalten.«

Kip warf ihr einen verärgerten Blick zu. »Der große Leo?«, fragte er, statt sich zu beschweren. Er hätte wissen sollen, dass der neue Hauptmann ihm nicht erlauben würde, sich in Gefahr zu bringen.

»Ja, Herr. Ähm, er hat uns Grünschnäbeln nicht klar mitgeteilt, wie wir ihn nennen sollen.«

Ungeachtet der Befehle von Andross hätte Kip jetzt wahrscheinlich zu den Spiegeln hinaufgehen sollen, aber was war, wenn die Armee erneut versagte? Was, wenn sie ihn brauchten?

Die Rasiermesserschwingen erreichten die Türme. Über allen Geschützmannschaften hingen Netze, und mit Donnerbüchsen bewaffnete Musketiere waren bei ihnen aufgestellt.

Ein paar der durch Willensübertragung gesteuerten Vögel wurden aus dem Himmel geschossen. Andere schafften es zu den Netzen und verfingen sich in ihnen, um dann zu explodieren oder in Flammen aufzugehen.

Eine Musketenschützin, die gen Himmel auf eine näher kommende Rasiermesserschwinge zielte, machte einen Schritt zurück, direkt in die Feuerlinie einer Geschützmannschaft, und das gerade in dem Moment, da diese nach ihrem eigenen fernen Ziel Ausschau hielt und das Zündeisen hinten an die Kanone gehalten wurde. Kip schrie auf, aber sie waren zu weit weg, und der Lärm ringsum war zu laut.

Die Frau verschwand einfach in der Schwarzpulverwolke, die sich aus der Mündung der Kanone erhob. Kip erhaschte einen kurzen Blick auf ihre Beine, wie sie durch die Luft flogen.

Einen Augenblick später verstreute die Rasiermesserschwinge ihren feurigen Tod inmitten der Geschützmannschaft.

»Ich fände es sehr schön, wenn wir jetzt zum Turm des Prismas zurückkehren könnten, Mylord«, mahnte Einin nervös.

Er sandte erneut Chi aus, um die Gottesbanne zu orten. Von dort, wo er war, konnte er sie nicht alle sehen. Das war ein Problem, wenngleich er davon ausging, dass er es gespürt hätte, wenn noch andere aus der Tiefe aufgestiegen wären. Wo war Liv?

Draußen vor der Bucht hatten einige der größeren Schiffe der feindlichen Flotte beigedreht und angehalten. Offenbar befanden sie sich nun innerhalb ihrer Reichweite. Er streckte eine Hand aus, und jemand reichte ihm ein Fernrohr.

Die Schiffe warfen ihre Anker aus. Warum das denn? Ach so, damit sie eine gleichmäßigere Lage einnahmen, um besser feuern zu können. Die Männer der Geschützmannschaften auf den offenen Decks der Schiffe, viele von ihnen mit nacktem Oberkörper, waren alle sehr dunkelhäutig.

Ilytaner. Verdammt. Die besten Schützen der Welt, mit den besten Kanonen. Das bedeutete, dass die Piratenkönige tatsächlich für den Wichtkönig arbeiteten. Karris hatte gemeint, sie habe versucht, sie durch Bestechung auf ihre Seite zu ziehen. Aber nachdem Gavin und Kip Pash Vecchios großes Schiff, die *Gargantua*, versenkt hatten, war der Pirat durch Versprechen offenbar nicht mehr zu erreichen gewesen – und sie war nicht willens gewesen, ihm Bootsladungen voll Geld zukommen zu lassen auf die bloße Hoffnung hin, ein Seeräuber würde sich durch derlei erweichen lassen.

Kip verfolgte, wie die Ilytaner ihre ersten Salven abfeuerten. Erst lange nachdem das Aufblitzen von Licht und die aufsteigende schwarze Rauchwolke zu sehen gewesen waren, war der Kanonendonner zu hören.

Er wollte den Befehl erteilen, dass sich irgendjemand auf diese Schiffe konzentrierte, aber das war nicht nötig.

In dem Moment, als diese Schiffe mit ihrem Bombardement anfingen, begann die übrige Flotte die Ostbucht anzugreifen.

Kip fragte sich, wo wohl Corvan war.

Vielleicht führte er die Verteidigung lieber von einem sichereren Ort aus, wo er einen besseren Überblick hatte. Vielleicht hatte es irgendwo auch einen Notfall gegeben, von dem Kip nichts wusste.

Den ilytanischen Geschützmannschaften gelang es, einen frühen Glückstreffer zu erzielen. Jedenfalls hoffte Kip, dass es nur ein Glückstreffer gewesen war, als keine hundert Meter entfernt die Spitze eines Turms explodierte.

Die Armee der Chromeria – hier handelte es sich überwiegend um Kips Leute, die ob ihrer Kampferprobtheit eigens ausgewählt worden waren – machte sich sofort daran, Kanonen aus der durch das feindliche Feuer zerstörten Geschützstellung zu bergen.

Sie arbeiteten in all dem Blut und Gekröse, das die durch eine Granate in die Luft gejagte Geschützmannschaft hinterlassen hatte. Die Mannschaften waren gut auf all das vorbereitet. Sie konnten schnell entscheiden, welche der großen Kanonen geborgen werden konnten, und standen bereit, kleinere Geschütze heranzurollen und in Stellung zu bringen oder Ochsengespanne dazu einzusetzen, Kanonen wieder aufzustellen, die lediglich umgestürzt waren, nachdem Granatenbeschuss Turmfundamente und Ähnliches eingerissen hatte.

Reservegeschützmannschaften warteten in sicherem Abstand von der Front. Die Männer waren sehr nervös; auf der einen Seite hofften sie auf ihre Gelegenheit, sich in den Kampf zu stürzen, auf der anderen wussten sie, wenn sie ihre Chance bekamen, dann nur deshalb, weil die Stellung, an der sie einspringen sollten, ein Ziel wäre, das bereits in Reichweite des feindlichen Beschusses gewesen und auch getroffen worden war.

Hier lag ein Marathonkampf vor ihnen, der bis zum Sieg oder

bis zum Tod oder zumindest bis zum Anbruch der Nacht kein Ende finden würde.

Sollten sie ins Hintertreffen geraten, würde das bedeuten, dass die feindliche Flotte an Land gehen konnte, und wenn die Blutröcke an Land kamen, war das der Anfang vom Ende.

Aber jetzt sah es danach aus, als sei, alle Anstrengungen der Verteidiger ungeachtet, dieser Anfang ohnehin schon da.

Das vernichtende Kanonenfeuer erhob sich nur noch vereinzelt, die Nachschublinien waren zu lang und die Pulverlager leer. Schiffe, die eigentlich eine leichte Beute hätten sein sollen, konnten ungehindert bis an den Eingang der Bucht vordringen.

Die gewaltigen Ketten, die der Kriegsflotte des Weißen Königs den Zugang zur Bucht versperrten, waren die ersten Ziele des Angriffs. Als sich die Armada näherte, tauchten Schwärme von Caoránaigh aus dem Wasser auf, das sie unsichtbar durchtaucht hatten, wandelten Luxin-Leitern, die die großen Kettenglieder hinaufführten und kletterten daran nach oben wie eine Horde Affen.

Kip hatte gedacht, sie würden sich außerhalb des Wassers nur schwerfällig fortbewegen. Na toll.

Einigen von Kips besten Scharfschützen – dabei von vielen Bogenschützen der Schwarzen Garde verstärkt – gelang es, Dutzende von ihnen abzuschießen, aber es tauchten immer neue auf, und bei ihren Schwimmkünsten bedeutete es nur einen vorübergehenden Rückschritt, wenn die Sprengladungen der Wichte ins Meer zurückfielen. Schließlich gelang es den Wichten, während sie gefährlich hin und her wippten, Sprengladungen an den Kettengliedern zu befestigen und Zündschnüre zu entfachen.

Einige wenige Wichte sprangen zu spät ins Wasser zurück und wurden durch die Detonationen getötet, aber die große Kette barst und stürzte herab. Sie hatte den Vormarsch der Blutröcke nur für einige Minuten verlangsamen können.

Nun blieben nur die großen Kanonen, um die Schiffe zu zerstören.

Kip schickte einen Boten mit der Nachricht aus, Scharfschützen und Bogenschützen auf der anderen Seite von Großjasper aufstellen zu lassen – für den Fall, dass die Wichte dort ähnliche Aktionen unternahmen –, und dann versammelte er seine Armee um sich.

Die Befehle und Meldungen hörten nicht auf, nur weil die Schlacht nun vollends eröffnet war.

Durch Feuer und Flammen schleppte sich die Kriegsflotte des Weißen Königs in die Bucht hinein. Die ersten Schiffe rauchten, die Hälfte ihrer Ruder waren zerbrochen, die Decks blutüberströmt. Aber sie legten an, und die Galeonen und Koggen hinter ihnen drängten nach, während die Wichte und Wandler Luxin-Planken über dem Wasser auslegten, um die Schiffe zu einer großen schwimmenden Masse zu verbinden, sodass sich die Besatzungen in großer Zahl von einem Schiff zum anderen bewegen konnten, ohne Enternetze verwenden zu müssen, die ihr Vorwärtskommen verlangsamt hätten.

Ein Bote wandte sich an Kip: »Herr, das Problem mit jener Gruppierung von Luxiaten, die die Wandler dazu aufgerufen hatte, sich nicht durch die Berührung von Höllenstein von ihrem gebunkerten Luxin zu befreien, ist gelöst worden.«

»Ah ja?«, fragte Kip, ohne dem Boten wirklich Beachtung zu schenken.

Kip konnte nur zusehen, wie sich der Schlachtplan unter ihnen entfaltete. Den Beteiligten, Militär wie freiwilligen Zivilisten, war ganz genau aufgetragen worden, was sie zu tun hatten. Irgendwelche Befehle von hinter der Front würden jetzt überhaupt nicht zu ihnen durchdringen können.

Wie bei allen Schlachtplänen der Fall, lief die Sache nicht so wie geplant.

»Wie ich erfahren habe, ist der Hohe Luxiat Amazzal selbst zu ihnen hinuntergegangen, mit einem Stock in der Hand. Er hat den Männern rechts und links von ihm Schläge erteilt, während er sie zurechtgewiesen hat. Es soll ziemlich beeindruckend gewesen sein, hat man mir gesagt.«

»Gut, sehr gut«, antwortete Kip.

Über die ganze Länge des Hafendamms hinweg verharrten tapfere Idioten an ihren Geschützstellungen, statt den Rückzug anzutreten, als wollten sie ihre Lähmung von vorhin dadurch vergessen machen, dass sie nun bis zum bitteren Ende die Stellung hielten und feuerten.

Es gab keine Möglichkeit, sie zu retten. Sobald die feindliche Flotte am eigentlichen Hafendamm angelangt war, durchbrachen die Wichte und Wandler all die schützenden Verteidigungsvorkehrungen aus Pfählen, Stachelspitzen, Feuerfallen und anderem und stiegen mit beängstigender Geschwindigkeit bis zur Mauerkrone des Damms hinauf.

Sie ergossen sich über den gesamten Hafendamm wie Öl, das den Docht einer Laterne durchtränkt, färbten ihn mit ihren eigenen Farben und mit rotem Blut, während sie die Geschützmannschaften eine nach der anderen niedermetzelten. Eine dieser Mannschaften ließ ihr letztes Schwarzpulver in einer einzigen Detonation in die Luft gehen.

Der Rauch lastete länger, als die den Angreifern in den Weg gelegten Hindernisse Bestand hatten. Die Wandler legten lange Luxin-Planken über die Flammen und den Schutt, und die Männer stürmten direkt darüber hinweg.

Kip bemerkte Kampfverbände, die sowohl aus Wandlern wie aus nichtwandelnden Soldaten bestanden und die auf eine Weise eingesetzt wurden, die, wie er überzeugt war, der Weiße König von ihm gelernt haben musste.

Während sich die Blutröcke einen Weg hin zu dem Schlachtfeld bahnten, das sie am Ende des Hafenbereichs erwartete, war die übrige Armada tief in die eigentliche Bucht eingedrungen. Auch hier kämpften einige der Matrosen auf den Schiffen auf verlorenem Posten bis zum Tod weiter, aber die meisten ihrer Kanonen waren so aufgestellt, dass sie nicht in einem Richtung Stadt geneigten Winkel schießen konnten, und so zogen sich die Männer schließlich so zurück, wie sie es auch sollten, allerdings nicht ganz so wohlgeordnet, wie man es hätte hoffen können. Manche wurden von ihren in Panik geratenen Kameraden niedergetrampelt oder von einer der reichlich verfügbaren Leitern an den Mauern heruntergerissen, sodass einer ihrer rücksichtslosen Mitstreiter einen kurzen Moment früher oben ankommen konnte.

Es waren nicht Kips Leute, und er war nicht lange genug hier gewesen, um überhaupt nur damit anzufangen, diesen Zivilisten Disziplin beizubringen, aber zusehen zu müssen, wie jene Männer von ihren eigenen Leuten umgebracht wurden, war trotzdem eine schlimme Sache.

Und es ließ sich nichts dagegen unternehmen.

Die großen Kanonen auf den Stadtmauern fuhren damit fort, die feindliche Flotte zu beschießen, deren Schiffe nun alle dicht gedrängt nebeneinanderlagen. Schiffe, die eigentlich längst hätten gesunken sein sollen, wurden stattdessen durch ihre verbündeten Schiffe an der Oberfläche gehalten. Das Ganze war wahrscheinlich eine Verschwendung von Pulver, auch wenn es half, die Falle mit Ködern zu bestücken.

Als sich immer mehr Schiffe der Armada gegen das Land und den Kai und die vertäuten Schiffe drängten, die bis vor Kurzem die Artillerie der Chromeria gewesen waren, stürmten immer mehr Männer heraus, um einen Landekopf zu bilden.

Kip fiel auf, dass fast alle normale Menschen waren. Keine Wandler. Keine Wichte.

Die Heiden hatten die Werteordnung der Chromeria nahezu vollkommen auf den Kopf gestellt: In der Schlacht pflegte die Chromeria ihr Volk zu retten, indem sie zuerst diejenigen opferte, die Wichte geworden waren, sowie jene Wandler, die am kürzesten davorstanden, ihren Halo zu brechen, weil diese Leute diejenigen waren, die dem Tod oder dem Wahnsinn am nächsten waren. Die

Blutröcke dagegen retteten ihre Wichte und ihre Wandler, indem sie die normalen Menschen zum Kanonenfutter machten, denn das gemeine Volk war bei ihnen am weitesten von der Magie und der Gottgleichheit entfernt.

Alle Versprechungen des Weißen Königs, von Freiheit und einer neuen Ordnung und von einer Utopie, in der alles so sein sollte, wie es auch richtig war, waren reine Lügen.

Für die Chromeria waren die Privilegien der Macht mit dem dafür zu zahlenden Preis gepaart. Von Wandlern wurde erwartet, in der ersten Reihe der Verteidigung zu stehen, so wie auch der Promachos. Da die Natur des Menschen nun mal nicht vollkommen ist, war das bei ihnen nicht immer der Fall, aber das war die Abmachung, das, was von ihnen eingefordert wurde. Die neun Könige hingegen würden mit Freuden eine menschenentleerte Wüstenei regieren, solange sie nur regieren konnten.

Orholam möge sie verdammen.

Wie viele dieser Eindringlinge, denen der Tod bevorstand, wünschten sich einfach ein besseres Leben oder hatten es nur nicht gewagt, sich dem Weißen König zu widersetzen, als dessen Armeen durch ihr Land gezogen waren und sie zwangsrekrutiert hatten? Sie waren nicht völlig unschuldig, aber sie waren Menschen, keine Monster. Sie hatten eine zweite Chance verdient, und Kip konnte es sich nicht leisten, ihnen eine zu bieten. Nicht jetzt.

»Noch immer nicht Zeit zu gehen?«, fragte Ben-hadad. Er war zurückgekommen und mit ihm weitere Mitglieder der Mächtigen.

Kip ließ seinen Blick noch einmal über das Geschehen schweifen, auch wenn er immer noch nicht wusste, wonach er eigentlich Ausschau hielt. »Nein.«

Die anstürmenden Feinde waren weit genug vorgerückt. Tausende kletterten über die am Kai vertäuten Schiffe und auf das Hafengelände, verteilten sich zwischen Bootshäusern und Lagerhallen.

»Zieht die Rote auf«, befahl Kip.

Darauf hatten die Männer gewartet. Sie hissten eine rote Flagge, und umgehend begannen die Kanonen auf den Stadtmauern Brandgeschosse auf die aufgegebenen Schiffe der Chromeria zu schießen, die immer noch in der Bucht an den Docks festgemacht waren. Am Vortag war in Fässern Brandgelee gewandelt und versteckt worden. Der letzte Befehl an alle Matrosen, die ihre Schiffe verließen, war es gewesen, diese Fässer zu öffnen und das Brandgelee zu verteilen.

Die Blutröcke hatten sicher mit Feuer gerechnet, doch sie hatten nichts derart Verheerendes erwartet wie das Inferno, das sich ihnen nun entgegenwälzte.

Die Frauen und Männer von Großjasper standen mit offenem Mund da und beobachteten ein Spektakel, wie sie es nie wieder erleben würden, und wenn sie hundert Jahre alt würden. So grell und intensiv wie die Flammen waren ansonsten nur noch die schrillen Schreie, als alle Docks, jedes Schiff und der gesamte Hafenwall plötzlich in Flammen aufgingen. An einigen wenigen Stellen war das Brand-Luxin nicht entfacht worden, oder es hatte sich nicht entzünden lassen, aber das tat nichts zur Sache. Die Flammen sprangen von Schiff zu Schiff und verbrannten alles.

»Sind die Feuermannschaften bereit?«, fragte Kip.

»Ja, Herr. Sie beobachten den Wind sorgfältig und verteilen sich entsprechend. Sieht ganz danach aus, als sei er uns günstig.«

Zu den schlimmsten Dingen, die mit der Befehlsführung verbunden sind, gehört, dass man manchmal schon einige Minuten zuvor sieht, was passieren wird, und man auch weiß, wie man es verhindern kann, die eigenen Leute aber nicht auf einen hören.

In genau dieser Misere befand sich nun der Oberbefehlshaber der feindlichen Flotte.

Kip konnte ihn mit den Armen wedeln und schreien sehen. Dadurch, dass sie die Schiffe miteinander verbunden hatten, hatten die Wandler seine Lage noch wesentlich verschlimmert. Ohne Brandmittel an Bord fing die einer schwimmenden Insel gleichende

Armada des Weißen Königs viel langsamer Feuer, als es bei den Schiffen der Chromeria und den Hafenanlagen der Fall gewesen war, aber die feindlichen Schiffe waren zusammengebunden: Sie konnten nicht voneinander abstoßen, um für Zwischenräume zu sorgen, die groß genug waren, damit das Feuer sie nicht überwinden konnte. Selbst die Schiffe am hinteren Ende hatten große Mühe, sich von den anderen zu befreien und den Rückzug anzutreten.

Nach einigen Minuten hatte der Schiffskommandant jedoch genug Wandler und Offiziere um sich versammelt, und er ergriff eine einschneidende Maßnahme: Er gab ein ganzes Viertel seiner Flotte auf, indem er eine Linie bestimmte, bis zu der das Feuer reichen würde. Alle Schiffe hinter dieser Linie traten den Rückzug von der Insel an, um diejenigen, die sich näher an Großjasper befanden, ihrem Schicksal zu überlassen.

Das war der Moment, auf den Kip gewartet hatte.

»Katapulte los«, sagte er. Die Bedienmannschaften wussten, wohin sie zu zielen hatten.

Katapulte? Wer machte im Zeitalter des Schießpulvers noch von Katapulten Gebrauch? Es war eine von Corvans Entdeckungen gewesen, als er eine persönliche Bestandsaufnahme der Verteidigungsmöglichkeiten der Jasperinseln gemacht hatte. Obwohl sie als Waffen eigentlich veraltet waren, waren die Katapulte von Carver Schwarz dennoch über Jahrzehnte hinweg weiterhin aufbewahrt worden. Schwarz konnte den Gedanken nicht ertragen, sie zu einem Schleuderpreis als Brennholz zu verkaufen, hatte sie aber auch nicht alle durch Kanonen ersetzen können, da die ihm zu deren Kauf bereitgestellten Summen allzu bescheiden waren.

Die Katapulte schleuderten nun Fässer mit rotem Luxin und infrarote Zündsätze gen Himmel und auf die feindliche Flotte zu – hinter die Front, dorthin, wo all die Wandler und Offiziere zugange waren. Die Geschosse explodierten in der Luft oder selbst noch im Wasser, streuten Brandgelee in alle Richtungen und trieben sogar brennend auf den Wellen.

Mit einem Mal hatten jene Leute – die einzigen in der ganzen Flotte, die kontrolliert handelten und nicht in Panik geraten waren – Feuer vor und hinter sich. Sie waren von den Übrigen abgeschnitten.

Kip und Corvan hatten damit gerechnet, ein Viertel bis ein Drittel aller Angreifer zu erwischen – auch wenn nur die Hälfte der Flotte auf dieser Seite von Großjasper angegriffen hatte. Sie waren von einem Rückzug ausgegangen und dann von einem zweiten Angriff später am Tag, wenn die Feuer erloschen waren. Sie hatten die Todeszonen und die Rückzugslinien abgesteckt, für Nadelöhre gesorgt und Hinterhalte gelegt.

Sie würden nichts von alledem benötigen. Nicht auf dieser Seite der Insel. Während die Feuer noch tobten und sich die Männer ihre Verzweiflung und ihren Schmerz aus dem Leib schrien, beorderte Kip die Hälfte seiner Armee auf die andere Seite der Insel und schickte einen Meldegänger zu Armeegeneral Danavis, um nach neuen Befehlen zu fragen.

Den meisten Beobachtern war es noch nicht klar, aber auf dieser Seite von Großjasper würde es mindestens für die nächsten Stunden keine Kämpfe mehr geben. Dieser Teil der feindlichen Angriffsflotte war zerstört. Die armen Schweine konnten nur noch den Untergang durch das Feuer oder den durch das Wasser wählen.

Der Rest der Armada würde hier nicht noch einmal angreifen, nicht bevor die Feuer gelöscht waren, nicht solange sich der Feind nicht neu hatte ordnen können.

Es war ein großer Sieg.

Aber Kip war ungefähr so leicht ums Herz, als hätte er einen Mühlstein in der Brust.

»Was *macht* er da nur?«, fragte Ben-hadad. Er meinte Koios.

Ben verstand den Kern des Problems. Karris hatte ihnen mitgeteilt, dass Koios die ganze Welt niederbrennen und dann neu anfangen wollte, dass es ihm egal sei, wie groß seine Verluste wären, doch Kip hatte nicht gewusst, ob er das wirklich glauben sollte – jedes Versagen deines Feindes irgendwie als Teil eines genialen großen Plans einzustufen war wohl eher ein Zeichen von Überängstlichkeit als irgendetwas sonst; und schließlich hätte Koios' erster Angriff durchaus auch von Erfolg gekrönt gewesen sein können.

Aber Überängstlichkeit war womöglich ja genau die richtige Reaktion. Warum hatte Koios nicht alle Gottesbanne aufsteigen lassen?

»Wenn er mit seinem ersten Angriff siegt, erscheint er auf dem Schlachtfeld unbesiegbar«, sagte Kip. »Aber wenn er zunächst unterliegt und erst am Ende dadurch siegt, dass er mit den Gottesbannen angreift, demonstriert er seinen zukünftigen Untergebenen, dass nichts gegenüber seiner Magie standhalten kann.«

Ben-hadad zog die Nase kraus. »Vielleicht ist er aber auch nur an der unglaublich schweren Aufgabe gescheitert, einen kombinierten Angriff sowohl von See her als auch mit magischen Mitteln erfolgreich zu Ende zu führen, und hat die Sache in den Sand gesetzt, da er auf eine erbitterte Verteidigung gestoßen ist.«

Kip zuckte die Achseln und räumte ein, dass das ebenfalls eine Möglichkeit war. Doch er wusste, dass sein Kampf noch lange nicht beendet war, er hatte vielmehr kaum begonnen. Alles, was die Gesamtheit der Leute der Chromeria hier erreicht hatte, konnte von einer Sekunde auf die andere zunichtegemacht werden, wenn Kip versagte.

Jemand hinter Kip räusperte sich.

»Hoher Herr, ich komme vom Promachos Andross Guile«, meldete ein junger Mann. »Er verlangt Eure Anwesenheit in der Chromeria. Ihr sollt am rückwärtigen Pier zu ihm stoßen. Er hat gesagt, es habe etwas mit dem Lichtbringer zu tun.«

»Jetzt sofort?«, wollte Kip wissen. »Der Plan hat eigentlich vorgesehen, dass ich mich als Nächstes zu den Spiegeln begebe.«

»Es hat da auch ... Entwicklungen mit dem Prisma-Erwählten gegeben.«

Kip fluchte leise. Wollte Andross etwa seine verlorene Wette einlösen? Oder war die Sache eine Falle?

Es war zweifellos allerhöchste Zeit, die Spiegel zu übernehmen. Aber der Promachos war in einem Krieg die höchste Machtinstanz. Wollte Kip jetzt anfangen, ihm den Gehorsam zu verweigern, so musste er dafür einen besseren Grund haben als sein schlichtes Bauchgefühl.

»Herr, ich bitte um Entschuldigung«, ging eine junge Frau dazwischen, die soeben herangetreten kam. »Eine Nachricht vom hohen Armeegeneral Danavis. Er befiehlt, die Hälfte Eurer Leute zur Westbucht zu schicken.«

»Bereits geschehen«, antwortete Kip.

»Außerdem weist er Euch an, Euch unter keinen Umständen zur Chromeria zu begeben. Es hat da Entwicklungen mit dem Prisma-Erwählten gegeben.«

»Was ist denn passiert, zum Teufel?«, fragte Kip.

»Mehr hat mir Danavis nicht gesagt, Herr«, erwiderte der Frau. Doch ihr Gesicht war sorgenvoll.

»Aber Ihr wisst mehr. Heraus mit der Sprache«, forderte Kip.

»Der Prisma-Erwählte hat sich selbst zum Prisma erklärt, und wir haben gehört, dass es da eine Art Handgemenge – oder, ähm, Scharmützel? – gegeben hat. Zwischen den Lichtgardisten, die Zymun die Treue halten, und Schwarzgardisten, die auf der Seite der Weißen stehen.«

Kip fasste seine Mächtigen ins Auge: Der trottelige Ferkudi, nun grimmig und verbissen; Winsen, träge und ausdruckslos; Benhadad, mit einem gespannten Ausdruck im Gesicht; der große Leo mit einem düsteren Grinsen. Sie alle würden ihm bis zur Hölle und zurück folgen. Nur Kip selbst konnte das mit dem »Zurück« nicht versprechen, nicht heute.

»Nun ja, offensichtlich hat der hohe Armeegeneral Danavis da ganz recht«, erklärte Kip. »Es ist glatter Wahnsinn, zur Chromeria zu gehen und in irgendeine Situation hineinzustürmen, über die wir so wenig wissen.«

Er sah sich unter seinen Männern um.

»Also, gehen wir jetzt hin?«, fragte der große Leo.

Ferkudi sagte: »Die Pferde sind schon gesattelt.«

43

»Ich sehe, was du da machst«, knurrte Gavin.

Sie hielten einander umschlungen, die Arme ineinander verschränkt, jeder den Kopf am Hals des anderen, tief am Boden zusammengekauert – wenn auch in ihrer Erschöpfung nicht ganz so tief, wie es die korrekte Ringkampfhaltung vorsehen würde. Mit einem Grunzen versuchte Lucidonius, den Kopf in Gavins Wangenknochen zu rammen, aber da sie einander so nah waren, bekam er nicht den nötigen Schwung.

»Meinst du, ich wüsste es nicht?«, begehrte Gavin auf.

Lucidonius trieb ihn mit kleinen Schritten im Kreis herum.

Die vielen Verletzungen des Tages hatten die Sonne dick anschwellen lassen. Sie humpelte jetzt das letzte Stück auf ihrem einsamen Pfad nach Hause, und dabei stieß sie Schwall um Schwall blutigen Lichts aus, besprühte schlierige Zirruswolken mit arterieller Pracht, trachtete danach, sich in Sicherheit zu bringen, aber ihr Heim hinterm Horizont hielt für sie nur ein warmes, wartendes Totenbett parat.

Lucidonius antwortete nicht. Je schwächer die Sonne wurde, desto schwächer wurde auch das Licht seiner Augen, und auch wenn sie immer noch loderten, zahlte sich Gavins Spiel nun aus: Lucidonius verlor seine Kraft.

Er kämpfte jetzt nur noch mit der Kraft eines normalen Menschen, während Gavin immer stärker wurde. Unter der glatten Haut der von ihm zuletzt geübten höflichen Umgangsformen hatte der Kampf dieses Tages die seit Langem versunkenen Adern des Zorns wieder hervortreten lassen, als Zeichen seiner gerechten Empörung angesichts eines lügenden Gottes.

»Der Spiegel!«, knurrte Gavin. Sie waren nur wenige Schritte von ihm entfernt. Lucidonius hatte sie im Laufe dieses längsten Tages des Jahres stets im Bogen zu ihm zurückgeführt. »Ich weiß, was es damit auf sich hat.«

Er war ein Schwarzwandler. Er war so geboren worden. Als etwas Besonderes. Über diese Fähigkeit zu verfügen war kein Fluch. Sie war auch kein Segen, denn um so etwas einen Segen nennen zu können, musste es jemanden geben, der den Segen spendete. Es *war* eben einfach so, eine zufällige Gnade der Geburt oder der Abstammung oder von beidem zusammen. Es war einfach ein weiterer Punkt, in dem sich Gavin von den anderen unterschied, in dem er besser war als sie, ja, er scheute sich inzwischen nicht mehr, es auszusprechen. *Besser*, aber eben dadurch auch von ihnen abgesondert. Er war außerdem unglücklicher als jene blinden, jene getäuschten Menschen.

Sein Weg war schwerer. Er konnte sehen, was andere nicht sahen – das war nicht gerecht. Aber jetzt, durch den schwarzen Edelstein – der ein sichtbarer Ausdruck all dessen war, was Gavin zu *Gavin* machte –, sah er, dass der Spiegel nichts anderes als eine raffinierte Falle für ihn war. Der Gottmensch war aus dem Spiegel hervorgekommen. Der Spiegel war ein Tor zu seiner Heimat. Der Spiegel war der Ort, an dem sein Gegenüber Macht besaß.

Gavin sagte: »Es ist nicht einfach nur eine hohle Farce, stimmt's? Die Sache ist noch viel ...«

Lucidonius musste geglaubt haben, dass sich Gavin Zugang zu seiner Heimat verschaffen wollte. Dass Gavin dort eindringen und versuchen würde herauszufinden, was Lucidonius seine göttliche Macht gegeben hatte, um sich dessen zu bemächtigen. Aber der

Gott wäre dort sicher, würde über alle möglichen Abwehrvorkehrungen verfügen.

Dort, im Spiegel, konnte Gavin gefangen genommen und umgebracht werden.

Gavin atmete einige Male tief durch, während Lucidonius die Hand verlagerte, mit der er Gavins verschwitzte Schulter umfasst hielt, und versuchte, sich dadurch einen Vorteil zu verschaffen. »Die Sache ist noch viel hinterhältiger, nicht wahr?«

»Du siehst Bestrafung, wo Gnade ist«, sagte Lucidonius, als sei Gavin eine gewaltige Enttäuschung für ihn.

»Gnade? Du hast alles so inszeniert! Es ist alles perfekt auf mich ausgerichtet. Selbst noch du. Dein Erscheinungsbild! Ich bin das Prisma! Glaubst du, ich wüsste nicht, wie eine raffinierte Täuschung aussieht?!«

»Ganz im Gegenteil.« Lucidonius keuchte ihm abgehackt ins Ohr. »Du bist selbst nichts anderes als der Sohn der Täuschung. Und es ist an der Zeit, dass das aufhört.«

Und dann brach er zusammen.

Gavin taumelte in ihn hinein und dann über ihn hinweg, stolperte und kippte über den am Boden Liegenden. Aber noch während er fiel, packte Lucidonius Gavins Bein, zog daran und verdrehte es so, dass er der Länge nach hinknallte.

Heftiger Schmerz und ein Gefühl der Zerrung durchfuhren Gavin, als sein Hüftgelenk fast aus der Beckenpfanne sprang, aber Lucidonius' Hände rutschten ab. Gavin schlug mit dem Rücken auf dem Boden auf, und Lucidonius verlor das Gleichgewicht. Seine Hand war nun bis zu Gavins Fuß herabgeglitten. Doch er ließ noch immer nicht los. Er wurde mit Gavin zu Boden gezogen, suchte sein Gleichgewicht, zielte mit dem Knie auf …

Gavin erwischte ihn mit beiden Füßen.

Dann stieß er den Mann von sich und zum Spiegel hin, trat ihm mit aller Kraft beide Beine weg.

Lucidonius krachte in den großen Spiegel, und dessen gesamte

Oberfläche wackelte und verformte sich. Er schien mit dem ganzen Körper ein wenig hineinzusinken.

Statt sich sofort auf das Schwert zu stürzen, sprang Gavin vor und versuchte, sich seinen Vorteil zunutze zu machen. Er versetzte Lucidonius einen Faustschlag in den Magen, aber seine Bauchmuskulatur war straff und angespannt, auf die Wucht des Hiebes vorbereitet. Gavin ließ seine Linke zu einem Aufwärtshaken nach oben fahren, doch sein angedachter Kinnhaken verfehlte sein Ziel mit all seinem Schwung, und die Wucht des Schlages ließ Gavin nach vorn stolpern.

Gavin wollte es vermeiden, den Spiegel auch nur zu berühren, und so drosch er, um wieder das Gleichgewicht zu finden, seinen Unterarm in Lucidonius' Brust. Aber als sich die Oberfläche des Spiegels unter der Wucht von Lucidonius' erneut gegen ihn prallendem Rücken kräuselte, zog der, statt sich losreißen zu wollen, Gavins Unterarm nur noch fester an seine Brust.

Er rollte sich zur Seite und versuchte, Gavin in den Spiegel hineinzuwerfen.

Gavin warf seine rechte Hand nach oben, um seine Vorwärtsbewegung zu stoppen.

Einmal, an einem bitterkalten Morgen in den Bergen von Paria, als er gerade erst Prisma geworden war, war Gavin dem Blauwicht, den er gerade jagte, auf einen gefrorenen Teich gefolgt. Seit ein Blauer seinen Bruder Sevastian getötet hatte, hegte er einen besonderen Hass auf Blauwichte. Das hatte ihn an jenem Tag gedankenlos werden lassen. Der Teich war eine Falle gewesen. Die Magie des Wichts hatte das Eis verstärkt – für diesen selbst. Gavin würde nie vergessen, was für ein Gefühl es gewesen war, während seiner ersten zögerlichen Schritte problemlos vom Eis getragen zu werden, bis es unter seinem Gewicht plötzlich nachgegeben hatte und gebrochen war.

An jenem Tag hatte ihn seine Magie gerettet.

Jetzt gab es da keine Magie, über die er verfügt hätte. Das Aufschlagen seiner Hand auf dem Spiegel fühlte sich genauso an, wie sich das Eis an jenem Tag angefühlt hatte. Wo der Spiegel für Lucidonius gallertartig und nachgiebig erschienen war, war er für Gavin wie gefrorenes Eis, zumindest vorübergehend fest und stabil. Seine Hand hielt in ihrer Bewegung inne, hielt sein Gewicht und schützte ihn vor einem eisigen Sturz. In seiner Handfläche kitzelte es, und kleine Blitze schossen seinen Unterarm hinauf, nahmen ihm alle Kraft.

Der Spiegel krachte unter seinen Fingern wie der Knall eines Musketenschusses. Gavin riss die Hand von ihm weg. Der Spiegel war eine Todesfalle. Lucidonius wollte ihn vernichten.

Der Moment weckte eine Erinnerung in ihm, eine Erinnerung an einen Traum, in dem er auf dem Dach eines Turms gestanden und sich ihm ein Riese genähert hatte – aber er hatte keine Zeit gehabt!

Ich brauche mehr Zeit!, hatte er in seinem Traum gerufen.

Jetzt drehte er sich um und sah, wie Lucidonius das Schwert aufhob.

Gavin sackte das Herz in die Kniekehlen. Er war nur wenige Sekunden abgelenkt gewesen, aber doch wenige Sekunden zu lang.

Dann sah er etwas, das noch schlimmer war als der Anblick der Waffe in der Hand seines Feindes: Lucidonius drehte sich um. Seine Augen waren jetzt Kohlen, noch immer heiße Spiegel der untergehenden Sonne, aber nun nicht mehr so blendend hell, dass sie verdeckten, wie sein Gesicht aussah.

»Du kannst mich mal!«, brüllte Gavin beim Anblick dieses Gesichts. »Du willst mich glauben machen, dass ich den Verstand verliere!«

»Wieder einmal«, sagte der Mann leise.

»Ja, wieder einmal! Du hast mich schon einmal in den Wahnsinn getrieben, Orholam. Deine Lügen. Du hast mich alles gekostet! Und jetzt, *jetzt* kommst du zurück?!« Irgendwie hatte Gavin seine Anrede des Gottwesens gewechselt, es war nun nicht mehr Lucidonius, sondern wieder Orholam.

Es war kein perfektes Ebenbild, aber der Gott stellte ein Gesicht zur Schau, das Gavins eigenes hätte sein können.

»Ich bin nicht dein Schatten, Dazen«, sagte der Gott. »Du bist der meine. Du bist ein schwacher Abglanz dessen, was du hättest sein können.«

»Lügen. Von dir, *Orholam*. Ich hatte so viel Freude an dir, als ich ein Kind war. Als Junge dachte ich, ich würde einmal ein Luxiat werden, weißt du das? Der Weihrauch. Das Zeremoniell. Die Hymnen. Ich habe das alles geliebt. Erinnerst du dich? Oder hast du mich damals überhaupt nicht wahrgenommen? Und dann, nachdem ich zum Prisma geworden war, als ich die höchsten und heiligsten Tage gefeiert habe, waren sie bittere Galle für mich. Weil ich die Wahrheit wusste. Und jetzt stehst du da, hast ein Gesicht wie das meine und steigst aus einem *Spiegel*? Als würde ich hier gegen mich selbst kämpfen? Als sei ich bereits wahnsinnig? Aber ich sehe jetzt alles ganz deutlich. Ich bin das Schwarze Prisma. Ich bin das dunkle Zentrum der Schöpfung. Und jetzt werden das Licht und das Leben der Welt mich nähren, so wie sie vierhundert Jahre lang dich gespeist haben, Lucidonius. Ich werde so unsterblich sein wie du.«

»Ich bin nicht Lucidonius.«

»Es spielt keine Rolle, wer du zu sein behauptest. Du musst sterben. Du musst sterben, sonst stirbt Karris.«

»Du zäumst das Pferd genau von hinten auf ... Bruder.«

Das letzte Wort traf Gavin wie ein Schlag in die Magengrube und raubte ihm den Atem, und wenn sich die Gestalt in diesem Moment bewegt hätte, hätte sie Gavin mühelos niederstrecken können.

Nein, das hier war ein Albtraum, wie auch die Riesenfaust, die heruntkrachte, um ihn zu zerquetschen, in jenem Traum von früher nur ein Albtraum gewesen war. Gavin musste im Fieber liegen. Er musste wahnsinnig sein.

Nein! Nein. Er war *hier*. Das hier war *wirklich*.

Es war also alles genau berechnet. Es war eine Falle.

»Du bist nicht Orholam«, sagte Gavin. »Und du bist *alles andere* als mein Bruder. Bring mich nicht zum Lachen.«

»Für gewöhnlich dürfen wir Sterblichen nicht als Boten dienen«, fuhr der Mann fort, als hätte Gavin überhaupt nichts gesagt. »Aber er hat für einen Bruder eine Ausnahme gemacht. Und wir Guiles können in der Tat sehr überzeugende Überredungskünste an den Tag legen.«

»Was willst du da bewerkstelligen, Lucidonius? Versuchst du, die Illusion zu schaffen, so gut wie irgend möglich wie ich auszusehen, und hoffst dabei, dass die blendende Helligkeit deiner Augen alle Unzulänglichkeiten überdeckt?«

»Fehler und Makel? Bitte, Bruder«, sagte der Gottmensch. »*Ich* bin hier der Hübsche.« Seine Augen funkelten gut gelaunt, und er hielt die Klinge in entspannter Lässigkeit in der Hand, wahrte jedoch genug Abstand, dass ihn Gavin nicht einfach würde überrumpeln können.

»Nun ja, das erinnert schon ein wenig an ihn, gebe ich zu. Aber es ist trotzdem nicht gut genug.«

»Bruder. Du hast dir alle Mühe gegeben, bis zum Einbruch der Dunkelheit durchzuhalten. Was erhoffst du dir von der Dunkelheit?«

»Deine Macht ist bereits dahingeschwunden«, erwiderte Gavin.

»In der Tat. Meine schon. Orholams nicht.«

Gavin seufzte. »Orholam. Lucidonius. Ich. Jetzt bist du wieder jemand anders? Es ist ganz schön nervtötend. Such dir einfach irgendjemanden aus, hm?«

Der Gott lachte. »Oh, ist das jetzt Gavin, der sich da beklagt, oder Dazen oder ›Der, der so gern selbst Orholam wäre‹?«

»Ich ... ich ... Okay, schon gut.«

Gavin fragte sich, ob Karris bereits tot war. In dieser Hinsicht war Gavin wohl noch immer eine kleine Chance geblieben. Grinwoody hatte sich als in ganz besonderem Maße geduldig erwiesen, also würde er sich erst recht nicht ungeduldig zeigen, wenn alles auf dem Spiel stand, es um Gelingen oder Misslingen all seiner Pläne ging. Er würde Karris bestimmt nicht vor Sonnenuntergang töten. Er würde sie sicherlich auch nicht genau im Moment des Sonnenuntergangs umbringen, als wäre er ein Uhrwerk. Gewiss doch würde er warten, wenn vielleicht auch nur ein Weilchen, ein paar Augenblicke, um festzustellen, ob all seine Pläne vielleicht doch noch in Erfüllung gehen würden. Um zu sehen, ob Gavin es vielleicht doch noch schaffen würde.

Zumindest musste Gavin das hoffen.

Bald würde es eine kurze Zeitspanne geben, direkt nach Sonnenuntergang, wo Lucidonius am schwächsten sein würde. Gavin würde ihm dann die Klinge entringen und ihn töten, egal ob er Gavin nun mitgeteilt hatte, wie man zum Gott aufstieg, oder nicht.

Karris war es wert, dass Gavin das Erlangen seiner Göttlichkeit hinauszögerte.

Sie war es wert, dass Gavin den Moment dazu verpasste.

»Du hast das Schwert. Ich bin dir auf Gedeih und Verderb ausgeliefert«, sagte Gavin. »Bestimmt kannst du mir jetzt verraten, wie du zu den Göttern aufgestiegen bist.«

»Und du wartest nur auf den Sonnenuntergang, nicht? Oder hoffst du, mich hinzuhalten, bis es ganz dunkel geworden ist?«, fragte der Gott. Gavins Versuche erschienen ihn zu belustigen. »Da ist es noch ziemlich lange hin, am längsten Tag des Jahres. Was hast du vor?«

Nicht dumm, dieser Lucidonius.

»Ich glaube nicht, dass es dazu ganz dunkel sein muss«, antwortete Gavin. »Ich warte, bis es noch ein klein wenig finsterer geworden ist, und dann werde ich dir die Klinge abnehmen und sie dir ins Herz rammen.«

»Es wäre nicht das erste Mal«, sagte der Gott und begutachtete die Klinge mit bekümmerter Miene.

»Netter Versuch«, höhnte Gavin. »Ich meine, so ins Blaue

geraten. Das ganze schwarze Luxin an den Getrennten Felsen hat offenbar auch dir das Gesichtsfeld getrübt, was? Ich habe Gavin nicht mit diesem Schwert umgebracht.«

Lucidonius schüttelte den Kopf. »Es muss anstrengend sein, überall nur Lügen und Ränke zu sehen. Aber ich sollte wahrscheinlich nicht überrascht sein. Du bist immer so tief von deiner Schande durchdrungen gewesen, dass du nicht gesehen hast, wie tief Vater in seiner eigenen Schande versunken war. Natürlich ist er sehr gut darin, das zu verbergen. Vor allem vor dir. Seit vielen Jahren hat er inzwischen jeden umbringen lassen, der Bescheid wusste, und alle, die auch nur einen Verdacht hatten, hat er des Landes verwiesen. Als würde der Lichtbringer – ausgerechnet er – Dunkelheit bringen.« Er stieß tief den Atem aus.

Gavin scheuchte das alles mit einer Handbewegung von sich. »Lichtbringer?«, fragte er. »Vater? Du meinst, er glaubt an so etwas? Vater ist auch nicht im Ansatz abergläubisch.«

»Wo du deine Schande verinnerlicht hast, hat er sie an der Welt ausgelassen. Aber du, Bruder, glaubst du denn, dass Orholam nicht mehr sehen kann, wenn sein Auge untergeht? Sein Licht brennt ohne Unterlass, auch wenn die Erde ihm den Rücken zukehrt und nur Dunkelheit sieht. Und in der Dunkelheit schenkt er uns himmlische Lichter, auf dass wir an ihn erinnert werden, und die Welt dreht sich ein weiteres Mal. Und du hast den Auftrag, ein Spiegel zu sein, der in der Höhe angebracht ist, um das Licht selbst bis in die Tiefen scheinen zu lassen und anderen die Hoffnung auf die schnell herannahende Morgendämmerung zu geben.«

»Was ist mit dir, bist du wahnsinnig?«

»Ich habe nie behauptet, *du* hättest mich getötet.«

Dieser Satz kam derart zusammenhanglos, dass Gavin einen Moment lang gar nicht reagieren konnte. »Ah, ich verstehe. Jetzt schleuderst du mir einfach so viele aus der Luft gegriffene Wörter entgegen wie nur möglich. Klar mit dem Ziel, mich durcheinanderzubringen. Aber ich weiß, wie die Sache funktioniert. Ich habe nicht vergessen, was du gerade gesagt hast. Ich bin ein Guile. So sind wir nun mal. Ich mag einige Dinge vergessen haben, weil ich schwarz gewandelt habe, aber ich erinnere mich verdammt noch mal ganz genau daran, dass ich Gavin umgebracht habe.«

»Und angesichts all der Erinnerungen, die dir entfallen sind, tut es mir sehr leid, dass du diese im Gedächtnis behalten hast.«

»Oh ja, ich bin mir sicher, dass es dir leidtut, da es beweist, dass du lügst, wenn du erzählst, dass ...«

»Bruder. Friede. Ich habe nie behauptet, Gavin zu sein.«

»Du hast doch gerade ...« Gavin verschlug es plötzlich den Atem, als die einzig mögliche Schlussfolgerung aus Lucidonius' Worten durch die von ihm errichteten Schutzmechanismen drang wie ein Messer durch die Rippen eines Kindes.

Das Gottwesen fuhr fort: »So wie jetzt hätte ich ausgesehen, wenn ich weitergelebt hätte. Du hast erst einmal all deinen Zorn verausgaben müssen, indem du den ganzen Tag gekämpft hast, also habe ich darum gebeten, meine Pflicht erfüllen zu können. Ich habe nicht damit gerechnet, dass mir das gewährt würde. Aber dann habe ich mir Sorgen gemacht, dass dich sein junges Gesicht, das du so sehr geliebt hast, in den Wahnsinn treiben könnte.«

»Nein.« Gavin würde das nicht zulassen. »Nicht *er*. Wag ja nicht ... Wag ja nicht, *sein* Andenken zu schänden«, flüsterte er.

»Dazen, es gibt keine sanfte Methode, ein Eitergeschwür aufzustechen. Und auch keine einfache Methode, einen Verrat ans Licht zu bringen.«

»Sagt der Mann, der vorgibt, ein Gott zu sein? Leg dieses Gesicht ab! Und halt verdammt noch mal auf der Stelle die Klappe«, zischte Gavin.

»Es gilt noch ein paar Dinge zu erledigen, großer Bruder. Und es bleibt nur noch wenig Zeit dafür. Die Sonne sinkt, und dein Sohn stirbt.«

»Wag es nicht – siehst du?! Genau das habe ich gemeint! Du

bombardierst mich mit einem nach dem anderen, in der Hoffnung, mich völlig zu verwirren. In der Hoffnung, dass ich mich in deinen Netzen verfange, in der Hoffnung, mich davon abzulenken, dass ich ...«

»Es ist nicht deine Schuld. Ich mache dir keine Vorwürfe.«

»Du Arschloch!« Gavin hätte sich um ein Haar auf ihn gestürzt, scheiß auf das Schwert. »Ich habe gesagt, wag ja nicht ...«

Das Geschöpf, das sich als Sevastian ausgab, tat das Letzte, was Gavin erwartet hätte: Sevastian warf ihm das Schwert zu – oder er warf es *nach* ihm, denn, auch wenn er es mit dem Heft voran warf, hatte er es keineswegs sanft geworfen.

Gavin schnitt sich die Finger auf, als er die Klinge mit einer ungeschickten Handbewegung abfing. Er machte einen Schritt zurück und vergegenwärtigte sich benommen das Geschehen um ihn herum: ihren Kampf, das Schwert und die Gefahr, in der er schwebte.

Aber »Sevastian« unternahm keinerlei Versuch anzugreifen, kam nicht einmal näher.

Gavin trat mit der Klinge in der rechten Hand auf ihn zu, ohne dass sein Widersacher auch nur Anstalten machte, angreifen zu wollen. Gavin war so fassungslos darüber, dass sein Gegner alle Vorteile aufgegeben hatte, für die sie den ganzen langen Tag gekämpft hatten, dass er seine Wut fast vergessen hätte. Und das, obwohl er doch ein Guile war.

»Noch bevor irgendeiner von uns geboren wurde, ist Vater zu der Überzeugung gelangt, er selbst sei der Lichtbringer«, berichtete Sevastian.

»Hör sofort damit auf«, herrschte Gavin ihn an. »Ich habe hier das Monopol auf den Wahnsinn.«

»Er hat geglaubt, nur er könne die Welt retten. Dass er der wichtigste Mensch der Geschichte sei.«

»Gut, das klingt tatsächlich nach Vater«, räumte Gavin ein.

»Er glaubte, niemand könne die Welt retten, wenn er es nicht tat.

Er entwickelte einen Plan, wie er sein Ziel würde erreichen können, und wie immer hat er jedes Hindernis aus dem Weg geräumt. Aber einmal ist er ausgebremst worden, hat in seinem großen Spiel den Kürzeren gezogen. Der Hohe Lord Ulbear Rathcore hat das ganze Ausmaß von Vaters Ehrgeiz durchschaut. Noch bevor Vater Mitglied des Spektrums wurde, hat Rathcore im Spektrum eine obskure Regeländerung hinsichtlich des Prisma-Opfers durchboxen können, die, wie er glaubte, Vater einen Strich durch seine ehrgeizigen Pläne machen würde.«

Ulbear Rathcore? Gavin hatte den älteren Mann kaum gekannt und wusste nur, dass er sich ungefähr zu der Zeit, als seine Ehefrau, Orea Pullawr, die Weiße geworden war, aus dem Spektrum zurückgezogen und die Chromeria verlassen hatte. Das war schon vor mehreren Jahrzehnten gewesen. Orea hatte immer nur voller Zuneigung von ihm gesprochen, was seltsam gewirkt hatte, wenn man sich vor Augen führte, dass sie beide, seit Gavin denken konnte, getrennt gelebt hatten. Rathcore hatte der Chromeria nie wieder auch nur einen Besuch abgestattet, und als die Weiße hatte Orea sie nicht verlassen können.

»Moment. Was? Wie bitte? Des Prisma ... *was*?«

»Vor vielen Jahrhunderten ist Vician das letzte wahre Prisma gewesen. Als Prisma geboren, nicht zum Prisma gemacht. Aber als die Zeit kam, zurückzutreten und seine Macht abzugeben, ermordete er stattdessen seinen Nachfolger. Und dann ermordete er alle mit der Prisma-Gabe, die er finden konnte, und frischte mit ihren Kräften die seinen auf – für eine gewisse Zeit. Er schüchterte das Magisterium und das Spektrum ein und bestach deren Mitglieder, sodass sie ihn unterstützten, statt ihn zu bekämpfen. Aber seitdem wurden keine weiteren wahren Prismen mehr geboren, selbst nachdem Vician gestorben war. Manche behaupten, es würden immer noch Menschen mit jener Gabe geboren, dass aber ein getreuer Luxiat mittels schwarzem Luxin alles Wissen, wie sie zu finden seien, zerstört habe. Andere äußerten die Ansicht, es handele sich dabei um Orholams Strafe für die Treulosigkeit des Magisteriums. Aber indem sie Vicians Morde wiederholten, fanden die Mitglieder des Magisteriums heraus, dass sie ein Prisma *machen* konnten, und statt zusehen zu müssen, wie in jeder Generation jemand von außerhalb ihren Laden durcheinanderbrachte und ihre Macht beschnitt, konnten sie einen aus ihrer Mitte als neues Prisma wählen, was ihnen ausgesprochen gut gefiel. Leider schwanden die Kräfte dieses menschengemachten Prismas im Gegensatz zu denen eines wahren Prismas im Laufe von höchstens sieben Jahren dahin. Sie wussten, dass das, was sie taten, Betrug war, ein falsches Prisma, doch die meisten dachten, wenn Orholam keine Anstalten machte, die Welt vor Luxin-Stürmen und kriegführenden Göttern zu retten, würden sie es eben selbst tun. Also benannten sie ihre Morde in *Opfer* um. Sie fanden heraus, dass, wenn sie Erwachsene opferten, Dutzende notwendig sein mochten, um ein einzelnes Juwel der Blendenden Klinge mit einer Farbe zu füllen. Es war, als würden auf diese Weise Tage des Lebens und des Wandelvermögens übertragen werden. Dann kam einer von ihnen auf die teuflische Idee, ein Kind zu opfern, eines, dessen Wandelgabe gerade erst erwacht war. Und zum großen Leidwesen der Welt funktionierte die Sache. Vielleicht war es ja nur eine weitere Prüfung für die Hohen Magister: Würden sie so tief sinken? Natürlich würden sie. Wenn sie ein Kind nahmen, bekamen sie durch einen einzigen Mord eine volle Farbe. Manchmal brauchte es auch zwei. Und es war so viel einfacher, den Tod eines einzelnen Kindes zu verheimlichen, etwa von einem kleinen Mädchen, das, von seinen Eltern getrennt, zur Ausbildung an die Chromeria gekommen war. Eine plötzliche Erkrankung, würden die Hohen Luxiaten behaupten. Angesichts des großen Zustroms von Pilgern um den Sonnentag herum – die oft ihre Kranken mitbrachten in der Hoffnung, dass sie geheilt würden –, wem würde da der Tod von sieben oder zehn Kindern alle sieben Jahre besonders auffallen? Die Hohen Magister wählten ihre Opfer niemals aus den wichtigen Familien aus. Wie Raubtiere jagten sie die schwachen und ausgestoßenen Kinder, die Kinder ohne Freunde. Als würde Orholam, der jenen, die in Amt und Würden stehen, aufträgt, den Erniedrigten ihre Hilfe zukommen zu lassen, diese mächtigen Leute stattdessen den Tod bringen lassen.«

Mit einem Schlag fügten sich für Gavin alle Einzelteile zusammen. Er erinnerte sich wieder an einen der letzten Sätze, die seine Mutter zu ihm gesagt hatte. Mit sonderbarer Eindringlichkeit hatte sie ihm versichert: »Du bist ein *wahres* Prisma.« Er hatte damals gedacht, sie hätte damit gemeint, dass er ein gutes Prisma sei, dass er gute Dienste geleistet habe, trotz des Betrugs, den er dadurch begangen hatte, dass er an die Stelle seines Bruders getreten war.

Sie musste gewusst haben, dass er das denken würde; sie musste es auch beabsichtigt haben. Sie hatte ihm ein Stück Information mitgegeben im Wissen, dass er ihre Worte nicht vergessen würde, und in der Hoffnung, dass er dieses Stück Information eines Tages an der richtigen Stelle einsetzen würde, sodass sich alles zusammenfügte, wenn es an der Zeit war.

Und es passte. Es passte perfekt.

Ihm war, als läge ein eisernes Band um seine Brust und schnürte sie zusammen. Er bekam nicht genug Luft.

Er erinnerte sich an die Verwirrung, die unter den älteren Hohen Luxiaten und unter den Hohen Magistern geherrscht hatte, als der siebte Jahrestag seiner Amtszeit als Prisma herannahte. Er hatte erkennen können, dass sie etwas von ihm erwarteten, und aus Angst, ihnen womöglich die falsche Antwort zu geben, hatte er ihnen gar keine gegeben. Hatten sie von ihm erwartet, dass er sich ihre treue Ergebenheit erkaufte, damit er seine Herrschaft verlängern konnte? Hatten sie von ihm erwartet, dass er mit Entsetzen reagierte?

Gavins Unwissenheit musste auf sie gewirkt haben, als sei sie nur vorgetäuscht.

Zwischenzeitlich hatte Andross Guile alle, die Bescheid wussten, beiseitegeschafft oder sich ihr Schweigen erkauft. Und wenn die Hohen Magister und die Hohen Luxiaten die Wahrheit herausfanden, was sollten sie tun? Etwas gegen das erste wahre Prisma seit Jahrhunderten unternehmen? Gegen den Gesegneten von Orholam persönlich? Sein Kommen hatte ihnen eine weitere Mordserie erspart – und wenn sie das Geheimnis offengelegt hätten, hätten sie auch ihre eigene Schuld enthüllt.

Und zweifellos hatte auch Felia ihre Magie gewirkt, um ihren letzten lebenden Sohn zu beschützen. Sie hatte für ihn Menschen töten lassen, das hatte sie ihm einst anvertraut. Felia, die nie grausam und brutal gewesen war, es sei denn, sie verteidigte Gavin.

Die Macht der Hohen Magister und Luxiaten gründete auf der Ermordung von Kindern, alle sieben Jahre? Kein Wunder, dass so viele Prismen nur eine einzige Amtszeit durchgehalten hatten oder von ihrer Scham und Schande in Trunksucht und Selbstzerstörung getrieben worden waren.

Es war ein Krebsgeschwür mitten im Herzen der Chromeria gewesen.

Kinder?

»Aber die Befreiung«, wandte Gavin ein. »Hundertmal ein Schlückchen Macht muss doch sicherlich dem vollen Becher entsprechen? Bestimmt hätten sie das alles nehmen können, was die vielen ...«

»Manchmal, ja. Bei bestimmten Farben ging das, solange sie die Blendende Klinge noch hatten. Aber die Wandler, die kommen, um befreit zu werden, haben fast nichts mehr von ihrem einstigen Wandelvermögen übrig. Sie haben nichts zu geben. Die Kinder, die für das Opfer auserwählt wurden – ein Lichtspalter sowie ein oder zwei für jede Farbe –, wurden kurz vor dem Sonnentag immer in einer speziellen Abteilung der Krankenstation eingesperrt. Ihnen wurden Betäubungsmittel und Ähnliches verabreicht, sodass sie sich krank fühlten. Wenn die Farbe irgendeines

Kindes dann doch nicht benötigt wurde, erholte es sich einfach wieder von jener ›Krankheit‹, ohne je zu erfahren, wie nahe es dem Tod gewesen war.«

Das also war der Grund, warum Andross die Blendende Klinge so dringend benötigte. Sie war es, die die Macht übertrug. Und das war auch der Grund, warum sie immer versucht hatten, Prismen auszuwählen, die bereits Polychromaten waren – weniger Farben, die übertragen werden mussten, bedeutete weniger ermordete Kinder. Aber wichtiger war es der Chromeria, Männer und Frauen aus den richtigen Familien ins Amt zu heben. Sie hatten sich eingeredet, dass sie die Unschuldigen töteten, um Unschuldige aus allen Sieben Satrapien zu retten ... Aber sie hatten die Unschuldigen auch getötet, um ihre ehrgeizigen Ziele durchzusetzen.

»Wer hat von alldem gewusst?«, erkundigte sich Gavin.

»Die ganz oben. Der Kreis ist sehr klein gehalten worden. Jeder Luxiat, der nicht genügend moralische Flexibilität bewies, um Fragen der religiösen Lehre gegenüber den Erfordernissen der politischen Notwendigkeit hintanzustellen, wurde kaltgestellt, lange bevor er so hoch aufsteigen konnte, um alle anderen in Gefahr zu bringen. Und das Spektrum hat immer aus politisch denkenden Leuten bestanden. Die meisten von ihnen betrachteten die Sache nicht einmal als eine Scheinheiligkeit von existenziellen Ausmaßen: Um sich selbst und alle anderen zu schützen, opferten sie nur zu bereitwillig die Leben einiger armer Sklavenkinder oder auch von Kindern einfacherer Leute, die für sie nur eine kleine Stufe über den Sklaven standen. Die meisten von ihnen hüteten das Geheimnis einfach nur deshalb, weil sie glaubten, seine Aufdeckung würde sie ein klein wenig herzlos erscheinen lassen – im schlimmsten Fall.«

Gavin hatte geglaubt, selbst der schlimmste Mensch zu sein, der in der Chromeria eine führende Position innehatte, ein Betrüger von nie da gewesenen Ausmaßen. Aber sie waren alle Lügner, schwarze Herzen in bunten Gewändern.

Vielleicht hätte diese Enthüllung für ihn eine Erleichterung bedeuten sollen. Sie war jedoch eher das Gegenteil.

»Du hast gesagt ... Du hast gesagt, Vater sei ausgetrickst worden. Wie lautete die Bestimmung zuvor? Und wie ist sie verändert worden?«

Hinter dem Wesen, das sich Sevastian nannte, hatte sich das Spinnennetz der Sprünge, die Gavins Faust hinterlassen hatte, den Spiegel empor ausgebreitet wie die Sünde. Einige Sprünge reichten jetzt bis fast an den oberen Rand des großen Spiegels hinauf.

»Die neue Bestimmung sah vor, dass niemand Mitglied des Spektrums sein durfte, solange ein unmittelbares Familienmitglied ebenfalls dort diente, ganz gleich in welcher Eigenschaft, ob als Farbe oder als Prisma oder Promachos oder als der oder die Weiße oder Schwarze. Das gefiel allen sehr gut, denn Oreas Name als mögliche künftige Weiße war mehrfach gefallen, und die Leute hatten Angst vor dem, was sie und Ulbear zusammen womöglich alles bewerkstelligen könnten. Traditionsgemäß müssen solche Veränderungen der Bestimmungen indessen Ausnahmeregelungen beinhalten für den Fall, dass eine nicht vorhergesehene Notsituation solche Ausnahmen notwendig machen sollte, und so brachte Ulbear eine Regelung ins Spiel, die einfach nur unerhört schien. Wollten zwei Familienmitglieder solche hohen Ämter gleichzeitig bekleiden — was zu der damaligen Zeit nur auf Ulbear und Orea zutraf —, so hatten sie eines ihrer eigenen Kinder für das Prisma-Opfer zur Verfügung zu stellen.«

Und dann sah Gavin es kommen. Es war, als seien seine Arme gefesselt, sodass er sich nicht verteidigen konnte, und jemand würde mit dem Arm ausholen, um ihm einen Hieb in den Magen zu versetzen.

Sein Gegenüber fuhr fort: »Vater hat jahrelang nicht einmal gewusst, wer diese Regelung durchgesetzt hatte. Niemand hatte geglaubt, dass sie jemals wieder auf irgendjemand anderen zutreffen würde als auf Ulbear Rathcore. Er ist zurückgetreten, damit

Orea Mitglied des Spektrums werden konnte, und hat damit den Präzedenzfall gesetzt, der die Sache sowohl im Gesetz als auch in der Tradition verankert hat. Aber für Vaters Pläne war es unabdingbar, Gavin zum Prisma zu machen, und Vater konnte ihn nur beschützen, wenn er selbst ebenfalls im Spektrum saß. Vater glaubte, dass die Prophezeiungen darauf schließen ließen, dass er nur dann der Lichtbringer werden konnte, wenn er zuerst der Promachos war. Also war der Preis für Vaters ehrgeizige Pläne – und, wie er glaubte, auch der Preis zur Rettung der ganzen Welt –, dass er seine Söhne opferte. Einen, der nach seiner Amtszeit als Prisma sterben musste, und einen anderen ...«

Und dann erinnerte Gavin sich wieder, sah es plastisch vor sich. Jene Wunde auf der Brust seines kleinen Bruders. Ein einziger Schnitt, in einem Winkel, der ihm immer falsch erschienen war. Es war nicht der lotrechte Winkel eines Eindringlings, der auf ein Kind einsticht, das flach in seinem Bett liegt. Es war ein schräg abwärts gerichteter Winkel, durch die Rippen ins Herz. Als hätte das Kind vor einem Erwachsenen gekniet, um sich in unterwürfigem Gehorsam der Klinge hinzugeben ... Vater konnte nur einen einzigen seiner Söhne wirklich retten«, fuhr Sevastian mit sanfter Stimme fort, während die ersterbende Sonne nun endlich den Horizont berührte. »Er hat dich erwählt.«

44

Karris verfolgte von ihrem Balkon aus, wie sich die heidnische Kriegsflotte ihren geliebten Inseln näherte. Ihre jungen Luxiaten, von denen jetzt viele eine rudimentäre medizinische Ausbildung für die Erfordernisse des Schlachtfeldes erhalten hatten, erwarteten ihre Befehle, wo sie eingesetzt werden sollten. Sie wollte mit einem großen Kontingent Schwarzgardisten zu ihnen stoßen, sobald die Schlacht ernsthaft begann. Sie alle sollten als Helfer und Sanitäter dienen, allen Zivilisten beistehen, die in die Kämpfe verwickelt wurden, und das weitgehend unbemerkt bleibende Werk vollbringen, diesen Krieg eine Spur weniger höllisch erscheinen zu lassen.

Wenn sie halfen, wo sie gebraucht wurden, konnten sie und die Schwarzgardisten zumindest ein klein wenig zur Verstärkung beitragen.

Sie hegte allerdings die schwache Hoffnung, dass das heute nicht notwendig sein würde.

»Hohe Dame«, sagte eine von Karris' Kammersklavinnen, eine junge Frau, rundlich und scheu. »Das neue Prisma hat das Dach besetzt und sich der Balanciervorrichtung bemächtigt. Er ... er bedient sich der Spiegel, um Menschen zu töten.«

Das beantwortete die Frage, wo zum Teufel Zymun steckte, auch wenn das nicht gerade die Antwort war, die sie sich gewünscht hätte. »Nun gut, das ist eine Erleichterung.«

Die junge Frau sah aus, als sei ihr übel. »Ja? Aber ... er scheint nicht sehr vorsichtig dabei zu sein, wen er verbrennt. Er lacht, Herrin. Er hat eine Bresche des Todes durch unsere Kampflinien geschnitten, muss dabei ein Dutzend Männer getötet haben. Hat nur ›Hoppla‹ gesagt und gelacht und gelacht. Er redet mit jemandem, der gar nicht da ist. Er prahlt damit, dass ihm jetzt sogar die Unsterblichen dienen.«

»Hat die Schwarze Garde das mitbekommen?«, fragte Karris. Auch wenn kein gegenwärtig lebender Schwarzgardist es je getan hatte, hatten sie alle geschworen, Prismen zu töten, sobald sie zu einer Gefahr wurden. Nicht dass irgendein Schwarzgardist damit gerechnet hätte, so etwas am allerersten Amtstag eines Prismas tun zu müssen.

»Nein, Herrin. Sie sind alle weiter weg postiert, als traue er ihnen nicht. Nur die Lichtgardisten sind in seiner Nähe.«

Also wussten sie womöglich gar nichts davon.

Karris fluchte leise, aber es war doch laut genug, um die junge Frau noch mehr zu verängstigen, die offensichtlich eine gewisse Vorstellung vom Ernst der Lage hatte, in der sie sich befand.

Während sie sich hinter ihrem Rücken Pistolen in den Taillenbund schob, fragte Karris: »Willst du dich nicht für ein Weilchen in dein Quartier begeben? Besuche deine Freunde oder deine Familie. Es ist für dich hier vielleicht nicht sicher.«

Die Schwarze Garde hatte geschworen, zuallererst dem Prisma zu dienen. Streng genommen hatte sie der Weißen gegenüber eine gleichrangige Verpflichtung übernommen, aber wenn Karris zum Mittel der Gewalt griff und die Schwarzgardisten nicht glaubten, dass Zymun wahnsinnig war … Sie würden die Bedrohung ausschalten. Viele der alten Hasen in der Schwarzen Garde hassten Zymun und würden sich insgeheim auf Karris' Seite schlagen wollen, doch was würden sie als ihre Pflicht erachten? Und was würden die neuen Schwarzgardisten tun?

Karris ließ den Hals kreisen und überzeugte sich davon, dass ihr Ataghan und die alte Stachelpeitsche fest an ihrem Unterarm ruhten. Sie sah einfach blendend aus in ihrem Gewand aus weißer und goldener Seide direkt über ihrem Brustharnisch aus Spiegelrüstung. Das war der einzige praktische Teil ihrer Rüstung. Einen Helm hatte sie gar nicht; stattdessen war ihr Haar vielfarbig gefärbt und zu Zöpfen geflochten, um die Einigkeit der Chromeria zu symbolisieren, und die weiß emaillierte Rüstung war so leicht, dass sie wahrscheinlich kaum mehr als einen einzigen Hieb überstehen würde – genauso wie ihre Trägerin.

Sie sollte heute den Eindruck erwecken, als sei sie bereit zu kämpfen, doch war sie nicht darauf vorbereitet, auch tatsächlich zu kämpfen.

Sie warf einen letzten Blick hinaus zu den Ufern. Ungeachtet des ständigen Kanonenfeuers kamen die Gottesbanne immer näher.

Karris hatte eigentlich vorgehabt, aufs Dach zu steigen und den

Weg über die Fluchtkabel der Weißen hinunter zu nehmen, um auf diese Weise so schnell wie möglich dort an die Front zu gelangen, wo sie am meisten benötigt wurde.

Sie würde nicht so weit kommen.

Zymun ermordete die eigenen Soldaten nur so zum Spaß. Wenn das der Fall war, wen würde er ohne Frage am liebsten ins Visier nehmen?

Kip. Und Karris. Und Andross. Und jeden, der ihm auch nur den mindesten Anlass zur Verärgerung gab, aber jene drei zuallererst, denn nur sie hatten die Macht, ihn aufzuhalten.

Gut. Da hatte sie es ja schon. Sie war sich derart sicher gewesen, dass sie in diesem Kampf sterben würde. Vielleicht hatte sie ja recht gehabt. Vielleicht hatte sie sich nur im Tag geirrt.

Sie war eine Kriegerin. Deshalb hatte Orholam sie auserwählt. Weil sie zu sterben bereit war.

Um zu tun, was sie zu tun hatte, musste sie vielleicht sogar bereit sein, in Schmach und Schande zu sterben – denn was war schlimmer als eine Mutter, die ihr eigenes Kind tötete?

Zymun, Sohn meiner Schande.

Vielleicht war all das eine Vorbereitung auf dies hier gewesen.

Andere Gefühle empfand sie nicht. Getrauert hatte sie bereits. Sie verspürte nicht den Wunsch zu sterben, aber sie wollte noch viel weniger, dass andere starben, weil sie nichts tat.

Höchstens fünf Schritt, überlegte sie. Drei wären besser. Zwei Pistolen, nur für den Fall des Falles.

Und damit war es einfach zu einer Sache geworden, die sie eben zu tun hatte, und rückte sofort auf Platz eins ihrer Liste:

☐ *Nahe genug herankommen, um eine gute Schussmöglichkeit zu haben.*

Wie viele in der Schwarzen Garde wussten noch, wie schnell sie war? Auf jeden Fall Hauptmann Fisk. Er hatte es mit Sicherheit nicht vergessen. Sie musste hoffen, dass er nicht dort oben bei Zymun war.

Sie überprüfte noch einmal Pulver und Kugel und überzeugte sich davon, dass Zündstein und Batterie sauber und trocken waren. Sie zog eine Falte auf dem Rücken ihres Gewandes glatt, entsicherte die Pistolen und steckte sie wieder in ihren Gürtel zurück.

Gavin, du hättest das hier mit einem Lächeln auf den Lippen erledigt. Du wärst erfolgreich aus der Sache hervorgegangen, und alle hätten dir zugejubelt. Warum ist da dieser letzte kleine Rest Angst in mir?

Vielleicht liegt es daran, dass du nicht verstehen wirst, was zu tun ich im Begriff stehe. Aber wenn ich zögere, kommt mir Zymun vielleicht zuvor und unternimmt etwas gegen mich.

Mein Geliebter, ich hoffe nur, dass du stolz auf mich bist, wenn du von dem hier hörst. Ich hoffe, du verstehst es. Ich hoffe, was ich tue, bedeutet etwas.

Sie holte ein letztes Mal tief Luft und setzte eine unverfänglich freundliche Miene auf. Sie würde nah an Zymun herankommen müssen.

Sie öffnete die Tür.

Da stand Hauptmann Fisk, schon die Hand erhoben, um anzuklopfen. Sein Gesichtsausdruck war gequält. »Hohe Dame«, grüßte er.

Es waren zwanzig Schwarzgardisten bei ihm. Mindestens. Oh nein.

Er räusperte sich. »Hohe Dame, wir sind hergekommen, um Euch zu verhaften. Wegen Hochverrats.«

Hinter den Schwarzgardisten standen auch noch mehrere Lichtgardisten.

»Hochverrat?«, wiederholte sie im Frageton.

»Bitte macht die Sache nicht noch schlimmer, als sie ohnehin schon ist«, sagte er.

45

»In jener Nacht tobte ein Unwetter«, sagte Dazen. Seine eigene Stimme kam wie aus weiter Ferne zu ihm. »Mutter war nicht da. Vater und Gavin waren losgezogen, um sich in irgendetwas zu schulen, und hatten mich allein zurückgelassen. Wieder einmal. Du weißt, ich habe dich geliebt, aber ich … ich bin mir so ausgegrenzt vorgekommen. Als hätte man mich beim Abendessen an den Kindertisch gesetzt. Aber ich sollte eigentlich auf dich aufpassen.«

»Wir hatten einen tollen Tag«, erwiderte Sevastian. »Wir haben die Ruinen des alten Landhauses der Familie Varigari erkundet, wo Vater das neue Haus gebaut hat, weißt du noch? Darüber haben wir völlig das Mittagessen vergessen, und irgendwie hast du die Besitzerin dieses einen Gasthauses überreden können, uns ein regelrechtes Festmahl aufzutischen. Weil sie dich so süß gefunden hat.«

»Das hatte ich ganz vergessen«, bekannte Dazen. Die Ereignisse jener Nacht hatten das Vorausgegangene überschattet.

»Ein toller Tag für uns zwei«, betonte Sevastian mit einem Lächeln. »Aber ein ganzer Tag ist eine lange Zeit, um ständig auf einen Bruder aufpassen zu müssen, der so viel jünger ist als man selbst. Du hattest überhaupt keine Pausen.«

»Du willst mich einfach nur glimpflich davonkommen lassen.«

»Du warst reif für dein Alter, aber du warst trotzdem jung«, fuhr Sevastian fort. »Würdest du irgendeinen Zehnjährigen so hart verurteilen, wenn es sich dabei nicht um dich selbst handeln würde?«

Aber Dazen hörte seine Worte gar nicht. »Der Sturm hat das ganze Haus erzittern lassen. Du hattest Angst. Du wolltest bei mir in meinem Bett schlafen. Ich hatte auch Angst, aber ich dachte, dass sich Gavin über mich lustig machen würde, wenn er uns fand. Ich habe dich ein Baby genannt. Du hast nicht gehen wollen. Du hast dich an mir festgeklammert, und ich habe gesagt, du dürftest nicht bleiben, weil du in mein Bett machen würdest. Du hattest seit zwei Jahren nicht mehr ins Bett gemacht, aber ich wusste, wenn ich es sage, würdest du dich schämen. Du bist nicht wütend geworden.« Eine heiße Träne rann aus Dazens unversehrtem Auge; das schwarze Auge vermochte keine Tränen hervorzubringen. »Du hast die Schultern hochgezogen und dich geschlagen gegeben ... Deine kleinen Schultern haben gezittert, und du bist ohne ein Wort gegangen. Als hättest du mich respektiert. Als sei mein Wort Gesetz und als hätte ich meine Macht gerade dazu benutzt, um dich zu vernichten. So ein Mensch bin ich, Sevastian: Ich bin derjenige, der durch einen Zufall an die Macht gekommen ist und der sie dann dazu einsetzt, das Gute zu vernichten.«

Die Sonne war jetzt fast völlig untergegangen, und Sevastians Augen waren nur noch warme, glimmende Glut, erfüllt von einem solchen Mitgefühl, dass es Dazen nicht ertragen konnte, sie anzusehen.

»Ich habe gewusst, dass ich eigentlich zu dir hätte gehen sollen«, fuhr Dazen fort. »Aber ich habe mein Herz verschlossen und einfach geschlafen. *Geschlafen* habe ich, friedlich, wie ein Mensch ohne Gewissen.«

»Du warst erschöpft, ja. Und kleinlich, ja, das auch. Bist sogar manchmal grausam gewesen, als Kind«, sagte Sevastian. »Aber ein schwach ausgeprägtes Gewissen ist nie dein Problem gewesen, großer Bruder.«

»Wenn ich dich nicht weggeschickt hätte ... Wenn ich dich nicht hinausgeworfen hätte ...«, murmelte Dazen.

»Ich wäre noch am Leben.« Sevastian zuckte die Achseln.

Dazen fuhr auf. »Wie bitte? So nach dem Motto: ›Na ja, gut‹? ›Dumm gelaufen‹? ›Schnee von gestern‹?!« Er spürte, wie die Schwärze in ihm wuchs, als wuchere der schwarze Saatkristall in seinem Auge wie ein sich schlingender Efeu und klettere seine Kehle hinab, um sich in die Dunkelheit hineinzuwinden, die schon so lange in seinem Herzen lebte.

Er verspürte den Impuls, seinen Bruder mit dem Schwert niederzustrecken. Wie konnte er es wagen, all das zu bagatellisieren, was Gavin erlitten hatte? Das hier war nicht Sevastian. Es war in der Tat Wahnsinn. Er ...

»Wenn ...«, sagte Sevastian.

»Wie bitte?«

»Ich wäre noch am Leben, wenn ... Komm schon, Bruder. Ich habe dir bereits diesen Hinweis gegeben. Zeig jene geistige Beweglichkeit, die dich zum Wunder der Sieben Satrapien gemacht hat.«

Aber er zögerte lediglich einen kurzen Moment, und Gavin konnte sich nicht so schnell neu orientieren. Er schaffte es nur mit großer Mühe, seine Gedanken von seiner tobenden Wut zu lösen.

Sevastian fuhr fort: »Ich wäre noch am Leben, *wenn* mich nicht ein Blauwicht mit einem Hass auf unsere Familie umgebracht hätte. Wenn ich wirklich von einem Blauwicht umgebracht worden wäre, wie du es all die Jahre geglaubt hast, dann hätte deine Zurückweisung in jener Nacht mich das Leben gekostet. Oder vielleicht hätte er uns auch beide getötet. Ein Blauwicht wäre bestimmt genauso mit zwei Kindern fertiggeworden, meinst du nicht auch?«

Gavin runzelte verunsichert die Stirn.

»Vater ist keinerlei Risiken eingegangen«, erklärte Sevastian. »Er hätte meine Ermordung ohne Weiteres einem Stallburschen oder einer Gouvernante in die Schuhe schieben können. Stattdessen hat er mit allen möglichen Ausreden und Aufträgen fast alle aus dem Haus geschafft. Warum sonst sollten zwei junge Sprösslinge des Hauses Guile allein zu Hause sein? Wir sind damals nie allein gewesen. Bruder, bitte. Wir sind nicht durch die Maschen eines sehr geschäftigen Haushalts gefallen. Er hat es nur so eingerichtet, dass es genau diesen Anschein gehabt hat. Aber er hat nicht mehr Unschuldige töten wollen als unbedingt notwendig, nicht einmal einen Stallburschen oder eine Gouvernante. Aber meinst du wirklich, er hätte das ganze Unternehmen aufgegeben, wenn er mich schlafend in deinem Zimmer gefunden hätte statt in meinem eigenen? Hätte all seine Pläne unvollendet liegen lassen? Klingt das nach unserem Vater? Oder hätte er nicht noch einen Ersatzplan in der Hinterhand gehabt? Meinst du etwa, ein *Diener* hätte jenen Weinschlauch liegen lassen, den wir nach dem Abendessen gefunden haben?«

Dazen schwirrte der Kopf. Er erinnerte sich unscharf, dass sich sein Vater nach jenen Tagen verändert hatte, zur selben Zeit wie auch sein älterer Bruder, aber Dazen hatte geglaubt, die verhärtete Einstellung seines Vaters hänge damit zusammen, dass er seinem ältesten Sohn Gavin den Vorzug gab – und dass Vater Dazen Vorwürfe machte, Sevastian nicht beschützt zu haben ... vor einem Farbwicht.

Aber von alledem einmal abgesehen, wusste Dazen nicht, wie Andross wirklich gewesen war, bevor er sich in jene verbitterte, ränkeschmiedende Spinne verwandelt hatte, die er die zweiten Hälfte seines Lebens über gewesen war.

»Ich bin nicht einmal in unserem Haus getötet worden, Bruder«, fügte Sevastian hinzu.

»Das kann nicht wahr sein«, entgegnete Dazen. »Ich bin in dein Zimmer gegangen. Ich habe jahrelang versucht, mir einzureden, ich sei gekommen, um mich zu entschuldigen, aber ich weiß, dass das nicht wahr ist. Ich bin von einem Schrei geweckt worden. Ich erinnere mich daran.«

»Vater hat mich nach Hause getragen. Er hat die Beweise in meinem Zimmer zurechtgelegt: Die blauen Luxin-Splitter, den abgerissenen Fensterriegel, den Zettel. Er hat die blaue Maske und den Umhang übergestreift. Aber dann hat er gezaudert, als es an der Zeit war, meinen Leichnam so hinzulegen, wie er es geplant hatte. Es hat ihn innerlich zerbrochen. Meiner Ansicht nach hat er in jener Nacht all seinen Glauben verloren, und doch war der Weg, den er eingeschlagen hatte, festgelegt. Es ist sein Schrei gewesen, den du gehört hast, nicht meiner. Und dann bist du in den Raum geplatzt und hast ihn erwischt – einfach so. Im Moment seiner größten Schande von seinem Lieblingssohn auf frischer Tat ertappt.«

Für einen Moment, der sich ins Unendliche dehnte, konnte Dazen nicht atmen. »Aber ... aber wie konnte er nur?«, fragte er schließlich.

»Du meinst den Mord? Den Akt an sich? Er hat es nicht getan. Er hat Gavin dazu gezwungen.«

Gerade als Dazen gedacht hatte, es könnte nicht mehr schlimmer werden. Es war, wie einen Kinnhaken verpasst zu bekommen, nachdem ein Hieb in den Magen dafür gesorgt hatte, dass man unachtsam war.

Sevastian ergriff erneut das Wort: »Sie haben nicht genau verstanden, wie die Blendende Klinge funktioniert, und wissen es bis heute nicht. Was notwendig ist. Und was nicht. Sie haben es nicht gewagt, mich umsonst sterben zu lassen. Die Prismen oder die Prisma-Erwählten sind auch zuvor schon immer diejenigen gewesen, die die Klinge eingesetzt haben. Vater hat Gavin gesagt, genau das sei es, weshalb wir Guiles so hohe Ämter bekleideten, weshalb die Guiles all der Macht und des Ansehens und der Reichtümer würdig seien, die uns zufließen: unser Opfer. Er hat Gavin erklärt, dass er, wenn er etwas Großes und Besonderes sein wolle, nicht vor seiner Pflicht zurückschrecken dürfe. Er hat ihm erklärt, dass sie nicht nur die Sieben Satrapien retten würden, sondern die ganze Welt, und dass all das davon abhing, dass Gavin tat, was er tun musste.«

Und da wusste er es endlich alles. Es war nicht nur der Grund, warum der wahre Gavin sich nach jener Nacht so sehr verändert hatte.

Denn hier hatte er auch den Grund dafür, warum sich Gavin verraten gefühlt haben musste – von Orholam selbst verraten! –, als Dazen ihm mitgeteilt hatte, dass seine eigenen Kräfte immer größer und größer wurden. Dazen war jetzt ein Polychromat, und er vergrößerte sein Spektrum an Farben jeden Tag weiter! Vielleicht könne er ja bald auch Licht spalten, meinte Dazen. Wäre das nicht wunderbar? Er war genau wie sein großer Bruder, ist das nicht aufregend, Gavin?!

Wie konnte Gavin anders auf die Neuigkeit reagieren, als sich bis ins Mark bedroht zu fühlen? Gavin hatte Sevastian ermordet, um an diese Kräfte heranzukommen, Sevastian, den er geliebt hatte.

Und jetzt erzählte ihm Dazen, dass er mit solchen Kräften *geboren* war?

Gavin hatte ihren geliebten kleinen Bruder für nichts und wieder nichts ermordet – und ohne auch nur zu ahnen, was er da seinem von Schuldgefühlen gepeinigten älteren Bruder gegenüber andeutete, teilte Dazen Gavin mit, dass eigentlich *er* das Prisma sein sollte.

Oder … wie sonst war das alles abgelaufen? Dazen hatte geglaubt, sich erinnern zu können … Hatte nicht er selbst die Weißeiches ermordet, um ihnen ihre Macht zu nehmen? Hatte nicht er mit schwarzem Luxin die Macht für sich geraubt?

Warum erfüllt es ihn jetzt mit Verwirrung, daran zu denken? Konnte er sich daran erinnern, dass es sich so zugetragen hatte, oder war es etwas, das man ihm erzählt hatte? Was stimmte nicht mit seinem Gedächtnis?

Sein linkes Auge pochte. Er rieb mit der Hand darüber.

Der Schmerz half Gavin, sich wieder zu konzentrieren. Es war ein eigenartig angenehmes Gefühl. Aber das alles tat jetzt ohnehin nichts zur Sache.

Das letzte Stückchen Sonne verschwand vom Horizont.

»Du bist es wirklich, oder?«, suchte sich Gavin zu vergewissern. Aber er machte sich dennoch Sorgen, dass all das nur eine Halluzination war. »Karris wird sterben, wenn ich nicht ... wenn ich nicht zumindest versuche, es zu zerstören, dieses, dieses ...« Er machte eine Handbewegung in Richtung Spiegel. »Und genauso auch dich, nehme ich an. Ich weiß es nicht.« Er richtete den Blick auf die Blendende Klinge in seiner Hand. Konnte er sie wirklich dazu verwenden, seinen eigenen Bruder ein zweites Mal zu töten? Diese Klinge, die ihm beide Brüder genommen hatte und genauso auch seinen Vater? Und seine Mutter.

Würde er diese Klinge dazu einsetzen, *Grinwoody* zu dienen? Auf die vage Hoffnung hin, dass jenes Ungeheuer zu Hause in der Chromeria Karris womöglich verschonen könnte?

Wirklich?

»Die Zeit läuft mir davon. Was soll ich jetzt tun?«

»Sei Dazen«, antwortete Sevastian.

»Ich weiß nicht mehr, wer das ist«, sagte Dazen.

Da war ein schwacher Nachhall des kleinen Jungen, der Sevastian einst gewesen war, als der Mann vor Dazen hilflos die Hände hob. Dann jedoch neigte er den Kopf ruckartig zur Seite, als wollte er durch eine unauffällige Geste – die ihm aber tatsächlich sehr auffällig geraten war – Dazens Aufmerksamkeit in eine bestimmte Richtung lenken.

Dazen drehte sich um und sah, dass sein Bruder ihn dazu bringen wollte, in den großen Spiegel zu schauen. Er schnaubte und schüttelte den Kopf. »Dieses gottverdammte Ding, Sevastian.«

»Es ist eher das Gegenteil, hoffe ich«, erwiderte Sevastian, mit einem Mal ganz ernst.

Dazen richteten den Blick auf den großen Spiegel. Den ganzen langen, mit Kämpfen zugebrachten Tag über hatte er keinen einzigen Moment Zeit gehabt, sich über dieses Ding Gedanken zu machen. Unvorstellbar dünn und hoch ragte das Monument gen

Himmel, ohne irgendwelche Stützen, und der Wind machte ihm in keiner Weise zu schaffen: ein gewaltiger Spiegel, makellos bis auf jenen großen Sprung, und da waren nur Dazens Erinnerung, ihn berührt zu haben, sowie irgendeine Filigranarbeit aus der Zeit des alttyreanischen Reiches als Belege dafür, dass es sich dabei überhaupt um ein körperlich vorhandenes Ding handelte, wie es da auf dem Boden ruhte, als habe es nicht das geringste Gewicht.

Er hatte darin bisher nur flüchtige Blicke auf sein eigenes Spiegelbild erhaschen können. Hatte vielleicht auch gar nicht länger hinsehen wollen.

Jetzt nahm Gavin sein zweites Ich mit einem Hohngrinsen im Gesicht in Augenschein. Die Gestalt schien zu flimmern, schien seinen Kopf zu spalten, als sendeten ihm seine Augen widersprüchliche Bilder. Er rieb sich sein rechtes Auge und fragte sich, was mit ihm nicht stimmte.

Mit seinem toten Auge, durch den schwarzen Saatkristall darin, konnte er sich selbst so sehen, wie er wirklich war. Nur seine Erinnerung konnte so vollkommen sein. Oder vielleicht fühlte sich Wahnsinn eben genau so an – normal. Er begutachtete sich.

Sehet Gavin Guile in all seiner Pracht. Ha!

Als er ein lautes Lachen ausstieß, sah er die Lücke, wo sein Eckzahn gewesen war. Bei seinem Versuch, dem Gefängnis unter der Chromeria zu entkommen, hatte er sich ihn selbst aus dem Kiefer gebrochen. Im Streben nach einer heiß ersehnten Freiheit, die ebenso sehr eine Lüge gewesen war wie all die Jahre seines Dienstes. Und jetzt war sein Eckzahn weg.

Und er hatte noch weitere Verunstaltungen aufzuweisen. Er hielt seine linke Hand hoch, als winke er dieser abgrundhässlichen Gestalt zu: He! Siehst gut aus! Seine Hand hatte nur zwei Finger und einen Daumen.

Dieses Ding da vor ihm – er selbst – war ausgemergelt, einäugig, hatte Zahnlücken, und ihm war kaum mehr als eine Hand verblieben. Er, der einst die Verkörperung der Schönheit gewesen war. Endlich war er als der elende Tropf entlarvt, der er immer gewesen war. Äußerlich ein Krüppel, wie er innerlich bereits seit vielen Jahren verkrüppelt gewesen war.

Er hatte sich eingeredet, ein Opfer der äußeren Umstände zu sein, das sich einfach nur dafür entschieden habe zu überleben.

Das Herz sackte ihm in die Kniekehlen.

Das waren alles Lügen gewesen, nicht wahr? Er hatte sich ganz bewusst dafür *entschieden*, seiner jungen Liebe Karris nachzustellen, nachdem er sie kaum erst kennengelernt hatte, im Wissen, dass sein Vater entrüstet und sein älterer Bruder vor Wut außer sich sein würde. Er hatte sich dafür *entschieden*, die Weißeiches anzugreifen, als er Angst gehabt hatte. Er hatte sich dafür *entschieden*, jenes Tor verschlossen zu lassen, als er geglaubt hatte, Karris' Zofe habe ihn hinters Licht geführt. Vielleicht hatte er ja nicht gewollt, dass noch jemand starb, kann sein, aber er hatte sie doch dem Feuer überlassen, sodass sie eines grauenvollen Todes gestorben war.

Gavin hatte sich nicht einfach nur dafür entschieden zu leben; er hatte sich vielmehr dafür entschieden zu töten, damit er leben konnte.

»Ihr wisst, dass das hier unrecht ist! Ich kann es in Euren Augen sehen!«, hatte in einer Nacht der Befreiung ein Wandler zu ihm gesagt, voller Zorn, mit überstrapazierten Halos in den Augen.

Wie viele Male hatte Gavin diese und ähnliche Worte gehört? Bei jeder einzelnen Befreiung. Und häufig auch zwischen zweien.

Gavin geriet ins Taumeln. Er schreckte davor zurück, seinen Bruder anzusehen, und stützte sich auf dem großen Spiegel ab.

Wie Frühlingseis gab der gesprungene Spiegel unter seinem Griff nach. Gavins Hand stieß durch ihn hindurch.

Kälte schoss durch seinen gesamten Körper, als würde ihm das Blut gefrieren, und als er den Arm aus dem kalten Griff des Spiegels riss, war seine Hand *weg*.

Voller Entsetzen wich er vor dem Spiegel zurück, stolperte – fiel.

Sprünge verbreiteten sich von dem Loch im Spiegel bis zu allen Rändern.

Gavin stieß sich vom Boden ab und sprang auf, überzeugt, dass irgendeine monströse Bedrohung drauf und dran war, sich durch den Spiegel hindurch auf ihn zu stürzen.

Dann begriff er, dass er sich mit beiden Händen vom Boden abgestoßen hatte. Er konnte nicht umhin, einen ängstlichen Blick auf seine Hand zu werfen. Sie war nicht abgehackt worden; er hatte sie nicht verloren, aber sein Fleisch und seine Knochen waren unsichtbar geworden; nur seltsam dicke, dunkle Adern waren übrig geblieben, nach wie vor undurchsichtig. Als er das Handgelenk drehte, waren seine Adern für seine farbenblinde Sicht wie schwarze Dornen, die im Wind wehten und in einer sanften Dunkelheit pulsierten.

Er krümmte die Finger seiner transparenten rechten Hand und öffnete sie wieder. Seine Hand war noch da, was immer das für eine Illusion war, nur war sie, von den Dornen darin einmal abgesehen, unsichtbar.

Oben auf des Spiegels reiner, glänzender Oberfläche schossen die Sprünge gen Himmel. Als sie schließlich gleichzeitig das obere Ende des Spiegels und alle Außenkanten erreicht hatten, erschütterte ein tiefes Dröhnen wie Donner den Turm und Gavin mit ihm, dann wandelte sich der Laut zu dem *Bom-bom-bom* einer großen Tempelglocke.

Das Geräusch war so tief, dass es in Gavins Magen vibrierte und die Luft in seiner Lunge fühlbar machte. Der große Spiegel erbebte.

Hoch oben, über der Oberkante des großen Spiegels, begann Blut zu pulsieren. Es ergoss sich nicht über die Oberfläche des Spiegels, als würde es aus einem Glas gegossen, sondern pumpte, als erwache jedes einzelne der ungezählten Herzen, die Gavin hatte stillstehen lassen, aus dem Tod zum Leben, um ihn zu verdammen. Rinnsale von Blut rannen herab, verharrten und strömten gen Boden, wobei sie breiter und breiter wurden. Die Menge des Blutes verdoppelte und vervierfachte sich, bis kein Fingerbreit des glänzenden Glases mehr sauber geblieben war. Wie ein herabfallender Vorhang überzog das Blut den gesamten Spiegel.

Es überzog ihn mit *Rot*.

Die ganze Welt war schwarz und weiß gewesen ... Und jetzt war sie rot, als hätte Orholam, der gibt und der nimmt, ihm nun die verfluchte Gabe verlieren, seine eigene blutrote Schuld in leuchtenden Farben zu sehen. In seiner Welt aus Grau und dem verschlingenden Nichts von Weiß und dem triumphierenden Nachtschwarz, das alles an sich riss, bohrten sich die zinnoberroten Farbtönungen in seinen Schädel wie Dolche in seine Augenhöhlen.

Rot, überall Rot.

Und erneut sah Gavin sich selbst in dem Blutspiegel.

Jedes Mal, wenn wieder die Befreiung anstand, hatte Gavin sich innerlich dafür gewappnet, und er hatte sich schrecklich gefühlt ... und dann hatte er die Morde begangen, wie es von ihm erwartet wurde. Und er hatte geweint und sein Tun heimlich bereut, und er hatte sich betrunken und versucht zu vergessen. Und im nächsten Jahr hatte er es erneut getan. Wieder und wieder.

Was hätte das Spektrum wohl getan, wenn er sich stattdessen am Sonnentag vor sie alle hingestellt hätte und die sich ihm bei diesem Anlass bietende Bühne dazu genutzt hätte zu verkünden: »Diese Sache hat jetzt ein Ende! Ich werde nicht in eurem Namen töten. Das hier ist böse. Es ist aus und vorbei!«

Was wäre gewesen, wenn er sein Leben damit verbracht hätte, nach einem anderen Weg zu suchen? Vor Vicians Sünde war alles anders gewesen; das wussten sie alle. Was, wenn sich Dazen, der gewohnheitsmäßig das Unmögliche vollbrachte, der unmöglichen Aufgabe gewidmet hätte, die Chromeria und die Sieben Satrapien auf die richtige Bahn zu bringen?

Stattdessen hatte Gavin sein ganzes Charisma auf sich selbst verwandt. Er hatte sich versteckt, wo er hätte kämpfen können.

Das Blut hatte das untere Ende des Spiegels erreicht. Es strömte auf den Obsidian des Turmdachs und rauschte klebrig an seinen Füßen vorbei.

Er konnte es riechen.

Er war für mehr gemacht worden als nur das hier. Mit seinen natürlichen Begabungen hätte Dazen mehr sein können. Hätte auch mehr sein sollen.

Er hatte insgeheim gewagt, selbst ein Gott zu sein? Er war noch nicht einmal ein *Mensch* gewesen! Allein, durch seine Geheimnisse und seine Schande von allen isoliert, war er zu einem Ungeheuer geworden.

Ich habe nichts, was ich euch geben kann, hatte Dulcina Dulceana bei ihrer Befreiung gesagt, *nichts außer meiner Zeit. Nehmt das Geschenk meiner fünf Minuten und ruht Euch aus.* Sie war so ruhig gewesen, still und doch herzlich. Ihre Gegenwart hatte ihn in Frieden gehüllt, war wie die Wärme heißer Quellen in einer frostigen Nacht gewesen.

Er hatte ihre fünf Minuten angenommen. Ihr ganzes Tun – ihr Angebot, ihr Opfer und ihre Liebe – war wunderschön und rein gewesen. Wo Zeit das Maß von Reichtum war, hatte er, der reiche Mann mit vielen Schäfchen, das letzte geliebte Lamm einer armen Frau genommen – und es vor ihren Augen verschlungen.

Und dann hatte er sie abgeschlachtet. Er hatte diese junge Frau, deren bloße Gegenwart heilsam gewesen war, aus dieser Welt verstoßen. Er hatte der ganzen Welt all das geraubt, was sie hätte tun können.

Er betrachtete das gebrochene Geschöpf in dem großen Spiegel. Hier war »Gavin« Guile. Jede Anklage, die er gegen seinen Vater hätte erheben können, jede Sünde, deren er das Spektrum hätte bezichtigen können, alle Habgier und jedes andere Laster, das er bei anderen hasste, alles, was er verabscheute, ruhte lebend und atmend und kraftvoll in ihm selbst.

Der Aufstieg zum Turm hatte ihn von seinen Sünden reinigen sollen? Er hatte sie nur offengelegt. Er hatte sich an einem Stück seines Wesenskerns festgehalten, seines Ehrgeizes, seines Stolzes. Er hatte sich an dem Schwert festgehalten und gedacht: Du willst ein Urteil über mich fällen, oh großer Gott? Das wagst du? Ich bin gebrochen, aber in bitterem Triumph werde ich mich wieder erheben. Ich unterwerfe mich der Wahrheit jeder einzelnen deiner Anklagen, aber schon bald ... werde *ich* Gott sein!

Er besah sich die mächtige Klinge in seiner verstümmelten linken Hand und legte sie dann in seine strapazierte, starke Rechte. Er spürte eine sich sammelnde Dunkelheit in der Klinge, ein Widerhall der sich sammelnden Dunkelheit der Nacht und der Dunkelheit in ihm. Gavin war kein heiliger Mann; er war ein durch und durch dunkler Mann. Das Schwarz, das die Klinge umkleidete, war das gleiche Schwarz, zu dem sein linkes Auge geworden war, das sich tief in ihn eingegraben hatte. Vielleicht versteckte es sich nicht, wie er gedacht hatte. Vielleicht brütete es etwas aus.

Wehe der Welt, wenn dieses Etwas schlüpfte.

Das Schwarz hatte sich von seinem Herzen durch seinen ganzen Körper ausgebreitet, selbst bis in seine Hände hinein, bis zu der schwarzen Klinge.

Vielleicht hatte das schwarze Auge – es war schließlich ein Saatkristall – aber auch einfach nur all die Dunkelheit freigesetzt, die latent bereits in ihm verborgen gewesen war. Es war nicht fremd, andersartig, feindlich. Das Schwarz war sein wahres Ich.

Was, wenn es letztlich du selbst bist, was du fürchtest? Deine Macht?

Erneut flimmerte sein Gesichtsfeld, und in dem Blutspiegel sah Gavin mit seinem die Wahrheit sehenden schwarzen Auge große Schwingen aus seinem Rücken hervortreten und sich mit einem Knacken entfalten. Er sah seine Gestalt vor Kraft groß und prall werden, sah, wie sie unbesiegbar wurde. Er würde nehmen und strafen und leben. Ewig leben. Was könnte er nicht tun, wenn er nur genug Zeit dafür hatte? Er würde alles in Ordnung bringen. Alles wieder heil machen, was er zerbrochen hatte. Sogar sich selbst.

Aber mit seinem sterblichen Auge sichtbar blieb das alte Ich, das sich entsetzt seiner schämte.

Nimm die Klinge und schlag zu – ansonsten werden sie dir alles wegnehmen! Schlag zu! Sei der Gott, der du wirklich bist! Du hast genug gelitten. Du hast das hier verdient! Alles kann geheilt werden! Steig aus der Asche auf, du Ruhmreicher!

Gavin schloss sein linkes Auge und betrachtete erneut den Mann im Spiegel. Die Lippen rissig, die Haut verbrannt, das Haar strähnig, die Augenklappe wie ein anzüglicher Blick, sein ganzes Äußeres nur noch ein Schatten des Schattens seiner früheren Pracht. Da waren nur noch die skeletthaften Überreste von Dazen Guile. Er hatte ihn umgebracht. Er hatte alles Gute getötet. Und warum? Um eine Existenz, die er hasste, in die Länge zu ziehen?

Warum sollte man einen Unschuldigen töten, um das Leben eines Menschen, den man verachtet, um einen weiteren Tag zu verlängern? Er war bei jeder guten Sache gescheitert, die er zu unternehmen versucht hatte. Er war verabscheuenswert. Alle, die er liebte, wären besser dran, wenn er tot wäre.

Lass das nun das Ende sein.

Er stützte das Heft des Musketenschwerts auf den Boden und platzierte die Spitze des grausamen Schwertes zwischen seiner fünften und seiner sechsten Rippe. Dann verlagerte er sein Gewicht und passte das Schwert entsprechend an, damit es richtig saß.

Unter all den Dingen, die man möglichst nicht vermasseln sollte, musste das Sich-ins-eigene-Schwert-Stürzen ziemlich weit oben rangieren.

»Dazen!«, rief Sevastian. »*Elrahee. Elishama. Eliada. Eliphalet.* Er sieht. Er hört. Er nimmt Anteil. Er rettet.«

Gavin schnaubte verächtlich. »Und doch bin ich hier, in seinem Vorgarten. Habe an die Tür geklopft. Teufel auch, ich habe sogar ein Loch hineingeschlagen! Er ist nicht hier, Bruder. Ist es nie gewesen. Dieser Turm ist ein Denkmal für gar nichts. Und du bist nichts als mein Wahnsinn.«

»Dazen, wenn Orholam höchstpersönlich käme, um sich mit dir zu unterhalten, würdest du trotzdem nicht zuhören. Hast es während deines ganzen Aufstiegs nach hier oben und während deines ganzen Lebens nicht getan. Aber *mir* hast du zugehört. Wer ist demnach der richtige Bote, um ihn zu dir zu entsenden?«

»Du bist kein Bote. Du bist eine Halluzination.« Aber ihm kamen die Tränen. Er schämte sich so sehr und konnte jetzt nichts von alledem mehr verbergen.

»Eine Halluzination, die dir Dinge berichtet, von denen du nichts weißt, und die dir eine kräftige Abreibung verpasst?«

»He, du hast mir keine Abreibung verpasst!«

»Du willst bloß nicht zugeben, dass du einen Kampf gegen einen acht Jahre alten Jungen verloren hast.«

Nach einem kurzen Moment der heiteren Unbeschwertheit legte sich erneut ein Bleigewicht auf Gavins Herz.

»Du hättest es eigentlich sein sollen, nicht wahr?«, fragte Gavin. »Du bist der Beste von uns gewesen. Du hättest der Lichtbringer sein sollen.«

Sevastian holte tief Luft und schob bekümmert die Lippen vor.

»Dann sind wir also verloren. Vater hat den Lichtbringer umgebracht.«

»Manchmal gewinnen die Bösen eine Schlacht. Manchmal antworten jene, die den Ruf hören, mit Nein. Menschen haben Macht. Unsere Taten sind von Belang, selbst bis in die Ewigkeit hinein. Aber der letztendliche Sieg ist immer noch sicher.«

»Wir haben den beschissenen Lichtbringer umgebracht, Sevastian.«

»Einen Lichtbringer«, korrigierte Sevastian. »Vielleicht. Oder vielleicht hätte auch ich mich als ungeeignet erwiesen; wäre zum Schlechten verleitet oder getötet worden. Wer kann das sagen? Ich weiß nur: Wenn Gott vollkommene Spiegel benötigen würde, um sein Licht in die Welt zu bringen, wäre die Welt auf ewig dunkel. Auch unvollkommene Spiegel ...«

Gavin lachte spöttisch und deutete auf sich selbst. »Unvollkommen?! Was, du betrachtest das hier als leicht mangelhaft? Sieh mich an! Du weißt, was ich gewesen bin! Und was ich jetzt bin.«

»Ich sehe es. Ich sehe es, und ich wende mich nicht ab.«

»Wie kannst du dich nicht abwenden?«

Sevastian durchdrang ihn mit einem Blick, der das Beste von Felia und Andross Guile in sich vereinte und der doch etwas ganz Eigenes war. »Weil ich dich liebe, Bruder. Unter alledem sehe ich das Du, das du wirklich bist. Ja, es ist hässlich, es ist abstoßend, aber du kannst mehr sein. Ich weiß, was aus dir werden kann, immer noch. Es gibt immer noch Arbeit, die auf dich wartet.«

Gavin schnaubte. »Nicht für mich. Ich bin am Ende. Es ist Sonnenuntergang. Ich bin mit meiner Mission gescheitert. Karris ist inzwischen tot. Ich habe die Hälfte der Menschen in meinem Leben verraten und alle anderen enttäuscht. Meine Zeit ist abgelaufen.«

Dann erinnerte er sich an seinen Traum. In dem Traum hatte seine Hand so wie jetzt ausgesehen – wie dieser knochige, skeletthafte Gräuel. Er war auf einem Turm wie diesem hier gewesen, und ein Riese war herbeigeschritten, um seinen Richtspruch an ihm zu vollziehen und ihn zu erschlagen. Orholam persönlich. Und Gavin hatte gewusst, dass ihn sein verdientes Schicksal ereilte, aber er hatte trotzdem um mehr Zeit gebettelt. Es war mehr als nur ein Traum gewesen. Es war eine Prophezeiung.

Und sie hatte ihm genauso viel genutzt, wie Prophezeiungen das gemeinhin tun.

Wieder stützte er den Griff seines Schwerts auf den Steinen ab. Das Blut würde es glitschig machen.

Er war seiner Lügen so schrecklich müde, seiner falschen Tapferkeit und seiner falschen Fassaden und seiner Falschheit in allen Bereichen der menschlichen Tugend. Seine Lügen hatten jedes über ihn gesprochene Wort des Lobes ausgemerzt, hatten jeden Moment des Triumphes zunichtegemacht, jeden Sieg durchkreuzt.

Jetzt war es an der Zeit, jede einzelne Lüge sterben zu lassen, ganz egal wie lieb und teuer sie ihm sein mochte.

»Weißt du, bei all dem schlimmen Scheiß, den du angestellt hast«, fuhr Sevastian fort, »hattest du doch auch ein paar gute Seiten. Selbst als Gavin bist du erstaunlich mutig gewesen. Du hast dein Leben riskiert, um die unglaublichsten Dinge zu vollbringen. Keine Ahnung, warum du das ganz am Ende aufgeben solltest, wo du doch das Unglaublichste von allem vollbringen könntest. Wenn du den Mumm dazu hast, heißt das.«

»Und das wäre?«

»Wenn du dir das Leben nehmen willst, warum gehst du dann nicht wie ein Mann?«

»Hä?«

»Wie du schon gesagt hast, die Haustür ist gleich dort drüben.« Er deutete auf den großen Spiegel, über den immer noch Blut strömte. »Der Spiegel des Erwachens ist offen. Warum gehst du nicht hinein?«

»Es ist eine Falle«, sagte Gavin.

»Na und? Selbst wenn, was kümmerst es dich? Du bist diesen ganzen Weg hier heraufgestiegen, um Gott persönlich zur Rede zu stellen, und auf seiner Türschwelle willst du dich einfach umbringen? Wirklich? Du willst dich einfach in den Sumpf legen und warten, bis sich der Dreck über deinem Gesicht schließt? Ohne zu kämpfen?« Er täuschte ein Gähnen vor. »Ich hätte nie gedacht, dass du dich unter all den Dingen, die man dich genannt hat, am Ende ausgerechnet für ›langweilig‹ entscheiden würdest, Bruder.«

Gavin zog die Brauen zusammen. »Warum versuchst du, mich anzuspornen?«

»Ich bin dein kleiner Bruder. So sind kleine Brüder nun mal.« Sevastian grinste, und auch wenn seine Ausprägung des guileschen Grinsens unschuldiger war als Gavins wissendes Grinsen, so war sie doch genauso schelmisch und viel einnehmender. Gavins Grinsen hatte immer ausgedrückt: Schaut mich an, bin ich nicht wunderbar. Sevastians Grinsen besagte: Schaut uns an, sind wir nicht wunderbar.

Selbst hier, selbst jetzt, war Gavin außerstande zu verhindern, dass ein wenig von seinem Zorn verflog.

»Du bist ein ziemlicher Drecksack«, murmelte Gavin.

»Ich bin ein Guile.«

»Genau das habe ich gesagt.«

»Genau das habe ich gemeint.«

Aha. Er räumte die Wahrheit ein, stellte aber eine Parallele her, um die Beleidigung zurückzugeben, sodass sie auch Dazen einschloss, der ja ebenfalls ein Guile war.

Sevastian war auf erquickende Weise schnell von Begriff.

Es verschlimmerte den Schmerz seines Verlustes noch. Wäre Sevastian am Leben geblieben, er wäre ein unvergleichlicher Freund gewesen. Ein Mann von scharfem Verstand, klug und stark. Ohne Frage der Beste aller Guiles. Wäre Sevastian am Leben geblieben, hätte seine Herzensgüte nicht vielleicht dafür sorgen können, dass sich Dazen gewissen Regeln der Rechtschaffenheit verbunden gefühlt hätte?

Sie wären alle ganz andere Menschen gewesen: Gavin, Vater, Mutter und auch Dazen.

Aber jetzt schaute Gavin mit so etwas wie Entschlossenheit in den Spiegel, als habe er wieder ein Ziel. Sevastian hatte recht: Er war den ganzen weiten Weg hier heraufgestiegen. Er musste es wissen.

Und wenn es ihn das Leben kostete, es herauszufinden, umso besser. Richtig?

Aber zuerst ... »Wenn ich das tue, werde ich dich verlieren, nicht wahr?«, fragte er.

»Für eine gewisse Zeit«, bestätigte Sevastian mit leiser Stimme.

»Eine lange Zeit?«

»Das hoffe ich nicht, um meinetwillen. Ich vermisse dich. Aber um deinetwillen und um der Welt willen hoffe ich es.«

Gavin sah ihn an, als könnte ein letzter Blick ihm verraten, ob das alles nun wirklich oder ob es Wahnsinn war, doch sein Gesichtsfeld war immer noch, je nach Auge, zweigeteilt. »Also schön. Wahnvorstellung ... Bruder. Was auch immer. Ich danke dir.« Er atmete tief ein, aber es gab nicht genug Luft auf der ganzen Welt, um ihn auf seinen nächsten Schritt vorzubereiten, daher sagte er nur: »Gut, lange genug herumgetrödelt.«

Ohne ein weiteres Wort stürmte er auf den Käfig zu, in dem sich das Ungeheuer befand, vor dem er sein ganzes Leben lang geflohen war: Er lief auf den großen Spiegel zu. Sein gespiegeltes Ich – blutverschmiert, karmesinrot, missgestaltet, wund, abgezehrt und unerbittlich – kam ihm entgegengerannt. Sie schrien ihre trotzige Verachtung füreinander und ihre Todesergebenheit heraus, und dann krachten sie ineinander.

46

»Seht euch das mal an«, sagte Kip, als die Mächtigen den letzten Hügel vor der Brücke zur Chromeria hinaufstiegen. Überall um die Jasperinseln waren inzwischen die Gottesbanne sichtbar geworden. Sie lagen direkt unter der Oberfläche, stiegen langsam auf und kamen mit jedem Augenblick dem Ufer näher, angetrieben von Magie und dem Willen ihrer dunklen Götter.

Inzwischen hatten alle Wandler auf den Jasperinseln ihre Finger auf Höllenstein gedrückt, um ihre Körper von sämtlichem Luxin zu entleeren, und Kip hätte jetzt eigentlich oben bei der Spiegelvorrichtung sein sollen, auch wenn die Gottesbanne bisher noch nichts *getan* hatten.

»Haltet ihr immer noch zu mir?«, fragte Kip. »Selbst wenn ...?« Er nahm keinen Blickkontakt zu den Mächtigen auf. Er hatte ihnen nichts von dem Spiel erzählt, davon, dass er die Sache mit dem Lichtbringer zum Wetteinsatz gemacht hatte. Dafür gab es eine Menge Gründe. Zum einen wollte er ihnen nicht verraten, was er eingesetzt hatte. Tisis würde es nicht gut aufnehmen, wenn er es ihr sagte – und das würde er tun, nur nicht wenige Stunden vor einer Schlacht. Andross konnte sich durchaus weigern, seine Wettschuld zu begleichen, könnte irgendein Schlupfloch finden.

Die Wahrheit war, dass er sich nicht *fühlte* wie die wichtigste Person der Geschichte.

»Wir haben alles auf eine Karte gesetzt«, sagte Winsen. »Wir gehören dir, Arschloch.«

Dass es Winsen war, der das sagte, wärmte Kip unerwartet das Herz. Er nickte ihm zu, diesem rätselhaften Menschen, seinem Freund.

»Ich wünschte einfach, wir könnten Kruxers Andenken gerecht werden, bevor alles zu Ende ist«, bemerkte der große Leo.

»Quatsch«, sagte Ben-hadad. »Für das Gute und Richtige kämpfen? Für das, woran wir glauben, und füreinander? Wir *ehren* sein Andenken und auch das jedes anderen Freundes, den wir in diesem Krieg beerdigt haben. Genug davon. Lass uns lieber ...«

Sie alle verstummten, als über ihnen unvermittelt ein Lichtstrahl aus den großen Spiegeln auf dem Turm des Prismas schoss.

»Was zum ...?« murmelte der große Leo.

»Zymun«, entfuhr es Kip. »Dieser *Drecksack*. Das ist mein Signal. Das eine Signal, das ich nicht übersehen kann.«

Sie überquerten den Lilienstiel und sahen, wie sich mehrere Lichtgardisten in Trab setzten, zweifellos um ihrem Herrn und Meister Bescheid zu geben. Kip und seine Mächtigen sowie fünfzig der besten Cwn y Wawr und zahlreiche Einheiten, die von den Männern Daraghs des Feiglings verstärkt wurden, erreichten die große Vorhalle. Vierzig Lichtgardisten standen in Reihen vor den Aufzügen und weitere zwanzig vor dem Zugang zur Sklaventreppe.

Die Lichtgardisten schwitzten und waren bleich. Es waren nicht gerade die besten dieser erlauchten Gesellschaft. Kips Männer konnten es sich nicht verkneifen, sie mit einem verächtlichen Grinsen zu bedenken, aber einer von Andross Guiles Sekretären, der am Tor des Durchgangs stand, der zum rückwärtigen Pier führte, rief Kip zu: »Hoher Herr Guile! Der Promachos wartet dort draußen auf Euch!«

Kip konnte diese Lichtgardisten nicht angreifen, auch wenn er gehört hatte, dass sie sich eine Art Gefecht mit den Schwarzgardisten geliefert hatten. Die Lichtgardisten waren, zumindest auf dem Papier, Andross Guiles Leute. Ein Angriff auf sie würde einen Bürgerkrieg auslösen.

Jetzt war keine Zeit dafür.

Also ging Kip einfach an ihnen vorbei. Er erreichte die Schwarzgardisten am Tor zu dem Durchgang zum rückwärtigen Kai. »Ist der alte Mann dort hinten?«, fragte Kip.

Sie nickten ruckartig.

Kip ließ die Mehrzahl seiner Männer dort – er wollte nicht auf der falschen Seite eines Nadelöhrs gefangen sein. Dann ging er hindurch, und nur Ferkudi, der große Leo und ein Dutzend seiner besten Leute folgten ihm.

Natürlich waren auch am hinteren Tor Schwarzgardisten. Neue Leute, die Kip nicht kannte. Zwei weitere standen auf dem Hafenkai und hielten Ausschau nach Seewichten unter Wasser. Aber Andross Guile war nicht bei ihnen. Mit vier weiteren Schwarzgardisten, die ihn aufmerksam bewachten, stand er seitlich auf dem kleinen Strand und blickte über die Azurblaue See.

Kip trat allein zu ihm und blieb dort stehen, wo die plätschernden Wellen den Strand benetzten.

»Soll ich dir mal etwas sagen, das voller lächerlichem Bathos ist?«, fragte Andross Guile. Er stand direkt am Wasser.

»Was denn?«, fragte Kip.

»Ich stehe hier wegen einer Übersetzung, über deren Richtigkeit meine Frau sich unsicher war, aus einer toten Sprache, auf einer unvollständig erhaltenen Schriftrolle, deren Inhalt ein Prophet einem schlechten Schüler diktiert haben könnte, ein Prophet, den die führenden Gelehrten der Chromeria abgelehnt haben – ein Prophet eines Gottes, von dem ich nicht glaube, dass er sich sonderlich unserer annimmt.« Er schüttelte den Kopf. »Und trotzdem stehe ich hier. Der Glaube unserer Jugendjahre ist eine hartnäckige Sache.«

»Aha«, sagte Kip. »Ich habe mich schon gefragt, was das Wort ›Bathos‹ wohl bedeuten soll.«

»Du hast dir meine Karte noch nicht zu Gemüte geführt, oder?«, fragte Andross.

»Wir haben Krieg«, sagte Kip. »Ist Euch das schon aufgefallen?«

»Wir haben so viele Dinge gemeinsam, du und ich«, meinte Andross.

»Ein paar«, räumte Kip ein. Nicht viele.

»Wir sind beide Außenseiter, fühlen uns beide unaufhaltsam zum Zentrum aller Dinge hingezogen, sind beide übergangen worden, besitzen beide eine zähe Beharrlichkeit, die Steine überdauert und Städte dem Erdboden gleichmacht. Wir gehen das Leben mit gebrochenem Herzen, aber hoch erhobenen Hauptes an. Wir sind beide von den Mächtigen der Welt umringt. Wir waren beide von Jugend an groß: Ich habe das als ein junger Mann mit einer großen Bestimmung erkannt und du ... nun ja, auf dich trifft eben die andere Bedeutung von ›groß‹ zu. Je nachdem, wie man solche Dinge interpretiert, könnte man sagen, der eine oder der andere von uns habe Götter zu Fall gebracht. Nur du hast einen König getötet, aber wenn der heutige Tag gut läuft, werde auch ich meiner Liste Könige hinzufügen.«

»Und noch etwas haben wir gemeinsam: Wir verschwenden beide unsere Zeit an einem Strand«, ergänzte Kip.

»Seltsam. Schnoddrigkeit ist ein Kennzeichen der Ängstlichen und nicht jener, die anderen Angst einjagen.«

»Wirke ich auf Euch ängstlich?«

Nach einem kurzen Schweigen antwortete Andross: »Nein.«

»Können wir dann vielleicht langsam zum nächsten Punkt kommen? Ich habe das Zeichen gesehen, nach dem Ausschau zu halten Ihr mich gebeten hattet. Ich werde anderswo gebraucht.«

»Nein, es gibt nur einen Ort, wo du jetzt sein musst. Und der ist genau hier.«

»Herr?«, unterbrach ein junger Schwarzgardist. »Ich bitte um Entschuldigung, Hoher Lord Promachos. Es geht um das Prisma, Herr. Ähm, oder den Prisma-Erwählten?«

»Ja?«, sagte Andross verärgert.

»Hauptmann Fisk hat mich gebeten, Euch auszurichten ... Er ist, äh, der Prisma-Erwählten ist ... Er ist wohl irgendwie verrückt geworden, Herr. Es ist nicht wie das Ausgelaugtsein nach einer Schlacht oder die Wahnvorstellungen unter Schock. Er benutzt die Spiegel, um Menschen zu verbrennen, offenbar mit Absicht. Er lacht. Unsere eigenen Leute, Herr. Die Gottesbanne haben fast schon das Ufer erreicht, aber er beachtet sie kaum. Er hat gemeint, es sei wie mit den Ameisen unter einem Brennglas.«

Andross seufzte tief. »Gut, das ist ärgerlich, wenn auch keine völlige Überraschung. Kip, wenn du das nächste Mal etwas vermasselst, erinnere mich daran, dass du nicht halb so schlimm bist wie dein Bruder.«

»Er ist nur mein Halbbruder«, erwiderte Kip. »Was hattet Ihr denn gehofft, dass er unternehmen würde?«

»Oh, eigentlich genau das, was er gerade tut, aber wenigstens halbwegs gekonnt. Er sollte wütend darüber werden, dass du ihm gegenüber bevorzugt wurdest, und sich hoch zu den Spiegeln begeben und sie zur Verteidigung der Inseln einsetzen, bis er sich völlig ausgebrannt und den Halo durchbrochen hätte, sodass er von der Schwarzen Garde würde getötet werden müssen.«

»Was?«, entfuhr es Kip.

»Er sollte ›zu den Höhen hinaufsteigen und in seinem Bemühen scheitern‹ – und auf diese Weise den Weg freimachen, damit du ... sein kannst, was wir gesagt haben. Junger Mann«, wandte sich Andross an den Schwarzgardisten, »richte Hauptmann Fisk aus, dass das alles unter den vierten Schwur fällt. Du wirst ihn auf seinem Posten bei unserem jungen Prisma finden.«

»Der vierte Schwur, ja, Herr.« Aber der junge Mann hatte einen panischen Ausdruck im Gesicht, als versage er gerade bei einer unerwarteten Prüfung.

Andross seufzte erneut. »Im äußersten Extremfall tritt deine Pflicht, das Prisma zu beschützen, hinter deine Pflicht, die Sieben Satrapien *vor* dem Prisma zu beschützen, zurück. Das hier, du verdammter Schwachkopf, *ist* der äußerste Extremfall.«

»Ah! Ja, Herr, zu Befehl!«, antwortete der Schwarzgardist.

Dann rannte er davon.

Kip drehte sich um, um ihm zu folgen.

»Halt«, rief Andross. »Die Banne werden in wenigen Minuten das Ufer erreichen. Ich lasse Posten Ausschau halten, die mir Bescheid geben, wenn es so weit ist.« Er deutete zum orangefarbenen Turm hinauf, wo ein Mann mit einem Handspiegel auf ein Signal von einem Nebenbalkon wartete, bereit, es weiterzuleiten.

»Ich verstehe nicht«, sagte Kip. »Warum spielt das eine Rolle?«

»Aus einem ganz bestimmten Grund – den man auf zwei unterschiedliche Weisen betrachten kann. In der Großen Bibliothek in Azûlay hat sich in einer verbotenen Schriftrolle eine verloren geglaubte Prophezeiung befunden. Ich habe sie an mich gebracht, unter ... großen Kosten für unsere Familie, nicht zuletzt, was dich selbst betrifft. Diese Prophezeiung hat besagt, dass die Sieben Satrapien in eine tausend Jahre währende Nacht gestürzt würden, sollte der Lichtbringer nicht an den Ufern der Jasperinseln stehen, wenn die Gottesbanne auf Land treffen – also ganz buchstäblich an der Stelle, wo das Wasser das Land berührt. Mithin ist die eine Art und Weise, wie sich die Sache betrachten lässt, die folgende: Wenn du nicht am Ufer stehst, wenn die Banne auf Land treffen, kannst du nicht der Lichtbringer sein. Die andere ist, dass du, wenn du der Lichtbringer *bist*, verdammt noch mal am Ufer stehen solltest, sonst bedeutet es, dass uns allen tausend Jahre der Nacht blühen. So oder so, Kip, wenn die Geschichte deinen Namen ruft, musst du deine verdammte Hand heben.«

»Wollt Ihr mir etwa sagen, dass Ihr deshalb hier unten steht und Euren Schwanz krault, während Ihr in der gleichen Zeit Zymun hättet aufhalten können?«, begehrte Kip auf. »Wegen irgendeiner idiotischen Prophezeiung?«

»Er wird so oder so bald aufgehalten werden«, antwortete Andross. »Eine Wette, die seit achtunddreißig Jahren läuft, wird sich sogleich entscheiden. Die letzte Karte wird umgedreht. Ich habe nicht die Absicht, jetzt den Tisch zu verlassen. Zymun ist ein Nichts. Er hat kein Geld, keine Beziehungen, mit Sicherheit keine Freunde. Und es bleibt ihm nur noch sehr wenig Zeit.«

»Kein Geld?«, wiederholte Kip. »Es kommt nicht darauf an, wer das Geld hat; es kommt nur darauf an, wer die Waffen hat!«

»Du siehst den Wald vor lauter Bäumen nicht.«

»Einer dieser Bäume steht in Flammen!«

»Kip. Das ist jetzt deine letzte Chance. Es dauert noch zwei Minuten. Vielleicht fünf. Wenn du der Lichtbringer bist, musst du *hier* sein. Wenn du gehst, werde ich dich dieses Amtes entheben. Irgendwer muss unser Reich retten, und wenn du es nicht tust, werde ich es tun.«

»Indem Ihr hier herumsteht?«, fragte Kip. »Nach all der Zeit ... Nach allem, was Ihr von mir gesehen und gehört habt, kennt Ihr mich immer noch überhaupt nicht, oder? Es interessiert mich nicht, ob ich der Lichtbringer bin. Ich ...«

»Doch, es interessiert dich. Es gibt eine Zeit, während der es angebracht ist, über das Ausmaß des eigenen Ehrgeizes zu lügen. Keiner weiß das besser als ich. Ich habe es mein Leben lang getan. Aber diese Zeit ist vorüber.«

Zymun brachte Menschen um. Die Gottesbanne kamen an Land,

und Kip half nicht bei der Verteidigung. Aber Kip verspürte das alte Aufwallen von Sehnsucht, etwas bedeuten zu wollen, so viel zu bedeuten, dass niemand es je würde leugnen können, dass niemand ihn je wieder würde unterschätzen oder herabsetzen oder ignorieren können. Fühlte den Wunsch, das Ansehen, das er sich bei einigen Leuten erworben hatte, auch in den Augen *aller* glänzen zu sehen.

Und das allein um den Preis einiger weiterer toter Verteidiger. Menschen, die nie erfahren würden, dass Kip sie hätte retten können, es aber nicht getan hatte. Hier bot sich ihm alles, was er je wollen konnte, und der Preis dafür würde von jemand anderem bezahlt werden.

»Ja, ich will es sein. Aber ich wünsche mir noch mehr, meine Freunde zu retten. Zum Teufel mit Euren Prophezeiungen. Der Lichtbringer kann nicht derjenige sein, der herumsteht und auf das Licht wartet. Er ist der, der es bringt.«

»Kip! Enkelsohn«, rief Andross hinter ihm, und seine Stimme wirkte beinahe freundlich. »Wenn du dort oben an der Spiegelvorrichtung überleben willst, dann darfst du nicht wandeln. Du bist kein Prisma. Die Intensität wird deine Halos binnen Sekunden durchbrechen. Sie wird dich ausbrennen. Du brichst unsere Feinde mit deinem *Willen.* Mache deinem Namen Ehre, Brecher.«

Kip schaute über seine Schulter zu ihm zurück und zog die Augenbrauen nach unten. »So wenig Ihr mich auch kennt, Großvater, vielleicht kenne ich Euch ja genauso wenig. Lebt wohl.«

Andross blickte ihm nach, als Kip wieder ins Innere der Chromeria lief.

Sehr wenig von dem dicken Jungen, der er einst gewesen war, haftete dem Mann noch an, zu dem Kip geworden war, einmal abgesehen von seinem Mitgefühl, seiner Treue zu anderen. Das gefiel Andross an ihm.

Schade. Dass er vorzeitig fortgegangen war, bedeutete, dass auch er zu den Höhen hinaufsteigen und in seinem Bemühen scheitern würde.

Licht blitzte über Andross' Gesicht, und er schaute zu dem Signalgeber mit dem Handspiegel hoch oben auf der Seite des orangefarbenen Turms hinüber: *Die Banne haben das Land erreicht.* Dieser Signalgeber leitete nur die Nachricht von einem anderen Ausguckposten weiter. An jeder Station musste es mehrere Sekunden gebraucht haben, um die Nachricht zu bestätigen und sie dann weiterzuleiten. Es war durchaus möglich, dass Kip in dem Moment, in dem die Banne auf Land gestoßen waren, immer noch am Ufer gestanden hatte.

Die Sache blieb uneindeutig. Wie ärgerlich.

Aber letztendlich war Kip ja immer noch nur der Plan B. Andross schickte einen Mann voraus, der anordnen sollte, dass man ihm sein Abendessen in seinem Empfangszimmer servierte. Es würde ein langer Tag werden, und er musste bei Kräften bleiben. Er würde einen Happen zu sich nehmen und auf Kips Versagen warten, bevor er sich selbst zu den Spiegeln hinaufbegab.

»Und ich dachte schon, du hättest mich besiegt«, sagte Andross laut und richtete langsam einen verbitterten Blick gen Himmel. »Aber vielleicht kann ich dir den Sieg ja immer noch aus deinen gierigen Händen reißen.«

47

Ein donnernder Wasserfall riss Dazen um. Er überschlug sich, purzelte über leuchtenden Marmor und kam schließlich mit dem Kopf in den Armen zu liegen, geschunden, wund und benommen. Seine Augen brannten von der Wucht des Wasserschwalls.

Aber er war nicht nass.

Und soweit er das beurteilen konnte, war er auch nicht tot.

Er machte Anstalten, sich vom Boden hochzustemmen, und

sah seine Arme. Beide waren völlig unsichtbar geworden, bis auf diese schwarzen Dornen in ihrem Inneren. Er kniete sich hin und erblickte seinen fleischgewordenen Traum: Die schwarzen Dornen hatten sich überall durch sein transparentes Fleisch gerankt, schwächten ihn am ganzen Leib, schlangen sich um sein Herz und durchdrangen es in feinen Fäden, sodass sie das traurig pochende, bemitleidenswert rosafarbene Organ ganz grau werden ließen.

Er wagte es nicht, einen Blick in Richtung Spiegel zu werfen. Sein ganzer Körper war ein Tummelplatz scharfkantiger dunkler Dornen, und er wollte es nicht sehen, wollte nicht wissen, ob er es ertragen konnte, sich selbst noch mehr zu verabscheuen.

In Ordnung, dachte er. Vielleicht bin ich ja doch tot. Das hier könnte die Hölle sein. War zwar eine recht vertrackte Einführung in die ganze Sache gewesen, mit dem Wasserfall aus Blut und den leuchtenden Farben, aber …

Die *Farben.* Ganz plötzlich fielen sie ihm auf. Gott*verdammt* noch mal.

Dazen stand auf und ließ den Anblick der Welt auf sich wirken. Der Stein zu seinen Füßen war hier weißer Marmor. Und auch alles andere war verändert, besser. Es war wie ein helles Spiegelbild der wirklichen Welt.

Nein, es war genau umgekehrt, erkannte er; *das hier* war die wirkliche Welt, und er hatte sein ganzes Leben lang in einem schattenhaften Abglanz davon verbracht.

Der Spiegel ragte hier genauso hoch empor, wie er das auch auf dem Turm in Dazens Welt tat, aber über den Wasserfall ergoss sich reines Wasser. Es floss klar und leuchtend und brachte Leben überallhin. Statt zu heulen und zu pfeifen, säuselte der Wind nur sanft.

Der Turm selbst war ein wenig anders geformt, aber all seine Gedanken verloren sich, als Dazen den Sonnenuntergang sah.

Ihm schwoll das Herz in seinem von schwarzen Dornen umgebenen Käfig, als er nach langer Zeit wieder das vielfarbige Wunder eines Sonnenuntergangs erblickte. Hier, nachdem die Sonne gerade untergegangen war, prangte jeder Farbton in bedeutungsschwerer Pracht.

Für eine geraume Weile vergaß er völlig zu atmen.

Zum ersten Mal, seit er ein kleiner Junge gewesen war, wurde er innerlich ganz still. Zumindest konnte er sich nicht erinnern, seither jemals wieder diesen Zustand geistiger Ruhe empfunden zu haben. Er wandte sich von einem Wunder zum nächsten, um die blinkenden Sterne in ihren Reichen aufstrahlen zu sehen und um die Millionen Abstufungen von Farben zu bewundern, vom Schwarz der Nacht hin zum Horizont, wo die Finsternis einer lebensstrotzenden Röte Platz machte. Der Kosmos erstreckte sich in all seiner Pracht über ihm, um ihn herum, umarmte ihn.

Er könnte für immer hierbleiben und zusehen, wie sich Wunder entfalteten wie die Blütenblätter einer sich wieder und wieder öffnenden Blume. Aber dann spürte er ein Kribbeln auf der Haut. Widerstrebend richtete er den Blick erneut auf sich selbst. Runzelte die Stirn.

Ein Tröpfchen des leuchtenden Wassers, das auf seinem unsichtbaren Arm in der Luft hing, sickerte unvermittelt durch seine Haut hindurch wie Regen in durstige Erde – und seine Haut nahm neue Gestalt an, wurde sichtbar. Überall, wo er ins Wasser eingetaucht war – wirklich überall –, sah Dazen, wie seine Haut nicht einfach wieder auftauchte, sondern durch die Berührung des Wassers neu zu wachsen schien. Er hielt seine linke Hand, in der er ein heftiges Kribbeln verspürte, in die Höhe und sah, wie sein Ringfinger und der kleine Finger neu aus den abgehackten Stummeln herauswuchsen, die ihm die Nuqaba hinterlassen hatte. Er tippte die ganzen, unversehrten Finger mit seinem Daumen an und war verwundert. Da war *Gefühl* in seinen Fingern.

Doch dann ließ er die Hand sinken, und eine Zorneswallung überkam ihn.

Das hier war nicht wirklich. Es konnte nur eine neue Art von Folter sein. Das Ganze war zweifellos eine Falle.

Und jetzt hielt er aufmerksam Ausschau nach seinem Feind, wie er es vom ersten Moment an hätte tun sollen.

Aber er konnte niemanden sonst sehen. Langsam umrundete er die Turmspitze, um festzustellen, ob sich nicht jemand hinter dem Spiegel versteckte.

Der ganze Turm wirkte irgendwie merkwürdig, daher trat Dazen, nachdem er sich davon überzeugt hatte, dass er allein war, dicht an den Turmrand heran. Der Turm selbst war nicht schwarz, wie er es auf Dazens Seite des Spiegels gewesen war. Hier war er bis ganz nach oben hinauf von einem leuchtenden Weiß.

Einem plötzlichen Einfall folgend, trat Gavin an die Stelle, wo er den alten Propheten unter sich zurückgelassen hatte.

Natürlich war er nicht dort.

»Hier ist Orholam auch nicht«, sagte Gavin.

Unvermittelt stieß er ein trauriges Lachen aus. Orholam ist nicht hier.

Hier ist überhaupt nichts.

Es ist wunderschön ... Und hier gibt es nichts für mich.

Ich habe diese ganze weite Reise unternommen, und jetzt habe ich alles verloren, und hier ist nichts.

Jede seiner Anstrengungen war umsonst gewesen. Irregeleitet.

Dann spürte er ein Kribbeln tief in seinem Inneren. Er wusste sofort, was es war. Es war, als hätte eine Flamme einen alten schwarzen Docht berührt. Er schaute nach oben, wo der Himmel immer noch blau war – und wandelte blaues Luxin in seine Handfläche. Dann machte er das Gleiche mit rotem Luxin. Und der Reihe nach auch mit allen anderen Farben.

Er hatte seine alte Gabe wieder.

Doch das nur, um ihn zu foltern.

Er seufzte sich alle Hoffnung aus dem Leib. Er ließ die Farben aus schlaffen Händen fließen und stöhnte.

Vielleicht sollte er einfach den Turm hinuntersteigen. Vielleicht sollte er versuchen, hier zu leben, in dieser besseren Welt, wo er ganz war. Vielleicht gab es auch hier in irgendeiner Form all die Menschen, die er gekannt hatte – auch wenn das nicht recht plausibel erschien. Sevastian und der alte Prophet waren verschwunden.

Nein. Hier gab es nichts für ihn. Der Ort war vollkommen, und er selbst war es nicht. Seine Haut mochte nachgewachsen sein, aber er spürte noch immer die schwarzen Dornen in seinem Körper, die seine Kraft aufsaugten, die sein Fleisch mit jeder Bewegung aufs Neue zerfetzten, auch wenn die Verletzungen hier sofort wieder verheilen mochten.

Er hatte es hierhergeschafft. Lebend. Er war in Orholams eigenes Reich eingedrungen. Aber er gehörte nicht hierher.

Er richtete den Blick auf den großen Wasserfall. Er wusste, dass er, wenn er wieder durch ihn hindurchging, zurück in seine Welt, seine Finger und seine Kräfte und sogar sein Farbensehen verlieren würde. Erneut.

Er hatte geglaubt, beim Eindringen in dieses Reich möglicherweise zu sterben, und stattdessen hatte er Leben gefunden. Wenn er jetzt zurückkehrte, würde er wieder sein altes trostloses Leben vorfinden, geschmückt nur von all den Vorzeichen des um sich greifenden Todes.

Das schwarze Auge pochte. Es fühlte sich an, als hätte es das herabströmende Wasser in seinem Schädel gelockert, und jetzt schmerzte es. Gavin rieb vorsichtig einmal außen um das Auge herum. Er konnte sich nicht dazu überwinden, das verdammte Ding hier zu berühren.

Er warf einen letzten Blick um sich herum, verschloss die Farben im Gewölbe seines Gedächtnisses, und bevor er den Mut verlieren konnte, füllte er seine Lunge noch einmal tief mit Luft – eine Luft, die so rein und gut war, dass ihm davon die Brust schmerzte –, dann duckte er sich schnell durch den Wasserfall hindurch …

… und trat von Blut durchnässt auf die andere Seite.

Er war angewidert, erzürnt und voller Verachtung für die Gemeinheit, den Gestank und die komplizierte Absurdität dieser ganzen Welt. Sie könnte all das sein, was er eben gesehen hatte, doch war sie so erbarmungslos ungnädig, es nicht zu sein.

Schönheit ist möglich, aber wir wählen die Hässlichkeit.

Er kratzte sich das strömende, dampfende, klebrige Blut vom Gesicht und aus den Augen, nahm seine Hand als Schaber, um all das anklagende rote Nass wegzukratzen. Seine beiden Finger fehlten wieder, wie er es sich gleich gedacht hatte. Auch der Eckzahn war weg. Sein Gesichtsfeld war wieder schwarz, weiß und rot.

Natürlich war das Rot geblieben.

Seine Gabe hatte er wieder verloren. Natürlich war es so.

Und sein Bruder war verschwunden. Sevastian, die eine letzte gute Sache auf dieser Welt, war fort.

Und doch lebte Gavin immer noch. Wie eh und je.

Dann sah er eine vertraute Gestalt. Der alte Prophet saß am Turmrand und blickte in den Sonnenuntergang, ohne auf die langsam dahinfließende Blutflut zu achten, in der er saß, anscheinend völlig ungerührt von der ganzen Sauerei. Offenbar hatte das wasserfallartig von oben herabströmende Blut den alten Mann beunruhigt und ihn dazu veranlasst, noch das letzte Stück hinaufzusteigen, um herauszufinden, was zum Teufel hier los war.

Gavin fragte sich, wie breit die Kluft gewesen war, als Orholam darüber hinweggesprungen war. Wahrscheinlich war sie ganz schmal gewesen. Alter Mistkerl.

Gavin ging zu ihm hinüber. Das Schwert lag auf seinem Weg. Er hob es auf. Von dem endlosen Strom, der darüber hinweggeflossen war, war es blutverschmiert. Gavin war erschöpft. Was sollte er jetzt tun? Den Spiegel in Stücke hacken und hoffen, damit etwas zu bewirken?

Er hatte diese verdammte Klinge durch die halbe Welt getragen. Was hatte sie für ihn getan? Sie war genauso nutzlos wie er selbst.

Er hatte sie satt. Hatte seinen ganzen eigenen Scheiß satt.

Ohne allzu viel darüber nachzudenken – Teufel auch, er hatte sein ganzes Leben lang zu viel nachgedacht –, schleuderte er die Klinge einfach von sich.

Der Wurf war genauso jämmerlich und schwach wie Gavin selbst, körperlich schwach, willensschwach; er brachte nicht einmal die Energie auf, sie mit Schwung zu werfen. Er warf sie irgendwie gleichzeitig nach Orholam, nach sich selbst und Richtung Turmkante, damit sie darüber hinwegfiel und in der Versenkung verschwand.

Er wählte nicht einmal irgendein Ziel, sondern warf sie einfach weg. Aber schließlich war sie ja auch Müll, genauso wie all seine Pläne; er scherte sich einfach nicht mehr darum.

Die Klinge klapperte und schlitterte über den Boden und blieb kurz vor der Turmkante und vor Orholam liegen.

Der alte Prophet drehte sich um und musterte zuerst das Schwert und dann Gavin, dann drehte er sich wieder um, um zum Horizont zu schauen, ohne irgendein weiteres Interesse an den Tag zu legen.

Gavin schritt zu dem alten Mann hinüber.

Der alte Mann reagierte nicht, daher setzte sich Gavin neben ihn. Er ließ die Füße über die Kante des blutbedeckten Turms baumeln.

Orholam sprach kein Wort. Gavin fühlte sich an die Tage erinnert, in denen sie gemeinsam gerudert waren. Nach einem langen, harten Tag an den Rudern hatte es manchmal eine Ruhepause gegeben, und da hatten sie einfach nur dagesessen. In solchen Momenten gab es kein Geplapper. Todmüde, wie sie waren, hatte es nichts zu sagen gegeben, aber in dieser Pause von der gemeinsamen Arbeit war da doch auch eine Art stillschweigendes Verständnis gewesen.

So wie sie es damals getan hatten, saßen sie auch jetzt wieder in der Kühle des Abends zusammen.

Was spielte irgendetwas auch noch für eine Rolle? Es gab keinen Grund zur Eile. Es war zu spät. Jemand anders steuerte nun das Schiff. Jemand anders gab mit seinen Kommandorufen das Rudertempo vor. Ein Sklave, der schlappgemacht hatte, würde den Lauf der Geschichte nicht verändern.

Gavin stand im Begriff, von seinem Ruder losgeschnitten und über Bord geworfen zu werden; er war nur Ballast und menschlicher Abfall.

In seinem Traum von dieser Turmspitze hatte Gavin den herannahenden Riesen um mehr Zeit angefleht; er hatte noch alles Mögliche in Ordnung bringen wollen. Vermutlich hatte er sich selbst in Ordnung bringen wollen, während er sein schwarz marmoriertes Herz in den Händen gehalten hatte – als könne er, indem er ein so stumpfes und unbeholfenes Werkzeug wie seine Finger zu Hilfe nahm, das lebende Fleisch von dem toten lösen, mit dem es völlig verwachsen war.

Doch in Wahrheit war er hoffnungslos gebrochen, und mehr Zeit würde ihn nicht wieder in Ordnung bringen. Jetzt war ihm die Zeit ausgegangen. Vielleicht war ihm die Zeit schon vor Jahren ausgegangen. Und selbst wenn er noch ein weiteres Jahrhundert gehabt hätte – er wäre immer noch er selbst.

Doch es senkte sich eine Stille über ihn, als er da neben dem alten Mann saß. Er richtete den Blick gen Horizont, und auch wenn er nur zweifarbige Abstufungen von Tönungen sah, was ihn angesichts der Vision des Sonnenuntergangs in allen Farben, wie er ihn soeben auf der anderen Seite des Spiegels erlebt hatte, mit Kummer erfüllte, übermannte ihn zugleich ungläubiges Staunen. Was seine geblendeten, farbenblinden Augen nicht wahrzunehmen vermochten, war dennoch *da*.

Er konnte sich an die Schönheit erinnern, konnte sich daran erinnern, dass diese verschiedenen Grautönungen einer Farbpalette entsprachen, die von einem ins Rötliche gehenden Zitronengelb bis hin zum kräftigen Orangerot süßer Mandarinen reichte.

Samtenes Violett war mit geschickt verdeckten Nähten in die weiche Brokatdecke der Nacht genäht und dann mit silbrigen Lichtpunkten bestickt worden.

Es war da, und er wusste, dass es da war, wusste, dass es wirklicher war als das, was seine Augen gegenwärtig sehen konnten.

»Was vermisst du am meisten?«, fragte Orholam leise und ohne sich umzudrehen.

Sie waren wohl gemeinsam gescheitert, dachte Gavin. Orholam war hier heraufgeklettert, nachdem ihm »aufgetragen« worden war, dass er nicht herkommen sollte, und vielleicht glaubte er jetzt, für seinen Ungehorsam dadurch bestraft zu werden, dass er hier nichts vorfand. Auch seine Welt musste in diesem Moment ziemlich am Arsch sein.

Doch was Gavin nun in den Sinn kam, war nicht gerade das, was er erwartet hätte.

»Als ich an den Getrennten Felsen dieses ... Inferno über die Welt gebracht habe, habe ich nicht gewusst, was es anrichten würde. Nicht genau. Ich meine, ich habe gewusst, dass es schlimm werden würde, aber ... Ich bin wieder zu mir gekommen, als ich dort stand, nackt. Das Schwarz verschlang gerade *alles*. Und jener heiße Tag war kalt geworden. Bitterkalt. Eisig. Selbst der Körper meines Bruders war kalt. Ich hätte nicht sagen können, wie viel Zeit vergangen war – ob ich stundenlang ohnmächtig dagestanden hatte oder ob die Magie des Höllensteins selbst noch die Hitze in sich aufgesaugt hatte und es in Wirklichkeit nur wenige Augenblicke gewesen waren. Weißt du, ich war der einzige Mensch auf jenem Schlachtfeld, der eigentlich hätte verstehen sollen, was geschehen war, und ich war ... perplex. Meine Haut war an manchen Stellen ohne Haare, doch ansonsten unversehrt, aber wie war es gekommen, dass von meinen Kleidern nur noch Fetzen übrig geblieben waren? Ich hatte das Gefühl, als hätte ich die Welt zerbrochen, als hätte ich ein Ei aufgeschlagen und etwas Schreckliches sei freigesetzt worden. Doch in diesem Moment, an diesem

Ort, inmitten der Toten … Selbst die Sterbenden schienen nicht zu stöhnen. Oder vielleicht war ich auch taub geworden. Ich weiß nicht, aber es war so still, als würde von dem, was ich getan hatte, eine leise Welle bis in die Unendlichkeit hinausgehen. Inmitten all dessen habe ich diesen einen Augenblick erlebt, als sei ich aus der Zeit herausgetreten, als hätten sich die flüchtig dahinschwindenden Sphären irgendwie um mich herum verhakt, sodass der Druck immer größer geworden war, bis sich die Erde aufgeworfen hatte und alles zerborsten war. Plötzlich war die Landschaft verwandelt, und man konnte nur beten, dass die Spannungen gelindert worden waren und die Nachbeben einen nicht vernichten würden. Es war etwas geschehen, das so groß war, dass es mein Verständnis überstieg … Aber jetzt war es vorbei, und die dummen, normalen, stinklangweiligen Sorgen stürzten wieder auf mich ein. Wie etwa, dass ich nackt war. Und dass ich meine Freunde nicht finden konnte. Und es … es … es war zuerst nicht mal so, dass ich Angst gehabt hätte, sie könnten alle tot sein oder dass ich sie vielleicht getötet hatte. Ich konnte gar nicht so weit vorausdenken. Ich wusste nur, dass ich *einsam* war. Nach alledem? Nach diesem magischen Flächenbrand wie dergleichen noch nie jemand gesehen oder auch nur davon gehört hatte? Niemand kümmerte sich groß darum, ob irgendein Kerl auf dem Schlachtfeld nackt war oder ob mit seinem Haar etwas nicht in Ordnung war oder sonst irgendein Scheiß. Aber mir war *kalt*, und ich habe gesehen, dass Gavin Kleider anhatte, und in diesem Moment – dort, am Ende der ganzen beschissenen Welt! – habe ich mich an eine Sache aus unserer Kindheit erinnert. Wir hatten unterwegs auf einer der kleinen Inseln zwischen Rath und Großjasper, die meinem Vater gehörten, Station gemacht, und eines Abends haben wir uns spät noch aus dem Haus geschlichen und sind die Berge hinaufgewandert, um nach so einer alten Ruine zu suchen – was uns natürlich verboten worden war. Wir waren Stunden unterwegs, und plötzlich ist ein Unwetter aufgezogen, und ich hatte meinen Umhang in meinem Zimmer liegen lassen, und ich habe damit gerechnet, dass Gavin mir vorwerfen würde, was für ein Idiot ich doch sei. Er hatte mich sogar noch daran erinnert, ihn mitzunehmen. Aber statt mich zu hänseln oder mir eine runterzuhauen ...« Gavin versagte plötzlich die Stimme. Er musste sich kräftig räuspern. »Stattdessen hat Gavin ... hat Gavin mir seinen Umhang gegeben. Er hat behauptet, ihm sei zu warm. Der verdammte Lügner. Hat mich gefragt, ob ich ihn nicht für ihn nach Hause tragen könnte.« Erneut räusperte sich Gavin. »Er hat es nicht verdient – ich meine, bei den Getrennten Felsen war ich nackt, und es war mir albernerweise schrecklich peinlich, und er hatte Kleider und war tot, und ich, ich habe sie einfach genommen. Es erschien mir einfach sehr praktisch, verstehst du? Er brauchte sie ja nicht mehr, stimmt's? Aber ich habe mich an die Sache mit dem Umhang zurückerinnert, und ich habe den Toten wie ein Plünderer ausgezogen. Ich habe den Leichnam meines Bruders entkleidet wie ein Grabräuber. Es war so, wie ich es geplant hatte, weißt du, zusammen mit Corvan. Ich meine, es war eines von insgesamt sechs möglichen Szenarien: einen Haufen qualmendes rotes Luxin in Brand stecken, als Gavin herauskommen und vor die Leute treten, das Kommando über seine Armeen übernehmen und mich als er ausgeben ... Ich habe nie einen Plan gehabt, der zugleich so einwandfrei und doch so schlecht in Erfüllung gegangen ist. Danach habe ich absichtlich wieder vom schwarzen Luxin Gebrauch gemacht. Um ein paar Erinnerungen auszulöschen. Und ich ... Was mir geblieben war, war meine Heldenverehrung für meinen großen Bruder. Wie die Erinnerung an jene Nacht im Unwetter. Ich fand, dass er das perfekte Prisma gewesen sei, dass ich ihm nie das Wasser würde reichen können. Ich habe versucht zu sein, wovon ich geglaubt habe, dass er es gewesen war. Und in den letzten paar Jahren ... Ich habe all die schreckliche Scheiße, die mein Bruder getan hat, gesehen und angefangen, mich daran zu erinnern. Seine Grausamkeit. Seine Gemeinheit und Angst. Manches davon ist entschuldbar, weil er ein Kind war und sich fürchtete und ... und manches nicht, jedenfalls nicht alles, ganz egal, was man vorbringen mag. Und, weißt du, herauszufinden, wer er wirklich war – die Wahrheit über ihn zu entdecken? Es war, als hätte ich ihn von Neuem verloren. Meine Familie war scheiße, und ich war scheiße, aber ich hatte einen Helden, und dann habe ich ihn ein zweites Mal verloren. Er ist nie derjenige gewesen, für den ich ihn gehalten hatte. Er hat einige sehr, sehr schreckliche Dinge getan, die ich ihm niemals verzeihen kann. Aber gleichzeitig ... Er ist kein ganz und gar schlechter Mensch gewesen. Er war immer noch der große Bruder, der mir seinen Umhang gegeben hat.« Wieder musste Gavin schlucken. »Also, ich glaube, weißt du, ich glaube, ich vermisse meinen großen Bruder. Und ich vermisse Sevastian. Und ich vermisse meine Mutter, die mich nie richtig an sich herangelassen hat, auch wenn sie mich geliebt hat. Ich habe ihr vertraut und zu ihr gestanden, aber sie hat mir nicht vertraut. Jedenfalls hat sie mich nicht die Wahrheit wissen lassen. Sie hat sich wohl geschämt. Und ich vermisse meinen Vater oder vielmehr den Menschen, der er vor alledem gewesen ist ... Ich vermisse den Menschen, zu dem er hätte werden sollen. Den Großvater für Kip, der er hätte sein sollen. Ich vermisse Kip und den Vater, der *ich* für ihn hätte sein sollen. Ich vermisse all die Dinge, um die ich mich selbst gebracht habe. Ich vermisse Karris und die wunderbaren Jahre, die ich mit ihr hätte haben sollen. Ich vermisse Corvan, der mein bester Freund war und den ich im Stich gelassen habe. Ich ... Scheiße. Ich vermisse Dinge, die es nie gegeben hat, und trauere um Dinge, die hätten sein sollen. Lächerlich, was? Es tut jetzt nichts mehr zur Sache. Es ist zu spät.« Gavin versuchte, das alles von sich abzuschütteln, und drehte sich schließlich zu dem den alten Propheten um, um ihn mit der Andeutung eines Grinsens anzusehen. »Also, soll ich noch weiter über meine unglücklichen Jahrzehnte als der reichste, mächtigste und meistbewunderte Mann der Welt jammern? Es ist allerdings alles ziemlich das Gleiche: ›Igitt, all das opulente Essen schmeckt nicht gut, solange ich mich so schuldig fühle.‹ ›Ich armes Schwein! All die Frauen wollen mich, aber ich bin in eine verliebt, der ich gute Gründe gegeben habe, mich zu hassen.‹ Diese Geschichte drückt wirklich mächtig auf die Tränendrüsen! Aber was ist mit dir? Was hast du damals so gemacht, Orholam? Oh, du bist versklavt gewesen und warst all die Jahre an dein Ruder gekettet? Bist täglich geschlagen worden und ein Dutzend Mal beinahe ertrunken? Ja, das klingt *fast* so schlimm wie die Bedingungen, unter denen ich mein Leben fristen musste. Also, weißt du, vielleicht kann ich ja auch irgendwie damit zurechtkommen.« Er zog die Mundwinkel hoch und machte eine Handbewegung zu dem alten Mann hin. »Aber ganz im Ernst. Ich habe genug geschwafelt. Komm, jetzt sag du mal, wie ist es so um deine Familie bestellt gewesen, bevor diese ganze Sache mit dem Ruf zum Propheten passiert ist und du weggelaufen bist? Was vermisst du denn so?«

Orholam legte den Kopf schief und verzog die Lippen zu einem Lächeln. »Darf ich dir eine Geschichte erzählen?«

»Natürlich. Jetzt bist du an der Reihe«, betonte Gavin.

»Nicht meine Geschichte.«

»Scheiß drauf, du bist trotzdem dran. Vielleicht tut mir eine schwer zu enträtselnde Parabel ja ganz gut.« Gavin bezweifelte es, doch so viel war er dem alten Mann schuldig, und es war ihm peinlich, wie sehr er sich mit seinen Tiraden hatte gehen lassen.

»Nachdem Dazen Guile an den Getrennten Felsen seinen Bruder getötet hatte«, begann Orholam, »baute er ein Gefängnis. Nicht eine Zelle oder zwei, sondern ein achtfaches Gefängnis.«

»Äh, Mann. Hör mal, ich kenne diese Geschichte. Wie wäre es stattdessen mit so einer verrätselten Parabel? Einer Prophezeiung? Von mir aus darf sie sich sogar reimen. Ich kann dir gar nicht sagen, wie gern ich mir jetzt einige linkisch holpernde Reimpaare anhören würde, wo das Metrum nicht recht passt.« Orholam schwieg, und Gavin kam sich wie ein Arschloch vor. »Gerade eben habe ich gesagt, dass ich zuhören würde, und dann habe ich dich bei der ersten Gelegenheit unterbrochen, nicht wahr?«

Orholam schwieg weiter.

Gavin seufzte. »Ich habe es gebaut, weil ich wahnsinnig geworden bin. Eine ziemliche Verschwendung meiner ...«

»Nein.«

»Was soll das heißen, nein?«

»Bei deinem Aufstieg durch die sieben Kreise, um hier oben anzukommen, auf dem Dach der Welt, hast du erkannt, dass du schlimmer warst, als es dir bewusst war. Es wird Zeit, dass du erkennst, dass du auch besser warst.«

»Besser?«

»Dazen hat diese Gefängnisse gebaut, weil er gewusst hat, was die Menschen angerichtet haben. In seinem Streben nach Unsterblichkeit und Macht hat der Mensch die Teuflischen in diese Welt eingelassen. Die Götter alter Zeiten, die Unsterblichen, konnten hier ihr Unwesen treiben. Die Chromeria hat dieses Wissen nach besten Kräften verschleiert, aber etwas Derartiges lässt sich nicht ewig verborgen halten. Und so hatte sich Dazen, er ganz allein, der Aufgabe verschrieben, gegen jene zu kämpfen, deren bloße Existenz die Chromeria bereits leugnet. Er hat herausgefunden, dass sich die Teuflischen, wenn sie über die größtmögliche Macht verfügen wollen, mit einem menschlichen Wirt zusammentun müssen, einem Wandler oder einer Wandlerin, der oder die den eigenen Körper mit ihnen teilt. Und so ist Dazen, um für seine Sünden Sühne zu leisten, ein Jäger geworden. Kein Wichtjäger, sondern eher ein Jäger der Mächte, die ihrerseits auf der ganzen Welt Jagd auf jene sterbenden Wandler machen, die man Farbwichte nennt.«

»Das ... das ist nicht ...«

»Er hat diese Götter nicht töten können. Das erforderte etwas, das über seine Möglichkeiten hinausging, etwas, das er nicht besaß: die Blendende Klinge, die sein Bruder und sein Vater verloren hatten. Aber er, der so oft vollbrachte, was andere unmöglich nannten, hat ein weiteres Mal das Unmögliche zustande gebracht. Unter der größten Geheimhaltung und mit außerordentlicher List hat er acht der Unsterblichen einen nach dem anderen eingekerkert. Einen für jede der sieben von der Chromeria anerkannten Farben sowie einen der größeren Elohim für das schwarze Gefängnis. Chi und Paryl waren für ihn zu selten oder zu schwer zu finden, und Weiß, dessen war er sich sicher, war nur eine Legende.«

»Was willst du damit ...« Aber Gavins Kehle schnürte sich zu. Er konnte kaum noch atmen. Warum nur konnte er kaum noch atmen?

Orholam fuhr fort: »Und so kam es, dass er, nachdem er diese Unsterblichen eingekerkert hatte, zu der Auffassung gelangte, dass der einzige Mensch, der all seine Anstrengungen wieder zunichtemachen könnte, er selbst war, denn er wusste, dass er bestechlich und verführbar war und dass er sich auch schon zum Schlechten hatte verleiten lassen. Anstatt also nach immer mehr Macht zu streben, trachtete dieser bemerkenswerte Held danach, seine Macht wegzuwerfen: Er brachte Tod und Vergessen über sein eigenes Herz. Dieses wahre Prisma hat geopfert, was ihm kostbarer war als selbst sein eigenes Leben – er hat sein Guile-Gedächtnis geopfert und seinen eigenen guten Leumund, sogar in seinen eigenen Augen.«

»Nein«, sagte Gavin. Die Tränen drohten ihn zu überwältigen, sodass er kaum ein Wort herausbringen, kaum atmen konnte. Es war unmöglich. Es waren Lügen. »Nein. Das ist alles sehr schmeichelhaft, aber du weißt nicht, wie es wirklich war. Du kennst mich nicht.«

Doch dann erinnerte er sich an die Stimmen aus seinen Gefängnissen. Sie hatten ihn nicht gekannt. Sie hatten nicht immer das Richtige gesagt. Wenn er Teile von sich selbst in die Wände übertragen hätte, dann hätten sie anders zu ihm gesprochen. Die Teuflischen, die in diese Wände gebannt worden waren, wussten jeweils nicht, welche Lügen ihm die anderen erzählt hatten, also hatten sie alle nur auf den Busch geklopft, und jeder hatte mit seiner eigenen Taktik versucht, bei ihm Erfolg zu haben.

Der letzte hatte ihn mit Flüchen beschimpft, hatte ihn einen ⚡☠☌ genannt. Das war eine Sprache, die Gavin völlig unbekannt gewesen war und Dazen genauso. Es war ein Wort, das nicht für menschliche Kehlen geschaffen war. Es war der Ausrutscher, der eigentlich alles hätte verraten sollen.

Gavin hatte Wichte gejagt, daher erinnerte er sich. Er hatte alle Blauwichte auf der Welt ausrotten wollen. So weit war die Sache durchaus einleuchtend, nach dem, was mit Sevastian passiert war, aber er hatte nicht nur Jagd auf Blaue gemacht; er hatte ausnahmslos jede Farbe gejagt. Warum?

War es einfach aus einem Gefühl von Gleichmut heraus geschehen? Der Verpflichtung gegenüber allen sieben Satrapien? Doch nach einer Weile hatte er bestimmte Farben nicht mehr so häufig gejagt, nicht wahr? Er hatte dergleichen manchmal den Wandlern vor Ort oder der Schwarzen Garde überlassen, es sei denn, es bedeutete für ihn keinen Umweg auf dem Weg zu irgendeinem anderen Ziel. Aber trotzdem hatte er immer noch darauf bestanden, es mit anderen Farbwichten allein aufzunehmen. Völlig ohne Begleitung. Manchmal.

Die anderen waren immer außer sich gewesen. Gerade Orea Pullawr. Warum er sich denn auf diese Weise in Gefahr brachte? Warum es ganz allein mit einem Wicht aufnehmen? Warum manchmal allein und manchmal nicht?

Weil er allein sein musste, wenn er versuchte, einen Teuflischen in die Falle zu locken. Weil er zwar sich selbst gegen ihre Niedertracht schützen konnte, nicht jedoch einen Begleiter. Einen Begleiter würde er dann womöglich auch töten müssen.

Es war die Wahrheit.

»Nein«, sagte er. »Ich habe um der Macht willen getötet. Ich bin der Böse. Ich bin schon immer der Böse gewesen.«

»Du hast einen Großteil deines eigenen Wesens verloren. So ist das Böse: Es verspricht einen leichten Ausweg aus einem bestimmten Problem um den Preis, noch schlimmere Probleme zu erzeugen. Aber ich habe dich im Hippodrom gesehen.«

»Im Hippodrom? Als sie mir das Auge ausgestochen haben? Du warst dort?«

»Du hast kein Schwarz gewandelt. Und du hättest es eigentlich gewollt. Du hast gewusst, dass du es gekonnt hättest.«

»War gut so, nicht? Glück gehabt. Es hätte Karris umgebracht. Und Eisenfaust. Ich meine, scheiß auf die übrigen Menschen dort, all die Zehntausende. Mir liegen einzig und allein meine Freunde am Herzen.« Er bleckte die Zähne, brachte jedoch kein Lächeln zustande.

»Du hast das Richtige getan. Und es hat dich dein Auge gekostet, aber damals hast du geglaubt, dass es dich beide Augen und noch dazu dein Leben kosten würde. Und es hat in der Tat Karris und Eisenfaust gerettet – doch davon hast du gar nichts gewusst. Du hast dich nicht deshalb davon abgehalten. Die Welt wird es vielleicht nie wissen oder verstehen können, aber das ist dein größter Augenblick überhaupt gewesen. Dazen, du hast dein Leben für Menschen hingegeben, die deine Folter genossen und dich höhnisch ausgebuht haben.«

»Ich war innerlich gebrochen. Ich konnte es einfach nicht noch einmal tun.«

»Und du hast es nicht dazu genutzt, deinen Vater zu töten.«

»Ein Fehler.«

»Dir hat deine Wallfahrt nicht das Geringste bedeutet, und doch hast du versucht, die Sache ernst und ehrlich durchzuziehen.«

»Wie sich herausstellt, bin ich eben nicht allzu schlau«, sagte Gavin.

»Hast du deine Antwort gefunden?«

Gavin prustete eine Art Lachen hervor. »Ha. Was so viel heißt wie: nein. Und es müsste außerdem Plural sein. Antworten. Nicht nur eine. Eine Million Fragen, und es ist niemand hier, um mir auch nur beim Jammern zuzuhören.«

»Nein. Es gibt nur eine einzige Frage.«

»Wirklich? Und die wäre ...?«

»Darf ich dir etwas zeigen?«

»Ähm, ist das die Frage? Denn ich bin mir ziemlich sicher, dass das nicht meine Frage gewesen ist. Nein. Nicht nur ›ziemlich sicher.‹ Ganz, ganz, ganz sicher.«

»Darf ich dir etwas zeigen?«, wiederholte Orholam beharrlich.

»Nur, wenn es in Schwarz-Weiß gut aussieht«, erwiderte Gavin. »Vielleicht zur Würze mit etwas Rot gemischt?«

Der alte Mann streckte seine knotige Hand aus, die immer noch fast genauso schwielig war wie damals, als sie zusammen gerudert hatten.

Gavin zögerte einen Moment lang, dann griff er nach ihr. Wie aber wollte der alte Mann ihm ...

48

~ Wie die Einfältigen die Dinge durcheinanderbringen ~
(Ein Jahr zuvor)

»Du hältst dich wohl für etwas Besonderes?«, fragt Aufseherin Ysabel.

»Nein, Herrin.«

»Weißt du, warum du dich für etwas Besonderes hältst, Alvaro?«

Ich habe dich nur etwa der Hälfte der Spiegelsklaven im Turm diese Frage stellen hören. »Ich halte mich nicht für etwas Besonderes, Herrin. Ich wollte nur die Hinrichtung sehen. Ich werde niemandem in die Quere kommen, das verspreche ich.«

Von uns allen ist die Aufseherin die Einzige, die sich für etwas Besonderes hält. Sie behauptet, ihre Versklavung sei illegal gewesen, und vielleicht stimmt das sogar. Man muss klug und geschickt sein und auch Glück haben, um den großen Spiegeln in den Türmen der Chromeria zugeteilt zu werden. Ysabel ist weder klug noch geschickt, daher sind wir alle übereingekommen, dass sie sehr, sehr viel Glück haben muss. Manche Leute sagen, sie sei wirklich hübsch gewesen, als sie damals hier eingetroffen ist. Ich kann davon nichts erkennen. Vielleicht ist sie einfach nur gut darin, so zu tun als ob. Ysabel gibt vor, aus dem niederen Adel zu stammen. Sie behauptet, Ysabel Elos zu heißen und dass Gaspar, ihr großer Bruder, sie aus diesem Leben retten werde. Jeden Tag könne es jetzt so weit sein.

Jeden Tag. Na klar.

Sie hat das schon gesagt, noch ehe mich meine Eltern in dieses Leben verkauft haben. Zuvor war die Brauerei unserer Familie bis auf die Grundmauern niedergebrannt, sodass sie alles verloren hatten. Es war Brandstiftung gewesen. Aber einen Magistraten auf Großjasper davon zu überzeugen? Viel Glück dabei! Tyreaner gewinnen gegen ihre ruthgarischen Konkurrenten keine Gerichtsprozesse. Nicht hier. Also haben meine Eltern die gefälschten Dokumente unterzeichnet, die besagten, dass ich im Krieg gefangen genommen worden sei, und die mickrige Summe kassiert, die es dafür gab. Sie waren der Ansicht, Sklaverei für einen von uns sei besser als der Hungertod für uns alle.

Ich war der Schlauste und Aufgeweckteste unter uns Geschwistern, konnte lesen und war gut im Umgang mit dem Abakus. Sie konnten für mich doppelt so viel bekommen wie für jeden der anderen, und ich bin der große Bruder. Es ist meine Aufgabe, die anderen zu beschützen. Ich habe mich freiwillig zur Verfügung gestellt.

Wir sind hier alle Sklaven. Jeder hat seine Leidensgeschichte. Aber selbst Sklaven blicken verächtlich auf Lügnerinnen wie Ysabel »Elos« herab. Sie ist eine pedantische Tyrannin. Unsere Arbeit ist gut und notwendig. Wir bringen Licht in die Dunkelheit. Aber Ysabel ist ein blutiger Fleck auf ihrem Amt und besudelt, was rein sein sollte.

Sie kann es meinem Gesicht ablesen, wie sehr ich sie verabscheue.

Sie greift nach ihrer kleinen neunschwänzigen Katze.

Alle anderen Aufseher verwenden nur Peitschen mit Leder, das nicht geflochten und nicht gegerbt wurde. Es ist vom Herrn und Meister der Ländereien und Besitztümer der Chromeria, dem Hohen Lord Carver Schwarz persönlich, verfügt worden, dass wir nicht wie gewöhnliche Sklaven ausgepeitscht werden dürfen. Wir sind zwar Sklaven, aber wir sind kostbare Sklaven. Privilegierte. Wir arbeiten Seite an Seite mit unseren freigelassenen älteren Brüdern und Schwestern, die ihre Papiere erkauft haben und zur Arbeit zurückgekehrt sind, wo man ihnen jetzt das Dreifache zahlt. Wir alle sind in Optik und Winkellehre unterrichtet worden, und man hat uns sogar genügend Kenntnisse in Bezug auf Magie beigebracht, um die Bedürfnisse unserer Wandler sowie deren Vorgehensweise zu verstehen. Wir haben eine hochspezialisierte Ausbildung erhalten, um stets gewährleisten zu können, dass alle Mechanismen hundertprozentig in Schuss sind. Das geht von der Reinigung der Lichtbrunnen über das Einfetten der Zahnräder bis zu deren Inspektion, dem Bestellen neuer Zahnräder, die ganz genau festgelegten Anforderungen entsprechen müssen, und dem Ersetzungsvorgang. Und vor allem sind wir die Hüter der kostbaren großen Spiegel selbst, die wir bis zu achtmal am Tag mit Essig und Wasser und speziellen schweren Seidentüchern polieren.

Andere, niedrigere Sklaven bekommen an bestimmten Feiertagen frei. Sie bemitleiden uns, weil wir nicht freibekommen. Sie verstehen es einfach nicht. Unsere Pflicht ist heilig, und sie ist zu den heiligsten Zeiten am allerwichtigsten. Bei all der Hitze und der Lichteinstrahlung, die diese Spiegel aushalten müssen, könnte ein verschmutzter Spiegel jederzeit zerspringen, aber an heißen, sonnigen Tagen verdoppelt sich das Risiko, und es verdoppelt sich noch einmal bei Hinrichtungen wie heute, wo alle kleineren Spiegel ihre volle Intensität bündeln, bis sie der der Sonne selbst gleichkommt.

So niedrig und unwichtig wir auch sein mögen, lenken wir doch Orholams Auge.

Sklaven sind wir, aber wir sind auch Sternenhüter. Es geht nicht an, uns zu schlagen wie gewöhnliche Feldarbeiter.

Ein Hieb mit neun lockeren, weichen Riemen ist gestattet, um jemanden, der seine Gedanken unaufmerksam schweifen lässt, zur Besinnung zu rufen. Aber Carver Schwarz wird fuchsteufelswild, wenn jemand wertvollen Besitz beschädigt, und wir gehören ohne Frage zum wertvollsten Besitz der Chromeria überhaupt.

Nur Aufseherin Ysabel interessiert das alles nicht. Sie hat ihre neunschwänzige Katze gekocht, sodass das Leder ganz hart geworden ist, und an einen der Schwänze hat sie eine alte Spiegelscherbe gebunden. Hat man Glück, wird man vielleicht ein halbes Dutzend Mal geschlagen und kein einziges Mal von diesem Splitter getroffen. Oder er trifft einen jedes Mal, zerschlitzt einem die Haut oder bleibt sogar in deinem Fleisch stecken und wird dann wieder herausgerissen.

»Die Hinrichtung beginnt, Herrin«, schiebt sich einer der älteren Sklaven rasch dazwischen. Amadis tut so, als hätte er mich gar nicht bemerkt, doch ich weiß, dass es ein Rettungsversuch ist.

Die Aufseherin tritt an den Rand des Turms, und ich fühle mich versucht, mich mit voller Wucht gegen ihren Rücken zu werfen und sie vom Turm zu stoßen. Amadis sieht mich an und schüttelt den Kopf.

Er hat recht. Ich bin kein Guile, der mit so etwas durchkommt. Sie würden mich selbst auf Orholams Blendblick hinrichten, wenn ich eine Aufseherin ermorde.

Wahrscheinlich wäre ich sogar nicht einmal der Einzige, der

sterben würde. Sklavenaufstände nehmen immer ein grausames Ende.

Die Aufseherin kommt zurück. »Sie haben mit ihrem üblichen Gelaber angefangen. Wir müssen uns beeilen. Meinen Überrock.«

Die anderen verstummen. Wenn Aufseherin Ysabel Blut fließen lassen will, ohne dass es Carver Schwarz uns hinterher ansieht, peitscht sie einen Sklaven auf den Hintern. Die Demütigung, die das bedeutet, ist für sie ein schönes Extra.

Doch ihr zuliebe setze ich noch eins drauf. Ich ziehe meinen Kittel hoch und streife nicht nur meine Hose ab, sondern auch meine Unterwäsche. Dann strecke ich ihr meinen Hintern entgegen, um sie meine Meinung über sie wissen zu lassen.

Ringsum schnappen alle nach Luft.

Ich bin ein verdammter Idiot.

Ich weiß, dass sie mich schrecklich vermöbeln wird. Eine Stimme der Vernunft in meinem Hinterkopf schreit auf, wie dumm es doch ist, einer Barbarin, die darauf brennt, mich zu demütigen, den nackten Hintern hinzuhalten. Ich konzentriere mich auf meine Eier, will sie förmlich in meinen Körper einziehen. Orholam möge den Dummen und Wahnsinnigen seinen Beistand leisten.

»Bei allem schuldigen Respekt, Aufseherin«, sage ich. Doch es ist inzwischen viel zu spät. »Ihr habt doch gerade gemeint, wir hätten es eilig. Ich wollte es Euch nur leichter machen, mir die verdienten Prügel so schnell wie möglich zu verpassen. Und ich wollte verhindern, dass meine Unterwäsche zerfetzt wird. Es ist mein einziges Paar, und ich kann nicht gut mit der Nähnadel umgehen.«

Schon während ich lüge, weiß ich, dass ich damit nicht sonderlich überzeugend bin. Ich kann mich dem nicht mit vollem Herzen hingeben.

Meine Art wird mich eines Tages noch umbringen. Das haben sie mir alle gesagt.

Aber bitte nicht heute.

Ich wage es nicht, mich umzudrehen, um ihr ins Gesicht zu sehen, aber mir schlägt das Herz bis zum Hals, in der Hoffnung, dass ihr die Zeit davonläuft und die Hinrichtung sie veranlasst, sich erst später um mich zu kümmern – vielleicht kann ich weglaufen! Doch in dem Moment fährt die neunschwänzige Katze auch schon auf mich nieder.

Es ist nie gut, aber das war jetzt nicht ganz so schlimm. Und es war nur das eine Mal.

»Weißt du, warum du dich für etwas Besonderes hältst?«, fragt sie leise, und mir wird klar, dass wir noch nicht einmal ansatzweise fertig sind.

Ich sollte versuchen, Zeit zu schinden, aber meine Worte rutschen mir heraus, ehe ich darüber nachdenken kann. »Warum, Herrin?«

»Weil du ein arroganter kleiner Scheißer bist«, antwortet sie. Sie lacht wie die Torhüterin der Hölle persönlich.

Sie peitscht mich heftiger, als ich in meinem ganzen Leben je ausgepeitscht worden bin. Tränen schießen mir in die Augen. Dann schlägt sie wieder zu. Sie peitscht mir der Vorhand und der Rückhand, so fest sie kann.

Die Spiegelsklaven sind alle totenstill. Unter dem Feuer ihrer Hiebe spüre ich, wie meine Haut aufreißt. Spüre, wie mir heißes Nass die Beine hinunterrinnt.

»Au, Scheiße!«, entfährt es ihr. Die Peitschenhiebe hören auf.

Ich sinke auf die Knie.

Als ich es wage, mich umzudrehen, sehe ich, dass sie sich den Unterarm hält. Sie hat mich so heftig geschlagen, dass sie sich selbst dabei wehgetan hat.

Doch ich bin nicht imstande, einen Gedanken zu fassen. Nicht einmal, um sie zu verspotten.

»Herrin, bitte.« Es ist Amadis. »Das reicht. Da ist so viel Blut. Er wird es nicht vor dem Hohen Lord Schwarz verbergen können, wenn Ihr damit fortfahrt. Er wird sowieso schon ein paar Schichten aussetzen müssen!«

»Nein, wird er nicht!«, schreit Aufseherin Ysabel. Sie schlägt mir ins Gesicht, und ich krache zu Boden.

Ich höre sie fluchen, als ich wieder zu mir komme. Sie hält sich immer noch den Unterarm.

Die blöde Kuh hat mich soeben mit demselben Arm geschlagen, den sie sich bereits verletzt hat.

Ich bleibe weinend am Boden liegen. Es ist nicht mehr genug Stolz in mir, um die Tränen zurückzuhalten.

»Steh auf! Sofort! Oder du bekommst noch mal vierzig!«, brüllt sie mich an. »Amadis, nimm du die Katze! Weil du so aufmüpfig warst, musst du ihm die restlichen Peitschenhiebe geben.«

Er setzt sich nur sehr langsam in Bewegung, doch sie kennt dieses Spiel. Jeder Sklave kennt es. Sie versetzt ihm einen Tritt.

Ich stehe auf, so schnell ich kann. Ich hasse sie. Ich hasse es, dieses Leben zu führen. Ich habe alles für mich nur noch schlimmer gemacht. Sie wird mich totpeitschen und mich dann in einen der Lichtbrunnen stoßen. Es wäre nicht das erste Mal, dass so etwas passiert.

»Jetzt noch mal zehn, so fest du kannst, sonst verdopple ich die Zahl, und du bekommst selbst noch mal genauso viel«, raunzt die Aufseherin.

Amadis schlägt mich. Fest. Fast wäre ich umgekippt. Auch wenn er mich mit der Seite ohne die Glasscherbe geschlagen hat, damit keine dauerhaften Verletzungen zurückbleiben, ist er doch viel stärker als die Aufseherin.

Ich sollte ihn dafür wirklich nicht hassen, aber ich tue es trotzdem.

Es ist seine Schuld. Er hat mich mit seinem warnenden Blick aufgehalten. Ich hätte sie vom Turm stürzen sollen, als ich die Gelegenheit dazu hatte. Besser zu sterben, als mir weiterhin Hoffnungen zu machen.

Er schlägt mich erneut, und ich stürze zu Boden.

»Herrin!«, sagt eine der älteren Frauen. »Da kommt das Signal!« Sie flucht laut. »An die Plätze, alle an die Plätze. Ich fange jetzt an herunterzuzählen. Sechs! Und du, Alvaro, verschwinde von hier!«, brüllt sie mich an.

»Fünf!«

Alle hetzen zurück an ihre Spiegel und setzen sich schwere dunkle Brillen auf. Es hat seit Jahren keine Hinrichtung mehr auf Orholams Blendblick gegeben. Jedermann verlangt Perfektion, erwartet, dass sich die Spiegel mit gleichmäßigen und präzisen Bewegungen exakt im Einklang bewegen. Jegliche Schlampigkeit wirft nicht nur ein schlechtes Licht auf alle Sternenhüter, sondern könnte sogar damit enden, dass die intensive Hitze der Sonnenstrahlen, die wir bündeln, dort unten Unschuldige das Leben kostet.

»Vier.«

Ich stehe benommen auf. Meine Unterwäsche und meine Hose baumeln immer noch um meine Knöchel. Ich ziehe sie hoch. Es ist pure Qual. Reflexhaft lege ich die Hand auf meinen Hintern, ich kann nicht anders. Als ich sie wegnehme, ist sie blutverschmiert.

»Drei!« Dann schreit sie mich an: »Aus dem Weg! Verschwinde von meinem Turm, sonst werfe ich dich hinunter!« Ich bin eigentlich nicht sonderlich im Weg, aber ich bin in ihrer Nähe und in der Nähe ihres Spiegels, der den Ehrenplatz im Osten einnimmt, und ich weiß, dass ich schnell wegmuss. Ein mörderischer Tonfall liegt in ihrer Stimme.

»Auf Position eins«, ruft sie. »Auf mein Zeichen!« Sie hebt die Hand, um im selben Moment wie alle anderen nach dem großen Rahmen zu greifen.

Dann heult sie auf und lässt los, die Belastung lässt ihren verletzten Arm schmerzen. Sie dreht sich mit dem Rücken zu uns und hält sich fluchend den Arm. Alle halten inne und fragen sich, ob sie weitermachen sollen, auch wenn sie nicht weiterzählt.

Für einen Moment bin ich zwischen ihr und ihrem großen

Spiegel. Die große Scheibe ist wunderschön. Wie makellos sie im Licht glänzt. Es ist unsere heilige Pflicht, uns um die Spiegel zu kümmern. Es ist unser ganzer Daseinszweck.

Zurück auf eure Posten!«, schreit sie außer sich. Ihre Stimme ist selbst wie ein Peitschenschlag, und voller Angst, Ysabels Zorn ebenfalls erdulden zu müssen, wenden sich alle ab.

Und für einen Moment drehen sie mir alle den Rücken zu.

Ich wische mir schnell die Hand an ihrem Spiegel ab und hinterlasse eine Blutspur. Dann ziehe ich den Kopf ein und gehe zur Treppe, und ich wage es nicht, mich noch einmal umzudrehen, bis ich die Tür erreicht habe.

Sie ist wieder an ihrem Platz hinter ihrem Spiegel, und jetzt hilft ihr ein Lehrling.

Sie haben es nicht gesehen. Sie wissen nichts davon.

»Ich zähle bis zwei!«, bellt sie, als sei es die Schuld ihrer Untergebenen, dass sie nun zu spät anfangen.

Ich halte den Atem an, überzeugt, dass irgendwer es sehen wird, dass irgendjemand herausbrüllen wird, was ich getan habe.

»Position eins«, befiehlt sie erneut. »Auf mein Zeichen!«

Die kleineren Spiegel beginnen sich zu drehen, um ihre Strahlen zu sammeln und sie an die großen Spiegel weiterzuleiten.

»Jetzt!«, ruft sie.

Mein Herz schlägt höher, als ich gehe – vor Grauen, aber auch vor Triumph.

49

Sie schlossen Handschellen um Karris' Handgelenke und drängten sie eilig zu den Aufzügen. »Wir wollen niemandem eine Gelegenheit geben, etwas Dummes zu tun«, erklärte Hauptmann Fisk dem Befehlshaber der Lichtgarde. »Es gibt hier eine Menge Leute, die enge Treuebindungen an Karris haben.«

Es passten jedoch nicht alle in den Aufzug hinein, daher gab es eine Auseinandersetzung. Fisk platzte der Kragen. »Wir fahren verdammt noch mal nur drei Stockwerke nach unten. Soll das ein Witz sein? Jeden Moment, wo wir hier stehen bleiben und streiten ... Na schön! Dann macht es eben so!«

Fünf der zwanzig Schwarzgardisten stiegen leise murrend aus dem Aufzug, und sechs Lichtgardisten drängten sich herein.

»Es war verrückt«, erklärte Fisk, als sie nun endlich die Gewichte einstellten. »Ich habe mir seine Augen angesehen. Zu Anfang war da noch gar nichts, und dann waren auf einen Schlag seine Halos in allen Farben überstrapaziert. Ihm bleibt nicht mehr viel Zeit.«

»Das ist schön«, erwiderte Karris, als der Aufzug in einem Stockwerk mit Wohnungen haltmachte. »Schade nur, dass das Gleiche offenbar auch für mich gilt.«

Ein Dutzend Lichtgardisten erwarteten sie hier. Offensichtlich Totschläger. »Wir müssen jetzt übernehmen«, sagte einer von ihnen. »Befehle des Prismas. Steigt alle aus.«

Sie würden Karris nicht in eine Zelle bringen.

Fisk baute sich vor dem Lichtgardisten auf, der ihm am nächsten war. »Natürlich. Alles wunderbar, aber könnt ihr vielleicht machen, dass ihr aus dem Weg geht, damit wir aussteigen können?«

Als die Letzten, die den Aufzug betreten hatten, mussten die Lichtgardisten in der Kabine als Erste aussteigen. Mehrere hatten den Aufzug bereits verlassen, als andere mit einem Mal zögerten.

Fisk schnalzte zweimal mit der Zunge, und plötzlich flogen die Lichtgardisten aus dem Aufzug heraus und knallten in ihre mörderischen Kameraden hinein, von den Schwarzgardisten hinausgestoßen oder mit Tritten aus dem Aufzug befördert. Irgendjemand löste rasch die Gegengewichte, und der Aufzug sank nach unten wie ein Stein.

Nur einem der Lichtgardisten war es gelungen, den Schwarzgardisten zu packen, der ihn gestoßen hatte. Er schwankte an der Kante des Abgrunds hin und her, während der Abstand zum nach unten fahrenden Aufzug immer größer wurde.

Aber jemand packte ihn am Arm und hielt ihn fest, sodass er nicht auf sie herabstürzte.

Sie verlangsamten die Geschwindigkeit des Aufzugs, und Karris blickte Fisk an.

»Ihr habt doch nicht etwa geglaubt, dass ich mich auf die Seite dieses kleinen Scheißers schlagen würde, oder?«, fragte er und schloss ihre Handschellen auf.

»Ich ...«

»Wir stehen auf Eurer Seite, Eiserne Weiße.«

»Ich weiß, dass ihr alle Gavin geliebt habt, aber ihr braucht keine Treuegelübde, die ihr ihm geschworen habt, auf mich zu ...«

»Wir haben Promachos geliebt«, sagte Fisk. Er nannte Gavin bei seinem Schwarzgardistennamen. »Und lieben ihn immer noch. Aber das hier hat nichts mit ihm zu tun. Wir gehören Euch.«

»Wir gehören Euch«, beteuerten auch die anderen.

Sie presste die Lippen fest zusammen, nickte und warf einen Blick in die Runde, wobei sie jedem Einzelnen kurz in die Augen sah. »Ich danke euch. Danke euch von Herzen. Gut. Wir müssen ganz aus Kleinjasper verschwinden«, sagte Karris. »Wir sind hier nicht sicher, solange ...« Sie brach ab, da sie nun die große Vorhalle im Erdgeschoss erreicht hatten und der Aufzug anhielt. Dort bot sich ihnen ein beängstigender Anblick. Vor ihnen hatten sich mindestens vierzig Lichtgardisten in einem Halbkreis aufgebaut, die alle mit Musketen auf den Aufzug zielten.

Einer der Schwarzgardisten murmelte: »Sehr unerfreulich.«

Man muss es der Schwarzen Garde zugutehalten: Selbst im Angesicht des Todes achtet ein Schwarzgardist immer noch auf seine Ausdrucksweise.

Mehrere Hundert Menschen, die in der großen Vorhalle Schutz

gesucht hatten oder die an diesem Tag der Bedrängnis in der Chromeria Angelegenheiten zu erledigen hatten, verfolgten das Geschehen, zuerst verwirrt und dann entsetzt darüber, dass Menschen, von denen sie gedacht hatten, sie stünden auf derselben Seite, nun mit Musketen aufeinander zielten.

Gill Gräuling murmelte: »Wir können es mit ihnen aufnehmen.«

Auch das muss man der Schwarzen Garde zugutehalten: Selbst im Angesicht des Todes nimmt ein Schwarzgardist das Wort »sterben« dennoch nie in den Mund.

Ein junger Lichtgardist, dessen Bein von einer Knieschiene gerade gehalten wurde und der sich auf eine Krücke stützte, an der vorn eine Klinge angebracht war, verkündete mit so lauter Stimme, dass alle Umstehenden ihn hören konnten: »Hauptmann Fisk! Ich muss hervorheben, dass ich unseren Hohen Herrn Zymun vor Euch gewarnt und ihm gesagt habe, dass Ihr ihn hintergehen würdet. Er wollte Euch eine Chance geben. Es ist in den heutigen Zeiten sehr schwer, treu ergebene Hauptmänner für die Schwarze Garde zu finden. Aber nun haben wir einen in der Tat hervorragenden Ersatz. Meine Herren, es ist mir eine Ehre, euch euren neuen Hauptmann der Schwarzen Garde vorzustellen: mich selbst. Ihr dürft mich Hauptmann Aram nennen. Brüder, Schwestern, ihr alle, legt eure Musketen nieder. Auf der Stelle.«

Niemand rührte sich. Ein Raunen lief durch die Menge.

»Das ist ein Befehl«, knurrte Aram.

Fisk war angespannt wie eine straff gezogene Bogensehne, aber er knurrte leise: »Macht, was er sagt.« Er zog seine eigenen Pistolen, vermied es jedoch sorgfältig, auf die nervösen Lichtgardisten zu zielen. Aber statt die Pistolen zu irgendeinem der Lichtgardisten hinüberzuschieben, ließ er sie mit Schwung durch eine Öffnung in ihren Reihen weit in den Raum hineinfliegen.

Auf keinen Fall darf man seinen Feind mit Waffen ausstatten.

Die übrigen Schwarzgardisten folgten rasch seinem Beispiel.

»Hohe Dame«, fuhr Aram in verärgertem Tonfall fort, »ich

fürchte, Euch mitteilen zu müssen, dass ich von unserem neuen Kaiser, dem Hohen Herrn Prisma Zymun Guile, den Befehl erhalten habe, Euch wegen Hochverrats zu verhaften.«

»Hochverrat?«, wiederholte Hauptmann Fisk laut. Doch er richtete das Wort nicht an Aram. Er sprach zu den anderen Lichtgardisten und zu allen Männern und Frauen im Raum. »Die Hohe Dame Karris Guile, Hochverrat? Unsere Eiserne Weiße zieht für uns alle in den Kampf. Sie will sich dem Lichtbringer persönlich anschließen. Wollt Ihr mir etwa sagen, dass Ihr sie *ermorden* wollt? Wegen dieses verzogenen Jungen dort oben? Was kann er euch Lichtgardisten schon bieten? Geld? Sie hat sich auf den Weg gemacht, um eine Prophezeiung zu erfüllen. Um unsere Insel zu retten, unser Reich und unser nacktes Leben. Wenn sie nicht geht, werden wir alle sterben! Es wird euch allen schwerfallen, die erhaltenen Bestechungsgelder auszugeben, wenn ihr erst einmal tot seid. Und, überlegt doch einmal: Nachdem ihr diese Musketen abgefeuert habt, was geschieht dann mit euch?«

»Was soll das heißen, was mit uns geschehen soll …? Hört zu«, entgegnete Aram, »wir haben unsere Befehle, und wir schenken ihnen Gehorsam, ganz im Gegensatz zu …«

»Ich sag Euch mal was«, unterbrach ihn Hauptmann Fisk. »Wir Schwarzgardisten sind besser ausgebildet als ihr. Aber das Abscheuliche an Musketen ist es nun mal, dass sie die größten Vorteile, die eine solche Ausbildung mit sich bringt, zunichtemachen. Zumindest, was die erste Salve angeht, insbesondere wenn sie aus großer Nähe abgefeuert wird. Das wirkt sich heute zu unserem Nachteil aus. Aber es wirkt sich letztlich auch zu eurem Nachteil aus.«

»Hä?«, machte Aram fragend.

Ein junger Mann in der Menge hinter den Lichtgardisten hatte eine der weggeworfenen Pistolen der Schwarzgardisten aufgehoben. Jetzt schluckte er und zielte damit auf Aram. »Ich finde, Ihr solltet die Eiserne Weiße lieber gehen lassen«, sagte er mit geweiteten Augen und kieksender Stimme. Es sah aus, als könnte er es gar nicht fassen, einen solchen Mut aufgebracht zu haben. Dann blinzelte er verlegen und spannte die Pistole.

Im nächsten Augenblick hatten auch andere nach den Musketen und Pistolen in ihrer Nähe gegriffen, um damit ihrerseits auf die Lichtgardisten zu zielen.

Und dann zogen Dutzende anderer Männer und Frauen überall in der Vorhalle Musketen hervor – angesichts der Bedrohung durch eine heranrückende Armee trugen alle, die eine Waffe besaßen, sie heute auch bei sich.

In der nächsten Sekunde stand der Halbkreis der Lichtgardisten nur noch mit weit aufgerissenen Augen bewegungslos da, während sie von bewaffneten Zivilisten und Diplomaten umzingelt wurden.

50

Gavin schnappte nach Luft und riss die Hand von dem alten Mann weg. »Was war das? Eine Vision? Bist du ein Willensüberträger?«, fragte er scharf. »Das hättest du mir sagen sollen! Das wäre in den letzten Jahren einige Male nämlich sehr nützlich gewesen. Und was zum Teufel war das? Irgend so ein Sklavenkind? Spiegel? Warum zeigst du mir ...«

Der alte Prophet schwieg.

»Warte, diese Willensübertragung *ist* nützlich gewesen, nicht wahr? Du hast mir während des ganzen Weges hier herauf nach deinem Willen den Kopf verdreht, stimmt's? Ist dann alles nur Trugbild und Täuschung gewesen? Habe ich überhaupt irgendetwas von alledem wirklich gesehen?«

Orholam seufzte. »Wir erkennen uns selbst über die Art und Weise, wie wir uns in den Augen der anderen gespiegelt sehen.

Wenn also ein Mensch gewohnheitsmäßig lügt, verzerrt er den Spiegel, den er der Welt zeigt. Indem er andere täuscht, verliert er sich selbst. Jene, die ihn rühmen? Jene, die ihn lieben? Er weiß, dass sie einfach nur einfältige Schwachköpfe sein müssen. Er hasst sich selbst, weil eine Kluft zwischen dem besteht, was er ist, und dem, wofür er sich hält. Wenn die Kluft zu groß wird, wird sie zu einem Riss, zu einer Spaltung. Ein Mensch, der entzweigerissen ist, lebt im Wahnsinn. Also, mein Freund, weißt du, wer du bist?«

»Ich bin ein Kerl, der mitten im Nirgendwo mit einem Irren auf einem Turm gefangen ist.«

»Du hast versucht, der große Schwindler zu sein. Das passt nicht zu dir. Also bist du in der Schwindelei gescheitert, und dadurch bist du auch in dem gescheitert, was zu vollbringen deine eigentliche Aufgabe ist. Manche versuchen, sich mit Alkohol oder Drogen zu betäuben, du aber hast etwas Stärkeres gebraucht. Du hast versucht zunichtezumachen, was Gott selbst geschaffen hat. Du hast von schwarzem Luxin Gebrauch gemacht. Du hast dich davor gefürchtet, derjenige zu sein, der du bist. Du hast immer vor Tausenden gestanden, und da hast du geglaubt, einzigartig zu sein, während du zugleich insgeheim versucht hast, dir auf billige Art Erlösung zu erkaufen. Deshalb hast du die Pilgerreise ernst genommen, das aber auf die völlig falsche Weise.«

»Sprichst du von der *Klinge*?«, fragte Gavin.

»Es gibt zahlreiche Gründe, um eine Pilgerreise zu unternehmen, doch der häufigste ist der Glaube, dass eine Pilgerreise eine Abkürzung auf dem Weg zur Erlösung sei. Es ist außerdem der schlechteste Grund für eine solche Reise. Als brauche man einfach nur eine Weile einen großen Stein mit sich herumzutragen, und dadurch habe sich der eigene Hochmut dann erledigt. Eine Last mit sich zu tragen, die so schwer ist, dass sie das Vorwärtskommen behindert, ist eine gute Metapher für die Sünde, es bleibt aber nur eine Metapher. Das Abbild eines Dinges mit dem Ding selbst zu verwechseln ist die Wurzel für alle möglichen Probleme.«

»Lass mich raten: Das Leben selbst ist die Pilgerreise?«, erkundigte sich Gavin.

Aber der alte Prophet ließ sich in seinem Redefluss nicht beirren. »Ihr Guiles seid Adler, die einen Sonnenuntergang in einem stillen Bergsee betrachten. Ihr taucht in das Wasser hinein, statt darüber hinwegzuschweben, wozu ihr doch eigentlich erschaffen worden seid, und dann flattert ihr im Wasser mit euren Flügeln und verflucht die Welt, weil ihr nicht fliegen könnt und es euch schwerfällt zu atmen – und mit eurem Herumgespritze zerstört ihr auch das Spiegelbild des Himmels auf der Oberfläche.«

»Danke«, sagte Gavin. Arschloch. »Wenn ich also nicht derjenige bin, für den ich mich halte, wer bin ich dann?« Er versuchte, schnippisch zu sein, aber er war zu erschöpft. Der lange Kampf des Tages hatte ihm alle Kraft geraubt.

»Du magst es, Lösungen und Antworten zu finden. Finde es selbst heraus. Außerdem habe ich es dir bereits gesagt.«

Nein, hast du nicht. »Was hat das alles mit diesem Sklaven zu tun, Alvaro?«

»Wer fragt das jetzt?«

Verdammter Mist! Gott! Gavin hasste Propheten!

Dazen. Dazen hasste Propheten. Verdammt! Für sich selbst war er immer noch Gavin. Die meiste Zeit. Es war qualvoll, seine Persönlichkeit zusammenzuhalten. »Ich bin Dazen Guile«, sagte er. Seine Stimme klang fest und energisch. Eine starke, besonnene Tatsachenfeststellung. Weitestgehend.

»Nein, bist du nicht.«

»Nun ja, scheiße. Eine Eins-zu-eins-Chance, und ich verhaue es trotzdem. Was dann? Bin ich denn wirklich Gavin?«

»Das fragst du mich?«, erwiderte der alte Mann. »Und du wirst auch zuhören?«

»Ja!«, antwortete Gavin entnervt. Die ganze Sache war unwirklich und ärgerlich. Er war in eine Zirkuswelt eingetreten, einen Spiegelsaal. Oben war unten, links war rechts, und auch wenn er sich nun endlich an all das erinnern konnte, was er durch das schwarze Luxin verloren hatte – konnte es denn wirklich sein, dass er nicht einmal über seinen eigenen Namen Sicherheit hatte?

Mit leiser Stimme fuhr Orholam fort: »Du bist kein Schwindler. Du bist ein Beschützer. Du bist er, der vor seinen Leuten in die Schlacht zieht. Ist das genug, oder brauchst du noch weitere Hinweise?«

»Promachos?«, fragte Gavin, aber etwas in ihm zerbrach. »So hat mich Eisenfaust genannt. Ich steige den ganzen Weg hier herauf, nur um ein zweites Mal meinen Schwarzgardistennamen zu bekommen?«

Aber er war in der Defensive, versuchte im Geiste, den Propheten nicht zu nahe an sich heranzulassen. Spielte auf Zeit. Es war schön gewesen, wenn Eisenfaust ihn so genannt hatte. Etwas Wirkliches, Starkes, Wahres. Und es war etwas sehr Kostbares gewesen. Er war damals schon auf Distanz zu diesem Namen gegangen, obwohl er ihn zugleich auch zu tragen begehrte. »Ich bin nicht derjenige, für den ihr mich haltet«, hatte er zu Eisenfaust gesagt. Eisenfaust hatte erwidert: »Seid Ihr nicht der Mann, dem ich die letzten zehn Jahre gedient habe?« »Der bin ich.« »Dann, mein Herr, seid Ihr vielleicht nicht derjenige, für den *Ihr* Euch haltet.«

Orholam sprach weiter: »Harrdun hat jahrzehntelang gesehen, was du getan hast, und in Garriston hast du ihm einen unleugbaren Beweis geliefert, ganz gleich, wie seine sonstigen Gefühle für dich ausgesehen haben mögen.«

Dazen neigte den Kopf zur Seite. »In Garriston? Wieso? Indem ich die Leuchtwassermauer gebaut habe?«

»Nein!« Orholam lachte. »Das hat ihn vielmehr *rasend* gemacht – dass du scheinbar mühelos ein solches Wunder erschaffen und damit so leicht die Herzen der Menschen gewinnen konntest. Ich meine, was du am Tor getan hast.«

»Am Tor habe ich seine Leute in den Tod geschickt«, sagte Gavin. »Ich hätte die Sache schneller zu Ende bringen sollen.«

»Du hast an diesem Tor dein Leben für deine Freunde hingegeben, und dabei hast du weißes Luxin gewandelt. Er hat ein Stück davon gefunden. Er trägt es noch immer bei sich.«

»Weißes Luxin? Ich? Das kann nicht ...«

»Dazen oder Gavin, du bist gewesen, was du sein zu müssen glaubtest, um Promachos zu sein. Das ist es, wer du wirklich bist. Und du bist am mächtigsten, wenn du für jene da bist, die niemanden haben, der für sie eintritt.«

Die Worte trafen ihn wie die niedergehende Faust eines Riesen. Aber statt dass sie ihn zermalmten, spürte er, wie sich sein totes Herz erneut regte und zumindest für einen kurzen Moment wieder schlug, in seinem dunklen und dornigen Käfig – das Leben pulste gegen den seinen Körper besetzt haltenden Tod. Es war die Wahrheit, die so schmerzhaft auf ihn einschlug, wie wenn ein Mann auf die Brust eines ertrunken scheinenden Schwimmers eindrischt und ihm die Rippen bricht, um sein Leben zu retten, ihn vor Pein nach Luft schnappen lässt, um ihm dadurch zu helfen, überhaupt wieder atmen zu können.

Aber er wusste, dass alles nicht mehr war als ein letztes Scharmützel in einem alten Krieg, der schon verloren war. Es war zu spät. Er war nicht in Wasser ertrunken, das er vielleicht hätte ausspucken können, um seine Lunge davon zu befreien. Er war in Blut ertrunken. In Flüssen und Meeren von Blut.

Und doch ...

Tränen rannen ihm aus den Augen. *Promachos.*

Seine Gedanken wanderten zurück zu den vielen Malen, da er sich in die Gefahr geworfen hatte, um jene zu retten, die sich nicht selbst zu retten vermochten. Es waren die besten Augenblicke seines Lebens gewesen, wenn er andere gerettet hatte, sei es, indem er Jagd auf Wichte gemacht hatte, sei es, indem er Piraten und Sklavenschiffe versenkt, Räuber getötet und die Blutkriege beendet hatte. Und die schlimmsten Momente seines Lebens waren es gewesen, wenn er es nicht vermocht hatte, jene zu beschützen, die er liebte: Er hatte Sevastian nicht beschützen können. Hatte Marissia nicht beschützen können. Hatte Kip nicht beschützen können. Hatte auch Karris nicht beschützen können – weil er es nicht hatte allein tun können. Und er war immer allein gewesen.

»Ja, ich bin für sie da«, sagte Gavin. »Nun ja ... bin es jedenfalls gewesen.«

Und dann nahm seine Stimme einen tiefen, kläglichen Tonfall an, der so gar nicht zu dem Prisma passte, das er einst gewesen war. Es war die Stimme jenes hilflosen Jungen, der in einem leeren, wunderschönen Landhaus, während draußen der Sturm tobte, seinen leblosen kleinen Bruder in den Armen hielt. Mit einer Stimme voll von Tränen und Schwäche sagte er: »Ich bin für sie da gewesen. Und wer ist für mich da?«

Gavin wandte den Blick ab. Er wagte es nicht, den Ausdruck zu sehen, der sich jetzt in den Augen des alten Mannes zeigen mochte. Mitleid konnte er nicht ertragen, und es bedurfte nur eines einzigen »Ich habe es dir ja gesagt«, und Gavin würde sich von diesem gottverdammten Turm stürzen.

Er brauchte keine Antwort. Wann hatte er irgendjemandem die Gelegenheit gegeben, für ihn da zu sein? Oder auch nur an seiner Seite zu stehen? Wann hatte er je darum gebeten? Nein, Gavin hatte der große Held sein wollen, teils aus Eitelkeit, damit man ihn auch als Helden *sah*, und teils aus Stolz darüber, dass nur er tun konnte, was immer notwendig war. Teils aber auch aus Angst davor, jenen Menschen zu verlieren, den er um Beistand gebeten hätte.

Gavin sagte: »Ich habe gegenüber allen versagt, die ich liebe, und ich habe jene nicht geliebt, die es verdient und meine Liebe gebraucht hätten. Wie soll ich ... Wie soll ich damit umgehen?«

Als Orholam nicht antwortete, hob Gavin langsam den Blick zu dem alten Propheten. Er sah eine Träne in das Blut zwischen ihnen platschen, eine kurze, vorübergehende Aufhellung in dem roten Strom. »Liebe, so wie du bist, Dazen. Manchmal leistet ein zerbrochener Spiegel die besten Dienste.«

»Ha! Tatsächlich? Wann denn?! Wenn kleine Splitter davon an einer neunschwänzigen Katze befestigt sind, damit sie Menschen das Fleisch aufreißen können, wie es diesem kleinen Scheißer Alvaro ergangen ist?« Gavin wandte sich ab. Er konnte Orholam nicht ins Gesicht sehen. »Außerdem habe ich gar nicht nach einer Antwort gesucht.«

Doch das war eine Lüge. Natürlich suchte er nach einer Antwort.

»Deine dunkle Nacht wurde jeden Tag in der Sonne gelebt. Und sie war am hellsten Tag des Jahres am dunkelsten. Vor den Augen Tausender, die nicht sahen, hast du dich allein gefühlt.«

Gavin brummte zustimmend.

»Wenn es nur jemanden gegeben hätte, mit dem du hättest reden können.«

»Ich hatte niemanden.«

»Ich wollte andeuten, dass du vielleicht mit *mir* hättest reden können.«

Ha. »Ich habe befürchtet, dass, wenn ich allzu genau hinschaue, die ganze Sache auseinandergefallen wäre.«

»Das wäre auch so gewesen«, sagte Orholam.

Gavin blinzelte verwundert. »Was soll das heißen? Dass ich anschließend alles wieder hätte zusammensetzen und dadurch hätte besser machen können?«

»Nein. Nicht du allein. Aber es hätte viele willige Hände gegeben, die zur Hilfe bereit gewesen wären.«

»Vielleicht wenn sie einen Anführer gehabt hätten. Sevastian.«

»Nein. Dich. Für dich ist schon immer eine Schlüsselrolle vorgesehen gewesen.«

»Klar. Was auch immer.«

»Ich habe andere ausgeschickt, im Laufe der Jahrhunderte. Einige haben den Ruf verleugnet. Andere sind getötet worden. Wieder andere wurden verführt und zum Schlechten verleitet, ehe sie ihre Bestimmung erfüllen konnten. Die Meeresdämonen zum Beispiel.«

»Die … Moment mal, wie bitte?«

»Lucidonius hätte der Lichtbringer werden sollen. Er hat sich vom rechten Weg abgekehrt. Hat sich für Kampf und Eroberung entschieden. Wollte ein Gott werden. Und dann hat er aus Angst vor meinem Richtspruch Unsterblichkeit zu erlangen versucht. Mittels Seelenübertragung hat er sich in das sanfte Geschöpf versetzt, das sein Diener und sein Freund gewesen war. Lucidonius ist der erste Meeresdämon geworden. Er schwimmt noch immer durch den Ozean. Alle späteren sind seinem Vorbild gefolgt.«

Er schwimmt noch immer durch den Ozean? Gavin klappte die Kinnlade herunter. Er hatte selbst gegen niemand Geringeren als Lucidonius gekämpft: Der größte der Meeresdämonen hatte *Die Goldene Mitte* auf dem Riff zerschmettert.

»Moment, Moment, Moment, wie kommt es, dass mir niemand in der Chromeria davon berichtet hat?«, fragte er. »Ich war das Prisma. Der Kaiser! Ich war sogar eine Zeitlang Promachos!«

»Würdest *du* Gavin Guile verraten, wie er Unsterblichkeit finden kann, im Wissen, was es alle anderen kosten würde?«, fragte der alte Prophet.

Mein Gott. Das war der wahre Grund, warum Karris Atiriel die Schwarze Garde erschaffen hatte: Sie bewachten das schwarze Geheimnis. Was als die gegensätzlichen Ziele, zugleich sein Leben zu schützen und seinen Tod sicherzustellen, erschienen war, war in Wirklichkeit überhaupt nicht gegensätzlich: Die Schwarze Garde beschützte das Prisma und seine Ehre – indem sie es, wenn nötig, gewaltsam zu einem ehrenvollen Tod führte. Wie Kampfgefährten einen Wandler oder eine Wandlerin aus ihren Reihen umbrachten, wenn er oder sie den Halo durchbrach, tötete die Schwarze Garde das Prisma, um es nicht für alle Zeiten zum Ungeheuer werden zu lassen. »Willst du mir erzählen, dass die Meeresdämonen alle ehemalige Prismen sind?«

Ein sanftes Kopfschütteln. »Die meisten waren welche, und es trifft auch auf all jene zu, die jetzt noch übrig sind, aber diese Form von Magie ist auch für andere *möglich*.«

Plötzlich war es alles zu viel.

Zu viele Erklärungen. Ein Prophet konnte viele verborgene Dinge wissen, sicher, aber *das* alles? So offen und eindeutig? Klare Antworten und kein einziger gottverdammter Reim in dem ganzen Ding?

Gavin trat einen Schritt zurück. Er hatte auf einmal ein Gefühl in der Kehle, als hätte sich eine Faust darum geschlossen.

Als weiche er vor einem knurrenden Hund zurück und versuche dabei, sich nicht anmerken zu lassen, dass er rasendes Herzklopfen hatte, stand er taumelnd auf und machte einen Schritt nach dem anderen zurück.

Der alte Prophet sah ihm mit belustigter Miene zu. Er folgte ihm nicht.

Das machte die Sache für Gavin nicht besser.

In diesem belustigten Gesichtsausdruck lag irgendwie auch etwas Unheimliches. Gavin verspürte einen Stich im Herzen. Wieder war da das altvertraute Gefühl, dem Tod ins Auge zu blicken.

Er erreichte die Stelle am Turmrand, die er gesucht hatte, und reckte den Hals nach vorn, um auf das Stockwerk unter ihm hinabzuschauen.

Gavin stand direkt über der Kluft, über die er hatte hinwegspringen müssen, bevor er die letzte Treppe zum Dach des Turms hinaufsteigen konnte – der Kluft, an der er Orholam zurückgelassen hatte.

Dort unten befand sich noch immer ein alter Mann, direkt unter Dazen, er kniete auf dem Boden und starrte mit finsterem Gesicht auf all das viele Blut. Dann sah er plötzlich auf. »Gavin?! Du lebst noch! He, ist da jemand bei dir dort oben? Ich meine, ich hätte da mehrmals den Rücken eines ... he, Gavin!«

Aber Dazen war ruckartig herumgefahren und hatte verdutzt einen Schritt vom Abgrund weg gemacht. Der Doppelgänger befand sich noch immer hier oben bei ihm und stand jetzt nur noch wenige Schritte von ihm entfernt, wiewohl Dazen kein Geräusch einer Bewegung vernommen hatte. Der Doppelgänger hielt das Musketenschwert in der Hand.

Es rieselte kalt Dazens Wirbelsäule hinab. Ihm stockte der Atem. Er trat wieder einen Schritt zurück und spürte, wie seine Ferse in die leere Luft hinter der Turmkante hinausrutschte.

Der Doppelgänger stieß das Musketenschwert in den blutigen Boden und legte die gefalteten Hände darüber, als sei es ein Gehstock und er selbst einfach nur ein freundlicher alter Mann.

Dazen schaute zwischen den beiden Exemplaren desselben Mannes hin und her, einer vor ihm und einer unter ihm, und richtete das Wort an den Schwindler, der sich zusammen mit ihm auf dem Dach des Turms befand. »Du hast mich übers Ohr gehauen! Du bist gar nicht Orholam!«

Der alte Mann stützte sich auf das Musketenschwert. Er lächelte. »Oh doch, der bin ich.«

51

»Wo zum Teufel sind sie denn hin?«, fragte Kip.

Er und seine Männer hatten sich auf den Kampf mit den vierzig oder fünfzig Lichtgardisten vorbereitet, die den Aufzug bewacht hatten. Er hatte sogar einen Plan geschmiedet, wie sie ihnen vielleicht zuvorkommen könnten, aber es war kein guter Plan gewesen. Er hatte damit gerechnet, Blut vergießen zu müssen.

Doch die Schläger waren schlicht und einfach verschwunden.

»Wir haben sie, ähm, festgesetzt«, sagte ein zart und sanftmütig wirkender junger Adliger. Von seinem Äußeren her schien er der letzte Mensch, der zu etwas Derartigem hätte fähig sein können.

Kip und seine Männer sahen einander an. Irgendjemand hatte bereits veranlasst, den Aufzug kommen zu lassen. Sie konnten sich jetzt nicht allzu sehr damit aufhalten, einem Rätsel auf die Spur kommen zu wollen; sie mussten aufs Dach hinauf.

»Die Eiserne Weiße ist gekommen. Sie hat uns gezeigt, wie wir es machen müssen«, sprang eine Frau erklärend ein.

»Und Hauptmann Fisk«, ergänzte der junge Adlige. »Dieser Kerl hat vielleicht Eier! Ich frage mich, wie der überhaupt in seine Hose hineinkommt …«

Kip zog eine Braue hoch, und der Mann verstummte. »Sie sind fortgegangen? Gerade eben?«

Allgemeines Nicken ringsum.

»Sie hatten vor, sie umzubringen! Sie haben sie verhaftet, um sie dann hinzurichten!«, rief jemand.

»Wir haben diese Schweine entwaffnet und in einen Lagerraum gesperrt. Wollt Ihr …«

Der Aufzug kam an, und Kip schüttelte den Kopf. Er wollte einem geschenkten Gaul nicht ins Maul schauen: Es war ein großer Segen, hier nicht mit den Lichtgardisten kämpfen zu müssen, aber Andross war davon ausgegangen, dass Hauptmann Fisk auf seinem Posten oben bei Zymun bleiben würde. Fisk hätte seine erwähnten unglaublichen Eier eigentlich dazu einsetzen sollen, die Schwarze Garde bei der Tötung von Zymun anzuführen, nachdem er zum Wicht geworden war.

Ich sollte mich im Grunde nicht darüber aufregen, dass Fisk stattdessen Karris rettet, aber als General bin ich doch mächtig sauer.

Natürlich hatte Andross Fisk sicher nicht in seinen Plan eingeweiht. Andross weihte andere nie in seine Pläne ein, aus Angst, sie könnten sie durchkreuzen. Also war das Ganze Andross' Schuld. In einem Kampf gab es zu viele sich in Bewegung befindliche Einzelteile, um den Überblick über jedes Detail zu behalten, zu viele Spieler, die auf eine extreme Weise agierten, als dass selbst Andross Guile alles vorherbestimmen konnte.

Es gab niemanden, für den Fisk seinen Posten verlassen würde – bis auf Karris, und auch das nur, wenn ihr Leben in Gefahr war.

Der Aufzug brachte sie bis ins vorletzte Stockwerk hinauf, wo sie in einen anderen Aufzug steigen mussten, um zur höchsten Etage zu gelangen.

Kip verspürte ein Engegefühl in der Brust. »Spürt ihr es auch?«, fragte er, als sie die Gewichte einstellten.

Allgemeines Nicken war die Antwort. Sie alle spürten das dumpfe Summen der Gottesbanne in ihren Knochen, doch das war der nächste Kampf. Jetzt machte ihnen der nun bevorstehende erst einmal genug zu schaffen.

Die Mächtigen prüften ihre Waffen, auch wenn sie sie nur Minuten zuvor das letzte Mal überprüft hatten.

Der Aufzug öffnete sich zu dem Stockwerk des Turms, in dem das Prisma und die Weiße residierten. Wie die Stacheln eines Igels präsentierten die Mächtigen und die Besten ihrer Landsleute einen Verteidigungswall aus Musketen, in ihren Bogen gespannten Pfeilen, Speeren und Armbrustbolzen – einem leeren Flur.

Niemand stand am hier befindlichen Kontrollpunkt Wache und auch keiner an dem anderen weiter unten im Flur. Das machte die Sache für Kip und seine Leute unendlich viel einfacher – dieser Flur konnte an den Kontrollpunkten von einem Dutzend Männern mit Musketen stundenlang gehalten werden.

Glück? Kip war so unvertraut mit diesem Phänomen, dass er nicht wagte, darauf zu bauen.

»Ultraviolette, Infrarote, raus!«, befahl der große Leo, plötzlich von Kopf bis Fuß Befehlshaber.

Kip, der erst einmal nichts zu tun hatte, bis andere mit ihrer Arbeit fertig waren, dachte beiläufig: Hauptmann großer Leo?

Hm. Das klang ein wenig unbeholfen. Hauptmann Leonidas?
Mmh. Vielleicht.
Falls wir am Leben bleiben.

Die Ultravioletten und die Infraroten strömten aus dem Aufzug und suchten nach Fallen. Kip musste erneut an Teia denken. Orholam, es wäre wirklich schön gewesen, Teia jetzt hier dabeizuhaben. Sie war so schnell, so aufgeweckt.

Und weit, weit weg. Zusammengerollt in ihrem verdunkelten Raum, während die Lacrimae Sanguinis in ihren Augen sie zittern ließen, und zugleich von der Hoffnung erfüllt, dass das Gift seine Wirkung vielleicht verlieren würde, bevor es sie umbrachte.

Sie alle wollten ihr beistehen, ihr all den Trost und die Kameradschaft bieten, die sie verdiente. Kip hatte ihr eine Million Dinge zu sagen, tausend Entschuldigungen – aber der Krieg ließ alles verstummen.

Die Ultraviolett- und Infrarotwandler gaben das Zeichen, dass die Luft rein war, und der große Leo bedeutete allen, den Flur hinunterzugehen. Kip war es nicht gestattet, die Führung zu übernehmen, nicht solange die Gefahr bestand, womöglich direkt in einen Hinterhalt hineinzulaufen.

Sie legten unbehelligt den ganzen Weg bis zu den Türen zum Dach zurück. Was stimmte da nicht mit den Lichtgardisten? Nicht einmal hier draußen stand ein Posten? Es war seltsam, daran erinnert zu werden, dass auch der Feind von schlechten Leuten geführt sein konnte. Selbst ganz oben standen nicht immer Genies und schlaue strategische Strippenzieher. Manchmal waren es einfach Schläger, die bereit waren, mit Führungspersönlichkeiten der schlimmsten Art zusammenzuarbeiten. Manchmal waren es Leute ohne jede Moral, die in erster Linie aufgrund ihrer Begabungen als Speichellecker ausgewählt worden waren.

Trotzdem, dass es hier keine Soldaten gab, bedeutete nicht, dass Kip auf der anderen Seite dieser Türen nicht plötzlich mitten in eine ganze Hundertschaft hineinstolpern könnte.

Und so drängten sich alle Mächtigen an den Türen zum Dach zusammen, insgesamt vierzig Mann. Ferkudi gab den dicht stehenden Kriegern schnelle Handsignale – ohne in irgendeiner Weise an den dummen, verpeilten, schusseligen Ferkudi zu erinnern, den er so oft abgab.

Für einige Sekunden überlagerte sich in Kips Vorstellung der junge Mann vor ihm mit dem Knaben, der er einst gewesen war. Der große, weichliche, tölpelhafte Ferkudi, die Zielscheibe all ihrer Scherze, der vergessliche Armleuchter, der seltsamerweise im Kopf zugleich die umfangreichsten Berechnungen anstellen konnte, hatte sich in den tödlichen Krieger und den Anführer verwandelt, den Kip jetzt vor sich hatte.

Und doch war er immer noch Ferkudi. Er war der eine oder der andere, je nach den Erfordernissen der Lage.

Kip liebte sie beide.

Und er hatte schreckliche Angst, dass er seinen Freund womöglich in den Tod schicken würde.

Aber die Angst war nicht so groß, dass sie ihn gelähmt hätte.

Kip überprüfte, ob seine Pistolen richtig geladen waren, sah nach der Schussmechanik, nach dem Zündstein und nach der Batterie. Kein Luxin, nicht jetzt.

Der große Leo sah ihn an. Kip nickte.

Der Hauptmann gab mit der Hand das Tempo vor. Holte tief Luft.

Drei. Zwei. Peng!

Sie stürmten die Treppe hinauf aufs Dach und verteilten sich.

Binnen weniger Sekunden waren die vierzig auf dem Dach und zielten mit ihren Waffen in alle Richtungen.

Außer ihnen befanden sich lediglich ein Dutzend Menschen auf dem Dach: sechs Lichtgardisten, die sofort ihre Musketen gen Himmel hoben, zwei zitternde Höflinge, zwei Boten und zwei spärlich bekleidete junge Sklavinnen.

Kein Zymun.

»Wo ist er?«, brüllte Kip einen der Höflinge an.

»Herr, ich ...«

»Wo?!«

»Er musste ... Er musste dem Ruf der Natur folgen, Herr.«

»Er hat den Halo durchbrochen«, fügte eine der Frauen mit hohl klingender Stimme hinzu. Sie hatte das Aussehen eines Menschen, der von Zymun traumatisiert worden war und der nun tapfer darum kämpfte, die Kontrolle über sich wiederzugewinnen. »Seine Augen haben geblutet. Infrarot. Sie haben ihn nach unten gebracht.«

Der Höfling sah sie voller Zorn an. Er ging auf sie zu, hob die Hand und sagte: »Wir haben den Befehl, nicht zu ...«

Der große Leo verpasste dem Mann einen kräftigen Kinnhaken. Der Höfling schlitterte über den Boden und blieb bewusstlos, vielleicht tot liegen.

Kip drehte sich zu Ben-hadad um. »Nimm zwanzig Männer mit. Verhafte oder töte ihn.«

»Und wenn sie Anstalten machen, Widerstand zu leisten? Dann droht ein Bürgerkrieg«, gab Ben zu bedenken.

»Dieser Krieg würde enden, sobald er tot ist«, erklärte Kip.

»Verstanden«, erwiderte Ben. Und verschwand.

Kip begriff, dass sein Freund gar nicht erst versuchen würde, Zymun zu verhaften.

Aber das war im Moment auch nicht von vorrangiger Bedeutung.

»Schnell, Herr«, sagte jemand.

Kip drehte sich zu dem riesigen Kristall um, der zwischen großen Eisenarmen schwebte. Die Hälfte seiner Oberfläche war mit Spiegeln verkleidet. Kip griff nach den Riemen und den goldenen Griffen und den wunderschön geschnitzten Emblemen der Prismen vergangener Zeiten und stemmte sich an seinen Platz. Andere zogen seine Riemen fest.

Gerade rechtzeitig.

Denn der erste der Luxin-Stürme tobte bereits über dem Horizont, schon nicht mehr weit entfernt von den Jasperinseln, und er kam immer näher.

52

Dazen konnte nicht behaupten, dass er aus Frömmigkeit auf die Knie gefallen wäre, aber er fiel jedenfalls auf die Knie.

Es ließ sich nicht leugnen. Die Einzelteile fügten sich zusammen, und sie passten allzu gut.

Die ganze Sache hatte irgendwie sogar etwas Schrulliges: Dazen hatte die Welt getäuscht, um seine Identität zu verbergen; Orholam hatte Dazen getäuscht, indem er seine eigene verborgen hatte – und er hatte sie hinter seinem eigenen, seinem richtigen Namen versteckt.

»Ich habe dir eine Tributgabe mitgebracht«, sagte Dazen und deutete auf das Musketenschwert, das er beiseitegeworfen hatte.

»Ich sehe, du hast es bereits gefunden. Eine gute Arbeit. Schießt einem Idioten auf vierzig Schritt Entfernung einen Apfel aus dem Mund. Die Entfernung kann auch noch größer sein, wenn man sich nicht gerade auf einem schwankenden Schiff befindet. Oder wenn man Gott ist, vermute ich mal.«

Er wusste nicht, warum er das tat. Vielleicht weil keine Form der Anrede richtig zu sein schien, wenn sie aus seinem Mund kam. Ganz bestimmt jedenfalls nicht die hohepriesterlichen Segenssprüche, die er nachgeplappert hatte. Dieser auswendig gelernte Lärm eines Lügners, Worte, bei denen er jedes Mal, wenn er sie in seinem bisherigen Leben aufgesagt hatte, überzeugt gewesen war, dass es sich um Lügen handelte.

»Und das da nennst du eine Tributgabe?«, fragte Orholam und tätschelte die Klinge.

»Ein gewisser Prophet hat mir gesagt, es sei üblich, eine Opfergabe mitzubringen.«

»Oh, jetzt befolgst du also Sitte und Brauch?«, erkundigte sich Orholam.

»War doch einen Versuch wert, oder? So als Schuss ins Blaue ...?«, meinte Gavin. Er wollte aufstehen, aber ihm fehlte die Kraft dafür. Blut wirbelte um seine Knie herum und strömte über den Turmrand in die Tiefe. »Das war jetzt nicht als Wortspiel gedacht. Musketenschwert. Schuss. Du ...« Orholams Blick ließ ihn abbrechen. »Klar, du weißt wahrscheinlich ohnehin, was ich vorhabe, nicht wahr?«

Orholam wirkte nicht belustigt. »Du würdest deinen Müll schließlich auch nicht einem Bettler geben und dann Dankbarkeit von ihm erwarten. Du hast das hier achtlos weggeworfen. Sollte ich dankbar dafür sein, dass du *mir* deinen Müll schenkst?«

Da hatte er ihn ertappt. »Ähm. Keine Ahnung. Ich dachte, du könntest vielleicht etwas damit anfangen?«

»Glaubst du etwa, dass ich, um meinen Willen zu erfüllen, ein altes Schwert brauche, das seine Schärfe verloren hat und stumpf geworden ist?«

Dazen meinte: »Wahrscheinlich nicht? Moment mal, nennst du etwa *mich* ein altes Schwert?«

»Du hast deine Schärfe also offenbar nicht verloren. Zumindest nicht deine Geistesschärfe.«

»Zumindest noch nicht alles davon«, erwiderte Dazen.

»Wenn du deinen Verstand verlierst, gibt es hier oben jedenfalls jede Menge scharfe Kanten.«

Dazen konnte sich ein Lächeln nicht verkneifen.

Ja. Das war es.

Der sichere Beweis.

Er war verrückt geworden.

So würde die Sache nicht verlaufen, wenn alles Wirklichkeit wäre. Wenn es Wirklichkeit wäre, gäbe es jetzt jede Menge weihevolle Anredeformeln. Die ganze behäbige und ach so gewichtige Grammatik direkt aus dem Doni'el Machos.

Orholam musterte ihn einfach nur im dahinschwindenden Licht.

»Weißt du«, begann Gavin, »ich hatte wirklich nicht gedacht, dass du ... nun ja, dass du eine *Persönlichkeit* besitzt. Nichts für ungut. Du weißt, was ich meine, oder? Irgendwie mag ich dich. Gegen meinen Willen. Du solltest ab und zu mal zu uns herunterkommen. Dich unters Volk mischen.«

»Das ist eine großartige Idee. Ich werde darüber nachdenken müssen.« Da war ein Anflug von Brüskheit in seiner Stimme. Ein Hauch von sarkastischer Bissigkeit, weil Gavin ihm doch tatsächlich *Ratschläge* erteilte. Ihm, dem Gott. Als wäre Gott selbst niemals auf einen derartigen Gedanken gekommen.

Gavin runzelte die Stirn. »Du ... du machst so was also schon? Läufst inkognito durch die Gegend und so weiter?«

Orholam zog einfach nur die Brauen hoch.

»Verdammt! Äh, Entschuldigung. Nun ja, dann solltest du wirklich mal die Chromeria besuchen. An einem Treffen des Spektrums teilnehmen. Ich glaube, du könntest da ziemlich schnell ein paar Dinge klarstellen.«

»Schnell? In einer Ratssitzung?«

Dazen lachte laut auf. »Nein, du hast recht. Ich kann mir nur zu gut vorstellen, wie du hereingeschwebt kommst, in all deinem Glanz, bereit, eine Rede zu schwingen, und dann geht Klytos Blau plötzlich dazwischen: Ein Antrag zur Geschäftsordnung! Hat der Herr in den Wolken der Glorie überhaupt Redeerlaubnis erhalten?«

Sie lachten zusammen.

Wahnsinn machte mehr Spaß, als er das eigentlich tun dürfte.

Dann sagte Gavin: »Komödien müssen für dich wirklich ätzend sein, nicht? Ich meine, du musst die Pointe doch immer kommen sehen, stimmt's?«

»Es kommt darauf an, wie man sie rüberbringt«, antwortete Orholam mit einem hinterhältigen Grinsen. »Und da wir gerade dabei sind ...«

Dazen schluckte. »Mir wird nicht gefallen, was du als Nächstes sagst, nicht wahr?«

»Nein.« Die heitere Herzlichkeit war von einem Moment auf den anderen verschwunden. »Von dir wird erwartet, eine Tributgabe zu entrichten.«

»Also hast du die Sache mit dem Müll wirklich ernst gemeint? Dass das Musketenschwert nicht zählt?«, fragte Gavin. »Ich meine ...«

»Oh, es ist nicht unter meiner Würde, vom Müll anderer Gebrauch zu machen. Ich kann einen Stein, den die Erbauer zurückgewiesen haben, als Eckstein benutzen, aber *du* kannst mir nicht mit etwas deinen Tribut leisten, was *für dich* Müll ist. Das ist kein Opfer. Ich bin ein Heiler der Heiler und ein Diener der Diener, aber für Könige bin ich ein König – kein Sklave.«

Dazen konnte endgültig nicht mehr die Augen vor der Wahrheit verschließen, als er nun endlich den Sinn von alledem verstand.

Er war nicht verrückt.

Orholam war keine einfache, geschlossene Persönlichkeit. Er war gewaltig. Ein einzelner Mensch konnte nur einen kleinen Ausschnitt von ihm in seiner Göttlichkeit wahrnehmen. Ihm zu begegnen war, als würde man versuchen, sich einen Edelstein von der Größe der ganzen Erde anzusehen, der in jeder Farbe innerhalb und außerhalb des sichtbaren Spektrums strahlte: Das menschliche Auge und auch das geistige Auge eines Sterblichen konnten nur einen begrenzten Ausschnitt davon wahrnehmen und auch den nicht in vollem Umfang. Gavin selbst war ein Mann von Geist und Witz, lustig und freundlich, aber letztendlich war er ohne jede Frage der Kaiser, und er würde es niemandem durchgehen lassen, das zu vergessen. Und so erschien ihm Orholam auf die gleiche Weise, ein göttlicher Spiegel, sodass sich Gavin eine gewisse Hoffnung darauf machen konnte, einen Teil der Wahrheit zu verstehen; ein fleischgewordenes Pars pro Toto, ein kleiner Ausschnitt, der für das Ganze stand.

»Ich habe nichts, was als Tributgabe für dich tauglich wäre«, bekannte Dazen. »Ich bin selbst nur gebrochener unnützer Plunder.«

»Ich nehme die Gabe an.«

»Wie bitte?«

»Dich! Ich nehme dich an! Mit Freuden! Eine ganz hervorragende Tributgabe. Es gibt nichts Besseres.«

»Mich?! Du brauchst mich nicht. Du hast doch gerade gesagt ...«

»Braucht ein König Freunde?«, unterbrach ihn Orholam.

»Was? Wie bitte?« Dazen wusste, wie Gavin geantwortet hätte, aber er wusste auch, dass diese Antwort falsch gewesen wäre.

»Braucht ein Vater seine Kinder?«, fragte Orholam weiter. »Braucht eine Mutter das Baby in ihren Armen?«

»Natürlich nicht. Aber ... ja? Nicht *brauchen* im Sinne von unbedingt und in jedem Fall brauchen, aber es ist eben ein völlig unterschiedliches Brauchen. Was meinst du denn damit?«

Dazen dachte an seinen eigenen Vater und daran, was es mit Andross gemacht hatte, dass er geglaubt hatte, er *brauche* seine Kinder nicht. Er dachte an seine Mutter, die ihr Verlust völlig gebrochen hatte. Und er dachte an Kip und daran, was er selbst Kip angetan haben musste, weil er der Überzeugung gewesen war, der Junge *brauche* es nicht unbedingt und in jedem Fall, dass Dazen als sein Vater einsprang.

Dazen sagte: »Ich verstehe, was du meinst, aber es ist nicht unbedingt eine passende Meta ...«

»Sie ist absolut passend. Willst du mein Sohn sein?«

Was?! Dazen konnte sich auf diese Frage keinen Reim machen. Was sollte ihr Sinn sein?

Aber völlig klar und eindeutig war die Zerstörung, die er überall hinterlassen hatte, wo er zugange gewesen war. Er konnte es in schärferen und drastischeren Farben sehen als alle anderen Erinnerungen. Er konnte sich daran erinnern, wie er den Dolch zwischen Rippen gestoßen hatte, wieder und wieder, bis er gegenüber seinen Taten vollkommen abgestumpft gewesen war.

Und er hatte es Tausende von Malen getan. Tausende von Malen.

Er hatte gewusst, dass die Befreiung unrecht war, und er hatte es trotzdem getan.

Gavin wusste, was er war. Orholam musste es ebenfalls wissen, sonst wäre er nicht Orholam.

Eine Welle des Selbstekels schlug über ihm zusammen, eine Flut der Blutschuld, so endlos wie der an seinen Knien vorbeiströmende Fluss aus Blut. Gavin verdiente keine Vergebung, nichts Sanftes und Gutes, bestimmt keine Liebe und bestimmt nicht von Orholam persönlich.

Er schnappte nach Luft, und sie war lastend schwer vom Gestank frischen Blutes. Es war an der Zeit, diese Sache zu beenden. »Du hast mir schon zuvor eine Chance gegeben. Nicht nur eine – Hunderte. Jede Stimme, die aufgeschrien und mir ins Gesicht gesagt hat, was mein Gewissen mir bereits zuvor entgegenrufen hatte, ist eine neue solche Chance gewesen. Du hast mich sogar in Ketten gelegt, aber ich habe mich als einen Kaiser in Ketten betrachtet, doch nie als einen Sklaven. Ich war so erbärmlich, dass ich mich gar nicht als den erbärmlichen Kerl sehen konnte, der ich war. ›Ich würde meinen Müll schließlich auch nicht einem Bettler geben‹, hast du gesagt. Und du hast recht damit. Du willst mich? Also gut. Ich gehöre dir. Aber nicht als ein Sohn. Das verdiene ich nicht. Das ist keine Strafe. Lass mich für all die vielen Tode mit dem ganzen Leben zahlen, das mir noch verblieben ist. Lass mich dein Sklave sein.«

»Nein«, sagte Orholam. »Wäre es mein Wunsch, den Menschen ihren Willen zu rauben, wäre die Welt dann von so vielen Problemen erfüllt? Nein. Sklaverei ist das, was passiert, wenn

Menschen ihr Verlangen nach Gottgleichheit in die Tat umsetzen, und Sklaverei zeigt, welche Art von Göttern ihr wärt. Wie wäre es mit einem Sohn, der danach strebt, der beste Sohn zu sein, der er sein kann?«

»Dann schwöre ich, dich mit all meiner Kraft zu ehren und dir zu gehorchen.«

»Wirklich?«

»Ich gehöre dir. Verfüge über mich, wie es dein Wille ist.«

Dazen schaute auf und blickte in Augen, die unnachgiebiger waren als ein am Himmel aufziehender Wirbelsturm. Und er fühlte sich daran erinnert, dass all die zeitlich begrenzte Macht selbst des mächtigsten Kaisers nur eine dunkle Ahnung der Macht und der Leidenschaft war, die ihm hier entgegentrat.

»Vollbringe etwas zusammen mit mir, könntest du das?«, bat Dazen.

»Bedingungen? Jetzt schon?«, fragte Orholam, und seine Stimme war so weich wie Stein.

»Keine, die nicht deiner Natur entsprechen.« Dazen konnte nur beten, dass es die Wahrheit war, dass er sich in diesem Punkt nicht ebenso sehr irrte, wie er sich in so vielen anderen Dingen geirrt hatte. Mit zitternder Hand berührte er Orholams Fuß.

»Nun«, sagte Orholam, »du hast etwas Verabscheuenswertes in meine göttliche Gegenwart gebracht. Du hast neun Segenssteine weggeworfen, um den Sprung hier herüber zu schaffen, aber einen hast du behalten.«

»Was?!«

»Gib mir den schwarzen Segensstein.«

Gavin schluckte heftig. »Was um alles in der Welt meinst du damit?«

Aber er wusste, was Orholam meinte.

Orholam zeigte mit einem sehr spitzen Finger auf Gavin.

Nein. Nicht auf Gavin. Auf sein Auge.

Mutter Dunkelheit persönlich. Der schwarze Saatkristall, der zu seinem Auge geworden war. Orholam wollte *das* als Gavins Tributgabe?

»Ich bin … ähm, das willst du lieber nicht«, sagte Gavin. Er schluckte erneut.

»Ich will, dass du ihn mir gibst.«

»Gib mir ein wenig Zeit, und ich werde … Ich werde mir ein passenderes Geschenk ausdenken.« Er war ein Feigling.

»Nein, wirst du nicht.«

»Glaubst du, dass ich lüge oder dass ich nicht in der Lage sein werde, dir ein passendes Geschenk zu machen? Wenn ich es mir recht überlege, beantworte diese Frage besser gar nicht erst«, sagte Gavin mit einem schwachen Grinsen im Gesicht.

Doch diesmal lächelte Orholam nicht. »Sieht so dein Gehorsam aus?«

»Aber dann werde ich sterben. Weißt du denn nicht, worum du mich da bittest? Mir ist nichts geblieben – und du verlangst …« Doch Gavin hatte genug gekämpft. Er war müde.

Seine Hände klatschten kraftlos hinunter in das Blut.

Vielleicht würde er jetzt Sevastian sehen. Vielleicht auch Karris.

Er hatte Orholam ganze Flüsse aus Blut zukommen lassen – unerbeten, wie er jetzt wusste, wie sein Herz es immer gewusst hatte. Es war nur recht und billig, dass Orholam seinerseits nun Gavins eigenes Blut verlangte.

Er seufzte, und mit dem Ausströmen seiner Atemluft war auch seine ganze Verteidigungshaltung dahin; jede Hoffnung darauf, sich mit irgendwelchen trügerischen Spielchen aus dieser Situation herauslarvieren zu können, war erloschen.

Der alte Gavin tat endlich, endlich seinen letzten Atemzug und starb.

Dazen sank auf die Steine und legte den Kopf in den Nacken, um in Augen zu schauen, in denen ein unerbittlicher Richtspruch brannte, heißer als die Mittagssonne.

Orholam war unglaublich schnell. Er presste die Hand gegen

Dazens Stirn und knäulte sein Haar zwischen den Fingern, um seinen Kopf zu fixieren. Dazen konnte spüren, wie sich das böse Auge in seinem Schädel wie aus eigenem Antrieb sträubte und krümmte, als sei es ein lebendes Ding und wisse, was jetzt kommen würde ...

Dann stach Orholams Hand in sein Gesicht, und es fühlte sich an, als dränge sich seine ganze Hand in Dazens Fleisch, fahre tief in seinen Kopf hinein.

Sie schloss sich um das Auge und zerrte.

Der Schmerz ließ Dazen würgen. Pure Qual schoss ihm vom Auge ins Gehirn, seinen Hals hinab und seine Wirbelsäule hinunter, erfüllte jeden Winkel seiner Brust, um bis in alle Gliedmaßen auszustrahlen. Als Orholam seine geballte Faust drehte, als zöge er einen parasitären Wurm heraus, sträubte sich Dazens Körper wie aus eigenem Antrieb. Jeder Muskel verkrampfte sich. Er würgte abermals und riss die Hände hoch, um seinen Peiniger abzuwehren ...

Aber dann nahm er all seine Willenskraft zusammen, um sie stillzuhalten. Er streckte seine Hände zur Seite hin aus und zwang sie, weit gespreizt zu bleiben, als seien sie in dieser Position festgenagelt.

Etwas in ihm gab nach, zerriss.

Orholams Faust drehte sich ein ums andere Mal, als wickele er sich ein Seil um die Hand. Gleichzeitig lag Orholams andere Hand kühl auf Dazens Stirn, wie ein feuchtes Tuch auf der Haut eines Fiebernden. Es war der einzige lindernde Lichtblick in einer Welt aus Leiden.

Und dann riss Orholam das Ding aus Dazens linker Augenhöhle und warf es auf den Boden.

Dazen würgte und keuchte und hustete, atmete zum ersten Mal seit einer Ewigkeit frische Luft ein. Er ging in die Hocke und wäre beinahe umgekippt – aber dann sah sein unversehrtes Auge das schwarze Ding.

Es wand sich auf dem Boden wie eine Schlange mit Beinen, die ganz und gar aus Dornen bestand. Alle Oberflächen waren gebogene Obsidiansplitter, die von Widerhaken und Stacheln zusammengehalten wurden. Und das Ding lebte.

Nach dem Schock, herausgerissen und auf den Boden geworfen worden zu sein, krümmte es sich jetzt zusammen, zugleich wie ein Löwe, der sich duckt, um anzugreifen, und wie eine Schlange, die sich einrollt, um das Gleiche zu tun. Bösartig blickende Augen, die nicht blinzelten und schwärzer waren als die ringsum hereinbrechende Finsternis, starrten Dazen mit einem vorzeitlich abgründigen Hass an wie eine Gottheit der Nacht. Das Ding war geschaffen worden, ihn zu töten, wenn er es entfernte, und in diesem Moment – auf den Knien, immer noch keuchend und atemlos und vor Entsetzen erstarrt – verfügte Dazen über keinerlei Möglichkeit, sich zu verteidigen, bevor es angriff.

Das Ding schoss ihm ins Gesicht ...

Und mehrere Dinge geschahen so schnell, dass Dazen sie kaum registrieren konnte. Orholam strahlte plötzlich mit gewaltiger Helligkeit auf. Er war der Riese aus Dazens Traum, ein unglaublicher Koloss. Dazen sah den Zorn in seinen sonnenhellen göttlichen Augen, und eine Faust von der Größe des ganzen Turms krachte herunter, um Gericht zu halten.

Immer noch kniend, passte Dazen kaum zwischen die Finger der geballten Faust, als sie nun die gesamte Turmspitze zerschmetterte.

Der Turm erbebte von dem Aufprall. Donner dröhnte, aber es war Donner, der über bloße Geräusche hinausging. Jedes Haar stand zu Berge. Die Luft selbst schrie triumphierend auf. Lichter loderten in allen Farben, die Dazen kannte, und in ungezählten weiteren, die er nicht kannte – für einen kurzen Moment konnte selbst sein farbenblindes Auge sehen. Und eine Welle der Erschütterung breitete sich aus, wodurch sich im Ozean riesige Wogen erhoben, so hoch, dass Dazen für einen Augenblick in die Tiefen des Meeres sehen konnte und er für einen Sekundenbruchteil in die Tausend Welten hineinblickte, als würden sich genau hier sein irdisches Reich und die Reiche des Himmels überschneiden. Er konnte Gestalten sehen, blutverschmierte Krieger, die gemeinsam einen lauten Siegesruf anstimmten.

Und dann ... war alles wieder ganz normal. Die Welle der Erschütterung verschwand in alle Richtungen in die Ferne, ein leichtes Kräuseln auf der Oberfläche des Ozeans der Zeit, aber Dazen kniete noch immer an Ort und Stelle. Orholam stand wieder vor ihm, erneut in der Verkleidung des alten Propheten, und sah jetzt irgendwie seltsam und völlig irdisch aus.

Das schwarze Ding, nunmehr an hundert Stellen geborsten, wand sich immer noch.

Und es schlängelte sich erbarmungslos auf Dazen zu.

Orholam machte einen Schritt nach vorn und zermalmte den Kopf des Dings unter seinem Fuß.

Es zappelte und zuckte im Todeskampf, schnappte nach Orholams Ferse und starb.

Aber Orholam riss das tote Ding ungerührt von seinem Fuß herunter und schleuderte es vom Turm.

Er drehte sich zu Dazen um und verzog die Lippen zu einem Grinsen, und auch wenn jede Falte auf dem Gesicht des alten Orholam geblieben war wie zuvor und all seine Zähne noch immer genauso schief und fleckig waren – auch wenn sich also nichts verändert hatte –, strahlten Ruhm und Triumph aus jeder Furche des alten Mannes.

Dazen ließ das Gesicht zu Boden sinken.

Der hungrige, nachtfinstere Stein unter ihm schien jetzt einfach nur noch leuchtend schwarz. Die Luft schmeckte frisch. Der Schmerz in den Stummeln seiner Finger wirkte irgendwie klar und sauber, der Schmerz eines Körpers, der tat, was ein Körper zu tun hatte, wenn er verletzt worden war. Er sah immer noch schwarzweiß, gleichwohl wirkte alles irgendwie schärfer und klarer.

Er war verwandelt, als sei er neu geschaffen worden.

»Steh auf«, sprach Orholam mit einer Stimme, in der ein verborgener Unterton der Macht widerzuhallen schien. »Wir haben einiges zu tun.«

Dazen hob den Blick, aber da war immer noch der alte Mann, Orholam. »Der Riese? War das …?«, fragte er. Als sei das die drängendste Frage, die er an den göttlichen Orholam zu richten wusste.

»Derselbe wie aus deinem Traum? Natürlich. Du hattest eine so schrecklich negative Einstellung gegenüber Propheten, daher habe ich einen für dich geschaffen.« Er zog die Brauen hoch, und Dazen erinnerte sich daran, dass ihm befohlen worden war aufzustehen, also erhob er sich schnell.

»Gehorsam«, sagte Dazen. »Tja, nicht meine starke Seite.«

Orholam musterte ihn gleichmütig. Klar, das hatte Orholam schon gewusst.

»Was willst du, dass ich tue, Herr?«, fragte Dazen.

»Es gibt da eine Angelegenheit, um die wir uns als Allererstes kümmern müssen.«

»Ja?«

»Traditionsgemäß dürfen sich Pilger, die einen Segensstein hierherbringen, einen Segen von mir wünschen.«

Ich darf mir einen … was? Nach alledem? Nach dem, was ich gerade gesehen habe?

Doch sein Mund hatte sich bereits selbstständig gemacht, war mal wieder schneller als sein Verstand. »Aber das scheint mir doch irgendwie eine dumme Tradition zu sein, nicht wahr? Ich meine, so nach dem Motto: ›Hier ist der Stein meines Stolzes, jetzt lass mal was rüberwachsen‹?«

Orholam lachte laut auf, und das Geräusch verblüffte Dazen. Der Gott amüsierte sich tatsächlich, als sei das Gespräch mit Dazen etwas, das Orholam Freude zu bereiten vermochte. Absurd! Und doch, so war es. »Traditionen«, antwortete Orholam, »neigen, wie die Menschen, dazu, zu kurz zu greifen. Ich arbeite mit dem, was ich zur Verfügung habe.«

Er meinte es ernst, und Dazen war plötzlich ganz perplex.

Worum konnte er bitten? Wie konnte er es überhaupt wagen, um mehr zu bitten? Er hatte seinen Bruder wiedergesehen. Er war zum Tode verurteilt worden, und ihm war das Leben zurückgegeben worden.

Andererseits war es nicht so, als gäbe es da nichts, was er nicht gern gewollt hätte. Er rief sich sogleich all seine Wünsche ins Gedächtnis: Er wollte seine Finger wiederhaben. Sein Auge sollte wieder sehen können. Er wollte seine Fähigkeiten zurück. Seine Machtstellung. Und mehr als all dies wollte er seine Frau und seinen Sohn.

Er spielte mit dem Gedanken, darum zu bitten, dass sie überlebten. Er dachte daran, eine Bitte zu formulieren, die so breit, zugleich aber auch so präzise gefasst war, dass er alles Gute und nichts von dem Schlechten seines alten Lebens zurückerhalten würde.

Und das hätte er auch getan. Der alte Gavin hätte es getan, dieser Meister der guileschen Hinterlist, der Herr über Land- und Seewege, gewohnt, die Regeln zu brechen, um das Spiel zu gewinnen.

Aber hier, nach alldem, was er erlebt hatte, erschien es ihm nicht nur sinnlos, Gott persönlich übertölpeln zu wollen, es kam ihm auch haarsträubend undankbar vor.

Dazen wollte immer noch alles. Er wollte noch immer das Beste für jene, die er liebte, jetzt nur noch mehr. Sein Mund öffnete sich, um darum zu bitten, dass Karris und Kip leben durften, blühen und gedeihen, dass sie alles haben konnten, was es Gutes auf der Welt gab.

Aber dann besann er sich und schaute auf den gewaltigen Ozean und auf das Riff hinaus, das seinen Ring um die Insel legte. »Sie leiden?«

Er brauchte nicht näher zu verdeutlichen, was er meinte. Orholam wusste nur zu gut, wie sprunghaft Dazens Geist war und wie intensiv er sich auf Dinge konzentrieren konnte, denen andere keine Beachtung schenkten. Er, der göttliche Eine, der die Pointe eines jeden Witzes im Voraus kannte, wusste, dass Dazen von den Meeresdämonen sprach, jenen Ungeheuern, zu deren Schar er sich so leicht selbst hätte gesellen können, von seinen Vorgängern in Sachen Macht und Stolz und Verlust und im Streben nach dem, was sie nicht haben und was sie nicht werden konnten.

»Sie haben sich dafür entschieden, auf ewig von mir getrennt zu sein«, sagte Orholam. »Das ist eine der besseren Beschreibungen der Hölle.«

Gavin war selbst ein Sohn der Trennung gewesen – in einem Land des Wahnsinns und des Mordes und des Lebens ohne Farbe, wo dir die Delikatessen im Mund zu Asche zerfallen. Es war ein Leben schlimmer als der Tod. »Dann erbitte ich als meinen Segen, dass du ihre Strafe verkürzt. Oder ihre Zeit der Buße. Oder was immer es ist. Ich bitte dich, sie aus diesem Leiden zu erlösen«, sagte Dazen, und er wusste, dass seine Worte eine Torheit waren, die alle Grenzen des Fassbaren überstieg. Was stimmte nur nicht mit ihm?

»Meinst du, sie hätten nicht ihre Chance gehabt? Dass sie nicht gewusst hätten, was ihre Entscheidungen bedeuteten?«

Dazen war klar, dass er dreist und anmaßend war, doch auch das war Teil dessen, wie er nun einmal war. »Ich weiß, dass Menschen Entscheidungen für die Ewigkeit treffen, bevor sie verstanden haben, was Ewigkeit bedeutet. Ich weiß, dass ich tausend zweite Chancen in den Wind geschlagen habe, bevor ich schließlich die letzte genutzt habe. Ich weiß, dass sie die ihre wahrscheinlich nicht nutzen werden, aber ... was, wenn sie es doch tun? Also, Herr, als meinen Segen bitte ich dich, diesen Wesen, die es nicht verdient haben, noch eine Chance zu geben.«

Orholam musterte ihn. »Du stehst gebrochen und machtlos da,

all dessen beraubt, was du geliebt hast, während die Zukunft deiner Welt auf dem Spiel steht und dein Sohn und deine Frau um ihr Leben kämpfen, und als deinen Segen bittest du um Schonung für Fremde?«

»Meine Frau und mein Sohn gehören dir. Wenn du sie nicht sogar noch mehr liebst als ich, bist du nicht derjenige, der du zu sein behauptest. Und wenn du nicht derjenige bist, der du zu sein behauptest, was nutzt mir dann ein Segen? Aber ich glaube, du bist wirklich derjenige. Meine Frau und mein Sohn werden geliebt, von mir und von dir und von Tausenden anderen. Die Meeresdämonen ...« Er dachte über sie nach: wie sie sich vom Licht selbst ernährten, aber allein in Dunkelheit lebten, viel länger als jeder, der sie je geliebt hatte, durch ihre eigenen Entscheidungen zu etwas Grauenvollem verformt.

Als würde ein Damm brechen und all seine Hoffnungen herausströmen lassen, floss Gavins Herz urplötzlich über und entleerte sich. Es war, als täte er etwas wahrlich Katastrophales – aber Richtiges. »Die Meeresdämonen sind keine Fremden. Sie sind ich.«

»Ach, Dazen«, sagte Orholam, und seine Stimme war sanft und seine Augen stolz. »Hier, an deinem Ende, bist du wahrhaft ein Mann nach meinem Herzen. Also, lass es gut sein. Komm. Deine Buße wartet.«

53

Kip bog und streckte die Finger seiner von Brandnarben übersäten linken Faust, um die Steifheit aus seinen Fingern zu vertreiben, dann griff er nach der mit kunstvollen Gravuren versehenen goldenen Stange. Es passte, als seien Hand und Stange füreinander geschaffen worden.

»Brecher, ich will die Herausforderung, der du dich stellst, nicht herunterspielen«, ertönte Ferkudis Stimme von der Dachkante des Turms, wo er über die Jasperinseln hinausblickte, »aber was immer du vorhast, könntest du … vielleicht … du weißt schon, einfach damit anfangen?«

Mit seiner freien rechten Hand zog Kip den Kristall der Spiegelvorrichtung an seine Stirn, genau an die Stelle, an der den Heiden zufolge das dritte Auge sitzt.

»Die Gottesbanne haben jetzt alle das Land erreicht«, meldete sich der große Leo von seiner Position neben Ferkudi. »Tausende von Wandlern und Wichten schwärmen von ihnen aus. Wir sind ringsum von ihnen umgeben.«

»Nicht alle Banne. Der ultraviolette ist verschwunden«, sagte Kip.

Liv hatte offensichtlich gemerkt, dass ihre alten Treuebindungen doch stärker waren, als sie erwartet hatte. Sie hatte sich aus dem Kampf zurückgezogen. Danke, Liv.

Er wandelte Ultraviolett und streckte seine rechte Hand nach dem anderen Griff aus – und spürte plötzlich, wie ihm das Bewusstsein aus dem Körper schwand, als sei er aus sich selbst herausgeschleudert worden, weit auf den Ozean hinaus und tief ins Wasser.

»Hoppla! Was war das?!« Er riss die Hände von den Griffen. Das war zuvor noch nicht so gewesen. Es war, als hätte die Gegenwart der Gottesbanne irgendwie das ganze Ding aufgeladen.

Alle starrten ihn nervös an.

»Nicht dass ich jetzt überrascht wäre oder etwas dergleichen«, sagte er mit einem schwachen Lächeln.

»Chef?«, fragte Ferkudi.

»Keine Sorge«, antwortete Kip. »Ich habe alles im Griff.« Er riss sich zusammen. Gestern war ihm so etwas nicht passiert, aber gestern hatte er auch nur mit einer winzigen Menge Ultraviolett geübt und keine anderen Farben verwendet – im Wissen, dass ihn die Gottesbanne keinen Gebrauch von ihnen machen lassen würden. Er hatte bereits sehr viel zu lernen gehabt. Mittels des Ultravioletts konnte er die Spiegel einstellen. Heute... Verdammt noch mal, wann hatte er denn auch ein kleines bisschen Blau gewandelt? Wahrscheinlich hatte er an diesem wunderschönen Tag, wo der Himmel blauer als blau war, einfach nur eine Einfärbung am Rand des Spektrumsbereichs von Ultraviolett erwischt.

Er entledigte sich des Blaus an dem Stückchen Höllenstein an seinem Gürtel, dann versuchte er es noch einmal, nun ausschließlich mit Ultraviolett. Jetzt konnte er die Spiegel problemlos steuern, so wie er es gestern getan hatte.

Andross hatte Kip eingeschärft, an der Spiegelvorrichtung nicht zu wandeln, da es ihn binnen Sekunden oder Minuten ausbrennen würde, wenn ihm eine solche Kraft zur Verfügung stand. Er hatte sicherlich recht – so ärgerlich das auch war. Aber wenn Kip nicht im direkten Weg über die Spiegelsteuerung wandelte, sondern es tat, bevor er sie überhaupt berührte, und die Sache dann immer noch funktionierte, ohne ihn verbrutzeln zu lassen, dann war das Ganze vielleicht einen Versuch wert.

Also hob er die Hand und wandelte ein wenig Blau – und jetzt konnte er seinen Blick ungehindert in alle Richtungen schweifen lassen.

Er stieß verärgert die Luft aus. Warum musste er immer erst jede Menge Lehrgeld zahlen, wenn er versuchte herauszufinden, wie irgendetwas funktionierte? Konnte nicht irgendwer eine kurze Gebrauchsanweisung hinterlassen, fest an diese magischen Gerätschaften gekettet?

Aber sie hatten keine Zeit zu verlieren.

Er wandte sich der Stelle zu, auf die Zymun die Spiegel zuletzt gerichtet hatte, weit draußen im Meer, konnte aber dort nicht das Geringste sehen.

Warum gerade dieser Teil des Meeres? Ohne einen besonderen Grund?

Bestimmt hatte Zymun der Spiegelvorrichtung einfach einen Tritt versetzt, als sie ihn heruntergezerrt hatten, nachdem er seine Halos durchbrochen hatte.

Kip wandte seine Aufmerksamkeit wieder Großjasper zu.

Die Spiegel stellten sich sofort entsprechend ein, und das ganze Ding hob ihn an einem Gelenkarm in die Höhe, um ihn genau dorthin zu lenken, wohin immer er wollte. Dieses verdammte Ding war ein wahres Weltwunder. Selbstverständlich war es das: Schließlich war es für die Prismen persönlich angefertigt worden. Wahrscheinlich war es genau zu dem Zweck gebaut worden, dass sie nach Gottesbannen Ausschau halten konnten.

Wenn er ein Prisma wäre, wenn er Licht spalten und so viel wandeln könnte, wie er wollte, wäre die ganze Schlacht in zehn Minuten vorbei.

Ob Koios das wohl gewusst hatte? Hatte der Weiße König gerade *jetzt* angegriffen, weil er gewusst hatte, dass die Chromeria über kein Prisma verfügte, um die Jasperinseln zu verteidigen? Oder hatte er einfach nur Glück gehabt?

Es tat nichts zur Sache.

Kips Blick hatte die feindliche Flotte übersprungen, als er seinen Willen zurück auf die Jasperinseln gerichtet hatte, aber nun ließ er ihn wieder zur Armada schweifen. Sie bombardierte gerade die Kanonentürme von Großjasper. Ein Kanonier stand an Deck, das Zündeisen in der Hand.

Ein Lichtstrahl von einem so großen Umfang, dass er den gesamten Leib des Kanoniers umfasste, ließ ihn plötzlich aufstrahlen, als sich Hunderte von Spiegeln auf ihn richteten. Er fuhr herum, über die Hitze erschreckt, und die blendende Helligkeit machte, dass er die Arme vor die Augen schlug.

Mit einem Zucken bündelte Kip das Licht stärker.

Ein Lichtstrahl, der nicht dicker als ein Daumen war, schoss durch den emporgehobenen Arm des Mannes und dann auf der Hinterseite seines Schädels hinaus.

Der Mann stürzte zu Boden, und der Lichtstrahl brannte sich durch jeden Zentimeter seines Kopfes, der im Fallen von ihm getroffen wurde. Der offene Schädel des Mannes lag rauchend auf dem Deck, und eine zischende Rinne hatte sich tief ins Meer hinter ihm gegraben.

Kips ganzes Wesen wurde mit dem Lichtstrahl mitgerissen, so konzentriert gebündelt wie der Strahl selbst, tauchte in tiefes Wasser, wurde zischend und pfeifend zu Dampf. Er wich zurück.

Irgendwer schrie ihm etwas zu, aber Kip begriff, dass er das Falsche gemacht hatte.

Er hatte nicht genug Zeit, um den Feind einen nach dem anderen zu töten. Er ließ den Lichtstrahl wieder breiter werden.

In einem weiten Lichtkreis, der das gesamte Schiff umfasste, dessen Besatzung in gespannter Erwartung dastand, Hunderte von Händen genauso vor die Augen geschlagen wie zuvor die des Kanoniers, entdeckte Kip ein offenes Schwarzpulverfass, das hinter den Kanonen an Deck stand.

Er verengte den Lichtstrahl erneut.

Das Pulverfass explodierte direkt vor seinen Augen.

Er warf sich zurück, als ihn die Explosion mit sich zu reißen drohte.

Seine Hände lösten sich von den Griffen, und er fand sich in seinem eigenen Körper wieder.

»Der Sturm, Brecher! Der Lichtsturm! Kip!«, schrie Ben-hadad. »Jetzt mach schon, Bruder!«

»Du bist wieder zurück?«, fragte Kip blinzelnd. »Wann bist du zurückgekommen? Hast du Zymun geschnappt?«

»Nein«, sagte Ben-hadad. Er wirkte erleichtert, dass Kip ihn endlich gehört hatte. »Sie formieren sich neu. Wir gehen davon aus, dass sie uns hier oben angreifen wollen – doch das tut nichts zur Sache. Kip, du musst etwas wegen des Lichtsturms unternehmen.«

»Lichtsturm? Oh ja, richtig!«

Ultraviolett war so fremd, so geordnet und so verdammt neugierig, dass Kip von den sehr begrenzten Anwendungen zu den umfassenderen übergegangen war, ohne es recht zu bemerken. Er hatte vorübergehend seine normalmenschlichen Belange und Probleme aus dem Blick verloren – wie etwa den brodelnden und prasselnden saphirfarbenen Wirbelsturm, der um den blauen Gottesbann herum vom Meer aus nach oben brauste.

Er wandte sich von dem explodierten, brennenden und sinkenden Schiff ab und richtete seinen Willen gen Himmel.

Der sich zusammenbrauende blaue Lichtsturm war gefüllt mit Zehntausenden von rasiermesserscharfen Kristallen aus blauem Luxin. Manche kleiner, manche schwerer und von unterschiedlicher Form, von geometrisch exakten Krähenfüßen über scharfkantige Flächen bis hin zu spitzen Bolzen.

Das alles sprach dafür, dass dahinter ein experimentierender Geist steckte. Der neugierig war. Und dem neu war, was er da tat, genau wie es bei Kip der Fall war – aber genauso scharf von Verstand, wie auch der herabgehende Rasiermesserregen scharf sein würde, denn der Sturm war nun fast bereit, seine Verheerung über sie zu bringen. Und das lange bevor einer der anderen im Entstehen begriffenen Stürme, die sich über den übrigen Gottesbannen zusammenbrauten, bereit war.

Kip hatte seit langer Zeit niemandem gegenüber mehr vom Kampfmittel der Willensablenkung Gebrauch gemacht. Willensablenkung galt als zu gefährlich, als dass sie Grünschnäbeln beigebracht wurde, wie er ja selbst einer gewesen war, als er die Jasperinseln verlassen hatte. Doch war Willensablenkung auch eines der ersten Dinge in Sachen Magie gewesen, die er je getan hatte.

Willensbrecher, so hatten sie ihn, vor langer, langer Zeit, einmal im Scherz genannt. Und Andross hatte es wiederholt, und bei ihm war es alles andere als im Scherz gewesen.

Na, das werden wir schon sehen.

Kip attackierte den blauen Lichtsturm mit all dem wütenden

Knurren und der wilden Wucht und dem gesträubten Pelz, wie es sich für einen Schildkrötenbären geziemt. Er erwischte die Göttin Mot völlig unvorbereitet und warf sie einfach um, ließ ihre Kräfte in alle Richtungen auseinanderstieben. In dem Moment, als sein Wille in sie hineinkrachte und ihr das Heft aus der Hand riss, erkannte er sie sofort als Samila Sayeh.

Sie hatte den ganzen Sturm entfesselt, um ihn über die Verteidiger an den Stadtmauern zu bringen. Kip bemächtigte sich ihres Sturms und ließ ihn über dem infraroten Gottesbann niedergehen, der neben dem blauen auf den Wellen trieb, sowie auf den Schiffen der Feindesflotte im näheren Umkreis.

Faustgroße Klingen fielen aus dem Himmel, durchschnitten die Luft mit einem furchterregenden Geräusch, Tausende von scharfkantigen Waffen, die unerwartet aus dem Himmel niedergingen. Menschen wurden zerfetzt; in Stücke geschnittene Balken zerbarsten unter dem erbarmungslosen Regen.

Bei jeder neuen Attacke stieg eine Feuerwand vom infraroten Gottesbann auf. Jeder infrarote Kristall auf seiner Oberfläche hatte luftdicht versiegelt werden müssen, damit er nicht offen brannte. Der Rasiermesserregen schlitzte sie nun alle auf.

Normale Menschen, Wandler und selbst Wichte heulten auf angesichts der Intensität der plötzlichen Flammen. Für die meisten von ihnen war es zu viel Hitze und Feuer, um diese geballte Energie von sich weglenken zu können, und so verbrannten sie zu Tode, obwohl sie es doch eigentlich gewohnt waren, mit Feuer zu arbeiten.

Ihr Anführer, der Gott Anat, verlor seine Konzentration. Der Lichtsturm, den er vorbereitet hatte, wirbelte ihm aus der Hand; die versiegelten Infrarotkristalle, die er behutsam hatte nach oben schweben lassen, damit sie nicht zerbrachen, verflüchtigten sich einfach.

Kip zog schnell eine Hand von der Spiegelvorrichtung zurück, um ein bisschen Infrarot in sich hineinzuziehen.

Erst jetzt, wo er sich von der Vorrichtung gelöst hatte, hörte er das

Klirren von Waffen in der Nähe, das Ächzen und Stöhnen kämpfender Menschen und das dumpfe Aufschlagen von Fäusten auf Fleisch.

In Sekundenschnelle hatte ihn das Gestell herumfahren lassen, und jetzt sah er, dass die Lichtgardisten versuchten, das Dach zurückzuerobern. Sie mussten einen unerwarteten Vorstoß unternommen haben, denn ein Dutzend von ihnen hatten es auf das Dach geschafft.

Ein Lichtgardist machte einen Hechtsprung zur Seite, dorthin, wo seine Muskete hingefallen war. Alle von Kips Männern waren bereits in das Gefecht verwickelt; entweder sie kämpften oder sie versuchten, die Tür erneut zu versperren. Der Lichtgardist rappelte sich hoch, direkt an der Turmkante, und dann hob er seine Muskete und richtete sie auf Kip.

Genau in dem Moment, als der Schuss losging, knallte Leos Kette nach oben und wirbelte die Muskete gen Himmel. Dann wickelte sie sich um Körper und Kopf des Lichtgardisten und presste ihm die Arme an die Brust.

»Achte nicht auf uns!«, schrie der große Leo, als er den Mann mühelos gegen seinen ihn bereits erwartenden Ellbogen zerrte und das Geräusch von knackenden Knochen ertönte. »Hilf lieber ihnen!«

Und genau das machte Kip auch.

So schnell, wie sich Kips Aufmerksamkeit verlagerte, veränderte sich auch seine Position. Das Gestell riss ihn herum, sodass er wieder den sich zusammenballenden infraroten Lichtsturm vor sich hatte.

Er war noch nicht losgebrochen.

Kip schnappte ihn sich und schleuderte die Ansammlung aus zerbrechlichen Kristallen Richtung Meer und Armada hinab. Er wagte es nicht, das Ganze auf den roten Bann zufliegen zu lassen, aus Angst, der Gott dort könnte den Sturm genauso mühelos seine Richtung ändern lassen, wie es zuvor Kip vermocht hatte.

Dann entdeckte er Anat selbst, die Hände zum Himmel erhoben, in einem Zustand der Verwirrung. Sein und Kips Wille hatten sich nicht einmal gekreuzt, Kip hatte ihm einfach den Sturm weggerissen, nachdem Anat ihn aus seinen erschlafften Fingern hatte gleiten lassen.

Doch nun, als er Anat so ungeschützt dastehen sah, brachte Kip die Spiegel in Anwendung.

Konzentriertes Licht durchbohrte den Gott, und er ging in Flammen auf.

Mit schmerzverzerrten Zügen, den Mund aufgeklappt, taumelte er in den Flammen umher.

Mit Sicherheit kreischte er laut auf, aber Kip konnte durch die Vorrichtung keine Geräusche vernehmen.

Einer erledigt. Noch fünf weitere, und dann war da auch noch der Weiße König.

Bei den nächsten Gottesbannen würde es schwieriger werden. Sie waren jetzt darauf gefasst, dass er kommen würde, und sie wussten, wozu er in der Lage war. Der Weiße König selbst, draußen auf seinem Drachenschiff, war momentan zu weit weg, als dass der Turm einen sengenden Lichtstrahl auf ihn hätte richten können, sonst hätte sich Kip ihn gleich auf der Stelle vorgenommen. Aber ihn erfüllte dennoch ein wildes Hochgefühl.

Zum ersten Mal wagte er den Gedanken, dass er das alles letztendlich vielleicht doch noch irgendwie würde überstehen können.

Er konnte es schaffen. Er war dazu *gemacht*, es zu schaffen.

Der Nächste bitte!

54

»Das kann nicht wahr sein!«, rief Ben-hadad neben der von Musketenkugeln durchlöcherten Tür. »Ich habe beim letzten Mal auf diesem dummen Dach mein Knie verloren. Ich lasse mir nicht noch mal ...«

Ben-hadad wirbelte herum und richtete seine Armbrust direkt auf das Gesicht eines brüllenden Lichtgardisten, der gerade durch die Tür stürmte. Noch bevor der große Leo auch nur das Sirren und dann das Aufklatschen des Armbrustbolzens, als er das Gesicht des Angreifers traf, gehört hatte, befand sich Ben-hadad bereits wieder hinter dem schützenden Türrahmen.

Die Tür erbebte unter der Wucht des fallenden Lichtgardisten.

Zu Beginn hatten sie versucht, keine tödliche Gewalt einzusetzen. Sie wollten keinen Krieg – nicht einmal mit den Lichtgardisten. Nicht heute.

Aber der Schutz Brechers war wichtiger. Nachdem mehrere der Lichtgardisten aufs Dach gestürmt waren und einer versucht hatte, Brecher zu erschießen, gab es kein Halten mehr.

Sie lieferten sich erneut ihre verdammte Schlacht mit der Lichtgarde. Aber diesmal wussten sie, wie sie fliehen konnten. Es gab nur einfach keine Möglichkeit dazu.

Wieder bohrten sich Musketenkugeln in die Tür. Zwölf Musketen waren es im Moment. Entweder elf oder alle zwölf hatten gefeuert, und in Anbetracht der Zeit, die die Lichtgardisten zum Nachladen brauchten ...

Er rief durch die Tür: »Ihr armen Schweine. Ihr wollt gegen uns kämpfen? Ihr werdet einfach nur sterben. Ich meine, überlegt doch mal! Auch ohne Luxin zu haben, stecken wir euch locker in die Tasche. Selbst als Schützen seid ihr Kretins schrecklich schlecht! Meine Großmutter kann besser schießen als ihr.« Ben streckte den Kopf vor das Loch, durch das er gerade geschossen hatte, um sie gehässig anzustarren. »Schießt nicht *auf* die Tür, ihr Idioten; schießt auf die Löcher in der Tür. Versteht ihr? Sodass ihr vielleicht sogar jemanden treffen könntet.«

Er riss den Kopf schnell wieder weg, und einen Sekundenbruchteil später splitterte das Holz um das Loch, einmal, zweimal, dreimal. Andere Schüsse schlugen in die Tür.

Ferkudi warf ihm von der anderen Seite des Türrahmens einen schiefen Blick zu. »Ich glaube, du gewinnst ihn wieder, Ben.«

»Was soll das?«, fragte Ben-hadad und spannte mühelos seine aus Meeresdämonenknochen gefertigte Armbrust mit mehreren Sehnen. Mit Willenskraft zog er sie an, bis eine Anzeige markierte, dass bei jeder Sehne die jeweils gewünschte Spannung erreicht war. Dann legte er Bolzen in die Magazine über den Schussschienen ein. Richtung Tür gewandt, rief er: »Das war jetzt schon besser! Wenn ihr mit dieser Geschwindigkeit weitermacht, habt ihr es bis Sonnentag nächstes Jahr durch die Tür geschafft. Wirklich hübsch gemacht!« Für einen kurzen Moment streckte er seinen Kopf erneut vor das Loch.

Sofort zersplitterte wieder das Holz darum.

»Oh, da ist mir wohl jemand auf die Schliche gekommen«, sagte Ben-hadad in anerkennendem Tonfall. Er wischte sich das herunterrinnende Blut von der Stirn, nachdem ihn ein herumfliegender Splitter getroffen hatte. »Warte mal, was hast du da gesagt, Ferk? Was gewinne ich?«

»Den Titel des dümmsten schlauen Kerls der Mächtigen. Komm schon, soll das ein Scherz sein? Was versuchst du zu beweisen, Ben?«

»Nur ruhig, Ferk. Es ist alles Teil meines schlauen Plans.«

»Ein schlauer Plan? Dir den Kopf wegballern zu lassen?«

»Nein. Das Loch war nicht groß genug. Ich wollte nicht mein Leben riskieren, um es selbst zu verbreiten. Außerdem, wenn sie weiter auf die Tür schießen, müssen wir uns nicht hier oben verteidigen.«

»Loch? Was für ein Loch?«

»Bei drei in Deckung, ja?«

Ferkudi nickte und hob seine Donnerbüchse. »Zwei«, sagte er.

Ben-hadad zog eine faustgroße Granate aus seiner Gürteltasche. Sie wirbelte nur so vor rotem und gelbem Luxin. Er zog die Schnur heraus, damit sich die beiden Inhaltsstoffe vermischen konnten.

Bei eins schob Ferkudi die glockenförmige Rohrmündung der Donnerbüchse gegen eines der Löcher, die er zuvor in die Tür geschossen hatte. Alle auf der anderen Seite gingen in Deckung, als sein Schuss ertönte und heißes Metall in den Gang und in die Gesichter der dort Versammelten spuckte.

Einen Moment später segelte Ben-hadads große Granate durch das Loch. Unmittelbar danach warf er sich zu Boden, nicht weil er verletzt worden wäre, sondern um durch ein Loch zu schauen, das tief unten in die Tür geschossen worden war.

Es folgte ein klirrendes Geräusch wie von zersplitterndem Glas, dann das Zischen von Feuer, dann erhoben sich Schreie. Aus einer Muskete löste sich ein Schuss.

»Verdammt, bin ich gut«, sagte Ben-hadad. Er stand wieder auf, was ihm dank Finers Knieschienen mühelos gelang – er trug sie jetzt an beiden Knien, wiewohl das mit Schmerzen verbunden war –, und stieß seine Armbrust durch das Loch. Alle Sehnen schwirrten der Reihe nach. Dann lehnte er sich wieder mit dem Rücken gegen den Türrahmen und sah Ferkudi mit auf und ab zuckenden Augenbrauen an. »Na?«, meinte er auffordernd.

»Lass mich raten. Zwei Kopfschüsse?«, fragte Ferkudi.

»Ooh! Darf ich mitspielen?«, rief Winsen hinter ihnen.

»Nein!«, donnerte Hauptmann großer Leo von seiner Stellung neben Brecher.

»Wie viele sind es jetzt insgesamt?«, erkundigte sich Ben-hadad, während sie beide ihre Waffen nachluden.

»Keine Ahnung«, antwortete Ferkudi.

»Was soll das heißen, du hast keine Ahnung? Ich habe sie dir alle immer ...«

»Keine seriösen Zeugen vorhanden«, sagte Ferkudi.

»Bist du jetzt völlig ...«

Aber dann schnitt eine plötzliche Verwerfung in der Luft ihnen beiden das Wort ab. Es fuhr durch sie beide hindurch, als sei eine gigantische Welle an ihnen vorbeigegangen, die die gesamte Realität förmlich gekrümmt hatte. Für einen Augenblick war es so, als seien sie ihr ganzes Leben lang farbenblind gewesen und könnten nun plötzlich richtig sehen – nicht einfach nur die Welt, sondern als könnten sie auch in die hinter der Welt liegenden Reiche blicken.

Und dann ging die Welle der Erschütterung an ihnen vorbei, als habe es sich nur um ein leichtes Kräuseln auf der Oberfläche des Ozeans der Zeit gehandelt, und zog mit Riesengeschwindigkeit gen Westen weiter.

»Weiß irgendwer, was das eben gewesen ist?«, fragte Ferkudi.

»Nein!«, bellte der große Leo. »Haltet die Tür!«

55

Auf dem roten Gottesbann herrschte Durcheinander. Dagnu hatte vorgehabt, mit Anat anzugreifen, Rot mit seinem Bruder Infrarot, aber da Anat nun tot war, war Dagnu völlig verwirrt und von blindem, dummem Zorn erfüllt. Er würde noch mehrere weitere Minuten benötigen, bis er angreifen konnte.

In der Zwischenzeit ließ der orange Gottesbann einen Sturm des puren Entsetzens auf die Insel los. Formen gerannen mitten in den Wolken zu festen Konturen und wandelten sich, rasten aus dem Himmel auf Großjasper zu wie das durch die Lüfte geschleuderte Geschoss einer Blide.

Kip wandelte ein wenig Orange, um sich auf den Kampf vorzubereiten, vergaß aber, zuerst die Hand von der Spiegelsteuerung zu nehmen.

Sogleich schoss ein Brennen wie von Branntwein, der von der Kehle in den Magen hinabfließt, durch ihn hindurch. Er hatte nur ein winziges Schlückchen Orange wandeln wollen; nun hatte er gerade einen ganzen Humpen heruntergeschüttet.

Mit Sicherheit hatte er seinen Halo zu einem Drittel durchgebrannt.

Er schnappte keuchend nach Luft und musste beinahe würgen.

Während er ächzend um Atem rang, rutschten seine Hände von der Steuerung ab. Um sich herum nahm er Musketenfeuer wahr und das Geräusch der Gespräche der Mächtigen. Sie klangen angespannt, aber nicht panisch. Mehr konnte er nicht verstehen, so benommen war er von der riesigen Luxin-Menge, mit der er sich gerade verbrannt hatte. Er keuchte und schnaubte. Dann schüttelte er sich wie ein Schildkrötenbär, der gerade einen Schlag auf die Schnauze bekommen hatte und geschockt war, dass jemand etwas Derartiges wagte, griff erneut nach der Spiegelvorrichtung und stürzte sich auf den orangefarbenen Gottesbann.

Wo bist du, Molokh?

Er war nicht schwer zu finden. Auch wenn er hinter großen burgähnlichen Aufbauten vor einer Spiegelattacke geschützt war, vermochte Kip den von dem Dschinn gesteuerten Lux-Sturm zu ihm zurückzuverfolgen.

Kip traf Molokh mit seinem geballten gerechten Zorn, und zwar so heftig, dass er spüren konnte, wie der Mann von den Beinen gerissen wurde. Das Letzte, was ein hinterhältiger Orangewandler je wollte, war eine direkte Konfrontation – und genau die brachte ihm Kip nun und schrie dabei seine ganze innere Wut über das, was die Blutröcke hier beabsichtigten, aus sich heraus. Sein Wille traf Molokh mit einer solchen Wucht, dass er spürte, wie sich der eigene Wille des Mannes einfach in Luft auflöste. Der bedeutungslose kleine Gott brach zusammen, bewusstlos und innerlich gebrochen.

Und erneut bemächtigte sich Kip eines Lux-Sturms und schleuderte ihn gegen den Feind.

Kip spaltete die Wolke des Albtraums. Die eine Hälfte traf die Roten, die sich in ihrem gegenwärtigen Zustand – ausgesprochen verstört und emotional aufgewühlt – nicht dagegen verteidigen konnten. Die andere Hälfte schleuderte er den Gelben entgegen.

Sie sahen sich gerne als zwischen Gefühl und Verstand vollkommen ausgeglichen. Jetzt mussten sie feststellen, für wie viele von ihnen das nur eine Selbsttäuschung war.

Eben deshalb sind die alten Götter der neun Königreiche stets in ihren eigenen Ländern geblieben, dachte Kip. Sie waren füreinander immer die größte Bedrohung gewesen. Über das ihn durchströmende Orange konnte er die Verbindungen zwischen den einzelnen Gottesbannen und all ihrer Magie spüren, und zwar nicht nur die logischen, sondern auch die gefühlsmäßigen Verbindungen. Inzwischen konnte er durch die Spiegelvorrichtung auch hören.

Oh, das konnte ja wohl nicht wahr sein, oder?!

Doch, es stimmte. Seine Erfahrungen mit den Karten hatten ihn auf das hier vorbereitet: Blau verlieh ihm in der Steuervorrichtung die Sicht, genauso wie es auch war, wenn er die Finger auf die Karten legte. Ultraviolett vermittelte ihm die Anordnung und Logik der Vorrichtung und der ganzen Welt überhaupt. Orange hatte ihm einen Geruchssinn verliehen und ein Gefühl für all die anderen auf der Welt. Und auf gleiche Weise vermittelte ihm Grün einen Tastsinn, den Sinn von Körperlichkeit. Gelb ließ ihn hören. Rot war Geschmack und Infrarot das pure Gefühl.

Kip suchte nach dem Befehlsstand von Corvan Danavis am Großen Brunnen und fand ihn sofort. Er suchte nach der Gestalt des Generals selbst und stellte fest, dass seine Wahrnehmung drei Viertel der Entfernung zwischen ihnen beiden umfasste, und dann sogar den gesamten Bereich. Er konnte sehen, wie Corvan in schneller Folge Befehle bellte, erst an einen, dann an einen anderen Mann gewandt. Er konnte die Falten auf seinem Gesicht sehen. Aber er konnte ihn nicht hören.

Er öffnete sein Gewahrwerden ein ganz klein wenig für Gelb – was sogleich zur Folge hatte, dass zwei der kleineren Spiegel automatisch eine gelbe Linse in ihren Lichtstrahl fallen ließen –, und plötzlich konnte er Danavis rufen hören: »... zwei Stunden, bis es dunkel wird. Bis dahin müsst ihr die Stadtmauern halten. Kein Wandeln!«

Indem er nun auch ein Stückchen von allen anderen Farben berührte, konnte er all seine Sinne versammeln, genauso wie er es von den Karten her gelernt hatte. Er konnte fast unmittelbar einen Teil seines Wesens in jeden Winkel der Jasperinseln werfen.

Holla, jetzt würde er hier ordentlich die Puppen tanzen lassen!

Noch während er sich auf seinen nächsten Angriff vorbereitete, konnte er erkennen, dass der Weiße König Eilmeldungen ausgeschickt haben musste. Die Gottesbanne wechselten ihre Richtung. Die großen zerstörerischen Lichttürme lösten sich auf oder wurden von genau jenen Göttern, die sie hervorgebracht hatten, wieder weit aufs Meer hinausgeschleudert.

Sie hatten schließlich herausgefunden, dass Kip ihre stärksten Waffen gegen sie selbst wenden würde.

Er fluchte. Vielleicht konnte er noch einen letzten Gottesbann erwischen, bevor die Lux-Stürme alle weg waren.

Doch als er seinen Willen ein weiteres Mal durch die Spiegelvorrichtung jagte, bemerkte er etwas Unerwartetes. Samila Sayeh war in den blauen Gottesbann zurückgekehrt. Sie war so unverwüstlich, dass sie sich sofort wieder in den Kampf gestürzt hatte, und dieses Mal würde er sie nicht unerwartet überrumpeln können.

Schlimmer noch war, dass der Infrarote sich wieder zu bewegen begann. Was?! Anat war tot!

Kip hatte den Kerl definitiv umgebracht. Sein Wille schoss über den Raum dazwischen hinweg, und Kip konnte den Toten noch immer sehen, aber aus seiner Blickrichtung nicht einsehbar war da ein anderer Wille, der die Kontrolle an sich gerissen hatte. Ein anderer Anat. Eine Frau war einfach vorgetreten und hatte die Position des alten Anat übernommen, hatte die Gotteswürde mit einer solchen Leichtigkeit an sich gerissen, wie wenn jemand eine Krone in die Hand nimmt und sie sich auf den Kopf setzt.

Es ließ sich unmöglich sagen, über welche Kräfte des Gottes sie verfügte, zumindest aber konnte sie den Gottesbann in Bewegung setzen. Es hatte ganz den Anschein, als würde es stets einen neuen Anat geben, solange es noch einen Infrarotwicht gab, der willens war, zum Gott zu werden. Kip würde hier alle Wichte bis auf den letzten töten müssen.

Nein!

Was ihm noch vor wenigen Augenblicken so einfach erschienen war, kam ihm plötzlich unmöglich vor. Kip würde auf keinen Fall jeden einzelnen Wicht umbringen können, der Großjasper angriff. Selbst Gavin hätte das nicht vermocht!

Kip stellte sein Tun zur Gänze ein und sah nur zu, während ihm ein immer drückender werdendes Engegefühl die Kehle zuschnürte.

Jeder Gottesbann war in sich eine eigene Insel, ein Achtel so groß wie Großjasper. Die Banne hatten Großjasper umringt und deckten einen Großteil seiner Küstenlinie ab. Der blaue Bann hatte sich in die See zwischen dem Hafendamm und der Kanoneninsel gedrückt und dadurch die Westbucht vom offenen Meer abgeschlossen. Er glänzte in der Sonne wie geschliffene Saphire und kroch auf einer Million kristalliner Zähne vorwärts, die alle aus seiner Vorderkante herauswuchsen und durch das Gewicht des Bannes dahinter vernichtend weitergetrieben wurden, sich in den Untergrund gruben und das Gelände verschlangen wie ein hungriges Maul. Um einen großen Turm im Zentrum herum schossen überall große facettierte Stalagmiten in die Höhe. Am Ufer der Insel zerstörten diese Splitter Schiffe und Hafenanlagen, um bald darauf Häuser und menschliche Körper zu überrollen.

Der grüne Gottesbann lag als eine mit Tentakeln versehene Masse aus üppiger Vegetation und Entsetzlichkeit südlich des blauen, auf der anderen Seite der Stadtmauer des Viertels Wieselfels. Der gelbe Gottesbann, der blendend von flüssig zu fest und zu reinem Licht wechselte, sowie der orange – trüb wie ein Ölteppich, aber unter der Last seiner Zauber genauso schillernd und von einer eigentümlichen Faszination – befanden sich auf der südlichen und der südöstlichen Seite der Insel. Rot und Infrarot versperrten gemeinsam die Ostbucht und ließen eine Feuersbrunst entstehen, die rauchte und dampfte, wo immer sie auf Wasser stieß, und sich brodelnd vorwärtsschob wie Lava, die auf Meer trifft.

Wenn es die Gottesbanne nicht aufhalten konnte, den obersten Wicht jeder Farbe zu töten, was konnte sie dann überhaupt aufhalten?

Die Saatkristalle. Sie mussten die Saatkristalle zerstören. Sie waren es, was den Wichten die Macht verlieh, fast gottgleich zu werden. Sie waren es, was die magischen Inseln der Gottesbanne überhaupt erst hervorbrachte und sie dann steuerte.

Kip warf seinen Willen dem grünen Gottesbann entgegen, der sich inzwischen darangemacht hatte, mit großen nassen tentakelartigen Wurzeln die Stadtmauern hinaufzuklettern. Felsen barsten und begruben die Verteidiger der Stadt unter sich. Kip hatte es gerade bis zur Oberfläche des Banns geschafft, als ihn etwas dort Befindliches mit einer unglaublichen Wucht umriss. Es schien nach ihm zu greifen und ihn in seine Richtung zu saugen.

Irgendwer – *irgendetwas* – versuchte, seinen Willen mittels Willensablenkung zu brechen.

Kip schlug auf der Stelle zurück, aber es war wie ein Fausthieb in eine Backsteinmauer. Wieder und wieder schlug er auf seinen Angreifer ein, aber er spürte, wie sich dieses Ding an ihn klammerte, ihn in sich hineinzog, immer tiefer in sich hinein. Er fühlte sich ganz benommen, wie von den Angriffen blutig geschlagen, und das Grün bekam ihn nur immer fester und fester in seinen Griff.

Er spürte, wie sich etwas seiner Gedanken zu bemächtigen suchte, als griffe jetzt auch Gelb nach ihm, mit hämischer Freude.

Kip warf sich zurück, schüttelte Grün und Gelb von sich ab,

schoss zurück in seinen eigenen Körper. Er riss seine Hände von den Griffen der Spiegelsteuerung weg, als bestünden sie aus glühend heißen Kohlen.

»Was war denn das?!«, fragte der große Leo.

»Hast du es auch gespürt?«, erkundigte sich Kip. »Das Gleiche wie damals vor Ru, nicht wahr?«

»Brecher, dir fließt Blut aus den Ohren.«

Kip griff nach seinen Ohren und blickte dann auf das klebrige Nass auf seinen Fingern. »Nur Blut«, betonte er. »Keine Rückenmarksflüssigkeit.«

Nicht dass es ein gutes Zeichen wäre, aus seinen Ohren zu bluten.

»Zymun mit seinen Wandlern ist hier!«, rief Ben-hadad von seinem Standort neben der Tür zum Dach herüber. Die Tür selbst bestand mittlerweile nur noch aus Splittern, die mit sämtlichen Luxin-Farben zusammengehalten wurden, gemäß einem Wabenmuster angeordnet, das sich Ben-hadad auf die Schnelle ausgedacht haben musste.

»Stellt alle sofort euer Wandeln ein«, ordnete Kip an. »Irgendetwas ist anders geworden. Der Einfluss der Banne breitet sich in diesem Moment über die Inseln aus. Und bewegt euch.«

Es würde nur noch wenige Augenblicke dauern, bis er das Vermögen verlor, überhaupt irgendeine Farbe zu wandeln. Also widmete er sich mit seinen geballten Kräften der Verstärkung der Sperrwand, mit der Ben-hadad und die anderen die Tür verbarrikadiert hatten, machte sie doppelt und dreifach so stark.

Dann wandte er seinen Willen wieder den Gottesbannen zu. Samila Sayeh griff von ihrem eigenen Turm aus an, irgendwo auf halber Höhe, und sie schien mit jemand Unsichtbarem um die Herrschaft über ihre eigene Gottesbanninsel zu kämpfen. Sie hielt den blauen Saatkristall in der Hand.

Im Wissen, dass es womöglich seine letzte Chance zum Wandeln überhaupt war, schleuderte Kip mittels des Spiegels einen

Speer aus Infrarot und Rot, beide zu einer lodernden Flamme verbunden, in Richtung Samila Sayeh und Hauptturm des blauen Gottesbanns.

Es war, als sei er am Auslösehebel eines Katapults vorbeigegangen und habe ihn berührt; statt einen Stein zu werfen, warf es nun sämtliches rotes und infrarotes Luxin, das Kip vielleicht in vierzig Jahren hätte wandeln können, alles auf einmal.

Aber ihm kam es so vor, als hätte er in dem Moment, da er den brennenden Speer fortgeschleudert hatte, einen Tritt erhalten.

Er wirbelte in der Spiegelvorrichtung herum.

Für eine geraume Weile blieb Kip reglos und schnappte keuchend nach Luft. Hinter seinen Augen pochte es. Er begriff, dass er mit einem Schlag vom gelegentlichen Feuerwandler zu jemandem geworden war, der seine Halos sowohl im infraroten wie im roten Bereich überstrapaziert hatte.

»Wer hat sich da der Spiegelvorrichtung bemächtigt?!«, brüllte Kip. »Wer hat mich herumgewirbelt?! Wer zum Teufel hat mich herumgewirbelt?!«

Sobald sein Gesichtsfeld wieder klar geworden war, richtete er seinen Blick auf die Mächtigen. Sie schienen genauso perplex wie er selbst zu sein. Wenn er nicht mit körperlicher Kraft herumgewirbelt worden war und es auch nicht mit Willenskraft selbst bewerkstelligt hatte, dann konnte sich nur ein Ultravioletter der Steuerung bemächtigt haben.

Im gleichen Moment zog eine Art Welle der Erschütterung über sie hinweg, wie eine gewaltige Woge im Ozean, die Kips Gesichtsfeld verkrümmte. Plötzlich konnte er mehrere sich überlagernde Realitäten wahrnehmen, die gemeinsam die Welt erfüllten. Ähnliches hatte er auch zuvor schon erlebt, wenn er an der Schwelle des Todes gestanden hatte.

Auch ohne Brille konnte er ultraviolette Tentakel sehen, die sich von oben zu ihm herabstreckten und sich im gleichen Moment zurückzogen, wie auf frischer Tat ertappt. Er wirbelte in der Steuervorrichtung der Spiegel herum und sah sie dort oben: In der Luft hoch über ihm, auf einem unsichtbaren Gottesbann schwebend, war da die Frau, die einst Aliviana Danavis gewesen war.

Liv.

Aber sie war nicht allein. Bei ihr war ein Geschöpf von gewaltigen Ausmaßen, das sich jedoch auf salbungsvoll-kriecherische Weise verstellte und vorgab, nur ein kleines, unterwürfiges Etwas zu sein. Es hatte den ultravioletten Saatkristall bei sich.

Und jetzt sah er sie, wo er auch hinblickte, in jedem Gottesbann. Unsterbliche. Sie waren der Grund, warum sich keine Farben mehr wandeln ließen. Koios' wichtigste Wichte wussten ein wenig über die Kräfte der Gottesbanne, aber die alten Götter – die Unsterblichen hinter den alten Göttern – wussten alles darüber.

Nun waren diese Unsterblichen gekommen, um sich mit in die Schlacht zu stürzen. Kip sah mindestens einen von jeder Farbe, sie alle durch die große Welle, die über die Gottesbanne hinwegging, für einen kurzen Moment ungeschützt seinem Blick preisgegeben, und in all ihre einst so schönen Gesichter hatte sich tiefe Besorgnis eingegraben. Sie blickten gen Osten, zum Ursprungsort jener Welle.

Würde der Ultraviolette die Steuerung des Spiegels an sich reißen können, wie er es soeben versucht hatte, war dieser Kampf vorbei.

Kip lenkte seinen Willen und das gesamte von mehreren Tausend Spiegeln gesammelte Licht auf das ultraviolette Etwas, das von oben nach ihm griff.

Der ultraviolette Gottesbann war so empfindlich und zart zurückhaltend wie ein schändliches Geheimnis. Kips Angriff ließ ihn zerspringen wie feines Porzellan unter einem Hammer.

Aber Kip beließ es nicht bei dem einen Angriff. Er richtete seine ganze konzentrierte Aufmerksamkeit auf jene schwebende Insel aus wunderschönen, zerbrechlichen Kristallen. Es war, wie den Schildkrötenbären mitten in einem Porzellanladen von der Leine zu lassen.

Sein Wille grub sich durch die ultraviolette Insel, ließ Gräben von zerschlagenem Luxin zurück, die bis hinunter zu den Wellen reichten, schnitt riesige Teile des Banns ab, die zu den Wellen hinabklatschten. Der Unsterbliche erholte sich allmählich vom ersten Schock, aber er schien wie an Liv gekettet zu sein, sodass er einen gewissen Umkreis von ihr nicht verlassen konnte. Und so sprang er mal nach hier, mal nach dort, wie ein tollwütiger Hund an einer Kette.

Bis Kip ihn ausfindig gemacht und sich seiner bemächtigt hatte. Und als sei sein Wille eine einzige große Klaue, schnappte er sich den scharfkantigen stachligen Saatkristall und presste ihn zusammen, während er sich wie eine Schlange unter seinem Griff wand.

Alle Spiegel der Insel richteten sich auf jenen einen Punkt, so groß wie die Faust des Schildkrötenbären, und der Saatkristall zersprang.

Die Wirkung war unmittelbar. Die gesamte ultraviolette Insel zerfiel zu Staub.

Liv fiel vom Himmel herab, und Kip hatte sie verloren.

Das ist das Ziel. So gewinnen wir.

Wir schaffen das.

Mit bloßer Gedankenkraft löste Kip die Stahlkabel für den Fluchtweg hinüber nach Großjasper und zur Kanoneninsel, dann ließ er die Griffe der Spiegelsteuerung los.

»Alle mal herhören«, wandte er sich an die Mächtigen, während sich die Kabel störungslos abwickelten. Karris hatte den Mechanismus einwandfrei reparieren lassen.

Sie alle richteten ihre Blicke auf ihn. Da die Tür zum Dach nun völlig uneinnehmbar erschien, gab es für sie augenblicklich nicht das Geringste zu tun.

»›Vermeidet die Schlacht, erstrebt den Sieg‹, erinnert ihr euch?«, fragte Kip. Natürlich wusste er, dass sie sich erinnerten. »Ich habe das Ganze komplett vom falschen Ende her aufgezogen. Ich bin nicht mein Vater. Ich bin kein Gavin Guile, kein Promachos, der allen anderen vorangeht und alleine kämpft. Ich bin Kip Guile, und wir können diese Sache nur dadurch gewinnen, dass wir zusammen kämpfen. Ich bin aus einem bestimmten Grund hier erzogen worden. Ich weiß nicht, ob ich der Lichtbringer bin, doch ich weiß, dass ich euch Licht bringen kann.« Kip sah ihnen allen der Reihe nach in die Augen. »Meine nächsten Befehle werden euch ganz und gar nicht gefallen, aber wenn ihr sie nicht befolgt, wird jeder Mensch auf dieser Insel sterben.«

56

»Wir verteidigen nicht«, sagte Karris, während sie sich von Hauptmann Fisk Waffen reichen ließ. »Wir greifen an.«

Doch keiner von ihnen sah sie an, als hielte er sie für wahnsinnig. Gütiger Orholam, sie vertrauten ihr.

Sie dachte noch einmal an die Lichtgardisten, die sie gefesselt in einem Lagerraum zurückgelassen hatten, von nervösen Zivilisten bewacht, denen wahrscheinlich, sobald ihre Eiserne Weiße sie allein gelassen hatte, auch aller Mumm abhandengekommen war. Tief in sich drin hatte sie den Wunsch verspürt, sie auf der Stelle hinrichten zu lassen, vor allem Aram, ihren schmierigen Hauptmann.

Die Eiserne Weiße, die einen verkrüppelten Gefangenen ermordete?

Vergiss es, die Sache hat sich erledigt.

Während sie ihre Leute zum Lilienstiel führte, entsiegelte sie das Haftmittel der Augenkappen, die sie schon seit Langem nicht mehr getragen hatte, und setzte sie sich über die Augen. Sie entsandte Boten zu Corvan Danavis, was sie zwang, nun ganz ihrem Bauchgefühl zu folgen. Sie konnte nicht warten, bis Nachrichten hin und her gegangen waren; sie musste jetzt eine Entscheidung treffen und Corvan wissen lassen, was sie tun würde.

Ihre Luxiaten hatten alles zusammengetragen, was sie über die Saatkristalle und die Gottesbanne hatten herausfinden können. Es war nicht viel gewesen, aber irgendein Schreiber aus alter Zeit hatte Sorge getragen, ein kurzes Fragment zu erhalten, das wissen ließ, dass eine Zerstörung der Saatkristalle einen Gottesbann vernichten konnte, solange er noch klein war. Dieser Mann oder diese Frau hatte vermutet, dass das Gleiche sogar noch bei einem großen Bann funktionieren würde.

Karris selbst war eine rot-grüne Bichromatin, und sie wusste nicht, wie stark diese Gottesbanne ihr zusetzen würden, wenn sie sie angriff – aber der blaue Gottesbann war ja gleich hier vor Ort und trieb eingekeilt in der Meerenge zwischen der Kanoneninsel und Großjasper, zwängte sich Stück für Stück hindurch, als hätte er einen eigenen Willen. Es hatte den Anschein, als versuche er, sich direkt auf Kleinjasper hinaufzubewegen.

Der blaue Gottesbann war im Moment das einzige Beförderungsmittel, das ihr zur Verfügung stand.

»Blau! Kommt, Leute!«, rief sie.

»Hohe Dame! Wartet einen kurzen Moment!«, ertönte eine Stimme hinter ihr.

Sie erspähte einen Mann mit einer großen Umhängetasche, der von der Chromeria her auf sie zulief. Andross' Sklave Grinwoody?

»Hohe Dame, bitte erlaubt mir, Euch zu begleiten. Bitte. Ich habe versprochen, Euch heute nicht von der Seite zu weichen.«

»Wie bitte? Nein!«, entgegnete Karris. »Was macht denn der Promachos?«

»Er befindet sich auf der Krankenstation, Hohe Dame. Er ist todkrank. Ich befürchte, er wurde vergiftet. Bevor er das Bewusstsein verloren hat, war er wütend auf mich, weil ich es nicht habe verhindern können. Er hat mir befohlen, ihm aus den Augen zu gehen. Hat von mir verlangt, Euch zu dienen und wenn möglich in Euren Diensten mein Leben hinzugeben. Ich wage es nicht, gegen seinen Befehl zu verstoßen. Ich wage es nicht, bei ihm zu sein, wenn er erwacht, falls er je wieder erwacht, Herrin.«

Grinwoody sah todunglücklich aus.

Der Orden! Karris fluchte. Seine Leute waren überall. Verdammt!

Es war nicht leicht, mit Andross zusammenzuarbeiten, aber heute war ein Tag, an dem die Chromeria absolut jeden zu ihrer Verteidigung brauchte.

»Ich habe eine Ausbildung bei der Schwarzen Garde durchlaufen«, fuhr Grinwoody fort. »Und ja, sie liegt lange zurück, aber ich bin nicht nutzlos im Kampf.« Er öffnete seine Tasche und verteilte Luxin-Fackeln in sämtlichen Farben an die Schwarzgardisten, außerdem die feinsten ilytanischen Pistolen. Das alles war ein Vermögen wert. »Bitte. Ich stehe in Gavins Schuld. Er hat mir einmal einen großen Gefallen erwiesen. Lasst mich an Eurer Seite kämpfen.«

Nun, Karris hatte eben ja erst darüber nachgedacht, dass sie zur Verteidigung der Chromeria wirklich jede erdenkliche Hilfe gebrauchen konnte. Sie nickte heftig, ohne dabei den Blick von dem blauen Gottesbann abzuwenden, der da vor ihnen im Wasser lag. Eindringlich inspizierte sie die Oberflächengestalt des Dings. Seine spitzen Fortsätze ragten wie Stachelschweinborsten in die Luft und verwirrten das Auge hinsichtlich der Gestalt des darunterliegenden Gebildes, aber sie konnte sehen, dass sich das Ganze wellenartig bewegte und faltete, während der Gottesbann langsam die Erhebungen und Vertiefungen des Meeresbodens hinauf- und hinunterkroch.

Blauwandler hatten bereits damit begonnen, die Stadtmauern anzugreifen, was von drinnen mit Handfeuerwaffen und dem Feuer aus kleinen Kanonen erwidert wurde. Der Angriff wurde weitestgehend zurückgeschlagen; allerdings konzentrierten sich die feindlichen Wandler auch weniger auf den Angriff und mehr darauf, eine Reihe von ineinandergreifenden Rampen für die hinter ihnen Kommenden zu errichten. Wenn dann die Hauptwelle des Angriffs erfolgte, wären keine Sturmleitern erforderlich – die Soldaten, Wandler und Wichte könnten mit großer Geschwindigkeit angreifen.

Die Verteidiger versuchten das blaue Luxin, so schnell, wie es gewandelt wurde, sofort wieder zu zerfetzen, und zugleich auch alle Wandler, die sie treffen konnten.

Und mit einem Mal hatte sie einen Plan. Sie war keine Blauwandlerin, aber sie hatte immer eine Neigung zu den blauen Tugenden gehabt. Sie wusste, wie Blaue dachten: rational, logisch, in klaren Linien.

Also würde sie einen Umweg wählen.

Sie rannten in der üblichen Laufgeschwindigkeit der Schwarzen Garde zusammen durch Großjasper, aber Karris entschied sich für einen Zwischenhalt, bevor sie die Mauer erreichten. Letztendlich mussten sie sogar zweimal anhalten und sorgten dadurch bei zwei Ladenbesitzern für Irritationen, die sie zunächst für Plünderer gehalten hatten. Grinwoody, der hinter Karris und ihre Leute zurückgefallen war, holte sie am zweiten Geschäft ein. Und wenngleich er außer Atem war, war er weder erschöpft, noch beschwerte er sich. Ziemlich gut für einen alten Mann.

Dann schafften sie es zur Stadtmauer, an die Stelle, wo der Hauptangriff erwartet wurde. Der Befehlshaber, der ihnen am nächsten war, wirkte erst darüber erfreut, Schwarzgardisten zur Verstärkung seiner Stellung zu erhalten, und dann verwundert.

»Hohe Dame?«, fragte er verblüfft, sie persönlich hier vor Ort zu sehen.

»Ich bin nicht hier, um zu helfen. Nicht direkt«, stellte sie klar. Sie hatte bereits ein Messer ihren Überrock hinabgleiten lassen und die Seide zerschnitten. Dann riss sie ihn sich herunter, sodass die Spiegelrüstung darunter zum Vorschein kam. Die Schwarzgardisten hatten es leichter. Sie schlüpften lediglich aus ihren Kitteln und Hosen und ließen ihre eigenen Spiegelrüstungen darunter sehen.

»Vielleicht ist ja jetzt ein guter Zeitpunkt, um uns in Euren Plan einzuweihen?«, erkundigte sich Hauptmann Fisk.

»Es sind Schwarzgardisten auf der Kanoneninsel postiert. Wir gehen sie retten.«

»Wofür sind die blauen Umhänge und Kleider gedacht?«, fragte er.

»Der blaue Gottesbann soll unsere Brücke sein, um zur Kanoneninsel hinüberzustürmen.«

»Sie werden uns kommen sehen, sobald wir über die Mauer steigen«, gab Fisk zu bedenken.

»Stimmt.«

»Sie werden genau wissen, was wir im Schilde führen.«

»Beinahe, aber nicht ganz«, erwiderte Karris. »Die Zitadelle und die Geschütze der Kanoneninsel sind von höchstem Wert für jeden, der die Insel hält. Aber wir werden uns eines besonderen Kniffs bedienen: Dieser Hügel gleich dort drüben schafft eine Talsenke direkt dahinter, in der sie uns aus den Augen verlieren werden, bevor wir dann wieder zur Kanoneninsel hinaufklettern. Wenn wir dieses Tal erreicht haben, streifen sich sechs von uns zur Tarnung die blauen Kleider über, und wir schlagen außer Sicht einen Bogen hinten um den blauen Bann herum. Ihr Übrigen stürmt geradeaus weiter und rettet die Kanoneninsel. Wir aber bewegen uns in die entgegengesetzte Richtung und fallen ihnen in den Rücken.«

Sofort erstarrten sie alle. Ihr Plan verlangte etwas Unmögliches. Sie sollten sich von der Weißen trennen. Sie waren Schwarzgardisten.

»Nein, nein, sie hat recht«, ergriff nun zum ersten Mal Gill Gräuling das Wort. »Manchmal schützt man seinen Schutzbefohlenen am besten dadurch, dass man ihn allein lässt.«

Hauptmann Fisk wählte rasch sechs Schwarzgardisten aus – allesamt flinke Leute. Statt große, stämmige Männer zu nehmen, nahm er nur schlanker gebaute, die inmitten des Waldes aus blauen Kristallbäumen schwerer auszumachen sein würden. Sich selbst erkor er zur Nummer sieben.

»Sieben?«, fragte Karris.

»Glückszahl«, antwortete er.

Was das betraf, ergab sich unter Einbeziehung Grinwoodys und ihrer selbst eigentlich sogar die heidnische Neun, was womöglich viel eher die Glückszahl der Wichte war – doch jetzt war nicht der richtige Zeitpunkt für solche Spitzfindigkeiten.

»Unser Ziel ist der Saatkristall«, schärfte Karris ihren Leuten ein – für den Fall, dass sie starb, bevor sie ihre Aufgabe zu Ende geführt hatten. »Mot zu töten ist zweitrangig. Wenn wir den Saatkristall vernichten, wird die ganze Gottesbanninsel zu Staub zerfallen. Macht euch also zum Schwimmen bereit, sobald ihr spüren könnt, dass es um den blauen Kristall geschehen ist.«

57

»Wir verteidigen nicht«, sagte Kip. »Wir greifen an.« Er war wieder zurück in der Spiegelsteuerung. »Ich werde mittels Ultraviolett ein Licht auf jeden von euch richten. Sie merken es vielleicht erst, wenn es zu spät ist. Vielleicht bekommt ihr eine Gelegenheit zu wandeln – eine einzige. Greift mit eurem Willen danach, und ihr werdet mit eurer Farbe beleuchtet, mit so viel, wie ihr verwenden könnt, und alle Wichte rings um euch werden in den für sie schlimmsten Farben ertränkt. Die Gottesbanne werden sofort reagieren. Sie werden euch innerhalb von Sekunden ausschalten, also bedient euch dieses Mittels nur als letzten Ausweg und entleert euch dann mithilfe von Schwarz, sonst müsst ihr sterben, kapiert?«

Sie stellten keine dummen Fragen.

Kip warf einen schnellen Blick in die Runde. Verdammt, Kip hätte Teias Fähigkeiten jetzt wirklich gut gebrauchen können. Genauso wie auch diejenigen Kruxers — aber er hatte jetzt keine Zeit, darüber nachzudenken. Man nimmt, was man hat.

»Ferkudi«, sagte Kip. Ferkudi war ein blau-grüner Bichromat und daher dafür empfänglich, von einer dieser beiden Farben kontrolliert zu werden. »Töte du den roten Gottesbann. Dagnu trägt den Saatkristall an einer Halskette. Töte den Gott und vernichte den Kristall. Der Gottesbann wird zerfallen, und dann können alle wieder Rot wandeln.« Der große Leo war ein Infrarot-Roter. »Großer Leo, du nimmst dir den Blauen vor. Dort befindet sich ein Trupp von unseren Leuten, der bald dringend Hilfe benötigen wird. Zerstöre den blauen Saatkristall. Winsen, du bekommst es mit dem Grünen zu tun. Versuch es mit Heimlichkeit. Der Saatkristall ist ganz oben auf dem höchsten ihrer baumartigen Dinger versteckt. Der Atirat ist wichtig, kommt aber erst weit abgeschlagen an zweiter Stelle.« Ben-hadad war ein blau-grün-gelber Polychromat. »Ben, ich habe den Molokh getötet, aber es ist ein neuer an seinen Platz getreten. Zerstöre den orangen Saatkristall. Warte mal — wenn ich es mir recht überlege, so haben der orange und der infrarote Bann beide neue Herren. Wir werden ein paar Minuten brauchen, um herauszufinden, wie geschickt sie im Umgang mit ihren neuen Kräften sind. Triff du deine eigene Entscheidung, wenn du unten auf Großjasper angekommen bist.«

»Geht klar«, antwortete Ben-hadad. Bei Ben, das wusste Kip, konnte er von allen Mächtigen am meisten darauf vertrauen, dass er selbst die beste Strategie finden würde, indem er die eigenen Fähigkeiten gegen die der anderen abwog.

Einin war eine orange-rot-infrarote Polychromatin, was bedeutete, dass Kip seine neueste Mächtige gegen keines der eher weichen Ziele in den Kampf schicken konnte. »Einin, du nimmst Gelb ins Visier. Das ist die Aufgabe, die wohl am ehesten ein Einsatz ohne Rückkehr sein könnte. Bist du dafür bereit?«

»Bei allem schuldigen Respekt, Herr, Ihr könnt mich mal. Ich tue, was ich zu tun habe«, antwortete sie. Sie hob nicht ihre Stimme; sie hatte einfach keine Lust mehr, die Neue zu sein.

»Freut mich, das zu hören«, erwiderte Kip. »Ich werde Armeegeneral Danavis benachrichtigen, für euch alle sobald wie möglich ein Ablenkungsmanöver zu starten. Vielleicht hilft es, vielleicht auch nicht. Ich habe bereits Verstärkung durch die Cwn y Wawr angefordert. Vielleicht kommen sie, vielleicht auch nicht. Dort unten geht es gerade heftig zur Sache.«

»Ist es wirklich das, was wir zu tun haben? Bist du dir da ganz sicher?«, fragte der große Leo. Er hätte sich am liebsten mit Kip angelegt, wollte sagen, dass er doch besser an seiner Seite bleiben sollte, aber zugleich vertraute er auf Kips Führung.

Kruxer wäre Kip niemals von der Seite gewichen, was auch immer geschah. Aber Kruxer war auch eine echte Nervensäge gewesen.

»Ja«, bestätigte Kip. »Meine Mächtigen ... Das war's. Wir werden von diesem Einsatz nicht alle zurückkommen.« Sie alle erwiderten seinen Blick, ohne mit der Wimper zu zucken. »Ich liebe euch Mistkerle. Und jetzt geht und macht Kruxer alle Ehre.«

Sie zögerten nicht. Sie waren Krieger. Sie waren kampferprobte Veteranen. Sie hatten bereits alles gesagt, was sie einander sagen konnten, und hatten all das andere verstanden, was sie nicht sagen konnten. Also nickten sie einander nun ein letztes Mal zu. Salutierten dem großen Leo. Salutierten Kip.

Ferkudi bedachte sie alle mit seinen Umarmungen, weil ... nun ja, er war eben Ferkudi.

Dann bestiegen sie nacheinander die Fluchtkabel und sausten den Turm hinunter auf ihre jeweiligen Ziele zu. Winsen ging allein, die Übrigen jedoch wurden jeweils von jenen neuen Mächtigen in der Probezeit begleitet, die über die passenden Farben verfügten und körperlich einsatzfähig waren. Damit blieben Kip nur die Grünschnäbel sowie einige Soldaten, die zu schwer verwundet waren, um sich am Kampf zu beteiligen.

Kip sandte seine Nachrichten aus, mehrere Male, dann versuchte er, den Feind, wo immer er konnte, zu blenden und sonst wie zu stören. Er war nun darauf beschränkt, nur noch einen Bruchteil der Macht der Spiegel nutzen zu können, aber er konnte noch immer jeweils einen Wicht nach dem anderen verbrennen, noch immer Signale geben und noch immer ganze Gruppen von Wichten, die über die Stadtmauern kamen, in ihren Komplementärfarben baden und die Sache dadurch für sie erschweren.

Es hielt sie nicht einmal immer vom Wandeln ab, aber es brachte sie jedes Mal durcheinander, und es verlieh Danavis' Verteidigern einen kleinen Vorteil, Stadtviertel um Stadtviertel.

Drüben in Wieselfels stiegen zwanzig Grünwichte die Mauern hinauf, kletterten, fielen herunter und sprangen dann immer höher hinauf, bis sie die Mauerkrone erreicht hatten. Kip richtete fünfzig Spiegel auf sie, um in dem Moment, als sie über die Mauer stiegen, unvermittelt gleißend weißes Licht direkt in ihre Gesichter zu lenken. Geblendet, verschafften sie den Verteidigern oben auf der Mauer eine Gelegenheit, sie niederzumähen.

An der Ostbucht schleuderten Dutzende von Rotwichten mit brennenden Händen Feuerball um Feuerball. Kip lenkte Spiegel auf sie, um sie mit blauem Licht zu fluten.

Fäuste gingen in die Höhe, und Verteidiger wandten sich der Lichtquelle zu – Blauwandler. Danavis hatte dem roten Gottesbann gegenüber Blauwandler Stellung beziehen lassen, Ultraviolette gegenüber von Infrarot, Rote gegenüber von Blau und so weiter, um dadurch für die geringstmögliche farbliche Nähe zu sorgen und die Wirkung des Gottesbanns auf die Wandler so klein wie möglich zu halten.

Als jene Blauwandler nun zu wandeln begannen ... Aber wieso wandelten sie denn?! Sie hatten den Befehl erhalten, Blau nicht anzurühren! Vielleicht jedoch war ihre Verzweiflung einfach so groß. Vielleicht war da etwas in ihrer Nähe, das zu retten das Opfer ihres Lebens wert war.

Kip fühlte es mehr, als er es sah, dass sich nun etwas vom blauen Bann zu ihnen hin ausbreitete – Tausende Ranken aus Paryl. Das waren die Fäden, durch die die Blauwandler gelähmt werden konnten.

Wie bewerkstelligten die Gottesbanne das? Worin bestand der Funktionsmechanismus? Wenn Kip herausfinden konnte, wie die Gottesbanne nach den Wandlern ihrer jeweiligen Farbe griffen, um sich ihrer zu bemächtigen – dann konnte er dem Ganzen ein Ende setzen.

Bei Orholams Eiern. Paryl, die Meisterfarbe. Natürlich. Die Unsterblichen konnten von Paryl Gebrauch machen, zumindest solange sie in Verbindung zu einem Gottesbann standen. Er wusste nicht, wie das funktionierte, aber er brauchte die genauen Einzelheiten auch nicht zu wissen.

Womöglich bestand in diesem Punkt noch immer Hoffnung.

Kip schlug die heranwogende Welle zurück, riss sie seinerseits mit Paryl in Stücke.

Dann kniff er blinzelnd die Augen zusammen. Seine Pupillen so sehr geweitet zu haben, hatte ihn geblendet.

Wenn Paryl die Hälfte der Antwort war ...

In Chi-Sicht konnte er direkt in die Körper der Wandler eingeschrieben sehen, welche Farben sie verwendeten und wie viel Luxin sie gespeichert hatten. Er konnte durch Wände und Mauern sehen.

Er stürzte sich in den Kampf.

Die Lage war verzweifelt – Wichte und Wandler der Blutröcke strömten in einem halben Dutzend Arealen über die Mauern, doch jetzt verfügte Kip über ein Gegenmittel. Die Blauwandler an der Ostbucht konnten nun zum ersten Mal während der Schlacht auch wirklich wandeln. Und genau das taten sie auch.

Kip verlor bald wieder die Kontrolle und sandte mit kurzen Leuchtsignalen den Blauwandlern Benachrichtigungen – aber jetzt wusste er, dass er zu tun vermochte, was er eben getan hatte, zumindest abwechselnd einmal mit jeder der Farben.

Es könnte vielleicht ausreichen, um bis Sonnenuntergang durchzuhalten.

Es könnte vielleicht ausreichen, um den Mächtigen die Möglichkeit zu geben, diese Dinger zu erledigen.

Corvan hatte bisher noch keine Ablenkungsmanöver gestartet, aber Kip konnte selbst eins unternehmen. Kip konnte sich zu einem derart verlockenden Ziel machen, dass selbst die Götter kampfesblind wurden.

All seine Sinne brannten. Seine Haut brannte. Erst einmal zuvor – als er jenes große Schiff, die *Gargantua*, versenkt hatte – war er so ungeheuer lebendig gewesen, so sehr gleichzeitig auf alles ringsum konzentriert.

Jener Polychromat dort drüben benötigte Grün und Gelb, würde aber auch Blau brauchen, sobald er um die vor ihm liegende Ecke gebogen war. Kip lenkte Spiegel in all diesen Farben zu ihm hin.

Diesen Rotwichten dort vorn drohte das Luxin auszugehen. Kip überflutete sie mit noch mehr Blau.

Kip tauchte ganze Straßenzüge in gedämpftes Grün.

Er briet die Hände eines Scharfschützen der Blutröcke, als er gerade von einem nahen Hausdach auf Corvan Danavis schießen wollte.

Kips Augen fühlten sich an, als habe er seit vielen Minuten nicht mehr geblinzelt. Seine Knochen waren ganz heiß vom Chi. Er wusste, dass er dabei war, sich kaputtzumachen. Die Farben kamen ihm bereits gefährlich vor, seine Halos waren überstrapaziert. Er sah nach der Stellung der Sonne. Sie würde bald untergehen.

Vermutlich konnte er es schaffen.

Aber sie mussten diesen Kampf noch heute gewinnen. Denn bei Sonnenuntergang würde Kip erledigt sein. Wenn sich die Schlacht bis in einen zweiten Tag hineinzog, würden sie verlieren, denn dann wäre kein Kip mehr da, um weiterzukämpfen.

Es gab keine Zeit, um nachzudenken oder sein Tun zu bedauern. Die Wichte hatten bereits zu reagieren begonnen, und das Gleiche galt auch für die Götter selbst. Einer versuchte, Kip mittels Willensablenkung in Paryl zu überlisten, und Kip gelang es nur mit Mühe, sich dem zu entziehen.

Unter ihm verlagerte Corvan Danavis Truppenteile und ließ seine Männer durch Stadtviertel schlüpfen, die von den Kampfgebieten abgeschnitten waren. Das Ganze war entweder ein auf unzuverlässigen Informationen gründendes Versehen oder eine derart schlaue Kriegslist, dass Kip sie nicht auf ersten Blick durchschauen konnte. Es gab immer noch zwei größere Breschen in der Stadtmauer, die direkt am ...

Plötzlich wurde Kip für einen Moment schwarz vor Augen.

Merkwürdig. Eine Nachwirkung von eben, als er seine Augen auf Paryl-Sicht geweitet hatte? Er hatte doch nicht etwa seinen Halo durchbrochen, oder?

Nein, nein, da war er sich sicher. Er wandelte gerade überhaupt keine Farben.

Sie konnten es wirklich schaffen! Bei Orholams Bart, die Wichte waren an einer ganzen Reihe von Stellen auf dem Rückzug.

Sie würden hier den Sieg davontragen! Oder wurden die Wichte vielleicht zurückgezogen, weil die Unsterblichen herausgefunden hatten, dass die Mächtigen einen Angriff auf sie unternahmen? Kip musste sichergehen, dass ...

Erneut wurde ihm schwarz vor Augen, und Kip wirbelte herum.

Ein weiterer Hieb schlug ihm die Hand von der Steuervorrichtung, und plötzlich fand er sich in seinem eigenen Körper wieder. Angeschnallt und mit Schlägen traktiert.

Er wurde herumgewirbelt, und jemand verpasste ihm einen Schlag in den Magen.

Kip musste würgen, aber er blickte nicht zu dem Angreifer hin. Durch den Schrei einer vertrauten Stimme abgelenkt, sah er stattdessen, wie sich ein Dutzend Mann Schild an Schild auf die Grünschnäbel der Mächtigen stürzte, die noch auf der Turmspitze verblieben waren. Die verletzten Männer versuchten, sie zurückzudrängen. Sie ließen ihre Waffen fallen und stemmten sich mit allem, was sie hatten, in ihre Schilde, ihre Beine arbeiteten mit letzter, verzweifelter Kraft, aber der Ansturm der Lichtgardisten war zu stark, um ihm Widerstand leisten zu können.

Die verletzten Männer wurden einfach über die Turmkante in den Abgrund gedrängt.

Der nächste Hieb traf Kip mit voller Wucht am Kinn, und er brach zusammen. Die Angreifer lösten seine Glieder aus der Steuervorrichtung, und er stürzte zu Boden.

Er hatte Schwierigkeiten, wieder einen klaren Blick zu bekommen, und seine Arme und Beine zitterten von den vorausgegangenen Anstrengungen, aber dennoch blickte er auf und sah das grausame, schwachsinnige Grinsen in Zymuns Gesicht.

Überall lagen Tote herum. Während Kip in der Spiegelvorrichtung alles ringsum aus dem Blick verloren hatte, hatten Zymuns Leute den Turm eingenommen.

»Sieht ganz so aus, als hättest du hier gute Arbeit geleistet«, meinte Zymun und schaute über die Inseln hinaus. »Sieht ganz so aus, als würden wir gewinnen!«

»Gewinnen?«, wiederholte Kip fragend. »Vorübergehend vielleicht, aber ich muss sicherstellen, dass wir auch wirklich ...«

»Alle mal herhören«, wandte sich Zymun an die ihn umstehenden Männer, »wenn jemand euch fragt: Das habe alles ich gemacht. Ich bin der Retter der Jasperinseln. Ich werde euch für diese kleine, harmlose Lüge reich belohnen. Oder ihr werdet bei lebendigem Leib gehäutet. Entscheidet selbst.«

»Wovon redest du da?«, fragte Kip. »Die Jasperinseln stehen im Augenblick nicht einmal annähernd vor ihrer Rettung. Ich muss erst einmal ...«

Zymun versetzte ihm einen Tritt in den Bauch. »Und was diesen Haufen Scheiße angeht«, fuhr Zymun fort, »er hat mich, das Prisma, angegriffen.«

»Zymun, jetzt ist nicht der richtige Zeitpunkt für so etwas! Bist du wahnsinnig?! *Das* willst du jetzt durchziehen?«

»Was ihn zu einem Verräter macht. Uns bleibt gerade noch genug Sonne. War ein heißer Tag. Aber wir müssen uns beeilen. Ich will nicht, dass sich irgendwer irgendwelche Ideen zu seiner Rettung in den Kopf setzt.«

»Du musst mir zuhören«, beschwor ihn Kip. »Zymun, das kannst du nicht.«

»Ach ja, ich kann nicht? Bruder, ich bin schon dabei. Ich werde dich verbrennen, Kip, wie ich es versucht habe, seit ich damals in Rekton die Feuer gelegt habe.«

Für einen Moment drohte Kips Verstand vor Wut auszusetzen, aber er fasste sich wieder. »Ich meine ja nicht, dass du mich nicht umbringen kannst. Ich meine, dass du nicht so mit den Spiegeln umgehen kannst wie ich. Orholam noch mal, du kannst mich gern in einer Stunde umbringen. Warte einfach nur so lange! Lass mich vorher die Stadt retten!«

»Ich weiß, dass du Angst vor dem Tod hast. Komm, fleh mich an. Fleh mich an, kleiner Guile.«

»Natürlich habe ich Angst, du Schafe fickendes Stück Scheiße! Wenn du mich von diesen Spiegeln wegbringst, stürzt du uns alle ins Verderben! Wie lange würde es dauern, bis du deine Halos durchbrochen hast? Ach, nein. Du hast sie ja schon durchbrochen! Zymun, meine sind noch ganz, und ich bin immer noch arbeitsfähig. Ich bin hierin besser also du. Ich bin der Einzige, der das schaffen kann.«

Die Lichtgardisten traten unbehaglich von einem Bein auf das andere. Aber sie hatten für Zymun bereits gemordet, hatten Verletzte umgebracht. Sie steckten zu tief mit drin, um jetzt riskieren zu können, ihm den Gehorsam zu verweigern.

»Wenn du es kannst, dann kann ich es umso besser«, entgegnete Zymun. »Und, schau mal, wir sind bereits am Siegen. Sie werden sich bei Sonnenuntergang zurückziehen.«

»Herr«, meldete sich einer der Lichtgardisten mit nervöser Stimme zu Wort, »vielleicht sollten wir doch ...«

»Vielleicht sollten wir was?!«, brüllte Zymun und packte den Mann an seinem Kragenaufschlag. Der Lichtgardist war zu geschockt, um irgendetwas zu unternehmen, hatte zu große Angst, seinen Befehlshaber anzugreifen, bis er begriff, dass Zymun ihn zur Turmkante schleifte. Und da war es zu spät.

Zymun warf den Mann in die Tiefe und drehte sich sofort wieder um, ohne dem Fallenden auch nur einen Blick nachzuwerfen.

Er zeigte auf Kip und sagte: »Wir können keinem Feind wie *ihm* die mächtigste Waffe auf der ganzen gottverdammten Welt überlassen. Habt ihr Trottel das verstanden?«

Ja, das hatten sie.

»Ich, das Prisma, werde uns höchstpersönlich retten«, erklärte Zymun. »Aram, kannst du einen kleinen Auftrag für mich erledigen, oder wirst du die Sache wieder vermasseln wie beim letzten Mal?«

»Was immer Ihr wollt, Hoher Lord Prisma. Bis in den Tod.«

»Gut. Schick unsere Leute aus, damit sie sich der Spiegelräume des Turms bemächtigen. Die Übrigen sollen mit uns kommen. Ich wünsche keine Rettungsaktion. Und treib seine Frau auf, wenn du schon dabei bist. Ich habe vor, meinen Bruder auf Orholams Blendblick zu schicken. Wir werden zusehen, wie er verbrennt.«

»Ja, mein Lord Prisma«, antwortete Aram, und Kip konnte spüren, wie die Verbitterung des Krüppels nachließ und durch Freude ersetzt wurde. »Mit Vergnügen, Herr.«

58

»Warum sind sie so langsam?«, fragte Gill Gräuling. »Sie können uns doch nicht verpasst haben, oder?«

Noch mit der Durchführung des ersten Teils ihres Plans beschäftigt, hatten sie die heidnischen Blauwandler, die die Kanoneninsel bestürmten, von hinten überfallen – und jetzt waren sie dabei, sie nach und nach auszuradieren. Einige wenige dieser Blauwandler hatten angefangen, ihre Körper umzuformen und sich nach und nach zu Wichten zu machen, indem sie sich Luxin einverleibten. Sie ließen es Linsen über den Augen bilden, damit sie stets reichlich Blau zur Verfügung hatten, oder arbeiteten es sich unter die Haut ein sowie an Armen und Ellbogen, um ihre Körper mit Speeren, Sensen und Ähnlichem auszustatten. Aber keiner von ihnen erweckte den Eindruck, je zuvor gegen einen stärkeren Feind als irgendwelche verängstigten Zivilisten gekämpft zu haben.

Sie kämpften wie Anfänger, langsam und vorhersehbar, und merkten nicht einmal, in welcher Gefahr sie sich befanden, bis Karris' Schwarzgardisten die Hälfte von ihnen niedergemäht hatten.

Karris wusste nicht recht, ob sie ihren kleinen Trupp von Kämpfern in Spiegelrüstung für normale, eher harmlose Soldaten gehalten hatten oder ob die Blauen einfach nur stur und geistig unbeweglich waren. Was sie aber wusste, war, dass die Tatsache, dass die Blutröcke nicht einfach rasch kehrtmachten, um gegen sie zu kämpfen, bedeutete, dass die Schwarzgardisten auf der Kanoneninsel immer noch am Leben waren und die Stellung hielten.

»Es kommt mir so vor, als habe da eine Art Kampf innerhalb des blauen Banns selbst stattgefunden, Herr«, meldete sich Tamerah zu Wort. Sie war selbst eine Blauwandlerin. »Aber ... der ist nun vorbei. Ich glaube, wir können jetzt jeden Moment einen Angriff vom Zentrum der Insel her erwarten.«

»Wir schaffen das hier schon«, wandte sich Hauptmann Fisk an Karris, auch wenn sie es immer noch mit einer Überzahl von mehr als zwei zu eins zu tun hatten – und da war die anrückende Verstärkung der Blauen noch nicht einmal eingerechnet. »Was wollt Ihr tun, wenn sich der Saatkristall ganz dort oben befindet?« Er machte eine Kopfbewegung zu dem gen Himmel aufragenden großen Turm im Zentrum des blauen Gottesbanns, der von Minute zu Minute weiter in die Höhe wuchs.

»Gebt uns ein Zeichen, wenn ihr die Kanonen übernommen habt«, antwortete Karris. »Vielleicht brauchen wir euch, um ihn für uns herunterzuholen.«

»Ich werde sicherstellen, dass wir genug Pulver aufheben«, versicherte ihr Hauptmann Fisk. »Orholam sei mit Euch.«

Es fiel ihnen äußerst schwer, Karris ohne sie gehen zu lassen, und ihr fiel es nicht minder schwer, die anderen gerade jetzt sich selbst zu überlassen, wo sie im Begriff standen, angegriffen zu werden, dennoch lösten sich Karris und ihre kleine Einsatztruppe von den anderen. Sie verschwanden im tiefsten Teil des Tales und waren bald außer Sicht. Dann streiften sie sich ihre blauen Überröcke, Umhänge und Kleider über, was immer sie von den beiden Läden mitgenommen hatten, um sich darin zu tarnen, und befestigten die Kleidungsstücke eng an ihren Körpern, damit sie sie beim Kämpfen nicht behinderten. Karris zog den Tiegel mit schwarzer Schuhwichse hervor, den sie aus einem der Geschäfte mitgenommen hatte, und sie schwärzten ihre Spiegelrüstungen überall, wo sie womöglich hell hervorblitzen und sie verraten könnten.

Und nachdem jeder von ihnen seine abgefeuerte Muskete neu geladen hatte, machten sie sich sogleich wieder auf den Weg.

Sie umkreisten die Rückseite des Gottesbanns, ohne irgendjemanden zu sehen, und dann stürmten sie in Richtung Zentrum los, huschten an hoch aufragenden Kristallzungen und an Saphirwäldern vorbei zu schimmernden verlassenen Dörfern aus reglosem Topas, durch die kerzengerade Prachtstraßen von mathematischer Präzision liefen. Es war, als würden die Wichte die Naturwelt sowohl geringschätzig verachten wie sich zugleich auch danach sehnen und sie in diesen sonderbaren Abbildungen nachäffen.

»Es geht los!«, rief Gill.

Karris hatte noch gar niemanden vor ihnen gesehen, aber Sekunden später rasten Geschosse aus blauem Glas an ihrem Kopf vorbei. Sie klatschten auf Gills Spiegelschild und stoben zersplittert auseinander, auch wenn sie sich weggeduckt hatte, vielleicht gerade tief genug, um nicht getroffen zu werden.

Weitere Geschosse kamen angeflogen, und sie war nun vollauf damit beschäftigt, auszuweichen und abzuwehren und die Geschosse mit dem eigenen Schildrand zu zerschneiden. Einmal schlug sie mit dem Schild weit zur Seite, um ein Geschoss zu erwischen, dem Gill gerade den Rücken zukehrte, damit beschäftigt, einen Wicht zu Boden zu werfen und ihn zu töten.

Das Geschoss traf ihren Schild mit größerer Wucht als erwartet, und sie vernachlässigte ihre Deckung für einen Sekundenbruchteil zu lang. Aus dem Nichts erschien ein Blauwandler mit einer Lanze aus Eschenholz, um sie ihr in den Unterleib zu bohren.

Der halbe Kopf des Mannes flog davon, als Grinwoodys Donnerbüchse losging, aber der Tote führte den begonnenen Schritt dennoch zu Ende, und sein Speer stieß ziellos in ihre Richtung. Doch Grinwoody hatte die alte Schwarzgardistenlektion beherzigt, nie davon auszugehen, dass ein Toter auch weiß, dass er tot ist, und hatte sich auf die Bedrohung zubewegt. Er ließ den Kolben seiner Donnerbüchse gegen die Lanze knallen, sodass sie gefahrlos davonflog, und der Tote machte keinen zweiten Schritt mehr.

Sie bedankte sich nicht. Dafür war keine Zeit. Tamerah war bei dem Schlagabtausch mit den Blauwichten tödlich verwundet worden. Blut schoss aus ihrem Hals, und ihre Bewegungen wurden langsamer und langsamer, so wie auch ihr Atem langsamer wurde, und dann nahm sie der ihr nächste Schwarzgardist in die Arme, damit sie als Letztes jemanden sah, der sie liebte.

Sie eilten weiter. Noch tausend Schritt vor ihnen, und keine Möglichkeit, sich zu vergewissern, wie viele Wichte und Wandler sich zwischen ihnen und dem großen Turm befanden.

Während ihrer nächsten Feindberührung fuhr sie mit ihrer Skorpions-Bich'hwa über den Bauch eines Blauwandlers und riss ihn mit allen vier Krallen ihrer Waffe auf. Eine Muskete ging los, und sie hechtete aus der Schusslinie.

Der Schütze war tot, ehe sie wieder auf den Beinen war. Gills wirbelnder Speer versprühte Blut in einem weiten Umkreis.

Sie warf einen raschen Blick zurück und sah Grinwoody zu langsam parieren, sodass ihm ein blauer Speer in den Bauch gerammt wurde – auch wenn er ein beeindruckender Krieger war, lagen die besten Jahre des alten Mannes doch schon hinter ihm. Aber die Speerspitze aus Luxin zersprang auf Grinwoodys Spiegelrüstung, sodass ihn lediglich ein Stoß des hölzernen Speerschaftes traf. Es war dennoch ein so heftiger Schlag, dass es dem alten Mann den Atem verschlug.

Karris stieß mit ihrem Ataghan nach dem Wicht, der Grinwoody angriff. Die Spitze ihrer Waffe pikste ihm jedoch lediglich ein klein wenig von hinten in den Kopf und brachte ihn aus dem Tritt, ohne aber seinen Schädel zu durchbohren.

Doch es reichte aus. Grinwoody trat dem Wicht zwischen die Arme und trieb ihm von unten seine Klinge hinter die Rippen, drehte sie einmal herum und zerrte sie dann wieder heraus.

Hinter ihm sprang Rivvyn Shmuel von der Seite in den Laufweg eines monströs großen Blauwichts und durchbohrte ihn mit einem schlanken Speer, doch der Wicht schlug seine gewaltigen

Arme um ihn und hob ihn in die Höhe, dann schlang er ihm Schicht um Schicht von Luxin um Hüfte und Beine. Shmuel zog zwei Dolche und stach in wilder Raserei auf ihn ein, wieder und wieder, versuchte den Wicht zu töten, bevor er Shmuels Arme bewegungsunfähig machen konnte. Als der riesenhafte Wicht in die Knie ging, grub ihm Shmuel einen seiner Dolche unten in die Schädelbasis.

Der sterbende Wicht erschlaffte und sackte um, doch Shmuel war mit blauem Luxin an ihn gekettet und wurde mit ihm zu Boden gedrückt. Er verschwand unter einem halben Dutzend Wichten.

Gill und Karris töteten die Wichte über dem Schwarzgardisten, während er zugleich von unten gegen sie ankämpfte, aber als sie sie schließlich alle erledigt hatten, war Shmuels Hals bereits aufgerissen worden. Mit der einen Hand versuchte er das Blut zurückzuhalten, mit dem ihm das Leben entströmte, während die andere einen vom Blut des Feindes überströmten Dolch hielt. Aber nun löste sich sein Griff, und das Blut quoll ungehindert hervor. Seine Augen trübten sich.

Und weiter ging es – immer weiter –, wenn auch jetzt nur noch mit fünf Schwarzgardisten.

Nur noch dreihundert Schritt, nicht mehr weit! Sie rannten einen Abhang hinauf und wagten es nicht, ihr Tempo zu drosseln, um ihre Musketen neu zu laden. Da fanden sie sich plötzlich einer Doppelreihe aus Musketieren der Blutröcke gegenüber. Es waren mehr als zwanzig. Die vordere Reihe kniete, die hintere stand, alle Musketen zielten auf sie.

Aber ihr Offizier, den Blick gen Chromeria gerichtet, gab keinen Befehl zu feuern. Seine Augen waren auf den Turm geheftet.

Einen Sekundenbruchteil später sahen Karris und alle anderen, warum.

Mit der Geschwindigkeit und der blendenden, in den Augen brennenden Intensität einer Sternschnuppe kam in einer feurigen Linie aus Purpurrot und Saphirblau etwas von der Spitze des

Turms des Prismas heruntergesaust, hin zu dem großen blauen Turm in der Mitte des Gottesbanns.

Das Ganze dauerte nur einen kurzen blendenden Moment, und es schien, als sei dieser Strahl von seinem eigentlichen, tieferen Ziel nach oben und zur Seite weggerissen worden.

Karris wurde plötzlich gepackt und aus der Schusslinie zur Seite geworfen, aber der Offizier der Blauen gab noch immer keine Befehle. Mit erstaunlicher Geschwindigkeit und Durchschlagskraft zerteilten die anderen Schwarzgardisten die Reihen der Musketiere.

Blaue wurden herumgewirbelt und aufgeschlitzt, Musketen an sich gerissen, Musketen in andere hinein abgefeuert, kniende Männer wurden umgeworfen und auf dem Boden erdolcht, während andere Schwarzgardisten schon den nächsten und den übernächsten angriffen.

Vierundzwanzig Mann, in *Sekunden* von nur sechs getötet.

Karris jedoch sah noch einmal zurück und zum Turm des Prismas hinauf, von wo jene unglaubliche Magie hergekommen war. Ihr ging das Herz über.

Jemand passte auf sie auf. Jemand sah sie, jemand kümmerte sich um sie, jemand versuchte sie zu retten.

Sie rannten weiter.

Sie sah zwei lange Linien, die sich von der Spitze des Turms des Prismas weg erstreckten, eine führte zum Ebonshügel und die andere zur Kanoneninsel. Kleine Gestalten sausten in beide Richtungen hinunter.

Ihre Reparaturen waren also erfolgreich gewesen. Gut.

Trotzdem mussten diese Leute einen Wahnsinnsmumm haben. Die Fluchtkabel entlang in *dieses* Schlamassel hinunterzusausen?

Einen Speer in der Hand, schritt Grinwoody die Reihe der gefallenen Heiden entlang, stach zu und drehte den Speer, wieder und wieder und wieder. Dazu sagte er: »Ich hätte wirklich nicht damit gerechnet, dass mich so etwas erwartet ...«

Die anderen hatten die Kampfpause dazu genutzt, um nachzuladen.

»Was ist denn das?«, entfuhr es Karris. Nach dem Erreichen des Scheitelpunkts der Anhöhe hatten sie nun in alle Richtungen einen guten Blick auf das, was vor ihnen lag. Hinter ihnen hatten die Blutröcke von ihrem Eindringen Wind bekommen, und einige Hundert von ihnen versuchten eilends, sie einzuholen. Rechts und links waren die Flanken offen, aber sie führten nirgendwohin, und sie würden binnen Minuten geschlossen sein.

Zwischen Karris und ihrem Ziel, dem großen blauen Sockel, befanden sich Hunderte und Aberhunderte von Blauwichten – Tausende –, und jede Sekunde trafen neue ein, die von der Frontlinie zurückgerufen worden waren, um Karris' Angriff aufzuhalten. Und auf der Gegenseite nur Karris und ihre sechs.

Ihr Herz verkrampfte sich.

Die Blauen befanden sich bereits zwischen ihrem kleinen Trupp und dem Gottesbann. Und die Seiten des Gottesbanns fielen steil ab, da gab es keine hilfreichen Treppenstufen, die man hätte hinaufstürmen können, wie es beim Gottesbann von Ru der Fall gewesen war.

Aber ... die Perfektion des Turms war übel beschädigt worden, nahe an seinen Fundamenten.

Eine Linie, die der Sternschnuppen-Treffer vom Turm des Prismas hinterlassen hatte, durchschnitt den Turm, als sei er eine Bambussprosse, durch die ein Schwert hindurchgegangen war.

Doch blaues Luxin von der Breite jenes Schwertschnitts herabfallen zu lassen bedeutete, die gesamte Masse eines Turms auf das kristalline blaue Luxin darunter zu schmettern. Luxin, das auf der einen Ebene wundersam strapazierfähig war, in anderer Hinsicht aber ziemlich zerbrechlich.

Ein lauter Knall hallte über die Ebenen dieser sonderbaren blauen Insel hinweg, und Karris sah Risse in rasender Geschwindigkeit die Oberfläche des Turms hinauflaufen. Andere zogen sich auch von dem Schnitt weg nach unten.

Die Risse zersprangen, und riesige Kristalle von der Größe ganzer Gebäude lösten sich und stürzten in viele Richtungen davon, nicht wenige in die von Karris.

»Oh, Scheiße«, stöhnte Gill.

Unvermittelt wurde sie in einen Spalt im Untergrund geworfen und unter einem Haufen schützender Körper begraben. Im gleichen Moment regneten die Brocken aus rasiermesserscharfem blauem Luxin auch schon vom Himmel. Gill warf seinen Schild über sie alle, doch er wurde sofort von einem Einschlag weggerissen, vielleicht auch von dem gewaltigen Wind aus grobkörnigem blauem Staub, der über sie hinwegbrauste.

Eine Minute später rappelten sie sich wieder hoch und banden sich Tücher über die Gesichter, damit sie den stechenden blauen Staub nicht einatmen mussten. Wundersamerweise war keiner von ihnen gestorben, auch wenn alle außer Karris von den herumfliegenden milchglasartigen Luxin-Splittern zumindest kleine Schnittwunden davongetragen hatten. Doch für viele Hundert ihrer Feinde galt das nicht. Ein großer Teil des Turms war auf den Hauptteil der heidnischen Armee gestürzt. Andere waren durch die zu den Seiten fliegenden Splitter zerfetzt worden.

Weitere Hunderte, die sich in größerer Entfernung vom Turm befanden, konnten eigentlich nicht verletzt worden sein, aber sie waren regelrecht gelähmt vor Fassungslosigkeit. Ihr Wille war schwer erschüttert durch die Katastrophe, die getroffen hatte, was sie für über jeden Angriff erhaben gehalten hatten.

Andere kamen allmählich wieder zu sich und stöhnten unter dem blauen Staub und dem Schutt.

Mit der Hand gab Karris das Signal zum Vorrücken. Die Blauen mochten nun völlig gebrochen aufgeben – sie könnten sich aber auch jeden Augenblick wieder sammeln und zurückschlagen.

Bald deutete Gill entschieden in eine Richtung und übernahm die Führung.

Das hatte so auch seine Richtigkeit: Gill wäre fast ein Blauwandler geworden; er war bei der entsprechenden Prüfung nur knapp durchgefallen und hatte es kein zweites Mal probiert, da er befürchtete, unter die Polychromaten eingereiht und zu wertvoll für den Dienst in der Schwarzen Garde zu werden. Er musste jetzt etwas spüren.

Sie kletterten über den Schutt aus blauen Luxin-Scherben, die so scharf waren, dass sie durch einen Stiefel hindurch in den Fuß schneiden konnten, wenn man unachtsam war. Nicht selten spürte Karris, wie der Untergrund unter ihr stärker nachgab als sonst, nur um unter sich einen Leichnam zu entdecken, der sein allzu menschliches Rot in den Staub hineinblutete.

Aber sehr, sehr viele der Wichte und Wandler erholten sich zusehends. Viel mehr von ihnen, als sie geglaubt hätte, schienen noch am Leben zu sein, selbst hier.

Dann, ganz plötzlich, standen Karris und ihr Trupp vor *ihr*.

Die Mot war noch am Leben. Verwundet und in jeder Hinsicht übel in Mitleidenschaft gezogen, hatte sie versucht, sich Luxin-Flügel zu wandeln, um mit deren Hilfe von der Spitze ihres zusammenbrechenden Turms herabzugleiten, aber sie war zu langsam gewesen.

Unter ihrer eisblauen Haut, die in einer Million Facetten schimmerte, sodass sie sich zu bewegen vermochte, erkannte Karris die Frau: Samila Sayeh, eine der Legenden aus dem Krieg der Prismen. Sie hatte in Garriston für Gavin gekämpft. Sie und ihr langjähriger Geliebter Usef Tep, der Purpurne Bär, wie sich Karris erinnerte. Oder hatten sie auf verschiedenen Seiten gekämpft?

Richtig: verschiedene Seiten während des Krieges, hinterher Geliebte.

Aber Samila hatte *für* Gavin gekämpft.

»Samila?«, fragte Karris. »Du stehst auf ihrer Seite?«

Die Frau trug ein schwarzes Luxin-Halsband. Jetzt griff sie danach. »Slavin«, brachte sie mühsam heraus. Und Karris verstand. Irgendwie war Samila vor die Wahl gestellt worden, entweder Koios zu dienen oder zu sterben.

»Rotes und blaues Licht«, sagte Samila und zuckte zusammen. Ohne Frage, irgendetwas stimmte mit dem Rückgrat der Frau nicht. Doch Karris wusste nicht recht, wovon Samila da redete. Der rote und blaue Blitzschlag vom Turm des Prismas war ihr zum Verhängnis geworden?

»Er ist gestorben, weißt du. Mein Purpurner Bär«, sagte Samila. »Usef hat mich alleingelassen. Es ist nicht seine Schuld gewesen. Es ist unvernünftig, ihm deshalb Vorwürfe zu machen. Unvernünftig, so erzürnt zu sein. Aber Usef hat mir geholfen, Leidenschaft zu fühlen. Hat das für eine Dame meines Standes und meines Intellekts annehmbar gemacht.«

Sie grinste, und plötzlich war da etwas Junges, Schelmisches, Feuriges in ihren alten, kalten Augen.

»Er liebte den großen Auftritt. Mit allem Brimborium. Eiserne Weiße, hör zu!« Unvermittelt presste sie ihre Augen fest zusammen. Dann zischte sie: »Die Dschinnen gibt es wirklich. Wenn sie einen starken, machtvollen Wandler finden, der ihnen gefällt, so einen wie mich, so einen wie die neun Könige der alten Zeiten, dann kann es sein, dass sie Besitz von diesem Wandler oder dieser Wandlerin ergreifen, Macht gegen Macht eintauschen. Dann, im Moment des Todes, schnappen sie sich ... Aber sie will diesen kaputten Körper nicht. Sie will fliehen! Doch jetzt ist sie verwundbar. Man kann die Dschinnen für immer aus dieser Welt verbannen, vielleicht sogar aus allen Tausend Reichen zugleich. Aber nur, wenn du rasch zuschlagen kannst, bevor sie sich meinem Willen entzieht. Hast du die Blendende Klinge bei dir? Schnell jetzt, ehe ...«

Ihr Gesicht verzerrte sich, als hätte ihr irgendetwas gerade einen furchtbaren Schmerz zugefügt.

»Schnell!«, ächzte Samila. Sie biss die Zähne zusammen. »Die Klinge!«

Aber Karris hatte sie nicht bei sich.

Und dann starb Samila Sayeh. Und Karris hatte das schreckliche Gefühl, irgendwie all ihre Energie in die falsche Richtung gelenkt zu haben.

Genau in diesem Augenblick kam ein riesenhafter junger Mann mit einer flammenden Kette in den Händen und einer schwarzen Rüstung angerannt, auf der das Abzeichen von Kips Mächtigen prangte. Karris' Schwarzgardisten wären um ein Haar in Panik geraten, doch dann erkannten sie ihn: Es war ihr alter Landsmann und Mitstreiter, der große Leo. Inzwischen einer von Kips Leuten. Hinter ihm folgten dreißig weitere aus der Schar von Kips Elitewandlern.

Die Ausrüstung des großen Leo war blutverschmiert, und Luxin-Geschosse hatten einen Teil des schwarzen Lacks von seiner Rüstung gerieben, sodass die Verspiegelung darunter sichtbar geworden war. »Wartet«, sagte er. Er sah zu Samila Sayeh hinunter. Er machte eine Bewegung mit seiner Kriegskette und ließ sie dann schlaff herabhängen. »Ihr seid hier schon fertig? Ihr habt die Sache ganz ohne mich erledigt?«

»Her damit«, befahl Gill Gräuling, der ein Stück seitlich stand. »Jetzt mach schon!« Er riss Grinwoody einen leuchtenden blauen Stein aus der Hand, den der gerade wegzustecken versuchte.

Der große Leo wirkte regelrecht fassungslos. »Aber ... aber wisst ihr eigentlich, was wir alles anstellen mussten, um bis hier raus zu kommen? ... Und ... und jetzt bin ich den ganzen weiten Weg gekommen, nur um zu ...«

»Danke«, sagte Gill und warf den blauen Saatkristall zu Boden. Er zog eine Muskete und feuerte einen Schuss darauf ab. Der leuchtende Kristall barst in Stücke, als sei er einfach nur eine gewöhnliche Glaskugel.

»Ich weiß ja nicht, ob Ihr das wirklich gerade jetzt in diesem Moment hättet tun ...«, begann Grinwoody.

Aber Karris schnitt ihm das Wort ab, den Blick wie gebannt auf den Horizont zwischen Groß- und Kleinjasper gerichtet. »Was zum Teufel ist *das* denn?«

Sie alle wandten nun ihrerseits den Blick in die gleiche Richtung. An der Nordspitze von Großjasper schossen zwei Flammensäulen fächerartig gen Himmel wie ein Flügelpaar.

»Vergesst es!«, bellte Karris. »Diese Insel zerfällt! Rennt! Rennt, wenn ihr nicht schwimmen wollt!«

59

Das darf nicht wahr sein.

Ein Schleier des Unwirklichen lag über dem ganzen Marsch. Kip hätte eigentlich gedacht, zu klug zu sein, um sich immer wieder und wieder in den gleichen Strudel von Gedanken hineinziehen zu lassen und darin herumzukreiseln wie ein Schiff, das den Mahlstrom der Charybdis hinabwirbelt, bis es, wehr- und hilflos, als Ganzes verschlugen wird. Doch hier war er nun und kreiselte und kreiselte.

Damit kann er nicht durchkommen.

Das darf nicht wahr sein.

Jeden Moment wird jemand eingreifen, um dem ein Ende zu machen. Es muss einfach jemand eingreifen.

Wie kann er glauben, damit durchzukommen? Das ist einfach nicht wahr. Das darf nicht wahr sein.

Tief in seinem Hinterkopf wusste Kip, dass Zymun damit tatsächlich nicht durchkommen würde. Zymuns angeborener Mangel an Angst war auch ein Mangel an Vernunft; was er da tat, würde ohne Zweifel seinen Tod bedeuten. Vielleicht heute Abend. Vielleicht morgen. Angesichts der vielen Freunde, die Kip hatte, und wenn man all die anderen verzweifelten Akteure in Betracht zog, die hier in der Stadt mitspielten, war Zymun auf dieser Welt zweifellos nicht mehr viel Zeit beschieden.

Aber er brauchte morgen auch nicht mehr am Leben zu sein, um Kip heute umzubringen. Zymun verfügte in seinem unmittelbaren Umkreis über die ergebensten Männer mit Waffen. Genauso wie es ein einziger selbstmörderischer Fanatiker mit einer Muskete mit der gesamten Schwarzen Garde aufnehmen konnte, rannte Zymun all die langfristig angelegten, sorgfältig durchdachten Pläne derer über den Haufen, die viel begabter und besser ausgebildet waren als er.

Die Wandler der Chromeria waren jetzt durch die Gottesbanne handlungsunfähig gemacht und verängstigt durch den Schock, von den Kräften abgeschnitten zu sein, die sie zu dem machten, was sie waren. Keiner von ihnen würde es wagen, sich den Schlägern der Lichtgarde in den Weg zu stellen, nicht jetzt.

Und so schritt Kip durch die Tore der Chromeria hinaus.

Neben ihm, vor ihm, hinter ihm gingen Dutzende von Lichtgardisten; Schritt folgte auf Schritt. Einer der Lichtgardisten war sogar so umsichtig gewesen, Kip einen roten Umhang um die Schultern zu werfen, um seine hinter dem Rücken gefesselten Hände zu verbergen. Viele der Menschen, die sie jetzt passierten, würden gar nicht erst auf den Gedanken kommen, dass Kip ein Gefangener war.

Überall an den Stadtmauern ging der Kampf weiter, selbst als die Sonne nun tiefer und tiefer sank. Die Aufmerksamkeit aller noch bei klarem Verstand befindlichen Menschen in der Stadt war auf die Mauern und auf die dahinterliegenden Gräuel gerichtet. Alle von Kips Freunden waren draußen in der Schlacht und leisteten einen wichtigen Beitrag dabei, die Inseln zu retten.

Allzu siegesgewiss, wie er war, kümmerte sich Zymun nicht einmal darum, die Spiegelsteuerung zu besetzen.

Orholams Blendblick rückte in Sicht. Es würde keine Rettung geben. Kip wusste, wie weit all die Menschen, die ihm zu Hilfe eilen könnten, jetzt weg waren: zu weit weg.

Ich habe gewusst, dass das geschehen würde, ging es ihm durch den Kopf. Ich habe gewusst, dass ich auf dieser Insel sterben würde.

Er hatte sich dreist angemaßt zu glauben, es würde ein Heldentod sein und dass er durch seinen Tod vielleicht etwas würde bewirken können. Teufel auch, er hätte vor zehn Minuten in der Spiegelsteuerung sterben können und hätte es als einen guten Tod verbucht. Einen ehrenhaften Tod.

Aber das hier? Der Tod eines Verräters auf dem Blendblick?

Wie konnte irgendwer auch nur den geringsten Sinn darin entdecken?

Wenn die Chromeria Gebrauch von Orholams Blendblick machte, tat sie es zur Mittagsstunde. Es war ein schrecklicher Tod, dort zu verbrennen – aber es war in einer halben Minute vorbei. Wie lange würde Kip brauchen, um zu sterben, jetzt, da die Sonne so tief am Horizont stand? Wie große Folterqualen würde er erleiden?

Und dann waren sie am Ziel. Der unspektakuläre Fußweg wurde ohne irgendwelche pathetischen Einlagen zu Ende gebracht, ohne jegliche Rettungsversuche, ohne dass ihnen überhaupt irgendjemand etwas zugerufen, sie aufgefordert hätte, stehen zu bleiben – einfach nur ein zügiger Marsch über den Lilienstiel, wie ihn Kip zuvor schon Hunderte von Malen unternommen hatte.

Niemand wusste überhaupt davon.

Irgendwo hatten die Lichtgardisten Tisis ausfindig gemacht, obwohl sie sich doch eigentlich weit weg auf der anderen Seite der Stadt aufhalten sollte. Vielleicht war sie zurückgekommen, als sie ihn oben auf der Spiegelvorrichtung bemerkt hatte. Kip empfand ihre Anwesenheit nicht gerade als Gnade.

Es kam ihm so vor, als sei er aus sich selbst herauskatapultiert worden, sah sich von außen, sah, wie er einen Fuß vor den anderen setzte, sah, wie er einen Blick auf seine Frau warf.

Er wusste nicht, was er ihr sagen sollte. Sie würde ihn sterben sehen, diesen grässlichen Tod. Sie würde zuschauen, wie er verbrannte, tobte, kreischte, bis er tot war. Es war nicht gerade der letzte Anblick, den irgendwer von einem geliebten Menschen haben sollte.

»Du kannst gern wegschauen«, sagte er. »Wenn es übel wird.«

»Ich muss mich wohl verhört haben«, erwiderte sie, ihre Stimme so spitz und scharf wie Höllenstein. »Das kannst du jetzt nicht gesagt haben.«

»Genau dieses Feuer wollte ich in dir sehen. Du weißt schon, da du bald auch Feuer in mir sehen wirst.«

Sie ließ auch nicht die Andeutung eines Lächelns erkennen, und ihr Gesicht wurde lang. »Gottverdammt, Kip.«

»Ich habe mich immer dessen gerühmt, schwere Dinge durchziehen zu können«, fuhr er fort und zwang sich zu einem leisen Lächeln. »Aber, weißt du, was diese Sache hier angeht, bin ich wohl nicht gerade ...«

Sie war den Tränen nah, und er befürchtete, dass es sich bei ihm kaum anders verhielt. Er wandte den Blick ab. Er hatte Männer im Feuer sterben sehen. Es gab keinen gelassenen Gleichmut, der dem hier gewachsen sein könnte. Ein solcher Tod war nie weniger als die pure Hässlichkeit.

»Bitte«, sagte er, »verurteile mich nicht dafür, wie ... wie ich abtrete.«

»Dich verurteilen?«, fragte sie, und ihr versagte die Stimme. Er wagte einen flüchtigen Blick in ihre Richtung und sah Tränen der Angst, des Zorns und der Ohnmacht über ihr Gesicht strömen. »Niemals!«

Seine Hände waren hinter seinem Rücken gefesselt, daher sagte er: »In meiner Tasche steckt eine, ähm, Karte. Kannst du sie für mich herausnehmen?«

Die Lichtgardisten ließen sie gewähren. Einige der jungen Männer – eigentlich fast noch Kinder – wirkten sogar regelrecht angewidert von dem, was sie da zu tun im Begriff standen. Wenn es nur fünf oder sechs Lichtgardisten gewesen wären, hätte Kip die Sache vielleicht zu seinem Vorteil wenden können. Aber nicht, wenn er es mit vierzig zu tun hatte.

»Kannst du sie an meinen Unterarm drücken?«, bat er. »Ich schulde jemandem eine Gefälligkeit.«

Sie warf einen Blick auf die Karte. »Dieses Arschloch? Du schuldest Andross Guile überhaupt nichts!«

»Ich habe ihm unsere Heirat zu verdanken«, erwiderte Kip schlicht. Er sah sie immer noch nicht an. Er hoffte, vielleicht noch genug Luxin-Reste im Körper zu haben, um die Karte wachrufen zu können.

Sie drückte ihm die Karte auf die Haut. Die Karte klatschte ihm wie aus eigenem Antrieb auf den Leib, *eins, zwei, drei* ...

Die Flut von Andross' Erinnerungen ließ ihn aufstöhnen. Ein ganzes Leben verstrich innerhalb weniger Augenblicke, dann war Kip wieder zurück. »Hm. Verdammt. Ich hatte irgendwie gehofft, der alte Mann habe vielleicht beim Bau von Orholams Blendblick geholfen oder etwas dergleichen und dass er irgendeine geheim gehaltene Möglichkeit wüsste, wie ich ... nun ja, wie ich nicht sterben muss. Doch ein solches Glück bleibt mir versagt. Kein magischer Ausweg.«

Es war jetzt wirklich der falsche Zeitpunkt, über das nachzudenken, was er gerade gesehen hatte. Aber er hatte seine Pflichten.

»Sag Andross, dass ich seine Karte geschaut habe. Sag ihm ... sag ihm, dass sowohl mein Respekt als auch meine Abscheu vor ihm gewaltig gewachsen sind. Er wird vermutlich lachen ... Ich liebe dich«, wandte er sich an Tisis. Vor sich sah er die Stufen, die zu Orholams Blendblick hinaufführten. Sie hatten keine Zeit mehr. »Du hast mir ein absolut vollkommenes Geschenk gemacht. In einem Leben, das plötzlich übervoll von Wohltaten war, bist du für mich die beste und erfreulichste Gabe von allen gewesen.« Er holte schnell Luft und kämpfte blinzelnd mit den Tränen. »Geh jetzt, schnell. Ich muss die Fassade des harten Burschen noch ein paar Minuten lang aufrechterhalten.«

»Kip«, sagte sie leise, »für mich wirst du immer ein wahrer Drache sein.«

»Oh, wie reizend«, schaltete sich eine Stimme in ihr Gespräch ein. Zymun. »Mein kleiner Drachen-Scheißer. Und was ist sie? Dein kleines Hasilein?« Er schob sich an ihr vorbei. Seine Halos waren zerbrochen, und Rot tobte durch das Weiß seiner Augen, aber entweder bemerkte es niemand, oder niemand wagte es, etwas zu sagen. »Ich weiß, ich sollte jetzt eigentlich oben an der Spiegelsteuerung sein, aber ich ... ich konnte mir das hier einfach nicht entgehen lassen«, fuhr Zymun fort. »Außerdem hast du so viele Freunde. Ich könnte es nicht ertragen, dich so weit weg und nicht in meiner direkten Reichweite zu wissen. Gut, gehen wir es an! Alle an ihre Plätze!«

Kip wurde zu Orholams Blendblick hinaufgeführt. Sie machten sich daran, ihn an das Gestell zu schnallen.

Kip hatte den Kopf nach außen gerichtet, und so konnte er sehen, wie sich eine kleine Menschenmenge versammelte. Die Hinrichtung war nicht angekündigt worden, und die meisten Zivilisten auf Großjasper hatten sich ohnehin ängstlich in ihren Häusern verkrochen, doch der unvermittelte Menschenauflauf an einer der wichtigsten Kreuzungen der Stadt erregte Aufmerksamkeit.

Kip sah eine Botin, die von Corvan Danavis' Befehlsstand am Großen Brunnen in Richtung Chromeria geritten kam. Sie hielt ihr Pferd an.

Sie sah Kip, erkannte ihn und wendete sofort ihr Pferd. Galoppierte davon.

Zu spät. Selbst wenn sie an allen Boten vorbeieilte, die beim Armeegeneral am Großen Brunnen kamen und gingen, selbst wenn Danavis persönlich sie sofort anhörte, selbst wenn er Pferde bereitstehen hatte und die entsprechenden Befehle auf der Stelle erteilte – und selbst wenn er außerdem das Faktum außer Acht ließ, dass ein Angriff auf das Prisma Hochverrat wäre –, würde Corvan trotzdem nicht rechtzeitig vor Ort eintreffen.

Doch Kip wusste es zu schätzen, dass sie es immerhin versuchten.

Die Lichtgardisten zogen die Riemen an seinen Armen und Beinen stramm.

»Beeilt euch«, befahl Zymun. »Die Sonne steht bereits tief am Horizont. Wird sie auch heiß genug sein, um ihn zu töten?«

»Ohne Probleme, Herr. Ich meine, sie wird ihn nicht in Asche verwandeln, aber er wird brennen«, versicherte einer der Männer, die Kip festschnallten. »Er stirbt schneller, wenn wir vorher noch die farbigen Linsen entfernen, aber ob er verbrennt oder platzt, sterben wird er allemal! Ihr entscheidet.«

Kip spürte eine plötzliche Erschütterung in Blau, eine Art Widerhallen, und auch Zymun horchte jäh auf. Offenbar waren er und Zymun die einzigen Blauwandler in Sichtweite.

Es war ein Gefühl, als sei Blau plötzlich wieder frei.

Der große Leo hatte es geschafft! Verdammt noch mal, und das auch noch so schnell!

Vielleicht konnte Leo ... doch nein. Er war mehrere Meilen entfernt, und wenn sich der Gottesbann in den nächsten zwei, drei Minuten auflöste, wäre er immer noch mehrere Meilen entfernt und musste *schwimmen*. Und er wusste ja nicht, dass Kip hier war.

Leo würde nicht rechtzeitig kommen.

Es war schon irgendwie spaßig. Was hatte Zymun gesagt? »Du hast so viele Freunde.«

Es war die Wahrheit. Kip hegte keinerlei Zweifel daran, dass seine Freunde sofort zu ihm eilen würden, wenn sie von seiner Notlage Wind bekamen.

Wann war es eigentlich dazu gekommen?

In seiner Kindheit und Jugend war er immer der Außenseiter gewesen, der Junge, der Angst davor hatte, erneut zurückgewiesen zu werden. Und jetzt das hier! Was war das für ein Leben, aus dem er nun abtrat? Wie hätte der Sohn einer von Drogen benebelten Hure auch nur auf einen Tag *dieses* Lebens hoffen können? Kip hatte einen süßen Honig gekostet, wir er in der Geschichte der Welt nur wenigen vergönnt gewesen war: Er hatte Werke von bleibender Bedeutung verrichtet und die Freundschaft wahrer Titanen errungen; er hatte eine großartige Ehe mit einer starken, guten, schönen Frau führen dürfen; er hatte einen Vater gefunden, der bereit gewesen war, für ihn zu sterben. Kip hatte einige Jahre lang ein Leben gelebt, für das der alte, pummelige Kip aus Rekton mit Freuden gestorben wäre, wenn er es nur einen einzigen Tag lang hätte genießen dürfen.

Wie konnte er seinem Tod mit irgendetwas anderem als Dankbarkeit entgegentreten?

Doch trotzdem hatte er Angst.

Er hatte, als jene seltsame Welle an ihnen vorbeigegangen war, Unsterbliche mit den Gottesbannen kommen sehen. Vielleicht ...

»Rea?«, flüsterte er. »Seid Ihr hier?«

»Natürlich bin ich hier!«, wisperte ihm die Unsterbliche, völlig unsichtbar, ins Ohr.

Sie weinte.

Was bedeutete, dass sie es nicht verhindern konnte.

»Wollt Ihr ...« – ihm versagte die Stimme – »wollt Ihr mir helfen, tapfer zu sein? Ich fühle mich im Moment nicht sonderlich tapfer.«

Das Gestell hob ihn plötzlich in die Luft.

Die Spiegel knirschten auf ihren Zahnrädern, als sie begannen, ihre Stellung einzunehmen.

»Schau nur – und *sieh*«, sagte Rea.

Kip blinzelte. Es war nicht so, als sehe man in Paryl- oder Ultraviolettsicht, es war eher so, als blicke man durch jene gewaltige Welle, die über die Jasperinseln hinweggeflutet war. Es war ein Gefühl, als würden sich seine Augen nur langsam so weit dehnen und krümmen, dass er scharf sehen konnte; seine sterblichen Linsen waren es nicht gewohnt, dieses Spektrum zu erblicken: Was er jetzt sah, war wirklicher als die Wirklichkeit.

Zuerst fiel sein Blick auf die ganz normalen Menschen in der Menge, die sich um die große Kreuzung herum versammelt hatte. Sie waren auf eine seltsame Weise unleugbar sie selbst, aber verändert, als könnte er jetzt erst ihr ganzes Selbst sehen. Die äußerlichen Dinge wie ihre jeweilige Schönheit oder Reizlosigkeit, ihre Kleidung, die Form jener Nase hier oder die bleiche Färbung dieser Haut dort, das alles blieb, trat aber vergleichsweise weit in den Hintergrund: Dieser Junge da leuchtete vor Herzensgüte. Jenes Kindermädchen dort verströmte Gebete, als seien sie Weihrauch, doch waren sie wirklicher als gewandeltes Luxin, als sie ihren Schutzbefohlenen nach Hause trug. Andere wandelten in Finsternis einher. Ein Metzger hungerte nach dem Spektakel einer Hinrichtung, um damit das finstere, leere Nagen seines Schmerzes zu füllen. Ein Fischer verströmte gewohnheitsmäßige Grausamkeit, seine Hände von Gewalt verkrampft.

Aber dann, in den leeren Räumen zwischen den sterblichen Gaffern, sah er *andere*, unbeschwert von den Insignien der Sterblichkeit.

Pergamentartig durchsichtige Gestalten, die leuchteten, als würde von oben Licht auf sie herabscheinen; dann nahmen sie langsam feste menschliche Gestalt an. Es waren Menschen, die er kannte. Er sah Luisa Sendina aus Rekton, die dem Sohn der Süchtigen nicht nur zu essen gegeben hatte: Sie hatte in der gespendeten Nahrung ihrem Mitgefühl Ausdruck gegeben, aber sie hatte auch mit ihm gesprochen, hatte ihm zugehört, trotz des Chaos ihrer eigenen fünf Kinder ringsum. Er sah die liebe Isabel – gütiger Orholam, sie war ein Kind gewesen!

Was ging hier vor sich?

Dann sah er Gaspar Elos, den zum Grünwicht gewordenen Mann, den Kip in der Nacht getroffen hatte, bevor Rekton niedergebrannt war. Er war nun kein Wicht mehr. Er stand mit verschränkten Armen da, und ein leises Feixen umspielte seine Lippen. Er bewegte einen Finger Richtung Kopf, als tippe er sich an einen Hut, den er nicht trug.

Janus Borig erschien. Sie war Jahrzehnte jünger, kaute aber wie gewohnt an einer langstieligen Pfeife und musterte ihn mit der Eindringlichkeit einer Porträtmalerin. Als ihre Blicke sich trafen, leuchteten ihre Augen auf, und sie zwinkerte ihm zu. Die strahlende Frau neben ihr – das Dritte Auge? – machte einen vollendeten Knicks in einem Wirbel goldener Tücher.

Die gewaltige Masse eines zotteligen, rotbärtigen Mannes konnte nur Rónán Arthur sein, Schulte Ruadháns Zwillingsbruder. Er legte grüßend die Hand aufs Herz.

Felia Guile stand weiter hinten, seine Großmutter, ihr Rücken gerade, als hätte sie einen Stock verschluckt, ein entschuldigendes Lächeln auf den Lippen, und ihre Augen leuchteten.

Goss stand neben Gavin Gräuling, beide in ihrer schwarzen Uniform. Sie nickten ihm zu: *Du kriegst das hin. Du kannst das schaffen, Bruder.* Und dann nahmen sie Haltung an und salutierten ihm.

Zitterfaust erschien – nein, nun nicht mehr Zitterfaust, *Hanishu*, nicht in seiner schwarzen Uniform, sondern in seiner altparianischen Tracht, und alles Gebrechliche und Gebrochene des Lebens war von seiner Seele abgefallen. Er nickte mit entschiedener Zustimmung.

Der Nächste war der junge Hauptmann neben ihnen: Kruxer. Kip verspürte aufflammenden Zorn, während zur gleichen Zeit Gefühle der Liebe in ihm aufwallten, der Sehnsucht und der Leere. Verdammt, Kruxer, *verdammt noch mal.*

Aber sein Zorn schmolz dahin. Hier stand der geläuterte Kruxer, der seine irdische Härte und Unbeugsamkeit abgestreift hatte. Lucia – die für Kip gestorben war, wenn auch durch ein Versehen –, die gute Lucia, die Kruxer so sehr geliebt hatte, stand neben ihm, und sie hatten ihren Frieden gefunden.

Kip hatte bis jetzt gebraucht, um zu verstehen. Es waren all die Menschen, die ihn geliebt hatten, die ihm bereits vorangegangen waren. Sie hatten sich versammelt, um ihm in seiner letzten Stunde zur Seite zu stehen. Sie waren gekommen, damit er nicht allein starb.

Und dann fiel sein Blick auf eine einzelne dünne Frau, die ganz am Rand stand. Mutter.

Einst, vor langer Zeit – wiewohl er die Worte behalten hatte, als sei es gestern gewesen –, hatte sie zu ihm gesagt: »Du bist ein Nichts. Du bist nichts Besonderes. Und wenn dich irgendwer richtig kennen würde, würde er dich genauso hassen wie ich.«

Mutter, wie sehr hast du gelitten, als du diese Worte ausgesprochen hast? Wie sehr hast du dich hinterher für diese Worte gehasst?

Denn er wusste, dass sie sich dafür gehasst hatte.

Er erinnerte sich nämlich auch an einen anderen Abend, nachdem sie zwei Tage nicht benebelt gewesen war und, nicht zum ersten Mal, zitternd in ihren von Erbrochenem besudelten Decken gelegen hatte. Aber diesmal war sie an seine Seite gekommen, im Glauben, dass er schlafe, und sie hatte geweint. Sie hatte ihm mit zitternder Hand die Wange gestreichelt. »Es tut mir so leid. Ich werde es besiegen, und dann will ich die Mutter sein, die du verdienst. Ich liebe dich, Kip.«

Doch sie war damals gescheitert, wie sie auch zuvor schon gescheitert war.

Aber eigentlich waren sie ja alle gescheitert, nicht?

Kip hätte die meisten von ihnen streng anstarren und jeweils einen Fehler benennen können, sogar ein Verbrechen, aber stattdessen sah er sie mit Liebe an, und das veränderte alles.

»Danke«, flüsterte er an Rea gewandt, an sie alle gewandt. Das reichte ihm.

Er konnte es schaffen, denn selbst wenn er nicht auf eine gute Weise zu sterben vermochte, es spielte keine Rolle. Wer von all den Menschen, die ihm wichtig waren, würde deshalb schlechter von ihm denken?

Der Moment schwand dahin, und die Vision schwand dahin, während Kip in Position gebracht wurde, aber der Friede haftete an ihm wie der Rauchgeruch nach einem Lagerfeuer.

Zymun gab nicht den Befehl, Kip der Sonne zuzuwenden, wie es die Chromeria mit Verrätern und Wichten machte, um zu verhindern, dass diese das Publikum attackierten. Nein, Zymun wollte sich die Qual auf Kips Gesicht nicht entgehen lassen, und er machte sich offensichtlich keine Sorgen, dass Kip Unschuldige töten könnte.

Die Spiegel wurden nun alle entsprechend ausgerichtet. Von ihren Tüchern bedeckt, heizten sie sich auf.

»Ach, eins noch, Kip. Nur für den Fall, dass du auf irgendwelche dummen Ideen kommst: Wenn du auch nur die geringsten Anstalten machst, mich oder meine Männer anzugreifen, töte ich Tisis. Und wenn du mich dabei aufhältst, werden meine Leute es tun. Hältst du den Mann mit der Pistole davon ab, dann hat ein anderer ein Messer. Versteht sich wahrscheinlich von selbst, nicht wahr? Aber ...«

Plötzlich trat ein Obstverkäufer vor. Kip hatte den Mann noch nie im Leben gesehen. »Lord Guile!«, rief er und unterbrach Zymun, der innehielt, weil er dachte, der Mann spreche mit ihm. »Nein, ich meine nicht Euch«, erklärte der Mann. »Kip, ich habe eine Botschaft für Euch. Eine Botschaft vom Herrn der Lichter persönlich! Ich habe keine Ahnung, was es bedeutet, aber das ist bei mir immer so. Orholam sagt: ›Denk ans Fett‹.«

»Was zum ...? Wer ist das?«, blaffte Zymun. »Ergreift ihn!«

Aber der Obstverkäufer lief davon, und die Lichtgardisten gaben sich keine allzu große Mühe, ihn zu fangen.

Kip gab einen Laut von sich, der halb Weinen, halb Lachen war. Eine *unangemessene* Botschaft von Orholam? Nur das Unangemessene *konnte* für Kip überhaupt angemessen sein. Andross

Guile, der klügste Mann, dem Kip je begegnet war, war außerstande gewesen, sich einen Gott vorzustellen, der gleichzeitig groß genug sein konnte, um alle Tausend Welten zu schaffen, und klein genug, um sich um jedes lebende Wesen in all diesen Welten zu kümmern.

Aber Andross irrte sich. Ein einziger verängstigter Obstverkäufer, der es nicht gewagt hatte, ein Prophet zu sein, hatte bewiesen, dass der klügste Mann der Welt sich irrte. Orholam sah. Elrahee. Orholam hörte. Elishama. Orholam nahm Anteil. Eliada.

Es war, als wollte er sagen: »Kip, ich verschwende nichts. Du hast Angst, dass du schreiend um Gnade flehen wirst? Ich habe dich für dieses Joch geschaffen. Ich habe dich von Anfang an so geschaffen, dass du das nicht tun wirst.«

Fett kann Strafe ertragen. Dicke Kinder sind zäher, als alle denken, insbesondere sie selbst.

»Los, fangt jetzt an!«, befahl Zymun. »Nur die farbigen Spiegel. Ich will nicht mehr warten. Lasst uns zusehen, wie er platzt!«

Kip hatte es vermieden, Tisis anzuschauen. Hatte nicht geglaubt, dass er den Anblick ihrer Sanftheit und Fürsorge würde ertragen können. Er hätte es besser wissen sollen.

Zymun hatte sie gezwungen, sich hinzuknien, und auf ihrer Wange prangte ein leuchtend roter Handabdruck – er musste sie geohrfeigt haben –, aber wenngleich ihr Tränen aus den Augen strömten, hielt sie den Blick doch trotzig und stolz auf Kip gerichtet.

Ich kann sie nicht beschützen, Orholam. Sie werden mich töten, und das bedeutet, dass sie allein mit diesem Untier zurückbleibt. Und mit einer Armee, die über die Mauern hereinströmt. Orholam, ich kann nichts für sie tun.

Das war der wahre Grund, warum er es nicht gewagt hatte, sie anzuschauen. Er ließ so viel Arbeit unvollendet zurück. Er ließ Menschen zurück, die auf ihn zählten.

Orholam, du bist Eliphalet. Bitte, rette sie.

Denn Kip konnte es nicht. Es gab nur eins, was er jetzt noch für sie tun konnte.

Er konnte gut sterben.

Und das konnte er tun. Er konnte leiden. Das war schließlich sein eines großes Talent.

Er suchte ihren Blick und hoffte, dass seine Augen ihr all das sagten, was seine Lippen ihr jetzt gerne sagen würden.

Bei normalen Hinrichtungen auf dem Blendblick wurden die Spiegel mit schwarzem Tuch bedeckt, bis sie alle an ihrem Platz waren, aber Zymun erwies Kip diese Geste des Anstands nicht, wollte nicht warten, bis die Spiegel tödlich heiß geworden waren.

Sie versengten ihn sofort.

Kip war bereits erschöpft von der Tortur, die das Steuern der Spiegel für ihn bedeutet hatte. Aber dicke Kinder wissen mit Bestrafungen umzugehen.

Zymun hielt Kip nicht bedeckt, bis alle Spiegel richtig aufgereiht waren. Es kümmerte ihn nicht, wie Hinrichtungen auf dem Blendblick im Allgemeinen gehandhabt wurden, hatte kein Interesse daran, das Leiden des Verurteilten möglichst gering zu halten. Er wollte das genaue Gegenteil. Sobald die Spiegel der Stadt zu ihm hingedreht werden konnten, drosch brennend heißes Licht in allen Farben auf Kip ein.

Grün traf Kip als Erstes und riss seine Augen auf wie ein zu großer Schluck Wasser – nur dass das Schlucken einfach nicht enden würde. Er spürte ein Knacken tief in sich, so tief wie seine Knochen. Es raubte ihm den Atem, stach ihm in die Augen und sandte Schauer durch sämtliche seiner Gliedmaßen, während seine Halos platzten.

Luxin-Splitter barsten aus dem Weiß seiner Augen und blendeten ihn vorübergehend. Blut rann ihm übers Gesicht.

Dann grub sich Infrarot in ihn hinein, als würden glühende Kohlen zischend durch seine Augäpfel gepresst.

Der Schmerz war anders als alles, was er je erlebt hatte. Als er ins Feuer gefallen war und sich die linke Hand verbrannt hatte,

hatte er sie krampfhaft zur Faust geballt – aber hier war die Faust sein eigenes Wesen, das in der Hitze knisterte, kochte, aufsprang wie eine Wurst, die zu lange auf dem Herd gewesen ist.

Das Durchbrechen des Halos zerschmetterte die Grenzen seines Ichs. Er war plötzlich mit allem Grün um ihn herum verbunden. Die Grünwandler auf den Jasperinseln kamen ihm wie Leuchtfeuer vor; der Gottesbann war wie ein Stern, der auf die Erde herabgekommen war. Er war blendend, er war wunderschön, er war der personifizierte Wahnsinn, und er rief nach ihm.

Und dann war er verbunden mit den Infraroten und mit dem roten Gottesbann.

Und dann traf ihn Orange wie ein Schlag.

Gelb.

Ultraviolett. Jede Farbe wie der Schlag eines Morgensterns, der in seinen Schädel krachte, wieder, wieder und wieder. Ihn zermalmte.

Es war, als würde ihn jemand knebeln und unmöglich viel Licht in seine Augen zwingen, während gleichzeitig jemand anders einen Hammer auf seine Finger niedergehen ließ, auf seine Handgelenke, seine Knie, seine Fußknöchel, seine Lenden.

Für einen Wandler auf Orholams Blendblick gab es nur die eine, einzige Entscheidung: entweder nicht zu wandeln und wegen des Übermaßes an Luxin zu explodieren oder zu wandeln und gezwungen zu sein, mehr zu wandeln, als das irgendeinem Menschen je möglich war. Jede Umwandlung erzeugte Hitze.

So viel umzuwandeln bedeutete zu verbrennen.

»Hast du Infrarot gewandelt oder Feuer?«, hatte ihn Janus Borig einmal gefragt, mit seltsam eindringlicher Stimme.

Als sich Kip jetzt gegen seine stählernen Fesseln stemmte, lenkte er das Feuer in die einzige sichere Richtung, in die er es lenken konnte; Wellen von Feuer platzten ganz außen aus seinen Ober- und Unterarmen wie Flügel, weit, weit ausgestreckt, Flügel hinauf in den Himmel.

Aber er konnte es nicht alles aus sich herauslenken. Er zog die ganze Sache nur in die Länge.

»Warum dauert es so lange?«, hörte er eine ferne Stimme aufbegehren.

Während er spürte, wie sein Herz in einem unregelmäßigen, angestrengten Rhythmus schlug, begriff er, zu spät. Rätsel und Prophezeiungen. *Denk ans Fett.* Was hatte es mit dem Fett auf sich?

Fett schwimmt oben.

Dicke lassen sich so leicht nicht unterkriegen.

Er war der Schildkrötenbär. Er war ein Drache. Er war hier passiv all diesen Spiegeln ausgeliefert und verhielt sich, als hätten sie keinen Willen, verhielt sich, als hätte er selbst auch keinen, wiewohl die Spiegel doch mit großem Nachdruck aus jeder Richtung eine einzige Botschaft auf ihn einprügelten – ein einziges Wort, einen einzigen Befehl: Stirb.

Er brauchte nicht passiv zu sein. Er konnte kämpfen.

Er hatte die Spiegelsteuerung nicht zur Verfügung, aber Kip hatte gesehen, wie sie funktionierte, und er konnte alle Farben wandeln, die sie zu wandeln vermochte. Er konnte es sicherlich nicht mit ihrer mächtigen Gewalt aufnehmen, aber wenn der ultraviolette Gottesbann gebrochen war, konnte er seine Funktionsweise nachahmen.

Er überging die Spiegel, die ihm am nächsten waren – die großen Spiegel, die auf ihn gerichtet waren –, damit Zymun nicht auf den Gedanken kam, er wolle angreifen, und dann schoss Kip seinen Willen hinauf, durch die Spiegel, die das tötende Licht in ihn hineinreflektierten, und er fand die Spiegelsteuerung oben auf dem Dach des Turms des Prismas, immer noch durch Ultraviolett verbunden mit all den anderen Spiegeln. So die Spiegelvorrichtung zu steuern war wie der Versuch, mit einem Löffel zu essen, dessen Stiel einen Meter lang war, aber allmählich gelang es ihm – unbeholfen –, ihr seinen Willen aufzudrängen, und er begann ferne Spiegel zu lenken.

Der blaue und der ultraviolette Gottesbann waren besiegt, und Kip wusste, dass sich ihre Wandler jeweils auf Großjasper befanden – er konnte sie spüren.

Kip konnte Zymun nicht angreifen, ohne das Risiko einzugehen, dass der ihn einfach erschoss. Doch er konnte den Verteidigern der Insel helfen.

Also brannte Kip, fehlerhafter Spiegel, der er war, für seine Freunde, schoss blaues und ultraviolettes Licht in jeden Winkel von Großjasper, richtete Licht auf die Wandler der Verteidiger, damit sie eine Quelle hatten, von der sie wandeln konnten, half ihnen, die Angriffe auf die Stadtmauern abzuwehren. Er richtete diejenigen Spiegeltürme, die Ultravioletten am nächsten waren, auf diese aus und gab ihnen so Waffen für ihren Kampf an die Hand.

Und dann kam ihm eine Idee im Hinblick auf Paryl, jenen Gottesbann, über den der König der Wichte nicht verfügte.

Wenn er vor seinem Tod nur schnell genug war, konnte er mittels der Meisterfarbe selbst gegen den ...

Er spürte, wie ihm die Spiegelsteuerung entrissen wurde, und sein Wille prallte gegen jemanden, der da oben auf dem Turm des Prismas stand, und sie kommunizierten mit der Geschwindigkeit von Gedanken, von Wesen zu Wesen.

»Du hast mich angegriffen«, sagte Aliviana Danavis. Aber sie war jetzt nicht mehr Liv. Sie war die Ferrilux.

»Du hast mich zuerst angegriffen«, erwiderte Kip.

»Habe ich nicht! Und ich bin Ferrilux; ich kann nicht lügen.«

»Dein Unsterblicher hat mich durch dich angegriffen«, erklärte Kip.

Sie zögerte. Aber es würde nichts ändern, das begriff er. Er hatte die Göttin des Stolzes auf die denkbar schlimmste Weise beleidigt: Er hatte sie manipuliert. Sie gedemütigt.

»Du hast versagt«, stellte sie fest. »Ich habe dir eine Tür offen gelassen, damit du hier gewinnen kannst, aber du hast diese Tür nicht gefunden. Du verlierst. Ich werde mich nicht in der Niederlage auf deine Seite schlagen. Das kann ich nicht. Lebe wohl, Kip.«

Und dann entriss sie ihm mühelos die Kontrolle über sämtliche Spiegel.

Er warf ihr seinen Willen entgegen, aber ihr Wille war jetzt der Wille einer Göttin. Ultraviolett kontrollierte die Spiegel, und die ultraviolette Göttin würde niemandem untertan sein. Eine Ferrilux gibt nicht nach.

Vielleicht hätte er sie besiegen können, wenn er ausgeruht gewesen wäre. Vielleicht, wenn er sofort daran gedacht hätte. An einem guten Tag war sein Wille vielleicht allen überlegen. Aber heute war kein guter Tag.

Er kannte nun Alivianas Willen, spürte seine ungeheuren Ausmaße. Er konnte sie nicht besiegen. Sie war jetzt weit weg von jener jungen Frau, die halb gehofft hatte, dass Kip Erfolg haben würde; und sogar seit sie ihren Plan unter Einbeziehung der großen Spiegel geschmiedet hatte, seit sie sie für ihn repariert und aktiviert hatte, hatte sie sich bereits wieder verändert. Sie hatte jetzt alles Interesse an diesem Plan verloren.

Dann begriff er diesen Plan, wenngleich nur in den gröbsten Umrissen. Ultraviolett ist ordentlich und damit beschäftigt, nach Ordnung zu suchen und sie selbst noch dort zu erahnen, wo andere keine Ordnung sehen können. Sie hatte die uralten großen Spiegel in jedem Abschnitt der Sieben Satrapien aufgespürt, besucht und repariert.

Sie waren die Antwort auf eine Frage, die stellen zu können Kip das Wissen gefehlt hatte. Wofür waren die großen Spiegel gedacht? Zur Kommunikation. Zur Verteidigung. Als Waffen. Als Quelle zum Wandeln. Aber sie waren auch Lichtbrunnen. Nicht im übertragenen Sinne, so wie der Ausdruck mittlerweile verwendet wurde, mit der Bedeutung: Dort, wo ein weiter Abstand zwischen den Gebäuden gehalten wird, damit die Sonne den Boden noch erreichen kann, sondern ganz im wörtlichen Sinn: Sie waren gewaltige Behältnisse von Licht, das gegen die Nacht verwendet werden konnte.

»Gib sie mir«, flehte Kip. »Es ist noch nicht zu spät.«

»Nein«, sagte sie. Streng. Schlicht. Wie eine erfahrene Mutter einem Kind gegenüber, das darum bettelt, viel zu lange aufbleiben zu dürfen. Sie hatte ihre Entscheidung getroffen. Kip musste schlicht und einfach sterben, damit sie mit anderen Dingen weitermachen konnte, die sie zu erledigen hatte. Je weniger er kämpfte, desto besser wäre es für alle.

Seine Kräfte schwanden schnell dahin, und ihre waren unerbittlich. Es war wie der Versuch, eine steile Wand hinaufzusteigen, die von Sekunde zu Sekunde höher wurde.

Kip hatte sich geschworen, nicht zu schreien. Ein Schildkrötenbär mochte vielleicht wehklagend jammern, mochte vor Qual keuchen wie irgend so ein jämmerlicher, verfolgter Fettwanst.

Drachen schreien nicht. Drachen betteln nicht, winseln nicht um Gnade. Drachen brüllen.

»MEHR LICHT!«, rief er. Er rief es, als lege er seine ganze Seele in diesen Ruf.

Er konnte den Schock der Versammelten spüren, ihr Staunen. Bei allen außer dem einen, Seelenlosen.

»Wie kann er immer noch am Leben sein? Warum zielen diese anderen Spiegel dort nicht auch auf ihn?«, bellte Zymun von irgendwo weit weg. Seine Entfernung und seine Bedeutungslosigkeit ließen seine Stimme blechern klingen.

»Hoher Herr, es hat da ein Problem mit ihren Filtern gegeben. Ihr habt allein um Farben gebeten. Also haben wir ...«

»Er brennt nicht! Ihr habt versprochen, dass er verbrennen würde! Sorgt dafür, dass es geschieht! Alle Spiegel her! Sofort!«

Und obwohl sie alles mühelos hätte aufhalten können, ließ Kips einstige Freundin Liv es zu, dass sie die Spiegel auf ihn richteten – alle Spiegel auf den Jasperinseln. Und sie ließ es nicht nur zu. Sie half ihnen.

Weißes Licht strömte über ihn hinweg, in ihn hinein. Licht, das er nicht spalten konnte. Er war kein Prisma.

Brüllend sammelte Kip allen ihm noch verbliebenen Willen und warf mit seiner ganzen dahinschwindenden Kraft Licht zurück in die Spiegel.

Aber da die Spiegel von der Göttin selbst an Ort und Stelle fixiert wurden und jeder das Licht von Orholams Auge direkt zu Kip reflektierte, warf er das Licht lediglich harmlos in Richtung Sonne zurück.

Es war ein auf erbarmungslose Weise geschlossenes System, tausend Spiegel, die allesamt ihr Licht gebündelt auf die größten Spiegel lenkten, und diese wiederum lenkten ihre gebündelten Strahlen auf Kip.

Er verbrannte zu Tode, Flammen strömten in großen Schwingen unkontrollierbar zu den Seiten. Tränen zischten auf seinen Wangen. Er spürte, wie seine Halskette mit dem Gallium weich wurde und auf seiner Brust schmolz, sodass der Chi-Bann ein weiteres heißes Loch in seine Haut brannte.

Und dann zersprang etwas.

Unter der Hitze von Kips zurückgelenktem Ansturm von Licht zersplitterte plötzlich ein einzelner fehlerhafter Spiegel hoch oben im Turm des Prismas – seine Oberfläche war von einer früheren Hinrichtung bereits geschwärzt und halb geschmolzen gewesen.

Ein schwacher Lichtstrahl schoss durch den leeren Rahmen des zerbrochenen Spiegels und warf Licht nach Osten hinaus.

Es reichte nicht aus.

Kip konnte der Göttin die Kontrolle über die Spiegel nicht abringen. Sie war zu stark. Er hatte in sämtlichen Farben den Halo durchbrochen; seine Willenskraft hatte versagt.

Er hatte versagt.

Es tut mir so leid, Freunde. Er sah sie ein letztes Mal durch die gleißende Pracht des Lichts hindurch an und stellte fest, dass er sie seltsamerweise tatsächlich sehen konnte. Der Chi-Bann, der seine Brust berührte, half seinem Blick, alles zu durchdringen. Er sammelte die Bilder, die er sah, der Anblick seiner Frau, seiner Freunde, der Chromeria, die er geliebt hatte, und hielt sie in seinen Augen fest.

Er würde diese Aufgabe nicht vollenden.

Es sei denn ...

Chi! Er konnte Chi dazu einsetzen, um die sieben überall in den Satrapien verteilten großen Spiegel zu erreichen, und dann ...

Aber nein. Es war zu spät. Ferrilux hatte inzwischen die Kontrolle über die Spiegelsteuerung übernommen.

Außerdem war er zu schwach, um Chi bis an die Enden der Erde zu werfen.

Seine Kräfte gingen zur Neige, sein Körper machte dicht, seine Talente waren ausgebrannt, Rot verbrannte zu Schwarz, Gelb stumpfte zu kaltem Grau ab, Grün erlosch, Blau starb, und mit jeder einzelnen ausgefallenen Farbe schoss die Hitze in seinem Körper immer weiter in die Höhe. Seine Gedanken kollabierten, seine Konzentration trübte sich, sein Licht erlosch.

Zu spät – viel, viel zu spät – fiel ihm ein, dass er zwar kein weißes Licht spalten konnte, aber vielleicht konnte er es ja wandeln.

Und das konnte er tatsächlich.

Dann erfüllte es ihn mit einem letzten Nach-Luft-Schnappen der Kraft, einem herrlichen letzten Atemzug des Lebens, des Lichtes und des Glücks; all das flutete zu spät durch seine gebrochenen Glieder, sein zerstörtes Talent, seinen geborstenen Geist.

Sein letzter Gedanke galt jenem einzigen zersplitterten Spiegel im Turm – einem einzigen Spiegel von tausend Spiegeln, geschmolzen und zerbrochen, der genauso versagt hatte wie Kip selbst –, aber ein Spiegel, der, wie endlich nun auch Kip, in die richtige Richtung deutete.

Kip ließ alles andere los, als selbst sein Schmerz matt und fern wurde, und warf ein letztes Keuchen hin zu diesem zerbrochenen Spiegel, warf weißes Luxin, das mit tragendem Chi durchwoben war, in die Spiegelvorrichtung zurück. Es war ein Ruf in die Dunkelheit jenseits des Horizonts, dessen Antwort, falls es je eine gab, er niemals vernehmen würde.

Und während ein einzelner Lichtstrahl entkam, blieben alle tausend Spiegel abzüglich jenes einzigen auf ihren für Hinrichtungen vorgesehenen Positionen, funktionierten perfekt wie vorgesehen und richteten das schwindende Licht der untergehenden Sonne auf den Verurteilten, und sie verbrannten ihn zu Tode.

Er sank gegen seine Fesseln in das brennende Weiß von Orholams Blendblick, eines mächtigen Mannes mit ausgestreckten Armen, und zuletzt sackte sein Kopf herab, als ihn seine Last überwältigte.

60

Ferkudi war kaum aus dem kleinen Standgestell gesprungen, auf dem er das Fluchtkabel hinabgesaust war, als ihm vom offenen Innenhof einer nahen Schmiede auch schon ein Stallbursche zurief: »Mein Herr, braucht Ihr ein Pferd?«

Nach einem raschen Rundblick begriff Ferkudi, dass er selbst dieser »Herr« war. »Ja!«, antwortete er verspätet und schaute wieder zurück das Fluchtkabel hinauf, von woher sich nun die anderen Blauen aus dem Kreis der neuen Kandidaten der Mächtigen näherten. »Ich brauche fünf! Aber wer hat dir gesagt, dass du … Warum?«

»Armeegeneral Danavis hat mir aufgetragen: ›Jeder, der diese Kabel herunterkommt, wird wahrscheinlich ein gutes, schnelles Pferd brauchen.‹«

Ferkudi kletterte in den Sattel. Er liebte Pferde. Er verstand sich gut mit ihnen. Zwei seiner fünf Mann hatten bereits den Boden erreicht.

Sie machten ihre Pferde reitfertig, während Ferkudi im Sattel saß und sich plötzlich unbehaglich fühlte, weil er ihnen nicht half; er saß einfach nur auf seinem Pferd, als halte er sich wirklich für einen »Herrn«. Er sah zu dem nächsten Mann empor, der herabkam, und bemerkte, dass Pfeile in seine Richtung flogen. Auch der Widerhall von Musketenschüssen war zu hören, doch die ertönten ja beständig von allen Seiten. »Sie haben auf dich geschossen?«, fragte er. Er hatte nicht recht wahrgenommen, ob sie auch auf ihn selbst geschossen hatten. Er hatte sich die Entwicklung der gesamten Schlacht angesehen, den Blick auf all die Schiffe und Gottesbanne und auf die untergehende Sonne gerichtet.

Es sah ganz danach aus, als würde es heute Abend einen richtig schönen Sonnenuntergang geben.

»Ja. Mit meinem Handschuh am Kabel habe ich immer wieder ein wenig abgebremst, damit ich kein so leichtes Ziel abgebe.«

Sie warteten gemeinsam auf ihren Pferden. Der Stallbursche hielt die beiden letzten Tiere fest und blickte fragend zu Ferkudi auf.

Für einen Moment wusste er nicht recht, wie er reagieren sollte, dann wühlte er in seinen Taschen nach einer Münze und hielt sie dem Mann hin.

»Mein Herr!«, sagte der Stallbursche tadelnd. »Wir sind im Krieg. Ich brauche kein Trinkgeld.«

»Ach ja, richtig, richtig.« Ferkudi steckte die Münze wieder weg und beschäftigte sich damit, seine Waffen zu überprüfen, als verlange das seine volle Aufmerksamkeit. Die beiden Handäxte befanden sich genau da, wo sie vor einer Minute gewesen waren, auf seinem Rücken, mit ihren Doppelschneiden, ihre Schäfte jeweils mit einem Spalt versehen, sodass sie als Schwertbrecher eingesetzt werden konnten – was zugleich bedeutete, dass sie so ziemlich alles erwischen konnten. Die Lederhandschuhe mit ihren Aufsätzen aus Höllenstein an den Knöcheln waren ebenfalls unverändert. Er zog den Kinngurt seines Bärenhelms fest … und lockerte ihn dann wieder. Wie er es auch vorher schon getan hatte.

Er musste wirklich mal ein neues Loch in diesen Riemen stanzen, genau in der Mitte zwischen dem einen und dem anderen.

Der nächste neue Mächtige, Arius, sprang frühzeitig von seinem Standgestell herunter, schlug auf dem Boden auf, rollte sich ab und hechtete mit einem Satz in seinen Sattel. Angeber.

Trotzdem. Ziemlich geschickt.

Ferkudi hörte einen Fluch und sah zusammen mit den anderen zu, wie der letzte seiner Mächtigen das letzte Stück des Fluchtkabels herabgeglitten kam, dabei wild hin und her schwang und sich kaum mehr festhalten konnte. Ferkudi sprang sofort aus seinem Sattel. Fing ihn auf.

Der Mann war von mehreren Pfeilen getroffen worden. Einer war ihm unter die Rippen gedrungen. Einer steckte unter dem Kinnriemen seines Helms, so tief, dass die Haut seiner gegenüberliegenden Wange hervortrat.

Es war eigentlich unmöglich, dass der Mann noch lebte, aber er gab nicht auf. Ferkudi legte die Arme um ihn und bettete ihn auf dem Boden.

Er flüsterte dem Mann lobende und segnende Worte ins Ohr, und als er seinen Kopf anhob, waren die Augen des Sterbenden glasig und blicklos. Sie ließen ihn an Ort und Stelle zurück und nahmen sich nur die Zeit, den Stallburschen zu bitten, sich seiner anzunehmen.

Dann stiegen sie auf und ritten los, gaben den Pferden die Sporen.

Er hatte keinerlei Skrupel, vier Pferde zu nehmen, ohne zu wissen, über wie viele sie überhaupt verfügten. Sein Einsatzgebiet war am weitesten vom Ende der Fluchtkabel entfernt. Sie vermieden die Blockaden, die die Verteidiger der Stadt errichtet hatten, stellten allerlei Fragen und nahmen Abkürzungen durch unvertraute schmale Gassen, während der Lärm des Kampfes und der Musketen ringsum immer lauter wurde.

Als sie in der Nähe von Hinterhügeln die Stadtmauer erreichten, zeigte sich, wie verzweifelt die Lage hier war.

»Wo zum Teufel sind die übrigen Soldaten?«, erkundigte sich Ferkudi bei einer armen Frau, die sich mühte, die flammenden Funken auszuschlagen, die auf dem Strohdach ihres Familienhauses gelandet waren.

Die Frau klatschte ein tropfnasses Kleid auf die sich ausbreitenden Flammen. »Die Hälfte dieser Mistkerle hat sich von ein paar Adligen Geld geben lassen, um die Mauer in der Nähe ihrer eigenen Häuser unten im Süden zu verteidigen. Der Befehlshaber hier hat nichts unternommen, um sie aufzuhalten.«

Ohne ein Wort gab Ferkudi seinem Pferd die Sporen und ritt weiter.

An der Mauer angelangt, sprang er aus dem Sattel und tätschelte die Kruppe seines Hengstes. »Braver Junge!«

Es war nicht nötig, dass auch er starb.

Als er die Mauer hinaufstieg, ohne auch nur ein einziges Mal angerufen zu werden, sah er das bleiche Entsetzen auf den Gesichtern der Verteidiger. Er wusste, was hier gespielt wurde. So sahen Kämpfer aus, wenn sie im Begriff standen, die Waffen zu strecken.

Er erreichte die Mauerkrone, seine Mächtigen dicht hinter ihm.

Ein Panorama der Hölle begrüßte sie.

Der rote Gottesbann beherrschte die Szenerie, ein verkohltes Etwas, das rot aus allen Nähten barst. Ein Teil von ihm stand in Flammen, der Rest drohte sofort Feuer zu fangen. Das Ganze schien die unbewegliche Starrheit einer gestrandeten Qualle zu haben, die sich irgendwie dennoch bewegte, sich triefend Richtung Mauer das Ufer hinaufschob.

»Wie sollen wir dieses Ding da stürmen?«, fragte einer der Mächtigen.

Tausende von Wandlern und Wichten strömten vom Gottesbann herunter und Richtung Stadtmauern.

Vom Turm des Prismas aus hatte Ferkudi gesehen, wie Kip den ganzen Gottesbann in Flammen gesetzt hatte, indem er ihm den infraroten Luxin-Sturm entgegengeworfen hatte. Die vielen verkohlten Leichen zeigten, dass Hunderte und Aberhunderte der Feinde bei diesem Angriff gestorben waren – aber es gab immer noch unzählige weitere, und während die Nichtwandler unter den Soldaten in Scharen den Tod gefunden hatten, hatten die Wandler und Wichte überlebt.

Was immer der ursprüngliche Plan der Roten gewesen war, jetzt griffen sie ohne irgendeinen erkennbaren Plan an – und ihr Angriff erfolgte mit blinder Wut. Sie verfügten über kein Belagerungsgerät, keine Sturmleitern, stattdessen warfen sie sich einfach selbst gegen die Mauern und verwendeten rotes Luxin, um die Wände emporzuklettern, indem sie sich daran festklebten und Stück für Stück hinaufbeförderten. Es war ein auf alberne Weise fruchtloses, ja wahnsinniges Unterfangen, so wie es die Chromeria von jeher behauptet hatte.

Aber die Angreifer waren bei Weitem in der Überzahl, und so schnell wie die wenigen Verteidiger oben auf der Mauer sie mit Pfeilen und Musketenkugeln auch herunterholen konnten, der Rest kletterte doch nur umso schneller weiter, ohne sich um den eigenen Tod zu scheren, für alles blind außer für ihre Wut.

»Wir warten auf unsere Gelegenheit«, sagte Ferkudi. »Corvan Danavis wird sie für uns ablenken. Vielleicht reicht uns das ja schon.«

»Und bis dahin?«

Einige der Angreifer hatten Bäume ausgerissen, die noch immer brannten, und sie als behelfsmäßige Leitern gegen die Mauern geworfen. Die Verteidiger konnten sie nicht umwerfen.

»Bis dahin erhalten wir diese armen Schweine hier am Leben. Wir verteidigen die Mauer«, antwortete Ferkudi, sprang auf und rannte los. Seine Männer folgten ihm dicht auf den Fersen über die Mauerkrone. Sie wurden sofort entdeckt, und schon bald zischten Flammen speiende Wurfgeschosse an ihren Köpfen vorbei.

Sie stürzten sich auf einen der Bäume und wuchteten ihn von der Mauer weg, womit sie die schmächtigen Verteidiger in Erstaunen versetzten – es handelte sich bei ihnen fraglos um die Schlechtesten der Schlechten der Stadt –, die unfähig gewesen waren, den Baum überhaupt zu bewegen.

Aber es reichte nicht aus. Irgendwo hundert Meter die Mauer hinab erschienen plötzlich einige Rote oben auf der Mauer und streuten Feuer in die Reihen der verängstigten Verteidiger.

Ferkudi und seine Leute bahnten sich einen Weg zwischen den Fliehenden hindurch.

Seine Äxte ließen Gliedmaßen durch die Luft wirbeln. Als er gerade beide Äxte in die Leiber von Angreifenden versenkt hatte – die eine steckte im Schultergelenk eines Blutrocks, und die andere hing zwischen den Rippen eines schreienden Wichts fest –, streckte ein Wicht seinen Kopf über die Mauer, und Ferkudi hieb dem Ungetüm seinen Bärenhelm ins Gesicht und ließ es von der Mauer fliegen.

Die nächsten Minuten gingen im verschwommenen Nebel des Kampfes dahin – jeder Augenblick dauerte eine Ewigkeit, und jede Minute war im Handumdrehen vergangen.

Immer wieder erreichten die Roten an neuen Stellen die Mauerkrone, und Ferkudi verteilte seine Mächtigen über die Mauer. Die meisten der übrigen Verteidiger waren verschwunden, was Ferkudi zu Anfang ganz gut fand – es stand ihm niemand im Weg, wenn er hin und her rannte.

Dann erst begriff er, wie schlimm es tatsächlich war.

Einer seiner Mächtigen, Arius, stürzte mit einer Beinwunde zu Boden. Der ihm am nächsten Befindliche, Amastan, signalisierte mit der Hand: Die Wunde war nicht lebensbedrohlich, aber heute würde Arius nicht mehr kämpfen können.

Und dann – als Amastan, damit beschäftigt, einen Druckverband um Arius' blutiges Bein zu wickeln, für einen Augenblick unaufmerksam war – durchdrang ein Speer seine Achsel. Im Sterben riss Amastan eine Pistole aus seiner Hüfttasche und drückte sie dem verwundeten Arius in die Hand, während er zugleich mit der anderen Hand den Speer festhielt, der ihn durchbohrt hatte. Hinter seinem Rücken schoss Arius dem heidnischen Wandler ins Gesicht, und alle beide brachen zusammen und fielen auf ihn.

Mit einem Mal kam Ferkudi die Mauer sehr, sehr leer vor.

Mit einem trotzigen Aufschrei sandte Ferkudi seinen Willen nach oben aus und setzte die Spiegel in Gang. Im dahinschwindenden Tageslicht wurde er aus allen möglichen Richtungen in blaues Licht getaucht. Er sprang auf die Mauerzinnen und brüllte den Blutröcken herausfordernd entgegen.

Es versetzte sie in Raserei. Wandler, die unaufhaltsam weit weg an der Seite gewesen waren, sodass Ferkudi unmöglich gegen sie hatte kämpfen können, stellten den Angriff dort ein und stießen zu dem wilden Haufen direkt vor ihm hinzu. Sie kletterten übereinander, trampelten sich gegenseitig tot und errichteten eine Rampe aus ihren eigenen Leibern. Sie waren nur noch daran interessiert, ihn umzubringen, alles andere war ihnen egal.

Er schleuderte Speere aus blauem Luxin mitten in sie hinein. Er brach Arme, die sich nach ihm ausstreckten. Mit seinen Knien und seinen höllensteinbesetzten Fingerknöcheln zerschmetterte er Gesichter. Er schnitt große blutrote Wunden in ihre blutroten Leiber. Spaltete Schädel mit seinen glitzernden Handäxten. Schleuderte Wesen gegeneinander, die einst Menschen gewesen waren. Löschte brennende Wichte mit Donnerbüchsensalven aus blauem Luxin. Hob Wichte in die Höhe und schleuderte sie von der Mauer hinab.

Aber bei alledem vergaß er völlig, das Blau wieder loszulassen.

Eigentlich hätte ihm das Blau helfen sollen, daran zu denken, schließlich war Blau eine vernunftbetonte Farbe.

Aber selbst Blau kann die Raserei der Schlacht nicht völlig eindämmen, wenn man sich erst einmal ganz in deren Griff befindet.

Er dachte nicht an die Gefahr, bis er spürte, dass sich etwas um seinen Willen wickelte. Es ließ ihn erstarren, blockierte alles Luxin in seinem Körper.

Er konnte sich nicht mehr rühren. Er stand da, das Kinn eines Blutrocks in der einen Hand, eine Handvoll seines Haars in der anderen. Der sterbende Mann, dem Ferkudi das Genick gebrochen hatte, rutschte ihm aus den Händen, und fast wäre Ferkudi mit ihm zu Boden gegangen. Jetzt stand Ferkudi schutzlos und ohne Verteidigungsmöglichkeiten oben auf der Mauer, die Hände mit angespannten Muskeln gegen die leere Luft ausgestreckt, ohne mehr von sich geben zu können als einen abgewürgten Schrei.

Wenige Schritte neben ihm sprang ein Rotwicht auf die Mauerkrone. Er hatte sein Haar mit einem weißen feuerhemmenden Gel eingerieben und nach hinten geklatscht, und, für einen Rotwicht ungewöhnlich, auf seinem halb nackten Körper, über den Rot tanzte und flackerte, waren keine frischen Verbrennungen oder auch nur Brandnarben irgendeiner Form zu entdecken. Ein *vorsichtiger* Rotwicht.

Während neben ihm noch weitere Angreifer auf die Mauer stiegen, ballte er Feuer in der Hand und holte Schwung, um es Ferkudi ins Gesicht zu schleudern, als ihn plötzlich etwas Dunkles und Weiches von hinten traf. Ein nasses Tuch?

Ferkudi konnte nicht einmal den Kopf wenden, um nachzusehen, wo es hergekommen war. Der Wicht schüttelte sich das nasse Kleid vom Leib – und ein Speer bohrte sich durch seine Rippen.

Eine Sekunde später begriff Ferkudi, dass sich zum Tosen und Brüllen des Blutes in seinen Ohren noch ein weiteres Brüllen hinzugesellt hatte. Er hörte Erschütterungen rings um ihn, sah Ziegelsteine, die von der Stadt her geschleudert wurden und auf die Blutröcke auf der Mauer einprasselten, und dann kamen Hunderte von Kämpfern in sein Gesichtsfeld geströmt. Die Frau, die er vorhin gesehen hatte, als sie mit genau jenem nassen Kleid auf ihr brennendes Strohdach eingeschlagen hatte, zog dem verwundeten Wicht ihren Speer aus den Rippen und stach wieder und wieder damit auf ihn ein.

Dann wandte sie sich Ferkudi zu, als wollte sie sich seiner

lobenden Anerkennung vergewissern. Sie wirkte zugleich verängstigt und freudig erregt, und sie hielt den Speer vollkommen falsch.

Ferkudi bemerkte jetzt noch weitere Menschen, die zur Verteidigung der Mauerkrone eilten: Männer in Kaftanen, wie Händler sie trugen, Frauen in Burnussen. Sie griffen nach den Waffen, die die fliehenden Soldaten zurückgelassen hatten, und jetzt kehrten auf einmal auch die Soldaten wieder zurück.

Und Ferkudi befand sich mitten im Zentrum von alledem, reglos und erstarrt.

Sie versammelten sich um ihn und retteten ihn, retteten auch sich selbst und ihre Häuser.

Doch Ferkudi spürte, wie sich das Blau tiefer in ihn hineinwand, rachsüchtig suchte es immer noch sein Herz, seine Lunge. Sein Atem wurde immer langsamer und langsamer, Panik stieg in ihm auf.

Und dann zerplatzte irgendetwas.

Mot hatte die Gewalt über das Blau verloren, und Ferkudi stürzte um.

»Was war das?!«, fragte Arius. Die neu eingetroffenen Menschen hatten die verwundeten Mächtigen alle an einen Ort getragen, sodass sie auch zusammen geschützt werden konnten.

Ferkudi lag keuchend auf dem Boden und spürte, wie langsam wieder Gefühl und Beweglichkeit in seine Gliedmaßen zurückkehrte.

Und dann schien Mot mit einem Mal ganz zu existieren aufzuhören, und das Blau war wirklich frei.

»Der blaue Gottesbann ist zerstört«, stellte Arius fest. Sein dunkles Gesicht hellte sich auf, und ein breites Grinsen legte sich über seine Züge und entblößte seine krummen Zähne.

»Gut, sehr gut«, erwiderte Ferkudi, während er sich mit zitternden Beinen aufrappelte. »Jetzt können wir angreifen.«

»Wie bitte?«, fragte Arius.

Ferkudi machte einen Schritt. Sein Bein knickte ein, und er hielt sich rasch an der Mauerkante fest. Er zog eine seiner Äxte aus dem gespaltenen Schädel eines Blutrocks. Hatte er diese Axt geworfen? Das hatte bisher noch nie funktioniert! Und dann fand er auch seine zweite Axt, die im Kiefer eines anderen Wandlers stecken geblieben war, nachdem sie seinen Mund zerschmettert hatte. Und der Kerl war noch nicht einmal tot.

Ferkudi schlitzte dem Mann die Kehle auf und ließ ihm einen Moment lang Zeit zu sterben, bevor er sich seine Axt zurückholte. »Wo ist Itri? Wo ist Yuften?«, fragte er. »Wir müssen weiter. Wir haben unsere Befehle!«

»Itri hat sich verbrannt. Ziemlich schlimm. Man hat ihm Mohnwein verabreicht. Er ist jetzt ohnmächtig, aber ...wir werden ihn von seinem Leid erlösen müssen. Yuften hat sich den Arm gebrochen.«

»Es ist meine schwächere Hand! Ich kann kämpfen!«, rief Yuften und kam herbeigehumpelt. Offenbar war der gebrochene Arm nicht seine einzige Wunde. »Ich bleibe bei Euch, Herr! Bis zum Ende!«

»Seid *Ihr* verletzt?«, fragte Arius.

Ferkudi unterzog sich einer Untersuchung. Sein Körper war völlig blutverschmiert, aber offenbar war nichts davon sein eigenes Blut. Ein Teil seines Haars war verbrannt – richtig, jetzt erinnerte er sich daran, dass er die Flammen mit Blau gelöscht hatte. Er hatte ein Dutzend wunde, schmerzende Stellen und wusste, dass bis morgen hundert daraus geworden sein würden. Aber er schien nicht verletzt zu sein, er war nur todmüde und erschöpft, und zudem machte ihm das Zittern zu schaffen, das sich jedes Mal nach dem Schrecken, der Erregung und der übergroßen Muskelbelastung einer Schlacht einstellte. Und Ferkudi hatte noch nie in seinem Leben so hart und so lange gekämpft.

Er schlürfte etwas mit Wasser versetzten Wein aus einem Trinkschlauch, den ihm jemand in die Hand gedrückt hatte, und verfolgte mit den Augen, wie die Rotwandler und Rotwichte immer weiter zurückgedrängt wurden.

»Scheiße«, sagte er, als ihm plötzlich etwas einfiel. Es könnte einfach nur Erschöpfung und Lichtkrankheit sein. Aber vielleicht war es auch mehr. »Wie steht es um meine Halos?«

Arius blickte ihn an. »Sie sind aufs Äußerste strapaziert, Herr.«

»Aber nicht gebrochen?«

Yuften antwortete: »Wir würden Euch nicht anlügen, Herr.«

Also war er nur erschöpft, lichtkrank und halb tot. Doch Ferkudi fühlte sich deshalb nicht besser. Auch die bewundernden Blicke all der Leute ringsum – sogar der Frau, die ihm das Leben gerettet hatte – vermochten seine Stimmung nicht zu heben.

»Wir haben unsere Befehle«, erklärte er mit trauriger Stimme. Er ließ seinen Blick über die Zivilisten und die wenigen Soldaten schweifen, die oben auf der Mauer standen. Alle frohlockten angesichts ihres Sieges. Sie hatten bereits damit begonnen, sich darüber zu unterhalten, was sie jeweils alles geleistet hatten, tauschten Geschichten aus und erkundigten sich beieinander, ob die anderen auch so etwas wie Drachenflügel oder Feuerflügel oder sonst etwas dergleichen im Norden der Insel gesehen hatten, und Gerede über etwas wie einen Strahl aus weißem Licht, der sich wie ein Finger Orholams über den Himmel erstreckt habe, machte die Runde. (Auch Ferkudi selbst erinnerte sich daran, kurz ein weißes Licht gesehen zu haben, ganz am Ende.) Sie waren alle freudig erregt angesichts dessen, was sie da geleistet hatten – aber sie waren keine richtigen Soldaten. Diese Leute hier verteidigten ihr Zuhause. Sie würden diese Mauer nicht verlassen, um einen Angriff zu starten, der sie über jene Höllenlandschaft da draußen führte, nicht einmal wenn Ferkudi dabei das Kommando übernahm.

Und wenn sie es doch taten? Dann würden sie beim ersten Gegenangriff niedergemetzelt werden.

Die Leute hatten sich hier zusammengeschart und den Kampf wieder aufgenommen. Ferkudi hatte die Mauer an ihrer schwächsten Stelle erfolgreich zu verteidigen vermocht, aber das war sein einziger Erfolg gewesen. Er hatte den letzten und besten Teil seines Lebens für diesen Kampf hingegeben und hatte dadurch nichts verändern können. Der rote Gottesbann war immer noch da. Dagnu beherrschte ihn nach wie vor, und der Saatkristall war nicht zerstört worden.

Der Angriff würde morgen früh beim ersten Tageslicht fortgesetzt werden, und Ferkudi würde ihn nicht aufhalten können.

»Vermeidet die Schlacht, erstrebt den Sieg«, hatte Brecher immer gesagt. Ferkudi hatte sich stattdessen in eine Schlacht verwickeln lassen und sie gewonnen. Aber er hatte dadurch auch sichergestellt, dass die Blutröcke die nächste Schlacht morgen gewinnen würden.

Er sackte zusammen und setzte sich auf ein Sims. Er hatte nicht einmal mehr die Kraft zu stehen.

Er hatte seine Befehle gehabt, und er hatte versagt.

61

»Du bist ein echt zäher kleiner Hundesohn«, sagte Karris. Inzwischen war sie nach ihrem schnellen Lauf wieder zu Atem gekommen. Sie war Teil der einzigen Gruppe gewesen, die es vom Blauen Bann heruntergeschafft hatte, bevor er sich aufgelöst hatte und alles und jeder darauf in die Wellen gekippt war.

»Ich nehme das als Kompliment«, erwiderte Grinwoody, heftig keuchend und die Hände auf den Knien, während das Wasser von ihm herabtroff.

Sie hatte nicht auf ihn gewartet – nicht speziell auf ihn –, aber sie hatte ihre Truppe hier, direkt außerhalb der Stadtmauern, neu formieren müssen. Die Hälfte ihrer Leute war ins Wasser geworfen worden, und nicht wenige davon waren in Wasser gefallen, das tief genug war, um Menschen in Rüstungen ertrinken zu lassen. Sie schickte ihre besten Schwimmer aus, um alle zu retten, die sie zu retten vermochten, während sie selbst die notwendige Arbeit leistete, eine Bestandsaufnahme der Verwundeten zu machen, Waffen und Rüstungen zusammenzutragen und den Angriff auf den gelben Gottesbann zu koordinieren.

Sie alle zu zerstören war der einzige Weg zum Sieg. Auch wenn sie nicht viel Hoffnung hatte, dass ihnen das gelingen würde.

Die Verteidiger der Mauer hatten Leitern für sie und ihre Leute herabgelassen, und jetzt kletterte sie hinauf, um sogleich die nötigen Meldungen zu machen. Aber zuvor schnappte sie sich noch das Fernrohr eines der Offiziere, um sich einen möglichst umfassenden Überblick über die Situation auf den Jasperinseln zu verschaffen.

Ihre Schwarzgardisten machten den betäubten Blauwichten und Blauwandlern auf der Kanoneninsel den Garaus. Das verlief so weit gut, nur dass ihre Leute nach Auflösung des blauen Gottesbanns nun dort draußen festsaßen und für mindestens eine weitere Stunde für sie völlig nutzlos waren.

Sie richtete das Fernrohr auf den grünen Gottesbann, ihr nächstes Ziel. Das Fernrohr des Offiziers war nicht sonderlich gut, aber sie glaubte zu sehen, wie ein ... ja, und jetzt noch einer. Ein Grünwicht brach zusammen, anscheinend ohne irgendeinen Grund. Die Wandler unter seinem Kommando starrten einander voller Verwirrung an. Karris konnte die Ursache selbst nicht erkennen, doch dann, als die Blutröcke gerade in die andere Richtung blickten, sah sie plötzlich eine kleine Gestalt aus dem grünen Gewucher treten, das die waldähnliche Oberfläche des grünen Gottesbanns bedeckte.

Der Bogenschütze stürmte ein paar Schritte vorwärts, seinen Bogen in der Hand, dann verschwand er wieder außer Sicht. Er lief auf das große, baumartige Ding zu, das im Zentrum des grünen Gottesbanns thronte.

Er tauchte wieder auf, und sie sah ihn einen Pfeil abschießen, konnte aber nirgendwo ein Ziel entdecken, das für ihn in Schussweite gewesen wäre. Dann sah sie, wie sich ein wild rasender Riesengrizzly aus einem Käfig befreite, in dem ihn die Grünen gefangen gehalten hatten. Er war mit Sicherheit über zweihundertfünfzig Meter von der kleinen Gestalt entfernt. Der Riesengrizzly erhob sich brüllend auf seine Hinterbeine, während die Grünen in Panik auseinanderstoben. Er tobte wild, aber Karris hatte ihren Blick schon wieder auf den kleinen Bogenschützen gerichtet: Winsen, wie sie jetzt sah. Da war sie sich ganz sicher.

Winsen griff den grünen Gottesbann an – ganz allein.

Das war Wahnsinn. Doch sie war zu weit von ihm weg, um irgendetwas für ihn tun zu können.

Sie schwenkte das Fernrohr Richtung gelber Gottesbann, bewegte es ein Stück zu weit und sah den Großen Brunnen.

Nein, nein, nein! Er wurde angegriffen.

Sie legte das Fernrohr nieder und wandte sich ihren Leuten zu, um ihnen zuzubrüllen, sich sofort in Bewegung zu setzen, doch im gleichen Augenblick kam ein Bote von Corvan herangaloppiert. Mehrere andere Boten warteten bereits auf Karris, aber er ritt förmlich über sie hinweg.

»Hohe Dame Weiße!«, rief er. »Eine Eilmeldung von Armeegeneral Danavis: Ihr habt gute Arbeit geleistet und den blauen Bann aufgehalten! Feindliche Streitkräfte haben, soweit wir wissen, an drei Stellen die Mauern durchbrochen und attackieren jetzt den Befehlsstand am Großen Brunnen. Wir können unsere Stellung halten. Ihr braucht uns nicht zu verstärken. Mindestens ein Zug der besten Kämpfer des Weißen Königs ist damit beauftragt worden, Euch ausfindig zu machen und zu töten. Geht als Nächstes nicht zum grünen Gottesbann. Begebt Euch zu Orholams Blendblick. Auf der Stelle!«

»Was ist denn an Orholams Blendblick?«, fragte Karris. Sie hatte große Mühe, die schlechten Nachrichten zu verarbeiten.

Dann bemerkte sie die Tausend Sterne. Alle Spiegel der Stadt waren genauso ausgerichtet wie im Fall einer Hinrichtung.

Was hatte das zu bedeuten?

»Habt Ihr die großen Feuerflügel nicht gesehen?«, fragte einer der anderen Boten. Er wandte sich um und deutete in die entsprechende Richtung.

Doch in genau diesem Moment leuchtete ein unfassbar heller Strahl von weiß glühendem Licht von irgendwo an der Nordküste von Großjasper auf und schoss hinauf zu den großen Spiegeln und nach Osten. Der Strahl hatte den Umfang eines Mannes mit ausgestreckten Armen und besaß eine eigene Masse, ein Gewicht. Er war weißer als weiß, wie von innen beleuchtetes Perlmutt und Elfenbein.

Karris hatte schon einmal etwas Ähnliches gesehen, nur ein einziges Mal, in Garriston – doch das, von Gavin persönlich gewandelt, war verglichen mit diesem Inferno nur ein Kerzenlicht gewesen. Für sie stand außer Frage fest, worum es sich handelte: weißes Luxin.

Aber niemand konnte so viel wandeln.

Niemand konnte so viel wandeln – und am Leben bleiben.

Und dann hörte es auf.

Wer nur konnte so viel wandeln …?

Oh Gott.

»Es ist also zu spät«, sagte Dazen, während die Sonne unterging und Dunkelheit sich ausbreitete. Orholam hatte ihm gerade von der Schlacht erzählt, die jenseits des Horizonts ausgefochten und verloren wurde. Von dem gefesselten Kip, der hingerichtet wurde. Von Karris, die von ihrem erbarmungslosen eigenen Bruder gejagt wurde.

Hier, in Orholams Gegenwart, war es vielleicht unmöglich, vollkommen hoffnungslos zu sein, aber Dazen verspürte eine Leere, so ungeheuer groß wie der Raum zwischen ihm und jenen, zu deren Rettung er jetzt gern geeilt wäre. Früher hätte er genau das getan.

Jetzt war er nur noch die leere Hülle jenes Mannes. Vielleicht war er nun geläutert. Aber auch gebrochen. Nutzlos. Die Folgen seiner Entscheidungen lagen ihm sichtbar vor Augen.

»Zu spät?«, hakte Orholam nach. »Wie sehe ich denn aus? Wie ein abgeschufteter alter Rudersklave?«

»Versuch bitte nicht, mich aufzumuntern.«

»Du wirst das Ding später noch brauchen«, sagte Orholam. Er trat von dem Musketenschwert weg, auf das er sich gestützt hatte. Irgendwie war die Spitze des Schwerts tief in den Marmor des schwarzen Daches eingesunken, auf dem sie standen.

»›Später?!‹ Soll das ein Witz sein? Es *gibt* kein Später! Die Sonne ist untergegangen!« Kip starb. Karris war tot, oder sie würde jetzt jede Sekunde tot sein – und er konnte nichts tun, um die beiden zu retten. Dazen streckte die Hand in Richtung Chromeria aus, während das letzte Licht erstarb. »Es ist dort jetzt alles Dunkelheit! Schau nur!«

Gerade als Dazen auf die dunkle Hoffnungslosigkeit des toten Horizonts wies, schoss ein breiter Strahl weißen Lichts von der Stelle, wo die Chromeria sein musste, direkt auf ihn zu.

Das Licht war so hell, dass es ihn fast blendete. Es war derart intensiv, dass es ein stoffliches Gewicht zu haben schien. Die Helligkeit hätte ihn um ein Haar umgeworfen. Allein schon in der Bahn dieses Lichtes zu stehen war, als fülle man die Lunge keuchend tief mit Luft, nachdem man viel zu lange in einem See untergetaucht gewesen war. Es war reines, unversiegeltes weißes Luxin, eine Strömung, als habe jemand die Pumpe eines Brunnens betätigt und für einen Augenblick seien Hoffnung, Mut und Leben aus ihm herausgeschossen – um dann sofort wieder zu versiegen.

Und dann war alles vorbei.

»Was war das?«, hauchte Dazen.

»Das war Kip. Wie er kämpft. Stirbt.« Tränen rollten über beide Wangen Orholams, doch er schien stolz auf Kip zu sein, selbst in seinem göttlichen Kummer. »Das war deine Antwort.«

»Worauf?«

»Auf die einzige Frage.«

»Warum?«, fragte Dazen weinend.

»Ja. Warum all dein Leiden? Warum Alvaros Leiden? Warum Kips?«, erwiderte Orholam.

Dazen weinte noch heftiger. »Es war sein Hilfeschrei, nicht wahr? Ich hätte vor Ort sein sollen, um ihn zu retten und ...«

»Halt. Du begreifst es nicht. Kip ist seinem offenkundigen Selbstmitleid entwachsen, ehe sein Vater sein eigenes, subtileres abzulegen vermochte. Er wollte deine Hilfe, ja, aber nicht um sein eigenes Leben zu retten. Er wollte deine Hilfe, um all jene zu retten, die ihr beide liebt.«

Dazen hob die Hände, flehentlich, ungläubig. »Wie könnte ich je ...?«

Orholam richtete den Blick in den Nachthimmel, der sich über den Horizont legte. Der Mond war noch nicht aufgegangen. »Schrecklich dunkel hier draußen«, bemerkte er. »So dunkel, dass der Himmel einem Schwarzwandler als Quelle zum Wandeln dienen könnte, meinst du nicht auch? Das ist die einzige Farbe, die du noch immer wandeln kannst, nicht wahr?«

Der Gedanke an die Folgen eines solchen Tuns legte sich wie ein eiserner Umhang um Dazens Hals. Leise sagte er: »Das wird mich auslöschen.«

»In der Tat, wenn du mich dabei loslässt«, pflichtete Orholam ihm bei.

Dazen warf ihm einen verärgerten Blick zu. »Ich verstehe nicht recht, was ich deiner Ansicht nach von hier aus tun soll.«

»Ich benötige dein Verständnis nicht.«

»Nur meinen Gehorsam«, sagte Dazen verbittert. »Hab schon verstanden.«

»Und deine Kraft«, fügte Orholam hinzu.

Dazen stand mühsam auf und verschmierte dabei seine Hände gründlich mit Blut. Er fühlte sich nicht stark. Er hatte sich auch an diesem Morgen nicht stark gefühlt, vor alledem, was ihm dieser schreckliche Tag entgegengeschleudert hatte. Wie in Trance folgte er Orholam dorthin, wo dieser das Schwert zurückgelassen hatte.

Er wollte nicht sterben, aber jetzt war er endlich bereit. Wenn alles darauf hinauslief, dann sollte es eben so sein.

Orholam hielt ihm eine Hand hin, und Dazen ergriff Orholams saubere Hand mit seiner eigenen blutverschmierten, dreifingrigen.

»Du erinnerst dich an die Koordinaten?«, fragte Orholam.

»Ich vergesse nie etwas. Das weißt du. Aber ... ähm ... Koordinaten?«

»Kip hat dir die Position der Chromeria gezeigt. Aber es gibt nur einen einzigen Wandler auf der Welt, der stark genug ist, Magie so weit zu schleudern.«

Dazen zuckte die Achseln. »Kip war stark genug.«

»Das war er.«

War. Dieses kleine Wort war wie ein Schlag in die Magengrube. Es machte Dazen wütend, und dieses Mal nicht auf Orholam. Es sank in die abgekühlte Asche seines Herzens und blies in die verbliebene Glut, bis sie Flammen schlug. Sie hatten Kip getötet. Sie hatten seinen Sohn ermordet.

Dafür würde er sie zahlen lassen.

Plötzlich kam ihm ein Gedanke. »Befinden sich die Gottesbanne dort?«

Orholam nickte. »Kip und Karris haben zweien den Garaus gemacht. Damit bleiben fünf übrig.«

»Fünf gegen einen. Das ist nicht gerade fair«, wandte Dazen ein.

»Fünf gegen einen?«, wiederholte Orholam belustigt. »Nicht fünf gegen zwei?«

Dazen sah ihn an, öffnete den Mund, schloss ihn wieder. »Ja, das habe ich gemeint.« Ich werde einfach die Sache mit der Magie und die Sache mit dem Kämpfen übernehmen. Und du ... du machst dein Ding. Was immer das ist.

Aber die Zeit für Nörgeleien war vorbei. Eine unmögliche Magie bei genauso unmöglichen Erfolgsaussichten?
Das Unmögliche ist genau das, was ich tue.
Er atmete aus, weitete seine Pupillen und blickte zum dunkelsten Abschnitt des Himmels.

Früher hatte er schwarzes Luxin gewandelt, um auszulöschen, um andere zu zerstören und um sich selbst zu zerstören, um sich entzweizureißen und Teile auszumerzen, die er hasste. Es war alle wilden Tiere zugleich gewesen, hatte wie ein Mustang gebockt und ihn abzuwerfen versucht, hatte seine Hauer in seinen Bauch rammen wollen wie ein Riesenjavelina, ihn angegriffen wie ein Eisenbulle – und in all den Kämpfen war er ein brutaler Rohling mit einer Peitsche gewesen, entschlossen, das wilde Tier zu brechen. Wie ein in die Enge getriebenes verletztes Tier war das schwarze Luxin der Inbegriff von Gewalt und Wahnsinn gewesen, eine Gewalt und ein Wahnsinn, die sich sowohl gegen seine Feinde als auch gegen ihn selbst gerichtet hatten.

Doch als er nun das Reich des großen Raubtiers betrat, streckte er mit seiner geöffneten rechten Hand auch seinen offenen Willen aus, bot Partnerschaft an, keine Knechtung.

Und das Schwarz kam brüllend aus der Nacht über ihn – stürmte über den Horizont und hinein in Dazens ungeschütztes, weit offenes Auge. Auf dem Rücken liegend, entblößte Dazen seinen Bauch dem knurrenden Rachen des großen Wolfes Tod.

Hier bin ich, Tod. Lass uns ein letztes Mal zusammen diesen Weg gehen und nicht mehr gegeneinander kämpfen.

Das Raubtier stutzte, schnüffelte an seiner blutigen offenen Hand, während die Magie Dazens Augen füllte und ihm die Knochen im Leib heiß werden ließ.

Ein Schauder durchlief ihn, rieselte von der Schädeldecke zu Wirbelsäule und Hände hinab, die heiß vor Blut brannten, und weiter bis zu seinen erhitzten Fußsohlen, die tief in dem Blut verwurzelt waren, das seine Haut mit dem Turm verband.

Ohne dass der Geruch der Angst ihre Raubtiernase in Aufruhr versetzte, beruhigte sich die große schwarze Bestie, nun angenommen und respektiert. Dann floss ihre Gewalt in ihn hinein.

Selbst bei den Getrennten Felsen hatte er nicht so viel gewandelt. Er füllte sich und füllte sich, zog all die dunkle Nacht in seine Seele. Er zog das schwarze Luxin in sich hinein und durchstach all jene verdunkelten Erinnerungen, um das alte Gift abfließen zu lassen, all den Hass und den Neid in seinem Inneren, all die Grausamkeit des höhnenden Sieges nach allem, was er zuvor entfesselt hatte. Er verband die Finsternis über ihm mit der alten Finsternis in seinem Inneren, auch wenn beide mit ihren jeweiligen himmlischen Lichtern besetzt waren. Er befand sich jetzt jenseits aller Angst. Wie könnte er sich auch einschüchtern lassen? Er konnte nicht mehr geben als alles, was in ihm steckte, und genau das plante er zu tun.

Er schloss seine Finger eng um das Untier und gab ihm dann mit einem trotzigen Schrei einen Klaps auf die Seite: Nimm das alles und mach dich auf den Weg! Los!

Das schwarze Luxin jagte Richtung Horizont wie ein von der Leine gelassener Kampfhund, der soeben eine Katze gesehen hat und nun aufspringt, um sie zu jagen. Es hätte beinahe Dazens Arm abgerissen. Er konnte es nur in diese oder jene Richtung schubsen, während er seinen in Auflösung begriffenen Willen zur Chromeria lenkte.

Es benötigte die ganze Könnerschaft von Dazens Superchromatie, um genau die richtige Tönung beizubehalten. Der kleinste Fehler würde Wahnsinn oder qualvollen Tod bedeuten. Oder das Schwinden des Gedächtnisses, des Bewusstseins oder sogar der Zeit selbst.

Das herabstrahlende Licht der Sterne fraß an dem Schwarz, während sie über so viele Meilen hinwegflogen, und Dazen musste alles abpuffern, was sein strömendes Schwarz beeinträchtigte, und es aus dem Strom absondern und dann neue Kraft hineinlegen, wie ein Läufer, der den auf ihn einprasselnden Regen abschüttelt und sich durch heftigen Gegenwind kämpft – und er verlor dadurch beständig kostbares Luxin, hundertmal pro Sekunde. Dazen konnte spüren, wie sich das Schwarz in seinem Griff auftrennte, es war wie die über den Himmel tanzenden südlichen Polarlichter, die sich seiner Kontrolle entzogen.

Und während die Magie sich Stück für Stück auflöste, löste auch er sich auf. Er knüpfte die sich öffnenden Stränge wieder und wieder zusammen, wob sie mit Fingern fest, die ihm eine Million Schritte weit weg erschienen. Er selbst schwand dahin, verlor das Gewahrsein seiner selbst völlig an die kalte Finsternis, aber er katapultierte sich wieder und wieder ins Bewusstsein zurück.

Er machte das für Karris. Er machte das für Kip. Für Marissia. Für Mutter. Für Gavin. Für Sevastian ...

Er durfte sie nicht enttäuschen. Er durfte sie nicht *noch einmal* enttäuschen.

Aber dann war er da. Er konnte die Inseln nicht sehen, er konnte überhaupt nichts sehen, doch er konnte die Gesamtheit von Großjasper und Kleinjasper fühlen, diese Umrisse, die er so gut kannte und so sehr liebte. Er konnte die körperliche und die magische Gestalt der einzelnen Gottesbanne fühlen. Jeder verbreitete sich überlappende Blasen des Einflusses um sich herum, die sich weit über die eigenen Grenzen hinaus erstreckten. Kein Rotwandler konnte innerhalb der Blase des roten Banns wandeln, kein Grüner innerhalb der des grünen, kein Gelber in der des gelben und so weiter.

Dazen hatte nicht genug Zeit, Willen, Magie und Leben übrig, um die Gottesbanne zu vernichten. Sie waren zu weit entfernt, zu kompakt, zu zahlreich, einer zu sehr vom anderen unterschieden.

Um die Saatkristalle selbst zu finden, würde er eine Feinkontrolle über sein Wandeln benötigen, die seine Fähigkeiten bei weitem überstieg. Sein Vater hatte ihm stets eingeschärft, er müsse seine Fähigkeiten im Feinwandeln schulen, Dazen jedoch hatten ihn immer ignoriert, in dem Glauben, dass ein Mehr besser sei: immer der Hammer, nie die Pinzette.

Dort lagen sie: alle Gottesbanne, überall um die Inseln herum, wie Blutegel, die sich an das Gesicht der Chromeria geheftet hatten. Er könnte diese Blasen der Kontrolle über die Wandler mühelos mit seinem Schwarz durchbohren. Aber in den wenigen Sekunden, die ihm noch blieben, fünf einzelne Gestalten – jene sogenannten Götter – zu finden? Die versteckten Saatkristalle der Gottesbanne ausfindig zu machen?

Es wäre wie der Versuch, ein Schloss mit einem Staubwedel zu öffnen.

Seine Willenskraft, überanstrengt wie sie war, begann zu Hoffnungslosigkeit zu zerfallen. Das Schwarz, das er so weit geschleudert hatte, löste sich in formlosen Wolken auf, als sich die Magie schließlich seinen Fingern entzog.

Und dann spürte er *sie*.

Er hätte nie gedacht, dass er jemanden aus einer solchen Entfernung erkennen könnte, aber er hätte sie nicht verfehlen können, und wenn sie doppelt so weit entfernt gewesen wäre. Ihr Wille brannte in der sich verflüchtigenden Wolke, die er geworfen hatte, wie ein Leuchtturm, der weiß im Schwarz der Nacht eines Kapitäns erstrahlte, der alle Orientierung verloren hatte.

Karris!

Karris' Schwarzgardisten und all die anderen Soldaten, die sie von der Stelle weg für ihren Kämpfertrupp rekrutiert hatten, hatten gerade den halben Weg hin zu Orholams Blendblick zurückgelegt, als sie von dem Zug der Attentäter des Weißen Königs überrascht wurden. Vierzig Mann schienen angesichts ihrer hundertfünfzig eigentlich kein Problem zu sein, vor allem wenn fünfzig von ihnen Karris' Schwarzgardisten waren – die von überall auf der Insel auftauchten, aus der Chromeria flohen und sich von Zymun absetzten oder vom Promachos oder den Farben, um ihre Eiserne Weiße zu finden und sich ihr anzuschließen.

Vierzig *Mann* hätten kein Problem dargestellt. Vierzig *Wichte* indes stellten ein riesiges Problem dar. Sie waren von Kopf bis Fuß in Weiß gekleidet, trugen Handschuhe und Kapuzen über dem Gesicht, um zu verbergen, welche Farben sie wandelten. Innerhalb weniger Augenblicke steckte Karris plötzlich mitten in einem Kampf um ihr Leben.

Und es war kein fairer Kampf. Jeder einzelne der Schwarzgardisten bis auf die blauen Monochromaten spürte es. Die Gottesbanne hatten ihren Griff verfestigt. Jeder, der auch nur das geringste bisschen Luxin in seinem Körper zurückbehalten hatte, hatte gegen Luxin zu kämpfen, das in seinem Inneren erstarrte – und jeder Wandler außer den allerjüngsten hatte stets etwas Luxin in seinem Körper.

Selbst jene, die sich sorgfältig mit Höllenstein ihrer Wandlerfähigkeiten entledigt hatten, wurden verlangsamt. Diejenigen, denen es noch am besten erging, kämpften, als schlüge ihnen ein starker Wind entgegen. Die, die es schlimmer getroffen hatte, kämpften wie im Wasser, schwerfällig und träge, ihre vormalige Kraft hatte sich gegen sie gewandt.

Aber dann spürte Karris *etwas*. Die Luft wurde kälter, irgendwie schummrig, als habe sich ein trockener Nebel über das Land gelegt. Die Stadt verdunkelte sich merklich. Die Nacht war auf schnellen Füßen gekommen, statt auf ihren gewohnten sanften Flügeln. Doch in die Kämpfe vertieft, entging es allen um sie herum.

Sie löste sich aus den Reihen der Kämpfenden und trat in die Menge der Schwarzgardisten zurück, die hier waren, um sie zu beschützen.

Da war etwas Vertrautes ...

Sie schnappte nach Luft.

Gavin!

Sie öffnete ihren Willen für ihn und wusste sofort Bescheid. Er starb.

Sie spürte, wie seine Kräfte nachließen, dahinschwanden. Ihr Herz erstarrte.

Lebe, du verdammter Mistkerl, lebe! Du kommst jetzt zu mir zurück!

Aber es war zu spät. Er starb. Er enttäuschte sie, schon wieder.

Er konnte spüren, wie die tyrannische Macht des Gottesbanns sie niederdrückte. Ihr Licht trübte sich, ihre Gliedmaßen wurden schwer von dem Luxin, das in ihr lebte, in ihrer Beweglichkeit gehemmt. Sie war unfähig, sich gegen den Tod zu verteidigen, der ihr, wie er nur zu gut wusste, auf den Fersen war. Er konnte die innere Erstarrung und Blockade spüren und wusste, wie er sie daraus befreien konnte, aber aus dieser Entfernung war es unmöglich ...

Nein.

Nein, nicht solange er noch Atem in sich hatte.

Er ließ alles andere los und klammerte sich an sie, seinen Leuchtturm, das Weiß im nebligen Meer seiner Schwärze.

Karris war erstarrt, und das inmitten des Geklirrs von Waffen um sie herum. Gill Gräuling, sein Gesicht blutbespritzt, rief ihr etwas zu. »*Rückzug. Wir sind gescheitert. Wir können unmöglich* ...«

Bloße Worte.

Es war, als würden sie es überhaupt nicht bemerken.

Tu es nicht, mein Liebster. Bitte, nein. Gavin, was machst du da?

Da war etwas Schicksalhaftes und Endgültiges, das sie in Gavins Willen spüren konnte.

Bitte, nein. Verzeih mir, mein Liebster, aber ich habe dich einmal aufgegeben – wage nicht, das ebenfalls zu tun. Wage es ja nicht!

Und dann war er fort.

»Mehr Dunkelheit«, keuchte Dazen, als er das Luxin losließ. Zornig zog er seine Hand aus der Orholams. »Ich brauche mehr Schwarz! Mehr Schwarz!«

Der Himmel über ihm war jetzt von Tausenden Sternen übersät, die strahlend leuchteten. Die herabsinkende Dunkelheit hätte ihm eigentlich mehr Schwarz geben sollen, von dem er wandeln konnte, doch tatsächlich ließ sie diese trotzigen Lichtpunkte nur umso heller leuchten.

Orholam sagte: »Selbst Adler müssen bei der Jagd manchmal in einen See hinabtauchen, auch wenn das für einen Moment das Spiegelbild des Himmels im See zerstört.«

»Wovon redest du da? Spiegelbild des ...«

Dazen richtete den Blick auf das Schwert, das in der schwarzen Kruste steckte, die den Turm bedeckte.

Als er durch den Spiegel hindurch auf dessen andere Seite getreten war, war der Turm dieser anderen Welt weiß gewesen. Es war alles so gewesen, wie es sein sollte, vielleicht so, wie es das vor Vicians Sünde auch auf dieser Seite des Spiegels gewesen war, bevor die erbarmungslose Flut der Morde der Chromeria eingesetzt hatte.

Bestimmt war inzwischen jedes kleine Stück des schwarzen Turms bedeckt von dem gewaltigen Blutstrom, der vom Spiegel des Erwachens herabquoll.

Zu Dazens Füßen befand sich eine Unmenge aus reinem, unverfälschtem schwarzem Luxin, das so viel wert war wie ein ganzer Turm. Pure, konzentrierte Dunkelheit und das Blut der Märtyrer verbanden ihn mit alledem.

Dazen tauchte die Hände erneut in das fließende Blut, schmierte es auf die Klinge, bis es sie in einer ununterbrochenen Linie bedeckte, die bis zu seiner Hand reichte.

Er betrachtete das blutige Ding, das das Werkzeug seiner eigenen Hinrichtung sein würde. Er hatte durch die Klinge gelebt, zu Unrecht die Unschuldigen geopfert. Es war nur recht und billig, dass er selbst ihr letztes Opfer sein sollte.

Das hier ist für dich, Vell Parsham, mein erstes Mordopfer. Du hast versucht, mich zu warnen.

Sie hatte gesagt: »Macht mir jetzt ein Ende, Lord Prisma, aber eines Tages möget Ihr das alles beenden oder *selbst Euer Ende finden.* Wisset, dass Orholam gerecht ist, und zittert vor ihm.«

Das hier ist für dich, Edna, die du gefunden hast, deine Sünden seien so abgrundschwarz, dass du nicht über sie sprechen könntest. Ich verstehe dich jetzt, wie ich es damals nicht vermocht habe.

Das hier ist für dich, Titrit, die ich verachtet habe. Ich habe inzwischen gelernt, mich selbst noch mehr zu verachten.

Das hier ist für Dulcina Dulceana ... Er konnte nicht an sie zurückdenken, aber er erinnerte sich an ihre Worte und daran, dass er kaum hatte fassen können, welche Ruhe, welcher Frieden von ihr ausgegangen war. Sie hatte gesagt: »Ihr habt den ganzen Tag Orholams Werk getan und werdet es die ganze Nacht und auch den morgigen Tag lang weiter tun. Lasst mich Euch ein Geschenk geben. Das einzige Geschenk, das ich habe. Das Geschenk meiner fünf Minuten. Ihr könnt sprechen, oder wir können schweigen. Ihr könnt mich gleich befreien, wenn Ihr das Alleinsein vorzieht, oder danach, wenn Euch nach Gesellschaft ist. Wie Ihr wollt.« Sie hatte so stark an ihn geglaubt – sie war von einem so freigiebigen Geist gewesen, dass sie ihm ihre letzten fünf Minuten geschenkt hatte: eine arme Frau, die ihr letztes bisschen einem Mann hingab, dessen Schatzkammer übervoll mit Reichtümern war.

Die Gunst, die sie ihm da gewährt hatte, hatte ihn innerlich gebrochen.

Als Gavin mit seiner ersten Befreiung begonnen hatte, hatte er an zwei Götter geglaubt, und mit ihr war sein Glaube an den falschen gestorben.

Das hier ist für dich, Aheyyad Leuchtwasser, jene Blume, die ich zu früh gepflückt habe.

Das hier ist für ... Das hier ist für euch alle.

Orholam, der neben ihm stand, streckte erneut seine Hand aus. Obwohl er nur Sekunden zuvor Dazens blutige Hand gehalten hatte, war seine eigene Hand sauber. »Willst du das hier mit mir zusammen tun oder allein?«

Dazen legte klatschend seine Hand in die des alten Mannes. Er wusste nicht, was Orholam tun würde und ob er überhaupt etwas tun konnte, aber er war lange genug so idiotisch gewesen zu versuchen, alles allein durchzuziehen. Wenn ein wenig Hilfe ihm helfen würde, seinen Lieben zu helfen, würde er das Angebot nicht ausschlagen.

Er spreizte weit die Beine und holte tief Luft, dann legte er seine rechte Hand auf die Klinge vor sich. Seine Quelle zum Wandeln war ein vollkommenes Schwarz, ohne jeden Makel und schwärzer als die dunkelste Nacht, aber selbst wenn man eine solche Quelle zur Verfügung hatte, war es nie sonderlich zweckmäßig, direkt vom Luxin einer bestimmten Farbe zu wandeln; es erzeugte immer Hitze und Unbehagen, selbst wenn man nur ein wenig wandelte.

Und Dazen plante nicht, nur ein wenig zu wandeln.

Dazen tat nie irgendetwas *nur ein wenig*.

Er warf seinen Willen in den ganzen Turm hinab. Wo immer das Blut den Turm berührte, trat Dazens Willen mit dem alten schwarzen Luxin in Verbindung.

Es schoss in ihm hinauf wie ein emporspritzender Geysir und füllte ihn mit unmöglicher Geschwindigkeit. Neben ihm sah er Feuer in allen Farben aus Orholams anderer Hand hervorbrechen, als würde er damit die Schlacke von all dem Schwarz kratzen und sie entsorgen, sodass sich Dazen ganz allein mit dem reinsten Schwarz füllen konnte.

Dazen wurde zur Linse, die einen riesigen Brunnen an schwarzem Licht auf einen Punkt konzentrierte, der Hunderte von Meilen entfernt war.

Dann war Dazen so angefüllt, dass er schon gar nicht mehr platzen konnte, und mit einem letzten gewaltigen Schrei warf er seinen ganzen Willen zu einem einzigen letzten Ausbruch jenem trüb flackernden Licht am Horizont entgegen, das seine geliebte Weiße war …

Gill Gräuling trat mit dem Fuß fest gegen die Brust des Wichts und zog den Speer seinem noch immer stehenden Feind wieder aus dem Leib. Mit derselben Bewegung streckte er sich in die Länge, als sei er eine zuschlagende Schlange, und hieb das Speerende einem

Rotwicht direkt in die Kehle, der mit seinem von Feuer umhüllten Kriegshammer soeben auf Karris' Rücken einschlagen wollte. Noch ehe der Wicht am Boden war, hatte Gill seinen Speer herumgewirbelt und ihn dem Wicht in seine zerschmetterte Kehle gestoßen.

Bedrohungen energisch ein gründliches Ende machen, dachte Karris dumpf. Genau dazu waren sie ausgebildet worden.

Aber sie war ein Gespenst. Im Inneren bereits tot, wandelte sie mit den anderen Geistern der Toten auf dem Schlachtfeld einher, Geister, die nur kurz auf dieser Seite des Schleiers verweilten. Eine Bewegung war durch die Luft gegangen. Die Finger aus schwarzem Luxin, die sich von jenseits des Horizonts hierher ausgestreckt hatten, waren verschwunden.

Gavins Wille hatte losgelassen. Er war fort. Endgültig fort.

Sie hatte ihn aufgegeben. Sie hatte ihm gegenüber versagt. Sie hatte geglaubt, dass sie es nicht spüren und wissen würde, wenn er starb, dass solche Gedanken nur der Unfug verliebter junger Narren waren. Aber jetzt wusste sie es.

Sie wusste es einfach.

Und dann war da eine erneute Bewegung in der Luft. Es hatte etwas mit dem schwarzen Luxin zu tun. Als sei sein Verschwinden nicht der Rückzug nach einem abgebrochenen Angriff gewesen, sondern das vorübergehende Sichzurückziehen des Meeres nach einem Erdbeben.

Selbst die Wichte schienen sich plötzlich unbehaglich zu fühlen. Beide Seiten, Menschen und Wichte, hielten in ihrem Kampf inne und wichen vom Feind zurück.

»Was ist das?«, fragte Gill. »Was passiert da gerade?«

Karris blickte über das Meer hinaus, hin zu ihrer verlorenen Liebe, daher sah sie es als Erste.

Weit draußen hinter der Ostbucht erloschen die Lichter eines Schiffes. Dann die eines weiteren, weit weg an der Seite. Die Feuer eines brennenden Schiffes verschwanden einfach. Dann bemerkte sie, dass die Sterne am Horizont fort waren.

Der Atem stockte ihr in der Kehle, als sie sah, worum es sich handelte. Wie ein Sandsturm, der über die Wüste donnert, ragte eine gewaltige schwarze Welle weit in die Nacht hinauf und rollte über den Horizont hinweg, breiter als die Jasperinseln und so hoch wie die Wolken.

In der Ferne hörte sie, wie sich bei ihrem Ansturm Schreie erhoben.

Als steige das Meer aus seinem Bett und verschlinge alles vor ihm Befindliche mit einer gewaltigen Woge, erlosch nacheinander jedes Licht auf allen Schiffen. Dann legte sich die Dunkelheit über die Bucht und über die Türme, die Stadtmauern und schließlich – so rasch, wie man braucht, um entsetzt nach Luft zu schnappen – über die gesamten Jasperinseln.

Alles wurde absolut und vollkommen schwarz. Schwärzer als bloße Nacht. Das hier war die Schwärze der Blindheit nach einem dem Schaffen von Licht gewidmeten Leben. Die Finsternis durchdrang alles, durchtränkte alles, so wie Wasser es tut – und wischte es dann weg mit der ganzen Kraft der Welle eines Erdbebens.

Unheimlicherweise war es still.

Und es war unverkennbar und unzweifelhaft Gavin.

Dann, gerade als sich das Heulen und Wehklagen des Schreckens und der Verzweiflung aus den Kehlen von Frauen und Männern erhob, die blind gemacht worden und nun über ihren plötzlichen Verlust entsetzt waren – war die Welle vorbei.

Als das Licht in ihrer aller Augen zurückkehrte, konnte Karris spüren, wie die Welle sich auflöste. Sie war bis hierher zusammengehalten worden, aber sie würde keine weitere Meile mehr durchhalten. Gavin war ...

»*Promachos*«, flüsterte Gill voller Ehrfurcht. »Das war *er*. Das war Gavin, nicht wahr? Ich konnte fühlen, wie ... Wie konnte er so viel wandeln? Was hat er da getan?«

Ein Knacken und Zischen ertönte neben ihnen und erfüllte das nun wieder ganz natürliche Dunkel der Nacht mit einem herrlichen grünen Licht. In diesem wilden Licht grinste Samite.

»Die Gottesbanne«, sagte sie. »Ihre Macht ist gebrochen. Wir können wandeln!«

Etliche der Gottesbanninseln lagen immer noch dort draußen, daher glaubte ihr erst einmal niemand, aber dann folgte ringsum nach und nach das Knacken und Zischen herrlicher, lebendiger Farben, die von brennenden Luxin-Fackeln in die Nacht aufstiegen. Erst nur einige wenige und bald schon Dutzende dieser Lichter tauchten die Schwarzgardisten und ihre Verbündeten in ein berauschendes, machtvolles Licht.

Die zwanzig verbliebenen Wichte machten kehrt und flohen.

Es war immer noch Nacht. Ihre Lage war noch immer brenzlig. Sie verfügten lediglich über das an Magie, was sie von ihren Luxin-Fackeln wandeln konnten. Aber jetzt – jetzt hatten sie eine echte Chance!

Gavin hatte von jenseits des Grabes in das Geschehen eingegriffen, um ihnen genau diese eine Chance zu geben.

Er war gestorben, um ihnen Licht zu bringen.

»Zum Blendblick!«, rief Karris.

Sie würde um ihren Ehemann trauern. Später. Sie war eine Kriegerin.

Krieger wissen, wie man das Opfer eines Helden ehrt: Zuerst bringt man den verdammten Kampf zu Ende.

62

Wenn es etwas gab, das Corvan Danavis wirklich auszeichnete, dann war das seine Fähigkeit, ein wenig persönliche Gefahr zu missachten (sagen wir, eine um ihn herum tobende Schlacht), um sich auf wichtigere Dinge zu konzentrieren. Es war Teil dessen, was ihn zu einem so herausragenden Befehlshaber machte, und tatsächlich hatte er nie verstanden, warum andere Menschen nicht auch über diese Fähigkeit verfügten.

Und deshalb fluchte er jetzt einem zitternden Boten ins Gesicht, sodass ihm, während er brüllte, der Speichel von den Lippen flog: »Wie alt ist diese Nachricht?! Und erzähl mir nicht, dass du es verdammt noch mal nicht weißt!«

»Vielleicht ... vielleicht eine halbe Stunde, Herr? Weniger?«, antwortete der Bote. »Ich bin direkt hierhergekommen, aber die anderen ...«

»Eine Stunde?«, herrschte Corvan ihn an.

»Ähm, vielleicht? Vielleicht, Herr. Ja. Da waren so viele Kämpfe, und ich wollte sicherstellen, dass ich unbeschadet hindurchgelange, also wollte ich lieber nicht ...«

»Geh mir aus den Augen!«

Zwei von Corvans Leibwächtern rissen plötzlich ihre Schilde vor ihm hoch, als ein Feuerball von der Größe eines Frauenkopfes auf ihn zugerast kam. Das kugelförmige Ding prallte von ihren Schilden ab und rollte in die Menge hinter ihm.

Nein. Kein Feuerball von der Größe eines Frauenkopfes. Ein echter, brennender Frauenkopf. Eigenartig.

Der Bote erbleichte. Ein Feigling. Feigheit war die letzte Eigenschaft, die sich ein Bote leisten konnte – aber welche Boten ihre Aufgabe zu meistern vermochten, fand man erst heraus, wenn sie die eine oder andere Schlacht durchgestanden hatten.

Ein Ablenkungsmanöver, hatte Kip gewünscht. Kip brauchte ein Ablenkungsmanöver.

Die Stadt war übel dran. Corvan hatte soeben erst die Nachricht erhalten, dass die Mauer, wo sie an das Armenviertel von Überhügel grenzte und dem roten Gottesbann am nächsten lag, nahezu aufgegeben worden war. Die meisten ihrer Verteidiger waren zu den Mauern in den Wohnvierteln der Adligen gelockt worden, oder, schlimmer noch, sie hatten sich dazu verleiten lassen, ihre Häuser vor den Plünderern zu schützen, deren Übergriffe während der Schlacht sie befürchteten.

Wenn die Stadt dem Angriff standhielt und sie bis morgen überlebten, würde Corvan diese verdammten Adligen ausfindig machen und sie als einfache Fußsoldaten selbst auf die Mauern stellen.

Aber zuerst kam das Überleben.

Corvan hatte herausgefunden, dass jeder Plan, der sich auf das Zusammenwirken allzu vieler einzelner Bestandteile stützte, umso eher zum Scheitern tendierte, je mehr diese einzelnen Bestandteile darauf angewiesen waren, dass die anderen Bestandteile alle genauso funktionierten wie geplant, und so war sein Schlachtplan ein ganz einfacher gewesen: verteidigen und verzögern. Da Groß- und Kleinjasper nun mal Inseln waren, bestand ihre offensichtlichste Schwäche darin, dass sie leicht zu belagern waren.

Aber jeder, der sie belagerte, befand sich in Wirklichkeit selbst im Belagerungszustand. Karris hatte die Fischer der Insel angewiesen, das umliegende Meer absichtlich zu überfischen, nicht nur um getrockneten Fisch zu horten, sondern auch damit dieser Fisch den Angreifern nicht zur Verfügung stand. Süßwasser war ein sogar noch größeres Problem für eine Belagerungsflotte, und so hatte Corvan überall dort, wo sich Quellen ins Meer ergossen, Verteidiger in größerer Zahl zusammengezogen, als das jeder andere General getan hätte. Wenn sich der Kampf länger hinzog, könnte sich die Verfügbarkeit von Trinkwasser vielleicht sogar als der Schlüssel zum Sieg herausstellen.

Überall hatte er den Verteidigern Instruktionen erteilt, wie lange sie die Mauern zu halten hatten, was sie unternehmen sollten, wenn sie die Kontrolle über sie verloren, und wie sie allen anderen signalisieren sollten, dass ein solcher Verlust unmittelbar drohte.

Die Verteidiger würden von solchen verlorenen Arealen dann

zurückweichen und die Gebietsverluste, so gut es ging, auf Bereiche ohne entscheidende Bedeutung beschränken. Es gab zudem einige naturgegebene Nadelöhre, deren sich die Befehlshaber vor Ort bedienen konnten, um dem Feind einen Hinterhalt zu legen, wenn sie den Mut dazu hatten.

Corvan zog es vor, bestimmte Entscheidungen in der Befehlskette so weit wie möglich nach unten zu verlagern. Männer, die wie gelähmt auf Befehle warteten, welche sie im Weg durch das Schlachtenchaos womöglich niemals erreichen würden, waren Tote und keine Verteidiger.

Heute war es seine Hoffnung gewesen, die Blutröcke von den Stadtmauern fernzuhalten.

Wenig überraschend, dass ihnen das nicht geglückt war.

Der nächste Plan hatte vorgesehen, die Angreifer für jede Straße, die sie einnahmen, mit Strömen von Blut zahlen zu lassen und sie bis zum Einbruch der Dunkelheit aufzuhalten, wenn die Verteidiger der Jasperinseln nicht mehr im Nachteil sein würden.

Aber es gab Orte, die zu verlieren sich die Chromeria schlicht und einfach nicht leisten konnte: einige Geschützstellungen, die sich gegen die Stadt und die Chromeria selbst richten ließen, bestimmte Stadtviertel, den Lilienstiel — und den Großen Brunnen. Corvan hatte sein Hauptquartier hier eingerichtet, um seinen Leuten einzuschärfen, in wie starkem Maße der Brunnen den Dreh- und Angelpunkt ihrer Verteidigung darstellte. Als artesischer Brunnen war er nicht nur die ergiebigste Süßwasserquelle in der Stadt, er befand sich auch an einer der fünf Hauptkreuzungen. Das erschwerte zwar seine Verteidigung, machte es aber auch leicht, Verstärkungstruppen in jeden Teil der Stadt zu schicken, wo sie benötigt wurden.

Und nun war die Schlacht mit überraschender Geschwindigkeit auch hier angekommen.

Die Rasiermesser- sowie Bombenschwingen und das krabbelnde Ungeziefer, das mittels Willensübertragung dazu gezwungen worden war, sich in den Straßenbarrikaden zu verkriechen, um dort dann in Flammen auszubrechen, hatten gewartet, bis Zehntausende von Soldaten der Blutröcke zum Angriff schritten. Kip hatte Corvan genau hiervor gewarnt: dem massenhaften Einsatz von Nichtwandlern als Hilfstruppen und Kanonenfutter.

Diese Strategie hatte für die Angreifer katastrophale Verluste bedeutet, besonders da die Gottesbanne so stark behindert und durcheinandergebracht worden waren und sie sich in ihrem Bemühen, alle Verteidiger der Chromeria handlungsunfähig zu machen, so sehr verspätet hatten.

Zugleich hatten die Verteidiger Stadtviertel um Stadtviertel verloren, einschließlich einiger Abschnitte der Mauer, die mit den leistungsfähigsten Geschützen ausgestattet waren – glücklicherweise waren diese, bevor man sie im Stich gelassen hatte, alle gebrauchsunfähig gemacht worden.

Doch die Blutröcke hatten ihren Angriff hier nicht abgebrochen, selbst als sich völlige Dunkelheit über die Stadt zu legen begann.

Warum zogen sie sich nicht zurück?

Schließlich mussten die Blutröcke bei Nacht auf ihren größten Vorteil verzichten – auf ihre Wandler und Wichte. Warum warteten sie nicht bis morgen, um dann erneut anzugreifen? Hatten sie gehofft, die Stadt einnehmen zu können, noch bevor es völlig dunkel geworden war, und verlängerten nun ihren Angriff um einige weitere Minuten, damit es ihnen vielleicht doch noch glückte? Glaubten sie, dass Corvans Streitkräfte so kurz vor der Auflösung standen?

Er jedenfalls glaubte, dass sie damit falschlagen, wenn auch nicht allzu sehr.

Und in genau dieser Situation hatte Kip sein eigenes Manöver gestartet: Er hatte kleine Trupps die Gottesbanne direkt angreifen lassen. Selbstmörderisch kleine Trupps.

Es war genau die Art Schachzug, wie ihn Corvan als junger

Mann selbst unternommen hätte, wenn auch, wie er glaubte, nicht mit derart kleinen Einheiten.

Seinen Leuten war es gelungen, das Vorrücken der Blutröcke zum Stillstand zu bringen. Einige der angreifenden Soldaten hatten sich sogar wieder auf ihren jeweiligen Gottesbann zurückgezogen.

Corvan fluchte laut, als sich für ihn plötzlich eins zum anderen fügte.

Jene Blutröcke hatten sich zurückgezogen, um ihren Gottesbann vor Kips Mächtigen zu schützen. Kips Leute hatten direkt das Herz der Macht des Weißen Königs angegriffen, und um dabei nicht überwältigt zu werden, benötigten sie die Ablenkung, um die Kip gebeten hatte.

Aber der Bote war ein Feigling gewesen.

Corvans verdammter Bote könnte womöglich nicht allein den Mächtigen, sondern überhaupt *allen* den Tod gebracht haben.

War es jetzt zu spät?

Kips Männer mochten Corvans Truppen hier vor Ort gerettet haben, aber konnte er wiederum sie jetzt noch retten?

Was könnte als geeignetes Ablenkungsmanöver dienen?

Vielleicht konnte er … Seine Frau Polyhymnia, das Dritte Auge, hatte ihn ihren Titanen der Großen Quelle genannt, womit sie natürlich den Großen Brunnen gemeint hatte. Das war auch einer der Gründe dafür gewesen, dass er seine Verteidigungsstellung hier eingerichtet hatte.

Aber *dieser* Plan konnte nicht funktionieren, da der Einfluss der Gottesbanne die Rotwandler handlungsunfähig machte.

Magie erschütterte die Inseln wieder und wieder. Da war nicht nur der Verlust von Blau – gab es nicht auch Berichte von Weiß?! Einige behaupteten sogar, Schwarz gefühlt zu haben.

Aber wiewohl er sich mitten im Trubel des Geschehens, wenn er seine Befehle erteilte, sich Berichte anhörte und Rasiermesserschwingen auswich, gern als von allem distanziert und losgelöst betrachtete, begriff Corvan doch, dass er nicht alles durchschauen konnte, was anderswo vor sich ging. Hier wurden mindestens zwei Schlachten gleichzeitig geführt, vermutlich drei, die sich alle überlagerten.

Und es bestand die Gefahr, dass er seine Sache in all diesen Schlachten vermasselte.

Warum also zogen sich diese verdammten Blutröcke nicht mit dem Anbruch der Nacht zurück? Warum?!

Dann plötzlich kehrte das schwarze Luxin in einer gewaltigen Welle zurück.

Dazen!

Die Welle fegte reinigend über die Inseln hinweg, brach die Macht der Gottesbanne über alle Wandler und befreite sie, wieder all das zu tun, was sie konnten.

Verteidiger und Angreifer waren gleichermaßen erstaunt, unterbrachen ihren Kampf für eine kleine Weile und stürzten sich dann wieder ins Gefecht. Aber nicht einmal das ließ die Blutröcke die Flucht ergreifen.

Und dann war die schwarze Welle vorbei.

Corvan ließ seine Wandler auf der Stelle den Kampf aufnehmen, doch war die Sonne bereits so tief gesunken, dass ihnen kaum noch eine Quelle zum Wandeln blieb. Einige wenige verfügten über Luxin-Fackeln, die jedoch waren rar und teuer – Corvan überließ den Wandlern selbst die Entscheidung, ob es für sie notwendig war, von ihnen Gebrauch zu machen.

Es erlaubte ihnen, an Schlüsselpositionen ihren Widerstand zu erhöhen, aber es waren nicht genügend Luxin-Fackeln vorhanden, um der Verteidigung einen deutlichen neuen Schub zu geben.

Warum zum Teufel sandte Kip kein Licht mehr über die Spiegelsteuerung herab? Er hatte nun schon seit geraumer Weile die Botschaften nicht mehr beantwortet, die per Lichtsignal zu ihm hinaufgesandt worden waren. Und gerade jetzt hätten sie ihn am meisten an den Spiegeln gebraucht. Diese wenigen Minuten könnten einen echten Unterschied machen!

»Schickt neue Botschaften zu Kip. Teilt ihm mit, dass, wenn er noch weitere Tricks auf Lager hat, jetzt ein guter Zeitpunkt wäre, um ...«

»Herr, die Ultravioletten sagen, dass sich Ferrilux der Spiegelsteuerung bemächtigt hat«, meldete sich eine militärische Beraterin zu Wort.

»Wie bitte?!«, herrschte er sie an.

Ferrilux' Gottesbann war zerstört worden, sie selbst aber nicht. Und sie hatte die Steuerung übernommen, was wahrscheinlich bedeutete, dass Kip tot war.

Verdammt noch mal, Aliviana.

Aber er konnte sie nicht als seine Tochter betrachten. Nicht in diesem Moment. Und vielleicht war sie es ja auch gar nicht mehr. Vielleicht hatte sie keine Kontrolle mehr über sich selbst. Vielleicht war auch sie ein Opfer.

Warum sollte sich Ferrilux der Spiegel bemächtigen, während die Nacht heranrückte? Warum sollte sie sich in eine solche Gefahr begeben, dass sie versuchte, die Spiegel selbst noch ohne ihren Gottesbann und ihre Wichte zu übernehmen?

Er schaute ein weiteres Mal zu den anderen Gottesbannen hinüber. Jeder hatte irgendeine Art von zentralem Turm, einen erhöhten Punkt. Er hatte diese Erhebungen als bloße Beobachtungsposten betrachtet, gute Positionen, von denen aus die Blutröcke sogar sehen konnten, was hinter den Stadtmauern von Großjasper geschah.

Und dann begriff er. Die Gottesbanne hatten Lichtbrunnen mitgebracht, wie große Luxin-Fackeln.

Deshalb hatte sich Ferrilux der Spiegelvorrichtung bemächtigen wollen.

Die Blutröcke brachten Quellen zum Wandeln mit in den Kampf. Mit den Farben aus jedem der Türme und den Spiegeln würden die Wichte die ganze Nacht lang und überall in der Stadt mit Magie angreifen können.

Corvan war sich nicht nur über den rein strategischen Nachteil im Klaren, den es bedeutete, ohne eigene Magie gegen all diese Wichte kämpfen zu müssen, er begriff auch, dass seine Leute bereits in wenigen Minuten in Straßenkämpfe verwickelt sein würden, bei denen sie es buchstäblich mit Ungeheuern aus der Finsternis zu tun bekamen.

Schrecken und Entsetzen wären erdrückend.

»Herr! Neue Wichte sammeln sich zum Angriff. Es sind Hunderte!«, schrie seine Militärberaterin über den Lärm ringsum hinweg.

»Welche Farben? Welche Farben, Leutnant? Und wagt es jetzt nicht, ›Sie alle‹ zu sagen!«

»Herr ...« Ihre Züge verspannten sich. »Sie alle.«

63

Andross Guile kroch über den Boden des Empfangssaals, und Speichel und Erbrochenes troffen an seinem Kinn herab.

Weißes Luxin. Gottverdammt noch mal. Kip hatte vor dem Ende weißes Luxin gewandelt. Die kleine Seepocke auf Andross' Hintern hatte die Kühnheit besessen, noch von Orholams Blendblick her zu versuchen, die Spiegelsteuerung an sich zu reißen. Und dieses Feuer! Es hatte zumindest eines bestätigt, nämlich dass Lord Dariush recht gehabt hatte: Der Drache der Atashi und der Lichtbringer der anderen Satrapien waren nicht ein und dieselbe Person.

Oder vielleicht waren sie es doch, und Kip hatte versagt, und sie waren nun alle dem Untergang geweiht.

Andross übergab sich erneut, würgte mit leerem Magen.

Die Sklaven waren verschwunden. Kein Einziger aus seinem

Haushalt hatte ihm Beistand geleistet. Er hatte sie so gut behandelt, und das bekam er im Gegenzug?

Als die Krämpfe vorüber waren, rappelte er sich hoch. Er hatte jetzt das Schlimmste überstanden. Nach zwei Bissen von seinem Huhn mit Knoblauch und Mandeln hatte er zu essen aufgehört. Zwei geistesabwesende Bissen, bis er erkannt hatte, dass der Geschmack nicht *ganz* der von Knoblauch und Mandel gewesen war, zwei Bissen, und er hatte zu essen aufgehört und sich gezwungen, sich zu übergeben. Nicht Knoblauch und Mandeln, sondern zwei Gifte, deren Gerüche denen von Knoblauch und Mandeln sehr ähnelten: Arsen und Blausäure.

Er stützte sich am Türrahmen ab und überprüfte langsam, langsam seine ilytanische Pistole. Es bestand die Möglichkeit, dass ein Meuchelmörder auftauchen würde, um sicherzustellen, dass die Sache erledigt war. Dann, als er sich davon überzeugt hatte, dass seine Waffe funktionierte, öffnete er die Tür.

Niemand war draußen. Alle Schwarzgardisten hatten ihre Posten verlassen. Sie waren entweder Verräter oder Männer und Frauen, die ihre Treuepflichten gegenüber Karris über ihre Treuepflichten gegenüber allen anderen aus dem Spektrum gestellt hatten. Mit Sicherheit hatte sich Zymun von keinen Schwarzgardisten begleiten lassen, als er Kip ermordet hatte. Zymun war dumm, aber so dumm nun auch wieder nicht.

Andross wankte über den Flur zu Felias ehemaligen Gemächern. Vorsichtig öffnete er die Tür, für den Fall, dass dem in diesen Räumlichkeiten befindlichen Menschen eine Muskete ausgehändigt worden war.

»Wer ist da?«, rief eine junge Frau.

»Ich bin es.«

»Wer zum Teufel seid Ihr?«, begehrte Teia vom Sofa aus zu wissen. Gut, gut. Er wäre außer sich gewesen, wenn sie den kleinen Kümmerling in Felias Bett verfrachtet hätten.

»Andross Guile. Dein Promachos.«

»Ist Grinwoody bei Euch?«

»Ich bin allein«, antwortete er und trat in den Raum.

Teia entspannte sich sichtlich und nahm den Finger vom Abzug. Immer noch ließ sie ihn jedoch am Bügel der Muskete liegen und hielt die Waffe in die grobe Richtung von Andross. Ihr Kopf war mit zahlreichen Schichten dicker Tücher umwickelt, und er konnte erkennen, dass sie angespannt auf irgendwelche schnellen Bewegungen lauschte. »Wo ist er?«, fragte sie. Als hätte sie das Recht, ihm Fragen zu stellen – aber er war im Moment zu krank, um sich mit ihr anzulegen.

»Fort.«

»Woher wisst Ihr, dass sie mich hierhergebracht haben?«, erkundigte sie sich.

»Sie konnten dich nicht auf der Krankenstation lassen; dort würde der Orden als Erstes suchen. Und von den versteckten Räumen kannten sie nur diejenigen, von denen auch der Orden offensichtlich bereits Kenntnis hatte. Das hat ihnen nicht viele gute Möglichkeiten übriggelassen.«

»Ihr ... wisst das alles einfach?«, fragte Teia. »Ihr habt Eure Leute wirklich überall, oder?«

»Die Wahrheit ist«, räumte Andross ein, »dass ich sie draußen vor meiner Tür darüber habe streiten hören.« Er hoffte, Teia ein Lächeln entlocken zu können, aber sie war über das Stadium hinaus, wo sie für Charme empfänglich gewesen wäre.

»Grinwoody ist der Alte Mann aus der Wüste«, ließ sie ihn wissen.

»Wirklich? Ist er das?« Das Rot in ihm wallte auf. »Also, diese Information zu haben wäre für mich sehr wertvoll gewesen, *bevor er mein Abendessen vergiftet hat.*«

»Er hat Euer Abendessen ... ach Mist! Deshalb seht Ihr so schlimm aus.«

Sie konnte demnach durch ihre Kopfverbände hindurchsehen? Na schön. Eigentlich sogar gut.

»Du bist eine elende Versagerin, Adrasteia, doch ich gebe dir noch eine Chance.«

»Wovon redet Ihr da?«

»Du hattest die Aufgabe, den Orden zu vernichten, nicht wahr? Grinwoody ist entkommen, und du hast sämtliche heutigen Kämpfe versäumt. Gute Menschen sind gestorben. Freunde.«

Er sah sie schlucken. Sie wollte nachfragen, ließ es aber bleiben.

»Ich kann nichts ausrichten«, erklärte sie. »Ich bin nicht hier, weil ich hier sein will. Ich habe Lacrimae Sanguinis getrunken. Ich musste das Gift trinken, um sie alle dazu zu bringen, es ebenfalls zu tun. Ich weiß nicht mal, ob seine Wirkung sich legt, aber ich bin völlig entkräftet und …«

»Das tut sie.«

»Wie bitte?«

»Sie legt sich.«

»Woher wisst Ihr das?«

»Als ich damals in die Politik gegangen bin, habe ich mich recht gründlich mit Giften beschäftigt – schien mir eine vernünftige Vorsichtsmaßnahme zu sein. Glücklicherweise war das zu einer Zeit, bevor ich Grinwoody in meine Dienste aufgenommen habe, sonst hätte er über die Immunisierungseffekte durch Mithridatismus Bescheid gewusst.«

»Durch was?«

»Ebendas ist der Grund, warum ich noch lebe. Aber vergiss es. Wenn man es zwei Tage durchgestanden hat, überlebt man. Nur, dass dann dein Sehvermögen am Arsch ist. Dauerhaft. Du hast jetzt zwei Möglichkeiten. Entweder du erweiterst die Augen so stark wie irgend möglich auf Paryl-Sicht, oder du verengst sie zu Ultraviolett, und dann lässt du sie in der gewählten Stellung, wenn du kannst. Was immer du gewählt hast, das Gift der Lacrimae Sanguinis beeinträchtigt deine Augenmuskeln entsprechend. Wenn du deine Augen verengst, was der Gelehrte, den ich gelesen habe, empfiehlt, werden deine Pupillen dauerhaft nadelkopfkleine

Punkte bleiben. Deine Sicht ist ständig getrübt, du bist unglaublich kurzsichtig und wirst nie wieder Paryl wandeln können. Aber wenn du deine Augen auf Paryl-Blick weitest, wirst du fortan nur noch in Paryl sehen können. Du verlierst alle anderen Farben und musst ständig eine dunkle Brille tragen und sogar deine Augen mit Tüchern umwickeln, sonst riskierst du, dass selbst normales Licht dich für immer blind macht – auch noch im Paryl-Spektrum.«

»Ich bin schon auf Paryl-Sicht«, hauchte Teia.

»Oh. Dann hätte sich das also erledigt. Zumindest kannst du wandeln.«

»Zumindest kann ich wandeln?!«, wiederholte sie, und Empörung lag in ihrer Stimme.

»Du wirst höchstwahrscheinlich noch vor Ende der Nacht tot sein, also spielt es keine Rolle.«

»Ihr seid ein richtiger Mistkerl«, schimpfte sie. »Und ich kann mich noch nicht einmal bewegen, also zum Teufel mit Euch.«

»Ich bin der Promachos. Und ich habe Befehle für dich. Genug geplaudert.«

»Ihr hört mir nicht zu«, erwiderte Teia. »Ich kann gerade mal atmen. Ich kann nichts für Euch tun.«

»Und ob du das kannst. Du brauchst nur die richtige Motivation. Eine Göttin hat soeben die Kontrolle über die Spiegelvorrichtung übernommen. Ich kann nicht ungesehen zu ihr vordringen, was bedeutet, dass *ich* sie nicht aufhalten kann. Aber du kannst es. Ich weiß nicht recht, was sie dort oben im Schilde führt. Es wird unser aller Untergang sein, wenn sie die Spiegel morgen früh noch immer kontrolliert, aber ich habe keine Ahnung, was sie bei Nacht damit zu bewerkstelligen vermag. Was ich jedoch weiß, ist das Folgende: Wenn dein Feind etwas von dir will ...«

»Lässt du es ihn nicht haben«, führte Teia den Satz zu Ende. »Ich weiß. Kip ist mein Freund, habt Ihr das vergessen?«

»War«, sagte Andross unverblümt. »Kip ist tot. Ich habe ihn

von meinem Fenster aus sterben sehen. Das heißt, zwischen zwei Brechanfällen.«

Alle Luft wich aus Teias schmerzender Lunge. »Das kann nicht Euer ...«

»Jemand hat ihn auf Orholams Blendblick hinaufbefördert. Er hat von dort aus versucht, die Spiegelvorrichtung des Prismas unter seine Kontrolle zu bringen. Ich hätte ja behauptet, dass so etwas unmöglich ist, aber er hätte es um ein Haar geschafft. Bis die Ferrilux dazwischengegangen ist. Sie hat ihn auf dem Gewissen. Du brauchst eine Motivation? Wie wär's mit Rache?«

Sie brauchten nur wenige Minuten, um zum Stockwerk des Prismas und der Weißen oben im Turm hinaufzugelangen. Nirgendwo waren Schwarzgardisten zu sehen.

Sie gaben ein merkwürdiges Paar ab, wie sie da Arm in Arm durch die unheimlich wirkenden leeren Flure torkelten und sich dabei gegenseitig stützten: Teia mit Kips Seilspeer »Verzeihung« um die Hüfte und einen von Felia Guiles langen Seidenschals mehrfach um den Kopf gewickelt, fest über ihrer dunklen Brille zusammengebunden, Schicht für Schicht, um ihre Augen zu schützen; und daneben der zitternde Promachos Andross Guile, der seinen von Erbrochenem verkrusteten Überrock ausgezogen hatte, ohne aber zu bemerken, dass ihm immer noch Erbrochenes im Bart klebte.

Teia hatte nicht vor, ihn darauf aufmerksam zu machen.

Einige Minuten zuvor hatte er ihr versichert, dass sie Lacrimae Sanguinis zum Trotz ohne Probleme ein klein wenig würde wandeln können. Und hatte angenehm überrascht gewirkt, als sie daraufhin ebendas getan hatte – und nicht auf der Stelle tot umgekippt war.

Er hatte es selbst nicht gewusst. Nicht mit Sicherheit.

Während sie die Treppe zu der Tür hinaufstiegen, die aufs Dach führte, sagte Andross: »Wenn sie deine Anwesenheit bemerkt, bist du tot, hast du verstanden? Ich kann für dich sicherstellen, dass die

Türangeln keinen Laut von sich geben, aber sie könnte durchaus ein paar zusätzliche Sicherheitsvorkehrungen ergriffen haben und hat vielleicht sogar Fallen ...«

Dann wurde alles schwarz.

Nicht einfach nur schwarz. Alles wurde schwarz wie in einem Grab. Teia fragte sich für einen Moment, ob nicht vielleicht irgendeine Lichtquelle die Lacrimae Sanguinis aktiviert hatte und das hier nun der Tod war, ob ihr Gehirn ihr den Dienst versagte und sich die ewige Dunkelheit über ihr schloss.

Und dann kehrte das Licht zurück. Wenn auch nur das Licht von Paryl, das Teia mit eigenen Händen ausgeworfen hatte. Durch ihren eigenen keuchenden Atem hindurch hörte sie Andross genauso nach Luft schnappen wie sie selbst. »Was war das?«, fragte sie.

Einen Moment lang antwortete er nicht. Dann sagte er: »Das war schwarzes Luxin. Eine unglaubliche Menge davon – was bedeutet, dass sie jetzt geschwächt ist. Schnell! Geh!«

Teia trabte taumelnd die Treppe hinauf. Da war keine Tür mehr. Sie lag in Einzelteilen auf dem Boden verstreut.

Sie hörte den Knall einer Muskete und warf sich zu Boden. Wäre die Muskete richtig auf sie gezielt gewesen, wäre es freilich viel zu spät gewesen.

Teia versuchte sich aufzurichten, fiel aber sofort wieder hin. Ihr Körper war zu schwach, um den Befehlen ihres Geistes zu folgen. Angestrengt mühte sie sich aufzustehen.

Die Spiegelsteuerung war leer, aber das Geschirr zum Anschnallen schwang noch immer hin und her. Teia hörte das Klirren einer fallen gelassenen Muskete, als es ihr endlich gelang aufzustehen.

Einen Moment später, so spät, dass sie gar nicht glauben konnte, noch immer am Leben zu sein, fiel es ihr endlich ein, und sie machte sich unsichtbar. Sie musste in einer schlimmeren Verfassung sein, als sie angenommen hatte.

Aber das spielte keine Rolle. Aliviana Danavis taumelte um den Turm herum, Gesicht und Arme mit Ultraviolett überzogen, an einigen Stellen blutend, wo das Ultraviolett mit ihrer Haut verbunden war.

»Gavin Guile!«, rief die Frau. »Er lässt sogar noch die Unsterblichen erzittern! Was hat er da getan? Wie konnte er nur ...? So viel ... so viel Schwarz. Ich habe noch nie ... Ahh!«

Sie schleuderte hundert ultraviolette Dolche zur offenen Tür, als sei dies etwas, was ihr erst jetzt, im Nachhinein, eingefallen war. Die Dolche klapperten wie ein eiserner Regen gegen die Steine, vor denen Teia noch Sekunden zuvor gestanden hatte.

Teia lief auf Aliviana zu.

Sie hatte keine Waffen. Sie hatte keine Waffen! Sie hatte sich den Kettenspeer nicht von der Hüfte gezogen. Was dachte sie sich nur?

Aber die Ferrilux schien bereits wieder einigermaßen zur Besinnung gekommen zu sein. »Ja, ja, du hast recht. Natürlich hast du recht. Ich ... Was? Wer kommt da? Nein, du darfst nicht die Kontrolle übernehmen! Ich kenne deinen ...«

Und dann krachte Teia in sie hinein – versetzte ihr einen kräftigen Stoß und warf sie vom Dach.

Teia trat an den Rand, und als sie ihrem Gesichtsfeld entglitt, schien Aliviana immer noch schnell zu fallen – aber da Teia nur in Paryl sehen konnte, vermochte sie nicht, ganz bis zum Boden hinunterzublicken.

Sekunden später hörte sie das Knirschen von Schritten hinter sich.

»Nun, das fand ich jetzt aber nicht sonderlich beeindruckend ...«

»Ist sie tot?«, fragte Teia. »Ich kann nicht so weit sehen.«

»Ich kann sie aus diesem Winkel auch nicht sehen«, antwortete Andross. »Und wenn du glaubst, ich würde mich für dich sehr weit vorbeugen ...«

»Ich habe nicht vor, Euch zu ermorden!«, versicherte Teia.

»Und ich habe nicht vor, mich auf dich zu verlassen. Diesen Fehler habe ich schon einmal begangen.«

»Ja, leckt mich doch. Damals habt Ihr nicht auf mich gewettet, sondern ich bin selbst der Wetteinsatz gewesen.«

»Da hast du nicht ganz unrecht. Deshalb will ich deine Respektlosigkeit ungestraft lassen. Auch als Dank für deine … einigermaßen guten Dienste, die du mir hier geleistet hast. Die Aufgabe ist erledigt oder jedenfalls hinreichend erledigt. Wenigstens darf man hoffen. Ich halte einen Feind nie für tot, solange ich seinen Leichnam nicht mit eigenen Augen sehen kann. Aber du darfst gehen. Kriech zurück in dein Loch und stirb oder versuche am Leben zu bleiben. Du machst den Eindruck, als könntest du von Nutzen sein. Wenn du am Leben bleibst, werde ich den kommenden Tagen Arbeit für dich haben.«

Sie drehte sich um, und das Herz rutschte ihr in die Kniekehlen. Wenn sie am Leben blieb, sollte sie dann Andross Guiles Meuchelmörderin sein?

Gab es wirklich keinen Ausweg?

»Ach, und noch etwas«, riss Andross sie aus ihren Gedanken. »Bevor du gehst. Hilf mir, mich anzugurten, ja? Ich muss sehen, ob ich herausfinden kann, was die Ferrilux vorhatte.«

64

»Ist das Schwarzpulver bereit?«, fragte Corvan. Die Schlacht tobte an den Barrikaden, die rund um den Großen Brunnen errichtet worden waren. Corvans Wandler hatten ihre Luxin-Fackeln allesamt abgebrannt. Die Kriegshunde der Cwn y Wawr hatten jeder einzelne gekämpft wie ein Dutzend Mann, aber jetzt waren sie alle verwundet und hechelten erschöpft. In ihren klugen Augen schien das klare Wissen um ihren bevorstehenden Tod zu schimmern. Die Kämpfer, die Kip aus den Truppen Daraghs des Feiglings rekrutiert hatte, hatten gekämpft, als sei noch der Letzte von ihnen darauf versessen, Medaillen zu gewinnen, und noch der Letzte von ihnen hätte sich auch tatsächlich eine verdient.

Aber das Ende nahte, und sie wussten es, und jene harten Männer schienen es nicht zu bedauern, dass sie ihm auf diese Weise entgegentreten würden.

»Ja, Herr, das Pulver ist bereit«, antwortete Leutnant Lorenço. Corvans wichtigste militärische Beraterin, Miriam, hatte sich mitten in einen Angriff der Rasiermesserschwingen hineingestürzt, um Corvan zu retten. Ihr war die Kehle aufgerissen worden. Sie war noch am Leben gewesen, als sie sie weggetragen hatten, doch es hatte nicht gut ausgesehen. »Aber ... Herr, könntet Ihr mir mitteilen, was Ihr vorhabt?«

Irgendetwas war mit der Spiegelsteuerung oben auf dem Turm des Prismas passiert – vielleicht war die Ferrilux getötet worden –, denn die Spiegel standen still. Vielleicht war es allein dieser Tatsache zu verdanken, dass der Große Brunnen – und die ganze Stadt – noch immer gehalten wurde, aber das allein reichte nicht aus.

Corvan hatte mit seiner Einschätzung recht gehabt, dass die Gottesbanne dazu gedacht gewesen waren, den Wichten und Wandlern der Blutröcke die ganze Nacht hindurch eine Quelle zum Wandeln zur Verfügung zu stellen, und der Verlust der Spiegelsteuerung bedeutete für sie einen Rückschlag – nicht jedoch die totale Katastrophe, auf die Corvan gehofft hätte.

Die Gottesbanne selbst, die jeweils nur über einzelne Spiegel verfügten, konnten viele Gebiete von Großjasper nicht erreichen, und sie konnten ihr Licht immer nur auf einen einzigen Bereich bündeln.

Manche der Banne waren hierhin eindeutig geübter als andere, und sie waren bereits dazu übergegangen, ihr Licht erst zehn Sekunden lang auf den einen Bereich zu strahlen, dann zehn Sekunden lang auf den anderen und sodann wieder auf den nächsten. Dieses

Muster wiederholten sie daraufhin, sodass sich die Wandler der entsprechenden Farbe zu jeder dieser Stellen begeben konnten, um sich mit neuen Kräften zu füllen.

Corvan hatte an seine Wandler bereits den Befehl ergehen lassen zu versuchen, diese neuen Versorgungsbasen zu besetzen – aber seine Anordnungen drangen im Moment nicht zu ihnen durch.

Hätte die Ferrilux die Kontrolle über die Spiegelsteuerung behalten können, hätten die Verteidiger nun eine unbegrenzte Menge an Magie zur Verfügung, die, praktisch von einer Sekunde auf die andere, so ziemlich überall zum Einsatz gebracht werden könnte. So wie die Dinge nun lagen, stand den Verteidigern jedoch eine Überzahl an Wandlern und Wichten gegenüber, die über eine große Menge an Magie verfügten, während sie selbst keine nutzen konnten.

Ihr Verteidigungswall drohte zu brechen, und Corvan ging davon aus, dass seinen Streitkräften nur noch Minuten blieben, bis sie überwältigt würden. Und selbst wenn es ihnen gelänge, hier die Stellung zu halten, war es mit Sicherheit nur noch eine Sache von Minuten, bis Schlüsselstellungen an anderen Stellen der Stadt fielen.

Falls sie dort nicht schon die Waffen gestreckt hatten.

Er fragte sich, ob noch welche von Kips Mächtigen am Leben waren.

Und er fragte sich, ob ihnen ein Ablenkungsmanöver jetzt noch irgendwie helfen würde – so lange nachdem sie darum gebeten hatten.

»Hast du je versucht, die Gedanken deiner Frau zu lesen, mein Junge?«, fragte Corvan. Der junge Ilytaner war frisch verheiratet.

»Ja, Herr«, antwortete Lorenço. »Funktioniert bei mir normalerweise nicht allzu gut.«

»Bei mir ganz dasselbe«, bekannte Corvan. Titan der Großen Quelle, Liebling? Hättest du dich nicht wenigstens einmal nicht ganz so undurchsichtig ausdrücken können? Mit erhobener

Stimme rief er: »Alle mal herhören! Sollte ich nicht mehr fähig sein, das Kommando zu führen, wird mich Lorenço als Armeegeneral ersetzen. Er besitzt mein vollstes Vertrauen. Ich habe die Befehlsgewalt über Armeen bereits übernommen, als ich jünger war, als er es jetzt ist. Verstanden?!«

Ein leiser Chor der Zustimmung erhob sich, aber viele waren zu erschöpft oder zu schwer verletzt, um zu antworten.

»Ihr widmet euch für die nächsten Augenblicke der Aufgabe, die Barrikaden zu verstärken. Meldegänger, macht euch sofort auf den Weg, sobald ihr das Kommando erhaltet. Kein Maulaffenfeilhalten! Das soll gefälligst der Feind machen.«

Er brach zwei rote Luxin-Fackeln auf und begann, sich mit Energie zu füllen.

Dazen, wenn du das hier nur sehen könntest. Es hätte dir gefallen.

In Gedanken umriss er die Bogenbahnen in groben Zügen. Im Dunkeln würde es tatsächlich sogar noch viel besser funktionieren. Halb Pyroturgie, halb mit Willenskraft getränktes Luxin – und eine verdammte Tonne Schwarzpulver.

Er warf einen letzten Blick über seine Leute hinweg und sagte: »Genugtuung. Ehre. Der ganze Scheiß. Kämpft weiter. Und rückt noch ein Stück weiter zurück. Das hier wird höchstwahrscheinlich nur mich allein in die Luft jagen.«

Er ging kauernd in Sprunghaltung, und dann hüllte er sich von oben bis unten in rotes Luxin. Er sah zu Lorenço hinüber, der neben der Pulverabschussrampe stand, den Zündstock in der Hand.

»Titan der Großen Quelle«, dass ich nicht lache.

»Leutnant«, kommandierte er. »Jetzt.«

Mit einem lauten Knall wurde das erste der Pulverfässer gen Himmel geschleudert.

65

»Ich bin ... nicht tot?«, wunderte sich Dazen und öffnete die Augen. »Ich bin nicht tot!«

»Noch nicht«, sagte Orholam.

Dazen warf ihm einen finsteren Blick zu. »Nun ja, nach alldem, was ich gerade durchgemacht habe, ist das wahrlich kein besonders netter Scherz.«

»In anderen Reichen ist er witziger.«

Das machte die Sache für Dazen nicht besser. »Wenn du ›noch nicht‹ sagst, auf welchen Zeitrahmen beziehst du dich damit?«

Orholam schüttelte den Kopf.

»Ich meine, es kommt mir so vor, als sei ich drei Tage lang tot gewesen«, stellte Dazen fest.

Orholam zog eine Braue hoch.

»Ich nehme an, das habe ich dir zu verdanken? Dass ich am Leben bin, meine ich? Ich meine, im ganz konkreten Sinn, nicht im allgemeinen von ›Ich habe diese ganze Scheiße geschaffen, und das schließt folglich auch dich ein, besonders all das, was an dir scheiße ist‹.«

»Ich möchte, dass du dich nachher genau daran erinnerst«, sagte Orholam.

»Welches ›daran‹ meinst du denn? Daran, dass du mich gerettet hast, oder daran, dass ich dir gegenüber frech und unverschämt gewesen bin?«, hakte Dazen nach. »Ich fange schon wieder damit an, nicht wahr?«

Als sich der letzte Nebel der Schwärze zerstreute, der ihn umgeben hatte, bemerkte Dazen, dass der Turm, auf dem er kniete, jetzt nicht mehr von Blut, sondern von Wasser überflutet war. Und die gesamte Turmumhüllung aus schwarzem Luxin, die vom Blut bedeckt gewesen war, war verschwunden. Dazen kniete jetzt auf strahlend weißem Luxin, wie er es auf der anderen Seite des großen Spiegels des Erwachens gesehen hatte – ein ganzes, gewaltiges Gebäude aus jenem Luxin, das er so lange für eine mythische Farbe gehalten hatte.

»Bist du bereit weiterzumachen?«, fragte Orholam.

»Weitermachen?« Dazen drehte die Hände mit den Innenflächen nach oben. »Ich habe gedacht, das wäre jetzt meine Buße gewesen. Was, hat das denn nicht gezählt?«

»Es hat eine Menge gezählt.«

Dazen stieß hörbar den Atem aus. »Übrigens, vielen Dank«, sagte er und stand unter großen Mühen auf. Er war erschöpft.

»Gern geschehen.«

»Was kommt als Nächstes?«, fragte er. Der ersterbende Docht seines Lebens schwelte bereits auf seinem letzten Wachströpfchen. »Ich kann nur zwei Farben wandeln – wenn du Schwarz und Weiß denn ›Farben‹ nennen willst. Mann, hat mich das jetzt fertiggemacht.« Er blickte Orholam an. Dann sah er zum Turm hinunter. Dann wieder zu Orholam. »Das wird jetzt mein Tod sein, oder?«

»Nein, nein. Es ist vielmehr …«

»Ah, gut!«

»… eine gute Bußübung«, führte Orholam den Satz mit einem Nicken zu Ende. »Und bedeutet Leben für viele.«

Dazen runzelte die Stirn. »Du sagst das, als seien wir uns da irgendwie einig.«

»Promachos, schwarzes Luxin über die Hälfte der Satrapien hinwegzuschleudern ist eine fast tödliche und fast unmögliche magische Prüfung gewesen …«

»Ja! Das war es tatsächlich! Ich danke dir!«

»… die es dir erlaubt hat, genau das zu tun, was du tun wolltest.«

Darauf hatte Dazen keine Antwort.

»Eine unmögliche Magie mit aberwitzig geringen Erfolgschancen zu wirken und dadurch meine Feinde vernichten?«, fragte er. »Das ist genau das, was ich tue!« Also hatte er vielleicht doch eine Antwort.

»Getan hast«, berichtigte Orholam mit leiser Stimme. Es war der sanfteste Peitschenknall, den Dazen je vernommen hatte. Er hatte den Klang von Endgültigkeit.

Plötzlich überkam Dazen die sich allzu spät einstellende Einsicht, dass Orholam es gewohnt war, das letzte Wort zu haben.

Orholam fuhr fort: »Dein Wille oder deine Fähigkeiten standen hier nie in Zweifel, Dazen, daher ist eine solche Prüfung wohl kaum eine Prüfung, geschweige denn eine Bußübung.«

»Du willst mir also sagen, was *jetzt* kommt, wird erst wirklich schwer für mich werden«, begriff Dazen.

»Ja.«

»Als wäre das von eben so einfach gewesen«, maulte Dazen.

»Das eben zählt als eine Antwort auf deine größte Frage: ›Könntest du je wieder der Mann sein, der du einst gewesen bist?‹«

In einem Tonfall, der von einem Sohn seinem Vater gegenüber unangemessen war, knurrte Dazen: »Und was soll dann das, was jetzt kommt, beantworten?«

»Meine Frage lautet: ›Ist das der Mann, der du sein willst?‹«

Dazen drehte sich der Magen um, und Angst traf ihn wie kaltes Wasser, das ihm eisig die Kehle hinab und durch den Bauch lief und alle Glieder seines Körpers mit Zweifel erfüllte. Wie konnte eine solche Prüfung wohl aussehen? »Gerade wo ich angefangen habe, dich zu mögen«, sagte er. Sein Maulheldentum war nur ein dünner Überzug, aber in einer kalten Nacht ist ein dünner Mantel besser als gar keiner, und diese Nacht kam ihm in der Tat immer kälter vor, wie er so im Sturmwind von Orholams Blick dastand.

»Was willst du, das ich tue?«

»Berühre den Spiegel.«

Das habe ich bereits getan, dachte Dazen. Aber er war klug genug, es nicht auszusprechen. Konnte es sich gerade noch verkneifen. Er ging hinüber zu dem großen, glänzenden Ding, über dessen Oberfläche Sturzbäche von klarem Wasser strömten. Sie drohten, ihn mit sich zu reißen, als er näher trat. Aber er griff durch das Wasser hindurch und berührte das Metall.

Der Wasserstrom verebbte.

Und er sah sich selbst.

Hinter ihm sagte Orholam mit sanfter Stimme: »Sehet Dazen Guile, der sich für den Geringsten unter seinen Brüdern gehalten hat.«

Er sah sich selbst, und das Bild war im Sternenlicht scharf und klar. Er stand mit hängenden Schultern da, zwei Finger abgeschnitten, sein Eckzahn ausgeschlagen, die Wangen hohl vor Entbehrungen, sein Rücken trug die Striemen der Ungerechtigkeit und war durch mühselige Plackerei gebeugt. Vor den Ereignissen der letzten paar Jahre war er ein Mensch von großer Schönheit gewesen: muskulös, mit ausgeprägtem Kinn, breitschultrig und hochgewachsen, gelenkig und selbstbewusst, mit einem gewinnenden Lächeln und prismatischen Augen. Kein Wunder, dass sie ihn geliebt hatten. Sie hatten die fehlerlose Rinde des großen Mammutbaums gesehen, nicht die Fäulnis in seinem Inneren, die verdorrten Wurzeln, die nur auf den nächsten heftigen Wind warteten, um den ganzen Baum umzuwerfen. Er begutachtete sich – jetzt nur noch mit einem Auge, aber dieses eine Auge war leuchtend und klar.

Er hatte sich sein Leben lang versteckt. Jetzt versteckte er sich nicht mehr.

Sosehr er auch abgebaut hatte, war er doch nicht ohne alle Tugenden und Vorzüge, nicht einmal was seinen Körper betraf.

Er war noch immer groß, noch immer breitschultrig, und Kraft sammelte sich in sämtlichen seiner Glieder.

Er betrachtete, was zu betrachten er lange vermieden hatte, und jetzt war kein Detail mehr verborgen, keine Wahrheit verleugnet. Hier stand er im kalten Licht der Ewigkeit, und durch irgendeine Magie, die größer war als Chromaturgie, fiel alles, was jämmerlich, selbsterniedrigend, verurteilend und voller Hass war, vor seinen Augen von ihm ab wie die Schuppenhaut einer Schlange.

Er hatte hinter Orholams Maske des alten Propheten geblickt und etwas unendlich Faszinierendes und für sich Einnehmendes unter den Altersflecken, den tiefen Falten und den schiefen Zähnen des alten Propheten gesehen.

Und jetzt sah er etwas von der gleichen Schönheit in sich selbst, ein Bild des Göttlichen.

Das hier war Dazen Guile, mit den Augen der Barmherzigkeit betrachtet.

Und als ihm ungewollte Tränen in die Augen stiegen, begriff er, dass er – Wunder über Wunder! – wahrhaft herrlich war.

Unter allem, was er verabscheut hatte, war die ganze Zeit jemand verborgen gewesen, der der Liebe würdig war. Seine Augen waren einfach zu stark getrübt gewesen, um es sehen zu können.

Er richtete seinen Blick auf Orholam und konnte nun mehr von ihm in seiner Göttlichkeit sehen als zuvor. »Du ... du hast meinetwegen wirklich eine Menge Mühe auf dich genommen.«

»Mehr, als du ahnst«, erwiderte Orholam mit Nachdruck. »Und jetzt wirf deinen Willen in den Spiegel und mach dich an die Arbeit, die dir dein Sohn hinterlassen hat.«

»›Arbeit‹? Du sprichst von Magie? Ich habe gerade einen wahren *Vulkan* an schwarzem Luxin auf die Jasperinseln geschleudert. Ich habe alles Magische dort ausgelöscht. Bestimmt habe ich alles vermasselt, was Kip zu tun versucht hat.«

Mit ruhiger Stimme sagte Orholam: »Weißes Luxin kann durch schwarzes nicht besiegt werden.«

Dazen fielen tausend Gründe ein, warum das nicht zwangsläufig der Fall war, dann wurde ihm klar, mit wem er sprach. »Es ist wirklich frustrierend, mit dir zu rechten«, bemerkte Dazen.

»Das höre ich oft«, antwortete Orholam. »Mit dir ist es ganz genauso. Und, übrigens, beeil dich.«

66

Quentin war zu spät eingetroffen. Er hatte den ganzen Tag damit verbracht zu dienen: Zuerst hatte er Essen und Wasser herbeigeschafft, später hatte er sich um die Verletzten in den ärmsten Vierteln der Stadt gekümmert und die Sterbenden getröstet, wo er konnte. Während der ersten Stunde war er versucht gewesen, seine lächerlichen goldenen Gewänder abzustreifen. Aber einen reichen Luxiaten zu sehen, der sich erniedrigte, um zu dienen, hatte etwas, das nicht nur andere Luxiaten ermunterte, seinem Vorbild zu folgen, sondern das auch verängstigte Städter derart einschüchterte, dass sie ihm bei seinen Anstrengungen Beistand leisteten, wo immer er hinging.

Als ein einzelner Diener wäre er unsichtbar gewesen, doch in seiner Position hatte er Licht in Stadtviertel bringen können, die Hoffnung nötig hatten. Und so hatte er in seinen unbequemen Kleidern in Ruß, Schmutz und Blut seine Dienste geleistet – und sich dabei weder von Gefahr noch von Magie vertreiben lassen –, bis er jenen weißen Strahl gen Osten aufsteigen sah.

Er war sofort losgelaufen und hatte gebetet und gebetet, bitte nicht zu spät zu kommen.

Er kam zu spät.

Der Verräter war bereits von Orholams Blendblick heruntergenommen worden, und eine blonde Adelsfrau hielt weinend seinen Leichnam in den Armen.

Die Menge auf dem Platz war groß, zornig, verwirrt und verängstigt. Sie waren Zeugen einer Magie gewesen, wie sie sie noch niemals gesehen hatten – wie noch niemand je eine gesehen hatte. Aber der Mann, der das vollbracht hatte, war tot, und die Stadt wurde immer noch angegriffen. Es schien, als hätte sich mit so viel Magie eigentlich alles ändern sollen, aber letztlich hatte sich nichts geändert.

In Windeseile hatte sich Schwärze über die ganze Stadt ausgebreitet, als betraue selbst das Licht den Toten und als habe es sie mit seinem Dahinscheiden im Stich gelassen. Aber dann war auch das wieder vorbei gewesen, und nichts hatte sich geändert, es sei denn zum Schlechteren: Alle hatten erwartet, dass sich die Blutröcke bei Anbruch der Nacht zurückziehen würden, und stattdessen hatten sie ihre Anstrengungen verdoppelt.

»Bist du jetzt endlich fertig?«, fragte Zymun.

Dann sah Quentin die Frau, als sie in tränenüberströmtem Zorn das Gesicht hob, und all seine schlimmen Vorahnungen wurden bestätigt. Es war Tisis Guile. Was bedeutete, dass der Leichnam, den sie in den Armen hielt, Kip war.

Quentin drängte sich durch die Menge, wobei ihm sein schmalschultriger Körperbau und seine kostbare Kleidung halfen, die einige Menschen automatisch beiseitetreten ließ.

Er bekam nicht mit, was Zymun als Nächstes sagte, aber die kurzen Blicke, die Quentin auf das hämische Gesicht des Prismas werfen konnte, verrieten ihm, dass es etwas Grausames war. Zymun hörte mit seiner Litanei auch nicht auf, als Quentin ihm nun immer näher kam, verhöhnte Tisis mit einer solchen Verachtung, dass sich selbst einige der Lichtgardisten unbehaglich zu fühlen schienen.

»… meine Liebe. Du weißt, wir haben in der Familie Guile die Tradition, unsere Huren untereinander herumzureichen. Meine eigene Mutter ist vom Bett meines Onkels in das meines Vaters geeilt, sobald sie herausgefunden hatte, wer von beiden ein Sieger war. Manche Leute würden das vielleicht ein liederliches oder opportunistisches Verhalten nennen. Aber sind das nicht schreckliche Worte über eine Frau in einer so gefährdeten Position? Sie hat einfach das Beste daraus gemacht, nicht wahr? Und schau mal! Jetzt ist sie die Weiße, und ihre zuchtlosen frühen Tage sind überhaupt kein Thema mehr. Und ich? Ich nenne eine Frau wie sie keine treulose Hure, ich nenne sie pragmatisch. Außerdem, wer will schon das Bett eines Verlierers teilen? Du solltest dir überlegen, es vielleicht mal mit ihrer Methode auszuprobieren: herausfinden, wie es ist, ausnahmsweise mal von einem Sieger gefickt zu werden. Vielleicht ja heute Nacht? Ich kann dir versprechen, dass du dich bei Morgengrauen schon gar nicht mehr an Kips Namen erinnern wirst. Ja, du wirst dich vielleicht nicht mal mehr an deinen eigenen erinnern.«

Er warf einen Blick in die Runde seiner Männer, und verspätet lachten die Lichtgardisten – Speichellecker, die sie waren. Einige von ihnen gaben stattdessen freilich nur ein verlegenes Kichern von sich, wie Männer, die plötzlich begriffen, dass sie in etwas hineingeraten waren, das viel schlimmer war als alles, womit sie gerechnet hatten.

Tisis stürzte sich auf Zymun und schrie zusammenhanglose Verwünschungen.

Er schlug ihr mit voller Wucht ins Gesicht, als hätte er genau darauf gewartet.

Dann beugte er sich zu ihr vor, gerade als Quentin endlich in der vordersten Reihe angekommen war.

»Vorsichtig, Süße. Ich will diesen jämmerlichen Angriff dir zuliebe als feurig beseelt, oder wie immer du es nennen willst, einstufen. Es ist eben mit dir durchgegangen. Aber wenn du so etwas noch mal machst, nenne ich es Hochverrat. Und du hast gesehen, was ich mit Verrätern mache.« Er drehte sich um. »Also, was passiert jetzt da oben auf meinem Turm?«

Aus Tisis' Nase strömte Blut, doch sie stemmte sich auf Hände und Knie hoch.

Direkt vor ihr trat ein Lichtgardist von einem Fuß auf den anderen. Er legte die eine Hand auf seine Hüfte und bauschte seinen Umhang um die Stelle herum, wo seine Pistole verstaut war. Dabei entsicherte er sie mit dem Handrücken, so als geschehe es rein zufällig. Er räusperte sich, um das Geräusch zu übertönen, und wandte den Blick ab.

Zymun stand mit dem Rücken zu ihm, und die Lichtgardisten drehten sich nun in seine Richtung, um sich auf den Rückweg zur Chromeria zu machen.

Tisis sprang auf und schnappte sich die Pistole aus dem Gürtel des Lichtgardisten. Sie richtete deren Lauf auf Zymuns Hinterkopf, der keinen Schritt von Tisis entfernt war.

Aber das hintere Ende eines Speers blitzte zwischen ihnen auf und schleuderte die Pistole gen Himmel. Und im nächsten Moment hatte der Träger des Speers – Aram, der Hauptmann der Lichtgarde – Tisis auch schon umklammert, seinen Speer unter ihrem Hals, würgte sie.

»Hochverrat!«, rief Aram.

Mehrere der anderen Lichtgardisten fielen in den Ruf ein. Das Ganze erweckte den Anschein einer schlecht einstudierten Choreografie. Die Menschen auf dem Platz wirkten einfach nur entsetzt.

»Herr!«, sagte Aram mit lauter Stimme. »Was sollen wir mit dieser Verräterin anstellen?«

Zymun griff sich ans Herz, als sei er schwer verwundet. »Nein, nein, nein. Tisis, warum?!« Er senkte die Stimme. »Danke, dass du mir diesen Vorwand geliefert hast, meine Liebe. Ach, und nur damit du es weißt – diese Pistole ist nicht einmal geladen gewesen. Du dummes, dummes Mädchen.« Er wandte sich wieder der Menge zu. »Der Blendblick ist zu grausam für diese arme Frau. Und ich sollte nicht warten, bis sie die gerechte Strafe ereilt. Wer weiß, was vor dem morgigen Tag alles noch passieren mag? Bindet ein Seil oben um den Blendblick und knüpft sie auf. Auf der Stelle.«

»Nein!«, rief jemand aus der Menge.

Zymun lief dunkelrot an. »Was? Ihr habt gesehen, was sie gerade zu tun versucht hat! Sie hat versucht, mich umzubringen!«

»Gnade, Herr, Gnade!«, rief jemand.

Andere griffen den Sprechgesang auf.

»Genug!«, schrie Zymun. »Für wen zum Teufel haltet ihr euch? Ich bin der Hohe Lord Prisma Zymun Guile. Ich bin unberührbar. Unbesiegbar. Wer es wagt, die Hand gegen mich zu erheben, wird sterben! Und jeder, der etwas anderes sagt, wird das Schicksal dieser Verräterin teilen. Der Nächste, der nach Gnade ruft, wird neben ihr hängen. Das schwöre ich!«

Die Menge verstummte entsetzt. Ein junger Mann trat vor, als wolle er seine Stimme erheben – aber seine Familie packte ihn, und jemand schlug ihm die Hand über den Mund.

»Worauf wartet ihr noch?«, blaffte Zymun. »Hängt sie!«

Die Lichtgardisten traten verlegen von einem Fuß auf den anderen. »Herr, wir ... wir haben kein Seil. Alle derartigen Vorräte sind für die Barrikaden verwendet worden. Wir ...«

Zymun bedachte sie mit wilden Flüchen. »Niemand hat ein Seil? Mit Sicherheit muss doch irgendjemand hier ein Seil haben! Und irgendwer soll mir eine Muskete geben. Nein, nein, eine Donnerbüchse. Wir Guiles lassen uns nicht so leicht umbringen, und ich muss ganz sichergehen, was meinen Bruder betrifft.«

Quentin war klar, dass ihm niemand ein Seil anbieten würde, selbst wenn er über eines verfügen sollte.

Einem spontanen Impuls folgend, trat er unvermittelt selbst vor. »Herr! Hoher Lord Prisma, ich habe kein Seil, aber ... ich habe diesen guten, starken Gürtel.«

»Dann her damit. Auf mich wartet Arbeit.«

Quentin machte sich daran, sich seinen Seidengürtel vom Leib zu schlingen. Er sagte: »Ich muss eine Beichte ablegen, Hoher Lord Prisma. Da Ihr jetzt das Oberhaupt unseres Glaubens seid, ist es mir verboten, Geheimnisse vor Euch zu haben. Das Hohe Magisterium hat diesen Grundsatz allzu lange missachtet. Mit Gavin Guile haben wir ...«

»Ach komm schon, beeil dich«, unterbrach ihn Zymun. An einen Lichtgardisten gewandt, fuhr er fort: »Diese Donnerbüchse dort. Sie ist doch geladen, ja?«

»Lord Prisma«, sagte Quentin mit lauter Stimme, »auf Befehl des Promachos und der Weißen bin ich mit den Vollmachten eines Luxors ausgestattet worden.«

»Ein Luxor?«, fragte Zymun.

»Ja, Herr. Meine heilige und bis jetzt *geheime* Pflicht besteht darin, allen Unrat in der Chromeria auszumerzen.«

»Gut, gut«, erwiderte Zymun und überprüfte den Zündstein. »Ich kann Euch auf jeden Fall genügend Arbeit verschaffen, um ...«

Mit einem Tonfall von Entschiedenheit und Autorität, wie ihn Quentin noch nie in seiner eigenen Stimme vernommen hatte, verkündete er: »In den Augen Gottes und des Magisteriums seid Ihr, Herr, solcher Unrat.«

»Wie bitte?«, fragte Zymun und schaute auf, eher überrascht als empört.

Keiner der Lichtgardisten hatte daran gedacht, eine Muskete auf den kleinen und verweichlicht wirkenden jungen Mann in den kostbaren Gewändern zu richten, der ihnen seine Hilfe angeboten hatte. Seine beiden Hände hoben sich, und die beiden Abzugshähne der teuersten Pistolen, die man für Geld kaufen konnte, wurden ausgelöst.

Sie feuerten gleichzeitig und rissen Zymun den halben Kopf weg.

Beide Pistolen hatten geschossen. Ilytanische Handwerkskunst. Das war schon etwas Bewundernswertes. Die Ilytaner stellten wirklich gute Pistolen her.

67

Dieses Mal stellte sich die Magie mühelos ein. Sie fiel über Dazen her wie flüssiges Glück und breitete sich in ihm aus, als sei er ein Verhungernder, der einen reifen Pfirsich isst, sich den Saft von den Fingerspitzen leckt und sich an der Süße der Frucht ergötzt.

So wie ihn das Schwarz wie einen marschierenden Gefangenen bis an den Rand des Todes geführt hatte, befreite ihn das Weiß und erfüllte ihn mit neuer Kraft. Schon wenige Augenblicke nachdem er begonnen hatte, aus dem Brunnen zu seinen Füßen zu trinken, war es ihm, als habe er eine ganze lange Nacht in einem Federbett geschlafen und sei nun in einer sanften Morgendämmerung erwacht, seine Braut warm neben ihm, während ihm der Duft eines köstlichen Frühstücks in die Nase stieg.

Weißes Luxin war Orholams freundliche Wertschätzung der Welt.

Wie haben wir das nur verloren? Wie haben wir uns das nur entgleiten lassen können?

Als erwache nun dieser Schläfer und rekele sich, streckte Dazen genüsslich seine Magie nach der Chromeria aus, und die Schmerzen, die mit diesem Ausstrecken verbunden waren, waren Schmerzen, die seinen Körper verließen. Gleißendes Weiß strahlte von ihm bis zum Horizont und über den Horizont hinaus, hin zu seinen geliebten Inseln, seiner geliebten Frau und zu all den vielen anderen, die er dort liebte. Es war ein großes Geschenk – ein Privileg! –, ein solches Licht zu bringen.

Dazens Wille brannte weiß durch die Dunkelheit, über die

Wasseroberfläche hinweg, als verfolge er die Linie aus weißem Luxin, die Kip da auf ihn zugeworfen hatte, zu ihrem Ursprungsort zurück.

Als er zurückraste, spürte er das Flüstern des Willens in dem dahinschwindenden weißen Luxin, das Kip zu ihm hingeschleudert hatte. War es ein Gebet? Verzweiflung? Aber da das Luxin in Auflösung begriffen war, war über diese Entfernung hinweg keine Botschaft verständlich. Dazen schlug das Herz höher. Es war Kips Wille, Kips Stimme!

Kip lebte?!

Aber dann begriff er, dass das, was er jetzt spürte, was mit jeder Meile, die sein Wille näher herankam, immer klarer und klarer wurde, nur das letzte Echo der Stimme seines toten Sohnes war – so wie das Aufblitzen einer fernen Kanone dem Geräusch des Schusses voraneilt. Und doch griff er verzweifelt danach, versuchte mit aller Kraft zu verhindern, dass ihm dieses eine noch vorhandene Überbleibsel von Kip verloren ging.

Die Botschaft wurde erst klar, als sich Dazen den Jasperinseln selbst näherte.

»*Bitte! Gott! Bitte, lass jemanden vollenden, was ich ...*«

Und das war alles. Immer schwächer werdend, waren die Stimme und der Wille, der sie getragen hatte, verhallt und dahin.

Dazen hatte gerade die letzten Worte seines Sohnes gehört.

Und nun zerfielen auch die letzten feinen Fasern dieser Magie, sodass auch diese Botschaft verloren war. Aufs Neue beraubt, brach sich Dazens Wille eine Bahn durch den noch immer qualmenden Spiegel hindurch, den der Sklavenjunge Alvaro einst beschädigt hatte, und erstreckte sich von dort in das ganze System der Spiegel hinein.

Kip war fort – tot und sein Leichnam inzwischen aus dem Blutgerüst für die Hinrichtungen herausgenommen und aus dem Griff der Spiegel befreit. Keine Spur von lebendem Willen war verblieben, aber das Luxin, das er gewoben hatte, war noch nicht ganz zerfallen, auch wenn es sich von Sekunde zu Sekunde weiter zersetzte.

Was hast du da im Schilde geführt, Sohn?

Es musste irgendwie mit der Spiegelsteuerung zusammenhängen, aber Kip hatte die größeren Spiegel nicht von sich selbst abgewandt – wie das jeder vernünftige Mensch versucht hätte, der auf Orholams Blendblick zu Tode gebraten wurde. Warum nicht?

Doch da waren sieben verblassende Streifen, wie schwach wahrnehmbare Pfeile aus Chi und weißem Luxin. Und dann waren auch sie verschwunden.

Und nun war rein gar nichts mehr von Kip übrig.

Vollende, was ich begonnen habe? Was hast du da …?

Sieben Pfeile. Sieben unterschiedliche Richtungen: Wenn Dazen die Linien verlängerte, dann zeigte jeweils eine auf jede der sieben Satrapien.

Die nächste war der Blutwald. Dazen folgte dieser Linie sofort, als weise ihn ein Pfeil in die richtige Richtung. Und dort fand er seine Antwort: Auf einmal stand dort ein großer Spiegel, an einer Stelle, wo nur wenige Monate zuvor noch kein großer Spiegel bekannt gewesen war.

Dazens Wille sprang zurück, um der nächsten und dann der übernächsten Linie zu folgen.

Jede einzelne Linie von Kips Magie zeigte auf einen großen Spiegel. Einige von ihnen waren vergraben, die meisten vergessen, und nur die beiden in Ru und in Apfelhain waren voll funktionsfähig.

Aber warum?

Und wie dem auch sei, welchen Nutzen hatten Spiegel bei Nacht?

Und dann, als Dazen die Spiegel erkundete, fand er die Antwort auch auf diese Frage. Jeder Spiegelturm enthielt in seinem Inneren oder unter sich eine Art merkwürdiges Speicherbecken, gefüllt mit etwas wie flüssigem Luxin in seiner eigenen Farbe. Der große Spiegel von Tyrea vor den Toren von Rekton war randvoll mit Infrarot, in einem Schrein nahe von Idoss war Rot gespeichert, im großen Spiegel von Ru lagerte Orange, der des Blutwaldes enthielt Gelb, der von Melos — einst Hauptstadt des alten vereinigten Königreichs, das die größten Teile von Ruthgar und des Blutwaldes umfasst hatte — enthielt Grün, der von Paria Blau und der von Ilyta Ultraviolett.

Aber warum sollte Kip nach mehr Licht suchen, während er gerade dabei war, an zu viel Licht zu sterben?

Weil er es nicht für sich selbst gesucht hatte.

Kip hatte sein Leben hingegeben, im Bemühen, seinen Freunden Licht zu bringen, die es benötigen würden, um in der Dunkelheit kämpfen zu können. Seit es Nacht geworden war, hatten die Wandler der Chromeria keine Quelle zum Wandeln mehr — aber hier gab es ein Netzwerk von Spiegeln und Lichtbrunnen, die sich überall auf der Welt befanden, mit jeder Farbe, die die Verteidiger benötigten.

Eine Farbquelle in jeder der Sieben Satrapien, und Dazen selbst stand auf einer unermesslichen Quelle von Weiß. Sie war wie die Achse eines Rades, um die sich all die anderen Farben drehten.

Kip hatte den Weg gewiesen. Kip hatte das Webmuster entdeckt, das so lange vergessen gewesen war, aber nur Dazen konnte seinen Willen so weit hinauswerfen, dass er den Teppich fertigweben konnte, den Kip zu knüpfen begonnen hatte.

Die Herausforderung, auch nur den Turm eines einzigen großen Spiegels aus seinem riesigen Versteck unter der Erde aufsteigen zu lassen, hätte jeden Wandler auf der Welt mutlos gemacht. Allein Dazen verfügte — vielleicht — über die Kraft, sie alle emporzuholen.

Und so machte er sich an die Arbeit.

Er lenkte seinen Willen zuerst zum einfachsten Fall, dem Spiegel in Ru an der Spitze der dort befindlichen riesigen Pyramide, und dann band er diesen großen Spiegel an seinen Willen.

Er spürte, wie sich der Spiegel drehte und dann erzitterte, als er die richtige Stellung eingenommen hatte, als sei er genau für das hier geschaffen worden, als sei der Spiegel in seiner altgewohnten Position eingerastet – und dann spürte Dazen, wie der Spiegel Verbindung aufnahm. Nicht mit Dazen, sondern mit dem großen Spiegel direkt hinter Dazen.

Natürlich.

Dergestalt wieder in sein uraltes Netzwerk von Spiegeln eingebunden, leuchteten auf der Oberfläche der großen Pyramide von Ru, unter ihren herrlichen Wasserfällen und stufenförmigen Gärten, plötzlich orangefarbene Runen und vorzeitliche Muster auf. Dazen hörte, wie sich Angstschreie in Freudenrufe wandelten, als die Bewohner von Ru aus ihren Häusern traten, um dieses Wunder in Augenschein zu nehmen. Aber er hatte keine Zeit, sich mit ihnen zusammen darüber zu freuen. Er war bereits weitergezogen.

Der große Spiegel nahe Apfelhain im Blutwald war von Kip bereits aus dem Untergrund gehoben und aufgestellt worden – aber an seinen Fundamenten spielten gerade Kinder, direkt dort, wo sich die Zahnräder bewegen mussten. Sie könnten zermalmt werden, wenn Dazen die Zahnräder ohne Vorwarnung in Gang setzte.

Er schüttelte den großen Spiegel, bewegte ihn zunächst nur ein kleines Stückchen. Es ließ mehrere der Kinder zu Boden purzeln.

Dann zog Dazen weiter. Er würde zurückkommen.

Vor den Ruinen von Kips Heimatdorf Rekton fand er, in Sichtweite der Getrennten Felsen, eine umgestürzte Statue, vielleicht des Kriegerpriesters Darjan aus dem alten tyreanischen Reich. Sie hatte einst die Position des Spiegels markiert und bewacht. Dazen begriff, dass zumindest manche der großen Spiegel älter als Lucidonius waren, älter noch als die neun Königreiche, die Lucidonius erobert hatte. Sie waren mindestens so alt wie das alte tyreanische Reich, also fünfzehnhundert bis dreitausend Jahre alt.

Jetzt schien die zerfallende Statue nichts anderes mehr als einen

Orangenhain zu bewachen, doch noch immer stieg ein träger Paryl-Nebel aus dem Boden direkt unter ihr empor. Das Erdreich erbebte, als Dazen es berührte, und ein Wölkchen Ultraviolett gesellte sich zum Paryl, was es ihm erlaubte, sich immer tiefer durch den scheinbar festen Untergrund zu schieben.

Er sammelte eine der immer dicker werdenden Farbfasern nach der anderen in seinem Griff, als handele es sich um die einzelnen Stränge eines Seils. Und sobald er alles in seiner Hand hatte, hievte er das Ganze himmelwärts.

Die Erde öffnete sich, Baumwurzeln barsten, und inmitten einer Fontäne aus Dreck schoss ein Türmchen in die Höhe.

Dazen lachte auf, als sich die Magie durch ihn hindurch ergoss.

Voller Verwunderung und Ehrfurcht warf er einen Blick auf Orholam neben ihm, und sah, wie auch er erfreut und aufmunternd lächelte: »Mach weiter!«

Dazen stürzte sich erneut in seine Tätigkeit. Er hatte seine alte Kraft wiedergefunden, verdoppelt und verdreifacht. Er fühlte sich mächtig und kraftstrotzend, so lebendig wie seit Jahren nicht mehr. Er hatte die Freude am Wandeln wiedergefunden. Es war, als sei er, nachdem er lebendig begraben gewesen war und währenddessen so flach wie irgend möglich geatmet hatte, nun plötzlich aus seinem Erdgefängnis ausgebrochen und habe den tiefsten Atemzug seines ganzen Lebens genommen. Er war stark.

Nein, »stark« war viel zu schwach. Er verfügte über die ganze Macht eines Titanen.

Eine gewaltige Scheibe schoss in die Lüfte empor, und dann vibrierte sie, mit einem magischen Puls, der geschlafen und nur auf diesen Augenblick gewartet hatte, und all der Schmutz und Schutt langer Zeitalter fiel von ihrer Oberfläche, sodass sie nun so klar und strahlend glänzte wie an dem Tag, an dem sie angefertigt worden war. Auf geschützten Zahnrädern und unzersetzlichen Riemen, mit Hilfe von Luxin und getränkt mit altem Willen, schwenkte der Spiegel herum, um Dazens Ruf zu beantworten.

Und wieder jagte sein Wille davon. Hin zu einem verlassenen Tempel, oben auf dem hoch aufragenden Felsturm des Roten Kliffs vor den Toren von Idoss.

Dann ging es weiter zu einem Hochtal zwischen den runden Hügelkuppen der grünen Berge von Ilyta, wo der ultraviolette Spiegel an einem Flussufer vergraben worden war. Räuber hatten auf diesem verbotenen Gelände einst ihr Lager aufgeschlagen, und inzwischen war dieses Lager zu einem ganzen Dorf geworden. Wenn er diesen Spiegel ohne Vorwarnung aus dem Boden hob, würden Häuser zerstört werden und womöglich Unschuldige – die entführt worden waren, um sie zu versklaven oder Lösegeld für sie zu fordern – oder sogar Kinder zu Tode kommen.

Dazen ließ die Erde heftig erbeben, wirkte einen Unheil ankündigenden Zauber und zog weiter.

In Paria lag der blaue Spiegel unter einsamem, ebenem Wüstensand verborgen. In der Nähe lagen zwei gewaltige steinerne Beine, denen der zugehörige Rumpf fehlte. Eine Bodenfläche aus Ziegelwerk öffnete sich reibungslos an jahrhundertealten Angeln, die mühelos auch noch eine halbe Sanddüne mitnahmen, und der Spiegel erhob sich.

In Ruthgar stieg der grüne Spiegel mitten aus dem Zentrum eines großen Monolithen auf, der die grünen Grasfluren vor den Toren der einstmals großen Stadt Melos überragte, und versetzte eine Herde von Eisenbullen in wilde Flucht.

Dann kehrte Dazen zum Blutwald zurück. Hier bemerkte er zum ersten Mal, dass, auch wenn seine sprudelnde Quelle an weißem Luxin womöglich grenzenlos war, seine eigene Ausdauer doch durchaus ihre Grenzen hatte. Er blinzelte und fragte sich, wie lange es wohl her war, dass er zum letzten Mal geblinzelt hatte.

Die Kinder hatten sich zerstreut. Manche blickten immer noch aus einiger Entfernung zum Spiegel herüber. Sie klammerten sich an einen wachsamen jungen Mann, in etwa in Kips Alter, als sei er ihrer aller Vater. Es war ein sicherer Abstand.

Dazen wusste nun, was er zu tun hatte, und er schob den großen Spiegel in seine Position. Dieser Spiegel war jedoch von einer unterschiedlichen Machart, von anderen Menschen in einer anderen Zeit hergestellt; ein Spiegel, den spätere Eroberer für sich beansprucht und nachgerüstet, aber nicht durch einen neuen ersetzt hatten.

Dieser Spiegel war mit seiner Umgebung verbunden, war irgendwie etwas Gemeinschaftliches. Er kommunizierte mit … Bäumen? Dazen spürte, wie sich Wurzel mit Wurzel verständigte, und sein Wille wurde von diesem Spiegel zu anderen weitergetragen, tiefer in den Wald hinein, den ganzen Weg bis nach Dúnbheo und Grünhafen und hin zu weiteren, kleineren Spiegeln. Es war indessen kein Netzwerk auf Luxin-Basis, daher konnte Dazen all diese Spiegel nicht auf direktem Weg emporsteigen lassen.

Stattdessen lenkte er den ersten Spiegel in Richtung der anderen – und sie antworteten! Die großen Spiegel von Dúnbheo und Grünhafen brauchten nicht emporgehoben zu werden; sie waren erst gar nicht im Untergrund verborgen worden. Einige der kleineren Spiegel waren zerbrochen, Knotenpunkte im Netz, die nur noch in der Erinnerung fortlebten, aber andere hatten geschützt in den Stämmen großer Bäume überdauert. Nun griffen Wurzeln aus, die zusammengerollt gewesen waren, und andere, ausgestreckte, zogen sich zusammen. Ohne jedwede Zahnräder arbeiteten die Wurzeln der Bäume zusammen wie Gelenkbänder und Muskeln, und auf diese Weise wuchteten sie mehrere Dutzend über die Satrapie verteilte Spiegel in die richtige Stellung.

War dies das Werk irgendeines Reiches, von dem Dazen noch nie etwas gehört hatte? War es die Magie der Pygmäenvölker?

Aber da war keine Zeit, dieses Wunder genauer zu untersuchen oder auch nur darüber zu staunen. Dazen spürte, wie sein Körper nach Luft rang, wie ihn seine eigenen Kräfte überstrapazierten.

Dazen wandte sich wieder Ilyta zu, wo einige Menschen das Weite gesucht hatten, andere aber näher herangetreten waren, ihre

Musketen und Langmesser in Händen. Räuber, wie Dazen hoffte. Aber vielleicht auch nur die Söhne von Räubern, die einfach versuchten, ihr Zuhause gegen etwas zu verteidigen, das andere mit nackter Panik erfüllte.

Wie auch immer, es waren tapfere Leute.

Dazen ließ den Erdboden ein weiteres Mal erbeben. Eine letzte wortlose Warnung an Menschen, die sogleich in einem Krieg sterben könnten, von dem sie nicht einmal etwas wussten.

Einige ergriffen die Flucht, andere jedoch hielten die Stellung. Sie schüttelten ihre Speere, als würde da irgendein Ungeheuer zwischen ihren Häusern herumstapfen. Ihr Narren, ihr habt eure Häuser mitten auf dem Ungeheuerlichen erbaut. Sie wie auch wir. Die Feiglinge, die davongerannt waren, würden am Leben bleiben, während die Tapferen starben.

Dazen konnte nicht noch länger warten.

Häuser wurden auseinandergerissen und stürzten ein, die Erde riss auf, ein Turm schoss gen Himmel, und dann schlitzte sich der ultraviolette Spiegel seine Bahn mitten durch das Dorf hindurch. Die Tapferen fielen, und der Schutt ihrer eigenen Häuser zermalmte und begrub sie.

Er kehrte ruckartig in seinen eigenen Körper zurück und taumelte.

Nein, noch nicht, er war noch nicht fertig. Er hatte sich sieben Farben angeeignet, aber es gab neun. Er versank tief im Spiegel, um nach den fehlenden beiden letzten zu suchen, fand jedoch nur eine einzige Spur: einen Gottesbann oben auf der Spitze des Höllenberges, sehr, sehr weit im Westen, der wie die Sonne pulsierte. Seine Hänge waren von den verbrannten Gebeinen all jener übersät, die sich ihm zu nähern gewagt hatten, die versucht hatten, ihn für sich in Besitz zu nehmen. Aber es war dort kein Spiegel oder Lichtbrunnen für jenen großen Chi-Gottesbann zu finden und auch nirgendwo sonst. Nicht anders verhielt es sich mit Paryl. Selbst dem Erdfindungsreichtum der Wandler alter Zeiten war es nie gelungen, sich jene Farben gefügig zu machen.

Kein Wunder, dass die Chromeria diese Farben immer gefürchtet hatte. Licht kann nicht in Ketten gelegt werden, fürwahr. Zumindest nicht alles Licht. Das Mysterium entschlüpft uns immer.

Nun, am Ende seiner Suche angelangt, kehrte er erneut in seinen Körper zurück.

Er fühlte sich beunruhigend wohl, doch er wusste, dass es inzwischen ein falsches Gefühl von Stärke war. Er hatte mit der Kraft von tausend Männern Gewichte gehoben, aber seine Muskeln drohten ihm jetzt jede Sekunde ohne Vorwarnung den Dienst zu versagen.

Die ganze Sache konnte nur einige wenige Minuten beansprucht haben, denn noch während er jetzt in der lieblichen Nachtluft um Atem rang, konnte er spüren, wie die großen Spiegel in der Ferne ihre Bewegung beendeten, noch immer damit beschäftigt, ihre Strahlen auf den großen Spiegel hinter Dazen einzustellen.

Und dann, als er mehr Kraft unter seinen Händen hatte, als sie vielleicht je ein einzelner Mensch innegehabt hatte, begriff er, dass er wahrhaft zutiefst in der Scheiße saß.

Der Spiegel des Erwachens begann sich zu drehen und trübte sich dabei ein. Sein Gewicht ruhte auf nichts, was Dazen hätte erkennen können; da waren mehrere unsichtbare Achsen. Sein Drehgeräusch erfüllte die Luft, und der Wind peitschte über ihn hinweg.

Dazen spürte, wie sich die Lichtbrunnen unter jedem der sieben großen, weit über die Satrapien verstreuten Spiegel langsam entkorkten wie Sektflaschen, die durchgeschüttelt worden waren. Sie würden vollkommen reines Licht in ihrem jeweiligen Spektrum ausstrahlen und im Takt mit jeder Drehung des großen Spiegels hinter Dazen pulsieren. Auf diese Weise könnte Dazen, praktisch gleichzeitig, Licht aus jedem Kreissegment der Sieben Satrapien zu jedem anderen Punkt lenken – und zu so vielen Punkten, wie er wollte.

Er kontrollierte mit seinem Willen so viel Kraft, die er verteilen konnte, wie er nur zu hoffen vermochte. Aber ein so schönes Gefühl das auch sein mochte, er war verdammt noch mal fast tot. Weiß zu wandeln war wie einen Hang hinabzurennen – es erforderte scheinbar keinerlei Anstrengung, solange einem nicht die Füße unter dem Leib wegrutschten. Ihm so viel Kraft zu geben war, wie diesem Bergabrennenden einen heftigen Stoß in den Rücken zu versetzen.

Er hatte vollbracht, was keinem anderen Wandler hätte gelingen können. Kein anderer Wandler auf der Welt hätte so viel Magie bewältigen können. Kein anderer Wandler hätte seine Magie über einen so großen Raum hinweg erstrecken können. Mit der einen Ausnahme von Kip, hätte kein anderer auch nur einen jener Türme allein aus dem Erdboden aufsteigen lassen können.

Und er hatte fünf aufsteigen lassen.

Aber jetzt? Selbst wenn er mit dem Licht würde umgehen und die benötigten Farben, seiner Farbenblindheit zum Trotz, irgendwie würde *fühlen* können, selbst wenn er es länger als nur einige weitere Sekunden überleben konnte, über so viel Macht zu verfügen, war die Chromeria doch weit weg hinterm Horizont. Die Spiegel selbst konnten in ihren alten Positionen einrasten, um einander zu finden, aber es würde einer ganz unmöglichen Feinarbeit bedürfen, einen einzelnen Feind auf der Insel ins Visier zu nehmen oder die dortige Steuervorrichtung der Spiegel an sich zu reißen und selbst von ihr Gebrauch zu machen.

Dazen konnte von hier aus keine Wichte niederstrecken. Er hatte die Macht der Gottesbanne über die Magie gebrochen, doch er konnte diese schwimmenden Inseln nicht von hier aus bekämpfen, konnte ihre Magie nicht aufheben und all die Wichte ertränken. Nicht von hier aus.

Er konnte die Chromeria nicht retten.

Er war ein Läufer, der in der letzten Runde zusammenbrach und darum bettelte, dass ihn jemand über die Ziellinie trug.

Ohne jede Vorwarnung schäumten die so lange gefangen gehaltenen Farben plötzlich in die Höhe und befreiten sich. Dazen wusste sich nicht anders zu behelfen, als sie alle gen Chromeria zu werfen. Zuerst sprudelten sie wild über den Himmel, aber dann zwang er sie wieder in einen kompakten Strahl zurück. Ein letzter Akt des weißen Willens.

In dem sich nun verdichtenden Farbennebel spürte er den Sog eines Strudels, der ihm einen Punkt gab, den er anzielen konnte. Da war ein antwortender Wille, irgendein verzweifelter oder genialer Wandler, der den intuitiven Impuls gehabt hatte, jetzt, mitten in der Nacht, nachdem die Flutwelle aus schwarzem Luxin den Himmel frei gemacht hatte, in die Spiegelsteuerung des Prismas zu steigen.

Vielleicht bestand doch noch etwas Hoffnung ...

Dazen spürte, wie die Farben mit einem Mal förmlich aufgesaugt wurden. Eine, zwei, drei, vier, fü... sie alle!

Ein Vollspektrum-Polychromat.

Ein Mann – ja, es fühlte sich an wie ein Mann – von unterweltlicher Kraft und mit dem Willen eines Titanen.

Über den gewaltigen Raum hinweg, der zwischen ihnen lag, griffen ihre Willen ineinander wie die Zahnräder, die die großen Spiegel aus dem Untergrund gehoben hatten, und ohne ein Wort erkannten sie einander.

Vater.

Dazen?

Dazen spürte, wie eine schockartige Welle des Abscheus durch all seine Glieder schoss. Die Zahnräder kamen knirschend zum Stehen.

Sein Vater – und seit wann war Andross denn ein Vollspektrum-Polychromat? –, sein Vater wollte, dass er ihm die Kontrolle über die Spiegelsteuerung übereignete.

Einerseits war genau das offensichtlich die einzige Lösung. Andross befand sich dort. Und von ihm abgesehen niemand sonst. Wer sonst konnte die Magie beherrschen? Wer sonst verfügte über den nötigen Willen und die Konzentration und die reine, innere Kraft und Standhaftigkeit?

Aber zugleich bedeutete es ein Grauen, das unmöglich hinzunehmen war.

Wenn er seinem Vater diese Macht überließ, würde Andross Guile als derjenige gelten, der alle rettete. Er würde als der Lichtbringer gefeiert werden. Wenn Dazen ihm diese Möglichkeiten gab, wäre alles entschuldigt, was Andross je getan hatte. Vergeben. Nein, nicht einfach nur vergeben, es würde gerühmt und gepriesen werden.

»Kinder zu ermorden? Das muss ungeheuer schwer für ihn gewesen sein!«

»Jaja, sicher, aber er ist um so viel weiser gewesen als wir Übrigen. Er hat gewusst, was notwendig war, um die Welt zu retten. Er hat das für uns getan. Er war ein Mann mit Weitblick. Ein *großer* Mann, entschlossen, das zu tun, was um uns aller Übrigen willen nötig war. Ein Held.«

Alles in Dazen schrie laut *Nein!*

Jeder andere, nur nicht er!

Zornestränen strömten ihm aus den Augen. Dazen spürte, wie etwas Beschwichtigendes von dem alten Monstrum ausging, etwas, das seine Wut lindern wollte, und dazu die wiederholte Forderung, dass ihm Dazen die Kontrolle über die Spiegel übergeben solle. Auf der Stelle. Als sei das jetzt wichtiger als alles andere.

Du Mörder! Du hast Sevastian umgebracht! Du hast alles getötet, was gut war. Wir hatten alles, und du hast es zerstört. Wage nicht zu behaupten, es sei zum Wohle der Welt geschehen. Es ging dir allein um dich, um deinen Stolz! Du hast immer und in allem der Beste sein müssen. Du hast immer im Recht sein müssen. Du hast immerzu beweisen müssen, dass du schlauer als jeder andere bist! Immer, immer!

Aber die Entfernung war riesig, und keiner konnte die Worte des anderen hören.

Orholam, bitte, nein! Nicht das. Nicht das.

Dazen hielt das ganze Gewicht der Rettung des Reiches in seinen Händen. Er wusste, dass es ihn umbringen würde, sich noch länger an die Magie zu klammern, aber sie dieser Bestie auszuhändigen war ein Ding der Unmöglichkeit. Die Knöchel seiner krampfhaft geballten Fäuste wurden weiß.

Er spürte eine Gegenwart und öffnete die Augen.

Orholam stand vor ihm.

Er hatte es sich schon gedacht.

Als ihre Blicke sich kreuzten, vertiefte und verformte sich Orholams linkes Auge, und Dazen sah darin eine Schar von Menschen stehen, alle schweigend in ihren Büßergewändern, aber mit ihren kostbarsten Sonnentagsjuwelen geschmückt und festlich geschminkt und gesalbt. Es waren mehr als zweitausend Frauen und Männer, und sie alle hatten die Wunde von Dazens Messer über dem Herzen. Seine Opfer aus all den vielen Befreiungen. Seine friedlichen Ankläger.

Um sie herum stand eine riesige Menschenmenge: die Väter, die in ihren schlimmsten Albträumen nie geglaubt hätten, dass ihre Söhne vor ihnen sterben würden; die Ehemänner, die der Verlust ihrer Frauen so sehr mitgenommen hatte, dass sie sich nicht einmal mehr um ihre Kinder kümmern konnten; jene Kinder, die ihre Mütter verloren hatten; die Waisen, die ohnehin nur ein Elternteil gehabt hatten; die ihres Partners beraubten trauernden Gatten und Gattinnen, die sich hastig in neue, unglückliche Ehen gestürzt hatten; die Familien, die zusammengeblieben waren, aber bei jeder Mahlzeit und bei jedem Fest stets einen leeren Stuhl mit dazustellten und sich einzureden versuchten, dass es zu ihrer aller Bestem sei, was geschehen war, dass es so nun einmal Orholams Wille sei, auch wenn sie es nie richtig zu glauben vermochten. Weil es nämlich nicht stimmte.

Sie waren allesamt seine Opfer. Dazens Morde hatten in die Welt hinaus Kreise gezogen, eine alles überschwemmende Welle, die viel größer und weitreichender war, als er es sich je vorzustellen vermocht hatte. Kein Winkel war unberührt geblieben.

Er weinte.

Er konnte nicht mehr hinsehen, wagte es nicht mehr, weiterhin der Wahrheit dessen, was er getan hatte, ins Auge zu sehen – aber noch während er seinen Blick abwandte, nahm ihn ein anderes Bild gefangen, dieses Mal in Orholams rechtem Auge. Andross, der einen sterbenden Sevastian in den Armen wiegte, die lange Klinge noch immer in der Hand, während das Blut von Sevastians Brust tropfte. »Habe ich es gut gemacht, Vater? Habe ich dich stolz gemacht?«, fragte Sevastian.

Er starb, ehe der weinende Andross überhaupt die Kraft zu sprechen aufbringen konnte.

Dann, welch eine Gnade: Orholams Augen waren nun einfach wieder nur Augen. Aber beide Augen spiegelten lediglich die Wahrheit, und es war nichts Sanftes, was in ihnen zu sehen war.

Orholam sprach: »Ich habe dir sehr, sehr viele Morde vergeben. Kannst du ihm einen vergeben?«

68

Obwohl Gill einer von vielleicht einer Handvoll Menschen war, die verstanden, was sie da sahen, erstarrte er nicht weniger in Ehrfurcht als all die anderen, die sich mit geweiteten Augen und heruntergeklappter Kinnlade gen Norden wandten.

In der Ferne war ein Geschöpf wie aus den alten Legenden zu sehen. Es erhob sich, allseits sichtbar, über dem großen Markt, der selbst jedoch hinter dem Ebonshügel verborgen lag. Seine Umrisse von Feuer hervorgehoben, stieg ein Titan in die Höhe, zum Himmel auf, als sei er aus den Tiefen der Erde selbst aufgetaucht. Er schien sich ein Fass aus dem Äther zu schnappen, nahm es in die Faust, und dann schleuderte er das flammende Ding irgendwo in den Reihen der Blutröcke zu Boden. Dem Lichtblitz folgte einen Augenblick später der Knall der Explosion.

Als Corvan Danavis ihnen mitgeteilt hatte, was er im Schilde führte, hatte er hinzugefügt: »Es sollte ein letztes Gefecht abgeben, das man nicht so schnell wieder vergisst.«

Und keiner der Zuschauer schien davon Notiz zu nehmen, dass der Lichtblitz auch weithin offenbar machte, dass der rote Titan gar keinen Körper hatte. Die feurigen Umrisse waren alles, was er besaß – alles, woraus er bestand –, Umrisse aus brennendem rotem Luxin, die sich hoch hinauf in die Dunkelheit der Nacht erstreckten, sich Fässer schnappten, die hoch in die Luft geworfen oder geschossen wurden. Der Titan bewegte sich mit erstaunlicher Leichtigkeit, und er schleuderte tatsächlich die Fässer mit Schwarzpulver von sich, aber dank der Tatsache, dass er vorgewarnt worden war und sich in größerer Entfernung vom Geschehen befand, konnte Gill erkennen, worum es sich bei alledem wirklich handelte – um erstaunliche Wandlerkunst.

Für alle anderen musste es erscheinen, als sei ein riesiger Dschinn aus dem Inneren der Erde aufgestiegen, um in die Schlacht einzugreifen.

Aber dann, gerade als sie auf den breiten Boulevard einbogen, der von der Chromeria zum großen Markt führte und sie den bisher besten Blick auf das Geschehen hatten, vernahm Gill das Geräusch einer abgefeuerten Pistole.

Sein Kopf sowie der des großen Leo waren so ziemlich die einzigen, die sich zu dem Geräusch hin umdrehten. Neben dem Sockel von Orholams Blendblick stürzte ein Mensch tot zu Boden. Ein Mensch, der praktisch keinen Kopf mehr hatte.

Quentin, der Luxiat und Sklave der Hohen Dame Karris Guile,

hielt zwei rauchende Pistolen auf den Toten gerichtet, und eine machtvolle, tiefernste Würde hatte sich über die Züge des normalerweise so ängstlichen jungen Mannes gelegt.

Die Lichtgardisten in der Nähe zuckten vor dem Pistolenschuss zurück, einige gingen in Deckung, und andere hoben instinktiv ihre Waffen, wie um einen Angriff abzuwehren.

Sie hielten Tisis Guile fest, als sei sie ihre Gefangene.

Allmählich kamen die erschütterten Lichtgardisten wieder zu Sinnen. Einige von ihnen richteten ihre Musketen auf Quentin, der die Pistolen fallen gelassen und zum Zeichen seiner Kapitulation die Hände hochgerissen hatte.

Irgendjemand würde ihn gleich erschießen.

»Halt!«, rief Karris neben Gill und stürmte auf die Lichtgardisten zu. Gill lief neben ihr her, der große Leo nur einen Schritt hinter den beiden, und die Menschen, die sich auf dem Platz zusammendrängten, wichen vor ihr und Gill und den übrigen Schwarzgardisten zurück, die sich durch die Reihen drängelten.

Ihres Anführers beraubt und auf freiem Gelände überrumpelt, während alles für sie falschlief, gerieten die Lichtgardisten in Panik. Sie ließen Tisis fallen. Manche ließen auch ihrer Musketen fallen. Eine Handvoll von ihnen, darunter auch dieses verkrüppelte Arschloch Aram – Gill sah ihn durch die Zwischenräume in der Menge –, rannte Richtung Chromeria zurück. Trotz seiner Krücke bewegte sich Aram mit erstaunlicher Geschwindigkeit.

Und dann hatten sie Orholams Blendblick erreicht. Gill hatte erwartet, irgendein armes Schwein tot vorzufinden, stattdessen waren da zwei Tote.

Der Mann, auf den Quentin geschossen hatte, blutete immer noch, doch wurde der Fluss des Blutes, das aus seiner zerschmetterten Hirnschale auf die Pflastersteine troff, zunehmend langsamer. Tisis Guile hatte mindestens ein halbes Dutzend Schläge erhalten, und sie schien emotional in einer fürchterlichen Verfassung zu sein, war aber nicht ernsthaft verletzt. Gill beschäftigte sich erst einmal nicht näher mit ihr.

Niemand sonst schien bewaffnet zu sein.

Auch wenn viele der versammelten Menschen offenkundig Angst vor der Schwarzgardisten hatten, vor Karris, vor dem finster dreinblickenden Leo mit seiner großen Kette, wirkte niemand in der Menge bedrohlich oder schuldbewusst oder als hege er böse Absichten.

Ein Blitz hinter ihm ließ Gill den Kopf herumreißen. Ein letztes Aufzucken von rotem Licht drang vom großen Markt herüber, dem das Geräusch einer fernen Explosion folgte, und jetzt war der Titan fort.

Der hohe Armeegeneral Danavis hatte gesagt, die Wahrscheinlichkeit, dass er bei dem, was er da plante, starb, sei erheblich höher als die, dass er am Leben blieb – und dass so gut wie keine Aussicht bestand, dabei nicht seinen Halo zu durchbrechen, was im Grunde an sich schon ein Todesurteil war. Gill konnte nur hoffen, dass Danavis erreicht hatte, was er hatte erreichen wollen, dass er diese heidnischen Bastarde einen hohen Preis hatte zahlen lassen.

Gill verspürte den Impuls, Karris zu drängen, sich mit ihnen allen zum General zu begeben und den dort Befindlichen in ihrer offensichtlichen Notlage beizustehen. Aber das war nicht seine Aufgabe. Er war ein Ausbilder der Schwarzen Garde, kein General.

Als er sich wieder seiner unmittelbaren Umgebung zuwandte, stellte Gill fest, dass der junge Mann, aus dessen zerstörtem Kopf immer noch Blut auf den Boden pumpte, nur Zymun Guile sein konnte.

Er sah sich nach der Reaktion seiner Schutzbefohlenen um, aber das Gesicht der Weißen war unergründlich. Sie hatte den Blick bereits auf Tisis gerichtet, die sich in Bewegung gesetzt hatte und Leute aus dem Weg schob.

»Zymun stand im Begriff, Tisis hängen zu lassen«, wandte sich

Quentin an Karris. »Ich bin zu spät gekommen, um ... Hohe Dame, es tut mir so leid.«

Tisis hatte ihr Ziel erreicht. Sie kniete sich hin und zog einen reglosen Körper auf ihren Schoß, und die Menge wich zurück, sodass Karris hinsehen konnte.

Sodass Karris *Kip* sehen konnte.

Tot.

Neben Gill sank der große Leo auf die Knie und ließ seine Kette mit einem Klirren auf die Steine fallen.

Aber Gill warf nicht einmal einen Blick zu ihm hin. Nicht Leo war sein Schutzbefohlener, sondern Karris. Und selbst wenn er hundert Jahre alt werden würde, würde Gill niemals den Ausdruck vergessen, der sich jetzt auf ihrem Gesicht zeigte.

Es war kein Verleugnen, denn in ihrem Gesicht war nichts von Abwehr zu erkennen, sondern vielmehr das Bestätigtwerden einer Befürchtung. Er sah in ihrem Gesicht die letzte Hoffnung auf Glück sterben. Es war, als hätte sie gedacht: Zumindest gibt es da *ein* Gutes für mich, und obwohl es weniger ist, als ich gewollt habe, werde ich mich damit zufriedengeben.

Und jetzt war ihr diese letzte Gute im Leben entrissen und vor ihren Augen zerstört worden.

Gill wandte sich ab und schärfte sich ein, dass es seine Aufgabe sei, Ausschau nach Bedrohungen zu halten, sagte sich, dass er ihr die Würde lassen sollte, ungestört und für sich allein zu trauern, dass er der Falsche sei, um sie in dieser Situation zu trösten. Sie sollte von einer Mutter getröstet werden, von einem Vater, ihrem Ehemann – aber einen solchen Menschen hatte sie nicht mehr; sie waren ihr alle geraubt worden.

Nun ja, dann brauchte sie bestimmt einen Freund ihres eigenen Alters, nicht ihn, keinen Mann, der sie vergötterte und der zehn Jahre jünger war als sie. Es wäre ihm anmaßend erschienen, auch nur vorzutreten, um zu versuchen, die Rolle des Trösters zu übernehmen. Er war nicht derjenige, der das für sie sein konnte ...

Plötzlich stieß sie ein Wehklagen aus, und ihr Schrei war so verzweifelt, dass jeder, der ihn hörte, sofort restlos verstand, worum es ging.

Blicke wandten sich ab, die Gesichter auf dem Platz füllten sich mit Schuld und Scham.

»*NEIN!*«

Sie schien Tisis regelrecht anzugreifen, als sie den toten Kip nun in ihre eigenen Arme zog. Sie erstarrte, zitterte, murmelte leise Worte des Leugnens, während sie ihm die Finger in den Hals bohrte, um dort nach dem Pochen von Leben zu suchen.

Als sie nichts dergleichen fand, stand sie auf, und der tote Kip glitt schlaff und schwer aus ihrem Schoß. Sie taumelte wie eine Betrunkene.

Ihre Augen glitten über die Menge hinweg, blicklos und verstört.

Ein Gefühl der Scham erfüllte Gill. Er sollte eigentlich auch in dem hier ihr Wächter sein. Sie irgendwie vor dieser Schmach beschützen. Aber er wusste nicht, was er tun sollte. Als Gav gestorben war, hatten sie gewusst, was sie für ihn tun konnten, wie sie ihn ehren konnten; und Karris hatte ihm irgendwie beigestanden. Aber er hatte nichts, was er für sie tun konnte.

Wieder heulte sie wehklagend auf.

Ihm war übel.

Sie war die Eiserne Weiße. Die Menschen sollten sie nicht so sehen.

»Hohe Dame …«, sagte er leise.

Ihr Weinen oder ihr Zorn ließ sie erzittern, und das Rot der Wut auf diesen schlimmen Tag stieg in ihr auf.

Tisis sah mit gequältem Blick zu ihr hoch. »Er hat nicht versucht, sich zu retten. Sogar noch am Ende hat er versucht, uns Licht zu bringen. Er hat für uns gekämpft. Bis zum bittern Ende.«

»Nein!«, schrie Karris, dass ihr die Spucke aus dem Mund flog.

Alle Regeln der Schicklichkeit waren vergessen. »Das ist nicht richtig! Das kann nicht sein!«

»Hohe Dame, bitte ...«

»Ihr versteht das nicht! Er ist nicht tot! Er ist nicht tot. Oh *Gott* ...«

Gill streckte eine Hand aus, um ihr Halt zu geben, aber sie schlug sie zornig weg.

»Karris, bitte, die Menschen ...«

»Nein!«, schrie sie ihn an. »Erzählt mir nichts über ... DU! Ich kenne dich!«

Plötzlich richtete sich ihre Entrüstung auf einen Mann in der Menge. Ein Handwerker, seiner Kleidung nach zu schließen. Er kam Gill bekannt vor, doch er brauchte einen Moment, um ihn einzuordnen. Dann fiel es ihm ein: der Kopi-Verkäufer aus ihrem kleinen Lieblingsstand. Seinem Aussehen nach Parianer, seinem Akzent nach jedoch Ilytaner. Gill erinnerte sich jedoch weder an seinen Namen noch an irgendetwas anderes, was mit ihm in Verbindung stünde.

Karris beruhigte sich ein wenig, als der kleine Mann unsicher näher trat. An die übrigen Kämpfer gewandt, sagte sie: »Schickt alle zu Armeegeneral Danavis, um ihm Beistand zu leisten, falls er noch lebt. Falls er tot ist, wird er jemand Fähigem das Kommando übertragen haben.«

»Hohe Dame ...«

»Das ist ein Befehl!«, brüllte sie. »Auf mich wartet Arbeit.«

Gill gab den anderen ein Zeichen zu gehen.

Der große Leo und seine Mächtigen rührten sich nicht von der Stelle, und Gill beharrte nicht darauf, dass sie sich den anderen anschlossen.

»Du, Jalal. Du hast mich gerettet«, wandte sich Karris mit leiser Stimme an den alten Handwerker mit dem wettergegerbten Gesicht. »An dem Tag, als mich jene Männer verprügelt haben. Andross' Leute. Als sie mich zusammengeschlagen haben, um mir eine Lektion zu erteilen. Ich habe zuerst gedacht … aber in Wirklichkeit bist du das gewesen. Du hast mich zur Chromeria zurückgetragen, nicht wahr?«

Der alte Mann fragte: »Wer bist du, Kind?«

»Wer ich bin? Wer *ich* bin?!«

Selbst Gill kam die Frage seltsam vor. War der alte Mann blind?

Aber Karris … Ach, seine geliebte Hohe Dame Karris, die Weiße. Seine Eiserne Weiße war der Hysterie nahe.

Tränen rannen ihm über die Wangen, und er wischte sie rasch weg. So etwas geziemte sich nicht.

»Ich werde dir sagen, wer ich bin«, antwortete Karris mit feuchten Wangen, aber mit einer verborgenen Hitze in ihren Worten – wie ein Stück Kohle, das zu weißer Asche verbrannt ist, um dann, sobald jemand darauf bläst, plötzlich zu einem ergrimmten Rot aufzuleuchten. »Ich bin die vaterlose Tochter, die trauernde Schwester, ich bin die Witwe, ich bin die unreine Weiße, ich bin die Anführerin, die versagt hat – aber es gibt eins, was ich nicht sein werde. Ich bin das schmächtige Mädchen, das durch Ziegelsteinmauern rennt, und ich werde nicht die Mutter ohne einen Sohn sein. Denn wer *ich* bin, spielt keine Rolle.«

»Oh, aber du irrst dich.«

Doch sie ließ sich nicht beirren. »*Du* hast mich getragen, durch all das hindurch. Du bist da gewesen, als ich zusammengebrochen am Boden lag, nachdem sie mich verprügelt hatten. Und du wirst mich jetzt *nicht* im Stich lassen! Du hast mir versprochen, dass du mich für die Jahre belohnen würdest, die die Heuschrecken gefressen haben. Du hast es versprochen! Und ich glaube daran. Orea hat es mir gesagt, und das Dritte Auge hat es bestätigt. Also, du hast es geschworen! ER IST MEIN SOHN! Und du wirst *nicht* zulassen, dass er tot ist. Das kannst du nicht tun!« Die letzten Worte schrie sie laut heraus. »Das kannst du nicht tun, denn wenn er tot ist, bist du ein Lügner. Du kannst ihn zurückholen. Ich weiß, dass du es kannst! Wenn du den festen Willen dazu hast, kannst du ihn mir zurückgeben. Und du musst es tun, oder dein Wort ist *nicht das Geringste* wert!«

Sie konnte sich kaum mehr aufrecht halten.

Gill stockte das Herz. Der Krieg hatte bereits zuvor starke Männer und unerschütterliche Frauen gebrochen – aber Karris?

Nicht seine Eiserne Weiße, bitte nicht.

Merkte sie überhaupt, wie sie sich anhörte, was sie da sagte?

»Es ist mir scheißegal!«, schrie Karris alle um sie herum an, die nun mit schwerem Herzen den Blick abwandten. Karris' Auftreten hatte sie peinlich berührt. »Es ist mir scheißegal, wie ihr mich anschaut. Ihr haltet mich wohl für verrückt? Um mich geht es hier gar nicht! Es geht um *ihn*.« Sie zeigte mit grimmigem Blick auf den Kopi-Verkäufer. »Ihr alle glaubt, diese Leute könnten meinen Kip töten? Ihr Schwachköpfe! Ihr glaubt, sie könnten Kip auf Orholams Blendblick töten? Orholams Blendblick? Wo er sein zorniges Auge auf die Menschen richtet? Wie könnte Orholam meinen Sohn mit irgendetwas anderem als mit Wohlwollen betrachten? Und mit einem Blick der Barmherzigkeit. Der Barmherzigkeit. *Bitte* . . .«

»Hohe Dame, er ist tot. Lasst ihn gehen«, sagte Gill.

Tränen strömten ihr übers Gesicht. »Ich habe versagt, seht ihr das nicht? Begreift ihr das nicht?! Ich bin an meinem Ende angelangt, und ich habe versagt – aber Orholam kann nicht versagen. Er *kann* es einfach nicht. Was zählt, ist das, was ich jetzt tue, nicht wahr? Und ich glaube. Ich glaube.«

Sie ließ sich auf die Knie sinken und griff nach der Hand, die Tisis ihr hinhielt. Und gemeinsam weinten sie.

»Bitte«, flehte Karris den alten Mann an. »Bitte, sag es ihnen. Sag ihnen, wer du bist.«

»Wer meinst du denn, dass ich bin?«

Sie blickte auf und antwortete unter Tränen: »Ich sage, du bist derjenige, der den Wind in seinen Fäusten hält. Ich sage, du bist es, der die Meere mit seinem Umhang umfasst. Ich sage, du bist es, dessen Worte sich sämtlich als wahr erweisen. Ich sage, du bist

der Herr des Lichts. Ich sage, du bist stärker als der Tod, und ...«
Sie ließ sich noch tiefer sinken, bis sie der Länge nach auf dem Boden lag, ihr Gesicht direkt auf den Pflastersteinen, die Hände nach dem alten Mann ausgestreckt, als sei er unvorstellbar weit entfernt. »Ich sage, dass ich dich rühmen werde, obgleich du mich mordest.«

Erst da bewegte sich der alte Mann. Er trat vor und kniete sich neben sie. »Ich fürchte«, sagte er, »dass du dich ungeheuer getäuscht hast.«

Sie stieß den Atem aus, so ohne jede Hoffnung, dass sie offensichtlich wünschte, es wäre ihr letzter Atemzug gewesen.

»Ruhig, ruhig«, raunte er und strich ihr das Haar hinters Ohr, als tröste er ein Kind. »Ungeheuer getäuscht, was das Ausmaß deines Scheiterns angeht. Und noch mehr, was deinen eigenen Wert angeht, Karris *Agapêtê*. Sei ganz ruhig, Kind. Sei ganz ruhig. Denn zumindest in diesem einen Punkt hast du recht: Dein Sohn ist nicht tot. Er schläft nur.«

Karris schnappte ruckartig nach Luft, und Gills Hand schloss sich krampfhaft um seinen Speer. Was sollte diese neue Beleidigung? Verhöhnte der alte Mann sie?

Aber Karris hob den Kopf, und die Hoffnung in ihrer Stimme, als sie das Wort an den alten Mann richtete, schmerzte Gill mehr als alles andere. »Dann wirst du ihn aufwecken?«, fragte sie.

»Natürlich«, antwortete er, schlang sich seine Tasche vom Leib und zog seine kleinen Tassen heraus, die er sodann mit seinem dunklen, dampfenden Gebräu füllte. »Was glaubst du denn, wofür Kopi da ist?«

Seine Augen funkelten, als würden viele kleine Lichter darin glitzern. Als er Kip behutsam das Getränk einflößte, leuchtete die Nacht über ihnen plötzlich hell auf.

Jedes Auge richtete sich auf den Turm des Prismas, als ein mächtiges weißes Licht aus dem Osten den Turm traf, unvorstellbar rein und strahlend.

Der ganze Turm leuchtete in farbigem Licht auf, und dann folgten einer nach dem anderen auch alle übrigen Türme der Chromeria, während jeder einzelne der Tausend Sterne auf Großjasper lodernd zum Leben erwachte. Erst erstrahlten sie in weißem Licht, dann folgte jede weitere Farbe unter der Sonne.

Dann, der Steuerung einer meisterhaften Hand oben an der Spiegelvorrichtung gehorchend, füllte sich die Nacht mit Licht. Von irgendeiner überragenden Intelligenz gelenkt, die hundert Einzelheiten zugleich unter Kontrolle zu halten wusste, erblühten die Tausend Sterne in leuchtendem Schein und drehten sich – hier strahlten sie Rot als Quelle zum Wandeln aus, dort sandten sie dicht gebündelte Strahlen über die Stadt, die so heiß waren, dass sie jedweden unsichtbaren Feind zu verbrennen versprachen, hier spendeten sie Blau oder Grün, dort fluteten sie den Feind mit Licht, welches er nicht zu nutzen vermochte, und an fünfzig anderen Orten fanden sie verbündete Wandler, um ihnen genau das Licht zu geben, das sie benötigten.

Gesichter wandten sich dem Himmel entgegen und sahen Hoffnung in ihre Verzweiflung gebracht und Licht in ihre Dunkelheit. Auf dem Platz und überall auf beiden Jasperinseln brach Jubel aus.

Aber sobald Gill den gewaltigen Ausbruch von Magie auf irgendwelche unmittelbaren Bedrohungen hin überprüft und keine gefunden hatte, bekam er nicht mehr allzu viel von alledem mit. Er sah nur das Gesicht seiner Herrin, und sie sah nur Kip – und mit einem Mal holte ihr Sohn tief Luft, öffnete die Augen und setzte sich auf.

Erst als Kip wieder ausatmete und lächelte, als erwache er gerade aus angenehmen Träumen, merkte Gill, dass der alte Kopi-Verkäufer verschwunden war.

69

»Wir sind jetzt an dem Punkt angelangt, wo du eine Entscheidung treffen musst«, verkündete Orholam.

»Du beliebst wohl zu scherzen«, erwiderte Dazen. »Ich hätte gedacht, genau das soeben getan zu haben.« Er war ein alter, vom Regen durchweichter und jetzt ausgewrungener Mantel, und er wünschte sich nichts so sehr, wie ihn an die frische Luft zu hängen, damit er ein wenig trocknete. Er hatte seinem Vater gerade alles gegeben, was sich dieses alte Krebsgeschwür seit über vierzig Jahren gewünscht hatte. Am schlimmsten von allem war, dass er seinem Vater eine Rechtfertigung gegeben hatte. Es schmerzte Dazen zutiefst. Konnte er sich jetzt nicht einfach für die nächsten ein oder zwei Jahrzehnte in einem Winkel zusammenrollen?

Orholam sagte: »Du hast diesen ganzen Weg aus einem einzigen Grund auf dich genommen. Hast du das bereits vergessen?«

Um dich zu töten? Nein, das war es nicht. »Um Karris zu retten?«, fragte Dazen.

»Willst du das immer noch?«

»Was redest du da? Sie befindet sich am anderen Ende der Welt. Dass ich irgendetwas wandele, ist im gegenwärtigen Zustand für mich unmöglich. Ich meine, ich habe schon zuvor gedacht, es sei für mich unmöglich, aber jetzt? Das bekomme ich wirklich, wirklich nicht hin.«

»Ein Mann ist mehr als seine Magie, Promachos.«

Donnerwetter, das klang nach einer profunden Lehre, aber, meine Güte ... »Was könnte ich denn tun? Hast du vielleicht ein weiteres

Schiff mit Mannschaft irgendwo im Riff versteckt, wo ich es nicht bemerkt habe? Wozu jetzt die Eile? Ich werde Wochen oder sogar Monate brauchen, um zurückzukehren. Bis dahin ist alles vorüber. Ich kann unmöglich rechtzeitig zurück sein, um noch zu helfen.«

»Zeit. Pah«, sagte Orholam.

»Du hast leicht reden.«

»Was ist mit deinem Gleiter? Wie hast du ihn noch gleich genannt, ›den Kondor‹?«

»Der wäre jetzt praktisch. Jedenfalls, wenn ich ihn nicht damals in Tyrea zerstört hätte, Hunderte Meilen von hier entfernt. Hast du vor, mir einen neuen zu machen?«

»Im Moment ziehe ich es vor, die Dinge neu zu machen, als neue Dinge zu machen.«

»Du bist manchmal *wirklich* schwer zu verstehen«, entgegnete Dazen. »Das Ding gibt es nicht mehr. Es ist kaputt. Ich habe den Kondor zerstört, damit niemand das Geheimnis seiner Funktionsweise herausfinden kann. Und ich könnte ihn jetzt ohnehin nicht wieder in Ordnung bringen.«

»Wie gesagt, Dinge in Ordnung zu bringen ist *meine* Spezialität«, antwortete Orholam. »Willst du mit mir fliegen?«

Dazen schwieg für einen Moment. »Du meinst das ernst, nicht wahr?«

»Ich meine, mich erinnern zu können, dass du es ziemlich genossen hast.«

»Zu fliegen? Wie bitte?!« Dazens Außer-Sich-Sein war so grenzenlos wie der Nachthimmel.

»Diesen Verdruss, den du da gerade empfindest?«, sagte Orholam. »Weißt du, mit dem gleichen Gefühl hast du mich schon seit Jahren erfüllt.«

Das machte Dazen nicht weniger verdrossen.

»Aber, weißt du«, fuhr Orholam fort, »es dürfte eine riskante Angelegenheit sein. Es ist ziemlich dunkel da draußen, und manche Leute behaupten, Orholam könne bei Nacht nicht sehen.«

Dazen bedachte sein Gegenüber mit einem finsteren Blick.

Es hatte sich schließlich herausgestellt, dass das unbekümmerte, gewinnende Guile-Grinsen bei Göttern nichts auszurichten vermochte.

»Also, was hast du vor?«, wollte Dazen wissen. »Hast du tatsächlich einen Kondor im Ärmel? Nein, du müsstest schon noch eins draufsetzen, nicht wahr? Einen Adler oder so was?«

»Eine Flugmaschine, in meinem Ärmel? Das wäre gemogelt. Komm jetzt, beeil dich. Es ist ein langer Sturz, wenn man den richtigen Zeitpunkt verpasst.«

»Den richtigen Zeitpunkt? Wofür denn?«

»Für den Sprung! Du erinnerst dich doch, an welcher Stelle sich die Kluft auf dem Stockwerk unter diesem befindet, nicht? Schau, dass du den Weg durch diese Öffnung nimmst – sonst wird es ein kurzer Sturz.«

Dazen sagte: »Du willst, dass ich springe? Von diesem Turm? In der Dunkelheit?«

»Gib zu, dein letzter Sprung in den Glauben hat nicht so recht funktioniert.«

»Häh?«

»Ich gebe dir noch eine Chance. Einen zweiten Versuch«, erklärte Orholam. Er beugte die Knie und bereitete sich darauf vor loszurennen. »Ich werde jetzt gleich springen. Jede Sekunde ist es so weit. Drei ... zwei ... Ach, und die Klinge nicht vergessen!«

»Stimmt!« Dazen drehte sich um. Das Musketenschwert steckte noch immer in dem inzwischen weißen Turm.

Er riss es heraus. Hinter sich hörte er Orholam brüllen: »Jetzt!«

Er drehte sich um.

Orholam war verschwunden.

Oh nein. Nein, nein, nein!

Lähmende Angst packte seine Beine. Es war vermutlich bereits zu spät. Wenn der richtige Moment eine so knapp bemessene Zeitspanne war, dann hätte er jetzt sicherlich schon längst ...

Dazen versetzte seiner Angst einen Fußtritt ins Gesicht.

Als er auf die Turmkante zurannte, rief er: »Unglaublich, dass du mich so etwas tun lässt!«

Und er sprang.

70

»Kannst du kämpfen?«, fragte Karris. Die verblüffte Menge wusste nicht recht, ob sie ihre Aufmerksamkeit mehr auf das atemberaubende Spektakel der blendenden Lichter über ihnen oder auf den jungen Mann richten sollte, der da ihnen zu Füßen im Stillen genas. Gesunde Haut trat unter seinen Brandwunden hervor, und wo sein Haar versengt worden war, wuchs mit hoher Geschwindigkeit neues – das aber so, als sei es ganz natürlich, als sei es etwas, das jeden Tag geschah.

Doch das war alles nicht von Belang.

»Ja«, antwortete Kip zögerlich, dann gewann er Kraft: »Ja! Lassen wir ein wenig die Puppen tanzen!«

Der große Leo stellte Kip so mühelos auf die Beine, wie Karris vielleicht eine Schreibfeder angehoben hätte.

Kip brach sofort wieder zusammen.

»Na ja, das ist etwas peinlich«, murmelte Kip und betrachtete seine Gliedmaßen, als hätten sie ihn mit Absicht in diese Verlegenheit gebracht.

»Sohn – darf ich dich Sohn nennen? –, ich bin so froh, dass du lebst«, sagte Karris, »aber andere Menschen sterben gerade. Meine Leute. In ebendiesem Moment. Wenn wir das alles überleben, werden wir ...«

»Wir werden alle möglichen Dinge tun«, unterbrach Kip. »Verstanden. Aber Ihr ... Du musst gehen. Also, geh.«

»Du hast mir gezeigt, wie man siegt«, erklärte Karris und begann sich wieder wie die Eiserne Weiße zu fühlen. »Wir müssen den Weißen König töten. Und das ist meine Aufgabe. Es ist ohne Bedeutung, dass es im Moment unmöglich erscheint. Und unsere beste Gelegenheit dazu haben wir heute Nacht, genau jetzt. Wer weiß, wie lange das dort anhalten wird«, fügte sie hinzu und deutete auf das Spektakel der vielen Lichter, die über ihnen tanzten. »Genau jetzt ist der einzige Zeitpunkt, wo wir im Vorteil sind. Entweder wir gewinnen jetzt, oder wir verlieren. Kip, ich liebe dich. Darf ich den großen Leo und die Mächtigen mitnehmen?«

Sie wusste, dass sie sich anhörte, als sei sie nicht ganz bei sich, aber es gab gerade zu viele Dinge, die sie gleichzeitig tun musste.

»Klar«, antwortete Kip, während der große Leo im gleichen Moment beteuerte: »Auf keinen Fall. Ich lasse dich nicht noch mal allein.«

»*Leonidas*«, mahnte Kip.

»Nenn mich nicht so.«

»Leo, du darfst nicht denken, dass ich jetzt noch in Gefahr bin«, fuhr Kip fort. »Orholam selbst hat mich gerettet. Mit mir ist alles gut. Glaubst du, er hat all das getan, um zuzulassen, dass ich zwei Minuten später umgebracht werde?«

»Ich bleibe bei ihm«, erklärte Tisis.

»Ich auch«, betonte einer der neuen Grünschnäbel der Mächtigen.

»Siehst du?«, sagte Karris. »Außerdem hast du mir beim blauen Gottesbann nicht die geringste Hilfe geleistet, Leo«, fügte sie hinzu. »Betrachtet es als eine zweite Chance.«

»Leo hat bei dem blauen Bann nicht geholfen?«, hakte Kip nach. »Ich hätte gedacht … Mann, die anderen werden dir das bis ans Ende deiner Tage vorhalten.«

»Na schön, ich seh schon. Also gut«, sagte der große Leo. Er warf einen Blick auf den einen aus dem Kreis der Grünschnäbel, der zuvor gesprochen hatte. »Aber du nicht. Jeder, der sich freiwillig meldet, könnte zum Orden gehören. Ich bin mir nicht sicher, ob sie wirklich alle tot sind.« Er deutete wahllos auf zwei andere Grünschnäbel. »Du und du, aber haltet zehn Schritte Abstand.«

»Ja, Hauptmann«, sagten sie. Der, der sich zuerst freiwillig gemeldet hatte, wirkte gekränkt, hielt jedoch den Mund.

Der große Leo hob seine große Kupferkette. »Zur Flottille des Weißen Königs geht's dort drüben, oder?«

»Gleich die Hauptstraße hinunter«, bestätigte Gill. »Aber wir müssen es über den großen Markt schaffen und dann vielleicht noch vorbei am orangen ...«

Aber der große Leo hörte gar nicht zu. Er schwang seine große Kette über dem Kopf, und plötzlich fing sie Feuer und zischte bei jeder ihrer weiten Umdrehungen. »Gehen wir ein paar Heiden töten! Für die Eiserne Weiße. Für den Lichtbringer!«

Und als die anderen seinen Ruf brüllend aufgriffen, rannte er los, als wäre es ihm auch egal, wenn er alles ganz allein erledigen müsste; dann würde er eben allen Ruhm für sich selbst einheimsen, und wenn die anderen die ganze Sache verpassten – nun ja, Pech gehabt.

Einen Moment später folgten ihm alle – nicht nur die Mächtigen, nicht nur Karris' verbliebene Schwarzgardisten, sondern auch praktisch sämtliche Zivilisten auf dem Platz, sofern sie körperlich dazu in der Lage waren.

Karris sah Kip an, zuckte die Achseln und sprang dann von dem erhöhten Aufbau rings um Orholams Blendblick herunter. Gill hielt ein Pferd für sie bereit.

»Nur zu«, sagte Kip. »Das soll euer Schlachtruf sein. Das ist euer Vorteil. Ruft es bei jeder Gelegenheit: ›Der Lichtbringer ist gekommen!‹«

Sie warf einen Blick zurück und stellte fest, dass er nicht sie ansah, als er diese Worte sagte. Er blickte auch nicht über das Schlachtfeld. Er schaute hinauf zu Andross Guile, dessen Umrisse sich vor dem Hintergrund des hellen Lichts oben auf dem Turm des Prismas abzeichneten.

71

Gavin hatte einmal gesagt: »Das Einzige, was gefährlicher ist, als eine Schlacht zu gewinnen, ist, sie zu verlieren.«

Jetzt wusste Karris, was er damit gemeint hatte.

Nicht nur einmal, sondern sogar *zweimal* sah Karris, während sie und ihre Leute auf Großjasper kämpften, triumphierende Kämpfer der Chromeria um die Ecke stürmen und unerwartet mit anderen Kämpfern zusammenprallen – woraufhin beide Seiten mit Musketen und Magie aufeinander losgingen, bis sie irgendwann begriffen, dass sie Verbündete umbrachten.

Sie selbst war nur durch den großen Strahl aus weißem Licht, der ihr überallhin folgte, davor bewahrt worden, das gleiche Schicksal zu erleiden – Andross hatte sich ihr irgendwie an die Fersen geheftet, was sie zwar einerseits vor Beschuss durch die eigene Seite schützte, andererseits aber auch Feinde auf sie aufmerksam machte.

Nicht dass sie wirklich einen Grund hatte, sich zu beklagen.

Außerdem bestand dazu jetzt sowieso keine Möglichkeit, selbst wenn sie es gewollt hätte.

Dennoch verwandelte es, was sie für einen einfachen Lauf über Großjasper hinweg gehalten hatte, in ein laufendes Gefecht, das die ganze Nacht hindurch andauerte.

Ihre Truppe hatte die geschwächte Nordflanke der Wandler des Weißen Königs attackiert, die sich um den Großen Brunnen zusammengezogen hatten, und sie vernichtet. Anstelle von Corvan Danavis führte nun ein junger General namens Lorenço das Kommando. Er war erleichtert gewesen, sie zu sehen, und freute sich darauf, das Kommando übergeben zu können.

Aber Karris wollte gar nicht kommandieren, und es kostete sie wertvolle Zeit, ihn dazu zu bringen, ihr die Einsatztruppe zur Verfügung zu stellen, die sie benötigte. Sie forderte auch ihre eigenen Schwarzgardisten zurück, die sie vorausgeschickt hatte, damit sie Armeegeneral Danavis Beistand leisteten. Lorenço glaubte, dass der schwer verletzte General im Sterben lag, und hatte ihn in die Obhut von in der Nähe befindlichen Ärzten übergeben. Karris hätte sich gern bei Danavis bedankt oder zumindest von ihm Abschied genommen, aber dafür blieb keine Zeit.

Sobald sie über ihre Einsatztruppe verfügte, nahm sie keine Umwege mehr in Kauf – zumindest jedenfalls keine größeren –, um andere zu retten oder auch nur in Bedrängnis geratene Blutröcke anzugreifen. Und doch gab es für jeden feindlichen Verbund, der bei ihrem Anblick einfach die Flucht ergriff, andere, die erbitterten Widerstand leisteten. Offensichtlich hatten viele keine Ahnung von dem, was außerhalb ihres unmittelbaren Umfeldes vor sich ging, und die meisten Blutröcke glaubten noch immer, dass sie dabei waren, den Sieg davonzutragen, und dass die Jasperinseln bald ihnen gehören würden.

Außerdem war es kein reiner Vorteil inmitten von Lichtstrahlen zu kämpfen – einige der Blutröcke waren nämlich so schlau gewesen, die Dunkelheit dazu zu nutzen, Fallen zu legen, vor allem mithilfe von Tieren, die sie durch Willensübertragung manipuliert hatten: Karris' Leute wurden von Wölfen, einem Tiger, einem Riesenjavelina und einmal sogar von einem Bären angegriffen.

Aber überall, wo sie waren, riefen sie: »Der Lichtbringer ist gekommen!«, und angesichts des brennend hellen Aufleuchtens jeder Farbe, das ihnen folgte, und der Tatsache, dass am Himmel eine strahlende Helligkeit funkelte, die so gar nicht zu dieser Nachtzeit passte, glaubten ihnen die Blutröcke, und eine schreckliche Angst erfüllte sie.

Die Kunde verbreitete sich über das Schlachtfeld wie ein langsames, trotziges Feuer.

Karris' Leute zwangen die Blutröcke in ihrem Bereich bis zurück zur Stadtmauer, über die sie bei ihrem Einfall in die Stadt geklettert waren, und warfen sie dagegen. Männer und Frauen gerieten plötzlich in Panik und hatten Angst, in der Stadt zurückgelassen zu werden, in die einzudringen sie sich zuvor so hartnäckig bemüht hatten.

Als sie nun selbst die Mauer überquerte, konnte sie von ihrer erhöhten Position aus das Drachenschiff ihres Bruders weiter draußen hinter dem orangen Gottesbann sehen – aber zuerst wurde ihr Blick auf den gelben Gottesbann gelenkt, der soeben aufgebrochen war wie ein geplatztes Ei und in großen Fontänen, die in die Nacht hinaufschossen, Leuchtwasser gen Himmel schleuderte.

Eine einsame Gestalt rannte die geborstene Schale entlang, wich Feinden und Splittern und Scherben aus gelbem Glas aus. Der Mann lief auf die gähnende Öffnung eines unvermittelten Abgrunds zu, der viel zu groß war, und dann sprang er, aberwitzig hoch und weit, bis auf die andere Seite hinüber.

Gelandet, stach er mit einem speerartigen Ding nach einem Gelbwicht und durchtrennte ihn fast – war das etwa ein Tigerstreifer? Wer auf der Welt wusste noch, wie man mit einem Tigerstreifer kämpft?

Aber es konnte nichts anderes sein. Die Waffe bog und streckte sich – im einen Moment formbar, im nächsten starr –, während sich der Krieger einen Weg durch ein halbes Dutzend Gelbe hindurchbahnte, die alle vor ihm flohen oder sich beeilten, von dem zerfallenden gelben Gottesbann herunterzukommen. Der junge Mann eilte mit großen Schritten vorwärts, die unmöglich lang und schnell waren, und Karris begriff, dass seine Beine mit der gleichen Art von Meeresdämonbein versehen sein mussten, die auch den Tigerstreifer für die direkte Willensbeeinflussung empfänglich machte.

»Mist, verdammt, ich kann Einin nicht sehen«, murmelte der große Leo. Dann rief er: »Ben-hadad! Ben!«

Und dann war der große Leo verschwunden und nahm die Mächtigen mit, um seinen Kameraden zu retten, auch wenn dieser offen gesagt gar nicht so wirkte, als bedürfe er der Rettung.

Es dauerte allerdings nur wenige Minuten, bis sie alle auf dem orangen Gottesbann wieder zueinanderstießen.

Es war der letzte Ort auf Erden, an dem Karris sein wollte. Man konnte hier seinen eigenen Augen nicht trauen. Der orange Gottesbann war mit unbehandeltem Holz und flachen Steinen förmlich gepflastert – mit allem, was die Blutröcke hatten auftreiben können und das ihnen half, auf der öligen Oberfläche Wege anzulegen. Wenn man die Straßen und Wege verließ, lief man Gefahr, bis zur Hüfte in orangem Glibber zu versinken.

Karris dachte sofort daran, dass ihnen Fallen drohen könnten, aber sie stürmten ohne Zwischenfälle über die Oberfläche des Banns. Es waren nur wenige Orangefarbene da, und sie hatten nicht mit einem Gegenangriff gerechnet – vielleicht würde Karris und den Verteidigern der Chromeria das Glück ja ausnahmsweise hold sein.

Und dann erhob sich die Oberfläche des Gottesbanns wie durch ein Erdbeben, und hinter ihnen begann ein oranger Hügel immer höher aufzusteigen.

Sie rannten los, wurden schneller und schneller. Ben-hadad sauste ihnen allen voraus, mit seinen unmenschlich großen, springenden Schritten, und hielt dabei nach Fallen, Hinterhalten und sogar nach sicheren Zufluchtsorten Ausschau.

Aber dann stieg der Hügel so hoch auf, dass das gespiegelte Licht der Tausend Sterne sie nicht mehr erreichen konnte, und sie wurden alle in Dunkelheit getaucht.

Und dann lag der Gottesbann hinter ihnen und gab den Blick frei auf die hölzernen Decks der Drachenschiff-Flottille des Weißen Königs, die aus einem Dutzend zusammengebundener Galeeren bestand.

Die unheimliche weiße Holzhaut des Drachenschiffs war übersät mit Stacheln aus Elfenbein, Metall und Luxin, und sein grausames Maul spuckte Feuer, das aus Öffnungen in seinem Rachen strömte.

Karris und ihre Leute waren außer Reichweite dieses Feuers, aber sie sah Hunderte Krieger des Weißen Königs aus dem Drachenschiff hinaus und auf den orangefarbenen Gottesbann springen.

Karris erkannte es an ihren Feldzeichen: Das hier war Koios' Leibgarde. Wild brüllend, trugen sie ihre eigenen Farben in die Nacht hinaus.

Karris hatte weniger als dreihundert Elitekrieger bei sich, viele von ihnen bessere Wandler als Kämpfer, die nun in der Dunkelheit gefangen waren, ohne noch Luxin-Fackeln übrig zu haben. Die Morgendämmerung war schmerzlich nahe, doch noch zu weit weg, um einen Unterschied zu machen – und plötzlich standen ihre dreihundert ganz allein Tausenden der besten und ausgeruhtesten Kämpfer des Weißen Königs gegenüber.

Im Augenblick war die Chromeria dabei, diese Schlacht zu gewinnen. Aber das machte hier an Ort und Stelle keinen sonderlich großen Unterschied, oder?

Wie Gavin einst gesagt hatte: »Tote Sieger und tote Verlierer haben nur eins gemeinsam. Leider ist es das Allerwichtigste.«

72

Die große, geflügelte Apparatur musste direkt auf den Turm zugeflogen sein, dann hatte sie im letzten Moment aufgesteilt, um so einen Zusammenstoß zu vermeiden, und war genau im richtigen Moment zum Stillstand gekommen, um Orholam sanft aufzufangen.

Da er zu spät gesprungen war, würde Dazen nichts Sanftes beschieden zu sein. Er stürzte dem in die Tiefe sinkenden Kondor hinterher und sah, wie sich Orholam ganz entspannt in einen mit Schnitzereien versehenen Holzsitz hineinzog und ein Seil um seine göttliche Hüfte schlang. Währenddessen neigte sich die Flugmaschine zur Seite und drehte sich langsam.

Dazen fiel nur ein wenig schneller in die Tiefe, den Kopf nach unten wie ein Junge, der ins Wasser taucht, während sein Schwert gefährlich durch die Luft wirbelte.

Er begriff, dass die Prinzipien des Fliegens, die er, als er seinen ersten Kondor gebaut hatte, nur in Ansätzen zu beherrschen gelernt hatte, genauso auch auf seinen Körper zutrafen. Es gab vermutlich irgendetwas Schlaues und Geschicktes, was er jetzt eigentlich tun sollte.

Grundgütiger, es war, als seien sie zwei Pferde, die sich ein Wettrennen lieferten, und er hatte die Außenbahn genommen, die zu seinem Verhängnis werden sollte.

Er drohte am Kondor vorbeizufallen, zu weit entfernt, um nach dessen Heck oder Sitzen greifen zu können, und war gerade auf gleicher Höhe mit dessen Bug, als der Kondor, der inzwischen auf direktem Weg nach unten stürzte, genauso schnell zu fallen begann wie Dazen.

Aber dann änderte der Kondor seine Richtung, hob seinen Bug und machte eine Wendung zu Dazen hin. Er prallte am Bug der Flugapparatur ab, die ihm gegen den Kopf knallte, sodass es ihm den Atem verschlug und ihm fast das Schwert aus der Hand gefallen wäre. Er schlitterte über den Kondor nach hinten. Das heißt, passender, nach oben, da die Flugmaschine immer noch in die Tiefe stürzte. Im Rutschen versuchte Dazen, nach Orholams Sitz zu greifen, oder nach seinen Beinen – was auch immer er erhaschen konnte. Aber erneut gelang es seiner dreifingrigen linken Hand nicht, etwas zu fassen zu bekommen. Er rutschte bis zum Heck hinauf und klammerte sich dort mit Händen und Knien an die Flügelmaschine, so wie sich ein schlechter Reiter hilflos an den Rücken eines scheuenden Pferdes klammert, die Füße gegen irgendwelche kleinen Vorsprünge am Heck gestemmt, die es in seinem Modell des Kondors so nicht gegeben hatte.

Der Wind riss an ihm, als sei er hier ungefähr so willkommen wie eine Zecke, aber er ließ nicht los. Er würde nicht sterben. Noch nicht.

»He!«, brüllte ihn eine Baritonstimme an. »Kannst du bitte mal deine Füße bewegen?«

»Ich bin nicht zum Spaß hier!«, schrie er zurück.

»Nimm deine Füße von den Höhenruder-Trimmklappen, sonst stürzen wir in die Bäume.«

Dazen sah auf, nicht zum Sprecher hin, sondern zum Horizont. Der Kondor schwenkte allmählich wieder in eine horizontale Flugbahn ein, aber er musste rasch in die Höhe steigen, um nicht in die Hügel zu knallen, die die Ebene unten am Sockel des berghohen Turms umgaben.

Dazen sprang nach vorn und nahm die Füße von den kleinen Erhöhungen, auf denen er sich abgestützt hatte, und er spürte sofort, wie sich Zahnräder bewegten und der Bug des Flugapparats sich drehte. Er presste seinen Kopf fest gegen den Kondor, als dieser in die Höhe schoss.

Er bewegte sich erst wieder, als der Kondor seine Höhe hielt. Dann schob er sich ganz langsam nach vorn, bis er den Windschutz erreicht hatte. Er stieg in den anderen Sitz. Sitze? Das war eine nette Neuerung.

Niemand hatte ihm seine Hilfe auch nur angeboten.

»Danke für die Hilfe!«, sagte er. »Nein, das Schwert behalte ich auch bei mir. Kein Problem.«

Orholam und der Flugkapitän der Luftmaschine sahen ihn an, als sei er soeben erst an Bord gekommen.

»Oh, hast du dir den Kopf angeschlagen?«, fragte der Kapitän. »Tut mir leid.«

Er klang überhaupt nicht so, als ob es ihm leidtäte. »Nicht deine Schuld«, entgegnete Dazen. Allerdings hätte ihn Orholam ja warnen können.

»Ich weiß«, sagte der Kapitän. »Ich meinte, tut mir leid, dass du dir wehgetan hast. Ich wollte einfach nur höflich sein.«

Unfassbar höflich.

Dazen erwiderte diese Höflichkeit, indem er den Mann unverwandt anstarrte. Sein Gegenüber hatte sich offensichtlich kürzlich ebenfalls den Kopf angestoßen, denn er hatte eine hässliche Beule und mehrere Schürfwunden auf der Stirn. Aber das war nicht der Hauptgrund, weshalb Dazen ihn anstarrte. Dieser Mann glich keiner menschlichen Ethnie, der Dazen je begegnet war: Er hatte zartes, glattes schwarzes Haar, breite Wangenknochen und eine Hautfalte in seinen oberen Augenlidern.

Nein, vergiss es. Dieser Mann ähnelte zwar niemandem, den Dazen je im wirklichen Leben gesehen hatte, doch hatte er dergleichen schon in der Kunst gesehen. Am Beginn seiner Wallfahrt war da die Statue eines Menschen gestanden, der ausgesehen hatte wie der hier. Oder ... nein.

Nicht dieser *Mensch*, sondern dieser *Unsterbliche*.

»Oh, he, ich habe dich schon mal gesehen«, sagte Dazen. »Es ist mir ein großes Vergnügen, dich persönlich kennenlernen zu dürfen! Ich habe deine Statue gesehen. Du musst etwas ganz Besonderes sein!« Überfreundlich zu sein war manchmal die beste Methode, um die Verdrießlichen ungehalten zu machen.

Der Unsterbliche grunzte.

»Ist das hier deine Insel?«, erkundigte sich Dazen mit unerbittlicher Munterkeit.

Der Unsterbliche grunzte erneut. Es war vielleicht als ein Nein zu werten.

»Dazen Guile. Schön, dich zu treffen!«

Der Unsterbliche warf ihm einen finsteren Blick zu. »Ich weiß, wer du bist.«

»Du bist ein Unsterblicher, was? Wie funktioniert das? Was machst du so?«

Der Unsterbliche blickte zu Orholam hinüber. »Herr? Habe ich die Erlaubnis, das Schiff zu verlassen?«

»Abgelehnt«, sagte Orholam fröhlich.

»Das hat etwas mit meinem Scheitern bei V. zu tun, nicht?«

Vee? Dazen kam sich vor wie ein Kind unter Erwachsenen, die sich über seinen Kopf hinweg unterhielten.

»Das ist kein Scheitern, noch nicht«, erklärte Orholam. »Und es ist auch keine Strafe.«

»Bitte, sag nicht, dass es eine Belohnung ist.« Der Unsterbliche räusperte sich und fügte eilig hinzu: »Mein gnädigster Herr. Ich flehe dich an.«

Orholam schwieg.

»Also ist es eine Belohnung«, grummelte der Unsterbliche. »Und da du ›noch nicht‹ gesagt hast, schickst du mich jetzt zu ihr zurück.«

»Wenn es möglich ist«, bestätigte Orholam.

»Was sollte mich denn daran hindern, zu ihr zurückzukehren und … oh.« Der Unsterbliche verstummte und drückte dann die Schultern durch. »Also begeben wir uns in einen der Kämpfe *dieser* Art«, stellte er fest.

Na großartig. Wir ziehen in eine Schlacht, die selbst Unsterbliche zaudern lässt?

»In dem Rucksack sind Lebensmittel und ein Weinschlauch, außerdem Decken«, erklärte der Unsterbliche an Dazen gewandt und stupste mit dem Fuß dagegen, ohne aber das Steuerrad aus der Hand zu lassen. »Iss etwas. Und schlaf.«

Nachdem er die beste Mahlzeit seines Lebens vertilgt hatte, machte Dazen genau das.

Eine Hand auf seiner Schulter weckte ihn.

»Du willst das bestimmt sehen«, sagte Orholam.

Die Sonne begann den Himmel zu erhellen. Dazen fühlte sich jetzt hundertmal besser.

Orholam zeigte außen am Kondor in die Tiefe.

Sie mussten Hunderte von Metern hoch am Himmel sein. Dazen verspürte einen kurzen Augenblick des Schwindels, dann sah er sie – Streifen im Wasser. »Sind das ... Meeresdämonen?«, fragte er. »Was tun sie hier? Ich habe gedacht, es seien nur noch acht übrig.«

»Sieben der acht haben letzte Woche Orholams Begnadigung angenommen«, berichtete der aufsässige Unsterbliche, obwohl Dazen gar nicht ihn gefragt hatte.

»Letzte Woche?«, wiederholte Dazen. »Aber ich habe mir doch erst gestern diese Gunst für sie erbeten. Das war doch gestern, oder?«

»Ja«, bestätigte Orholam mit einem Funkeln in den Augen. »Aber ich habe gewusst, dass du sie dir erbitten würdest.«

»Und wenn ich es nicht getan hätte?«, hakte Dazen nach.

»Das an ihrer Spitze ist Karris Atiriel. Nachdem es ihr nicht gelungen war, Lucidonius' Seelenübertragung rückgängig zu machen und ihn wieder nach Hause zurückzubringen, und nach all ihren Jahren als Prisma, ist sie selbst zu einem Meeresdämon geworden, um bei ihrem Gemahl zu sein.«

»Ich habe gedacht, sie hätte die Schwarze Garde gegründet«, sagte Dazen. »Ist das denn nicht zuletzt auch in der Absicht geschehen, den ...«

»Sie wollte sicherstellen, dass nie wieder jemand tun würde, was Lucidonius getan hatte, selbst während sie insgeheim plante, es ihm nachzutun. Stattdessen hat ihr Erfolg anderen bewiesen, dass so etwas auch Wandlern gelingen konnte, die nicht so begabt waren wie Lucidonius. Nun, nachdem so viele Jahrhunderte vergangen sind, ist sie bereit. Sie hat sich endlich entschieden, ihren Mann jener Selbstzerstörung zu überlassen, die er mehr liebt, als er sie liebt – oder sonst irgendetwas.«

Dazen nahm sich einige Sekunden, um die Information zu verarbeiten, dann fragte er: »Aber was machen sie *hier*? Das sieht nicht nach einer *Erlösung* aus. Sie sind immer noch Meeresdämonen.«

»Sie dienen, Dazen. So gebrochene Wesen sie auch sind. Aus Dankbarkeit dir gegenüber haben sie darum gebeten, dass sie vor ihrem Tod das, was sie geworden sind, zum Nutzen derjenigen Menschen, die sie geliebt haben, einsetzen dürfen. Und auch zu deinem Nutzen.«

Dazen stand gerade im Begriff, das sehr rührend zu finden, als er etwas entdeckte, was oben auf dem Meeresdämon thronte. Eine Art Aufbau? »Was ist das auf ihrem Kopf?« Er kniff die Augen zusammen, um besser in die Ferne sehen zu können, verlor das Ding jedoch aus dem Blick.

Orholam grinste. »Das da? Es wird dir gefallen. Willst du wissen, worin der letzte Teil deiner Buße besteht, Promachos?«

Da kommt noch mehr? Nein, ich will nichts über irgendwelche weiteren Bußübungen wissen! »Ja, bitte?«, fragte er.

»Es gibt gar keinen letzten Teil deiner Buße, doch du wirst Gelegenheiten haben zu beweisen, dass du dich verändert hast.«

»Das klingt stark nach Buße.«

»Ich weiß. Genauso wie es scheint, als würde ich dir bei deinem nächsten Sprung ein ganz außerordentliches Gottvertrauen abverlangen, aber dem ist eigentlich gar nicht so.«

»Was redest du da? Ein Sprung? Wir werden doch wohl zusammen landen, nicht wahr? Ich kenne da eine schöne Stelle, wo ...«

»Nein, nicht zusammen, und wir landen auch nicht. Das ist allein deine Aufgabe. Ich steige nicht aus dieser Flugmaschine aus«, erklärte Orholam. »Vergiss nicht: Die Meeresriesen hassen die Gottesbanne, sie sind jedoch auch für deren Einfluss empfänglich. Insbesondere Karris Atiriel ist hochempfindlich in Bezug auf den orangen Bann, selbst jetzt noch. Tu dein Bestes, um ihn zu zerstören, bevor sie eintrifft, ja?«

»Jaja, klar, aber ich verstehe immer noch nicht ...«

»Gut. Kip wird es wirklich zu schätzen wissen. Zieh das an. Oh, und eine letzte Sache noch«, fügte Orholam hinzu. Er reichte

Dazen einen zusammengelegten Schirm und das Musketenschwert.

»Was ist das?« Er streifte sich die am Schirm befestigten Riemen über und schnallte sie mit Orholams Hilfe fest. Im ersten grauen Licht des Morgens sah er unter sich eine Flotte von Schiffen und die Gottesbanne, die wie schwimmende Inseln in den Wellen trieben. Der Kondor kam ihnen rasch näher. Dazen fühlte sich ein wenig desorientiert.

Orholam umarmte ihn, und zuerst war Dazen zu perplex, um die Umarmung zu erwidern. Auch wenn Orholam aussah wie ein schlanker alter Mann, sprach aus seiner Umarmung doch eine uneingeschränkte Kraft, die unverkennbar mütterlich war: eine Mutter, die ihr verletztes Kind in die Arme schließt, es zugleich grimmig verteidigt und liebevoll ermutigt.

»Vergiss niemals«, sagte Orholam leise. »Ich sehe dich. Ich behalte dich stets im Auge.«

Dann warf er Dazen aus dem Kondor.

73

»Bruder! Ich will dich nicht umbringen. Aber ich werde es tun«, rief Karris.

Ihre Leute hielten sich angesichts der gewaltigen Überzahl des Feindes besser, als man hätte erwarten können. Es half, dass alle auf beiden Seiten sowohl ihr Luxin als auch ihr Schießpulver aufgebraucht hatten, sodass ihr allein die Fähigkeiten ihrer Schwarzgardisten blieben – und nicht zu vergessen die Mächtigen, denen sich inzwischen alle zwei Dutzend Kandidaten für die zukünftige Mitgliedschaft hinzugesellt hatten, dazu Ferkudi und Winsen (der offenbar den grünen Gottesbann völlig im Alleingang zerstört hatte).

Irgendwie waren sie Karris trotz allem gefolgt.

Oder vielleicht nicht Karris direkt, das wusste sie. Ferkudi und Winsen waren mitgekommen, um dem großen Leo und Benhadad im Kampf beizustehen. Sie kämpften füreinander, wie Brüder das tun.

Allerdings nicht Karris' Bruder.

Koios hatte die Geduld verloren und sich selbst ins Getümmel der Schlacht gestürzt.

Er bahnte sich eine Schneise durch sie alle, zuerst durch seine eigenen Leute, rücksichtslos und mörderisch, dann auch durch die Reihen der Schwarzgardisten, attackierte sie mit Fontänen aus Luxin, pfählte sie mit langen Stacheln; selbst Gill Gräuling schmetterte er wuchtvoll weit zur Seite.

Als er schließlich vor Karris angekommen war, warf er eine Hand in die Höhe, und ein Käfig aus blauem Luxin schoss rings um Karris herum aus dem Boden. Dann warf er auch seine andere Hand in die Höhe, und der Untergrund um Karris herum erhob sich mit rasender Geschwindigkeit Richtung Himmel, sodass ein schmaler Turm aus blauem Luxin entstand, der gerade breit genug für sie beide war. Karris hätte eigentlich Orange erwartet, da sie sich schließlich auf dem orangen Gottesbann befanden, aber Koios war im Umgang mit Blau immer am kunstfertigsten gewesen.

Karris zerbrach einen der Stäbe, die sie gefangen hielten, und dann noch einen zweiten. Aber auf beiden Seiten ging es so weit in die Tiefe, dass ein Sprung tödlich gewesen wäre. Es gab kein Entkommen.

»Gib jetzt auf«, forderte er. Er pulsierte in allen Farben, Ströme von Licht wallten von seinem Kopf herab und seinen Körper hinunter, seine Luxin-Rüstung wirkte jetzt mehr wie ein schildkrötenartiger Körperpanzer denn wie ein Anzug. »Deine Leute sterben. Du musst dich ihnen dabei nicht hinzugesellen.«

»Du bist am Verlieren«, erwiderte sie.

»Bin ich das?«, fragte er, und sie fand es schrecklich, dass sie in all dieser monströsen Abscheulichkeit immer noch das Echo seiner alten Stimme hören konnte. Er schüttelte den Kopf. »Ich habe noch ein Dutzend Saatkristalle in Reserve. Ich kann an einem einzigen Tag einen neuen Gottesbann wachsen lassen, und die Verstärkung durch den ilytanischen Piratenkönig wird morgen eintreffen. In meiner Ungeduld habe ich mich heute etwas übernommen. Aber nichts von dem, was ihr getan habt, hat irgendetwas bewirkt. Kein bisschen. Ihr habt meinen Sieg um einen Tag verzögert. Verrate mir, glaubst du, deine Leute können morgen noch einmal so kämpfen, wie sie es heute getan haben?«

»Du lügst«, sagte sie, und ihr wurde das Herz schwer. »Es sind alles Lügen.«

»Das werden wir noch sehen«, entgegnete Koios. Er zog ein funkelndes grünes Juwel hervor und hielt es zwischen Daumen und Zeigefinger. Dann wedelte er mit der anderen Hand, und die blauen Stäbe von Karris' Gefängnis verschwanden.

Karris machte einen Satz auf ihn zu, aber sie spürte, wie das grüne Luxin in ihrem Körper plötzlich ganz starr wurde. Sie ging in die Knie. Gegen ihren Willen öffnete sich ihre Hand, und die Skorpions-Bich'hwa glitt ihr aus den Fingern.

»Huldige mir«, forderte er. »Sogar die Unsterblichen haben die Tyrannei eurer Chromeria satt. Sie kämpfen für mich! Ich bin ein Gott der Götter!«

»Du bist ein Sklave und merkst es nicht einmal«, entgegnete Karris.

Er seufzte. »Sie haben dich ihrer Gehirnwäsche unterzogen. Das ist sehr, sehr traurig. Ich habe dich geliebt, Schwester. Ich habe dich so sehr geliebt. Ich liebe dich noch immer, aber so nicht, Schwester. So nicht.« Als er im ersten Licht der Morgendämmerung das grüne Juwel zwischen seinen Fingern rollte, blitzte dessen Farbe auf wie ein grünes Zwinkern. Ihre Hände gingen nach oben, die Handflächen geöffnet, als flehe sie ihn an. Er lächelte ihr zu, doch es war ein hässliches Lächeln, und aus seiner anderen Hand spross eine Klinge hervor, die immer länger und länger wurde. »Sprich das Wort, Schwester, und bleibe am Leben. Sonst ... sonst werde ich mich eben einfach daran erinnern müssen, wie du gewesen bist, bevor sie dich verdorben haben.«

Dazen schwebte unter seinem Schirm nach unten und versuchte das heftige Hämmern seines Herzens zu beruhigen und das Engegefühl in seiner Kehle herunterzuschlucken. Ohne wandeln zu können, fehlte ihm nun der Fehlerspielraum, den er sonst immer bei allem gehabt hatte.

Aber Orholam persönlich hat mich in die Tiefe geworfen. Das muss doch ein perfekter Wurf gewesen sein, oder? Dennoch war schnell offenbar geworden, dass er gar nicht auf Großjasper landen würde. Er trieb auf die Dunkelheit des Ozeans zu. Bestimmt würde bald ein Wind von der Seite aufkommen?

Jetzt, jede Sekunde.

Aber es gab keinen Seitenwind.

Was er jedoch im Fallen sah, waren ein Gottesbann – orange oder vielleicht auch rot – und eine Flottille von Schiffen, die alle zusammengebunden waren, und dazu irgendeine Art von Kampf. Ein kleiner Kreis von Schwarzgardisten und einigen weiteren Kämpfern versuchte, sich eine gewaltige Überzahl an Feinden vom Leib zu halten.

In Ordnung, vielleicht ist das hier ja doch der richtige Ort für mich. Guter Wurf, alter Mann.

Er zog die Blendende Klinge hervor und öffnete das Verschlussstück. Es war kein Pulver darin. Dazen begann, seinen Rucksack zu durchsuchen, um nachzusehen, ob er nicht irgendwo ein Pulverhorn hatte.

Bestimmt hatte er doch irgendwo ein Pulverhorn.

Die Schwarzgardisten standen alle im Kreis um eine Art schmalen Turm herum – und sie hatten ihm sämtlich den Rücken zugekehrt, kämpften ihr letztes Gefecht auf verlorenem Posten –, und da war auch sie, oben auf dem Turm, seine Karris, ihr gegenüber ein Farbwicht, der ein Polychromat war.

Und sie kniete.

Doch Dazen würde direkt hinter diesem regenbogenfarbigen Dreckskerl niedergehen. Dazen fand das Pulverhorn und löste es aus den Riemen des Flugschirms.

Orholam, alter Knabe, was für eine verdammt knappe Angelegenheit.

Er öffnete das Pulverhorn mit seinen Zähnen ...

Und dann prallte etwas Unsichtbares an ihm ab, ließ ihn nach oben und zur Seite wirbeln, verhedderte die Seile seines Schirms und schleuderte ihn heftig aus seiner Flugrichtung. Das Pulverhorn flog ihm davon, und fast hätte er auch noch das Schwert verloren.

Er sah einen Lichtblitz, der zwei geflügelte Gestalten erleuchtete, die miteinander kämpften. Im Kampf ineinander verkeilt, purzelten sie durch die Lüfte von ihm weg.

Während er wirbelnd hin und her schwankte und immer weiter vom Kurs abkam, umklammerte Dazen mit weiß hervortretenden Knöcheln das Schwert und versuchte sich zu orientieren. Er näherte sich mit hoher Geschwindigkeit dem Luxin-Turm – aber nicht der Stelle, wo er hatte landen wollen.

Er war zu weit weg. Jetzt würde er hinter Karris landen, am äußersten Rand des Turms. Er würde sich vielleicht gar nicht auf dem Turm halten können.

Er hatte nur wenige Augenblicke, um eine Entscheidung zu treffen.

Ohne Schwarzpulver konnte er das Musketenschwert nicht abfeuern, doch er konnte es wie einen Speer werfen. Das funktionierte, hin und wieder, sein Schwert so zu werfen. In seltenen Fällen.

Fast nie.

Und sein Schwert wie einen Speer zu werfen, während er sich

in der Luft drehte und hin und her schwang ...? Doch Dazen war der Promachos. Das war sein eigentliches Wesen! Er war der Held, der auf den Flügeln der Morgenröte eintraf und in letzter Sekunde alle rettete. Er konnte diesen Wurf schaffen! Er musste es tun!

Oder ... er konnte das alles auch einfach sein lassen.

»He! He!«, rief jemand in der Luft über ihnen. Die Stimme klang vertraut.

Durch die Einwirkung des grünen Saatkristalls auf das grüne Luxin in ihrem Körper bewegungsunfähig gemacht, konnte sich Karris nicht rühren, aber sie sah, wie Koios beunruhigt aufsah und die Augen zusammenkniff, um sich vor dem blendenden Glanz von Orholams aufgehendem Auge zu schützen.

Eine schwarze Klinge landete auf ihren geöffneten Händen. Das Schwert schnitt ihr die Handflächen auf, als es ihr durch die Finger glitt, und das schwarze Luxin saugte gierig das grüne Luxin in ihrem Blut auf.

Und plötzlich, als das grüne Luxin verschlungen worden war, das sie bewegungsunfähig gemacht hatte, war sie frei.

Aber dann sah Koios, wie sie sich bewegte, und bemerkte die Klinge in ihren Händen.

Er machte mit ausgestreckter Klinge einen Satz auf sie zu.

Karris war unglaublich schnell – ihre Schnelligkeit war der Grund gewesen, warum sie es in die Schwarze Garde geschafft hatte –, und so sprang sie schneller, schlug mit dem Vorderarm Koios' Klinge zur Seite und rammte ihm das schwarze Schwert in den Leib, tief und tiefer, bis hinein in die Brust des Wichtkönigs.

Für einen Moment war es so, als sei nichts passiert. Kein Blut quoll um die Klinge herum hervor. Dann, ganz plötzlich, war es, als würde Koios in sich zusammenfallen. Sie begriff, was da passierte: Die Klinge saugte ihm Farbe um Farbe jedes bisschen Luxin aus dem Leib: Infrarot, dann Rot, Orange, Gelb, Grün, Blau und Ultraviolett ...

… bis Koios, ziemlich unvermittelt, nur noch ein verbrannter Mann mit Zorn und Unglauben in seinen geweiteten Augen war, der eine Kette mit farbigen und schwarzen Juwelen um den Hals trug. Sie riss ihm die Kette herunter und warf sie vom Turm hinab.

Dann riss sie ihm das Schwert aus der Brust. Es war noch immer kein Blut zu sehen, was sie beide in Erstaunen versetzte.

Er warf ihr seine Hand entgegen, um Magie nach ihr zu schleudern, und sie machte eine verzweifelte Bewegung mit dem Schwert, um den Angriff zu parieren – aber kein Luxin-Geschoss kam von ihm herangeflogen.

Koios sah voller Entsetzen auf sein sterbliches Fleisch hinab.

Er schüttelte den Kopf, nein, nein. Wieder und wieder warf er seine Hand nach vorn, als versuche er es abwechselnd mit anderen Farben, vermochte aber keine zu finden.

Seine Augen füllten sich mit Angst. Verzweifelt wich er zurück. »Ihr Unsterblichen! Meine Diener! Kommt jetzt zu mir! Ich befehle es!«, rief Koios. »Rettet mich auf der Stelle!«

Er streckte die Arme aus und sprang vom Turm, als sei er zutiefst davon überzeugt, aufgefangen zu werden.

Sein zerschmetterter Körper klatschte auf das Deck des Schiffes tief unten.

»Ähm. Tut mir leid, Umstände zu machen«, rief eine Stimme hinter ihr.

Gavin? »Gavin!«, schrie sie.

Ihr Mann stand mit den Zehen auf dem äußersten Rand des Turms und schlug mit den Armen durch die Luft, um nicht das Gleichgewicht zu verlieren.

»Äh …«, setzte er an. »Hallo, Schatz. Kannst du mir helfen?«

Doch dann, ehe sie sich zu rühren vermochte, stürzte er in die Tiefe.

Einen Sekundenbruchteil später war sie an der Turmkante, als hätte sie den Raum dazwischen gar nicht durchqueren müssen.

Sie blickte in die Tiefe, voller Angst, Gavins zerschmetterten

Leib weit unten neben dem ihres Bruders zu sehen, aber stattdessen sah sie Gill Gräuling. Er war schon fast den ganzen Turm hinaufgeklettert, um ihr zu Hilfe zu eilen – und jetzt schnappte er sich Gavin mitten aus der Luft.

In gekrümmter Haltung hielt der Schwarzgardist Gavins Handgelenk mit den Fingern fest und sagte: »Ich habe einen Gavin verloren, Herr. Ich werde nicht noch einen verlieren.«

Und dann half sie ihm, ihren Mann auf den Turm hinaufzuwuchten. Die Schlacht unmittelbar unter ihnen war zu Ende – die Blutröcke hatten den Kampf eingestellt, als sie gesehen hatten, wie ihr Herr und Meister in den Tod gesprungen war.

Und dann war ihr Mann oben bei ihr und in Sicherheit und lag in ihren Armen.

Die Morgendämmerung war herrlich anzusehen, aber es gab eine Million Dinge zu erledigen. Doch nichts von alledem tat jetzt etwas zur Sache. Die Emotionen waren zu mächtig, um sie noch einen Augenblick länger zurückzuhalten.

Sie hatte noch nie in ihrem Leben so heftig geweint.

74

»Würdest du ... ähm, würdest du dir mal meine Augen ansehen?«, wandte sich Kip an Tisis. Er hatte gedacht, es läge einfach an der Nacht, die nun mal immer alle Farben auslöscht, aber das immer heller werdende Licht der beginnenden Morgendämmerung machte es zur Gewissheit: Irgendetwas stimmte nicht mit den Farben; sie waren fahl und schwach. »Ich habe meine Halos ruiniert«, fügte er hinzu. »Auf dem Blendblick. Es ist wirklich schön gewesen, dich in den Armen zu halten und von dir gehalten zu werden, aber jetzt ... Ich muss es wissen.«

Tisis holte tief Luft. Sie hatte ihm seit dem Beginn der ganzen Sache nicht in die Augen geschaut. Aber als sie ihn jetzt ansah, wirkte sie erleichtert. »Direkt danach sind sie völlig weiß gewesen. Die ganzen Augen. Jetzt sind sie blau. Einfach nur dein natürliches Blau.«

»Überhaupt keine Halos?«, hakte er nach.

»Nein, keine.«

»Nun ...«, setzte er an. »Das ist, äh, toll. Nehme ich an.« Er würde sich in den nächsten paar Tagen nicht der Befreiung unterziehen müssen, das war also immerhin etwas.

»Was stimmt denn nicht?«, fragte sie.

»Ich kann nicht wandeln«, sagte er leise. Kummer durchfuhr ihn wie ein Stich. Deshalb kamen ihm die Farben so kraftlos vor, ohne Gefühl.

»Was?«, fragte sie. »Nein, das kann nicht sein. Vielleicht bist du einfach müde? Lichtkrank?«

Er schüttelte den Kopf und zwang sich zu einem Lächeln. »Zwar wurde mein Leben verschont, jedoch nicht meine Fähigkeiten. Ich habe sämtliche Farben durchprobiert. Sie sind weg. Sie sind alle weg.«

»Oh, Schatz«, murmelte sie und legte sich die Hand vor den Mund.

Er hätte der Lichtbringer sein können; jetzt konnte er nicht einmal mehr wandeln. Er war ein Stumpfer geworden, ein Nichtwandler. Viele Wandler hätten den Tod diesem Schicksal vorgezogen. Vor einem Jahr hätte auch er selbst das noch getan. Er wandte den Blick ab. »Glaubst du ... glaubst du, du kannst einen Mann mit gebrochenen Augen lieben?«

Sie wurde nicht wütend auf ihn, wie er es verdient hätte. Sie drückte ihn nur fest an sich.

»Es tut mir so leid«, beteuerte sie.

»Mir auch«, erwiderte er und rieb sich die Augen. Er holte tief Luft. »Aber jetzt Schluss damit.« Es überraschte ihn fast schon, dass seine Worte ehrlich gemeint klangen. »Ich glaube ... ich glaube, ich habe irgendwie mit dem ganzen Selbstmitleid abgeschlossen. Es hätte wahrscheinlich nicht gerade meinen *Tod* brauchen müssen, um herauszufinden, wie gut ich es habe, aber jetzt ist es mir bewusst geworden. Ich bin hier. Bei dir. In Ordnung, jetzt bin ich also ein banaler Stumpfer. Was soll's?«

»Ein banaler Stumpfer?«, wiederholte sie kopfschüttelnd, und ein Lächeln legte sich auf ihre Lippen. »Kip Guile, das Letzte, was du bist, ist *banal*.«

Hattest du geglaubt, ich würde dich vergessen, kleiner Guile?

»Was?«, fragte Kip. Tisis und Hauptmann Fisk halfen ihm aufzustehen.

»Ich habe nichts gesagt«, versicherte sie.

Er war etwas wacklig auf den Beinen, aber vielleicht würde er sich schnell wieder erholen, wenn er ein wenig umherging. »Ich glaube, ich habe etwas über mich selbst herausgefunden: Ich kann es wirklich nicht ausstehen, einer Schlacht zusehen zu müssen.«

Die Aussicht von dem erhöhten Aufbau war hervorragend. Auch wenn der Ebonshügel ganz Wieselfels und Hinterhügeln verdeckte, konnte Kip die West- und die Ostbucht sowie die noch immer brennenden Feuer am Großen Brunnen sehen. Das Licht des nahenden Sonnenaufgangs begann gerade erst die Geschichte der Zerstörungen zu erzählen, die die Blutröcke der Stadt zugefügt hatten. Aus vielen Stadtteilen stiegen Rauchsäulen auf, aber Karris hatte Wasser und Mittel zur Feuerbekämpfung gehortet und Nachbarschaftsgruppen organisiert, und es hatte den Anschein, dass sich die Feuer nicht weiterverbreiteten. Ringsum hallte noch immer das Geknatter der Musketen, bisweilen in geballten Salven, aber häufiger war es ein vereinzeltes Knallen im gesamten Inselgebiet. Von den Kanonen feuerten zu dieser frühen Morgenstunde nur wenige. Die meisten waren entweder zum Schweigen gebracht worden, oder sie warteten auf das Licht des Tages, um ihre Ziele besser erkennen zu können.

Der ultraviolette, der blaue, der gelbe und der grüne Gottesbann waren zerstört worden. Soweit Kip sehen konnte, trieben die anderen noch immer im Meer. Er wollte gar nicht daran denken, was das für Ferkudi und Ben-hadad vermutlich bedeuten dürfte. Er hätte sich am liebsten wieder in den Kampf gestürzt, aber er wusste, dass ihm Hauptmann Fisk und Tisis das nicht erlauben würden. Wahrscheinlich könnte er sich auf den Kopf stellen, und sie würden ihn trotzdem nicht kämpfen lassen. Aber sie hatten im Grunde recht, er war gar nicht in der Verfassung für so etwas. Er war nutzlos.

Es war kein schönes Gefühl.

Aber was war das für eine Stimme gewesen, die er da eben zu hören gemeint hatte?

»Was war das denn?«, fragte Tisis.

»Was?«

»Dort im Wasser!«

Doch was auch immer es gewesen sein mochte, Kip hatte es verpasst — auch wenn er beim Versuch, seinen Blick darauf zu richten, seinen schmerzenden Kopf und seine brennenden Augen so weit wie möglich gedreht hatte. Sofort bedauerte er sein Tun. Ja, er war definitiv nicht in der Verfassung zu kämpfen. Er könnte sich genauso gut freiwillig dafür melden, sich in den Speer eines der Feinde fallen zu lassen.

»Es ist direkt am Lilienstiel vorbeigeschossen«, berichtete Tisis. »Ich wollte eigentlich gerade vorschlagen, dass wir zur Chromeria zurückgehen, wo wir sicherer sind, aber ... wenn dieses Ding nicht umgedreht wäre, hätte es die Brücke wegreißen können, ohne es überhaupt zu bemerken.«

»Ein Meeresdämon?«, fragte Kip.

Dann hörte er das dröhnende Donnern einer gewaltigen Kanone und drehte sich um. Momentan feuerten nur einige wenige andere Kanonen, und keine hörte sich an wie diese gerade eben.

»Was war das?«, wunderte sich Tisis. »Ich glaube, ich kenne

dieses Geschütz. Beim Barte Orholams, ist das etwa das Schlagende Argument?«

»Das was?«

»Meine Schwester hat mal versucht, diese Kanone einem Händler abzukaufen, einem Phineas irgendwas. Er wollte sie aber nicht verkaufen und hat gesagt, dass er nie wieder etwas dergleichen anfertigen würde. Er hat hoch und heilig beteuert, dass die Kanone für jemand anderen bestimmt sei, aber er hat sie ihr vorgeführt, um Werbung für seine übrigen Produkte zu machen.«

Kip konnte in der Richtung, aus der er die Detonation gehört hatte, eine Rauchfahne aufsteigen sehen. Manchmal wickelten Kanoniere ihre Granaten in brennendes Sackleinen, um ihre Flugbahn nachverfolgen zu können. Einige Augenblicke später wurde Kip mit einem weiteren Schuss belohnt, der in genau der gleichen Flugbahn wie der erste aufstieg und in den infraroten Gottesbann klatschte.

Hauptmann Fisk hielt sich ein Fernrohr vors Auge. Mit einem merkwürdigen Ausdruck im Gesicht reichte er es an Kip weiter. »Bitte sag mir, dass ich nicht verrückt bin.«

Im Halbdunkel war es jedoch schwer, etwas auszumachen.

»Halte Ausschau nach der alten tyreanischen Botschaft. Ein paar Strich rechts davon, ein Stück in die Bucht hinaus«, erklärte Fisk.

»Wo ist sein Schiff?«, fragte Kip. Denn da schien nur ein kastenförmiges Vorschiff durch das Wasser zu schwimmen, das sich mit größerer Geschwindigkeit vorwärtsbewegte und auf- und absteigend auf den Wellen trieb, ohne über die Vorzüge eines Schiffes zu verfügen. Darauf tanzte ein Mann zu einem unhörbaren Rhythmus. Heiße Lichtpunkte brannten in seinem Bart, während er ganz allein eine riesige Kanone lud.

»Kanonier?«, wunderte sich Kip. Worauf bewegte sich dieses Vorschiff nur vorwärts?

Kanonier feuerte erneut, dann sprang er vom Rohr seiner großen Kanone herunter und tanzte von einem Fuß auf den anderen. Er blickte angespannt über die Bucht hinaus, als wartete er auf etwas. Dann stieß er den Arm in die Höhe, als sei er erfolgreich gewesen – wobei jedoch, darauf konnte sich Kip keinen Reim machen.

Einen Augenblick später explodierte der gesamte infrarote Gottesbann. Licht blitzte über die Inseln, und eine dunkle Wolke stieg in den frühen Morgen empor und breitete sich in alle Richtungen aus; Rauch rollte über das Land.

»Hat er gerade eben etwa …?«, begann Tisis.

»Er scheint es auf jeden Fall zu glauben. Und – befindet sich Kanonier etwa auf dem Rücken eines *Meeresdämons*?!«

»Ich bin mir nicht sicher«, sagte Fisk.

Aber worum auch immer es sich handelte, Kip würde es nicht sehen, da Kanonier und sein schwimmendes Vorschiff nun hinter der tyreanischen Botschaft verschwanden.

»Genug. Der hier steht unter meinem Schutz!«, rief jemand.

Kip blickte sich um. Diesmal war es eine vertraute Stimme. Aber da war niemand zu sehen. Eine Vorahnung überkam ihn. »Rea?«, fragte er. »Rea Siluz?«

Tisis warf ihm einen Blick zu. »Wer?«

»Nichts«, sagte Kip. »Hattest du nicht vor, dir dein Handgelenk verbinden zu lassen und dir etwas Mohn zu besorgen?«

Als ihr Aram bei ihrem Versuch, Zymun zu erschießen, die Pistole aus der Hand geschlagen hatte, hatte er ihr ein verstauchtes Handgelenk verpasst. Es war inzwischen dick angeschwollen, aber sie hatte Kip nicht allein lassen wollen, war ihm all die langen Morgenstunden nicht von der Seite gewichen.

»Ja, schon.« Aber sie warf ihm einen merkwürdigen Blick zu.

»Hauptmann Fisk?«, sagte Kip. »Ich werde hier warten, das verspreche ich.«

Als sie gingen, trat Kip an den Rand des erhöhten Aufbaus und reckte den Hals. Ein Regen aus glühender Glut wehte immer noch vom infraroten Gottesbann herab – zum Glück für die Stadt landete das meiste davon im Wasser. Kip konnte gerade so Kanoniers Vorschiff sehen – es hing nun auf dem Hafendamm der Ostbucht. Der Pirat gestikulierte wild, doch es hatte nicht den Anschein, als sei er verletzt, und das Vorschiff lehnte in einem Winkel an dem Damm, dass es aussah, als habe sich der Meeresdämon das ganze Ding vom Rücken geworfen.

Kip machte einen Schritt zurück, und irgendetwas streifte seine Schulter.

Es befand sich niemand sonst auf dem Aufbau, aber diese Berührung ließ ihn am ganzen Körper kribbeln. Er warf einen Blick auf seine Schulter. Der Ärmel war aufgerissen – und er rauchte. Als er nach seinem Arm griff, quoll aus einem hauchdünnen Schnitt Blut hervor.

Die dunkle Vorahnung von eben meldete sich zurück und legte sich flau über seinen Bauch. Er empfand sie mit der unmittelbaren Dringlichkeit von jemandem, dem schlecht geworden war und der, nachdem er das erste Zwicken im Magen ignoriert hatte, nun im Begriff stand, sich zu übergeben.

Abaddon.

Er legte seinen Kopf in den Nacken und sah – er sah alles in prächtigen, lastenden, überwirklichen Farben, denn nachdem er durch die Gegenwart des gewaltigen Unsterblichen auf unerklärliche, unausweichliche Weise in dessen Reich hineingezogen worden war, wo es sich mit Kips Welt überschnitt, sah Kip nun nicht nur mit seinen körperlichen Augen, sondern er sah so, wie *sie* sahen.

Als sich Kips Augen auf jene andere Welt einstellten, sah er Abaddon, den König der Heuschrecken, in einem engen Kreis durch die Luft wirbeln, und so etwas wie eine schwarze Klinge zuckte tödlich in seiner Hand.

Rea Siluz bewegte sich taumelnd neben Kip, ihr Arm hing schlaf herab, und Kip konnte nur vermuten, dass sie gerade einen Hieb von Abaddon abgewehrt hatte.

Und das nicht zum ersten Mal.

Aber sie hielt nicht inne. Auf der Stelle machte sie einen Satz, schneller als ein Mensch denken kann, schwang ein flammendes Schwert ...

Die Erschütterung ihres Zusammenstoßes ließ Abaddons illusorischen Körper samt Gesicht zerstieben. Die schwarzen, rauchenden Bruchstücke verwirrten Kips Augen, aber nicht Reas. Abaddon stürzte sich auf sie, und mit Hammerschlägen von Schwert auf Schwert und Schwert auf Schild klatschte der Unsterbliche Rea aus der Luft, wie wenn jemand eine Motte auf dem Boden zerquetscht.

Sie fiel auf die Straße unterhalb des erhöhten Aufbaus, ihre elegante Rüstung klapperte über die Pflastersteine. Sie wirkte ratlos und voller Angst.

Zehn Schritt weiter fuhren die beiden dort Wache haltenden Grünschnäbel der Mächtigen herum, als hätten sie ein Geräusch gehört. Aber sie waren nicht mit in die Blase hineingezogen worden; sie konnten die Unsterblichen nicht sehen.

Das heuschreckenartige Ding, das Abaddons eigentliches Wesen war, zog »Trost«, seine mehrkammerige Pistole mit dem Perlmuttgriff, und schoss in schneller Folge auf Reas flach hingestreckten Körper.

Rea wehrte die Schüsse erst mit ihrem Schild und dann mit ihrem Schwert ab, doch sie wurde wieder und wieder zurückgeworfen und stürzte schließlich auf die Pflastersteine. Abaddons Macht schien sie indessen mehr zu erschrecken als die Besorgnis um ihr Leben.

Liebevoll stieg der Rauch von seiner Pistole auf und ringelte sich um seinen Körper. Er legte eine Feuerpause ein, aber nicht um nachzuladen: Diese Pistole musste nie nachgeladen werden. »Gib dich geschlagen und überlass mir diese Welt, Aurea.« Er machte eine Winkbewegung mit seiner Pistole. »Das hier ist zwar nicht die Trennende Klinge, aber wenn ich dich hier damit töte, kannst du trotzdem nie mehr in diese Welt zurückkehren. Geh. Sag dir, dass du eines Tages zurückkommen wirst. Heute habe ich gewonnen.«

Warum sagte er das? Es musste einen Funken Hoffnung geben, dass Rea noch immer gewinnen konnte, sonst würde er ihr wohl keine Chance geben, nicht wahr? Oder bestand da eine alte Zuneigung zwischen den beiden, von der Kip nichts ahnen konnte? *Aurea?*

Rea warf Kip einen Blick zu, und er hätte schwören können, dass er eine Bitte um Entschuldigung in ihren Augen sah.

Dann machte sich Abaddon ihr Abgelenktsein zunutze und feuerte auf Rea. Doch sie war bereits von dort verschwunden, wo sie noch einen Moment zuvor gelegen hatte, und war geflohen.

Sie hatte diese Welt verlassen.

Aber irgendwie war es ja auch verständlich, oder? Wenn es wirklich tausend Welten gab, dann blieben ihr schließlich immer noch neunhundertneunundneunzig, für die sie kämpfen konnte. In diesem Maßstab betrachtet, hatte ein aufgegebenes Schlachtfeld nicht viel zu bedeuten.

Die Grünschnäbel, deren Aufgabe es war, Kip zu schützen, schienen die letzten Schüsse oder das Abprallen der Musketenkugeln auf der Straße gehört zu haben, denn sie kamen nun auf den Aufbau zugestürmt.

Und sie starben auf der Stelle; mit einem einzelnen Schuss für jeden wurden ihnen die Köpfe einfach weggepustet.

Abaddon schob die Pistole ins Halfter und landete vor Kip auf dem Aufbau. Er machte sich gar nicht erst die Mühe, wieder die täuschende Maske eines menschlichen Gesichts aufzusetzen, sondern starrte Kip stattdessen als dieselbe insektenhafte Scheußlichkeit an, mit der Kip es das letzte Mal in der Großen Bibliothek zu tun bekommen hatte.

Tief in sich drin hatte Kip wirklich gehofft, es sei damals nur eine durch die Karten bewirkte Halluzination gewesen.

»Du hattest wohl gehofft, ich würde dich vergessen?«, fragte Abaddon, eine rostige Stimme aus einer Kehle, die nicht für die Laute der menschlichen Sprache gemacht war. »Du hast geglaubt, du könntest hier den Sieg davontragen?«

»Ja?«, sagte Kip.

Abaddons Gesicht machte knackende, zirpende Geräusche. Kip hatte keinen blassen Schimmer, welche Art von Gefühlszustand das wohl vermitteln sollte. Dann sagte das Geschöpf: »Wo ist mein Mantel?«

»Er ist gleich dort drüben. Kannst du ihn denn nicht sehen?«, erwiderte Kip und deutete auf die von ihm abgewandte Seite des Aufbaus.

Abaddons Faust schnellte hervor und krachte Kip in die Rippen. Er fiel um und wäre fast von dem Aufbau gestürzt. Er stöhnte auf, hielt sich am Eckpfosten fest und starrte im Halbdunkel über die Ostbucht hinaus.

Rea, bitte sagt mir, dass ich hier nicht ganz allein bin. Bitte.

»Der Mustermantel. Wo ist er?«

»Du hast einen Riesenfehler gemacht«, sagte Kip, das Gesicht nach unten gerichtet. Ihm war schwummrig. »Einen ganz großen. Gewaltigen.«

Da draußen war Kanonier, so weit weg, dass Kip ihn kaum sehen konnte. Er stand da, als hielte er sich ein Fernrohr vors Auge. Mit der Hand, die sich außerhalb von Abaddons Gesichtsfeld befand, versuchte Kip, Kanonier ein Zeichen zu geben: Schieß hierher, ja, hierher!

»Ich?«, sagte Abaddon. »Nein, nein, nein. Du hast ja nicht die geringste Ahnung. Bei diesem Kampf ist es nie um Koios und dieses kleine Reich hier gegangen. Es ging um das Schicksal dieser ganzen Welt. Selbst jetzt im Moment ruft euer Weißer König nach unserer Hilfe – und wird sie nicht bekommen. Die Dschinnen sind aus seiner Macht befreit worden. Die Gottesbanne werden erneut wachsen – binnen eines einzigen Tages, mit meiner Hilfe.

Wir werden einen solchen Blutrausch entfesseln, dass diese Barbaren die Jasperinseln leerfegen werden. Sie werden alle niedermetzeln. Sogar jetzt im Moment, schau nur! Sind deine wertlosen sterblichen Augen scharf genug, um die schwarzen Segel von Pash Vecchios Flotte am Horizont zu entdecken? Der Piratenkönig kommt mit unserer Verstärkung, und was könnt ihr dem entgegensetzen? Keiner kommt, um euch beizustehen. Ihr seid verlassen worden. Was ist eure letzte Hoffnung? Ein paar Meeresdämonen? Wisst ihr überhaupt, wie wenig die gegen die wahre Magie tatsächlich ausrichten können? Eure Verteidigungsleistung ist es wert, in einem Lied besungen zu werden. Aber niemand wird darüber singen, was ihr hier geleistet habt. Es wird keiner übrig sein, um es zu tun.«

»Lustig, dass du meine Augen erwähnt hast«, sagte Kip. »Denn du hast recht. Ich bin blind für die anderen Welten. Ich kenne sie nicht und verstehe sie auch nicht, wenn ich sie sehe, und wenn sie in mein Leben treten, bin ich ganz benommen, und sie verschlagen mir den Atem. Aber ich bin nicht der einzige Blinde.«

»Ich weiß. Alle von eurer Sorte sind gleich, ein paar wenige Seher ausgenommen, die einen Hauch mehr erhaschen und dann glauben, sie sähen alles und wüssten sogar noch mehr.«

»Ich meine dich«, entgegnete Kip. »Wie viele Menschen hast du über wie viele Zeitalter hinweg kennengelernt? Wie viele Welten? Und trotzdem verstehst du uns noch immer in keiner Weise. Ich bin blind für die anderen Welten, aber du bist blind für die Mechanismen der Liebe und der Selbstaufopferung. Du blickst auf die Räume, die sie beanspruchen, aber sie scheinen dir leer zu sein. Du kannst dir nicht mal vorstellen, wie diese Mechanismen funktionieren. Du kannst dir nicht vorstellen, dich um irgendetwas anderes als um dich selbst zu kümmern. Das macht dich dumm, Abaddon. Es macht dich vorhersehbar. Es macht dich schwach. Weißt du, was unsere besondere menschliche Befähigung ist? Wir können *leiden*. Wenn du uns nur einen festen Gegenstand an die

Hand gibst, gegen den wir uns mit unserem Willen stemmen können, werden wir die Welt bewegen. Wir werden standhalten. Über jede Vernunft hinaus. Über alles Glaubliche hinaus. Weißt du, was wir wissen, was du nicht weißt?«

»Ich sollte dich mitnehmen, für meine Menagerie. Ein Jahrtausend der Folterqualen wird dir vielleicht ein bisschen Respekt beibringen. Worauf hoffst du, kleiner Guile? Orholams Heerschar hat dieses Reich verlassen. Ich kann jetzt keinen Einzigen von ihnen mehr spüren. Bald werden wir unsere Brüder befreien und dann ...« Er brach ab und drehte seinen Kopf zur Seite. »Ich sehe da etwas, was mit einem *Kanonier* zu tun hat?«

»Danke«, erwiderte Kip. »Manchmal braucht es ein Weilchen, bis man ein schlagendes Argument beisammenhat.«

»Was?«

Kip griff nach vorn und berührte Abaddons Fuß. Abaddon konnte viel zu schnell reagieren, als dass Kip ihn lauthals verspotten wollte, aber er dachte: Du befindest dich hier jetzt in meiner Kausalitätsblase, Hundesohn.

Der Unsterbliche sah ihn mit schiefgelegtem Kopf an. »Wir haben hier gewaltige Schwierigkeiten, uns zu verständigen, du und ich.«

Kip konnte nicht anders; er warf einen raschen Blick zum die Ostbucht schützenden Hafendamm hinaus, wo er das einsame Vorschiff eines auf Grund gelaufenen Schiffes sehen konnte sowie die schwarze Rauchwolke, die es soeben aus seinem gewaltigen Rachen ausgestoßen hatte. Kip hätte nicht hinsehen sollen, aber vielleicht war Abaddon ja so gewieft, dass er dachte, Kips Blick selbst sei schon eine Ablenkung, eine falsche Fährte.

Zwischen dem erhöhten Aufbau von Orholams Blendblick und Kanoniers mächtigem Schlagenden Argument ragte die alte tyreanische Botschaft in die Höhe. Es gab einen schmalen Zwischenraum, nicht breiter, als der Unterarm eines Erwachsenen lang ist, durch den hindurch eine Kanonenkugel an der Botschaft vorbeifliegen und immer noch den Aufbau treffen könnte.

Auch wenn Kip von drüben her sichtbar war, versperrte die Botschaft höchstwahrscheinlich doch Kanoniers Sicht auf Abaddon.

Kip war es egal. Er hoffte, Kanonier würde die explodierende Granate direkt in seinem eigenen Schoß landen lassen. Sein Leben für das von Abaddon? Ja. Ohne Frage, ja. Das ist für meine Grünschnäbel, du Dreckskerl.

Aber noch bevor sein Herz das nächste Mal geschlagen hatte, erkannte Kip, dass der Schuss einfach zu weit war, selbst für Kanonier.

Die Kanonenkugel – ein rauchender, flammender Blitz – machte einen allzu langen Bogen. Entweder hatte Kanonier im Bemühen, nicht die Botschaft zu treffen, falsch gezielt oder die Kanone selbst war einfach nicht genau genug. Die Granate würde danebengehen.

Dann wurden er und der Unsterbliche Zeugen desselben unglaublichen Geschehens: Die Bahn des flammenden Geschosses beschrieb eine Biegung ... eine Biegung mitten in der Luft ...

Eine Biegung hin zu ihnen.

Kip kauerte sich zusammen wie ein Kind im Mutterleib, wurde noch einmal, ein letztes Mal, zum Schildkrötenbären, um Abaddons Knöchel gekrümmt – sie mussten einander berühren, damit der Unsterbliche in Kips Welt und seiner Zeit festsitzen würde.

Über ihm warf Abaddon in Verteidigungshaltung seine Arme nach oben.

Die Erschütterung ließ die Welt erbeben. Mit einem Schlag wurde Kip schwarz vor Augen.

Und dann merkte er, dass Granatsplitter auf ihn herabregneten. Und – au! Verdammt! – sie waren höllisch heiß!

Kip rappelte sich auf die Knie, schnippte sich brennende Metall- und Holzstückchen von Kleidern und Haut, während kleine Brandlöcher seinen Kittel und seine Hose überzogen. Aber er war zu schwach, um stehen zu können.

Abaddon hatte sich vor ihm erhoben, noch immer über ihm, von der Granate, deren Einzelteile weiterhin auf sie herabregneten, fünf Schritt nach hinten geworfen. Sein Mantel und sein Umhang waren von der Explosion weggerissen worden.

Seine verbrannten, geschwärzten Flügel entfalteten sich mit einem wütenden Knallen, aber welche Wunden auch immer seine Flügel zerrissen hatten, sie waren nicht neu; er hatte sie sich bereits vor langer Zeit zugezogen, vor ungezählten Jahrtausenden. Abaddon war unverletzt.

Kips Täuschung und Kanoniers überragende Könnerschaft und eine mitten in der Luft eine Biegung beschreibende, explodierende Kanonenkugel hatten diesem Unsterblichen nichts anhaben können, außer seine Kleidung in Unordnung zu bringen.

»⚡☠💀!«, bellte Abaddon mit jener Stimme, die in so tiefen und so hohen Tönungen und Frequenzen widerhallte, dass sie alles menschlich Fassbare überstiegen. »Glaubst du denn, irgendeine Waffe der Sterblichen könnte mich umbringen?«

Unter Schmerzen, verursacht durch seine vor langer Zeit gebrochenen Knöchel, bückte sich Abaddon und hob sein Schwert auf, das er infolge der Explosion verloren hatte – jetzt war es erneut als Spazierstock getarnt.

»Ich brauche dich gar nicht umzubringen«, erwiderte Kip, auch wenn ihm das Herz in die Hose rutschte.

»Wie bitte? Hoffst du etwa, dein Vater wird mit dem Schwert ankommen?«, fragte Abaddon höhnisch. »Er ist einige Meilen weit weg und bringt diesen Idioten Koios um. Meinst du, solange sich der Mustermantel sonst wo befindet, würde ich die einzige Klinge, die mir in dieser Welt etwas antun kann, aus den Augen verlieren? Nein. Er wird hier nicht rechtzeitig eintreffen, um etwas für dich tun zu können. Also, wo ist mein Mantel?«

Er hob einen Fuß und trat damit wie nebenbei auf Kips Kopf.

Es fühlte sich an, als habe Kip ein Pferd getreten. Aber Fett schwimmt oben, und Dicke lassen sich nicht unterkriegen. »Verschwinde«, blaffte Kip. »Du nervst mich, Schmeißfliege. Haha. Verstanden? Du bist doch ein Insekt, oder?«

»Du kannst jetzt einen leichten Tod sterben, du kannst aber auch im Laufe von zehntausend Jahren der Pein sterben. Das ist deine letzte Chance.« Während er bei jedem Wort wie zur Betonung auf Kips Kopf trat, skandierte er: »Wo. Ist. Mein. Mantel?«

So war das mit der Magie des Mustermantels. Selbst die Unsterblichen konnten ihn nicht sehen. Kein Wunder, dass Abaddon ein wenig verschnupft darüber war, dass Kip ihn sich geschnappt hatte.

»Ich habe eine bessere Frage«, entgegnete Kip, während ihm Blut aus der Nase strömte. »Feure einfach immer weiter, so schnell wie du kannst. Sie lädt sich ganz von selbst neu.«

»Genug davon«, blaffte Abaddon. »So schnell wie ... was?«

»Eine bessere Frage als: ›Wo ist mein Mantel?‹«, sagte Kip rasch, »wäre: ›Wo ist meine Pistole?‹«

Abaddon griff nach seinem Halfter, um seine Pistole mit der Drehkammer zu ziehen, Trost. Sie war dort nicht zu finden.

Teia war schnell. Sie war schon immer schnell gewesen.

Ein Loch ging plötzlich mitten durch Abaddons linkes Auge, als ein Schwall von Gasen und Rauch aus der leeren Luft links von Kip geschossen kam. Nur der Pistolenlauf ragte aus dem unsichtbaren Mustermantel hervor. Ein Knall folgte auf den anderen. Fünf Schüsse. Zehn Schüsse. Fünfzehn. Zwanzig, so schnell wie sie sie abfeuern konnte, durchlöcherte sie den Unsterblichen schonungslos und unermüdlich.

Dazu schwieg Teia. Sie gehörte nicht zu der Sorte Meuchelmörder, die einen Vortrag halten, um ihre Gegenwart anzukündigen.

Sie gehörte für gewöhnlich auch nicht zu der Sorte, die teilweise danebenschießt, aber als sie den Mustermantel abschüttelte und ihr Kopf sichtbar wurde, sah Kip den Grund dafür: Sie feuerte blind. Sie hatte sich einen Schal um die Augen gebunden und musste außerdem jedes Mal, wenn sie den Abzug betätigte, ihren Kopf in der Armbeuge verbergen, um ihre lichtempfindlichen Augen vor dem Mündungsfeuer zu schützen. Sie konnte nur alle paar Schüsse mal einen schnellen, unsicheren Blick in Abaddons Richtung werfen, bis dieser schließlich zusammenbrach, während Blut in alle Richtungen spritzte.

Kip raunte ihr etwas zu, dann nahm er ihr die Pistole aus der Hand und stellte sich damit über den Unsterblichen, dessen Brust und Arme von einem unglaublich kräftig leuchtenden Blut in mehreren Schattierungen von Grün, Schwarz und Rot überströmt waren. Doch die Farben hatten vor Kips Augen bereits zu verblassen begonnen, während das Leben des Unsterblichen dahinschwand und ihre Reiche sich erneut voneinander trennten.

»Ich weiß, dass ich dich ohne die Blendende Klinge nicht töten kann«, sagte Kip. »Aber ich kann dich aus dieser Welt verbannen, nicht wahr?«

Er schoss Abaddon in seinen widerlichen Insektenkopf. Zwölf Mal. Dann einige weitere Male in seine Brust. Dann in die Gelenke seiner zuckenden Glieder. Dann in seinen Bauch – wer wusste, wo dieser Unsterbliche sein Herz hatte? Kein Sinn, irgendein Risiko einzugehen. »Raus ... aus ... meiner Welt!«

Kip feuerte weiter, bis die Farben erbleichten und das Blut des Unsterblichen kochte, zu Rauch wurde und mit einem scheußlichen Gestank zerstob. Der Rest seines Körpers folgte nach. Binnen weniger Augenblicke war nur noch Abaddons Kleidung übrig.

»Verdammt, Teia. Du hast dir aber ganz schön Zeit gelassen, was?«, sagte er.

»Ist das ein Dankeschön?«, fragte sie. Sie saß, den Kopf gegen die Knie gepresst, am Boden. »Wann hast du mich kommen sehen?«

»Gar nicht. Aber ich habe gewusst, dass du keine ganze Schlacht lang aussetzen würdest«, antwortete er. »Wir hätten dich bis ans Ende deiner Tage damit aufgezogen.«

Sie deutete auf den Kettenspeer, der immer noch um ihre Hüfte gewickelt war. »Ich hab es mit einem Unsterblichen aufnehmen müssen und vergessen, von deinem Geschenk Gebrauch zu machen. Entschuldigung.« Sie ließ ein schwaches Lächeln aufblitzen. »Ich schätze, es passt, dass …« Ihre Worte verloren sich. »Ich fühle mich gerade nicht so gut, Kip.« Sie zuckte zusammen. Mit einem Mal wurde sie totenbleich.

Er konnte sie gerade noch auffangen, bevor sie zusammenbrach.

»Es wird alles wieder gut. Wir kümmern uns um dich, Teia«, versicherte er, während sich ihm die Brust zusammenzog.

»Ich weiß«, sagte sie. »Ich weiß.«

75

»Formiert euch«, befahl der große Leo. »Ein letztes Mal.«

Sie standen ohnehin schon alle da und starrten zu den Piratenschiffen hinaus.

»Da können wir auch gleich ein gutes Ziel für sie abgeben, was?«, meinte Winsen.

»Wir können immer noch davonrennen«, wandte Ben-hadad ein. »Möglich, dass sie uns gar nicht erst erwischen.«

»Sagt der Mann mit den federnden Sprungbeinen«, erwiderte Winsen, trat aber an seinen Platz in ihrem Kampfverband.

»Ich habe so hartnäckig versucht, sie zu bestechen«, seufzte Karris resigniert. »Sie haben meine Boten kahlgeschoren und zusammengeschlagen. Sich ihre Angebote gar nicht erst angehört. Angebote, mit denen wir uns im Übrigen für die nächsten hundert Jahre verschuldet hätten.«

Dazen erklärte: »Das hier ist eine persönliche Angelegenheit. Ich habe Pash Vecchios großes Schiff versenkt, seinen Stolz und seine Freude.« Während der Zeitspanne, die sie benötigt hatten, um sicher von dem hohen Turm des Weißen Königs herunterzukommen, hatte sich ihnen die Flotte des Piratenkönigs auf Reichweite genähert. Von einem großen Schiff, das der *Gargantua* wie ein Zwilling glich, konnten sie aus nächster Nähe unter Beschuss genommen werden. »Ich glaube, wenn man sich nur genügend Feinde macht, wird es einen früher oder später einholen.«

Karris seufzte, dann straffte sie den Rücken, sodass sie erhobenen Hauptes dastand. Sie warf über sie alle hinweg einen Blick in die Runde, als wollte sie sich ihren Anblick im Geiste fest einprägen. »Wo ist Grinwoody?«, fragte sie dann.

»Grinwoody?«, wunderte sich Dazen.

»Ja, er hat die ganze Nacht mit uns gekämpft«, berichtete Karris. »Hat mir ein- oder zweimal das Leben gerettet.«

»Guter Kämpfer für so einen alten Kerl«, lobte der große Leo.

»Er ist was?«, fragte Dazen.

»Ich habe ihn nicht gesehen«, fuhr der große Leo fort. »Nicht seit wir hier draußen sind. Vielleicht hat er nicht mithalten können?«

Auch keiner der anderen hatte ihn gesehen, und keiner hatte so viel Interesse daran wie Dazen, die Nachforschungen fortzusetzen, da sie zu Hunderten und Aberhunderten von Seeräubern hinausstarrten, die auf sie zusteuerten.

»Der Piratenkönig ist ein Söldner, nicht wahr?«, bemerkte Ben-hadad. »Also ... wird er bestimmt wieder die Seite wechseln wollen, jetzt, da der Weiße König tot ist? Oder etwa nicht?«

»Ben, Ben, Ben«, sagte Winsen, als sei Ben-hadad ein kleines Kind. »Die Führung der einen Seite ist tot, und nun hat er die Führer der anderen Seite vor sich, wie sie in die Rohre von tausend Kanonen starren. Glaubst du wirklich ...«

»Nicht tausend«, unterbrach Ferkudi. »Übertreib mal nicht! Zwölf Steinbüchsen, zwanzig Kartätschen, zwei Bombarden, dreißig Hinterlader-Drehbassen, sechs Zwillen, sechs Feuerkatzen, und um die Kolubrinen, die Halben Feldschlangen und die Falkaunen müssen wir uns keine Sorge machen – sie werden ihre Kanonen mit großer Reichweite vermutlich nicht auf uns verschwenden, wenn wir derart nahe sind, oder? Und sie können nur weniger als die Hälfte ihrer Geschütze auf uns zeigen lassen, da sie uns ja nicht von beiden Seiten zugleich mit Breitseiten bestreichen können – aber wenn man die Musketen und Pistolen mit einberechnet, die all die Piraten auf uns richten … Und dann sind da auch noch die anderen Schiffe … Okay, es sind etwa tausend Waffen, alles in allem. Nichts für ungut.«

Winsen fuhr fort, als hätte Ferkudi gar nichts gesagt. »Pash Vecchio ist ein Aasgeier. Was, meint ihr, wird er tun?«

»Uns gefangen nehmen, um Lösegeld zu verlangen?«, spekulierte Ben-hadad hoffnungsvoll.

»Ein sehr nachtragender Aasgeier«, sagte Dazen. Er bemerkte, dass die anderen Schiffe von Vecchios Flotte damit fortfuhren, sich in alle Richtungen zu verteilen. Es erinnerte ihn daran, wie langsam sich eine Seeschlacht entwickeln konnte, bis sie dann ganz plötzlich ihr bitteres Ende fand. »Es ist ein großer Fehler zu glauben, Menschen würden immer in Wahrung ihres eigenen Vorteils handeln – oft ist ihnen der größte Nachteil ihres Gegenübers wichtiger. Wie ist das Licht für euch alle?«

»Es reicht nicht aus, um irgendetwas gegen so viele Waffen unternehmen zu können«, antwortete der große Leo.

»Warum haben sie noch nicht geschossen?«, fragte Karris.

»Ich nehme an, er will uns zuerst mal zum Gespött machen«, antwortete Dazen. »Pash wird sicherstellen wollen, dass ich weiß, wer mich umbringt.«

»Vielleicht wird er ja nur Euch umbringen«, sagte Winsen. Er tauschte Plätze mit seinen Nachbarn, um weiter von Dazen weg zu sein.

Ein großer Mann tauchte auf dem Deck auf, ein großer Mann in Rüschen und Brokat und mit mehr Juwelen behängt, als ein Strand Sandkörner hat. Er trug eine Weste unter seinem Umhang, aber keinen Überrock, und unter den vielen goldenen Ketten war seine dunkelolivfarbene Haut sichtbar. Er erinnerte irgendwie an Kanonier – nur in riesig und obszön reich.

»Und da haben wir ihn auch schon«, seufzte Dazen. »Manchmal finde ich es schrecklich, recht zu haben.«

»Ja so was, wo habt Ihr bloß gelernt, so scharf zu durchschauen, was ein irrsinnig arroganter Typ wohl vorhat?«

»Win, halt die Klappe«, mahnte der große Leo.

»Ja, Herr. Tut mir leid, Herr. Sterben zu müssen macht mich mürrisch, Herr.«

»Gavin Guile!«, donnerte der Pirat zwischen unzähligen Reihen von Männern mit Musketen hindurch, die alle auf Dazen zielten. Vecchio war breitschultrig und fröhlich und voller Elan. Er sprach im Tonfall eines Menschen, der sich nicht ignorieren lassen würde. Er hielt außerdem zwei kostbare Steinschlosspistolen in den Händen, die ganz und gar mit Gold überzogen waren.

»Pash Vecchio? Eure Majestät«, grüßte Dazen.

»Ich sehe, mein Ruf eilt mir voraus!«, antwortete Vecchio. »Oder habt Ihr etwa das Schiff erkannt?«

Auch wenn er lächelte, fluchte Dazen leise.

»Habt Ihr schon davon gehört? Jemand hat seinen Zwilling versenkt!«, sagte Pash Vecchio. Er ließ seine goldenen Pistolen um seine Finger herumwirbeln, ohne damit direkt auf Dazen zu zielen. Es war aber auch nicht so, als würde er erkennbar nicht auf ihn zielen.

»Ein schrecklicher Verlust«, pflichtete ihm Dazen mit gequälter Miene bei. Hoffentlich goss er damit nicht nur noch mehr Öl in das Feuer.

»Es tobt eine Schlacht, Guile. Und ist das da bei Euch nicht die Hohe Dame Guile? Ich kann es gar nicht fassen, was für ein Glück mir beschieden ist! Ihr seid noch liebreizender, als ich gehört habe. Und wenn man all den Ruß und das Blut berücksichtigt, die Euch bedecken, auch wirklich so respektgebietend.«

»Danke«, erwiderte Karris.

»Warum kommt ihr zwei nicht auf einen Sprung auf mein neuestes Kleinod herüber?«

»Kleinod.« Das verhieß nichts Gutes. Doch bestand keine Möglichkeit, nicht zu tun, was er sagte. Auf dem Schiff befanden sich, neben den Matrosen, Hunderte von gut bewaffneten Piraten. Gefangenschaft war besser als der Tod, aber Dazen hatte von Gefangenschaft wahrhaft die Nase voll.

Er biss die Zähne zusammen, zwang sich, nichts Dummes zu tun, und stieg die lange Laufplanke zum Schiff hinüber.

Die Schwarzgardisten und die Mächtigen stellten sich neben Dazen auf dem Deck auf. Niemand hatte Anstalten unternommen, sie zu entwaffnen, aber es hatte auch keiner eine der auf sie gerichteten Musketen von ihnen abgewandt.

»Hört mir zu, Lord Guile«, nahm Pash Vecchio den Faden wieder auf, »oh Versenker eines Schiffes, das ich abgöttisch geliebt habe, eines Schiffes, das mich hundert Millionen Danare gekostet hat ...«

»So viel?«, unterbrach ihn Dazen. »Ihr solltet Euch wirklich mal mit dem Schiffszimmermann über die Sache unterhalten. Das Pulvermagazin wäre beträchtlich sicherer, würde man ...«

»Ruhe!«, blaffte Pash Vecchio. Er leckte sich die Lippen. »Wir *haben* uns darüber unterhalten. Es war ein ... ein eher direktes Gespräch, als so ein ... weitschweifend-ausflüchtendes.«

Piraten. Wollten sie einen denn alle mit ihrer Verbalgymnastik beeindrucken, oder war das einfach so eine typisch ilytanische Manier?

Aber Pash fuhr fort: »Was ich zu sagen versucht habe — und hier wartet eine Schlacht auf uns, also sollten wir die Angelegenheit nicht in die Länge ziehen —, ist, dass Ihr, Gavin Guile ...«

»... Dazen Guile ...«

»... Ihr habt ein Schiff versenkt, das ich geliebt habe. Ich bin darüber sehr, sehr ... sehr, sehr, *sehr* konsterniert gewesen. Sogar indigniert. Sogar stinksauer. Ja, stinksauer. Aber zufällig gibt es da eins in meinem Leben, was ich mehr liebe als mein Flaggschiff. Und Ihr habt geschafft, es zu finden.«

Oh, neun Höllen. Ernsthaft? Was habe ich jetzt schon wieder getan?

»Meine Tochter. Sehet die Piratenkönigin!«

Ein Mädchen sprang durch die Tür der Kapitänskajüte. Dazen erkannte sie. Bei Orholams Eiern. Es war die Kammersklavin seiner Mutter.

»Hoher Lord Guile«, grüßte Fiammetta. Sie verbeugte sich, statt einen Knicks zu machen, da sie eine kurze Hose trug, eine Weste und vielleicht nicht ganz so viele goldene Ketten wie ihr Vater. Sie hatte ein glückliches Lächeln im Gesicht und sich ihr helles Haar lang und lockig nachwachsen lassen. Sie war entweder adoptiert worden oder mehr nach ihrer Mutter geraten.

Das hier war das Sklavenmädchen, das er mehr oder weniger aus einer Laune heraus nach Hause geschickt hatte, von einem Wächter der Söldnertruppe »Der gespaltene Schild« begleitet. Sie hatte nicht einmal angegeben, aus Ilyta zu stammen; sie hatte vielmehr behauptet, sie käme aus Wiwurgh in Paria.

Aber jetzt war natürlich klar, warum sie das getan hatte.

Denn was macht man auch, wenn man die intelligente Tochter eines unglaublich wohlhabenden Piratenkönigs ist? Solange sich die eigene Lage nicht wirklich katastrophal gestaltet, tut man so, als sei man nur eine niedere Sklavin. Schließlich weißt du, dass er dich retten wird, und du möchtest, dass er dich für ein niedriges Lösungsgeld freikaufen kann, und willst zugleich vermeiden, dass seine Feinde auf dich aufmerksam werden und dich umbringen oder dich ihm wegkaufen, um ihm damit eins auszuwischen.

»Dazen?«, fragte Karris.

»Das ist die ehemalige Kammersklavin meiner Mutter, deren Freilassung sie angeordnet hatte, aber mein Vater war noch nicht recht dazu gekommen, sie gehen zu lassen«, erklärte Dazen.

»Und hatte auch nicht die leiseste Absicht dazu«, warf Fiammetta ein.

»Das hast du nie erwähnt«, sagte Karris.

»Es scheint, dass Gavin Guile solche Dinge ziemlich häufig getan hat«, erklärte Fiammetta. »Ist hereingekommen, hat Leute gerettet, ist wieder verschwunden. Hat seine Leute beschützt und sein Leben aufs Spiel gesetzt, als sei das für ihn einfach das Selbstverständliche. Es muss hundert Dörfer geben, in denen Geschichten davon umgehen, wie das Prisma persönlich bei ihnen auftaucht und sie vor einem tobenden Wicht rettet oder vor Räubern oder einem habgierigen Statthalter. Er hat sich nie darum gekümmert, was es ihn kosten würde, die Dinge wieder in Ordnung zu bringen. Und nur ein Gavin Guile konnte ein illegales Sklavenschiff aufstöbern und, statt es aus der Ferne zu versenken, ganz allein an Bord gehen und alle dort befreien, ohne dass es ein einziges Leben gekostet hätte. Er hat den Blutkriegen ein Ende gemacht. Er hat ganze Landstriche von Atash gerettet, als die Blauäugigen Dämonen beschlossen hatten, ihr eigenes Königreich zu errichten, um es ausplündern zu können, und er hat sie besiegt.«

»Moment mal«, schaltete sich Karris ein, »das bist du gewesen? Wir haben immer gedacht, sie hätten sich gegeneinander gewandt.«

Dazen zuckte entschuldigend die Achseln.

»Du hast das *allein* durchgezogen?«, fragte sie, und er wusste nicht recht, ob ihre Entrüstung die einer Ehefrau war oder die einer Schwarzgardistin.

»So wie ich gehört habe«, ergriff wieder Fiammetta das Wort, »konnte er einfach nicht anders. Er ist durch das Reich gereist und hat Probleme gelöst, wo immer er hinkam. Hat Schiffe vor Stürmen gerettet. Hat aus der Ferne Heilmittel herbeigeschafft. Hat die Skrupellosen der Gerechtigkeit zugeführt. Selbst praktisch unsichtbar, hat er doch Licht gebracht, wo immer er hingegangen ist. Die Menschen lieben einen solchen Mann. Die Menschen folgen einem solchen Mann.«

»Das *war* einmal so«, sagte Dazen. Früher. Er versuchte es ohne Bitterkeit herauszubringen. Ein Guile mochte vielleicht niemals vergessen, was er getan hatte, im Guten wie im Bösen, aber andere Menschen taten das mit Sicherheit.

»Und es ist heute nicht anders«, ertönte eine Frauenstimme aus den Tiefen der Kapitänskajüte. »Ich habe sämtliche Sieben Satrapien bereist, und wo immer ich hingekommen bin, haben mir die Menschen Geschichten über ihren Gavin Guile erzählt, wie er gekommen und für sie eingetreten ist, wie er für sie gekämpft hat.«

Dazens Knie hätten beinahe nachgegeben, und er hörte Karris nach Luft schnappen, als sie die Stimme erkannte.

»Überall«, sprach Marissia weiter, »lieben sie ihn, und als ich sie gefragt habe, ob sie in dieser Stunde seiner Not für Gavin Guile kämpfen würden, sind sie *angerannt gekommen*, um dem Ruf zu folgen.«

Dazen hatte es die Sprache verschlagen. Er konnte es nicht glauben, konnte seinen Augen nicht trauen, als Marissia aus der Dunkelheit trat.

Dazen schloss sie in die Arme und drückte sie fest an sich, und Karris – die gütige, großmütige Karris! – schloss sich ihm sofort an.

Mit erstickter Stimme stieß er hervor: »Ich habe gedacht, du seist tot. Und dass das auch meine Schuld wäre.«

Fiammetta, die anscheinend zu einer guten Freundin von Marissia geworden war, konnte nicht an sich halten. Sie stürzte sich auf die drei und umarmte sie ebenfalls.

»Aber wie? Wie?«, fragte Gavin.

Marissia antwortete: »Euer Vater ist ein Arschloch, aber wenn er es vermeiden kann, ermordet er Menschen nicht immer. Er hat mich auf eine dieser kleinen Inseln, die ihm gehören, in die Verbannung geschickt. Ich bin entkommen.«

»Aber wie hast du es geschafft zu …?«

»Zu entkommen? Gavin Guile«, unterbrach ihn Marissia in einem tadelnden Tonfall, »ich bin keine mittellose Frau, die sich nicht zu helfen wüsste.«

»Ich …«

»Genug!«, sagte Marissia. Sie strahlte übers ganze Gesicht, und trotz der Tränen, die ihr über die Wangen strömten, lächelte sie breit. »Kommt und seht!«

Sie zog ihn hinaus auf das Vorschiff, wo sie einen seiner Arme in die Höhe hob, und die Piratenkönigin Fiammetta trat auf seine andere Seite und hob den zweiten hoch. Tausende von Stimmen brüllten bei seinem Anblick, nicht nur die Seeleute auf dem großen Schiff, sondern auch die Matrosen auf allen anderen um sie herum.

Pash Vecchios Flotte musste mehr als ein Drittel der gesamten Armada des Weißen Königs ausmachen. Und sie wechselte nun in eine Formation, die nicht sonderlich sinnvoll schien, wenn sie sich darauf vorbereiteten, die Jasperinseln zu überfallen.

Marissia ergriff erneut das Wort: »Jeder Einzelne dieser vielen Tausend, die Ihr hier vor Euch seht, jeder Kanonier, Soldat oder Matrose, hat mir irgendeine Variation desselben Sachverhalts berichtet: ›Als ich am dringendsten Hilfe brauchte, ist mir Gavin Guile zur Seite gesprungen. Wie könnte ich da jetzt nicht ihm zur Seite springen?‹«

Dazen war sprachlos. Stolzer Mensch, der er war, hatte er nie verstanden, was Menschen meinten, wenn sie sagten, ein Geschenk habe sie demütig gemacht.

Jetzt verstand er es.

»Das hier ist nicht Pash Vecchios Flotte, Gavin Guile«, erklärte Marissia. »Es ist Eure.«

Pash Vecchio räusperte sich verlegen. »Ich war gegen die ganze Sache, aber … Ihr solltet wirklich eine Tochter haben. Dann würdet Ihr es verstehen.« Er blickte finster drein. »Los jetzt, beim Dünnpfiff Orholams, Leute, nun ist der Zeitpunkt gekommen, wo wir die Heiden verraten werden und ihre Armada zerstören. Will den keiner den Befehl geben?«

»Welchen Befehl?«, fragte Dazen, während es ihm zugleich zu

dämmern begann. War das etwa der Grund, warum die ganze Piratenflotte nicht Großjasper ansteuerte, sondern auf die gebeutelte Armada des Weißen Königs zuhielt, in die Pash Vecchios Schiffe bereits einen Keil hineingetrieben hatten?

Oh, mein lieber Orho ...

»Fia?«, sagte Pash Vecchio und zückte ein gewaltiges gebogenes Schwert. Er warf es hoch und ließ es durch die Luft wirbeln.

Fiammetta sprang auf die Reling und fing es auf. »Wer steht hinter Gavin Guile?«, rief sie.

Sie schnappte sich die Klinge mit einer schwungvollen, sehr beeindruckenden Bewegung aus der Luft, während Pash Vecchio im gleichen Moment ein Leuchtsignal aufsteigen ließ.

Die Menschen brüllten, und der Donner zahlreicher Kanonen erhob sich wie ein Chor aus tausend Stimmen, der nun rief: »Ich stehe und falle mit Gavin Guile!«

76

Während langsam die Sonne aufging, verfolgte die Göttin, die einst unter dem Namen Aliviana Danavis bekannt gewesen war, aus dem höchsten Stockwerk des Turms des Prismas den Verlauf der Schlacht. Während der ganzen Nacht hatte sie sich um ihre Wunden gekümmert, immer wieder pausiert, wenn ihr Fleisch es erforderlich machte, und einfach beobachtet, wie Andross Guile mit geschickter Beherrschung der Spiegelsteuerung erstaunliche Mengen an Licht dahin und dorthin lenkte. Als sie es sah, war sie froh gewesen, dass er sich dafür entschieden hatte, ein alter Mann zu werden und kein Gott.

Der Sturz hatte sie nicht nur fast umgebracht, er hatte sie auch tief erschüttert. Wichtiger noch war allerdings, dass er auch die

Macht erschüttert hatte, die der Ferrilux auf sie ausübte. Der Unsterbliche war gewiefter, als sie es ihm zugetraut hatte, und wenn ihn diese Schlacht nicht gezwungen hätte, sich zu beeilen, hätte er sich vielleicht nach und nach zum Herrn über sie aufgeschwungen.

Es würde ein sehr langer Krieg zwischen ihnen beiden werden.

Sie humpelte an den Rand des Turms. Auch wenn es noch nicht alle begriffen hatten, war die Schlacht doch bereits entschieden. Die Piratenflotte war ausgeruht und hatte die bessere Position, und in der Führung der Blutröcke herrschte ein wildes Durcheinander. Einige Schiffe starteten Gegenangriffe und stießen dabei mit anderen Schiffen zusammen, die die Flucht ergriffen; die Befehle widersprachen sich, und Kopflosigkeit machte sich breit – da kamen alle benötigten Bestandteile für ein bevorstehendes Gemetzel zusammen.

Und die Piratenflotte war nicht die einzige Überraschung; die hätten die Unsterblichen und die sie beherbergenden menschlichen Wirte vielleicht vernichtet. Doch mit der Morgendämmerung waren auch Meeresdämonen gekommen, die die Gottesbanne von unten her verschlangen. Die frischen Saatkristalle, mit denen die Blutröcke jedweden Bann hatten erneuern wollen, den sie verloren, verschwanden einfach aus Livs Wahrnehmung. Sie wurden von jenen großen kreuzförmigen Mäulern verschluckt und von ihren gewaltigen Walmägen verdaut.

Interessant. Die Meeresdämonen waren ein Rätsel, mit dem sie sich noch nicht befasst hatte. Sie würde es tun müssen, in den kommenden Jahrhunderten.

Sie hörte das scheppernde Klirren des Gestells der Spiegelsteuerung, als diese zum Stillstand kam. Dann begann Andross Guile sich loszuschnallen. Es sah erschöpft aus. Und verärgert.

»Was spielst du da für ein Spiel?«, rief er aufbegehrend. Er sah nicht Liv an. Er blickte himmelwärts. »Orholam! Das kann es nicht gewesen sein. Dies hier hätte mein letztes und größtes Spiel werden sollen. Es sollte alles sein!«

Sie musterte ihn neugierig. Er hatte Magie aus den fernen Winkeln des Reiches herbeigerufen. Er hatte die ganze Nacht hindurch Tausende von Wandlern überhaupt erst zum Wandeln befähigt und mit seiner Willenskraft unzählige seiner Feinde getötet. Er hatte das Reich gerettet. Das Blatt gewendet.

Und es genügte ihm nicht.

Plötzlich erschien links von Liv die altbekannte geisterhafte Gestalt. »Töte ihn!«, zischte Ferrilux. »Wir werden dir alle Macht geben. Eine Macht, von der Koios nur hätte träumen können. Aber töte Andross Guile auf der Stelle!«

Liv sah Ferrilux für einen Moment mit versteinertem Blick in die Augen, dann drehte sie ihm den Rücken zu. Ferrilux hasste es mehr als alles andere, keine Beachtung geschenkt zu bekommen. Sie lächelte.

»Wie kannst du es wagen, mir das wegzunehmen?«, sagte Andross Guile zum Himmel gewandt. »Das hier hätte meine größte Prüfung und meine größte Leistung werden sollen. Du jedoch hast die *anderen* all die Dinge vollbringen lassen, von denen ich nicht wusste, ob ich sie würde vollbringen können.«

Er kletterte aus der Apparatur heraus. Er blickte zur Tür, die in den Turm des Prismas hinabführte, aber es kam niemand heraus.

Andross Guile, der Lichtbringer, war mutterseelenallein.

Liv sammelte ihr Ultraviolett, um sich hinabschweben zu lassen, und trat an den Rand des Turms.

Die Schlacht war jetzt fast vorbei. Noch Stunden des mörderischen Aufräumens würden folgen, doch das war nur noch eine Frage der Zeit. Jetzt war da bloß noch Fleisch, das Fleisch abschlachtete.

Der alte Mann hatte sich auf die Knie fallen lassen. »Ich verstehe nicht«, murmelte er. »Mein ganzes Leben. Mein ganzes Leben ...«

Menschen, dachte Liv. Sie sind so seltsam.

Sie schwebte vom Turm hinab und überquerte die Brücke. Es gab hier jetzt nichts mehr für sie.

Doch es war ein Fehler gewesen. Sie hatte kaum den Lilienstiel hinter sich gelassen, als sie den Mann sah, der in einer Trage herbeigebracht wurde.

Ihr Vater.

Er hätte eigentlich nicht in der Lage sein sollen, sie sehen zu können, aber das Augenlicht der Menschen hatte etwas Seltsames an sich, wenn sie dem Tode nahe waren. Das war noch etwas, worüber sie eines Tages Nachforschungen würde anstellen müssen.

Jetzt zog sie erst einmal ihre Kapuze herunter und hoffte, dass diese etwas irdisch-alltäglichere Verhüllung sie vor der Unannehmlichkeit bewahren würde, mit ihm sprechen zu müssen. Aber selbst von seinen Soldaten umringt, die ihn so schnell wie möglich zur Chromeria befördern wollten, sah er sie. »Halt! Halt!«, befahl er ihnen, und sie gehorchten. Er stieß einen Mann aus dem Weg und blickte sie wie gebannt an. »Aliviana?«

Aus irgendeinem Grund erstarrte sie. Er starb, wie sie erkannte. Hatte an einem halben Dutzend Stellen innere Blutungen, wie nach einem Sturz aus großer Höhe.

Seine Männer sammelten sich hinter ihm, auf den plötzlichen Stopp nicht vorbereitet.

Er richtete sich auf, wiewohl das in seinem Zustand eine schlechte Idee war, und ließ für sie alles andere auf der Welt außer Acht. So war er eben. Ein guter Mann, Corvan Danavis.

»Ach, meine Aliviana«, seufzte er. »Du bist hier! Du bist am Leben!«

Sie fasste ihn ins Auge und erkannte sofort, was zu sehen er nicht ertragen konnte und was er, typisch Mensch, deshalb auch gar nicht erst bemerkte: Die Kluft zwischen ihnen war inzwischen unüberwindlich geworden.

Er schien es jedoch von ihren Augen abzulesen, und dann nahmen seine eigenen Augen endlich die Ansammlungen von ultravioletten Kristallen an Livs Gelenken und Händen und um ihre Augen wahr sowie die seelenruhige Reglosigkeit ihres Gesichts.

Vor Entsetzen begann er leise zu weinen. »Ach, meine Aliviana, was haben sie dir angetan?«

Das entfachte etwas in ihr. Einen alten Trotz. Irgendeinen alten, menschlichen Zorn. Es war fast schon wohltuend.

»›Mir angetan‹?«, wiederholte sie fragend. »Sie haben *mir* nichts getan. Ich habe das hier aus freien Stücken erwählt.«

»Liv. Nein. Meine Tochter. Mein Liebling. Bitte. Komm zurück.«

Zurückkommen? Wozu? Dazu, menschlich und gebrechlich zu sein? Zurück zur Unterwürfigkeit? Nein. Es gab eine Hierarchie, das erkannte sie jetzt. Aber diese Hierarchie wurde durch Macht organisiert, nicht durch Zuneigung. Es musste so sein.

Nichts anderes hätte irgendeinen Sinn.

Auch wenn sie nicht hätte sagen können, warum, heilte sie mit einer geringschätzigen Handbewegung seine Wunden, die ihn andernfalls getötet hätten.

Dann ging sie fort, und sie verschwendete auf Corvan Danavis keinen Gedanken mehr.

77

Das Schloss an der Tür zu Andross Guiles Wohnzimmer klackte, und Grinwoody trat in den verdunkelten Raum, wie er es so viele Tausend Male getan hatte. Er zögerte, als er Andross in seinem Sessel mit der breiten Lehne sitzen sah.

»Bitte, nimm Platz«, lud ihn Andross ein. Er entfachte mit einem Fingerschnippen eine Lampe und bedeutete Grinwoody, sich in den anderen Sessel zu setzen. Auf der Armlehne von

Andross' eigenem Sessel lag eine geladene Steinschlosspistole. Für sie beide wartete jeweils ein Glas Whisky auf dem Tisch. Andross hatte noch nie »Bitte« zu Grinwoody gesagt, nicht in all ihren gemeinsamen Jahren.

Grinwoody senkte den Kopf, und hundert Gedanken ließen seine Lippen zucken. Dann streifte er seine weißen Dienstbotenhandschuhe ab und steckte sie sich in die Tasche. Er nahm Andross gegenüber Platz.

Sie saßen schweigend da und nippten an ihrem Whisky, als seien sie zwei vornehme Herren, die einen angenehmen Sommertag genossen, und nicht Todfeinde, deren Pfade sich gekreuzt hatten, während eine Schlacht sich dem Ende näherte.

»Etwas zu rauchen, Lord Anazâr?«, erkundigte sich Andross.

»Bitte.«

Sie rauchten, während eine Flotte und eine Stadt brannten, während Meeresdämonen die übrig gebliebenen Gottesbanne zerfetzten und die ins Wasser geworfenen Farbwichte verschlangen und sich die Flotte des Weißen Königs in Chaos auflöste.

»Es war ein wirklich großartiger Schachzug«, sagte Andross. Er musste nicht erklären, dass er Grinwoodys so viele Jahre währenden Verrat meinte, nicht seinen gescheiterten Versuch, ihn zu vergiften. »Nicht nur gut ausgedacht, sondern auch fehlerfrei ausgeführt. Atemberaubende Kühnheit, vereint mit einer solchen Geduld? Nur wenige wären dazu fähig. Sein eigenes Ego über so lange Zeit hinweg förmlich verschwinden zu lassen? Ein *Sklave* zu werden? Wirklich erstaunlich.«

»Vielen Dank. Ich habe vom Besten gelernt.«

Andross neigte den Kopf.

»So viele Versuchungen, wisst Ihr?«, ergriff Grinwoody das Wort. »Einmal herauszutreten aus diesem Gewand, diesem Gesicht, diesem unterwürfigen Gehabe. Nur ein einziges Mal, nicht vor ein paar Untergebenen, sondern um tatsächlich meinen rechtmäßigen Platz unter Ebenbürtigen einzunehmen.«

»Um ganz du selbst zu sein«, sagte Andross.

»Ja! Es hat etwas äußerst Entnervendes, wenn die Welt geringer von einem denkt, als man in Wirklichkeit ist, wie man nur zu gut weiß.«

»Ihr Braxianer setzt alle paar Monate Masken auf, aber in deinem Fall sind diese Festtage die einzige Gelegenheit gewesen, wo du deine Maske hast abnehmen können.«

»Vielleicht war es ja nur eine andere Maske«, sagte Grinwoody nachdenklich.

»Einsam«, bemerkte Andross, doch er sah dabei nicht ihn an, sondern womöglich sein eigenes Spiegelbild im Fenster.

Nach einer Pause legte sich ein Grinsen über Grinwoodys Gesicht. »Ich auch.«

»Der Alte Mann aus der Wüste«, sagte Andross. »Das hat mir immer gefallen.«

Grinwoody schüttelte den Kopf. »Euer allabendlicher Bittermandeltee war dazu gedacht, Euch gegen das Gift zu immunisieren? Das kam etwas ... unerwartet.«

»Oh, ich weiß. Du hättet jedes aus den Dutzenden von Giften wählen können, bei denen so etwas nicht funktioniert. Was soll ich sagen? Die Vorstellung hat mir gefallen, als ich jung und noch romantisch war.«

»Warum habt Ihr daran festgehalten?«

»Soll ich die Wahrheit sagen? Es bot eine bequeme Möglichkeit, um neue Hausangestellte zu prüfen. Ich habe ihnen immer eindringlich eingeschärft, ja nicht meinen Spezialbranntwein anzurühren. Wenn die betreffenden Leute kurze Zeit später todkrank wurden, habe ich sie sofort verkauft.«

»Ich weiß nicht, ob ich mich mehr über Euch ärgern sollte, weil Ihr so viel Glück habt, oder mehr über mich, weil ich einen solchen Fehler begangen habe, oder ob ich einfach beeindruckt sein sollte, dass Ihr die Inhaltsstoffe über all die Jahre hinweg sogar vor mir geheim gehalten habt. Wie kommt es also, dass es mich stattdessen verletzt, dass Ihr mir nicht genug vertraut habt, um mich einzuweihen?«

»Es ist eine sehr gravierende Sache«, betonte Andross.

»Was? All Eure Geheimnisse? Dass ich mich bei Euch eingeschleust habe? Das Bemühen, sich keinen einzigen Fehler unterlaufen zu lassen, im Wissen, dass jeder Fehler einen umbringen kann, während man es mit einem Feind zu tun hat, der hundert Fehler machen kann und trotzdem nie verliert?«

»Verrat«, sagte Andross leise.

»Ihr gottverdammten Guiles. Aus eurer Sicht hat man nicht einmal das Recht, gegen euch zu sein.«

»Du hast dich dafür entschieden, gegen uns zu sein. Du hättest dich auch anders entscheiden können.«

»Nein, das glaube ich nicht«, entgegnete Grinwoody.

»Wie hast du das fertigbekommen?«

»Was genau?«, hakte Grinwoody nach.

»Das Schwerste von allem. Mich dazu zu bringen, dich aus eigenem Antrieb zu kaufen.«

»So seltsam es klingt, ich hatte es eigentlich gar nicht auf Euch abgesehen. Ihr seid nur mein zweiter gescheiterter Versuch gewesen. Ich hatte mich darum bemüht, von Ulbear Rathcore gekauft zu werden. Bei ihm schien es wahrscheinlicher als bei Euch, dass er es weit bringen würde.«

»In einer freundlicheren Welt wäre das auch so gewesen«, räumte Andross ein und nippte an seinem Glas. »Aber ... ein *Sklave*?«

»Es ist nicht möglich, vor seinen Sklaven viele Geheimnisse zu haben.«

»Und wenn ich dich fürchterlich misshandelt hätte, was dann? Hattest du einen Magistraten zur Hand, um dir beizuspringen? Zeugen, die geschworen hätten, dass man dich gesetzeswidrig versklavt hatte? Irgendetwas dergleichen?«

»Natürlich«, antwortete Grinwoody. »Im ersten Jahr hätte ich ihn ein Dutzend Mal sogar beinahe hinzugezogen. Es hat mir nicht gefallen, Befehle entgegennehmen zu müssen. Hat mich ziemlich panisch gemacht, als er zehn Jahre später gestorben ist. Dann ist mir bewusst geworden, dass ich ja über Meuchler verfügte, die unter meinem Befehl standen. Da würde es keinerlei Problem sein, einen Magistraten dazu zu bringen, entsprechende Papiere zu beglaubigen. Aber genug, jetzt seid Ihr an der Reihe: Wer ist Euer Meuchler gewesen? Alle haben den Blutwein getrunken. Ich hätte ihn fast selbst getrunken. Im Allgemeinen mache ich das auch. Um ein Haar hättet *Ihr mich* erwischt – aber ich hatte am nächsten Morgen zu viel zu erledigen, daher habe ich zum ersten Mal seit vielen Jahren lieber nichts getrunken. Doch ich bin der Einzige gewesen. Ich habe meine Späher, die nach solchen Dingen Ausschau halten. Das Einzige, was ich mir vorstellen kann, ist, dass Euer Giftmischer ebenfalls von den Lacrimae Sanguinis getrunken haben muss. Wer ist es gewesen?«

Andross zuckte die Achseln.

»Es gibt nur fünf Menschen, die dafür in Frage kommen«, beharrte Grinwoody. »Und die sind alle tot. Es ist einer meiner Hohepriester gewesen, nicht wahr? Atevia Zelorn?«

»Tatsächlich war das Ganze gar nicht mein Werk«, antwortete Andross.

Grinwoody hätte beinahe seinen Zigarro fallen lassen. »Das kann nicht Euer Ernst sein. All die Jahre über habe ich in diesem Spiel meine Ränke gegen Euch gesponnen, und dann erledigt mich … irgendeine Nebenfigur? Wer steckt dahinter?«

»Karris, glaube ich«, erklärte Andross.

»Die kleine Karris? *Karris* hat vierhundertdreißig Menschen umgebracht?« Grinwoody lehnte sich zurück. »Und da habe ich gedacht, die ganze Sache von wegen ›Die Eiserne Weiße‹ sei nur ein Vorwand, um die einfachen Leute zu beeindrucken.«

»Doch dann ist sie geworden, was zu sein sie vorgegeben hatte«, erwiderte Andross.

»Mag sein.« Grinwoody betrachtete sein leeres Glas. Er legte seinen Zigarro beiseite und warf einen raschen Blick auf Andross' Pistole. »Aber ich bin es nicht geworden.«

»Ich habe dich für meinen Freund gehalten«, sagte Andross plötzlich. Seine Stimme hatte einen heiseren Unterton. Bei einem anderen Menschen hätte womöglich der Eindruck entstehen können, er sei den Tränen nahe.

»Ein Irrtum, der mir in Bezug auf Euch niemals unterlaufen ist«, entgegnete Grinwoody.

»Ich verstehe«, sagte Andross, erneut ganz eiserne Selbstbeherrschung. »Deine Papiere liegen auf dem Tisch. Nimm sie mit, wenn du gehst.«

»Meine Papiere? Ihr lasst mich am Leben?«, fragte Grinwoody. Aber er stand sofort auf. Er war kein Narr.

»Ein gutes Spiel sollte belohnt werden, und du hast gewonnen. Es liegt mir fern, dir die Früchte eines dreiundzwanzigjährigen Dienstlebens aus den Händen zu reißen. Es liegt mir fern, deinen Sieg zu leugnen.«

Grinwoody griff zögernd nach den Papieren. »Wirke ich auf Euch denn *siegreich*?«

»Nein, aber das Spiel, das du verloren hast, war ein anderes Spiel, gegen jemand anderen. Das hatte nichts mit mir zu tun. Mich hast du ausgetrickst, mich hast du dazu gebracht, mir eine Blöße zu geben. Und ich kann keine Entschuldigungen vorbringen. Spionage ist eine wohlbekannte Strategie im großen Spiel und Verrat eine altehrwürdige Tradition. Wie kann ich dir diese Dinge verübeln?«

»Ihr überrascht mich«, sagte Grinwoody. »Ich hatte nicht damit gerechnet, dass Ihr eine Niederlage so gleichmütig hinnehmen würdet.«

»Du hast mich noch nie verlieren sehen.«

»Außer die Geduld.«

»Bei Rückschlägen. Bei Verzögerungen in meinem Spiel. Aber unser Spiel ist zu Ende. Jetzt ist es für mich an der Zeit, mir einen

Überblick über meine Verluste zu verschaffen, um daraus zu lernen.«

Grinwoody stülpte nachdenklich die Lippen vor. »Nach all den Jahren seid Ihr immer noch in der Lage, mich zu überraschen, Mylord.« Er verzog die Lippen. Das »Mylord«, war reiner Reflex gewesen, ein Fehler.

»›Andross‹ bitte.«

»Ja. Natürlich.«

Andross fuhr fort: »Es gibt da eine Insel vor Tabes an der Küste von Ruthgar. Guter kleiner Hafen, die Zufahrt ist etwas schwierig, was Räuber abschreckt. Die Insel wirkt von außen rau und unzivilisiert, aber wenn man mal im Hafen ist, ist sie ein kleines Paradies. Bietet bequem Raum für einen Haushalt von fünfzehn bis zwanzig Personen. Ich hatte vor, die Sache selbst vor dir geheim zu halten. Weißt du davon?«

»Ja. Ich bin natürlich dem Geldfluss gefolgt.«

Andross neigte den Kopf. »Die Insel gehört dir. Die Urkunde befindet sich unter diesen Papieren. Verkauf sie, wenn du willst. Ein gerechter Lohn, denke ich, für die dreiundzwanzig Jahre deiner Bemühungen.«

»Aber Ihr habt mich gekauft.«

»Ja. Ja, das habe ich. Und der Mann, der mir Euch verkauft hat, steht jetzt tief in meiner Schuld.«

Er sagte das ohne jede Gefühlsregung, aber die Arglist in seiner Stimme war unüberhörbar. Grinwoody war ein Sieger, doch alle anderen, die Andross hintergangen hatten, waren einfach Feinde. Und sein Gedächtnis war sehr, sehr lang.

»Ach ja, noch eins«, sagte Andross. »Sollte ich dich je wiedersehen oder mitbekommen, dass du dich in Angelegenheiten einmischst, in denen du nichts zu suchen hast, dann versteht sich von selbst, dass …«

»Versteht sich von selbst«, schnitt ihm Grinwoody das Wort ab.

Er nahm seine Papiere und schritt auf die Tür zu, als erwartete er bei jedem Schritt, hinterrücks von Andross niedergeschossen zu werden. Aber als er die Tür geöffnet hatte, blieb er noch einmal stehen. Er schaute zurück. Er machte den Eindruck, als sei die Tatsache, eine solche Großzügigkeit von Andross Guile erleben zu müssen, an sich schon wie ein kräftiger Schluck Bittermandeltee.

»Ich möchte, dass du etwas weißt, *Andross*«, ergriff Grinwoody noch einmal das Wort. »In all meinen Jahren der Zusammenarbeit mit Spionen, Mördern, Verrätern und sonstigem Abschaum ist mir nie ein Mensch begegnet, der Verrat mehr verdient hätte als du.«

78

»Setz dich«, sagte Andross. »Wir müssen noch ein paar Dinge klären, bevor wir dort hinausgehen.«

»Ach wirklich?«, fragte Kip. Doch er trat näher und nahm Platz.

Die Vorhänge im Wohnzimmer seines Großvaters waren weit aufgezogen und die Fenster geöffnet, um die Sonne hereinzulassen. Draußen waren die Arbeiten, um die Stadt – und das ganze Reich – wieder instand zu setzen, im vollen Gange. Die Beerdigungen waren vorüber. Notgedrungen hatte man sie zügig erledigt; selbst die gefallenen Verteidiger hatte man effizient und ohne Brimborium unter die Erde gebracht, und die toten Angreifer waren einfach so schnell wie möglich beseitigt worden.

Die Bewohner der Jasperinseln würden trauern, während sie mit dem Wiederaufbau beschäftigt waren, aber Andross legte Wert darauf, allen so bald wie möglich einen Grund zum Jubeln zu liefern. Die Menschen sollten sich auf den Sieg und ihre Einigkeit konzentrieren, nicht auf den Preis dessen, was sie durchgemacht hatten.

»Ja, das müssen wir«, bekräftigte Andross. »Du hast unser

Spiel gewonnen. Und auch wenn ich dir gesagt habe, dass ich den Lichtbringermantel für mich fordern würde, solltest du den Strand verlassen, hast du selbst da nie eingewilligt. Nur Sekunden später habe ich das Signal erhalten, dass die Gottesbanne das Land erreicht hatten, also kannst du zu diesem Zeitpunkt vielleicht immer noch am Ufer gewesen sein.«

»Sollen wir das jetzt wirklich alles durchkauen?«, fragte Kip. »Ich kann nicht mal wandeln.«

»In den Prophezeiungen findet sich kein Hinweis darauf, ob der Lichtbringer wandeln kann, nachdem er erst einmal der Lichtbringer geworden ist. Mir ist es über viele Jahre hinweg gelungen, ziemlich gut zu herrschen, während ich nur in den seltensten Ausnahmesituationen gewandelt habe.«

Kip stieß verärgert die Luft aus und wandte den Blick ab.

»Die Menschen brauchen einen Lichtbringer«, sagte Andross. »Einen Mann, der die Veränderungen vornimmt, die das Reich braucht.«

»Die *Menschen* brauchen ihn, hm?«

»Hast du inzwischen meine Karte geschaut?«

»Ja«, antwortete Kip. »Aber, ganz ehrlich, ich würde mich lieber erst einmal meinen gegenwärtigen Verpflichtungen widmen, ehe ich tiefer in die Vergangenheit eintauche.« Noch am gleichen Tag wollte er Inana besuchen, Kruxers Mutter, um ihr zu berichten, wie ihr Sohn gestorben war und wie er gelebt hatte.

»Ich werde dir Linas Geschichte erzählen, wenn du dafür bereit bist«, sagte Andross. »Alles, was ich weiß. Aber die Sache ist kompliziert, und keiner der Beteiligten sieht am Ende gut aus. Weder ich noch sie noch Corvan.«

»Ihr habt den letzten Teil nur hinzugefügt, um mich neugierig zu machen, stimmt's?«, fragte Kip.

Andross verbiss sich eine Bemerkung und schüttelte den Kopf. »Ich würde es mir gern vom Hals schaffen. Und mein Gewissen erleichtern.«

Einen Moment lang dachte Kip über Vergebung nach und über das Vergehen der Zeit. »Ich bin noch nicht so weit. Es könnte eine Weile dauern.«

Andross schwieg einen Augenblick, dann nickte er. »Hab ich ganz vergessen«, sagte er. »Mit Felia und mir ist das genauso gewesen. Auf der einen Seite diese großen intuitiven Sprünge, und dann wieder musste sie ewig lange auf irgendwelchen Fakten herumkauen, die mir das Einfachste von der Welt erschienen. Sie aber hat gekaut und gekaut und dann irgendwann ganz plötzlich, wie es schien, einen ganzen Menschen oder eine ganze Familie durchschaut. Ich habe nie auch nur ahnen können, wann bei ihr der Groschen fallen würde, und mit dir geht es mir jetzt anscheinend genauso. Wie sehr ich sie doch vermisse. Ich wünschte, du hättest sie noch kennengelernt.«

»Wir hätten uns in der Tat begegnen können. Sie ist zu ihrer Befreiung nach Garriston gekommen. Aber sie hat nie den Versuch unternommen, mit mir zu reden. Ich habe wiederholt darüber nachgedacht. Es kam mir seltsam vor, dass sie ihren einzigen Enkel nicht kennenlernen wollte, Bastard hin oder her«, sagte Kip. »Sie hatte Angst, ich könnte *Euer* Bastard sein, nicht wahr?«

»Ja. Zu Unrecht«, antwortete Andross. »Willst du dieses Gespräch also doch führen?«

»Nein. Nein. Allerdings hätte ich sie sehr gern kennengelernt. Mir scheint, dass diese Familie viel zu viele Geheimnisse viel zu lange gehütet hat, und das zu unserem eigenen Schaden.«

Andross sagte: »Wir halten geheim, wovon wir befürchten, dass es uns schwach macht, und in unserer Angst begreifen wir nicht, dass es diese Geheimhaltung selbst ist, was uns schwächt.« Er zog die Brauen hoch, als überrasche es ihn, diese Aussage aus seinem eigenen Mund zu hören. »Gut, lassen wir das Ganze vorerst einfach so im Raum stehen, nicht als ein Geheimnis, sondern einfach als ein schwieriges Gespräch, das noch ein Weilchen warten kann. Ich habe da noch ein weiteres Thema, das das nicht kann.«

»Als ich zu Euch gekommen bin, habe ich mir schon gedacht, dass unser Treffen nicht einfach ein Spaziergang im Sonnenschein sein würde.«

»Was geschehen ist, wird künftig als der Tag des Himmelsaufstiegs bekannt sein. In der Zukunft soll dieses Fest eine heilige Woche umfassen – vom Sonnentag bis zum Tag des Himmelsaufstiegs, zum Gedenken an den großen Sieg von Orholams Licht über die Mächte der Dunkelheit und zur Feier der Ankunft seines Auserwählten. Meiner Ankunft.«

Kip nickte.

»Du wirkst gar nicht verärgert«, stellte Andross fest.

»Macht Ihr Euch jetzt schon wegen möglicher Bedrohungen Eures Throns Sorgen?«, fragte Kip. »Hört mal, wenn Ihr wollt, dass ich mich Corvan bei der Rückeroberung des Reiches anschließe, oder wenn Ihr mich in den Blutwald oder sonst wohin verbannen wollt, dann gehe ich. Ich habe in diesem Punkt so meine Forderungen, aber gehen werde ich, und ich werde Euch keinerlei Probleme bereiten.«

»Ich weiß«, sagte Andross. »Und es gefällt mir nicht.«

»Hä?«

»Ich habe mich in der Formulierung meiner sämtlichen Befehle und überhaupt in allem, was ich als Promachos unternommen habe, um die Inseln auf den Tag des Himmelsaufstiegs vorzubereiten, mit großem Bedacht sehr vage ausgedrückt.«

»In Ordnung ...«

»Ich will damit sagen, dass wir, wenn wir beim Signal der Widderhörner dort hinausgehen, wenn die Tänzer auftreten und die Pyroturgen ihre Kunststücke vorführen, jemanden zum Lichtbringer erklären müssen. Aber das brauche nicht ich zu sein.«

Kip kam sich vor wie ein Schildkrötenbär, der gegen eine Felswand aus Granit prallte. »Wie bitte?«

»Auch du hättest all das tun können, was ich getan habe.«

»Stimmt nicht«, entgegnete Kip.

»Und hast mehr geleistet als ich.«

»Kann sein.«

»Du hast das Fundament für alles gelegt, was ich getan habe. Du hast des Rätsels Lösung gefunden. Nicht ich!«

»Das will ich einräumen«, sagte Kip.

»Du hast einen höheren Preis gezahlt als ich, und hätte *ich* mir nicht meine Patzer mit Zymun geleistet, wärst *du* die ganze Nacht an diesen Spiegeln gewesen. *Dich* hätte man binnen weniger Minuten zum Lichtbringer erklärt. Ich sollte eigentlich bestenfalls dein Ratgeber sein – oder, nach allem, was ich getan habe, vielleicht gar für den Rest meines Lebens auf der Flucht.«

»Ich hätte Euch liebend gern als Ratgeber gehabt.«

»Ich kenne die Wahrheit. Die Magie haben du und dein Vater gewirkt; ich habe nur ein paar Spiegel gedreht.«

»Ihr habt Tausende von Wandlern unterschiedlicher Farben zugleich mit einer Quelle zum Wandeln versorgt und bis zum Morgengrauen Wichte und Unsterbliche durcheinandergebracht, attackiert und verbrannt. Niemand sonst hätte das tun können. Ich jedenfalls nicht.«

»*Willst* du es denn nicht?« Andross ließ nicht locker. »Willst du nicht der wichtigste Mensch der Geschichte sein? Du bist so nah dran! Streck die Hand aus und greif danach! Spiel noch ein einziges Spiel, mit dem hier als Einsatz. Ich jedenfalls werde es tun! Ich werde alles tun!«

»Alles? Alles, um zu beweisen, dass Euch dieses Amt zukommen sollte?«, fragte Kip.

»Du hast keinen Grund zu glauben, dass ich ein guter Herrscher sein werde.«

»Ich glaube, Ihr werdet Gründe finden, ein guter Herrscher zu sein.«

Andross' Gesicht rötete sich.

»Nein, nein, ich weiß, dass es den Anschein hat, als sei ich vorlaut. Und na schön, ich bin es irgendwie auch gewesen, weil ich weiß, wie sehr Ihr darauf steht, aber im Wesentlichen war ich es eigentlich nicht.« Kip holte tief Luft. »Es gibt Dinge in diesem Leben, die ich brauche. Dinge, ohne die mit mir kaum etwas anzufangen ist: meine Frau, einige enge Freunde, harte Arbeit, den Kameradschaftsgeist, den einem ein gemeinsames Ziel verleiht, die Herausforderung, etwas herauszufinden. Eine gewisse Führungsposition, denn ich bin ziemlich gut in der Menschenführung, und ich kann Unfähigkeit nicht ausstehen. Aber ich brauche keine Macht. Ich brauche es nicht, dass sich alle Augen auf mich richten, wann immer ich einen Raum betrete. Ich brauche es nicht, dass Fremde wissen, wer ich bin, oder dass sie mir voller Ehrfurcht begegnen. Ich würde die erstgenannten Dinge nicht aufgeben, um der wichtigste Mensch der Geschichte zu sein. Denn dieser Mensch wird auch der einsamste Mensch der Geschichte sein. Ich bin bereits einsam gewesen, und das ist nichts für mich. Nicht im Geringsten. Wenn ich zum Lichtbringer erklärt würde, könnte ich denn auch dafür sorgen, dass die Sache klappt? Ich meine, man muss die Aufgabe einfach übernehmen und sie dann irgendwie mit etwas füllen, je nachdem, wie sich die Dinge entwickeln, nicht wahr? Ja, vielleicht könnte ich es tun, mit einer Menge Hilfe zumindest. Ich könnte vielleicht sogar ein guter Lichtbringer sein. Doch ich brauche es nicht. Aber Ihr? Ihr schon.«

»Ich bin der Beste für diese Aufgabe!«

»Und wo liegt dann Euer Problem?«, fragte Kip.

»Ich habe es mir nicht verdient! Nicht ich habe entgegen aller Wahrscheinlichkeit dem Schicksal getrotzt. Nicht ich habe das magische Genie bewiesen. Nicht ich bin zweimal gestorben. Das warst du! *Wir* haben alle Prophezeiungen erfüllt – nicht ich. Ich habe mein Leben damit verbracht, mich hierauf vorzubereiten, und jetzt habe ich mich allen Menschen gegenüber bewiesen, außer gegenüber denen, die wirklich ins Gewicht fallen – dem Sohn und dem Enkel, die ich betrüge, wenn ich den Sieg an mich reiße. Wie kann ich eine Krone annehmen, die ich mir nicht verdient habe?«

Kip warf ihm einen schiefen Seitenblick zu. »Vielleicht … vielleicht könntet Ihr ja herrschen, als sei es ein Geschenk, und nicht etwas, das Euch zusteht?«

Andross' Temperament flammte für einen Moment auf, um sich dann sofort wieder abzukühlen. »*Ich* würde niemandem die Macht anvertrauen, die du mir da gibst.«

»Ich weiß«, antwortete Kip. »Und zum Teufel, in einem Monat werde ich mir vermutlich deshalb in den Arsch beißen. Ihr habt ein langes Spiel gespielt, und als Orholam schließlich seine letzte Karte in der Hand gehalten hat, ist er eingeknickt und hat Euch den Sieg überlassen. Jetzt spielt das längste Spiel überhaupt. Ihr seid der Lichtbringer. Jetzt seid auch der größte Lichtbringer, den sich irgendwer vorstellen könnte. Gewinnt nicht einfach nur. Lebt siegreich.«

Andross wurde nachdenklich, dann runzelte er finster die Stirn. »Weißt du«, sagte er, »ich kann nicht recht entscheiden, ob du über dein Alter hinaus weise bist oder einfach ein dummer Junge voller Sprüche.«

»Ich auch nicht«, entgegnete Kip.

Andross lächelte, auch wenn er zugleich den Kopf schüttelte. »Ich werde dich definitiv irgendwohin in die Verbannung schicken müssen.«

»Irgendwohin, wo es schön ist?«, wollte Kip wissen.

»Nein, einfach nur weit weg«, antwortete Andross.

»Ich könnte eine ordentliche Hochzeitsreise mit meiner Braut gebrauchen.«

»Oh, Orholam sei uns gnädig.«

»Außerdem brauche ich eine Arbeit. Ich glaube nicht, dass ich Geld habe.«

»So fängt es an«, meinte Andross düster.

»Im Übrigen dürfte ich unserer Familie ein paar finanzielle Verpflichtungen im Blutwald aufgeladen haben. Wie auch überall sonst.«

»Was?«, fuhr Andross auf. »Und wann hattest du vor, mir davon zu erzählen?«

»Warum ein paar kleine Schulden aufs Tapet bringen, während wir alle im Begriff standen, das Leben zu verlieren?«

»Wie ›klein‹ sind denn die Beträge, über die wir da reden?«

»Die Familie Malargos wird einspringen müssen. Und vielleicht einige Bankiers. Unbedingt auch einige Bankiers. Vielleicht alle Bankiers.«

Andross schritt zur Tür und erklärte: »Ich habe mir sagen lassen, der Höllenberg sei ein guter Ort für die Flitterwochen.«

»Ach, Großvater.« Kips Worte ließen Andross noch einmal stehen bleiben, bevor er zur Tür hinausging. »Ich habe von den Boten gehört, dass Ihr auch meinen Leuten bei der Belagerung von Grünhafen Licht gebracht und dadurch die Stadt gerettet habt – und meine Freunde. Danke.«

Andross starrte ihn noch eine Weile an, dann nickte er und verließ den Raum.

Sobald er allein war, fragte sich Kip, ob er da wohl etwas sehr, sehr Gutes getan hatte oder vielleicht etwas sehr, sehr Schlechtes. Er streckte den Kopf zur anderen Tür hinaus und bemerkte dort seinen Vater, der seinen Blick auf ihn gerichtet hielt. »Wie lange stehst du da schon?«, fragte Kip.

»Weißt du«, antwortete Dazen und nestelte an der schwarzen Augenklappe herum, die er nun trug, »als ich ein Kind war und Sevastian gestorben ist, hatte ich das Gefühl, als hätte ich mit einem Schlag nicht nur meinen Bruder verloren, sondern auch meinen Vater. Als ich dann herangewachsen bin, habe ich nach jemandem gesucht, der mein Mentor sein könnte, der mir sagen könnte, wie man die Dinge in Angriff nimmt – statt mich einfach nur zu verurteilen, wenn ich scheiterte. Seine Arbeit ist für meinen Vater schon immer sein Ein und Alles gewesen. Die Brosamen fielen an Gavin, und ich habe gar nichts abbekommen. Dann habe ich dich vernachlässigt und …«

»Nicht direkt deine Schuld«, unterbrach ihn Kip. »Den größten Teil meines Lebens hast du gar nichts von meiner Existenz gewusst.«

»Ich rede nicht von diesen Jahren. Ich meine, seit ich dich gefunden habe.«

»Jetzt mach mal halblang, du warst schließlich nicht wenig damit beschäftigt, die Welt zu retten.«

»Das ist auch die Ausrede meines Vaters für all die schreckliche Scheiße gewesen, die er gemacht hat«, erwiderte Dazen. »Aber ...« Dazen räusperte sich. Rückte seine Augenklappe zurecht. »Ich meine, ich sehe dich so was tun wie das, was du gerade mit deinem Großvater gemacht hast und, Kip, es erfüllt mich mit großem Respekt vor dir ...« Sein Auge umflorte sich, doch er sprach weiter. »Und ... es tut mir so verdammt leid. Du hast einen Vater gebraucht. Und jetzt komme ich zu spät.« Plötzlich strömten ihm Tränen über die Wange, und sein Atem ging angespannt. »Ich habe meine Chance verpasst. Du bist jetzt schon ein Mann. Und ein richtig toller noch dazu«, ergänzte er und bekam seine Gefühle wieder unter Kontrolle. »Ein besserer Mann, als ich es je gewesen bin. Und ich möchte stolz auf dich sein – aber du hast das alles ohne mich geschafft. Wie kann ich stolz auf etwas sein, das du ohne meine Hilfe bewerkstelligt hast? Du hast mich nicht gebraucht. Um all das hier hinzukriegen, hast du mich nicht gebraucht.«

Kip überfiel ein Gefühl der Verlegenheit. Er *hatte* seinen Vater in der Tat gebraucht, nicht nur in den frühen Jahren, sondern auch seither. Er hatte nicht gewollt, dass das bei seinem Vater für Schuldgefühle sorgte, aber er wollte jetzt auch nicht dazwischengehen und irgendetwas sagen, was nicht stimmte, um das Ganze einfach wegzuwischen. Die Wunde war echt. Er machte Dazen keine Vorwürfe, aber sie schmerzte trotzdem.

In vielerlei Hinsicht kannte er seinen Vater kaum, und schon der bloße Gedanke erfüllte ihn mit einem schneidenden Gefühl der Verlassenheit.

Dazen schwieg lange, und Kip – was er so zuvor nie hätte tun können – füllte das Schweigen nicht mit Worten, sondern mit Zuhören.

Schließlich holte Dazen tief Luft und sagte: »Kip, als ich es nicht verdient habe, hat Orholam mir eine zweite Chance gegeben – vielleicht war es auch eine tausendundzweite Chance. Ich habe es auch bei dir nicht verdient, aber ... Kip, wenn es noch nicht zu spät ist, können wir noch einmal von vorn anfangen? Darf ich noch einmal versuchen, dein Vater zu sein?«

79

Als einer der für das Protokoll zuständigen Beamten die Frage aufgeworfen hatte, wo denn Gavin im überfüllten großen Saal sitzen solle (mit der ganzen Dazen-Geschichte würde man sich später beschäftigen, hatte Andross entschieden), hatte Andross Guile eine der für ihn typischsten Antworten gegeben, die Dazen je gehört hatte: »Die Sonne wird durch die Gegenwart anderer Sterne am Himmel nicht verdunkelt, nicht einmal vom Mond.«

Ganz in Weiß mit Goldbrokat gewandet, saß Dazen auf der Tribüne. Er war natürlich mehr oder weniger Gegenstand der allgemeinen Faszination, und das Staunen darüber, dass er noch lebte, ging bereits mehr und mehr in die Frage über, was seine zukünftige Position sein könnte. Offensichtlich konnte er nicht wieder Prisma sein. Er konnte nicht wandeln. Aber niemand erwartete von ihm, dass er nun gar keine Aufgabe mehr übernahm. Andross jedenfalls sicher nicht; er hatte bereits begonnen, Ideen in den Raum zu stellen, wie sich Ruf und Charisma seines Sohnes wohl am besten einsetzen ließen, um die Satrapien wieder zu einem Ganzen zusammenzufügen.

Aber alle ihre Treffen waren bisher öffentlich gewesen. Sie hatten nicht über die lange Nacht sprechen müssen oder über Sevastian.

Fürs Erste war es Dazen ganz zufrieden, einfach der Mann der Weißen zu sein, und er war glücklich damit, zu ihrer Rechten zu sitzen, statt sie zu seiner. Sie strahlte förmlich in ihren weißen Gewändern, aber sie hatte sich das Haar von seinem strengen Platinweiß zurück zu ihrem natürlichen Kastanienbraun gefärbt. Es gefiel ihm sehr.

Andross hatte sich für Kip irgendeine Verpflichtung ausgedacht, die ihn in letzter Minute aufgehalten hatte, während die Namen aller anderen verkündet wurden und deren Träger Platz nahmen. Statt jedoch durch eine Seitentür von vorn in den Raum geleitet zu werden, trat der junge Mann zusammen mit Tisis von hinten in die Stille des Saals. Im Versuch, möglichst unauffällig zu sein, ging er mit eingezogenem Kopf den langen Mittelgang hinauf, verdrossen darüber, sich verspätet zu haben.

Kip hatte in den letzten Jahren eine Menge gelernt, aber er konnte immer noch hinreißend naiv sein.

Es gab keine Adligen, die ihm unterstanden, und all seine eigenen Soldaten befanden sich außerhalb des großen Saals, daher hatte er vielleicht wirklich nichts Besonderes erwartet.

Die Blutwäldler erhoben sich als Erste für ihn. Dann folgten die Tyreaner, die ihn als einen der ihren betrachteten. Seine Mächtigen, die in der vorderen Reihe saßen, als seien sie Teil seiner Familie, standen ebenfalls auf.

Dann erhoben sich, einer nach dem anderen, die Wandler im Saal. Sie wussten, was er geleistet hatte.

Nicht ohne dabei Hilfe zu benötigen, rappelte sich König Eisenfaust hoch (streng genommen war er immer noch »König«, bis irgendwelche Formalitäten geregelt waren). Er begrüßte Kip mit dem alten Schwarzgardistengruß.

Alle Schwarzgardisten folgten seinem Beispiel.

Und dann standen alle Übrigen auf, angefangen von den Hohen Luxiaten bis hinunter zu den niederen Rängen.

Dazen und Karris erhoben sich erst später, um Kip zu demonstrieren, dass niemand einfach nur aufstand, weil er ihrem Beispiel folgte.

Der jüngste Guile wirkte bescheiden, geehrt, als sein Blick von Gesicht zu Gesicht wanderte und er neue und alte Freunde wiedererkannte. Kip und Tisis umarmten Dazen und Karris und nahmen ihre Plätze neben ihnen ein.

Einer von Kips Mächtigen, Winsen, hustete laut. Plötzlich keuchten überall im Raum Männer und Frauen hörbar auf, dann folgte Gelächter und breitete sich schnell ringsum aus. Jene, die auf der Tribüne saßen, mussten sich umdrehen, um es zu sehen: Im vorderen Teil des Raums, neben den offiziellen Fahnen der Häuser Guile, Weißeiche und Malargos sowie den Bannern von Andross und dem Banner des Lichtbringers und den Flaggen der verschiedenen Satrapien, entrollte sich eine sehr spontan und selbstgemacht wirkende Fahne. Sie sah aus wie eine Kinderzeichnung einer Schildkröte, mit einem dichten Haarschopf auf dem Kopf und einem dümmlichen Grinsen im Gesicht, mit großen Bärenkrallen und Flügeln aus Feuer.

Als Kip das Ding sah, errötete er sofort und vergrub das Gesicht in den Händen.

Das Publikum brüllte vor Lachen, und dann jubelte es ihm zu.

Während ein Saaldiener herbeieilte, um das Banner des Schildkrötenbären abzuhängen, wandte sich Kip zu den Mächtigen um und fuhr sich mit der Hand über die Kehle.

Sie alle zuckten auf wenig überzeugende Weise die Achseln: »Wer? Wir?«

Dazen konnte gar nicht mehr aufhören zu lächeln. In mancher Hinsicht waren sie immer noch ein verdammter Haufen Kinder.

Aber sie liebten einander, und das war etwas Unbezahlbares.

Natürlich wartete Andross Guile, bis sich der Aufruhr gelegt hatte, und wartete dann noch ein Weilchen länger. Aber sobald er mit der Zeremonie begonnen hatte und sie mit dem gewohnten Pomp und all dem Spektakel, das Dazen von einem solchen Anlass erwartete, ihren Lauf nahm – der Magie, der Musik, den feierlichen Hymnen sowie einem erstaunlich knappen Gebet des Hohen Luxiaten Amazzal –, war die Himmelaufstiegszeremonie doch vergleichsweise kurz und aufs Wesentliche beschränkt.

Die Farben und die Repräsentanten aller Sieben Satrapien sowie die sechs verbliebenen Hohen Luxiaten (einer hatte dem Orden angehört und war jetzt tot) knieten vor Andross nieder und gelobten ihm als dem Prisma, Kaiser und Lichtbringer die Treue. Alle anderen im Saal durften den Eid von ihren Plätzen aus ablegen.

Andross hatte in diesen ersten Tagen sehr schnell gehandelt. Ja, er war wie ein Mann vorgegangen, der sich seit Jahrzehnten eine Liste all der Dinge angelegt hatte, die erledigt werden mussten.

Und es war nicht Ungeduld, was ihn drängte. Inmitten all der Aufräum- und Wiederaufbauarbeiten, der Beerdigungen und der Verbrennung der toten Feinde herrschte immer noch die Euphorie über ihren Sieg, der doch so unwahrscheinlich gewesen war. Der Krieg war das einzige Gesprächsthema. Dahinter blieben alle anderen Themen zweitrangig. Dass großen Bankiersfamilien Ultimaten gesetzt wurden und bestimmte Unruhestifter ins Gefängnis geworfen worden waren, dass neue Gesetze die Sklaverei und das Gefangennehmen von Flüchtlingen einschränkten, dass das Magisterium umstrukturiert wurde – all diese Themen mussten nicht einmal unter den Tisch gekehrt werden: Sie waren im Vergleich zu allem anderen, was passiert war, einfach nicht sonderlich interessant.

Andross hatte das Spektrum und das Hohe Magisterium einberufen und für jene Wandler und Wichte der Blutröcke, die gefangen genommen waren, die Todesstrafe durch die Blendende Klinge vorgeschlagen – beziehungsweise die Strafe der »Beraubung«, ein Begriff, den er, wie er behauptete, irgendwo ausgegraben hatte, indes könnte er ihn auch einfach nur erfunden haben. Sein Ansinnen war einstimmig angenommen worden.

Die Beraubung war, wie er angab, das, was Gavin passiert war, als er den Schwertstreich durch die Blendende Klinge erhalten und seine magischen Kräfte, aber nicht sein Leben verloren hatte. Andross plante, sich die Gelegenheit zunutze zu machen, um genau herauszufinden, wie die Klinge funktionierte: Spielte es eine Rolle, wer sie führte? Hatten die Absichten dieses Menschen in Bezug auf das, was mit dem Verurteilten geschehen sollte, einen Einfluss auf das, was die Klinge machte?

Karris' junge Luxiaten – deren Zahl nun plötzlich von Tag zu Tag immer größer wurde – eigneten sich verlorenes Wissen neu an, einiges davon aus Büchern, in denen, wie ältere Gelehrte hoch und heilig beteuerten, viele Seiten zuvor komplett leer gewesen waren. Dazen wusste nicht, ob hier das alte Wirken von schwarzem Luxin rückgängig gemacht worden war oder ob Andross seine Fälscher in den Reihen der Gelehrten angewiesen hatte, die von ihm bevorzugten Lehren in diese Schriften einzufügen.

Aber der springende Punkt war jedenfalls, dass die Luxiaten angaben, dass vor Vicians Sünde die aus dem Wandlerleben ausscheidenden Wandler bei der Befreiung eben einfach in den Ruhestand getreten waren. Ja, sie waren befreit worden – aber nicht von ihrem Leben, sondern von ihren Dienstpflichten. Sowie auch von ihren magischen Gaben, so wie es Dazen ergangen war.

Nur dass einige von ihnen tatsächlich gestorben waren, gemäß dem Richtspruch von Orholam persönlich, wie es hieß. Da sich die Wandler also nie sicher sein konnten, welches Los ihnen am Tag des Gerichts blühen würde, sahen sie diesem Tag dennoch mit Angst und Zittern entgegen. Der Sonnentag blieb ein ernster und heiliger Anlass, für die Gerechten aber auch ein Tag voller Freude.

So behaupteten sie zumindest. Die Welt würde es bald genug herausfinden.

Dazen hatte seinen Vater nur gebeten, noch ein Weilchen zu warten. Er hatte da eine Eingebung, der er nachgehen wollte.

Andross hatte eingewilligt und gemeint, die Gelehrten könnten die zusätzliche Zeit ohnehin gut gebrauchen.

In der Zwischenzeit wurden die Wandler der Blutröcke in verspiegelten Zellen festgehalten oder in finsteren Räumen oder auch in solchen, die sorgfältig mit Farben verhängt worden waren, die sie nicht wandeln konnten. Andross hatte gar nicht erst den Vorschlag gemacht, die Kerker zu benutzen, die Dazen geschaffen hatte und in denen er selbst gefangen gehalten worden war, und was Dazen betraf, so wollte er ohne Frage nie wieder an sie denken müssen.

Überraschenderweise hatte Dazen das ganze prunkvolle Schauspiel ziemlich genossen, wenngleich sein Genuss zum größten Teil daher rührte, dass nun endlich einmal nicht er derjenige war, an dem die gesamte Zeremonie hing.

Dann erhob sich Andross und ergriff das Wort: »Wir haben viel erduldet, und auf uns wartet viel Arbeit. Veränderungen werden kommen. Ich werde uns nicht in irgendein mythisches Goldenes Zeitalter aus der Vergangenheit zurückführen. Das einzige Goldene Zeitalter, das uns offensteht, liegt vor uns. Wenn unsere Satrapien Bestand haben sollen, müssen sie auf einem Fundament der Gerechtigkeit ruhen. Das wird nicht leicht werden, denn viele von uns haben ein so schlimmes Unrecht erlitten, dass wir uns das Recht eingeräumt haben, anderen Unrecht zuzufügen, als seien wir alle unparteiische Richter, die nur zufällig zu unseren Gunsten entscheiden, und das immer. Die kommenden Zeiten werden reiche Früchte tragen, doch wir müssen den felsigen Boden unseres eigenen Herzens bestellen, um den Samen für jene Früchte zu pflanzen, sodass sich unsere Kinder und die Kinder unserer Kinder daran erfreuen mögen.« Er schob die Lippen vor, dann sprach er mit einer weniger einstudiert wirkenden Stimme weiter, was die Vermutung nahelegte, dass er nun von der auswendig gelernten

Rede abwich: »Manche von uns haben in diesem Krieg schlimme Dinge getan ... die selbst dann schlimm waren, wenn sie dazu dienten, diesen Krieg zu gewinnen, Dinge, die getan zu haben wir nun Reue empfinden müssen. Ich an allererster Stelle.«

Dazen betrachtete jede Tat und jedes Wort seines Vaters mit einem Zynismus, der über das gesunde Maß hinausging, aber diese Worte trafen ihn wie ein rechter Haken. Ein Schuldeingeständnis? Zerknirschung? Von Andross Guile? War das nur eine neue Finte? Eine weitere Falle?

Doch von Dazens Platz hinter dem alten Mann aus hatte er dessen Gesicht nicht sehen und somit nicht erkennen können, ob das Ganze einfach ein weiteres Spiel war, eine weitere Manipulation; und inzwischen war Andross bereits zu seinen schriftlich festgehaltenen Äußerungen zurückgekehrt.

»Das ist nun das neue Projekt, das wir in Angriff nehmen werden. So wie wir zusammen gekämpft haben, werden wir auch zusammen arbeiten, wir alle: Luxiat und Adliger und Wandler und Bauer und Fischer und Schmied. Wir werden zusammen trauern, und wir werden zusammen unsere Siege und die Siege Orholams feiern. Wir werden die Wunden unserer Sieben Satrapien verbinden, und wir werden sie stärker machen und gerechter und rechtschaffener, als sie es gewesen sind. Durch Orholams Gnade und trotz unserer vielen Verluste ist die Liste unserer Verbündeten und Freunde in den zurückliegenden dunklen Stunden länger geworden, und jene, die sich geopfert haben, um in unseren finstersten Stunden zu dienen, sollen nun im Licht die gebührende Anerkennung finden.«

Andross war ein durchschnittlicher Redner, der zudem zu Sätzen neigte, die für viele Menschen zu lang waren, um ihnen folgen zu können, und es war auch nicht die Art von Ansprache, die vorrangig dazu gedacht war, für Applaus zu sorgen – allein, seine Zuhörer applaudierten ihm trotzdem. Diese Menschen brauchten eine solche Ansprache.

»Ach ja. Da ist noch eine andere Angelegenheit«, fügte Andross mit offensichtlichem Vergnügen und einem Lächeln hinzu. »Nämlich die vielfach verschobene offizielle Vermählung meines Sohnes mit Karris Weißeiche. Die Feierlichkeiten beginnen morgen und werden eine Woche andauern. Und als besondere zusätzliche Freude wird mein Enkelsohn Kip seine lange verzögerte offizielle Vermählung mit Tisis Malargos feiern, sobald ihre Familie eintrifft. Da wir also ohnehin schon am Feiern sind, möchte ich meine Himmelsaufstiegsfeier gemeinsam mit ihren Festlichkeiten begehen. Natürlich«, ergänzte Andross Guile, »seid ihr alle eingeladen.«

Er lächelte, und die Last seiner Jahre fiel von ihm ab, als die Versammelten ihren brüllenden Applaus aufbranden ließen. Dabei wirkte er sogar mehr als nur überrascht; er wirkte regelrecht vergnügt, als würde der erhaltene Beifall den seit Langem ausgetrockneten Wüstenboden seines Herzens durchtränken.

Dazen, guter Sohn und sich seiner Symbolfunktion gehorsam bewusst, stand auf und winkte, was nur noch lauteren Applaus zur Folge hatte. Kip tat es ihm von der anderen Seite des Mittelgangs nach und bekam seinen eigenen Applaus – genauso laut.

Dann stand Karris auf und dann Tisis, und der Applaus wurde noch lauter.

Dazen grinste Kip an und sah, dass sein Sohn das gleiche dümmliche Grinsen im Gesicht hatte wie er.

Musste in der Familie liegen.

»Keine schlechte Rede, alter Mann«, sagte Dazen, nachdem sich alle, die auf der Tribüne gesessen hatten, in eines der Nebenzimmer zurückgezogen hatten.

»Felia hat sie geschrieben«, antwortete Andross. »Vor achtunddreißig Jahren. Natürlich nicht alles. Aber sie hat mir eingeschärft, ihnen am Ende einen Grund zum Jubeln zu geben.« Er schüttelte bedauernd den Kopf. »Sie sollte jetzt eigentlich hier sein.«

»Sie hat alles in ihrer Macht Stehende getan, damit wir Übrigen hier sein konnten«, erwiderte Dazen.

Andross stieß einen langen, seufzenden Atemzug aus. Er wirkte verändert. Sie schritten zusammen zum Hinterausgang des Saals. Sie waren eigentlich schon dabei, unterschiedliche Wege einzuschlagen, doch jetzt blieben sie noch einmal stehen.

Der neue Lichtbringer sagte: »Kip hatte recht, weißt du: Ich bin der Richtige für diese Zeit. Ich kenne die Persönlichkeiten, die alten Fehden, die wahren Geschichten hinter den Familienmythen, die wirtschaftlichen Verhältnisse und die familiären Verbindungen. Mit der Hilfe einiger hübscherer Gesichter und taktvollerer Leute kann ich unsere Satrapien auf eine Weise wieder zu einem Ganzen vereinen, wie sich das niemand sonst erhoffen könnte. Ich weiß, was zerbrochen werden kann und was man nur ganz langsam verbiegen darf. Ich kann dieses Land besser machen – sicherer, stärker, reicher, gerechter, offener, freier. Mir bleiben vielleicht noch zehn Jahre meiner Lebensspanne, womöglich zwanzig, wenn ich diszipliniert bin und Glück habe, und ich werde dafür sorgen, dass dieses Land Bestand hat – und nicht unter einer schwächeren Persönlichkeit oder in weniger fähigen Händen auseinanderfällt.«

»Warum erzählst du mir das alles?«, fragte Dazen.

»Sohn, du weißt, welch hohe Meinung ich von Schwüren habe.«

»Ja.«

»Dieses Amt? Ich schwöre, mein Bestes zu tun, um mich seiner würdig zu erweisen.«

Dazen nickte dankbar und wandte sich zum Gehen.

»Ach, und ein Letztes noch. Nicht dass es dir irgendetwas bedeuten dürfte«, richtete Andross das Wort an Dazens Rücken. Dann senkte er die Stimme. »Und das sollte es auch nicht. Sollte es wirklich nicht. Aber ich bin dankbar für euch beide. Stolz auf euch.«

Dazen ballte die Fäuste und unterdrückte mit knapper Not den Drang, herumzuwirbeln und dem alten Mann ins Gesicht zu schlagen.

Du *wagst* es?!

Er wollte dem alten Mörder eine Stunde lang den Namen Sevastian ins Gesicht schreien. Und danach genauso lange den Namen Gavin.

Er wollte rufen: »Ich habe dir mein Reich gegeben; ich habe dir meinen Sieg gegeben; du bekommst nicht auch noch meine Familie!«

Aber ... es war ein Schritt. Ein erster zaghafter Schritt auf dem langen Weg hin zu dem fernen Ziel, diese zerbrochene, streitsüchtige, völlig zerrüttete Familie wieder zu einen. Dazen konnte das Ganze jetzt hintertreiben – und gottverdammt noch mal, Andross verdiente es, in den Abgrund der Hölle gestoßen zu werden –, oder er konnte seinen Teil dazu beitragen. Sie würden diese Aufgabe weder heute noch in diesem Jahr vollenden. Vielleicht würden sie es niemals tun. Vielleicht waren sie allzu gebrochene Menschen. Vielleicht war Vergebung einfach zu schwer.

Aber er konnte einen einzigen winzigen Schritt tun. Oder?

»Nun denn ...«, sagte Andross und wandte sich ab.

»Danke«, sagte Dazen. Er konnte sich nicht zu ihm umwenden, konnte es nicht riskieren, dem alten Mann in die Augen zu blicken. Das war einfach zu viel, jedenfalls für heute. »Danke ... Vater.«

80

Nach den Feierlichkeiten begab sich Kip auf die Krankenstation und verbrachte ein wenig Zeit mit jenen seiner alten Nachtbringer, die verletzt waren, brachte ihnen Trost und Aufheiterung, wo er nur konnte. Nicht alle Überlebenden waren in einer guten Verfassung, aber sie wurden alle auf bewundernswerte Weise versorgt.

In diesem Wissen begab er sich dorthin, wo zwei weitere Verletzte ihn erwarteten: Teia und Eisenfaust.

Auf dem Weg zu ihnen war Kip überrascht, Ferkudi, Ben-hadad, Winsen und den großen Leo an den Aufzügen zu treffen. Sie hatten auf ihn gewartet.

»Wo ist Tisis?«, fragte der große Leo.

»Sie kümmert sich um die eigentliche Arbeit, damit ich mit euch Tagedieben abhängen kann«, antwortete Kip. Er lächelte. »Es ist schön, dass wir alle wieder zusammen sind. Das heißt, die meisten von uns, sollte ich sagen. Verdammt. Tut mir leid.«

»Nein, du hast recht. Kruxer sollte auch bei uns sein«, sagte Ben-hadad und schluckte.

»Und Goss«, ergänzte Ferkudi. »Und Daelos.«

»Und noch andere«, meinte der große Leo. »Viele andere.«

In der Schlacht hatten sie sich alle als Helden erwiesen. Aber Kip hätte gar keine Schlacht als Beweis dafür gebraucht.

Sie begaben sich zu dem Einzelzimmer, das Teia und Eisenfaust sich teilten. Es wurde sowohl von einer Ehrenwache der Tafok Amagez als auch von den neuen Mächtigen und der Schwarzen Garde bewacht. Kip klopfte an, dann trat er durch die Tür und schlüpfte durch die schwarzen Vorhänge, sorgsam darauf bedacht, kein Licht hereinzulassen, das Teia womöglich umbringen könnte.

»Bist du hier?«, fragte Kip.

»Leider«, antwortete Teia. »Irgend so ein alter Knacker erzählt mir die ganze Zeit Geschichten über die großen ruhmreichen Tage oder so etwas.«

»Du glaubst gar nicht, was ich dir jetzt für eine Abreibung verpassen würde, wenn ich mich nur bewegen könnte«, ertönte Eisenfausts Stimme.

Kip wechselte seine Sicht auf Infrarot, um in der völligen Finsternis etwas sehen zu können. Das immerhin konnte er noch.

»Es ist so dunkel hier drin«, bemerkte Ferkudi. »Warum macht nicht endlich jemand …«

»Ferk, nein!«, rief Kip, aber es war zu spät.

Ferkudi riss die Vorhänge auf. Der Tag war blendend hell. Eisenfaust zuckte zusammen, und Teia wich zurück und schlug sich die Hände über die Augen.

Doch ansonsten passierte nichts.

»Nun ja, das dürfte wohl die Frage beantworten, wie lange diese Lacrimae Sanguinis wirksam bleiben«, bemerkte Kip.

Dann brach Teia zusammen.

»Oh nein!«, stöhnte Ferkudi. »Was ist passiert?!«

»Du Idiot!«, schrie Ben-hadad. »Was hast du getan?!«

Dann grinste Teia unvermittelt, und Kip bemerkte, dass sie schwarze Augenkappen trug. Doch nun beugte sie sich zu ihrem Nachttisch hinüber und zog zwei nicht ganz so verstörende lederne Augenklappen darüber.

»Bei Orholams haariger Arschkerbe, Teia«, klagte Ferkudi. »Deinetwegen wäre mir fast das Herz stehen geblieben.«

Sie alle sahen ihn ungläubig an.

»Dir ist aber schon klar«, meinte Winsen, »dass das, was du da sagt, das Gegenteil von dem ist, was hier gerade wirklich hätte passieren können, oder? Das ganz genaue Gegenteil.«

Ferkudi sah sie alle für einen Moment an, dann verzog er bestürzt das Gesicht. »Oh. Oh, ich meine … entschuldige, Teia. Ich hab nicht nachgedacht.«

»Ich habe dich wirklich vermisst, Ferk.« Sie richtete sich auf und umarmte ihn. »Aber das eben hat höllisch wehgetan, und falls ich jemals hier rauskomme, werde ich dir dafür in die Eier treten, das verspreche ich.«

Er wirkte verunsichert. »Soll ich dich das dann etwa tun lassen?«

»Nein, du sollst versuchen, mich daran zu hindern. Ich sage es dir nur im Voraus, weil ich weiß, dass du es ohnehin nicht schaffst.«

Darauf grinste sie, und Kip begriff, dass sie etwas ausprobierte, feststellen wollte, ob sie sich wieder in das alte Herumgescherze mit ihren Freunden einfügen konnte. Nach dem Motto: Habt ihr noch immer einen Platz für mich?

Ferkudi sah sie verwirrt an. War das jetzt ein Fall für seine Kiste oder nicht? Es war offensichtlich, dass Teia in absehbarer Zeit mit keinem von ihnen trainieren würde – falls denn überhaupt jemals wieder –, wo und wie sollte sie also eine Gelegenheit haben, ihre Drohung wahrzumachen?

Komm schon, Ferkudi, bitte …

»Herausforderung angenommen!«, rief Ferkudi, und Teias Lächeln ließ überall ringsum helles Licht aufstrahlen.

»Jetzt sag mal, Winsen«, schaltete sich Eisenfaust mit schroffer Stimme ein. »Was habe ich da gehört? Du hast einen Gottesbann zerstört?«

»Äh, ja. War gar nicht so schwer«, antwortete Winsen. »Letztendlich ist es mir sogar irgendwie peinlich. Brecher hat mir eingeschärft, ich müsse auf den Kristall schießen. Ich habe ihn zehnmal verfehlt. Ein derart großes Ziel. Nur zweihundert Schritt entfernt. Zehnmal daneben. Zehn Mal.«

Natürlich ließ er dabei unberücksichtigt, wie er sich über den Gottesbann geschlichen und gekämpft hatte. Ganz allein war er Hunderten von Wichten, Wandlern und Soldaten ausgewichen und hatte so viele von ihnen getötet, dass er anfangen musste, sich seine Pfeile von den Toten zurückzuholen und deren eigene Pfeile zu plündern. Ganz davon zu schweigen, dass er von seiner erhöhten Position aus zusätzlich auch etliche Leben auf den *anderen* Gottesbannen hatte retten können.

»Besser als ich!«, warf der große Leo ein. »Ich habe es überhaupt erst bis auf meinen Gottesbann geschafft, als Karris und Gill ihn bereits zerstört hatten.« Natürlich ließ er dabei unerwähnt, dass er bei der Führung des letzten Angriffs auf den Weißen König eine wesentliche Rolle gespielt und Karris ein halbes Dutzend Mal das Leben gerettet hatte.

»Und besser als ich!«, verkündete Ferkudi. »Ich habe es gar nicht erst bis hinter die Stadtmauer geschafft.« Natürlich hatte er die Stadtmauer *gehalten.* Über eine lange, gefährliche Zeitspanne hinweg hatte er die Mauer fast allein gegen Dagnu gehalten, bis ihm die verblüfften Einheimischen schließlich zu Hilfe geeilt waren.

»Und besser als ich!«, erklärte Kip. »Ich habe es kaum aus der Vordertür hinausgeschafft!«

Sie lachten.

»Und besser als ich!«, fügte Teia hinzu. »Ich habe es kaum aus meinem Zimmer geschafft.«

Wieder so ein Versuch.

Dann sahen sie Ben-hadad an, dessen Gesicht einen Ausdruck des Befremdens zeigte. Er hatte Einin das Leben gerettet (sie würde wieder genesen, befand sich jetzt aber auf der Krankenstation), und dann hatte er Belphegor getötet und den gelben Gottesbann zerstört. »Oh, Mann«, sagte er, »klingt ganz so, als hätte ihr es alle total vergeigt. *Ich* war spitze! Ich habe es ihnen allen gezeigt.«

Sie lachten und johlten.

»Ja, klar«, sagte Winsen. »Du weißt aber, dass ich dir bei drei verschiedenen Gelegenheiten deinen Hüpfarsch gerettet habe, nicht wahr, Fröschlein?«

»›Fröschlein‹? *Fröschlein?!* Wage es ja nicht!«, drohte Ben-hadad.

»Er ist die Feder des Verhängnisses!«

»Der springende Speermörder!«

»Er ist der hüpfende Tod!«

»Bitte errette mich irgendwer vor dem sprintenden Krüppel!«

Ben-hadad schüttelte nur sehr beherrscht den Kopf und murmelte irgendetwas vor sich hin. Ihm war klar geworden, dass er seine Strafe einfach hinnehmen musste, in der Hoffnung, dass sie ihm nicht aus der Gelegenheit heraus einen neuen Namen verpassen würden.

Schließlich bemerkte Eisenfaust mit ernster Stimme: »Ihr wart alle ... unübertrefflich.« Er sagte nicht »im Gegensatz zu mir«, aber sie alle hörten es heraus.

Ihre Heiterkeit war mit einem Mal wie weggeblasen.

»Lasst gut sein, bitte«, sagte Kip. »Ihr habt versucht, die Chromeria zu retten und den Orden zu zerstören, bevor seine Leute uns alle hätten töten können. Kruxer hat es vermasselt. Wir wissen, dass Ihr alles getan habt, was Ihr konntet.«

»Wenn ich die Sache langsamer angegangen wäre, hätte er mich vielleicht angehört. Ich habe versucht, so zu sein wie ... wie Andross Guile, und ich hätte einfach ich selbst sein sollen.« Eisenfaust zuckte vor Schmerz zusammen.

»Ihr habt eine Armee, eine Kriegsflotte und den besten General der Welt hierhergebracht«, sagte Kip. »Hätte uns auch nur *eins* davon gefehlt, wären wir jetzt alle tot. Die Wahrheit ist doch, dass wir letztlich alle versagt haben. Gibt es irgendjemand unter uns, dem *nichts* einfällt, was er hätte anders machen können und womit er dann Leben gerettet hätte?«

Sie schüttelten den Kopf, einer nach dem anderen, und einige von ihnen wandten den Blick ab.

»Es ist keine Schande«, fuhr Kip fort. »Kruxer hätte sich nicht auf die Suche nach Eisenfaust machen sollen. Seine Aufgabe wäre es gewesen, mich zu bewachen. Vielleicht hätte er mich vor Zymun und Aram gerettet. Er hat uns im Stich gelassen, aber ohne ihn würde ich nicht hier stehen. Und die meisten von euch auch nicht. Er war unser Herz. Manchmal tut man sein Bestes, und es ist dennoch nicht gut genug. Deshalb haben wir ja einander.«

»Keine Frage, er und ich haben uns häufig in die Haare gekriegt«, sagte Ben-hadad, »aber ich habe diesen Mistkerl wirklich geliebt.«

»Ich liebe euch Mistkerle alle«, warf Winsen ein. »Nun ja ... jedenfalls die meisten. Hmm ... vielleicht trifft ›tolerieren‹ die Sache besser.«

»Oh, verdammt!«, stieß der große Leo hervor, umfing mit seinen riesigen Armen so viele von ihnen, wie er konnte, und drückte sie stürmisch an sich.

»Vorsicht, Vorsicht!«, mahnte Eisenfaust von seinem Bett aus, als sie das Gleichgewicht verloren.

Kip lehnte sich gegen das ganze Knäuel, und sie alle rutschten und stolperten auf Eisenfausts Bett.

Von einem Augenblick auf den anderen hatten sie sich wieder in die Kinder verwandelt, die sie noch vor Kurzem gewesen waren: Sie lachten, kitzelten und rempelten, boxten einander und versuchten jeweils, unter dem Haufen hervorzukriechen.

»Ich hätte bei der Schwarzen Garde nie hinschmeißen dürfen!«, brüllte Eisenfaust. »Dafür würde ich euch allen hundert Strafrunden aufbrummen!«

»Ihr habt nicht hingeschmissen!«, berichtigte Ben-hadad. »Ihr wurdet gefeuert!«

»Erinnere mich bloß nicht daran! Autsch! Nicht die Brust, runter von meiner Brust!«

Schon bald verließen sie den Raum wieder – das helle Licht, das durch das Fenster hereingefallen war, hatte Teia doch übler zugesetzt, als sie zugeben wollte.

Als sie gingen, wurde Kip klar, dass die nächsten Tage jede Menge Berg-und-Tal-Fahrten zwischen Lachen und Weinen mit sich bringen würden, zwischen Necken und Trauern, Geschichtenerzählen und Schweigen, Umarmen und Kämpfen. Und das war in Ordnung so.

Nein, es war besser als in Ordnung; es war gut.

Denn genauso läuft es eben in Familien.

81

Mit den üblichen Schwierigkeiten einer Frau, die am nächsten Morgen heiratet, versuchte Karris, die Liste ihrer zu erledigenden Aufgaben beiseitezulegen und einfach die Massage zu genießen.

☐ *Daran denken, verdammt noch mal deine Massage zu genießen.*

»Scheint mir eine sehr kurze Zeitspanne, um eine Hochzeit organisieren zu wollen, erst recht eine von diesem Ausmaß«, sagte Rhoda und bearbeitete mit ihren magischen Händen Karris' Handgelenk hoch über ihrem Kopf. »Wie läuft es so mit all den vielen Einzelheiten?«

Karris seufzte, und Rhoda zog heftig an ihrem Handgelenk, dehnte alle Muskeln in ihrem Arm und ihrer Schulter, bis hinein in ihren Brustkorb.

»Aha!«, sagte Rhoda.

»Du hast mir das eingebrockt«, klagte Karris. Sie ächzte. »Nicht dass – aua – ich mich beschweren will.«

»Heute sind Dehnübungen dran. Ihr habt Euch da regelrecht zusammenschlagen lassen, nicht wahr?«

»Es war eine Schlacht, daher ist das nicht allzu verwunderlich.«

Rhoda schnalzte missbilligend mit der Zunge. Ihre Hände machten eine rasche Bestandsaufnahme all der unmöglichen Stellen, die Karris schmerzten. Dann beklopfte sie ihren rechten

Schneidermuskel. »Diese heftigen Verspannungen im Oberschenkel kommen also vom Reiten? Ich meine: auf einem Pferd?«

»Rhoda!«

Die Masseuse mit dem lauten Organ lachte. »Nein, nein, ist doch schön für euch beide. Es freut mich so sehr, Euch glücklich zu sehen, Hohe Dame. Ich werde jetzt Eure Handgelenke fixieren, damit Ihr Euren Oberkörper entspannen könnt, während wir die Dehnübungen angehen.« Sie machte sich an die Arbeit, deckte Karris mit warmen Handtüchern zu und rollte sie auf den Rücken. »Es gibt da einen kleinen Trick bei der Sache, um sicherzustellen, dass am nächsten Tag keine schwer erklärbaren blauen Flecken auftauchen. Wenn Ihr wollt, dass ich Euch oder Eurem Herrn Gemahl zeige, wie das geht ...«

Karris schloss die Augen und schüttelte lächelnd den Kopf.

»Tut mir leid, Hohe Dame, ich wollte Euch nicht zu nahetreten.« Natürlich klang Rhoda ganz und gar nicht so, als ob ihr da irgendetwas leidtäte. »Versucht, Euch zu entspannen und einfach fallen zu lassen.«

Sie führte sich vor Augen, dass ja sie selbst der Grund war, warum sie überhaupt eine große Hochzeit feierten. Sie hatte eine verlangt, vor langer, langer Zeit. Damals war es ihr als eine gute Idee erschienen.

Ein paar Monate Zeit zu haben, um die Hochzeit zu planen, wäre wahrscheinlich auch eine gute Idee gewesen. Doch aus einer politischen Perspektive hatte die Sache durchaus ihren Sinn. Andross präsentierte die große glückliche Familie und machte sich all die Liebe und Verehrung zunutze, die die Leute für Gavin und Karris wie auch für Kip und Tisis entwickelt hatten, um in einer Art Abstrahleffekt auch seine eigenen Herrschaft mit einer Aura von Liebe und Verehrung zu umgeben und sich als Herrscher zu legitimieren.

»Oh, das ist aber ein wenig fest«, bemerkte Karris.

»Wir müssen es einfach so lassen, bis ich mit diesem Bein fertig bin«, entgegnete Rhoda. Doch sie arbeitete sich nicht zehn- bis fünfzehnmal Karris' linkes Bein hinunter, wie sie es zuvor mit dem rechten gemacht hatte. Stattdessen wickelte sie den Schal darum und fixierte es am Tisch, so wie sie es zuvor auch mit ihren beiden Handgelenken und dem anderen Bein gemacht hatte.

Die Augen immer noch geschlossen, sagte Karris: »Ich glaube, ich verstehe jetzt, warum Menschen, die auf das Gefühl des Ausgeliefertseins stehen, sich wahrscheinlich ganz gern mal so ...«

»Aha, spürt Ihr diese Verspannung in Eurem Hals?«, fragte Rhoda und massierte dabei Karris' Kiefermuskeln. »Aufmachen.«

Karris öffnete den Mund. »Rhoda, ich glaube, ich würde jetzt gern ...«

Etwas wurde ihr in den Mund gestopft, und als Karris versuchte, es auszuspucken, und die Augen aufriss, war da kein Rot für sie, das sie hätte wandeln können, und auch kein Grün, und dann bohrten sich dicke, starke Finger tief in die Druckpunkte hinter Karris' Ohren.

Bevor sie schreien konnte, fixierte jemand einen Knebel, der so dick war, dass er ihren Kiefer offen hielt und die Zunge heruntersrückte, über ihrem Gesicht.

Rhoda fuhr sich mit beiden Händen durch ihr widerspenstiges Haar. Ihr Gesicht war tränenüberströmt.

Karris bäumte sich gegen ihre Fesseln auf, aber sie zogen sich nur noch fester zu. Sie versuchte zu schreien, doch es kam kaum ein Laut heraus; bestimmt nichts, was die Schwarzgardisten draußen vor der Tür alarmieren würde, die es gewohnt waren, aus dem Raum verbannt und dafür gerügt zu werden, wenn sie jedem kleinen Schmerzenslaut nachgingen.

Rhoda nahm sichtlich all ihren Mut zusammen, als sie eine Hand hinter Karris' Kopf und eine unter ihr Kinn legte – Vorbereitungen, um ihr das Genick zu brechen. Doch dann hielt sie inne. »Er hat mir eingeschärft, nicht mit Euch zu reden. Aber Ihr müsst es wissen. Ich *will* das hier nicht tun. Jedermann spioniert hier auf den Jasperinseln.

Ich hatte geglaubt, er sei einfach irgend so ein x-beliebiger Adliger, nur dass er mehr bezahlt hat als irgendwer sonst. Und als er gesehen hat, dass ich den Mund halten konnte, hat er mir noch mehr gezahlt. Und dann bin ich zu Festen für die Leute eingeladen worden, denen er vertraute ... Ich habe geglaubt, es seien einfach nur wilde Feiern, lauter Freidenker und Freigeister, versteht Ihr? Der Orden? Ich habe geglaubt, das seien einfach Leute, die sich nicht von dummen Vorschriften unterjochen lassen wollten. Das war alles lange bevor Ihr die Weiße geworden seid. Ich habe Euch nie etwas antun wollen. Ich meine, ich hätte nie geglaubt, dass sie jemals irgendwas von dem ganzen Kram in die Tat umsetzen würden. Die haben doch immer nur geredet und geredet. Ich will, dass Ihr wisst, dass ich Euch liebe, Karris. Ich bin nicht zu ihrem Fest gegangen, und ich habe Nein zu ihm gesagt. Ihm gesagt, ich sei raus aus der Sache. Ich habe ihm versprochen zu schweigen und ihm gesagt, dass ich es nicht tun würde. Dass ich mit alledem fertig sei.«

Nein. Bitte, Orholam, nein!

Rhodas Gesicht verzerrte sich vor Kummer. »Zur Strafe hat er meine Mutter getötet! Und jetzt hält er meinen Bruder gefangen. Das Einzige an Familie, was mir noch geblieben ist. Er wird auch ihn umbringen, wenn ich das hier nicht tue. Es tut mir leid. Ich werde dafür sterben. Aber ich muss es tun.«

Rhoda holte tief Luft, machte einen Schritt nach vorn und legte Karris die Hand unters Kinn. Dann war da ein Geräusch, als erhielte jemand einen Schlag in den Rücken, und heißes Licht blitzte aus Rhodas Brust, so hell, dass es durch ihre Kleider hindurchleuchtete. Es brannte gleißend an ihrer Wirbelsäule hinauf und hinab und ließ ihren Hals glühen.

Durch die Flammen förmlich von innen gekocht, wurden ihre Augen trüb und grau. In der nächsten Sekunde brach sie wie ein Sack zusammen und verschwand aus Karris' Gesichtsfeld.

Das entsetzliche Geräusch von siedenden Gasen, die aus der Eintrittswunde zischten, erfüllte Karris' Ohren. Dann legte sich der Geruch von schrecklich verbranntem Fleisch und verschmorten Eingeweiden über den Raum.

»Schade, schade«, bemerkte Andross Guile, dessen Gesicht jetzt über Karris auftauchte. Sittsam legte er das Handtuch über ihre Nacktheit zurück, nachdem es während ihrer verzweifelten Befreiungsanstrengungen heruntergefallen war. »Ich hatte wirklich gehofft, dass sie mehr reden würde.«

Er befreite ihre Füße, dann ihre Hände, und während sie sich selbst den Knebel herauszog, hielt er ihr mit abgewandtem Blick einen geöffneten Bademantel hin.

Das gab ihr einen Moment Zeit, sich zu sammeln. Im ersten Moment wollte sie ihn schlagen oder mit etwas nach ihm werfen, was glaubte er denn, was er hier machte, meinte er etwa, es interessiere sie einen feuchten Dreck, sich anzuziehen, nachdem sie soeben ... In Ordnung, na schön, es interessierte sie doch ein klein wenig, sich anzuziehen, und mit welcher Frage sollte sie jetzt überhaupt anfangen? Was zum Teufel er mit ihrer Freundin gemacht hatte? Hätte er nicht ein winziges bisschen früher eingreifen können? Ihr wäre um ein Haar ihr verdammtes Genick gebrochen worden!

»Wie lange seid Ihr schon dort gewesen?«, fragte Karris, fast gegen ihren Willen.

»Ich hatte den Verdacht, dass sie die Letzte von ihnen sein könnte, und Ihr wart das naheliegendste Zielobjekt für Grinwoodys Zorn.«

»Wie bitte?! Warum sollte ich Objekt seines Zorns sein?«

»Weil ich ihm gesagt habe, Ihr wärt für die Vernichtung des Ordens verantwortlich.«

Ihr klappte der Unterkiefer herunter. »Ihr habt mich als *Köder* missbraucht?«

Er machte sich nicht die Mühe zu antworten. »Ich hatte gehofft, sie würde verraten, ob noch andere übrig sind, aber Ihr habt sie ja gehört; sie war der Typ Mensch, der den Mund hält.«

Die Tür sprang so plötzlich nach innen auf, dass Karris beinahe umgekippt wäre, und mit einem Mal war der Raum voller

Schwarzgardisten. Sie hatten den Brandgeruch gerochen und eine Männerstimme gehört.

Die nächsten Minuten waren ganz vom Erwartbaren erfüllt – Männer und Frauen suchten nach möglichen weiteren Attentätern, sie beförderten Karris und Andross in einen anderen Raum, wo sie sicher waren, kleideten Karris (irgendwann einmal) endlich wieder richtig ein (Danke!) und kümmerten sich bestimmt auch um die Beseitigung der Toten. Das ganze Brimborium schien Andross zu verärgern, aber er spielte mit.

Irgendwann später setzten sie ihr Gespräch fort. »Werdet Ihr jemanden ausschicken, um Rhodas Bruder zu retten?«, erkundigte sich Karris.

»Natürlich nicht. Ich werde ihr als Gegenleistung für ihren Verrat doch keinen Gefallen erweisen. Aber ich werde meine besten Männer ausschicken, um nach ihrem Bruder zu suchen, damit wir die Ordensmitglieder töten können, die ihn festhalten. Wenn ihn unsere Leute ohne zusätzlichen Aufwand quasi nebenbei retten ...« Andross zuckte die Achseln. »Manchmal muss man eben Gutes tun, um zu erreichen, was man will.«

Karris schüttelte den Kopf. »Donnerwetter. Wisst Ihr, ab und zu kommt mir der Gedanke, dass Ihr offenbar ein paar Charakterzüge an Euch habt, die Ihr vor Euch selbst nicht zugeben könnt, Hoher Herr. Ihr mögt Geheimnisse, also werde ich Euch nun das Folgende verraten.«

»Es ist kein Geheimnis mehr, sobald Ihr es mir mitgeteilt habt«, erwiderte Andross, als sei er völlig desinteressiert, doch das glaubte sie nicht; hätte er wirklich nicht hören wollen, was sie sagen wollte, hätte er sie einfach unterbrochen und das Thema gewechselt.

»Ach ja, und ich verlasse mich darauf, dass Ihr es für Euch behaltet«, schob sie hinterher. »Es geht um Folgendes: Ich glaube, in Euch hat ein winziges Pflänzchen der Gutherzigkeit zu keimen begonnen. Ihr solltet das im Auge behalten.«

Er musterte sie kritisch und unbeeindruckt. »Sieh mal einer

an. Voller Hoffnung. Naiv und gutgläubig trotz aller Beweise und Erfahrungen, die das Gegenteil aufzeigen. Ihr stärkt den Menschen ihr Selbstwertgefühl, wo immer Ihr hingeht. Weckt in ihnen den Wunsch, mit Euch zusammen zu sein und Euch zu folgen. Ihr gebt fürwahr eine hervorragende Weiße ab.«

Karris hielt den Atem an, und als er Anstalten machte fortzufahren, fiel sie ihm ins Wort. »Und genau jetzt lege ich mich darauf fest, dass der nächste Satz, der aus Eurem Mund kommt, eben einmal nicht jene ach so gescheite Demütigung ist, die alles, was Ihr gerade gesagt habt, wieder zunichtemacht.«

Er grinste anzüglich, und seine Augen glitzerten. »Natürlich nicht«, sagte er nach einer kleinen Weile.

Sie fragte sich, ob er sich wohl hinsichtlich seiner nächsten Bemerkung umentschieden hatte, doch konnte sie in seinen tiefen Augen nichts als Belustigung erkennen.

»Ihr habt mich gerettet«, sagte sie.

»Mmh.«

»Das hättet Ihr nicht tun müssen. Ich bin einer der wenigen Menschen, die sich Euch jetzt noch in den Weg stellen können, und ich habe bewiesen, dass ich das auch tun werde, sollte ich es für nötig halten. Ihr hättet an der Tür warten und von dort aus lauschen können. Ihr hättet Rhoda, sobald sie mich umgebracht hätte, von Euren Leuten festnehmen und sie verhören lassen können. Danach hättet Ihr Eure eigene Weiße oder Euren Weißen ins Amt heben können. Das hätte Euch das Leben erheblich leichter gemacht. Der Meuchelmord an einer Weißen? Das hätte das Spektrum dazu bewogen, auch noch all die Macht an Euch abzugeben, über die Ihr noch nicht verfügt. Und erzählt mir nicht, der Gedanke sei Euch nicht gekommen.«

Andross schnaubte. Er gab seinem neuen Leibdiener, einem Mann, den Karris nicht kannte, ein Zeichen. Der Sklave legte etwas, das wie ein Kassenbuch aussah, auf einen Beistelltisch. »Euer Hochzeitsgeschenk.«

Er war in keiner Weise auf ihre Frage eingegangen. Was? Jetzt? Ein Buch?

In höflichem Tonfall und nachdem sie ihren freundlichsten diplomatischen Gesichtsausdruck aufgesetzt hatte, sagte sie: »Ihr seid zu gütig. Ein Buch. Ist es auch schön ausgehöhlt, damit die darin versteckte Natter hineinpasst?« Sie verzog das Gesicht. »Mist! Entschuldigt bitte.«

Aber sein unmäßiges Vergnügen schien ihn regelrecht aufzublähen. »Aha, da haben wir's ja. Der Triumph der Erfahrung über die Hoffnung. Also unterläuft so etwas selbst unserer unvergleichlichen Weißen«, sagte Andross.

Karris versuchte es noch einmal. »Was ist das?«

»Die Familienchronik der Familie Guile.«

»Eine ... Familienchronik?«, fragte sie mit hochgezogenen Brauen. Meine Güte, darin werde ich mal lesen, wenn ich meine mit Sägemehl versetzten Süßigkeiten esse.

»Ihr seid noch jung. Ich weiß, dass Ihr jetzt kein Interesse daran habt. Aber das wird sich vielleicht eines Tages ändern«, antwortete er. »Und die Antwort ist dieselbe.«

»Die Antwort?«, fragte sie verwirrt.

»Auf beide Fragen.«

»Entschuldigung ... beide?«

»›Warum sollte ich Euch dieses langweilige alte Buch schenken?‹ Und: ›Warum habe ich Euch unter einem so hohen persönlichen Aufwand gerettet?‹«

Sie öffnete den Mund und schloss ihn dann wieder. »Ja. Das wären meine beiden Fragen gewesen, wenn sie mir in ungefähr einer Stunde eingefallen wären. Also ... warum?«

Er musterte sie, und der Ausdruck seiner Augen schien sanfter zu werden. »Weil Ihr zur Familie gehört.«

Dann verließ er den Raum.

82

»Liebling«, sagte Karris mit einem Unterton, als sei er gerade aus dem Bad zurückgekommen und hätte irgendetwas wegzuräumen vergessen.

»Ja?«, fragte Dazen und überprüfte noch einmal seine Kleidung. Sie hatten beschlossen, gemeinsam einherzuschreiten. Die verschiedenen Satrapien hatten bei derartigen Zeremonien verschiedene Traditionen, und er hatte sich gesorgt, dass er (den man unlängst noch für tot gehalten hatte) womöglich mehr Applaus und Jubel bekommen würde als sie. Wahrscheinlich eine alberne Befürchtung. Und Karris wäre es ohnehin gleichgültig gewesen. Aber, Teufel noch mal, sie *waren* schließlich bereits verheiratet, und sie gehörten zusammen, daher gingen sie auch nebeneinanderher.

»Was ist mit deiner Hand?«, fragte sie.

Er hob die rechte Hand.

»Die andere. Hast du etwa gemeint, ich würde es nicht merken? Was ist das?«

Er blickte auf seine linke Hand hinunter und wackelte mit den Fingern. »Betrachte es einfach als ein wenig, äh, Kosmetik. Bestimmt wirst du doch nicht ausgerechnet heute Einwände gegen ein klein wenig harmlose Zauberei erheben, oder?«, fragte er.

»›Harmlos‹?«, flüsterte sie fast schon laut. »Du kannst nicht mit einer verbotenerweise gezauberten falschen *Hand* da rausgehen.«

»Schatz ...«, sagte er. Und er schenkte ihr das unschuldigste und charmanteste Dazen-Guile-Lächeln, das sie je gesehen hatte.

Oder zumindest hoffte er das. »Ich wollte einfach nicht, dass irgendetwas an *mir* von *dir* ablenkt.«

Sie errötete doch tatsächlich und zupfte ihr Kleid zurecht. Es war ein zauberhaftes Etwas mit jeder Menge Feinheiten, die er nicht wirklich wahrzunehmen vermochte, bis auf die Tatsache, dass sie auf wunderschöne Weise zusammenwirkten, um seine Begierde, es ihr vom Leib zu reißen, auf ein Höchstmaß zu steigern.

Dann richtete sie den Blick wieder auf ihn und musterte ihn eindringlich. »Moment mal ... auch der Zahn? Wie konntest du!«

Er bedachte sie mit einem schiefen Grinsen, um seinen Eckzahn sichtbar werden zu lassen. »Nur zu, versuch es zu erraten. Zahnprothese oder Zauberei?«

»Liebling! Ich bin *die Weiße*«, flüsterte sie und warf einen Blick über ihre verschiedenen Gefolgsleute hinweg, die sich bemühten, ihnen noch ein paar letzte private Augenblicke zu gönnen, bevor sie zusammen hinausgingen. »Du kannst nicht einfach ...«

»Entspann dich«, sagte er. »Komm schon, es ist so, wie ich gestern Abend gesagt habe, und das hat schließlich funktioniert, nicht wahr?«

Sie schüttelte den Kopf und errötete erneut. »Dafür werde ich dich bezahlen lassen. Und für das hier auch.«

»Ich freue mich darauf«, versicherte er. Er blickte auf die verschlossenen großen Türen, vor denen Schwarzgardisten bereitstanden, um sie auf ihr Signal hin zu öffnen. »Wollen wir?«

»Nein, warte«, bat sie. »Ich habe etwas für dich.«

»Mmh?«

»Ein Hochzeitsgeschenk.«

»Ein Hochzeitsgeschenk? Oh, jetzt komm ich mir ohne aber echt schäbig vor«, sagte Dazen.

»Keine Sorge. Zuerst wollte ich dir etwas wirklich Schreckliches schenken, wie zum Beispiel dich zur Nuqaba zu machen«, ließ sie ihn wissen.

»Andauernd irgendwelche endlosen Rituale und unverhoffte Begegnungen mit den Leuten, die mir mein Auge ausgebrannt haben? Ich bin mir nicht sicher, wie große Freude ich darüber hätte heucheln können.«

»Ja, ich habe mir überlegt, dass es vielleicht allzu unangenehm für dich wäre. Wo wir nun mal zu viele Guiles ganz oben an der Spitze haben«, sagte sie.

»Hoher Herr, Hohe Dame«, meldete sich ein Kastellan zu Wort. »Sobald Ihr bereit seid. Oder ... die Musikanten können dieses Lied auch noch fünfzehn weitere Male spielen, wenn Ihr wünscht.«

»Oh ja, ich mag die kecken Nummern«, erklärte Dazen.

»Aber ... jetzt vermassle ich irgendwie die ganze Sache, weil ich unter Druck stehe«, sprach Karris weiter. »Wie dem auch sei, das mit der Nuqaba hat mich an deine Augenklappe denken lassen. Und an dein Auge. An all das, was du für unsere Satrapien hingegeben hast. Ich habe ständig an diese parianische Metapher vom bösen Auge und die Sache mit der Gerechtigkeit und der Gnade denken müssen. Und ich muss immer noch unaufhörlich daran denken, wie nun dir diese unbarmherzige Form von Vergeltungsjustiz ausgebrannt worden ist. Du hast das böse Auge aufgegeben. Du hast keine Verdammungsurteile zu verkünden. Und ich fand, dass das doch etwas Schönes hat. Und ich will nicht, dass die Menschen den Blick von deiner Augenklappe abwenden, weil du verwundet worden bist. Sie sollen sie sehen und an das erinnert werden, was du für sie geopfert hast.« Sie zog eine Augenklappe aus weißer Seide hervor, weiß auf weiß mit dezenten Stickereien versehen. »Ich habe auch noch andere anfertigen lassen. Juwelenbesetzte Augenklappen, die fast so prismatisch sind, wie es deine Augen einst waren. Jede drückt etwas anderes aus. Ich habe mir gedacht, ich könnte jeden Tag ein wenig mit dir Verkleiden spielen.« Sie sah nervös zu ihm auf. »Nur ein Scherz. Ich meine, ich habe ein paar von den Dingern anfertigen lassen, aber du brauchst die da nicht zu tragen, wenn sie dir nicht gefällt. Du brauchst überhaupt keine von ihnen tragen, wenn du nicht willst.«

»Die gefällt mir sehr.« Er nahm seine schwarze Augenklappe ab, schloss sein Auge und senkte den Kopf, während sie ihm die weiße Augenklappe anzog.

»Bereit?«, fragte sie.

Die großen Türen wurden geöffnet. Sie schritten Seite an Seite einher, doch der Jubel und die Musik und das Stimmengewirr erreichten Dazens Ohren nur gedämpft. Die ersten Tage mit ihr waren für ihn so voller Wunder gewesen, dass er es kaum glauben konnte. Es war ihm, als würde er ständig an Dinge erinnert werden, die er an ihr bewunderte, die er in der Zeit ihrer Trennung jedoch irgendwie vergessen hatte. Er fühlte sich so eins, so ganz.

Sie hatten am Abend zuvor bis spät aufbleiben und einfach reden wollen – und so hatten sie das auch getan. Nachdem sie lange so eng verbunden miteinander geredet hatten, hatten sie miteinander schlafen wollen – und so hatten sie auch das getan. Und als sie dann einer geborgen in den Armen des anderen gelegen hatten, hatten sie einander alles erzählen wollen, und so hatten sie auch das getan.

In diesen ersten Tagen erschienen alle Konflikte wie bloße Nichtigkeiten, die sich mühelos überwinden ließen, und alle zeitlichen Beanspruchungen, die an sie beide gestellt wurden, wurden irgendwie erfüllt, und sie vergrößerten nur ihre Freude über ihre Wiedervereinigung am Ende des Tages.

Sie waren keine Kinder mehr; sie wussten, dass dies eine besondere Zeit war, die auch wieder vergehen würde, aber in diesem Begreifen lag weder etwas Zynisches, noch hätten sie einen Zustand erstrebt, in dem alles irgendwann einfach stehen geblieben wäre: Sie befanden sich schlicht und einfach im ersten großen Tauwetter des Frühlings und genossen die Wärme der Sonne, ohne zu verlangen, dass es nie wieder regnen oder schneien würde.

Die Zeremonie nahm ihren Verlauf, mit mehr Rednern und

mehr Gebeten, als Dazen lieb gewesen wäre (das war einer dieser nichtigen Konflikte), und er warf immer wieder verstohlene Blicke auf sie, als wollte er sich jedes Detail ihres nicht zu unterdrückenden Lächelns ins Gedächtnis einbrennen.

Sie stellten sich einander gegenüber auf, fassten sich an den Händen und erneuerten ihre Ehegelübde.

Als sie mit alledem fertig waren, fragte er: »Macht es dir etwas aus, wenn ich jetzt ein kleines bisschen mit meinen Fähigkeiten protze?«

»Dazen Guile«, antwortete sie. »Wenn es mich stören würde, wenn du mit deinen Fähigkeiten protzt, hätte ich dich nicht geheiratet. Sogar zweimal.«

»Also, ich hatte gestern Nacht so einen Traum«, begann er.

»Davon willst du mir hier und jetzt erzählen? Wir sollten uns eigentlich an unseren feierlichen Auszug machen.«

»Die werden schon warten«, sagte Dazen. Als würden ihnen nicht zwanzigtausend Menschen zuschauen. »Also, dieser Traum ... Orholam hat mit mir gesprochen, und er hat gesagt ... er hat gesagt, dass er, weil ich einen Segen für andere erbeten hätte und nicht für mich selbst, nun wolle, dass ich für ihn auf spezielle Weise eine neue Botschaft verbreite, die an alle gerichtet ist, die der Krieg verwundet und ihrer Lieben beraubt hat. Er hat gesagt, mit ihm verlaufe die Heilung manchmal schnell und manchmal langsam und oft gelange sie nicht an ihr Ende, solange wir leben. Aber mit ihm sei sie auch niemals je eine Sache der Parteien und Zugehörigkeiten.«

»Das ist eine gute Nachricht, Schatz.« Sie lächelte und drückte seine Hand. Seine verstümmelte Hand.

Zuerst legte sich ein entschuldigender Ausdruck auf ihr Gesicht, dann schaute sie verwirrt nach unten. Es war die Hand, deren Finger reine Illusionen waren.

Aber die Illusionen hatten ihrem Druck standgehalten.

»Und deshalb, ja ...«, fuhr er fort. »Ich meine, da habe wohl irgendwie gelogen, oder? Ich habe mein Hochzeitsgeschenk für dich nämlich doch nicht ganz vergessen. Na ja, eigentlich eher das von Orholam.«

»Wie bitte!?«

Er sah ihr fest in die Augen, und als seien sie vollkommen allein und stünden nicht vor Tausenden von Menschen, zog er seine Augenklappe herunter.

Er hatte geglaubt, dass dieser Moment ein Geschenk für sie sein würde, doch stattdessen war er erneut ganz ergriffen von der unverdienten Gnade, die ihm zuteilgeworden war. Denn er sah seine Braut mit dem neuen Auge nicht einfach genauso gut, wie er sie mit dem verlorenen alten Auge gesehen hätte. Er sah seine Braut mit neuen Augen. Er sah sie wahrhaft, erhellt von einem unerschöpflichen, mitfühlenden Licht, und er sah all ihre Stärken und all ihre Kämpfe und all ihre Verwundungen, wie er sie nie zuvor gesehen hatte, und ihm schwoll das Herz, wie um alle Wunden zu bedecken und mit allen Freuden zu jauchzen.

Seine innigen Gefühle für sie hatten die meiste Zeit seines Lebens in ihm geglommen, geduldig zugedeckt, wie gegen seinen Willen, fast schon eine hartnäckige Heimsuchung, eine starke, aber längst nicht mehr überraschende Liebe – jetzt aber überraschte sie ihn doch, seine Liebe, als sie beim Anblick dieses göttlichen Geschöpfs, dieses Juwels mit mehr Facetten und Farben, mehr Tiefe, als er es sich je hätte vorstellen können, förmlich einen Satz in die Höhe machte, und das Feuer seiner Liebe steigerte sich plötzlich bis zur Weißglut, ganz als seien sie wieder jung, doch wurde diese Liebe zugleich getragen von einer bleibenden, dauernden Kraft, wie eine alte Eiche, wahrhaft und bewährt.

Ihre Augen weiteten sich vor Staunen, und in ihnen leuchtete ein solches Glück auf, wie er es sich nie für sie zu erhoffen gewagt hätte.

Schließlich kehrte er wieder in den Strom der Zeit zurück, atmete tief ein und merkte, dass es sein erster Atemzug seit einer geraumen Weile war. Und er drückte ihre Hand mit der Hand, die Orholam wieder ganz gemacht hatte.

»Jetzt zum vergnüglichen Teil«, sagte er, und ein genauso albernes wie draufgängerisches Grinsen legte sich um seine Lippen. Sein Körper war so erfüllt von Hoffnung und Licht, dass er es nicht mehr zurückhalten konnte. »Ich weiß nicht, wie die Sache laufen wird. Oder, um ehrlich zu sein, *ob* es überhaupt gehen wird. Bist du bereit?«, fragte er.

Sie wusste nicht, wovon er sprach, aber ihr Griff war fest wie Eisen, und ihr Gesicht strahlte.

»Was immer es ist ... verdammt noch mal, ja!«, beteuerte sie.

Die hohen Vorhänge wurden geöffnet und badeten sie in Orholams Licht.

Dazen hob die Hände, und es war, als schäume all das Gute, das in all den Tagen in ihn hineingeströmt war, nun wieder aus ihm heraus, um jeden zu segnen, den er hier liebte – und seine Liebe war weitergewachsen, hatte sich verdutzendfacht –, und voller Bravour und Kunstfertigkeit und mit nicht wenig tollkühner Verwegenheit, ohne je auch nur für einen Moment in Betracht zu ziehen, ob er denn wirklich zu tun vermochte, was er da gerade zu unternehmen versuchte, ohne sicherheitshalber erst einmal einen kleinen Probeversuch zu machen, sondern einfach im festen Glauben ans Gelingen, als sei er auf einmal wieder das Prisma und stehe im Begriff, all die Menschen mit einem blendenden Spektakel voller Wunder zu überwältigen, rief er die Farben herbei.

Er rief. Und sie kamen.

Epilog 1

Eine Stunde vor seiner zweiten Hochzeit schaute Kip in den vom Boden bis zur Decke reichenden Spiegel an der Wand des kleinen Empfangszimmers und staunte: Eigentlich fand er ja, dass praktisch jeder einigermaßen ansehnlich aussehen konnte, wenn er nur von seinen beharrlichsten persönlichen Stilberatern und den hartnäckigsten Friseuren bearbeitet wurde, und ohne Frage hatte er sich jenen Raubtieren auch auf Gedeih und Verderb ausgeliefert, während sie ihn selbst noch nach dem geringsten flimmernden Hauch von Attraktivität durchstöbert hatten, um ihn aus seiner Höhle und ans Licht zu zerren, auf dass er verschlungen werden konnte – doch stattdessen lenkte sich seine Verwunderung nun auf die Art und Weise, wie er selbst jenen Trottel betrachtete.

Wie er sich selbst nun so ansah, hatte er irgendwie das Gefühl, besser sehen zu können als je zuvor.

Die Schminke, die schönen Kleider, das frisierte Haar, die rasierte und eingecremte Haut, die salbenden Öle, seine Körperhaltung, die strahlend hellen Farben und die hübschen Muster: Das waren allesamt nur die Lampenschirme, mit denen wir unser Licht umgeben in der Hoffnung, dem, was wir ausstrahlen, auf diese Weise eine Tönung und Färbung zu verleihen, die andere als annehmbar empfinden. Und auch wir selbst hoffen, sie als annehmbar zu empfinden.

Aber andere nehmen diese Färbung nicht einmal wahr, denn sie sehen uns durch ihre eigenen Linsen und filtern unser bereits gefiltertes Licht auf eine Art und Weise, die wir nur erraten können. Und auch uns selbst sehen wir nicht, wie wir wirklich sind, denn wir tragen unsere eigenen Linsen, und manchmal ist das Auge selbst dunkel, und wie groß ist die Dunkelheit!

Kip war sich über so lange Zeit hinweg so sicher gewesen, dass es nichts gab, was er tun könnte, um sich annehmbar zu machen, dass er sein Licht ganz und gar versteckt hatte. Der Spiegel war ein Feind gewesen, dem er in seiner überwältigenden Macht einfach aus dem Weg hatte gehen müssen. Aber der Spiegel ist immer ein Lügner: Wenn du selbst schon die Hälfte des Lichts ausblendest, mit dem du siehst, wie könnte der Spiegel dann etwas anderes zeigen?

»Zeig mir meine Haut, aber ohne die Rosatöne.« ... »Ach, wie schrecklich bleich und hässlich ich doch bin.«

Wir sehen die anderen nicht so, wie sie sind, sondern so, wie wir eben sehen. Wir sehen auch uns selbst nicht so, wie wir sind, sondern so, wie wir sehen – und wie wir gesehen werden, denn jeder von uns wirft sein Licht auch auf jeden anderen. Von Menschen umgeben, die nur ein unbarmherziges Licht ausstrahlen, sehen wir einen Teil der Wahrheit, und manchmal ist das auch eine notwendige Wahrheit, aber sie wird zur Lüge, wenn wir glauben, es sei die ganze Wahrheit.

Kip hatte über die letzten paar Jahre hinweg einen Filter und einen Lampenschirm nach dem anderen abgelegt. Aber des Wandelns entledigt zu sein, war noch einmal etwas anderes. Es veränderte nicht nur seine Sicht, sondern auch das Licht, das er in die Welt warf. Und mit Sicherheit veränderte es die Art und Weise, wie ihn die Menschen sahen.

Er hatte sofort die Mangel aufgesucht in der Hoffnung, dass es sich um einen vorübergehenden Verlust handeln könnte. Aber der Prüfstab hatte rein gar nichts angezeigt. Er hatte ihn behalten wie eine Art Talisman, einen Unglücksbringer: Er war nun ein Stumpfer.

Andere hatten in diesem Krieg einen höheren Preis gezahlt. Andere hatten schlimmere Verletzungen davongetragen. Diese Bürde zu tragen würde nicht leicht sein, doch ... er blieb hoffnungsvoll. So wie man Kleidung tragen muss, muss man sich auch mit Schutzschirmen aller Art umgeben – und schon die Kleidung selbst ist einer von ihnen! Man muss sich der Welt präsentieren, und dennoch hatte er das Gefühl, als könnte er nun mehr von seinem Licht in die Welt strahlen als je zuvor. Wenn er jetzt in den Spiegel sah, empfand er, nun ja, Wohlwollen und Anerkennung.

»Du siehst ziemlich gut aus, Soldat«, sagte er zu sich selbst. Er drückte den Rücken durch – nicht dass diese festliche Kleidung ihm viel Spielraum gewährte, um sich hängen zu lassen –, und dann ließ er ein wenig seine Muskeln spielen.

Hinter ihm stieß jemand einen Pfiff aus, und er spürte, wie ihm das Blut ins Gesicht schoss. Er wirbelte herum.

Es war Rea Siluz in einem schimmernden Burnus, eine Perlenkette um den Hals und eine hellfarbige Galabaya über ihren kräftigen braunen Schultern. Sie strahlte im wahrsten Sinn des Wortes. Die Haut glänzend und leuchtend, die Augen nur noch leuchtender, und der Schalk blitzte aus ihnen. Ein Lächeln wie eine Strömung in einem Fluss – man denkt: »Das ist aber ein hübsches Lächeln«, und dann befindet man sich plötzlich drei Meilen weiter den Fluss hinunter und fragt sich, was da eben passiert ist. Jeder Teil von ihr war schön und stark und ungemein weiblich, und alles zusammengenommen war sie mehr als die Summe dieser Teile.

»Unglaublich! Ihr seid einfach ... Oh, Mann!«, stammelte Kip. Er verstand plötzlich, warum die Menschen die Unsterblichen früher angebetet hatten.

»Ich wollte für deinen großen Tag nicht zu schäbig daherkommen. Aber vielleicht ...« Ihr Strahlen schien ein wenig schwächer zu werden. Einige Lachfältchen bildeten sich in ihrem Gesicht, ihre Zähne wirkten plötzlich nicht mehr ganz so perfekt und gerade, und ihre Proportionen veränderten sich leicht. »So besser?«

»Perfekt, um für einen Riesentumult zu sorgen«, antwortete Kip.

Sie schnaubte spöttisch. »Hast du nicht mal gesagt, dass du das große Spektakel magst?« Aber sie verwandelte sich noch weiter, bis sie nur noch wie die hübscheste Mutter in der Stadt aussah statt wie die schönste Frau der Weltgeschichte.

»Ihr seid gekommen.« Er lächelte breit. Ihm ging vor Dankbarkeit das Herz über. »Ich wusste nicht recht, wie ich Euch eine Einladung zukommen lassen konnte. Die Luxiaten haben mich ganz komisch angesehen, als ich sie gefragt habe.«

»Es ist ein großer Tag. Tage der nachhaltigen Heilung ziehen unsere Aufmerksamkeit genauso auf sich wie Tage des Krieges.«

»Es ist so schön, Euch wiederzusehen. Aber ich muss zugeben, dass ich mir immer noch nicht so recht sicher bin, warum ich das hier überhaupt mache. Ich bin ... nun ja, schaut Euch das mal an«, sagte Kip. Er schnappte sich den Prüfstab aus der Mangel und zeigte ihr, dass darauf sämtliche Farben fehlten. »Ich bin jetzt nicht mal mehr ein Wandler. Kein Satrap – na ja, ich glaube, auf diesen Posten habe ich sowieso nie gesetzt. Kein König, nein. Kein gar nichts. Und versteht mich nicht falsch, ich bin ziemlich froh, einfach noch am Leben zu sein, aber ich verstehe wirklich nicht, warum wir jetzt diese ganze Geschichte von wegen großer, spektakulärer Hochzeit durchziehen.«

»Es ist nicht so sehr deinetwegen«, sagte Rea Siluz.

»Und wenn man ein zweites Mal heiraten will, handhabt man das dann nicht für gewöhnlich eher etwas zwangloser statt förmlicher?«, fragte Kip. Die ganze Insel feierte gerade das Fest des Jahrhunderts. »Sieben Tage lang! Wisst Ihr, dass ich vier Reden zu halten habe, und das, nachdem ich den Streit darüber, wie viele ich halten muss, für mich entschieden habe!«

»Kip. Es ist nicht deinetwegen.«

Kip wusste, dass das Fest nicht nur für Karris und Gavin stattfand, und mit Sicherheit nicht für das viel weniger bekannte Paar Kip und Tisis. Es war eine Feier des Sieges und des Lebens. Sie war so notwendig wie die Feste zur Wintersonnenwende inmitten der Kälte und des Todes eines jeden Jahres. Die Menschen hatten getrauert, und jetzt war es an der Zeit zu feiern.

»Also, ich habe da eine Frage«, sagte Kip.

»Warum ich weggelaufen bin, als du es mit Abaddon zu tun bekommen hast«, riet Rea.

»Nun ja, so würde ich es nicht ausdrücken«, erwiderte Kip. Er schwieg kurz, dann räumte er ein: »Jedenfalls nicht laut ausgesprochen.«

Sie lachte. Sie hatte offenbar vergessen, auch diesem Laut etwas von seiner Schönheit zu nehmen.

»Ihr habt einmal gesagt, dass Ihr weniger wärt, als er einst gewesen ist, jedoch mehr, als er gegenwärtig sei. Ich habe das irgendwie dahingehend verstanden, dass Ihr mächtiger seid als Abaddon.«

»Kip, unsere Macht wird nicht mit Zahlen in einem Geschäftsbuch gemessen.«

»Aber ... ganz habe ich es nicht missverstanden, oder doch?«

»Nein«, räumte sie ein.

»Und Ihr lügt auch nicht, oder?«

»Oh, meine kleine Guile-Bulldogge. Als Nächstes wirst du mich bestimmt fragen ...«

»Warum hat er Euch eine solche Abreibung verpasst?«, wollte Kip wissen.

»Ja, wahrhaftig, warum?«, erwiderte sie, als sei sie ganz verwundert.

Oder als wollte sie ihn aufziehen.

Kip neigte den Kopf zur Seite, als ihm die mögliche Wahrheit dämmerte. »Ihr ... Ihr habt gegen ihn gar nicht wirklich den Kürzeren gezogen.«

Sie nickte.

»Ihr habt ihn gewinnen lassen?«, fragte Kip entrüstet.

»Ich würde es lieber so ausdrücken: Ich habe auf dich gesetzt, Kip. Ja, ich hatte die Macht, ihn für eine Weile aus deiner Welt hinauszustoßen, aber nur du konntest ihn ganz hineinholen und ihn dafür verwundbar machen, auf ewig aus dieser Welt verbannt zu werden.«

»Nun ... Mist«, sagte Kip. »Toll gemacht, meine ich natürlich.«

»Du hast gute Arbeit geleistet, Kleiner. Deine Zunge im Zaum zu halten dürfte für dich schwieriger sein, als es das Töten von ›Göttern‹ für dich je gewesen ist.«

»Wartet, wartet. Ihr wollt doch jetzt nicht etwa verschwinden, oder? Das kommt mir gerade ein wenig wie ein Lebewohl vor. Und das auch noch vor der Tortur einer Hochzeit. Und Ihr habt Euch in Schale geworfen und so weiter!«

»Es gibt da so ein paar ... Eigenheiten an der Art, wie die Zeit der Sterblichen und die der Unsterblichen einander überlagern. Jeder Moment, in dem ich hier bei dir bin, ist ein Moment, in dem ich nicht anderswo in den übrigen Welten sein kann. Und mein Lehnsherr verfügt nur über wenige Krieger mit meinen Fähigkeiten.«

»Ist das jetzt eine Antwort oder ein Ausweichmanöver?«, fragte Kip.

»Ein Ausweichmanöver«, räumte Rea fröhlich ein. »Aber keine Sorge, mein hartnäckiger Schildkrötenbär, mir wurde die Erlaubnis eingeräumt, in den Augenblicken deiner größten Not zu dir zu kommen. Weißt du, Kip, du bist der fleischgewordene Spiegel meiner eigenen tiefsten Versuchung.«

»Was? Das klingt nicht gut.«

»Als die Tausend Welten noch jung waren, sind zahlreiche meiner lieben Brüder und Schwestern gefallen. Uns, als den ersten geschaffenen Wesenheiten des Seins, ist vieles gegeben. Aber wir haben keine Körper, wiewohl wir unser Licht so filtern können, dass wir für eine Zeitlang körperliche Gestalt annehmen. Aber wir erleben Körperlichkeit nicht als organisierendes Prinzip unseres Selbst, wie das bei euch der Fall ist. Wir verbinden uns nicht in einer Ehe. Wir haben keine Kinder. Genauso wie euereins unsere

Macht kosten möchte, ohne je der damit verbundenen Opfer gewahr zu werden, dürstet es unsereins nach allem, was ihr Menschen besitzt und was uns verwehrt bleibt. Die Rebellen unter uns haben uns versprochen, dass wir es alles haben könnten, dass wir die uns gesetzten Grenzen hinter uns lassen könnten. In mancher Hinsicht haben sie damit auch nicht gelogen, wenngleich sie nicht die ganze Wahrheit wussten und noch weniger davon offen ausgesprochen haben. Meine größte Versuchung ist es gewesen, Mutter zu sein, so wie ihr Sterblichen derlei Dinge erlebt. Mutterschaft ist etwas Wahres, Gutes und Schönes. Wie könnte jemand ein solches Verlangen missbilligen?, dachte ich. Etwas Wahres, Gutes und Schönes – ganz allein anderen vorbehalten? Wie unerhört! Ich sehnte mich nach Folgendem: Ich wollte selbst ein halber Schöpfer sein, wollte die Quelle der nährenden Erhaltung und Liebe eines Wesens sein, das ganz und gar von mir abhängig war. Die bedingungslose Liebe eines Babys zu erleben, das von deiner Brust zu dir aufschaut und das, auch wenn es sich dessen nicht bewusst ist, völlig von dir abhängig ist, das mit dir allein vollends zufrieden und voller Liebe zu dir ist? Das ist eine wahre Liebe, die Liebe einer Mutter. Es ist göttlich und gut – aber es ist eine Liebe und ein Geschenk und eine Last, die den Sterblichen vorbehalten ist, nicht gedacht für meinesgleichen. Versuchungen und Begehrlichkeiten wurden in mir geweckt, denn hier gab es eine Liebe, die mir verwehrt blieb. Wer konnte mir denn Liebe verwehren? Wenn er, der Höchste, mir Liebe verwehrte, dann konnte er *mich* nicht lieben. War das dann nicht das Werk eines Tyrannen? Ohne Frage musste mir der Name, der über allen anderen Namen thront, da etwas vorenthalten. Statt mein Leid an der Liebe, die ich kannte, zu bemessen, bemaß ich seine Liebe an meinem Leid. Indem ich die Dinge dergestalt missverstand, drohte sich mein Leid angesichts seines Neins zu zorniger Verärgerung, dann zu blanker Wut und schließlich zu einem Akt der Rebellion zu wandeln. Jeder der Elohim wurde auf solche oder ähnliche Weise in Versuch geführt, jeder nach seinem Rang und seiner Schwäche. Manchen blieb der Gedanke an eine Rebellion weitestgehend fremd. Ich selbst stand kurz davor, ließ aber letztendlich davon ab. Ich habe die richtige Entscheidung getroffen, auch wenn es für mich Opfer bedeutet hat. Für dich habe ich mich freiwillig gemeldet, aber du passt so gut zu mir, dass ich dir genauso gut auch hätte zugewiesen sein können. Du bist ... so viel von dem, was ich an Sterblichen so mag. Und mein Herr hat mir erlaubt, mit dir so viel davon zu erfahren, was es heißt, eine menschliche Mutter zu sein, wie ich ertragen kann. Ich werde einige Zeit des heutigen Tages hier bei dir sein und dann wieder in zukünftigen Augenblicken voller großer Freude für dich, und wenn es irgend möglich ist, werde ich auch bei dir sein, wenn dein Leben endet.«

»Wie meint Ihr das — so viel wie Ihr ertragen könnt?«, fragte Kip. Er bekam feuchte Augen, und er konnte sich nicht erklären, warum.

Sie brach ab, als hätte sie einen Schlag in den Magen bekommen, und ihr überirdisches Strahlen verdunkelte sich merklich. Aber als sie fortfuhr, geschah es mit fester, ruhiger Stimme. »So wie es auch menschlichen Eltern widerfährt, habe ich erlebt, was es bedeutet, mein Kind im Stich zu lassen.«

»Wie bitte?«, flüsterte er.

»In diesem Wandschrank ...«, setzte sie an, und nun ging ein Kummer von ihr aus, so gewaltig wie ihre glorreiche Pracht von zuvor, und verdunkelte merklich den Raum.

Sie brauchte kein weiteres Wort zu sagen. Sie konnte sich auf gar nichts anderes beziehen als auf den lichtlosen, gottverlassenen Schrank, in dem Lina ihn eingesperrt hatte, bevor sie fortgegangen war, um sich eine Dröhnung zu verpassen und all ihre Sorgen und Pflichten, ihr ganzes Bewusstsein einschließlich der Erinnerung an ihren Sohn zu vergessen. Der Schrank, in dem seine Mutter ihn vergessen hatte. Ihn ohne Wasser und Nahrung für drei Tage den Ratten überlassen hatte, während niemand es bemerkte. Während sich niemand die Mühe machte, nach ihm zu sehen.

Und plötzlich weinte auch Rea, und er wusste, dass sie ihn in diesem Moment in diesem Wandschrank sehen konnte, direkt vor ihren Augen, mit einer Unmittelbarkeit, wie sie selbst er inzwischen nicht mehr fühlen konnte. Sie sah Kip schreien, als die Ratten ihn zu beißen begannen, als ihm das Blut den Rücken hinablief und er sich gegen die Wände warf, mit den Händen darüber kratzte, sie wie Krallen ins Holz schlug, auf der Suche nach einem Fluchtweg, den er nicht fand. Sie sah, ebenjetzt während sie sprach, die Qual, die sein ganzes Leben gestalten und zeichnen sollte.

»Ich hätte eigentlich dort sein sollen, Kip.« Sie schluchzte so heftig, dass sie die Worte nur hauchen konnte. »Ich hätte dich retten sollen.«

»Was?«, fragte er, während ihm bittere Tränen über die Wangen strömten.

»Ich war anderswo und habe gekämpft, habe Gutes getan. Ich wusste, dass ich rechtzeitig zu dir gelangen könnte. Aber als ich in deine Zeit eingetreten bin, haben mir Gader'el und Suriel in einem Hinterhalt aufgelauert. Drei Tage lang habe ich gegen sie gekämpft, während du gelitten hast. Ich will, dass du weißt – und so viel zu sagen ist mir gestattet –, dass zwar ich nicht bei dir gewesen bin. Aber er war es. *Er*. Als ich eingetroffen bin, um dich zu retten, war er bereits dort.«

»Doch er hat nichts getan«, sagte Kip weinend, während die Wunde aufs Neue aufriss.

»Er hat zu dir gesprochen.«

»Nein. Ich war allein.« Aber Kip konnte sich jetzt daran erinnern. Nur einige wenige Worte in all den vielen Stunden. Einige wenige ruhige Worte, doch sie hatten ihm geholfen, nicht den Verstand zu verlieren.

»Kip. Was, wenn er in deiner dunkelsten Stunde bei dir war, die ganze Zeit über, und mit dir geweint hat?«

»Wenn er mich gesehen hat, wenn ich ihm etwas bedeutet habe, dann hätte er mich retten können. Er hätte mich mit einem einzigen Wort retten können.«

»In der Tat. Und genau das ist das Problem, nicht wahr?«

»Was? Wieso ›in der Tat‹?«, fragte Kip. »Was soll das überhaupt heißen? Ich verstehe Orholam nicht im Mindesten.«

»Auch wenn es *uns* möglich gewesen ist zu rebellieren, so glaube ich doch nicht, dass meine Freunde es wirklich getan hätten. Was ich weiß, ist Folgendes: Ein Bildteppich, der nur aus weißen Fäden gewebt ist, ist vollkommen, aber leer und ausdruckslos. Sobald er uns erlaubt, unsere eigenen Farben hineinzubringen, wird alles interessanter.«

Kip schnaubte. »Farbmetaphern sind für mich im Moment ein wenig schmerzlich«, bemerkte er und hielt erneut den Farbstock ohne alle Farben hoch. Dann zuckte er die Achseln, als sei es ihm gleichgültig. »Ich habe darum gebetet, dass er mir hilft, von dort zu entkommen.«

»Und entkommen bist du.«

»Ich habe nicht darum gebetet, dass er mich nach drei verdammten Tagen da rauslässt.«

»Du hast ihn gebeten, dich sofort zu befreien, und er hat Nein gesagt. Ich weiß nicht, warum, Kip. Aber ich weiß, dass, wenn er Nein zu unseren Wünschen sagt, dieses Nein manchmal eine Gnade ist. Ich habe Mütter beneidet, Kip, und jetzt, wo ich wie eine Mutter geliebt habe, sehe ich, dass ich für diesen Segen und diese Last im tiefsten Wesen nicht geschaffen bin. Ihr Guiles habt ein wunderbares Gedächtnis – ein Geschenk von einem von meinesgleichen, das einem eurer Ahnen vor langer, langer Zeit für eine wiedergutgemachte Sünde zuteilgeworden ist. Doch wir Unsterblichen tragen zu jeder Zeit all unsere Erinnerungen bei uns. Ich erfahre sie immer als den gegenwärtigen Moment. Es wird niemals einen Zeitpunkt geben, wo ich mein Versagen und dein Leiden nicht direkt vor Augen habe.«

Ihr Mitgefühl war so aufrichtig und etwas so Wertvolles, dass Kip sie nicht gleich wieder verärgert anfuhr, aber dennoch konnte er die Verbitterung nicht aus seiner Stimme heraushalten, als er fragte: »Also gibt es irgendein übergeordnetes Wohl, das das alles rechtfertigt?«

»Das habe ich nicht gesagt«, antwortete sie. »Ich kann nicht auf jede Tragödie eingehen, aber ich kenne die Wesensart meines Herrn, und ich kenne seine Macht. Ich habe mich dafür entschieden, ihm zu vertrauen, und auch wenn ich bisweilen an dieser Entscheidung gezweifelt habe, habe ich sie nie bereut.«

»Ich nehme an, ich bin wohl der Letzte, der Orholam wütend mit der Faust drohen sollte«, sagte Kip. »Klar, ich habe eine Menge Mist durchgemacht, aber schaut Euch nur an, was ich jetzt habe. Ich sollte einfach für immer die Klappe halten.« Auf der einen Seite hatte er seine Freunde gerettet, seine Frau sowie Tausende von Menschen. Ihm war sein Leben zurückgegeben worden, als er eigentlich hätte tot sein sollen. Aber auf der anderen Seite hatte er seinen besten Freund und viele weitere verloren, und er hatte seine magischen Fähigkeiten verloren und seinen Anspruch darauf, der wichtigste Mensch der Geschichte zu sein.

Warum musste er in der Dunkelheit, in der Stille, weiterhin beständig auf die falsche Seite blicken?

Ihr Tonfall war sanft, als sie fortfuhr: »Ich will nicht, dass du die Klappe hältst, Kip. Ich weiß, dass du nicht einfach nur an den Wandschrank denkst. Du hast Angst, deine Identität verloren zu haben, als du deine Magie verloren hast, und auch wenn du nun diesen Weg hier gewählt hast, schmerzt es trotzdem. Du hast immer noch Angst, trotz allem.«

Kip machte ein finsteres Gesicht. War dann wohl doch nicht so weit her mit seiner Gleichgültigkeit. »Hört auf … mit diesem Michverstehen und so weiter.«

»Kip. Es ist in Ordnung, zornig zu sein.«

»Ich komme mir so undankbar vor«, sagte Kip. »Und so gierig.

Ich bin am Leben, Kruxer ist es nicht. Ich habe es erstaunlicherweise ganz großartig getroffen, und ich habe das Richtige getan, und die Menschen lieben mich – aber manchmal kann ich nur noch an all das denken, was ich nie sein werde.« Er musste die Finger wohl hundert Mal um diesen Prüfstock gepresst und sich in dummen, blinden Gebeten ergangen haben.

»Ich glaube, wenn dein Gebet in diesem Wandschrank vielleicht eine Lehre enthält, dann die: Manchmal, Kip, lautet die Antwort nicht ›Nein‹. Sie lautet ›Noch nicht‹.« Sie lächelte ihn an und stand auf. »Wenn du mich jetzt bitte entschuldigen würdest, auf dich wartet eine Hochzeit, und es gibt da eine junge Frau in einem anderen Weltenreich, die ein Talent dafür hat, sich Schwierigkeiten einzubrocken, das es womöglich sogar mit deinem aufnehmen kann. Keine Ahnung, ob die Tatsache, dass man mich ihr zugewiesen hat, eine Belohnung oder eine Strafe dafür ist, wie ich meine Aufgabe dir gegenüber erfüllt habe.«

»Ein wenig von beidem?«, schlug Kip vor.

Sie schaute für einen Moment auf, und wieder gewann er den Eindruck, dass sie für irgendetwas um Erlaubnis fragte.

»Kneif nicht die Augen zusammen«, sagte sie und grinste ihn plötzlich an.

Rea Siluz' Gestalt schimmerte und schien förmlich zu zerbersten, zu etwas *ganz anderem* zu werden. Sie wurde nicht größer, doch plötzlich schien der Raum Mühe zu haben, ihre Essenz zu umfassen. Sie anzusehen war für das Auge ungefähr so, wie wenn das Ohr die perfekte Harmonie hören würde, in der alle Obertöne und mitschwingenden tiefen Frequenzen widerhallten und die Schallwellen voller Freude tanzten. Sie war strahlender als Farbe, lebendiger als die Sonne auf grünem Gras. Sie trug eine schwarze Rüstung aus Drachenschuppen, in die flammende Muster eingelassen waren, dazu einen Helm aus schimmerndem Gold, und in ihren Augen glänzte lavendelfarbene Verschmitztheit. Ihre Gegenwart war mit einem körperlich fühlbaren Gewicht verbunden, es war, wie aus einem kühlen Kellerraum ins Freie zu gehen und von der lastenden Wüstensonne niedergedrückt zu werden. Kip sank zu Boden.

»Ich hab dir ja gesagt, dass ich das große Spektakel mag«, sagte Rea, und sie lächelte leidenschaftlich, und dieses Lächeln war beängstigend und atemberaubend; es sorgte für weiche Knie und war so strahlend, dass man davon erblinden konnte; es war eine Flamme, die einen in einer kalten Nacht zu sich rief, und ein Feuer, das brannte wie die Lohe einer Schmiede.

Kip versagte die Zunge. Er wandte den Blick ab. Das musste er. Der Raum selbst schien im Licht ihrer Anwesenheit lebendiger zu sein. Kip nickte zum Boden hin.

Ich erinnere mich.

Ich habe die Sache nicht richtig ernst genommen.

Heilige Scheiße.

Sie entfaltete goldene Schwingen, die breiter waren als der Raum; sie glitten direkt durch die Wände hindurch. Es folgte das Summen von sich sammelnder Energie. Dann schlug sie einmal mit diesen gewaltigen Flügeln und schoss aus der Welt hinaus.

Langsam stand er auf und klopfte sich den Staub ab.

Ständig ließ er sich auf irgendwelche unvorsichtigen Spielchen mit Leuten – na ja, *Leuten*? – ein, mit denen er so etwas nicht machen sollte. Irgendwann würde ihn das noch in gewaltige Schwierigkeiten bringen. Sein Blick streifte den Prüfstab auf dem Boden. Er war ihm aus der Hand gefallen, als er gestürzt war. Er griff nach ihm und hob ihn auf.

Für einen kurzen Moment schien der Rand des Prüfstabes grün aufzublitzen, wie ein zwinkerndes Zeichen bei Sonnenuntergang. Kip zog die Brauen zusammen.

Er betrachtete ihn noch einmal genauer, aber da war keine Farbe in dem Elfenbein. Überhaupt keine.

Erneut drückte er den Finger auf den Stock.

Nichts.

Er musste es sich eingebildet haben.

Epilog 2

Die Morgengebete zum Sonnenaufgang auf dem roten Turm waren zu Ende. Die jungen Männer und Frauen, Scholaren und Luxiaten, brachen schweigend auf, wie vorgeschrieben, damit jene, die zurückblieben, weiterhin ungestört meditieren und beten konnten. Aber sobald ihre Füße die Stufen der Treppe berührt hatten, begannen sie sofort, miteinander fröhliche Gespräche zu führen, erfüllt vom Tatendrang, sich in Tage der Arbeit und des Lernens zu stürzen, Tage voller Tätigkeiten, die nicht nur geistiger und spiritueller Natur sein würden, sondern – da die Jasperinseln Arbeiter für Reparaturen und Wiederherstellung brauchten – die in nicht geringem Maße auch des körperlichen Einsatzes bedurften.

Einige betende Gläubige und Leute, die versunken ihren Gedanken nachhingen, blieben, gegen den kühlen Wind des frühen Morgens warm eingemummt in der Hoffnung, einen Schatz der besinnlichen Stille in ihrem Herzen sammeln zu können, um sie vor dem Chaos des kommenden Tages zu schützen.

Teia war auf Befehl ihres Arztes hier, und neben ihr saß ihr Vater. Jeden Tag sollte sie es bei Einsetzen der Morgendämmerung eine Minute länger aushalten, bevor sie ihre Augen erneut hinter ihrer pechschwarzen Brille und dicken Schichten aus Leder verbarg. Sie schaffte es bisher noch nicht einmal halbwegs bis zum Sonnenaufgang, aber es tat gut, neben ihrem Vater zu sitzen.

Ihr Arzt hegte die Hoffnung, dass sie durch das Verengen ihrer Pupillen die Kristalle der Lacrimae Sanguinis ganz langsam zerkleinern könnte, sodass das Gift über Monate hinweg vom Körper aufgenommen und ausgeschieden werden konnte, ohne sie zu töten. Bis dahin würde es ihre Augen vor Muskelschwund schützen, sie um die harten Kristallformen herum zusammenzuziehen, sodass sie nicht blind bleiben würde, sobald sich das Gift einmal aufgelöst hatte. Er sagte »sobald«, aber sie hörte sein unausgesprochenes »falls« heraus, das sich dahinter verbarg.

In Wirklichkeit bedeutete es jedoch, dass sie jeden Tag unter unglaublichen Schmerzen und furchtbarer Übelkeit litt, bis zu dem Punkt, dass sie manchmal zu sterben hoffte.

Tatsächlich wusste niemand, ob das Ganze funktionieren und sie wieder genesen würde oder ob sie womöglich lediglich Tag für Tag eine Wunde neu aufrissen, die anderenfalls heilen würde.

Selbst wenn die Rechnung aufgehen sollte, hatte sie noch einen sehr, sehr langen Weg vor sich. Höchstwahrscheinlich würde sie nie wieder für die Schwarze Garde arbeiten können.

Und so war sie jetzt aufgrund ihrer Behinderung arbeitsunfähig, wie ein Schwarzgardist, der im Kampf einen Arm oder ein Bein verloren hatte. Ihre Verletzungen waren nicht sichtbar, sie schwächten sie nicht auf die gleiche Weise, doch für die Schwarze Garde war sie genauso nutzlos. Ein plötzlicher Lichtblitz – wie zum Beispiel schon jedes Mal, wenn jemand wandelte oder eine Laterne anzündete, selbst noch der gleißende Widerschein von Sonnenlicht auf Stahl – konnte sie töten. Und selbst wenn nicht, könnte es sie doch dauerhaft blind machen, und es würde sie in jedem Fall außer Gefecht setzen, solange sie sich in Krämpfen erbrach.

Daher war sie gezwungen, eine unmöglich dunkle Brille zu tragen, nebst den Klappen über beiden Augen.

»Baba«, fragte Teia, »weißt du, was man mit einem Vögelchen mit gebrochenen Flügeln eigentlich machen sollte?«

Er legte ihr die Hände auf die Schultern, und als er schließlich antwortete, stockte ihm fast die Stimme. »Ich weiß nicht, was man mit ihm machen *sollte*. Aber ich würde dieses Vögelchen halten. Es einfach bei mir halten.«

Und das tat er, umarmte sie schweigend und versuchte nicht,

irgendetwas in Ordnung zu bringen. Er war vielleicht kein großer Mann, der die Grundpfeiler der Erde erschütterte, aber er war ihr Vater, und zumindest für heute, für diese Stunde, vermochte seine Umarmung die scharfen, spitzen Kanten ihrer schwarzen Höllensteingedanken stumpf zu machen.

Er hielt sie in seinen Armen, während sie weinte, und in einem von tiefsten Schmerzen erfüllten, wortlosen Ort in ihrem Inneren taute etwas auf, ein ganz klein wenig.

Schließlich räusperte sie sich und sagte: »Komm, Baba. Wir müssen uns jetzt bald fertig machen, damit wir rechtzeitig da sind, wenn Kip und Tisis heiraten. Wieder einmal. Adlige sind schon komische Leute.«

Ihr Vater gab ein Schnauben von sich. »Jetzt verrat mir mal ... muss ich mich bei Kip erst dafür bedanken, dass er diese Räuber ausgeschickt hat, um mich zu finden und vor dem Orden zu retten, *bevor* ich ihm eins auf die Nase geben kann, weil er meinem kleinen Mädchen das Herz gebrochen hat? Oder kann das auch bis hinterher warten?«

»Baba! Untersteh dich! Außerdem hat er mir gar nicht das Herz gebrochen. Mit mir ist alles bestens. Und diese Leute sind keine Räuber – jedenfalls nicht mehr. Daraghs Männer waren die einzigen, die hinreichend anrüchig aussahen, um in dieses Viertel gehen zu können, ohne irgendwelche argwöhnischen Blicke auf sich zu lenken.«

Doch kaum waren sie aufgestanden, um sich ins Innere des Turms zu begeben, als jemand von der Treppe her brüllte: »He! Mistkrähe!«

Wie bitte?«, fragte Teias Vater.

»Nicht *Ihr*. Ich meine die verkümmerte kleine Frucht Eurer Klöten«, stellte Winsen klar. »He, Tagediebin! Faulpelz. Was zum Teufel machst du immer noch hier oben?«

»Wovon redest du?«, fragte Teia. »Ich mache hier genau das, was ich ...«

»*Trainiert* habe?«, fiel er ihr ins Wort, als sei sie so dumm wie Bohnenstroh. »Ich weiß, du machst dir hier einen faulen Lenz, wirst fett und hängst mit Papa ab. Bei allem Respekt, Kumpel – auch wenn ich nicht recht wüsste, wieso ich dich denn überhaupt respektieren sollte. Du hast ja sicher auch keinen Respekt für dich selbst, sonst würdest du hier nicht herumgammeln und deine Bauchnabelfusseln des Verderbens verteilen.«

»W ... was?«, stotterte Teias Vater.

»Teia«, blaffte Winsen, »der Urlaub ist zu Ende!«

»Du räudiger, pockennarbiger Hurensohn!«, antwortete Teia. »Du Scheiße leckender, Erbrochenes aufschlürfender, furzender ... ähm, entschuldige, Baba. Winsen, du weißt ...«

»Ach ja«, unterbrach Winsen. »Scheiße, da war doch was.« Etwas traf sie an der Brust. Sie riss es aus der Luft, bevor es zu Boden fallen konnte. Zumindest funktionierten ihre Reflexe noch.

»Was ist das?«

»Komm erst mal mit rein.«

Drinnen, wo es viel dunkler war, untersuchte Teia den Gegenstand in Paryl-Sicht.

Es war eine Brille – allerdings keine richtige große, sondern eher eine kleine Schutzbrille, kaum mehr als zwei Augenklappen, die auf dem Nasenrücken miteinander verbunden waren. Sie zog sich ihre dunkle Brille und die Augenklappen ab, wobei sie die Augen fest zugepresst hielt, und setzte sich die neue Brille auf. Sie runzelte die Stirn. Die neue Brille hatte breite gebogene Linsen, die ihr das periphere Sehen erlaubten, sich aber ansonsten perfekt den Umrissen ihres Gesichts anpassten, und sie war mit Lederkissen versehen, die kein Licht von den Seiten oder von unten eindringen ließen. Aber die Linsen waren klar und durchsichtig.

Nicht hilfreich.

»Was ist das?«, fragte Teia.

»Und das ist das Schöne an der Sache«, sagte Win und klatschte ihr auf beiden Seiten das Brillengestell gegen die Schläfen.

Sie schrie auf, als sich ihr winzige Stacheln in die Haut bohrten und die Linsen sich plötzlich verdunkelten.

»Was macht Ihr da mit ihr?«, fragte Teias Vater.

»Ich habe den anderen ja gesagt, wir sollten einfach auf dich pfeifen, wie wir das mit so vielen anderen Taugenichtsen auch gemacht haben«, erklärte Winsen. »Aber Ben-hadad und Brecher haben die ganze Woche daran gearbeitet. Ferkudi hat verschiedene Materialien gestohlen. Quentin hat ein paar Bücher übersetzt, die womöglich ketzerisch sind. Der große Leo hat uns allen den Rücken freigehalten. Nicht dass sie nicht alle wichtigere Dinge zu tun gehabt hätten, meiner bescheidenen und völlig missachteten Meinung nach! Sie haben ein paar Anregungen von Brechers alten Brillen übernommen, die angeblich von Lucidonius selbst angefertigt worden sind oder was auch immer. Das haben sie dann um einige neue Kunstgriffe ergänzt. Die hier verdunkelt oder erhellt sich fast genauso schnell, wie sich deine Augen erweitern oder verengen können – und du musst nicht einmal darüber nachdenken. Es ist, äääh, *vielleicht* irgendeine so halb verbotene oder auch absolut streng verbotene Form der Willensübertragung mit im Spiel, aber du wirst es mich niemandem weitersagen hören. Diese Brille ermöglicht es dir, jedes Spektrum, das du wünschst, zu isolieren – einschließlich Ultraviolett, das du bisher nicht hast sehen können, also dürfte das wohl von Vorteil sein, oder? Brecher musste Súil um Hilfe bitten. Sie hat behauptet, das Paryl hätte ihr um ein Haar das Gehirn gebraten.« Winsen zuckte die Achseln. »Ich schätze mal, das erklärt, was mit dir passiert ist, damit du so geworden bist, wie du jetzt bist, nachdem du die ganze Zeit über von Paryl Gebrauch gemacht hast. Wie auch immer, jetzt kannst du sehen. Ohne zu sterben.«

Teia bekam keine Luft mehr. Sie hatte seit jener Nacht kein Paryl gewandelt, und auch da hatte sie nur den winzigsten Hauch benutzt, gerade so viel, wie es brauchte, damit ihr Mustermantel funktionierte – und nur für die wenigen Momente ihrer Attacken auf Liv und später auf Abaddon. Nach der Sache mit Abaddon hatte sie gezittert und gekotzt und war überzeugt gewesen, sterben zu müssen. Aber mit dieser Brille hier ... Vielleicht würde Teia nicht mehr die Paryl-Wolke wandeln können, die sie sogar für Infrarotwandler unsichtbar machte, aber auf einmal konnte sie – vielleicht? Vielleicht! – alles andere machen.

Sie kam sich vor wie eine preisgekrönte Wettläuferin, die geglaubt hat, ein Bein zu verlieren, und die auf einmal nur noch leicht humpelt.

Sie versuchte, das Spektrum zu verändern, das sie sah. Die Brille funktionierte sofort tadellos und dämpfte und bündelte das Licht so, dass Teia wieder sehen konnte.

Völlig sprachlos sah sie zu ihrem Vater – und wandte den Blick schnell wieder ab.

Er heulte Rotz und Wasser. Oh Hölle, sie würde ebenfalls gleich die Fassung verlieren.

»Ich weiß auch nicht«, sagte Winsen resigniert. »Ich habe dagegen gestimmt, dich wieder aufzunehmen. Aber die anderen haben gesagt: ›Es ist keine Abstimmung, Winsen. Sobald man einer der Mächtigen ist, ist man für immer und ewig einer von uns, Winsen.‹ Pah!«

Bei allen neun Höllen noch mal.

Ihre Jungs. Ihre *Brüder* hatten sie nicht vergessen. Während sie blind gewesen war, hatten sie sie gesehen. Als sie im Dunkeln gewesen war, hatten sie sie gefunden. Sie hatten es gewusst. Sie hatten es verstanden. Als sie sich von ihnen zurückgezogen hatte, waren sie ihr gefolgt. Sie hatten alle darauf hingearbeitet, sie wieder gesund zu machen. Sie hatten sie gerettet, ihren Körper und ihre Seele. Ihre Brüder – so schroff, idiotisch, geistesabwesend, verschroben, wunderbar, großartig, genial, charakterfest und selbstaufopfernd sie auch immer sein mochten –, ihre Brüder hatten unermüdlich daran gearbeitet, sie wieder heil zu machen.

Und dann hatten sie ausgerechnet *Winsen* hergeschickt, um

ihr die Neuigkeiten zu überbringen. Er war der Schlimmste von allen!

Ihr entfuhr ein kurzes schrilles Lachen. Winsen! Natürlich hatte es Winsen sein müssen. Sie konnten schließlich unmöglich so tun, als sei das Ganze irgendwie etwas Besonderes.

»Win?«, sagte Teia.

»Ja?«

»Weißt du, irgendwie habe ich dich früher die ganze Zeit für ein Arschloch gehalten.«

»Ach ja?«, sagte er und wackelte mit den Augenbrauen. »Und jetzt?«

»Oh, das tue ich jetzt noch ganz genauso. Nur eben, dass ich das früher auch schon immer gefunden habe.«

Epilog 3

Dazen streckte seine geöffnete Hand um die Ecke und wedelte damit, bevor er den verborgenen Raum betrat. »Bitte nicht schießen«, sagte er. »Ich fände es lächerlich, jetzt bei irgendeinem dummen Unfall zu sterben.« Er schob den Kopf um die Ecke.

Eisenfaust senkte das Steinschlossgewehr mit einer etwas wackeligen Bewegung und brummte: »Was bringt Euch denn auf die Idee, dass es ein Unfall sein würde?« Sein Anblick vermochte nicht zu trügen: Er sah genauso aus wie ein Mann, der erst kürzlich an der Schwelle des Todes gestanden hatte. Sie hatten Eisenfaust im ehemaligen Unterschlupf von Mörder Spitz versteckt.

»Müsstet Ihr jetzt nicht irgendwo anders sein?«, fragte Eisenfaust. Vielleicht war er gerade aufgewacht.

»Nein. Momentan ist nur Feuerwerk und Feiern angesagt. Kip und Tisis sind glücklich verheiratet. Oder wiederverheiratet? Wie dem auch sei, ich wäre im Augenblick nur eine Ablenkung. Ich will mich da jetzt nicht ins Rampenlicht drängen und ihnen die Schau stehlen.«

»Immer noch ganz Eure alte Magie, was?«, kommentierte Eisenfaust. Dann legte er die Stirn in Falten. »Schlechte Wortwahl.«

Dazen winkte ab. Er trat in den Raum und scherte sich nicht um Eisenfausts gerunzelte Stirn, als der das große, eingewickelte Schwert sah, das Dazen bei sich trug. »Und, wie sieht's aus? Genießt Ihr Eure Zeit der ... äh, Erholung, oder steckt da noch ein weiteres Abenteuer in Euch?«

»Hochzeiten und herumhumpeln und zusehen, wie sich all die Kriecher beeilen, den königlichen ... ähm, *Ring* zu küssen, ist nicht direkt ein Abenteuer.«

»Ihr scheint zu vergessen, was beim ersten Mal passiert ist, als ich versucht habe, Karris zu heiraten. Wisst Ihr, damals, als aus der Tatsache, dass wir zusammen durchgebrannt sind, irgendwie der Krieg der Prismen geworden ist?«

»Eigentlich hatte ich ja tatsächlich vor, zu Kips Hochzeitszeremonie zu kommen«, räumte Eisenfaust ein. »Wie lange bin ich jetzt schon hier?«

»Lange genug, dass es Gill gehörig zu langweilen begonnen hat, Euch beim Schlafen zuzusehen.«

»Das ist keine richtige Antwort«, erwiderte Eisenfaust.

»Nun, Ihr habt meine Frage auch nicht beantwortet.«

Die beiden Männer sahen einander an. Dann zuckte Dazen auffordernd mit den Augenbrauen. Sie wussten beide, dass Eisenfaust ein Mann der Tat war. Er musste sich zu Tode langweilen. Er war nicht in der Verfassung, sich mit Dazen einen Wettstreit der Egos zu liefern. »Was ist das denn für ein Abenteuer?«, erkundigte sich Eisenfaust widerstrebend.

»Epische Heldentat. Legendäre Gegner. Und totale Geheimhaltung. Selbst noch nachher. Ich rechne damit, dass Ihr zu schwach seid und Nein sagt, aber ich habe mir überlegt, dass es Euch sicher wütend machen würde, sollte ich mich solchen Gefahren aussetzen, ohne Euch zuvor zu fragen. ›Ich wäre doch mitgekommen‹, hättet Ihr dann nachher gesagt. ›Wenn Ihr auf mich gewartet hättet, hättet Ihr jetzt noch immer Eure Beine‹, hättet Ihr gesagt. Tja …«

»Habe ich Euch eigentlich je gesagt, dass Ihr wirklich ein ziemliches Stück … Arbeit seid?«, fragte Eisenfaust.

»Hört mal, man hat mir gesagt, Ihr wärt übellaunig, und mir war schon klar, dass Ihr zu schwach sein würdet, um mitzukommen. Aber ich habe einfach gewusst, dass da *jemand* sauer sein würde, wenn ich meinen alten Freund nicht zumindest fragen würde, ob er mitwill.«

»Freund?«, hakte Eisenfaust nach. Er schluckte, aber dann knurrte er: »Ich mag Euch nicht mal.«

»Leider ein unter meinen Freunden weit verbreitetes Gebrechen«, erwiderte Dazen.

Eisenfaust konnte sich ein Lachen nicht verkneifen, dann zuckte er zusammen, weil seine Wunden schmerzten. »Beim Barte Orholams, Gnade.«

»Ihr wisst, weswegen ich gekommen bin?«, wollte Dazen wissen.

»Hab mir schon gedacht, dass Ihr Hintergedanken haben würdet. Es gehört Euch ja sowieso. Ich wollte es Euch schon immer mal geben.« Eisenfaust zog eine Schublade an seinem Nachttisch auf und warf Dazen einen weißen Stein zu, der an einen Lederriemen gebunden war.

Dazen fing das weiße Luxin auf und begutachtete den leuchtenden Stein, dann hob er seine weiße Augenklappe an und betrachtete ihn noch eingehender. »Und das da habe ich in Garriston wirklich gewandelt, ja?«

»Warum tragt Ihr eigentlich noch immer die Augenklappe?«, erkundigte sich Eisenfaust.

»Es ist ein wenig zu intensiv, alles ohne sie zu sehen. Vielleicht werde ich mich irgendwann einigermaßen daran gewöhnen, aber jetzt sieht es erst einmal so aus, als müsste ich mich bis auf Weiteres mit der Last abplagen, von einer zarten Aura des Geheimnisses umgeben zu sein.«

»Ihr könnt einfach alles gut aussehen lassen, nicht wahr? Wirklich nervtötend. Ganz zu schweigen von der Sache mit der plötzlichen Heilung. Für Euch wendet sich alles immer zum Besten, ist es nicht so? Kein Wunder, dass Ihr keine Freunde habt.«

»Es stimmt, es gibt einfach nicht viele Menschen mit der dafür erforderlichen Stärke des Egos. Deshalb habe ich mich an Piraten und Propheten, an schöne Frauen und Schwarzgardisten und Verräter und Könige halten müssen. Manchmal waren sogar verräterische Könige – ich meine, ein König. Einzahl. Ich will nicht übertreiben. Der andere König ist nicht so freundlich gewesen wie Ihr.«

Eisenfaust schüttelte nur den Kopf.

»Ich habe herausgefunden, was es mit ihr auf sich hat«, erklärte Dazen.

»Wer ist ›sie‹?«

»Die Geschichte.«

»Eine angemessen bescheidene Behauptung.«

»Nicht die ganze Geschichte. Nur die wichtigen Teile«, erklärte Dazen. Er nahm das Schwert, das er achtlos auf den Boden gestellt und an die Wand gelehnt hatte, und wickelte die Tücher ab, in die es eingehüllt war.

Eisenfaust starrte es mit weit geöffneten Augen an. Die Blendende Klinge sah jetzt ganz anders aus, als er es in Erinnerung hatte. Ein dunkles, zerfließendes Schimmern und Schillern lief über die gesamte Klinge hinweg. Ihr wohnte eine eigentümliche Tiefe inne, sodass es war, als blicke man in den Nachthimmel, während man alle Farben der Schöpfung in den abgedunkelten sieben Sternen auf der Klinge funkeln sehen konnte. Doch als sie sich nun drehte, trübten sich ganze Bereiche der Klinge, als sei sie von einer polarisierenden Linse überzogen.

Dazen machte sich daran, erst die Klinge und dann das Heft mit dem weißen Luxin zu betupfen. Er rieb es von oben bis unten über das Schwert wie einen Schleifstein.

»Was macht Ihr da?«

»Na ja, sie hat mir geraten, nicht zu wandeln, sonst würde ich die falsche Art von Aufmerksamkeit erregen. Nicht dass ich gerade im Moment sonderlich scharf darauf wäre zu wandeln. Habt Ihr Euch jemals ein Langstreckenrennen geliefert, sodass es Euch völlig verausgabt hat? Und ein paar Tage später denkt man dann, man habe sich erholt, und man rennt wieder, und dann merkt man, nein, nein, man hat sich gar nicht erholt; kennt Ihr das? Genauso geht es mir gerade mit dem Wandeln. So als wüsste ich nicht recht, ob ich mir eine Reihe von Muskelrissen zugezogen habe oder ob meine Muskeln einfach nur völlig erschöpft sind; aber wie auch immer, es schmerzt höllisch.«

»Wovon redet Ihr da?«, wollte Eisenfaust wissen. »Wer hat Euch geraten, nicht zu wandeln? Welche ›Aufmerksamkeit‹ meint Ihr?«

»Ich versuche, das weiße Luxin in dem Schwert zu wecken. Ich weiß, dass es da ist.« Er warf einen Blick zur Decke empor. »Komm schon, du hast mir gesagt, weißes Luxin könne von schwarzem nicht besiegt werden.«

Er warf Eisenfaust das weiße Luxin zu und reichte ihm dann das Schwert. »Hier, versucht Ihr es.«

»Was soll ich versuchen?«, wollte Eisenfaust wissen, aber noch bevor er die Frage zu Ende gesprochen hatte, blitzte ein schillerndes Leuchten in jeder Farbe von oben bis unten über die Klinge. Die sieben Sterne traten durch die Dunkelheit an die Oberfläche und strahlten jetzt in der Klinge genauso heiß und intensiv wie Orholams Auge in der Mittagsstunde. Im Licht der Klinge leuchtete jede Farbe im Raum plötzlich heller, schärfer und wirklicher.

»Großartig! Das sollte genügen«, sagte Dazen. Er nahm das Schwert aus Eisenfausts schlapper Hand und wickelte es schnell wieder in die Tücher ein, als mache er sich Sorgen, jemand könnte es sehen, obwohl niemand sonst im Raum war und es keine Fenster gab und auch niemanden, der überhaupt wusste, wo es versteckt war. »Puh«, machte Dazen, jetzt, wo das Schwert wieder völlig zugedeckt war. »Das ist wohl mein Lohn dafür, dass ich mich für so etwas Besonderes halte. Gut gemacht. Ihr könnt das weiße Luxin jetzt wahrscheinlich wieder wegräumen. Es könnte ebenfalls Aufmerksamkeit erregen. Sie sind in ihren Äußerungen nicht sonderlich konkret gewesen.«

»Wer?« Eisenfaust schaute ihn an, aber sein Gesichtsausdruck zeigte eher Besorgnis als Ehrfurcht. »Was haben wir da gerade getan?«

»Nicht ›wir‹. Ihr. Ihr habt das Schwert gerade wieder in Ordnung gebracht. Ich habe nämlich herausgefunden, wie das geht. Vor Vicians Sünde sind Wandler irgendwann in den Ruhestand getreten. Die Klinge glitt durch das Herz eines Wandlers oder einer Wandlerin und reinigte sie oder ihn von dem dort angesammelten giftigen Luxin, nahm der betreffenden Person aber auch ihr Wandlervermögen. Habt Ihr schon mal etwas davon gehört?«

»Ein bisschen.«

»Im Wechselspiel zwischen dem Gewissen des Wandlers und dem Richtspruch des Prismas sowie Orholam selbst konnte auch ganz anderes passieren: Ein Blauwandler, der einen falschen Gebrauch von seiner Farbe gemacht hatte, konnte plötzlich blind für Blau sein, wohingegen jemand, der gut mit seiner Farbe umgegangen war, feststellen konnte, dass ihm nun größere Wandlerfähigkeiten eingeräumt worden waren als zuvor – sogar auch mehr Wandlerjahre oder eine zusätzliche Farbe. Eine gewissenhafte Künstlerin könnte mit einem Mal zur Superchromatin geworden sein, und eine traumatisierte Frau könnte feststellen, dass ihren Erinnerungen ihre Intensität genommen oder dass sie sogar völlig ausgelöscht worden waren. Und zu guter Letzt gab es da auch einige wenige, die für das, was sie mit ihren Begabungen angestellt hatten, für des Todes würdig befunden wurden. Und die hat das Schwert dann für immer für alle Farben blind gemacht – oder auch für alles Licht, wenn es den Tod über sie brachte. Das Ganze nahm das letzte Gericht des Jenseits vorweg, nicht nur für Wandler, sondern auch für alle, die zugesehen haben, und so nannten sie es die Befreiung, denn wenn das Urteil erst einmal gefällt ist, sind wir frei von Angst, und außerdem hat man auch sehr oft Gnade walten lassen. Ihr wisst inzwischen über Vicians Sünde Bescheid?«

»Die anderen haben mir davon erzählt, ja.«

»Nach Vicians Sünde hat das weiße Luxin sein Wirken in den Klingen eingestellt – in ihnen allen. Die Klingen töteten und raubten immer noch, aber ohne durch das Weiß ausbalanciert zu sein, brachten sie fast immer den Tod und teilten niemals mehr Geschenke aus. Orholam sandte Propheten aus, um die Chromeria dazu aufzurufen zu bereuen, aber man hat die Propheten verprügelt und umgebracht, und als Vician dann schließlich gestorben ist, hat die Chromeria damit begonnen, Unschuldige zu ermorden, um sich ihre eigenen Prismen zu machen und ihre Sünden zu verdecken. Doch weiterhin sickerten die Gerüchte durch, und so hat die Chromeria ihre größten Fanatiker beauftragt, als Luxoren die Wahrheit zu unterdrücken. Man hat sogar von schwarzem Luxin Gebrauch gemacht, um Zeilen aus Büchern und Wissen aus dem Gedächtnis der Menschen zu streichen. Der wiederholte Umgang mit schwarzem Luxin hat die Luxoren moralisch nur noch stärker verdorben, woraufhin sich die Chromeria von den Säuberern selbst gesäubert hat und das Verbrechen als abgeschlossen erachtet wurde. Von nun an war die Chromeria ein Heim der Scheinheiligkeit. Ihr eifersüchtiges Trachten, ja nichts von ihrer Macht abzugeben, ging stets Hand in Hand mit all ihren Gnadenakten und ihrem wohltätigen Sorgen für die Kranken und die Bedürftigen – beide Bestrebungen oftmals im gleichen Herzen vereint.«

»Und Ihr glaubt, wir hätten das soeben alles wieder in Ordnung gebracht?«, fragte Eisenfaust.

»Wir? *Ihr*.«

»Warum ich? Ich habe gar nichts getan!«

»Trotz all Eurer Zweifel habt Ihr nie aufgehört, an das weiße Luxin zu glauben, nicht wahr?«

»Das allein scheint aber doch nicht auszureichen, oder?« Eisenfaust rieb sich die Unterlippe. »Glaubt Ihr wirklich, dass Orholam persönlich in das Weltgeschehen eingreift?«

Dazen schnaubte belustigt. »Wie lautet noch mal Euer Gebet? ›Gott hört. Gott sieht. Gott nimmt Anteil. Gott rettet‹? Daran glaube ich inzwischen nicht mehr einfach nur. Ich weiß, dass dem so ist.«

Eisenfaust wandte den Blick ab. »Kennt Ihr das Wort ›Ebenezer‹?«

»Was ist das, Altaborneanisch ... eine Art von Stein?«

»Das Wort stammt aus dem Altaborneanischen, aber die

Praxis, auf die es sich bezieht, wird von uns geübt. Es bedeutet ›Stein der Erinnerung‹. Wenn in unserem gemeinschaftlichen Leben etwas Großes geschehen ist, stellen wir an der entsprechenden Stelle einen Stein auf, damit wir bei seinem Anblick jedes Mal daran erinnert werden. Ein großes Ereignis in unserem eigenen Leben kann es vielleicht sogar erforderlich machen, dass wir unseren Namen ändern. Mein Geburtsname, Harrdun, bedeutet ›Gazelle‹.«

»Lasst mich raten, ›Rhinozeros‹ war bereits vergeben?«, fragte Dazen.

»Wenn Ihr Euch weiterhin so aufführen wollt, brauche ich mehr Mohn.«

»Der ist uns gerade ausgegangen«, antwortete Dazen. Das stimmte zwar nicht, aber er brauchte Eisenfausts scharfen Verstand für das, was sie als Nächstes tun sollten. »Bitte, sprecht weiter.«

»Nach ... einem Wettrennen, an dem ich teilgenommen hatte, haben sie mich Izdârasen Winaruz genannt.«

»Sie haben Euch aufgrund eines *Wettrennens* einen Doppelnamen gegeben? Muss ein tolles Rennen gewesen sein. Was bedeutet der Name?«

Eisenfaust schien sich innerlich zu sträuben, aber dann antwortete er: »›Er, der seine Hoffnung mit der Kraft eines Löwen trägt‹. Aber wisst Ihr, das ist viel zu lang, als dass man von den Ausbildern der Schwarzen Garde verlangen könnte, es einem Frischling entgegenzublaffen.«

»Und es war ein parianischer Doppelname, daher hätten alle sogleich gewusst, dass Ihr eine ganz große Nummer seid. Weil Ihr ein Wettrennen gewonnen habt.«

»Wir haben nicht gewonnen«, berichtigte Eisenfaust. »Wie dem auch sei, der Name war für mich eine Bürde, daher kam es mir gerade recht, als sie mir dort den Namen Eisenfaust gegeben haben. Nicht allzu großspurig, auch nicht sonderlich originell, aber tauglich. Ich wollte stark und hart genug sein, um jene zu beschützen, die ich liebte, denn ich habe nicht geglaubt, dass Orholam irgendetwas an mir liegen könnte. Ich hatte mich früh im Leben damit abgefunden, dass ich nicht wichtig genug war, um die Aufmerksamkeit des Schöpfers aller Dinge auf mich zu ziehen. Also habe ich mich als jemand neu geschaffen, der stark und der wichtig sein würde. Ich habe es als Orholams Offenbarung an mich verstanden, wer ich wirklich war. Ich war eine zur Gewalt erhobene Hand geworden, mein Fleisch verwandelte sich in Eisen. Um das Leben meiner Schwester zu retten, hatte ich bereits dem Orden Treue geschworen, und um meinen Bruder vor den Feinden unserer Familie zu retten, die ihn wegen seiner Morde in Aghbalu verfolgten, hatte ich der Chromeria unseren Wert bewiesen. Ich musste um jeden Preis der Beste werden. Und das bin ich auch geworden. Aber um sie zu retten, habe ich sie verloren. Und ich habe auch mich selbst verloren. Dann, an jenem Tag am Kopf von Ru, hat *er* zu mir gesprochen. Orholam persönlich. Er hat mir geholfen. Hat mir im Krieg geholfen. Ich hatte jemanden aus mir gemacht, der eine Zurückweisung völlig verdient hatte. Aber er hat mich angenommen. Er hat gesehen. Er hat die Hand ausgestreckt, um mich zu retten, und ich habe sie ergriffen, und ich ... ich habe es in den Tagen nach der Schlacht nicht gebührend gewürdigt. Ich habe mich nicht dazu durchringen können, reinen Tisch zu machen. Habe weder meinen Namen noch mein Leben geändert. Ich war zu verwirrt, hab mich zu sehr geschämt. Ich hatte zu viel zu verlieren – so wie das Magisterium in Eurer Erzählung nach Vicians Tod. Ich wusste, dass ich zumindest meinen Posten als Hauptmann verlieren würde, sollte ich alles gestehen. Auch wenn ich mich selbst stellte – ein Mitglied des Ordens als der Hauptmann der Schwarzen Garde? Undenkbar. Würde sich Andross Guile mit weniger als meinem Kopf zufriedengeben? Und dann, wie könnte ich im Weg über meine Schwester den Zorn der Chromeria womöglich beschwichtigen? Und was war mit der Rache des Ordens? Ich ... ich musste die ganze Sache gründlich durchdenken. Aber ich habe es nicht getan. Nicht ernsthaft. Ich bin einfach in meinen alten Trott zurückverfallen und habe mir eingeredet, dass ich das mit dem reinen Tisch schon noch bald erledigen würde – und dann habe ich trotzdem alles verloren. Und als mein Onkel dastand, direkt vor mir, und alles, was er verlangt hat, der schwarze Gottesbann war ... Auch wenn er ist, was er ist, war er doch ein Familienmitglied, und ich habe ihm aus reiner Gewohnheit gehorcht. Und dann bin ich voller Scham fortgegangen. Und dann ist mein Bruder gestorben, und ich habe erfahren, dass er all die Jahre über versucht hatte, mich zu retten, einen Mann wieder zusammenzuflicken und heil zu machen, der in der Mitte entzweigerissen worden ist – wo er doch selbst wegen der Sache in Aghbalu so tief verwundet war und von Schuldgefühlen gequält wurde. Er hat gedient, für mich. Ich habe mich selbst verdammt, indem ich Rache gesucht und alles unternommen habe, um das Leben meiner Schwester zu retten. Und ich habe ihr Leben auch gerettet, aber ihre Seele und genauso meine eigene habe ich verloren. Mein Bruder hat stattdessen demütig seinen Dienst geleistet, und irgendwie habe ich ihn all die Jahre übersehen. Dabei befand er sich direkt neben mir, stand getreu an meiner Seite, an einem blinden Fleck, der so groß war, dass ich das Beste übersehen habe, was es um mich herum gab. Ich hatte genug Gelegenheiten, mich nach ihm umzudrehen. Und mit jeder dieser Gelegenheiten, die ich nicht wahrgenommen habe, habe ich ein klein wenig mehr Hölle auf die Erde gebracht. Ich habe sogar meinen besten Schüler umgebracht, einen jungen Mann, der wie mein eigener Sohn gewesen ist. Es ist zu spät für mich, Guile.«

»Vielleicht hat ja Orholam etwas dazu zu sagen?«, bemerkte Dazen und deutete auf das Schwert, das Eisenfaust soeben wieder instand gesetzt hatte.

»Das kann ich nicht erklären! Aber schaut mal, ich kann nicht wiedergutmachen, was ich getan habe. Das Unglück, das ich in meiner Arroganz verursacht habe.«

»Ihr werdet die Waagschalen niemals wieder ins Lot bringen«, räumte Dazen ein. »Was soll's?«

»Ich ... ich kann Euch nicht folgen.«

»Es ist einfach, ein guter Mensch zu werden. Verhaltet Euch wie einer, selbst wenn es nur Schauspielerei ist. Manche Leute sagen: ›Wer du bist, ist, was du tust.‹ Diese Leute liegen falsch, wenngleich nicht völlig falsch. Was man tut, formt, wer man ist. Es ist ein Teufelskreis oder auch das genaue Gegenteil, ein positiver Kreislauf, je nachdem. Eine Handlung hebt nicht völlig auf, wer du bist, aber tausend Handlungen machen dich zu dem, der du bist. Es ist also ganz banal, wenn auch nicht einfach hinzukriegen: Hört damit auf, das falsche Ich für Euch zu schaffen. Hört damit auf, Euch beweisen zu wollen, dass Ihr wirklich der schlechte Mensch seid, für den Ihr Euch haltet, ungeachtet all dessen, was andere sagen, und fangt einfach damit an, Gutes zu tun. Selbst wenn Ihr tief in Eurem Inneren ein schlechter Mensch seid – wenn das, was Ihr für den Rest Eures Lebens jeden Tag tut, gut ist, so werdet Ihr dadurch ein schlechter Mensch, der von einem guten Menschen ununterscheidbar ist.«

»Warum überhaupt weitermachen?«

»Weil es eine ganze Menge gibt, was Ihr bewirken könnt, Ihr Schwachkopf. Nicht für Euch selbst. Für alle anderen. Wenn Ihr es mit einem Frischling zu tun hättet, der es hundertmal vermasselt, es dann aber schafft und endlich den Dreh heraus hat, nur um sich zu entscheiden, freiwillig zur Befreiung zu gehen im Glauben, diese hundert Fehlschläge hätten ihn für immer zu einem Versager gemacht, würdet Ihr ihn dann zum Sterben zu den Luxiaten schicken?«

»Das ist etwas anderes.«

»Dass Ihr glaubt, so anders zu sein, ist, was Euch überhaupt erst hierhergebracht hat.«

»Ihr versteht das einfach nicht«, sagte Eisenfaust.

»Na schön. Wisst Ihr, wer es getan hat?«

»Ihr meint, wer es verstanden hat?«

»Ja. Euer Bruder«, antwortete Dazen.

»Ich weiß nicht recht, ob ich will, dass Ihr über ihn redet.«

»Er hat die Waagschalen nicht ins Lot bringen können. Er war der Schlächter von Aghbalu! Eurer Logik zufolge wäre alles, was er in den Jahren zwischen diesem Massaker und seinem Tod getan hat – sogar noch einschließlich der Tatsache, dass er für Kip und seine Jungs gestorben ist –, völlig wertlos gewesen, weil er all das Leid, das er zuvor verursacht hat, nicht hat beseitigen können. Weil er die Waagschalen nicht wieder ins Lot hat bringen können.«

»Das habe ich nie gesagt.«

»Ihr messt Euch an einem Maßstab, der Euch zur Weißglut bringen würde, würde ihn irgendwer an Euren eigenen Bruder anlegen.«

»Das ist nicht dasselbe.«

»Genau darauf will ich hinaus. Es sollte aber dasselbe sein. Ihr wollt ein rechtschaffener Mann sein? Fangt damit an, Euch und die anderen mit den gleichen Maßen und Gewichten zu messen.«

»Ihr versteht nicht.«

»Wollt Ihr mir ernsthaft sagen, dass für Euch höhere moralische Maßstäbe gelten sollten als für Euren Bruder, der ein um Längen besserer Mensch gewesen ist? Ihr setzt Euch in Dingen der Moral aufs hohe Ross? Eisenfaust, Ihr seid ein Lügner und ein Verräter, ein vom Glauben Abgefallener und ein Heide, ein Mann, der Morde beauftragt hat, und ein Feigling. Ist schon ein wenig lächerlich, oder?«

Zorneswolken ballten sich in Eisenfausts Miene, aber das Gewitter blieb aus, und dann nickte er, und die Wolken verflogen ein wenig.

Dazen fuhr fort: »Arroganz ist eine Leiter, und Eure Leiter hat Euch bis auf den Gipfel des Berges gebracht. An die Spitze der Schwarzen Garde. Wisst Ihr, was man auf Berggipfeln findet?

Eine großartige Aussicht – und kein Leben. Keine Nahrung, kein Wasser, kein Obdach, keine Kameradschaft. Vielleicht ist es an der Zeit, dass Ihr herunterkommt. Das Leben ist keine Kletterpartie; es ist ein Marathon. Wenn Ihr es durch die Etappen schaffen wollt, die durch die Wüste führen, solltet Ihr beim Laufen Wasser mit Euch tragen und keine Leiter. Eure Arroganz hat Euch hierhergebracht. Vielleicht ist es an der Zeit, dass Ihr sie hinter Euch zurücklasst. Vielleicht ist es an der Zeit, dass Ihr Euch ein bisschen Wasser schnappt und Euch dem Wettrennen anschließt. Eure Arme sind vom vielen Klettern stark; jetzt können sie zusätzliche Wasserrationen für andere tragen. Entlang des Weges werdet Ihr versprengte Läufer finden, die es brauchen, denke ich. Aber setzt endlich Euren Arsch in Bewegung, denn Ihr müsst eine Menge aufholen.«

Eisenfaust knabberte für eine Weile an seinen Worten, und Dazen wusste nicht, wie viel davon bei ihm hängenblieb. Dann sagte Eisenfaust: »Das aus Eurem Mund zu hören ist ein bisschen viel für mich.«

»Wer wäre besser dafür geeignet, eine Lektion zu erteilen als der, der sie selbst hat lernen müssen?«, erwiderte Dazen. »Ich will nicht sagen, dass ich in diesem speziellen Wettrennen vor Euch liege. Ich sage, dass Ihr nicht allein laufen werdet.«

»Ihr seid ein richtig motivierender Drecksack, nicht wahr?«

»Aufpassen, Freundchen. Ein Schwarzgardist hütet seine Zunge.«

»Ich bin kein Mitglied der Schwarzen Garde mehr.«

»Ja, was das betrifft ...«, setzte Dazen an.

»Was ist damit?«, fragte Eisenfaust argwöhnisch.

»Wir haben im neuen Jahrgang noch einen Platz frei. Könnten einen guten Grünschnabel gebrauchen.«

Eisenfaust lachte. »Ihr seid ein Arschloch.«

»Ich weiß. Das ist der Grund, warum Ihr mich immer gemocht habt.«

»Nein, nein, ich habe Euch nie gemocht.«

»Zum Schluss schon.«

Eisenfaust gab ein Grunzen von sich. Womöglich ein Eingeständnis.

Jedenfalls entschied Dazen, es als ein solches zu werten.

»Tatsächlich ist wirklich eine Stelle frei geworden«, sagte Dazen. »Hauptmann Fisk sind während der Schlacht ein paar Dinge richtig in die Hose gegangen. Er hat darum gebeten, in den Ruhestand treten zu dürfen. Er hat jedoch gemeint, dass er uns ein weiteres Jahr als Ausbilder zur Verfügung stehen würde, vielleicht auch länger, wenn wir für den Hauptmannsposten den richtigen Ersatz finden können. Und wir brauchen ihn wirklich als Ausbilder, bei dem Zustand, in dem sich die Schwarze Garde gegenwärtig befindet.«

»Ihr bittet mich, erneut das Amt des Hauptmanns der Schwarzen Garde zu übernehmen?« Ungläubigkeit.

»Sieht ganz so aus.«

Eisenfaust unterdrückte die in ihm aufwallenden Gefühle und biss die Zähne zusammen. »Es gibt andere, die die Aufgabe übernehmen können.«

»Oh, ich weiß, so etwas Besonderes seid Ihr gar nicht«, erwiderte Dazen. »Aber ich habe die Stelle bereits allen angeboten. Jeder Einzelne hat gemeint, er würde sie ja liebend gern annehmen, es aber doch vorziehen, unter Euch zu dienen. Sie haben sogar damit gedroht, geschlossen zurückzutreten, wenn Ihr die Stelle nicht bekommt. Wenn Ihr den Posten nicht annehmt, ist die Schwarze Garde also am Ende. Es wird hundert Jahre dauern, bis sie sich erholt hat. Wenn sie es überhaupt je tut.«

Eisenfaust presste die Lippen aufeinander, und ein angespannter Ausdruck trat in seine Augen. Dann flüsterte er: »Sie haben doch nicht etwa wirklich ...«

»Doch, haben sie. Aber ehrlich gesagt, ich glaube nicht, dass sie Euch wirklich *so* sehr mögen. Ich glaube, sie wollen letztendlich einfach eine Gelegenheit, Euch einen dieser Schwarzgardistennamen zu verpassen. Ihr wisst schon, einen nach dem Motto: ›Schon irgendwie respektvoll, aber letztlich doch eher foppend gemeint‹.«

»Die wollen meinen Namen ändern?«

»Ja, keine Ahnung, vielleicht ist ›Eisenfaust‹ allzu großspurig und originell für sie. Ich weiß nicht, ob sie da zusammen irgendein Komplott geschmiedet haben oder sonst was – sie sind manchmal so schrecklich aufmüpfig –, aber Ihr müsstet den neuen Namen schon akzeptieren, wenn Ihr zurückkommen wollt.«

»Wisst Ihr, wie er lautet?«

»Aber ja doch.«

»Und?«

»Nach allem, was ich weiß, werden sie Euch ›Rex‹ nennen.«

Eisenfaust lachte, dann zuckte er zusammen. »›Hauptmann *Rex*‹? Diese kleinen Scheißer!«

Doch der Mann schien förmlich zu leuchten. Mit einem Mal saugte er all das in sich auf, einen großen Schatz des Glücks, den er später genauer in Augenschein nehmen würde. Seine Schwarzgardisten bedeuteten ihm so ungeheuer viel, und dass sie ihn immer noch liebten, war eine Gunstbezeigung, die er gar nicht zu verdienen glaubte. Sie war für ihn unaussprechlich kostbar.

Dann presste er die Lippen aufeinander, und seine Augen schienen sich tiefer in ihre Höhlen zurückzuziehen. »Ich vermisse sie«, murmelte er. »Alle, die wir an jenem Tag verloren haben, als Ihr das hier gemacht habt.« Er deutete auf das weiße Luxin. »Und auch seither. Meine Schwester. Und vor allem meinen Bruder.«

»Ich auch«, sagte Dazen leise.

»Und das ist alles?«

»Es gibt eine Bedingung«, antwortete Dazen. Er nahm Eisenfausts Zustimmung bereits als gegeben hin.

»Ja, das dachte ich mir«, erwiderte Eisenfaust. »Wohl mehrere, wie ich vermute. Ihr seid eben immer noch ein Guile.«

In Wahrheit verhielt es sich so: Wäre Dazen nicht zumindest ein klein wenig ein Arschloch gewesen, als er sein Angebot unterbreitet hatte, hätte sich Eisenfaust, wie Dazen wusste, in seinen eigenen Dickkopf verrannt und das Angebot womöglich sogar abgelehnt. Dass Gavin in dieser Sache das Arschloch abgegeben hatte, hatte Eisenfausts Blick nach außen gerichtet, auf die Aufgabe, auf die Menschen, die ihn brauchten, auf die Persönlichkeiten, die er würde an die Kandare nehmen müssen.

Aber das war in Ordnung. Wenn nötig, konnte Dazen vortäuschen, ein Arschloch zu sein.

Nur vortäuschen.

Er sagte: »Es gibt nur die eine Bedingung – nun ja, für mich. Einige andere Leute müssen die Sache noch absegnen, und da muss womöglich wirklich noch einiges an Überzeugungsarbeit geleistet werden. Aber wisst Ihr was? Ich bin eben auch wirklich überzeugend.«

»War mir noch gar nicht an Euch aufgefallen«, bemerkte Eisenfaust.

»Also, die Sache ist folgende«, fuhr Dazen in einem Tonfall fort, als bekümmere es ihn, das sagen zu müssen. »Ich will, dass Ihr aufsteht, und zwar jetzt auf der Stelle, solange alle anderen durch das große Hochzeitsspektakel abgelenkt sind, und dass Ihr mitkommt, um mit mir gemeinsam diese Sache durchzuziehen.«

»›Diese Sache‹?«, wiederholte Eisenfaust und richtete sich im Bett höher auf. Er versuchte, verärgert zu wirken, gleichwohl konnte Dazen erkennen, dass er bereits angebissen hatte. Ein Mann wie Eisenfaust brauchte es, gebraucht zu werden, brauchte es, in Aktion zu treten, sonst würde er einfach dahinsiechen. »Ihr meint das mit dem Abenteuer? Ich hatte gedacht, Ihr macht Witze.«

»Nein. Ihr müsst es sein. Und es muss jetzt sein, solange alle abgelenkt sind.«

Eisenfaust zögerte. »Was wollt Ihr denn mit der Blendenden Klinge machen, solange alle abgelenkt sind?«

»Wir, meint Ihr. Ihr wollt sagen: ›Was wollen *wir* tun?‹«

»Nein, ich meinte *Euch*. Ich fasse dieses Ding nicht an.«

»Na gut, einverstanden. Kein Problem. Und *ich* meinte, dass Ihr mir jetzt helfen sollt, dorthin zu gelangen, um zu tun, was ich tun muss. Ihr könnt es also als ›Wir machen das zusammen‹ verstehen oder auch als ›Ich mache das, während Ihr mir dabei helft‹, ich meine, wie Ihr wollt, was immer Euch besser in den ...«

»Gavin!«

»Dazen.«

»Wie auch immer!«

»Also, es geht um Folgendes. Ihr seid ebenfalls dort gewesen, genau wie ich. Und es gibt niemanden sonst, bei dem ich mich darauf verlassen kann, dass er ihnen nicht erliegt. Und wir haben nur eine einzige Gelegenheit, die Sache durchzuziehen. Wenn wir es ein andermal tun, befürchte ich, dass Verbündete von ihnen aufkreuzen könnten. Ich weiß, Ihr fühlt Euch im Moment nicht besonders gut. Und ganz gleich, wie gut ich aussehen mag, auch ich bin nicht im Vollbesitz meiner Kräfte, daher müssen wir eben einfach zwei verwundete Kriegsfürsten sein, die sich zusammentun.«

»Ihr meint, ›verwundete *Krieger*‹?«

»Na, na, Ihr und ich? Kommt schon. Wir sind ein wenig mehr als nur ›Krieger‹, findet Ihr nicht auch?«

»Haltet jetzt einfach den Mund und sagt mir, worum es geht.«

Dazen wurde endlich ernst. »Es heißt jetzt oder nie. Ich bin immer stolz gewesen, Harrdun. Ich habe immer gewollt, dass meine Größe bekannt wird, dass sie anerkannt wird. Das jetzt? Es wird das Größte sein, was ich jemals tue, und niemand wird es je erfahren. Das ist meine Buße. Oder zumindest meine Art und Weise zu zeigen, dass ich mich verändert habe. Vielleicht kann es auch für Euch ein wenig als Bußübung dienen.«

»Gavin«, sagte Eisenfaust, und seine Stimme war leise und gefährlich. Er war jetzt bereits halb aus seinem Bett gestiegen. »Was werden wir mit der Blendenden Klinge machen?«

»Die Hochzeit ist ein riesiges Spektakel, und das nicht allein, was die Seite der Sterblichen angeht. Aber diese ... *Bibliothekarin?* Keine Ahnung. Eine von ihnen, die Kip ins Herz geschlossen hat, hat auch auf der Seite der Unsterblichen ein Spektakel arrangiert. In Wahrheit jedoch sind sowohl das Spektakel der Sterblichen als auch das der Unsterblichen lediglich eine Ablenkung für zwei alte Kriegsfürsten – und einer von ihnen ist der letzte Mensch, von dem man erwarten würde, dass er sich heimlich und vermummt durch die Gegend schleicht –, um im Stillen etwas erledigen zu gehen, das nur sie zu erledigen vermögen, direkt unter den Augen Hunderter zuschauender Unsterblicher, in der Hoffnung, dass die richtige Hälfte von ihnen den Blick gerade auf die falsche Sache gerichtet hat. Wir haben keine Verbündeten bei uns, keinen einzigen. Keine Hilfsmöglichkeit jedweder Art. Nur Ihr und ich gegen die acht auf ihrer Seite. Wir werden sie uns allerdings einen nach dem anderen vornehmen, zumindest wenn wir Glück haben.«

»Moment mal. Nein, Gavin, Ihr geht *nicht* zurück hinunter in diese Zellen, um es dort unten mit diesen ...«

»Oh doch, das werde ich. Und wenn Ihr meiner Witwe nicht hinterher erklären möchtet, warum Ihr mich dazu veranlasst habt, allein da hinunterzugehen, *Hauptmann*, werdet Ihr es ebenfalls.« Dazen bedachte ihn mit jenem breiten Lächeln, von dem er wusste, dass Eisenfaust es nicht ausstehen konnte. »Eisenfaust, Kumpel! Kommt schon! Lasst uns ein paar Götter töten.« Er ließ das schillernde Schwert auf seiner Spitze herumwirbeln. »Seid Ihr jetzt dabei, oder was ist los?«

Danksagung

Moment mal, habe ich es da etwa mit einem dieser wunderlichen Leser zu tun, die Danksagungen lesen? Und das auch noch, obwohl sie wissen, dass ihr Name hier gar nicht erscheinen wird? Du solltest nicht hier sein! Das Buch ist zu Ende! Zieh Leine!

Na gut. Einen Absatz noch. Ich weiß, du bist ein schneller Leser, und bei dem Tempo ist es schwer, nicht noch ein bisschen mehr zu lesen, als man eigentlich gewollt hat, aber nach dem Folgenden reicht es jetzt wirklich, ja?

Es gibt nur wenige Schriftsteller, die eine packende Geschichte zu erzählen haben, die fast anderthalb Millionen Wörter umfasst. Ob auch ich zu diesen Autoren gehöre, muss die Jury entscheiden, und zu dieser Jury gehörst auch *du*, meine Leserin oder mein Leser. Mein erster Dank ergeht also an dich, auch wenn du nicht richtig gehorchst. Viele von euch haben mich durch meine »Schatten«-Trilogie entdeckt, und sie mögen die Stirn gerunzelt haben, als sie festgestellt haben, dass meine nächste Trilogie noch nicht einmal in derselben Welt spielt. Schlimmer noch, die Trilogie wurde zur Tetralogie und ist schließlich auf sieben Bände angewachsen. (Der Kerl kann nicht mal bis drei zählen?!) Aber ihr habt der »Licht-Saga« – und mir – eine Chance gegeben.

Ich habe alles gegeben, um mich mit den Büchern dieser Reihe für eure Treuebezeugungen erkenntlich zu zeigen. Nie werde ich ein solches Vertrauen für selbstverständlich nehmen. Ich hoffe, euch Freude und noch mehr zu bereiten, und dafür lege ich mich nach Leibeskräften ins Zeug.

Danke auch für eure wohlwollende Nachsicht, nachdem dieser abschließende Band noch ein Jahr länger gebraucht hat als geplant.

Für mich ist es all die viele Tinte, den Schweiß und die Tränen wert gewesen, euch jetzt etwas vorlegen zu können, worauf ich stolz sein kann.

Ein herzlicher Dank geht an meine Lektorin Brit Hvide, die eine Buchreihe übernommen hat, als sie schon eine Million Wörter lang war – und einen Autor, der Schwierigkeiten damit hatte, den Begriff »Deadline« zu verstehen. Ich danke Ihnen dafür, dass Sie sich dafür eingesetzt haben, diesem Projekt die Zeit, den Raum, den Feinschliff und die Geschwindigkeit zu geben, die es brauchte. Die meisten Schriftsteller verstehen die vielschichtige Kompliziertheit Ihres Berufes nicht so recht, aber ich bedanke mich für alles, was Sie leisten.

Ein Dankeschön an Bryn A. McDonald dafür, dass sie die Mammutaufgabe übernommen hat, ein Buch von diesem Umfang und einer solchen Komplexität herauszubringen, und ein weiteres Dankeschön an meine heldenhaften Korekturleser. (Hallo ihr! Ja, bitte unbedingt so stehen lassen!) Danke an Lauren Panepinto und ihr Team für die immer sehr gelungenen Cover und für noch so vieles mehr. Niemand findet heraus, was in einem Buch steht, wenn er es gar nicht erst in die Hand nimmt, insofern habe ich euch so ziemlich meinen ganzen Erfolg zu verdanken. (Bringt dieses Argument vor, wenn ihr das nächste Mal um eine Honorarerhöhung bittet.) Ich danke auch Laura, Ellen, Alex, Paola, Nivia und der übrigen Mannschaft bei Orbit US, UK und AUS.

Ein Dankeschön an meine Übersetzer. Ich kann überhaupt nicht beurteilen, wie gut und geistreich ihr seid, weil ich Amerikaner bin und daher vielfältige Gaumengenüsse der Kenntnis vieler fremder Zungen in der Regel vorziehe, doch ich weiß von meinen kurzen und leidvollen Begegnungen mit ein wenig Latein und noch weniger Griechisch, welche Anstrengungen ihr in eure Arbeit stecken müsst. Ich muss an euch denken, wenn ich meine Wortspiele zu Papier bringe – und für gewöhnlich lache ich einfach. Schreiben ist schmerzhaft. Sollte das Übersetzen es nicht ebenfalls sein? (Aber ganz im Ernst: Das mit den Kanonier-Kapiteln tut mir echt leid für euch.)

Ich danke meinen Betalesern: John, Tim, Elisa, Heather und dann noch einmal John, weil er auch mein Gammaleser ist, und Keith, weil er mein Alpha-bis-Omega-Leser ist.

Mein Dank geht an meinen Agenten Donald Maass. Du bist ein unermüdlicher Fürsprecher, und als direkter, ehrlicher Mensch hast du für den nötigen gesunden Menschenverstand gesorgt. Ich danke Katie für all die vielen E-Mails an ausländische Verlage und für den fortgesetzten Unterricht, den sie mir auf einem komplizierten Geschäftsgebiet erteilt hat.

Ich danke auch Simon Vance, dem Erzähler meiner Hörbuchfassung. Mit Ihrer Meisterschaft bringen Sie alle Vorzüge sich ergänzender Talente ein und keinen der damit oft verbundenen Nachteile. Ich bin sehr froh, dass Sie unter Vorspiegelung falscher Tatsachen Teil dieses Projekts geworden sind.

Ein Dank geht an Joseph Mondragon. Ich bin online auf Ihre Zusammenfassungen der Licht-Saga gestoßen und musste zu meinem großen Verdruss und meiner noch größeren Freude feststellen, dass sie *besser* als meine eigenen sind. (Ein umfangreiches Buch zu schreiben und in kurzen Worten zu beschreiben, was darin passiert, verlangt offenbar unterschiedliche Fähigkeiten. Wer hätte das gedacht?) Und so habe ich gemacht, was man im Internet eben so macht, und Diebstahl an Ihrem Werk begangen. Ich hoffe, Sie werden das hier nie lesen. Bitte unternehmen Sie keine rechtlichen Schritte gegen mich. (Ich mache nur Spaß. Ich habe seine Erlaubnis eingeholt.) Josephs (ein wenig bearbeitetes) Werk erscheint nun hier. Etwaige Fehler sind alle meine eigenen – wären aber eine ernsthaft ironische Angelegenheit.

Ein Dankeschön an meinen Assistenten, den Schreckenspiraten CAPSLOCK. Auch wenn dich dein Vorgänger wahrscheinlich morgen früh umgebracht haben wird – ich bin total geplättet von deinem unglaublichen Scharfsinn und deinem überragenden Intellekt. Du bist der Inbegriff von Kraft, Unverwüstlichkeit, Bescheidenheit und Fröhlichkeit. Ich danke dir dafür, dass du derjenige bist, der jene allerletzten Veränderungen und Hinzufügungen am Manuskript vornimmt, die manchmal selbst ich erst sehe, wenn sie im Druck auftauchen.

Um jetzt ein bisschen weiter in die Ferne zu schweifen – nein, nein, tu dir keinen Zwang an, du kannst jederzeit mit dem Lesen aufhören! Mein Dank an Dante Alighieri, weil er in seinem Werk eine Figur geschaffen hat, die doch tatsächlich »Dante« heißt und die im Jenseits die größten Dichter der gesamten Menschheitsgeschichte trifft, welche ihn als einen Ebenbürtigen willkommen heißen und ihn an ihr Feuer einladen. Wann immer ich mir Sorgen mache, mein Eigendünkel könnte mit mir durchgehen, denke ich an deinen ...

Dante: He! Das ist keine Arroganz, das ist eine Tatsache!

Brent: Ich bin mir da nicht so sicher, Freundchen. Und dann deine Feinde auch noch buchstäblich in die Hölle schicken?

Dante: Freundchen? Pff. Nenn mich Dan. Jetzt komm schon, willst du dich nicht zu uns ans Feuer gesellen? Ich werde dich allen vorstellen, die du noch nicht kennst. Ach, und keine Angst. Dich kennen sie alle! Wir hatten gerade erst ein hervorragendes Gespräch darüber, wie großartig deine Licht-Saga doch ist.

Brent: Ja, mein Herr, was immer Sie sagen, Meister Alighieri ... ähm, Dan.

Aber im Ernst, ich habe immer klar und deutlich einzuschätzen gewusst, an welche Feuer ich nicht gehöre, und – leider, leider – das ist eines davon. Aber meinen aufrichtigen Dank an euch, Homie und Bill und Eddie, dass ihr mir zeigt, wie hoch die Latte liegen kann. Auch wenn ihr über mich lacht, wenn ich meinen Fosbury-Flop drunter hindurch mache.

Tim Mackie danke ich für die Einblicke, die er mir in die Welt von Ur gegeben hat. Mein Dank auch an die Monday Night Irregulars sowie an jene, die für mich in die Bresche gesprungen sind, als es den Anschein hatte, als sei meine Hilfe von Babylon aufgehalten worden.

Meine tiefste Dankbarkeit gilt dem Menschen, der jenem Sturm im genau richtigen Moment ein Ende gemacht und der mir Diamanten im Mondschein gebracht hat. Ich habe für eine Menge Unannehmlichkeiten gesorgt.

Meinen Dank an Dr. Jacob Klein für die jahrzehntelangen Dienste darin, für mich Altgriechisch, Latein und Philosophie bis auf mein geistiges Niveau hinunter zu vereinfachen. Irgendwann in nächster Zeit wird sicher mal etwas davon bei mir hängenbleiben. Betrachte es als eine Art Sühneleistung für jenen beeindruckenden wirbelnden Tritt zur Seite mitten im Sprung damals auf dem Racquetballplatz, der doch eigentlich mein Gesicht hätte verfehlen sollen.

Ich danke meinem Bruder Kevin. Kristi behauptet, jedes Mal, wenn ich Zeilen vortrage, in denen Andross Guile spricht, würde ich deine Stimme nachahmen. (Wahrlich sonderbar!) Ohne jenen Vorfall mit dem Dreckklumpen, der Sache mit dem pechschwarzen zugeschlossenen Wandschrank samt unter der Tür hindurchkriechenden Spinnen mit rot glühenden Augen sowie auch den Wäschesäcken aus Plastik mit den verschlossenen Reißverschlüssen unter dem Bett hätte ich jetzt vermutlich viel mehr Gehirnzellen, aber andererseits könnte ich klaustrophobische Panik nicht annähernd so gut beschreiben. Ach, das lässt dich jetzt aber gemein erscheinen. Entschuldigung. Tu mir bitte nichts.

Ebenfalls entschuldige ich mich bei jenem Kerl, der mir die wütendste E-Mail geschrieben hat, die ich je erhalten habe – weil ich eine Welt geschaffen habe, in der die Unterscheidung von Farben so wichtig ist, dass es eine Diskriminierung der farbblinden Wandler zur Folge hat. Ich weiß Ihre Sehnsucht nach einer netteren Welt zu schätzen. Eine Welt, in der alle Menschen wüssten, was richtig und was schön ist und dementsprechend handelten, hätte nur einen Nachteil: Dort Werke der Fiktion zu schreiben wäre unmöglich – und vermutlich auch gar nicht nötig. Die Figuren in meinen Welten glauben eine Menge hässliche Sachen, die ich selbst nicht glaube. Ja, manche glauben sogar wunderschöne Dinge, die ich selbst nicht glaube. Manche Schriftsteller begegnen der Wahrheit, dass Leute zum Kotzen sind, indem sie sich eine Welt ausdenken, in der die Menschen auf eine ganz bestimmte Weise nicht zum Kotzen sind; ich ziehe es dagegen vor zu sagen: »Leute sind zum Kotzen. Wie wollen wir damit umgehen?«

Bei meinem *akhuya* Ishak Micheil bedanke ich mich für die arabischen Übersetzungen. Jegliche Fehler sind entweder diejenigen Teias, weil sie sich nach bestem Vermögen bemüht, phonetisch wiederzugeben, was sie gehört hat, oder es handelt sich dabei um irgendeinen Streich, den Sie mir gespielt haben. Aber das würden Sie doch niemals tun, nicht wahr?

Ein Dankeschön an Thomas McCarthy für die irischen Aussprachen und Übersetzungen sowie die Geduld mit unseren vom Internet übersetzten (und das heißt, falschen) Deklinationen.

Ich danke dem verstorbenen Mitch Hedberg. Entschuldige, dass ich das eine Mal diese Art, Witze zu machen, von dir geklaut habe. Du weißt schon, von wegen: »Früher habe ich irgendwie immer ... doch jetzt noch ganz genauso«. Ich nehme dich in die Danksagung auf, um es wiedergutzumachen, ja ...?

Und ich danke meiner geliebten Kristi, ohne die niemand diese Worte hier lesen würde. Als wir dreizehn waren, habe ich gedacht: »Diese Mädchen wird mal eine umwerfende Ehefrau abgeben.« Ich mag es, recht zu behalten.

Als wir unsere Hochzeit geplant haben (geneigte Leser: zwölf Jahre später!) und du gemeint hast, dass du mit dem Gedanken spielst, für uns beide die Arbeit zum Lebensunterhalt zu übernehmen, sodass ich mich als freier Autor dem Schreiben widmen könne, wollte ich so unbedingt JA! sagen, dass ich fast schon Angst davor hatte. Ein Künstler, der eine Bestimmung in sich verspürt, kann ein schrecklich unmenschliches Geschöpf sein, willens, andere genauso für seine Kunst leiden zu lassen wie sich selbst. Ich habe versucht, kein gar so rücksichtsloses, anderen gegenüber gleichgültiges Wesen zu sein – und habe dabei allzu oft versagt. Ich danke dir dafür, dass du mit mir gelitten, mit mir gelernt und mit mir gelacht hast. Danke, dass du mir hilfst, meine Geschichten-Kinder genauso zu verstehen wie unsere richtigen Kinder. Dein Gesang lässt die Sterne heller erstrahlen.

Ach ja, und dann noch eins für euch hartnäckige, schrullige Leser, die bis zur letzten Zeile des Buches weiterlesen: Danke, dass ihr mich darin unterstützt, das tun zu können, was ich liebe. Ihr verdient es, belohnt zu werden. Wenn ihr die Seite umblättert, erwartet euch als Geschenk ein ganz spezielles, geheimes kleines Dankeschön.

ABER NUR DIESES EINE MAL! Erwartet nicht von mir, dass ich so etwas noch mal mache!

Nachspiel

In den ausgebrannten Ruinen des Hauses von Meister Atevia trat Teia in den kühlen, dunklen Raum und hängte den Mustermantel auf einen mechanischen Haken, der sehr einem anderen glich, an den sie sich gut erinnern konnte. Sie hatte gerade so Zeit, zwei Gestalten im Raum auszumachen, eine saß da und trug eine Brille, die andere stand rechts daneben.

Als sie nun einfach die Tür hinter sich schloss, als schlüge ihr das Herz nicht bis zum Hals, erhob sich eine künstlich veränderte Stimme aus der Dunkelheit: »Du entschuldigst meine Vorsicht, hoffe ich.«

Seit der Schlacht vom Sonnentag waren drei Monate vergangen, und heute Morgen hatte Teia einen Zettel in ihrer Tasche gefunden. Er war mit dem Zeichen des Gebrochenen Auges versehen und teilte ihr mit, wie sie das neue Büro des Alten Mannes aus der Wüste auf Großjasper finden könne. Dass sie eine solche Notiz erhielt, statt ein Messer in den Rücken gerammt zu bekommen, bedeutete, dass der Alte nicht wusste (oder es zumindest nicht mit Sicherheit wusste), dass sie diejenige war, die den ganzen Orden vergiftet hatte. Dass ihr der Zettel heimlich direkt in die eigene Tasche gesteckt worden war, ließ zudem darauf schließen, dass ihm zumindest noch ein letzter Schatten verblieben war.

Andross hatte Grinwoody die Gelegenheit gegeben davonzulaufen, der aber hatte das einfach nicht fertiggebracht.

Deshalb war sie jetzt hier, unklug und tollkühn, wie sie nun mal war. Sie hatte zu viele Freunde, an denen der Alte Mann noch immer Rache nehmen wollte.

»Was zum Teufel ist uns allen am Sonnentag nur zugestoßen?«, fragte sie. »Ich habe versucht, Genaueres herauszubekommen, aber jedermann behauptet einfach, es sei ein Eingreifen von Orholam persönlich gewesen. Niemand verrät mir etwas.«

»Nicht einmal deine Freundin, die Weiße?«

»Ihr wisst, wie meine Spionageaktivitäten bei ihr verlaufen sind, nicht wahr?«, erwiderte Teia. »Ich bin wegen unerlaubter Abwesenheit degradiert worden. Ich habe noch Glück gehabt, nicht meinen Posten in der Schwarzen Garde zu verlieren.«

»Du bist beim Fest des Sterbenden Lichtes gewesen«, sagte der Alte Mann. »Ich war mir nicht bewusst, dass du eingeladen gewesen bist. Du hättest eigentlich Gavin Guile überwachen sollen.«

»Ich war gerade erst wieder zurückgekehrt. Meister Spitz hat mich zu dem Fest mitgenommen. Er hat gemeint, ich solle den heiligsten Tag des Jahres nicht verpassen und genauso wenig meine erste Gelegenheit, den Blutwein zu trinken und die Gemeinschaft zu erleben, der ich durch meinen Dienst so viel geben würde. Dann, hinterher, hat er mich gerettet. Er hat erraten, was es für ein Gift war, und mir gesagt, worin unsere einzige Hoffnung bestand, die Sache zu überleben. Aber er hatte zu viel davon getrunken. Ich habe ihn sterben sehen.«

»So wie ich noch viele mehr habe sterben sehen«, sagte der Alte Mann.

»Was ist passiert?«, fragte sie.

»Einer unserer Hohepriester hat uns verraten, ein Mann namens Atevia Zelorn. Er hat den Wein vergiftet. Für seinen Verrat hat er sein Leben geopfert. Das hier ist sein Zuhause gewesen. Es war alles sein Tun, und zwar, wie ich glaube, auf Karris Guiles Befehl hin. Wir werden bald unsere Rache haben.«

Teia fluchte laut, als würde sie die Weiße hassen.

Du konntest wirklich nicht einfach davonlaufen, nicht wahr, Alter Mann?

»Und? Wie sehen Eure Pläne jetzt aus?«, erkundigte sie sich.

»Wir bauen den Orden neu auf«, erklärte der Alte Mann. »Ich

habe immer noch wertvolle Besitztümer. Ich weiß immer noch, wer schwach ist, wer bestochen und wer erpresst werden kann, wer voller Angst ist, wer sich hereinlegen lässt und wer verführt werden kann. Und am besten: Ich verfüge immer noch über einige Schimmermäntel. Du und Aram, ihr werdet das Fundament sein, auf dem wir den Orden wiederaufbauen werden.«

»Aram?!«, entfuhr es ihr unwillkürlich.

Die Gestalt in der Finsternis neben Grinwoody sagte kein Wort, aber sie gab einen zufriedenen und arroganten kleinen Grunzer von sich.

Grinwoody sprach an seiner Stelle: »Aram ist ein helles Köpfchen und ein erbitterter Feind der Chromeria, und er schenkt mir blinden Gehorsam – zudem ist er ein besserer Kämpfer, als die meisten ahnen würden, angesichts seiner Beeinträchtigung. Und als ein Zeichen der Götter, das mir zugleich gezeigt hat, dass unsere Götter eine Macht haben, die über das Wissen der Chromeria hinausgeht, habe ich entdeckt, dass Aram ein Lichtspalter ist. Du, Adrasteia Spitz, meine starke rechte Hand, du wirst ihn ausbilden. Ihr zwei werdet unser erstes Gespann, unsere Keimzelle für die neue Zeit sein.«

Da war es also: das Eingeständnis, auf das Teia gehofft hatte. Es gab keine anderen mehr. Das hier war die letzte Wurzel des Ordens, das letzte kleine, schwelende Stückchen Glut.

»Nein«, sagte Teia. »So wird es nicht sein.«

»Wie bitte?«, erwiderte Grinwoody. »Junge Dame, wenn ich dir Lektionen in Sachen Gehorsam erteilen muss, so wie ich es auch mit deinem Herrn und Meister getan habe, dann ...«

»Ich bin es gewesen«, erklärte Teia. »Ich habe die Jasperinseln niemals verlassen. Ich habe Guile mitgeteilt, dass ihr geplant habt, ihn zu verraten. Ich habe Kleinschwanz ermordet und Aglaia Crassos und Ravi Satish. Ich bin Atevia Zelorn gefolgt, und ich habe den Blutwein vergiftet. Das bin alles ich gewesen.«

Mit einem Schlag erfüllte Licht des vollen Spektrums den

gesamten Raum, als Grinwoody irgendeinen versteckten Schalter betätigte und Aram, den Speer in der Hand, blitzschnell in Kampfstellung ging. Der Ausdruck tiefschwarzen Zorns, der sich auf dem Gesicht des Alten Mannes breitmachte, war beängstigend anzusehen.

»Na, na, jetzt hast du aber einen sehr großen Fehler gemacht. Warum mir solche Lügen auftischen? Hältst du das Ganze hier etwa für ein Spiel?« Der Alte Mann ließ seine Hand nach unten schlagen und löste damit irgendeinen Mechanismus aus, der eine Stange über die an ihren Haken hängenden Mäntel klappte. Mit einem Klicken rastete sie fest über ihnen ein. Der Alte Mann warf seine Kapuze zurück und zog sich das Halsband ab, das seine Stimme künstlich verändert hatte. »Aram, töte sie, sobald sie sich von der Stelle rührt. Kind, möchtest du etwa sterben?«

»Oh ja, aber nicht heute, denke ich.«

Seine Augen verengten sich. Er schenkte ihr keinen Glauben. Er erachtete sie all dessen nicht für fähig, was sie getan hatte.

Sie fuhr fort: »Wisst Ihr, Spitz hat den Orden gern als einen Schwarm Piranhas betrachtet. Aber einmal hat er mir erzählt, dass es einen Fisch gibt, der Jagd auf Piranhas macht. Vampirfisch nennen sie ihn. Seine Beißzähne sind länger als meine Finger. Spitz hat gemeint, er habe es nie geschafft, diese Zähne so in seine Prothesen einzuarbeiten, dass man sie tragen kann. Sie seien zu lang, um in seinen Mund zu passen, ohne dass er sich damit selbst erdolchen würde, hat er gesagt. Das fand er auch ganz passend, denn obwohl er immer die Fantasie gehegt hat, Euch umzubringen, ist er nie willens gewesen, dafür auch selbst zu bluten.«

»Du hast also Elijah ebenfalls umgebracht?« Grinwoody hatte seine Hand unter dem Schreibtisch und hielt ohne Frage eine Pistole umklammert.

»Ich habe diese Maske in seiner Werkstatt gefunden. Mit ein wenig Hilfe von meinen Freunden habe ich sie fertiggestellt. Und jetzt werde ich zu Ende bringen, was Elijah angefangen hat – und auch was Ihr angefangen habt.« Sie zog die fremdartige, skeletthafte Halbmaske hervor. Sie war mit Lederschleifen versehen, um sie an den Ohren festzumachen, und sie bedeckte den Kopf nur von der Stirn bis zur Oberlippe. Die langen, spitzen Zähne von Vampirfischen krümmten sich vom Oberkiefer nach unten. Darunter hing ein schwarzes Tuch herab, um die untere Gesichtshälfte und den Hals zu verdecken. Der Stoff war mit orangem Luxin durchtränkt, um die Illusion eines widerwärtigen skeletthaften Halses und eines Unterkiefers voller scharfer Zähne zu erzeugen, der nach oben schnappt und auf die hungrigen Beißzähne des Oberkiefers trifft.

Teia sagte: »Ihr habt mich gefährlich machen wollen. Ich bin sogar noch mehr geworden als nur gefährlich. Soll ich Euch das größte Geheimnis meines Schimmermantels verraten?«

Grinwoody erhob sich, je eine Pistole in beiden Händen; er zitterte vor Zorn, aber noch feuerte er sie nicht ab. Er musste es einfach wissen. Seine Augen warfen einen raschen Blick zu ihrem Schimmermantel, der an seinem Haken gefangen war. »Das Geheimnis ist...« Sie senkte ihre Stimme zu einem Flüstern. »Ich brauche ihn nicht mehr.«

Ehe sie sich die Maske mit ihren Zähnen, die nur Illusion waren, überstreifte, ehe der Nebelgänger verschwand, ehe die Musketen knallten, noch vor dem dumpfen Aufschlagen von Fleisch auf dem Boden und dem letzten verzweifelten Betteln, noch bevor das Blut über die Wände spritzte, vor den letzten gurgelnden Atemzügen böser Menschen, die in ihrem eigenen Blut ertranken, warf sie ihnen noch ein Lächeln zu, und ihre Augen waren ein offenes Grab, und ihre Zähne waren sehr scharf.

Anhang

1. Über Luxin

Die Grundlage der Chromaturgie ist Licht. Menschen, die sich der Magie bedienen, werden Wandler genannt. Ein Wandler ist in der Lage, eine Farbe des Lichtspektrums in eine stoffliche Substanz zu verwandeln. Das Luxin jeder Farbe hat seine speziellen Eigenschaften, aber den Verwendungen, die man von den derart gewonnenen Bausteinen machen kann, sind genauso wenig Grenzen gesetzt wie der Vorstellungskraft und der Begabung des entsprechenden Wandlers.

Die Magie der Sieben Satrapien funktioniert grob umgekehrt wie das Herabbrennen einer Kerze. Wenn eine Kerze brennt, wird eine stoffliche Substanz (für gewöhnlich Wachs) in Licht verwandelt. Bei der Chromaturgie wird Licht in eine stoffliche Substanz verwandelt, das Luxin. Wird es richtig gewandelt (innerhalb eines eng gesteckten Toleranzbereichs), ist das resultierende Luxin stabil und hat, je nach Farbe, über Tage oder gar Jahre Bestand.

Die meisten Wandler (Magie-Verwender) sind Monochromaten; sie können nur eine Farbe wandeln. Ein Wandler oder eine Wandlerin muss dem Licht seiner oder ihrer Farbe ausgesetzt sein, um es wandeln zu können – das heißt, ein Grünwandler kann seinen Blick auf Gras richten und davon wandeln, doch wenn er sich in einem leeren Raum mit weißen Wänden befindet, ist ihm das unmöglich. Viele Wandler besitzen teure und empfindliche Brillen, wie sie von Lucidonius persönlich entwickelt und später von dem Technologen verbessert worden sind, sodass ein solcher Wandler immer noch von Magie Gebrauch machen kann, auch wenn seine eigentliche Farbe dort, wo er sich gerade befindet, nicht verfügbar ist.

Monochromaten, Bichromaten und Polychromaten
Wie erwähnt, sind die meisten Wandler Monochromaten: Sie können nur eine Farbe wandeln. Wandler, die zwei Farben gut genug wandeln können, um in beiden Farben stabiles Luxin erzeugen zu können, werden Bichromaten genannt. Jeder, der festes Luxin in drei oder mehr Farben wandeln kann, wird Polychromat genannt. Je mehr Farben ein Polychromat wandeln kann, desto fähiger ist er und desto begehrter sind seine oder ihre Dienste. Ein Vollspektrum-Polychromat ist ein Polychromat, der alle sieben Farben des sichtbaren Spektrums wandeln kann. Ein Prisma ist stets ein Vollspektrum-Polychromat.

Allein eine Farbe wandeln zu können ist jedoch nicht das einzige Kriterium, das darüber entscheidet, wie wertvoll oder begabt ein Wandler ist. Manche Wandler sind im Wandeln schneller oder effizienter als andere, manche verfügen über mehr Willenskraft als andere, manche sind besser darin, langlebiges, strapazierfähiges Luxin herzustellen, manche sind intelligenter oder kreativer, wenn es darum geht, wie oder wann das Luxin angewandt werden soll.

Disjunktive (diskontinuierliche) Bichromaten / Polychromaten
Das Spektrum des Lichts ist aus einer stetigen Folge von Farben zusammengesetzt: Paryl, Infrarot, Rot, Orange, Gelb, Grün, Blau, Ultraviolett, Chi. Die meisten Bichromaten und Polychromaten wandeln einfach ein größeres Spektrum aus diesem Farbkontinuum als Monochromaten. Das heißt, ein Bichromat wandelt aller Wahrscheinlichkeit nach zwei Farben, die im Spektrum nebeneinanderliegen (Blau und Ultraviolett, Rot und Infrarot, Gelb und Grün und so weiter). Einige wenige Wandler sind jedoch disjunktive (oder diskontinuierliche) Bichromaten. Wie der Name bereits

vermuten lässt, sind das Wandler, deren Farben nicht aneinander angrenzen. Ein berühmtes Beispiel war Usef Tep: Er wandelte Rot und Blau. Karris Weißeiche, die Eiserne Weiße, ist ein anderes Beispiel, sie wandelt Grün und Rot. Es ist unbekannt, wie und warum es dazu kommt, dass ein Wandler ein disjunktiver Bichromat wird. Man weiß nur, dass sie selten sind.

Subchromatie und Superchromatie
Ein Subchromat ist jemand, der bei mindestens zwei Farben Schwierigkeiten damit hat, sie voneinander zu unterscheiden, was umgangssprachlich auch als Farbenblindheit oder Farbsehschwäche bezeichnet wird. Subchromatie muss für einen Wandler jedoch kein Verdammungsurteil bedeuten. Ein Blauwandler etwa, der nicht zwischen Rot und Blau unterscheiden kann, ist in seinem Tun nicht wesentlich beeinträchtigt.

Ein Superchromat ist jemand, der über eine außergewöhnlich gute Fähigkeit verfügt, zwischen feinen Farbvarianten zu unterscheiden. Bei jeder Farbe führt Superchromatie dazu, dass ein verlässlicheres, stabileres Wandeln möglich ist, aber am hilfreichsten ist sie beim Wandeln von Gelb. Nur Gelbwandler, die zugleich Superchromaten sind, können darauf hoffen, massives, festes gelbes Luxin zu wandeln.

Die Farben des äußeren Spektrums
Über mehr als vierhundert Jahre hinweg – von der Zeit des Prismas Vician bis zum Beginn der Epoche des Lichtbringers – wurde jedes Wissen über die Farben des äußeren Spektrums (also Paryl und Chi) durch die Chromeria unterdrückt. Paryl befindet sich im Spektrum weit unterhalb von Infrarot; Chi liegt genauso weit oberhalb von Ultraviolett. Während jener Epoche des unterdrückten Wissens wussten nur sehr wenige Menschen über die Eigenschaften jener Arten von Luxin Bescheid, und Kenntnisse darüber, wie man sie sich zunutze machen konnte, waren sogar noch weni-

ger verbreitet. Die Vorstellung, dass es mehr als sieben wandelbare Farben gibt, war für einige problematisch; Paryl und Chi wurden nicht nur als gotteslästerlich, sondern als regelrecht tödlich eingestuft.

Aber wenn Farben so breit definiert werden sollen, dass sie auch Farben beinhalten, die nur ein Wandler unter einer Million wandeln kann, warum dann nicht auch Gelb in flüssiges und festes Gelb unterteilen? Und wo passen das schwarze und das weiße Luxin ins Bild? Wie können solche Farben überhaupt einen Platz im Spektrum haben? Je mehr das Wissen der Alten über die vier verbotenen Farben – Weiß, Schwarz, Chi und Paryl – von umsichtig forschenden Luxiaten wiederentdeckt wird, desto mehr wird uns das Verständnis ihrer Eigenschaften und Unterscheidungsmerkmale neue Horizonte eröffnen, uns in bisher unbekannte akademische Gefilde vorstoßen lassen. Das sind aufregende Aussichten für viele von uns.

Physik
Luxin besitzt eine Masse. Wenn eine Wandlerin direkt über ihrem Kopf einen Heuwagen wandelt, so wird er als Erstes herabstürzen und sie unter sich begraben.

Die Dichte von Luxin verteilt sich wie folgt: Am größten ist die Dichte von Rot, dann kommen Orange, Gelb, Grün, Blau, Infrarot[*], Paryl, Ultraviolett sowie als Letztes Chi. Zum Vergleich: Flüssiges gelbes Luxin ist nur ein klein wenig leichter als dieselbe Menge an Wasser.

---

[*] Zum Infrarot: Die Masse von Infrarot lässt sich nur schwer genau bestimmen, weil es, sobald es der Luft ausgesetzt wird, sehr schnell zu Feuer zerfällt. Die Einordnung oben hat sich ergeben, indem infrarotes Luxin in einem luftdichten Behälter verschlossen und das Ergebnis sodann gewogen und das Gewicht des Behälters abgezogen wurde. Wird von infrarotem Luxin unter Alltagsbedingungen Gebrauch gemacht, wird immer wieder beobachtet, dass die Infrarotkristalle zuerst in der Luft nach oben schweben, ehe sie sich entzünden.

Fühlbarkeit
Jede Form von Luxin fühlt sich unterschiedlich und einzigartig an, und zwar wie folgt:

Infrarot: Aufgrund seiner Entzündlichkeit entzieht sich Infrarot abermals am stärksten einer genauen Festlegung, doch wird es oft als »wie ein heißer Wind« beschrieben.
Rot: Je nach der Art des Wandelns klebrig, schmierig-zäh und anhaftend; kann teerartig-dick oder auch mehr wie eine Art Paste sein.
Orange: Schmierig-feucht, glitschig, seifig, ölig.
Gelb: In seinem häufigeren flüssigen Zustand wie sprudelndes Wasser, fühlt sich bei Berührung kühl an, ist vermutlich ein wenig dicker als Salzwasser. In seinem festen Zustand ist Gelb völlig glatt, unbiegsam-starr, fühlt sich geschmeidig an und ist doch unglaublich hart.
Grün: Von rauer Oberfläche; je nach Kunstfertigkeit und Vorhaben des Wandlers reicht die Bandbreite von Grün von einer lediglich lederartigen Textur bis hin zu einer so groben Maserung, dass es sich wie Baumrinde anfühlt. Es ist biegsam und elastisch und wird oft mit den grünen Zweigen gesunder Bäume verglichen.
Blau: Glatt, auch wenn schlecht gewandeltes Blau eine Textur wie Kalk hat und sich genauso leicht kleine Teilchen davon lösen können, die aber stets Kristallform haben.
Ultraviolett: Wie Spinnenseide, dünn und leicht, bis hin zu dem Punkt, wo es sich nicht mehr wahrnehmen lässt.

Geruch
Der Grundgeruch von Luxin ist leicht harzartig. Die unten angegebenen Gerüche sind lediglich Annäherungen, da jede Luxin-Farbe letztlich nur nach sich selbst schmeckt. Man stelle sich einmal vor, man müsse den Geruch einer Orange beschreiben. Man könnte

ihn als zitrusfruchtig und süß-säuerlich umschreiben, aber das trifft es nicht genau. Eine Orange riecht wie eine Orange. Doch kommen die unten aufgeführten Annäherungen recht nahe heran.

Infrarot: Holzkohle, Rauch, verbrannt.
Rot: Teeblätter, Tabak, trocken.
Orange: mandelartig, voll.
Gelb: Eukalyptus und Minze.
Grün: frisches Zedernholz, Harz.
Blau: leicht mineralisch oder nach Kokablättern.
Ultraviolett: entfernt nach Gewürznelken.
Paryl: Safran.
Chi: metallisch, wie die Luft während eines Gewitters.
Schwarz[**]: Kein Geruch beziehungsweise ein Geruch nach verwesendem Fleisch.
Weiß[**]: Honig, Lilien.

Metaphysik
Jedes Wandeln ist für den Wandler mit Wohlgefühl verbunden. Euphorische Gemütszustände und das Gefühl der Unbesiegbarkeit sind bei jungen Wandlern und bei jenen, die zum ersten Mal wandeln, besonders stark ausgeprägt.

Im Allgemeinen legen sich derartige Gefühle mit der Zeit, wiewohl Wandler, die sich für eine gewisse Zeit des Wandelns enthalten, dergleichen oft erneut empfinden. Für die meisten Wandler ist die Wirkung ähnlich wie jene, die sich nach Genuss einer Tasse Kopi einstellt. Nach wie vor wird lebhaft darüber diskutiert, ob die Auswirkungen auf die Persönlichkeit als eine metaphysische oder eine bloß physische Wirkung beschrieben werden sollten.

Ungeachtet der richtigen Einordnung dieser Wirkungen und

[**] So werden die Gerüche dieser mythischen Farben in Geschichtswerken und Legenden beschrieben.

der damit verbundenen Frage, ob sie nun in den genuinen Studienbereich der Magister oder in den der Luxiaten fallen, werden diese Wirkungen selbst von keiner Seite in Frage gestellt.

Die Auswirkungen von Luxin auf die Persönlichkeit
Die Umnachteten, die in der Zeit vor Lucidonius gelebt haben, glaubten, dass leidenschaftliche Männer Rote würden und berechnende Frauen Gelbe oder Blaue. Tatsächlich verhält sich der wahre Kausalzusammenhang indes genau umgekehrt.

Jeder Wandler und jede Wandlerin hat, wie jede Frau oder jeder Mann, seine oder ihre angeborene Persönlichkeit. Die Farbe, die sie oder er wandelt, beeinflusst diesen Menschen dann in Richtung der unten angegebenen Verhaltensweisen. Für jemanden, der impulsiv ist und über Jahre hinweg Rot wandelt, ist die Wahrscheinlichkeit, sich stärker die typisch »roten« Charakterzüge anzueignen, größer, als für einen von Natur aus nüchtern-kühlen und ordentlichen Menschen, der über eine genauso lange Zeit hinweg Rot wandelt.

Die Farbe, deren sich ein Wandler bedient, beeinflusst im Laufe der Zeit seine Persönlichkeit. Das macht diesen Menschen jedoch nicht zu einem Gefangenen seiner Farbe, und es ist auch nicht so, als sei er oder sie für die unter dem Einfluss dieser Farbe begangenen Taten nicht verantwortlich zu machen. Ein Grüner, der seine Frau betrügt, ist noch immer ein Schürzenjäger. Ein Infraroter, der in einem Anfall von Tobsucht einen Feind tötet, ist noch immer ein Mörder. Selbstredend wird eine von Natur aus jähzornige Frau, die zugleich eine Rotwandlerin ist, nur noch empfänglicher für die Wirkungen dieser Farbe sein, aber es gibt auch viele Geschichten, die von berechnenden Roten und leidenschaftlichen, hitzig unbeherrschten Blauen berichten.

Eine Farbe ist kein Ersatz für eine Persönlichkeit. Man sollte bei jeder Verallgemeinerung solcher Charakteristika stets vorsichtig sein. Davon abgesehen können derartige Verallgemeinerungen auch durchaus nützlich sein: Eine Gruppe von Grünwandlern wird sich eher wild und rauflustig aufführen als eine Gruppe von Blauwandlern.

Entsprechend dieser allgemeinen Merkmale der verschiedenen Farben sind mit jeder gemeinhin auch eine Tugend und ein Laster verbunden. (Tugend wurde von den frühen Luxiaten nicht als ein Erhabensein über die Versuchung, ein ganz bestimmtes Böses zu tun, verstanden, sondern im Gegenteil als die Bezähmung der eigenen Neigung, sich jenem ganz bestimmten Bösen hinzugeben. Dergestalt wird Völlerei mit Enthaltsamkeit gepaart, Habgier mit Mildtätigkeit und so weiter.)

Infrarot: Infrarotwandler sind in jeder Hinsicht leidenschaftlich; als die am reinsten gefühlsbetonten aller Wandler beginnen sie als Erste zu toben oder in Tränen auszubrechen. Infrarote lieben die Musik, sind oft impulsiv, haben weniger Angst vor der Dunkelheit als alle anderen Farben und leiden häufig unter Schlafstörungen. Sie sind emotional, leicht abzulenken, unberechenbar, inkonsequent, liebevoll und haben ein großes Herz. Infrarote Männer sind häufig unfruchtbar.
Zugehöriges Laster: Zorn.
Zugehörige Tugend: Geduld.

Rot: Rotwandler sind aufbrausend, voller überschäumender Lebenskraft und sie lieben die Zerstörung. Sie sind auch warmherzig, mitreißend, ungestüm, einnehmend, mitteilsam, umgänglich und energisch.
Zugehöriges Laster: Völlerei.
Zugehörige Tugend: Enthaltsamkeit.
Orange: Orangewandler sind oft Künstler, und sie haben eine ausgesprochene Begabung dafür, die Gefühle und Beweggründe anderer Menschen zu verstehen. Manche von ihnen nutzen dieses Vermögen dazu, die Erwartungen anderer zu durchkreu-

zen oder sie zu übertreffen. Sie sind empfindsam, manipulativ, eigenwillig, gerissen, charismatisch, einfühlsam.
Zugehöriges Laster: Habgier.
Zugehörige Tugend: Mildtätigkeit.

Gelb: Gelbwandler sind meist klare Denker, im perfekten Gleichgewicht zwischen Intellekt und Gefühl. Fröhlich, klug, heiter-aufgeweckt, ausgeglichen, aufmerksam, gelassen, wachsam, bisweilen brutal ehrlich, hervorragende Lügner. Sie sind Denker, keine Menschen der Tat.
Zugehöriges Laster: Faulheit.
Zugehörige Tugend: Fleiß.
Grün: Grünwandler sind wild, ungebunden, flexibel, anpassungsfähig, fürsorglich, freundlich. Es ist nicht unbedingt so, als würden sie Autorität nicht respektieren – sie nehmen sie gar nicht erst wahr.
Zugehöriges Laster: Wollust.
Zugehörige Tugend: Selbstbeherrschung.

Blau: Blauwandler sind ordnungsliebend, neugierig, rational, ruhig, kühl, unparteiisch, intelligent, musikalisch. Klare Strukturen, Regeln und Hierarchien sind für Blauwandler sehr wichtig. Blaue sind oft Mathematiker oder Komponisten. Ideen, Ideologien und das Wissen um das Richtige sind Blauwandlern häufig wichtiger als Menschen.
Zugehöriges Laster: Neid.
Zugehörige Tugend: Wohlwollen.

Ultraviolett: Ultraviolettwandler neigen dazu, die Welt aus der Distanz zu betrachten; unvoreingenommen-leidenschaftslos, wie sie sind, wissen sie Ironie, Sarkasmus und Wortspiele zu schätzen und sind oft kühl und abweisend, betrachten andere Menschen als Rätsel, die sie zu lösen haben, als eine Art

Geheimcode, den es zu knacken gilt. Irrationalität können Ultraviolette nicht ausstehen.
Zugehöriges Laster: Hochmut.
Zugehörige Tugend: Demut.

Paryl: Das auch Spinnenseide genannte Paryl ist unsichtbar für alle, die nicht selbst Paryl-Wandler sind. Es ist im Spektrum so weit unterhalb von Infrarot angesiedelt, wie der größte Bereich von Infrarot unter dem sichtbaren Spektrum angesiedelt ist. Wurde für eine mythische Farbe gehalten, denn das Auge eines Menschen kann sich nicht so weit verziehen, um eine solche Farbe sichtbar werden zu lassen (von den Paryl-Wandlern selbst einmal abgesehen). Paryl ist die Farbe der dunklen Wandler, der Nachtweber und der Meuchelmörder, da dieses Farbspektrum für gewöhnlich nachts zur Verfügung steht. Macht den Wandler viel empfänglicher für empathische Einfühlung; ein Paryl-Wandler kann Gefühle auf eine Weise förmlich in sich aufsaugen, wie es anderen Wandler nicht möglich ist.

Chi (KAI): Das Gegenstück zu Paryl aus dem oberen Spektrumsbereich. (In Geschichten wird es oft als »so weit über Ultraviolett wie Paryl unter Infrarot« charakterisiert.) Wird auch »der Enthüller« genannt. Sein behaupteter wichtigster Nutzen ist fast identisch mit dem von Paryl: durch Dinge hindurchsehen zu können. Allerdings sagen jene, die an Chi glauben, dass seine Fähigkeiten in dieser Hinsicht die von Paryl noch bei Weitem übertreffen, es durchdringt Fleisch und Knochen und womöglich sogar Metall. Der einzige Punkt, in dem die alten Überlieferungen übereinzustimmen scheinen, ist, dass die Wandler von Chi die kürzeste Lebenserwartung sämtlicher Wandler haben: nur fünf bis fünfzehn Jahre, fast ohne jede Ausnahme. Wenn Chi in der Tat existiert, wäre dies mehr oder weniger ein Beweis dafür, dass Orholam das Licht für das Universum oder für seine eigenen göttlichen Zwecke geschaffen hat und eben nicht allein für den Nutzen des Menschen, was den gegenwärtigen Anthropozentrismus der Theologen in Frage stellen würde.

Sagenumworbene Farben

Schwarz: Zerstörung, Leere, das Nichts; das, was nicht ist und was nicht ausgefüllt werden kann. Obsidian gilt gemeinhin als das »Gebein« des schwarzen Luxins, nachdem es erstorben ist.
Weiß: Das reine, pure Wort Orholams. Der Stoff der Schöpfung, aus dem alles Luxin und alles Leben geformt wurde. Die Beschreibungen einer irdischen Form dieses Stoffes (gegenüber dem Original genauso sekundär und abgeschwächt, wie es Obsidian angeblich gegenüber dem schwarzen Luxin ist) charakterisieren es als strahlendes Elfenbein oder als reines Opalweiß, das Licht des gesamten Spektrums ausstrahlt.

Luxin und Lebenserwartung

Generelle Auswirkungen: Inzwischen steht zweifelsfrei fest, dass das Wandeln das Leben jener verkürzt, die es praktizieren, und fast alle Gelehrten stimmen darin überein, dass dies nicht etwa daran liegt, dass jene, die wandeln, an sich schon empfindlicher und anfälliger sind, sondern dass diese geringere Lebensspanne auf die Tätigkeit des Wandelns selbst zurückzuführen ist. Die Gründe hierfür sind unbekannt, aber je mehr Luxin ein Wandler gewandelt hat, desto kürzer wird sein Leben sein. Man geht allgemein davon aus, dass ein Teil des Schadens, den das Wandeln anrichtet, vom Körper geheilt werden kann. Ein Wandler, der jeden Tag nur ein klein wenig wandelt, kann also über sein Leben hinweg insgesamt deutlich mehr wandeln als jemand, der versucht, über eine kurze Zeitspanne hinweg sehr viel zu wandeln. Die Chromeria erwartet von ihren Wandlern, dass sie Orholams Geschenk des Lebens dadurch in Ehren halten, dass sie beim Wandeln maßvoll bleiben, von Notfällen einmal abgesehen.

Die Lebenserwartung im Zusammenhang mit unterschiedlichen Farben: Man hat festgestellt, dass, genau wie Wandler verschiedener Farben dazu neigen, jeweils spezifische Charakterzüge zu entwickeln, auch die Wandler der einen Farbe offenbar im Allgemeinen länger leben als Wandler einer anderen. Nur bei einer einzigen Farbe hat sich, sehr zur Zufriedenheit der Chromeria, das Wandeln als stets hochgefährlich erwiesen: Chi tötet alle, die davon Gebrauch machen, und das fast immer binnen fünf bis zehn Jahren. Da nun das Leben eines von Orholams sieben großen Geschenken ist und es keinesfalls Orholams Willen entsprechen kann, an dessen mutwilliger Zerstörung teilzuhaben, hat das Magisterium die Chromeria vor dreihundertzweiundvierzig Jahren erfolgreich dazu bewegen können, das Chi-Wandeln nicht weiter zu unterrichten.

Was die übrigen Farben angeht, ist noch immer eine heftige Diskussion über die genauen ursächlichen Verknüpfungen im Gange, doch hat man festgestellt, dass Ultraviolettwandler ihren Halo tendenziell früher durchbrechen, während am anderen Ende des Spektrums die Paryl-Wandler die volle natürliche Lebensspanne eines nichtwandelnden Stumpfen durchleben können. Lichtspaltende Paryl-Wandler können womöglich sogar noch viel länger leben als die meisten Nichtwandler. Letzteres ist jedoch schon angesichts ihrer sehr geringen Gesamtzahl nicht gesichert; dazu kommt, dass viele der bekannten lichtspaltenden Paryl-Wandler zum Orden des Gebrochenen Auges gehörten, wo Namen oft an die nächste Generation weitergegeben wurden, um auf diese Weise den Eindruck von Unsterblichkeit zu erwecken und dadurch den Ruhm des Ordens zu mehren und seine Gegner einzuschüchtern.

2. Über die alten Götter

Infrarot: Anat, Göttin des Zorns. Jene, die sie anbeteten, frönten angeblich Ritualen, die auch die Opferung von Kleinkindern mit einschlossen. Auch bekannt als die Dame der Wüste und die feurige Herrin. Sie wurde vor allem in Tyrea, im äußersten Süden von Paria und in Südilyta verehrt.
Rot: Dagnu, der Gott der Völlerei. Sein Kult war im Osten von Atash zu Hause.
Orange: Molokh, der Gott der Gier. Ihm wurde einst im westlichen Atash gehuldigt.
Gelb: Belphegor, der Gott der Faulheit. Er wurde in erster Linie im Norden von Atash angebetet – sowie, in der Zeit vor Lucidonius, auch im südlichen Blutwald.
Grün: Atirat, die Göttin der Wollust. Das Zentrum ihres Kultes lag vorrangig im westlichen Ruthgar sowie im größten Teil des Blutwaldes.
Blau: Mot, der Gott des Neides. Die Zentren seiner Anbetung befanden sich in Ostruthgar, im Nordosten von Paria sowie in Abornea.
Ultraviolett: Ferrilux, der Gott des Stolzes. Das Zentrum seiner Verehrung lag im südlichen Paria und im nördlichen Ilyta.

3. Über Technik und Waffen

Die sieben Satrapien durchleben gegenwärtig eine Zeit großer Umbrüche, was Wissen und Kenntnisse angeht. Der Frieden nach dem Krieg der Prismen und die nun stattfindende Zurückdrängung der Piraterie haben einen freien Fluss von Gütern und Ideen über alle Satrapien hinweg ermöglicht. Bezahlbares Eisen und Stahl von hoher Qualität sind in jeder Satrapie verfügbar, was auch zu Waffen von hoher Qualität geführt hat sowie zu strapazierfähigen Wagenrädern wie auch allem anderen dazwischen. Auch wenn traditionelle Waffentypen wie die atashische Bich'hwa oder die parianischen Parierstöcke weiterhin in Gebrauch sind, bestehen sie heute kaum einmal mehr aus Horn oder gehärtetem Holz. Luxin findet häufig für improvisierte Waffen Verwendung, aber die meisten Luxine neigen dazu, sich zu zersetzen, wenn sie längere Zeit dem Licht ausgesetzt gewesen sind, und die geringe Zahl an Gelbwandlern, die festes Gelb wandeln können (das sich unter Lichteinfluss nicht zersetzt), hat zur Folge, dass in den Armeen der Nichtwandler Waffen aus Metall vorherrschen.

Die größten Umbrüche ereignen sich auf dem Gebiet der zunehmenden Verbesserung von Feuerwaffen. In den meisten Fällen ist jede Muskete das Handarbeitsprodukt eines bestimmten Schmiedes. Was bedeutet, dass jeder Waffenbesitzer in der Lage sein muss, seine eigene Feuerwaffe zu reparieren, und dass jedes einzelne Stück individuell gefertigt werden muss. Ein fehlerhafter Luntenhalter oder eine defekte Zündpfanne kann nicht einfach durch ein neues Stück ersetzt werden, sondern das kaputte Teil muss herausgenommen und entsprechend nachgearbeitet werden. In Rath haben einige groß angelegte Produktionsstätten mit Hunderten von Hilfsschmieden versucht, dieses Problem dadurch anzugehen, dass sie die Einzelteile so identisch wie irgend möglich anfertigten, aber die daraus resultierenden Luntenschlossgewehre sind tendenziell von eher minderer Qualität, sodass Treffgenauigkeit und Langlebigkeit für einheitliche Beschaffenheit und leichte Reparierbarkeit geopfert werden. Die Schmiede von Ilyta sind den umgekehrten Weg gegangen und bauen nun maßgefertige Musketen von der weltweit höchsten Qualität. In jüngster Zeit haben sie wahre Pionierarbeit geleistet und eine neue Form der Feuerwaffe entwickelt, die sie Steinschlossgewehr nennen. Statt eine brennende Lunte zu befestigen, um das Pulver in der Pfanne zum Brennen zu bringen, das dann wiederum die Ladung im Lauf entzündet, haben sie einen Feuerstein an der Waffe angebracht, der gegen eine Metallklappe, die Batterie, schlägt und dadurch Funken direkt in den Verschluss des Laufs fliegen lässt. Dank dieser Technik ist eine Muskete oder eine Pistole stets feuerbereit, ohne dass ein Soldat zunächst eine Lunte anzünden muss. Was eine großflächige Verbreitung dieser Waffen bislang verhindert, ist, dass sie oft versagen – wenn der Feuerstein nicht genau richtig gegen die Batterie schlägt oder die Funken nicht so fliegen, wie sie es sollen, feuert diese Feuerwaffe nicht.

Bisher ist die Verbindung von Luxin mit Feuerwaffen weitgehend erfolglos geblieben. Es ist möglich, perfekt runde Musketenkugeln aus gelbem Luxin zu formen, aber die kleine Zahl von Gelbwandlern, die in der Lage sind, festes Gelb herzustellen, sorgt für einen Engpass in der Produktion. Musketenkugeln aus blauem Luxin werden durch die Wucht der Schwarzpulverexplosion oft zerstört. Der Nuqaba ist einmal eine funktionsfähige Patrone vorgeführt worden, die dadurch hergestellt worden ist, dass man eine gelbe Luxin-Kugel mit rotem Luxin gefüllt hat (welches sich explosionsartig durch das berstende Gelb entzündete, sobald die Kugel auf ein Ziel traf). Doch ist es sehr schwierig, die Sache exakt auszutarieren und das Gelb gerade dick genug zu machen, dass es nicht in der Muskete explodiert, und zugleich gerade dünn genug, dass es zerbirst, wenn die Kugel ihr Ziel trifft. Dies ist sogar so schwierig, dass mehrere Waffenschmiede beim Versuch, die Sache nachzumachen, ihr Leben lassen mussten, was vermutlich eine weit verbreitete Anwendung dieser Technik verhindern wird.

Andere Versuche sind zweifellos überall in den Sieben Satrapien im Gange, und sobald einmal hochqualitative, gleichbleibende und einigermaßen treffsichere Feuerwaffen eingeführt worden sind, wird sich die Art der Kriegsführung für immer verändern. Unter den gegebenen gegenwärtigen Verhältnissen jedoch kann ein geübter Bogenschütze nach wie vor weiter, viel schneller und zielgenauer schießen.

4. Über die Verbote der Chromeria

Tätowierungen: Das Verbot stammt aus einer Zeit, als es innerhalb der verschiedenen Bevölkerungsgruppen in den Sieben Satrapien viele Streitigkeiten gab. In dieser Zeit war es in den Adelshäusern noch nicht so üblich, untereinander zu heiraten, und es gab in den einzelnen Familien innerhalb einer einzigen Generation noch kein wahres Kaleidoskop unterschiedlicher Farbtöne der Haut.

Zu jener Zeit waren die Parianer aus einer Vielzahl von Gründen von den Bewohnern der restlichen Satrapien isoliert, und bei ihnen herrschte allgemein eine dunkle Hautfarbe vor, was ihnen beim Wandeln zahlreiche Vorteile verlieh, die einige von ihnen als den Ausdruck ihrer besonderen Bevorzugung durch Orholam verstanden – als das Volk, das sich als Erstes unter Lucidonius vereinigt hatte.

Farbige Linsen konnten verloren gehen oder gerade dann, wenn man sie brauchte, nicht verfügbar sein, zudem waren sie anfangs unerschwinglich teuer, daher war es unter Wandlern mit heller Hautfarbe üblich geworden, sich Felder mit ihren Farben auf die Haut zu tätowieren, damit sie immer eine Quelle zur Verfügung hatten, von der sie wandeln konnten. Doch bei Wandlern mit dunkler Hautfarbe funktionierten Farbtätowierungen nicht annähernd so gut. Und zu den Wandlern dieser Gruppe gehörten auch die meisten Parianer, die zu jener Zeit politisch die dominante Kraft waren.

Um ihre Vorteile nicht zu verlieren, taten sich einige der mächtigsten Familien zusammen und behaupteten, dass Wichte unter ihren Tätowierungen inkarnative Magie verbargen. Sie setzten erfolgreich ein Verbot von Tätowierungen durch. Dabei ignorierten sie praktischerweise die Tatsache, dass von Natur aus sehr dunkle Haut inkarnative Magie und das Verstauen von Luxin genauso gut verbergen kann.

Inkarnatives Luxin: Eine Bezeichnung für Luxin, das direkt dem eigenen Körper einverleibt wird. Das ist durch die Chromeria als Schändung oder Herabwürdigung von Orholams Werk (dem menschlichen Körper) verboten und gilt als ein entscheidender Schritt auf der gefährlichen Abwärtsbahn hin zum Versuch, den menschlichen Körper völlig umzuformen, um unsterblich zu werden. In gewissen Fällen haben die Luxiaten bei unbedeutenderen Fällen der Verwendung von inkarnativem Luxin oder bei einem Gebrauch in Form einer Prothese ein Auge zugedrückt.

Haustiere

Hunde: Hunde sind auf den Jasperinseln nicht erlaubt, da sie hochempfänglich für Willensübertragung sind. Schiffe mit Hunden an Bord, die an den Hafenanlagen der Inseln ohne Erlaubnis anlegen, müssen mit einer kleineren Bußgeldzahlung rechnen. Wenn man indessen mit einem Hund von Bord geht, kann das zur Folge haben, dass sowohl der Schiffsbesitzer wie der Hundebesitzer ausgepeitscht werden und der Hund getötet wird.

Katzen: Katzen sind auf den Jasperinseln erlaubt, da sie unverzichtbar sind, um die Mäuse- und Rattenplage unter Kontrolle zu halten. Zusätzlich spielt eine Rolle, dass Katzen für Willensübertragung kaum empfänglich sind. Ihre Hochgnädigkeit Hiram D., ein angesehener Willensüberträger aus dem Blutwald, hat zu diesem Thema vor dem Obersten Gericht des Magisteriums ausgesagt und Folgendes zu Protokoll gegeben: »An Katzen gehen jegliche Versuche, sie entweder dazu zu zwingen, etwas zu tun, was sie nicht wollen, oder sie durch Lockungen dazu zu verleiten, spurlos vorüber, und sie zeigen sich entweder belustigt oder zutiefst beleidigt, dass es ein Mensch überhaupt wagt, einen solchen Versuch zu unternehmen. Bevor ich diese Angelegenheit auf Veranlassung Eurer Hoheiten untersucht habe, hatte ich noch keine Angst vor Katzen. Jetzt aber habe ich sie.«

Sonstige: Andere Tiere sind erlaubt, verboten oder unterliegen einer speziellen Besteuerung, je nachdem, wie gut sie sich zähmen lassen. Pferde zum Beispiel müssen ein registriertes Brandzeichen aufweisen, werden jährlich kontrolliert, und für ihre Haltung ist eine Steuer abzuführen — was sie noch über die bereits gesalzenen Kosten hinaus, die auf einer Insel für Futter und Stallungen aufzubringen sind, zu einem Luxusgut macht.

Noch eine kleine alberne Szene, einfach für diejenigen von euch, die bis zur allerletzten Seite nicht aufhören können: www.brent-weeks.com/shawarma-scene (auf Englisch).

— Brent

Wie macht man aus einem naiven, verwöhnten Prinzen den Anführer einer Rebellion? Man stellt ihm sechs Schurken zur Seite ...

608 Seiten. ISBN 978-3-7341-0650-7

Prinz Caspars Leben ist hart. Anstelle eines ehrenvollen Botschafterpostens hat seine Tante, die Königin, ihn zum Steuereintreiber ernannt. Nun ist er mit einer Bande ehrloser Halsabschneider ohne jede Kultur unterwegs und macht sich – typisch für so einen Beruf – auch noch bei der Bevölkerung unbeliebt. Darüber hinaus erkennt er, dass seine Tante keine Friedensbringerin ist, wie er immer dachte, sondern eine brutale Eroberin. Prinz Caspar bleibt kaum eine Wahl: Er muss eine Rebellion anführen!

Lesen Sie mehr unter: **www.blanvalet.de**

In einer Welt erbaut auf Blut und Knochen kann es keinen Frieden geben ...

576 Seiten. ISBN 978-3-7341-6194-0

Die Verfemten Lande haben den Krieg überstanden, doch die Herrschaft der siegreichen Ben-Elim wird bedroht. Die Anzeichen häufen sich, dass ihre Erzfeinde, brutale Dämonenwesen, zurückkommen. Im verschneiten Norden findet der Pelzjäger Drem zerfetzte Leichen im Wald – scheinbar Opfer schwarzer Magie. Im Süden gerät Riv, eine ungestüme junge Soldatin, in einen Konflikt mit den Ben-Elim. Drem und Riv hüten Geheimnisse, die das Schicksal der Verfemten Lande verändern könnten. Doch sie wissen nicht, welche Rolle sie spielen werden. Und in den Schatten warten die Dämonen nur darauf, sich zurückzuholen, was früher ihnen gehörte.

Lesen Sie mehr unter: **www.blanvalet.de**

Die Worte des Raben sind sein Gesetz – bis er die Wahrheit über sich selbst entdeckt und den Kampf gegen die Götter aufnimmt.

480 Seiten. ISBN 978-3-7341-6146-9

Ryhalt Galharrow ist Hauptmann der Schwarzschwingen. Sie übernehmen im Kampf gegen dämonische Wesen die Drecksarbeit: Kopfgeldjagden, Morde, Einschüchterung, Folter. Ryhalt hat sich dieses Leben nicht ausgesucht, vielmehr trieb ihn sein Pech in diese erbärmlichen Lebensumstände. Und er ist gut in dem was er tut, auch wenn er manchmal seiner Ehre nachtrauert, die er dem Pragmatismus geopfert hat. Da trifft er seine Jugendliebe wieder und er weiß: Für sie will er ein besserer Mensch sein. Doch das Schicksal – und die Götter – haben andere Pläne ...

Lesen Sie mehr unter: **www.blanvalet.de**

Er rettete bereits Könige und Drachen, doch nun geht es für ihn um den höchsten Preis: das Leben seiner Tochter.

976 Seiten. ISBN 978-3-7645-3229-1

Einst rettete Fitz Chivalric Weitseher seinen König und befreite den Kronprinzen. Bereits auf vielerlei Arten beschützte er das Reich. Er bewahrte sogar einen Drachen vor dem Tod. Für viele ist er ein großer Held! Doch ausgerechnet seine Tochter Biene hat Angst vor ihm. Sie scheint zu spüren, dass er ein Mörder ist. Erst ein schrecklicher Schicksalsschlag führt die beiden näher zusammen. Fitz will Biene um jeden Preis vor den Intrigen des königlichen Hofs von Bocksburg und den damit verbundenen Opfern und Gefahren beschützen. Um das zu erreichen, muss er sie verlassen. Dabei erkennt er viel zu spät, dass nicht er selbst, sondern seine Tochter das Ziel einer geheimnisvollen Gruppe von Verschwörern ist.

Lesen Sie mehr unter: **www.penhaligon.de**